本書由全國古籍整理出版規劃領導小組資助出版

國家清史編纂委員會·文獻叢刊

桐城派名家文集

6

姚瑩集

主編　嚴雲綬　施立業　江小角

時代出版傳媒股份有限公司
安徽教育出版社

圖書在版編目（CIP）數據

桐城派名家文集. 第6卷，姚瑩集 / 嚴雲綬，施立業，江小角主編.
—合肥：安徽教育出版社，2014
ISBN 978-7-5336-7880-7

Ⅰ.①桐… Ⅱ.①嚴…②施…③江… Ⅲ.①中國文學—古典文學—作品綜合集—清代 Ⅳ.①I214.91

中國版本圖書館CIP數據核字（2014）第143600號

桐城派名家文集 ⑥姚瑩集
TONGCHENGPAI MINGJIA WENJI

出 版 人：鄭　可
質量總監：張丹飛
策劃統籌：吳壽兵　錢　江　夏業梅
責任編輯：解正勛　謝明禮　陸晨陽　姜　好
裝幀設計：何宇清
責任印製：王　琳

出版發行：時代出版傳媒股份有限公司　安徽教育出版社
地　　址：合肥市經開區繁華大道西路398號　郵編：230601
網　　址：http://www.ahep.com.cn
營銷電話：(0551)63683011，63683013
排　　版：安徽創藝彩色製版有限責任公司
印　　刷：安徽新華印刷股份有限公司

開　　本：787×1092　1/16
印　　張：55
字　　數：767千字
版　　次：2014年10月第1版　2014年10月第1次印刷
本册定價：450.00元
全套定價：5480.00元

國家清史編纂委員會出版委員會

總序

戴逸

二〇〇二年八月，國家批准建議纂修清史之報告，十一月成立由十四部委組成之領導小組，十二月十二日成立清史編纂委員會，清史編纂工程於焉肇始。

清史之編纂醞釀已久，清亡以後，北洋政府曾聘專家編寫清史稿，歷時十四年成書。識者議其評判不公，記載多誤，難成信史，久欲重撰新史，以世事多亂不果。中華人民共和國成立後，中央領導亦多次推動修清史之事，皆因故中輟。新世紀之始，國家安定，經濟發展，建設成績輝煌，而清史研究亦有重大進步，學界又倡修史之議，國家採納衆見，決定啓動此新世紀標志性文化工程。

清代爲我國最後之封建王朝，統治中國二百六十八年之久，距今未遠。清代衆多之歷史和社會問題與今日息息相關。欲知今日中國國情，必當追溯清代之歷史，故而編纂一部詳細、可信、公允之清代歷史實屬切要之舉。

編史要務，首在採集史料，廣搜確證，以爲依據。必藉此史料，乃能窺見歷史陳迹。故史料爲歷史研究之基礎，研究者必須積累大量史料，勤於梳理，善於分析，去粗取精，去僞存真，由此及彼，由表及裏，進行科學之抽象，上升爲理性之認識，才能洞察過去，認識歷史規律。史料之於歷史研究，猶如水之於魚，空氣之於鳥，水涸則魚逝，氣盈則鳥飛。歷史科學之輝煌殿堂必須巋然聳立於豐富、確鑿、可靠之史料基礎上，不能構建於虛無飄渺之中。吾儕於編史之始，即整理、出版文獻叢刊、檔案叢刊，二者廣收各種史料，均爲清史編纂工程之重要組成部分，一以供修撰清史之用，提高著作質量，二爲搶救、保護、開發清代之文化資源，繼承和弘揚歷史文化遺産。

清代之史料，具有自身之特點，可以概括爲多、亂、散、新四字。

一曰多。我國素稱詩書禮義之邦，存世典籍汗牛充棟，尤以清代爲盛。蓋清代統治較久，文化發達，學士才人，比肩相望，傳世之經籍史乘、諸子百家、文字聲韻、目録金石、書畫藝術、詩文小説，遠軼前朝，積貯文獻之多，如恒河沙數，不可勝計。昔梁元帝聚書十四萬卷於江陵，西魏軍攻掠，悉燔於火，人謂喪失天下典籍之半數，是五世紀時中國書籍總數尚不甚多。宋代印刷術推廣，載籍日衆，至清代而浩如烟海，難窺其涯涘矣。清史稿藝文志著録清代書籍九千六百三十三種，人議其疏漏太多。武作成作清史稿藝文志補編，增補書一萬零四百三十八種，超過原志著録之數。彭國棟亦重修清史稿藝文志，著録書一萬八千零五十九種。近年王紹曾更求詳備，致力十餘年，遍覽群籍，手抄目驗，成清史稿藝文志拾遺，增補書至五萬四千八百八十種，超過原志五倍半，此尚非清代存留書之全豹。王紹曾先生言：『余等未見書目尚多，即已見之目，因工作粗疏，未盡鈎稽而失之眉睫者，所在多有。』清代書籍總數若干，至今尚未能確知。

清代不僅書籍浩繁，尚有大量政府檔案留存於世。中國歷朝歷代檔案已喪失殆盡（除近代考古發掘所得甲骨、簡牘外），而清朝中樞機關（内閣、軍機處）檔案，秘藏内廷，尚稱完整。加上地方存留之檔案，多達二千萬件。檔案爲歷史事件發生過程中形成之文件，出之於當事人親身經歷和直接記録，具有較高之真實性、可靠性。大量檔案之留存極大地改善了研究條件，俾歷史學家得以運用第一手資料追踪往事，了解歷史真相。

二曰亂。清代以前之典籍，經歷代學者整理、研究，對其數量、類别、版本、流傳、收藏、真僞及價值已有大致瞭解。清代編纂四庫全書，大規模清理、甄别存世之古籍。因政治原因，查禁、篡改、銷燬所謂『悖逆』、『違礙』書籍，造成文化之浩劫。但此時經師大儒，聯袂入館，勤力校理，盡瘁編務。政府亦投入巨資以修明文治，故所獲成果甚豐。對收録之三千多種書籍和未收之六千多種存目書撰寫詳明精切之提要，撮其内容要旨，述其體例篇章，論其學術是非，叙其版本源流，編成二百卷四庫全書總目，洵爲讀書之典要、後學之津梁。乾隆以後，至於清末，文字之獄漸戢，印刷之術益精，故而人競著述，家嫻詩文，各握靈蛇之珠，衆懷崑岡之璧，千舸齊發，萬木争榮，學風大盛，典籍之積累遠邁從前。惟晚清以來，外强侵凌，干戈四起，國家多難，人民離散，未能投入力量對大量新出之典籍再作整理，而政府檔案，深藏中秘，更無由一見。故不僅不知存世清代文獻檔案之總數，即書籍分類如何變通，版本庋藏應否標明，加以部居舛誤，界劃難清，亥豕魯魚，訂正未遑。大量稿本、鈔本、孤本、珍本，土埋塵封，行將澌滅。殿刻本、局刊本、精校本與坊間劣本混淆雜陳。我國自有典籍以來，其繁雜混亂未有甚於清代典籍者矣！

三曰散。清代文獻、檔案，非常分散，分别庋藏於中央與地方各個圖書館、檔案館、博物館、教學研究機構與私人手中。即以清代中央一級之檔案言，除北京第一歷史檔案館所藏一千萬件以外，尚有一大部分檔案在戰爭時期流離播遷，現存於臺北故宫博物院。此外，尚有藏於沈陽遼寧省檔案館之聖訓、玉牒、滿文老檔、黑圖檔等，藏於大連市檔案館之内務府檔案，藏於江蘇泰州市博物館之題本、奏摺、録副奏摺。至於清代各地方政府之檔案文書，損毁極大，但尚有劫後殘餘，璞玉渾金，含章蘊秀，數量頗豐，價值亦高。如河北獲鹿縣檔案、吉林省邊務檔案、黑龍江將軍衙門檔案、河南巡撫藩司衙門檔案、湖南安化縣永曆帝與吴三桂檔案、四川巴縣與南部縣檔案、浙江安徽江西等省之魚鱗册、徽州契約文書、内蒙古各盟旗蒙文檔案、廣東粤海關檔案、雲南省彝文傣文檔案、西藏噶厦政府藏文檔案等等，分别藏於全國各省市自治區，甚至清代兩廣總督衙門檔案（亦稱葉名琛檔案），英法聯軍時遭搶掠西運，今藏於英國倫敦。

清代流傳下之稿本、鈔本，數量豐富，因其從未刻印，彌足珍貴，如曾國藩、李鴻章、翁同龢、盛宣懷、張謇、趙鳳昌之家藏資料。至於清代之詩文集、尺牘、家譜、日記、筆記、方誌、碑刻等品類繁多，數量浩瀚，北京、上海、南京、廣州、天津、武漢及各大學圖書館中，均有不少貯存。豐城之劍氣騰霄，合浦之珠光射日，尋訪必有所獲。最近，余有江南之行，在蘇州、常熟兩地圖書館、博物館中，得見所存稿本、鈔本之目録，即有數百種之多。

某些書籍，在中國大陸已甚稀少，在海外各國反能見到，如太平天國之文書。當年在太平軍區域内，爲通行之書籍，太平天國失敗後，悉遭清政府查禁焚燬，現在中國，已難見到，而在海外，由於各國外交官、傳教士、商人競相搜求，携赴海外，故今日在外國圖書館中保存之太平天國文書較多。二十世紀，向達、蕭一山、王重民、王慶成諸先生曾在世界各地尋覓太平天國文獻，收獲甚豐。

四曰新。清代爲傳統社會向近代社會之過渡階段，處於中西文化衝突與交融之中，産生一大批内容新穎、形式多樣之文化典籍。清朝初年，西方耶穌會傳教士來華，携來自然科學、藝術和西方宗教知識。乾隆時編四庫全書，曾收録歐几里得幾何原本，利瑪竇乾坤體儀，熊三拔泰西水法、簡平儀説等書。迄至晚清，中國力圖自强，學習西方，翻譯各類西方著作，如上海墨海書館、江南製造局譯書館所譯聲光化電之書，後嚴復所譯天演論、原富、法意等名著，林紓所譯茶花女遺事、黑奴籲天録等文藝小説。中學西學，摩蕩激勵，舊學新學，鬥妍争勝，知識劇增，推陳出新，晚清典籍多别開生面、石破天驚之論，數千年來所未見，飽學宿儒所不知。突破中國傳統之知識框架，書籍之内容、形式，超經史子集之範圍，越子曰詩云之牢籠，發生前所未有之革命性變化，出現衆多新類目、新體例、新内容。

清朝實現國家之大統一，組成中國之多民族大家庭，出現以滿文、蒙古文、藏文、維吾爾文、傣文、彝文書寫之文書，構成爲清代文獻之組成部分，使得清代文獻、檔案更加豐富，更加充實，更加絢麗多彩。

清代之文獻、檔案爲我國珍貴之歷史文化遺産，其數量之龐大、品類之多樣、涵蓋之寬廣、内容之豐富在全世界之文獻、檔案寶庫中實屬罕見。正因其具有多、亂、散、新之特點，故必須投入巨大之人力、財力進行搜集、整理、出版。吾儕因編纂清史之需，賈其餘力，整理出版其中一小部分；且欲安裝網絡，設數據庫，運用現代科技手段，進行貯存、檢索，以利研究工作。惟清代典籍浩瀚，吾儕汲深綆短，蟻銜蚊負，力薄難任，望洋興嘆，未能做更大規模之工作。觀歷代文獻檔案，頻遭浩劫，水火兵蟲，紛至沓來，古代典籍，百不存五，可爲浩嘆。切望後來之政府學人重視保護文獻檔案之工程，投入力量，持續努力，再接再厲，使卷帙長存，瑰寶永駐，中華民族數千年之文獻檔案得以流傳永遠，霑溉將來，是所願也。

二〇〇四年

前言

桐城派興起於清代康熙之際，延續至民國初年，前後達兩個世紀之久。其陣營之壯大，內涵之豐富，在中國文化學術史上，實屬罕見。近百年來，社會變遷，貶之者較多，譽之者亦不乏人，分歧頗大。自上世紀八十年代以後，在解放思想大潮的推動下，不少學人已不約而同地認識到：作爲清代文化學術領域內一種重大的存在，桐城派是一個繞不過去的話題。可以説，没有對桐城派系統、深入的研究，要想寫好清代文學史、學術史、文化史，當非常困難。而且，不少桐城派作家的社會實踐活動，涉及清代社會的諸多方面，如政治、經濟、軍事、教育、學術、文藝等，有些影響至爲深遠；且其詩文中史料甚豐，值得治史者細心發掘。然而，由於種種原因，桐城派所受到的學術關注，還很難説與其重要的歷史地位、影響相稱。很多研究有待於深化，不少的領域還是空白。文獻資料的搜尋、整理則長期停留在分散、零星的狀態。

桐城派名家文集係國家清史編纂委員會文獻組的規劃項目。此項目的確定與實施，無疑使桐城派文獻資料的整理工作邁入了一個新階段。其便利學人，推進桐城派研究的作用，自不待言。桐城派自興起、形成，歷經發展、變化，兩百多年中，直接或間接與桐城派相關聯的作者，可能近千人。影響所及，北達京都，南逾五嶺，東及吴越。文獻遺存十分豐富。我們此次從其發展過程中選擇各個階段的若干代表人物的文集，編纂整理，試圖爲廣大讀者提供一套大體上能體現桐城派不同階段特徵的文獻資料；在以歷史發展綫索爲主的基礎上，適當兼顧地域的因素。本着上述意圖，文集收入的作家爲：戴名世、方苞、劉大櫆、姚範、姚鼐、吴德旋、陳用光、方東樹、姚椿、管同、劉開、姚瑩、梅曾亮、吴敏樹、曾國藩、龍啓瑞、戴鈞衡、王拯、方宗誠、張裕釗、黎庶昌、薛福成、吴汝綸、賀濤、范當世、馬其昶、姚永樸、姚永概，共二十八人。持此一編，基本上可以感知桐城派演化的不同階段的根本特徵，亦能從中窺探清代社會某些方面的情景。

文集分甲、乙兩編。甲編收入姚範、吴德旋、陳用光、方東樹、姚椿、管同、劉開、姚瑩、吴敏樹、龍啓瑞、戴鈞衡、王拯、方宗誠、薛福成、馬其昶、姚永樸、姚永概等十七位作家詩文集。因爲在本項目擬訂規劃時，上述十七位作家的詩文尚未見到整理本出版，所以此次編纂、整理時，盡力求全：在對其已刊刻作品進行校勘、標點的同時，又儘可能蒐集其未刊稿，希望由此提高資料的完整性。乙編爲戴名世、方苞、劉大櫆、姚鼐、梅曾亮、曾國藩、張裕釗、黎庶昌、吴汝綸、賀濤、范當世等十一位作家的文章選集。上述作家，或爲桐城派開宗立派的大師，或爲推進桐城派轉變、發展的巨匠，其詩文本當全部匯録，但考慮到均已有整理本出版，因此本文集以其文選入編，雖然未能以全貌示人，但經過編者認真選擇、整理的文選，當亦能在基本方面體現出各位作家的文章風貌。

國家清史編纂委員會、國家清史編纂委員會項目中心與文獻組對桐城派名家文集的編纂十分重視，給予了多方面的指導與扶持。安徽省哲學社會科學界聯合會、中共桐城市委員會、桐城市人民政府從始至終對整理工作提供各項支持，諸多實際困難得以化解。顯然，若無上述各方面的關心，文集必然很難完成。時代出版傳媒股份有限公司安徽教育出版社一向重視文化傳承，扶持學術，毅然承當了文集的出版工作。在此，謹對一切關心、支持本項目的機構、人士深致謝忱！

桐城派名家文集乃是文化學術界第一次較大規模的桐城派文獻資料整理工程，難度可想而知。而我們則學力有限，每每有力不從心之憾。因此，文集内難免有不少疏誤之處。出版之後，希望得到廣大讀者的積極回應，給予指正。

嚴雲綬　施立業　江小角

二〇一一年九月廿五日

凡例

一、桐城派名家文集分甲、乙兩編；　甲編收入姚範、吴德旋、陳用光、方東樹、姚椿、管同、劉開、姚瑩、吴敏樹、龍啓瑞、戴鈞衡、王拯、方宗誠、薛福成、馬其昶、姚永樸、姚永概等十七位作家詩文集，乙編爲戴名世、方苞、劉大櫆、姚鼐、梅曾亮、曾國藩、張裕釗、黎庶昌、吴汝綸、賀濤、范當世等十一位作家選集。

二、凡收入甲編的名家文集均保持其原刻本編次。不同年代刊行的文集或詩集按其刊刻年代先後編排。有輯佚稿者按文、詩分類編年，附於原刻文集之後；　年代不明者，酌情處置。

三、每位作家文集前之整理説明，簡要説明作家、著作版本的主要情况。甲編各文集後附録清人所撰寫的年譜、附記、墓志銘等相關資料。

四、底本之選擇兼顧底本完整性與準確性兩原則。若兩者不能兼顧，則以訛誤少、校刻精之本作底本，其殘缺部分以他本配補。

五、凡底本不誤而他本誤者，一般不出校記。

六、底本之明顯的版刻錯誤，如因形近致誤的『己』、『已』、『巳』之類，可以依據上下文予以辨識者，逕改之，不出校記。

七、凡底本之訛、脱、衍、倒，確有實據者，予以改正，并以符號標識。以圓括號表示誤字或應删之字，改正之字置於括號後；　以方括號表示增補之字。

八、文中脱漏、殘缺或難以辨識之處用方框表示。

九、底本與他本文异，但義可兩通、難以取捨者，以校記説明。一般虚字有异而文義無殊者，可不出校。

十、文字盡量保持原貌，通假字、异體字一般均依原文，不改爲現代通行體，亦不求統一。過於冷僻之字可酌改爲通行字。文中如有外文詞語之翻譯與現在通行譯法不同者，不作改動，仍存原譯。同一譯名在文集中前後相异者，亦存原譯，不予統一。

十一、校記力求簡短，摘引正文時僅舉所校詞語。校記置於該篇篇末。

十二、文中引文與原書小异但不失其本意者，不改動亦不出校。節引原書文字大异且失其原意者，出校説明，但不改正。

十三、標點符號依照一九九六年中華人民共和國國家標準標點符號用法的規定使用。考慮到古代漢語的特點，原則上不使用省略號、破折號、着重號和連接號。

十四、凡直接引用的文字用雙引號表示，若引文中復有引文，則加單引號。古人引書多述其大意或節略其文，凡此等處不用引號。

姚瑩集

點校　施立業

整理説明

姚瑩，字石甫，號明叔，晚號展和，又號幸翁，安徽桐城人。生於清乾隆五十年十月七日（一七八五年十一月八日），卒於咸豐二年十二月十六日（一八五三年一月二十四日）。出身書香世家。師從叔祖父姚鼐學古文法，與梅曾亮、方東樹、管同併稱為『姚門四子』。嘉慶十三年（一八〇八年）進士。早年曾在廣東地區遊幕，先後入百齡、程國仁等人幕，又曾與松筠交往，遂麤知海外時事，後輯成識小録，為讀書筆記。嘉慶二十一年春，謁選福建平和知縣，調龍溪、臺灣，兼理海防同知，攝噶瑪蘭通判事。以事解職。成東槎紀略，實為臺灣考察與研究之專著。不久，父母先後逝世，遵制守孝接連數年。守孝期滿，道光十一年（一八三一年），奉命發往江蘇，先後任武進、金壇、元和等知縣，陞淮南監掣同知，曾護理鹽運使。所到之處，政績卓著，循能之聲遠播。道光十七年命陞任臺灣道，次年春到任。鴉片戰爭期間，與達洪阿領導臺灣軍民積極組織抗擊英國侵略的鬥争，受到嘉獎，進階二品。以被誣『冒功』而入刑部獄。事解，發往四川，曾兩次被差遣處理川藏兩呼圖克圖紛争，後任蓬州知州。著康輶紀行十六卷，為邊疆及世界史地筆記與研究之著述，主張知己知彼，睜眼看世界，堪與魏源海國圖志相媲美。又將近年所作讀書筆記集録為寸陰叢録四卷。道光二十八年辭歸。先後入李星沅、陸建瀛幕，曾參與鹽務，併受委托編成海運紀略後編一書。咸豐初，太平軍起，奉旨出任廣西按察使，參加圍剿太平軍之役，後以湖南按察使病死於軍營。

姚瑩的古文作品，志在經世，因而大都能自抒心得，不假依傍，不為空談。其議論洞達世務，激昂奮發，剛健雄直；其論事鋪陳治本，曉暢民俗，尤能自出機杼。他主張文章要有益世用，提出了『義理、經濟、文章、多聞』的學問理念，是繼方苞之後，對桐城派文風向經世轉變起引領作用的重要人物。他認為，文章無所謂古今，道與藝合，才是好文章。贊賞雅馴高潔，反對工於華麗而媚俗。同時以為文章優劣，與作者才氣有關，而才氣天授與自脩兼具者方可創作出最佳作品。作者應習讀六經，併廣納百家，以學、才、識為其本，以格、律、聲、色、神、理、氣、味致其用，才能寫得出沉鬱頓挫的美文。姚瑩詩論也極具價值和特點，反對詩詞創作摹擬古人，且不主張刻意追求聲音文字之工，贊賞詩歌創作出於自然。以為詩以言志，只有『忠義之氣，仁孝之懷，堅貞之操』者才能做得千古流傳的名篇。有論詩絶句六十首，評論歷代名家名篇，發表自己對詩歌藝術的見解。

姚瑩著作宏富，目前所見輯結最全者為中復堂全集九十八卷。據柯愈春清人詩文集総目提要著録，姚瑩的詩文集版本有：石甫文鈔三卷，嘉慶二十三年刻本。中復堂全集九十八卷，有道光間自刻本，又同治六年（一八六七年）其子濬昌安福縣署重刻本，其中輯入詩文集有東溟文集六卷、文外集四卷、文後集十四卷、文外集二卷、後湘詩集九卷、詩二集五卷、詩續集七卷、東溟奏稿四卷，共五十一卷。文集皆自訂，有方東樹序，以體分編，道光元年刻於福建，十二年重刻於江陰。道光二十九年續刻近著為文後集，三十年刻文外集於南京。後湘詩集九卷，有鄱陽陳方海序，又嘉慶十九年自序，録古今體詩五百一十八首。詩二集五卷，録詩二百二十一首。此二集皆道光十二年刻於江陰。詩續集七卷，前有道光二十三年建寧張際亮序，又道光二十九年自序，道光三十年刻於金陵。咸豐二年詩文集書版皆毁於兵，同治間重刻。李兆洛謂其所作『體兼質文，不佻詭以害才，不傀麗以蕩心。』又據李靈年、楊忠主編清人別集総目著録，還有後湘集九卷，嘉慶二十三年刻本，道光十三年刻本；後湘續集七卷，稿本；中復堂選集，臺灣先賢集本等。

根據清史編委會要求，此次僅收録詩文集，單獨著作不在收録之列。所取為臺灣文海出版社中復堂全集影印本，除將原文分段、標點之外，原書類別編次，一仍舊編，未作改動。為便於閱讀，將一些生僻的異體字、通假字改成了常用字。由於時間較為倉促，加上水平所限，錯誤之處難免，還請海內專家學者批評指正。

施立業

二〇一〇年十二月二十二日

目録

東溟外集卷一……一〇九

東溟外集卷二……一二〇

東溟文後集卷九 …… 二八四

東溟文後集卷十 …… 三〇四

東溟文後集卷十四……三四七

東溟文外集卷一……三五四

東溟文外集卷二……三八一

後湘詩集卷一　五言古體……三九一

後湘詩集卷二　五言古體……四〇一

後湘詩集卷四　七言古體……四一七

後湘詩集卷五　五言律詩

後湘詩集卷六　七言律詩……四四三

後湘二集卷二　古近體詩……四八六

後湘二集卷五　古近體詩 …… 五〇八

後湘續集卷二……五二〇

後湘續集卷三

後湘續集卷六

後湘續集卷七

中復堂遺稿卷四……七三一

中復堂遺稿卷五……七四六

中復堂遺稿續編卷一……七六三

中復堂遺稿續編卷二

東溟文集卷一

通論上

將欲成天下之大事，著不易之駿功，此非一二迂曲之士所得與知也。孔子之言曰：言必信，行必果，舍是不可爲君子；宗族稱孝，鄉黨稱弟，舍是不可爲完人。聖人之意豈不欲天下人人皆無失言、無失行，而稱譽之美溢於鄉國，以是爲太平之極規也。誠使天下人人皆能如是，是亦足矣，而勢又不能。天下之治亂有所由生也。變亂未形，惟聖人能泯其幾兆，事勢既著，斯達者乃建其功名。士有功名，天下之不幸也。夫言行稱譽，聖人所以教天下也。天下幸安，人服吾教。不幸一旦有事，愚者迫於飢寒，相率而爲盜賊，英雄豪傑並起，是惟角智爭力之不暇，而區區執言行稱譽之說，欲以安定天下，其誰聽之乎？

夫聖人豈不計古今常變而統言之哉？此不可不權勢緩急者也。天下之民至不齊矣。燕趙之民沈而勁，齊魯之民椎而鷙，秦晉之民嗇而悍，吳越之民貪而剽，閩粵之民很而愚，其地氣然也。其中又必有材智殊衆、桀驁不屈之徒，往來要結，自相雄長，此奸民之尤者，國家之巨憝也。不鋤而誅之，固無以爲治。然亦安得而盡誅之乎？且夫天下之民，其循分自安者，大抵椎魯無識，僅爲人役而已，若小有技能，卽不免過分之望。況夫山川精氣，間有所鍾，其人既挾殊常之能、非常之志，類皆自矜貴而賤人。幸而有業自存固無論，一有失職，彼其能俯首帖耳，甘貧賤而無事乎？

天下之患常中于所忽。朝庭晏安，四夷賓服，又且人主聰明，謹守祖法，勤於政事，大臣夙夜恪恭以求無過，甚安也。是時天下卽有奇才而無敢倡爲高論、輕議時事，智者無所用其謀，勇者無所用其力，舉世以爲太平矣。而非常之患卽伏於其中，何也？奇才智勇不虛生，不能見於國家，彼將自見於天下，吾恐其蕩佚自恣，將伺隙而生端也。且世之所謂太平者，果能風俗不偷，人心樸厚，忠正盈朝，府庫充實，四時無水旱之儆，海內無師旅之役乎？將不能也。此數者一有不然，足爲大患。況其備之者，乃猶習故常，不以人才爲急，吾深爲執事者惜之。

或曰：後世取士之途廣矣，科第取之，鴻博取之，館職吏員取之，乃至入貲者取之，登進甚多，而常有無人之歎，豈執事者之咎？吾謂不然。登進之法，宜有常格，以絶奔競之門；甄拔之途，必有殊科，以收非常之用。向之數端者，可以得尋常之士矣。若夫奇才智勇、抱非常之略者，豈屑屑從事於此哉？就使數者之中有其人矣，責之以科條，核之以名實，尺寸之法足以短人，彼其所挾持者大，區區不足以自見，有逃而去耳，況其窮愁失職，放浪於風塵湖海之中、鬱鬱無所遇者，又安知其幾輩耶。昔者，東晉之際，王謝諸公勵志中興，而不能得王猛，苻堅得之，遂霸中原。慶歷之間，韓范當國，賢髦畢登，而不能用張元、吳昊，夏人用之，卒爲西患。論者未嘗不惜其以人材資敵也。夫以人材資敵甚於以兵借敵、以地予敵。苟羅而用之，彼皆吾材也，胡爲以助敵乎。王謝韓范諸公，豈其智慮不及此而竟失之者，狃於故常之見，忽於耳目之前故也。

夫有雄材絶智、抱濟時之具者，此其人類不能斤斤於言行稱譽之間矣。有不爲乃可以有爲，釋其小乃可以見大。舉世不覺而獨言之者，必有觀時之識；舉世共趨而獨不顧者，必有經遠之謀。接其人，察其議論，毋以資格相拘，毋以毀譽惑聽，是在執事者之鑒擇矣。夫闊大者多疎，沈毅者多略，高明者多傲，英邁者多奇，觀其病則其美可見也。若夫謹言曲行，與衆俯仰，豈所望於國士哉？嗟乎，二三大臣執政，誠當國家乂安之時，逆慮未然之患，深心實意，求其材智絶特、闊達有爲如王景略其人者，舉而用之，以濟當世之務，又何不久安長治之有！乃僅僅束身免過，不先天下而憂，既無知人之明，又復多所忌諱，坐使奇才絶識沈淪困躓而無以自效。古今以來，忠正明達以身任天下者，猶且失之，又況其未必若王謝韓范諸公者哉！

通論下

天下之積勢如此其重也，其需才又如此其亟也，然而曰才難；才難者，將無以爲天下乎？舟車所以行水陸也，計古之行無以異今之行，則舟車之爲材同也。穀帛所以衣食饑寒也，計古之衣食無以異今之衣食，則穀帛之爲物同也。而人，天之所甚愛也，計古者天之愛人無以異今之愛人也。

天不爲古今異其舟車穀帛之生，獨於人才至今而靳之，豈天心乎？故天之生才古今同，而才之有無古今異者，則是非無才也，今之用才者不如其用舟車穀帛也。古之舟車，行而已耳，而朱輪華轂畫鷁飛鳧，今之華十倍之。古之穀帛，衣食而已耳，而雲羅霧縠，海市山錯，今之富十倍之。至於人才，則苟簡而已。進一人焉，惟其私也，匪是，則秦人之視越人也。退一人焉，惟其憎也，匪是，則妨賢塞路如未之見也。是何其愛才不如其愛舟車穀帛也？彼其視天下必有不若行與衣食之切者矣。

故人必飢也而後求食，則穀至，從而精焉，斯山海之珍集矣。人必寒也而後求衣，則帛至，從而美焉，斯錦文之飾備矣。人必有志天下也而後求士，則才至，從而切焉，斯瓌偉之士出矣。今夫生而自命者，上聖之資也，有待而濟者，識時之傑也，將欲建天地之中，立生民之極，繼往開來，紀綱百代，此誠間氣不可以世出。若夫豪傑之士，慷慨時務，奮欲有爲，則往往見之矣。顧其人不能無所因以成事，類皆有所短以累名。昔者管仲嘗事公子糾矣，粥粥無所聞，一戰而囚，及桓公相之，遂大匡成霸者，桓有霸主之志，仲因之而成其功也。韓信、陳平嘗事項籍矣，位卑祿微，言不見用，及從高祖，用其計畫，卒亡項氏者，高祖有明帝之資，信、平因之以效其用也。魏徵嘗事建成矣，不能直言極諫，以成其主之德，及事太宗，力陳王道，貞觀政治，遂幾成康者，太宗有納誨進善之智，徵因之以盡其忠也。故曰：有不遇之君，無不得之士。向使數子者不遇其主，雖懷奇負異，亦與草木同朽矣。而得際三君，驅策羣力，遂佐成大業如此，豈不懿哉！

人君者，風也；大臣者，播風聲者也；士者，草木之待偃者也。上以功名責士，則士以功名著矣；上以氣節望士，則士以氣節稱矣；上以利祿奴隸役士，則士以委蛇庸碌終矣。故曰：觀世之治，觀所進士，下有伏才，上無顯節。古者大臣不侵庶職，務在進賢。故虞期聞樊姬之言而避位，史魚遲伯玉之用而尸諫，是皆不曠其官者也。且夫太上立德，其次立功。周召之賢不掩尚父，孔子稱管仲曰『如其仁』，不責其死而以自經溝瀆爲匹夫之諒者，聖人所以爲大，觀時所急，不廢才以墮其功也。伊尹五就湯、五就桀，孟子稱爲聖之任者，自後儒論之，不以爲反覆之臣乎？論人如孔孟，可以折天下之中矣。今習委蛇之節而忘震驚之功，仍貪冒之常而昧通時之識，徒以議論相高，莫究實用，一聞異論，則摇手咋舌以爲多事，是坐視大厦之攲而不敢易其棟梁者也。而其言則曰無才。夫三代以下，士無夷齊之行，儒無孔顔之譽，一善未彰，短己共著，其謂之無才，不亦宜乎。

夫用人之與衡人，不可同日而語矣。衡人者，原其心志與所行事始終，核量以定其賢否，將以明道，非苛其人也。若用人者，大小視其器，長短惟其材；觀其效不責其程，計其功不較其外；以才用才，不以法用才。吾未見輢較轐轚之不適於車，舲舴舠舭之不適於舟也。嗟乎！三代以上，痌瘝是求，漢唐英辟，亦言駕馭，不聞無才之歎。至其末世，諂臣持寵，媢嫉尤多，於是愚其主以爲天下無才，上亦日見其左右之碌碌也，遂謂一時人士不過如此。嗚呼！其一朝遇合，雲蒸龍變而起者，豈非皆草澤之士哉？吾聞漢唐之興，猶有進賢受賞、蔽賢蒙戮者，其後史冊所載遂無聞焉。故備論之，以爲有進人之責者戒。

賈誼論

文景之世，上好黄老，以無爲爲治，大臣亦皆謹謹無所舉建。其時慷慨論議，深計天下事者，賈誼、鼂錯而已。誼與錯皆明於事勢，而錯尤善言兵，其論募民入粟及削弱諸侯之計，即賈生積穀與定地制之議也。錯之才不及誼，景之賢不及文。然景帝方爲太子即說錯，及爲帝，遂驟用至三公，行其策。賈生痛哭上書，言更切至，文帝雖奇之而不能大用，卒以自傷哭泣死。或者以爲遇之幸不幸，非也。錯言於時事已形之後，故見爲悚切而易入，誼言於癰疽未潰之先，故見爲迂闊而緩圖也。且錯之言術數，峭直深刻，與景帝資性既近，而刑名之原，亦本黃老。若賈生定制度、辨等威、明教化、美風俗，策治亂於未形，權安危於久遠，教太子以重國本，禮大臣以崇國體。信乎，王佐之才，原本於三代之意，是豈中主以下所能曉者哉？文帝蓋略有以知之矣，然卒不大用生者，豈非學術不同，見爲迂闊而可緩行之乎。

且文帝非不用生也。觀其始進，歲中超遷至大中大夫，固以爲才任公卿矣。繼而大臣沮之，嚮用不堅。及自長沙徵還，宣室夜見，自歎以爲不及。吾知帝意終用之也。顧使傅梁王而不即任，或者欲老其才以貽後人乎？乃其言則當時亦略施行矣。史謂生以夭亡，雖不至公卿，未爲不遇也。斯言得之。且夫士抱非常之略，懷不世之資，其宏才遠畫，固以爲天下，非夫立談干主取卿相以爲榮也。身雖不顯而言能見用，卽其道行，其志可以慰矣。向使賈生得大用至卿相，其設施必更有可觀者，然亦度帝能盡行之乎。張釋之見帝曰：卑之無甚高論。則帝意可知矣。用之而不盡行其言，猶不用也。言誠以次行矣，又奚必身之卿相爲哉！

賈生之于文帝，可謂遇其主矣。哭泣悲傷以至於死，吾以爲猶有功名之念，銳於進身而昧於行道。蘇氏譏其志大而量小，才有餘而識不足，或者亦以是歟？若鼂錯者，尤縱横之士，以功名爲亟，學本刑名，身爲誅戮，宜矣。而世猶悲之。賈生以王佐之才，議論實中於經術，而亦不免末俗之見，爲尤可惜耳。蘇氏者，才亞於賈生，而能自愛其才，其亦有鑑而然耶？乃其勇於建言而嗇於見用，則亦與生等。嗚呼！此豈三代以下所能責諸人主者哉？

罪言

姚子讀書至二氏之徒，經律典論逾數千，既覽其大義，詳觀終始，深惡世俗荒謬誣悖之非，更反覆諸儒辯正之說，喟然歎曰：嗟乎，道之不一，有自來矣。天意所在，非可以人力強也。夫豪傑不虛生，矧命世宏智，立言垂教，歷數千百年而不沒者，此甯謂非天意乎哉？

昔者，三代既衰，去聖久遠，百家雜說，異塗爭鳴，然皆原本於道德，其異同在大小純駁之閒耳。傳之已久，卽莫不各有所失。孔子嘗言之矣：《詩》之失愚，《書》之失誣，樂之失奢，易之失賊，禮之失煩，春秋之失亂。學六經猶不能無失也，況其他哉！孔子之書六經也，天人之理明，古今之事備矣。當時小知之徒，析言破道者不知凡幾，孔子皆有所受之，隨時折中，因材成德，未嘗偏有所廢。故曰『吾道一以貫之』。七十子皆豪傑之士也，其閎材絕智足以各成一家言，孔子既沒，彼此或不相能矣，所聞受異也，然何害於孔氏乎？

老子、浮屠之生先後於孔子，亦以其道傳之至今。夫春秋戰國之閒，諸子著書者百數，然自孔子之實行皆飈逝火滅，獨二氏之書久而愈昌，此殆非盡人之私也。今夫天之數一而成三，而復太極，以一函三，故備天地人爲三才。陽極於九，參其三者也。陰極於六，兩其三者也。自是而千變萬化生焉。變化云者，非其故也。老之後，流而爲刑名、服食、導引、鑪火、符籙，釋之後，流而爲律門、宗門、經典、懺禮，皆其變而化者也。或得焉，或失焉。猶之乎儒之後，流而爲訓詁、考訂、辭章、小學、雜術，亦其變而化者也。亦或得焉，或失焉。立乎其本以論其失，則同病焉耳。

儒者之言必滅去二氏以爲快。夫惡其失而救之可也，滅而去之，惡有是理哉？水之淵淵也，火之炎炎也，金之利斷，而木之曲直也，土之壅淤也，是相害也，造物者揉而用之，使相生而不可斯須去。故大小相維、長短相就、高下相承、前後相繼、白采相受，一足之跂不能行也，一夫之智不能明也。堯舜相讓而石戶逃之，紂武相伐而夷齊恥之，天下以爲高矣。然而舜不爲石戶而去位，武不爲夷齊而反師者，何也？道固有不同而一者也。天下有無爲而得者矣，未有有爲而無失者也。利之所在，害必歸之。見一夫寒，爲制重裘以禦冬也，六月服之不去身則病矣。服者之昧也，非制裘過也。古之立教者，皆非無爲而然也，相其時而救之。三皇之世無兵刑，五帝作之，民乃相殺。五帝之世無盟誓，三王作之，民乃相疑。非帝王之德薄，不慮其失也。使舜慕三皇而釋四凶之誅，啓慕五帝而罷有扈之誓，則虞夏不治。何也？時不可也。必執其末以咎其本，則黃帝之造兵爲禍始，皋陶之明刑爲酷先矣，於老子、浮屠乎何有？

春秋有孔子集聖之大成也，於伯夷則賢之，於柳下惠則又賢之，二子之道不同也。老子同世，絕聖棄智之說必有聞也，獨無一言非之，何哉？故我喋喋而人益爭，仲尼不辯，化者七十，非聖人之大也，道不相傾也。二氏之徒，流及後世，怪誕誣妄甚矣，吾以爲其徒之失耳。夫老子者，惡夫文爲之敝，詐譎相滋，故反純歸樸，以清靜無爲救之。莊子推而放之，至於一死生、齊萬物，凡欲使民無役此心，喪其天眞而已，非使之長生也。後世服食爐火之書，變而愈下，何有老氏之豪末哉！釋氏之生，本在荒裔絕域，其俗貪淫殘忍而好鬼神，故爲禍福生死報應之說，以化其頑很之性。其教大旨，五戒盡之矣。而爲其徒者轉益附會，務爲駭異以欺世，至於寫經造寺，窮極奢靡，以奔走愚衆，其文者又張皇幽渺，漫衍支離，糾紛於語言文字之閒，是皆浮屠氏之罪人也。爲吾儒者，不尋考其本末，惟就所惡以與二氏者辯，是六月服裘而病，不咎服者之昧，而責其始不當爲裘也。此所以辯之愈深而人莫之從也。

今夫善醫者因病而藥，則牛溲馬通、枯骨敗革，皆有扁、盧之用。故藥之毒烈者可以起死，庸醫見其殺人也而棄之不畜，必有待是不得而死者矣。世之儒者好爲拘執不通，何以異此？嗟乎，天地之道亦大矣，必生其人以畀之，南北異宜，剛柔異用，所以爲人萬殊，則教之之道必不可以一端盡。彼二氏者，其生豈偶然哉？世無孔子，宜乎莫能折其中也。

剛柔說

天地之道有陰有陽，陰陽之道有柔有剛，而人之道有小人君子。夫君子小人者，善惡之名也。而善惡之中，亦各有剛柔。剛不必盡善，柔不必盡惡也。君子之道嘗近剛矣，而不可執剛以爲君子。小人之道嘗近柔矣，而不可執柔以爲小人。陰陽則尤不可以善惡言矣。自易之剝、復、否、泰，假陰陽進退以明君子小人之消長，學者不察，專以陽剛爲君子，陰柔爲小人，遂謂天與人之道一，皆好陽而惡陰。斯言誤矣。天地定位一尊一卑，男女成形一貴一賤，陰陽之尊卑皆自爲之，豈容好惡於其閒哉。夫陰陽相成，剛柔相濟，不可以偏廢。善則君子，惡則小人，不可以兩歧。今曰吾好善而惡惡，則去小人可也。今曰吾好陽而惡陰，則將去陰可乎？且夫《易》明吉凶之理，君子道吉，小人道凶，理也。不問其道，概謂陽則吉、陰則凶，剛則吉、柔則凶，有是理乎？六爻之位，陽五爲君，陰二爲臣，是爲得中當位。陽四爲君，陰三爲臣，則爲不中失位。今概謂陽則君子、陰則小人，是得中之六二，皆小人矣。六二爲小人，則九五一爻之外，將無君子乎。此皆說之不可通者也。

夫君子小人相爲消長，與陰陽之消息，其道相類，故聖人假象以爲說，豈必陽君子而陰小人哉。陽剛不中卽小人之象，陰柔得中亦君子之象也。至道之教固不可以一端拘矣。且君子之道，固不必盡剛，而小人亦不必盡柔。坤之傳曰『柔順利貞』，『君子攸行』。明夷之傳曰『文明』，『柔順』，『文王以之』。此君子之柔也。彼小人者乘勢得位，則憑陵剛暴，無所不爲，又豈盡委蛇屈下哉？故曰：君子小人不可盡以剛柔斷，若陰陽尤不可以君子小人分也。嗟乎，世之君子以道自居，往往剛彊好直，不屑於柔順，以至悔吝終窮者衆矣。由不明剛柔相濟之用，專以陽剛自持，而以陰柔偏屬之小人故也。

心說

人之所以爲人者，心而已。心具性而發意，性本命，命本五行，五行本陰陽，陰陽本天，推而上之，其道一，故無不善。意之發，有誠有妄。誠者爲情，發乎情者，視聽言動莫不正。正則善，善則可以聖矣。妄者爲欲，發乎欲者，視聽言動莫不邪。邪則惡，惡則至於狂矣。推而下之，其道二，故善惡分焉。上焉者惟其理，理虛而不可見也，聖人達之。下焉者惟其事，事實而莫能遯也，君子修之。故爲人者，治其心而已。有存焉於此存，有去焉於此去，舍是以爲人，吾不知其所以人矣。

天者，非夫蒼蒼之謂也，達乎陰陽而已矣。陰陽者，非夫男女之謂也，達乎五行而已矣。金木水火土者，分天道而行之，行之以爲命，命之以爲性。木命仁，火命禮，水命知，金命義，土命信，五行之德也。

人得五行之秀以爲性，無弗具也，而有盛衰強弱焉。五盛爲中，得中者聖。一盛爲正，守正者賢。或衰焉，或強焉，則強者過之，衰者不及。五皆衰，則戾矣。惟心也，扶其衰，抑其強，進其弱，及其盛。天也，有人道焉，參贊化育之謂也。

至哉，心也！極乎九重無復上也，際乎九淵無復下也。一息周宇宙，一念通異類，昭明乎日月，幽渺乎鬼神。人知神之神，而不知心之神也。天人有異神乎？一而已。

心無不在也。去乎此則卽乎彼，無所去無所卽。心之靜耳，靜在吾身。吾無身，在天地。

世之以寂然爲心者，其不善言心者乎？心爲我寂則爲我動，不爲我寂者必將爲物動。爲物動者，心非我有，苟爲我有，則不爲物動。不爲物動者，動如無動也，何必寂乎！

心之寂也有其象，昭昭乎！心之感也有其幾，淵淵乎！不見其象者，不見其幾也。故易不言幾而言象。

天下之可以心悟者，豈一一而觀之哉？有對者在也。觀白可以知黑，觀有可以知無，觀生可以知死，觀往可以知來，覿人可以知我。無所觀無所知，則其心不神矣。不神其心者，蔽其心者也。入乎宗廟而後肅焉，臨乎大野而後廣焉，鑒乎澄潭而後清焉，止乎深山而後靜焉。則前乎此者微矣。聖人無不肅，無不廣，無不清，無不靜，物與有合耳，非與有加也，此心之至也。

朝有行而暮忘焉，非善忘也。朝有行而暮存焉，非善存也。彼之所存忘者，事耳。惟心也無所忘，亦無所存，以常熒熒，然後不逐。

物之有干我者，必有致者也。我致之，物何尤？我無致而物至，則非其干也，遇耳。兩相遇，物何尤？有尤物之心，則心亂矣。

操則存，舍則亡者，心也。孰操之，孰舍之，非有操舍乎我者也，心自主之。自主之者，無使奴之者也。無所奴，斯有所主矣。物役之，人役之，豈非奴其心哉！

人之有覺、昧者，非心也，氣也。陽氣動而開，開則覺。目開則有見也，耳開則有聞也，鼻開則有臭也，口開則有言也，九竅開而後心有所出入矣。陰氣靜而閉，閉則寐。目閉故無見也，耳閉故無聞也，鼻閉故無臭也，口閉故無言也，九竅閉而後心無所出入矣。有所出入而能靜者，心之凝也。凝故一，一則定而安，定而安，斯誠矣。

無所出入而不靜者，心之散也。散故妄，妄則變而夢，變而夢，斯幻矣。至人所以無夢者，以不寐而能靜其心。夫不寐而能靜其心，則其寐也，於夢何有？

人之有生死者，亦非心也，氣也。心者，陰陽五行之理，身者，陰陽五行之氣，理氣合而爲人。理也主之，氣也奴之；理也居之，氣也舍之；理者無窮，氣者有盡。故氣感焉而生，生而長，長而壯，壯而老，老而衰，衰而盡。其生也有與來，其死也有與去。心誠則理順，理順者氣和。和者，生之徒也。心妄則理乖，理乖者氣戾。戾者，死之徒也。人知所以生死，則修短之數無所凝滯於其閒矣。

人之所以有魂魄者，氣也。而有形焉，有神焉。魂者，清靈而上浮，氣之陽也，神也。魄者，濁滯而下降，氣之陰也，形也。人晝而清明，夜而昏惰者，晝，陽氣，魂用事；夜，陰氣，魄用事也。魂苦爲魄拘，故神苦爲形役。至人以魂斂魄，不以魄斂魂，故以神運形，不以形運神也。魂斂魄者，魂強而魄從之，則濁滯者化矣。魄斂魂者，魄強而魂從之，則清靈者敝矣。神運形者，形安而神定；形運神者，神躁而形敝。此二者，一以心宰之。心明，則清氣應而魂魄靈，故爲聖賢、忠孝、慈惠、寬和。心昏，則濁氣應而魂魄滯，故爲愚闇、貪吝、急刻、慘暴。此善惡之分也。故聖人不言魂魄形神者，非不事也，一治心，而魂魄形神皆治矣。

人一，而中土四夷之民殊焉。言語不相通也，嗜欲不相同也。知能之殊，何怪乎爾！吳越之民見言天者日星之儀、寒暑之表，詫以爲神，不知天官疇人羣聚而習之。燕趙之民見夫泅水者乘風狎浪、出入深潭，驚以爲怪，不知甌越蜑戶童少而能之。世所傳浮屠之幻，亦猶是耳，何怪之有！且人，塊然一物，而有見，而有聞，而有言，而有動，是不亦怪之至乎？不此之思，而幻術之是慕，斯乃足怪耳。

老氏之徒之言命者，我知之矣。綿綿延延以存其氣，窈窈冥冥以固其精，合氣凝精以抱其神，三者致一，以爲長生，有惡乎死者也。釋氏之徒之言性者，我知之矣。來無所始，去無所終，在心爲想，在目爲觀，在耳爲聞，在舌爲說，不卽一切，不離一切，出入乎生死者也。

是二說者，吾能知之而不爲之，無與乎生死云爾。

鵰鴞之惡，無惡乎人也，人自憎之。鳳皇之文，無美乎人也，人自慕之。人之於鳥也，不亦強用其心乎？曰：非也。人自爲其憎慕耳，何心於鴞鳳哉！吾悲夫世之逐鴞鳳而忘美惡者也。

女子，至柔也，而丈夫懼焉。嬰兒，至懦也，而行者避焉。則非畏其柔懦也，有動其心者矣。三軍至猛也，而賁育睥之。鼎鑊至烈也，而毛焦趨之。則非狎其猛烈也，有不動其心者矣。

師說上

士之不振於天下也，非一日矣。道德廢、功業薄、氣節喪、文章衰，禮義廉恥何物乎，不得而知也。國家之養士也，亦非一日矣。具科條、明法令，教之有長，進之有階，乃欲正人心而人心日敝，欲端士習而士習日非。不究其本，徒恃一二俗吏以區區尺寸之法繩之，此豈有得哉！或曰：士也者，視上之所養。古者先王之養士也，祿足以代耕，賜足以周困，凡入學者，太子以下得與之齒，而王與公卿大夫又以時入學，親與雍容揖讓，其禮也隆，其情也洽，有不率教移之郊遂而已，戮辱不及焉，異等於凡民也。後世教不同而禮益薄。俊秀之選，古所以表章德藝也，今以爲榮身之名。卿大夫之位，君所與共治天下也，今以爲施恩之具。上之臨下，分絕而不通，下之應上，日偷而不實，其不振也固宜。吾獨以爲不然。

今夫古禮之不可復也，亦猶江河之不可復返矣。激而行之，不若順而導之之利也。治於其委，不若清於其原之易也。清其原柰何？曰：教士之責，君與師均。而今日之勢，師道尤重。士大夫皆延師教弟子矣，弟子雖不肖，莫不以先入爲主，其教之也，示之法，鼓其志而已。夫所爲法何法也？將使之汨沒心性，蔑棄品節，求爲世俗之學，以取富貴乎？抑將追古人之學，以立身成名於天下也？童子何知，見可悅者則志之而已。今不使之悅於道德、功業、氣節、文章，而使之悅乎科名榮利與夫一切苟簡之事以爲志。嗚呼，志則荒矣，異時傾巧姧佞、敗節墮名、負君親、辱鄉黨，其生也悠悠，其沒也泯泯，乃始咎其學術之不正，不亦大可悲哉！夫人至傾巧姧佞、敗節墮名、負君親、辱鄉黨，悠悠以生，泯泯以死，則禮義廉恥之亡久矣。顧何爲而至斯極也？豈非始教者未得其道與！揚子曰：『師道立則善人多。』此人心學術之所由來也。

師說中

工必有法也，而規矩先之。士必有志也，而勸誘先之。何以明其然也？今夫匠人之爲室也，有繩墨焉，有斧斤焉。其授之徒必舉規矩成法以告之，曰：若見此法乎，方者矩，圓者規，尺寸不中焉則缺，運爾斧斤必以繩墨，曲直有哆焉則鑿。其徒之黠者，則目擊而神會之矣。其鈍者，則又自爲刻斵，使旁觀之，且羣萃工作，使日習之，苟能究心，無不能矣。然吾聞有大匠焉，非徒楹簷榱桷之爲樸斵丹雘之巧也，則且使觀於雙龍之闕、五鳳之樓、通天之臺、翔風之館，宏俊偉麗，奇奪鬼神，使人遊焉，目眩而意迷，情怡而神曠，此非日月所能鳩工，尋丈所能程度者，而必思以傳於其徒。夫師之爲教，亦若是矣。道德、功業、氣節、文章者，人之規矩也。詩書、禮樂、圖籍、名法者，則繩墨斧斤之用也。道德如孔孟，功業如管葛，氣節如夷齊，文章如屈賈，此所謂雙龍之闕、五鳳之樓、通天之臺、翔風之館也。將使優游乎仁義之途，馳驅乎經濟之用，卓絕乎峻直之行，博辯乎華實之說。嗚呼！此大匠之所以自神，而亦以望於其徒者，曲巷一見之士烏足以知之。

且夫遊大匠之門者，恥棬樞之斧，抱瓌奇之志者，無脂韋之羞。今卽不能效孔孟管葛夷齊屈賈之美，誠能有志於此，沈其實，擷其華，闇乎如入幽泉，曠乎如蕩平川，儼乎其如亡警之骸，忽乎其如觸藩之摧，其性炯然，其氣勃然，精力所鍾，久而自通，亦庶乎有以自得。卽令絕懦至愚，猶將動其冥頑，策其駘駑，不尚愈於與世昏昏無黑白者哉？

師說下

天下之事，其始也，行之甚易，而信之甚難；其卒也，成之匪難，而行之實難。教人者，能明其難易之故而利導之，亦可以師矣。君子之觀人也，必先器識。今有士於此，其少也，確確然，嶄嶄然； 及其長也，頎頎然，軒軒然，此其圭角早程、規模已具者，賢父兄之所樂，而常人亦卜爲令器者也。 又有士於此，其少也，循循然，莊莊然； 及其長也，浩浩然，汪汪然，此其圭角不形、志量莫測者，賢人君子之所歎望，而父兄或以爲無用，亦有矣。 雖然，斯士之卒有用與否，吾無以必之矣，則必之於其師。 師之言曰： 是易成也，吾以難期之，則斯士幸矣。 師之言曰： 是難能也，吾以易速之，則斯士其尚可慮乎。 嗟乎，士既不及隆古之時，得沐先王之教澤，出入學校之中，與賢君卿大夫相接，以修明乎孝弟忠信之義，壅容乎典章禮樂之文； 退又不得當世之名賢碩儒以爲師友，相與講習討論，充廣其聞見，淬厲其志氣； 徒抱此區區遠大之志，曠然遐思，悄然塊立，甫出一言，舉世震駭以爲怪，雖父兄亦未嘗不咎之。 此憤激之徒，所以絕意矯俗，致成其孤僻而莫究夫中正之歸，而英傑之流乃中道自足，或流於放蕩，致有支離決裂之病，轉爲害於天下，則皆不得師之故也。 嗚乎，是可感矣！

天地

陰爲陽根，陽爲陰門。 天地者，陰陽之門戶也。 未有爲陰既有爲陽。 幽者爲陰，昭者爲陽。 窈兮冥兮，眞陰之極也。 恍兮惚兮，離陰卽陽之漸。 砉然軒著，成象成形，則純乎陽矣。 陽有根，陰主之。 陰有門，陽闢之。陽者，陰之所成寄也。 有來者必有所歸。 故萬物來乎陰而歸乎陰。 太虛之先，無物可名，陰之至也。 天地則有物矣，上下判然，清濁犂然，剛柔斷然，不謂之陽，可乎？然而，或陽之，或陰之，蓋有物之陰陽既分，而無物之眞陰隱矣。

物，有形者也，而陰陽無形。 聖人卽物以區其牝牡。牝牡者，不動不生，不靜不生，動靜相形而物以有萬。 聖人曰： 是陰陽之有形者也，則皆物而已矣。 水之淵淵而寒也，天一生之。 火之炎炎而烈也，地二生之。 水先而火後也。 日爲火精，衆陽之宗。 月爲水精，羣陰之主。水陰而火陽，明矣。 儒者之言，乃陽水而陰火，徒以互涵爲言，而不知水陰居大一之先，火陽生兩儀之後也。 陽自陰生，水先火後，故曰『水火』，而不曰『火水』，曰『陰陽』，而不曰『陽陰』。且夫人之生也，不胎於父而胎於母，物之育也，不孕於雄而孕於雌，是非陰爲先天之本乎？

是故天地皆陽物也，以來自眞陰者言，吾於有無見之矣。天陽也，地陰也，以既有門戶者言，吾於牝牡見之矣。陰先也，陽後也，以始有根本者言，吾於水火見之矣。故萬物之生也有自來，其死也有所歸。方其生，無牝牡動靜，皆陽也。及其死，無牝牡動靜，皆陰也。天地之道何以異此？且吾今日之處天地閒也，見其爲日月，爲風雷，爲山川，爲草木鳥獸，爲人君王侯士庶、智愚賢不肖，甚昭昭也。意者其無盡者耶？其有盡也。萬物盡矣，天地復將何有？則亦歸於窈冥而已耳。吾惡知既有之後之不復於無有也？大哉，眞陰之極乎！眞陰毀而天地亦無根矣。無根何有？無根何歸？故至人常保其眞陰以爲歸根。

鬼神篇

天下有萬物，而鬼神居其一。鬼神，一物也。世之言曰：鬼者，人之所爲。神者，天之所爲。夫王侯士庶智愚賢不肖，皆人也，死而有靈焉，是鬼也。風雨雷雹山川，皆天也，感而能應焉，是神也。鬼與神則二物矣，惡乎其『一』之？

余曰：不然。今夫人之所以爲人者，何物乎？曰天地之氣亭毒化育而成形者也。鬼之所以爲鬼者，何物乎？曰天地之氣嘗亭毒化育而成形爲人矣，而所以主乎其形，使有知覺運動者，是有物焉。及乎其形既毀，其物且凝而不散，悠邈恍惚於天地之閒，感物而能憑焉，則是其所以爲鬼也。神之所以爲神者，何物乎？曰天地之氣磅礴鬱積，飄以爲風，溽以爲雨，激以爲雷，凝以爲雹，鎮靜流行而爲山川，皆有形聲者也。形聲與人殊，而所以亭毒化育以為形聲者不殊，而亦有物焉，溷乎無形，寂乎無聲，獨主乎所爲飄、所爲溽、所爲激、所爲凝與所爲鎮靜流行者，潛驅而陰率之，則是其所以爲神也。然則，鬼神之道可知矣。

天地一氣耳，方其幽暗寂靜則爲陰，及其光明發動則爲陽，陰陽一物也，動而生焉。其具七情、備百骸者，則爲人，行四時、植百物者，則爲風雨雷雹山川，皆物之陽也。靜而伏焉。其主乎人死而有靈者則爲鬼，主乎風雨雷雹山川，感而能應者則爲神，皆物之陰也。而不見夫天地之化機乎？物無不化，物各自化，物物又相爲化。俄而爲人者，俄而爲鬼矣，則亦俄而爲神；俄而爲風雨者，俄而爲雷雹矣，又俄而爲山川矣，則亦俄而爲神，則亦俄而以爲神者爲人。吾烏知其人耶，風雨耶，雷雹與山川耶，鬼與神耶？一陰陽耳，一氣耳，物乃或一之，或萬之，是強分其區別者也。惟天地能一其萬，亦能萬其一。吾不知其所以化也，而知其所以一。凡物無不然，獨鬼神乎哉！

檢身綱目說

生人之大罪有十，而邪僻、悖逆、作亂、姦詐、傲很、剛愎、慘刻、仇怨、媢嫉之惡不與焉。其視聽言動之微不中於禮者，則又百行之細過，非罪也。十罪柰何？一曰不忠。其目十，曰：竊柄也，貪貨也，殘下也，慢上也，曠官也，希旨也，怙寵也，蔽賢也，樹黨也，妄冀非分也。二曰不孝。其目十，曰：不養也，緩葬也，逆命也，違志也，辱身也，私貨也，自專也，偷安也，廢祭祀也，陷親不義也。三曰不友。其目五，曰：分彼此也，不服勞也，不盡禮也，不勸善也，聽婦言也。四曰不仁。其目十，曰：輕人命也，輕物命也，耗人力也，耗物力也，薄夫婦也，遠親故也，忘矜寡也，吝貨財也，不近人情也，不救危難也。五曰不義。其目十，曰：侵弱也，陵賤也，傲物也，爭奪也，貪冒也，負恩也，壞成功也，沒善也，揚惡也，顛倒是非也。六曰不信。其目十，曰：欺天也，欺君也，欺父母也，欺兄弟也，欺妻孥也，欺師友也，欺老幼也，欺百姓也，欺庸愚也，欺鬼神也。七曰不智。其目十，曰：理是非也，心公私也，人邪正也，事利害也，體統所在也，名分所關也，詩書大義也，文章善惡也，時勢緩急也，臨機勇決也。八曰不公。其目十，曰：利己身也，適己意也，怙己短也，私所親也，偏所愛也，怵所畏也，憎所惡也，入先言也，是己非人也，黨同伐異也。九曰不敬。其目十，曰：妄自矜也，妄自卑也，縱情也，嬉遊也，猥褻也，傲惰也，言語不檢也，歌泣無時也，輕賢忽長也，瀆神棄祖也。十曰不誠。所以行此九者，而皆根於一心。其目二，曰：始奮終怠也，外慕内距也。凡此者，生人之大罪也。發於一念之微，伏於獨知之地，一不自檢，身陷之矣。故以期諸君子。

姚子曰：聖人有言『君子懷刑』。夫刑者，所以正有罪也。君子亦有罪乎？曰：有。君子之罪不與小人同，惟檢身者知之。苟有是，可以刑矣。夫君子將以正人，人方君子之不及，又烏能刑君子。曰：小人之罪，己不知也，而人知之，故受刑於王。君子之罪，人不知也，而己知之，故受刑於天。王與民遠，猶可免也；天與人近，不可逭也。然則天刑之者，亦將鑿鑿然以生死禍福之權賞罰之乎？曰：禍福生死之說，爲小人言之也，不足以馭君子。君子有高世之識，熟於古今常變之事，固嘗輕生死、任禍福矣，而烏足以賞罰之？其惟是非之名與人禽之實乎！束髮讀書，壯而談道，其所濡習深矣。今語人曰：某爲是，吾將死生之、禍福之，君子不顧也，或啞然笑其妄。惟驟語之曰：某爲是，吾且非之，則已瞿然聽。更語之曰：某爲是，是乃非人也，則必悚然懼矣。然此是非人禽之辨，猶人謂之也，人不足以知君子，則柰何？君子曰：吾有心焉，人不知吾罪，吾能自知之也。吾心也者，至清至靈，天所諄諄然畀之以主吾身而宰吾命者也。人方未生，渾渾然，沌沌然，無有善惡邪正，全乎其天也。及夫既生，而百骸具、七情足，然後人自爲主而天漓矣。予之以清靈之心者，所以使之主乎人而猶得自通於天也。夫天則高矣遠矣，以人通之，柰何？曰：天者，非夫蒼蒼而穹窿之謂也，一理而已矣。理雖一，而發之有五，曰仁義禮智信是也。百骸聽命於七情，而所以持七情而善之者，五德也。五德之本，上配五行。五行者，天也。故五德在人而謂之天德，曰天之所以爲德，亦若是而已耳。能如是，是亦天矣。故天以其德予人云者，卽予人以天者也。天與之，人修之，是謂修天。天予之，人棄之，是謂棄天。人雖棄天，天不棄人也。人終身不修五德，五德一息未嘗不具於人心，稍欲求之，直取諸懷耳。人雖自昧其心，而心之清靈者無時不與天相往來，善惡之萌，天早知之。故曰：天與人近，不可逭也。

夫善則賞，罪則刑，法令也。法令不行於君子，而君子以心立法，曰：吾有罪而人刑之，何以爲君子？吾當刑而人莫能刑之，又何以爲君子？法令無如天刑，天刑無如吾心之自刑也。君子之刑柰何，其罪曰『非』，其獄具曰『禽獸』。

五廟七廟辯

或問：五廟七廟之說，自韋元成、劉歆、鄭康成、王肅以下諸儒議論紛紛，迄以何說爲是乎？曰：鄭氏言五廟者是已，而七廟之說亦不可廢也。或曰：有說乎？曰：何爲其無說也。夫言五廟者，其說本之喪服小記，所謂『親親以三爲五，以五爲九，上殺、旁殺、下殺，而親畢矣。王者禘其祖之所自出，以其祖配之，而立四廟。』四廟者，有服之廟四也。以服制爲廟制，親親之道也。而始祖者，其功爲著姓之所自出，禮不忘其本，烏得而無廟？以四廟合之，則五。而廟制於是斷矣。然則王制言：『天子七廟。三昭三穆，與太祖之廟而七。』祭法亦云『王立七廟』。其言非與？曰：禮以義起，文有互見，合而求之，其說相通而相備，固不可以一端執也。夫王制所云七廟者，三昭三穆，是又於親盡四廟之上備二代也，此即祭法之七廟無疑矣。

然祭法七廟，實仍五廟耳。曰考廟，父也。曰王考廟，祖也。曰皇考廟，曾祖也。曰顯考廟，高祖也。曰祖考廟，太祖也。以廟稱者，至五而止耳。遠考無廟，有二祧，則高祖之父、高祖之祖是矣。此以祧稱，曷嘗謂之廟乎。廟之，言貌也，想像其容貌，義不忍沒，蓋親未盡則親之。祧之，言超也，明將超去之謂，蓋服盡而無可親，故將去之矣。王者有所不忍於遽去，於是廣其親親之意，而爲漸去之法，於五廟之外而立祧。其祀禮迥與四廟殊矣，烏得並五廟而爲之七哉？意雖無窮，禮則有制，不名廟而名祧，乃於親畢四世之義，無害禮文，甚明也。然雖無廟之名，而有寢有室，立於太祖之旁，四廟之上，等爲昭穆，固與有廟同也。故記禮者亦遂蒙以廟之稱，總謂爲七廟，而分言則曰二祧，與五廟之義不相害而相足。然則五廟云者，古禮之制；七廟云者，記者之辭也。

至於文武世室，則既非禮之正法，又非如二祧之定制。立於昭夷之世，又在二祧之外，謂之世室。不名祧，更不稱廟，所以明其義不當廟又不可祧，特欲世世祀之，不毀其室耳。其以文武世室當二祧者，又鄭氏之誤淆。夫已謂之祧矣，又何世之有哉？此又韋元成、王肅所云『有則宗之，不在此數者』是也。然則天子五廟者，其正廟也。二祧，非正廟也，而有常。文武世室，非廟，亦非祧也，而無常。以親廟言，五之可也；並二祧言，七之可也；若兼世室，卽九之亦可也。如周後更有功德如文武者，猶將於九廟之外有所增矣，又何不可之有哉？故禮有其名，必有其實；有其常，更有其變，所謂委曲繁重以爲文也。惟明制禮之本者，通其意不害其文，若此者，禮經本率明白。儒者轉相轇轕，其亦可慨也夫！

姜嫄無廟辯

古者婦人死主，附於其夫，無別立廟之禮。姜嫄而有廟，禮乎？曰：姜嫄固無廟也。然則，周禮·大司樂乃奏夷則、歌小呂、舞大濩以享先妣者，先妣何人？守祧奄八人，天子七廟，七人而足，其一人何守乎？曰：鄭氏之注是矣。先妣者，姜嫄。守祧之八人，其一姜嫄也。是不已有廟乎！曰：曷爲其廟也？是所謂閟宫耳。毛鄭乃以爲廟，誤也。詩·閟宫毛傳云：『閟，閉也。先妣姜嫄之廟在周常閉而無事。』鄭箋云：『閉，神也。姜嫄神所依，故廟曰神宫。』自毛、鄭二家以爲姜嫄有廟，故後儒習之，而不知其說未善也。

夫姜嫄者，帝嚳妃也。（史記·帝王世紀說是。孔氏依書緯命歷序，以姜嫄爲帝嚳後世妃，其說不可從。）於禮廟祭至太祖而止，周祖后稷，稷以上不得有廟，嚳且無之，姜嫄，婦人，安得有廟乎？觀祭法周人禘嚳之文，嚳爲稷父，明矣。嚳既稷父，則嫄爲嚳妃，舍父而廟母，有是禮乎？然則守祧。大司樂及閟宫之云何爲也？

曰：孟仲子之言踕矣。是禖宫也，曷嘗云廟乎？蓋周人自神其祖生跡之靈異，欲有以夸大之。而姜嫄履迹而孕，其生之也，不坼不堛，無災無害，尤爲婦人生子之祥。故別爲之室而祀之以祈子。月令以至，日祀於高禖是也。

高禖，又作郊禖。先儒說其地在郊，卽取姜嫄出祀於郊之義耳。此神歷代已有，皆以古聖母如安登、附寶爲之。周人改祀姜嫄，猶改祀后稷以棄也。夫婦人不踰閾，今乃在郊，得無嫌乎？故名之曰閟宫。閟之者，閉之也，以別於廟，不過曰神棲於此而已。其祀之之義，特以祈子，與立廟祀先報本之義殊別。柰何彊被以廟名乎？大司樂以其爲后稷之母，故序先妣於先祖之上，而所謂夷則、小呂、大濩者，又爲祀郊禖之樂可知矣。毛傳引孟仲子說，其意則是，而不能別其非廟。鄭氏以下，皆謂姜嫄有廟，豈其然哉！魯頌·閟宫，毛以爲在周者是。孔疏申鄭箋，以爲在魯，而以卒章『新廟奕奕』當之，亦非也。頌體多夸大之辭。魯人盛稱其祖魯公出於神靈之胄，故推本所生而及姜嫄。若魯，侯國，於法不得祀郊禖、立閟宫也。郊禖者，祈生子爲帝王，誰謂諸侯之國而敢祈之哉？新廟云者，毛傳以爲閔公廟，疑或近之。若果奚斯新作閟宫，則其事較南門丹楹尤重矣，安有如此事而春秋不書者乎？

（春秋有別爲婦人立宫者，隱公五年考仲子之宫是也。杜注云：諸侯無二嫡。蓋隱公成父之志，爲別立宫也。孔疏：禮，諸侯不再娶，於法無二嫡。孟子：入惠公之廟，仲子無享祭之所。隱公爲別立宫，本非正法。此可爲姜嫄無廟之證。蓋禮經所載，非正法之祭室，皆不稱廟。如此，仲子之宫及立武宫、煬宫，則稱宫矣。卽七廟之中，太祖及四親廟外，則謂之二祧、文武，特立之廟，則謂之世室。曰宫，曰祧，曰室，皆以別於廟也。古禮稱名之嚴如此。自左氏以下諸儒，多亂其義，不甚分明矣。孔疏又謂春秋經例，周公稱太廟，羣公稱宫，則又不然。觀震夷伯之廟，則大夫亦稱廟矣。祭法所謂曰考廟、曰王考廟、曰皇考廟、曰顯考廟，皆廟也。宫之云者，言其別立者耳。）

東溟文集卷二

姚氏先德傳敘

語曰：前事不忘，後事之師。易傳曰：『君子以多識前言往行』。夫賢者，於古今遐邇名德碩人之事實，猶登諸紀錄，以爲表式，乃詢其祖宗之事，罔焉無有聞知，獨非惑與？籍談數典忘祖，春秋譏之。謝靈運作詩稱述祖德，異代猶録其詞。由是觀之，從古哲人其拳拳於先德，必更有篤於此者也。不有啓之，誰能興之？世有祖宗之先疇敝廬，則子孫爭之以爲世業，而於立德立功之事，曾不競爲纂述，俾大章徹於世，以明紹開所由，何其薄也！

吾祖始自餘姚，宋季始還桐城。餘姚以前事莫可考。桐城始得著者，曰勝三公，居大有鄉之麻溪，故爲麻溪姚氏。勝三公子子華，又名文二。文二公子仲義。仲義公子顯。四世皆有隱德，孝友力田，讀書好義，施予無吝。顯公子旭，明景泰中以進士爲刑科給事中，終雲南布政使參政。參政五子，其三楫，生子五，其次琛，子希廉，是爲葵軒公。自明季以來，讀書仕宦、人物稱盛者，皆葵軒公後也。録其尤盛、行事可爲子孫法者，著於篇。

人受天地之中，厥有恒性，踐而守之，或凜烈以完忠，或婉愉以全孝，或溫篤在躬、德器深厚，或好善及物、施濟肫仁，可以盡性，可以風世。敘行義傳一。

明德之後，必有達人，或顯中朝，忠藎翼翼，或仕外吏，遺愛在民，匪惟君子之澤，亦邦國之光也。敘事績傳二。

仁義道衰，學流放佚，淺聞株守，鄙陋貽譏，鄭許爭鳴，鶩末忘本，至其甚焉，毁蔑義理，攻詆程朱，一世風行，羣倫波靡，亦人心世道之憂也。守先待後，雅正自持。敘儒學傳三。

五行之秀，迭鍾斯人，華實樞機，聿充靈府，抉勝藝林，搜奇造化，雖無關於行誼，允焯美於知言。華國有資，詎能遺棄。敘文藝傳四。

羲皇代遠，渾沌難期，生乎今之世而曰反古之道，倍矣。然高山深林，其中或有抱璞君子，守貞懷一，寄躅高遐，於以葆其天眞，遊於熙皡者，亦末俗之鍼砭也。敘隱逸傳五。

從一而終，婦人之義。然閨房之內，其事暗蔽，情動於中，物誘於外，而能以禮自持，至死不愧，此丈夫之所難也。婦人女子無師友之助、道義之業，固守其志於幽獨之中，綱常風化，孰有大於此者乎！敘貞節傳六終焉。

嗟乎！小子不德，弗克砥節立行，仰承先澤，敘錄至此，不禁輟筆而歎也。今著此編，豈惟以彰前人之徽美、宗閥之煜耀哉？奔走四方，莫能載其家乘，庶幾以時省覽，仿而行之，冀萬一之有似云爾。十八世孫瑩謹述。

援鶉堂集後敘

右援鶉堂集詩七卷、文六卷、筆記三十四卷，都四十七卷，先曾祖編修公之遺業也。公之歿，於今四十二年矣。先德闇然不章，渺焉滋懼。矧茲區區篇帙，僅爲當時佔畢論著之遺者，又多所放失。若復不能蒐羅綴輯以著於篇，余小子之咎將何逭耶？公名位不顯於朝，史傳無由紀其事蹟，又未乞當世名公大人作誌表與傳，用章後世。然其生平懿行篤學，實能無愧古人。余小子雖不獲親承規矩，以所聞里中前輩，往往稱述不衰。考諸遺編，合之先府君訓詁所及，有確然信其不誣者。

公諱某，字某，號薑隖先生，幾蘧老人，晚所號也。乾隆七年進士，由庶吉士改授編修，充三禮纂修官。九年充順天鄉試同考官。未幾歸里，往來天津、維揚間，主講書院，以乾隆三十六年卒。公生而淵靜，篤於行誼，勤於問學。早孤，憤發策勵，內偕從曾祖贈禮部公事母以孝聞，外友天下賢俊以相資長，博聞強記，於書無所不窺。故同遊若天臺齊息園、仁和杭堇浦、山陰胡稚威、常熟邵叔仁、山陽周白民、同邑則劉海峯、葉蓴南、方苧川諸先生，皆於公尤厚，謂姚君之學不可以涯涘窺也。生平論學大旨，以駿博爲門戶，以沈潛爲堂奧，而議論和平，踐履篤實，粹然一軌於先儒。病近代諸公，或競談考據以攻詆宋儒爲能也，謂此人心之敝，充其說，將使天下不復知有身心倫紀之事，常慨然欲有所論著以明其義。不果就。方三禮館之開也，總裁爲高安朱相國軾、臨川李尚書紱，吾鄉方侍郎苞，咸誦法先儒，爲人倫師表，故說經雖不專主宋儒，尚平心以折中其義，所咨獲於公者尤多。公所爲詩古文辭，皆力追古人而得其淵詣。嘗與同人約，十年不下樓，成舉世不好之文。其談藝精深，多前人所未發，今散見所著筆記中，不綴綴其持論之大者如此。

先是，公所考論經史子集葢嘗萬餘卷矣，皆細書條記，未自譔述，世頗有竊之以爲說者。歿後益散亡。於是先王父率府君羣從輩收錄其餘，成若干冊。既以貧遊四方，未卒業。而從祖惜抱先生藏之，嘗有意論集之矣，復未果然。頗載其說於惜抱軒經說及筆記中，意欲以引其端，冀後人或能成之也。至嘉慶十三年，瑩成進士，自京師歸，乃舉以授瑩，而命之曰：『此編修公一世之業也，不幸未成而歿。吾欲成之而又不果。今老矣。夫道不終晦，意者成之，將有在乎！然是卽著書，非其人莫屬，則甯藏之耳。昔人問顧亭林日知錄復增幾，顧嗤其妄。不可不審也。』瑩悚然受之以退。自維闇陋不足以成先業，然及是而不成，滋懼。乃就所已成，錄及諸奇零紛散者，所在蒐羅。凡五載，端緒略具，謹區其條例，詳其目次，第爲詩集、文集、筆記各若干卷，冀及惜抱先生從祖之存，有以論定云爾。

嗟乎，學之顯晦，時也。而述其先祖之學以著於世，又或顯或不顯，則存乎子孫之賢否。編修公之學，葢亦精矣，以先王父及府君兩世錄之而不獲詮次，以從祖嘗欲論集之而不肯輕作，其愼之也如此。瑩何人，而能成此業哉！然則，瑩之夙夜兢兢，懼以獲咎者，玆益深矣。

後湘集自敘

天下之事，有適然而合，不知其然者，其風之過籥乎。世之爲籥也，六其竅。大地之籥也，萬之。若川，若谷，若深林，若阜草，若篠簜，若松栝，若毛羣鱗羽類，高者若鸞曦、若鶴唳，下者若虎嘯、若龍吟、若蛙蚓之鳴。籥之爲族不同，大地之風一也。風之爲物，若嗚嗚，若肅肅，時而泠然，時而颯然，至於鼓天地、晦日月，其爲情狀亦不同，所以感於物而後動，則又一也。故人之吹簫者，不離乎宮商徵羽，而聽之者，或超然遺世，或泣下沾襟，惟吹之者之異其情也，故所感亦異。若吹者之感於物而異其情也，則亦有然矣。世有聞吹簫而不知感者，非宮商之不調，徵羽之不和也，無亦所感，而吹者其情未至，有強作者乎？若風之過簫也，必無是矣。夫詩者，亦人之簫也。是其作也，不可以無風。苟無風，雖天地不能發其聲音，而何強作之有哉！強而作者，雖引宮商、刻徵羽，吾弗之善也。知斯說者，可與言詩矣。嘉慶十九年冬月日。

五家箋困學紀聞序代

當有宋之際，大儒輩出，吾河南尤盛。明道、伊川兩先生其最矣。南渡後，士大夫盡以播遷，乃少衰，則有厚齋王先生，以博雅之學著。先生雖家於鄞，固浚儀人也。故每稱浚儀而不言鄞，志舊里，懷故都也。先生博極羣書，網羅百代，著玉海百卷。蓋前乎先生，爲莆田鄭氏，後乎先生，爲鄱陽湖馬氏。二家之業，最爲鴻富，而不能以易先生。又以其餘力著書十數種，然大要搜集放佚之功多。而困學紀聞者，則自攄論識，綜覈羣言，自經史子集、天文地理、河渠鹽鐵、漕運兵制，凡得失是非之迹，皆慨乎言之。蓋晚歲學益精，識益粹，議論益純確，而於元祐、德祐之際，尤三致意焉，深有慟乎兩宋之所以亡也。乃世之君子，未能求其用心之所在，徒以爲淵綜賅洽之書，非先生意矣。且南渡以來，儒者皆知誦法周程，以講求義理爲亟，而於百家之編或不能盡究其蔽，固未免拘墟。元明以來，理學益著，博雅之士如貴與馬氏者蓋少，若升庵楊氏、弱侯焦氏亦皆不及矣。

本朝典籍富盛，稽古之學大昌。然談考證者，往往挾門戶之見，謂性命之學空疏無據，輕於排抵。以故雖極淹博，而爲益於人心學術者加少。又豈古君子博學鴻通之雅意哉？先生是書何其博而要、深而純也！蓋先生爲考亭三傳門人，淵源既正，深以人心學術爲急，非徒以著述鴻富、矜長炫博而已，是其用心之所以殊也。然則，此書之淵綜賅洽固不待言，特其沖雅之懷，亦與諸家言考證者不可同日語矣。此本自閻、何二先生注後，全氏、程氏、錢氏遞加箋證，幾於治經，雖未免失著書之體，而其餉遺後學亦已勤矣，矧於此書大有功！ 余生之鄉，實先生故里，尤有表章之責。頃奉命視學粵東，而書院中適刊是書，爲序此義，俾讀先生書者善所取法，無滋事考覈者病，其亦正人心學術之一道與。

錢白渠七經概敘

桐城有老儒曰白渠錢先生，篤行好古，以經義教授里中四十餘年。老乃得儀徵訓導，未及赴官而卒。門弟子出其生平著述遺書郵致於予，乞爲定而序之，將以廣其傳。其書曰易概、書概、詩概、周官概、儀禮概、禮記概、孝經概，凡三百卷。蓋編輯諸儒先之說，擇善而從，以示折衷而不參論辨者也。其閒出己見，稍有異同，則別而出之曰經疑，凡七卷。余既受而讀之，不覺喟然而歎：甚矣，先生之勤且慎也。六經自漢以來，老師碩儒，皓首鑽研，訓詁論釋，著爲成書者，奚啻數千百家！其散失不傳者無論矣，卽今四庫所收亦尚千餘家也。學者苟究心焉，終身用之有不能盡，又奚以著述爲哉？然惟諸家之說既繁，未有折衷。逞臆見者或失之穿鑿，尚考證者又病其支離。是以駁雜厖沓，破碎悠謬，著述日盛，聖義日微。近代二三妄人，乃又競立門戶，倒亂是非，取先儒删棄蹖駁不經之說，搜而出之，以爲異寶，炫博矜奇，豪髮無益實用。末學空疏，爲所搖惑，羣而趨之，咸以身心性命之說爲迂疏，惟日事搜輯古書奇字，以相標榜，博高名，掇科第，莫不由此。是以聖賢立訓垂示之苦心，紛然射利爭名，風俗人心孰有敝於此者哉？夫以經學之駁雜破碎如此，誠非拘拘一先生所能息羣言而厭眾志也。則莫如盡取其書，悉心折衷而兼採之，以泯是非而明經義。而意有所得，加以論辨，則又起攻擊之端，甯別出其書，不以闌入，此尤白渠先生所以著書之微義也。

先生之言曰：『近日名流，大都口耳之外無學，名利之外無事，妻子之外無人。』此語不啻流涕而道。學者由先生之書而識先生之心，然後六經爲人心世道有用之書，而非如周鼎商彝，徒以古器爭重於天下，其於聖賢垂訓之微義或有瘳乎？

謝王二史輯遺序

謝承後漢書若干卷，王隱晉書若干卷，吾友張阮林聰咸之所蒐輯也。嘉慶十六年，阮林會試不第，留京師，專意著書，慨然有網羅放佚之志。既譔左傳杜註辨正若干卷成，以爲史書之善如子長、孟堅，尚矣，自蔚宗、承祚而下，不無譏焉。范書雖取材舊史，猶出一人之手，乖迕尚鮮。晉書則唐文皇命諸臣分採十八家晉史編錄而成，踳駁殊甚。唐代官書行，十八家之業遂廢。其中容有勝新書者，今世所傳唐以前遺書，猶時時見之。後漢諸家記載，未必遂逾蔚宗。然如荀悦漢紀及東觀漢記，世已刊行，而李賢、裴松之注後漢書、三國志，亦多存別說。思欲併二代佚史，表而出之，勇於成書。所在搜羅，不遺餘力，日書細字，幾壁皆遍。而謝王二家書居然可觀，乃先比次其鉅者，他條紀繁碎，未及纂列，遂病且死。都中無人知其業者。吾族兄幼樁始終病事，見其用力之勤，憐而收之，歸於其家。阮林之妻，吾族姊也，藏襲以待其孤。道光五年，吾由閩之京師，道里中，其家出示所藏，見此二書粗成卷帙，乃爲之敘。

嗚呼，阮林之爲此也，是所謂事勞功半者耶！夫古人之矻矻於著述也，非徒爲身後名而已。以爲道有所在，吾書所繫大焉。至於史者，著一代興亡之跡，爲法戒於天下萬世，苟非其人，書不妄作。故有敝畢生之精神而書卒不成，成而不及傳，傳而不能久者，亦視其書爲顯晦，未可遽以幸不幸藉口也。且夫著述之難，史爲最，豈不以求實事之難耶？一事甚微，已有傳信傳疑之異，況代歷百年，人逾數十，一一始終論次之，曰『吾於此葢無失焉』，不敢必也。及乎此一言焉，彼亦一言焉，言者既多，吾上下櫛比之，取其切於事而近於理者，亦曰『庶幾可折衷矣』。此創者難爲功，而因者易爲述也。前者果善，後復何爲？後人爲之猶未盡，則仍以俟諸後。今必薄後尊先，不亦迂乎！顧前人創之之功未可歿，後人雖善，不能不考諸前，乃盡棄置則過矣。並前後而兩存之，不惟前人之善者見，卽後人之善者亦逾見，此阮林之所矻矻也。吾獨悲夫謝王二君及十八家者，以當代近代之人，求當代近代之事已不能盡，卒敝一世之精神，書幸成而傳復不能久； 阮林後千數百年，欲傳已亡之書於千數百年以上。嗚呼，阮林雖欲不敝精神而死，其可得耶！ 而書又卒不成也。此書幸而或傳，後之覽者，亦略其文而哀其志哉。

吴春麓先生集序

道光五年，春麓先生主講敬敷書院，余以事至安慶，先生召居院中，出詩文數百篇，屬與校定。時湖南鄧湘皐以修志書同居。三人朝夕縱言，唱酬盡懽。先生攜兩孫俱，每聽余議論，喜而忘夜。未幾，自閩中歸里，又將入都，過先生家，門庭肅然，子孫恂恂有禮。景仰前徽，不能無感。嗣子迪先録先生詩古文成若干卷以示。展卷閒，昔年情景恍然在目。

嗚呼！風雅之道猶未衰也。吾桐自明以來，士大夫多樸厚，號爲守禮。逮夫通學鴻才，後先閒出，莫不尚氣節，敦廉恥，故海内之望翕然。今俗稍陵夷，後進迷所趨嚮。先生風節自持，動中禮法，立言陳義，無不根柢先儒，而尤汲汲以風俗人心爲急。今往矣。子弟稱能守其家法者，必首先生家。然則士大夫負文章之望，將率其子弟以無敗於禮度者，讀先生斯集，其必有合也夫！

吴子方遺文序

嗟乎！是吾亡友子方之遺文也。吾友之亡，於君蓋四人矣。

昔者，吾黨之盛也，在嘉慶九年以後。維時海帆、歌堂、岳卿年最長，植之、元伯、匡叔、竹吾差次，其年相若，而吾兄事之者，爲六襄、聿原、子方、履周、阮林、明東、易卿，弟之者則子山也，後乃得魯岑、小東、幼樗。此十數人者，皆以文章道義相切劘，吾所爲左右采獲以取益者也。子山最少，最先亡。後六年，阮林繼亡。又八年而君亡。君之始亡，明東嘗作傳，未幾，明東亦亡矣。自明東亡，而吾黨益衰。諸人或困於饑寒，或牽於仕宦，學業往往中廢，其卒能有成、可傳於後世者，蓋不十人焉。如君者，才可以成，志又最高，處境亦稍順，而天奪之年，所業遂亦止此。悲夫！斯道之難乃如是耶？

君久居京師，時方競言考證，溺其學者多與宋儒爲難。君能辨其非，而欲從事於身心性命，庶幾古之所謂志士矣。使天假以年，得盡其功力，所成就當未可量，而竟死！吾方在海外，聞之不覺涕淚之何從也。前歲道經里中，君喪已返，往哭其室。稚子甫四齡耳。常愛其弟之子沖謨，遂子之。沖謨年十四，秀敏不羣，或冀他日能繼君志耶。子方通六書，作字多用古法，尤善狂草。文章雋曠，遠出塵俗，所作頗放佚。今存詩賦雜文若干篇，岳卿屬余編次，彙爲四卷，付沖謨他日梓之，俾後世知有子方其人也。嗟乎！是可悲矣。

吴子山遺詩敘

甚矣！人才之難，而造物靳才，又不與以年、使得成其才也。豈才者果造物之所忌與？抑其苦心刻思有以洩鬼神之奥，適足以竭精神而耗氣血，故致死與？古之才人如謝惠連、希逸、李長吉者衆矣，然雖夭死，皆得名流爲之品藻，未嘗不馳騁一時，或致蚤貴。若才足以追古人，而所遭沈困竟不獲一日之知，徒沒沒以夭死者，尤可悲耳，何意於吾子山見之耶！

子山少余一歲，總角時鄰居相善。余年十四，同學於价人先生，余已好爲詩歌矣，子山初若不解。後兩家居少遠，而先生又去吴中，遂散。逾數年，又同遊菉園先生之門，則子山之詩固甚工矣。余論詩宗漢魏盛唐，子山始好庾信，故名其氏卽字其字焉。復有友人方履周、族兄易卿，皆好爲詩。雖宗尚不同而論極相善。履周嘗取四人之作合鈔之，所爲蔗林詩選者也。既而子山之詩一變爲長吉精奇詭麗，每一篇出，同人莫不驚歎。余心怪之，謂子山曰：『長吉奇矣，而沈思大過，以不永年。子其戒之！』子山笑不爲意。

子山家故貧而好客。所居爲張氏之依園，有亭臺池館之勝，故四人日聚其中。方其月明露淨，四宇寥然，攜手登臺，覽城郭而眺山川，慷慨悲歌，俯仰一世，意氣不亦盛哉！夫四人者，皆非有五畝之桑、儋石之儲者也。年未及冠，各有菽水之憂，固嘗易衣而出，并升斗而食，不絶炊者僅耳。然方以古人相勵，意落落不與俗諧，里中多非笑之，以爲妄。嘉慶十二年，余舉於鄉，而三人益困，始有遠遊之志。明年春，余在京師，子山猶遺余書，言往豫章。及是冬，余歸，而子山竟客死矣。

嗟夫，子山年甫二十三耳！其天性之孝，才雋而志美，篤學而好義，使假以年，成就未可量也，竟以夭死。其所遭又不及古人什一，吾烏知造物之意耶？且余與子山，非尋常之交也。生嘗相卹，死不相知。往哭其家，二老泣於門，少婦啼於室，一女呱呱在抱。嗚呼，子山長已矣，而余又窮力不能經理其家，九原之下，何以慰吾子山哉！子山素傲，不屑以詩文乞名於士大夫，故知者蓋寡。世非但不知其才，而並不知其人，又豈有知悲其窮者邪？嗚呼，其可悲也已！

劉薇卿詩序

自瑩遭先君子憂，盡室流離海外，踉蹌內度，逾年，伯兄始得輿櫬先歸。瑩尚奉老母僑寓福州，謀菽水之養。哀困窮愁，無以發其悲痛，旦夕號野寺中，學問文章怳惚如隔世事。劉子薇卿乃挾其詩見問，大抵才情雋越，風旨清深，見賞於時賢者多矣。余獨取其涉歷身世、感慨情景之作，以爲有當於古人之旨，古近體凡數百篇，擇而錄之，可謂尤雅矣。已而，饒嘯漁自龍巖來，過余，示之，亟歎異。時微雨，令小奚奴爇束薪，余與嘯漁共擎一蓋，走訪薇卿，不遇而歸，卒讀竟卷乃罷。蓋嘯漁好才出於天性，見性情諸作，低徊不已，宜有合於薇卿之詩也。

未幾，嘯漁不得意去。余從太守方公復渡海至臺灣，尋先人遺蹟。潮汐猶昔，招魂不得，惟悲風怒濤作雷聲砰訇震撼，知海若天吳，咸以罪瑩之不孝也。嗟乎，人生至此，尚何言哉！然有不能已者，薇卿與嘯漁皆先予遭內外憂，在福州時，相對素衣，風木之感，彼此痛心，其諸異乎尋常之離合，矧文章聲氣又有足以相感者乎？而瑩之先子亦棄養二十有一月矣。嗟乎，一家骨肉，生死別離，相望於海濤洶湧之間，一二知好又皆人事乖迕，邈不相及，秋風蕭颾，落葉如雨，啓篋得薇卿書，乞爲序，所以錄定其詩者，愴然書此貽之。

孔蘅浦詩序

詩爲六藝之一，動乎性情，發乎聲音，暢乎言辭，中乎節奏。其始也，必有所感。感於情者深厚，然後託於辭者婉摯，使人讀之不覺其何以油然興觀羣怨，此古詩所以可貴也。至唐而體格備，至宋而變境窮，然振采飛聲，盡態極指之中，自有其不可易者。漢唐宋明以來，大家蓋一致也。

國朝作者尤衆。至於論詩，自以阮亭爲正，所謂妙悟天成也。乃其自運又失之靡弱，雖力造唐賢，實則不異金元諸家。識者謂學似遺山，才力微不逮焉。歸愚以吳人言詩，頗能脱去纖穠，别裁僞體，而才質凡近，骨力不騰，每多死句滯意。近世虛憍之流，又以其豪豔猥薄、傷風敗俗之辭倡導後生，自比鐵崖，然鐵崖當日已有文妖之目，斯又下矣。又有工應試舉詩者數家，能以唐音入於體製，於是學者又相仿效，及取全集觀之，則所謂古近體者，猶然應試舉詩也。又或眞情不足，假故實以文其疏舛，由溫李之餘波，益加繁博，自矜選體，而不知與曹劉沈謝有天壤之殊。至其甚者，乃更孜孜考證，好古搜奇，破碎繁蕪，其於文章論説，猶失廉肉取捨之道，而況詩之風雅乎！

曲阜孔蘅浦先生，天懷坦曠，不嬰塵垢，徜徉於山水詩酒之娱，殆古之高士。今讀其詩，三十年中，於骨肉之恩、友朋之義、生死離别，感傷沈痛，則又未嘗如放情出世者。攬觀景象，抒寫性眞，妍麗清深，風骨峻邁，閒有無題諸作，含情綿邈，意淵旨潔，亦不同於佻蕩，是誠有得於古人之幽隱者矣。

瑩之先曾祖姜隖府君、從祖惜抱先生皆嘗於先生家有舊，今先生壯遊海外，因荃溪分巡而見之，出全集囑爲之敘。乃述其平素所以論詩者質之，亦冀先生之益我也。

贈王栻序

古之學者學道以正其心，今之學者學文以害其心。學道日益上，至於賢聖忠孝之極而止。學文日益下，至於弇鄙猥瑣之極而止。甚矣，古今人之相遠也！雖然，文之至者必近道，非知道者不能爲，則文成而道以立。夫文成而道立，則其於心也何害？古之學者閉戶而誦之，羣萃而講之，或三年，或五年，或七八年，若是，其專且久也。今之學者，誦讀講習專久同，而所以爲學非也。古之學者志在道，故以忠信則學，以孝弟則學，以事君敬長、明禮而通其義則學。今之學者志在文，苟可以爲榮則學，苟可以爲利則學，故文非文也，務爲浮薄詭譎以悅人而已。夫言者，心之聲也。日講誦於浮薄詭譎之文，又至於三年、五年或七八年之專久，如是業成，欲其心之無害，豈可得哉！

然國家以文取士久矣，士欲行其道者，舍文奚以進？而世之主司顧爲浮薄詭譎之文是取，則士之務爲浮薄詭譎也固宜。然則倡天下之人以趨浮薄詭譎者，有司之過也。今試語人於父兄曰『若子弟之行污賤，將不齒於鄉』，必赧然愧矣。更語之曰『若子弟且爲盜』，必勃然怒矣。更或語之曰『若子弟之文甚合有司，將必售』，則莫不喜動於眉睫。夫充浮薄詭譎之心，其不爲弇鄙猥瑣，幾希矣。以浮薄詭譎之心得志於功名富貴，其不爲盜，又幾希矣。然而父兄之情大異者，惑也！彼徒以榮利望其子弟，而不知已驅諸浮薄詭譎以害其心也，是亦父兄之過也。不幸哉！今之學者也。榮利本切於中，又且主司倡之於上，父兄驅之於下，欲其舍浮薄詭譎之文而學道，其孰從而聽之抑？

吾聞：主司者，衡文者也，非衡命者也。命且窮耶，文雖合，莫之能取；命且達耶，文雖不合，莫之能舍，則又何患乎！與其卑賤求合以害心，孰若正心修身以學道，其賢不肖何如也？

太倉王栻從吾學二年矣，終日言不離乎文，而未嘗告以浮薄詭譎之術，每反覆於忠信孝弟事君敬長之道，能樂受之而不厭也，亦可以無害於心矣。惜乎，不及三年，未見其文之成也。或者疑非所急。是則世俗榮利之習，見其小不見其大者。懼生不終其志，於將行也，畱說以贈之。苟能卒成其文，則生豈今學者徒耶！

贈朱澹園序

華亭朱澹園，行方而貌古，氣清而體閒，好爲深沈奧奇之學。窮且老矣，家人都喪，偕一子遊嶺南，從化少尹朱君延教其子。逾年，而學徒皆好善。澹園乃教以綜月日所爲、孰爲功、孰爲過，列之於書，以自懲勸。已而，少尹亦自請受，僕豎或有行者。澹園，其君子矣乎！

余少時聞長老言：乾隆四十年前，士大夫皆愛惜廉恥，辨名分，衣冠容儀有法度，教子弟必先授朱子小學，談先儒名諱如道父師。其誠厚可想也。數十年來，世風凡三變矣。其初好博聞強記，薄先儒身心性命之學爲空迂，而好華美驕侈；既乃尚通達，騁宏辯，譏訕禮法之士如寇讎；近日并通達宏辯者亦少，惟事苟便而已。士大夫聚會至解衣露體，嬉笑詬罵相娛，或齒高位尊而與少年爲輕薄。所見所聞無不可驚愕者，舉世方恬然不爲怪也。余曰：風俗係乎人心，人心系乎學術。今之教弟子者皆非學也，取利祿之術而已。先世父兄望其子弟未嘗去利祿，而猶以小學教者，使知有本根也。今則拔其本而掘其根。人心日以偷薄，風俗烏得無壞乎！

澹園能以爲善教其子弟，可謂知本矣；朱君能知其善而從之，以爲利祿外別有所以教子者；而其子果能從父師之教，皆不可謂非賢。雖然，先儒之說具在，苟其以禮法爲門，進究六經之旨，日講而月習之，以求去其薄人心、壞風俗者，則澹園之道且日新，豈特朱君父子與其僕豎之好善哉！澹園益務其遠且大者可也。

論語集註書後

朱子生平用力四子書，訓解屢有更易。蓋見道愈精，析義愈密，而訓故文字初不少略焉。論語成書凡四本。最先作論語要義，在隆興元年。蓋病王氏新學之穿鑿，而諸儒說經又或支離，未能卓然不畔於道，慨然發憤，取平生所編古今諸儒之說，以及門人友朋之議，盡刪其穿鑿支離及不得聖人之微意者，定爲一書，而以二程子爲宗。此皆講明大義，不解章句，以爲文義名物之詳，當求之註疏，有不可略者，未嘗廢註疏也。既因訓故略而義理詳，非初學宜習，復加刪錄，作訓蒙口義。本之註疏，以通其訓詁；參之釋文，以正其音讀；然後會之以諸儒之說，以發其精微，一句之義繫之本句之下，一章之旨刊之本章之左；又以生平所自得者附見一二，然後訓故音義備焉。既又取二程子講論之語及橫渠張子、範氏、二呂氏、謝氏、游氏、楊氏、侯氏、尹氏九家之說，作論孟精義。集注之成，葢在晚年，然猶隨時更改。先賢大儒好學之勤，體道之深如此，而於百家之說未嘗盡廢也。故作《論孟精義》序曰：漢魏諸儒正音讀，通訓詁，考制度，辯名物，其功博矣。學者苟不先涉其流，則亦何以用力於此？而近世二三名家與夫所謂學於先生謂二程子之門人者，其考徵推說亦或時有補於文義之閒，學者有得於此而後觀焉，則亦何適而無得哉！特所以求夫聖賢之意者則在此，而不在彼耳。

嗚呼，朱子述而不作之心皎如天日，所以爲天下萬世計者，無非欲下學上達，由麤入精，同底於大中至正，豈小儒俗學專以一己私說欺世取名，假博聞多識以自文其不肖之罪者所能望其萬一哉！朱子之心白而後俗儒之罪明，俗儒之罪明而後朱子之功著；而要非有志於世道人心者不足語此也。而鄙陋之徒好爲論說，目不睹四庫之書，耳不聞通人之論，勦襲煩蕪，名爲恪守程朱，實不過以爲制舉文字之用，若此者又百家之不屑而亦朱子之所深痛矣；遂使爭新好異之徒騁其博辯，抵隙蹈瑕，皆以宋儒爲口實。嗚呼，是誰之過與！

道書書後

道家之書最雜，貴與馬氏論之詳矣。漢藝文志云：『道家者流，葢出於史官。歷記成敗、存亡、福禍、古今之道，然後知秉要執本，清虛以自守，卑弱以自持，此君人南面之術也。故所列道三十七家、九百九十三篇，始伊尹、太公、鬻子、筦子之類，而老、莊、列之書與焉。』可謂得老氏之本旨者矣。別出神僊十家、二十五卷，始宓戲雜子道，至泰壹雜子黃治之類。書雖不存，中如黃帝雜子步引、黃帝雜子芝菌等，以意求之，葢亦不過服食引氣之說。故序之云：『神僊者，所以保性命之眞而遊求於其外者也，聊以盪意平心，同死生之域，而無怵惕於胸中而已。少翁欒大之徒不載焉。』豈其術詭秘，初無成書，抑有以削之歟？文景二主皆好黃老。其始傳自葢公，曹參之所師也，自參已尊奉以爲治。葢其書最先出，故文帝好之。是時六經固猶在山巖複壁之中，未之出也。漢廷之上，僅一叔孫通以變古就俗之禮取大官，而無意明聖人之道。陸賈稍能爲高帝陳之，然大約粗淺鄙陋，宜不能勝黄老之書也。然今老子之書具在，初無所謂怪誕張皇者。當時傳其學有老子鄰氏經傳四篇，老氏傳氏經說三十七篇，老子徐氏經說六篇，劉向說老子四篇。今雖不知其說云何，其爲人君南面之術可知也。黄帝四經四篇，黄帝銘六篇，黄帝君臣十篇，雜黄帝五十八篇，在道家。黄帝泰素二十篇，在陰陽家。注云：『六國時，韓諸公子所作。』劉向別錄云：『言陰陽五行以爲黄帝之道也。』又黄帝十六篇、圖三卷，在陰陽家，則行兵五勝之術，或假鬼神爲助，此乃稍及鬼神矣。又黄帝雜子氣三十三篇，在天文家；黄帝陰陽二十五卷、黄帝諸子論陰陽二十五卷，在五行家。既皆依託。而黄帝內經十八卷、外經三十九卷，則醫家之祖也。綜觀漢代黄帝老子之書，如是而已。

世謂淮南與八公之徒煉藥修仙，然淮南之書所謂內篇二十一、外篇三十三者，亦皆兼儒墨、合名法之言，故志以入雜家，不入神仙家也。又有淮南雜子星十九卷，則占候之說，入天文家。烏有所云神仙者乎？東漢之末，其迂怪之書始漸出。張道陵、左慈、于吉之徒，紛紛以其幻變詭祕之術，炫惑於世。六朝以來，丹書、紫字、昇元、飛步之經，玉石、金光、妙有、靈洞之說，乃不可勝紀。而宏大其教者，葛洪、陶宏景也。魏、隋二書釋老志所論列，較漢志不侔矣。後世道家書，淵源實無所考，皆以爲神人相授。唐開元中列其書爲藏目曰三洞瓊綱，總三千七百四十四卷，何其富也！厥後亂離，或至亡缺。宋初遣官較定其書，多出七十餘卷。徐鉉等讎校，去其重復者，得三千七百三十卷。蓋已復唐之舊。大中祥符閒，王欽若依舊目刊補洞眞部、洞元部、洞神部、太眞部、太平部、太清部、正一部，合爲新錄凡四千三百九十五卷。又譔篇目上獻，賜名寶文統錄。而其後張君房所集道書凡四千五百六十五卷，崇觀中又增至五千三百八十七卷。君房撮其精要，爲雲笈七籤，盛行於世。明末，陳繼儒嘗重刻之。其道書全部，近時頗有一二鉅公删錄重刻，爲道藏輯要云。

夫『藏』之云者，始見佛經，梵云『俱舍』，或云『比庀』，或云『摘迦』，華言翻譯爲『藏』之名。唐開元中，以道書爲藏。此乃援道入釋。故宋以後，其徒皆恥不名道藏。今復仍此名，則諸公之詮義疏矣，又不推原道家之本始，援其正以袪其妄，豈所以闡揚老氏者哉！

藏經書後

始，吾讀釋氏書而疑之：釋迦牟尼文佛出世說法四十九年，說盡苦空無我無量妙義，爲彼教至尊聖人矣。乃以三世考之，名已第八。自釋迦前，則已有七佛矣。七佛以前，則又有九百九十七人。其說似乎駭聽，而諸經所著有名諸佛又動以千數，豈盡無稽歟？及尋其始末，推吾儒之理，乃悟其容或有之，要不足怪也。

夫釋氏之有釋迦，猶吾儒之有孔子也。孔子聖集大成，生民未有猶釋迦之超出諸佛，爲世所尊也。孔子生周敬王之世，釋迦生周莊王之世，皆周人也。孔子以前，則有堯舜禹湯，以至文武周公諸聖人矣；釋迦以前，何必無毘婆尸、尸棄以至拘那舍牟尼、迦葉之諸佛乎？刪書斷自唐虞，吾聖人之可考者也。七佛始自毘婆尸，亦其始有可說者耳。夫自堯舜至孔子，葢二千八百餘歲矣，彼毘婆尸至釋迦，何必不數千年乎！若堯舜以前至三皇之世，則又有包羲、女媧、神農以至黃帝、顓頊、高辛諸聖人矣，三皇以上至天地開闢，吾不知其幾千萬年矣，然最初有盤古氏之名矣，若無懷、葛天諸君，未嘗不尚存於傳記也。彼毘婆尸以前，豈獨無天地世數乎？則何必無華光以下之九百九十八人哉！儒者不談荒遠，故孔子刪書自堯舜始，非謂堯舜以前無聖人也，若庖犧、神農、黃帝，則見於繫辭矣。釋氏既不厭爲荒渺之談，其有傳記與否，吾不得而知，固不可以吾儒之不傳，謂彼不當傳也。儒者推世運之數，如春秋元命苞言天地開闢至魯哀公獲麟之歲凡三百二十六萬七千年；命歷敘云二百六十七萬六千年，分爲十紀；易乾鑿度云十紀合二百七十六萬年，每紀二十七萬六千年；列子楊朱云伏羲至今三十餘萬歲；帝王世紀云自天地開闢人皇以來，迄魏咸熙二年，凡二百七十二代，積二百七十六萬七百四十五年。所說不同，大約不甚相遠也。世儒以其緯書私記而不信。若漢律歷志云，上元至伐桀之歲，十四萬一千四百八十年，則見於正史矣。而邵子皇極經世斷以天地之始終，止十二萬八千年，則出於大儒矣。夫吾儒之云『世』者，卽彼教之所云『劫』耳。彼所云成住壞空轆轤增減者，亦何必不猶吾儒之元會運世章蔀紀元者乎！吾儒有聖有賢有大人有君子有善人信人之稱，各以其德行名之。彼釋氏者，則有佛有菩薩有阿羅漢阿羅含金剛比邱之稱，亦各以德行名之。佛不一佛，猶聖不一聖；菩薩不一菩薩，猶賢不一賢也。其人依然有死有生，有少有老。『過去』者，猶吾之謂『既往』耳；『見在』者，猶吾之謂『今日』耳；『未來』者，猶吾之謂『後世』耳。中國有孔子著書講學，服其教者不知幾千萬億也。彼國有釋迦說法勸世，服其教者又何必不幾千萬億乎！世以爲怪而妄之者，是不辯其理之是非，惟其事之有無也。如實有其事，則將從之乎？吾以爲怪而妄之，不若不怪而聽之也。惟吾不以爲怪，則雖有其事，莫之惑矣。

雖然，有說焉。夫亂臣賊子、奸宄淫惡、暴虐貪殘者，此儒者之所惡也，聖人立法，思以化之而已。釋氏者，亦將以化夫此輩者也。彼夷狄者，無禮樂詩書之教、道德仁義之意，惟以殺奪爲事，強陵弱，衆暴寡，凶淫殘忍，不可勝言矣。自釋氏之徒出，以其地獄因果三生之說教之，勸化癡愚，摧滅魔怪，於是夷狄之人有所悔懼，此其爲功於彼甚大，與孔子之救中國一也。中國自三代而下，先聖之道或存或亡，其大經大法所以維繫乎綱常名教者，徒以使人知善善惡惡，有所勸戒而已。若仁義道德之微、身心性命之奥，非聰明睿知不足以知，不能責諸愚夫婦也。去古逾遠，風俗人心日壞，傲很頑淫，爭奪鬬殺，中國之去夷狄幾何矣！又濟之以巧詐深文博學，強辯三綱五常之說，皆習聞而厭聽之。於此有人焉，獨以其地獄因果之說進，言之鑿鑿，怵目洞心，使宄淫殘很之人皆回心而聽命。當斯時也，爲吾儒者，方深憂之不暇，乃必以其人非儒，力破其說而爭驅逐之乎？

世有好醫者，黃帝岐伯之書，神農本草之經，少而研習，究古方不遺餘力；已而，室中人病，投以劑不效，而饕奇方者過室，人就試之，一服而愈，人皆往慶之，此醫獨大怒，以爲非。古方不自己出也！亦可謂迂矣。世之攻二氏者何以異此！

然則二氏不可攻乎？曰：曷爲其不可攻也！彼黄冠羽衣燒煉鉛汞，以求飛昇，金闕瓊樓，妄譔奇異，以眩耳目，禹步咒水，造作符籙，以爲妖邪者，老氏之罪人也。造塔建寺，刺臂寫經，靡費金帛，妄希福利，口語機鋒，高座說法，誑惑士女，陰爲姦利，遺棄骨肉，附會空虛，不行實事，若此者，亦釋氏之罪人也。

楊忠烈公與吳大司馬書跋尾

前明應山楊忠烈公與吾鄉大司馬吳公三書，紙色雖敗，墨蹟尚奕奕有生氣，洵寶物也。吳公以萬曆四十二年巡撫四川，討平叛猓，見神宗本紀。其總督宣大、山西及經略薊、遼，明史未載年月。觀楊公此書，前後皆以安攘爲言，至云：『嚴關十萬甲兵作一人萬里長城。』則正經略薊、遼時也。第二書言：『從二三君子遂出春明，尚感聖恩結此忤逆璫之局。』蓋在天啓四年削籍之後。又謂：『當柄者借內以逐其所忌，第恐中外大柄倒授之中璫，將來未易收拾。』按：明史・本紀天啓三年正月，『禮部尚書顧秉謙、南京禮部侍郎魏廣征俱以尚書入閣，預機務。』此所謂當柄者也。又謂：『不肖青衣匹馬直走至家，尋二三道人作自家正經事，伴子房赤松子遊。』嗟乎，豈知璫禍已深，不旋踵而緹騎已至乎？讀公此書，不禁爲之泫然矣。末一書稱：『台翁以西事行。』又云：『無憂三十六家犬豚。』先是二三年閒，炒化、煖兔諸部時有侵掠邊郡，四年以後略靖。豈非吳公克有成績，楊公長城之言果驗耶？迨數年後，袁崇煥召對平臺，革炒化、煖兔及薊鎮三協，三十六家之賞不行，遂爲本朝效命。然則，吳公其猶不可及乎？楊左遘禍，吳公亦以璫忌罷歸，始終不愧正人。楊公此書可以考吳公之節概云。道光乙酉十月後學姚瑩謹跋。

史忠正公墨蹟跋尾

侍御吳春麓先生六世祖母爲瑩七世從祖姑，明季死賊，事在崇禎十年。史忠正公與直指張公以聞，得詔旌其節烈。姑之子書謝史公，而公手劄覆之。玩此劄，蓋史公方居憂，因唁公而致謝前事者。故公有『不孝積罪莫贖』及『辱教惓惓率謝』之語。又史公爲左忠毅公所知重，嘗有恩於桐，故得通書，非直指之比。然卽此可見公之惓惓於吾邑人矣。姑爲瑩八世從祖湘潭令長女。湘潭公仕爲循吏，長子孫林及女皆死賊，祀忠義節烈祠。其次孫女適江氏，曾孫女適張氏，皆以貞烈祠祀。豈非吳氏祖姑有以風之耶？瑩嘗考論，吾家自明季以來，節烈貞孝之女若婦凡五十七人，吳氏祖姑實爲稱首。史公又爲勝國忠臣之最，得公此劄，而姑之節烈益彰。嗚呼，豈惟吳氏之寶，亦姚氏之榮也！侍御之子子方嘗以此劄語瑩，屬爲書，後未果，亦未之見。越十有八年，侍御始出此軸示之，乃敬識數言卷末。道光五年八月姚瑩謹跋。

跋鄧子與詩卷

鄧子與先生挽某僧詩，清迴絕塵，書尤勁逸。新化鄧湘臯得之老僧月照手，洵墨寶也。先生自稱『都梁髮弟』，末書『辛亥十月』而無年號，蓋前明遺老。或言嘗爲岷府長史。湘臯既定爲武岡人，以未入州志，乃裝治此詩成軸，自爲之敘，索題詠以永其傳。余惟本朝定鼎之初，訪求天下遺逸，徵用者衆矣；其有志不忘明而潛身山澤者所在有焉，縉紳之士往往祝髮，君子悲之。辛亥爲康熙十年，距明己巳二十八載。是時猶有狡焉謀不逞於閩滇者，湖襄之間頗多惑之，而子與與僧獨徜徉寂寞之濱，心灰身槁，可謂能識天命、守身以全節者矣。明太祖訪求元臣不至，或以猜忌殺之，自非聖朝寬大覆載如天，其得優遊沒世不亦難哉！後數十年，曾靜之徒復惑於邪說，卒皆身嬰顯戮，宜矣。莊子有云：『鳳凰翔於寥闊。』其先生之謂乎！

東溟文集卷三

與張阮林論家學書

阮林足下：春閒得書，知近治經史甚銳，著述宏富，爲之企羨。足下以英辨之才，沈研古學，又處京師久，與名公時賢相砥礪，見聞廣而采獲勤，書成必有宏贍精確大過人者。僕倦遊嶺外，少師友之助，悄然塊處，又得書甚艱，莫由稽考，輾轉六年，無所成就。昔虞仲翔處廣州，窮愁竟成易傳，附聖經以自顯。如僕者遠愧古人，近慚足下矣。

大著左傳辨杜刻否？亟欲見之。惟於命名之義，竊有未安者。左氏傳自賈太傅始爲訓詁，劉子駿創通大義。後漢鄭仲師、賈景伯、服子慎、許惠卿、穎子嚴之徒皆有註。馬季長謂：賈君精而不博，鄭君博而不精，已無可復加，但作三傳異同說。則賈、鄭之書可知矣。魏世王子雍亦有左傳解。此皆通師碩儒之說也。至杜氏以爲諸家皆膚引公羊、穀梁以釋左氏，適足自亂，乃著經傳集解，專修邱明之傳以釋經。其所論三體五例，詳哉，言也！又作長歷以推其歲時，譔釋例以通其條辨。殫畢生之勤，成專家之業。大義舉而訓詁明，天文昭而地理覆，自有左氏以來，傳注未有若元凱者也。故南北學者，皆爲之疏義。劉光伯雖曾規其過失一百五十餘條，未害其美。且隋世諸家注傳尚多存者，光伯獨爲杜氏作疏，豈非其長不可掩耶！疏其書而規其短，乃光伯通見，足破疏家袒護之陋，非好攻之以爲異同也。

夫長短不容相掩，功過可以互明，賈、服、劉、馬之異同，要當並著其書，使後學有所鑽仰。自唐世奉勅修定正義，獨用征南，而諸家註說如爝火辰星，熒然闇滅，此固當時學人之陋，亦孔沖遠、顔師古之徒不能請聞於朝，兼存古訓，故通人至今爲恨。然以諸家之廢而大不平於杜氏，此何說哉？亦猶朱子表章六經四書，原令人先習註疏以通其訓詁，其後學者不能兼習，乃自放棄註疏，專治宋儒注義，今舉世駁辨，咸謂宋儒滅絕舊注，徒言義理而廢訓詁。此何異盲人道黑白乎！左傳補註之作，發端於元人趙汸，蓋以杜爲主，有不足，以陳傅良之說通之，非糾杜也。國朝顧甯人作杜解補正三卷，朱鶴齡作讀杜日鈔十二卷，補錄二卷，始有意正其闕誤。而曰『補』曰『鈔』，不居攻辨之名。近世惠定宇以古義名家，特搜輯服、賈之說，爲左傳補注。吾鄉馬器之前輩慕惠氏之風，援光伯之說，亦有補注之作，意乃頗攻杜氏。嚮嘗疑之。若惜抱先生亦嘗譔三傳補注，在馬氏之先，則又不過隨所考證，其有未安，間爲之說，並無意於長短之見。今足下書命名乃爾，無乃過乎！

願更詳之：說經硜硜，貴淵通，不在攻擊也。僕承家業，治經史，爲詩古文之學三世矣。從祖惜抱先生以詩古文鳴海內，學者多宗之。獨先曾祖之學久晦不章，一二鉅公頗以不見遺書爲憾，良由生平緒論散見各書，未及譔錄故也。昔顧甯人沒，遺書得門人潘耒刊之，乃行於世。江慎修歿，遺書得鄉人戴震表之，以聞於朝。矧爲人子孫，而令先業荒墜，不肖滋甚矣！瑩雖謭陋，敢不收羅綴輯，以質世之君子？而瀕歲客遊，不能以書自隨，是以纂述久而未成。今具藁約五十餘卷、百萬言矣。族兄伯印以書來云，史館修儒林、文苑二傳，闡發幽隱，命僕以家集上諸公備采擇。念書未成，懼不足以表章。然當國史諮求，而無以上聞，是沒祖德也。不得已，上援鶉堂詩集刻本及筆記稿本三卷，假伯印以致諸公。而汪瑟菴侍郎先見之，謂必當入傳。惜不在史局，未知秉筆諸公以爲何如耳。得足下書，始知惜抱先生有請附海峯人文苑傳之語，此或別有微意。

而足下以爲先曾祖校論諸書，今時諸君子多未能窺見涯涘者，若僅以詩文入傳，是以精深之學轉爲辭章掩矣，責僕於闡揚先人之大，舍本而存末。足下之言，豈不誠然哉！僕與伯印書，亦未明言請入何傳者。子孫不敢議其先祖之義，而於詩集前列總目，又作後序，具述生平論學大旨，則僕意可知矣。足下想未之見也。足下於垂湮久佚之餘，能推明前人不傳之學而見其大，足下之誠宏矣；意在發揚幽隱，上佐國史，不爲鄉曲之私，不欲以辭章掩學問，足下之論公矣；數千里貽書故人，責其不能善揚先祖，足下之義篤矣，爲人子孫宜何如感愧乎！顧僕於此竊有私中，蓄之久已，不敢告人，今爲足下陳之。

瑩聞：君子立學，傳於後世者，道也，而不在文；功也，而不在德。道、功，天下之公也；文、德，一人之私也。道足以繼先哲，功足以被來茲，若此者，己不必傳，天下傳之。文者，載道以行，舍道以爲文，非文也，技耳；技不足傳君子。若夫德修於身，所以成己，非以爲名，故曰：遯世不見知而無悶。先曾祖少孤礪行，孝友立于家以教子孫，至今門内無敢慝德；忠信著於鄉以施族黨，至今無閒言；處身必恭以儉，接物惟誠以和，長老及見者，至今稱其風采。此德行之實也。先曾祖爲文根柢經史，恉淵思深，必得古人精意，不爲放譎踳駁之論，取快一時，先曾祖之於文，可謂能載道矣。至其天資沈篤，彊記博聞，自束髮以終其身無閒，故能淹通宏洽，不爲拘墟孤陋之見、空疏無據之譚。其大者在篤信程朱，以爲非考證不足以多聞，而捨身心亦無以爲學。漢儒謹守師法，訓詁略備於前；宋儒講論修明，義理大著於後。其道在守先待後，其功在風俗人心。學者當識其大以體其微，去其矜心與其昏氣，乃可以爲學。俗儒務毀人以成己名，邪說好立異以亂是非，卮言日出，貽害人心，亦何異亂法舞文之吏耶？此先曾祖生平兢兢不輕著述之微意也。其於道也，可謂不自矜矣。瑩之生，距先曾祖歿已十餘年，家遭中落，藏書爲人竊取幾盡。又十余歲，稍解讀書。二十四歲，編錄遺集。又六七年，然後有以見先曾祖爲學之實。竊謂：先曾祖之可傳者，道也。而論道之言不可見，卽所存著，亦可得其大凡矣。若夫傳之與否，則不係乎史。道苟不明，卽空留姓氏何益？蓋太元之作，百年後興河汾講道，隋書無傳，古人之所重輕如彼，後有君子將知人論世，亦以人光史冊耳。史豈能光人哉！此僕所以久蓄於中，惟懼道之不修，而不敢汲汲於史傳也。

足下又云：『先生之學，可差肩於閻、惠諸君。』竊以爲駭。夫閻君斷斷博辯，以摘發前人自喜，惠君鑿鑿訓故，以蒐求古義專門。二君精博均不可及，然其於聖人之道也，曾未望其藩籬；乃與宋儒爲難，欲以寸莛破巨鍾。若先曾祖則以考博佐其義理，於程朱之學見之眞而守之篤，固與二君大異。今謂如此，毋乃非所敢安乎！宋人有好學者，千里尋師而遺其母，母使人謂之曰：『子之學則成矣，如歲日荒，吾凍餒將死何？』夫學成而母死，不如其弗學也。今之學人不死其母者鮮矣。此先曾祖之所大懼也。惜抱先生嘗語瑩：編輯援鶉堂筆記宜寬歲月爲之，但取精，不取速、不取多也。先生手鈔經部、史部、集部各一卷授瑩，以爲式。今所編纂，不惟表先曾祖已墜之書，亦以竟惜抱先生未成之志云爾。卽惜抱先生孤立於世，與世所稱漢學諸賢異趨，而海內學者徒以詩古文相推，於其說經論學罕有從者。風氣使然，不能以一人挽也。三十年後，當有達者振興，一闢榛蕪而開之大道。瑩與足下勉爲其是，書成以待後人之論定而已。足下戒之哉！毋奪于衆咻，毋闇於正見，亦僕之所以望同志也。

與徐六襄論五代史書

聞有補注歐五代史之意，甚善。近時諸賢多爲漢晉以上之學，足下獨從事於此，何哉？竊謂此書體嚴義精，讀者卒難得其要領，考博家漫謂其紀事疏略，不如薛書之詳，爲可歎也。蓋公未作此書，先爲十國志，原亦多取繁載，及與尹師魯論之，乃大芟削改，并爲正史。初與師魯分譔，後獨成之。公在夷陵，與尹師魯書云：『開正以來，始以無事，治舊史。前歲作十國志，務要卷多，今若變爲正史，盡宜芟削，存其大要。至於細小之事，雖有可紀，非干本體，自可存之。小說不足以累正史，數日檢舊本，因盡芟去矣。』此可見公載筆之精義。又云：『師魯所譔，在京師不曾細看，路中細讀，乃大好。師魯素以史筆自負，果然。河東一卷，大妙，修本所取法，爲此傳。外亦有繁簡未中，願師魯亦芟之，則盡妙矣。』是公此書經與師魯商確，從其芟削者也。至云『修本所取法』。時公以文章自命，上追龍門，而虛心如此。至和二年，與徐無黨書云：『五代史，昨見曾子固議，今重頭改換，未有了期。』則又經與南豐商確而改定之也。又皇祐五年，與梅聖俞書云：『閒中不曾作文，祇整頓五代史，成七十四卷。不敢多令人知。』蓋是書初成，人見其簡，必多疑議之者，故不欲輕以示人。及後，始從南豐說而自改定。然則此書以著五代之得失爲本，其事實繁瑣無關法戒者，固非正史之所宜載。若夫典章制度則有志，在紀傳中，不必淆入。而五代紛紛，爲國日淺，制度蓋無可言，故並不立志。世人淺見，喜廣異聞以爲詳備，可謂憒憒矣，乃謂公學史記，故爲高簡，不顧事實闕略，豈非不辨正史載記之各有體裁，而輕議昔賢乎？今注稱徐無黨譔，或疑其淺陋。然公與徐書已言作注之難，則未必後人之僞譔。世以爲淺陋者，亦爲其大略不能旁證博考耳，安知非以公當日意在簡嚴，卽注亦無取其繁蕪耶？

然鄙意作注與著書不同，而注史尤與注經不同。蓋注書病在蕪雜，注經病在支離。注史者旁引廣證以存事實，正可多引本書所不載，使人得以觀其去取之意，抑何害乎？昔劉昭既注續漢志之外，以劉昉注蔚宗後漢書一百二十卷，僅及範書所見，乃更蒐廣異聞，作後漢書補注五十八卷，可云宏富，而劉知幾譏之。史通·補注篇云：『蔚宗之芟後漢也，簡而且周，疏而不漏，蓋云備矣。而劉昭采其所捐以爲補注，言盡非要，事皆不急。』知幾此言可謂精史體者。世俗紛紛爭咎蔚宗、歐公之闕略，當以此說示之，而其責注家不當廣引爲非體，毋乃過乎！

往在杭州劉金門先生學使署中見彭芸楣尚書有補注歐五代史，大約以薛書割裂分繫歐史每條之下，而於他書少所徵引。稿本未竟，金門先生欲卒成之，延長洲王某屬其事。因其人輕傲，不暇與論，故未深見其書。金門先生頃在都中，曾見此書否？足下補注大意，未審何似云。仿裴世期注三國之例，洵美矣。願更深味歐公命筆之意，以立其本，而於薛史外，更博考別史載記，如王禹偁五代史闕文、陶岳五代史補、馬令陸遊南唐書、龍袞江南野史、陳彭年江南別錄、張唐英蜀檮杌、錢儼吳越備史之類，參比之以存其事；蒐討於諸家，如司馬公通鑑考異、吳縝五代史纂誤、朱子語類、胡三省通鑑注、胡一桂十七史舉要及近代杭大宗、錢辛楣廿二史考異之類，縷析之以證其文，務揭所長，勿諱所短。嘗閲袁文甕牖閒評有議歐史二條，其一云：『通鑑載唐之亡也，楊涉爲押國璽使，其子凝式謂涉曰：「大人爲唐宰相，而國家至此，不可謂之無罪，況手持天子璽綬與？！人雖保富貴，柰千載何！」涉大駭。夫凝式能出此言，可謂賢矣，而歐五代史不之及，何哉？』瑩謂：文之言非也。凝式既知非義，乃不能強諫其必從，卒亦依違，歷仕五代，徒以心疾致仕。出處之跡如此，何以責善於父？文乃強爲之說曰『彼姑託此以全身遠害而已，非心疾也』，夫苟欲圖遠害，則於押璽使何誅？且不全身于唐亡送璽之時，反欲遠害於歷事五代之後，此何義乎？一時之言不能自踐，存之適見乖盭，歐公削之，當矣！文又謂『南唐後主既降，宋祖以其拒守久，封以違命侯。歐史凡說後主處，皆書違命侯。按，陳壽三國志於孫權直稱名，至蜀則必曰先主、後主。蓋壽本蜀人，以父母之邦故也。歐公吉州人，正屬南唐，其祖、父皆南唐臣民，而忍斥之曰違命侯乎？』瑩謂：文此言謬妄尤甚。按，公父崇公，少孤，以宋眞宗咸平三年進士及第，爲道州判官，歷泗、綿二州推官，又爲泰州判官而卒。時公年四歲。崇公仕跡如此，瀧岡阡表敘之甚明，乃宋臣也。其進士及第在眞宗咸平三年，南唐亡在太祖開寶八年，相距已二十五年；崇公卒在祥符三年，公以景德四年生，距南唐亡三十二年矣。崇公之父早卒，未仕。今謂公父、祖皆南唐之臣，何不詳考乃爾！且承祚身親仕蜀，父又爲蜀臣，後主正其故君，而所修之書，則三國各自爲史，不書後主而何？歐公既於南唐無君臣之義，而所修之書則五代史也，既周爲正統，南唐當日又實已稱臣，據周立史，而於僭國仍從其臣子之稱，有此史法乎！是皆不可不辯者。凡如此類，幸審擇之，勿輕信諸家排擊之辭，漫以爲是也。

著書先觀大旨，非有關於是非得失之大、繫乎人心世道之防，卽文章猶不容輕作，況修史乎！以足下之精鑒，但寬歲月爲之，卽不刊之業也。胸中所欲論著甚多，一時坌集，轉不知何處措手。近惟省察身心，思有以收其放躁，甚思足下輩爲我攻其病。勿忘勿忘！相念豈有極也！

答宋青城書

青城足下：十三日得書，言寂感動靜之理甚晰。此非有所見不能，故非影響之談也。謂偏寂爲賢知之過，偏感爲愚不肖之不及，良是。又深味先儒寂感無先後、動靜無二致之說，此皆高明之識。惟疑朱子中庸章句未發爲性之誤，則過矣。此朱子順文解義之辭耳，何謂誤耶？今夫儒者之言有理有分，當以意逆志、分別觀之乃善。

蓋人之生也，有命，有性，有情，有才。何謂命？以其受於天者言也；何謂性？以其具於心者言也；何謂情？以其感於物者言也；何謂才？以其見於事者言也。命，自然；性，渾然；情，勃然；才，犁然。由其自然以爲渾然，由其渾然以爲勃然，由其勃然以爲犁然。故命也，性也，情也，才也，此理之一而流行貫注者也，故無二致。然未見諸事不可以言才，未感於物不可以言情，未具於心不可以言性，未受於天下不可以言命。故才也，情也，性也，命也，此分之殊而秩然有序者也，謂之無先後可乎？理雖一貫，分自萬殊。知分而不知理，則不通；知理而不知分，則不辨。理不通則流爲末學之分裂，分不辨則流爲老莊之渾同、釋氏之平等，此道之所以難明也。彼謂寂感無先後、動靜無二致者，謂其理之一耳。寂時此理，感時亦此理；動者此理，靜者亦此理，故不容先後二致。然無思無爲，不得不謂之寂而靜；及通天下之故，則不得不謂之感而動。今乃淆其稱名，可乎？喜怒哀樂，情也；其未發，則性也。朱子之意正以此爲一物，不過別其名耳，曷嘗以爲二物乎？

性譬諸太極，情譬諸陰陽，才譬諸五行。太極者，其全體；一陰一陽、一水一火，雖莫非太極之所爲，然執一陰一陽、一水一火而謂之太極則不可。蓋太極全體，可以一物見而不可以一物盡也。人一喜一怒一言一行皆此性之所為。然不可執一喜一怒一言一行而謂之性，卽此類也。釋氏有言譬如衆盲，以手觸象，其觸牙者卽言形如蘆菔根，其觸耳者言象如箕，其觸頭者言象如石，其觸鼻者言象如杵，其觸腳者言象如臼，其觸脊者言象如牀，其觸腹者言象如甕，其觸尾者言象如繩。若是衆相悉非象者，離是之外更無別象。佛氏之言可爲善喻矣。今不分性情之別，則人必直指喜怒哀樂以爲性，是何異衆盲之言象乎？且夫衆盲之言象，雖不得眞象，猶無害也，今淆舉喜怒之既發而調之性，則見其喜者必至爲墨子之兼愛，見其怒者必至爲盜蹠之殺人，其害乃有不可勝言者矣。此子思子所以特明辨之曰『喜怒哀樂之未發謂之性』，不云既發爲性也。今乃疑朱子之誤，何哉？朱子與張欽夫書云：『爾者又爲學者執定未發爲性，而不悟既發之無在非性。』正所謂知其分而不通其理者，故言以未發爲性之誤，非自悔其言之誤也。未發爲性，語本子思，朱子何悔之有！章句順文解義，義極明備，足下無乃求之過乎，抑未之深思乎？

來教又言：聖、凡靜處不可見，於動處見之。此亦必有所謂。瑩則不以爲然。夫靜有儒者之靜，有禪家之靜。禪家之靜專主寂然不動，儒者之靜則否。寂然不動，固爲靜中之靜。感而遂通，亦自有動中之靜，將自其寂者觀之乎？一念不起，湛然中足，清明在躬，氣志如神，此聖人之靜也。一念不起，昏然欲寐，矇瞳無知，氣濁神散，此凡人之靜也。寂然雖同，而寂中之境不同，如列子云：至人無夢，愚人亦無夢。烏可以其無夢遂謂聖、凡同境哉！將自其有感者觀之乎？事物之來，因物付物，隨機而應，無所憂疑，無所欣戚，物自紛紛，我常有定，則動中之靜，惟聖人有之，凡人尤無是境矣。然則靜中觀聖、凡，乃得其眞。今反謂靜處不可見，豈其然乎？從來學人之病，在不信聖經而信傳注，及得異說，則又舍傳注而從之。夫理惟其是，亦何定之有！然必得其立言本旨與夫言外之意，更於異中求其並行不悖之故，然後可以言取捨。否則，與其雜取一時一事之語，不若從其殫精畢慮、契合聖經之傳注。此不失爲善讀書人耳。至於別有所疑，求其說而不得，則亦何妨闕以有待哉？瑩與足下同勉之矣。

上座師趙分巡書

瑩頓首啓。前者書問起居，未盡曲衷，私用耿耿。頃承手書褒答，策勵諄諄，益用感悚。昔朱子聞象山講『君子喻於義』云，舉似門人，以爲切中學者之病。今以陽明之說相勉，非深心厚望，未能深切如此。陽明傳習錄幼時即好讀之，行笥嘗以自隨。茲承誨示，敢不兢兢！

瑩幼遭轗軻，貧不自存，家君長歲客遊，希聞訓誥，賴家慈機杼之下課以詩書，閒述古人事蹟及先世懿行勖勉，是以束髮卽略知爲人。及長，讀書稍多，乃粗識古今天人之事、學術正僞之辨，嘗慨然有越俗之志。然泛濫出入，卒未能有所成立者，則血氣害之也。曩亦有一二良友以古人之學相砥礪，大約砭流俗有餘，未至深切自反，生平尤悔多矣。近復頻年嶺外，覓食養親，內有饑寒顛沛之憂，外無直友嚴師之助，孤形塊立，悄然自悲。聞教乃知有切近篤實之學，如嬰兒得怙恃，何快如之！

吾師以忠誠明篤之資，守存心養性之學，都中物望久有所歸。今以特命觀察劇地，清風重德，固已盪滌垢污，乃復惴惴以民頑俗悍爲憂，平情近理，開誠佈公，此卽眞學問經濟也。明效不遠，佇目俟之矣。然區區之愚尚有欲爲萬一之助者。

伏觀粵東民情有異於他省者四：逐利輕生，一也；頑獷無恥，二也；健鬬無理，三也；好貪惡廉，四也。天下之民莫不好利矣，然畏死之情猶愈於利，未聞以二三十金賣其首者也，而粵有之。天下之民固難言有恥矣，然巨室士人猶顧名義，自非大姦猾，未有通盜侔利者也，而粵有之，且衆。天下之民悍於鬬者可以曲直解之，惟粵民專以富強相陵，不以曲直爲理。天下之民，其官吏莫不喜廉潔而惡貪墨，惟粵民則喜貪墨而以廉潔爲無益。此四者，皆大反乎人情而不可以常理格者也，而惠、潮尤甚。閒原其所以，粵地邊海，民素食於洋，巨室大賈惟視洋舶之大小，利則有百萬之息，不利則人舶俱漂，此逐利輕生風俗所由成也。其貧無貲者既不能爲此矣，又惰不事事，惟行劫以食，而官吏莫可如何，宜盜賊之紛紛也。粵民聚族而居，大或萬丁，小者千戶，自明以來，其祖業甚殷，常以鉅萬之金無所事用，惟以供訐訟之費。聚族而居，故易以動衆，兼挾重貲，故易以爲姦。一事睚眥，卽千百爲群，戈戟相撞，乃行賂於吏，使無究主謀。吏既以衆鬬莫辨誰何矣，亦卽賴以成讞，每曲從之。此潮郡積年之惡習也。嗟乎，其獷很悍戾之徒手刃殺人者不除，惟執無罪餓夫以爲殺人之賊，此與捕盜不得渠魁而購小盜以邀功者，二弊實粵東根本之憂、仁人君子所爲深歎也。

夫閭里宴安則尚鎮靜之化，時事衡決則思強毅之臣。西漢時三輔多盜，黃霸雖賢而不治，廣漢以刻而治之。北宋時西邊多事，范忠宣帥之而望輕，文正帥之而望重。自古當繁劇之任，未有不以威斷而能濟事者也。粵中十餘年來，民輕官吏矣。夫邊鄙之地，尤重國威。前者洋盜縱橫，蹂躪內河，敗軍戕民，慘毒尤甚，已喪大將二人，僅乃就撫，威何如乎？賊首復得爵賞，此全粵士民所喋指而痛心者也。軍伍廢衂，不聞戮罪，轉以爲功，夷人、猺戶皆嘗竊笑之矣。降人數萬，一時散歸田里，彼非有所畏而散，蓋有所貪也，其很心故智曷嘗一日忘耶？外洋暫靖而內河匪類益眾。夫匪類者非他，即前日之洋盜也。昔之患在外者，今悉近內，而巨室豪強復爲之囊橐。蓋其人散歸，本族有鬭，即挺身以爲其雄，而姦民抗租亦倚之以欺官吏，故州縣催徵往往有格拒之變也。長吏拘於考察，不盡上聞，無敢輕議懲創者。此賈生所謂抱火厝薪之勢也。夫極眾力未集之時，不設策誅戢之，猶坐損威重如此，萬一癰疽再潰，其禍可勝言哉？且夫粵地內有猺黎雜處，外有番夷往來，我之虛實彼皆知之。今吾官軍驕至不能戢定內賊，不慮有以啓彼戎心乎？

不動聲色措置機宜，弭亂於未形，防患於先事，非有憂天下之深心、懷康濟之大畧者，未易議此也。謀畫甚鉅，舉動匪輕，是宜諮請大府深計而行之。尤願結之以信，震之以威，平之以情，持之以法，破庸人之見，求補劑之宜，灼見可行，即宜成斷，遠爲百年之計，無狃旦夕之安。書云：『威克，厥愛允濟。』又曰：『刑亂國，用重典。』揆之於今，適有相類。昔王陽明以理學大儒親討藤峽諸賊，威振一時，民以綏輯。吾師素以實用自許，至此豈其難乎！若昌黎當日守潮，其時勢民情固與今異，殆不可同日語矣。傳曰：『狂夫之言，聖人擇焉。』不揣迂謭，輒披肝膽，惟留意裁之，幸甚！

再復趙分巡書

日者不揣愚妄，竊以所見粵中情事，謬有陳白，欲自效芻蕘一得之義。既復自省，以吾師之明篤，夙求民瘼，所蓄積固已宏矣，如瑩所陳，諒皆明照所已及，甚恐無當高深，獲妄言之罪。不意遠蒙省納，賜之復書，以爲洞達利害，且幸且慚！然後知大君子虛懷好善，不棄邇言，雖復言之無當，而亦必加容納如此。又得家叔寄示潮俗十戒及論士子文，伏讀三四，具歎轉移風化、正本清源，仁心精慮，莫逾於此。所謂宏猷碩畫，祇在平實近情，自能使人從之者也。夫處崇高之位而懷閭閻之憂者，大人之德也；竊典墳之奧而昧濟時之用者，迂生之陋也。今身在畎畝而不習知民事，乃冀異時服官周知利弊，此必不然矣。

然則民風吏治者，乃正學人之有事，非以爲文章之具而已。顧學術是非，非文章不能以自顯。瑩於經術之文，嘗慕董膠西、劉中壘；論事之文，嘗慕賈長沙、蘇眉山父子。非徒悅其文章，以爲數子之學，皆精通明達，所謂其言有物者。至於天人之際、性命之微，則非殫究於濂、洛、關、閩，不足以定極中至正之歸。而又必考索於漢、唐、元、明諸儒經說以明其章句，辨覆於正、通、別、霸歷代史書，以觀其事蹟，泛濫於九流、百家以博其趣，出入於釋、老二氏以窮其說。若夫陶冶性情、抒寫景物，則詩歌之作，卽古樂之遺，所以宣導幽滯、寄哀樂於聲音者也。

束髮抗志，三十未立，何容喋喋妄譚？徒以幸出大賢之門，所冀加以陶鑄，與之繩墨，俾瓦釜雖微，得任鶉鷃之烹，尺木雖小，得成欂櫨之用耳。海内才儁紛出，或專考證，或精曆算，或擅詩文，或長館閣諸作，莫不馳騁焜燿以博名稱。瑩之魯劣，實愧諸君。乃其私願則與諸人大異。所不欲以爝火之明，耀光於日月也，佢使道術粗明、志業成就稍有萬分之一裨於一人一物，則此生不虛。若區區以尺幅虛辭輒自矜詡，與天下賢士爭一日之長，實鄙闇之志所未嘗出也。況近與小人齟齬，惟家室飢寒是懼，敢復眩露，致益困塞？

吾師舟中之訓，至今佩之，曷嘗一日忘哉！第區區私衷，大懼不察，以爲誇大自喜，流於浮薄，有昧韜晦之義，甚非吾師所厚望也，故卒盡其鄙曲如此。惟鑒察焉。

復李按察書

前月十六日接奉賜答，猥以菲薄無似。初任繁劇，開誠燭微，示以法戒，仰見大人知待異常，不欲遺棄非才，使墜於深淵而不可拔。莊誦再四，感懼交并。夫不可得者，異常之恩遇，不可知者，未白之衷曲。今於稠人之中，獨蒙拂拭，所在提攜而訓導之，是大人之恩遇可謂隆矣。若區區闇薄之衷，生平所自期者，未有一二見知於君子之前，及此而不以自陳，所謂及之而不言者，隱也。

瑩材質駑下，無以異於常人，獨自束髮讀書，則有志慕古，以爲人生天地閒，當圖尺寸之益於斯人斯世，乃爲此生不虛。每覽古今賢佞臧否之辨、是非得失之跡，未嘗不深思而熟復之也。

日昨受職平和，始謂疲瘠之區，亦當有所建白，及到官以來，親歷情勢，乃大爲駭異。竊見平和僻界閩、廣，其四達饒平、漳浦、南靖、雲霄，皆山徑交錯，溪洞曲深，盜賊之所出沒也。境內巖嶺重複，無一望平迤之地。居民分疆聚族，依險負嵎，強陵弱衆，暴寡殺奪起於眉睫，寇讐尋於積世。治斯地者，蓋有四難兼四懼焉。夫安民者，首嚴捕盜而和民。習衽金革，好鬬輕生，睚眥之怨，大者報之以死，小則劫掠人財。五里之外不敢越境，一族之內互相侵陵。論以殺人之律，則所坐盜也，及以盜論，原情則非。其難一也。夫除暴必需逮捕，和民丁多族巨，役往多拒，動輒親臨。前人每多率兵役圍社焚巢，往往蹂躪已深，卒無所得，即或族衆畏懼，執人以獻，悉非正身，不過無罪餓夫。而兵費之縻已不貲矣。其難二也。夫息事綏民必慎決獄。和民則好訟而貪，不論曲直，惟以得財爲申理，苟不得財，雖立與剖決，意猶未慊。故兩造皆有控無質。見在案牘不下千餘，大半命盜械鬬虜掠之事。其難三也。夫居官守廉，莫如守儉。儉者，損其起居服食嗜好而已。其從事公務有必不可闕者。平和自常費外，兼困行役。一歲之中，催科、督捕、勘驗、止鬬、禁虜，幾無暇日，雖減騎從，所費已多，掣肘捉衿未足以喻。其難四也。故讐盜不辨則懼枉屈，豪強不除則懼長亂，獄訟不決則懼株延，費用繁鉅則懼耗闕官錢於自盜。至於科條嚴重，酬酢紛煩，又其最難者也。瑩自受事兩月以來，取鑒前人涖斯土者，非失之暴，則失之弱，是以兢兢自持，思欲本清慎勤之心，行恩威信之政，嚴捕誅以安閭閻，鋤強暴以扶善類，聽斷必與民共見，以示懲戒，勸諭必至誠開道，以化愚頑。每親臨四鄉，皆自出費用，即有圍捕，亦以身先，未嘗輕假營伍，故所至雞犬不驚，民無擾攘。杜械鬬之源，重購捕之賞，見經釐定章程，設局清理舊積案牘。而事緒轇轕無非棘手，茹蘖飲冰，未知所濟，誠恐力薄不任，空竭區區，轉致覆越。

夫力小者不可以勝重，智屈者不可以冒進。今以迂直之材，當繁劇之地，是任重也。知不勝而不求速退，是冒進也。幸承厚遇而猶隱匿私衷不以陳白，是清水當前，不自祓濯，而顧隕墜於污淵也。瑩雖至愚極陋，敢不自愛，以副裁成。用是披瀝直陳，伏冀大人鑒其不才，量予移易，必當奮勉以圖自効，感荷實無既極。

復方漳州求言札子

瑩頓首。瑩資性魯鈍，適任繁劇，益兢兢大懼顛覆，惟有遇事謹密，盡心措舍，察人情，因土俗，安輯閭閻，慎重賦稅，不敢偏聽賓客，不敢過信胥吏，不矯激以沽名，不因循而廢事。任職一歲，郊野差覺靖肅，士民頗相親附者，不過因地制宜，寬猛兼施而已。至於漳郡七屬民情，瑩不能盡曉，然揆所聞見，大略相同。既承明問，俾竭所知，敢以愚見，略陳於左：

一開誠心以調文武。夫國家設官定制各有職司，文以撫民，武以除暴，蓋如手足之相爲用也。乃往往不和，以致齟齬僨事。在文臣，體統自持，每心輕武人爲不曉事。而武臣，亦每以此自疑。不肖兵役從而播煽其閒，或兵民交涉而爭權，或禮儀上下而爭勝。私隙既成，遇事自相掣肘，此激變生亂之所由來也。漳泉民風強悍，械鬬頻仍，陸路海洋，盜賊時發，用兵之地常多。不能調輯和衷，使文武一心並力而能濟事安民者，鮮矣。故宜開心見誠，相接以禮，相通以情，顧大體，捐小節，則文臣與武臣相和，胥役自與弁兵無閒，恩及眾營，士卒効命。如此，則悍民有所畏而盜賊無所容矣。

一和鄉情以息械鬬。夫械鬬之緣，蓋有數端。或宿讐不解而鬬，或訟獄不平而鬬，或大小相陵而鬬，或睚眥倉卒而鬥。其要皆由負氣而好勝。一夫修怨，千百爲羣，連鬬累月，互相死傷數十百數而不息。苟不究其緣而冒昧往捕，或不顧事後而取快一時，又或畏怯不前而因循示弱。若此者，罔不釀成巨患。故有兵已臨而鬭不休，兵已退而鬭如故者。此皆鄉情未和之故也。蓋其肇釁之始，不過悍族愚民，及至鬭勢已成，遂乃無分良莠，執法以往，既已不可勝誅。且互鬭殺傷，死者不能起辨，與其濫殺無罪，莫如善處爲良。故宜震之以威而不用，示之以恩而不怯，順其情而平其怨，懲其強而撫其弱，執法而稍通變之，則民和悅而鬭可息矣。

一籌經費以資緝捕。漳郡一廳七縣，壤接永泉，界濱海粤。其中山嶺險阻，溪岗曲深，盜賊藏匿既便，出沒無常，緩則登山，急則浮海。而巨族大姓輒擁丁千萬人，亙地數十里，兵役入社，時有拒捕之虞。故緝捕之難不但盜賊，卽他罪人亦十無一獲。非懸賞購獲，卽須會帶弁兵勇役，多者千人，少亦數百。駐社圍捕，動以旬日，兵費輒百千計。又四路險要處所，除設兵防汛，必須擇選家丁，委任壯役，巡邏搶虜，此等捕費，皆不能少動官錢，必須捐備。而漳屬府縣素無贏餘，資將何出？故雖善爲籌畫，非空言所能濟事也。

一延人士以通上下。夫爲政不難，不得罪於巨室。巨室者，衆民之所取信也。州縣雖日親民而仁信未孚，愚衆豈能盡曉官之賢否，取於人士之論。若府道之尊，則去民益遠矣。蓋漳俗族姓大小強弱之分最明，小役大，弱役強，由來舊矣。縉紳之士強大者多，平素指揮其族人弱小皆如奴隸，而性畏見官，有事則深匿不出，或陰使其族人爲諸不法，愚民不知畏官，惟畏若輩，莫不聽其驅使。苟失馭之，則上下之情不通。官雖甚惠愛而民不知，民或甚冤抑而官不察，此前人之所以多敗也。誠能折節降禮，待以誠信，使縉紳士咸知感服，則所至達於措置。縉紳信官，民信縉紳，如此則上下通而政令可行矣。

一崇文教以明禮讓。夫爭鬭不息，由禮讓之不行。禮讓不行，由文學之失教。今州縣中亦多能興修書院，捐設膏火，加惠文士，可謂善矣。然或以爲市名之舉而無誠，意以將之，勸課無方，師道不立，雖月有課文而於明禮請讓之事未有實濟。甚或以書院爲酬應，上官不論名位，不問品學，薦卽延之，以至士不翕服。卽一文藝之末，尚不足矜式，況於禮讓之事乎。故必慎選名師品望素重者爲之模楷，嚴立條教，厚給廩膳，時以孝弟忠信禮義之事相爲請習。更不時親臨，接見諸生，從容與之言論，使其知敦品立行之可貴，察其尤者特加獎異，以勵其餘。如此而後，文學可興，禮讓之事可漸明矣。

一嚴刑罰以免姑息。書曰：威克厥愛允濟，愛克厥威允罔功。禮曰：刑亂國用重典。夫所謂威與重典者，豈必曰以刑人殺人爲事哉？亦使悍民有所痛切知畏而已。瑩始未來漳，即聞有會營圍捕破屋焚巢之事，頗疑其過。及親履久之，然後知其不得已也。蓋漳民所以敢爲械鬬不法者，恃其族大丁多，所居皆重牆峻壁，固若碉堡，鎗牌火藥器具悉備。兵役往捕，勢衆則空室而逃，勢寡則閉門力拒。夫民苟良善，則一差役可捕，何事用兵？捕犯而至用兵，甚且當官械鬥，此與亂民何異？則即破其巢穴，焚其居舍，亦無可姑息者。第恐不肖之員緣此妄及無辜耳。苟當其罪，即焚之而民不怨，如故方伯李公之焚歸德堡是也。夫邊鄙之地，尤重國威，今使官勢重而民勢輕，猶可以資鎮肅。苟爲姑息之政，使民愈輕官，必且有尾大不掉之虞，豈所以忠誠謀國者哉。伏願仁以存心，義以制事，罪當情眞，無所用其姑息。此亦刑亂用重典之一道也。

一嚴保家以究越控。漳郡民風既悍而詐，或挾嫌而誣控，或畏罪而虛飾，但事狡變，危詞動聽，而不顧情理。有辭無人，有告無訊。又風俗最重原告，一經奪先，則役不敢捕。其或縣中圖爲原告不及者，往往不赴縣鞫，即謀越控。初非甚有冤抑，必求剖決也，不過以此相持遷延而已。故親身上控者，十無二三，類皆訟師爲之代遞。及至鞫時，並無一人，殊使下情掣肘，實大有防於政體。夫州縣雖未必盡賢，然果貪汙昏暴，偏聽曲斷，此亦難逃輿論。有國法在，參革之可也，誅罰之可也。若夫姦民畏罪逃審，徒以片紙虛辭越控，輒不察而概予親鞫，則是示民以州縣無權也。當此民風強悍之區，即重與之權猶恐不足，乃更從而掣其肘，使民益輕官。官何足惜？獨念國家設官定制之體，毋乃有傷，而適以長奸民爲亂之漸乎！伏願奮明斷，飭紀綱，訪察輿論，各屬中如有聲名不肖者，立予嚴劾。至於部民上控之辭，平心察其虛實，窮究保家交出，押發本衙門辦理，使民知法度，存國家設官之大體，則賢能自愛之員無掣肘之歎，即不肖之員亦有以自新，而可以收得人之效矣。

一嚴書役以清訟源。夫奸民狡獪誣控，法固宜懲矣。然推其所以敢控之原，則實訟師爲之主謀。訟師非他，卽各衙門之書役也。蓋漳俗皆強陵弱，衆暴寡。弱小無以自存，往往結各衙門書役爲援，或禮拜爲師，或虛名掛卯。及至有事，則向若輩問計。此固以有事爲幸者，於是慫慂使控，而從中劫持之。事本細也，而蔓延之使大，愚民方引爲心腹，此輩實陰爲魚肉。至於會盟爲匪，皆敢曲庇。故民本不控也，而若教之。民本不詐也，而若導之。民本不敢爲匪也，而若庇縱而主之。官文書未行，若輩已先通消息。此其所以爲巨蠹也。故欲清訟源，必嚴治書役。惟辭入不輕允受，收呈必究保家，則若輩無權而弊可稍止矣。

一責賠贓以弭盜賊。按保甲之法，所以嚴於平日，使無藏匪也。然而漳屬搶劫之案，大抵眞盜少而仇劫多。既已行劫，則雖仇亦盜矣。是宜行就地賠贜之法，嚴飭各家約，分地立籤，各有界段。何處被盜，卽責何處家約，先使賠贓，苟能救護者免，能獲盜者有賞。蓋漳屬各村社，皆有刀仗火器，既不能禁之械鬭，莫若卽用之捕盜。苟坐視人民被盜而不出救，則必其通盜也。否則無義之民也，責以賠贓，夫復何辭！誠使分地賠贓之法行，則彼家約自能率其子弟互相救援，以求獲盜之賞，而免賠贓之罰。如此，則盜賊之風亦庶幾可稍弭矣。

一寬法禁以容姦人。曹參有言，毋擾獄市。獄市，姦人之所容也。至哉，斯言！可謂知爲政之要矣。天下蚩蚩，愚不肖者常多，勢不能人皆守法，必盡執而誅之，焉有是理哉？爲政者但使各安其所而不爲亂，斯可矣。苟激之，必且生變。以漳郡論之，如倡優、賭場、煙館，此皆法令之所禁也。然天之生民日衆矣，漳郡尤爲繁庶，耕商工賈之事不足以養之，諸不法自倡優賭場煙館之途開，藉此而活者殆數萬人，此皆所謂奸人也，然較諸攘奪竊劫，則有間矣。今必禁之，此數萬人安往乎？彼無所得食有爲盜耳，是不可不深長思也。伏願體立法之意，操爲政之要，寬其禁而嚴其法，苟有犯必重懲之，而不問其餘。如此，則民安其所而不敢滋事矣。

以上十事皆按切情狀，審察事勢可以行之而收實效，非苟爲空言者。閣下德望素孚，誠心求治，宏猷遠畫，誠非愚陋所能仰贊萬一。即以上數端，諒爲明照所已及。特瑩奉命得言事宜，用敢敷具以聞，是否有當，尚乞訓示。使知可行，不勝惶悚之至！

東溟文集卷四

謝周漳州書

犢山先生閣下，昨得蔡巡檢書，猥蒙巨製造爲瑩先人行狀書後一通，伏讀累日，彌增永歎。

竊瑩一窮愁顛連失職之人耳，於閣下非有一面之識及通家故舊之誼也，徒以仁者憂民之誠，不棄葑菲，期有裨於治理之萬一，乃採輿論，稱瑩於上官，請得再赴龍溪，上官亦不以爲不可而許之。一請一許，瑩皆不及知。古義高風，甚非近今所可倫比。瑩既以居憂，不獲副閣下之望，又未以尺書陳謝，固宜屏之不復聞於左右。惟斬焉煢孤不能稱述先德，閣下復憐而賜之文，以光家乘，盛自謙沖，益非意料所及。至於反覆申論推明先人所以教瑩與瑩所以奉職之義，不惟瑩警惕涕零，既先人亦將含笑九原，以生平不得已之苦心，賴閣下一言皎然於身後也。

瑩至龍溪，在二十二年之冬。其民習於強悍，恃衆藐法，久爲通省最。東萬松關、南九龍嶺，劫掠不已，行者戒途。北溪一路七十餘里，截河私征者十數處，城內外文武兵役通夜巡防如備大敵。至於各鄉大小一千有八社，積怨深仇，蔓延滋鬥，視殺人如草芥，以虜劫爲故常。一日之中或十餘命，一歲之內伏屍盈千，剖腹刳腸，莫形兇慘。四郊近地，皆爲戰場，豈復知有法令哉！官至，視兵役衆則逃，少則抗。官但見民之梗頑，民亦視官爲兒戲，上下隔絕，胥役緣以爲姦。事勢若此，可爲長太息者矣。瑩奉調，屢辭不獲。乃出不意，夜入強社，捦著名積惡者數人，鞫其劫掠械鬥殺人之事甚多。若俟獄成，勢必遷延歲月，株累無窮，且正法省中，不足以警在地，是以訊實罪狀，臚牓郭門，使萬人環觀而斃之。四境兇徒，聞風股栗。次收豪姦大猾以爲我用，言於道、府及總兵官，凡諸罪狀暫停追捕。召徠鄉民入城問冤苦，予以自新。使彼素所取信者偕往，察十數年仇怨相尋之故，巨細辨白。然後親至各社，見其頭人，剴切曉譬，使侵地奪社者各還舊業，焚廬毀屋者償價修葺。死者之家寡婦孤兒，命各社族人釀錢養卹。其殺人者，令家長自捕送，不使兵役妄拘，不聽死者家妄訴連逮。老幼歡呼，感激泣下，焚香盟天，誓解仇讎。自古縣天實十餘年著名械鬥之區，聽命息鬥，各社聞風嚮化，自相理釋，簞食壺漿以待親臨，周歷巡循。一時棄刃、修和者七百餘社。然後擇其強有力者使爲家長，給與信記官牒，約束族衆。復擇壯丁，大社百人、小社五十人，籍其名與年貌爲鄉勇，以逐捕盜賊，無事則交各家長董率業農。此皆横悍桀驁之徒，平時恃衆無名，滋爲不法，及名已入籍，有不逞就各家長縛送縣，無所逃匿，自是帖然。凡捕盜賊及強梁惡民，皆處以重法，兇暴之徒莫不傾心。械鬥既平，盜賊亦戢，然後商旅閭閻得以負擔而行，安枕而卧。當用法時，非不惻然輾轉於懷，卒不敢慕仁慈之名者，蓋救民水火之苦心不得已也。悍風稍止，乃興崇書院，培養士子，講習禮讓廉恥之事。稍開禁綱，聽民迎神賽會，放燈召優伶爲樂，使積年愁苦、習衽金革之民，扶老攜幼，任意遊觀，俾知和睦太平之樂，而深悔頻年鬥爭之苦。蓋冀以默化潛移，挽風俗人心於萬一也。治術粗疏，愧古循良之吏多矣。

計瑩在漳十有六月，治事自朝入夜，常不解衣而卧。心神況瘁，氣血爲之虚耗。年甫三十而髮已白。其才力之短絀，卽此可見。大懼貽誤，渡臺灣後，每念前所施設多與願違，私心常用耿耿。凡瑩所曉譬械鬥諸事蔡巡檢實與共，馳驅辛勤之狀，皆所目睹。然當是時，文自道府以下，武自總兵官以下，莫不合力同心，彼此信任，故無間言。此又一時遇合之盛，不可易得。迨夫時易事遷，談者但能言瑩之峻法，而莫白其苦衷，固宜聞者之詫訝矣。自非閣下深明治理，不務虚名，不事姑息，安能洞察微衷，議論若斯切中哉！

瑩雖未見顔色，不能仰測高深，然每見漳人，詢知七屬年來極爲安靖，盜賊屏跡，悍鬥無聞，皆郡伯廉明所賜。輿人之誦，播及海外。竊謂媲美古人，常無多讓。若瑩前日所爲，徒形鹵莽耳。尋知閣下欲引疾去，而上官隆敬所以慰留者甚至，望風增企何已！開正當來漳州謁謝。大著謹已拜存，永爲子孫光寵。

答李信齋論臺灣治事書

閣下兩知晉江，賢能懋彰。近移臺灣，實海外黎元之幸也。乃撝詞下逮，盛執謙沖，諄然以此邑之張弛施措之後先垂問，慙恧之餘，轉增跼蹐。顧瑩於此邦有舊令尹必告之義，不敢自外，謹竭所知。

瑩聞善治國者如理一身，必使氣血流通，官骸運動，乃可以無病。苟一支一節，氣滯血凝，則病作矣，然投劑者又必審其秉體之強弱，與受病之淺深，量酌而用之。故有同病而異藥者，其奏效一也。又聞爲政在乎得民，而得民者必與民同其好惡。閣下由泉州而之臺灣，臺灣民半泉州人也。泉州人之爲病與其好惡，既習知之矣。若臺灣人之爲病與其好惡，容或有同而異者，是豈可以無辨乎哉？今夫逞強而健鬥，輕死而重財者，泉州之俗也。好訟無情，好勝無理，摴蒱女妓頑童、檳榔鴉片，日寢食而死生之，泉州之所以爲俗也。臺灣人固兼有之。然而臺灣之地一府五廳四縣，南北二千里，有泉州人焉，有漳州人焉，有嘉應州人焉，有潮州人焉，有番眾焉，合數郡番、漢之民而聚處之，則民難乎其爲民。一總兵三副將水陸十三營，爲督標，爲撫標，爲水提標，爲汀邵，爲延建，爲長福，烽火，爲興化，爲詔安、雲霄、平和，爲金門、同安，合九郡五十八營之兵而更戍之，則兵難乎其爲兵。民與民不相能也，兵與兵不相能也，民與兵不相能也，番與兵與民不相能也。其日錯處而生隙焉，勢不能免，則安撫而調輯之者難在和睦。臺之門戶，南路爲鹿耳門，北路爲鹿港，爲八里坌，此官所設者。非官設者，鳳山有東港、打鼓港，嘉義有笨港，彰化有五條港，淡水有大甲、中港、椿梢、後隴、竹塹、大岸，噶瑪蘭有烏石港，皆商艘絡繹。至於沿海僻靜港汊紛岐，多可徑渡，不獨商賈負販之徒來往不時，居處靡定，其內地游手無賴及重罪逋逃者溷跡雜沓並至，有業者十無二三。地力人工不足以養。羣相聚而爲盜賊，爲姦惡，則所以稽察而緝捕之者難在周密。內地之民聚族而居，眾者萬丁已耳，彼此相仇牽於私鬥，無敢倡爲亂異者。臺灣之民不以族分，而以府爲氣類。漳人黨漳，泉人黨泉，粵人黨粵，潮雖粵而亦黨漳，眾輒數十萬計。匪類相聚至千百人，則足以爲亂。朱一貴黄教，林爽文、陳錫宗、陳周全、蔡牽諸逆後先倡亂，相距或三十年，或十餘年。雖不旋踵而滅，然殺官陷城，生民塗炭，兵火之慘，談者寒心，糜國家數十百萬之金錢，勞將帥累月經年之戰討而後蕆事。人心浮動，風謠易起，變亂之萌不知何時。其難在守常而知變。鳳山之民狡而很，嘉義、彰化之民富而悍，淡水之民渙，噶瑪蘭之民貧，惟臺灣附郡幅員短狹，艋舺通商，戶多殷實，其民稍爲純良易治。然逸則思淫，一唱百和，官有一善則羣相入頌悦服，官一不善則率詬誶而爲姦欺。故舉措設施，其難在有德而兼才。凡此皆邑之病也。

知其病而藥之，則投劑必有其方矣。虛者補之，毒者攻之，捍格而不入者，和解而通導之，雖扁、盧無以易此。夫子所謂與民同好惡者，非爲苟安之政、一切姑息也。其民既浮動而好事，非嚴重不足以鎮靖。鋤強除暴，信賞必罰之謂嚴。事有豫立，臨變不驚之謂重。威以震之，恩以結之，信以成之，大要盡於此矣。民惡盜賊而我嚴緝補，民惡匪徒而我誅強横，民惡獄訟而我聽斷以勤，民惡枉累而我株連不事，其同民之惡也如此。民好貿易而我市廛不驚，民好樂業而我閭閻不擾，民好矜尚而我待之以禮，民好貨財而我守之以廉，其同民之好也如此。寬以容姦，而有犯必懲；惠以養士，而非公不見。調和營伍，平心以臻浹洽；親接貧賤，廣問以達下情。防患於未萌，慎思以明決，文武同心，官民一體，則血脈自爾流通，百骸無所壅滯，尚何病之不治哉！

復趙尚書言臺灣兵事書

奉六月望後手誨，以臺灣諸營惡習，幾有魏博牙兵之勢，深慮之，集思廣益，令博采輿論以聞。瑩以爲此不足爲臺灣深憂，皆告者過耳。自古治兵與治民異。蓋兵者，兇器，其人大率椎魯横暴，馭之之道，惟在簡嚴。簡者，不爲苛細，責大端而已。嚴者，不爲刻酷，信賞罰而已。夫虎豹犀象雖甚威猛，然而世有豢畜之者，馭得其道也。馬牛犬羊雖甚馴擾，僕夫童子可操鞭箠而驅之，壯夫鹵莽或受蹄角之傷且死者，馭之不得其道也。臺灣諸營情勢亦若是而已矣。請質言之：

臺灣一鎮，水陸十三營，弁兵一萬四千有奇，天下重鎮也。兵皆調自內地。總督巡撫以下水陸五十三營，漳州泉州兵數爲多，他郡各營兵弱，向皆無事。興化一營稍黠，多不法。其最難治者，二郡之兵也。人素勇健而俗好鬥，自爲百姓已然，何況爲兵？水師提督、金門總兵官兩標尤甚。昔人懼其桀驁，散處而犬牙之，立意最爲深遠。然如私鬥、姦暴、潛載違禁貨物，皆所不免。甚且不受本管官鈐束，不聽有司逮理。蓋康熙、雍正之閒尤甚，乾隆、嘉慶以後屢經嚴治，乃稍戢。此兵刑二律所以於臺灣獨重也，豈惟今日哉！

重法如迅雷霹靂，不可常施。常施，則人側足不安。故曰一張一弛，文武之道。然小者可弛，而大者不可弛。小者，狎妓聚博，私載違禁貨物，欺虐平民之類是也。若械鬥傷人且死，不受本管官鈐束，不服有司逮理，則紀綱所係，必不可宥。此輕重之别也。故治兵者不可不知簡嚴之道。不辨輕重者不可以簡，不簡者不可以嚴，不嚴者不可以用威。威不足則繼之以恩，恩不足則守之以信。自古名將得士力者，皆由用此。今之用兵者，大抵既不知簡，又不能嚴。有罪而不誅，則無威。將不習校，校不習兵，勞苦之不恤，而朘削之是求，則無恩。當罰者免，當賞者吝，則無信。此所以令之不從，禁之不止也。

然則以爲不足慮者有說乎？曰：有兵之可慮而難治者，叛與變耳。自古驕兵亂卒大抵在其鄉邑，形勢利便易叛與變。若客兵則有潰而無叛，其形勢不便故也。魏博之牙兵，皆魏博人也，故敢屢殺逐其大將而不受代。若臺灣兵，則皆分檄自內地，建甯、延平諸郡與漳州、泉州不相能也。興化與漳、泉鄰郡不相能也，漳與泉復不相能也，是其在營常有彼此顧忌之心，必不敢與將爲難，明矣。況其父母妻子皆在內地，行者有加餉，居者有眷米，朝廷豢養之恩甚至，設有變，父母妻子先爲戮矣，豈有他哉！雖臺灣之民大半漳、泉，而兵與民素有相仇之勢，故百餘年來，有叛民而無叛兵。乃治兵者每畏之而不敢治，則將之懦也。且二郡之人，其氣易動而不能久。一夫倡而千百和。初不知何故，及稍知之，非有所大不顧則已懈。更作其氣勢以臨之，則鼠伏而免脫矣。此二郡人之情也。二郡之兵既治，則他可高枕而臥矣。

請以近事徵之：嘉慶二十四年七月，安平兵鬥，死數人矣，參將守備理諭之不止，情懇之不息，鎮將怒，整隊將往誅之。衆兵聞聲而解，竟執數十人，分別奏誅，無敢動者。二十五年正月，郡兵羣博於市，瑩爲臺灣令，經過弗避，呵之，衆皆走矣。一兵誣縣役掠錢，相爭，瑩命之跪而問之，衆散兵以爲將責此兵，一時羣呼持械而出者數十人，欲奪此兵去。縣役從者將與鬥，瑩約止之。下輿，手以鐵索縶此兵，往迎之，曰：汝敢抗拒，皆死矣。衆愕然，不敢犯。乃手牽此兵步行至總兵官署，衆大懼，求免，不許，卒責黜十數人，而禁其博。自是所過，兵皆畏避。又是年九月，興化、雲霄二營兵鬥，復謀夜攉殺，諸將倉卒戒嚴。瑩亦夜出周視各營，衆兵百十爲羣，見瑩過皆跪，好諭之曰：吾知鬥非汝意，特恐爲人所劫，故自防耳。毋釋仗，毋妄出，出則不直在汝，彼乘虛入矣。衆兵大喜，曰：縣主愛我。至他營亦如之。竟夜寂然。天明罷散，總兵官切責諸將，衆兵乃懼，皆叩頭流血請罪。察最狡桀者，營數人，貫耳以徇，諸軍肅然。此三事其始洶洶幾不可測，卒皆畏服不敢動，可見臺灣之兵猶可爲也。

及再至臺灣，則聞紛紛以兵橫爲言者，或慮有變，詰其事，大率如聚博、督禁不服之類。諸將弁懦弱畏事，又總兵官與兵備道不和，是以議者紛紛，張大其詞，而非事實。總兵官觀公每爲瑩言，未嘗不扼腕，恨無指臂之助，此所以決意引疾也。既去，而營與縣中乃有思之者矣。今年正月鳳山、淡水兩營皆有營兵擊斃小夫之事，副將以下欲陰謝過失，廳與縣亦議稍決罪，寢其事。方太守時護理兵備道，與觀公力持不許，然後以此兵械送郡，而營中或有以爲怨者。五月安平營兵與民人乘危劫米，諸將又思不問，幸撫軍巡臺灣值其事，嚴責之，斬三人，餘以軍流治罪。方撫軍之盛怒窮詰也，論者紛紛以爲兵民習慣久矣，驟治之恐變，或言安平兵皆潰走下海矣，或言出斬之日將謀劫奪矣。方太守入見撫軍，力陳無慮之狀，惟請勿多殺。已而竟無事。入奏之日，兵民畏服。然則，悠悠輿論其可憑乎？自淡水、鳳山兩營及安平水師嚴治後，諸營至今無械鬥劫奪者，豈非用嚴之效哉？

善乎！執事之言曰：非得有如李臨淮者，安可望其壁壘一新。斯言可謂得其要矣。夫李臨淮固不可得，若以臺灣諸營視魏博，則尚不至此。雖有不法，一健將能吏足以定之，保無他也。且夫聚兵一萬四千餘人之眾，遠涉巨海風濤之險，又有三年更換之煩，舊者未行，新者又至，此其勢與長年本土者固殊，而諸營中能以恩威信待兵者百不得一，又時方太平無事，終日嬉遊廛市，悍健之氣無所洩，欲其無囂叫紛爭，少少違犯禁令，不可得也。而㦏懦無識者既不能治，徒相告以驚怪，是可喟矣。

復趙尚書言臺灣兵事第二書

瑩頓首。前上書極言臺灣兵可無深憂，惟在統者得其人，能以簡嚴爲體，恩威信爲用，卽無難治，說已詳矣。既又思之，此言爲將之略，非深明其意而能變通行之者，未足語此，非今日臺灣諸將兵者所知也。不知此意，而偏執臺灣兵不足慮之言以相詬疾，非疑則駭矣。穎齋太守見瑩書，以聞於兵備孔公，索取閱之，謂太守曰：所言戍兵不敢叛則有然矣，以爲不足慮則吾不信。吾卽慮其潰耳。瑩在此落落，與孔公雖有通家誼而不數見，不能爲道所以然者。惜乎，孔公有憂世之心，而不識兵情，此難以口舌爭也。在臺灣者尚不能無疑，矧隔巨海，兵事豈易遙度？趙充國老將深謀，猶必親至塞上指畫軍勢，可見古人不易言之也。請畢申其說，惟垂察焉。

自古名將非拔自行陣，則皆出身微賤，不矜細行。兵卒尤多無賴健兒，故能強悍勇敢，捐軀致敵。若皆循循規矩，則其氣不揚，氣不揚則情中怯，雖眾，將焉用之？壯士如虎，懦夫如羊。牽羊千頭，不能以當一虎之虓，何必費國家億萬金錢哉！明季邊事之壞，正由書生不知兵，撓軍情而失事機，雖有猛將勁卒而不能用，一切以法繩之，未見敵人，其氣先沮，此壯士所以灰心，精銳所以挫折也。近時武人大都習爲文貌，棄戈矛而習禮儀，以馴順溫柔取悅上官，文人學士尤喜之，以爲雅歌投壺之風。嗟乎！行陣之不習，技藝之不講，一聞礮聲，驚惶無措，雖有壺矢百萬，其能以投敵人哉？馴弱至此，不若粗猛，粗猛之甚不過強梁，強梁卽勇敢之資。善馭之猶可得力，苟至馴弱則鞭之不能走矣。且將卒者，國之爪牙，苟無威，豈設兵之意？昔李廣以私憾殺霸陵尉謝罪，漢武報書曰：報忿除害，捐殘去殺，朕之所圖於將軍也。若乃免冠徒跣，稽顙謝罪，豈朕之指哉！武帝此言，可謂知將略矣。若夫差其過失，大小施刑，此乃軍吏之職，非將略矣。故郭汾陽、岳忠武，名將知禮者也，然皆嘗犯有司法矣。科條繁細，武人麤疏，最易觸犯，雖郭、岳之賢猶且不免，而以繩今之悍卒，其能行乎？不求所以訓練之方，而惟悍不守法是慮，吾故曰：不識兵情也。

今不慮其叛，更慮其潰。夫兵則何爲而潰哉？古之潰兵者，或師老而罷則潰，或守險糧盡則潰，或強敵猝驚則潰，此皆非今日之情勢也。無故而潰，四面阻海，雖潰將安往乎？且班兵可慮不自今日始也，其議自葉中丞倡之。中丞嘗任臺灣兵備，深以班兵爲憂，建議易更戍爲招募，以語總督慶公，不可。後葉公罷去，猶以未行其志爲憾。今執事已洞知其說之不然矣，而不知者不悉情勢，往往猶耳食其論，甚者有言：臺灣兵吾不能治，他日有急，惟自剄耳。夫軍校畏且如此，文官則又何說？故每見兵丁犯法，輒張皇其辭以相告，於是兵之勢愈張，此文武衆官皆不能無責耳矣。夫臺灣兵本無難治，不咎治之無法，而曰兵悍可慮，至爲自剄之言，亦可哂矣。獨惜臺灣巨萬健兒，皆國家勁旅，乃坐誤於三五庸懦之校，兵事尚可問耶？

有將則兵精，無將則兵悍，自古不易民而治，於今豈易兵而後安乎？故爲吏而曰民惡者，其人必非良吏；爲將而曰兵惡者，其人必非良將。雖然，良將難矣。執法之不能，更何論將略？瑩所力爭者，明戍兵可治，欲安衆心，釋羣疑，救其懦而壯其志，冀有振作耳，豈好爲辨論哉！必不得已，則姑爲救弊之法三，一曰小事勿問，大事勿赦；二曰定日練習，每月親考；三曰責成軍校，不得數易。夫軍法嚴重，有事然後用之。時方太平，不可常用，然不可不使知之。若尋常易犯，及兵民交關，宜分別治之。小事容之，大事必罪之，以其罪不赦。蓋小事不容，則繁密，而軍心不安。大事若赦，則無所忌，而法令不行。一寬一嚴，恩威並得矣。中樞政考，訓練本有常期，弓馬器械鎗牌陣圖各有定法，今悉以爲具文。條教雖明，遵行不力，此方今之大病也。宜嚴責總兵官下各營，每月由副將下親考一次，明著等差，牒上省治，視其優劣皆予賞罰，以勸懲之。如此，則營伍自肅，兵卒可收實効，惰遊滋事亦免。

至於班兵到臺，分營分汛，各有本管官，向以並無練習日期，兵士任意出營他往，而各汛軍校不時更易，非以公過遷就處分，則揣量肥瘠以爲利藪。故往往本管官不識頭目，更無論兵卒。前書所云，將不習校，校不習兵者，此也。今宜分定營汛，責成本管官約束，使兵無妄出，軍校各守其營汛，不得任意更易，總兵官隨時察其賢否勤惰，功過有所歸，而兵不難治矣。此三事至爲淺易，而力行之甚難，故必賴有賢能將也。廢弛已久，必有力言非宜，多方阻撓者，無爲所惑，即嚴劾以警，庶幾惠威著令可行。謹狀上。

與倪兵備論捕盜書

漳泉素稱多盜，頻年誅捕不爲少矣，而攘劫之風不息，則捕之可勝捕哉。今功令以保甲爲弭盜首務，此在西北省行之或有效者，然行之不善，民間已多病之。東南非阻江湖則濱大海，閩廣之間，山深林密，往往兵役所不能至，惟羣兇亡命者匿焉。驅之急則奔聚日衆，其爲隱憂甚大，又不僅攘劫之患而已。漳泉惠潮各郡人民聚族而居，強悍素著，藏匿兇慝，常臨以兵役數千不能得一罪人，今欲比次其戶著籍察之，又日更月易，使注其出入生死遷徙，具報於官，恐愚頑之民未能若是紛紛不憚煩也。

瑩常以爲保甲之法，宜審時度地，變通而行，但師其意可矣。瑩昔在龍溪時，患盜賊之多，用集各社家長予以條約教告，及族正族副家長信記，使各自注列名籍，不假胥役。社大者分設家長房長，而以族正族副統之，社小者但有家長族正而已。以族正副統房長，以房長統家長，大小事以次關白。子弟不肖爲慝者，得自治之，不率教然後縛送縣，縣中亦不爲苛細，但即其地罰償所失。凡白書中途被劫者，察地界何社，先責其地之家長族正以貲償客，然後捕賊。其夜中糾劫者，令事主偵賊去入何社，亦責償於社，苟能捕賊者免。縣中四路各令家奴一人率民壯五人日往視。授以循環二簿，給予飯食，至某社則見其家長，信識於簿，注明月日簿中。無他，惟出狀不敢容藏賊匪耳。自正月至於年終不聞，若甫出狀而有事，則惟出狀之家長是坐。自是各社一清，宵小無敢容匿者，以爲善矣。

數月後，忽屢有夜劫，詢其故，蓋各社整肅匪類皆逃至高山深林，藏匿漸衆，飢無所食，因出擾劫，乃悟立法未盡善也。用召衆家長曉之曰：爾邑諸社大者萬人，小者千人，最小數百，賊雖多，不過數十，少僅十餘人而已。爾族丁十倍於賊，賊雖強，焉敢伺夜深入，此必有與賊通者。通賊者非他，即本族貧乏人耳。若輩無業飢寒，族中富厚者不肯贍給，故怨而通賊，此盜之本也。今吾行清社之法，賊無所容，又羣聚山林爲害，捕之，較在社更難，且不勝其捕。拔本塞源，莫如卹族守社。卹族守社柰何，先覈爾社內公産及富厚之家出公費若干，再覈爾社中赤貧無業素不肖壯者，召致歸社，日給飯食錢，使爲社丁。大社四十人，中社三十，小社二十，分爲兩班，每夜一班，巡社防守。一人執鑼而不鳴，一人擊柝，餘執大梃，不許持刀鎗鳥銃。自三更起繞行社外，至五更向明而止。見賊則鳴鑼大呼，一社之人咸起，羣呼逐賊，賊必不敢入社而逃。一社鳴鑼，則鄰社皆應，不鳴鑼，不逐賊者，罰之。賊既走，不可遠追擊捕，恐窮迫拒捕傷人也。此法一行，各社貧乏者有以自養，皆自保其社，不但不爲賊，亦不復出而爲外盜。此卹族守社之法，拔本塞源，孰有善於此者哉！衆家長大喜，皆遵約而行，然後盜賊屏息。由此觀之，則保甲之法如果行於漳、泉，不特閭閻騷擾、良民受累，且姦人無所容身，恐走聚險阻，如瑩清社之事，其患又有不可言者。甚矣，立法之難也！

上孔兵備書

姚瑩頓首，謹上言：閣下以先聖之哲孫，儀鄭之令子，望傾中外，譽在九重。今茲按察臺澎蓋六月矣，清亮之節，嚴正之義，吏民無不悅服傾誠，是以政通人和，雨暘時若。而郡守以下暨諸廳縣亦皆賢能著稱，孜孜求治，遂使百餘年來委靡奢華之習廓然一清，此固由聖天子恭儉仁明風行海外，而承宣德化敷政優優，實不能不爲閣下頌也。

頃聞攝總兵官趙公以往逐夷船巡視南北兩路，令符忽下，文武惶然，頗有竊議者。瑩亦不能無惑焉。舺板夷船以販鴉片禁煙爲粵省驅逐竄入閩洋，總督巡撫水師提督嚴檄沿海文武官勿任停泊。自本年三月，至鹿耳門外，郡中禁嚴，遂使至雞籠。而淡水姦民恃在僻遠，潛以樟腦與易鴉片。水師任其停泊經時，不更驅逐，此中情弊固顯然矣。幸檄吏驅往，又值中丞至郡切責水師遊擊，始以七月十五日引去。尋於閏七月初二日復返，且近至滬尾。計自三月於茲已盤桓半載矣。夷情叵測，始意不過圖售鴉片，適至雞籠，遂收樟腦。及往來臺灣，海道既熟，又見我海防之疏、水師之懦，萬一回至彼國，言及此地本紅毛舊土，忽起異謀，能保無他日之憂耶！水師玩誤若此，竊意攝總兵官趙公必予嚴劾，驟檄兵船大集海口，遣人往問久停之意，彼船單勢孤，必颺去矣。乃計不出此，遲疑觀望者閱月，忽易辭巡視南北兩路，不識此舉爲公乎，抑爲私乎？

定制：臺灣鎮總兵官每年冬巡視南北兩路一次，所以必行於冬者，蓋其時宵小易生，故因巡視營伍鎮清羣邑，且農功閒隙，道路供給夫差稍便也。今時方八月，則未及巡閱之期。本年六月中丞遵旨巡臺灣，入奏未及三月，兵民安靖，有何必須再巡閱之舉？則所云爲公者，無謂矣。且逆計總兵官蔡公渡海適當冬日，彼以眞守，始至能不一出巡視乎？是半年之中一巡撫、兩總兵官三次巡閱，郡縣雖富，不能勝此煩擾也。雖郡縣餽送，賢者必不受，然即此夫馬之供，隨從弁兵之犒，豈易言哉？今年三月觀公去而明公至，七月，明公以憂去而趙公至，十月蔡公又將至，一歲四易文官，供帳已大繁費，各營參將下尚可問耶？臺灣五廳四縣有倉庫者七，更易時，多不克如期日交代。如臺灣縣，則已以缺官錢劾黜矣。諸營交代亦多如此。其情形之支絀不既可睹耶！

趙公素能恤下，或者一時未計及此，營中無敢言者，廳縣亦避嫌不言，計此時可言而能言者，惟閣下耳。何不以善言婉告之，曰：夷船久泊海口，水師既不足倚，非親往示威不可，特不必以南北巡視爲名。蓋巡視當奏聞營伍小小利弊，今撫軍甫奏未幾，且不當冬令之期，不但非督撫意，亦恐未得優旨。如此，則彼必翻然覺悟。其所全於文武衆屬吏者不少矣。

抑瑩更有慮者，時議懼生邊釁，每遇外夷之事，往往假天朝恩德寬大爲言而實示之以弱，殊不知損國威卽失國體。嘉慶二十四年暎之至天津可爲明鑒。當事者祇取省事目前而不顧啓外夷輕視中國之心。彼水師既啗其利，又畏夷船高大不敢驅逐。趙公此去，彼必詭言以對，甚或張大其詞以相恐懼，皆未可知。而趙公之量識未知何若，倘更無以大異於遊擊，則失體愈甚。又不若不往之爲愈矣。狂瞽之言，本不足輕重，徒以國家體統所關，又深知地方文武罷敝，不堪供億之煩，忘其出位，不得已而有言。伏惟採擇，幸甚。

上孔兵備論辦賊事宜書

南路賊匪自廿二夜入城之後，百十成羣，嘯聚崙仔頂及黃梨山，截殺兵役。幸大兵到埤頭，又檄屬吏駐阿公店，扼其要害，賊聞風驚散，道路始通，誠乃萬民之幸。郡中人心大安。但聞攝總兵官按兵兩日，不出剿賊。竊謂不解衆人皆以賊散爲喜，瑩獨不能無憂也。匪類烏合，本不足慮，然既敢入城劫犯，又屯聚山中，沿途截斷文報，其志不小。近使其黨潛入郡城招衆，此豈尋常細故哉？揆度賊情，大約兩大羣，一爲許尚，一爲楊良斌。許尚雖捡，其黨僅獲潘阿榜一名，而楊良斌黨遂敢攻劫埤頭，誠恐兩賊潛合。自發郡兵後，不聞官軍殺賊若干，而卽聞賊散。彼初以爲官軍可畏，故暫避耳。諸將素怯，不敢擊賊，及見賊退，以爲賊眞畏我，其心必驕而懈，恐賊有以見我軍之情，而始畏者終且不畏，暫散者未必不復聚也。不揣愚見，妄擬八事，爲閣下陳之：

一曰剿賊宜速。剿賊與捕盜不同，平時捕盜須用線民差役，今賊匪公然聚衆入縣，又沿途截殺兵役，此乃叛逆，非線民可辦。直須探有賊蹤，卽速帶兵撲剿。兵遲一日，則賊匪日多矣。撲剿之法以多殺爲上，生捡次之，最不宜衝散。蓋賊聚則用兵之處少，兵集則力厚勢大而有一鼓成功之逸，此等烏合之衆，器械不具，安能抗敵？

其敗也必矣。若使衝散，則無處非賊，卽須分兵逐捕，兵分則力薄勢輕而有東西奔命之勞，曠日持久，何時始能滅賊乎！且大兵南衝，賊必北竄，北路盜賊素多，或起響應，則蔓延不可收拾矣。今雖分兵屯禦，而山徑甚多，豈能盡塞。故曰殺賊爲上，捦捕次之，屯禦爲下。若衝散則害不可勝言。攝總兵官發兵已遲，既到埤頭，又按兵兩日不動，道路聞者無不詫異，宜以大義責之，勿惜聲色以誤郡邑。

二曰鄉勇宜募。臺灣遊民日眾，平時剽悍，及小有蠢動，則不待賊招而自赴，否則各成一隊，乘機焚掠，府縣城廂內外尤多。蓋城市繁眾，爲奸民聚集所也。向來辦此郡兵事者，每遇有警，則道府廳縣各有出貲廣募鄉勇，名爲備用守城擊賊，實則陰收此輩養之，免其作賊耳。若輩亦非必欲作賊，以無人養食之，故乘機求食。今有口糧，則其心定矣。此必不可惜費。

三曰軍實宜簡。臺灣軍器有在郡收買製造者，有班兵內地隨帶至者，有由福州製造齊至者。今宜通牒在郡及郡外各廳營縣，所有鳥鎗籐牌刀鎗火藥鉛子大小礮位實數若干，可皆備具以資分給便配用。

四曰招集散兵。諸營積弊：班兵收營後，每私自請假別出生理，並不在伙房汛地，此種蓋去十之三。又伴當四行等人去十之一，其餘僅十之六而已。平時到處則苦兵多，有事調遣則苦兵少，而汛地兵少不能如額，是以賊匪益無忌憚。今宜速令各營嚴覈在營汛兵丁實數，仍收回平日散出之兵，以資攻守。

五曰移調外兵。臺營存兵在城不過千餘，其安平一協中、左兩營水師兵分防汛地外，在鎮者亦僅千人。去其虛數，實存不過七百餘人而已。只可協防郡城，不能再有分遣。今南路有郡兵七百，又有南路本營兵一千，足以辦賊，無用增往。惟北路嘉義地方遼闊，僅北路左營都司一員駐嘉義縣城，雖有一千二百六十八名之額，除分防汛地，守城亦僅五百名耳。再去四行虛數，恐不及四百人。今南路之賊紛紛北去，卽宜偵賊蹤跡，馳往擊捕，不但無兵可調，抑且無官可將。近北路者莫若澎湖，其營水師額兵一千八百餘名，其地無賊，宜諮攝總兵官檄遊擊一員備兵七百名，以俟北路進止。

六曰請員聽用。臺灣各營自安平副將以下，參將至守備大半以小署大，參錯不一，望淺權輕，實不足以董率軍校，不但幹局庸懦而已。卽文官中備公使者，實亦乏人。偵知賊蹤，遣兵往擊，卽苦無員可用，而守城帶兵之事，至用及教官，安能有功？宜密請大府，選參將至守備各一員，文官中郡倅縣丞素稱能事者二三員馳至，此卽安堵無事，亦所宜行，並不止爲剿賊之用。

七曰亟修城垣。郡中城垣頹壞，各縣雇工繕修，尚未竣事。南門尤爲扼要，但縣丁所僱匠首，召雇泥水匠不及百人，未免遲滯。宜令臺灣縣增募鄉夫二百名，準匠人工直發交匠首，其工直仍著各縣家奴分給，力促修築，限以三日畢工。又嘉義縣城連爲雨水衝塌，亦二百餘丈。聞王令已籌款修葺，宜檄促加雇民夫，限日修竣。

八曰籌給兵費。大兵既動，口糧尤急。今郡中往南之兵雖由臺灣府籌款備具，其鳳山本邑兵費及臺灣守城各兵由縣籌付，凡諸雜費甚夥，尤不可少缺。此時各員義在急公，斷不敢略存吝惜。然恐事定之後，各人虧缺甚鉅，身家從之。此款將來如不獲開銷，宜作如何籌補？抑或郡縣分年遞捐？請先給劄牒以釋各官之慮，庶鮮瞻顧，致失機宜。

再上孔兵備書

南路賊匪滋事，仰荷碩畫，文武盡力，首從咸獲，保障全郡，績烈無量。瑩羈旅此邦，亦得蒙威武之力，略無驚駭，鼓舞歡欣，不能自已。惟自起事至於竣功，業已匝月，未能入告者，豈非以罪人衆多，悉心研鞫，不欲造次定讞故乎？於此仰見閣下仁恕爲懷，雖嚴厲肅殺之中仍體聖主一夫不辜之德，所謂求可原於法外者也。乃淺俗無識之徒不明大義，往往以縱爲寬，遂欲使有罪逃刑，此則輿論之誤矣。

自古有道之國，不赦有罪，蓋法者本諸天祖，雖天子之權不能以意爲輕重。今則拘於陰德報應之說者，往往有意減釋人罪。瑩嘗苦口爭之，以爲是縱也，非寬也。夫所謂寬者，特舉其大綱，不爲苛刻繁細，附會深文而已。故聖王在上，綱漏吞舟之魚，然未嘗廢綱而不用。武侯治蜀，用法頗峻，而蜀人百世懷之。子産稱衆人之母而鑄刑書，此其義至爲深遠，非淺見俗士習婦人之仁者所能知也。

雖然，法者聖王不得已而用之，期以止辟而已，而不爲已甚。其中有權衡焉。苟矯縱弛之弊而一意峻法，則或有不得其平者。日者賊徒謀逆，至欲攻城戕官，此誠罪大惡極。然猶幸黨羽無多，卽已破滅。今渠魁助惡之十數人既服極刑，而從逆攻城服大辟者亦數十人，其餘桎梏待罪者尚有百數。以瑩之愚，似可悉就發遣，無事更加駢首矣。何也？聖王之律所以極重於反逆者，以此等惡戾敗壞人心，閭閻受其荼毒，災禍之中至爲慘酷，故主謀者必實以極刑，而後人人知儆耳。方賊勢初挫，民間謠言未息，猶尚驚疑，其潛受賊約者亦尚不免於觀望。當此之時，若非嚴刑峻法，不足以儆兇，懕定人心。及乎事已平定，民人安堵，賊徒畏懼，解散之後，則戮數百人與數十人等耳。今首逆與助惡之人或實極刑，或實大辟，其餘業已輸服。及按驗時，俯首無辭者無論矣，或言詞反覆，雖明知其狡詐，似不妨姑援惟輕之議降等問罪，此雖跡近於縱而實則非縱。蓋就法者已多，而國法足以昭戒也。仁義兩途，互相爲用，權衡之道，是在秉鈞。竊謂此時宜速檄府縣定讞上聞，以抒聖懷，不必再事推求。

今月已幾望，倘過此潮期，則開舟須至歲除，未免太遲。愚昧之言，伏乞垂鑒。

與杜少京書

少京三兄足下。時事方殷，亟還杜母，士民歌舞，仁威遠聞，觀今日之輿情，益知當年之惠政，望風慶喜，爲之不寐。穎齋先生還，言足下受符於瘡痍皇遽之中，慷慨致身，推赤誠以安反側，衆志成城，可殲強敵，況此區區烏合之徒，一聞大兵，已自驚潰，蛇行鼠伏，何難次第就擒！四境肅清，保障之功偉矣。日者竊有過聽之言，輒獻芻蕘，惟仁者畱意焉。

自古袀服之士率多驕悍，怯於見敵而勇於虐民者，比比而是，仁人君子莫不惡之。然苟處之不得其道，則民閒未受吾庇，或者有意外之患，不可不察也。蓋兵者，兇器，譬猶劒鋒，以殺寇讎則千金之實也，以傷善類則純鉤弗足貴。彼將卒者，特劍鋒耳，指揮而用之，是在能者。用之道柰何？恤其勞苦，通之以情，憫其麤陋，接之以禮，兵役一體，視之如子，宥其小過而教其所不知，有言必信，有賞必速。如此而兵不用吾命，未之有矣。將帥官階雖較縣令稍崇，然亦視縣令之才與分，二者不足，則姑順其意而曲就之。蓋郭汾陽結歡於魚朝恩，王陽明夜交於張永，以二公之才之功，猶不難自屈以成大事，誠以所見者遠也。

然則宏包荒之度而揮無益之金，不正在今日耶？諺云，重賞之下，必有勇夫。又云成大事者不顧家。此語居常念之。

聞足下受事之明日，卽募鄉勇八百名，以半守城，以半偵賊，此誠盛舉。惟意以留兵爲無用，此似但見於有形，而未見於無形也。夫兵雖緝捕之能不如役卒，然國威所在，藉以鎮定人心，且亦未嘗不可用也。二十二夜埤頭之危，已如一髮，幸賴郡兵擊退，全城無恙，此功豈可沒哉！所恨者，次日之退守火藥庫，及大兵繼至，又未能奮速入山痛剿耳。然賊匪潰散，實由大兵之故。今餘孽未盡，伏莽猶存，而已有留兵無用之言，此誠不可使賊聞之，且恐愈失將士之心，能保將帥言旋賊不再至乎？抑又聞之，艱難之際，尤以人心爲本，察夷傷勞，士卒振困，乏撫孤寡，雖在軍旅，猶日見士民，勤於恤問，遠人尤加意焉。此古循良之風，足下亦既優爲之矣。竊聞前日有率義民數十來者，足下給兩日糧，不見其人而遣之，此誠可惜。若輩雖不皆可用，然其名急公赴義甚正也。義民一興，賊必有所顧忌而沮其邪心，此善機也，是宜迎其機而導之，勞以善言，給以條教，令各保護村墟。四方聞之必有起者，是不費行糧而勁旅屯於四境矣，何乃計不出此？聞其人懷怨而去，立散其衆，又聞武舉人某以獲賊小羣首械送，求保其賊之弟，而足下不許，某亦退而散其義民。遠近人心，得無渙乎！異時恐有招之而不來者矣。

瑩所聞未必實，而臨機應變之道不可不講，願舉此而類推之，惟善人能受盡言。伏惟珍重千萬。

上韓中丞書

前屬吏姚瑩頓首大人閣下。昔者待罪海外，未獲通謁，及獲咎內還，節麾已去，之滇南。竊嘗自恨以區區之微誠，不得一達明鑒，瑣尾流離，於茲八載，獲逮大賢重巡撫此邦，自分無似，當永棄黜，豈意草野姓名，尚蒙録問，且命進其所作文章，既得謁見，復荷德意諄諄然詢以民風吏事，然後知閣下所以矜憐而拂拭之者如此其厚。古人云，若披雲霧而睹青天，由今觀之，非虛語矣。閣下本公誠體國之心，擴仁恕安懷之量，時侍從望實隆於中，宜撫勳烈敭於外，顧位日晉而德益崇，澤日廣而心彌下。深憂吏治民風之敝，則引咎己躬，寬責庶司。以爲閩中官病民疲，苟縱交失，大哉！仁人君子之言也。語曰躬自厚而薄責於人，今於閣下見之。

夫海內承平久矣，百姓仰戴聖仁樂利且二百年，富庶極則淫泆萌，奢侈盛則物力耗，不待水旱兵役，閭閻已自蹙其生。況閩當山海之窮，臺灣自入版圖，亂民數起，乾隆末歲朱、蔡二逆騷擾瀕海郡縣者二十餘年，海寇甫平，臺灣漳、泉二郡械鬥之風又熾。用兵之大者，歲耗度支巨萬未已，而民間日事仇殺，守令歲時用兵，習爲常事，此誠官民交困之秋也。官愈困則民愈窮，民之窮可得而訟之，官之困莫得而言之。今日罷職，明日即以缺損官錢被責，爛額焦頭，紛紛乞請於上官者，無非調劑，此尚暇與言治法哉？

伏見閩中最急者莫如漳、泉郡縣，俗敝事殷，處分繁重，禄入不足以養廉，稍知自好者皆畏避之有如陷阱，強而投之則以爲上不愛我，而暴棄之心萌矣。夫嶺以南，古蠻夷地也，性與人殊。唐宋時多以遷謫之人爲之，治法苟簡，由來已久。雖有賢者，莫能善其風俗。王道所先莫如禮，而此獨尚爭。天地大德莫如生，而此不畏死。足之所趨，心之所嚮，惟利是圖。利在，則子不有其父，妻不有其夫。此朱子、陽明所無可如何者。然朱子、陽明之世，此地皆得便宜行事，猶有可爲。今國家功令至嚴，天下畫一，政教未行，身已罹咎，姦民益得挾持以欺長官，此智勇所以兩絀也。閣下忠亮之節，治久咸孚，其所張弛，固已披卻導窾，乃憂念之深，引爲己責，而深恤其下。瑩故曰，仁人之言也。

瑩闇陋無能，學術不足以望古，政事不足以濟今，少而奔走衣食，壯而顛躓仕途，兩遭大憂，至不能以其喪歸，亦可想其窮矣。身心焦敝，智慮煩亂，文章之道，所得本極粗，今則並其粗者而亦亡之。年雖四十，精力衰頽，此事恐亦廢止，甚無以副仁人之望。至於通塞之數，則冥冥者可知而不可知，意惟修吾忠信以俟之而已。

近習術家言，似少有驗。承命以生年月日推其星宿之吉凶，謹述所知，具別紙，姑以比博弈之玩，實於駿烈鴻名未必有當也。

附上先從祖惜抱先生遺集十種，乃江甯門人所梓，從此閒書肆購得者。粤中亦有刻本，不及此本全耳。天氣嚴寒，伏惟起居萬福。瑩謹啟。

與劉明東書

渡海以後，不復致書，山中故人莫不議其疏闊。宏達如明東，亦未必無谷風陰雨之疑。昔見遺云，勿吝尺書而孤寸意，斯言豈有驗耶？惟僕自念亦甚鬱陶云爾。

夫人不幸乖於所遇，外與世俗齟齬，內無以歡娛二親，則雖萬鍾無所戀，矧終歲溷逐於風塵鞅掌中，並所爲祿養者亦胥失之，而平素不合之上官，方耽耽欲投石於井，幸得潔身而行，不爲僇辱中途，又嬰大故，此萬死一息之秋也。嗟乎人生困窮若此，尚何可爲故人道者耶已！又念生平良友，子山客死江西，阮林繼歿京師，歌堂、匡叔困於禮部試，植之、竹吾、履周輩曾不得一領鄉舉，且諸人皆有家室之累，飢寒迫人，無可自賴。元伯再以事戍邊，近又亡其祖母。屈指莫非窮愁，雖不羈如明東，公卿貴重，文名幾滿南北，然亦顛倒場屋，不得一試其言，何吾黨不振乃爾！

然則，如僕之轗軻，固其宜也。抑又聞之，造物者能戹人之遇，不能戹人之心。古之君子雖極顛連困苦，而秉志堅定，百折不回。僕於古人，何能爲役？然窮困愈甚，乃見理愈明，覺確然若有所據，故倔強自好之氣亦愈不爲人屈。蓋此心不爲窮達所繫久矣，造物其如人何哉！

今春到福州，將謀以靈櫬及親屬歸而不得，笛樓先生來督閩浙軍，不欲其行，乃留福清，爲餬口之計。老母以下仍寓省治，家兄獨送先人靈櫬歸，晤時可略悉近狀。不宣。

覆馬元伯書

入夏以來，從福州寓中暨孫中丞所再得手書。知已還里中，又有粵東之行。既爲之慰，轉益悵然。比年親朋多故，大半窮愁。弟失職居憂，兄亦謫外，又喪我祖姑，顛連之情，彼此相弔，何兩人之重不幸也！

瑩之再往臺灣也，非惟貧累，亦以笛樓先生。故力辭出省治，始就福清，復有忌者，遂至海外。蓋在閩久，利弊稍悉，當事或不便，故遠之以免羣疑。來書云，今日見功之地，卽他時見過之端。微兄言固知之所以避也。然諸公賢否不敢知，興建沿革，有關利害之大，若概不言，何以對吾師？如延平以上諸郡會匪中當分別，不可一例捕誅；漳、泉二郡之械鬥倉卒嚚聚，不可必得罪人；各屬官監課之困宜量爲調劑，噶瑪蘭初闢田賦之重宜奏請減則；臺灣戍兵不可改調遣爲招募；諸郡縣運臺灣穀，不能罷商運爲官運；營製軍械不能堅利，宜責省治局中工料之私減；海外民食所繫安危，宜稽各口米船之實數，凡所陳白不過此類。或爲說自陳，或告方太守。議上，諸公亦未嘗不以爲是也。

吾輩立志本不在溫飽，亦不畏權勢，苟能一言一事於斯世有益，所獲多矣。孔子曰：可與言而不與之言，失人。笛樓先生忠清亮直，表裏洞然，求治之誠懃懃懇懇，且於弟有國士之知，失此而不言，則更無可言之人、得言之日矣。弟性疏放尚氣，不自檢束，是由賦稟使然。惟耿耿此心，可盟天日，若夫遇合升沈之數，吉凶悔吝之幾，殆有天焉，非人之所能爲耳。昔者海防同知之攝，故總督董公以寵之也，然以失歡故，太守幾得罪於方伯矣。噶瑪蘭通判之役，前兵備葉公以難之也，然以此行獲盜，蒙恩於天子矣。由此觀之，禍福豈人力耶？所自念者，生逢聖明之主，側席嚮治，不能及時有所陳建，坐困於風塵憂患中，漸以衰老，爲可悲耳！抑聞之，君子非無功之恥，而不德之羞，自省厥躬，實多愆咎。爾來痛自克艾，曰求寡過，以茲局促，至於瘠瘵。

前胡小東以書相規切。左筐叔亦以事上不敬、行己不恭見責，因反求之，事上初無不敬，答書反覆自明；若行己不恭，則未嘗不深服其言。特爲足下及之，以志諸君愛我之深也。嗚呼，使我有三數直諒之友，落落宇宙閒，得以時聞其過，我之幸大矣。雖誚責，亦甚樂之，況如足下之婉而多風者哉！北上部署不易，歲內未必能歸。明春得於里中面教，幸甚。

與李永州書

海颿先生閣下，計到永州已逾三月，政教被於所屬，恩德洽乎士民，聲施之美，卓越南土。湖南偏遠，永又邊郡，界近粵西，民風自尚湻樸，政刑亦當清簡，以閣下經濟文章，措施而潤色之，上下之閒，德業貞龐，庶幾獲覩名儒賢者治乎！

方今天下，生齒極繁，遊食日眾，物產彫敝，風俗獧偷，鄉所稱富庶之邦皆疲困不可支，惟賴此數郡縣，猶爲國家保留元氣耳。海內承平久矣，人心靜極思動，亦必然之勢也。幸天子聖仁，宵旰民事，內外臣工皆循循謹慎，無敢縱佚。然土宇太廣，財力竭耗，西域甫一用兵，中樞已形竭蹶，況四方水旱，偏災不時，安危禍福之機，豈不在於今日耶！

夫天下治安，道在守令。守令者，不但爲朝廷牧養黎元，供其租賦而已。民閒疾痛之淺深，良莠之錯雜，見聞親切，然後措施得宜，故當弭亂於未形，防憂於先事，此其爲用甚密，變動不常，惟在乘機因勢，豈彼此可以倣，法令所能繩度哉？

雖然，有八事焉：一曰結人心，二曰明威信，三曰蓄財用，四曰備凶荒，五曰安遊民，六曰戢盜賊，七曰繕城隍，八曰輯文武。此八者，當今之急務也。竊見當世賢有司亦嘗孜孜講求吏治矣，而公私名實之閒猶不能無憾。如勸農桑、興水利、行保甲、勵操守，何嘗不善，然以云救時濟世，則爲迂闊而不切於事情，固知此事非可以浮慕虛名者耳。

且世之言治者，至於湖南，莫不以苗疆爲重矣。自僕觀之，苗民固當無慮，所急者仍在漢民。何以言之？苗性愚直無他，惟漢民侵陵而魚肉之，或有司驅迫不堪，斯不得已而蠢動。苟非至極，固甚安也。惟漢人姦黠百出，自非威愛並施，固難保無叛服，此則所當措意矣。凡吾之言八事者，皆以治漢民也。漢民治而苗尚不安者乎？閣下仁懷義質，素重江東，治績之美，大吏又已揚之於朝，固宜備天子股肱。今者降屈典郡，誠非所宜。然區區所欲進於左右者，則以時事孔亟，卽使閣下復鹽司，秉節鉞，與衆賢守令講明而切究之者，舍此八事，無他術也。

瑩才識迂下，無以自異於常人，徒以位卑言高，動爲當道所忌，至於偃蹇轗軻而不知悔。比歲入都，又爲當事所扼，仰蒙聖明特再錄用，方期有所振厲，不幸又遭大憂，狼狽南下。嗟乎，海飄，人生無多歲月耳！僕幼貧賤備極艱苦，甫欲見伸，卽重遭困躓，天之待我者可知。及此壯盛之年，而已神傷氣沮。更歷數年，境遇之窮益甚，精力尚堪用乎？生平抱此區區，不能自已。

語曰：人之好善，誰不如我？閣下固夙所服膺而有同心者，又在都中嘗有乞言之命，故以八事爲獻，伏惟留意采納之。不惟永人幸甚，卽天下幸甚。

東溟文集卷五

遊欖山記

余嘗北至京師，東過兖泗，下金陵，觀錢塘，復泝大江，逾嶺以南，幾徑萬里。其閒郊原陂隴，狐墟兔窟，尤喜獨窮之；每詢土風，接人士，未嘗不歎幸天下之太平也。及來廣州，值海盜内躪，烽警日聞，足不出者一年。大臣以天子威靈誅撫之，既定，乃以庚午七月之欖鄉。

是鄉在香山治東北七十里，居稠而民富，無幽奇壯勝之觀，而人士彬彬有文采。秋日氣爽，有何生者邀余登是山。出市門數武，阡陌縱横，人家三五相望，皆牡蠣爲垣，中環峻牆，樓宇傑出，繞屋芭蕉徑丈，其一望深樹蒙密，則荔支龍眼也。時荔支已三熟，餘實猶纍纍可愛，鬻其利，歲數萬計。三里許至一坊，曰山邊，卽欖山矣。

先過開元寺，寺小而潔，有老僧聾且病。後有軒，遊人之所憩也。軒面山而背磵，多梅，芙蓉一本出檐際，方盛開爛然。有泉甘而冽，才尺許，大旱不竭，盛潦不盈，欖之户以萬，咸飲之。既登山，山不甚崇，可眺數十里，欖之比櫛如鱗，煙火如雲者，皆見焉。南俯平田百頃，遥望水瀠洄如帶，則内河之通海者。

何生告余曰：此戰場也。吾欖自明以來，未嘗被兵。往歲十月，賊艦數十忽登岸。是時賊方得志於内河，東西七郡皆擾，廣州尤甚，乘鋭陵吾鄉。地無營師，一巡檢治之，至是不知所爲。賊進至山下一里矣，倉卒集鄉人强者數百人爲三隊拒之。前持刀楯，後張弓矢，最後斬木削竹以繼，更番戰一日夜，呼聲震陵谷，賊氣奪。旦日，水師至，賊乃退。是役也，賊死傷甚衆，吾鄉亡七人，傷十六人耳。以民素健，習武者衆也。後益修備，賊再至，不攻而去。方戰時，吾與衆登此山，望勢甚洶洶，帕首之衆數倍我師，觀者失色。事之解，幸也。七人者既死，鄉人義之，羣葬于此山之陽，祠以報。余往觀七人塚，信然。

嗟乎！天下承平久矣，武事漸弛，人不知兵，一旦有急，被難無足異。粵中海盜已舊，顧大猖獗至此，何歟？蓋賊始皆縱横海外，内河無恙也。虎門、焦門、碣石諸險猶逡巡不敢入。然恃内地奸民私運米物以濟衆。尚書百公嚴其禁以蹙之，賊始懼。而將卒驕懦，自總兵官許公敗没，賊遂轉自焦門以入，登岸掠食，内河方議備具，賊已揚帆至矣。倉卒，故以不制，不然，胡離披至此哉？百萬虎狼，咆哮於門庭之内，欲其無噬人，勢不可得。此計之不能不出于撫也。且當倉卒時，水師既不制，而猶有奮不顧身、力戰以衛鄉邑者，皆勇士也。雖曰官募，實由粤民殷富自能出貲給之。然已憊矣，彼不如粤民者又何如哉？

吾始見此鄉井里晏如，如未嘗被兵者，及聞何生言，觀其戰地，瞿然以懼，乃廢遊而返。嘉慶十五年月日，姚瑩記。

粤東學使後園記

粤東學使後園者，故五代時南漢仙湖地也。劉龑既據嶺南，僭帝號四世至鋹，不務德政，專行奢暴，大起宫室，樹沈香以爲柱，雕玳瑁以爲梁。明珠耀題，翠羽懸帳。黄金白璧之飾，煇煌璀璨。妖姬鬘女，霓裳千百。乃招聚方士，植不死之草，鍊長生之藥，鑿地爲湖，曰仙湖，壅沙爲洲，曰藥洲，令美人羽士載玻瓈蘭桂之舟，採藥於湖中，作歌，望之縹緲，自以爲神仙之樂也。又發徒萬人之太湖運靈璧徑丈之石置湖中者九，謂之九曜。淫侈已極。一旦宋師至，君臣面縛出降。鋹嘗侍太祖，曰今諸國以次破滅，旦夕皆來，願執梃爲諸降王長。噫！何其陋也。余觀十國春秋，愚其事。及來廣州，訪向之所謂仙湖不可得，而城南闤闠乃有此名，蓋陵谷變遷久矣。

今學使程公招余館署内，乃至其後園，地不數畝，一池泓映，怪石參列，乃知所謂九曜石固在，然或立或卧者僅八，聞其一在布政使廨中，不知誰所移也。石上題刻甚多，翁覃溪學士既考之詳矣。又刻石于壁，讀之可得首尾。而余之徘徊于是園者，豈以石哉？

方春夏之交，宿雨初霽，緩步其中，修竹娟娟，新篁微脱，鳥聲格磔，榕陰參天，小橋斜亙水面，典欄半毁，風吹衣影，敧側橋下，如行鏡中。過橋一亭，環水而峙，窗牖洞開，水光四入，遠近合碧。及夫日落氣昏，沈煙初起，倦禽爭樹，落葉時飛，風止月出，透檐穿樹，蒙蘢翳密，夜景蒼然。俯臨深池，幽瀏不測。余乃與其徒倚欄而坐，高詠短章，閒談名理，清風滿襟，不覺羈愁之如失也。

且夫善遊者，不惟其地，惟其人；不惟其境，惟其時。時劉氏之盛，此地方爲仙湖，所娱遊者豈止九石而已哉？千載以來，寂然都盡，世徒想其繁華，有今昔之感，而不知余今之樂實有勝於昔人者也。是園本學使所有，乃日以試士在外，不暇遊，余乃私而有之。今余又將去，恐後之來者不皆能樂余之樂，而徒以古蹟弔之也！

復祀劉忠宣公祠堂記

太倉王君治從化之三年，政成而民和，盜賊屏跡，乃進從人士而告之曰：從化，僻邑也。地周四百里，而深山溪峝居其半，宵小易於伏藏。東界龍門，西接清遠，英德直其北，番禺亙其南，皆盜賊之所出入也。比歲粵多土盜而數邑爲最，或發覺久而渠魁不獲。獨吾從化界處其中，雖數被盜，而兵役甫出，尋得捕誅者，伊誰之力哉？從人士皆曰：賢父母之勞也。君曰：不然，若不憶此邑建始之事乎？此地唐宋以來，固羈縻之溪峝也，猺獠雜處，叛服不常。明弘治初，士人譚張之亂，時維布政使東山劉公實討平之，始請建縣。而有司不達地形，建城於橫潭，去郡裁數十里，而西北阻遠，控制莫及，不數年而十八山復有姚觀祖之亂。於是公乃親履其地，相度山川而建今治焉。然後四至適均，扼其形勝，得控制之宜，境無寇警者三百年至今。然則吾今日之兵役用命而地無伏莽者，豈非享公之遺利哉！且從化以自古羈縻之地，設邑後，城郭人民，文風士習，儼然爲諸大邑亞。則報本之義，尤當永祀公於不祧者，此昔人爲東山書院所以並建公像於中，俾民以時祀之之義也。十數年來，書院改建，而東山之祀遂廢。東山之祀廢，而邑人遂無復知東山之功者。余甚非之。今將擇吉舉東山之祀，爾人士其期會維敬。

告衆已，乃令曰：某日祀東山祠。搢紳之士至者必致胙，其民人至而觀禮及拜謁公像者不禁。又令曰：

事有儲貲乃可久，其以官田二十畝入東山祠，永爲春秋祀事之用。及祭之日，先集人士於祠，諸同官皆會，君乃齋戒盛服至，恪恭將事有加禮。

桐城姚瑩時客其地，見而韙之曰：忠宣公爲有明一代名臣，其功德不僅在一鄉一邑。兹邑特其肇造之地，則祀之固宜，而君能不伐己勞，獨推明前人之功而張大之，使民知木本水源之自，是可謂盛舉矣。君乞余文示後，乃不辭而爲之記。

桐城麻溪姚氏登科記

桐城麻溪姚氏，其先當宋元之際有仕於安慶者，悦桐城山水，卜居於東鄉之麻溪，遂家焉。數世隱於耕，及明正統閒始顯。自明景泰元年始，至今上嘉慶十六年，凡三百六十二年，登科者四十四人，成進士者二十，皆麻溪之後也。其生平宦蹟、事功文章著於史傳，與夫他途拔起及以節孝言行著于邑志、家乘者不載焉，兹獨次其科目先後而記之。曰：

嗟乎，祖宗之德不其遠哉！自古未有無德而興、不繼而長者也。造業之祖起微賤，服勤勞，行修於身，功及於物，天乃昌其後以報之。故孫子之盛衰卽視其先功德之大小，以爲修短之數。昔黄帝之子五德代興而後稷啓周祚至八百。蓋稼穡食人，功爲大也。其次莫如立法教世，故契之王亦六百祀。觀於往事而天可知矣。國之與家，大小雖殊，其義一也。

姚氏系出吴興，唐宋之閒嘗有興者，而舊譜所載，南渡後軼其名，疑莫能考。麻溪府君，則吾遷桐始祖也。歷元迄明正統之代，務農者一百五十餘年，其所食之人，則既多矣，而家法所傳，惟以忠厚爲本。自我參政府君通籍至今又十四世，人且數千百計，孝弟未衰，皆清貧自守。其登仕者百數，朝有賢良之褒，外無貪酷之吏，而損身徇節立志守貞者相望也。今考其科目之數又如此。

嗚呼，天之所以報吾宗者不亦盛哉！覽圖籍所載，古碩人偉德起家微賤衆矣，方其崛起驟興，嘗分茅胙土，貴爲王侯，彪炳之勢，赫赫一時如吾家者不啻十倍，然或及身而敗，或一傳再傳而敗，不及百年，榮謝頓殊，至且絶嗣矣。推尋其故，豈不由造物忌盈，德薄而享豐之所致與？

抑吾聞：大行之山綿亙千里者非一阜之勢，黄河之流横絶中國者非一勺之源，其中十里一巒，百里一川，起伏曲折，所以延其脈而長其委者甚衆，夫是以不竭絶也。草木之華，太繁者必不實，驟茂者罕再榮，此常理也。然有培沃之者，日養而月息之，不傷其本，不翦其支，安在不復茂乎？觀於山川草木之理，而人又可知矣。且世有豪傑之士，身處孤露，或際阽危，恒思發憤自振起，雖彼材智絶人，而無尺寸之藉，其勢極難，然奮袂而興，登高第，仕華膴，功立才見，猶足以濟大業。世家之子，文學論議嫻習既優，苟有中材，藉先世之資，其勢足以倍之，乃反百不及一者，何也？諺曰：創業者多勞，守成者多逸。夫勞者乃成之資，而逸者實敗之券也。不思盛業所由來，徒以祖宗功德爲可恃，不惟無培養之勤，且日加朘削，雖有盛德之父，大功之祖，何以克昌哉？善乎，周公之戒成王曰：所其無逸，惟知稼穡之艱難。夫成王，天子也，而戒以稼穡之事，不忘其先也。帝王之祖皆有聖德世功，然且不敢自暇自逸，況士民之家乎？故爲子孫者，必有創業之志而後可以守成，必有戒禍之心而後可以保世，此非迂生之腐談也。

嗟乎，科目之名，天下榮之久矣！此海内之所共爭，造物之所不輕與也。吾宗雖非盛大，然自明以來，得之者嘗兼數姓矣。其他庶姓，或數十年不得一人。夫豈無才而莫克以振？雖盛衰之數不可知，然久鬱者必昌，已盛者不再，盈虧往復，信如蓍龜。求所以保垂絶而留其有餘者，吾猶未得其道也。以是兢兢乃次其先世以逮今兹與此選者，爲之記，遺吾宗人相與觀之，無恃祖宗之功德耳。嗚呼，有明達誠篤之士覽吾斯文，其能無戒心乎哉？

桐城麻溪姚氏節婦記

麻溪姚氏貞節烈孝女若婦凡五十七人，已得旌者四十，家貧未及請旌者十七，行實俱載家乘，瑩爲比次其前後而記之。曰：

嗚呼！婦人之不幸莫如以貞節聞矣。夫婦人以夫爲天，終身之事以之。無夫是無天也，豈非不幸與？男女之欲無論矣。衣服飲食之美，宫室起居之奉，凡人世富貴紛華靡麗之事，皆足眩於目而奪其心，更若遇狂暴之侵，白刃水火之逼，有不震懼而宛轉從之者哉？此數者，心有一動，卽失其身。千古以來，奇才傑士守之數十年而喪於一念者比比也，乃以婦人能之，雖孟子所云『富貴不淫，貧賤不移，威武不屈』者何以加焉。百里之内或數十年一人，固有世家大族竟無一人者，綱常正氣不可多得。今吾一宗而節婦若此之衆，不惟宗族之榮，蓋郡邑之光矣。乃其中又或得旌，或不得旌，豈不幸之中又有其尤甚者與？

自瑩論之，人貴不朽耳；不朽以實不以名也。節婦以其貞心還爲正氣，固已彌綸宇宙，與天地同流，卽名不稱何害！三代以前，忠孝節義之士不傳於後世者何可勝道，其靈氣自在天壤可知也，豈得謂其名不傳，其人遂已朽哉？且節婦苟有望旌之心，則其節亦何足貴？何也？此事根於性而成於氣，求之自内，非外鑠也。朝廷旌揚之典，蓋以厲中人防其不肖而已，於節婦曷嘗有所損益哉！故婦人之節全，卽其德成而道立，以此正氣遂能長存而不朽，雖君后之富貴不逮焉。然則婦人之大幸，蓋莫有若貞節者。瑩爲節婦幸，益爲男子懼也。

先副使公西湖德馨祠記

先九世祖副使公，以明萬歷辛未進士，令福建海澄縣，擢禮部精膳司員外，出知杭州、汀州二府，加提刑按察使司副使。天啟甲子年卒。公所至有惠政，其去也，士民愛思不已，皆肖公像祠祀之，具載府縣三志及福建浙江兩省志矣。海澄之祠二，一在縣東門内，一在九都鄉之湖尾。今民間祀事猶盛。杭州祠亦二，一在吴山上城隍廟之左，一在西湖孤山側白蘇二公祠右。

國朝康熙中，以公之孫文然貴，贈公光禄大夫刑部尚書。杭人言公祠數見神異，有司請發官錢修西湖祠宇，詔許之。自是浙江布政司春秋遣官致祭，遂爲祀典。乾隆三年，公之六世孫曰淮，守杭州，重修公祠。錢塘令周君勘復附祠地界及舊置田畝，刊入祠堂碑記中。嘉慶元年，有司請再修。八年暨道光四年，公子孫自桐城再來新葺。十年，九世孫瑩令臺灣，居憂服闋，過杭，復加補苴焉。先是，祠堂碑記云『清波門外有祠』，失考，子孫皆不之知矣。瑩徧求得鹽運副使吳君，言舊見南屏一小庵中祀像，頗類公。三月二十一日偕至淨慈寺右側，由小山徑入，得庵曰：巖居。其庵後別一閣曰：天香祠。文昌閣之前楹有龕，果見公像儼然，題銜具在，門外碑記頗詳，則乾隆八年公六世孫淮爲杭嘉湖道之文也。方作祠堂記時求未得，故謂失考爾。是閣建自明戶部侍郎葛公屺瞻，僧以創始故祀侍郎。公與侍郎厚，數至其地，且有恩士子，杭人思侍郎，愈不忘公，乃竝祀公焉。亦可見杭人風俗之厚，而公之德入人深也。謹以月二十有六日甲寅祭於祠，越二日丙辰祭於閣，鄉人仕杭者莫不嗟歎異之。

昔瑩令龍溪，至海澄謁祭二祠，澄人四方來會，爭爲酒醴歌舞以樂公神。耆老告瑩曰：澄人自公興水利，至今不忘，名其浦曰姚浦，春秋祈報甚神，未嘗有歉歲眚疫。公之子孫渠，崇禎中爲漳南道，公之七世孫棻，乾隆中爲漳州府，繼巡撫福建，皆嘗來展祭。今又及君，澄人三見公後矣。瑩悚然敬謝而退。緬維明季至今二百餘年，朝市遷變，而民心未忘於公，靈爽所憑，久乃彌昭，非盛德其能有是乎？夫人莫不思榮其先，苟或不務名德，則隕其家聲甚易。吾家在前明，公子孫渠令龍遊，孫棐令東陽及蘭溪，入本朝公孫文熊令蕭山，曾孫士基令羅田，皆稱循吏，所治祠祀之。而公孫文熊〔一〕以刑部尚書事聖祖仁皇帝爲名臣，勅祀賢良祠，賜謚端恪。其他子孫祀於鄉賢者凡七人，咸載志乘，實能世其先德。小子瑩，蘭谿、端恪、羅田三公之裔也，敢不益加畏勉乎！既祀已，乃述其事于祠而爲之文。嗚呼，凡我公後，尚其永念之哉！

【校】

〔一〕疑是『然』字之誤。

噶瑪蘭颱異記

皇帝登極之元年六月癸未夜，噶瑪蘭風颶也。或曰颱。雨甚，伐木壞屋，禾大傷，繼以疫。於是噶瑪蘭闢十一年矣，水患之歲五，颱患之歲三。蘭人大恐，謂鬼神降災，不悅人之闢斯土也，將禳之。桐城姚瑩時攝噶瑪蘭通判，有事在郡，聞災馳至，周巡原野，傾者扶之，貧者周之，請於上而緩其徵，製爲藥而療其病。民大悅。乃進耆老而告之曰：

吾人至此不易矣。生人以來，此爲荒昧，惟狉獉之番，睢睢盱盱，巢居而穴處，其所以異於禽獸者幾希？始自吳沙，數無賴召集農夫，負耰鋤以入荒裔，翦荊榛，鑿幽險，禦虎狼之生番，數瀕於死矣。乃築圍堡，置田園，聚旅成邪。既以無所統而相爲爭奪，大吏以聞，天子憫焉，然後爲設官而治之。黔首綏和，文身向化。今則膏腴沃壤，四民且備，城郭興宮室畢，婦子嘻嘻而樂利。

夫山川之氣，閉塞鬱結，久而必宣，宣則洩，洩則通，通然後和，天道也。今以億萬年鬱塞之區，一旦鑿其苞蒙，而破其澒洞，澤源與山脈僨興，陰晦與陽和交戰，二氣相薄，梗塞乍通，於是乎有風雷水旱瘯疾之事，豈爲災乎？昔者羲軒之世，純風古處，百姓渾渾，不識不知，未有所爲災者。逮乎中天運隆，五臣遞王，文明將啟，而於是乎有堯之水、湯之旱，聖人以爲氣運之所由洩，而不以爲天之降殃於人也。不然，德如唐堯，功如成湯，豈復有失道以干鬼神之怒哉？

若夫地平天成，大功既畢，則惟慎修人紀以保休嘉，而於是乎時和年豐，百寶告成，宇宙熙皞，臻於郅治。苟有失德肆爲淫慝敗亂，則鬼神惡之而天乃降災，此天地之氣既通而人事不和之爲厲也。今斯地初開，雖風水屢洊而不爲異，五患水、三患颱而民不饑，無有散亂，何也？民皆手創其業，艱難未忘，室家未阜，而不敢有淫慝之思也。

雖然，吾特有懼焉。懼夫更十年後，地利盡闢，戶口殷富，老者死而少者壯，民惟見其樂而不見其艱也，則將有滋爲淫佚而樂於兇悍暴亂者，人禍之興，吾安知其所極耶？然則，如之何而後可也？曰：崇節儉，修和睦，戒佚遊，嚴盜賊。守斯四者，庶乎可以久安而不爲災，禳何爲者！耆老曰：善。乃記之。

漳州府重修城隍廟記

城隍者，守土之神，古八蜡水庸是也。《詩》曰：崇庸言言，崇庸仡仡。庸，即城也。《易》曰：城復于隍，勿用師。自邑告命。告命者何？將出征而有祀以告神也。然則，城隍之祀，自三代以來久矣。唐宋後，祀神禮眾，傳記所載，往往以人爲之。經生謂其誣誕而莫信焉。夫稷之神爲周先後，郊禖之神爲周先妣，獨非六經之文乎？月令五帝五神太皞勾芒者，皆古帝王人官，甚章章也。世儒莫能通幽明之故，究死生之說，妄謂人死則盡舉凡鬼神之事惡以為誣，又或疑其別有義，曲說迂固，一何足道！獨悲夫上帝先王治世設教之大用深心汨沒於世俗談經之士爲可歎也。

國家功令，天下府州縣咸祀城隍，立之廟以安其神，錫之王侯伯以崇其爵。而世傳京師都城隍爲楊忠滑，廣東都城隍爲劉忠宣，其他府縣時亦稱爲某人。大抵有功德於民者，生盡其義，歿享其報，理則然矣。然受其爵者共其職，守其土者祐其民。聖天子以方伯守令治天下都邑之人，卽以城隍之神治天下都邑之鬼，輔相地宜，陰翊王度，故莅斯土者，神與吏其責均焉。政事之不舉，教化之不行，倫理失序，盜賊不靖，若此者，吏失其職，天子則黜陟之。鬼魅之爲厲，風雨之不時，有善弗彰，有惡弗癉，若此者，神失其職，上帝豈無權衡哉！且吏有賢否，神則無不聰明正直，治鬼矣，而卽以治人，亦以察吏，是神之職有重於吏者。烏可不敬？此廟貌之修所當亟也。

漳州府城隍神廟在府學宫之東，歲久頽敗。嘉慶二十四年，郡守方君慨然倡人士捐萬有千金，大工克舉。道光七年，君以分巡再至，尚未竣，復倡邦人士捐數百金畢之。然後垣楹榱桷，丹碧燦爍，有司春秋將事，有以致虔，而萬民觀者罔不肅然。臨之在上，非僻邪慝之心于焉以戢。其再朞年秋八月，漳州方旱，君與守令禱焉，禮甫行而雨大至，邦人咸謂神之靈果昭昭也。

工成久未有立石，屬瑩爲文。乃推原城隍之所以爲神者，俾邦人觀焉。信乎，其不可誣也如此。方君名傳穟，桐城人，所至能樹其績，蓋神之相君久矣。

東溟文集卷六

沈宋二君傳

異時國家患河決，大工數起，川楚歲用師，乃議助餉予官之法。由是出身者既多，不能無雜，故士大夫至今輕其途。余所聞以能吏起家至臺司者眾矣，人材固不可以資格盡也。而粵中二少尹乃以賢稱，其文採尤可紀。

宋永嶽字靜齋，澧州人也。以川楚例，歷香山、新安巡檢。二邑皆劇，民富而好訟，巡檢因爲利。永嶽至，布衣草履，日循於鄉，召長老子弟詢所苦如家人，敦勸孝弟，曉以息訟之利，反覆諄誡，民多改行爲善。邑瀕海患盜，姦民通盜販米，令丞營弁常以賂縱之，獨永嶽境無犯者，盜亦不至，以是無捕盜功。稍遷海陽丞，以細過議斥。乃爲醫，客於廣東，困甚。二邑人聞之，多餽之食。蜑人得魚，逾百里來獻，曰：賢父母也，胡反斥乎？

永嶽爲人厚重質摯，讀書識大義，好窮物理，精醫，所診無不中。嘗語人曰：生人大欲，飲食男女而已。適中則無病，即病宜行所無事。庸醫多殺人者，不審病，所以投劑好強致故也。又嘗言，今之民未嘗不如古，在治之者有實心耳。上有威愛及民，民必倍分以償，其效古今中外一也。生平遊歷，好窮山水，佳處物色，聞見輒識之。既失職無聊，乃著書自娛，詩古文皆拔俗。自號青城子。與香山尉沈蓮善。

沈蓮者，字搴芙，江陰人也。少爲諸生，有聲，久不得志，入貲爲山東縣尉。以憂去，再銓香山。缺素豐，尉至皆饒給。蓮不善所爲，獨闢小園爲池館竹石之勝，日飲酒賦詩其中，屏障淋灕，皆自書所爲詩，臨池漁釣，意翛然不可入以塵俗。好客善談，尤熟史事。談古今得失輒竟日，留客必醉，相與久處，有莫知其貧者。自山東再起之粵，家人不能從，獨二逋客與俱，待之終歲無間，力無以償，二客相與咨嗟而去。性既高簡，不能得上官意，惟蜀彭昭麟喜之。彭亦豪雅能政，爲香山令，以異政擢登州同知。適有某聞香山尉缺之美，力營謀於上，將奪之，蓮聞，笑曰：若以爲美乎？吾相與耳！即告病去職，不能行，彭乃攜與俱之山東。

桐城姚瑩嘗論兩人曰：宋，肫肫長者，言多至理，所行事類古之循吏。沈，工詩善書，天性曠遠，意趣甚峻，有古高士風。乃皆沈於小吏，吏豈能污人哉？如兩人者，可以風矣。世獨詆此途爲俗吏，何哉？

復有新安尉鄭師靖者，名家子，亦能詩雅，與沈蓮相似。未之見，余聞之王從化令云。

仲童子傳

童子仲貽勤者，興甯宰仲君柘菴子也。系出山東仲氏，世居泰州爲大族。柘菴承其尊人松嵐先生家學，讀書勵行，以進士令粵中，所至講求利弊，多所興革，政聲大著，僅一子，而晚得，即貽勤也。

貽勤生而穎異，神骨清秀，爲祖母鍾愛。四歲能誦詩，七八歲岐嶷已如成人。泰州歲荒，鄉人出粟私賑，延柘菴董其事。有以僞信記冒賑者，衆未之覺，貽勤時十一歲，在側，獨指其弊；其人具服，則仍善言遣之。同人皆大驚，以爲明斷，而能忠厚，成人不及也。未幾，柘菴嫂氏卒，兄雲礀先生老而無子，乃以貽勤嗣，執喪盡禮而哀。嘉慶十三年隨宦之粵，益從雲礀先生受經，爲學甚勤苦，詩文清拔，見者不知其爲童子作也。仲氏自芍坡先生至雲礀、柘菴三世以詩鳴，閨閤中無不工吟詠者。貽勤讀書，暇時輒與諸姊唱和獻二親以爲娱，承顔先意無不至。無事則端坐儼然，不苟言笑，親友有貧約者，必告柘菴爲乞飲。與家人有小過，必爲婉解而私訓之。以是上下咸服，事之以成人禮。

已而，得咯血疾，屬家人勿言，恐爲二親憂也。病甚，猶談笑賦詩以娱親意。十六年元夕，忽解衣投柘菴曰：『大孺人至矣。』遂趺坐而歿。歿年十六歲。聘田氏女，年與相若。前一歲，柘菴迎至署中，未婚而貽勤卒。女遂持服誓以終焉。拓菴年逾五十，與兄雲礀僅一子，蚤慧而殞，聞者惜之。柘菴乃檢其所作詩文，梓以示人，韓桂舲中丞親爲之序，一時聞而以詩弔者百數。桐城姚瑩乃爲之傳。

張阮林傳

阮林，名聰咸，一字傳巖，桐城張氏故太傅文端英之五世孫也。高祖工部右侍郎廷瑑，祖貴西兵備道曾敭，皆以甲科貴。父元位，副榜貢生，巴州州判。君幼穎悟，爲祖父鍾愛。家故世族，又自矜貴，未冠能文，有才氣，好作駢麗之體，睥睨同輩。年十九，遊從祖菉園先生之門，見里人姚瑩，與語，大驚，悔其所作，盡焚之，曰：『世固有不朽之學，此不可羞耶！』是時，阮林氣方盛，有文章譽。瑩乃最少，人以爲難。

由是博極羣書，以著作爲己任。詩尤雄麗，取法漢魏，而以少陵爲宗，沈摯渾勁，一洗昔人膚襲之陋。惜抱先生主鍾山書院，阮林以詩往質，先生復書，有奇才之譽。先生未嘗以奇才許後進，獨阮林與劉君開得稱。劉亦甚推君詩。嘉慶九年鄉試罷歸，遇太倉某，與論音學如夙契，語人多不解者，獨瑩能辨，竟習之，遂通古今聲韻，著音韻辨微八卷，以傳其學。十二年，再試，又罷，乃之吳下。友人李宗傳令浙中，召教其子，大攜書往，卒成左傳杜注辨證。金壇段若膺亟重之，以爲左氏後不可少。十五年，舉於鄉試，禮部不第，得覺羅官學教習。留都下三年，屏酬應著書，蒐輯漢魏晉宋二十四家逸史，字淋灕几席，壁間皆徧。又兼治諸經不懈，以勞咯血。十九年二月卒，年三十二。聞者無不爲之惜也。

阮林性廉介，不妄取，而好義急人之難如恐不及。與人交，誠篤有終始。學不趨時好，然書出，雖異趣者亦服云。阮林在京曰：嘗自定其詩，致瑩粵中，屬與合刻，未至。及疾革，友人收其稿，得詩四百餘首，雜文若干篇，漢晉逸史已成若干卷，未成若干冊。左傳杜注辨證十二卷，皆未刻。經史質疑一冊，已刻。又音韻辨微、六書正體、開寶詩品數種，軼。先是左傳杜注辨證成，以示姚瑩。瑩自嶺外貽書勸之，以爲杜學不可廢，服賈諸說雖存者不無善於杜氏，但當兼錄以俟折中，有所偏護則非。阮林乃易今名。臨歿，復語友人姚柬之，此書勿刻。其虛中又可嘉云。

春麓先生傳

先生姓吳氏，名賡枚，子登虞，桐城人。父貽詠，乾隆癸丑會試第一，吏部驗封司主事。先生幼從父學，工爲文，中乾隆己酉舉人，景山官學教習。嘉慶己未成進士，以庶吉士充實錄館纂修，授禮部祠祭司主事，擢郎中，纂修會典及學政全書。轉山東道監察御史，掌江西道。

先生爲人樸直方謹，敦品勵行，慨然有風俗人心之志。在部十餘年，遇事論議必依據禮經而折以國制。嘗以兩命無抵、兩生捐復事，與上官力爭，幾爲所齮齕。久之，禮部有地租事訟三年不解，先生三日平之。嘉慶十八年，林清作亂，先生五鼓急入城至部，同官以賊故皆早散，先生獨宿部署。或危之，曰：賊起倉猝，事未可知，豈可空部無人乎？禮部有無著地租，積年不征，又例不當免，先生創議逃亡死絶及水流淹壓者，悉請免之；餘租尚數千，分年徵入，以紓民力。爲御史，數上疏，皆以人心風俗爲急。遭母憂歸，遂不出。主講徽、歙、安慶書院，教士論學一宗朱子。學者稱春麓先生。治家力崇儉約，待人有禮，大要歸於和敬。子弟皆恂恂率教，里中言禮法者必稱吳氏。居鄉無所私，遇邑中利害事，必首倡以率。既得疾，猶殷然以時務爲憂。蓋其所蓄甚大，未盡厥用也。道光乙酉卒。所著疏稿詩文集若干卷。

朝議大夫刑部郎中加四品銜從祖惜抱先生行狀

曾祖諱士基，康熙舉人，湖北羅田縣知縣。祖諱孔鍈，皇贈文林郎、翰林院編修，晉贈朝議大夫。考諱淑，皇贈朝議大夫，禮部員外郎。

嘉慶二十年九月，惜抱先生卒於江甯鍾山書院，從孫瑩在京師，聞之哀愴涕泣。戚友咸唁，乃卜日設奠於都城之西，爲之主而哭之。越日，先生之門人，前江南道監察御史翰林院編修陳君用光語瑩曰：吾師以德行文章爲後學師表者四十餘年，所當上之史館，其生平出處言行之大，綴而狀之，弟子之責也。子於先生屬最親，曷條其畧。瑩無似不能有所譔述，以表先生，副侍御之屬，謹以所知對。

先生名鼐，字姬傳，世爲桐城姚氏，先刑部尚書端恪公之元孫也。先生少時家貧，體弱多病，而嗜學，澹榮利，有超然之志。先曾祖編修薑塢府君，先生世父也，博聞強識，誦法先儒，與同里方苧川、葉蕚南、劉海峯諸先生友善，諸子中獨愛先生，每談必令侍。方先生論學宗朱子，先生少受業焉，尤喜親海峯，客退，輒肖其衣冠談笑爲戲。編修公嘗問其志，曰：義理考證文章，殆闕一不可。編修公大悦，卒以經學授先生，而別受古文法于海峯。乾隆十五年舉於鄉，會試罷歸，學益力，疏食或不給，意泊如也。二十五年，丁贈朝議公艱。越三年，中禮部試，殿試二甲進士，授庶吉士。散館改禮部儀制司主事。三十三年，充山東副考官，還，擢員外郎。逾年，再充湖南副考官，明年充恩科會試同考官，改擢刑部廣東司郎中。四庫館啟，選一時翰林宿學爲纂修官，諸城劉文正公，大興朱竹君學士咸薦先生以所守官入局。時，非翰林爲纂修者八人，先生及程魚門，任幼植尤稱善。金壇于文襄公雅重先生，欲一出其門，竟不往。書竣，當議遷官，文正公以御史薦，已記名矣，未授而公薨。先生乃決意去，遂乞養歸里，乾隆三十九年也。

先是，館局之啟，由大興朱竹君學士見翰林院貯永樂大典中多古書，爲世所未見，告之於文襄，奏請開局重修，欲嘉惠學者。既而奉旨搜求天下藏書畢出，於是纂修者競尚新奇，厭薄宋元以來儒者，以爲空疏，掊擊訕笑之不遺餘力。先生往復辨論，諸公雖無以難，而莫能助也。將歸，大興翁覃溪學士爲敘送之，亦知先生不再出矣。臨行乞言，先生曰：諸君皆欲讀人未見之書，某則願讀人所常見書耳。梁階平相國屬所親語先生曰：若出，吾當特薦先生。婉謝之。集中所爲復張君書也。

先生以爲國家方盛時，書籍之富，遠軼前代，而先儒洛閩以來，義理之學尤爲維持世道人心之大，不可誣也。顧學不博不可以述古，言無文不足以行遠。世之孤生徒抱俗儒講說，舉漢唐以來傳註屏棄不觀，斯固可厭。陋而矯之者，乃專以考訂訓詁制度爲實學，於身心性命之說則斥爲空疏無據。其文章之士，又喜逞才氣，放蔑禮法，以講學爲迂拙。是皆不免於偏蔽。思所以正之，則必破門戶，敦實踐，倡明道義，維持雅正，乃著九經說以通義理、考訂之郵，選古文辭類篹以盡古今文體之變，選五七言詩以明振雅袪邪之旨。嘉定錢獻之以考證名，尤精小學，先生贈之序，曰：孔子沒而大道微。漢儒承秦滅學之後，始立專門，各抱一經，師弟傳受，儕偶怨怒嫉妒不相通曉，其於聖人之道猶築牆垣而塞門巷也。久之，通儒漸出，貫穿羣經，左右證明，擇其長說。及其蔽也，雜之以讖緯，亂之以怪僻猥碎，世又譏之。蓋魏晉之閒，空虛之談興，以清言爲高，以章句爲塵垢，放誕頹壞，迄亡天下。然世或愛其說辭，不忍廢也。自是南北乖分，學術異尚五百餘年。唐一天下，兼採南北之長，定爲義疏，明示統貫，而所取或是或非，未有折衷。宋之時，眞儒乃得聖人之旨，羣經畧有定說。元明守之，著爲功令。當明佚君，亂政屢作，士大夫維持綱紀，明守節義，使明久而後亡，其宋儒論學之效哉！且夫天地之運，久則必變。是故夏尚忠，商尚質，周尚文，學者之變也。有大儒操其本而齊其蔽，則所尚也賢於其故，否則不及其故。自漢以來，皆然矣。明末至今日，學者頗厭功令，所載爲習聞，又惡陋儒不考古而蔽於近，於是專求古人名物制度訓詁書數，以博爲量，以闚隙攻難爲功，其甚者欲盡舍朱程，而宗漢之士。枝之獵而去其根，細之蒐而遺其鉅，夫寧非蔽歟？

又與魯賓之論文，曰：易曰，『吉人之辭寡。』夫內充而後發者，其言理得而情當；理得而情當，千萬言不可廢，猶之其寡矣。氣充而靜者，其聲閎而不蕩，志章以檢者，其色耀而不浮。邃而通者，義理也，雜以辨者，典章名物，凡天地之所有也。閔閔乎聚之於錙銖，夷懌以善虛志，若嬰兒之柔，若雞伏卵，其專於一，內候其節而時發焉。夫天地之閒莫非文也，故文之至者通於造化之自然。然而驟以幾乎合之則愈離。今足下爲學之要，在於涵養而已。聲華榮利之事，曾不得以奸乎其中，而寬以期乎歲月之久，其必有以異乎今而達乎古也。

既還江南，遼東朱子穎爲兩淮運使，延先生主講梅花書院。久之，書紱庭尚書總督兩江，延主鍾山書院。自是，揚州則梅花，徽州則紫陽，安慶則敬敷，主講席者四十年。所至，士以受業先生爲幸。或越千里從學，四方賢雋，自達官以至學人士，過先生所在，必求見焉。錢唐袁子才詞章盛一時，晚居江甯，先生故有舊，數與往還。子才好毀宋儒，先生與之書，曰：儒者生程朱之後，得程朱而明孔孟之旨，程朱，猶吾父師也。然程朱言或有失，吾豈必曲從之哉？程朱亦豈不欲後人爲論而正之哉？正之可也，正之而詆毀之、詘笑之，是詆毀父師也。且其人生平不能爲程朱之所行，而其意乃欲與程朱爭名，安得不爲天之所惡乎？

先生貌清而癯，而神采秀越，風儀閒遠，與人言終日不忤，而不可以鄙私干。自少及耄，未嘗廢學。雖宴處，常靜坐終日，無惰容。有來問，則竭意告之，喜導人善，汲引才儁如恐不及，以是人益樂就而悅服。雖學術與先生異趣者，見之必親。南康謝蘊山方伯見先生，退而嘆曰：姚先生如醴泉芝草，使人見之，塵俗都盡。青浦王蘭泉侍郎晚歲家居，集海內人詩，至先生曰：姬傳藹然孝弟，踐履純篤，有儒者氣象。其見重如此。禮恭親王薨，遺教：必得姚某爲家傳。德化陳東浦方伯未卒前一歲，屬先生曰：某死，必得先生文以誌吾墓。新城魯絜非以文章名江右，始學於閩中朱梅崖先生。梅崖於當世文少所推許，獨心折先生，以爲不及。魯乃渡江就訪，使諸甥受業。

自康熙朝方望溪侍郎以文章稱海內，上接震川，爲文章正軌。劉海峯繼之，益振，天下無異詞矣。先生親問法於海峯，海峯贈序盛許之，然先生自以所得爲文，又不盡用海峯法。故世謂望溪文質，恒以理勝。海峯以才勝，學或不及。先生乃理文兼至。方、劉，皆桐城人也。故世言文章者稱桐城云。

嘉慶十一年，復主鍾山書院。十五年值鄉試，與陽湖趙甌北兵備重赴鹿鳴宴，詔加四品銜。先生年八十矣，神明如五六十時，行不撰杖。兵備年亦八十二。觀者以爲盛。先是，先生居江甯久，喜登攝山，嘗有卜居意，未決，遷延不果，歸。二十年七月微疾，九月一夕卒於院中，年八十五。門人共治其喪。生平所修四庫書及廬州府志、江寧府志、六安州志官書別刻外，自著九經說十九卷、三傳補註三卷、老子章義一卷、莊子章義十卷、惜抱軒文集十六卷、文後集十二卷、詩集十卷、書錄四卷、法帖題跋一卷、筆記十卷、古文辭類篹四十八卷、五七言今體詩鈔十六卷，門人爲鏤版行世。

先生兩主鄉試，一爲會試同考官，所得士爲多。涪州周興岱、昆明錢御史灃、曲阜孔檢討廣森，其最也。門人守其經學，爲詩古文者十數輩，皆知名。尤愛潔行潛志之士。上元汪兆虹，志高而行芳，學必以程朱爲法，年二十六卒，先生深惜之，爲誌其墓，謂『眞能希古賢人而異乎世之學者，生也。』先生之受經學於編修薑塢府君也。編修之學以博爲量，而取義必精，於書無所不窺，論辨條記甚多而不肯譔述。編修公已歿，先生欲修輯遺説編纂成書而不就，仿日知録例，成經史各一卷，曰援鶉堂筆記，以授瑩，使卒其業。且戒之曰：『纂輯筆記，此卽著書，不可苟作。大約欲少而精，不欲多而蕪。近人著書以多爲貴，此但取欺俗人耳，吾閲之乃無有也。』瑩受教，未及成書而先生歿矣。

先生原配張宜人，故貴州府同知諱某公女，生一女而卒。繼娶宜人之從妹，故四川屏山縣知縣諱曾敏公女，生二子二女，長景衡，乾隆五十七年舉人，江蘇泰興縣知縣，次師古，長女嫁張元輯，次嫁張通理，三〔一〕適潘玉。側室梁氏，生一子執雉，以執雉後從兄羲輪，乾隆十八年舉人，廣西南寧府同知，編修仲子也。十一月，從孫瑩謹狀。

【校】

〔一〕上下文有異，前云二女，此云『三』，或併其原配所生而述之。

先府君行畧

嗚乎！天之惡不孝瑩也，塞其遇，蹇其躬，困躓顛連，極其凶禍以及我先府君。嗚乎，瑩之負罪先府君也！府君性嚴，嫉惡，不苟容，而瑩好爲姑息；府君介約，不妄取與，而瑩喜爲豁達；府君謹慎，事求切近，而瑩不度德量力果於任事。府君常戒之，而不能改。府君就養海外，不樂，思歸，而瑩被議後遷延經歲，甫內渡而府君遽病，竟不得歸。嗚乎，瑩之負罪先府君也！府君始生，逮事先曾祖，詩古文經學，頗得緒言。未冠而失先祖母，家亦中落，遂廢學。以牋記客遊粤西，歷江蘇、浙江、山西、江西以至廣東，幾三十年。

伉直不能諧俗，所如寡合，常鬱鬱不自得。粵東令倅以捕盜爲功，鹽大使某購亡命數人，將以海盜報獲，府君力爭之，事得寢。所歷之地遇獄枉者，不避嫌怨，危言救之。生平不爲刑名之學，而律意甚精，以是益爲媢嫉者所忌。

先王父卒於儀徵，惟先叔父在側，府君自嘉興聞訃奔往。以不及視含斂也，大恨終身，每言次及先王父，或朔望祭祀，輒欷歔不輟。嘉慶戊辰，瑩成進士，府君手諭勉承先德而以僥倖功名爲戒。府君好有用之學，史事尤熟。自經史逮百家言有關世用者，手抄數十帙以授瑩，曰：『虛心求之，實力行之。沽名欺世，吾所深惡也。』辛未，自粵東歸里。丙子，瑩得福建平和令，迎府君與母太宜人就養。凡吏事得失與政教所當先後，朝夕督教之。瑩得秉承，故歷平和、龍溪，所至士民親洽，事無曠廢。及去任，士民焚香泣送者常數千人，環府君輿不去，觀者榮之。府君顧瑩兄弟曰：『是奚足榮耶？吾懼汝市虛名爲吾羞耳。』己卯，瑩調臺灣，奉府君與太宜人渡海。府君年五十有六矣，精力飲食甚健，猶時拓彈弓以習勞。逾歲，忽得風疾，手足稍不便。有沮瑩於上官者，府君曰：『可退矣。』時瑩負官債，欲期年償之，乃奉兩大人歸。未幾，有噶瑪蘭之役。噶瑪蘭在臺灣北山後，距郡十三日程。本番地，新闢多瘴，府君遂留郡中。提督羅公奉旨渡海捕盜。瑩至噶瑪蘭，捡著名賊目首從十餘人，解郡。府君欲貸其一二。而諸盜至郡，皆談笑歌呼，以爲『更十八年，皆偉丈夫也』。府君歎曰：『天下固有至愚若此者哉？益可憫矣。』內三人竟得末減。淡水男子朱蔚者，自稱明後，妄造妖言，入噶瑪蘭煽惑愚民，圖爲亂。瑩訪獲之。或忌其事，倡言於郡，曰：『小民顛疾耳，時方太平，焉有此事。』瑩以黨證明確，妖書、木印、悖詩皆具，臺灣浮動，當以朱一貴、林爽文爲戒。府君曰：『無爭也。事關釀亂，有司之責。幸未起獲其首逆。誅否聽於上官。且吾不願汝以多殺爲能也。』令出所獲物盡獻而焚之。蔚至郡，屢訊皆實，卒以狂疾抵罪。瑩尋以前知龍溪有過失議罷。敘前獲海盜事，得旨引見。以官負，年餘不能行。旅寓甚乏，臺灣士民餽薪米不絕，且醵金償其負。府君責瑩曰：『汝在任不肯攫民，今罷官而累民若此，賢不肖相去幾何哉？』府君素善飲，秋後步履稍重。總兵音公善瑩，將去鎮，特造府君，請節飲，府君感公意，遂不進酒。然步履益重，氣逆時作。壬午秋，瑩公事始竣，內渡。登舟前，目疾大愈，臺灣士庶及同官送者相隨數十里，至於舟中甚眾。府君酬酢不倦，飲食歡笑如平時。夜猶秉燭觀書竟一卷始就寢。未逾時，疾忽大作，遂不起。當疾亟時，顧瑩無他言，惟以恤刑愛民虛心聽訟爲諭。嗚乎，瑩之負罪先府君以有此也！嘉慶二十四年，恭逢睿皇帝萬壽覃恩，府君以加三級得誥封奉直大夫，母封宜人，先王父母皆貤贈如階。府君爲主父母位祭告畢，仍以常服終身。蓋痛先王父母之早喪也。嗚乎，痛哉！

府君諱騤，字襄緯，號雲浦，晚號醒庵，世爲桐城麻溪姚氏。自明景泰中，先雲南布政使參政諱旭，以循吏顯。先福建汀州府知府加副使諱之蘭，先兵部職方司主事，前蘭溪縣知縣諱孫棐皆爲循吏，卒祀名宦及鄉賢祠。至國朝，先刑部尚書謚端恪諱文然，事聖祖仁皇帝，爲朝重望，世宗憲皇帝特敕祀賢良祠。先湖廣羅田縣知縣諱士基惠政愛民，卒祀名宦祠。是爲府君之高祖。贈朝議大夫增生諱孔鋏，爲府君之曾祖，早卒。妣任，誥封恭人，欽旌貞節。翰林院編修諱範爲府君之祖，以詩古文經學著，世所稱薑塢先生者也。妣張。先王父諱斟元，邑增生。妣張，繼妣徐。府君以乾隆二十九年甲申歲八月十六日生，卒於道光二年壬午十月二十八日，年五十有九。十八歲而吾母張太宜人來歸，先兄朔、兄鑾、及不孝瑩、弟四和。兄鑾、弟四和殤。有孫三，繼光、啟昌、應昌，皆兄朔生。女孫二。瑩不孝，不能仰承遺訓，追念生平，多違府君意，萬死莫贖，尚何言哉！尚何言哉！顧念府君承累世賢哲之遺風，義質仁懷，與世不偶，不孝等斬焉衰絰之中，憂泣昏憒，於其嘉言懿行未能一一記憶。兄朔執瑩手，泣而言曰：此弟之責也。余兄弟既不孝，負罪府君，府君之志行不可不紀其實以告二三交遊，貽世世子孫，使知府君，且誌予兄弟之慟。瑩泣拜受命，述狀如左。嗚乎，痛哉！

先太宜人行畧

嗚乎，吾母太宜人棄不孝而逝也，瑩之罪通於天矣。昔者，先府君歿於海外，歲在壬午，瑩方罷官奉部檄入都，甫登舟，府君暴疾棄養。太宜人憐瑩困，命兄朔奉柩先歸，而自留閩。瑩乃授讀於臺以養。卒服，北行，太宜人命之曰：『吾年暮傷離，不欲遠汝，故不歸。今之京師且七千里，然復官例得還閩，吾仍待汝也。』瑩泣拜而行。丙戌正月至京，奉旨以獲盜改降，援例得復歸部銓選。戶部執閩中鹽課事，往返檄問，既白，然後吏部註冊，時距去閩十有六月矣。太宜人聞之，曰：閩既不還，則近地宜。瑩請於部，今年三月當選，而太宜人凶問至。嗚乎，傷哉！太宜人之音容不可見矣，其生平淑德懿行不可泯沒。謹譔次其畧，惟當世大人君子憫而鑒之。

太宜人，桐城張氏，故太傅文華殿大學士謚文端元[玄]孫女也。祖若霽，河南武安知縣。父曾轍，雲南尋甸州吏目。三歲失母，依祖父母居。少慧，善讀，曉經史大義，尋甸公每聞讀書聲，則嗟歎恨非男也。二十歸先府君，事先大父母承顏逆志。先大母有疾久嬰牀第，太宜人雞鳴趨侍，至夜分未嘗離側，飲食衣服必躬親，大母愛而憐之，強命退休，則暫匿戶外。如是者歲餘不衰。及歿，喪次哀戚，聞者動容。是時家中落，大父以孝友聞，財產非所意，遂卽於貧。乃攜先府君出遊幕食。

太宜人持家事，叔娶姑嫁皆如禮。貧益甚，悉遣僕婢，井臼親操。瑩兄弟方幼，太宜人竭蹷延師教之。每當講授，太宜人屏後竊聽，有所開悟則喜，苟不慧或惰，則俟師去而笞之。夜必篝燈自課。瑩兄弟詩禮二經皆太宜人口授，旦夕動作，必稱說古今賢哲事，鄉里中某也才，某也不肖，歷舉之以爲法戒。又時及本朝掌故，蓋所聞於外家諸老先生者。及學爲文，太宜人手鈔制義數十篇，唐詩百首與讀。字畫端楷，業師驚歎。方是時，吾家困甚，居宅卑隘。太宜人晨起，督瑩兄弟灑掃糞除，門庭整潔。待先生飲饌，雖約必精。親族過者見之，咸謂是當興起吾家矣。乾隆甲寅桐城大水，室中水三尺，浮板以棲，炊爨爲斷，外伯祖蒹園先生暨羣舅饋之米炭，乃得食。然太宜人甚自好，族戚雖豐厚，未嘗以貧乏告。里人某暴富，兄弟以貲爲大官，聞太宜人之賢，欲婚瑩兄弟。或居閒爲言，太宜人不許，曰：『吾不以貧乏乞食族親，顧令吾兒仰婦家錢耶？』是年，先大父歿於儀徵。太宜人聞耗，慟幾絶。府君輿櫬歸，黽勉成禮。未幾，復出，數歲不返。太宜人卒撫瑩兄弟以至於受室。

嘉慶丁卯，瑩舉於鄉。戊辰，會試中式。不見用，南遊粵東。兄朔亦就幕浙西，家食稍給。府君乃以辛未歸里。先叔父客晉中死，太宜人佐府君經紀其喪，撫育遺孤如己出。尋甸君卒，繼配王孺人無子，太宜人就之居，奉事一如所生。有妹適戴氏而寡，太宜人贍其衣食。丙子，瑩始仕平和，迎府君暨太宜人就養。逾年，調龍溪。俗強悍好鬥，盜賊滋多，瑩治之嚴。太宜人戒之，曰：『古者，循吏治術不同，固當因地制宜。然吾不願聞鞭撲聲。今汝德不掩威，其能無憾乎？』已而，去任，士民焚香泣送者數千人，或爲祠以祀，太宜人乃喜曰：『吾無慮矣。』己卯，調臺灣，瑩以太宜人涉海爲憂。太宜人曰：『吾固甚健，思一見海外風土，且汝得常見，可同渡也。』乃奉兩大人至臺灣。道光元年，瑩調噶瑪蘭通判，太宜人留郡。瑩尋以龍溪公務有過差罷職。噶瑪蘭任內獲盜，得旨引見。甫啟行而府君卒於鹿耳門。顛沛流離至福州，羈滯不歸，以至於茲也。

嗚乎，傷哉！先府君之歿也，瑩兄弟猶在厀下，今兄朔方營葬里中，瑩又需次京師，病不奉湯藥，歿不視含斂，尚何言之有？惟當世大人君子鑒吾母之賢，哀諸孤之不肖，賜以銘言，俾吾母懿行得聞於世，不肖之咎其或有瘳焉。

朝議大夫福建漳州府知府周公墓誌銘

道光三年四月，知福建漳州府金匱周君有疾，再乞休，制府兼中丞武陵趙公慰留之。翼日君卒，公大惋悼，親制挽辭，卹其後事。桐城姚瑩嘗辱知於君，君尤愛瑩文辭，遺孤以行狀來，乞銘其墓。惟君生平文學治行著聞海內，於法當銘，乃不辭而綴次之。曰：

君姓周氏，名鎬，字懷西，一字犢山，系出宋右丞相文忠公，十二傳始自陸墅遷獨山，八傳至君。祖宏論，熟海道，賈於琉球、日本諸國，風雨晦霾中，辨悉島嶼如視諸掌。父宗琳，少從出洋，有膽力。遇颶風，鄰舟傾覆，輒駕小船飛救。惡浪山湧，人皆失色，卒救其人而還。好醫，善治痧，暴死者輒能蘇之。尚義樂施出於天性，以故常貧。兩世以君貴贈如君官。祖母楊贈孺人，母陳封太孺人，累贈太恭人。

君生而岐嶷。父以貧，將命習賈，同里老儒何芥舟異之，願授業，遂通經史。十七補郡庠。乾隆己亥恩科舉於鄉。乙卯，大挑，以知縣至浙江，補景甯令。地瘠甚，每歲錢糧奏計皆下考，人苦之。君親詣四鄉，就田問賦，歷年未輪一清，忌者惡其能，巧中以事，遂請終養歸。陳太恭人尋卒。服闋，再之浙江，歷常山、餘姚、鄞，所至弭盜緝兇，治獄如神。鄞地濱海潮，江水乘潮注不可用，灌溉取山泉，必禦鹹蓄淡。邑西有狗頸塘，內江外河，爲障水要道，自南唐以來，屢築屢頽，前人築橫隄堵之，塘斷而河亦塞。君乃於塘基木樁之中，悉填以石，外夾巨石甃之，使與水平，而後加土。於斷河西北岸買田鑿河，取田土入廢港，盡實之。由是塘基寬固而古河亦通，易名水鎮塘，灌田萬頃。又於邑東增閘，東錢湖嚴其啟閉。治范家湫，移其隄，堰下之田取給於江，堰上之田取給於湖，民大便之。平陽官民互訟，屢搆大獄，撫軍檄君往撫定之。嘉慶十四年七月，颶風作暴雨，秋收大歉，君召富民諭之曰：平陽僻處海隅，糧食例禁海運，商販不通，來春飢民必擾。聞民閒食薯絲，一觔可抵升米，而升米之價可易薯絲四觔，是以一人之食活四人也。今平陽禾、薯俱傷，而甯波、臺州兩郡薯大熟，海運所不禁，亟往市之。眾諾，乃出教招商賈，而上狀請輕其關稅，不一月賈足。明年，鄰邑乏食，大擾。平陽獨宴然。

制府書公令各屬陳利弊，君上言：利弊不可勝窮，有一利即有一弊。始也因利立法而弊即伏於法之中，其繼變法救弊而弊又生於法之外，雖朝更暮改，何益？方今所患者，非法之未備，患州縣未得其人；即得其人，又患法太密而信不行。乃陳六事：一曰資格宜破，二曰處分宜寬，三曰事權宜假，四曰捐款宜裁，五曰名實宜覈，六曰賞罰必信。又上書玉撫軍，極言上司書吏之弊，語皆切直。

海寇蔡牽犯臺灣，突圍竄，提督李公長庚追之。君上言曰：　賊畏閣下如虎，望風輒遁，顧未能制其死命者，尾追而不能逆擊也。賊以海爲家，漂泊靡定，閣下統數鎮之師，偵跡馳逐，賊南亦南，賊北亦北，曾無一旅遮其前者，此猶去網追魚，雖勞何益？況各鎮在外，內地反虛，土盜乘機蔓延，亦非計之得者。竊就三省而論，廣東其前門也，福建其中權也，浙江其後戶也。如以浙江一省而論，則溫州前門也，黄巖中權也，定海後戶也。鎬以爲宜使三鎮各守其地，搜捕土盜以絕偷漏接濟。閣下與閩、粵提帥隨賊所至，賊自閩至浙，則溫鎮截其前而閣下與福、甯鎮躡其後；　賊越溫而下，則黄鎮截其前而閣下與溫鎮躡其後；　賊又越黄而下，則以定鎮截其前而閣下與黄鎮躡其後。賊之自浙而閩，自閩而粵也，亦如之。不一年，賊必弊而土盜亦不能作矣。

以卓異薦擢嘉興府乍浦同知，歷署甯波、嘉興、嚴州、紹興諸府，所至興利除弊，尤盡心於勘災恤荒。省有大獄不決，必檄君治之，皆得其平。去任日，士民無不遮道攀留。乍浦民每見君攝郡數月，輒逢人問曰：　我周公何久不歸也？其爲民所愛如此。道光元年二月，特旨授衢州府知府。郡有孔氏家廟，宋寶祐三年建，年久傾圮，移聖像於別室。君往展謁，惄焉，請大府興修，而己先捐俸以勸輸者，未興工，移漳州，君經理俱備而後行。圬者啟上，於敗壁得康熙中樂清教諭方鑑藏簡云：百四十年，杜召重修。蓋方在李文襄幕府，計文襄倡捐復建，時至君請修之年，適相符云。漳州爲閩中劇郡，最難治。君采訪輿情，推求治本，上言六事：一曰造徵冊以清糧賦，二曰嚴佐雜以專責守，三曰肅營汛以制兇暴，四曰責家長以馴子弟，五曰重初辭以防誣濫，六曰修教職以化愚頑。大府皆嘉許，行之。君治郡朞年，士民洽信。

二年十月，自陳不能教化，乞休。不許。更兼攝汀漳龍巡道事。三年春得疾，再求退，未報而疾革，遂卒，年七十。誥授朝議大夫。逾月，中丞孫公至閩，言陛辭日，上諭：『漳州知府周鎬甚有吏治，朕所特用，其往觀之。』嗚乎，君之治行，晚乃上聞，天子方嚮用而君遽卒，惜哉！君性澹泊，食不重味，聲色貨利無所好。束髮以至晚年，未嘗廢學。所著古文六卷，古近體詩四卷，課易存商一卷，讀書雜記一卷，隨筆雜記一卷。娶陳恭人，先三月卒。生子男三人。汝育，國子生，以蠲賑議敘州吏目。汝雍，山東范縣知縣。汝京，國子生。女三人。側室芮氏，生男五人，汝亶、汝言、汝立、某某。男孫五人，建楣、建樞、建盈、建棟、建標。以某月日歸君之喪，葬於某鄉之原。

銘曰：厥有哲人，興自梁溪。粹乎其德，沛乎其辭。以此德辭，發爲吏治。去有遺思，在無留事。馭長途短，不竟馳驅。蹇蹇大業，皦日不渝。梁溪湯湯，元老所嗟。信史求徵，我銘非誇。

亡姑壙誌銘

嗟乎！女子不幸許字未嫁而夫死，悲矣。識從一之義，雖未嫁而守其志終身，重可傷也。乃求守其志不得而又不敢白爲名以傷親志，含悲隱泣，卒保其身以死，身完而志遂，節成而孝全，若此者，其惟吾亡姑乎！姑於從父姊妹行居四，吾祖春樹府君長女也。春樹府君先娶張太宜人爲歸化令曾太公妹。歸化之配姚孺人，又府君族姊也。張太宜人歸府君一年而卒，無子。府君痛之。繼娶徐太宜人，生姑及醒庵府君。兄弟乃以姑許字歸化之季子法。姑莊麗而慧，婉娩媚順。春樹府君愛之。法亦蚤慧，善讀書，未冠而卒。姑年十八聞凶問，以未嫁也，不敢哭於父母之室。將往服夫喪，則禮無未納吉而服夫喪之文。毁飾啜泣絶粒者十餘日。春樹府君、徐太宜人强慰之乃起，自是不爲容。既逾年，春樹府君潛與徐太宜人謀别字於馬氏。數月而後，姑知之，遂病，未幾卒，竟無一言。病革之夕，惟請姚孺人往，執手一長慟而已。嗟乎，姑之志乃如是哉！

夫聖王之制禮也，因人情而爲之節文，不及則悖，過則矯。女子許字未嫁而夫死，以女子終身不貳可也，未成乎婦而服於夫家則過矣。父母愛女懼不能終其志而别字之，在家猶全乎，女從父可也，守不貳之志或激烈捐軀，則違親命而且以傷親之志，可乎？故不服張氏之喪，禮也，素服不飾，矢志靡他，貞也。知親已别字而口不言，無違父命，孝也。卒全其身，不及請期而死，節也。

死以病聞，不徇名以傷親志，智也。自古女子處非常之變而能從容中禮，無一毫之憾，孰有如姑者哉？姑既亡，春樹府君大慟，悔之，語醒庵府君曰：吾誤汝姊矣。命俟張太宜人之葬也而以姑附，明其志在張氏也。醒庵府君謹志之，以貧遊四方，久不克營大事。越五十四年，道光十三年月日，瑩與兄朔始得卜兆於某山之麓，以姑附葬張太宜人側，俾世世子孫無忘姑祀而復春樹府君之命。

姑生於乾隆二十五年某月日，卒於四十四年某月日，年二十。瑩聞諸吾母張太宜人，蓋醒庵府君之言云爾。銘曰：蘭匪不芳而春則萎，玉匪不潔而璞已摧，未見君子，身將安歸？志不可奪，父不可違，生死爲女何所虧！海枯石爛白日馳，貞砥之鐫涕漣洟！

方孺人權厝銘

族弟緒周有賢婦，曰方孺人，諱某，香雲其字也，爲余外舅綸齋君叔女。幼而聰淑，善事父母。二姊，長歸馬元伯郎中，次歸余。同懷三人，友愛篤摯，雖各適而財貨相通，心情相卹，世之善爲兄弟者弗逮也。

性既柔順而才，女工精勤，經理家政尤有法。緒周以縣丞在籍候選，仍爲學甚勤，孺人佐之，所以將順勸勉者無弗至。聞所與師友賢則喜，每出私財留客，雖夜分不怠。姑以勤儉起家，用財有節，奴僕或苦之，孺人密出己資以代，姑不費而人不怨。佃人某負租無償，將訟官矣，孺人憐其老且久佃，爲之籌計而解之，羣佃大感，相戒竟無負者。生子芳，延師於家，師方嚴，人咸有難色，孺人獨禮敬之，數年不懈。婣戚中有以急告者，輒語緒周爲謀而助之。姑始待之嚴，雖盛怒，孺人未嘗不婉容順受，卒得其歡乃已。竟十六年，孝謹益甚，乃大憐愛之。然孺人竟得疾，道光壬午卒，年三十八。未卒前，檢視所有筐篋，盡扃封之，而獻鎖鑰於姑。姑哭之慟，厚殮之。歿後數年，愈益思，每言必泣曰：安得見吾婦乎？

余少卽知孺人之賢。余遊粵中，家嘗有急，往往賴孺人助，家恒德之。余歸，則孺人已歿，見孺人之姑及族黨交稱之不置。緒周謂余曰：孺人處爲淑女，嫁爲賢婦，今雖未葬，願得文以誌。乃不辭而爲之銘，曰：事上而順，惟柔德之正； 不冠而才，惟淑惠之諧。 德而不壽，誰執任其咎？ 文則匪工，而銘之幽宮，庶以永其終！

孫宜人墓誌銘

宜人姓孫氏，署漳州知府泉州府同知華亭許君原清之元配也。父凝巖君，婁縣庠生，常幕遊。母卒時，宜人未笄。兄年十六，從戚屬習爲賈，弟義立、義鍔皆幼，宜人慨然請任家事，操作如成人。課弟讀，嘗脱其屣，自織於案側，監之。所居別院，花木繁盛，數歲不一窺。義立感奮，業成，爲名諸生。兄患血疾歸，宜人護視甚謹，不解衣者逾月。凝巖君以是無内顧憂。年二十三歸許君。翁知其能，任以家事，不可，曰：『新婦佐中饋，知敬順而已，敢輒主乎？』無鉅細必咨稟而後行。嘗有疾，翁憐其弱，予以葠，受之而不服，曰：『翁年且衰，備旦暮進也。』未幾遂卒。

宜人幼知書，好列女傳、三國志。性尤嚴，不苟色笑，御下甚寬，而人憚之，非其資稟之殊乎？ 其生以乾隆甲辰八月，卒以嘉慶戊辰十二月，年二十有五。庚午三月，葬於横雲山之小赤壁，附先塋側。道光九年，許君屬桐城姚瑩銘之。其辭曰： 女之毅也，不縈而嫗。婦之婉也，惟脯與棗。德之令也，胡年則夭？ 鬱此幽宅，山峙水浩。

廣東鹽運司知事王府君墓表

松江王氏之先，系出瑯琊。宋南渡始遷金山張溪，本朝農山先生亟遷郡城西門外之竹竿滙，故爲華亭人。農山先生爲御史，以文章名天下。有賢子三，長曰少傅武英殿大學士文恭公頊齡。公之子二： 長梅圃府君圖新，以廕生候補員外郎，次雲漢府君圖壽，候補主事。梅圃無子，以雲漢之季子爲賢而立之，是爲廣東鹽運司知事菊隱府君。府君有子二，長達，嘉慶六年進士，湖北鄖縣知縣，次慶曾太學生。慶曾能詩、工駢體，文清麗有奇氣。從其戚王從化令所。桐城姚瑩時客於令，交焉。慶曾泣謂瑩曰： 某不肖忝其祖矣。自從先府君宦粵東二十餘年，府君歿於官，不能以柩歸葬。兄今始得微祿，將謀卜兆。先府君生平孝義洪達，未有立石之文，懼久而湮也，敢以銘請。久之，又出其家譜與府君行狀，瑩受而藏諸笥，未有以應。越七年，始得綴次之。曰：

君諱祖佑，字葆成，菊隱其自號也。松江王氏之族，科第仕宦天下聞之矣。君以宰相冢孫，娶兵部右侍郎蔣君元益女，少有文才且賢，固宜貴顯，然僅補縣學生，數鄉試薦而不售，以鹽運司知事至廣東十九年而後補官，久之亦竟不遷。嘉慶九年五月卒，年六十二。貧不能歸其櫬，抑獨何哉？

君家故不豐，有田二百畝。文恭家傳圖書珍玩猶多，自出仕則以託於伯兄，諸姪爲之蕩盡，君不以爲憾。歷署大洲、香山、海矬、海甲諸場大使，所得俸入悉以養族戚中貧者。喜詩酒，座客常滿，遇能詩者尤傾意接之。廚中屢匱，不顧也。性既豪而傲上，每謁次意致落落，坐是久不調，君亦不以爲戚。賦詩怡然。貧益甚，卒以酒致疾。所著詩有抱甕、鳴秋二集。在香山日與縣令彭君翥、守備黃公標善。黃爲水師名將，君時助之捡賊，黃甚德之。彭君逐盜於廣海洋，府君以二船助之擊破盜舟三，獲舟二，捡賊六十餘人。事上，彭列君名，堅辭，曰：『此非鹽場官事。』彭尋遷潮州海防同知，黃洊升左翼鎮總兵加提督銜，君不以爲歉也。

君未卒前六年，蔣孺人先歿。有孫六人，怡、恒、愷、達出也，恂、慎、愫，慶曾出也。嗚乎，以君之才之德而止於如此，其將培根植本以昌大於子孫乎？是未可知也。表諸墓，惟紀其實焉。

鄭君墓表

鄭君名兼才，字文化，六亭其自號也。世爲閩德化縣人。祖某，龍巖州學訓導。考某，贈修職郎，閩清教諭。君生而誠重，刻勵讀書，不好外事。年二十，遊學河南，三年乃歸。乾隆五十三年，選拔入都，肄業國子監，有聲。留都下九年，考充正藍旂官學教習。期滿，用閩清教諭，歸。嘉慶三年，鄉試以第一人中式，會試再罷，禮部奏留都，不開缺，仍予食半俸。凡任教職留都會試者如此例自君始也。後試復罷，乃歸。就安溪學，立規條，嚴師道，敦廉恥，正文品，人士翕然從之。倡建崇聖殿及四祠，時已奉檄調臺灣，君特留竣其工而後去。

臺灣文廟將圮，君出廉俸修葺，人士爭出貲盈萬，工克竣。海賊蔡牽犯臺灣，郡城戒嚴，道府夜檄君稽姦匪，市井晏然。已閉各門，留西門樵汲，以君守之。自冬至夏，官民稱便。賊既退，官兵四出搜捕，仇家任意株陷，君毅然上言民困，請安撫。有欲環城開河溝者，君力陳不可，議乃寢。於是大府皆知君才。以守城功議敘江西長甯縣知縣，辭不就。請釐正臺灣鄉賢名宦忠義孝悌諸祠。臺灣數兵燹，昭忠祠祀諸死事文武多遺佚，君分別條列名氏事蹟，請補祀。格吏議不果行。邑志久不修，謀於邑令薛志亮修之，舉謝教諭金鑾屬稾，而君搜羅考訂，時稱精覈。皆辭長甯令，留臺灣事也。十三年會試，罷歸，赴建甯縣。學士聞君名，爭就學。禁婦女入廟誦經及商人大成殿祈禱，風俗一變。二十三年，臺灣縉紳謀修府志，僉狀願得謝教諭及君，臺灣守狀上大府，請召二人。而謝已先得風疾，將調君，以會試辭。既行，留二年，終不第，歸。布政使乃以臺灣之請調君至，則前守已故，府志不果修，君乃取先修縣志重刪定以刊。再請兵備釐正昭忠祠。自朱一貴亂後，凡五用兵，死事文武弁兵義勇人千一百有奇，神位名氏，皆自書之。祠已頽，君經營重搆，盛夏督工，勞甚。君年已六十五矣，竟受暑疾，以七月日卒。君三遇覃恩，皆例授修職郎，悉以貤封叔及仲叔二兄。君歿之前月，吏部推升泉州府學教授。子二，長光篆，次光筍。有男孫四、女孫四。女曾孫一。

君生平論學，以植綱常爲主。一官所至，輒興工營建，諸事皆有成功。尤以吏治民風爲亟。每建言大府，陳利弊皆切要文，尤精悍樸老，爲時所重。十一試禮部，皆報罷。及以軍功授知縣，又不就，竟以教諭終。君所爲詩古文數百首，與守城私記，皆未梓。桐城姚瑩令臺灣，將去，而君始至，留居逾年，與君交，得其本末。君之遺孤將奉君喪歸葬，以行狀來乞言，乃綴次書之，俾表其墓。

勵志賦有序

瑩來嶺南之四年，歲在涒灘。羈滯不反，春夏淫雨，感炎溼之疾，誦昌黎復志賦而悲焉。蓋貧士失意，雖豪傑不免於轗軻，古有然也。然唐一代文人昌黎，號爲近道，今此賦鬱塞諮嗟，言不及遠，疑其不類。瑩年遇似韓，懼其湮戹愁困或傷於志也，爲賦以自勵。曰：

伊大運之茫茫兮，究上下其無端。物羣生各有會兮，夫何易與何艱。悼先哲之既往兮，莫不遘夫迍邅。曾小子之闇薄兮，居悒悒以永歎。彼鳳鳥自不羣兮，負仁義之文采。東國時其未鳴兮，守丹穴之所在。悲鴻雁之翺翔兮，哀飛鳴而莫集。委稻粱不余食兮，退何巢之棲息。豈儀羽之不修兮，每深思以自懲。苟余情其信美兮，匪造物之使然。

嗟余生及式微兮，髫十齡而苦飢。嚴君耿其孤介兮，逝遠遊以未歸。母氏之賢慈兮，勤撫鬻而教之。曰：汝祖之始昌兮，在有明之中葉。積累世之清淑兮，志既存乎方策。維達人之大啟兮，佐盛代之丕業，慎民命以祥刑兮，常恐一夫有不獲。歷仁恕其未替兮，享蒸嘗以不忒。汝誠嘉德以自好兮，吾何慕乎豐食。跪受辭以書紳兮，殷余心之所營生。既傷夫轗軻兮，乃益懷此忠貞。懼先業及余墜兮，愴耿耿以難申。橫覽九州之寥闊兮，古浩蕩而無垠。尋前修之極軌兮，騁長佩乎吾所遵。紛衆人之汶汶兮，偭昔賢之遺則。謂余獨昧夫時趨兮，胡不媕婀以容飾。志雖苦而莫知兮，即老死又安得。聞斯言以太息兮，匪聾聵之相安。發陳編而究古兮，閱寒暑吾猶夜觀。苟天命不余棄兮，舍仁義又何干。悵中夜以起思兮，年浸長以及冠。仰四壁之蕭條兮，謀菽水以爲歡。奮袒裼余出門兮，識時事其良難。臨岐路之縱橫兮，魂惝怳以盤桓。維青龍之歲首兮，吾觀光乎京國。朝奮翼乎青冥兮，暮復蹭蹬於路側。仰豐闕之峩峩兮，抗龍驤以岌嶪。春風駘蕩於閶闔兮，進虁龍之班列。偉冠佩乎鏘璆琳兮，夫惟羣賢之所服。獨南歸以遄征兮，心糺思以內傷。顧微賤之無階兮，孰云葵藿之傾陽。蓬孤植以自振兮，即暫起而不揚。松盤根於澗底兮，甯掩被乎崇岡。固宜後夫中途兮，非余心之鞅鞅。

望泰山峻極天兮，騁攬觀以無路。指黃河之洶湧兮，余衝洪波以竟渡。接巨浪於長淮兮，極荊揚之下處。支無祈方肆虐兮，助河伯而憑怒。哀民生未有底兮，誰能忍而不顧。歔鬱邑而東去兮，溯錢唐以觀潮。怨靈胥猶未泯兮，山屹屹以奔濤。眺吳山之絕峯兮，復湖上以逍遥。弔岳侯之忠憤兮，尋處士之孤高。忽回首以掩涕兮，懷二人以不寢。舉世競進以珍羞兮，余饔飧猶未備。遄入門以問省兮，撫瓶甑而躊躇。再拜告以遠遊兮，吾何擇乎遐陬。徑鄱陽之澎湃兮，逾五嶺之崎嶇。惟此邦之實陋兮，自古昔之蠻宇。山險峻以奇惡兮，水渾濁而鹵苦。地瘴氣不可處兮，人鳥言不可語。冬或奇溫夏苦寒兮，忽反覆乎四序。炎雨淫溼陰常昏兮，日漏天詎其能補。颶母震地砰訇以驚人兮，長鯨暗天蕩溟涬而起舞。怪鳥夜叫褫人魄兮，匪鵂鶹之在樹。淫蟲肆螫食人影兮，匪短狐而毒蠚。惟茲邦不可久留兮，悵躑躅以焉歸。苟有桑之十畝兮，吾將從顏氏之所怡。惟乏謇謇之姱節兮，獨無悅世之媚姿。撫長劍以玉珥兮，進與退其奚宜。傷季氏之南遊兮，忳湮塞乎斯時也。登越臺以騁望兮，見雄關之聳峙。背庾嶺以蔽虧兮，故鄉不可以睨兄。羨黃鵠之高飛兮，一舉翼乎千里。海天杳杳以曠越兮，何方不可以戾止。吾將駕鵷首以遠遊兮，乘風極乎南裔。尋赤水之珠樹兮，訪壽民之不死。海若不與吾鼓柵兮，反驚浪之漫天。激嵯峨以震盪兮，混六合而領顛。巨魚似山欲吞舟兮，觸黑水之腥羶。茲咫尺不可渡兮，何瑤島之望乎羣仙？

退長歎而殷憂兮，感采薪之沈疾。撫壯盛而自驚兮，髪星星而欲白。日月迅馳不吾俟兮，恐步趨之不及。昔大禹之賢勞兮，實能惜乎寸陰。閔衆人之苟死兮，夫惟玩日以自徇。聖哲雖遠不可期兮，豈十室之無人。不忽近以遺遠兮，誓求索乎眞純。余升沈亦何知兮，聊託身以相親。

怪鵩賦

姚子浮遊海嶠，久不得歸，鬱傺殷憂，莫能自釋。形神枯槁，志慮煩亂，有仲翔青蠅之恨、賈生鵩鳥之懼。徬徨中夜，怪鵩咻然，乃感而賦之。其辭曰：

有鳥名鵩，其類全陰，晝潛幽遠，不見其形。雨晦雲霾，客館孤岑，時當中夜，乃聞厥聲。人亦有言，是維隻狐，聞之不祥，亟以祓除。余方淹蹇，重以憂虞，氣結中傷，慘不能舒。吉凶云何，鵩甯告余？鵩聞余言，意若不懌。其鳴益深，似爲余說：天地無心，是生萬族，天無獨私，物有自適。蠉飛蠕動，跂行喙息，品彙不齊，其理則一。羽族之長，厥名鳳皇，雝雝喈喈，惟世之昌。鶴鳴九皋，鵬振八荒，黃鳥出谷，鴛鴦在梁。何小何大，何吉何祥？鳧雁中羅，鴻鵠遠舉。雜縣避風，山蕭舞雨。鳥頭還燕，鴝羽出魯。智愚何方，巧拙何所。至若婟澤，九首日鳥。三跂毛角，斯鶬彳亍。斯鶩賦形，使怪於彼。何知運日，食蛇其羽。毒飲神女，制蝟目感而孕，於此何喜，於彼何病。且眾鳥飛鳴以晝，余獨不見邱山。及夜明而撮蚤，余亦不知其何以然。當此陰雨迷晦，愁雲慘密，余不能居，乃鳴乃出。視彼天晴日光，高啄下食，修樹茂森，擇便栖足者，同賦物於羽禽，胡拘苦而使獨？余曾不以是爲病初，何增客之憂戚。余則以客爲不祥，客又何余之能疾也哉！況夫翠以羽禽，雀以尾傷，鸚以言籠，雉以膏烹，祥於人者，不祥於己。余惟惡於眾也，故以晝藏，客則何居焉？

余聞鵩言，爽然意失，棄置桑弓，反坐入室。方鼠聲之啾啾，亂蟲鳴之唧唧，雨漸以微。少焉日出，不聞鵩聲，乃重余以歎息。

祭趙文恪公文

嗚乎，伊古曶昧，大道狓猖，功惟便私，善則近名。在躬童童，匪澄以洸，在公營營，匪隨則亢。跡邈僑嬰，道敻杜房。猗歟夫子，崛起衡湘。蚤窮西籍，軼宋邁唐。惟志立達，惟行潔芳。摛藻東觀，擷馬班揚。肅肅西臺，數列論章。懷我蘅杜，怵彼烈霜。南北二都，人文炳烺。校士掄才，拔尤登良。鑑空衡平，夜馥其香。

帝殷吏治，命察否臧。逖矣惠潮，侈淫凶疆。黷貨輕命，肉走屍僵。夫子治之，比戶以康。西陳臬事，政簡刑祥。東作旬宣，黜幽陟明。帝懋嘉之，節鉞是將。撫循罷困，振卹敦涼。南夷永靖，猺獞有慶。民懷吏柔，物阜歲穰。位崇心抑，兢兢皇皇。皇鑒一德，眷此海邦。總飭師干，講勵戎兵。七閩兩浙，虎旅斯張。鯨波不驚，萬里來航。維閩政弛，吏偷民傷。夫子憂之，狂瀾力障。貪冒以汰，暴虐以創。匪砦匪棘，之紀之綱。遐彼臺灣，阻絕重洋。時作不靖，九重所怦。夫子憂之，殫心是營。

掄守選令，整彼艅艎。小醜未蠢，已伏斧斨。成績既偉，大旆南揚。黔滇要圉，曰控要荒。經度方始，朝野相望。胡天奪之，而隕星芒。嗚呼夫子，盛德莫量。冰玉其衷，喬嶽其行。不詭而柔，不激而剛。疾惡無舊，好善惟長。終始勿替，表徹裏清。雖有殊趣，久而媿生。中外同仰，無有異聲。

帝念碩人，震悼朝堂。殊榮有施，垂史冊光。瑩也不才，玷列門牆。薄植蒙露，下駟受韁。夫子愛之，誨周以詳。木壞山頹，中路徬徨。嗚呼夫子，令聞煌煌。雷轟電轉，道與日昌。小子瞻依，云胡能忘。丹旐伊遠，執紼難襄。涕泗徒盈，莫罄心喪！

祭劉明東文

嗚呼明東，其竟亡耶！始吾得元伯書言君歿，疑傳誤也，繼得吾兄書言之益詳。嗚呼！君竟亡矣。憶昔歲除，吾歸自粵東，逾日，君來會時，阮林新喪，談次歔欷，相與賦詩，以黑頭爲慶。意恐歲月蹉跎，再見髮將白也，而豈嘗作死計哉！阮林有隱憂，生嘗銜恤其爲詩文好苦思。在京師著書甚勤，寒暑日夕無輟，形勞精敝，足以戕害生氣。又嘗爲辟穀導引之術致疾。君皆無是也。君雖少孤，而束髮養母，每出遊，公卿交口延譽，以是稍贍其家，仰事俯育足以食貧，非有飢寒轗軻之慮。文章奇麗震一世，而內行甚修，無豪髮間。數應南北鄉試不舉，而未嘗戚戚，蓋所抱負甚大，欲自高異，將有待也，豈如世之汲汲功名不得而遂沈困潦倒者哉！

君既負大志，區畫世務，體明用達，而意趣恢然，未嘗有憤世嫉俗不平之氣。顧受性剛，有不合則去之不顧，人或始好而中忌之。中道而死，吾其謂之何哉？昔吾之出也，君貽以書曰：務大體，存小心，有深情，無躁氣。吾嘗以爲知言。及吾再調，所莅輒思君及植之一來觀吾政。以書召之，而植之方在粵東修志書，不果來。君亦倦遊，不欲渡海，覆書若有所望者。而吾則亦已罷，且遭大憂，流離困甚矣。往與君書，逾年不見復，意殊恨之，而豈謂君之歿也。嗚呼，世能眞知治道者罕，卽有能言者耳食古人，慕其名而不通其義，仿而爲之，閭閻未受利而害已無窮。即文章之事亦然，未有如太史所云『好學深思，心知其意』者。吾黨二三君子庶幾近之，而君又亡。自今以往，吾其已乎？

君負才不世，光氣非常。倘幸不亡，竟出而見用，其能不爲世駭異而忌嫉摧抑之，俾得竟行其志與否，未可知也。苟求免焉，則脂韋洟涊而已，而君必不能。然則，君之不用，豈可云非幸耶？而君之遇則已蹇矣。百世之後，讀君書者猶將咨嗟歎惜，況同時共里閈而相知如吾，能勿慟乎！嗚呼！明東存而不遇，歿而不亡，反璞還眞，歸於帝鄉。遺文若詩，炳炳烺烺，非太白之精，則鬥樞之光。尚饗！

東溟外集卷一

說鷹

鷹，鷙鳥也。爪拳而喙利，□翔千仞之上，下擊狐兔，莫之能避毛血沾灑，漫野被臯□□啁啾遇之無噍類。甚矣，鷹之鷙也。然是鳥也，搏擊有時其鷙在秋，憑天地肅殺之氣，鳥之司刑者也。及乎仲春，陽和大布，萬物有遂生之心，是鳥則化而爲鳩。鄕之拳者，舒以柔矣，利者短以椎矣。其飛不過瓴脊，土棲而木食。音□雨暘，羣鳥皆得與狎。舉世莫不以爲拙，而王者尊之，刻形杖端以事三老五更於明堂。夫後先一物也，其不同如此。是知物貴能化，而天道尚仁。使鷹負其搏擊之能，鷙戾不化，其不與鴟梟鵂鶹長見惡於人者幾希？然天運不能有春而無秋，則何能使是鳥不復爲鷹也？悲夫！

說灘

初入閩廣皆崇山，水下若建瓴奔馬，順流而操舟，甚捷也。然多灘，怪石巉巉，水方湍疾，灘遏之，水怒聲若雷霆，大波洶涌。一不慎，則舟立沈碎。人恐焉，咸以咎灘之險。姚子曰：美哉，灘之功也。非是，人且死。夫人情莫不乘便而好易，水既迅疾，舟復順流，其便易孰甚！人方貪之，忘夫水之能溺也，覆舟實多。有灘，然後戒懼之心生，大爲之防，其舟之覆也斯寡矣。故溺人者，水也，而順便形則忘其溺；生人者，灘也，而險阻形則昧其生。人能死於有形而生於無形，不其瘳乎？

說鬼

南人好鬼，有溺人曰鬼之崇也，爲浮屠鎮之曰鬼畏，是果少溺。或笑之曰：鬼豈能禍人者，抑豈眞畏浮屠哉？是人偶溺，衆恐之，而見怪異焉，則以爲崇。俗固謂浮屠有神，鬼所畏，藉以鎮之。其始也，心有所怖而氣衰，怪異得以乘之；其既也，心有所賴而氣盛，邪不敵其正，故無所見，非鬼之能祟而浮屠果能神也。姚子曰：鬼亦猶人耳。生畏鬼，謂其能祟，故死卽以所畏者祟人；生畏浮屠，謂其有神，故死卽以所畏者自畏，而不知鬼與浮屠自若也。人之知不愈於鬼，豈鬼顧知於人耶？則謂鬼畏浮屠也宜。故君子觀人則知其鬼。

李鳳岡生壙說

李君鳳岡卽罷官，卜居京師，倏然自得，乃營生壙於西郊，諸公與君遊者咸詠歌其事。

或問瑩曰：李君，達人也，其學淩踔佛老，糠粃程朱，洞然於生死久矣，又奚以壙爲，而汲汲自營之哉？瑩應之曰：子言是也。然未聞道不足以知李君。夫道在天地，豈有故常，見有於無，歸眞於樸者，曠士之識也。無所於有，無所於無，因乎自然，不見華樸者，至人之通也。子第習莊生齊物之論，以螻螘烏鳶不擇所食之爲達矣，而不知有心於食之，是又以骸爲飼也。夫生死亦大矣，吾莫之爲而生。生而有君父焉，吾因以君之則忠，因以父之則孝矣。生而有妻子焉，吾因以妻之則敬，因以子之則慈矣。生而有飢，因以食之則飽。生而有寒，因以衣之則燠矣。凡吾之所爲忠孝敬慈飽燠云者，皆行乎自然，而非強有事也。今將反之曰『吾奚以忠孝敬慈飽燠爲？』則不可以一日生，是生而求死之事也，道豈有是哉？死之有瘞埋，猶生之有衣食也。今於衣食則爲之，而瘞埋則委之，曰非是則不達。然則，孜孜以求其達者，不達乃逾甚焉。莊生之言不若是也。君之爲是壙也，固以示人之有死，死則以死事之云爾。

君壙旣成，不十年而南歸，舉京師所爲居者一旦盡棄不顧。則是壙也，亦姑置之。異時物化，其猶將越數千里而赴葬乎？抑遂首其故邱乎？吾不得而知也。知雖君亦烏能自必哉！夫不能自必者，君之所知也。知其不能必而固爲之者，君之所以爲君，其於道也大矣，人烏足以知之！

張南山詩序

詩有可以學而至者，有不可以學而至者；有可以悟而得者，有不可以悟而得者。格律之精深，聲響之雄切，筆力之沈勁，藻飾之工麗，此可以學而至也。意趣之沖淡，興象之高超，神境之奇變，情韻之緜邈，此不可以學而至也。學而至者，不待妙悟；不可學者，非悟不能。若夫忠孝之懷，溫厚之思，卓越之旨，奇邁之氣，忽而沈摯，忽而激烈，作之者歌泣無端，讀之者哀樂並至，是則天趣天籟，又豈可以悟得者乎？漢魏以前是矣。盛唐作者妙悟爲多，李杜二公，可悟不可悟之閒者也；天與學兩至之矣。昌黎、眉山，則其詩也卽其文也，去風騷漢魏之音遠矣；雖然，性情正，胸懷曠，才力峻，學問博，得之于心，應之于手，舉人世可驚可喜可哭可笑之事一于詩發之，千載以下，讀其詩如見其人，如見其世，此則天與人合，不學焉不至，不悟焉不得，而實不關乎學與悟者也。夫如是，則其文也皆其詩也，所以並稱于李杜也。世之爲詩者，其以學至耶，以悟得耶，抑不由學與悟而得之天也？明何李之論詩以學至也。學之失，則有形合神異者矣。王阮亭之言悟，捄其失也，而非廢學也。悟之失，則又有以不至爲至，不得爲得者矣。沈歸愚是也。于是錢籜石、翁覃溪輩思有以振之，取杜與蘇，日伐其毛而洗其髓，于杜蘇則有功矣；要亦言其詞句體製耳，有不得而言者，二君末由及之也。故二君之詩雖異俗學之浮聲，實亦古人之游魄；天趣、天籟，吾未之見也；眞氣不存焉耳！近一二名賢，取材六朝而借徑於少陵眉山，其家法吾莫能非也，然而有翦綵爲花，笵土爲人者矣。門下從而和之，出入攀援自以爲工。吾讀其詩，泛泛然不能得其人也與其世也！不得已而強指之，則曰某者六朝，某者杜，某者蘇而已。噫，是亦異矣！

嶺南言詩，自馮魚山而一變。彼誦法覃溪者也。三五年來，稍雜以他說，而莫有悟其失者。吾讀南山詩有感焉。南山之爲人，忠孝溫厚人也。其得于天者既優，而又能盡力于學；充其至，吾無以量之。今所見已度越時輩如此矣。而所謂天人合焉者，乃時于集中見之。南山，其賢矣哉！

比吾以文示南山，能道吾之所以爲文，不覺喜而更以說詩之旨進南山，秘之，勿語人可也。

松坡詩説序

昔鍾記室作詩品，討原辯委，定其上下，位置名流，或疑未允，要藝苑之雅談也。顧詳於品藻，未盡旨趣。劉舍人文心雕龍，乃區分體裁，鈎抉元奥，擴士衡文賦之篇，蔚成鴻製。自是作者罕能躪其藩焉。然不專論詩也。司空表聖作二十四詩品，義取彦和，名因記室，會心獨妙，就體研辭，粹然淵雅之宗，詩人妙趣極盡擬議矣。而當時更有釋子皎然作詩式，亦復可觀。宋人詩話最多，最爲蕪雜。部帙之多，莫如苕溪漁隱叢話所云披沙揀金者也。惟嚴滄浪、姜白石乃時窺秘旨耳。元明以降，論益紛繁，門戸既分，大都偏僻。足繼曩哲者，其昌穀之談藝錄乎？若胡元瑞之詩藪、王敬美之秇圃擷餘，亦其亞也。卮言則嫌繁穢矣。

國朝詩人，不必首推阮亭，乃其鑒詣之精，持論之允，固古今詩人一大總匯也。余自束髮卽好爲詩，苦無師授，乃取諸家詩説觀之，稍得要領。自是泛濫古人名集，溯自漢魏以迄本朝，作者數千，皆嘗考其元要，究其得失，始歎諸家之説容有未盡。蓋疆域日開，後來流變，昔人不及見也。而世之君子或囿于耳目，邪説叢滋，頗難擴闢。良由人心好新尚異，箏笛盛則琴瑟無音，燕趙陳則姬姜無色，漫陳古義，誰則悦之？又自勝國諸賢，或遺神取貌，剿襲堪嗤，其戒斯途，遂以法古爲耻。由是淫哇俚唱，競出馳聲，詩道極壞，曾莫之悟。譬猶懲誤劑而廢醫，見噎者而輟食，未有不至于飢病且死者，不亦舛哉！余竊悼然以所覽古人之義，條其本末，究彼匠心，奥窔悉陳，幽元斯啟，邪正自得，眞僞判然，匪以方軌前賢，庶遺作者，明所用心而已。桐城姚瑩序。

黄香石詩序

嗟乎，自古豪傑之士成名于天下後世者，豈必其生平之所自命哉？夫人之一身有子臣弟友之責、天地民物之事，至沒世後，舉無一稱而獨稱其文章，末矣！文章之大者，或發明道義，陳列事情，動關乎人心風俗之盛衰，乃又無一稱，而徒稱其詩，抑又末矣！然而李、杜、白、陸，竟以詩人震耀今古，稱名之偉如日月江河者，何也？則不惟其詩，惟其人也。此三四公者，方謂天地間所責於吾身甚衆且巨，將汲汲焉求以任之，不得已而以詩名，豈彼之所自命爲豪傑者乎？惟自命不在此而卒迫之不得不出于此，然後以其胸中之所磅礴鬱積者一託于詩，以鳴其意。其蓄之也厚，故發之也無窮；其念之也深，故言之也愈切。誦之淵然，而聲出金石滿天地，即之奕然而光燭千丈辟萬夫。思之愀然，聆之駭然，而泣鬼神，動風雨。夫非其聲音文字之工也，是其忠義之氣，仁孝之懷，堅貞之操，幽苦怨憤鬱結而不可申之志所存者然也。惟然，故觀其詩可得其人；其人雖亡，其名以立。今世之士，徒取其聲音文字而揣摹之，輒鳴于人曰，吾以詩名。其與古人之自命不亦遠哉？宋元以來工詩者奚啻千百，而赫然見稱于世無幾人也，亦可以思矣。

本朝諸公，自阮亭標舉神韻，歸愚講求格律，後學奉之如規矩準繩，可謂盛矣。然皆以詩言詩。吾以爲學其詩，不可不師其人，得其所以爲詩者然後詩工而人以不廢，否則詩雖工，猶糞壤也。無怪其徒具形聲而所自命者不存也。

粵中言詩，近日後起者三人，曰譚康侯、張南山、黃香石。康侯，吾嘗讀其詩，愛其人，而未之見。南山則諿篤自好，方力于治經，余嘗序其詩矣。香石與二子齊名，嘉慶十六年，余在學使程公署見所著論詩話、羅浮小志、雲泉隨札，心識之。越二年，乃相識于白雲山中，見訪以世務之大。夫香石平生所自命雖不知較古人若何，要其講求世務，隱然有人心世教之憂，不可謂非有心之士。余行矣，畱此說以質香石，無亦有窈然深思、穆然高望者乎？

鄭雲麓詩序

余以嘉慶丁丑之歲至龍溪，事其賢士大夫，知雲麓鄭君。時君爲吏部郎官在京師，無緣就問得失。道光壬午，余罷官，從海外返，始識君于其家。言民事愍然有憂天下之心，然猶未讀其詩。及丙戌，余至都中選官，君亦在，時以詩酒過從，然後知君詩之工也。

君詩用力魏晉以追唐宋名賢，持格甚正，妙理清才，都雅有則，有明代諸公學古之善而無其失，而憂時憫俗之心時露言表。蓋以爲得詩人性情之正焉。曩所嘗刻，諸君既序之矣。逾五年，余再入都，君出其新詩，俾閱訂而敘之。

夫詩者，心聲也。人才學術之所見端，亦風俗盛衰之所由系。今海内承平久矣，人心佚則淫，淫則蕩，蕩則亂，士大夫固有其所當務者，詩歌似非所先。然以持正人心，諷頌得失，實有切于陳告訓誡之辭者。君固嘗憂時憫俗，今以上考蒙知遇，方有守郡監司之寄，所以拯濟黎元，上報天子者。吾于君詩覘之，必能異乎人人所爲政也。民事吏治得失，願從君終問之。

香蘇山館詩集序

乾隆、嘉慶之閒，海内以詩鳴者，咸稱黄仲則。仲則奇情超邁，論者謂其才近太白，似矣。同時差後，才力足以並驅者，爲吳蘭雪。蘭雪才雄氣遒，思沈學博，能狀難繪之景，寫難顯之情。他人極力爲之，指僵穎禿，蘭雪顧從容揮灑，其境屢變而不窮。比而論之，殆一時之二傑乎！仲則早死，其詩後刻，傳乃稍廣。蘭雪則自弱冠至京師，王述庵、翁覃溪、法梧門諸公盛相推重，自是遍交海内名士，酬唱四十餘年，未有或先之者。袁簡齋自負甚盛，亦心折蘭雪之詩。至於傳播外夷，朝鮮吏曹判書金魯敬父子以梅花一龕供像及稱爲詩佛，日本賈人賣其詩扇首得四金，其見重如此。甚矣，蘭雪才名之盛也。

然蘭雪頗畱心時務，嘗欲一試吏事，乃自爲諸生應甲辰召試，不用。久之，僅舉於鄉，數試禮部，不第。友人助之，始以資爲博士，復不中。再以資爲中書，浮沈國子學及内閣者且二十年。今逾六十，猶終日敝車羸馬，奔走於風塵溷逐之中，曾不得一行其志。特於當世之以幹濟聞者心重而推挹之，惟恐其用不竟。異哉！蘭雪之志亦可悲矣。

蘭雪自傷其志不遂，僅以詩人聞也。晚編其集爲古近體若干卷，屬余爲序。乃述所傾倒者如此。後之覽者因詩以求其志，卽蘭雪可知矣。道光六年正月桐城姚瑩序。

北園讌集詩序

北園者，桐城方竹吾之居也。環山帶水，松竹鬱深，投子龍眠，雲煙蒼翠接其外，廣軒曲池，魚鳥倏然暢其中，近郭之勝，旣無以逾矣。竹吾意氣豪俊，文章書法尤善，故里中英彦咸樂遊其地而交其人。嘉慶十一二年閒，則有李海帆、朱歌堂、方植之、馬元伯、左匡叔、徐六襄、張阮林、劉孟塗、吴子方、光聿原、朱魯存，此十數人者，皆以文章道義相取。余時年略少，每與往來，觴詠其中，以爲竹林之遊無以過也。戊辰後，乃各散之四方，雖閒歲頗有會者，率寥落矣。已而，阮林、子方、孟塗相繼喪歿，竹吾亦困頓出遊，至者益鮮。

今秋余自海外暫歸，當日同遊獨歌堂、魯存居里中，而阮林尊甫守亭先生、季弟允諧及子方季父岳卿，以時相見，輒復欷歔。一日，偕至北園，水闊橋斷，隔溪遥呼久之，竟無應者。回憶曩遊，愴然而去。豈友朋讌處亦有盛衰之數於其閒耶？未幾，竹吾與匡叔歸自浙西，乃稍稍斂集，而余已行有日矣。諸君相謀餞於北園，一時至者三十有二人，以常州周伯恬、陸綸山爲客，於是北園之遊復盛。

夫人之相處，懷抱學術平素或不必同，及夫光景流連，山川登眺，一言偶合，輒相賞忘形，故觴酒豆肉之閒，性情見焉。矧在里閈姻黨中，髫齔相習，少長追隨，重以人事睽違動數十年，各有死生升沈豐約之感交並於胸中，一旦散而復合，衰而復盛，悲樂之情其能已乎？且夫盛衰，時也。離合，遇也。異同，心也。士有異面同心，則千載以上，萬里以外，猶將應之；苟非能然，同舟可以敵國。自古天下之務，未有不成於一心而敗於相戾者也。

吾桐昔時風氣涫樸，友朋聚處，上者相劘以道德，次者相勵以文章，然皆彬彬各有禮敘。十數年來，弟子輕其先師，後生慢其長老，黨類漸分，浮囂日競，此其病患甚深，有心之士竊相與憂之。然則時事盛衰，豈獨離合之跡哉！今諸君子不以余之不才，盛爲此會，以寵其行，合遠近高才者數十，大抵篤學敦義，養譽樂道，盅粹之情，盎于面背，興逸氣峻，各爲詩歌，蓋又昔年之所未有，亦余前日之所不料也。由此觀之，風氣變易之機，或者其在兹乎？

夫衰而復盛，散而復合者，天之道也。持其氣於既衰，要其合於已散者，人之事也。由諸君之詩以存今日之遊，由今日之遊以推諸君之心，文學行誼之修且有日，恢美而未已者，北園特其倡耳。而竹吾三十二人，亦自兹遠矣。伯恬、綸山方主修邑志，姑以此遊，覘吾桐之盛衰也。

山人珠璣序

二五之精，盈天地而播也，人物得之，形聲具焉。形聲者，二五流行之跡也。精中有神，附于人物，以鼓盪其形與聲，而人物之用以靈。故神與形聲合焉則生，離焉則死。生死云者，主形聲以立名，去形與聲而神自存，故神不可言生死也。

上古之世，人神雜糅，夷然不爲怪也。重黎絶天地之通，然後神退處於虚無，獨以人道立人事。然聖人不欲人忘其初也，爲制祭祀之禮以通微合漠，而天神地示人鬼出焉。聖人之道若是，後世見所不見以爲怪而屏之，何異世家子孫有言其先祖微賤事者輒以爲誣而怒之乎？三代以來，傳記言鬼神者衆矣，南宋末際，乃有扶鸞術以通人神，蓋上帝神道設教之心，濟人道所不及也。儒者謂其惑世諱言之，而靈異昭然莫之能奪，于是姦者淆之以僞，益依託焉，世反以儒者之言爲欺矣。

吾以爲與其諱而疑于人也，不如辨而存之以爲吾道之助。往者長洲彭氏爲《質神録》，吾見而善之，獨惜其稍近禍福，使明神弼世教之心流于末俗干利禄之具，思爲説以發之，未暇。比來漳州，見雪山道人，與人詩文酬酢，若師友者，然雖淑身攻心之旨不及《質神録》者深切，而善世之意寓焉。不涉禍福，不入迂誕，録而著之，以見人神交接之正，不亦可乎？夫天地之道，大矣，聖人盡人之性與物之性，故化育參。儒者未盡人物之性，輒以己見爲道，務名而忘其實，哀哉！

雪山者，不知何許人，亦不言姓氏。乾隆末，與蔡葛山相國酬酢，降乩于漳浦，今三十餘年。以文章道義見重，所作隨人輒應，甚奇捷。而典贍有體，得者皆持去，未有存錄。久之，好事者惜焉，搜葺奇零，竝及其友壺山、醒山之作，曰山人珠璣，梓行于世。余乃推原鬼神之義如此，覽者無惑焉。

朱母陳太宜人八十壽序

夫壽之有慶，自昔然矣。慶必將以祝辭，稱觴萬年，使壽者樂而進之，禮也。顧嘗怪世之爲壽辭者，或侈言門第，敷陳富貴，而于所以受福之原或缺無稱，抑何取哉？

歲在丁丑八月，爲平和營守備朱君之母誥封太宜人陳太宜人八十誕辰，漳郡諸公謀所以爲壽而以文屬瑩。瑩未嘗得見太宜人也，而交朱君久，知其人，則欣然樂爲之。辭曰：

余之壽太宜人也，與他有閒矣。余聞壽爲五福首，蓋福之大者。今使有期頤之年，而或無子若孫，或有子若孫而居不蔽風雨，食不給饔飧，或子孫富貴而無令名，不能保其盛，此皆未可以言福也。若太宜人之壽則不然，余于朱君見之。

朱君以行伍起家，生平歷戎馬，任馳驅，蓋積勞樹績以致貴，非如以甲第者之取儁于一中也。人當微時，嘗與徒卒爲伍，習勞賤，一旦致貴，未有不稍自矜而驕，視其徒卒儕偶者，或漸爲侈而忘其昔日之勞，因以虐其下多矣。且身爲武人，與士民素不親附，而欲其克己愛民不尤難哉？

余涖平和一年餘，其民風強悍，輕爲械鬥，而尤多盜，余每親行搜緝，而時會營圍捕。其事有日，見朱君約身儉，親與士卒同甘苦臥起，所以撫卹甚至。而約束獨嚴，禁士卒不得妄取民閒物，申號令，嚴更鼓，條教秩然。至中夜數起巡視，恐軍中之有驚擾也。而士卒亦皆愛戴之，奉約束唯謹。而尤能愛民，惟恐騷其弱小。民亦能信君之愛之也。以是所至安堵，市廛如故，若不知兵役者。余亦深賴之以得士民心。

嗟乎，此古名將之所以稱也，而朱君乃能若是，豈非天之生是將爲國家棟梁之用者乎！且朱君爲人厚，其事上交友，皆誠信，無纖毫欺，於財帛無錙銖尺寸之苟且，殆所稱廉儉惠讓者。『非耶！』朱君曰，『某何所知？

太宜人之教云爾。』然則，太宜人之賢可知矣。

今太宜人已屆八十，而朱君方將益貴，有孫二人亦謹厚，守朱君家法，則身富貴而有子若孫且賢孝，此所以爲福之大者，非復常人之壽所得同也！此其福壽無疆，吾安能爲太宜人量耶？昔宋岳侯精忠，史以爲受之其母，卒爲名將第一。朱君充是以往，卽其忠可知也。有子如此，太宜人不當欣然爲進一觴乎？是爲序。

汪母朱太宜人壽序

容甫汪先生以經學古文辭爲世名儒。有子孟慈，能世其業，經史小學文章具有條理。乃悉發其家藏先生著作已、未竟之書，疏通證明而刊行之。然後天下得以盡讀，知汪氏之學。世或盛傳先生而失其實者，更援引徵據以糾其誣，於是先生之學益明。

自當時諸老先生及知名之士皆嘉孟慈之仁孝，謂先生有子矣。孟慈則逡巡欷歔而言曰：『喜孫何能鑽仰先人哉？凡吾所以稍有知聞者，吾母太宜人之教也。太宜人，寶應朱氏，故士族，年十八歸先君子，僑寓儀眞，破屋三楹，四望野田漫漫。夏日江潮暴至，室內水漲二尺，先大母鄒太宜人苦疾，吾母引鄒太宜人蹲踞幾上。如是者十年。先君子爲鄒太宜人年老，不敢遠遊，吾母佐之女紅，室無僮婢，飲食衣屨咸取具於一身。事先君子二十有一年。先君子以乾隆甲寅之歲終於杭州。明年，吾母卜葬甘泉，風雪中經營數月，乃購得之。先君子既下世，三族無顧者，吾母延師課子，吾父手澤所存，言論所及，時稱舉而督告之。俾已墜之緒猶得存者，吾母之教也。喜孫無似不克不揚其先，七試禮部不中，以貲爲郎，浮沈戶曹，名實俱隕。今吾母且七十矣，謀所以舉觴慰吾母之心者不可得，媿何如也？』

余曰：不然。君子之事親，亦於其大者而已。容甫先生身爲名儒，志業未竟而卒，是時孟慈纔九齡耳，烏知異日之能讀父書而益宏其業耶？太宜人佐先生食貧以孝聞，夫死卒能手葬先生，撫其遺孤成立，卽使無聞於世，吾猶以爲不忝厥配。矧孟慈則既舉於鄉，文章之譽隆然，以起官戶曹，所論列皆天下大計，是孟慈尤能不忝所生。至於沈潛經訓，負仁義之質，發邃遠之思，汲汲論著，惟恐先生之業稍晦，雖古所稱孝子慈孫何以加焉？然則，太宜人之功偉矣。夫人莫不願榮其親，而榮之以富貴不若榮之以聲聞，今太宜人所就如此，而孟慈猶欲焉，是舍其大而求其細，奚取哉？

既告孟慈，乃序述之，以爲太宜人慶，其必以爲知言也。

侯冠芳遺集序

世之善遊山水者必窮其境，境不同而遊者所得亦異。大抵得天地之氣最清者爲佳山水，而得山水之境最清者爲善遊。夫山水之最清，則未有不幽深峭峻者矣。今置身武夷九曲、黄山三十六峰之閒，心與目所遇，無非清泉、古磵、曲洞、懸崖、白石、青松、雲霞、魚鳥之事，而與量絜文繡膏粱鐘鼎之華貴，樵夫牧豎皆笑之矣。甚矣，人惡可以不善取境。雖然，宇宙大矣，境之勝美如武夷、黄山者，吾不知其凡幾也。山水之境無窮，而吾人之遊有盡。則境者，天地所以怡人之具，而吾人所自怡者安在？惟善文章者。不然，取天下之境之最勝者而悉攬焉，於其心身所至者，其境至焉，身所未至者，其境亦至焉，極造化之奇所必不能有其境者，而心亦至焉。故觀其文而作者之境斯存，吾於侯子冠芳益信也。

以冠芳之學之才，不得於世之所謂文繡膏粱鐘鼎者，而獨得於山水幽深峭峻之境。吾不知冠芳之遊果盡天下之佳山水否，而觀其詩，如遊佳山水焉，讀其文，又如遊佳山水焉，是其詩文之境所存者如此。所爲清泉古磵曲洞懸崖白石青松雲霞魚鳥之勝，一攬卷而使人心目時時遇之。吾不能窮冠芳之境，又烏能窮冠芳之心哉？而世之論者，固猶以困于諸生，早卒，爲冠芳惜。是殆入武夷、黄山而惜文繡膏粱鐘鼎之不至也，不可以已乎！

冠芳之子笠青孝廉以此集示余，乞爲之序，乃言其境如此。世有知侯子者必能知余言也。然而悲矣！

東溟外集卷二

與吴嶽卿書

岳卿四丈先生足下： 頃友人自南雄還，云足下欲於連陽事竣即息心讀書，瑩聞之甚喜。海内豪傑之士多矣，瑩耳目至隘，猶得屈指某也賢某也才，其耳目所不及者，亦得大略想其風望。蓋魁奇雄傑往往不乏，至若志氣純明、踐履貞白，又能虚中求善，或未有如足下者也。雖愚者千慮，亦復何所贊益哉！然惟足下素有克己之功，兼以求善之篤，以瑩謭陋無似，向承愛納最深，義不當不有所陳白，惟裁察焉。

竊意未悉足下所欲讀者何書也，將以平日所求古人之學更加討論乎，抑將求進于科舉之學乎？今天下彬彬，可謂同文之盛矣。然竊有慨焉者，非士不讀書，而讀書通大義者罕其人也。夫讀書不通大義與不讀同，爲學不法古人與不學同，二者不可不擇也。古之學者不徒讀書，日用事物出入周旋之地皆所切究，其讀書者，將以正其身心、濟其倫品而已。身心之正明其體，倫品之濟達其用。總之，要端有四： 曰義理也，經濟也，文章也，多聞也。四者明貫謂之通儒。其次則擇一而執之，可以自立矣。後世學術紛裂，純雜多門，然一藝之成，咸足通顯當時，稱名後世，未有猥俗淺陋如近日科舉之學者也。

國家立法之始，原以正人心、厚風俗，使學者服孔氏之遺經，鑒往代之正史，旁逮天文律歷諸子百家之言，皆習而通之，以底於用。故三場試以制義並及詩策，所以求通才、收實效也。意豈欲天下之人盡棄經史子集百代之書，第取所謂鄙儒論説，與夫先輩及近時應試舉之文，窮年殫精，咿唔摩擬而已哉！自世之操選舉者，不能以此意求士，苟以新奇浮華爲尚，士人讀書，惟知進取爲事，不通大義，不法古人，風氣一壞如江河之決不可復挽。有志於學者，縱不能塞其流，亦不當更逐其波也。足下資性明篤，素自拔于流俗，讀書爲學，具有古人之風，所作詩文議論，皆極高曠，每歎爲不可及。然竊有惑者，似乎猶有科舉之見，此非所望于君子也。夫士人進身之正，舍科舉無由，豈謂不講，然後爲學哉？鄙意以爲講之有道，不必如世之所云也。今使足下口不絕吟于詩書六藝之文，手不停披于諸子百家之編，軌必遵乎仁義，說必準乎儒先，因端以竟其委，沿流以討其源，若遊乎江海之廣不知其至也。以日而以年，當其未得也，茫乎東西之無極。及其有獲也，恍乎左右之逢原。當其難也，發一慮而多窒。及其易也，縱千言而沛然。以求義理則甚精，以求經濟則甚實，以求文章則甚茂，以求多聞則甚廣，科舉之學出其緒餘而已。足[下]〔一〕又何全力之攻焉。況乎科舉之功淺而易通，以足下素所製作卽已甚工，所以未得志者，非術之未至，或時有未逢耳，又何疑乎？嘗謂士人進取，固不必爲必不遇之文，亦斷不能爲必遇之文，惟以吾之可遇者俟彼之取否可已。

瑩于此事，尤所云猥俗淺陋，並未能至于可遇也。徒以家遭中落，身遘迍邅，不得已而汲汲求之。若足下夙事帖括，既已有功，而身勢又非艱迫，父兄彪炳上第，子姪又輝映而起，家雖貧乏，有仕宦者足以養其身，非瑩之比也。猶慮進取之術未工，更求精進，豈眞以一第爲榮哉？有以知足下之不然也。夫進身固有所由，然既進，正復可慮，平素無所蓄積，一旦茫然決裂者多矣。足下賢者，豈有此恨？然願于古人之學更有充益，科舉之學第勿荒廢而已。異時所學既成，登進于上，使天下之士謂讀書學古固無妨于進取者自足下始，則所謂不逐其波者，未必非所以塞其流也。其有功于人心風俗甚鉅，豈非足下夙昔之志願者哉？不揣狂直，幸垂聽焉。

【校】

〔一〕原文『足』後當漏『下』字，茲補上。

與吳春麓員外書

某月日姚瑩頓首春麓先生閣下：瑩少騃蹇，不通世故，又貧賤無以自結于當代賢士大夫，所守獨先世遺書而已。瑩之先人數世皆忠厚，讀書好古，不爲浮薄，以故雖或仕於朝，宦於四方，獨無餘祿以給子孫。及瑩之身益困，常懼轗軻不能自立，以墜先人之業也。日夜兢兢，冀有所就。誦古人之言，求古人之義，束發於茲十有餘年矣。始嘗與一二同志講論里中，而先輩長老頗非之，或相訕笑以爲狂，此亦無足怪者。獨念今時古學不明久已，一二才傑之士力可以及古人，而趨舍乖方，求名太亟。太史公所云好學深思，心知其意者固已罕遇。竊以爲天下之大，不當遂無其人，或有之而窮愁隱困於山巖陋室之中，類皆謹行自好，不爲矜耀，眩人耳目，而世俗淺陋無以知之耳。此非遊歷四方，身自訪求，不能得也。蓋瑩自少時求友甚殷，而交友甚難有如此。

十一年之秋，識哲嗣子方於郡城，以爲卓犖。既與論古今大義，不余厭也，則訂交而去。越三年，復識介弟岳卿於都，純明貞白，德器藹然，心欽之。前歲俱來嶺南，相處久，日益親。先生之家固多賢俊，瑩得奉教者既如此已，所未識獨先生耳。岳卿、子方嘗爲言：敦古誼、崇實學，是瑩所景仰而心敬者也。昨偶致嶽卿書，稍論俗學之非，不意遠及省覽。子方來書云，先生見書深歎以爲人傑也，且願下交，命某以告。噫，瑩何以得此於先生哉？嘗聞君子之於人也，觀其所棄，常人之於人也，觀其所取。夫排聲韻妃黄白、馳騁辭翰、競尚雕繢，奔走於公卿之閒，大以致通顯，小亦取聲譽，豈非才傑之士爲一時之所欣慕歟？其言廓落，不工頌揚，其容偃蹇，不善親附，其文曠浪，恣肆無姿，媚以爲悦，而多陳得失是非，豈非迂闊之徒爲人之所厭薄者與？然而彼且視人所欣慕者而棄之不爲，獨於人所厭薄者取以自治，必有説矣。然而不敢以己之所爲，旦暮望見知於君子也。乃今者吾之所取夫其棄者亦或從而取之矣，是非常之知所不敢旦暮望者，竟得之於君子也，此豈非一介之士所深幸而竊喜者哉！

雖然，先生所稱不敢當也。下交之云，尤爲非分。惟區區闒薄之衷，平日未敢自信者，一旦爲先生許其不妄，則幸甚矣。且與人子弟交，其父兄復有知己之言，而無以自通，於義不可，瑩自是又將奉教於先生矣。

與光律原刑部書

律原足下：春初得去歲復書悉。眠食無恙。離羣之感，彼此同之。至御河橋鄙人足跡，久沒於車塵馬矢閒矣。而良友念深，猶步武相尋，其可感念何如。來書云，嘗與同輩觀月御河橋，各皆散行，余獨馬走橋上下殆遍，踵趾相接，不聞臬黍。人問其故，余曰：是昔嘗與石甫遊此中，疑有石甫足跡，冀步武有合耳。大約古人之交，意氣未有不合，而於其中有分量多寡存焉。

瑩在里門時，從諸君遊，有見以相質，有作以相示，或然或否，不必盡合，亦未嘗強合也。然僕嘗語足下云，吾生平議論與明東合者十之四五，與匡叔阮林合者十之六七，與足下合者遂十之八九，此非僕之私言也。顧僕好爲繁言費說，每衆議蠭起，往復論難不休，而足下獨默然不發一語，問其故，則曰：某之意，石甫已道盡矣。噫，此亦非足下之私言也。今不見足下四年矣，足下識趣議論有進於曩時否？回思昔時，所共論者合否又何如也？若僕，則時見有不必合者已非，先後異致不能自堅也，覺向日意思未免於聲氣標榜之習，如嘉隆七子復社諸公所業所期，豈不甚善！然而近名之譏，吾不能爲諸公諱。

自今日論之，竊以爲未然也。天下學術之壞非一日矣，其始病於人心之不能無所苟其苟也。意有所貪，則汲汲以求之，求之不卽得，然後乃爲新奇以駭之，唱和以張之。謂夫不朽之業攘襲可成，振古之名標榜可得。然而求其實，或一有不副。於是世之小人爭媒孽其短，大聲以倡於衆曰：若所爲，皆如是耳。夫一二君子所汲汲以求立於天下後世者，名也。彼其人豈不嘗具絕俗之智，懷慕古之思，慨然欲挽頹風，勵氣節，爲中流之砥柱哉！然而名業未成，小人之禍已烈，至使無識之徒數世以爲口實。嗚呼，小人誠足畏，如諸君子者亦有以自誤也。使求其實，不貪其名，深厚以植其基，廣大以存其量，虛中以誘之，誠心以納之。惟中無所貪而後事無所苟也，我無所苟而後人無所爭也；爭端不起而後人心日底於平，乃可以從事於學。縱吾力未足以及人，而自立者不已堅而明、公而恕乎？如是，則聲氣之說安所用之。

夫名者，鬼神之所忌，況於人乎？天下未有投人所忌而能使人從之者也。然則，吾輩今日所當從事者可知矣。足下驟聞斯說必駭，以爲僕今昔之論何不合乃爾！俯而深思，必咍然笑，以爲吾兩人今日之合固如此也。御河橋足跡，往日之跡耳，吾今日過之，亦必有不合者，而足下求之如曩日，嗚呼，吾何以報足下哉？

復楊君論詩文書

昨以詩文寄覽，未蒙繩削，乃獎借過辭，甚自愧。近代詩人之弊，誠有如足下所云者，至以僕爲不廢江河之喻，則不敢當，此自足下阿其所好耳，然得無爲他人笑耶？承教以斂其才，更反於樸，積其氣，使進於渾。旨哉，言乎！終身佩之矣。雖然，此可爲才氣已足者言，若僕猶未能語此也。

抑嘗論之，才與氣二者，有得於天，有得於人。才之大，如江如海至矣，氣之盛，如霆如雷至矣。然江漢猶必納衆水以匯其流，雷霆不能擊鐘鼓以助其勢者，其充之有漸，其積之甚厚故也。孟子曰『觀於海者難爲水』，又曰『配義與道』。斯言也，不爲詩文言之，吾以爲詩文之道，無以易此矣。曩吾嘗觀古之善爲詩文者，若賈生、太史公、子建、子美、退之、子瞻，皆取其全集玩之，謂彼特異於古今者，其才其氣殆天授，不可以幾也。既讀書稍廣，於數子生平，得其出處言行之大節，然後知數子之異，不僅在詩文，而其詩文才氣之盛，有由也。

夫詩之與文，其旨趣不同矣。顧欲善其事者，要必有囊括古今之識，胞與民物之量，博通乎經史子集以深其理，遍覽乎名山大川以盡其狀，而一以浩然之氣行之，然後可傳於天下後世，豈徒求一韻之工，爭一篇之能而已哉！且夫文章莫大於六經，風雅典謨既昭昭矣。說者謂善學者得其道，不善學者獵其文。吾以爲不得其道，卽文亦烏可得哉？夫文者，將以明天地之心，闡事物之理，君臣待之以定，父子賴之以親，夫婦朋友賴之以敘其情而正其義，此文之昭如日月者。六經所以不廢爲文，苟求其不廢，舍斯道無由也。向數子者行事雖於道未能盡合，若夫忠義之節，仁孝之懷，任天下於一身，視萬物如一體，耿耿自矢，百折不回，千載而下，仰其風者，猶將奮起，況其發之爲炳炳烺烺之辭，誦之有鏗鏗鏘鏘之節者哉！數子之文，非特才氣爲之也，道在然也。得斯道者，才與造物通，氣與天地塞。故夫六經者，海也；觀於六經，斯才大矣。詩文者，藝也，所以爲之善者，道也。道與藝合，斯氣盛矣。文與六經無二道也，詩之與文尤無二道也。凡此皆有得於天，而又得於人者，是也。吾自視其才氣非眞有充焉，意者道未至乎，方將反求乎？孟子之說，病未能也，如吾子之教，謹佩之不敢忘矣。

復吳子方書

子方足下：別後不奉教者四年矣。德業不加，風塵困頓，無足爲故人告慰。春首忽得手書，勤懇勸問，感愧殊深。足下以過人之資，慎取師友，加之家學淵源，其造進正非鄙人所能望，乃以僕爲稍有知識，不惜虛懷下問，並述尊丈諄諄盛意，僕誠騃陋，其何以克當耶！

僕之交足下也，在丙寅之歲。維時，里中英傑頗多，皆嘗與遊，後乃更得足下。猶憶於九日偕諸君爲龍眠之遊，涉澗登崖，各適其趣，僕獨與足下踞松根，論宋元明儒及近代諸公學術之辨。既而長堤月滿，把酒持螯十觴之餘，僕乃發聲大哭，滿座歔欷。此時豪心盛氣，幾於千載一時。足下猶記之耶？退而作五言古詩奉贈，所謂『獨力爲砥柱，障此百川狂』者，當不獨以望古人也。

僕少卽好爲詩古文之學，非欲爲身後名而已。以爲文者，所以載道，於以見天地之心，達萬物之情，推明義理，羽翼六經，非虛也。世俗辭章之學既厭棄而不肯爲，卽爲之亦不能工，意欲沈潛於六經之旨，反覆於百家之說，悉心研索，務使古人精神奧妙無一豪不洞然於心，然後經營融貫，自成一家，縱筆爲之，而非苟作矣。詩之爲道亦然。三百篇而下，無悖於興觀羣怨之旨，而足以千古者，漢之蘇李，魏之子建，晉之淵明，唐之李杜韓白，宋之歐蘇黃陸止矣。此數子者，豈獨其才力學問使然哉？亦其忠孝之性有以過乎人也。世之爲詩者，不求其本，而惟字句格調是求，已淺矣。矧其並字句格調無足觀耶？僕之持論如此。而才力淺薄，學問闇陋，則又非旦夕之事也。

來書云，惟孜孜焉去己之惡，而擴己之善。大哉，言乎！孔子曰『吾未見能，見其過而內自訟者』，孟子曰『凡有四端於我者，知皆擴而充之』，卽是說也。終身行之，豈能有加哉？僕向者賴一二良友之益，頗聞所以爲人之理，蓋嘗從事於此。始也，惟自見其善，繼乃稍覺其惡，卒乃但見吾惡而所爲善者微矣。然至但見吾惡，而吾之善亦陰長矣。何也？善與惡相爲倚伏。善如君子，恒藏而弗耀，惡如小人，每匿而不彰，使小人無所匿，而君子藏其身，則陰消陽長之幾也。如是，行之有日，自覺洋洋然有生意。

不幸身爲饑驅，從事四方，良友久違，莫由聞過，惡之復萌也多矣。足下素於篤實處有功，近復從湯敦甫先生遊，孜孜於爲善去惡，必有大過人者。如僕鄙鈍，固企望以爲不及，又何以爲足下獻乎？聊述生平持論用力之端，不足爲芻蕘之一得耳。

覆汪尚書書

竊瑩不佞，藉先人世業，從事詩書。束髮之初，即思慕古，每覽名臣賢豪事績，未嘗不欣然跂望。姦回鄙吝，嫉如寇讎。年稍長，則嘗覃思于天人性命之理，出入于諸子百家之書，泛覽漢唐宋元明諸儒先傳記之說，博考史漢以來正通別霸史臣載紀之詳，乃悄然悲宇宙遼闊，懼此身之委于草露也。既冠遠遊，北抵燕趙，南逾嶺徼，覽山川之雄勢，極都邑之壯觀，上謁名公巨卿，下友賢士大夫，訪民風，詢利害，乃益知天下之大，立身之難，雖尺功寸名不可以倖冀。

今夏幸以微員受職來閩，得見大人翼翼之度，從容進退，教誨周詳，皆二十年來所未嘗聞諸大人先生者，欽服之餘，益深悅喜，始知平素所聞德望之隆，經濟之實，殊未足以盡山海之崇深也。昨更猥蒙賜以手書，念所受地繁劇，民情詐悍，械鬭盜賊之風滋多不息，教以平情理訟，清絕根源，至于興教化、課農桑、正民風、端士習，此皆古循吏之所爲者。自揆生平，非有微末謬見知於左右，何以得此責望之殷！然後知大君子之盛心，勤求吏治，汲引後人，無在不以至誠相格，僚屬有不心悅誠服，爭自濯磨以冀仰酬萬一者乎？

竊自受事平和及今兩月，接見縉紳耆老，咨訪老成吏胥，考歷年案牘之所以紛繁，前人之所以得失，大略有可言者。蓋平和地界閩廣，從古爲盜賊之藪，自王文成平寇亂而始建邑。其地溪嶺深阻，槮篁叢密，無三里五里之平遠，巖壑蔽虧，彼此懸隔。民皆依山阻水，家自爲堡，人自爲兵，聚族分疆，世相仇奪，故強淩弱，衆暴寡，風氣之頑獷，亦地勢使之然也。田不甚膏腴，而山泉蒙生，溪流瀠曲，灌溉便而蘇樵易，有地瓜以備水潦之虞，有芬草以通商賈之利。其田畝依山開墾甚多，而納賦不及十之二三，故民力強而富。強則鬬，富則淫，是其情也。治斯地者莫不以詐悍劫虜爲慮矣。瑩愚以爲和民之詐，非詐也，悍，非悍也，盜或非盜，虜或非虜也。何以言之？夫詭變之民，逞其囂訟，莫不工于彌縫，巧爲出入，和民則好訟而不顧理，陳詞而不近情，但知蠱惑爲能，實則罅隙易露，意取得財而止。瑩以爲非詐也，貪也。凡桀驁之民，性氣剛暴，習衽金革，皆膂力強而伎勇著，和民則以戶姓之大小支派之富貧爲強弱，一夫攘臂，和者千百，勢甚洶洶，及其黨散，不敢越足一步。蓋伎止負嵎，初無絕人之力。故瑩以爲非悍也，狡也。若乃白日持械劫人于途，不可不謂之盜，然和民比黨毗鄰，無非寇讎，睚眦之怨，報之以死，平素彼此不敢入境，惟伺劫諸途，以快其私怨。故瑩以爲是仇，而非盜也。若虜人勒贖則有之矣，其始或由讎怨，近則奸僞之徒往往藏其子弟而以擄控，或婦女私奔而以擄聞，及推究之，往往非實。故瑩以爲是黠，而非虜也。更有異者，命盜之案，控者姓名累累，指證確鑿矣，及按究之，則大枉。蓋和民相習，凡被殺劫，姑不即控，則取其素所嫌怨富有力者，按戶指名，揚言將控，其人畏誣，即賄求除名，否則不免。故所首控往往不實，而眞凶眞盜反以賄脫無名，即有名，每錯雜臚列，不可辨別矣。又地多毒草，有不甘，輒服毒索詐，其輕死而好貨如此。至于倚衆抗拒，差捕莫施，動需督帶兵役親臨圍捕，則漳泉以下皆然，然亦以其富強而不和也。故民有內鬨而無外盜，有抗悍而不敢爲逆。控制安輯之方，殆不可以常律。

每覽古名將駐邊，賢臣治外，莫不因其俗宜作爲教令。其道有三，不外恩威信而已。夫姑息不可以爲恩，暴虐不可以爲威，貪詐不可以爲信，前乎此者往往不免於偏弊，今思兼而用之。自到邑後，昧爽治事，無巨細皆親裁決，匪特幕友丁胥，即至親亦無假手。民閒投訟，則日坐堂皇訊斷，與民共睹，以示勸懲。嚴緝盜賊，誅鋤強暴，以安善良。每有訪聞，即漏夜親臨督捕，雞犬不驚，民無擾累。朔望之期，擇地適中高臺宣講聖諭，招集縉紳民庶環拱敬聽，至者數千人，人皆予賞，莫不鼓舞歡欣，以爲聞所未聞。他如觀風、課士、賓興、鄉飲之禮，以次舉行，欲令僻陋頑民漸知禮教。雖不敢仰希曩哲之風，庶幾矢以實心，無負教諭諄諄之至意云爾。

至倉庫正雜各課，立法督催，定遵新例，年内全畢，萬不敢稍有虧移。惟是事繁費鉅，所入廉俸甚微，又科條嚴重，動輒詿議，匪惟竭蹷，實類捉衿。雖茹蘗飲冰，未有所濟。倘邀逾格裁成，尚乞賜之榘訓，則幸感甯有紀極，請將平和情事及愚見所及附陳鈞鑒。語言繁冗，非分良深，狂率之愆，諒希寬宥。不勝惶悚之至。

再覆汪尚書書

望前接受賜書，以瑩之愚妄，不加譴責，乃益以獎勵之辭，溢分過情，深懼不當。復蒙教示剴切，繹誦再三，信皆不刊之名論，入仕之正軌。誠能遵奉而行，蓋無往不宜，又不獨爲平和發也。然後知大君子學問、經濟初非二事，從來見理之眞極，精當宏深，言之轉若平易。以來諭所云，證之實心可靠，二説無不相爲表裏，此豈尋常蠡測所能萬一哉！謹勒座右，以當箴銘，並俟修名臣言行者採録焉。

瑩嘗聞古人之相遇也，上以進賢使能爲亟，而不爲市恩之舉，下以立功勵名自見，而不爲干請之私，故後世往往並稱其美。抑又聞之，飾情干譽者，詐也，虚詞無實者，妄也。君子道無不闇，則矜奇之事爲可羞，小人行恐不章，故矯詐之情亦易敗。抑又聞之，計深遠者必無旦夕之功，圖大成者不惜是非之論。曠鑒前古以來，知遇之難甚於鍼芥之相值，及其道行功見，庸眾乃相詫爲奇。此事理之必然者也。瑩雖至愚極陋，敢不兢兢圖其終始，使大人無輕譽之悔，下吏無躍爐之誚乎。

廿七日，又承示詢先從祖所譔稼門集序及實心藏銘稿本，欲以手書勒石，古誼高風，誠無有倫比。先從祖八月二日之書，瑩今歲過鍾山書院時，偕家叔等編校惜抱軒文後集曾見之，已録入尺牘中矣。其二文俱入後集，惟手稿未見，向皆存家十叔名雉處，鳩工付梓亦叔與羣弟子所經理也。聞婁江姚春木有助資百金之説，未識果否？昨得家書，知家十叔尚在院中。今作書往取此稿，惟平和僻處不便，今不揣冒昧，特乞飭交郵致，幸甚。至桐邑並及門中學先從祖書者，雖閒有一二，皆未可以代，惟家十叔所書，時有近似，先從祖嘗喜之，然風神韻味豈能及耶？儻原稿已亡，或試令書之，可乎？

與吳孝廉光國書

不佞莅兹土七月矣，德薄能淺，愧無以安緝善良，鋤滌強暴，副士民之望。每思延賢者助其不逮。聞有孝廉吳君者，好學砥行，士林所重也。除夕前一日，巡行四境，道出後嗣，一見光儀，信爲讀書君子。而停輿途中，不能深通款曲，殊爲悵然。頃以和俗剽悍，不知禮教，欲崇養人士，漸摩以仁義之術，稍變其風，特倡議興修書院，捐儲膏火，聘延名師，仿古白鹿及前人棉楊之遺軌。顧事大費繁，難與創始，雖有一二端士，知其不謬，僉以爲非吳君出與其事不可。然則，足下之盛德，非有足以翕服士心者，安能如是乎？不佞益不能無厚望于足下。

今訂于月之十九日集議事宜，業已簡達，想足下當此，必能惠然而來也。前語貴族人有劫畱廖姓之事，煩察其有無，令彼約保送縣治。今未至，得無忘之否？此事並非可以溷賢者，特以君子立身，出有安民之責，處有宗族之望，方將助吏爲治，豈可坐視鄉族中有此頑梗而莫之問乎！其或勢有所難，不妨面陳委曲，幸勿爲踰垣之避。用特奉問，屆期早得晤教爲望。

復曾秀才大椿書

姚瑩頓首茂才足下：月廿一日差來，承示寄學中諸君爲鄙人請畱文狀，展閱之下，且驚且愧。竊瑩江北一迂生耳，猥以渺末來宰此邦，于今一載矣，夙夜兢兢圖盡厥職而未能。每念盜賊不能靖也，械鬬不能息也，獄訟之猶繁而刑罰之失中也，老有飢寒貧有失所也，吏役之弊深，閭閻不能無驚擾也，圍捕之事頻，室家不能無破喪也，強暴不盡鋤也，良弱不免累也，此數者，皆古良吏之所勉而鄙人之所深愧于清夜者也。方懼以不職獲咎于此邦人士，乃今者諸君不惟不責其庸陋，顧復嘉譽而其揚之至以稱于上官，欲得久畱，豈非所謂不虞之譽，足使人慚者乎！ 瑩于足下雖數相見，非有豪末之私恩，至如諸君子中，乃多未嘗識面，抑何見愛之衆且深如此也！ 瑩在此未有成績，何敢遽去？ 且荷諸君之愛，即衆民亦殷然頗相親附若有家人之誼，又何忍去耶！ 且龍溪巖疆繁劇非常，尤不可以菲材任，雖蒙上官薦，而自顧魯劣不敢仔肩，昨已具牘力辭而不獲，特未識上旨如何，或得遂所請，未可必也。 苟在此閒，敢不始終黽勉以圖報稱乎？ 抑瑩于諸君乃不能無厚望焉。

瑩聞孟子曰： 爲政不難，不得罪于巨室。 巨室之所慕，一國慕之。此言世家大族，言動好惡足爲齊民之所觀效也。今諸君皆平和大族，又身儒冠而遊庠序，儼然爲四民首，宵小之徒，即無賴莫不有加敬焉。 誠願諸君平昔身爲孝弟力田，敦品勵行，閭巷既習見之而有所觀感，更不時剴切以敦孝弟，睦宗族，和鄉鄰，敦禮讓，息鬬爭，罷詞訟，崇勤儉，禁非爲，凡鄙人平素所諄諄致告于諸君者，隨時隨人而勸導之。 如此助吏爲治，則愚民雖無知，未必盡能聽從，然樂聞而願奉行之者，必不少矣。 其或鄙人政有不善置，利有當興，害有當除者，可明白指陳，俾得裁度而行之。 不惟瑩可藉此以求寡過，而地方之受益豈淺鮮哉！

試事何時可竣？ 相晤不遠，特此道意，乞爲遍致諸君。 幸甚！ 幸甚！ 鄙人辭調龍溪上中丞啓，茲鈔奉清覽。 並問文佳，餘不具。

復座師趙分巡書

北來警信，大屬駭聞，何物妖民，敢猖獗至此！ 普天之下，髮指心驚！ 乃聖主虛衷，詔先罪己，草野小臣，海隅伏讀，泣涕縱橫。 念本朝忠厚之恩，痛天下貪婪之敝，因循寬縱，殷鑒在元，財盡兵驕，何以守國？ 潰癰之患已形，厝薪之勢彌急，而二三執政方且塗飾爲文，諱言國事，大體既昧，小節徒拘，忠志不存，空言掣肘，其當官有言責者，微文瑣屑，幾等彈蠅更生之封事，不聞賈誼之痛哭安在。 肉食者鄙，未能遠謀，竊鈎者誅，可爲太息。 嗟乎，杞憂不妄，阮哭非狂。 當今即有一二慷慨忠義之士，稍識事體者，類皆混跡儔人之中，因塞風塵之際耳。 平時操觚染翰，妃黃媲白之流，徒能飾辭藻，修邊幅，以娬媚取容而已。吾師閱人以來，當必有得之於牝牡驪黃之外者，其名氏可得而聞乎？

愚意天下之務，莫急於人才，得人之法，莫妙於因材善使，無以常格拘，無以小行責，白其志，伸其氣，寬其程，嚴其效，夫委蛇俯仰進退瞻徇者，皆闒茸之人也。沈毅智勇之士，又不易得。然則，舍果敢好義之人，又誰取哉？凡人患不誠而已。誠於家則孝友，誠於國則忠良，誠於好善則進德，誠於好士則得人。今之所稱誠於好士者，大臣中吾未之見也。人才何由進，時事何由濟乎？

嗟乎，正直敢言之氣於今衰也久矣！自古未有委靡若此之甚者也。古道亡而後人心壞，人心之壞則自讒諂面諛始，諂諛成風則以正言爲可怪，始而驚，繼而憚，繼而厭，最後則非笑之以爲不祥。夫以正言爲不祥，其時其事尚可問哉？人心風俗所以爲國家之本、盛衰之端，未有不由此也。平日有所竊憤深憂於中者無自質其是非，不能自已，於吾師前屢發其緒，亦有所激爾也。漢武有言曰：久不聞汲黯之言。今又妄發矣。吾師豈其云然哉？

答張亨甫書

亨甫足下：夏初得去歲惠書，甚感拳拳。比貽書恭甫先生問狀，中元後三日手問再至，知已來福州，仍就恭甫先生所，而窮困不能自適其意。此殆天以資足下也。

宇宙間可久可大之業，其成功雖甚平庸，而出之未有不驚奇絶特，定三辰，奠山川，驅役百靈，使魑魅罔兩自竄於荒漠窮裔，莫敢與人雜處而爲害，此非聖人之奇乎？自孔子刪書，不載神奇之蹟，儒者求其說不得，則以爲荒遠不經，聖人懼其惑世云爾。夫索隱行怪，聖人嘗惡之矣。今以古帝王神聖，平成萬世之功，乃等諸索隱行怪而削去之，以爲此聖人意也，其信然乎？書雖不存，而帝王神聖之奇自在天壤，惡在其能去之？聖人若曰觀其蹟可知之矣，烏用吾書？開闢以來，文字誰製，書契誰作？又從而經禮三百，曲禮三千，何爲而造其始？易以著陰陽，書以道政事，詩以理性情，春秋以辨名分，何爲而創其體、別其義例？此周公孔子之奇也。

有所未有之謂奇，有之，斯不能無之之謂奇。老、莊、列子、釋迦氏以其荒誕之說奇，屈原、賈誼、馬遷、相如、昌黎、眉山父子以其雄駿瑰偉之文奇，李陵、蘇武、陳思、越石、李白、杜甫各以其悲憤慷慨之詩奇。然是奇也，大抵有所爲而後發，有所爲而非困頓沈鬱、勢極情至而不可已，則發之也淺，其成之也不可以大而久。洪水之湮而鯀則殛死也，管蔡流言而狼則跋躓也，陳蔡絕糧而匡則圍之也。非困窮憂患，則聖人之遇不奇，非絕無僅有則宇宙之奇不洩，諸子亦各以其窮爲其奇而不朽。蓋從古無安常處順坐致富貴而能奇者，斯其與草木同腐也固宜。足下之才可以奇矣，而未致其極。吾故曰：子之窮，天殆以資子也。

不窮不奇，不奇不可以大而久。今足下不自奮其奇，而以海外之奇望僕之詩，以爲子瞻昔在儋耳有然。僕又無遲暮遷謫之感也。噫，僕雖不能奇，若其窮固有甚於子瞻者，足下豈嘗知之哉？昔子瞻得六一之賞，又有韓、富諸公相推轂，名動人主，每歎爲奇才。雖見傾羣小，幾死詔獄，然天下之人皆知之，太后至爲上白其枉。及在儋耳，不過遷謫屏逐之苦，俯仰蓋無所恨。僕雖蒙知一二鉅公，而名不掛於朝端，一第放歸，久之乃得外授。又見惡於上官，既罷斥廢棄，復陰摧沮之，幾不能容。誰知之而誰白之者？無家可歸，老父歿於海外，孀母旅寓福州，浮寄一身，渡海依人存活，其窮如是，視子瞻當日何如哉？愧無文字之奇。然不肯草草負此憂患，思有所以表見。顧空言不若託諸行事，年來頗述海外巖疆所以安危之要，及近時賢執政之所興革論建，比而著之，以見聖朝德澤之廣，與夫控制外夷、屏藩數省之利，九重所以無東顧之憂者，非無以也。事皆紀實，言歸切要。異時書成，相與觀之，誠不足當海外之奇，若其久且大者，惟足下勉之也。

與陳恭甫書

瑩謹白：在福州時，匆遽治行李，閣下亦微恙，往還晤言殊覺不盡所懷，登舟後輒增仰企不已。海内名人先達，生平聞見多矣，精考訂或拙於文章，工辭翰又弱於氣節，至於經濟世務益多迂曲鮮通。閣下獨馳騁於翰墨之場，研參於賈鄭之席，氣節世務矯然通偉，宜可以膺當世之任，而塞人士之望矣。乃服政之年，優遊里中，久而不屈，日以所自得者淬厲後進，汲汲然引之不倦。自百餘年以來閩中老儒文彥無不搜購而表章之，既撰爲志傳，上史館，復請於政府，大者配食聖廡，其次亦祀鄉賢，不朽之業，既躋其巔而踞其勝，餘膏賸粃，門下士猶將抉而揚之，以步其武，亦甚盛矣。其視高牙大纛而無所建白，豈可同日語耶？假使閣下竟出而開府連圻，恐事勢掣肘者衆，未必能行其志。而負氣稜稜，非能默然，則有鎩翮而歸耳。其得失固不待智者辨也。

或乃更以亟出爲言。以瑩卜之，閣下殆不謂然乎？豈惟閣下，即駑駘如瑩，猶不勝大羨而願從其後矣。今者北行，人謂方將進取，而不知正爲他日引退之計。此非人所及知，即閣下亦烏能料其必然哉？

前承索鼓山詩，未及奉教，途次寫出，寄呈清覽，並附近作數篇。亨甫若來，可同觀之。瑩白。

復方彥聞書

廿九日奉書，情辭斐摯，具徵相愛之深。閣下于竭蹷之餘，更爲謀歸人資斧，感甚。初意端午節後行，詎爲穎齋觀察及少鄂堅留以待秋初，俾免冒暑就道，業已諾之，洵如來書所料也。拙稿領訖，糾政處極允當，獲益良多。惟所論究覺過譽，令人慚怍。

竊謂文章一事盛于周秦，衰于建安，自士衡文賦、子桓典論出而斯道爲之極變矣。周秦以土〔一〕惟六經之文大純無疵。諸子亦各出其瓌瑋之言，大抵義豐辭約，氣固神完，以道爲標，以志爲的，採其一言，終身可行，究其全歸，六合不盡，是以繁簡微顯，蕩志愜心，凡所修辭立誠爲木〔二〕，自賈董揚馬恢張閎肆，已覺詞勝于義，氣王于神。建安以來，則專精辭贍，而高古堅樸之意盡矣。然風骨矯騫，神氣遒邁，創語造意，廉傑精奇，暫不相襲，蓋道衰而文盛，亦升降之大端也。唐宋諸賢有見于斯，然望道未至，果于自矜，修辭之工或反不逮，特其取義甚正，立體尤嚴，譬諸樂然，雖非清明廣大之奏，已絕煩數淫濫之音矣。

先正論文，所以必主八家者，非謂文章極于八家，謂八家乃斯文之塗軌耳。斤斤一先生不敢失其趨蹌謦欬，又豈八家之意哉？瑩力薄志衰，未能究心斯道，生平不爲無實之言，稱心而出，義盡則止。何者周秦，何者建安，何者唐宋，放效俱黜，蓋不敢以是爲文也。來教欲引而進之異日者，苟得息肩于此，用力殫心，以從諸君子後，不勝大幸願望之至！

【校】

〔一〕疑刻誤，「土」當爲「上」字。

〔二〕疑刻誤，「木」當爲「本」字。

東溟外集卷三

一樂居記

一樂居者，姚子爲其友天倪子築室成而名之也。天倪子，生二十九年矣。少樂而善憂。其憂非一，自幼父常客外，久不歸，則憂之。家屢空，無以供母，則憂之。有兄甚仁愛而弱，常恐其病，則又憂之。母賢而通經，教之，學懼不成以墜其世業也，則益大憂之。既長，悉讀其家藏書數萬卷矣，乃更遊心于造物之始，探思于六合之外。見夫古今之易，憂天地不能無成毀也。宇宙之大，憂萬物不能皆生遂也。寒暑相薄，水火相搏，憂生人不能無壽夭也。聖賢之生或百年，或千年，憂其晦塞而德業廢也。天下之治或數世，或不數世，憂其紛亂而四方塗炭也。乃至當食而憂人之飢，當衣而憂人之寒也。方成聚而或憂其散，方貴盛而或憂其敗也。山或憂其崩也，水或憂其竭也。魚鳥之游泳而憂其烹獲，草木之華茂而憂其萎折。至于耳之所不聞，目之所不見，無不憂之。憂與時俱，境與憂偕，是以年未壯而衰，精神耗敝，形容枯槁，其家人以爲大戚。

姚子聞而非之，曰：是所謂外其心而喪其形者也。不去其憂將死，乃築室以居之。是室也，無址與寄，而無不寄。近城市而不喧，甚清寂而非野，無土木之工，風雨之飄，廣不經庭，崇不及仞，始望之窈然而深，既入之洞然而明。其中空虛，不貯一物，遠可以達八荒而閉其樞，高可以至九野而塞其竇，耳之有聞而無聞也，目之有見而無見也。天倪子居之既定，屏絕往來，反觀内照，寂然久之，于是向之所憂者，若成毀、生遂、壽夭之理，有以得其所以然，而晦塞紛亂飢寒散敗之數，有以知其無如何。彼夫崩者，竭者，游泳而華茂者，亦有以如其分而知其不能強也。外憂既釋，中情自安，精固神完，形體充實，其家人莫不怡怡然忘其所憂而得其所喜，一旦天倪子顧而樂之，然後知此室之果有足樂也。

姚子曰：如是，則可謂能保其身以養其親者矣。有此一樂，何憂之不去乎？既又恐其居之久而漸忘也，並爲之記。

桂警軒記

縣署敬思堂之西偏有軒，錢唐袁君顔之曰雙桂。庭有二桂，故名也。桂之華常以秋，秋或再華，盛者三而止。春夏秋冬各一華者，俗言四季桂也。月一華者，俗言月桂也。然皆有歇時。卽盛亦旬日歇，乃復華。閩地氣煖，華不以常候。余來平和之冬，廨内桃與梅、桂同時大盛，不足異也。獨二桂自閏六月至于今正月，繁華未常歇。老吏竊異之，以爲數十年未有，殆其瑞乎？相率而請易名以寵之。

余謂物忌太盛，英華既竭則衰，此恒理也。愚人乃或指爲祥瑞，遂侈大之以爲感應之美。夫物理之感應，豈必盡無要？必有盛德異政乃足當之，否則妖。蓋以警夫貪殘昏暴者，使知改勉耳。余不德，治此八月矣，殫心竭慮，夙興夜寐，以求士民之安而不得，雖免貪殘昏暴之譏，要未足言感應，奚瑞之有哉！意者嘉桂示異以警之也，敢不益戒慎以自厲，乃更顔曰桂警。旦夕處此，可以鑒觀云爾。嘉慶二十年上元日桐城姚瑩記。

遊白鶴峯記

白鶴峯者，桐城東南一邱壑也，去城百二十里。古樅陽地，滙桐城、灊山、懷甯、舒城諸邑水瀦爲大澤。春夏盛時，白波漫空，一望無際，桐人名之塞湖。湖盡處小峯十數，白鶴獨聳，川流環出其下，以達於江。故雖不甚高，而有千里之觀。東晉時陶公嘗令樅陽，後人築亭其右，曰惜陰，此峴山焉。甲子、乙丑之閒，里中同人頗盛，余嘗一再遊之，甚樂也。人事牽率，奔走於四方，不登此峯者二十年。

今歲之京師，道出里門，昔時交遊僅有存者，每一置酒，輒忽愀然，登臨之事遂廢。甚矣！吾黨之衰也。已而，以事至郡，春麓侍御主講院，往謁見，則謂曰：而知湖南鄧湘皐乎？吾嘗與言白鶴峯，思一遊，可偕往。余應之而未果也。湘皐方修江南藝文志，寓院中，余亦假館。三人相得，懽甚，各出所作詩文相論辨。侍御又言，先世與吾家姻誼，自明季以來且二百年，子孫各有盛衰。

余與侍御之弟岳卿及其子子方又知交最久，復聚於此，誠非偶然，而子方則既亡矣。相攜登大觀亭，弔余忠宣之墓，作詩而返。侍御又出史忠正書其五世祖母、余七世從祖姑姚太君事墨蹟，湘皐亦出其鄉鄧子與挽某和尚詩，皆明季忠烈高士，各有題詠，感慨係之。余幸此行得二君子相知之樂，幾忘返矣。事竣，將行，兩君堅持不已，於是留郡一月，登車復止者再。侍御曰：不可以負山靈。遂訂期買舟至白鶴峯下，而登焉。夫宇宙間可喜可愕之事，當時稱豔，境過輒如浮雲，太虛之逝者衆矣。獨古人山水所在與友朋知己之盛，終身思之，豈澹泊之事果逾豪華哉？

桐城山水之勝稱龍眠、浮渡，侍御及余乃睠睠於白鶴一小峯者，以陶公耳。卽吾郡城形勝，枕龍山，面大江，爲金陵上游，而漢唐之勢寂然。自余忠宣後，天下遂咸知有大觀亭者，豈非山川得人之助乎？

嗟乎，江山終古，人壽幾何！歲月推移，而功名不立，並友朋觴詠登臨之樂亦不可常。今余方入都，湘皐將之維揚，而侍御亦有去志。三人嚮後之會合且不可知，況更數千百年後登此峯者，其人其事，視吾輩又何如哉？余既應侍御之約，將行，卒以事不及往，乃敘其事而爲之記。

來孝女傳

來孝女者，名鳳�，浙江蕭山人也。父殿薰，遊閩中，遂家焉。女自幼莊謹如成人，少長通書，父叔時有疑義，女以新意解之，皆確。祖大異之，然非所好也。九歲侍父疾，不解衣者四月。父病劇，女中夜吁天泣淚成血。母紿曰：以血和藥必瘳。信之，疾果瘳。嘉慶庚辰，女年十四，父之古田，挈之行。舟至篛洋，遇風，父溺焉。洪濤洶湧，舟人相顧失色，女方臥寒疾，聞變驚起，躍水，逐之里許。遇漁舟，女水中大呼，漁人急援，父起，而女流甚疾，追之始獲。父無恙而女疾大作，至夜而歿。時十月二十四日也。有司以聞，道光五年旌焉，且祀之。墓在福州西門外。姚瑩曰：嗟乎！來女之行也，與曹娥爭烈矣。而父竟得生，視娥有加焉。或以爲出于倉卒。乃其先固有和血療疾之事，此豈好名匿情之所爲哉？世有以殉身爲愚孝者，觀於來女可爽然也。

余淑人傳

余淑人者，福建閩安陳君一楷之繼室也。君幼入行伍，久於海上，歷功至臺灣安平協水師左營遊擊，再署安平副將。不悦於提督某公，懼而乞休，將假事劾之，道光三年憂死臺灣。某公意未已，欲籍其家，使人守之，不使歸君喪。君先撫他姓子朝選，長而懦。淑人晚得一子繼豪，尚幼。君之歿也，禍且不測，而族人在臺灣者阿貴人意，將不利于其妻子，淑人殆甚。君嘗善前臺灣令姚瑩，嘗假以千金償官負。至是，瑩客遊福清，淑人走急卒告難。瑩爲致書臺鎮，白其狀，既復至臺灣畫策解之，得無害。淑人乃攜二子以君之喪歸福州。逾三年，淑人病且死，遺命二子曰：爾非姚氏不能有家，所假金勿取償也。姚公方在京師，于其反也，可折券還之，書于券以識。遂卒。未幾，瑩奔母喪于閩，其子來折券，瑩辭，子曰：母有命矣，不者死且弗瞑。瑩乃喟然嘆曰：嗟乎，淑人之賢乃有是哉！夫人平素交遊，不乏親厚，一旦有緩急，相顧扼腕而已，能假千金重貲已爲德，况女子而不責償也。且吾曩者嘗得君力，義當急君之難，淑人乃以爲恩而棄其千金，豈吾心哉！然吾方無力償淑人，固辭，徒虚語耳。不可不成淑人之善志，乃聽折券。

宋君墓誌銘

宋君諱昌蕃，字如茂。其先自江西遷湖南澧州慈利縣，以耕讀世其家。祖開元縣庠生，鄉飲大賓。父應薦縣增生。君生七月而孤，依諸叔以立。少多病，好學。邑宰大興鄔君最重之，嘗曰：君文太孤高，恐不售也。後果如言。乃入太學，不應試，居教其子。君爲人不輕嚬笑，而好義，人皆嚴憚之。陳某者以皂隸暴富，遣子應試，且援例。且中利其資，多依違者，君獨排抑之，不得與試。士論以此多君。所著論定錄四十卷，皆評論古今人物。年四十八卒。娶皇甫氏，先七年卒，合葬縣之上五都鄉。生子三，長永岳，增生，廣東太平司巡檢。次永岷，廩膳生。三永峴，候選從九品。女二，長適汪某。次適於某。男孫八人。桐城姚瑩識其子永嶽，爲人誠篤，湛深好思，善名理，所著書亦數十卷。蓋自攄所得，託爲稗官小說者流，隱於吏者也。瑩嘗爲作傳，永嶽乞爲其先人墓碣，閱狀，然後知永嶽之學，蓋有由也。銘曰：

君之生，孤以病，君之文，深以正，不售而教。有子克繩之，百世而下，爲君子幸也。

光祿大夫兵部尚書戴公墓誌銘代

道光元年十二月，提督浙江學政如皋戴公拜復授兵部尚書之命，將回京師，有疾，明年二月初四日薨。撫臣以聞，天子軫悼，悉免在官處分，遣大臣致祭，給全葬如典。烏虖！公之蒙恩可謂盛矣。方嘉慶庚辰之春，睿皇帝將謁東陵，兵部不知何時遺失行印，請堂官皆得過失，公以本部尚書降太常，一月，奉命視學浙江。召對良久，退而歎曰：　聖恩如此，臣何以堪。臣老矣，死之日，當不使有餘布餘粟，負國家也。今上登極，元年，擢復禮部侍郎，仍留督學。公感時疫且疾，思入覲，未敢乞假。及得復職回京旨，公感泣曰：　吾瞻天有日矣。促治裝，未啓，竟以疾終。新天子於公未嘗一見，以獲咎在外之老臣，未再朞盡，復其官。方內召大用而遽逝，恩綸褒卹，優渥至極，知公耿耿丹誠，九泉之下猶當瞻依陛闕也。某自嘉慶元年受公知，侍公前後十年，見公德行文章甚悉。公歿之歲，某奉命撫粵西，未親執紼。門下士各以所聞知作表狀，將上史館，而公子以隧道之文屬某，其何敢辭。

謹按狀：公姓戴氏，諱聯奎，字紫垣。先世以國初遷江南之如皋，遂爲如皋人。族頗式微，考蘧菴公，寄籍大興，故公以乾隆三十九年鄉試以順天解元，明年成進士，授庶吉士，肄　國書，散館授編管〔一〕，始改復原籍。四十四年，遭嫡母憂。既闋，又遭父憂。除喪，補編修。嘉慶元年，擢贊善，五遷而至詹事，擢內閣學士兼禮部侍郎，轉兵部侍郎，歷禮部吏部，復調兵部。十八年，遭生母憂，逾三年起，署工部，尋補吏部，擢左都御史。明年，進禮部尚書，充經筵講官。二十三年，改兵部尚書，署戶部。明年，兼署左都御史，再署吏部。後降太常寺卿。道光元年，復禮部侍郎，再復兵部尚書。

公少篤學，從邵二雲先生受經，爲文有聲譽，久官翰詹，故雖歘歷劇要，兩充會試同考官，又充雲南江西正考官，充文武會試正考官，充殿試及召試讀卷大臣，又出爲安徽、山東、浙江學政，惟山東之役以生母憂未行，故公門下所得士最多。公既受兩朝之知，而謹慎小心，始終彌篤，自躋卿貳，出入禁闥二十餘年，顧問之語，未嘗一洩。時有密諭深夜自書復奏。至歿，人莫能見其草。尤好慎言，雖家人未嘗妄發，其周密如此。與人交無所競，大廷議有不合，惟以理辨，無疾言憤色。退亦未嘗有所非薄，其和平如此。然風節素峻。在翰林久不遷，掌院爲嵇文恭相國，公座師也，將保御史，列公名。滿掌院某公曰：吾未識面，何以論其才否？相國以語公，令往見，公漫應之。及舉京察文列公名，某公言如前。相國怒召公曰：是汝自悞也。公曰：有命苟不得，徒往無益。不然，若吾師者豈有所干哉！相國咨嗟而罷。大學士和珅掌院莅任，屬官見者皆降禮。公獨長揖。和訪時望爲額駙師，或薦邵二雲先生及公，邵辭不就，和以爲愧。欲延公，堅辭。邵先生語公曰：吾老矣，行移病去，子宜爲後計。公曰：吾師行，弟子從之矣。邵果乞休。和曰：吾非必相強，邵君何爲此悻悻！益重公，禮貌有加。

公持躬儉，自少未嘗衣綺，貴後，燕居乃一緼袍。曰：秀才時服不可棄，每食盤蔬箸肉。或疑其矯。公曰：仕宦者莫不欲有守，而或改操華膴累之也。惟不受華膴之樂，乃不覺淡薄之苦，以存吾廉，不亦可乎？某在京師侍公久，公尤愛之，嘗語云：武侯天才，猶一生謹慎，我輩何人？此心一放，則無所不至矣。故惟敬爲入德之階，子其勉旃！某服膺此言數十年，然後知公生平之所得力，上以結主知，雖偶有升降，而恩遇不衰，中以待僚長，雖屢怫權要，而聲名益泰，下以對妻子，雖日處狎近而言動無失。信乎，其有所主也！

公曾祖某、祖某，皆以公貴，贈光祿大夫。考之承，安慶知府，以公貴晉贈如公官。妣三世及生母皆贈一品夫人。配某氏誥封一品夫人。子三，長鳴皐，官某。次一芝，次一騏。孫某某。以某年月日葬公於某山之原。銘曰：川嶽蕩蕩儲瑤英，上燭樞斗光天庭。貞一在抱晶且誠，咳唾熠燿含元精。上爲國望下藝林，彝鼎之重百世欽。公曰昭事惟小心，對揚夙夜一戰兢。大哉！敬勝古帝箴。

【校】

〔一〕宋代有『編管』，清代官名僅有『編修』，此處蓋借爲對『編修』襲稱。

東溟外集卷四

戒殺文

人雖殘忍，不能生而殺人，其始，必有所由，以漸至於日滋月長，而後殘忍之性成。蓋機之萌也蚤矣。殺物者，殺人之機也。苟充無欲殺人之心，則吾有取於釋氏矣，戒殺放生之說是也。世之好辯者有三難焉：一則曰物無知也，一則曰婦人之仁也，一則曰此浮屠氏法，非先王之教也。噫，可謂不思其本矣。天下之物，惟死則無知耳。苟蒙血氣而生，未有無知者也。然即使無知，而我不惟其義，惟其知。是天下之蠢蠢者，皆可殺歟？夫知之有無，物非得已也，業不幸而無知，又從而加之以殺，何物之重不幸也。所謂婦人者，謂其知愛而不知勞，能養而不能教耳。或縱惡養姦，噬臍貽患，故謂之婦人之仁，豈必殘忍而後爲丈夫乎？

世之殺生者，殺之吾不知其罪，舍之吾不知其害也。至以戒殺爲浮屠氏法，非先王之教，則尤有不得不辨者。亦嘗觀天地所以生人物之本乎？原夫乾坤端倪，陰陽兆基，絪縕摩盪，黃白萌芽，天地之亭毒，本無心於人物，猶父母之胎孕本無意於男女也。及其既生，而脂者，膏者，蠃者，羽者，鱗者，類分焉，謂之大獸之屬。外骨，內骨，卻行，仄行，連行，紆行，以脰鳴者，以注鳴者，以旁鳴者，以翼鳴者，以股鳴者，以胷鳴者，類分焉，謂之小蟲之屬。其於天地皆父母而子育之耳。於是蠢蠢蠕蠕，各求自飽，弱者肉之，強者食之，互相吞噬，血走肉飛，當斯時也。人以虛靈之性，獨含二五之精，固已得氣至清，秉生特厚矣。然倫紀未立，政教未開，則亦混混沌沌，無以大異庶物，故食肉衣皮，木居穴處，爭奪相殺，同類相仇。逮乎後聖有作，立之君臣父子兄弟夫婦朋友以紀其倫，定之上下尊卑貴賤長幼親疏以辨其分，城郭宮室以安其居，水火金木以備其用，七禮以制其節，六律以導其和，而特憫其戕生殺物之慘也。故教之種五穀以爲食，治絲麻以爲衣，政教既開，民物大定。然後跂行喙息，蠉飛蝡動之倫，各得其所，而不相害。自是萬物皆賤而人獨貴，天心亦有所歸矣。然彼萬物者，同受天地之氣而生，特以蠢頑不如人道之立，固猶然天之所憫惜而同在，字育者如父母，然有賢子俾立室家爲之長，帥其愚不肖者有益矜之矣，豈得賤惡而殺之哉？虞書曰『若予上下，草木鳥獸。』商書曰『鳥獸魚鼈咸若』，詩曰『王在靈囿，麀鹿攸伏。王在靈沼，於牣魚躍』，又曰『敦彼行葦，牛羊勿踐履』，自古聖帝明王皆能體天地生物之心，仁及庶類，萬物各得其所。夫然後天心順而風雨時，地氣暢而蕃育息，人情洽而四國和，萬物得而鳳凰降，麒麟遊，黽龍假，瑞草挺。夫惟好生之德，有以洽乎上下幽明之際也。然則，古者祭祀賓客與夫饗飧之饋，先王不免牲殺，何也？曰：此先王之不得已也。蓋血肉之食，可以充養氣體，人非有清心內養者，十日不肉食，則面有槁容，百日不肉食，則體或飢骸。聖人不強人以所難，故爲酌中之制，食有常牲，物有常品，取有常時，製有常法，不求遠物，不珍異味，其於祭祀賓客也，於己之養有所加以致孝敬也。推聖人之意，豈不以爲有餘憾哉！故禮曰：君無故不殺牛，大夫無故不殺羊，士無故不殺犬豕，庶人無故不食珍。其撙節也如此。獺祭魚，然後虞人入澤梁。豺祭獸，然後田獵。鳩化爲鷹，然後設罻羅。草木零落，然後入山林。昆蟲未蟄，不以火田。不麛，不卵，不殺胎，不殀夭，不覆巢，其愛養也如此。且以聖人之功德，於民物大矣。其口體之，奉祭饗之，儀所必不能廢者，天地民物亦皆樂有以供之。而聖人猶撙節愛養之如此。故天下咸被其仁，而感其誠，但見其生，而不見其殺。

今無聖人之功德，徒藉口古禮以濟其貪殘，豈仁人之心也哉？甚矣，人之惑也。惟其不惜物命，果於殺戮，日習既久，不覺其慈祥，愷惻之意，漸以牿亡，而剛強暴戾之心，潛以滋長。一旦殺人，不難矣，爲其機之先動故也。嗟乎！禮始諸飲食。古聖皇教民稼穡，其功最盛於萬世者，非徒穀食之良民以無病也。自農事興而天下萬世之物命賴以全者，鉅矣。儒者誦法先王，不能從其最盛而爲撙節愛養之，斯亦可矣；顧不察天地所以好生之心，而以戒殺爲浮屠氏病，是所謂好辨其名而忘其實者也，亦終於不仁而已矣。

焚五妖神像判

皇帝治世，勤政愛民，天眷隆顯，百神效命，各盡其聰明，正道以佑我黔黎，皇帝嘉之，凡有功德於民，皆命有司修其祭祀，禮官職載於古，特備其民俗土神祈禱求福者，雖祀典所未入，以庇民之故，不爲厲禁。蓋能芘吾民者，皆祀之。則害吾民者，必除之。此大經也。閩俗好鬼，漳泉尤盛。小民終歲勤苦，養生送死且不足，輒耗其半以祀神，病於神求藥，葬於神求地，以至百事營爲不遂者，皆於神是求。愚民之情亦可哀矣。然皆求福而祀，未有害虐我民如五妖者也。

稽爾五妖，本五通之遺孽，昔在三吳爲祟，撫臣湯以天子命驅除之，吳民至今安堵。妖頑不泯，竄入閩中，以至海外，爾宜造福此方，卽潛匿民閒，竊血食，有司體皇帝愛民之意，豈不爾容，胡乃怙惡不悛，肆其凶慝？臺灣民人許某者，兄弟和愛，負販養親，年未三十，鄰里咸稱謹願。昨者無故體病，謂爾五妖責求祭祀，其兄貧莫措，爾益爲厲，以致于死。許某將死，語兄若不祀爾者，且禍一家。其兄大懼，因稱貸毀家作爾像，盛禮迎祀，闔郡喧然。吾既爲天子守土宰，境內之事，吾得主之。今爾敢虐吾民，肆爲妖妄，豈可容縱。且人之死生有命，非爾魑魅所能擅權。不過適見許某將死，爾欺愚民無知，遂憑之爲祟耳。惑世誣民，莫此爲甚。今遣役械縶爾像，公庭鞫爾，爾之妖妄已著，是宜杖碎投火，絕爾妖邪之具，開吾赤子之愚。儻爾有靈，三日內降禍吾身，使吾得聞諸上帝。此判。

勸修九和書院告示

爲崇文勸學，恢拓書院，增置膏火以隆教育而垂久遠事。照得理亂之機，先觀士習，教化之盛，首振文風。故崇文養士者，爲政之大端也。幸逢聖代右文，立學校，設科第，輔弼公卿皆由此出，可謂盛矣。然取士之途雖登俊秀，而造士之法道在師儒。有志之士，欲立身顯名，起家光國，而或囿於方隅，無師友之助，或困於薪水，無攻書之資，俯仰孤寒，形氣沮喪，未有不望名賢之汲引，有司之栽培者。然則，書院之設，豈可緩哉！

況乎平和俗敝，士氣更衰，雖科場獲雋有人，而仁讓湆風未起，豪強淩奪，雄據爲姦，愚悍無知，附和成鬭，至以讀書守分之英良，不免械鬭黨兇之波累。下戈之事不息，詩書之氣不揚。本縣披牘察情，深爲髮指，用思揚我善類，振爾文風。且和邑乃陽明之所造基，漳郡爲考亭之所遺治，芳型不遠，道榘可尋，更宜大啓于今茲，以冀上求夫先哲。無如九和書院，規模狹隘，講舍無多，師生之膏火無資，講誦之科條未立，課無定期，士無常額，不足以獎拔後進，步武先民。尋覽之餘，憮然有閒。夫政教敝而後風俗偷，禮義衰而後爭奪起。今百里之內，劫奪頻聞，旬日之閒，殺傷未已，此皆爲有司者德意不加，威令不行之所致也。今將挽此悍俗，莫如丕振文風。欲爲恢拓書舍，廣置學田，延聘名師，詳定規則。惟是資費浩大，必賴捐輸。除本縣捐廉倡率，尚須眾力以成善舉。爲此特選老誠紳士督理此事，合行傳諭爾等紳耆殷戶詩禮之家，苟思教子成名，何惜輕財尚義。銀自五十兩以上，或數百元，田租自十石以上至百石，隨捐皆納。諭到各卽題名注數，以便擇日興工。以二月上旬開課，務期興仁講讓，禮教大行。試賦程文，科名日盛，舉揚善後，振拔單寒。辨清濁之流，別莠良之目。毋許囂爭，積習致韜經籍之光，縱令邪僞，指誣莫沮衣冠之氣。爾等捐題義士，亦藉以垂名勒石，奕世流光，豈不美哉！

諭各姓家長

爲崇文勸學興修書院事。照得書院爲講學之區，教士必先養士，樂育乃師儒之職。修文莫若會文，從求風俗之媺惡，先觀士習之盛衰。平和地處羣山，人多望族，巍科顯宦，先烈爲昭，勒鼎銘鍾，豐功不替，固宜炳煥奎章，鬱斌人士，豈可不崇講肄，坐徹臯比？今者在城及各鄉，雖有書院爲會文之所，然皆散遠，且係私立。惟在城之九和書院，向爲官學。惜乎學舍湫隘，不足以聚生徒，膏火無資，不足以助講習。是以四方英俊，莫我肯來。

本縣下車之初，卽訪問此事，深爲太息。今欲大興文物，倡義捐修，先經出示曉諭，想爾多士必已聞知。凡屬衣冠，自當踴躍。茲定于月日在于明倫堂集議事宜，除寫立捐簿，選派端士分往各鄉勸題外，合再示諭爾等，速即協同首事，婉勸殷戶，捐題簿到即各書名，限一月内繳清，捐項即交領簿之人，彙交首事，以俟擇日興工。本縣定當量予旌獎。行見人才蔚起，科甲頻登，文物盛而悍戾之氣全消，禮教興而仁讓之風大起，豈惟斯邑之美，抑亦有司之光也。此諭。

捐簿題引

夫禮教者，出政之本，文學者，造士之郵。士之不文，政於何立？國家文治雍容，崇儒養士二百年矣。學校之興，至於海外，俊秀之選，歲歲不絕。雖舟車所至，風氣異宜，要未有不服禮教而重文士者也。況乎閩中大儒輩出，渠緒可尋，乃漳南之風獨形桀悍，世家大族日尋干戈，禮義之教不宣，衣冠之氣沮喪，何其敝也。然則，爲有司者不忍其顛蹶而莫之救，莫如養士興學之爲急務矣。維我平和，設學以來，執經之士數千，非不賢髦閒出，而散居伏處，實鮮師資。莫測道義之淵海，未睹文章之大觀，盛美不臻，無以振發其志氣，余甚惜之。用思大啓九和書院，宏拓舍宇，以爲肄業之區，創置膏火，以助攻勤之本，延請名師，廣召生徒，遠尋白鹿之遺蹤，近仿棉陽之軼軌。凡爾彬彬之士，苟能附我清流，悉與盪滌邪穢，以期多士咸沐詩書，小民漸知禮讓，消彼悍戾，保爾室家，無負國家教養斯文之至意。除捐廉倡率外，業經出示曉諭在城及各鄉殷戶，勸令捐題，共成善舉。今特選派老誠紳士董司其事，分路勸輸。簿到，其各書名，量捐無吝。

諭大坪黃氏

爲愷切曉諭革故從新，敦宗睦族，以息爭鬭而安民業事。照得平和民性愚頑，風俗刁敝，爭強很奪相尋，往往以小釁微嫌，釀成巨案。械鬭搶刦，習爲故常，藐法害民，深堪髮指。然猶各顧宗姓，不傷本枝，未有同姓相殘，罔顧族誼如爾大坪黃姓者也。查黃氏爲平和望族，元勳忠義，彪炳天朝，人物科名，於今爲烈，即爾大坪八房，分支別派，雖歷有年，反本窮源，實同一氣。中如旗杆、樓西、爽睦、順新寨等處，多習詩書，素稱富庶。古隆、安撫等房頗爲貧窮，而子弟恃強。以理而論，固宜富者撫卹其孤貧，強者護衛其殷實，守望相助，疾痛相關。乃不尋敦睦之好，專事讎仇，不數年閒互相鬭殺，命同草菅，案積邱山。官府之誅捕，時勞兵役之擾累無已，以致誦讀者輟其詩書，耕耘者失其耒耜，老弱奔竄於巉巖，棘棲露伏，婦女驚慌於曉夜，竈冷煙消。在有司存爲民父母之心，睹此情形，猶深憫惻，豈爾等本一體祖宗之後，遑其囂悍，必事傷殘？本縣度理準情，良用三歎。夫十室之邑，必有忠信，矧萬丁之族，豈盡冥頑？滋事之徒雖多，倡亂不過三四，自非悖類。即係困窮，亦具人心，當殊狼類。苟能理格，何必刑求？

既已洞悉本源，不惜諄誠告誡。爲此特行示諭爾等八房紳耆士庶知悉，國家法重如山，恩宏若海，矜恤民命，刑期無刑，怙惡者不假姑容，自新者悉從寬大。本縣仰體皇仁，下憐民隱，是以諭令該家長黄宜春等，傳爾闔族，曉以一本之仁，洞開三面之網，盪爾兇穢，滌爾垢污。爾族中大小各舊案，爭奪械鬭殺傷等件，除確查正兇，拏究以彰國法外，其被告牽連及小過細故，可以原釋者，概予從寬。令其各解怨嫌，相爲和輯。在於祖祠中聚齊族衆，公議調處。嗣據該家長稟稱，各房明理者皆知自悔，願從安輯，悉改前愆。獨古隆社中有黄定、黄甲、黄補、黄言者，膽敢阻撓成議，怙惡不悛，梗我教言，實犯衆怒，若非亟加誅捕，無以旌別良善，畱此禍胎，終爲民害。是以不辭跋涉，復此親臨，除該犯黄甲、黄定、黄補、黄言四名罪在不赦，法所必誅，現飭差懸賞嚴拏務獲外，其餘各房一切人等照常安堵，毋有驚疑避匿。擇其明白曉事者，從容來見，面諭事宜。從此務須痛釋前嫌，盡從和睦，上爲國家守法之良民，下爲祖宗敦仁之孝子。歲時相見，問弔相通，周卹困窮，防衛盜賊，從此士安詩禮，農守耰鋤，化干盾爲文章，山川皆增秀麗，還寇讎爲手足，門閭定集嘉祥。仁讓之風大行，敦龐之俗斯在，凡爾子孫爲利世世，本縣有厚望焉。

召鄉民入城告示

爲暫停拘捕，召徠士民，舍舊從新，分別淑慝以蘇民困而達下情事。照得設官者，所以撫民。撫民必親，然後上下之情通而利病可悉。執法者，所以討罪。討罪必嚴，然後強暴之徒畏，而愚弱可安。此古今不易之道也。國家以撫民執法之權授之地方官吏，必深明乎所以撫民執法之本，並用而不相害，則民知戴天恩而懔國法。苟用嚴不當，有罪者未能儆，而愚弱益以自危，則良善之民欲親官而無由。于是執法之敝，反爲撫民之大病，甚非所以宣廣皇仁、綏安黎庶也。

龍溪爲漳州首邑，地廣人稠，習俗強悍爲諸邑最，械鬭攘奪自古有之。甲寅水災以後，乃益甚。邇者，古縣之鄭姓及雜姓五十餘社械鬭于南，天寶之陳姓及雜姓七十餘社械鬭于西，田裏之王姓及洪岱之施王械鬭于東，歸德之鄒姓與蘇郭等姓械鬭于北。西北則烏頭門之詹陳等姓，東北則鼇浦扶搖之吳楊等姓，浦南芹裏之梁宋鍾林等姓，豐山龍架坂之楊林等姓，金沙銀塘之陳趙等姓，東南則官田宅前之吳楊等姓，各社接連，大者數十，小者十餘，頻年以來，仇怨相尋，殺奪不已。其焚掠截虜，死傷破敗之慘，既不可勝言矣。而奸徒指誣株累者動十百數，村愚不知出訴，惟有深匿遠颺。及兵役往捕，則恃其族眾，以抗拒爲得計。此良莠所以愈不能分，強弱所以愈不能辨也。上下之勢已成隔絕，官則但見民之頑悍，而莫察其情；民不自知其法當拘捕也，而反以爲官之擾累，負嵎自固，視兵役如仇讎，望城市如陷阱，經年不敢一入。于是訟師奸吏得以任意舞文。嗟乎，漳郡古稱繁富之區，而比來人物凋敝，商賈蕭條，元氣大虧，瘡痍滿目，所謂父母其官、子弟其民者安在哉？夫聖明在上，薄海内外，莫不奉守法度。爾等輒敢私怨相仇，恣行鬭殺，復恃其眾而不就拘，且以抗拒，此與亂民何異？本縣卽會帶大兵盡族痛剿，亦屬罪所應得，然而不肯出此者，則以我朝深仁厚澤，二百年來，皆以愛民爲本，地方官吏仰體聖主好生之德，於執法之中，仍寓撫民之意。且念爾等雖愚，其中不無脅從，株累之苦，不可不分別辨理。欲使爾等息訟解怨，姑許爾等改過自新。除選派公正紳耆爲爾等各社中素所信服者，令其明察爾等歷年仇怨之故，排釋調處務使平允和洽外，並將爾等困苦情形面稟鎮道府憲，請飭各衙門兵役暫停拘捕，聽爾等各鄉社士民入城來見，通達下情，合行剴切曉諭。

爲此示仰合邑士民家長人等知悉，爾等凡有舊仇夙怨者，各該社之家長務須約束子姪，靜候本縣選派之公正紳耆到社，爲爾等排釋調處，無許再行滋事。仍一面率帶子弟入城來見，本縣親加訪問，所有委曲，無不可以面陳。見已嚴飭兵役，不論有無控告，一概不得妄拏，務使爾等無不達之隱，無不通之情。然後各自覈明歷年強暴不法滋事之徒，縛送以正國法。儻冥頑不悟，本縣即訪明爾等歷年巨案，一一通稟，照叛民例請兵誅勦。爾時悔懼不已，晚哉！嗚呼！本縣涖任，首以親民爲急，所願爾等滌除舊惡，革面洗心，不惜諄諄告誡，開法網以蘇民困也。言出如山，決無失信。爾等毋得觀望自悞，懍之。特示。

諭七百社家長

諭某社家長某某知悉。日者，以爾等頻年械鬬，困苦已極，本縣深念爾等隱曲，下情莫能上達，特頒明示停拘捕，選紳耆使爲爾等解釋怨仇，共修和睦。月餘以來，四境鬬風頓息。紳耆回報，所有四路各鄉社歷年起釁之由及搆禍以來殘毀死傷之數，除經報驗有案者，聽候緝兇究辦外，所有彼此焚毀之廬舍，殘破之田園，困苦無依之孤兒寡婦，皆議令兩造互相補償撫卹，各社子弟皆已願受約束。又各社家長入城來見者七百有餘，經本縣一一詢訪，並剴切勸導，且賞以酒食，莫不歡欣鼓舞，感激遵奉，如解倒懸，如救飢渴。本縣察爾等皆出于至誠，尚非陽奉陰違之比，甚喜。爾等改過自新，能親信其上而和輯其下也，茲特頒給札諭戳記，準爾某爲某社家長，約束子弟，理某社之事，以某某爲之副，與爾禁約四條而已。

一不得械鬬搶虜。查械鬬搶虜之故，大約不過數端，除夙仇舊怨業已解釋外，其新事者或婦女口角，或打傷牲畜，或踐踏禾苗，或索討錢債，或侵占田園。倉卒而起，地方文武所不及知，惟爾家長知之，苟及時諭止，可立散。今與爾約，爾與族人約，自茲以後，凡子弟有不甘心如上事者，不得擅自相爭，必先告爾本社之中，爾即理處之。如兩社，則彼此家長共議之，不決，則請鄰社家長議之，再不決，然後控訴。儻子弟不遵，則會集族眾議于祠，其擒而解官懲治之。如此則事無不理，而械鬬可止矣。

二不得疏容盜賊。漳郡盜賊之風，歷稱猖獗。或白日伺刦于中途，或聚衆肆刦于黑夜，其所以猖獗無忌者，皆以爾等強社大族子弟窮苦者多，不能安置約束，任聽召集匪徒，日夜往來。家長漫不稽防約束，而兵役又因社強大不敢輕往緝捕，此盜賊所以無忌也。今與爾約，爾與族人約，自茲以後，責成爾等稽防本社子弟毋得聚集匪徒，儻日刦于途，則就所刦之地，先罰家長照數賠贓，仍勒令拏解盜犯。其夜刦于城市或鄉村，則追跴盜蹤所入之社，罰家長照數賠贓，仍勒令拏解盜犯。如此則匪類無所容，而盜賊可息矣。

三不得抗欠錢糧。龍溪錢糧額數最多，甲于他邑，而抗欠之風亦甲於他邑。或貧戶失業而欠，或小戶逃亡而欠，甚或田業富饒恃其族大丁強，糧胥莫敢如何而有心抗欠。或欠十餘年，至數十百年，未嘗懲治，實堪痛恨。彼所持者，頑悍之子弟耳。今子弟皆守吾法，彼復何所恃而欠乎？今與爾約，爾與族人約，覈明有糧之戶，開列清單，協同糧胥督催之。有不遵即指名稟聞，本縣親往問其抗糧之罪。爾若扶同徇隱，即惟爾是問。爾固不必爲此豪富不仁者累也。

四不得庇匿被告。龍溪詞訟之繁甲于通省。自本縣觀之，大抵新案少而舊案多，非盡案難結也，或以有告而無訴，或有訴而空詞抵飾，臨審無人，故一錢債而控或經年，一田土、婚姻而控延數載。其墳山、命盜之案，則數十年而莫能結者，比比皆是。其情虛者半由恃其強大而不肯屈服于弱小，其理直者又懼未能審結而先受羈累于無窮，所以或任控而不訴，即訴矣，甯逞辯于訟師之筆端，而公庭不肯一至。今與爾約，爾與族人約，自茲以後，爾社有被控告者，本縣飭差就爾先行察覆，一面即帶被控之子弟赴案，隨到隨審，隨審隨結。或未能即結，其案小者仍交爾帶回候訊，不交差押。其案重者，有罪可援自行投審之例，稍從末減，無罪立即訊明摘釋，交爾保回。如此則無枉累羈候之苦，爾又何所憚而不爲哉？

以上四條簡而不煩，便而易行，本縣所責爾者如此而已。其他繁文條教，不以煩苛爾也。嗟乎！十室之邑，必有忠信，矧爾等年長樸誠，經通族僉舉，出受吾教，則非不習事者。即爾族衆，亦豈盡愚頑哉？其所以比年詾詾者，特莫爲之主耳。今日以往，吾爲爾主，爾爲子弟主。子弟之枉曲爾爲直之，爾之枉曲吾爲爾直之。要如身之使臂，臂之使指，則爾于一社猶一家一人也，吾于闔邑千社亦猶一家一人也，豈不美哉！

東溟文後集卷一

土地祠說戊戌三月

杭州學使署有土地神祠，相傳爲白鶴之神。新城陳碩士侍郎定爲范文正公作文，攷正之曰：杭州舊有范府君廟，在梅東高橋，明時以祀文正公。郡志云，里人奉爲土穀神。蓋皇祐初，公守杭州，發粟捄饑，當時德之，延及後世，報功之祀不衰，而習俗相沿，及於提學署中亦祀文正爲土地之神。夫土地之祠，世俗之稱，經傳所無也。古者，祭祀大夫，五祀而已。諸侯則祭其境內山川。學使者之職，與督撫同列，擬於古之諸侯。今世土地之祭，古者境內山川之祭也。今當去土地之名，而特稱爲文正祠，則名正而祀典亦尊。

余謂侍郎之說美矣。其謂土地神祠，經傳所無，而以今世土地之祭，當古境內山川，則非。且文正爲土地之神，亦無事易也。蓋今世土地神祠，卽古之里社，祀以人官，實本於禮，侍郎偶未攷耳。白虎通曰：社者，土地之神也。禮·祭法曰：大夫以下成羣立社，曰置社。鄭注：大夫以下，謂下至庶人也。百家以上，則共立一社。今時里社是也。左傳昭公二十五年，齊人致千社於魯。杜注：二十五家爲一社。禮·月令：仲春之月，擇元日，命民社。鄭注：社，後土也，使民祀焉。神其農桑也。孔疏：後土者，五官之後土，卽社神也。勾龍爲後土之神，又爲後土之官也。後漢書·祭祀志：孝經·援神契曰『社者，土地之主也。稷者，五穀之長也』。大司農鄭元說，古者，官有大功，則配食其神，故勾龍配食於社，棄配食於稷。由此言之，是土地之祀爲社，而其神以人官爲之，實古禮也。變社而曰土地，亦本諸緯書與白虎通。何云經傳所無耶？范文正有功於民，以爲土穀之神，亦猶勾龍與棄之配食，則其尊亦至矣。隋書·禮志：每以仲春仲秋並令郡國縣祀社稷。先農及臘，又各祀社稷於壇。百姓則二十五家爲一社，舊社及人稀者不限其家，春秋水旱禱祈祠具隨其豐約。唐書·禮樂志：自皇帝以下至諸里人，祭社稷各有其儀甚備。

皇帝及諸州皆設後土氏神座於社神壇上，設後稷氏神座於稷神壇上。至諸里社，則不稱後土、後稷，但云社神席設神樹下，稷神席設神樹西而已。豈非聽民祀其有功，初無定配耶？宋史·禮志：社稷自京師至州縣皆有，其祀歲以春秋二仲月及臘日，祭太社太稷。州縣則春秋二祭。金史·禮志：社稷壇，州縣祭享，一遵唐宋舊儀。元史·世祖本紀：至元十六年，中書省下太常寺，講究州郡社稷制度，祭祀儀式，成書名曰至元州縣社稷通禮。明史·禮志：社稷之祀，自京師以及王國府州縣皆有之。洪武元年十二月頒社稷壇制於天下郡邑。十四年令里社，每里一百戶立壇一所，祀五土五穀之神。明會典：里社專爲祈禱雨暘。每歲一戶輪當會首，春秋二社，預期率辦器物。至日，祭祀用一羊一豕，酒果香燭隨用。祭畢會飲，先令一人讀誓詞，曰：凡我同里之人，各遵守禮法，毋恃力陵弱，違者，先共治之，然後經官。或貧無可贍，周給其家，三年不立，不使與會。其婚姻葬喪有乏，隨力相助，如不從衆及犯姦盜詐僞一切非爲之人，並不許入會。讀誓畢，長幼以次就坐，盡歡而退。務在恭敬神明、和睦鄉里，以厚風俗。歷代社祭，自天子以至庶人，其典禮如此。

今世俗土地之祀，實沿古禮而變其社之名耳。其變自何時，不可考。竊意本朝初禁天下社學，民閒並社祭之名不敢稱，乃改爲土地耳。又考晉書·禮志云：漢至魏，但太社有稷，而官社無稷，此亦今民閒但祀土地，而無稷神之權輿也。世儒惑於禮記『天子祭天地，諸侯祭社稷，大夫祭五祀』之文，遂疑大夫以下不敢祭社稷，豈非謬歟？侍郎或亦有所疑忌，故舍土地即社之本義，而以今世土地之祭爲古者境內山川之祭，又謂學使者爲督撫同列，自擬於古之諸侯，以牽合之，亦大迂曲矣。

聖廟朔望香鐙說

聞諸生議府縣學朔望晨夕於大成殿及兩廡灑掃上香張鐙，諸生十二人輪月將事，可謂有恪矣。惜未詳考禮制也。古者，祭祀灑掃庭內不待言矣。若夫朔望之期上香之制、燭鐙之辨，不可不知義所自起也。塑望之禮曷昉乎？古者，先聖先師釋奠惟春秋二仲，卽壇廟祭祀，自日祭月祀時享歲終之外，有告朔，無望禮。文獻通考：『唐貞元九年，太常博士韋彤、裴諶等議，謹案禮經：前代故事，宗廟無朔望祭食之儀，園寢則有朔望上食之禮。天寶十一載閏三月初，別令尚書朔望進食於太廟，自是朔望始有事於宗廟。』至朔望謁祭先師孔子，則始自後齊。每月旦，祭酒博士以下國子諸學生以上，拜孔揖顔，日出行事，不至者記之爲負。元史·世祖本紀：中統二年六月乙卯，詔宣聖廟及管内書院有司，歲時致祭，月朔釋奠。成宗本紀：即位，詔曲阜林廟，上都，大都，諸路府、州、縣邑廟、學、書院有司，歲時致祭，月朔釋奠。成宗本紀：即位，詔曲阜林廟，上都，大都，諸路府州縣邑學、書院，贍學士及貢士，莊以供春秋二丁朔望祭祀。此爲聖廟朔望釋奠之禮文。明史·禮志：洪武十五年，新建太學成，定月朔釋菜之儀。十七年，敕每月朔望祭酒以下行釋菜禮，郡縣長以下詣學行香。蓋朔望行香始洪武時。本朝因之不改也。上香之禮曷昉乎？古禮祭祀以鬱金香草灌鬯，求神於陰，焫蕭黍稷燔膟膋，求神於陽，所謂合羶薌也。漢晉以迄唐代，祭祀大典皆依古禮，有灌鬯而無上香。其於香物設案於神位前焚之以鑪，則禮經無有，始自西漢宮中，以娛妃、后。而民閒豪富相倣爲之，不以祀神也。

其祀神焚香，實本於二氏。魏書·釋老志：匈奴金人率長丈餘，不祭祀，但燒香禮拜而已。隋書·經籍志：道經有消災度厄之法，依陰陽五行數術推人年命，書之如章表之儀，并具贄幣，燒香陳讀云。奏天曹請爲除厄，謂之上章。觀魏、隋二書，可知焚香禮神實本於此。六朝唐宋以後，二教盛行，自天子王侯以至庶人，寺廟宫觀祀神無不焚香爲敬，漸乃行諸郊廟矣。宋史·禮志：凡常祀天地宗廟，皆内降御封香，凡祈告，亦内出香。嘉祐中，裴煜請大祀悉降御封香，中小祀供太府香。元符元年，左司員外郎曾旼言，周人以氣臭事神，近世易之以香。案：何佟之議，以爲南郊明堂用沈香，本天之質陽之宜也。北郊用上和香，以地於人親，宜加雜馥。今令文，北極天皇而下，皆以溼香，至於衆星之位，香不復設，於義未盡，於是每陛俱設香。元豐六年十一月，南郊祀昊天上帝於圜丘，皇帝詣上帝神座前，搢圭跪，三上香，奠玉幣。此六朝後上香之儀入典禮之文也。尋何佟之議，是梁時明堂南北郊始有用香意。武帝天監十六年，祀郊廟，以蔬果代牲牢，遂并改膻薌求神而以沈香等木代之。然考唐禮樂志，祭祀仍用祼禮，初無上香。則此事北宋時乃爲定制。至紹興十三年七月，國學大成殿成，帝幸新學，升階，跪上香，執爵三祭酒，再拜。自是聖廟祭祀上香，亦以爲典禮矣。元史·祭祀志：至正二十二年，定釋奠儀。初，獻官入門詣大成至聖文宣王神位前，搢笏跪，三上香，乃奠幣。明以來，遂爲定制。推所從起，雖云不經，然較古人焫蕭焚膋膻薌求神之意，則一，而較爲精潔。故先儒議禮者，至今從之。所謂禮以義起也。

張鐙之事曷昉乎？古者，祭祀有燭而無鐙。周禮：司烜氏共祭祀之明燭。鄭註：明燭以照饌陳。賈疏謂：祭日之旦，饌陳於堂東，未明，須燭照之。又司烜氏，凡邦之大事，共墳燭庭燎。先鄭讀墳爲蕡，云蜀麻燭也。後鄭註：墳，大也。樹於門外，曰大燭，於門內，曰庭燎，皆所以照眾爲明。儀禮之燕禮，宵，則庶子執燭於阼階上，司宮執燭於西階上，甸人執大燭於庭，閽人爲大燭於門外。鄭註：燭，燋也，甸人掌供薪蒸者。賈蔬〔一〕：古無麻，燭而用荊燋，在地曰燎，執之曰燭，於地廣設之則曰大燭，其燎亦名大燭。觀此禮文，是古祭用燭，本束荊薪爲之。非在地，則執之以人，非如今之蠟燭也。今之蠟燭物，原以爲成湯所作，未見所本。世說：石季倫以蠟燭代薪而炊。南史：王僧綽採蠟燭珠爲鳳凰。蓋始自漢成帝時宮中用之，晉乃盛行也。今神皆木主，殿上不可設燎，易蠟燭以照饌陳，於義無迕。宋史·禮志：真宗大中祥符間，詔太常禮院定州縣釋奠器數，先聖先師每坐尊俎籩豆簠簋外，有燭二，從祀諸坐，籩豆簠簋外，有燭一，此爲聖廟設燭之始，卽古明燭義也。六經『鐙』字始見禮記·祭統。夫人薦豆、執校、執醴，授之執鐙。鄭注：校豆中直者，鐙豆下跗也，非『然鐙』之『鐙』。惟楚辭·招魂『蘭膏明燭，華鐙錯些』，乃然鐙耳。說文：鐙，錠也。徐註：錠，中置燭，故謂之鐙，從金登聲，俗作燈，非。顏師古急就章註：鐙所以盛膏夜然，燎者也。其形若杅，而中施釭有柎者，曰錠。無柎者，曰鐙。廣韻：有足曰錠，無足曰鐙。廣雅：錠，謂之鐙。王氏疏『鐙』：鐙形略如禮器之登，故爾雅瓦豆謂之登。然則，鐙之爲物，始見楚辭。西漢時，竹宮祠太乙自昏至曉然鐙，乃夜以祀神。佛書古有然鐙。佛傳法，蓋取鐙，鐙相接義。又佛以大智慧光明照十方界下度幽冥，於是禮神佛者，皆用鐙矣。大抵如今油鐙，非懸鐙也。今懸鐙多以蠟燭幃之以障風照物，製亦仿於漢宮。後益華侈。唐宋上元諸節，宮中民閒皆大張鐙，此乃爲樂耳。以施於孔子廟庭，似乎不可。然變薪而爲蠟，變手執在地而爲鐙，復變在案之鐙而爲懸，皆取照物爲明，苟無爲華侈，亦不失古義。禮記·郊特牲：庭燎之百，由齊桓公始也。鄭註：僭天子也。庭燎之差，公五十，侯、伯、子、男三十。今大成殿兩廡神位百數，地廣風多，不易爲明，則祭前行事，仿庭燎之義，而多懸鐙，如公、侯、伯之數，自可無嫌。特於祭後夜張，則無說耳。蓋古人祭祀，行禮必在質明始旦時，不卜其夜。子路爲季氏祭，質明行事，晏朝而退。孔子以爲知禮。誠以平旦氣清，人神可接。入夜則人倦，氣昏不可以交神明也。齊侯享於敬仲，欲繼以燭，而敬仲辭之。今朔望之晨行禮已畢，復於是夜張鐙，義何取乎？昔元章宗明昌五年，諸縣初議建孔廟，上閒[二]輔臣曰：僧徒修飾廟宇像甚嚴，道流次之，推儒者於孔子廟最爲滅裂。平章政事守貞曰：儒者不能常居學校，非若僧道久處寺觀。上曰：僧道以佛老營利，故務在莊嚴閎侈，起人施利自多，所以爲美觀也。章宗此言善矣。余則謂：孔子之道，以禮爲天下萬世法，制必有度，苟得其度，則舞用六佾，備極宮懸，不爲侈。苟失其度，即一籩豆之品，一拜跪之節，不可加。語云：無適也，無莫也，義之與？比學者於聖人之事，一惟以義衡之，斯可矣。若爲華侈美觀以悅神，希求福利，此正直之神所不許也，況聖人之庭乎哉！

今學官朝夕居廟側，殿廡之事，是其職也，其率諸生講求討論之有所據依，無瀆無廢。臺澎學政姚瑩說。

謹按：大清通禮：太學月朔釋菜，其日夙興，國子監典簿啓門，率廟戶潔掃內外，展幄拂拭神案，每案陳菜棗栗各一豆，鑪一，鐙二，設案於殿內，陳香盤七尊一，每位爵一。東西廡設案，各陳香盤三尊一，每位爵一。質明，祭酒率屬朝服，諸生吉服，行三跪禮。祭酒詣先師位前，三上香，獻爵，次詣四配位，如之。分獻官二人詣十二哲位，前二人詣兩廡先賢先儒位前，如之。復位，行三跪九叩禮。望日上香，典簿拂案、然鐙、設香盤於殿內及兩廡各案，惟設洗於階東，不設豆及尊爵。司業詣先師位前三上香，四配位同，助教二人分詣十二哲，學正二人分詣兩廡，上香儀俱同，釋菜。其直省月朔釋菜，望日上香，教諭訓導行禮與太學同。此定制也。今直省府州縣學多失此禮，而省自督撫以下，郡自道府以下，州縣自知州知縣以下文武官咸同行三跪九叩禮，餘皆無之，非制也。附識于此。

通鑑胡注曰：古者，鬼神宗廟之祭，焫蕭含馨香而已。至於灌獻尚鬱，食品用椒蘭，漢言芬若椒蘭，漢皇后椒房取其芬馥，郎官含鷄舌香奏事。西京雜記載，長安巧工丁緩作被下香爐。劉向銘博山爐，漢官典職，尚書郎給女史二人，執香爐燒薰，皆未以奉鬼神。漢武內傳載，西王母降，爇嬰香多品，疑皆後人傳會而言。宋范曄作香序，備言諸香以譏評時人，至其作後漢書，亦不載漢人焚香事，疑以香禮神之習，出於魏晉已下。程大昌演繁露曰，梁武帝祭天始用沈香，古未用也。祀地用上和香。注云，以地於人近，宜加雜馥，即合諸香爲之，言不止一香也。以上胡氏說，見後晉紀天福五年注。更記於此，以爲余前說之證。

【校】

〔一〕『蕤』，疑爲『疏』誤。

〔二〕『閒』，疑爲『問』誤。

宗譜辯誤

道光丁酉，桐城麻溪姚氏五修宗譜，十八世元之自京師寄世系一冊於宗人，曰：

『吾族郡曰吳興，而吾祖實遷自浙江，嘗徵諸歷朝傳表矣。梁征東將軍諱宣業，封吳興郡公。其先世居吳興，而世系可紀，則自征東始。此姚氏之爲吳興郡也。又舊譜云，唐梁國公謚文獻諱崇派傳一十八世有仕安慶者，悅桐城山水，居焉。考梁國傳云，陝州人，爲梁征東四世孫陝州之族，亦出於吳興，第未識遷陝歲耳。是吾祖爲梁國之後矣。又考梁國公八世孫諱餘慶，官冀州觀察使判官，遂家焉，人稱北姚。又遞傳十世，爲宋高宗敷文閣學士諱鎬，扈駕南渡，封沂國公，遂家會稽，所居曰姚家大府，今人稱姚家坟，不知何時去府加土旁爲坟。沂國生一子諱範，封汝南郡開國公。汝南當紹定二年，入相。吾祖之遷，當恭帝德佑，相距僅四十餘年，則仕安慶者自爲汝南之子矣。但汝南子三，桐之族爲伯氏後歟？爲仲氏、季氏後歟？未可知也。遷桐二世祖，當回籍修家乘，舊譜因之，自無差悮。惜遭兵燹，浙之後裔雖有續修，於其遷出者，概不之詳，無由考。而自汝南上溯梁國，爲十八世，又上溯梁征東，爲二十二世，則有可考者。爰據歷朝傳表，編其世系，寄存族中備考。』

十七世烺，取載譜末，廣見聞。十七世景衡貽書非之，其言既甚詳矣。十八世瑩曰：伯昂世系考，往在京師嘗見之，未及檢訂。今以庚甫叔之言，考諸史傳，伯昂有四誤焉。伯昂云，梁征東將軍諱宣業，封吳興郡公，其先世居吳興，此語蓋本唐表；而以姚氏爲吳興郡始自征東者，非也。吳興之姚，實始三國吳時太常卿信之父名敷者，蓋自虞舜生於姚墟，因以爲姓，在春秋爲田氏，王莽時田豐子恢避莽，過江，居吳郡，改姓爲嬀。五世孫敷，復改姓姚，居吳興。武康表言甚明。今不託始於敷，而以征東爲始，何耶？吳興之姚，自太常信後，六世郢爲宋員外散騎常侍、五城侯，七世菩提爲梁高平令，八世僧垣仕隋，開府儀同三司，北絳郡公。二子察、最。察爲隋太子舍人，襲公。子思廉，仕唐爲左散騎常侍，修文館學士、豐城縣男。思廉孫璹，仕武后爲相。次子班，戶部尚書。班孫齊梧，左金吾大將軍。最爲蜀王友。最子思聰，左庶子。七世孫發，右領軍衛將軍。發子南仲，右僕射，見於表者。察、最以下凡九世。表又云，陝郡姚氏亦出自武康。梁有征東將軍，吳興郡公宣業，生安仁，隋汾州刺史。安仁子祥，隋懷州長史檢校函谷都督。祥子懿，巂州都督。懿三子，長元景，潭州刺史。次元之，相武后、中宗、睿宗、元宗。三元素，宗正少卿。表載元景以下一世。元之以下六世。元素以下四世。唐詩人秘書監合，蓋元素後也。細檢唐書列傳，不但元之雖出武康，實爲陝郡姚氏，卽陳亡後，察遷京兆爲萬年人，亦非復吴興人矣。其猶稱吴興者，始祖復姓所居也。蓋武康之察、硤石之崇，皆得同稱，而尤以武康未遷者爲的。今伯昂託始征東，則惟崇之一族得稱吴興，將以察之一族實居自吴興者，何稱乎？其誤一也。

察與崇二族皆自南而北遷，其自敷以下，本族固猶在武康也。太常信後八世，未必皆獨子，意居吴興之姚，不如凡幾，固不得以察與崇二族盡之。第不知梁時高平令菩提與征東將軍宣業是否尚爲一族，抑已分族耳。蓋由吴興之姚，自梁至唐，惟萬年、硤石二族最著，而本族不遷者絶少聞人，故湮沒不彰。然不得以遷族之故，而反忘其本族也。支派既繁，或以仕地遷居，或以亂離蕩析，皆事所必有。故漢以來，姚姓自敷始復，則天下之姚，皆爲敷後，皆得被以吴興之稱，其不可稱吴興者，獨南安姚弋仲後耳。晉書載記，姚弋仲，南安赤亭羌人也。其先有虞氏之苗裔，禹封舜少子於西戎，世爲羌酋，其後燒、當，雄於洮、罕之閒，則西羌之姚，本亦舜裔。及弋仲後歷萇、興、泓，帝於中原，支族皆在長安，故關中之姚甚衆，皆弋仲後也。六朝時，關中之姚頗盛於吴興，然南北不相混也。自察與崇二族，由武康北遷而爲萬年、硤石，嗣是南姚、北姚不可復辨矣。徧檢正史，自唐以後，舊五代史、唐書列傳，有姚洪爲梁小校，率兵千人戍閬州，本傳未言何處人。歐書同。又晉書列傳，有姚顗，京兆萬年人，曾祖希齊，湖州司功參軍，祖宏慶，蘇州刺史，父京，國子祭酒。顗仕唐至中書侍郎平章事。入晉爲戶部尚書。卒贈左僕射。歐史、晉書傳云，顗，京兆長安人，以萬年爲長安，此歐史誤也。察後以此爲最著。宋史列傳，姚内斌，平州盧龍人，初仕契丹，歸宋爲虢州刺史，改慶州兼制置使，在郡十數年，西夏不敢犯塞，號姚大蟲，子承贊爲供奉官閤門祇候，使承鑾至殿中丞。又姚坦傳，曹州濟陰人，益王府靖善，知鄧、光二州。又姚仲孫傳，本爲曹南著姓，曾祖仁嗣，陳州商水令，因家焉。父曄，進士第一，著作佐郎。仲孫仕至陝西都轉運使，權三司使事，出知蔡州。又姚渙傳，世家長安，隋開皇中，有景澈者，爲普州刺史，卒，子孫遂家普州。渙弟進士，知峽、涪二州。又姚兕傳，五原人，父寶，戰死定州，未言何官。兕爲通州團練使，卒於鄜延總管，贈忠州防禦使。與弟麟有威名，關中號二姚。麟仕至都指揮使，節度建雄定武軍，檢校司徒，卒贈開府儀同三司，謚武憲。兕次子古，河東制置使。又姚佑傳云，湖州長興人，元豐末進士，仕至延安殿學士、工部尚書，知太原府，卒贈特進，謚文僖。又姚希得傳，潼川人，景定十六年進士，度宗時參知政事，以資政殿大學士、金紫光祿大夫、潼川郡公致仕，卒贈少保。又姚鉉傳云，盧州合肥人，太平興國八年進士，京東轉運使，終舒州團練使。子嗣復，永城主簿。又姚興傳，相州人，湖南兵馬副都監，以四百騎當金人十數萬，戰數十合，援兵不至，死，謚忠毅。又姚宗明傳，河中永樂人，四世盧墓。慶歷初，有司以姚氏十世同居聞於朝，詔復其家。後又三世。孝睦不替三百餘年，無異辭。以上姚氏，皆有傳見於五代史及宋史者也。中惟萬年之顗，可知爲察後。長安之渙，可知爲弋仲後耳。湖州在宋時仍爲吳興郡，長興、武康皆其統縣，則長興之文僖，乃眞吳興本族也。由武康而入長興，不知何代，然宋以前湖州無長興縣，或卽析武康地爲之耶？若盧龍，若曹南，若商水，若普州，若五原，若潼川，若合肥，若相州，若永樂，皆姚之望族，其爲吳興後耶？南安後耶？皆不可得而定矣。吾族本自餘姚遷桐，宋明以前，餘姚未有聞人，則竟已耳。必求一聞人而依託之，此狄武襄之所不肯也。吾五世祖雲南參政始爲譜錄，十一世祖職方修之，皆云遷桐以上始祖無考，愼之至也。乾隆閒十五世贛州太守三修族譜，乃有梁國公後十八世遷桐之言，未知所本。惜抱、中丞二公去之，仍從其舊，以闕疑，此百世不易之論也。而伯昂復沿贛州說，以桐城附梁國公後。其誤二也。

伯昂敘遷桐以前世系，自征東將軍宣業至十一世南昌主簿圭，猶有唐宰相世系表可據，惟以大理司直蘊爲枰有異，其十二世冀州觀察判官餘慶，十三世承事郎仁安；十四世瑀，不仕；十五世永安尉延；十六世彥威、十七世文元，皆不仕；十八世贈戶部尚書綽，十九世贈禮部尚書秋鴻，二十世贈兵部尚書稟，二十一世敷，文閣學士中大夫同知樞密院事贈崇政殿大學士沂國公鎬，二十二世樞密直學士兵部尚書紹定二年入相金紫光祿大夫勳上柱國汝南郡開國公謚安惠範，言之歷歷。以瑩考之，實不足據。天下之人衆矣，非功德才望有聞於世，正史不爲立傳，至若宰相，則人臣之極，位關國家治亂，賢不肖皆爲之傳，以昭法戒，或其人無足傳，至若除、授，必書於本紀及表，此漢以來史法也。考伯昂所敘，自餘慶至秋鴻，皆名位卑，或不仕，史無其名，猶云可也。如敘，鎬爲同知樞密院事，則宰輔矣；又云範爲紹定二年入相，此二人不惟宋史無傳，卽宰輔表亦無其名，本紀亦無除授，二人爲相之事，鎬同知樞密院事，雖未言何年至紹定二年，則史彌遠獨相，是時薛極知樞密院事兼參知政事，葛洪參知政事，袁紹同知樞密院事，鄭清之簽書樞密院事，表與紀傳載之甚明，豈可誣耶？由此言之，所云同知樞密之鎬、紹定二年入相之範，實乃子虛烏有。不知伯昂所據何書？大約浙中私譜之言，伯昂不能援正史以糾其妄，乃反援之以紊吾宗，且云吾祖爲汝南之子，豈知宋世固未嘗有入相紹定封汝南郡公其人者哉！此不知浙譜妄譔而輕信之。其誤三也。

瑩初不知浙譜誤自何人，伯昂系云：鎬，隨駕南遷，遂家會稽。豈卽會稽姚氏之譜耶？按宋史・地理志云，紹興府會稽郡縣八，會稽、山陰、嵊、諸暨、餘姚、上虞、蕭山、新昌，是會稽爲郡雖同，而縣則會稽自會稽，餘姚自餘姚也。吾族上世自餘姚遷桐，雖餘姚未有聞人，然地則必不可以相混，卽以桐城言之，吾族自爲麻溪，其別乎麻溪者，尚有會宮之姚、瓦岡之姚、白苓澗之姚、香鋪之姚，凡有五族，其四不知所自來，而未嘗混通。夫一縣之中且別族有五，至今各不相通，乃取會稽與餘姚二縣而一之，其可乎哉？此其誤四也。

嗟呼！人莫不有祖，誣之不可，無其事而爲說，猶之夫誣之也。伯昂自云徧考傳表，何以有此失？良由惑於贛州舊譜一言，又不知會稽族譜之無據，輒喜而依附之耳。烏知正史具在，考之固未詳乎！此瑩所不得辯者也。

李潮八分小篆說

杜少陵李潮八分小篆歌，盛稱其書。法吾衍學古篇，謂潮卽陽冰之名，陽冰其字，後以字行，遂別字少溫，引木華海賦『陽冰不冶，陰火潛然』，爲陽冰名潮之證。而趙德明金石錄譏之云，陽冰，趙郡人，太白之從叔，寶應元年已爲當塗宰。甚短潮書，以爲别是一人。且云，潮書初不見重于當時，獨杜詩盛稱之。瑩按：陽冰與潮是否一人雖未可定，若謂年不相接，則非也。韓昌黎蝌蚪書後記，愈叔父雲卿，當大歷世，文辭獨行中朝。于時李監陽冰獨能篆書，而配叔父擇木，善八分。據此，則擇木與陽冰同以書稱于大歷之世矣，又何疑于寶應乎？肅宗寶應元年壬寅建巳月改元，復以正月爲歲首，建巳月爲四月。是月，代宗卽位。明年癸卯改元廣德，乙巳年改元永泰，次年丙午改元大歷，五年庚戌，子美卒于耒陽。此歌居夔州時作，蓋大歷元、二、三年閒也。大歷元年，上距寶應改元僅五年耳。年既相接，安見陽冰非潮耶？昌黎謂韓擇木與陽冰併以書名于大歷之世，正與杜詩合，足見歌中盛稱書法之潮，卽陽冰也。若謂李潮外别有陽冰其人，則子美當與韓、蔡併舉，而以潮配成四人，何得遺之，但云『奄有二子』成三人耶？趙徒見唐惠義寺彌勒像碑，李潮八分書石刻書法不洽其意，遂斷潮與陽冰兩人，安知此碑石刻非他人贋作潮書耶？且書法工拙，何定之有？右軍手寫蘭亭多本，皆不如初，陽冰豈無敗筆？後人賞鑒不同，安見趙所云拙，他人不以爲工？乃不援子美所稱，以定石刻之贋書，反疑子美盛稱之過實，至謂吾子行矯亂後學，斥爲妄人。子行妄否，吾不知；若杜、韓二公，則非妄稱許者。趙自堅好博古，輕信石刻耳！近世士大夫好新尚異，自矜博古，凡土中掘起斷磚殘碣，皆爲至寶，反以歷世傳習者爲非。果於立言，皆此類也。可勝歎哉！

與方植之論陶淵明爲桓公後說

近刻援鶉堂筆記刊誤，伏讀一過，討論益見精宏。所論許魯齋、劉靜修一條最善，足徵孫退谷之誤。筆記當日載此，蓋亦疑之。足下詳考時地，魯齋爲金人，當歉於仕元，並非爲宋；靜修，本元人，所爲渡江賦咎賈似道之搆釁自張本朝，毫無所歉，此說足定千秋公論。惟以陶淵明非桓公後仍取閻左汾說，鄙見竊未敢云爾。謹以質諸左右。

晉書・陶侃傳，有子十七人，見舊史者，洪、瞻、夏、琦、旗、斌、稱、範、岱。洪早卒，瞻爲蘇峻所害，以夏爲世子，及送侃喪還長沙，夏、斌、稱各擁兵相圖，夏殺斌，庾亮表請黜夏，而夏已病卒，詔復以瞻、息、宏襲侃爵，卒，子綽之嗣，卒，子延壽嗣。宋受禪降，爲吳昌侯。筆記論淵明贈長沙公詩序云，淵明之祖茂當是，名不見於舊史者也。然淵明爲侃曾孫，則夏、瞻者，乃其從祖也。夏早卒，瞻未襲，其襲侃爵者乃宏也。（筆記刊誤作綽之，非。）則係淵明之再從父，非族祖也。再從父於禮爲小功，乃云『昭穆既遠，已同路人』可乎？瑩尋筆記此言，以詩序與本傳不合而疑之，未嘗謂淵明非侃後也。足下反覆於近時何義門、全謝山、錢竹汀諸家說，特取閻左汾斷以淵明必非出於桓公侃，極論休文、昭明之謬。左汾云自昭明誤讀陶命子詩，以祖與考係陶侃之下，及作淵明傳，道侃爲淵明曾祖。其實不然。又贈長沙公序『於余爲族』，族是一句，祖同出大司馬，大字當爲右，卽漢高祖功臣陶舍也。刊誤云，閻氏此說卓絕千古，但『於余爲族』四字終不辭，改大爲右，亦不確。嘗詳思之，晉世已重譜牒之學，相尚以郡望，此大司馬必是陶譜始祖，相沿之望，淵明因而稱之，而此所贈長沙公於次，適爲祖行耳。又云，所以稱族祖，正見其不同出，故稱族。又云，此所贈之人若是綽之，則與淵明同爲桓公曾孫，是昆弟也，不但不得稱祖，亦並不得稱族。稱族者，遠辭也。天下豈有共曾祖之親，未出五服而稱族者乎？更作『十二說』以明之，可謂詳矣。瑩按：爾雅釋親，父之從祖，晜弟爲族父，族父之子相謂爲族晜弟。儀禮・喪服傳，緦麻三月者，族曾祖父母、族祖父母、族父母、族昆弟。鄭注云，族曾祖父者，曾祖昆弟之親也。族祖父者，亦高祖之孫。據此言之，五服内正當稱族。族祖父與祖同爲高祖之孫，鄭注甚明。先儒說尚書，上自高祖，下至元孫，是爲九族。不但漢晉，卽唐以下皆如此，故唐律、開元禮、宋政和禮、司馬書儀、朱子家禮、明集禮、會典、今律文服制，皆同。儀禮以高祖之孫爲族祖，緦麻三月。今淵明以長沙公爲族祖，其同高祖實無疑義。且云同出大司馬，此云『同出』，似非卽高祖，當自高祖而上。然豈得舍桓公外，別求其人乎？閻氏好爲異說，不以淵明爲侃後，而苦於族祖之稱有礙己說，乃析族祖二字不作連讀，又嫌陶氏桓公外無大司馬，遂改大爲右，其言謬矣。足下知其不辭不確，猶取淵明非桓公後一語，非瑩所敢安也。

至以大司馬爲陶譜之望，別有其人，則更嘗細考之矣。大司馬位高權重，非尋常散秩也。其除、罷，史必特書，決無漏載。始設自漢孝武後元二年，以霍光爲大司馬，前漢書·公卿表：霍光以下，張安世、霍禹、韓增、許延壽、史嵩、王接、許嘉、王鳳、王音、王根、王莽、師丹、傅喜、丁明、韋賞、董賢、復終王莽，凡十八人，年月相接。後漢書無百官表，而帝紀：自更始元年光武爲大司馬，建武元年以吳漢爲之，二十年，漢卒，劉隆以驃騎將軍行大司馬事，二十九年改大司馬爲太尉，自是無大司馬。至少帝中平六年，董卓廢立，以劉虞爲大司馬。獻帝建安元年以張揚爲大司馬，十三年，罷三公官，置丞相、御史大夫，其載帝紀者如此五人而已。三國爲大司馬者，魏志：文帝黃初二年曹仁，明帝太和二年曹休，四年曹眞，青龍元年公孫淵，凡四人。蜀志惟蔣琬一人。吳志：孫權時呂範、朱然、全琮，孫亮時呂岱、滕允，孫皓時丁奉、陸抗，凡七人。及至晉世，武帝咸熙二年石苞、七年義陽王望，咸甯二年陳騫，太康三年齊王攸、十年汝南王亮，惠帝永甯元年齊王冏，懷帝永嘉五年王浚、六年南陽王保，成帝咸和元年王導，哀帝興甯元年桓溫，安帝元興六年琅琊王德文，終晉世爲大司馬者僅十一人。陶侃生時官止持節侍中太尉、都督荆江雍梁交廣益甯八州諸軍事，荆江二州刺史，封長沙郡公，將進大司馬，策命未加而歿，乃追贈之。見本傳成帝詔中。漢晉以來爲大司馬者具此矣，曷嘗別有陶氏其人者乎？然則序云『昭穆既遠，已爲路人』，何也？曰：此淵明有感之言也。桓公子十七人，惟襲封者居長沙，餘或歸鄱陽祖籍，或居潯陽遷籍，或隨仕宦所在，皆不可知矣。淵明居潯陽柴桑，正桓公故里，而長沙公則以襲爵世居長沙，雖一本而異籍。桓公歿在成帝咸和九年，更三十二年而後淵明生，在哀帝興甯三年。此序作於何時不可知，大約非先生少壯之作。上下六七十年亂離多故，彼此不通問者，情事之常，豈非已同路人乎？『同』之云者，正爲其不當同，故慨乎言之也。至於昭穆之次，則此所贈長沙公爲先生族祖，等身而上，是爲三代，上溯高祖，則五代矣，謂之既遠，不亦可乎？然則，此長沙公何人耶？曰：是不可定也。然按桓公傳：庾亮以瞻、息、宏襲爵，當在咸康元年後，亮督荆江七州時，事距桓公卒裁數年。宏仕至光祿勳卒，計時多不過三十餘年，淵明甫生耳。宏卒，子綽之嗣。綽之卒，子延壽嗣。淵明所贈之人，以爲宏耶，則年不相接。若是，延壽爲淵明族祖，則襲爵之宏，是爲高祖，其支派當在長沙，無緣還居潯陽。然則，謂綽之者近是也。以綽之爲族祖，則高祖乃瞻也。瞻子未必止宏一人，襲爵之宏，必居其長，昆弟不得立者未必偕往長沙，或居潯陽，蓋故里也。數傳至淵明，上溯桓公，已及六世，以此推之，不惟於『昭穆既遠』之言合，且於『同出大司馬』之言亦合矣。晉宋二書以侃爲淵明曾祖，則當直斷其誤，無事附和之可也。至淵明命子詩溯自陶唐受姓，次及滑侯舍，次丞相青，更次長沙侃，終及武昌守茂，至於其考，世系分明如此，皆本支也。故首章云：『悠悠我祖，中如愍侯，丞相長沙』，以次及之，何必人人系以祖稱耶？末云『肅矣我祖』，則此乃祖與父之祖，非遠祖矣。若長沙非其本支而別有陶姓大司馬其人者，是其所出，淵明何得舍之而別取他人之祖以紊其宗乎？且必有祖字而後信爲本支，則『愍侯』『丞相』無祖稱又作何解？昌榮他族，此後世狄武襄所不爲，而謂淵明爲之乎？詩題命子，歷序其先，欲使繩其祖武云爾，豈有以他人之祖與己列祖雜陳之以命其子者哉？淵明命子及贈長沙公序，義本分明，乃以本傳曾祖二字之誤，至使淵明不得爲桓公後，毋乃過歟？瑩渡海攜書甚少，惟十三經二十四史在，可以披尋，謹論之如此。願更審正之。

臺灣地震說 己亥五月

臺灣在大海中，波濤日夕鼓盪，地氣不靜，陰陽偶愆，則地震焉。蓋積氣之所宣洩也，或災或否，臺人習見，初不之異。道光十八年，臺邑十月雨後至於十九年三月不雨，他廳縣或微雨，四月郡城始雨，未甚，五月三日丁酉乃大雨連日，間有晴霽，諸廳邑同時大雨，山溪漲發，十三日丁未始霽。十七日辰刻郡城地微震，是夜丑刻再震，不爲災。惟嘉義縣同時地大震，官舍民屋多傾圮，斃者百餘人。余既行府縣，查勘撫卹矣。

有言者云，據府志，地震主姦民爲亂。余戒之曰：臺地常動，非關治亂。爲有司者，惟當因災而懼，修省政事耳。若必以爲亂徵，非也。臺人好爲浮言以亂人心，今甫平靖而爲此言倡之，可乎？既戒言者退檢府、縣志：自康熙二十二年至嘉慶九年凡書地震者九，惟康熙五十九年地震，六十年有朱一貴之亂，雍正八年地震，九年有彰化大甲社番爲亂，餘七次皆無事，足見非亂徵矣。乃備紀之於左，以縣志書成稍後，且鄭六亭所修，故主之，而附府志於下方：

臺灣縣志，康熙二十二年，王師平臺。

二十五年四月甲辰，地震。註云，臺地時震不書，大震則書。府志：夏四月二十日辰時，地大震，是時無事。

五十年九月丁酉，地震。府志：秋九月十一日戊時，地震。是時無事。

五十四年九月，大風地震。府志同。是時無事。

五十九年十月甲午朔，地大震。十二月庚子，又震。十餘日，房屋傾倒，居民多壓死。府志：十月朔，地大震。十二月八日，又震。房屋傾倒，壓死居民。凡震十餘日。

六十年四月，南路賊翁飛虎作亂。五月，府治陷，賊推朱一貴爲首。六月伏誅。

雍正八年七月丙午，地震。府志：八月十日，地震。

九年十二月，彰化大甲番林武力爲亂。十年三月，鳳山吳福生亂，四月伏誅。六月，捡林武力，正法。

乾隆十七年六月庚戌，地震。府志：六月，地震，不爲災。府自乾隆二十三年後無志，是時無事。

三十九年三月己巳，地大震，是時無事。

五十七年六月丁亥，地大震，是時無事。

六十年七月戊子，地大震。己丑，復大震。是時無事。以上臺灣府、縣志所載地大震者九，地震次年有亂民者二事而已，其無事者且七。姦民每藉祥異搖惑人心，以爲作亂之隙，豈可不考而妄言之乎。地方時有祥異，爲有司者但當修省政事，撫卹災民。至於臺民好亂，則無時不當思患預防，豈待地震而後爲之哉？臺民之亂十數，其先一年地震，見府、縣志者僅二事，餘皆未言地震。或言道光十二年十一月，張丙方亂，賊登壇拜旗，地亦震。蓋地祇惡之也。余非諱災者，懼好事之徒，摭不經之言，轉相傳播，啓姦人心，特詳考而論之，以祛其惑。

或曰：如子言，臺地之震爲海濤鼓盪，陰陽偶愆，說有本乎？曰：莊子有言，海水三歲一周，流波相薄，故動。夫中國土厚水深，陰陽相薄，地且時動，況臺灣在大海中波濤朝夕鼓蕩，其動不亦宜乎？或曰：若然，則人事無關矣，又何修省之有？曰：曷爲其無關也。人者二氣所生，其於天地猶子於父母。父母有疾，孝子爲之不甯，天地變常，君子觀之知懼。地者，陰，道民之象也，地以載物爲能，苟失其能，物莫之載，況於民乎？地氣鬱而不宣，外氣薄之，乃震。懼吾民疾苦屈而不伸，怨氣所積，是有災沴，不可不深省也。今震在嘉義，郡城次之，意者嘉民其有隱困乎？比見嘉民控愬丁役者多，屢飭邑令懲究之，而令或未能，民氣不伸，怨必積矣。苟伸吾民，惟亟去其丁役之害民者。臺鎮大兵已撤，姦人尚有冒爲營弁，恐索株連，必獲治之。臺邑亦有蠹役，甫飭革之，抑其次焉。至於命盜案犯，現爲民所控愬，府中提訊頗有枉者，是皆不可不省也。今檄各屬悉心清釐，毋更怙過。余與鎮軍、郡守亦各思其咎，益修政事以伸民氣而定民志，庶可寡過而安此土也乎！既辯言者之惑，更申諭之以警吾儕。

論趙恭毅覆奏宋學士參款事

康熙四十七年七月，內閣學士宋大業奉御書至南嶽，復命奏參偏沅巡撫趙申喬不敬之款八、溺職之款六，趙公遵旨回奏，得無罪。宋之傾陷與公之孤危，天下咸知之矣。顧余竊怪，立身如公，何以尚有餽宋七千金事也？

公疏云：康熙四十二年六月，宋大業祭告南嶽，齎御書匾額，一到長沙，虛張聲勢，多方恐嚇於臣，長沙知府姜立廣從中傳説，逼索多金，始容懸掛。臣敬畏天使，許以三千兩，不允，加至七千兩，令姜立廣向布政使暫借庫銀，即令姜立廣送七千兩，隨禮七百兩，幕賓劉某、張某各索銀一百兩，共七千九百兩。嗟呼，權貴之陵人也，雖公亦不能無懾耶。此銀暫借庫項，未言作何歸補。疏後云，宋大業本年再至，欲援舊例，但至今日派不可派，捐無可捐，僅令各官共送銀一千兩，隨禮一百兩，大拂其意，遂欲置臣于死。則前此之項，其爲各官派捐可知也。疏又言，姜某所領司庫銀五千兩建造御書樓，議捐四十二年俸工補項。是年冬剿撫紅苗，大師雲集，一應鑼鍋、帳房、運送、米豆、夫船、供應、犒賞諸費皆借帑應用。而四十三、四兩年俸工已捐修嶽廟，其庫項不可虛懸，署布政使張仕可詳稱，各州縣願將加一火耗之内加捐五分清補軍需，督臣暨臣批準。至四十四年，因修道路橋梁，雇備江南船隻，借動庫銀，又以四十五年俸工捐補。考四十三年公題估修南嶽廟疏稱，相度料估需銀三萬九千三百六兩，自知縣以上各官捐俸修葺，及後修御書樓有捐，軍需有捐，道路橋梁船隻有捐，四年之中，無歲不捐，俸工不足，加以火耗，此皆取諸司府州縣者。而復有派送宋學士前後九千餘金之事。是時，公方嚴裁州縣私派重征，參劾之章數十上，而此等派捐之事，顧頻爲不已，欲使屬官無怨，其可得乎？再考四十三年八月，姜立廣以隱匿甯鄉縣虧空爲公題參，蓋在饋送宋學士之後。夫不參姜之爲宋索賄，而參其隱匿虧空，豈公亦投鼠忌器耶？

嗟乎！趙公身爲巡撫，以清節上蒙知遇，而事勢所迫，猶不能無派累屬官以餽權貴之事，則府州縣以下其爲人所威怵者更不知凡幾。巡撫派之屬官，屬官將派之何人乎？稍知自愛者皆不肯朘削民膏，欲其併虧空而無之，不可得矣。先是四十三年，有奏請給各官養廉，禁征火耗者，上命各省督撫議。公言：各官賢愚不等，現許征收一分，尚恐浮收，一分之外，今再給銀，誠恐利慾薰心，巧借傾銷起解名色，藉收火耗，是既有損于國，仍無益于民。上納公言。至雍正中，乃定歸火耗于上而給養廉於官，其後官解錢糧傾銷火耗無出，仍不能不私取于民。公言誠有驗矣。而因事派捐俸工養廉猶不足，一切辨公無不責之州縣，所在以虧空參劾者，後先相望，以至于今也。悲夫！

讀葬書雜說

黄梨州有言，入土之屍，棺朽骨散，拾而置之小櫝，其慘不異于焚如，何如安于故土，免戮屍之虐乎？即不吉，亦不可遷。此蓋爲惑于風水改葬其親者言也。然所以不異焚如，未詳其故，世或疑之。昔亡兄欲遷葬王父母，瑩在海外，寓書言：以亡者入土骨肉爲無氣乎？則休咎不當通于子孫，而地師之書可盡焚也。以骨肉爲有氣乎？則葬已十數年，骨肉之氣與水土之氣已合，骨氣入地，地氣入骨，亦已久矣，從而遷之，是斷其骨肉之氣也。此與析骸何以異乎？且骨内之地氣不可復除，而地内之骨氣不可復合，更入以新地，水土之氣糅雜混淆，無從判析，欲求無凶，其可得乎？即不論吉凶，而分斷先人骨肉之氣，仁人孝子于心安乎？

吾見世人遷葬而禍不旋踵以至絕嗣者衆矣。執一人之見，自謂致孝于親，而不深思其毒惡，在其爲仁孝乎？亡兄見書，遲疑，遂不果遷。瑩是時未見梨洲讀葬書，問對亦有此言，復感傷亡兄之意，爰記于此。兄而有知，其或以爲然乎？

徐健庵作族葬考，謂古者葬不擇地，舉周禮：墓大夫，凡邦墓之地域，爲之圖，令國民族葬，亦如冢人，以昭穆定位次，而預爲之圖，新死者則授之兆，是故自天子以下，七月五月三月踰月之期無或愆者，惟宅兆已定，無所容其擇也。獨孝經卜其宅兆，而安厝之卜，則有吉凶棄取，然非後世人卜一坵之謂。因歷詆漢以來堪輿葬書流毒天下，以致爲人子孫者怵于禍福，延葬師求吉壤，選年月擇之大詳，于是祖父之體魄暴露中野，有終身累世不葬者。深取司馬溫公爲諫官，奏禁天下葬書，及張無垢律葬巫以左道亂政、假鬼神時日、卜筮疑衆之辟。又疑程子五患當避，及朱子形勢拱揖環抱之說，謂一邑一鄉，求形勢拱揖五患永絕者不可多得，舊冢未没，新冢日多，安得千百億之美地以爲周官之法即不可復，而宋趙季明族葬之圖不可不講。余謂：徐氏論葬不必如地師堪輿之說，則是謂族葬不可人卜一坵者，非也。北方土厚水深，平原寬廣，易爲族葬。南方卑溼，非山嶺則江湖，其寬廣平原，則田園耕種矣。安得盡人有可容一族之地以葬死者乎？閒有力好善者，廣置義冢，必其無子孫或子孫赤貧，乃肯葬之。否則，不肯葬矣。是不能不人卜一坵者，勢使然也。

但生齒日繁，不得人人皆葬吉地，更無世世皆得吉地之理，地師之說不必盡無而不可太拘聽。有德者自能得之，其中有天道焉。雖仁人孝子之心無所不至，而不能強天以從人。譬之人子，養祭其親，無不願三牲五鼎之奉，而爵位貴賤有等，不可以五鼎者爲孝，三鼎者卽爲非孝，備甘旨者爲孝，啜菽飲水卽爲不孝也。則又烏可以得地者爲孝，不得地者卽爲非孝乎？久停不葬，是乃眞不孝耳。問吉凶于地師，猶之周禮卜其宅兆之意。地師之說，未必人人皆精，蓍蔡之靈，未必事事皆驗。然問之卜筮，其中尚存天道，問之地師，則全以人爲，與其誤惑于人，何如聽命天數之爲得哉？

善乎！蔡文勤之爲喪葬解惑也。蔡以閩人，且篤信程朱之說者，其言曰，風水之說，何嘗不是，乃惑之而不修人事，專恃吉地，以爲獲福之資，遂有遲之三年而不葬者。停柩，不孝也。世有不孝之人，而能獲福者乎？

朱子于紹興十三年三月喪父韋齋先生，明年葬于建甯崇安縣五夫里之西塔山，奉韋齋先生之遺命也。是時，朱子年十四歲。乾道五年九月喪母祝孺人，明年正月葬於建甯縣後山天湖之陽，朱子年四十二歲矣。世之好毀朱子者，以爲惑于風水，不使二親合葬，痛加詆訕。友人方植之爲朱子申辯，謂周以前本無合葬之事，周公制禮後，始行合葬，朱子不合葬，蓋遵唐虞夏商之制。且謂體魄無知，非如生前夫婦當謹男女之別，而以合葬者爲不必爾。余曰：三代之禮，至成周而大備，品節極繁，或降或隆，不免文過乎質。故孔子曰：『鬱鬱乎文哉！』又曰：『後進于禮樂，君子也。』然孔子旣曰『吾從周』，又曰『如用之，則吾從先進』。二說不同，何也？吾從周者，遵王之制，爲下不倍之道也。吾從先進者，繼周損益，斟酌百王之事也。不曰先王後王，而曰先進後進，有所嫌耳。然此皆指繁文縟節之事，其大者重者，豈得有所變革哉？夫喪葬祭祀，大事，亦重事也。禮始于謹夫婦。共牢而食，合巹而飲，夫婦之始也。合葬于墓，共屍同几，而祭夫婦之終也。爲子孫者，烏得以父母已死，遂謂體魄無知，絕其夫婦之道哉？合葬之文見于檀弓，稱孔子合葬父母于防。又稱合葬非古，自周公以來，未之有改。詩經亦云，穀則異室，死則同穴。然則，此禮制自周公，孔子從之，三代而下言禮者，本諸周公，折衷孔子，不易之理也。柰何以朱子之不合葬遂謂合葬爲不必爾耶？既有中古聖人之製作，則上古之事必不可反。今使喪親者舍其衣衾棺槨而委之壑中以從上古，可乎？既有合葬之禮，則不合葬者爲變禮矣。譬之孔子葬伯魚有棺無槨，後人緣此，雖不貧者亦皆無槨，然安能并棺而去之乎？孔子合葬于防既可信，何又于孔子善魯人合祔之言而疑之乎？朱子不合葬自有其不得已之故，但詳考而申明之可也，若必以合葬爲不必然，則未免理曲而辭費矣。

東溟文後集卷二

樂儀書院始由監掣課士狀 乙未三月

憲臺念樂儀書院無官課，且去鈐閣遠，不能時與諸生講求，委職每月親臨書院作課，伏惟大君子精心教育，欲以宏獎士流，推宣明德，敢不奉揚大化。即明示諸生於三月初二日至院，扃門開課，酌示規條，諸生頗爲踴躍。惟點名後，有前日甄別未錄面求考課者，剴切諭之，未能遂已。伏思文章一日短長，本難遽定優劣，積習相延，本人或事故未到，以名借人應考，又不及覆試，恐錄取外，尚有可造之材，擬酌加推廣。以前次投考未取生員，由職示期在本衙門關防考試，擇其文理清通者，酌取二十名爲增廣隨課，附隨課生員後，一體作課。所有課飯及鄉試盤費，不敢更請司款，即由職捐廉辦理。三次五次優取生員上舍名目已停，如實有出類拔萃之才，仍與諸生一例。似鼓舞振興，尚有未盡，擬俟官課三次後，察有品行端醇、經學優長、詩文精粹者，於膏伙外，比附課例，加給膏伙一分，亦由職捐給，不作開銷，仰副憲臺樂育英才之至意。

抑更有請者，書院之設，雖業在課文，而講求道義、敦崇實學，尤爲教士之本。爾來風俗積靡，競末亡本，士子但知重科名，而於修己治人之道，經史子集之書，未能知所從事。書院課文，但圖膏伙，則是養而無教，利祿所以陷溺人心也。樂儀書院山長年來未能住院，雖有馬鄭之學、韓柳之文，諸生親炙無由，終鮮教益。竊以皋比不可久虛，師道必須嚴立，應請現訂山長早日涖臨長住，課文之外，講求先賢遺規，切於人倫之用，俾諸生有所觀摩，培成令器。或於國家教士儲才，不無裨益也。

儀河情形亟要先事籌濬議 乙未九月

儀徵縣運鹽河向有內外二道，外運河自由關出江至貓兒頸達捆鹽洲。內運河自江都之三汊河東北受淮水由石人頭入境，經朴樹灣、梁家灣、五帶子溝，又北受本境山水，過新城遶東門至天池商垻，越攔潮閘，南與外運河滙，此爲屯船入運之河道，而民間百貨亦賴此二河運載，上下數十里民田藉資灌溉。通商利民至便亦最要也。數十年來，二河皆有更易。內河自三汊河之挑壩廢，淮水直入瓜州，入儀之分流小弱，新城以下日形淺澀，天池久已淤墊，惟賴江潮自舊港南口漾入新城接濟。故屯船至此，改由臥虎閘南轉出舊港以達捆鹽洲，商鹽垣捆改爲洲捆。蓋由於此，外河由沙漫洲外突漲盛灘，江溜南趨，內添沙埂一道，土名迴龍洲，壅塞江流，大船不能停泊，改於老河影受載。子鹽綜船亦改由泗源溝駁運出江。此內外二河運道更易之原委也。

河道屢易而愈淺，非但鹽艘不便，而民間百貨阻運，圩田引灌無資，尤共苦之。嘉慶十六年、二十年，士民屢呈請大濬二河，挑截盛灘，且有民人張益安等赴都察院呈控，先經前廳於盛灘上穿挑引河，旋卽淤墊。議者以爲苟簡，當更大濬。前憲三次委員勘估，皆以爲當興大工濬治，俾江淮合流以刷淤通運。道光二年奏借江甯、江蘇、安徽三藩庫及運庫銀三十萬兩，內河自石人頭至响水閘，分工十五段，委文武三十一員承挑。外河自沙漫洲盛灘至貓兒頭，工分十二段，委文武十三員承挑。是年十一月興工，次年三月工竣，土方銀用至三十七萬兩。然不數年復形淤淺。今內河惟春夏水盛時屯船尚可由新城出臥虎閘到洲，一屆秋冬水落，梁家灣以西卽淺阻不通，屯船皆由瓜洲轉江入貓兒頸口，至洲解捆。外河亦惟春夏水盛，沙漫洲內水可通舟，下注運河，屯駁船出入尚便。及秋冬後，沙漫洲江水不入，捆鹽洲以上節節斷流，來源已竭，獨賴泗源一溝引受江水，橫流有限，下段河道亦多淺澀，而貓兒頸口門江潮出入停淤，屯船至此不能徑達鹽洲，不得已移捆場於安莊，商費既多，而隆冬嚴寒，夫工往來跋涉六十餘里，苦不勝言。闤闠之間，百貨絕跡矣。

職上年秋間到任，目擊情形，逆計十月以後不惟屯船不能到洲，且江水小落異常，貓兒頸口門外必更淤淺，恐屯船不能入口，則移捆安莊亦復無用，稟蒙憲臺準將該處口門及河中淺處酌量罱撈。迨後江水果小，而屯船得以徑到鹽洲，幸無誤捆。然此不過爲屯船到洲之計，未及全河大局也。及十月後沙漫洲江水不入，捆鹽洲頭以上斷流，竊以運河下段之水無源，僅恃泗源一溝進水，甚形淺弱，雖有貓兒頸江潮進至，究係客水，不能存住，且源弱則下流無力，潮汐更易停淤，意欲疏通上流。當經督同署批驗大使張梓林帶同弓丈筸繩親往探量，自洲頭起至沙漫洲口止，長約八百餘丈，工費頗多。其口門外盛灘阻塞，似當挑截，以引江流。而訪問土人，稽查案卷，則前此挑辦，不過數年，旋復淤漲。大工不能屢興，設法當期久遠，是以未敢遽聞。

今年春夏雨澤稀少，江流愈小，沙漫洲遲至六月後方能通舟。現探水勢，不過三、四、五尺不等，一經霜降水落，更易涸枯。不但民閒貨船不通，且下段運河，無源之水，本不足恃，更恐潮汐停淤，並去年所撈之貓兒頸口門復將淺阻。若非未雨綢繆，所關非細。風聞外閒士民亦多懷慮，議論紛紛，有求大挑內外兩河者，有求挑截盛灘者，有欲挑復天池舊制及三汊河挑壩者，有欲於沙漫洲下北新洲江邊別開新河者。斟酌輿情，考鑑前車，竊見淮水分流到儀力弱，僅可取其濟運，斷難望刷江潮。洲捆久已相安，天池通塞無關利害，所有請復三汊河挑壩及重濬天池之說，應毋庸議。內河工程，但需將梁家灣以下淤淺地段擇要興挑，卽可濟用。然由瓜洲入貓兒頸，猶有轉江之路，則目下情形尚可稍緩。惟外河運道若再梗塞，則束手堪虞。是此時不得不暫置內河，先治外河，最急之工矣。急工莫如捆鹽洲以上暢引江流，以大其源，益寬泗源溝，以充其腹，加撈貓兒頸，以通其委。誠使上流通暢，則江流順下，不惟濟運，並可刷淤。特沙漫洲口有盛灘梗其外，迴龍洲梗其內，毋論工費浩大勢難舉行，且甫濬旋淤，金錢可惜。或者別開新河之說尚有可採。查別開新河之說，從前卽有民人呈請者，其時方議興大工，故置未用。今大工已興，而盛灘如故，似未便再蹈前轍。特新開引河，必需相度江勢土性之宜，如果上迎江溜，近達鹽洲，而經費不甚繁鉅，民閒無所窒礙，自當俯順與情。容與儀徵縣王署令延訪紳耆，詳加履勘，通盤籌畫，請示遵循。所有儀河亟要，不得不先事籌備情形，謹先繪具通河大局全圖以聞。

上陶制府淮北溢課融銷南引議 丁酉四月廿二日

竊瑩前擬丁酉綱淮南引鹽提出二十萬引，援從前淮北融南成案，融銷淮北溢額票鹽，以票稅經費劃補淮南報部，正雜錢糧其不敷雜項於淮南勝引內加帶足數，並請淮北票鹽自丁酉綱起每引加帶雜項二三錢，開摺面呈，蒙諭恐有窒礙未許。

瑩再三籌度，本年淮南商納丙申綱奏銷課銀均已力盡，計在岸在途及未請未運各綱殘鹽不下兩綱有餘，非兩三年不能完竣。再加丁酉全綱引額更鉅，恐來年奏銷尚不止於本年之棘手。且丙申綱許、尉二商退懸之引，已費盡籌畫始得完公，丁酉綱許、尉二商引數既無商認，而現運諸商自顧不暇，其勢亦難再行加派。即食岸中如甯國一府引額九萬有奇，來年七折行鹽尚形積滯，安慶亦多懸引，雖提融二十萬引未足濟事。然較之辦運全綱，究覺寬舒，即以融運引內稅銀抵退懸引之課，其中亦爲有益，必使商力稍紓，楚鹽暢銷，乃可再行加派。上年淮北乙未奏銷案內溢請票鹽二十二萬餘引已奉奏明留爲下綱造報，本年應辦丙申票鹽。前據海州分司言，非發四十萬引照票，不敷給販，司中已照數印給。合計淮北上年溢請之鹽七十餘萬，除代銷淮南二十萬引，尚存五十餘萬。以之造報票鹽正額與應行帶殘及撥補江運不足外，仍多十餘萬引留爲下綱淮北之用。名雖融北，實於溢請票稅內劃補，並非又需加引行鹽，似不致有窒礙。如不請融撥，而本年票鹽仍須請運四十餘萬引，不能減少，至年底奏銷共存溢請四十餘萬引，萬一部中以淮北歷年俱有溢請，令溢請票稅儘數報撥，來年另行照額請辦，豈不益增課額？況淮北加帶己庚殘鹽，丁酉綱即可帶竣，此後只慮引少販多。

本年如蒙奏準融銷淮南二十萬引，將來或多或少或停，皆可因時酌量。合再稟陳，祈飭童運判商定，以便敘詳請奏。

再上陶制府北課融銷南引議 丁酉五月十二日

再奉鈞函，以丁酉綱淮南融北一事，據票鹽總辦謝令及童分司復稱不便，應毋庸議。商課要在嚴催，庫銀必須謹守。又諭此時治標之法，嚴堵緝以催銷，速疏銷以提課，先充庫貯，再議通融，始爲當務之急。若欲另籌別法，將使庫貯漸縮，旁觀謂俞、劉二公苦積之功尋至漸少，大滋口實。伏讀三四，惶悚殊深，既承指示，謹當恪遵辦理。前月廿六日已開丁酉新綱，所擬本綱課則亦於本月初五日呈送，靜侯核定飭發，即可刊行。

惟尋繹明諭，深恐庫貯不充，致煩垂廑。謹將本年三月初八日開徵起至五月初六日止征收支解銀數開具清摺呈覽。計前司存庫銀三百三萬有奇，瑩接徵兩月以來各商完納正雜課銀一百十五萬八千八百五十兩，內除領抵數外，各商實完現銀七十六萬九千一百餘兩。他如各場折價耗羨規費淮北票鹽正稅官運回課等款，收銀三十七萬餘兩。總共實收銀一百十四萬三千一百五十餘兩。連前存庫，通共實收銀四百十八萬有奇。除報解京外甘肅諸處餉銀七十六萬三千八百餘兩外，支各款銀三十萬四千四百餘兩，實在現存庫銀三百一十一萬三千九百餘兩。各商感荷憲仁，亦尚急公。瑩仍當不遺餘力嚴催完納，一面移咨楚西鹽道並飭漢岸委員嚴提回課，不敢鬆勁。至積欠河餉，今亦擇要先撥六萬一千七百餘兩，委候補大使張梓林於十二日起解矣。又承示，以陸運司有請假回籍之說，到任尚稽時日，諭令悉心籌畫各務。伏查陸運司甫自本籍入都，無由請假。大約於去冬在京已蒙簡放四川，遲至今年二月出都，其中或有請假之事，以此訛傳，亦未可定。然瑩深荷知遇，惟有竭力認真辦理，斷不敢因護理人員稍存觀望。特素性耿直，待人如己，不免爲公事認真之故，自取嫌怨。所恃仁明素鑒，不以自疑耳。前聞各處蝗蝻頗有萌動，深切殷憂，因奏銷在即，不敢稍涉張皇，密札三分司查詢，各場情形尚未復到，而興化周令通稟境內蝻孽已淨。惟東臺縣場鄰近蝗蝻，頗多蠢動，現在委員分赴三分司，切實查詢撲捕，務期淨盡。日來頗得透雨，若再能溥遍，復有西北風，庶幾蝗可無虞矣。

再有請者，本年新綱已開，淮南即當按商派運，惟各商原辦之引可派，而無著之引加派殊難。昔淮南盛時，富商百數，辛卯、壬辰之際，僅存四十餘家。維時初改章程，乍輕課則衆情踴躍，投請欣然。及癸巳開綱，稍形疲退，俞前司始行派運之法，各準上綱運數，先派八成以應奏銷，續派二成以完綱額。其時已有無著懸引加派通綱者，衆商勉強應命，間或未遵。及至甲午，派數愈艱，原派多欠運，未清加派，亦有名無實。黠者巧於趨避，猶可搘撐，拙者勉力從公更形竭蹶。伏思辛卯以來，仰蒙奏請裁浮費、輕課則，準緩納、減窩價，所以恤商至矣。而未能大裕者，外苦於岸銷之積滯，而內困於派運之日增也。滯銷之病，人皆知之。派運之病，容或有未知者。卽如許宏遠一商，初行二三萬引頗見從容，及後累增至五六萬，遂以不支，求減不能，卒至身亡業歇。今淮南總商、散商雖有九十餘旗，實乃一人數旗，止三十餘家耳。旗數愈分，資本愈薄，且時去時來，本盡則退，通計商資不及千萬，承運一百三十餘萬之引，其勢固常岌岌矣。黃、包二商，今日所稱最巨者也。黃氏三旗附王頤泰一旗，癸巳以來，派運十七萬引，邇來更形竭力。包氏七旗附十四旗，時有損益，名亦屢更，蓋糾合衆資爲之，癸巳、甲午派運十八萬引，實行亦未能足，丙申派運二十一萬引，實行僅十四萬。其次如和福盛，派運九萬餘引，實行不過八萬。汪福茂，初派六萬引，遞丰（『豐』字不露頭，見文海影印版第506頁順4行）加至九萬足矣。趙德和，派運五萬三千餘引。支尤詳，派運六萬二千引。陳祥盛，派運四萬七千引。姚臨泰、鄒德興，皆二萬餘引，僅能自保。此外各商，派運萬引或數千引，皆難以加增矣。至於莊玉興、謙泰二旗，初派五萬九千引，實行止二萬七千，後乃改派三萬，本商已故，老友何佳琛撫孤代辦，竭力經營，殊覺難支，每見次言之淚下，亦可憫矣。總計通綱自癸巳以來，每年派運未行已八九萬引，今尉、許二商罷歇，新舊懸引無商認運者，蓋二十餘萬。此瑩所日夜深思，不能安於寢食者也。商鹽一引用資本十三兩有奇，全額運行需資本一千六七百萬兩。現在商資通計不及千萬，其何能行？

夫事勢將窮必當變。計前者乙未綱引未開，已蒙深鑒積引之多商力之困，切疏請命，仰荷聖恩俞允分帶，不啻吹朽肉枯，商非木石，豈不感戴宏仁？丙申一綱，踴躍輸將，本屬完善之局，無如尉、許二商後先傾覆，逋欠數十百萬。一時蘇、揚資鋪相戒不與商人交易，銀路不通，衆乃束手。瑩上年在郡爲劉前司言，宜乘此豐年出庫銀三十萬交商賈穀，藉此轉輸，使資鋪無所居奇，其機可轉。劉前司始頗然之，中惑人言，謂庫貯不宜輕動，事不果行。衆商力絀，納課不前。今歲正月，見劉前司，言深悔之而已無及，延至二月奏銷坐悮，遂以身殉，良可痛也。瑩受事，查庫貯現銀猶三百三萬餘兩，未嘗不充，而事機竟悮，則其故可思矣。方運司初亡，人情洶洶，訛言日聞，衆商莫知所措，勢將渙散，幸憲臺駐節淮揚，接見衆商，撫以溫霽，衆心稍安。然猶以絀課甚多，懼倉猝不能奏報。又蒙俯用瑩策，給還應領窩價，納六銷四，銀不出庫，以給還十六萬之名，而坐收四十萬之利。又值楚西課銀回揚者二十餘萬，經瑩曉以利害，衆商悉數投完。三月初八日開徵至十五日，凡收銀七十餘萬，奏銷遂足八分以上。十六日申送冊揭，不致悮期，此皆善權事變，是以輿情悦服，不假鞭撲，公事迅完。

由此觀之，欲圖庫貯之充，固有以予爲取，失少得多者矣。向使應還者不還，惟以誅求爲事，則大局幾不可問。今事已平定，局外之人或猶以不守庫貯爲譏，目睹前司覆轍，不求其故，是將使淮綱一悮再悮也。今日之所大懼再悮者，則來歲奏銷是矣。課出於運，運出於商，商出於資。今各商資力不足，招徠新商又非月日可計，若以二十餘萬無著之引，復加派於筋疲力竭之商，恐繼尉、許二商傾覆者且將接踵矣。再四籌思，實無良策。適因淮北票鹽暢行，有加給大票之請。查出上年溢請已銷三十二萬引，又本年準給四十萬，通計七十二萬。除淮北奏銷三十七萬外，請暫撥二十萬溢銷之鹽，融代淮南二十萬無著之引，仍餘十五萬，溢存淮北，以備來年票販或有不足之需。至課則不符，亦已設法配合。竊謂於淮北並無窒礙。童運判亦以爲先保淮北，再顧淮南。除留三十七萬引外，所有溢數可盡融南方，冀事有可商。及連奉明諭，乃知爲謝令之言所沮。謝令在北言北，無怪云。

然瑩則職兼兩淮，南北皆所當籌，不敢顧此失彼。且南綱事情重大，歷年爲淮北融銷滯引二三十萬，及今疲敝之餘，猶每年代淮北納完税課。今淮南引地現受北私侵灌之害而不許暫融淮北溢票之引，揆之情理，亦有未順商情，已不免怨嗟，儻更加攤重派，誠恐有名無實，非追呼所能從事者。瑩代庖數月，原不及辦來歲奏銷，然不及早圖，綢繆有後時之悔。且體察情形，實有必不能行之處，有益於公，浮言非所卹也。

上陶制府請買補鹽義倉穀議丁酉九月十二日

前月二十八日奉諭，以瑩詳請買補鹽義倉穀恐各商又蹈從前領銀無穀之轍，飭俟來春察看，或委員會辦。仰見憲臺庫貯倉儲兩期實裨之至意。惟其中尚有委曲情形爲前詳所未盡者，正擬縷晰耑陳。兹於初六日載奉諭教，以丁酉新綱截至八月初九日共收正雜銀十四萬餘兩，距明春奏銷之期不過六月，商情困乏，亟須設法籌維，買補義倉，以南融北二事，未嘗非商課出路，令將融北一節先叙妥詳，以憑入告，買穀之事，可俟明春。大要在得尺得寸，總以嚴催商課爲先。憲慮周密，無微不照。謹悉心斟酌現在商課情形及買穀、融北二事舉行次第機宜，爲憲臺陳之。

竊見商人完課，在今日實已不遺餘力矣。淮南運商雖九十餘旗，行鹽實止三十餘家，通計資本不及千萬，而運鹽百餘萬引，又當岸銷久滯，鹽價減跌之時，其困可知。然本年瑩自三月初八日開徵至九月初九卯止，共徵南商課銀二百四十萬二千七百餘兩，益以正二月劉前司所徵六十五萬五千四百餘兩，共已徵銀三百五萬八千餘兩，較之丙申全年徵銀二百八十四萬五千餘兩，已爲過之。年内尚有三十三卯，約可徵銀一百餘萬。溯查歷年以來，惟癸巳年徵銀四百三十萬爲最盛，而甲午年則止四百一萬，乙未年則止四百九萬，其時大商如尉濟美、許宏遠、莊玉興猶未敗也。若壬辰年則僅徵三百四十五萬矣，辛卯年則僅徵一百八十三萬矣。今許、尉二商既罷，莊玉興又敝不可支，而本年征課猶如此，故以爲不遺餘力也。惟各商之課新舊並完，而奏銷之期則新課尤亟，計明年二月丁酉新課及帶乙奏銷以八分計之，當徵銀一百八十餘萬，今截至九月初九止，甫征銀二十六萬五千餘兩，距奏銷之期不滿六月，督責雖嚴，商納未必逾二百萬，此中尚須帶運積殘，則新賦或僅半之，是尚短數十萬之奏銷也。不爲早計，臨時恐費周章。

急之則元氣愈傷，寬之又不免墊報，此瑩所以不得已而爲融北、買穀二計之請也。融北之事，誠如憲示，所當慮者三端，令妥爲籌議以免大部駁詰。謹更熟思，在調劑商力言之，雖爲融課，以疏銷積殘言之，則實爲融引。蓋綱食各岸歷年滯銷，殘引日積，四月間初議此事時，查明楚西食岸未運各綱鹽一百三十餘萬引，縱使極力疏銷，非一二年所能竣事。轉瞬戊戌開綱，陳陳積壓，商何能支？兩淮本屬一家，彼此通融歷有成案。今以淮北溢銷之鹽融淮南滯銷之引，於課無虧，於商有益。若慮南鹽無路分銷，恐致透私，則本年春夏場鹽本多缺產，似可無慮者，一也。北鹽正稅每引一兩五分一釐，合經費四錢，悉數撥補南課，尚屬不敷，本須通綱改攤科，則今入奏只當以票鹽正稅爲言，其餘不敷，概令通籌灑帶，務符南課正雜之數以應解支。經費一節，本不必瑣細上陳，似可無慮者，二也。十五年部咨票鹽溢請二十七萬引，所有淮北前停積欠如何分帶，當時咨復，請俟帶完已庚正課後再行加帶。今票稅餘存，恐部行令抵補淮北積欠，此固在所當籌。然此時入告，專爲融銷積引以紓淮南之商力，而帶補淮北遠年之積欠，事在可緩，倘經部駁，尚可復咨，似可無慮者，三也。惟此事若於五月爲之，方在奏銷多故之後，新綱甫開之時，恰當機宜。今憑空言之，費辭無謂。似宜俟新運司到任，查明積引，通盤籌畫詳辦，則爲新運司到淮條陳事宜。此所謂雖有鎡基，不如待時者也。

至於倉穀一事，似覺轉不可緩。蓋民間穀價，惟新穀登場，閭閻出售，以爲卒歲之資，價值最賤。一交正月，則人人待價而沽，誰肯賤價出售。況買穀二十二萬石帶補十一萬石，非尋常萬石千石之比，卽分路而行，亦俟陸續買運，非經二三月之久，不能買齊。及今發價，而收倉竣事已在十二月間，猶及民間卒歲需銀時也；若交春令，卽使民間肯賣，計竣事當在三月價貴之時，非但商人不願承領，卽委員亦恐不敷。時際青黃不接，而買穀數十萬石，米價必一時騰踴，卽今飛蝗在野，後慮方深，故愚闇之見，竊謂事機當在此時也。

至於昔年虛領穀價，無穀上倉，其咎雖屬商人，而弊源亦自有在。往時之買穀也，例價一兩四錢，給商實領，其水腳關鈔八錢，則爲院司庫官胥吏丁役陋規。而水腳關鈔不過問也，置穀一石需銀二兩二錢。弊有其源，是以商無忌憚，或價發而穀不上倉，或上倉而穀不足數，官吏任聽所爲，莫能究詰。今力裁浮費，所有陋規全革，只給水腳關鈔一錢五分，商人無所藉口；復嚴定章程，官爲查驗，安敢無穀上倉？且現僉之商，其行鹽或十餘萬，少亦數萬者，前此並無領買未到之穀，特因虧穀諸商皆死亡倒罷，衣食不周，諸人有監於江大鏞，義切同袍，不忍坐視監追之苦，願領一石之穀價，自買新穀一石帶補舊虧穀五斗。此其意在急公尚義，初非貪利爲之，亦豈肯自蹈覆轍乎？而由官課言之，則丁酉新綱完納無幾，借此穀價，令諸商全數抵課，自行備穀交倉，且收三十餘萬之穀，倉庫兩裨，並舊虧亦完，商力不勞而人情悅服，以此言利，利孰大焉！

委員會辦，窒礙實多。蓋庫中穀價本捐自商人，名曰義倉，自當歸商經理。委員能採買於一時，不能收管於久歲，設有霉壞，商豈甘賠？以暫時差委之窮員，與百萬鉅資之商較之，得失固不侔矣。故竊以買穀歸商，則承管亦責有攸歸，似爲允洽也。二事既舉，則來歲奏銷自可督完，而商力未虧。即戊戌新綱，亦可從容部署矣。

瑩目睹時事之艱與夫商力之困，日夕籌維，求所以安上全下者，有所見不敢不白。非惟職所當盡，亦義所難辭，並不敢以交替有期，稍存漠視。惟仁明決擇施行。

至於運庫，前按劉運司存銀三百三萬九千九十餘兩，今自三月初八日開徵至九月初九卯止，共收兩淮課銀三百一十九萬七千三百九十兩，除解支二百九十七萬九百餘兩，現存庫銀實貯三百二十五萬六千五百七十兩。附呈辛卯以來逐年逐月征收商課冊，本年正月至現在止運庫每月出入四柱冊，以備會計。

東溟文後集卷三

樹苓湖歸鹿港分運臺穀狀 戊戌七月

道光十八年五月初三日準福建藩司諮，奉總督部堂鍾批，據鹿港同知陳盛韶稟，前據臺防廳仝丞因專運賠累，以五條港下湖在笨港以南，稟牒道府，請歸臺防，將船押歸鹿耳門配運，經卑職將此口船隻卽五條港口淤塞移泊之船，且在嘉義境內，應照常仍歸鹿港配運五條港年額廒穀，具稟本道並牒本府。蒙委前署淡防廳玉丞查勘，玉丞自應秉公勘辦。乃以該處本在笨港以北，離鹿港九十五里，離臺廳一百十五里，混稱在笨港以南；北至鹿港有二百餘里，南至臺防僅數十里，自行勘覆。府議亦以仝丞專運賠累，謂該口應歸臺廳管理，將船押歸鹿耳門配運，而於五條港年額廒穀八千石無船可運未爲計及，併鹿港每年專運之穀多於臺廳亦未爲一計。則臺廳近在郡中，其累易知，鹿廳遠在郡外，累幾無可告訴。總之，下湖無論在笨港南北，均是嘉義所轄，又久經撥配，乞俯念下湖卽五條港配運之口在嘉義境內，離臺防一百一十五里，離鹿港九十五里，久歸鹿港管理撥運五條港年額，仍飭照舊歸鹿港配運，以昭平允。奉批仰福建布政司移臺灣道確切查勘，秉公妥議詳覆。又奉撫憲魏批同前事，職道於閏四月十六日到臺任事後，分飭府廳妥議未覆。因思兩廳既互異其詞，而府委玉丞勘議又爲陳丞稟駁，自當另委覆勘。該處係嘉義縣所轄，其樹苓湖一口是否在笨港以南，抑在笨港以北，與臺、鹿二廳各有若干里，玆委嘉義縣范令詣勘繪圖，覆稱，查從前奏定分管地界樹苓湖卽下湖一口，係卑邑轄內，在笨港以南，距郡城九十五里，距鹿港一百二十里，距笨港縣丞署三十里，並繪具圖說前來。據范令所勘，是樹苓湖一口實在笨港以南，距郡城只九十五里，而距鹿港一百二十里，與玉丞所勘大略相同。以形勢論之，近者易轄，遠者難稽。臺防一廳額穀最多，鹿耳門口漸形淤淺，郡城商貨不行，來船益多，該府目擊艱苦情形，議歸臺廳管轄，不爲無說。至於臺、鹿兩同知分管地界一節，行據署鹿港同知玉丞抄送乾隆三十二年初設臺灣府北路理番同知及四十八年開設鹿仔港正口各原案內載，乾隆三十一年總督部堂蘇奏，臺灣民番雜處，不法漢姦侵占番社地土，以致番眾流離，請照廣東八排猺理猺同知之例，將泉州府西倉同知改爲理番同知，頒給臺灣府北路理番同知關防。其南路臺灣、鳳山兩縣社番甚少，臺灣府海防同知專管船政，事務簡少，請以海防同知兼管，頒給臺灣府海防兼南路理番同知關防。據此，是北路同知其初專爲理番而設，海防同知乃專管海防船政，後兼南路理番，則當時各口均屬海防管理甚明。迨乾隆四十八年，總督部堂富會巡撫部院雅奏開鹿港正口廳商船由蚶江徑渡內移駐文員一條云，臺灣府理番同知管理民番交涉事件，原駐彰化縣城。彰化至鹿仔港，僅只二十里，請將該同知移於鹿仔港駐劄，民番交涉事件，仍可照舊辦理。所有鹿仔港海口出入船隻，責成該同知查察掛驗。鹿仔港巡檢一員，歸該同知管轄差委。繹此奏文，是北路理番同知原只管鹿仔港一口，其所屬亦只鹿仔港巡檢一員，並無諸羅、彰化二縣海口歸鹿港同知管轄之文，則鹿仔港以南各口及縣丞、巡檢，仍皆歸南路海防同知所轄無疑矣。以上原案如此，是仝丞之說有徵，而陳丞所爭無據。

第今昔情形不同。查五條港之開，當日原爲鹿港口門淤塞而起。樹苓湖一口雖北距五條港二十五里，察核圖內，實與五條港口上下，同一內海，其外有沙汕二道，本名象鼻湖，自南至北三十餘里，今五條港既屬鹿港，設立文武汛館，則以此作五條港附口似爲較便。且其地統係笨港縣丞所轄。今奏案令笨港縣丞稽查，五條港歸鹿港廳，又以樹苓湖歸臺防廳，未免兩岐。職道察核情形，樹苓湖自宜歸鹿港廳，以符奏案。惟是二丞所爭，不在口岸之有無，而在配穀之盈絀。各口情形，時有通塞，則配穀之多寡，亦當隨之，方足以昭平允，而於公事有益。伏查通臺兵穀，最先惟鹿耳門一口配運，其後開鹿仔港運穀，亦即分其一。其後又開八里坌運穀，又分去其一。最後開五條港運穀，又分去其一。非有私於臺防也。正口增則商船分，故運穀不得不因之而分也。通臺四正口，惟鹿耳門額配最多，屢次分撥之後，現在額定鹿耳門年配運穀三萬二千四百五十一石二斗九升八合八勺，又米折穀三千石，閏年加配穀一千六百三十五石。鹿港年配運穀一萬石，又米折穀一萬二千七百五十石，逢閏加配穀八百四十四石零。五條港年配運穀八千石，八里坌口年配運穀七千七百一石零四升，逢閏不加配穀。合計四口配運仍以鹿耳門穀數最多，年額運穀凡三萬五千四百餘石，閏年乃三萬七千餘石。鹿仔港、五條港二口併計年額運穀三萬零七百五十石，逢閏亦僅三萬一千五百九十四石，今又益以樹苓湖一口，是鹿港兼收三口之船，而臺防獨受多穀之累也。且郡城郊行衰敗，商船日少，雖有安平港、東港，皆口門淺狹，不通大船，其能配穀者僅鹿耳門一口。今樹苓湖口距郡城九十餘里，行戶頗多，商船來貨由此登岸北行，北路商貨亦由此登舟更爲近便，故樹苓湖日益以盛，則鹿耳門日益以衰，此事理之必然者也。今既人以樹苓湖歸轄臺防，理應爲臺廳重減運穀。又查八里坌一口，原配額穀一萬四千餘石，自眷穀改折後，現在年只運穀七千七百零一石，閏年又無加配，該廳自正口外尚有大安及雞籠二口，近日小船收泊甚多，而運穀獨少，不及臺鹿二廳三分之一，揆之情事，亦宜量爲增撥。查八里坌額配七千七百餘石，皆彰化一縣之穀，而彰化尚有額運福州兵米八百七十五石，折穀一千七百五十石，仍由鹿港配運，該縣于兩口皆有運館，應請以彰化此項兵米折穀一千七百五十石悉數由八里坌配運，以歸一律。在八里坌合計亦只年配穀九千四百五十一石零四升，並不形其加重。如此，則鹿港所管二口年額又少此一千七百餘石之穀，然後在臺防額配臺邑應運廈倉兵穀六千一百零六石二斗之內，撥出四千石歸於鹿港廳，由樹苓湖口配運。如此，則鹿港所管三口常年共配運兵穀三萬三千石，閏年加配八百四十餘石，實只代運鹿耳門穀二千二百五十石，鹿耳門一口年運穀三萬一千四百五十一石二斗九升八合八勺，庶不至獨形吃重矣。

鹿港陳丞在郡時，職道嘗以問之，陳丞亦云如果以樹苓湖歸鹿港，情願代配兵穀若干石。更以詢之熊守、仝丞及現署鹿港之玉丞、署淡防廳之龍丞，僉以爲可。謹遵飭勘議具詳。

上督撫請收養遊民議狀戊戌七月

臺灣民情囂動，奸宄時萌，上廑宸衷，蓋有年矣。竊見臺灣大患有三：一曰盜賊，二曰械鬥，三曰謀逆。三者其事不同，而爲亂之人，則皆無業之遊民也。生齒日繁，無業可以資生，遊蕩無所歸束，其不爲匪者鮮矣。道光十二年張丙之亂，渠魁僅數十人，而賊衆何止二萬！若輩附和，非必欲作賊也，徒以無業蕩遊，賊招之則爲亂民，官用之則爲義勇，此皆可良可賊，視能食之者則從之耳。當時誅捕十纔二三，餘衆萬數千人，名雖解散，實猶在嘉、彰兩邑，此所謂伏戎於莽也。

言者皆曰清莊聯甲，是固然矣。夫清莊者，嚴事稽查，不使內賊之匿。聯甲者，互相防守，不使外賊之來也。第思此等賊民，既不歸莊，行將焉往。臺地外限大海，內阻兇番，非如各省昔年教匪可以散之四方，則仍潛伏一隅而已。大莊富強者不敢歸，惟貧弱之小莊及內山之僻地爲其逋逃。任聽之，則日往月來，勢必復思嘯聚。急捕之，則挺而走險，旦夕可以燎原。所以甫逾年而有許饍成，再逾年而又有沈知之亂也。竊意逆案逸犯有名者不過數人，餘皆無名男子。在聖朝寬大久已罔治脅從，而若輩未免，自懷疑懼，巨匪大姦自知不赦，復以危言劫之，堅其必死之心，衆乃以賊爲歸。今夏以來，嘉彰地方拏辦盜犯已七八十名，地方稍靖，尚有匪徒結衆羣行，文武購拏猝難下手者，其故實由于此。

竊謂與其但事搜捕，適成爲叢敺爵之形，莫若收用遊民，以爲化莠歸良之計。夫遊民衆矣，將收用之，必籌所養，而不必官爲養也。計嘉義一縣三十五保一千四十二莊，彰化一縣十三保半一千四百二十七莊，大莊約數百人，小莊約數十人，無業遊手者十只一二，除實係逆案巨匪及搶劫盜犯或命案正兇之外，其僅止惰遊強悍與匪類往來者，大莊不過十數人，小莊數人耳。今使各總理董事查明本莊似此者凡若干人，收使歸莊，赦其前罪，準予自新，由董事勸諭本莊公給飯食，作爲莊丁。無事則巡守田園，有事則逐捕盜賊，仍造具年貌名冊送官存案，責成總董稽查約束，不許更與匪類往來。如此，則遊民自願歸莊，無業皆爲有業。雖有大姦，而黨散勢孤，易以成搤矣。今年春夏閒，嘉彰一帶樹長刀鎗之形，濁水忽清七日，民閒以爲亂兆，謠言四起，人情洶洶，秋冬恐有事變，不可不蚤爲計也。

夫法不可屢更，令必期信守，此收用遊民之法，非於舊行章程有所更改也，正卽清莊聯甲之法而推行之。所慮愚人惜費，或以爲難養閒人。然臺地年來大熟，米商不至，各莊皆有餘糧，以數百人之莊而養十數人，以數十人之莊而養數人，當不至於不給。且此本莊之人，非其族鄰，卽其戚屬，並非外至。向來臺俗遇有匪類械鬥及逆匪到莊，皆有派飯章程，民閒習爲之矣。有事以之養賊，害且爲之；無事以之養民，有利無害，何憚而不爲？惟在地方官督率總董認眞行之耳。其或本係窮莊，遊民歸無所食，則令地方官查明山陬海埔有可墾闢之地，準其呈明，給照往墾，務使人皆有業，則反側自安，盜賊易捕，地方可靖矣。

職道熟慮再三，詢之於衆，並以商之在籍王提軍，皆謂可行。現已札飭嘉、彰兩縣，出示各莊，給諭總理董事，委大甲巡檢蔣律武、候補府經歷縣丞龐裕昆分赴兩縣，會同范、賈二令及該管之縣丞、巡檢妥爲勸諭辦理。如果此事能行，是乃先事弭亂之急務也。

覆鍾制府言事狀 戊戌七月二十日

本年七月十二日奉憲臺劄詢嘉義縣樸仔腳地方船戶私販鴉片以致臺地洋銀缺少一節，遵查樸仔腳在縣城西四十五里，其外卽係內海，又名樹苓湖，在五條港及笨港之閒，南距鹿耳門九十五里，北距鹿港一百二十里，海口寬深，商船多往停泊，街市行店頗盛，先歸鹿港廳管轄，近係臺防廳暫管。二廳相距皆遠，稽察難周，商船私帶禁物未到口之先，在地姦民偷用小船接運，事所必有。兵役查獲往往得錢賣放。不但此處，卽他處亦難保無之。職道先後飭拏兩起，以未得賊具，反牽累多人，故尚未能定案。

昨奉憲行黃鴻臚請加重食煙人罪名，職道業已遵議詳覆，一面會同臺鎮出示拏禁，各處煙館現皆紛紛關閉，則其畏法可知。如能拏獲人賊俱全者，照例懲辦數起，此風或漸期斂跡。又奉憲詢彰化之沙連、大肚、葫蘆墩等處匪類甚多一節，查沙連卽水沙連保，在縣城東南七十五里，五十五莊皆係彰籍。大肚保在縣城西北四十五里，一百三十九莊，泉、漳二籍錯居。葫蘆墩在縣城東北六十里，一百八十一莊，皆漳籍，間有泉、粵之莊。此三處本著名多賊，屢飭賈令會營圍拏，先後報獲盜犯紀興、許福等二十九名，皆係疊案巨匪。不但彰邑，卽嘉義之水堀頭、虎尾溪等處，亦皆賊藪，疊飭范令會賈令圍拏，報獲張班、鄭存等四十五名，先後勘辦在案。數月以來，地方尚爲安靖。彰邑搶奪遞解人犯之案，亦已破獲。惟外間積匪同逆案逸犯尚多，黨羽或數百人，或數十人，所在有之。不僅此數處而已。弁兵不過虛威，獲犯全憑線費。該令等實已不遺餘力，臺鎮操練精兵赤暑無間，洵屬克己勤公。惟所費不貲，文員歲捐一萬之外，各營津貼尚數千金，將備亦形竭蹷。

竊觀大局，匪徒捕誅不盡，竊發堪虞。文武資力亦疲，精神難振。數遭蹂躪之閭閻，紳富捐輸豈能盡恃，荷戈戮力之義勇懋賞難徧，懈退漸形，寓培養於整頓之中，所以不得已而爲收養遊民之計也。然尚未知地方官及總董人等果能實力同心否？智慮短淺，惟祈誨示機宜。

上鍾制府魏中丞言事狀 戊戌十月二十六日

臺灣今年春夏間，嘉、彰交界桐樹多成刀鎗之形。王提軍遣人斫取一刀，約長四尺，刀頭一尺四五寸，有背刃、刀環，環上垂繐數縷，皆自然生成。職道過其家，曾親見之。又虎尾溪向係濁水，忽澄清七日。民間相傳林爽文及張丙之亂常有此異，今年地方必有不靖。又臺地年來大熟，內地各省亦熟，臺米無處出糶，業戶苦於有米無銀，一切興作皆罷。至於娼、賭之事，遊者絕少，無業小民益無從謀食，所謂熟荒也。匪徒皆思爲亂。前奉憲檄以彰化葫蘆墩、大肚及虎尾溪諸處匪徒甚多，飭行拏辦。而各屬地方如此數處者正自不少，特嘉彰尤甚。此職道所以日夕籌維，不安寢食者也。五六七月間，雖捕獲盜匪九十餘名，稍覺安靖，而無濟於事，是以稟請收養遊民。八九月間，風謠大起，人心惶懼，職道決意出巡嘉、彰一帶，督捕匪盜。其時嘉義則有賴三、陳賽之黨，插旗造謠。又有呂寬、呂九之眾，會飲血酒。彰化則有蔡水藤、張心羣匪結黨製旗。鳳山則有張貢、張生諸逆聚眾搶汛。皆欲乘機滋事。此外各路紛紛復連報搶劫，人心頗爲震動。職道親駐北路地方，督率嘉、彰二縣及該營員嚴捕，先獲賴三插旗造謠一案及疊劫盜犯，在地正法。而各莊總理董事率領收養之莊丁整隊迎接于道左者數千人，皆隊伍整肅，匪徒聞風畏懼，乃紛紛解散，各路謠言頓息，道途行旅如常。所有嘉、彰二邑匪徒盜犯捕獲一百二十餘名，鳳山張貢一股亦同鎮府飛飭盜[一]鳳二縣會同營委各員破獲首從逆匪六十餘名，又獲盜犯三十餘名。南北兩路皆平。

惟是臺灣盜匪甚多，非捕誅之所能盡。計職道本年閏四月十六日到任，至今半載，督飭各屬拏獲斬梟擬遣盜犯三百餘名，兵役線勇捕費已屬不貲，内有遺犯一百數十名，解郡、解省、配船、渡海、刑具、木籠、囚衣、口糧諸費需數千金，各屬實形竭蹷，不可不加體卹，且范、賈二令皆奉撤參之員，交代虧空，更爲可慮。職道擬此次捕費由職道及府縣捐備，毋庸議外，所有遺犯解費無出，勢必互相諉延，即如十六年逆匪案内遺犯及各年盜犯至今未起解者尚百餘名，是其明證。似當於提存噶瑪蘭充公餘租項下動支若干，交存臺灣府查明人數，於起解時量爲津貼。

抑職道更有請者，内地如延建三府皆有緝捕經費，而臺灣海外巖疆反未籌及者，以從前缺分尚優也。今則處處皆患虧空，大非昔比。鳳山曹令尚以捕盜爲難，何況其餘。若不亟籌經費，非捕務廢弛，即庫項挪移，非所以慎重地方也。查有噶瑪蘭未入額田園一項，歷來收取餘租，報明道府存貯，以備急需，今李倅詳請入額報升，將來入奏似可將緝捕需費情形上聞，請以此項租息爲經費。蓋此項田園非近濁水大溪衝刷靡常，即係旁山砂礫瘠薄少收，一入正額，日後地方官民受害無窮，只可作閒款，仿各營官莊之例，由蘭廳征收報解道庫存貯，爲各屬緝捕之費。竊意聖明軫念海外巖疆，必蒙恩準，俟定案後督同臺灣府妥議具詳。

【校】

〔一〕「盜」，當爲刻誤，按前後文内容，應爲「彰」字。

嘉義地震已由臺灣捐卹狀己亥十月

道光十九年九月二十八日奉憲臺抄摺行知，以嘉義縣地震會同撫憲恭摺奏委陞補鹿港同知張汝敦赴臺隨同查勘，妥爲撫卹，並恐臺灣府熊守捐帶卹銀不敷所用，在於司庫籌撥銀五千兩交張丞帶臺查辦，仰見軫念災黎，曷勝欽感。竊查五月十七、八等日臺屬地方同時地震，惟嘉義情形較重，職道接稟報即委熊守前赴查勘，並據由稟請動帑辦理。嗣據熊守並委員魏令及該縣范令先後勘覆，細查城鄉各保倒民房六千六百六十八間，緣自五月十八日大震之後，二十八、九等日復有微震，其攲斜未傾之屋續坍八百四十七間，統計原報續坍共倒塌民房七千五百一十五間。内除殷實各戶自行出資修建，無庸官給修費共五千三百六十三間外，計貧乏之戶坍壞瓦屋一千七百七十二間，草房三百八十間，内中尚有貸自親朋鳩工搭蓋，不願請卹，其實在應給之戶，核計修費爲數無多。至城鄉壓斃男婦大小一百一十七名口，並受傷較重六十三名，亦於查勘之時給予收理、醫藥之費，統計需銀不過千兩以上，似可由外捐給，毋須請動帑項。經職道已以捐辦情形會同達鎮於六月初十日具稟，隨捐發廉銀四百兩，檄飭委員魏令會同范令逐戶分別瓦、草房屋計間散給，其不敷之銀，由府縣捐廉湊辦。旋據該縣冊報共捐給收埋醫藥番銀五百七十四元，倒塌瓦房、草房共給修費番銀二千三百九十四元四角，統共捐給番銀二千九百六十六元，折銀二千一百四十九兩五錢六分五釐，業已周遍無遺，民情均極安恬。復于七月十三日會同達鎮具奏，並錄摺稿申送憲鑒。茲張丞抵臺，解到奉撥司庫銀五千兩已無所需，商之熊守，收貯府庫，于請領來年臺餉詳請扣抵。至倒塌城垣，復經嘉邑在籍王提督情殷報效，仍勸同地方紳士捐資。該縣范令督仝修築，現已動工，衙署、監獄等項内，除參將衙署已奉發工費銀兩，飭縣會營領辦外，其餘各項工程亦經范令先行籌款興建，分案造冊核議，另詳辦理。

臺灣山後未可開墾議辛丑二月

道光二十一年二月二十四日憲臺劄開，奉正月十八日上諭給事中朱成烈奏，臺灣應墾地畝甚多，請飭查辦一摺。據奏稱該處地方遼闊，未墾之田極多，如果認眞墾種，卽以每歲所入爲福建海防，可潛消英夷覬覦等語，著卽飭臺灣道、府確切查明具奏，欽此。蒙飭職道督府確查詳覆。惟原摺未蒙抄發，不知所言應墾地畝係指何處。職道先後在臺年久，地利情形知之頗悉，謹詳陳之。

臺灣在大海中，本一大山橫峙。其山前寬廣之地近二百里，南北延長一千二百餘里，山後略短，南北不及千里。自山前之西盡山後之東，連山腹最寬處，約數百里。山前面西，開設四縣一廳與福州、興化、泉州、漳州四府對峙。山後面東，平埔之地頗狹，新開噶瑪蘭廳在山後北境，北自三貂、雞籠，南至蘇澳，約二百餘里，與淡水之南境及彰化之北境隔山相值，地勢最寬處不過五六十里。逾蘇澳更南，則皆生番，未入版圖之地，一曰奇來，二曰秀姑巒，三曰卑南覓。迤運南轉，卽山前鳳山縣之瑯嶠番地矣。此臺灣地勢之全形也。淡水、噶瑪蘭二廳，臺灣、鳳山、嘉義、彰化四縣，生齒日繁，地利盡闢，久無曠土，閒有山陬沙礫隱墾未報陞科者，爲數畸零，若紛紛查丈，必生事端，非海外安撫窮黎之道。是以從前屯租缺額，屢思查勘撥補，迄未能行。惟彰化縣水沙連山內有水、埔二社，番地空闊，嘗爲民人越墾。道光五年奏奉諭旨，恐啓番釁，立碑禁止。又噶瑪蘭有近山傍溪瘠地一千數百甲，甫經民人續墾，由廳詳報勘丈，現辦陞科未竣。此外並無堪以開墾地畝。卽彰化水、埔二社亦在縣內山腹中，夷人無從覬覦。所未開墾而可慮者，獨山後噶瑪蘭界外奇來、秀姑巒〔一〕、卑南覓耳，其地頗平衍，堪以墾種。三處延長約數百里地，皆平埔，其各社生番較之內山凶番頗爲平善，然與噶瑪蘭之蘇澳中阻兇番，不能陸進。數十年前有漢人泛海至彼，爲番婦贅壻，後人陸續往墾，番亦安之。因其未入版圖，無從查詰。職道初慮漢奸在彼召納亡命，或勾引外夷潛踞，使人往覘。回報蕃社約以百數，漢人散處裁十之二三，沿海一帶，尚皆荒蕪，草樹蒙翳，並無路徑。雖有山溪數道入海，亦淺狹，多不通舟，故遂置之。及前年奉文嚴禁鴉片，因思鳳山縣沿山皆粵籍民人，地近瑯嶠熟蕃，其陸路與山後之卑南覓接壤，海面與粵東之潮州南澳遙通，粵人渡臺往往自彼駕小舟由瑯嶠僻處登岸，風聞有攜農具通好熟蕃，至山後開墾者。粵人最善治地，慮其援引日眾，港道開掘寬深，船隻往來透販鴉片，夷人聞風必生覬覦，當飭鳳山縣查禁。該令復稱，前有粵人爲熟番所引，從內山越墾，及後繼至，山徑荒迷，多爲兇番所殺，遂不敢往。已遵飭嚴諭瑯嶠番社頭目，不許再引漢人透越，並取粵莊頭人切結在案。

職道伏思臺灣在前明時嘗爲紅毛所踞，彼豈忘情，特英夷現爭內地馬頭，或不暇及此，一經敗衄，則必謀竄臺灣。彼知山前文武嚴防，未必得志，或往山後，攻取生番之地，或潛購漢奸開墾，爲將來巢穴，則與我共有臺灣，患將無已。似宜我先取之，勿以資敵。然而有可慮者四焉。山前廳縣環列，皆在平埔，其東山脊千里蜿蜒，嶺複溪重，盡係生番種落，性兇嗜殺，日事撫綏防禦幸乃相安。一旦往墾山後，必以兵護行，番見兵至，勢必相持，或煽動內山兇番爲助，則全臺震動。是逆夷尚未外來，番釁已先內啓，將使英夷坐收漁人之利，其不可一也。若不用兵而善取之，則必厚賞生番，先與和約，然後召徠民夫，荷鋤往墾。地既廣大，眾當盈萬，非十餘年之功，不能成熟，非十數萬之費，不能竣功。方今軍需浩繁，豈有餘力及此？其不可二也。即以善取，而地廣人稠，亦必督以文員，理其訟事，更將以兵弁鎮其紛爭，事屬創始，非得賢能廉正，年力強壯，堪耐煙瘴，且熟悉地利，洞曉民情番俗者，不勝此任。目前文武尚未得其人。昔噶瑪蘭之開也，其時民開地畝已闢，番情已和，自請收入版圖，然後官爲經理。然猶楊廷理開之於前，翟淦繼之於後，經營歲久而後定。今情異事殊，所遺不得其人，恐無成功。其不可三也。山前山後，形勢相背，兇番中阻，道路不通，南北須由海道遶行，風濤險遠。方今未入版圖，治亂猶可不問，一經開闢，當設州縣，文如牧令，武則副參，守以重兵，乃能底定。果竟宴然，固善矣；設有意外，而山前之兵應援莫及，如其仍不能守，取之何爲？其不可四也。有此四難，職道之愚，所以籌度久之未敢輕率上聞也。

至謂墾地，每歲所入可爲福建海防，則又嘗深計之矣。臺灣一郡文武廉俸、兵餉船政，歲費國帑三十萬有奇，本地錢糧、鹽課、雜稅所入抵除之外，藩司發解臺餉常需十數萬兩，入供內地者僅兵穀十萬耳。地方時有蠢動，軍需小者三五萬，大者百萬，歷稽一百七十年來，軍需十數動矣。噶瑪蘭廳之設，楊廷理畫策，初計地方所入，供用有餘，嗣以增兵，僅能自給，所謂餘利蓋亦無幾。今開山後，即如楊廷理法，歲以供山後之用，未必尚有盈餘。況現在海防俱係山前，即噶瑪蘭廳亦尚與內地相望，而形勢已覺孤懸，若山後開闢，則東盡汪洋，不但內外不通，並山前已自隔絕。海防所慮，更費周章，恐國帑歲費益多，惡在所入可裨福建海防乎？

或謂廣東之瓊州亦在海外，十三州縣未嘗不環五指生黎，臺灣山後全開，亦即瓊州之類。殊不知瓊州雖云海外，距雷州海面僅六十里，水程裁一更耳。臺灣則距廈門十三更，即蚶江相距亦尚七更，五虎門約與蚶江相仿。山前已遠非瓊比，何況山後？且瓊州之西，尚有安南接近，爲我外藩，臺灣之外，則萬水朝東，滄波無際，固不可與瓊州同論也。竊謂山後不開，誠有後患，而此時遽開，則尚未得機宜。與其闢之而溝塍顯露、速以興戎，莫如荒之，使無可垂涎，暫緩致寇。第未審朱給事所言是否即山後之地，或非此地？異日亦必有言者，若不及今具奏，恐干欺隱之愆。熊守所查情形亦大略相同。謹就管見，據實以聞。

【校】

〔一〕『蠻』，據前當爲『巒』。存疑。

東溟文後集卷四

海外廳縣津貼公費狀辛丑八月

道光二十一年八月初四日奉道光二十一年五月二十五日憲牌，奉上諭大理寺少卿金應麟奏，閩省積弊請旨籌議一摺，據稱，該省沿海要區缺多疲累，當於舊章之中，量爲變通，使材能之士無所畏葸，不肖之徒無以藉口等語。州縣爲親民之官，地方多一疲累之員，不獨民閒隱受其害，卽公務亦必多貽悞。著顔伯燾、劉鴻翺卽將摺内所指各條悉心查議，是否可行，據實具奏。原摺著抄給閱看，將此諭令知之，欽此。查閩省沿海要區素稱難治最苦，各縣辦公需費，經本部院下車之始，卽札飭司道設法籌畫，俾資津貼，未據具復，合行札飭。札到，該道立卽遵照查明海外四縣是否無須津貼，有無閒曹堪以裁汰，臺屬同知、通判中缺分甚多，應酌提公餘銀兩若干，以資津貼，務卽體察情形，通盤籌畫，尅日妥議通詳以憑覆奏。總不以臺灣津貼内地，亦不以内地闗餘津貼臺灣。查噶瑪蘭有應陞科田地，現因防夷，暫緩辦理，或卽以此項爲津貼，不必裁汰閒曹，酌提同通公餘，一併籌畫，務期盡善。奉此，伏查：

臺灣孤懸海外，民情不靖，時防亂萌，各廳縣事勢較之内地尤爲亟切，若不使之辦公有資，不但不肖者因之掊克，激生事端，卽賢能之員亦無從展布。誠如上諭公務必多貽悞，聖明洞及隱微，實乃求治之大本，防亂之大源也。復蒙憲示，以噶瑪蘭應陞科田畝或卽以爲津貼，不必裁汰閒曹，酌提同通公餘，飭道籌畫，下懷不勝欽服。謹查臺灣廳縣最疲累者，無如嘉、彰二縣，缺本非優，兼之亂民屢作，盜匪極多。鳳山次之。

夫治臺首在防亂，防亂莫先緝匪，而緝匪非賞不行。獲辦後又苦遣解内地，渡海配船之費，每捕一要犯自數十金至數百金不等，而起解内地每名需費亦四五十金，計每縣年閒應捕匪犯多者百餘，少或數十，止此一事，所費已數千金矣。勤奮者無非虧挪官項，懼累者則以有勘無捕，或捕而不辦，卽辦矣而遲久不解，甚乃人于交代前後互推，苦累情形不堪言狀，誠非有以津貼之不可同通之。中惟淡水、鹿港二廳爲優。淡水係地方官，本有緝匪之責，幸官穀無多雇運，賠費有限，而每年臺鎮北巡，攜帶重兵，往來十餘站，夫馬之費輒數千金，較他屬尤鉅。鹿港自奉新例以來，每年配運官穀，不足雇船專運，所費亦鉅。至臺防一廳，自鹿耳門廢後，商船不前，久已疲乏，近又每年雇運官穀，多者萬餘石，少亦數千石，五廳之中，辦公最爲竭蹷。其差堪自給者，惟澎、蘭二廳，臺灣一縣而已。此皆公餘無可提者。若閒曹，則臺屬大小各員無非緊要，實無可裁，堪爲津貼。

茲督同臺府熊守查明有噶瑪蘭廳民人續墾東、西勢田園，道光十七年經通判李若琳丈明，堪以陞科，上則田園一百六十餘甲，下則田園一千七百二十餘甲，照蘭廳則例，年可征租三千八百餘石。因民人對冊領單未竣，尚未詳報陞科。又彰化縣藍興莊，自嘉慶九年詳丈張景行等四戶未陞田園二百二十餘甲，現亦墾成，年可征租四百餘石，因業、佃互控糾纏，延未報陞。以上未陞田園共二千一百餘甲。在天朝賦則久定，原無需此有限供租，若以爲緝匪解犯充公，則於地方大有裨益。又查彰化縣有水沙連一處民墾番地，乾隆二十年奏請歸公，部議行，令將應征之租扣完供粟、造入地丁奏銷外，其應征耗銀及餘租造入公費冊內，至今水沙連額征供穀二千餘石久入奏銷。獨餘租一款年當征穀八百餘石，民欠多少不等，皆存貯本倉，自乾隆三十七年四十三年，皆經詳報變糶。五十二年林逆之亂，穀盡無存。五十三年至嘉慶二十四年，積穀除清釐案內變糶一萬二千五百石外，又糶穀八千八十餘石。道光三年藩司詳請變糶，前憲孫以糶價減少批駁。道光十二年張逆案內，續詳變價，墊用軍需及民欠外，現在倉穀尚三四千石。此穀本係公費，但未指明何項公用，又未明定糶價，以致詳案屢駁，轉成延擱。似宜照從前糶價酌定每石變銀六錢四分，除車運費二分外，以六錢二分定價，奏請同噶瑪蘭及藍興莊未陞科田園一併留爲臺地緝匪之用。以上三款年額租穀約五千石，令該地方官實力征收，變價解府報道，除民欠外，實征解銀若干，作爲五分，嘉、彰二縣各給二分，鳳山縣亦給一分，以爲津貼緝匪解犯之用，明定章程以免冒濫。俟每年征解支給，截數隨同奏銷，專款報明藩臬二司，并請憲臺衙門察核。事屬外辦，且係爲沿海要缺瘠累，查議變通，應請奏明，免其造冊咨部，以省往返駁詰之煩。是否有當，謹遵札查明議覆，伏乞督核施行。

謹將噶瑪蘭廳東、西勢續墾及彰化縣藍興莊未陞科田園同彰化縣水沙連餘租充公倉穀三案，分款摘敘，簡明清摺，呈送察核。

噶瑪蘭東、西勢續墾田園一案。緣蘭廳初開，原報堪墾埔地七千餘甲，限年墾成，陸續報陞。至道光五年奏定賦則外，尚餘一千數百甲，非傍山沙礫，即近濁水大溪衝刷靡常，久未墾成。經前督憲趙奏準部行，該地方每年結報一次，其中亦有已墾成田園者，每年照下則例止征供耗，免納餘租。因荒熟不常，恐一經陞科，諸多窒礙，且蘭地初開，孤僻，遠在山後，一旦有警，山前難以策應，是以議定其穀存貯廳倉，報明道府以備地方不時公用。迨後道光三年，蘭廳小夫械鬥之案，除動用餘租變價之外，前通判薩廉卽以此款撥湊，經詳報院司有案。其後省中不知臺地情形及前人所以留存以備不虞之意，因道光七年以後該廳停未結報，屢次檄催，造報陞科，延至十七年署通判李若琳遂通禀設局丈量報陞，經已丈明尚未填單造冊卸事，奉院批令一手經理。二十年八月後，始將田園圖冊造具一分送道，其通送之冊尚未造齊。各佃民因有康隆控案，亦被其搖惑把持，延不赴局領單。李倅卽病故，康隆控案本年甫經解省，尚未訊結。此項田園是以延未報陞之原委也。查據李故倅所造冊內，其所丈過東、西勢田園，除撥充書院膏火及隘地丁糧之外，堪以陞科上則田一百五十五甲八分零，上則園一十甲五分零，下則田一千五百九十六甲二分零，下則園一百二十九甲三分零，通共上下則田園一千八百九十二甲零，分別征收租穀年可三千八百餘石，每穀一石變價六錢四分，除車費二分外，可折番銀三千四五百元。

一彰化縣藍興莊未陞科田園一案。緣嘉慶九年彰化縣詳丈報各戶未陞田園一千九十一甲六分二釐零，內除南北路兩營承管未陞田園一百二十二甲八分五釐八絲。又藍日晃未陞田園二十一甲四分九釐，該戶久經身故。又藍元枚未陞田園三百九十五甲七分六釐八絲四忽七歷，歷年係管事來臺收租，更易多人，彼此推諉。以上三戶未陞田園五百四十甲零，同水沖拋荒田園二十一甲七分二釐，請分別扣除另辦外，實只現管張景行等七戶未陞田園五百二十九甲八分四釐，俱在藍興莊界內。先將丈過張必榮、張永隆、蔡文俊三戶田園共三百零六甲二分，已入嘉慶九年題陞外，尚有張景行田七十二甲七分五釐、園五十一甲五分五釐，蔣玉麟田五十一甲二分七釐、園十八甲八分零，蔣昆成田一十七甲八分零，蔣犬沛田一十一甲零，以上四戶田園共二百二十三甲一分七釐零，尚未造冊報陞。或業佃互控糾纏，或業戶身故，皆以陞科冊費無出，延擱至今，屢奉檄催，不能造報定案。

一彰化縣水沙連公費餘租一案。緣水沙連本係番地，彰化設縣之初，並無供賦。及後民人續墾，乾隆十六年始奏請歸公。二十年題準照官莊例征租，概收本色，在本地建倉存貯，俟應糶之時發糶，解價充公。並準部議行，令將應征租粟除扣完正供造入地丁奏銷外，其應徵耗銀及餘租造入公費冊內，報部查核。至今彰化縣奏銷遵照辦理。其餘租一款，年額八百餘石，民欠多寡不等，皆存貯本倉。乾隆三十七年、四十三年，皆經詳報變糶。五十二年林逆之亂，穀盡無存。五十三年至嘉慶二十四年積穀又多，清釐案內變糶一萬二千五百石外，又糶穀八千八百八十餘石。道光三年，藩司詳請變糶，奉前撫憲孫批數十年前糶價每石皆在七錢以上，而司詳現在糶價只六錢三分二釐，以爲減少，駁飭不準，且令將清釐案內不敷糶價著落追賠，至今憲檄頻催，無從中覆。道光十二年，張逆案內續詳變價墊用軍需及民欠外，現在倉穀約三四千石。查此項租穀原案本係充公，但未指明何項公用，又未議定何時發糶，價定若干，以致孫前憲爲此駁飭，復令追賠數十年前清查不敷之價，府縣至今莫能登覆，轉以有用之穀，爲貽害之端。

以上三款，皆臺灣多年積案。蘭廳未陞科田園，職道於道光十八年、二十年屢言於鍾、鄧二前督憲，請留爲臺屬緝匪之用，已蒙覆書允俟民人領單詳報入奏。水沙連充公租穀一事，本年職道議覆憲臺督憲札行民人條陳瑯嶠水沙連等三事案內，請專以緝匪，尚未奉憲批。茲又查出藍興莊一款，並蒙憲臺深悉蘭廳未陞科田園堪以備用津貼，儻蒙一併入奏，必邀俞允，不獨臺屬緝匪有資，大益於地方吏治，抑且銷去積案三宗，可免案牘之煩及報部之費。蓋積案之由，多爲費無從出。今昔不同，艱窘日甚，苟能俯卹下情，則仁人之利溥矣。至歷年以來，三案內已征租穀，或已經變糶有案，或現存在倉，或經上年防夷案內提用，所有現存者容俟查明，畱爲臺地防夷案內例不準銷之費。其十八年未征民欠，一概免追，更沐憲恩無旣。

爲楊雙梧鄭六亭請祀名宦狀 辛丑三月

竊見前臺灣道楊廷理，乾隆年閒由臺防同知辦理林爽文逆案，數有戰功，洊升臺灣府、道，功德在民，至今歌頌。嘉慶十五年，開設噶瑪蘭廳，其議倡始於廷理，屢爲時議所阻，卒竟成之。規模章程，皆一手始終其事。以爲人剛直見忌，設廳事竣，未及議敘，偃蹇抑鬱而終。今蘭廳開設已三十年，士民樂利，益思其功不已。又前臺灣縣學教諭鄭兼才，學問品行，乾隆、嘉慶閒名重一時。歷任內地及臺灣學官，皆善於其職，尤以敦實學、崇名教爲己任。畱心時務，地方利弊，知無不言，從而行之，皆有實效。道光二年，前督府趙文烙公奏祀鄉賢祠，今卒已二十年，臺人猶頌仰之。現據臺地紳士僉呈，請以二人入祀名宦。考德徵功，洵爲無愧。臺灣府熊守據情分別具詳職道，思廷理之功、兼才之德，皆可信今傳後，伏乞憲臺俯採羣言，早爲題奏，俾邀榮典，洵足以示大公而爲有職者勸，則感荷仁明，不特臺地人士及兩姓子孫而已。楊有子立冠，嘉慶己巳庶常，早卒。現惟一子立先，江西候補縣丞。鄭二子，一爲諸生，一讀書未成。兩家皆貧甚，子孫並無現任九卿官者。二人各有遺刻一種，並以附陳，乞賜垂覽。

請覆奏臺灣文武議敘狀 辛丑三月

道光十八年九月，臺灣南北兩路匪徒滋事，當卽撲滅。十一月，中路胡布復起，攻汛戕弁，十九年二月竣事。奉旨以胡布案辦理妥速，達鎮及瑩皆予從優議敘，命查在事文武出力人員，由鍾前憲酌量保奏。旋以鍾前憲去閩，復奉命督撫會奏其南北兩路之案，亦經部議，請查出力人員奏予議敘，奉旨俞允。是此事先後仰荷恩綸，固非常比。瑩遵同達鎮查明出力文武，分案造册稟送，因大憲迭更，飭司查議寢延至今，天澤久屯，輿情喁望甚殷。臺灣孤懸海外，亂民閒作，全賴賞勸有功，庶能驅策羣力。今鎮、道已蒙議敘，而將吏義士寂然，久之，實無以對羣下。伏思上年廈門防夷，將吏再蒙恩賞有差，事在胡逆之後，獨十八年之賞未行，似於慎重海外、策勵有功之道，猶有未盡。瑩屢思陳情，以跡近市恩，未敢冒昧。今幸憲臺廓然大公，獎善旌能如恐不及，楊延理，三十年前故員，猶褒顯於其身後，豈現在効力轉沒微勞？第案貯憲轅，恐行次夷務倥偬，無人舉告，瑩若復避嫌緘默，心實不安。伏祈飭檢前案，迅予核辦，俾海外將吏士民咸知恩不忘遠，必益鼓舞歡呼，羣思用命矣。

臺灣水師船礮狀 庚子六月初一日總兵會銜

竊照臺灣孤懸海外，口岸處處可通。去年粵東查辦夷船甚嚴，本職職道恐其竄入臺洋，卽飭水師守口，各營廳縣嚴密巡防，並委前任鳳山縣知縣魏瀛赴各處會同廳、縣、營將查勘礮臺修整在案。本年五月十九日奉憲臺會劄，以內地查辦嚴緊，奸夷勢必趨入臺地，飭卽整備哨巡船隻，配齊大礮，實力巡緝，一遇夷船，卽認眞轟擊，勿任停留潛消鴉片等因，又經飛飭各屬遵照辦理。本職職道因南北沿海一帶，地廣且長，口岸紛歧，稽查舊案，惟淡水雞籠大口會有夷船寄椗，餘皆淺水不能進口。但沙汕變遷靡常，今昔情形各異，何處水深可泊夷船，何處水淺可以無虞，何處應設守口船若干隻、巡哨船若干隻、大小礮位若干、弁兵若干，自應委員逐一勘驗，調撥妥洽，責成本管水師營、縣及守口員弁巡防。夷船駛至，卽先行封港，不許小船竹筏出口，以斷接濟水米、偷消鴉片之路，督令守巡哨船隨機應變，合力轟擊，庶幾有備無患，免致臨時掣肘。當委前署蘭廳閻炘、鎮標左營游擊洪志高，赴鹿港以南，委淡水同知劉繼祖、艋舺營參將邱鎮功，赴鹿港以北，將各處口岸核實勘辦。

茲查明郡地鹿耳門已經淤廢，水深不過數尺。鹿耳門迤南安平大港及南路鳳山縣屬之東港，水深一丈一二尺。鹿耳門迤北臺、嘉交界之國賽港水深二丈一二尺。北路嘉義縣屬之樹苓湖即五汊港下湖水深一丈七八尺。彰化縣屬之鹿港即王功港水深一丈一二尺。番仔挖水深一丈四五尺至一丈七八尺。五汊港水深一丈。淡水廳屬之滬尾水深一丈八九尺。惟極北大雞籠水深二丈四五尺，最爲寬深。其餘小口皆不過丈餘。其臺、澎、艋舺水師各營額設戰船九十六隻內，除已居應修尚未駕廠及在道府廠已未興工外，現在臺協中營操駕大同安梭三隻、中小同安梭六隻，大白底艍一隻、小白底艍三隻，共十三隻。左營操駕大同安梭三隻、中小同安梭二隻，大白底艍二隻、小白底艍三隻，共十隻。右營操駕大同安梭五隻、中小同安梭三隻，大白底艍三隻、小白底艍三隻，共十四隻。澎協左營操駕大同安梭一隻、中小同安梭九隻，共十隻。右營操駕大同安梭一隻、中小同安梭七隻，共八隻。艋舺營操駕大同安梭一隻，大白底艍三隻、小白底艍一隻，現又修竣小同安梭二隻，共七隻。以上在營操駕大小戰船共六十二隻。其礮位除陸路諸營及存城配用外，水師營配用之礮，安平中營現存二千斤、一千五百斤大熕礮二十位，一千斤、八百斤中熕礮十一位，五百斤、三百斤小熕礮二十三位。左營現存鹿港局二千斤、一千五百斤大熕礮各四位，一千斤中熕礮九位，八百斤中熕礮五位，五百斤、三百斤小熕礮十三位。左營現存安平局大熕礮十一位，中熕礮十六位。右營現存大熕礮二十六位，中熕礮八位，小熕礮二十位。以上安平協三營共堪用大中小礮一百五十位，又大小礮十九位，皆不堪用。其澎湖協、艋舺營礮位查明另報。現令各營每大船一隻派千總或外委一員管駕帶兵四十名，配大礮二位、中小礮四位。小船一隻派外委或額外一員管駕帶兵三十名，配中小礮四位。火藥、鉛子、籐牌、鳥鎗、刀械足用。各以將備統領分爲兩班，一班守口，一班巡洋，計日調換，以均勞逸，一遇夷船，隨時相機合力轟擊。

本職職道伏查各營戰船礮位尚足配用，以資巡守。或有不敷，亦可隨時添雇商漁船隻應用。惟臺營大船以大號同安梭爲最，比內地集成字號皆小，較小夷船更形矮小，安放礮位如一千斤以上即覺過重。船身礮力皆不足以取勝，誠爲費手，全賴水師弁兵操練精強，以期遇敵必克。除督飭水陸眾營及廳縣分別加意勤練小心巡防外，謹肅復。

夷船初犯臺洋擊退狀 庚子六月二十三日

六月十八日申刻，據鹿耳門汛口稟報，本日未刻瞭見雙桅夷船一隻由西駛至鹿耳門外馬鬃隙深水外洋遊奕。本職道立即督同臺灣府知府熊一本面商，出示封港。委候補府經歷縣丞龐裕昆持令同水師所派署左營千總李瑞麟督帶兵役，坐駕漁船，赴鹿耳門以北國賽港沿海一帶巡查防守。又委候補從九品潘振玉持令同水師所派中營把總楊得器、外委沈春暉，坐駕漁船，督帶兵役，赴鹿耳以南四草湖、喜樹仔沿海一帶巡查防守。鹿耳門正口門雖已淤廢，而小船尚可出入，且該處淡水所在，向爲衆船汲取，恐有偷漏，委前署蘭廳閻令爲總巡，持令會同水師所派左營千總梁鴻賓督帶兵役，專駐鹿耳門防守，策應南北兩路，分頭巡緝。職道督同臺防廳臺灣縣傳集郊商船總面諭，毋許小船竹筏出口，以斷奸民接濟水米，偷運鴉片。一面飛飭北路廳縣營一律防堵，由才職委署右營遊擊呂大陞持令馳赴安平，會同護安平協副將江奕喜相機轟擊。該協調護中營遊擊事，守備翁秀春署右營都司事，守備林得義督帶三營，原派在洋防堵夷船之大號哨船及出洋巡緝師船十隻，分爲左右翼，該護協江奕喜親自坐駕安海艍兵船一隻爲中路，又雇派漁船二十隻往來接應兼防奸民出海，沿海多備旌旗，時放鎗礮，以壯聲威。

該夷船在外洋遊奕，不敢駛進內洋。各師船因風息全無，不能前進。十九日早微起東南風，該護協江奕喜恐該夷船竄入北路，嘉、彰一帶洋面甚長，殊難措手，隨督同各師船自北而南佔其北竄之路，奮力前進，鎗礮兼施，該夷船放礮回拒，一面轉蓬向西南大洋而逃。各師船追至茭丁仔洋面，時已昏黑，忽起大霧，東南風轉盛，浪湧如山，不敢冒昧前追。至二十日寅刻，霧收，瞭望夷船已無蹤蹤，隨各收回。查點各船，惟守備翁秀春坐船舵邊被夷礮小有擊損，餘皆無恙，亦未傷人。

伏查此次夷船之來，或因內地嚴逐飄竄來臺，或因乏水、米，或圖銷鴉片，來臺探取，均未可定。一見兵船攻擊，隨卽逃竄，伎倆有限可知。惟夷性狡猾，難保其去而不來，或引類而至，不止一船，均不可不防。現通飭各屬整齊船礮，實力巡防，所有擊走夷船緣由，謹肅稟報。

上鄧制府請造戰船狀 庚子六月

前奉憲函，以夷務緊要，恐師船未能得力，令詢王提軍前造建威船式，當經往詢。頃得復書，謹以陳閱。聞提軍亦自有書徑復鈴轅，由鹿港發遞，當可速達。竊意此時夷務關重，製造大號戰船實爲要著，而不得其人，徒資縻費。且洋面正在需人，似難更行分撥。聞憲節卽日移駐泉州，可否馳書約王提軍到廈面商，或竟奏令到廈督造戰艦，必蒙俞允也。

此次大船專爲攻擊夷船而設，其製與舊時成規不同，工料皆倍，只可暫用一時，不能以爲常製，且非道廠文員不諳海洋攻戰者所能承辦。查例造集字號船，樑頭二丈六尺，長八丈二尺，實領例價銀五千八百餘兩。成字號船，樑頭二丈四尺，長七八尺，實領例價銀四千九百七十餘兩；大同安梭，樑頭一丈九尺，長七丈二尺，實領例價銀九百九十餘兩。此二項船，皆水師攻戰所必需，而實不及夷船高大。欲求必勝，自當更造巨艦，如王提軍昔時建威、奠海等船而後可。建威、奠海二船，樑頭皆二丈九尺，長十丈六尺有奇，大桅皆用番木，其長十丈以上。此等巨料，皆道廠所無，松杉等木猶可購自上游諸府，番木大桅，則惟廈門有之。此等番木大桅皆價值數千，今商船稀少，此物較賤，若得千數百金或二千金，似亦可購。誠能奏請在廈專造數隻準集字號，工價倍給，專工製造，當可有成也。

至臺灣水師，惟有同安梭及白底艍二項，更無出大同安梭以上者。緣海外往內地購料轉運維艱，往返稽時，累月經年，必致悞事。是以向來並集成字號船，亦未建設，第恐夷船竄入，誠非大同安梭所能取勝，擬求憲臺於製造大號戰艦之時，並飭督工之人在廈添造如集成字號各二隻，交安平、澎湖水師二協分領駕回配用。查福廠前開來摺內，承造集字號一船，例價外，賠用工料銀一千八百餘兩。臺廠向無造過此號大船，此次若由內地製造，所有例價不敷之銀，應由臺灣道府廳縣公捐津貼，由司先發，在臺餉內扣撥在臺捐還，以濟要工，而重軍需。瑩爲夷務緊要起見，是否有當，除備公牘外，先此馳聞。

上督撫言防夷急務狀 庚子七月二十日鎮府會銜

本年六月初一日，職道等會同查明臺灣各口水勢及水師船礮情形，具稟憲鑒在案。茲於七月十三日行商傳抄，逆夷竟敢駛至浙江，徑攻定海，縣城失守，不勝髮指。查逆夷奸謀已久，因粵東閩省防禦甚嚴，出我不意越犯漸東，以定海兵力稍單，猝致失事。現在大兵雲集，指日自可殄平。惟閩、粵爲逆夷往來之路，且有夾板船於本年六月十五、十九等日在澎湖及臺郡外洋窺伺，雖均經當時擊走，而防備更不可不嚴。現聞憲臺親駐泉州，調度一切，廈門有水師提督重兵駐守，復有金門、漳州兩鎮水陸聲援，可期磐石之安。

獨臺灣一府，孤懸海外，民情本已浮動，自前年懲創後，去歲至今，甫得安謐，而元氣久虧，正在加意撫循。詎聞定海警報，未免人心疑懼。況年來查辦煙案甚嚴，沿海奸民不免嗟怨，一旦有警，恐其乘隙滋事。是臺灣所患不惟外禦逆夷，尤須內防奸宄也。臺協水師副將雖轄有三營弁兵二千二百七十名，然其右營洋汛則在鳳山，左營洋汛則在嘉、彰，隨駐安平防守郡城者，實止中營遊擊弁兵七百七十三名而已。南路港小水淺，尚非夷人之所垂涎。北路綿長，水師左營遊擊駐扎鹿港，距鹿耳門洋面三百餘里，中有五條港即樹苓湖，口門較寬，無險可守，最爲緊要。艋舺參將所轄滬尾水師一營弁兵僅七百名，其洋面上自噶瑪蘭，下至淡水之大甲，七百餘里，口門數處，惟雞籠、滬尾較大。而雞籠尤爲寬深，實通臺最要之處，距郡遼遠，殊苦鞭長莫及。至於澎湖，四面大洋，爲臺、廈中流鎖鑰，水師副將所轄兩營弁兵一千八百三十八名，文員只通判一人，雖民風尚涫，不若臺灣之浮動，而形勢孤單，實爲可慮。三路水師情形如此。現在整飭船礮械〔一〕，僅可防禦一二夷船，儻遇大幫，即形單弱。本職訓練精兵未敢稍懈，惟臺灣每屈秋冬，尚須出巡，南北兩路浮動之民尤須鎮壓，未便舍根本而事外洋。臺澎水師又各有洋汛自行防守，更無堪以調撥之舟師。此職道等所日夕籌思，不無踧踖者也。

茲督同卑府一本再四熟商，惟宜嚴守口岸，斷絕接濟，察夷船之多寡，相機出擊；儻夷船連綜而至，尚須內地舟師迅速接應，是爲要策。謹將現辦急要事宜七條爲憲臺陳之：

一曰募壯勇以貼兵防。防夷要口，一爲安平大港，二爲樹苓湖，三爲五汊港，四爲滬尾即八里坌，五爲雞籠。水師汛兵不敷巡守，自當酌調陸營弁兵貼防。惟腹內地方緊要，姦民伺隙即起，未便多撥，致令空虛，尚宜兼用民壯以資防守。蓋臺地向來有事，無不借義民助力者，不惟以壯官兵聲勢，且假此收用遊民，免爲賊用也。今擬每口酌雇壯勇二百名，派委文武督同總理頭人管帶，駐劄海口以資防禦。委員薪水、壯勇口糧，由地方官同管口之員捐給一半，由職道於公項內津貼一半。自九月後，西北風起，預備至年底止，察探逆夷情形，再行減撤。其陸營弁兵，則俟臨時調撥，以免自老其師。

二曰派兵勇以衛礮墩臺地。正口雖有礮臺，而小口如東港、樹苓湖、五汊港、雞籠，或因地形偏僻，或因沙埔平遠，無險可據，礮臺並未建設。近奉憲臺會同欽使奏建礮墩，誠爲簡便，但既設礮墩，必有礮牆以藏兵勇。今悉用竹簍、蔴袋貯沙爲之，每一礮墩，牆寬二十丈，用兵勇百人，架大礮二門、小礮三門，以十人放礮，二十人執鳥鎗以衛礮，三十人執長鎗以衛鳥鎗，二十人持籐牌短力以衛長鎗。每一口岸相度地形，酌用礮墩三座或兩座，互爲犄角。

三曰練水勇以鑿夷船。募海邊壯丁善泅水者，水師每營百名，使之學習水底行走，用大鐵鑽鑿逆夷船底。或彼有倒鈎則不可鑿，從其艄後扒上夷船，殺其夷人，砍其艄舵。此項水勇必須召募，除臺灣額準召募名數外，其內地各營換班額內，現有班滿事故未經換到補額者不下數百十名，應請準於召募水勇中挑其尤爲精壯者，賞給補充。諮明內地，暫免換補，俟事平後再復舊規，以符定制。

四曰習火器以焚賊艘。海洋舟師遠者用礮，近則利用火罐、噴筒以焚敵舟，非練用精熟不可。本職現令水師如法製造，教習各兵，務使嫻熟。惟火藥現僅領到十七年分，尚欠十八、十九、二十等年未到，伏乞飭行藩司，全數發交臺營，請領員弁迅速解回應用，俟到日補具印領申送。

五曰造大艦以備攻戰。臺灣向無大號戰船，緣臺廠軍料購自內地，大料不能配運。哨船至大號同安梭而止，儻備攻擊夷船，必須添造大艦如集成號者二隻或四隻，分給臺澎兩營配用。嘉慶年閒，攻勦蔡、朱二逆，曾奏明特造大艦。今逆夷猖獗，似宜請動帑項，專派大員在廈製造多隻，爲臺、廈水師之用。或例價不敷，由臺內文武分年攤捐，實乃攻夷要務。但須選訪善於製造之人，親自督工，非尋常廠員所能曉辦。

六曰雇快船以通文報。逆夷去來無定。洋面倏息千里，偵探消息必須內外相通，不容遲悞。應飭澎湖、臺防、鹿港、淡水有口四廳各雇快小漁船二隻，往來臺、廈、蚶江、澎湖偵探逆夷動靜。一有警信，立卽飛報。並請憲臺飭令廈防、蚶江二廳一體雇備，馳報臺、澎。

七曰添委員以資防守。地方有事，各口及地方該管官皆有責成。惟臺地如嘉、彰二縣，民情浮動，事務殷繁，淡水一廳，又以地方而兼口務，澎湖則文員止通判一人，誠恐顧此失彼，必須添委幹員，協仝防禦。現有玉庚、徐柱邦二丞，范學恒、裕祿、魏瀛三令，俱經卸事，尚未內渡。擬委玉庚往淡水，協仝該丞、劉繼祖辦理，范學恒往嘉義，協同署令魏彥儀辦理，徐柱邦雖係丁憂人員，但新任孫署倅甫經到任，徐柱邦正在澎湖交代，且防夷軍務，可以援例奏留，應請卽留在澎湖協仝署倅孫化南辦理。此三員，皆曾任其地之員，情形熟悉。再於佐雜內挑選明幹者隨之，會同該地文武團練鄉勇，查禁奸民接濟，似爲得力。裕、魏二令及素有膽略熟悉軍務之參員託克通阿暫留郡城，聽候差遣。

以上七條，皆目前必不可緩之事。惟是事關重大，處處皆需經費籌備爲先。道庫雖有備貯之款，未敢遽行動撥。而在臺文武廉俸無多，向爲每年額捐及歷次軍需攤捐，又操練精兵船廠賠費各款已數萬金，尚有隨時派捐不在此數，是以辦公素形竭蹷。此次防夷需用甚多，不得不仰乞憲恩籌撥無礙閒款，通融津貼。查有噶瑪蘭歷年征存下則田園供耗未報升科之款洋銀一萬元解存道庫，道光十八年七月閒經職道報明前憲批準提出九千元分貯鳳山、嘉義、彰化，以備不虞。是年南路張貢、北終〔一〕賴三等匪徒滋事，各縣賴有此款先行拏辦，中路胡布、遊掽生逆匪之起，黨羽無多，得以迅速撲滅。及後奏請帑項，或銷或攤，已歸還封貯。昨準前任吳藩司來文，又將此款詳請改發府庫，抵扣明年大餉。在吳藩司以爲蘭地未報下則田園，現辦升科，所有歷年征存必須報部候撥，固爲慎重錢糧起見。但事有輕重，時有緩急，不可無所權衡。臺灣海外嚴疆，軍旅數興，府、廳、縣庫早已奏明匱竭。地方浮動，不定何時用兵。當事之初起，全賴辦理應手，庶星星之火不使燎原。而無費不行，徒手必然坐悮。今防夷事大，所費甚鉅，若責令在臺文武盡出捐資，實有萬難措備者。況此款並未報部，實不同於正項。卽使升科案定，亦可據實奏明。惟有仰祈憲臺俯鑒海外孤懸，防夷緊要，飭行藩司準予蘭廳征存未報部款內由職道酌量動撥爲防夷之用，事後核實報銷，免抵明年大餉。如此則地方辦公有資，各屬賠累稍輕，舉事庶能應手。儻爲日持久，再容另籌。抑更有請者，海外文報往返稽遲，以上各條若俟奉到憲批，恐不及事，職道等彼此熟商，意見相同，不得不在地先行舉辦。合並呈明。

【校】

〔一〕據上文，當爲「北路」。

覆鄧制府籌勘防夷狀 庚子九月

八月十三、十四等日奉六月二十一暨七月十二兩次鈞函，祗悉逆夷犯順，舟山失守，憲臺現奉諭旨駐劄泉州籌辦攻勦防堵事宜，深蒙廑念臺灣，開示要略，頒發餉銀。又奉檄文十數件，示以夷蹤詭秘，教以備禦之方。瑩時在鹿港、彰化一帶，勘辦北路各口防禦事宜，捧誦之下，欽佩實深，當卽緘封憲函，馳寄達鎮一仝閱看，飭行所屬文武遵照。

伏思蠢爾醜夷，因天朝絕彼貿易，無計資生，竟敢肆其猖獗，擾我邊陲。定海猝未及防，致爲越佔，指日天戈雲集，不難迅奏蕩平。而臺、廈、澎素爲彼所垂涎之地，勢必分趨騷擾內地。水提在假，陸提又赴援浙江，憲臺總統文武獨抒經略，瑩身受海外重寄惴慄倍形。民情浮動之區，攘外先須靖內。逆夷船高礮大，勢難取勝外洋，我兵攻具未齊，目下要務自當保固藩籬，守定而後議戰。前經查明水師船礮並籌議事宜同經費要款先後會稟，計日內當邀垂覽。至防守要地，則郡城全臺根本，鹿耳門雖已淤淺，商船不入，而安平大港外之四草洋及鹿耳門北去二十里之國賽港，均爲邇來商船停泊之所，大港迤南之三鯤身亦可小船出入，皆郡城門戶。全賴安平一協，西障四草，北阻國賽港，南控三鯤身，實乃第一扼要。經會督護水師副將江奕喜、臺灣府知府熊一本、臺防同知仝卜年及該營、縣，派雇戰哨民船，多配弁兵水勇千二百名，羅布港門。復於紅毛城原設礮臺一座、新設大港內外礮臺四座之中橫築礮墩，綿亙百餘丈，守以兵勇五百餘名。達鎮復於岸上深挖濠溝，密佈釘板，多插旗幟，派委前臺灣縣託令督率鄉勇，每日三次登陴，嚴申號令。其四草、鹿耳門、國賽港、三鯤身亦多築礮墩自十餘丈至二十餘丈不等，各守以兵勇屯丁或一百名或二百名。所有大小礮位及新製火器，會同親試演放，均能如法。是郡城防守尚爲謹嚴。至北路各口，經瑩於八月初七日啓行，遍歷嘉義之樹苓湖、纏仔寮，彰化之番仔挖即鹿港正口，王功港即鹿港之內口，五汊港（在淡、彰交界），及淡水南境之大安、中港、香山、竹塹四口，北境之滬尾即八里坌口，以至極北之大雞籠要口，凡十七處，皆當設防。而尤以樹苓湖、纏仔寮、番仔挖、滬尾、雞籠五處爲最要，均會督營將廳縣設立礮墩，派雇戰船、民船，分配弁兵、壯勇，或巡守於港門，或駐守於岸上，多插旗幟，兵勇每日三次登陴施放號礮，務使聲威嚴壯。其各小口亦酌仿而行。每勘一處，皆相度地勢，酌定章程，或八條或十數條，諮商達鎮。九月初十日勘竣，仍沿海覆查，約本月下旬可以回部[一]，再將辦理章程逐一開[二]具清摺，繪圖貼說，另呈憲鑒。

惟澎湖一島孤懸，鞭長莫及，詹副將同該廳在彼堵禦亦尚謹嚴。現因徐署倅告病，已經藩司委雲霄同知玉庚前往接署，瑩飭令臺灣府籌備銀款發給，以補司扣餉銀，當不悞事。

緣奉諭函，謹以現辦情形先行呈復。

【校】

〔一〕『部』疑誤，當爲『郡』。
〔二〕『閒』疑誤，當爲『開』。

臺灣十七口設防圖說狀 庚子九月鎮道會稟

憲檄飭知浙省逆夷猖獗，廈門接仗情形，奉上諭，臺灣府準備事宜，在籍前任浙江提督王得祿最爲熟悉，或有應行商酌之處，著卽飛飭該鎮、道與王得祿同心協力，以資保衛，欽此。卽已轉諮王提督欽遵。惟時本職在郡城，督同護水師副將江奕喜、臺灣府知府熊一本及該廳、營、縣防堵安平上下要口，職道在北路親歷各海口直至大雞籠，督同各營、廳、縣逐一勘辦，並飭噶瑪蘭廳、營將界外之蘇澳妥爲預備，事竣回郡。本職隨往南路巡閱，督同該營、縣一體妥辦。

伏思臺地民情素本浮動，平時尚多不靖，茲值逆夷滋擾，宵小不免生心。攘外必先靖內，所有廳、縣官及陸路弁兵皆當照常彈壓地方，不可輕動。其防夷海口，惟宜專用水師及陸路本汛弁兵。第道里綿長，各路設防最要，次要海口凡十七處，水師不敷分撥，自宜多雇鄉勇，卽得防夷之用，亦藉此收養遊手，消不靖之心。統計郡城最要二口、次要三口，用水師兵一千五百三十七名，屯丁一百名，雇募鄉勇一千六百六十名、水勇一百名。嘉義縣要口二處，用水師兵二百四十名，雇募鄉勇四百四十名、水勇一百二十名。彰化縣要口一處、次要二處，用水師兵三百五十九名、陸路兵一百名，鄉勇五百五十名，水勇一百名。淡水廳要口二處、次要四處，用水師兵六百四十名，陸路兵四百九十名、鄉勇四百名、水勇二百名、屯丁一百名。噶瑪蘭廳界外一處，用陸路本汛兵一百五十名。南路鳳山一縣次要二處，用水師兵一百五十名，陸路本汛兵一百名，鄉勇三百名。共用防夷弁兵屯丁三千九百六十六名，鄉勇三千三百五十名，水勇五百二十名。或配商船、戰船堵防內港，或在礮臺、礮墩日夕登陴。此皆長用在地之師。其王提督及廳、縣自行練備鄉勇來往巡查策應者或二百名，或三百名，不在此數。復令各莊總董頭人團練壯丁一二百名至七八百人不等，通計四縣二廳各莊內團練壯勇具冊者已一萬三千餘人，以備一旦有警，半以守莊，半出廳候調用。本職統率自練精兵六百名及陸路各營將士，蓄養精銳，以待臨時策應。至所築礮墩，仿照憲臺奏明蔴袋貯沙之法，更以竹簍貯沙爲之，稍爲耐久。其上仍用蔴袋爲垛口，高一丈，厚一丈，長自十丈至三五十丈不等。至竹城一法，則臺地村莊本皆栽竹爲垣，無用更辦。惟於礮墩外加樹大矗竹筒，長一丈五尺，埋地五尺，其上一丈竹節打通，中灌以水，編連排插重重，以爲外護。夷礮雖猛，穿沙較難，見水亦可減力矣。更令多備牛皮、綱紗、棉被，隨時以避鎗礮。又於礮臺、礮墩、要隘，挖寬一丈二尺，深一丈，濠溝百數十丈，製備釘箭、竹板、鈎鐮、鎗棍六千口百餘件，鐵蒺藜十萬三千餘箇，竹籤十三萬二千餘枝，以備夷人登岸之用。火器各項，除大小鉎熕礮、劈山礮、抬礮、抬鎗足用外，復多製火箭、火罐，教令兵丁操演嫺熟，彼此熟商，辦理務期妥密。全臺地既廣闊，復不能定以時日，所有鄉勇口糧及備製一切器具，需費甚鉅，前請以蘭廳未報陞科穀價動用，爲數無多，尚有日夜在口防守衆兵，乞準照出洋之例，每名日給鹽菜銀三分，俾知感奮出力。以上諸費，道府籌款，暫行墊應，統俟事竣，分別詳辦。所有會同籌辦各口情形，謹繪圖開摺呈鑒。

府城安平大港口。臺灣府西城外卽係內海，外有南北沙汕二道，橫亙百餘里，攔截大洋，爲郡城外護。安平卽南汕之首也。與府城相望，居民約千餘家，駐水師副將一員，中營遊擊，額設弁兵七百七十三名，戰船十九隻。右營都司額設弁兵七百七十三名，戰船十六隻。防守府城及南路鳳山諸口洋面，此汕迤南，連接七鯤身至鳳山之打鼓港而止。安平舊有紅毛城，已傾圮，其下正臨大港，水深不過一丈，港外稍西卽四草，商貨入口仍易小船，南北兩路六七百石貨船亦由大港出入，卽北去二十里之郭〔一〕賽港，近雖可泊商艘，若至郡城亦必易小船由安平內港而行，故安平一協東障府城，西扼四草，北阻郭賽，南控七鯤身，實爲最要重地。今派中營把總楊得器，配濟字二號白底艍，弁兵四十名，中營把總陳國安，配濟字三號白底艍，弁兵四十名，中營外委沈春暉，配濟字一號白底艍，弁兵四十名，中營外委呂元生，配平字八號大同安梭，弁兵四十名；署左營千總陳國庸，配澄字五號大同安梭，弁兵四十名；右營外委王子金，配澄字二號大同安梭，弁兵四十名，右營外委甘殿邦，配順字十一號大白底艍，弁兵四十名，署右營把總溫克璿，配澄字六號小同安梭，弁兵三十名，右營外委葉晞陽，配濟字十一號小白底艍，弁兵三十名，右營外委孫志明，配濟字十號小白底艍，弁兵三十名。以上戰船十隻，弁兵三百八十名，礮械軍火全，防守大港。

署右營守備王國忠，駕安海艍，帶領三營目兵五十六名，往來大港內外，稽查策應。

紅毛城礮臺一座，設一千斤礮三位，五百斤礮一位，中營把總陳聯青，帶一効用，目兵三十一名守之。大港礮臺三十座，設二千斤礮四位，一千五百斤礮十位，一千斤礮五位，八百斤礮三位，六百斤礮三位，五百斤礮四位，中營千總陳連標，帶一効用，目兵一百六十二名守之。天后宮礮臺一座，設一千五百斤礮一位，五百斤礮四位，四百斤礮一位，中營効用黃經祥，帶目兵三十一名守之。安海頭礮臺一座，設一千斤礮一位，五百斤礮三位，右營効用蘇煇，帶目兵三十一名守之。灰窰尾礮臺一座，礮墩三十四座，設二千四百斤礮一位，二千斤礮六位，一千五百斤礮十位，一千斤礮十六位，八百斤礮二位，五百斤礮二位，右營把總蘇文彬，帶目兵一百四十八名守之。前任臺灣縣知縣託克通阿，帶鄉勇三百二十名分四隊護守兩處礮墩。其墩外各挖深濠長一百丈，寬一丈二尺，深一丈，釘桶釘板鉤連槍棍三千八十餘件，鐵蒺藜八萬三千餘件，竹籤九萬二千餘枝，臨時應用。

四草海口。四草與安平斜隔大港，即北汕之首也。其外水勢寬深，臺灣大商船自內地來皆停泊於此，俗名四草湖。遙望安平，約十里，築礮墩十座連長三十丈，設一千五百斤礮二位，一千斤礮三位，八百斤礮二位。墩外挖濠溝寬一丈二尺，深一丈，長四十丈。濠溝內布竹籤二萬枝外，備釘桶八百箇，釘板八百塊、鐵蒺藜二萬枚，臨時應用。派外委楊金標，帶目兵八十九名，文員興隆巡檢李清滙帶鄉勇二百名守之。

鹿耳門。鹿耳門距四草不及五里，在昔號稱天險。自道光二年淤塞，今口已廢，水深不過數尺，小船亦難出入。姑築礮墩五座，設礮四位，派外委一員，帶兵五十名守之。又募鄉勇五十名，交文員李清滙兼管，防守巡查，仍備破船、木植，設有警，即行堵塞。

郭賽港。在鹿耳門北十里，爲臺、嘉二縣交界之所。本即北汕，爲水衝成港，口門頗深，近年大商艘多收泊於此。水底沈汕蜿蜒，非熟習水道者不能輕入港内。有新長沙埔一片，文武汛館在此稽查商船，四面背水，兵勇不能駐守。然商船亦不能進至安平。派外委二員帶戰船二隻，弁兵八十名，文員一人，帶鄉勇二百人，防守口内。其東北岸上，令在地頭人練義勇千人在地防禦，仍多備破船、木植、大石，有警即填塞港道。

二鯤身。在安平迤南三里，本即南汕，與三鯤身毘連。近年水衝成港，水淺，小舟可以登岸。今築礮臺五座，設一千五百斤礮一位，一千斤礮一位，八百斤礮二位，派外委李相齡，帶兵五十名，屯外委一員，帶屯丁二百名守之。

護臺水師副將江奕喜，駕戰船一隻，督中營遊擊蘇斐然，右營都司林得義，各駕戰船一隻，快船二隻，率領弁兵一百五十名，新練水勇二百名，調度策應。

臺灣鎮總兵達洪阿，統自練精兵六百名，督城守營副將中左右三營遊擊，率領本營弁兵，居中彈壓，府城調度策應。

臺灣道姚瑩，督同臺灣府知府熊一本，籌畫全臺戰守事宜，備用各路糧餉度支一切經費，臺防同知仝卜年，臺灣縣知縣閻炘，來往巡查，建製礮墩、旗幟、號衣、器械、戰守戰具，雇備鄉勇民壯，帶領總理頭人團練義勇二千五百名聽候調用。

鳳山縣打鼓港、東港。打鼓港在埤頭縣治西南十里，打鼓、旗尾二山之間，口門淺窄，外有沙坪，大船不入，旗尾山上建有礮臺一座，本水師汛，今設大礮八位，外委一員，帶兵五十名，縣備鄉勇二百名，共守之。東港在埤頭縣治東南六十里，鳳鼻山後，外有沙汕，對面海中有小琉球嶼，船自北來，須由打鼓港外洋避汕而行，繞琉球嶼方能入港。口門稍闊，水深不過一丈，惟數百石小船可入。今設礮墩八座，大礮八位，地兼水、路二汛，令派水師千總一員，帶弁兵二百名，又陸路把總一員，帶弁兵一百名，縣備鄉勇二百名共守之。

南路營參將余躍龍，率陸營弁兵一千一十九名，山豬毛都司祥祿，率陸營兵五百八十九名，鳳山縣曹謹率自練精勇二百名，各莊團練鄉勇三千名，隨時策應。

嘉義縣樹苓湖。嘉義縣西北六十里海口有樹苓湖，又名象鼻湖。北距五條港二十八里，南距笨港之猴樹港十五里。外有沙汕二道，若斷若續，内匯爲湖，上下三十餘里，俗以五條港爲上湖，樹苓湖爲下湖，湖内水深自一丈七八尺至四五尺不等。自岸至口門，約逾十里，潮大時，一望汪洋；潮退時，海灘至岸約五六里。上湖口門久淤，惟下湖可進大商艘，海岸寬闊，居民無多，口門復遠，礮力難到，亦無險可據守。然不可以空虛，恐姦民引賊以小船入港。此湖稍南五里，有地名纏仔蓁，正對口門，可以扼守。今設大同安梭、大白底艍各一隻，派臺協左營守備翁秀春，統外委陳朝綱，曾振威弁兵一百名泊守於樹苓湖口内。其岸上築礮墩八座，設一千五百斤礮二位、一千斤礮二位、八百斤礮一位、五百斤礮二位，使把總李瑞麟帶弁兵六十五名，斗六門縣丞姚鍾瑞，帶鄉勇二百名守之。其纏仔蓁設礮墩八座，二千斤礮二位、一千斤礮八位，使把總龔正勳帶弁兵七十五名、笨港縣丞白鶴慶帶鄉勇二百四十名，會同防守。又設快船八隻，水勇一百二十名，交龔正勳管帶，在口門内外巡查姦細。

嘉義營參將洪志高督率本營弁兵七百名，在城彈壓，臨時策應。嘉義縣知縣魏彦儀建製礮墩、寮房、器械、旗幟、號衣一切攻守器具，隨帶鄉勇三百名，來往巡查。

在籍前任浙江提督王得祿，會鎮、道籌辦事宜，自募鄉勇三百名，督率各民壯團練義勇三千人，隨時策應。

彰化縣番仔挖。在彰化縣西南五十里，南距樹苓湖六十餘里，北至王功港七里，又北至鹿港理番廳治二十三里。昔時鹿港口門最大，嘉慶中鹿港口門淤廢，商船由王功港出入，海寇不靖，建礮臺港内。道光以來，王功港口又淤，商船皆從番仔挖出入矣。番仔挖口闊水深，外有沙汕一道，迤邐自南而北，商船自此入口，由港内經王功港而至鹿港，故以番仔挖爲鹿港外口，自東岸西至口門，沙汕遠約十里，至深水行大船處約三里。岸上居民舖戶頗盛，地勢平闊，岸上設礮墩五座，一千五百斤礮二位、一千斤礮一位、八百斤礮一位、五百斤礮一位，派水師効用林飄香，帶兵六十名守之。臺協左營遊擊劉光彩督把總蔡萬順、額外李才生，駕戰船四隻、快船四隻，配弁兵二百二十名、水勇二百名停泊港内防守。鹿港同知張汝敦督同外委一員陳進陞帶鄉勇二百名，在岸駐扎，會同防守。

王功港。又名牽⿰舟古湖，爲鹿港内門。舊礮一座，上年地震損壞，知縣黃開基修葺完固，又於礮臺下築礮墩五座。此處係内港，無用哨船守港。今於礮臺設一千斤礮五位，以效用林奇貴帶兵五十名，義首林耀南帶鄉勇一百五十名守之。

五汊港。即鼇棲港，在彰化縣北界，南距鹿港四十里，北距大甲溪三十里，口門水深一丈或七八尺。其南有水裏港，口門水深一丈四五尺，二口相距甚近，不過數里，商船二三千石至者，水小由五汊港入，水大由水裏港入，二口皆當防守。五汊港設礮墩五座，一千五百斤礮一位、一千斤礮二位、八百斤礮一位，以水師額外許熊飛帶目兵五十名、北協外委一員帶目兵一百名、貓霧揀巡檢高春如帶鄉勇一百名共守之。水裏港設礮墩五座，義首七品小京官王雲鼎、童生王錫齡捐資帶鄉勇鳥鎗手一百名防守。

護北路副將關桂、中營都司蕭廷鵬督本營弁兵一千一百名在城彈壓，往來策應。彰化縣知縣黃開基建築礮墩，製備器械、旗幟、號衣，自雇鄉勇三百名，巡查策應，督率各莊團練義勇三千名，聽候調撥。

淡水廳轄地勢綿長，次要小口四，曰大安、曰中港、曰香山、曰竹塹，最要大口曰滬尾，曰大雞籠。

大安港。在廳治西南九十里，大甲溪之北。昔年水口寬深，内地大商船可到。近淺窄，惟數百石小船出入。舊有礮臺一座，臺左側矮牆十餘丈，署同知范學恒甫修整完固，乃北路協右營汛地。大安之東十里，即大甲街，駐守備一員、千總一員，兵丁二百名，行以策應。今於大安礮臺設一千斤礮二位、五百斤礮二位，以本汛把總帶兵七十名、大甲巡檢劉其鍾帶鄉勇一百名守之。

中港。大安北去吞霄、後隴二小口，皆淺狹。吞霄本有外委一員、兵三十名，後隴有千總一員、兵五十三名，足資防守。過後隴十里爲中港，距廳治三十里，北協右營汛地，水口稍深，南北兩岸平遠，街市、汛房皆在北岸，均當設防。今於兩岸各築礮墩五座，設大小礮各四位，本汛把總帶兵一百名、鄉勇五十名守北岸，總理葉廷祿帶鄉勇一百名守南岸。

香山港。中港北二十里爲香山港，在廳治南十里。岸去海口甚遠，民居寥寥。港東礁寬六十丈，水深二丈餘，內地商船遭風，每寄泊於此。海灘甚大，不能靠岸。舊設汛兵十名歸北路右營楊梅壢把總管轄，兵力既單，又去把總汛地四十五里。查有南嵌塘汛外委一員、額兵三十六名，地甚安靜，其海口淤淺，堪以調用。今設礮墩五座，一千斤礮二位、八百斤礮二位，以南嵌外委帶兵三十名移駐香山港，督同本汛兵十名，總理吳從瀧領鄉勇一百名防守。

竹塹。在淡廳治北十里。民居舖戶頗稠，有文武於此稽查海口。現量外口水深一丈二尺，內港水深六七尺，內地大商船難入。北路右營遊擊駐城內，隨防兵二百二十八名，可以顧守。今築礮墩五座，設一千斤礮二位、六百斤礮二位，以存城外委、帶兵五十名守之。本營千總、竹塹巡檢五日一次到地稽查，淡水同知及遊擊每月二次到地稽查。有警則遊擊帶兵出守，同知仍募鄉勇二百名往來策應。

滬尾。卽八里坌口，在淡廳北二百里，府志所云淡水港是也。兩岸南北相對皆山，中開大港，寬七八里，口門水深一丈名八尺，港內深一丈二三尺，或八九尺。滬尾在北岸，八里坌在南岸。港西爲海口。昔時港南水深，商船依八里坌出入停泊。近時淤淺，口內近山有沙一線，商船不便，皆依北岸之滬尾出入停泊。口內北岸六七里許，有已廢紅毛樓尚存，背樓臨水。舊建大礮臺一座，頗雄壯，臺基可容千人，水師守備一員，本汛兵五百八十名駐此。循北岸東行二里許，民居街約二三百家，卽滬尾街也。由此東行水程三十里卽至艋舺，爲淡水最大村鎮，鉅賈富戶皆萃於此。艋舺參將兼轄水師營署在焉。今礮臺設二千五百斤礮二位、一千五百斤礮一位、一千斤礮八位、八百五十斤礮三位、八百斤礮七位、六百斤礮一位，本汛把總楊得喜帶兵三百名專守礮臺。守備陳大坤、把總李朝安、外委林雙喜、額外一員，管駕戰船四號，僱商船二隻，弁兵二百二十名、水勇一百名在港防守。

大雞籠。在淡水極北轉東之境，距淡防廳二百五十五里。由艋舺入山北行三十里，爲水返脚，轉東行二十五里至大雞籠。萬山叢峻，下多深潭急溪，民居番社錯雜其間。至大雞籠極高，俯瞰全臺在目。嶺下三面，峯巒環列，中間大澳，東北一面向海，口門極其寬深。澳長七八里，外寬五六里，內寬里許。澳內深水二丈有餘，可泊大商艘數百號。岸上居民舖戶七百餘家。民居後一望平田，約將千畝。惟三面叢山峻嶺，土産無出，故無大行商，不能設口。昔紅毛於此建城久毁，嗣於東口門之大沙灣設礮臺，孤懸難守。海寇之亂，礮數搶失，遂廢。至今未建，而口門寬深，夷必窺伺。今相度形勢，於境內正對口門之二沙灣，築礮墩八座，設二礮二位、一千五百斤礮二位、一千斤礮四位、五百斤礮二位，調頭圍守備許長明帶兵八十名，督同雞籠本汛把總弁兵一百五十名守之。更於向內二里許之三沙灣，築礮墩八座，以艋舺縣丞宓惟慷帶鄉勇五十名，調屯外委一員帶屯丁一百名守之，以爲應援。滬尾水師千總葉國棟、外委林光華、額外一員，駕戰船四隻，雇用商船二隻，配弁兵二百二十名、水勇一百名，在澳內泊守。使夷人登岸，則山峻水深，可以扼險憑高擊之，不足慮矣。

艋舺營參將邱鎮功督陸營弁兵每月至雞籠滬尾二口巡防二次，隨時調度策應。署淡水同知范學恒帶鄉勇一百名往來各口稽查，督勸各莊義首總理團練義勇一千人，聽候調撥。

噶瑪蘭廳蘇澳。噶瑪蘭境內雖有烏石、加禮遠二港，口皆極淺窄，春夏以後，惟三五百石小船出入，秋後卽小船亦難入口，應無庸議。惟蘭廳南境逾馬賽山界外，有蘇澳一處，水勢寬深，澳內可容大艘數百號。昔蔡、朱二寇，曾泊船於此，欲以登岸。其澳三面皆山，東南係生番界，地勢險峻，本設有把總一員、弁兵五十名。今調溪洲把總帶兵一百名往澳協防。築礮墩八座，設大礮八位，蘭營都司駐劄蘭城，距澳五十里，有警可以立往策應，更令總理頭人督率各莊團練鄉勇一千人，聽候調用。

【校】

〔一〕本文所用『郭賽港』，他處常用『國賽港』。

東溟文後集卷五

防夷急務第二狀 鎮府會銜辛丑正月二十日

本年正月初六日準水師提督諮，奉道光二十年十二月初二日上諭，以英夷包藏禍心，無厭之求益無底止，如有不得不攻剿之勢，則兵貴神速，不可稍有遲延坐失機宜，務當體察，嚴密防範，其平日得力之將弁及應用之鎗礮火藥等件，均當預爲籌備，前調各兵雖已有撤回歸伍者，而本地防兵爲數不少，尤當分佈要隘，有備無患等因，欽此。又諮抄憲臺十二月初七日奏，英夷復肆桀驁，閩省各海口現在練兵調勇，嚴密防守情形一摺，當經諮會王提督並飛飭各屬一體遵行。職道等會查臺灣防堵事宜，已於上年九月內詳繪圖說稟陳在案。嗣奉憲文遵裁撤壯勇漁船之旨，職道於十一月二十日後酌量次第減撤，以節糜費。本職仍督飭弁兵嚴行防守。今英夷既仍有桀驁情形，自當如前派設壯勇，以助軍威，而昭嚴密。

伏思臺灣孤懸海外，南北二廳四縣綿亙一千四百餘里，名爲一郡，實兼內地福、興、漳、泉四府道里之長。內地水陸二提六鎮四協，以全省兵力防守尚形喫重，臺灣一鎮雖云水陸官兵一萬四千，除澎湖協兵隔海外，在臺水師僅安平一協及艋舺參將所轄不及三千人，分守十七要口，實形單薄。陸路弁兵分佈郡城內外及諸廳、縣存城分防一百四十二汛，僅敷彈壓。而民情浮動，奸宄時萌，近又查拏鴉片嚴緊，愚民惡習一時未能湔洗，匪類常思與官爲難，定海失守，夷船遊奕臺澎，深恐在地奸民乘機竊發，內靖外攘，十倍內地之難。欲計安全，非徒手所能爲力，儻不先期預備，一旦遇警，則重洋閒阻，內地縱有熊羆之師，百萬之餉，不能飛渡。此職道等日夕思維，不無深慮者也。再四熟商，現有急要四事，不得不仰陳於仁憲者。

一曰海外經費不可不裕。臺灣昔時地方殷實紳商頗多，每逢警變，莫不捐輸効力，府庫亦常存銀二三十萬，可先支應，以待內援。然前人猶時以東顧爲憂。自蔡逆騷擾海上，商力大虧，生業消敗三十餘年矣。經以嘉慶十五年，道光六年兩次分類械鬥，十二年張丙、十六年沈知、十八年胡布屢次作亂，元氣蕩然，紳民縱肯急公，多苦捐資無出。而府庫備貯自嘉慶年間已爲軍需用盡，卽道光十三年奏發道庫備貯十萬，亦爲沈、胡二案動支，僅存五萬五千餘兩，爲數無多，殊不足恃。上年籌備防夷並未領帑，所用經費三萬四千餘兩，酌動蘭廳未入額征存穀價外，府、廳、縣尚挪墊二萬有奇，職道現請飭司發還。今年防禦事宜，實屬無可支應。且上年夷人圖銷禁物，猶可守而不戰，設今再至，必當相機攻擊，情事不同。現據各廳、縣紛紛稟請籌發經費，每處萬數千金，或至二萬，爲數甚鉅，其勢不能不給。伏思前蒙預發本年大餉六萬，所以爲海外計者實深且遠。上年防夷，卑府卽於此項挪用一萬餘兩。本年經費若待請領來臺，緩不及事，不得不仍先挪用。而大餉本隸亦屬緊要，防夷久暫未可預期，斷非寬爲籌備不可。應請憲臺飭司於本年大餉之外，撥銀十萬兩，半給足重番銀來臺作爲防夷經費。更採前任吳藩司道光十八年之議，奏明再撥捐監銀十萬兩，亦半給足重番銀解臺存貯道庫，以備地方不虞，庶巖疆有恃無恐。

二曰大餉扣抵不可過多。臺灣年支兵餉二十二萬餘兩，除在地錢糧雜款抵支外，嘉慶年間省發常十五六萬或十七八萬，嗣後司中扣抵款項漸多，然尚在十萬以上。惟上年大餉止發六萬餘兩，卽澎湖需發銀三萬餘兩，亦因抵扣僅發二萬兩。藩司稽核度支，原皆應扣應抵，無如各款內或因豁免奉删，或係軍需挪墊，或以捐攤未足，或因交代奉追，亦有本係應領因款册奉駁未給。又民間希冀豁免錢糧，徒事追呼，仍多延欠，若非稍事通融，則紙上空數之銀，不濟實用，恐海外兵餉缺乏，貽悮匪輕。至澎湖窮島孤懸情形更亟，應請飭司於臺、澎二餉應扣應抵之中，察其事尚有因者，準免扣抵。司中少扣一分之餉，則海外可減一分之憂，遇事卽多一分之用。

三曰派委大員協守澎湖。查澎湖西距廈門水程七更，東距臺灣水程六更，四面大洋，與臺灣同一孤懸，幸地小民貧，風氣涫樸，尚無反側之患。額設通判一員，水師副將一協，兩營弁兵一千八百餘名，原足以資鎮守。惟臺、廈兩處現均戒嚴，萬一夷寇猖獗，倉卒難以救援。

澎湖需費、需人，必當籌計。上年蒙前憲奏委副將葉長春帶經費番銀三千往同守禦，職道亦籌番銀一千同卑府籌給銀番，委丁憂之前署通判徐柱邦及司委署廳之雲霄同知玉庚往澎會辦。嗣因內地撤防，葉副將給諮北上，內地未再委員前往臺營。所在皆關緊要，將備弁兵實無可以調撥者。應請仍於內地各營遴選明幹大員，同詹副將及該通判等協防要地，並請籌給經費一二萬兩，隨同大餉發交該廳存貯，撙節動支，俾無貽悞。

四曰新鑄大礮分給臺、澎以備要口。上年省中鑄造八千斤及六千斤大礮，原爲防夷之用，此時當已告成。臺、澎大礮無過三千斤者，應請將新鑄大礮酌給八千斤者二門、六千斤者六門，撥給臺灣郡城之安平八千斤二門、六千斤二門，淡水之大雞籠及滬尾各給六千斤一門，澎湖之媽宮口給予六千斤二門，庶爲得力。

以上四事，均屬目前急務。職道等督同卑府熟商，意見相同，王提軍亦以爲然。伏祈憲臺俯念海外地勢孤懸，夷情叵測，悉準飭司，迅速核議施行。

駁臺灣令壯勇不能登陴議

閱來稟及清摺已悉。此次雇募壯勇防守礮墩，並令多插旗幟者，爲夷匪來往臺澎，無非窺探實以定來攻與否。彼見我口內無人，則將乘虛入矣。夫用兵之道，我強則示之以弱，我弱則示之以強。如果水師兵足船多，或尚可恃。無如水師單弱，不得不募壯勇以資防禦。且多插旗幟海口，使不測我兵多寡，但見岸防嚴密，不敢侵犯，豈非不戰而退敵之策乎？況臺地惡習，游手之徒，每際秋冬輒思蠢動，今借防夷收集，使沿海窮民得以資生，免爲敵用，是攘外卽所以靖內也。惟通臺要口甚多，每處募一二百人，卽已爲費不貲，月日方長，何能多募？且使夷匪大幫若至，尚須調集陸營兵丁，更多募壯勇數千人，乃可決勝，又豈數百水師兵、一二百壯勇卽能濟事耶？現在守口登陴者，只用此數，及乎臨時戰勝，則當更有籌備。此本司道所以另有通飭各廳縣，並諭各保村莊團練壯勇以備臨時調撥也。

夷船游奕，不定何時皆可窺探，而我守口之人終日逸居恐其滋事，且烏合之衆，初無紀律，故爲每日三次登陴之法，使其練習隊伍號令整齊不亂，一備敵人來窺，一使漸知紀律。今該員等僅每日點卯一次，討海聽其自便，有事再行齊集，大失本司道召募守口之意矣。臺民向遇有事，無不臨時召募，數千立至，又何必先費此每日五十文耶？此皆惑於安平人平時討海每日可得三四百文之言，似乎每日百文不敷養活耳。如果討海者每日可得數百文之利，則沿海皆富人矣。此言果的否耶？爲此言者或竟自貪安逸，不肯每日三次登陴，故藉口於鄉勇，亦未可定。即使果實，或惟安平之人然耳。本司道現帶壯勇出門，分別行日飯食錢二百文，住日飯食錢一百二十文，別無安家之費。昨定章程，守口壯勇每日飯食錢一百文，每月犒賞二次，又六百文，核計正符一百二十文之數，且每名先給安家錢一千文，冬月復賞給綿衣，錢不爲少矣。北路皆然，安平未便獨異。仰再悉心籌商妥辦，總以登陴爲要。若人不在戍，則與無人何異？倘以安平人已僱定，勢難再改，則或姑留備用，另僱他處民壯前往亦可。國賽港、鹿耳門、四草、二鯤身諸處，非安平之比，或可免其登陴，而不能不使之在口，該員等酌之。

定海張鎮以愎諫，不備失守，奉旨革職拏問。本司道籌備防夷文檄具在，將來設有疏虞，該文武不能如約，責有攸歸，噬臍莫及，其三思之！至於水師將備，此時倘仍狃於故習，視防夷爲具文，本司道亦必據實糾參也。勉之！懍之！

駁鳳山令港口毋庸設礮募勇議

據稟會營勘視該縣海口情形繪圖籌議防禦三事，具已閱悉。惟云港口與安平北路大小不同，祇宜内修戰備，毋庸外示兵威，此論似是而實未洽。

所云戰備者，不外兵勇船隻礮械之用。鳳山地方廣闊，時有賊盜匪徒滋擾於内，陸營兵力尚須彈壓地方，非臨事未可輕動，此時用防海口，惟舟師耳。試思該縣水師屬安平右營，額兵僅七百七十三名，尚須半留安平，以固郡城根本，所可分防者三百數十名耳。是否足額，尚未可知，而要口已有東港、打鼓港二處，則每處僅百數十人，以禦尋常土寇，尚有難恃，而謂可當大敵乎？該縣所恃者口小水淺，夷船不能入耳。彼非愚人，豈不知巨舟不能入港，不思更換小舟耶？現奉憲檄以夷匪牽劫商艘，配坐夷兵，剝取漢人衣服，則其改坐小船假冒漢人爲入港之計，智固已出該縣上矣。夷人腿直，利水而不利陸，如果登岸，我兵原足以勝之，今不禦敵於港門之外，姑且開港縱之使入，或欲誘之登岸以取勝乎？是亦一奇也。然所以必能勝敵者竟安在？引敵入境似奇而危，非密爲部署不可。萬一所謀不遂，徒自撤其藩籬，不又蹈定海鎮之覆轍乎？

善用兵者，必先自爲不可勝以乘敵人之可勝。閩人矯悍固非浙比，然亦惟濱海無賴之徒敢死耳。其平時飽食錢糧、晏安習慣者，未必皆敢死也。況我水陸兵丁有限，而夷匪之來，半以漢奸爲之羽翼，其變服而在夷船者及販煙土懼罪下海而爲盜者，將與夷匪併力爲難於我，此誠未可執一而不思所變計矣。該縣但知攻夷於岸爲我之利，獨不虞漢奸先驅、夷匪尚縱其後乎？安平及北路，皆用大口，爲夷人窺伺，故以防大口爲亟。南路則惟打鼓港、東港稍大，總以設立礮墩，先募鄉勇百名或二百名協同汛兵、舟師防守礮墩、礮臺爲要。礮位亦宜先設，既有兵勇防守，似可無虞爲嫌兵勇之少也。故更多張旗幟以疑之，使不測我之虛實。及乎夷匪大幫果至，則更以各保團練在莊之壯勇千人或二千人，同蓄養銳氣在營未調之陸路兵出戰以破之，而使登陴者得以休息，並非徒任在戍久勞之士，責以破敵。所謂不自老其師者此也，豈如該縣所言哉？本司道通飭廳縣示諭各莊團練壯勇者，正爲此用耳。

夫恃險輕敵，自古兵家大忌，該縣豈未之聞乎？若以石大山、張貢之流視夷匪，則誤之甚矣。其更會營悉心籌辦，好謀而成，勿任偏見，不復三思，是爲切要。仍將如何籌辦之法縷悉馳報察核。本司道北路回郡後，即親臨南路勘視，現在夷船來往窺伺不離臺、澎，並非一旦猝臨者，毋得往返空言，遲誤機宜。凜之！慎之！

駁淡水守口兵費不可停給議

昨據淡水曹丞，以北路海口防兵不能得力，請停給防夷經費，專用鄉勇，已經本司道嚴批駁飭矣。

兵者，國之爪牙，所以宣上威、鎮亂民也。將弁不才，訓練無方，但可更易將弁，豈可因噎廢食耶？專用鄉勇，其患更有不可言者。曹丞能得民心，善練鄉勇，但知現在義勇感奮整齊，以爲團練有效，又見營兵驕惰，虚糜經費，時復滋事，遂欲罷艋舺、竹塹兩營防夷兵。殊不思鄉勇非他，卽臺地之悍民也。能善馭之，故爲義勇，苟一不善，則亂賊矣。兵亦猶是也。不肖將弁治之而驕惰，苟得賢能將弁，亦豈不可治之爲勁旅乎？冠雖敝，不加於履，辨等級，所以養國威也。臺營惡習，本司道非不知之，卽鎮軍亦非不知也。特鎮軍之力，但能練在郡四營之兵，猶不能偏，僅練千人，他營則皆不能，費不足也。卽此千人，亦有内外之别，内精兵實止六百人耳。例領錢糧不足，全臺文武捐助，練費豐厚，倍於他營，所以獎拔之者，亦優於他營，故富而强整。水陸萬四千人，安得盡如精兵之優厚哉？全臺十三營，皆鎮軍統轄，而厚薄攸殊，諸營不能無怨，鎮軍無如何也。諸將中賢者猶不失其律，不肖者則藉爲口實，坐使廢弛，有由來矣。

吾思有以結衆營兵心，正賴防夷經費優給之，於常得錢糧有加，彼亦人情也。恩惠既及，乃可受吾驅策，此一定之理。今遈一偏之見，欲罷防夷兵，專用鄉勇，恐鄉勇由此而驕，益輕諸營，設有反覆，誰爲制之？且以素怨之兵，見文官偏用鄉勇，必怒，一旦爲變，曹丞能率鄉勇以討叛兵乎？縱使能討，必益長臺人之亂，禍不旋踵矣。東漢董卓、唐代藩鎮之不可制，皆由先假外兵以平内難所致，可不戒之哉！

自古師克在和。臺灣孤懸海外，全賴文武同心，官民一氣，庶幾衆志成城，豈可顯爲畛域，廢本司道數年調輯苦心？若如曹丞之見，是必無臺灣也。其可乎哉！

臺灣防夷經費請作正支銷狀 辛丑正月初四日

道光二十年十二月十八日準省局司道諮，奉憲臺牌開，現準欽差大臣伊諮，定海夷船已經起椗南旋，赴粤聽候查辦，浙省業已裁撤防兵，閩省更應一律撤兵，以節糜費。除諮行裁撤外，合亟飭遵備牌到局司道，卽速移行汀漳龍、興泉永二道，福、興、泉、漳、福甯各府，飭屬查明防禦各項事宜支用及驛路各縣例應支付兵差用過銀數，剋日造具草冊呈核，不準絲毫浮冒。儻察有浮冒，除核駁外，仍即嚴參懲究。至臺灣、澎湖防堵各事宜，曾發給澎湖番銀三千元交存泉州府庫，曾否領去，臺灣未曾領帑，爲日亦屬較短，是否由該地方官捐辦，抑應作正支銷，即飛速移行該道、府查復等因，奉此先於前月二十九日奉到憲牌，遵奉諭旨將各海口雇募漁船水勇撤退以節糜費，責成各鎮訓練弁兵，嚴防海口，欽此。查臺灣防堵事宜，自上年六、七月間，夷船屢至臺澎窺伺，隨時擊退之後，即經職道會同達鎮督府悉心籌商部署各路，除澎湖一廳隔海移飭該副將、通判妥爲籌辦外，經於九月十八日將查明臺灣南自鳳山縣北至噶瑪蘭廳最要、次要海口十七處，相度地形，建設礮墩，分派員弁兵勇，共用防夷弁兵三千四百八十一名，屯丁二百名，鄉勇二千四百六十名，水勇五百二十名，按口開具清摺，繪圖貼說，稟送憲臺察核，並會摺奏明在案。除六七月以僅一二處轟逐夷船爲日無多，經費有限，由在臺文武隨時自行籌辦無用議外，自九月初一日起，各口一律設防，至年底止，鄉勇、屯丁陸續減撤，時經四月，地盡全臺，各廳、縣用過經費，皆遵職道先定章程，核實撙節用過實數隨時報明在局。

茲據臺灣府知府熊一本暨局員臺防同知仝卜年查明，共發過礮墩、器具、旗幟、號衣、民船等項雜費番銀一萬三千六百餘元，時價一三六折銀一萬餘兩，鄉勇、水勇、屯丁八分口糧番銀二萬五千二百餘元，一三六折銀一萬八千五百餘兩，原派弁兵係分班輪守，除下班不給費外，實給弁兵三分鹽菜銀六千零九十兩三錢，該府隨時稽覆，尚無浮冒。職道伏思臺灣四面重洋，南北綿亙一千四百餘里，港汊紛岐，除大船不能出入之小口不計，其最要大口已有七處，次要小口十處，皆不可不嚴加防禦。名雖一郡，實兼有福、興、漳、泉四府道里之長，而海外孤絕無援，民情不靖，較内地更爲吃重，將禦外侮，尤防内姦，辦理情形亦較内地倍難。兵勇既不能少，經費不得不籌。現據府局查明，約計郡城及各廳、縣自上年九月至年底止用過兵勇等項口糧雜費紋銀共三萬四千六百餘兩，若責成地方官捐，斷無此力。職道督同該府悉心核議，所有道光二十年用過弁兵鹽菜及屯丁、鄉勇、水勇口糧兩項共銀二萬四千六百餘兩，應請作正開銷。此次經費並未領帑，先經稟明在於噶瑪蘭未入額田園歷年征存穀價項下動支，先後提用番銀一萬九千三百二十元，合銀一萬四千二百零五兩七錢一分零，尚不敷正銷銀一萬數百餘兩，該府在於上年憲發本年春夏二季兵餉內暫行挪墊。伏乞憲臺俯念海外防夷重務，準將二十年用過弁兵鹽菜及屯丁、鄉勇口糧二款作正開銷，並將挪墊本年兵餉一萬零四百二十一兩先發交領餉委員齎發來臺歸款。至建設礮墩、製備守具一切雜費銀一萬餘兩，俱係各廳、縣挪款墊應，如不能作正開銷，似當分年捐攤歸補。第省局如何辦理，未能懸揣，儻內地各府屬用過雜費統準作正支銷，臺灣事同一律辦理，未便兩歧，則竟請將臺屬用過雜費同口糧鹽菜一併作正支銷； 俟通局定後，如有例不準銷，應行攤捐之處，仍與通省一律分年攤捐，方爲妥洽而免事後周章。至澎湖隔海，上年防堵緊要，蒙發給經費番銀三千元，尚恐不敷，職道於上年玉丞赴署任時，亦在蔣廳未入額田園征存穀價內提出番銀一千元交玉丞齎往備用。前此署廳孫化南用過防堵經費，係挪用何款，銀數若干，泉州府存貯奉發之番銀曾否領回，此外有無不敷之處，屢次飭查，未據該廳將用過數目造冊報核，容再飭催查復，一面飭在臺廳、縣將用過經費分款造冊，另文詳送。

抑更有請者： 臺灣今昔情形迥異，文武各員辦公久形竭人，此次防堵雜費，皆係挪墊，款項無多，歷爲軍需挪墊殆盡，尚待分年歸補，實已無可再挪。而夷情反側不定，卽道庫備貯十萬兩，經兩次逆案奏明動用外，僅存五萬五千餘兩，此係專案要款，不敢輕易動用。現在仍有防堵事宜，實屬無可支應，設海外有警，內地不能飛渡接應，所關匪細。查前任吳藩司曾建議請奏再撥捐鹽銀十萬兩發臺備貯，其事未行，惟有仰求憲臺俯採吳藩司前議，體察現在情形入奏，一面飭司籌撥銀十萬兩附本年大餉來臺，酌給若干支應防堵事宜，餘仍存貯道庫，以備不虞，實爲要著。萬一洋面阻隔，亦可濟一時之用。管窺所見，是否有當，仰祈察核，飭交省局司道迅卽籌議施行。

廈門有警臺餉不敷狀 辛丑七月二十六日

臺郡自六月以後，廈船不到，粵中夷務無聞，省、廈文報亦形隔絕。七月二十日，忽聞鹿港行商傳泉商信言，本月初十日，有夾板船三十四隻突至廈洋，爲草烏賊船勾引，直犯廈港，焚搶鼓浪嶼等語。聞之不勝駭異！併據鹿港廳、彰化縣飛稟到郡，所言大略相同。伏思廈門重兵所在，防守最嚴，傳方恐尚未確，隨令覓僱快船飛往偵探。

臺灣孤懸海外，全恃廈門爲援，今有此警，未免人心惶遽。民情浮動之區，尤堪危慮。雖自十八年秋閒，先經職道收養嘉、彰遊民八千人編造入冊，上年招募各屬鄉勇、水勇二千九百餘名，給予口糧，分防海口，復勸諭各莊總董頭人團練壯丁二萬二千七百餘名，造冊候調，藉以安固人心，潛資約束。比年在地匪徒尚無煽動。然前此閩洋夷船並無大幫，今廈門忽傳此信，誠恐無知匪類乘機搖動，甚或潛通海賊，轉引逆夷來臺滋擾。事勢實爲亟切，當同熊守晤商達鎮，飛飭陸路各營將備，除存城弁兵不可動外，所有外汛弁兵酌量添撥，馳赴海口，協同在地文武委員防守。職道飛飭廳、縣酌調各莊總董，帶領團練義勇到口添防，一面移會巡洋舟師一概收回，嚴守口岸。郡城與廈門對渡，根本迫近口門不可過多，議將鹿耳門廢口、國賽港、三鯤身三處口門，用在廠不堪修葺哨船四隻，並買民船十五隻，加以大木桶數百箇，裝載碎石，預備臨時填塞，庶免匪船竄越，以便專力安平。連日督同府、廳、縣勸諭紳商，各募義勇，稽查宵小。府城本係土築，每易坍壞。四縣隨時修葺，歲款無多，工料不能堅實。先經熊守會營周歷勘視，動項興修，不日可以完竣。至西北沿海一面，紳士前造外城，沙土質鬆，城基近水，早已坍卸。今於外城內，自小北門起，繞大西門至小西門，周七百一十一丈，密樹木柵以資捍衛。惟臺地紳商久形罷敝，郡城郊商生理多在廈門，聞警之日，無不驚惶，事勢迥非昔比。極意拊循慰勉，始覺鼓舞奮興，遠近士民，亦聞招卽至。察看民情，似尚可用。最要者，上年以來，通臺十七口設防兵勇衆多，計原設、復設、添設，現共用弁兵三千九百三十九名，鄉勇、水勇、屯丁六千四百八十名，口糧鹽菜增加，一切攻守事宜皆需整備，爲時歷久，經費不貲，上年係道府、廳、縣籌款墊應。本年始蒙發銀十萬兩由職道隨時酌核，飭行府局撙節支應，現在僅存四萬三千餘兩。查各口防夷兵勇等項每月本已需銀七八千兩，今廈門有警，又添防兵勇每月需銀一萬二三千兩，儻夷匪猝來，用費更不可勝計，卽奏動道庫備貯，亦不足濟事。葢道庫十萬已經兩次軍需動撥，僅存五萬餘兩，若不亟籌接濟，必悞事機。現據熊守稟請省局籌撥經費銀三十萬兩，實不爲多。海外情形，久在洞鑒之中，自必俯如所請。儻司庫籌撥維艱，不能一起給發，務請憲臺飭商省局司道，尅日先發十萬兩，迅委廳、縣幹員由五虎門對渡八里坌，於九、十月內解到應用，餘於年內或正月閒續發十五萬來臺，以資接濟。職道督同熊守覈實度支，斷不敢有虚糜。儻有餘存，卽可以補還道庫備貯之款。至澎湖經費餉銀，尚須省中另行委解。儻若廈門有梗，卽祈酌發銀五萬兩併交此次委員由五虎門解來臺郡，再封僱妥船仍交省來文武人員解往。澎湖距廈尤近，更爲緊迫也。

再有請者：臺地海口綿長一千四百餘里，不但守口管帶壯勇需人，卽督伺紳士義民，稽查地方姦細，押解各處餉銀，在在需員差委。臺灣現除實卽署事守口各員外，在郡惟卽用知縣王廷幹一員、候補府經縣丞龐裕昆一員，候補縣丞吳湛恩一員，差委遣用乏人。上年曾稟明留委因公革職之候補同知前臺灣縣知縣託克通阿在安平督帶鄉勇，並委丁憂之候補同知卸署澎湖通判徐柱邦在澎湖協仝防守，今澎湖有王提臺駐守，徐丞可調回郡差遣。此外仍係乏人，祈憲臺行司遴選精明幹練之雜職二三員，飭令來臺差遣委用。又省城及臺地往來文報向由廈門行走，緊要之件，則另用一副由蚶江、鹿港並行，而蚶江以非正站，每多延滯，伏乞憲臺飭行泉州府蚶江廳，嚴飭口胥，遇有臺灣文報務填月日時刻，立卽發行，並令泉州府城內設一官胥管理往來文報，登記號簿，一體查考。是爲切要。

再上督撫請急發臺餉狀辛丑七月二十九日

前月二十日聞廈門有警，臺灣防備宜益加嚴，府存經費無多，稟請憲臺飭司道局籌撥銀三十萬兩以備支應，且分給澎湖。正發行間，準王提臺七月十七夜自澎湖來函，言得家書，夷匪勾通草鳥賊船於七月初十日進入廈港，官兵不利，退保同安，澎湖軍需已盡，尚虧兵餉，商由臺庫撥銀一萬兩，番銀一萬元，並據澎湖協詹功顯及該署廳玉庚移稟前情，專差把總謝燿請領前來。職道查廈港既經失守，澎湖及全臺同時震動，海外浮動之區，尤堪危懼。昔之所慮者，英夷與在地姦民，今則兼慮成幫之草鳥盜船與沿海之土匪。臺灣地亙一千四百里，要口十七處，小口倍之，內外交警，水陸兼防，海外孤立情形，脣亡齒寒尚未足喻。雖憲臺經略有方，大集師徒，廈島可卽時恢復，而海外謠傳莫辨眞僞，且臺、鹿兩處郊商大半家於廈港，自聞失陷，一日數驚，匪類復加謠播，有非示諭所能鎮安者。內地既無可請撥之師，海外不可復匱用兵之餉，廈門於六月十一日裁撤義勇千九百人，甫一月遂有失陷之事，則是義勇不可驟裁，已有明驗。夫以廈港兵卒之多，石壁之堅，重以大擔門內各嶼防備之密，而鼓浪嶼後尚爲夷匪所乘，則是大小口一槩皆須添設兵勇，安得如許熊羆之士、不竭之藏？自當斟酌人地，量度情形，要非庫餉空虛所能措置。伏乞憲臺俯念海外危切，準如所請，委員解給，一面專摺入奏，實爲至要。本當由臺具奏，緣未見內地明文，恐乖事實，是以未敢冒昧，想在仁明之所燭照也。至澎湖軍需既已告盡，現在廈門有梗，誠恐省餉不能卽應，不得不通融暫撥。業已飭府在所存經費內暫撥銀五千兩、番銀五千元，先予解給，以資接濟。惟是臺灣經費轉更乏竭，實已僅敷三月之需矣。合併陳明。

昨見蚶江廳移鹿港廳文，知劉道以大兵在泉州缺食，稟請招商赴臺買米，不論大小商船，一槩免配官穀。足食之策，誠爲緊要。殊不知商船趨利若鶩，一聞缺食之區，無不爭先販運，何待官招？不過商民規避官穀，以此爲名耳。此時收拾人心，免役利商，亦無不可，但所運官穀，卽係內地兵食，既免商運，此事豈可不籌？職道之愚，惟有請將二十一年臺運兵穀仍照上年半解折色之法，全數由藩司發銀分給內地各廳、縣，以濟兵食。其餘一半，俟內地兵食充足、海洋平竣之後，再復商運舊規。抑或仍解折色之處，現飭臺灣府、廳妥議，另詳辦理。惟折色解銀，臺屬廳、縣賠累甚鉅，卽內地各屬亦所不願，祇可暫行變通，事平仍復舊章爲是。至南澳兵穀，此時無船可配，亦應俟商船到臺郡時方能配運耳。

臺灣不能堅壁清野狀 辛丑九月

八月二十四日奉憲臺劄飭，逆夷船堅礮猛，沿海若與交鋒，萬難制勝，不如誘之登岸，四面埋伏截殺，所有原設海邊大小礮位亟須移徙內地十餘里或三五里之阸要隘口，不令窺見。如其船至海邊，卽令沿海居民避徙內地，協同我兵埋伏，鳥鎗、擡鎗、擡礮長短各械，俟其上岸時至隘口，先用大礮轟擊，繼以圍殺。又奉劄飭，各處港口必須堵塞，除面臨大洋及內港退潮水深止七八尺者及荒僻口岸不必計議外，如有港口退潮水深丈餘，夷船能以闌入之緊要內港，速卽購備竹簍、破船，裝滿沙石，分別填塞。其夷船未到之時，中間仍留小口，以便商漁船隻出入。如遇夷船竄至，再行一併填滿，以杜夷船聯艅闖突。其由海岸登陸及要隘之地如可挖濠，卽迅速開挖，寬深或暗埋蒺藜等物，仍將何處緊要應辦緣由稟覆詧核等因，奉此祇聆之下，仰見深燭夷情，指示機要，洵爲避實擊虛之良策，當卽飛飭所屬，各按地方情形，遵照辦理。

伏思用兵之法，攻守異勢，攻以曠野爲利，守以險隘爲宜，而地勢不同，民情差異，則有未可一概論者。自古守險，非依山則據水，平陸則深林密箐，皆可爲守。臺灣惟噶瑪蘭之蘇澳、淡水之雞籠、滬尾三口，係大山高聳，中夾口門，可以據險憑高，餘皆沿海平沙，一望無際，口門悉在。水底或有沈汕暗礁，可陷敵舟，平時口門皆插竹爲標，以進商船，有事卽去其標，故稱天險。然亦僅數處。大抵水口淺狹，非夷人之所必攻，餘皆無所據依，守者極難立足，自當退而設伏，不與近海交鋒。

然而，其難有五：海畔平曠，村莊散漫，處處可行，並無扼要之所，其難一也。沿海之人，十九皆窮，其心叵測，綿亙千數百里，人口繁衆，遷之則無地可容、無業可活，置之則引敵登岸，無所不爲，其難二也。臺地惡習，最忌遷移，匪徒每欲爲亂，則造言恐嚇居民遷徙，乘閒爲亂，其難三也。沈舟載石，固可堵塞口門，然無兵勇守之，則堵者仍可以開，塞者亦可以去，其難四也。臺人好亂，無事猶造播謠言，若撤退守口之兵，則明示以官兵懦怯，良者以爲官棄其民，姦人益啓猖獗之志，其難五也。

且如郡城，西臨大海，城外卽水，僅恃安平一鎮横亙爲衛。安平地狹，東西一里餘南北二汕迤邐相連，今守郡城，舍安平更無退步。城係土築，未可言堅，雖欲堅壁清野而不可得。展轉籌思，惟有因地設施，以求萬一之濟。石壁雖不足當巨礮，而舍此更無可立足之區，大礮雖不能破堅舟，未嘗不可擊登岸之賊。現更用大竹篾編爲夾牆，亙數百丈，中實沙土，高僅五尺，其厚丈餘，藉爲我兵避礮之具。復挖長濠，下埋釘桶，以陷登岸之匪。其港門内横列大木數排，上安千斤礮各二門，以爲攔截。更架棉包牛皮，中藏勇士，伺敵將近，以礮擊之。前以大木數百頭上釘尖鋭大鐵撓鉤，中貫巨籐以撓其杉板木排。後用竹筏停泊，儻敵礮破我木排，則棄礮於水，人登竹筏而退，誘其登岸擊之。支港内則釘梅花木樁，以阻其闖突。安平之北，隔港六里爲四草，亦砌築石壁夾牆七十餘丈，内設兵勇礮位以防敵人佔據。過四草五里則鹿耳門廢港，用石填塞。更六七里爲國賽港，其處水口寬深，用不堪修葺哨船並買民船，鑿沈堵塞港内，仍設鄉勇屯丁對岸一帶，復聯集村莊團練壯丁設伏，以防登岸。安平之南，距礮臺七里爲三鯤身，新開港口水深丈許，現用大木作水鹿角横攔水中，復用竹簍載石堵塞，守以鄉勇。復於對岸聯集村莊練勇設伏以待。更南六七里爲喜樹仔小港，地頗荒僻，居民甚雜，尤防草鳥賊船闌入，亦聯集在地之莊社團練壯丁以爲伏兵。郡城西面圍以木柵七百餘丈，中安礮臺三座，多設壯勇分守之。郡城八門，除弁兵外，復募壯勇一千四百名，授以器械，分段協守。城内各街分七十二境，責成紳士舖民，各募壯勇二三四十名不等，共二千餘人，多立木柵隘門，巡防街道，稽查姦宄，此郡城設守之大概情形也。郡城以外，鳳山縣仍駐埤頭，以竹爲城，距海口二十里，嘉義、彰化二縣，皆磚城，距海口七十餘里。淡水廳石城，距海口十里，蘭廳竹城，距海口五十餘里。而淡水之滬尾，卽八里坌，一水三十里直通艋舺，彰化之番仔挖一水三十里直達鹿港，此皆商民百貨所集，闤闠之盛倍於城中，杉板船皆可以至。其次則嘉義縣丞所駐之笨港，佳里興巡檢所駐之鹽水港，市井頗稠，皆瀕海數里，幸港道淺狹，即夷人杉板亦不能至。惟有懍遵憲示，於各海口中擇其地有要隘可以退伏者，將礮勇酌量分撤，半守口門，半爲埋伏，誘其入而殲之。儻或地勢不便，則量爲變通辦理，以期仰副諄諄垂示之至意。

委員請領經費狀 壬寅七月二十八日

臺灣孤懸海外，四絕無援，亂民不靖，於內夷寇數擾，於外地方遼闊，海口叢立，名雖一郡，實亙福、興、漳、泉四府道里之長。戍兵班滿，久切思歸，驅策已非易事。且水陸一百七十餘處，無非要汛，調撥守口，殊形單薄，不得不多募鄉勇水勇以助兵力。兵勇既衆，又自二十年八月至今，時逾二年，軍裝口糧、修城築堡、濬挖濠溝、鑄礮塞口、製造器械一切攻守戰具經費在在不貲。又有澎湖一廳隔海，時告急於臺灣。雖兩次委員解發銀四十萬兩，又另給澎湖銀一萬五千兩，番銀三千元，經費不爲不多，無如兵勇既多，時日復久。伏思道光二十年、二十一年兩次俱經開具全臺各口兵勇清摺通送憲核在案，計自二十一年七月廈門失守，是時一廳四縣十七口二次摺開防夷兵共三千九百三十九名，鄉勇、水勇、屯丁六千四百八十名，及至八、九月後，夷船再犯雞籠，南北兩路土匪相繼通夷作亂，四縣添設防夷兵八百一十九名，壯勇屯丁一千九百五十名，連前共水陸弁兵四千七百五十八名，水陸壯勇屯丁八千四百三十名。至於夷來打仗數次，臨時添調兵勇及南北兩路剿辦逆匪，征調堵禦之兵勇，尚不在此數內。以逆匪作亂時，雖經職道奏撥道庫備貯銀三萬兩，尚有臺灣府挪動兵餉銀一萬七千餘兩墊應，省發防夷經費到臺不得不急行歸還。至於澎湖一廳，先是兵勇尚不甚多，及王提臺移駐之後，凡用防夷兵一千五百九十九名，鄉勇、水勇一千二百一十三名，所有省發經費，除歸還二十年九月至上年七月外，已屬不敷。上年七月至今，皆係臺灣撥給，又不下五萬兩，此時似尚可支數月。而臺灣則自上年十二月時府庫已僅存十三萬餘兩，支應各屬，至今僅存三萬有奇。

職道深慮經費維艱，防夷兵勇無不先定章程，俾各屬遵照給領，隨時開摺申送。該府復同局員臺防同知仝卜年時加稽覈，絲毫不準濫應，其派添兵勇，相時酌量減撤。而逆夷屢次犯境，復時有大幫報復之謠，即如三月間果有夾板十九隻來臺，欲購在地姦民内應，雖將其導引羽翼之草烏匪船擊敗，夷無内應，潛行遁去，而各口戒嚴不敢稍疏日夜。此其極力撙節不得不用之苦衷，想邀明鑒。

本年職道會同臺鎮據實奏蒙聖恩準再賞撥經費銀五十萬兩解閩，以備臺灣提用，約計此時各省當有到者。茲當用度告匱之時，謹委淡水廳大甲巡檢謝得琛赴省，伏乞憲臺行司，卽先發給銀十五萬兩，添委幹員協同謝巡檢由五虎門配船齊解來臺，以便支應。俟至十月閒再撥給十萬兩解臺，更爲德便。

夷船復來臺洋遊奕狀 壬寅八月

本年三月閒，逆夷大幫船隻勾結草烏匪船來臺，冀圖滋擾，經文武官兵義勇擊破草烏船多隻，捦獲姦民匪犯訊辦，夷見無隙可乘，潛引大幫遁去緣由，業已具摺陳奏，錄報在案。乃夷船已去，而草烏匪船仍復往來各口伺劫。復有彰化巨匪黄馬等聚眾，專俟夷船到口作亂，又經本職職道督飭文武先後擊破殲捦，分別審辦。

茲於八月初五日接據臺灣水師協邱鎮功、臺防同知仝卜年及文武委員義首人等稟報，是日午刻，瞭見國賽港外洋，有三桅夾板夷船一隻，自西南駛來山西北外洋而去等情。本職職道當卽飛行各文武，將各處壯勇酌量添設，慎密防範。續據探報，該夷船於是夜三更時在國賽港迤北之馬沙溝外洋北汕停泊，當飭邱副將督帶水師商哨船十九隻及水勇竹筏多張，駛往攻擊，併飭國賽港委員候補同知徐柱邦，督率守口壯勇在岸陳列防堵。本職職道立卽會帶兵勇出駐安平，督率辦理。初七日申刻，據報，該夷船見我兵勇嚴密，卽插起白旗，施放空礮，於初六夜乘潮逃駛，師船追望無蹤而回。本職職道隨會同在安平演放礮位，勘閲重修礮墩土壁事竣，於初八日晚同回郡城。

初九日未刻，又據各口報稱，有夷船一隻在鳳山縣之打鼓港南外洋漸向西北駛過四鯤身、四草湖外游奕，於申酉刻閒復向外洋駛去無蹤各等情前來。查連日皆西風，該夷船是否前後兩隻，抑即係前此之船被風打回復行駛去，均未可知，但望見師船及岸上兵勇立即竪起白旗，則其不敢近岸攻戰情形顯然可見。然夷情詭詐，防範不可稍疏，除飛飭在口文武員弁義首添加壯勇認眞防備，一俟近汕，相機攻擊，並會稟將軍、督憲分銜稟諮撫部院外，合將夷船復來遊奕駛去情形稟報憲臺察核。

風聞廈門夷情反覆狀 壬寅十一月廿四日

前月廿日接據護送夷人往廈委員盧繼祖、張肇鑾等稟稱，遭風夷人二十五名及夷目顛林等九名均已到廈交收。惟因顛林等在澎湖候風兼旬，到廈稍遲，廈門謠言四起，以致鼓浪嶼夷酋疑惑，大生怨謗，以爲臺灣兩次破獲夷人，皆係遭風夷商，不當正法等語。職道不勝駭異！

前次來臺夷官業已感服，極爲恭順，何以鼓浪嶼夷酋忽生異議？僕鼎查在江蘇與欽差大臣議定一切和約章程，言定浙江、福建、廣東等省未接議和之信以前儻有攻擊夷船，均當原情免議。豈得顯違條約？此端一起，則向後各條皆不足據，憑何信守？至兩次來臺破獲之夷，俱在未議和以前。兩相爭戰，彼此仇讎，即係遭風夷船尚當捡辦，何況並非遭風商船！現有原供及起獲船上礮械及廈門浙江營件、浙撫營員印文冊摺，現在貯庫確憑，何能支飾？

竊意僕鼎查所到之處，無不縱橫如志，惟獨臺灣連遭挫衄，有損彼威，其恨可知。諱敗誇強，亦無足責。但和議甫定，不當有此一節。誠恐訛言日久，以僞亂眞，於大局必有關礙。憲臺必有先聞，自必定策權衡以全大局。事關夷情反復，職道既有所聞，關系重大，不敢緘默，是以會達鎮據實上聞。言皆切直，並無一字涉虛。至夷情實在如何，海外無從揣測。伏乞憲臺指示機宜，是所幸禱。

再有請者：夷情詭詐多端，難以理爭，亦不必以一鎮一道而礙國家大局，使海外又啟兵端。職道愚見，夷人深恨臺灣敗衄之恥，故爲此舉。且彼既在廈門設立馬頭，而臺灣與廈門對峙，鎮、道二人在臺，於彼諸多不便，故爲此謀。欲去其所忌，未必眞爲正法之夷人抱屈也。若鎮、道更易，似可相安，惟有仰懇憲臺密以此意奏聞，先將鎮、道撤回候旨，一面善與之言，不失天朝之體。彼見去其所忌，自亦無所藉口。儻蒙聖明垂鑒，別賞差使，則易地亦可報効，不必定留在臺，免致牽動大局，似爲妥洽。謹密陳。

復廉將軍乍雅給諭狀

道光二十六年十二月二十五日奉憲臺劄開，前駐藏幫辦大臣瑞奏，行抵察木多，查悉換防弁兵被阻情形。據乍雅大呼圖克圖稱，此次阻止官兵，實因本年委員查辦夷案回川時給有印諭，內稱六、七月閒，定有委員前來查辦，若逾期，或斷路滋事，不與伊等相涉，百姓因此不肯支應烏拉等語。旋據各頭人將委員等所給漢、蕃字印文諭單呈驗，文字又復兩歧，虛實無從質證等情。奉上諭，委員等發給漢、蕃文字不符之處，尤應隨案查明，勿使藉口，欽此。查宣守等所給諭單，其閒究竟如何書寫，因何漢、夷字句兩不相符，該牧亦係一同發給諭單之員，自應先行詢明，以憑將來會辦。劄到，該牧即速束裝來省，而爲查詢等因。奉此，卑職遵於本年正月初八日到省，經將前給漢字諭文幷無翻譯，所有蕃字乃該夷人自行添捏情形面稟，仰蒙憲鑒矣。伏查道光二十五年正月，卑職等自察木多回省，係分兩起行走，宣守於正月初四日先到乍雅，已過，卑職同丁倅後數日方到乍雅。據該處頭人呈遞夷稟求爲帶省轉遞，幷以宣守所給印諭呈閱。查原諭內但稱據乍雅六站頭人呈遞夷稟，求爲轉呈中堂收閱，準其帶省呈遞。該頭人等候至六、七月，自有飭知遵照等語，並無逾期或斷路滋事、不與伊等相涉之言。該頭人等復以所遞夷稟求卑職同丁倅轉呈，稱係訴説二呼圖克圖等罪過之事，恐壅於上聞，再三求給準呈諭單。當與丁倅商酌，夷性多疑，若不收其呈詞給諭，必疑卑職等別懷意見，藉此刁難，又生枝節。況宣守先所給諭本已列有四委員之銜，是以照前諭寫給，只有漢文，幷無翻譯蕃字。緣出鑪關時，明正土司所派譯字書喜樂彭錯一名、通事彭錯一名係隨同正委員宣守先行，卑職同丁倅分爲後起，僅有通事彭錯一名，及察木多回途，仍分兩起行走，故卑職與丁倅隨行併無譯字之人。乍雅衆頭人領去漢諭，自行翻譯，作何添入斷路滋事、不與伊等相涉之言，卑職等無從知悉。此卑職等給與諭單，漢、蕃文字所以不符之原委也。查乍雅大呼圖克圖與其屬蕃，本刁狡異常，屢次誣揑之詞已成慣技，此次委員僅給漢字諭劄，準予帶呈夷稟，並無準其撤站，輒敢自行翻譯添入斷路滋事、與伊無涉之言，以爲藉口，鬼蜮情形，何能上逃明鑒。事關入告，恐前日面言無由備案，謹更據實稟覆，伏祈察核施行。

東溟文後集卷六

復管異之書己丑

異之足下，遠承惠問，勞苦愁寂之中如親笑言。又以僕起復有期，慮其好熱鬧而不節用，甚非今世所宜。懇懇諄諄，誨所不逮，非相愛之深，不能爲此言者。頃得左匡叔書，亦謂近日士大夫多修飾小節，以爲進取。而光栗原亦以謙謹相誡。三君之言，何其若合符節也。三復規箴，感歎不已。僕今年四十五矣，讀書二十年，遊歷仕途崎嶇憂患者又二十年，不應憒憒然，亦竊有微衷，請爲足下言之。

夫志士立身，有爲成名，有爲天下，惟孔孟之徒道能一貫，其他蓋不能以同趨矣。爲名計者，謹言行，飾廉隅，此鄉曲自好之所求也。自東漢以虛聲徵辟，天下爭相慕效，幾如今之攻舉業者，孟子所謂修其天爵以要人爵也。當時篤行之士固已羞之。明季，東林稱多君子，天下清議歸焉，朝廷命相至或取諸儒生之口，固宜宇內澄清矣。然漢、明之季，諸君子不能戡定禍亂，反以亡其身者，無亦有爲天下之心而疏於爲天下之術乎？天下大矣，不可以一言幾也。有開創之天下，有承平之天下，有艱難之天下。開創，人才無論矣，承平者，務在休息教養，士大夫言論從容，坐鎮風俗，斯謹飾文雅之儒所以垂休聲也。及乎承平日久，生齒繁而地利不足養，文物盛而干盾不足威，地土廣而民心不能靖，姦僞滋而法令不能勝，財用竭而府庫不能供，勢重於下，權輕於上，官畏其民，人失其業。當此之時，天下病矣。元氣大虧，雜證並出，度非一方一藥所能愈也。今夫求馬者於冀北，蓄蠶者於江南，稼問農，蔬問圃，天下艱難宜問天下之士，而與鄉曲自好者謀之，其有濟乎？奇才大略不世出，必不在修飾邊幅中也。漢、明之季，諸君子所爲視今何如？吾猶不能無憾，又況其下焉者哉！且世之善爲修飾者，初亦何能自好，不過視時所尚爲之。上以是求，下以是應，猶之夫攻其舉業云爾。立身求己之實，蓋未究心焉，尚謂有恫瘝於天下乎？夫謙謹者，君子之美德。

然既受人之爵，宜憂人之憂，食人之祿，宜任人之事。今於爵祿，則取其大者厚者，而於天下事，則爲其微者細者，曰：是能謹慎供職。吾不知所職又何事也。嗚呼！一生謹慎，武侯語也，乃以爲趨時之具，無怪孔光、張禹者流此跡於千古，是亦大可痛矣。且夫舉業，趨時者可以數變其文體，爲人而趨時數變，將何以立身？蓋通塞者，命也，好惡者，人也。吾之賦命有定，而人之好惡難齊。命苟塞矣，闊略者固非，曲謹者亦可罪也。今日闊略，明日曲謹，不且兩失之乎？

吾愧道不足以濟世，才不足以救時，乃其志則不欲曲謹求名。聊存其面目於百折崎嶇之後而不敢變者，意亦有所羞也。巽之責其好熱鬧。夫好熱者必熱中，熱中者必慕勢，巽之視僕亦嘗慕熱否耶？三至京師，足不及權要之門，三爲縣令，未嘗降志於督撫，所熱鬧者，海內節義文章之士、賢豪跅弛之人耳。數厄當道，鬱塞困頓，或跌宕於詩歌、酒肆以發其無聊，此學問不能養氣耳，豈好熱哉？若夫節用之說，固嘗思之。然以家無儋石之人，生平結交當世賢豪，以此贍其父母妻子以逮五服三黨數十口無凍餒者二十餘年矣。生平無聲色服食、珍玩起居之好，嘗負官債巨萬，然在官未嘗妄取民間一錢。及罷職去，士民輒爭爲代償，卒亦無錙銖之負國家。人之於我何其厚也！我嘗厚取於人，而我之於人必用節焉，豐之入而嗇之出，得毋爲鬼神怒乎？吾嘗少也，不能悅人，今老矣，而塗脂澤粉以事後生，巽之謂我能之乎？雖然，君子者求反正以可常，不詭僻以立異，三君勉我以中庸之道，將使之改過遷善，則聞命矣；勉以宜時，則私衷有所未安。敢盡區區，惟登教之。

覆程中丞書 辛卯九月

昨陳倒塘一事，奉憲批：河防機宜，非地方人員所能遽悉，總須廣詢博問，執端用中，庶可不負委任。飭卽會同廳、營察看情形，隨時相機酌辦，務使各幫回空軍船迅速星飛南下。仰見憲臺明察庶情於慎重公事之中，寓造就屬員之意。

竊惟服官之道，當以慎勤爲本，忠信爲質。及乎治事則首在識時，其次因地，又次觀人，終於審事，未有任心執一而不乖誤者也。卽以地方言之，錢、穀、兵、刑雖有成法，而用法之寬嚴、緩急，則又當體察而行。時有異勢，地有異宜，人有異等，事有異情，明乎四者，然後可以無弊。故或獄市不擾而非姑息養姦，或摘伏若神而非舞文深刻，或豫備幾先而非急，或事至不動而非緩。蓋治事如醫投劑，可用古方，而辨證在乎切脈。如明諭所云，察看情形，隨時相機酌辦，誠治法之要樞也。然非廣詢博問，則時、地、人、事之異何從而知？非執端用中，則寬嚴、緩急之閒安能悉當？謹終身佩之，不獨河防機宜而已。河防之事本所未諳，非在工年久，目睹身勤，縱使廣詢博問，猶或未能了然。執端用中之難，有倍於地方者。如地形之高下曲直，水性之緩急通塞，其事至粗，已有經年在工而問之茫然者矣，況其遠近遷變，倏息易形，益非卑職之愚所能通曉。此次奉委倒塘催運軍船，本有成法，謹會同廳、營隨時相機辦理，一俟軍船出塘完竣卽回省銷差。謹肅以聞。

覆程中丞言莊午可事書 辛卯十二月

劉守備來常州傳密諭，令回蘇州，欽感無已。莊午可以一訟棍，狡很惑衆，數興大獄，歷任有司往捕，皆爲抗拒而回，畏之如虎，病在養癰。今以一知府三知縣會參將守備兵勇八百人往，復敗衄，戕傷兵役而回，事當入告，非往日比。蒙諭此事只求免過，不可見功，誠荷慮事精詳，昭示檮昧，自分孤陋，何幸蒙愛若此！職才識本疏，此事又非職守，前奉飭查，略報情事，極知此犯姻族皆衣冠士類，聲氣廣通，治之必遭非謗。前求免給文札，已邀鑒允。詎十三日回郡，而文武不及相謀，已先二日輕進僨事。奉諭而來，不敢遽去，是以停舟待命。適奉制府六百里檄文，已調三營兵圍捕，令在常郡會辦。二十一日又奉額臬司自無錫檄調從軍，詢商事宜。本日面陳臬司，以此閒部署略定，奉憲傳諭往蘇，告辭啟行。臬司以卽日進兵，必令隨行，又使人堅留，頗有詫責。

竊思職今年初至江甯，卻林藩司入幕襄事之召，在揚州還趙藩司隨行查賑之檄，今在常州，軍務倥傯，又違額臬司從戎之命，雖見難而退，亦君子所以立身，而自人觀之，必謂輕視兩司，跡同狂妄。此所以展轉徬徨，不能自決也。曩在閩中，捕誅要犯巨盜逾數百人，常恐刑戮過重，傷造物好生之仁，猶幸械鬥劫擄之風稍戢，閭閻安謐。又在臺時，朱蔚謀逆，及事未起破獲之，僅誅首惡，其黨數百人解散，以爲庶償刑戮之愆。本年揀發江蘇，冀以文治從容，無事搏擊，乃本願未償，又奉此檄，實所不期。此犯奉旨捕之五年，負嵎未獲，衆知其難，卽使克捦，亦恐不能免過，安敢言功？

憲諭誠爲明哲，侯(候)可脫身卽赴省面聆訓示，感激之忱，有非筆墨所能盡者。

覆陶制軍言鹽務書 乙未九月

日昨奉命至運司署檢鹽案諸卷，按年摘要，以備查考。連日逐款摘開清摺十二件，於三十日戌刻呈都轉閱定，馳送行次，計達鈞覽矣。伏思此次開呈各款，因爲時倉卒，僅自嘉慶二十一年起至本年止凡二十年，綱鹽之起運、岸銷、統帶、奏銷、征存、報解，以及商借帑本、報効、外支，歷年大數，可以一覽瞭然。計丙子至庚寅十五年中，運鹽之數僅丙子、丁丑、己卯、甲申、乙酉、戊子六綱全運，辛巳、壬午、癸未、丙戌四綱則折半行運，戊寅、己丑、庚寅三綱則分綱帶銷，丁亥一綱全統，庚辰鹽雖全運而課仍分年帶征，未有如辛卯、壬辰、癸巳、甲午四綱連年全運者也。奏銷之數，計二十年爲銀四千四百餘萬，而辛卯、壬辰、癸巳、甲午四年乃九百餘萬，此皆以多爲美者也。徵收之數，正項今昔略同，惟雜項一款，昔年多者六七百萬，今則年裁一百一十萬耳。葢昔人以財爲悅，先私交而後公義，進於內者惟恐不盈，朘削脂膏，搜剔骨髓，泛泛然有所不顧，是以商力竭而運庫空虛。今則急公義而絕私交，取於下者必量其力，裁革浮費，減輕課本，亟亟焉培養不遑，是以商漸裕而運庫充實，此則以少爲貴者也。

自古善謀國者，必固其本，故保民而後有賦，保商而後有稅。世安有民窮商困而賦稅能長盈者乎？有嘉慶中年之極盛，斯有道光初年之極敝，相去不三十年，前人之所以得，正前人之所以失也。明明覆轍，而議者猶以爲美，競欲復彼舊規，此豈謀國之勝算哉？ 夫局中之事，外人不知，由不見故也。 今吾傾筐倒篋，臚而出之，則道旁之人皆能舉數矣。 使彼洞然於今昔先後之數，與所以贏絀之故，則得失之理，人將自明，不事喋喋與辨。

瑩之愚計，思作嘉道以來鹽法表，編年於上，而以十二款者分十二層綫註於下，使不曉鹽務者，亦可展卷，洞然得失見，則是非自明，可以示天下，信後世。 而都轉意爲不可，故不敢多請，而意則有未盡也。 嘉慶中鹽務最盛莫如乙丑以後，前鹽政阿公在任之日。 今獨此十年，未得查開，而歷年鹽政運司之任卸及巨商之成敗，皆大關係，亦未能備悉。 雖由倉卒，亦缺憾也。 商人資厚而運鹽多，實乃國課之根本。 昔歲運十萬引以上者衆，今則五萬以上即爲富饒矣。 若查取歷年某商行運五萬以上幾家，何年長消，何年倒罷，使人考之，亦見今昔司事之難易。 儻以尊意，更索諸都轉，發下俾瑩得見之，可乎？

覆賀耦庚方伯書丙申正月

竊瑩凡陋下材，附青雲之末二十九年矣。 浮沈下吏，不獲一侍清言。 然大君子治績聲稱，上結九重之知，下逾嶺海之外，士大夫操觚從政者，無不仰爲當代偉人，瑩之景行更當何如也。 曩歲友人示以巨製經世文編，伏讀既終，甚歎賢哲所爲宏卓，匪是不足爲明體達用。 顧以芻蕘一孔之見，亦閒蒙採錄其言，且感且驚，思以一函自通，而疏賤中慚，申紙復輟者數矣。 上年冬，從陶泉都轉所遞到賜書，諮及閩事，所以待瑩者甚厚，誠非所敢當也。 沈疴未瘳，逾月乃起，又有護理運符之役，鞅務煩冗瑣細，不遑作復，今茲稍暇，謹對以所知。

竊謂爲政之道非一，所貴在乎因地得人，或弛或張，惟用之當而已。 自古治邊地者，莫先威惠。 閩自大儒閒出，文物聲名媲於齊魯，然實山海交錯，悍陋之俗未能盡除也。 漳泉之械鬥、臺灣之好亂無論矣，即延建汀邵諸郡與江浙接壤，而盜賊會匪出沒盤踞，類非安靜文弱之吏所能治者，惟福州、福甯二郡屬或庶幾耳！

夫人材各有短長，視乎上之器使，爲地擇人，當先其大而後其細。威惠並著者，上也。强毅有爲者，次之。明習吏事者，又次之。應對便捷，虚言無實，皆足以害政，未可用矣。閩海巖疆水陸三提督，陸路建甯一鎮、汀州一鎮、漳州一鎮、邵武興化二協，水師金門一鎮、海壇一鎮、南澳一鎮、閩安一協，而海外又有臺灣一鎮，安平、澎湖二協。大小將弁數百員，兵卒七萬數千有奇，此用武之國也。國家昔嘗有事，以定叛亂有餘，今方太平，以捕盜賊不足，此其故何也？大吏多文儒，不習武事，諸將皆以趨承交結巧取升階，而弓馬技藝委諸弁兵，風雲沙線委諸舵工水手，宜其不可用也。苟欲講求，必從上始，拳勇、戈矛、火器、弓箭、風雲、沙線有能嫺熟，猛如彪，捷如猱者，皆不次而拔諸行閒，習其勤勞，作其勇敢，恤其疲乏，風氣所趨，下好必勝，何致歲費百萬金錢養此無用之惰民哉！苟不講練於平日，惟責以不能捕盜，雖日事參革，有不勝其參革者矣。是當留意者也。

今天下州縣甚苦疲瘠，而閩尤甚。蓋牧令辦公惟賴錢糧之有羨餘，閩民抗欠成風，歲征常絀，不但羨餘不足供用，且多方墊解以免處分，安能不疲且困？嘉慶中董文恪公帥閩，福清生員聚衆抗糧，文恪嚴捕其魁，立請王命誅之。奏入，上以爲是。各屬錢糧一時頓起。旋遇恩詔豁免天下積欠，民閒又存僥倖之心，至今欠風復熾。愚以爲自非災荒，必當嚴辦欠戶，否則不但司庫奏銷時形支絀，牧令虧空亦以愈多，徒事撤參，豈有濟哉！臺灣一府孤懸海外，積貯必使長盈，而臺地正供所入皆米穀，地丁銀款，僅足支各官廉俸。臺鎮所轄水陸十三營，弁兵一萬四千有奇，俸餉馬乾，皆需司庫解往，歲常二十餘萬，此誠不可緩者。特款目繁多，常苦轇轕，其大端有三，一曰截曠，二曰換班，三曰借支。隔海行走，往返動輒經歲，然不過遲延月日，猶可稽也。積弊難清，則在司書、提塘之勾結。蓋將備不諳例款，惟書識是師，書識則惟提塘是賴。於例各營餉乾皆由臺府支給，彼惡其近而易稽也，往往越府而求諸司，空白文領盈箱滿篋，皆在提塘之家，謀諸司書而時用之，以故轇轕益甚。臺府詳查準駁，仍懸司書之手，無由破其姦欺。儻清弊源，非從此究絕之不可。

以上所言，皆昔在閩中知見者如此。今去閩久，情事或又有更易，且閣下以明睿之資，負果毅之力，當機立折，固無俟於鄙言。而猶嘵瀆左右者，不願虛善人受言之問，抑欲假此求大君子之教也。儻蒙誨其不逮，是則所深幸耳。陶泉先生竟病不起，其遺缺聖明簡放劉星軺都轉，現在常熟，可卽來，瑩俟交替後，卽擬請諮引見。肅此具復。

上林制軍言西商腳私書丙申三月

瑩於本月四日接護運篆，今已旬日。兩淮公事繁重，本多未諳，逐節講求，未易得其要領。大約運商疲乏，當恤其隱情，票販散漫，當約以紀律，場產各有豐虧，可以相時調劑，岸銷每形短絀，必須嚴緝透私。而其中情變萬端，慮有所窮，勢有所格，惟在得人經理。乃地越數省，人逾百族，在官任使，既無如許賢員，諸商亦無如許得力之人分置場岸。蓋大計則關乎國用，而言利實盡於錙銖，利在則爭趨，利亡則不顧，以視州郡之可以法齊理喻者，情形又有不同。

前者鹽法敝壞，帑盡課懸，自改制以來，雲汀宮保與陶泉都轉大力斡旋，同心宏濟，乃得五年全運，四屆奏銷，商本漸盈，庫貯充足，成法粗定，人心稍安。憲臺復運以精思，益求美備，瑩可隨事仰承訓迪，庶免愆尤耳。昨見江西來信，知江船夾私一案，搜獲子店帳簿，訊有端倪，張守已稟憲轅，請從嚴辦。竊以江船夾私，本干例禁，既已獲破，嚴辦誠宜。微聞張守欲因此延及岸商，則過矣。蓋商鹽一上江船，成本鉅萬，懸於船戶之手，雖有商廝押運，而形勢孤單，恐懷不測，船戶沿途收私盜賣，亦無敢如何，惟求包內引鹽無缺或少缺，卽爲大幸，斷無通同使帶腳私、自礙綱鹽之理。及至江岸，則文武官人具在，船戶始有畏忌。交起鹽包，心虛情虧，慮恐岸商家丁及管倉之人收鹽挑剔，不免給予規費。此乃相沿數十年之陋習，不特岸商知之，卽揚商明知而任聽，因慮船戶之以包鹽爲規費也。故水腳每引比楚鹽加倍六錢。夫江西路近於楚而水腳反多者，正爲此耳。如其可裁，揚商何肯甘心加價乎？計無復之而出於此，此其苦衷，亦可憫矣。船戶貪心不足，水腳既盡，復帶腳私，卽以私鹽變價爲交鹽規費，所稱九十三兩者，卽此費，千引千包者，亦卽此費也。故謂岸商知之而不能禁則可，乃謂以此牟利，豈其然哉？計西省額鹽二十七萬有奇，每年行銷不過二十萬，而商人岸費幾四十萬兩，利少而費重。揚商苦之，皆欲避而趨楚。每綱派運，運使格外體恤，而江船戶猶不願裝西鹽。每屆寫雇，各商亦格外津貼，此其病皆由岸費之重使然。費何以重，由鹽數少故攤派多也。張守不察乎此，乃以爲岸商罪，誠恐岸商渙散，而揚商益以裹足。然則，此舉以恤商疏引之初心，轉爲病商絀課之敝政矣。惟治船戶以應得之罪，而勿問岸商，情事始平，大局保全非細。俞運使月來病勢，初服鎮江李生方頗效，頃乃變爲泄瀉，殊覺支離，實堪憂慮。並以附聞。

與張子畏太守書

各岸商鹽滯銷，乃目前大患。其病固由鄰私梟私之侵越，而船戶沿途夾帶腳私，亦難保其必無。聞西省委員拏獲船戶夾私一案，已經足下通稟究辦，俾船戶知所儆畏，免侵正引，具徵偉識精心，深堪欽佩。惟其中委曲情形，有不可不告知足下者。

自來商人辦鹽與船戶載運，皆避西趨楚。每當開綱派運，商人苦求免派西鹽，運司特優勸而調劑之，如現在派西吉者貼以江運暢岸是也。船戶不願受載西鹽，各商皆格外津貼之，故楚路遠，水腳每引一兩二錢，西路近，水腳每引乃一兩八錢是也。此其爲故何哉？蓋西鹽年額二十七萬餘引，實銷不過二十萬，而岸費幾四十萬金，鹽數少而按引分派，成本重於楚省，故商情苦之。船戶載運楚鹽皆直抵漢岸，就船售賣，鹽無抛撒。西鹽行抵青山卸載，起駁運省上倉，層層抛撒，所費已多，而岸商丁友不無挑剔，船戶是以有門倉之費，始則出於水腳，久之水腳盡以自用而取諸腳私，所云九十三兩者卽此費，千引千包者亦卽此費也。不但岸商明知之，卽揚商亦明知之，否則，非取引鹽抵費卽莫肯受裝。蓋引鹽一上江船，則鉅萬資本懸於船戶之手，卽押運商廝亦情單勢孤，常懷不惻之懼。船戶中途收私盜賣，亦無敢如何。商人自顧成本，不能不委曲將就也。岸商不能禁止門倉之費固非，謂其通同牟利，則過矣。惟足下細察之。

與姚春木書

春木先生足下：　昔嘉慶中，家惜翁在鍾山日，足下數從遊處，瑩獨伏居里門，偶至江甯，翁爲言足下未嘗不稱善也。惟異之、伯言時與往還且久，最後得交生甫，又閒於他處見足下小文數首，益知所以爲人及學與藝之美，欽重於兹有年矣。仕宦奔走，不及通問。至揚州，乃聞足下有太夫人之憂，訃至，思一爲唁已，復省念於古人知生知死之義，兩無所附，而苦塊之中又不便敷陳文字，與夫夙昔之所嚮慕者，用是抑鬱且輟。去年秋，李申耆、吳仲倫二君見，顧生甫亦在坐中，二三英彦，先後畢集，頗思延致足下，而未敢也。今且之閩，以兩世之交，生平所欽嚮，幸及同時，又在一省，揚州距松江五百里耳，乃不可一見，能無悵歉乎！訃來而不之復，於心尤所不安，此所以不能終無一言於足下也。瑩無似不能負荷家學，即惜翁文章亦不能仰承百一，幸賴足下與異之、仲倫、生甫及惜翁門下諸君子昌大其言，俾文章正軌久益昭朗，可謂盛矣。瑩雖罷駑，豈能不思一奮興乎？

竊謂：　文者，載道之言，其精與博者，可得而言之，不可得而盡之。而言之炎炎，又不如行之慥慥。諸君子立身具有本末，文章所發，皆大遠乎今人，而津津與古會，瑩自訟時有未足，大懼不克自行其言，獲罪於君子，以是不敢有所論述。然遇有道君子未嘗不忻忻受益，如足下者，安能不有以教之乎？行至嚴州，生甫相送及此，與登釣臺，喟然思子陵之風，又弔文、謝二公之義，益念平生交遊，因致此書，託生甫道其拳拳。

與毛生甫書己亥四月

去冬得兩書並詩冊及李申翁書，悉近狀窘乏。而僕六月發書竟未到，繼知其舶遭風。是時方辦賊事，未再作問。今歲又兩得手書，方喜與練立人相處，何意立人暫輟任去，現計吳中無復可託爲足下計者。陳梁叔嘉禮雖成，而困於山左，海外人無從著力，蘊結曷已！僕在此心事亦殊惡劣，聊爲言之。

臺本沃土，其民士多富而好義，乃自道光六年械鬥，十二年張丙作亂，兩用大兵，十四、十六兩年亂民再擾，閭閻元氣蕩然。有司亟謀善後，修城、建倉、積穀，一切派捐，民間復興建考棚，動輒數萬，創痍之後，其何以堪！又前此嘉義被圍時，官借紳民數萬金，事平不償，前守某復呵責之，以是富者疲於捐貲，義氣亦衰，此民之困於人者也。臺人皆食地瓜，大米之産，全爲販運以資財用。比各省皆熟，米客不至，臺人苦穀有餘而乏日用，富家一切興作皆罷，小民無從覓食，盜賊益多，此民之困於時者也。地方官辦公全賴錢糧正供羨餘，今以民間缺用，雖大稔之年，而賦貢不前，追呼所入十裁六七。富歲民欠轉甚於荒年，此官之困於民者也。自張逆亂後，賊黨一萬數千人散在民間，時思嘯聚，五六年來，搶劫殆無虛日，有司捕盜全賴懸賞購線，破獲一案，費數百金，而歲常數十案，此官之困於盜者也。臺鎮自張逆亂後，倡練精兵之議，此正務也。而練兵經費每歲取之官捐，文自道、府、廳、縣捐萬金，武自參、游、都司供用亦數千金，卽如僕每歲亦捐千六百金，按季送給，否則，有鼓譟之虞。臺鎮每年南北兩路出巡皆以重兵數百人從，所過廳、縣供費自一二千金至二三千以爲例。此官之困於兵者也。官民之困既如此矣，而更有危亂之憂。張逆餘賊，皆無業之遊民也，迫之則立反，遣之則日事劫掠。去歲春夏間，嘉、彰地方忽有樹生刀槍、濁水澄清之異，民間以爲亂徵，其勢岌岌，臺鎮練兵雖勤，而不得民心，卽諸營亦頗怨之。

以重困之官，撫重困之民，將驕悍之兵，而處必反之勢，此所以到任後日夕籌維，不能安枕者也。除患必先固本，惟有躬行儉約以清治原，裁減各屬供應去其陋規之甚者以紓官力，撤轅門差事，一切署[一]中自備，革去道役例差之病民者，停諸工作興舉之科派勒捐者以蘇民困。根本既固，然後督飭有司急捕巨盜九十餘人，悉置之法，閭閻稍安。然匪徒甚眾，策其反謀未能已也，乃請於督撫行聯莊收養遊民之法，使嘉、彰二邑各莊頭人查其本莊少壯無業而惰遊者，除常爲亂首或大盜、殺人正兇三者不赦外，餘皆免究，籍其姓名年貌以爲莊丁，由本莊釀錢養之，使巡守田園，逐捕盜賊，頒示委員周歷諸莊，自七月至於九月所收遊民八千有奇，略以兵法部署之，由是賊黨皆爲義勇，其勢乃衰。及九月，聞北路賊將起，親至嘉、彰一路，督營、縣破獲，在地誅之。南路賊起，亦飛飭縣、營馳往，破散兩路，擒斬逆匪積盜二百數十人。地方安謐，未有蹂躪。最後中路賊起，臺鎮自將兵出，賊皆潰散。僕親往軍中督營、縣先後捦其渠魁，從賊六十餘人。鎮軍復入內山窮搜賊巢，獲其山東大王，各路亦報獲賊匪百數十人。全臺乃定。僕以九月初七日出巡，十二月初五日還郡。臺鎮以十一月二十四日出軍，正月十五日旋師，所至捕諸反賊，摧朽拉枯，民自捦獻。由其黨先已收爲義勇，雖有倡亂，而附和者少，故破之易也。先後入奏，倖免勞師糜餉，殘害閭閻。新春以來，則比戶弦歌，如未嘗有寇者。此去歲籌辦臺事之大略也。

來書以戢威用恩相勉。計此次先後捦誅賊寇不過四百餘人，而收養者八千有奇，閭閻被賊之地，無所殘害。以此報命可乎？

足下此時竟安在？申翁能健，慰甚。去歲七十，未有以壽，容圖之。練明府頃在何所？春木自楚中有書來。亨甫不知消息。植之仍在粵未歸。去年舍下喪一小女，家兄亡兩孫，内有一最佳者，可悼之至。

【注釋】〔一〕原文為『暑』，誤，徑改。

與湯海秋書己亥四月

海秋仁弟閣下，去夏到臺灣，未一致書，以地方多故，籌所以安全之，不欲空言瀆清聽，負知己相愛之意。比幸地方粗安，閣下康濟爲懷，識議宏達，謹以近日情形言之，可以共商榷也。

臺灣在大海之中，波濤日夕震撼，地氣本浮動而不靜，其人皆來自漳、泉、潮、嘉，尚氣輕生而好利，睚眥之怨，列械爲鬥，仇殺至於積世，故自孩幼即好弄兵，視反亂爲故常，初不必年歲之凶荒，官吏之不肖也。而年歲與官吏，亦即爲亂之隙，無隙庶可不變，即有變亂而無所害，是則治臺之術也。臺自道光五年閩、粵械鬥，十二年張丙作亂，當時大兵雖云平定，而攻剿捦斬者不過十之一二，其巨魁賊黨萬數千人猶在閭閻，時思嘯聚。十三年之許竇成、十六年之沈知，皆其遺孽也。上年春秋間，嘉、彰道傍樹枝忽變刀槍之形，虎尾溪濁水忽清，民間以爲亂兆，匪民所在百十爲羣，肆行劫掠。臺人所産米糖，惟以商販爲利，比歲閩、浙皆熟，米販不至，富人乏用，一切工作皆罷，遊手無業者莫從得食，益有亂心。昔人言凶歲多盜，不知臺民固豐年亦多盜也。是以下車首嚴捕盜之令，捕斬九十餘人，而盜風未已，策其秋冬之間必反，非有以解散而安置之不可。蓋若輩自十二年後反謀熟悉，其膽愈張，更有蠢動，其禍必烈。

而自來言弭盜者，皆以清莊編查保甲爲言。愚竊以爲不可。蓋遊民散在各莊爲匪，尚易捕治，一行清莊，則匪人無所容，是驅之爲亂矣。且大姦倡亂，向以若輩爲羽翼，而自官招之卽爲義民。與其旣亂而招之，何如未亂而用之？若輩爲用則賊黨散勢孤，必易成捦矣。臺之南路爲鳳山一縣，中路則郡城也，嘉義、彰化、淡水廳皆爲北路，道里縣長。嘉、彰盜賊尤多，彰化民多習鳥槍，形勢隔遠，一有蠢動，則嘉義及中南兩路皆掣其後，前人往往受困，故治臺以北路爲亟，而彰化更在所先。日夕籌之，乃爲聯莊收養遊民之法，使嘉、彰二邑民莊聯結互守，頭人查其本莊無業蕩遊者，其醵錢米收養之，以爲莊丁。數百人之莊養十數人，數十人之莊養五六人或四三人。無事則巡守田園，有事則逐捕盜賊。刊刻示諭，委員同地方官周歷眾莊，編查莊丁年貌名冊，略以兵法部署之。自七月至九月事竣，凡收養嘉、彰兩邑遊民八千餘人，皆勁旅也。九月閒賊果四起，風謠頗盛，兄出巡北路，督飭縣、營捕斬裁二百數十人，北路遂平。南路賊起，亦馳檄臺、鳳二縣會營捕獲百餘人，鎮軍復出巡以鎮定之，南路亦平，賊無蔓延。兄以彰化最遠，親駐久之無敢動者。至十一月，中路臺、嘉之閒賊起，攻灣裏街汛，以有備卻退，所召各路匪民已先爲莊人收養，無應賊者，營、縣馳往，賊遂潰。再約內山賊出攻店仔口汛，戕兵三人。鎮軍聞之，立統大軍出剿，賊復奔潰。此十一月廿三日事也。兄亦自彰化馳至軍中，獲賊首胡布及戕兵之賊十二人，先斬以徇。兄於十二月初五日回郡，三路皆平。大軍仍駐店仔口，督捕逸匪，入山窮搜，擊斬捦捕百餘人，全臺大定。正月十五日鎮軍旋師，此上年籌辦全臺之大略也。

然此第爲弭亂一時之計，而臺灣近時之病固不止此。其大者則在乎官民兩貧，官貧則心有所餒，不暇遠謀，民貧則爭利愈急，難與爲善。古人云，瘠土之民好義。此言地土本瘠之民，習於勤儉，故無淫佚之思也。若臺本沃土，民久習於奢淫，富而忽貧，常人且不能安分，況海外浮動之區乎？以不暇遠謀之官治難與爲善而且思亂之民，必無濟矣。夫官胡爲而貧也？官賴維民，民賴維物，物力耗竭，富安從來？臺民生財之道，一曰樹藝，二曰貿遷。及其敝也，一耗於奢淫，二耗於詞訟，三耗於械鬥，四耗於亂逆，五耗於盜賊。五耗並至，其竭固宜。今欲治之必先富之，其道奈何？曰：養其所以生，去其所以耗而已。夫民有地自能樹藝，民有貨自能貿易，惟有擾之者斯害其生。苟去其耗，則得其養，二者雖殊，其道一也。今吾躬行節儉，凡道署中向所取給於屬吏者，減之裁之，吾不擾吏，然後可使吏不擾民，凡奢淫之事，以漸禁止，所謂耗者，去其一。督飭所屬勤理獄訟，不能無訟也，惟速結之，所謂耗者，去其二。一縣千數百莊，莊有董事，十數董事舉一總理，理之董之。能無械鬥者，有賞。鬥者，有罰。所謂耗者，去其三。周防於未亂之先，迅辦於爲亂之始，善籌於既亂之後，所謂耗者，去其四。家自爲守，人自爲保，無業者有以資生，爲盜者即行捕治，所謂耗者，去其五。去此五耗，民乃可生；生得其養，比及十年，富將可復。治臺以此，其庶幾乎？

夫治國比於亂絲，必得其端，不得其端，益滋棼耳，非善治也。愚見若此，質之足下，幸有以教之。計足下補戶曹久，當有轉遷，由京察而外簡，庶可以行其素志，利濟民物。日跂望之。

上督撫言全臺大局書 庚子四月

臺灣孤懸海外，南北綿亙千數百里，地氣本浮，人心好動。命盜案多，甲於通省，分類械鬥，變生頃刻，布謠脅惑，謀逆造反，習以爲常。治理弛張之道與內地迥不相同，南北兩路情形又與郡城大異。蓋郡城有鎮、道、府重兵鎮守，姦民尚知所畏。嘉、彰一帶毘連內山，爲匪類淵藪，隨捕隨聚，誅不勝誅。且若輩視死如歸，地方官駕馭稍失其宜，即激成大案。自康熙二十二年平臺以來迄今一百五十餘年，姦民倡亂數十起，大半起於嘉、彰，而南路響應。統計全臺之勢，嘉、彰兩縣既要且繁，最稱難治。臺、鳳兩邑稍次，淡水廳又次之。噶瑪蘭爲山後新開之地，離郡城十三站，險阻崎嶇，鞭長莫及，解犯提案，甚費周章，幸地止彈丸，尚稱易治。澎湖廳孤懸海中，戶口不及十萬，地瘠民貧，命盜案皆歸臺邑承審，澎廳不過勘驗捕犯而已。是蘭、澎二廳皆要而不繁。至於海洋風吼靡常，文報解犯不能與內地一律稽程。有兩船同時開駕，一船先到，一船遲至數月者；有數船同開，衆船皆到，一船漂無下落者。即如現在委員王豫成船漂粵東，王鼎成身遭淹沒，淡水劉丞四船赴任，兩船遭風，淹斃幕友家丁舵水數十人。涉海之難，此其明證。

所尤慮者，臺灣在昔頗有沃土之稱，民多曠土可開，官亦寬大爲政，是以地方遇警，官民趨事赴功皆不致竭蹶。自嘉慶以來，地利盡闢，野無曠土，生齒日繁，民無餘貲，情形已不如昔。至十一年蔡逆擾亂，南北騷然，繼以十五年漳、泉分類械鬥，民日凋敝。幸自十六七年至道光二三年，地方無事，閭閻恂安。及乎四年，鳳山則有楊良斌之亂，六年有閩、粵分類械鬥之亂，十二年有張丙之亂，十三年有許灩成之亂，十六年有沈知之亂，十八年又有張貢、胡布之亂，大兵數動，官既倉庫空虛，民亦瘡痍滿目。惟冀休養生息，閭閻或可稍安。而大亂之後，遺孽猶存，盜賊紛紜，民之困於劫奪者一。歲屢不登，民之困於口食者二。商船遭風，歲常十數，貨物傾耗，民之困於財用者三。昔之富商大戶存者十無二三，是以詞訟日繁，賦多逋欠，元氣益蕩然矣。民困既甚，官即隨之，不惟缺分疲瘠迥異曩時，而軍需捐攤數加無已。近者臺鎮奏練精兵，文員歲捐盈萬，每年出巡南北兩路，地方不靖，勢難少帶弁兵，亦難拘定月日。夫馬口糧，地方供頓不貲，逆案盜案人犯歲常數百，解內地者亦百十餘名。每獲一犯，懸賞自數十金至數百金，而流罪以下例解內地，重洋遠涉，每一犯需費番銀四五六十不等。嘉、彰二邑最多，歲費鉅萬。今更查辦鴉片煙案，人犯不可勝紀。而調臺廳、縣又時挾虧短而來，以內地之不足取償海外，展轉挪移，皆所不免。每至交代，無不棘手，揆厥所由非盡官之不肖也。

夫以浮動好亂之地，當官民交困之時，爲政之道，似以撫綏爲先，而緝捕更不可後。捕犯解犯非費不可，職道上年密陳前憲，欲照淡水廳拳和官莊之例，奏明蘭廳未升科糧地畱爲全臺緝捕經費，使各屬辦案有資，可免畏難苟安，收弭患未萌之效，此亦目前要務也。昔年臺餉除抵扣外，司發常十七八萬，少亦十二三萬，近年扣款過多，撥亦愈少，及本年只發銀六萬餘兩。而兵丁逾萬，官弁數百人，刻不容緩，府中無款可籌，則以各廳、縣應解之款劃抵，使就地支放，而各屬應解之款非虧空軍需案內尚未補足，卽民欠無征，支絀萬狀。民閒亦生意日蹙，富室凋零，遇地方有事，裹足不前。海外情形，隱憂甚大。前者程督憲按臨臺地，奏撥銀十萬兩貯道庫以備急需，沈、胡兩逆案皆動撥，臨時幸免周章，而仍無補於全臺元氣。現在各屬無事之時，已形竭蹷，一朝蠢動，勢必束手無策，此職道所日夜隱憂也。

海外安危，關乎全省。職道才識短淺，惴慄實深，緣奉查詢地方，不敢有所欺隱。伏惟憲臺按切地方事勢，籌示機宜，撫凋敝之民生，咸安衽席，俾愚蒙之下吏，得有遵循，全臺幸甚。

覆鄧制府言夷務書 庚子五月十二日

瑩以庚寅之歲皖江趨承節署，得侍誨言。自奉職江南，雖數有陳辭，未盡私曲。丁酉冬忽蒙聖恩擢昇海外監司，戊戌夏閏受事。時當巨逆甫平，遺孽遍地，各屬元氣虧竭，病楚百端，兼之大案、異災層出疊見。妄意民情浮動之區，撫循瘡痍，必鎮靜爲培養，誅夷羣醜，惟急務之先圖，海外安則內地亦安，庶幾上紓九重之憂，下蘇吏民之困，不敢以細故操切，致有方剛悞投之悔也。一載後有名巨寇以次獲誅，閭閻喘息略定，而大府新更，未蒙以地方下問。正恐區區無由上達，今春二月欣聞世叔大人移節浙閩，不覺以手加額，謂海外從此可幸安全，上報天子矣。顧以憲節尊嚴，不敢未及而言，僅循例稟呈履歷。適準司移知札詢所屬地方與現任各官才具，當卽開摺具復，附陳全臺大局情形，未識有當高深否。方企悚閒，茲於五月九日金守自淡水遞手書至，懃懇下逮，幾及千言，匪特忠藎之忱昭然如揭，且英謀碩畫，深切著明。欽佩之餘，彌增感歎。聖天子所以顧諟再三，東南半壁必倚資於元老也。

方今中外汲汲莫不以鴉片夷務爲事矣。夷人數十年詭計一旦爲天朝燭破，嚴定吸食販賣科條，自王公以及士庶輕者徒流，重則論死，蓋非此不能力去沈痾，振啟聾聵也。繼因夷情狡譎，絕其貿易，有事用兵，此亦事勢之必然者。夫英夷以貿易爲生計，恃其狡悍，脅制西南各島久矣。今姦謀既破，不但生計無資，且爲各島夷所輕。姦謀破則必媿；生計絀則必迫；各島輕之則必怒；澳門馬頭既失，復恐各島素爲伊所據者，亦將動搖，則必懼。兼是四者，安得不並力致命於我，非有以大創之，誠如憲慮，未肯帖然就我規矩也。則簡練舟師，選擇將帥，修葺戰艦攻具，以禦其外；嚴禁姦民，杜絕勾通，謹守口隘，以清其內。此誠目前要務矣。

夷船堅大而便捷，師船小者不足以安巨礮，其大者水師又以滯重爲嫌。來諭詢及王提軍昔造建威船制，容往諮訪，再以報聞。嚮嘗問諸老商云，夷船靈捷，惟在布篷，若師船易篾爲布，節節爲之，則轉駛亦靈，似可與善海洋者商之也。竊意造大艦必先儲費，工價非倍於常例不可，而造船之人又必習知洋面攻戰者，親督之乃能有用。誠能製巨艦十隻或八隻，每船費以萬金，期以半年當可竣工，交提鎮大將領之，每艦更助以集成字號及大中號同安梭、大白底艍數十隻以爲羽翼，庶可制敵取勝。至於師船用礮不同平地，大至千觔足矣。通省各營如此者，亦尚有之，可以簡料而用。憲臺自粵中攜至夷礮十數門，若更集匠鑄五六千斤大礮以備陸地守口之用，似亦非難。惟理事廳不諳製造，匠人攙和鉎砂過多，或非一火鑄成，或礮內車磨不淨，則用時必然炸裂，宜得誠實曉事者監製乃可用耳。水師懦怯者多，風雲沙線尚有未諳，何況攻戰？然苟將帥得人，勤求善者而駕馭之，未嘗不可得力。竊見前水師提督陳化成操守廉潔，節制有方，熟悉海面情形，上年曾與夷船接仗，雖未能勝，亦未敗衂。礮火轟擊之下，士卒偶有傷殘，此乃軍中常事。聞夷人亦多傷斃落海者，似未可以咎之。遽與江南對調，實爲可惜。計現在水師諸將實未見有更勝之者。

至於臺灣，舊爲紅夷之所踞，誠如憲慮，未能忘情，此又瑩所日夕深念者。夷船闌入，必從深水，臺灣各口惟大雞籠及滬尾與樹苓湖最爲寬深，其鹿耳門及鹿港近皆淺狹，商艘三四千石即難收入，何況夷船？上年有小夷船一隻至彰化之五汊港外洋面，該地文武立帶兵船驅逐，並未停留而去。使人量其汊口，亦非寬深。恐本地姦民勾引，嚴飭營、縣查拏，鹿港行舖有買賣鴉片煙者，分別搜拏封毀。邇來各屬獲辦之案不少，果無勾引之人。縱使夷船停泊，惟有調集舟師嚴防口外，地方文武督率兵勇堵防口內，斷其接濟，是爲要著。臺、澎水師二協及艋舺營所有師船，惟大號同安梭爲最，誠不足以攻擊，惟可守口而已。一旦有警，不得不起王提軍用之，年雖七十有一，精力甚強，此乃老成宿將，但必假以事權，畀水師聽其調度，乃能得力。此非奏明諮調不可。達鎮練兵甚勤，能愛惜士卒，惟臺澎洋面二千餘里，非陸營所能爲力，必責成水師，達鎮專顧地方，以免顧此失彼。臺營各口礮位以安平、鹿港二處爲多，大至一二千斤者不乏，府、縣諸城皆自一千斤至二三千斤以上，臨時抽撥，未爲不可。然師船皆小，不足以安巨礮，設有大敵，非內地舟師巨艦不能爲力。今內地舟師方亟，恐難兼顧臺洋，設有來者，少則擊之，衆則堅守，以計破之可也。

而區區之愚，更有過慮者。東南沿海姦民，富者出資販賣鴉片，貧者出力以小船竹筏爲之運送，數十年來衣食於此，一旦無以爲生，又地方文武查拏不遺餘力，紛紛下海爲盜者不知凡幾。去冬以來商艘報劫甚多，皆若輩所爲也。巡洋舟師方調集，併力以事夷船，捕盜未免稍疎，日漸滋多，盜船成幫，將與夷船合而爲患，不能不更煩憲廑耳。

瑩才質魯下，未能思出萬全，惟在閩稍久，目睹二十年來情形變異，深思地方利害之端，與夫前人所以得失之故，不敢怠玩廢弛，亦不敢目前趨利，貽害方來。以人心浮動之區，當兵革數興之後，官民交困，深以根本爲憂。整頓與培養，二者不容偏廢。而尤以和文武、誅盜賊、安反側、撫瘡痍、籌經費爲本計。至於嚴煙禁、防海口、備夷船，則更目前要務，相其輕重，次第行之。幸逢節鉞蒞臨，敢竭駑駘，披瀝肝膽以聞。

與達鎮軍書庚子八月

弟啟行後，於初十日，同珊參戎、范令到樹苓湖勘視。先經文武諸人建有礮墩、草藔，礮墩既低薄而短，未能如式。又草藔只可駐札委員，鄉勇尚無住處。相度地勢，酌定事宜十五條，同前次查勘安平事宜九條，先後備具公牘移知冰案矣。十三日到番仔挖即鹿港外口，相距三十里。此處入口，由內港七里至王功港，又二十餘里方至鹿港，自以番仔挖爲要口，其形勢與樹苓湖大略相同。惟口門距岸稍近，不過五里耳。口門一條沙汕，無可立足，仍須在內岸防守。黄令會同劉游擊在此築礮墩，上安大礮三門，關護協亦在彼處派兵協防。惟嫌其墩稍薄，亦須添築堅厚。至王功港係在內港中途，其地舊有礮臺，上年地震塌壞，黄令修整完好。此處礮臺外皆淺灘，寬約三里，方及深水舟行之處，臺上礮力恐不能到。該文武又在礮臺之南築礮墩一座，細加察看，恐亦無用。此處本汛兵只三十名，須加鄉勇百名協防。如果臨時緊要，再添派陸營兵丁及團練之鄉勇可也。應辦事宜已同諸人酌定，俟五汊港勘過，一並移知。

惟水師弁兵過少，左營雖額設兵丁七百數十名，除在安平協防外，現在鹿港及番仔挖、樹苓湖三口守兵只二百餘名，每處皆不及百人，雖有船隻，無兵可配，大敵將來，言之實爲寒心。二兄雖練有精兵，亦不能處處兼顧。弟深知鹿港情形，總由陳將官平日廢弛營務，今幸撤去，而劉游擊到任未幾，一時驟難整頓。當此緊要之際，惟有多僱鄉勇。除在岸防守外，交本營酌配兵船，略壯軍容而已。若夷船至，則以團練之義勇當之。所可慮者，左營要口兩處，上下洋面三百餘里，只游擊一人，翁守備新自安平派來，其餘千總未見一人，把總、外委亦甚寥寥，不但無配船守口之兵，抑且無帶兵守口之弁。昨過蚶仔藔見把總龔正興，頗爲壯健，樹苓湖即其本汛，已經劉游擊派令在口防禦，管理礮位。此外殊不多得也。望二兄商之江護協，酌派千、把、外委各一二人前來帶兵，並飭各水師將小汛弁兵盡數調赴海口防堵，是爲至囑。極知安平根本重地，弁兵不敷分撥，但北路單薄，深爲可慮。卽如安平一處，前議募鄉勇四百人，細思之尚覺不足。現在守口每處只二百者，以爲日甚多，經費無出，只能如此。倘遇大幫夷船，尚不濟事。昨令各莊總董聯莊團練壯勇，該保內有五十餘莊以上者團練千人或八百人，三十莊以上者團練五百人或三百人，聽候臨時調撥，半守本莊，半聽撥用。已出示札行各縣，未審二兄以爲何如。葢守口之兵勇，經時累月，銳氣已過，非此生力之軍不能應敵也。思慮不周之處，尚望指示妥商，是所禱切。

再啟者，前書將發，適接兩司來文，欽奉諭旨，以臺灣防夷事務緊要，令與在籍提督王某會同商辦，欽此。除備公牘移知冰案，咨會王二兄外，並以附聞。弟思前此制府專函請王二兄內渡，而旨意令其在臺，自以臺灣緊要，仰煩聖廑如此。王二兄內渡可緩，自後一切事宜，惟有欽遵諭旨辦理。既在共事總以協力和衷爲是。二兄必能不念前嫌，仍尋舊好，何幸如之！

與王提督書庚子八月

本月十七日接準司文奉諮之後二日，曾布詳函，交王丞齎呈。二十一日奉到惠書，知欽奉上諭之件已達，而前函尚未奉覽。承示此時惟協恭同心奉公爲念，斷不更計鎮軍前事，足徵二兄忠蓋大公，如青天白日，下懷不勝欽佩。達二兄處，弟亦寄函婉商，尚未得其回書也。弟此閒勘過樹苓湖、番仔挖、王功港、五汊港各口，謬籌辦法，因各處情形稍別，是以章程小有不同，均經備具公牘，同近日接到省文先後諮移察照。

大約目前事勢，且先議守；守備既周，然後議戰，此乃不可易之理。臺灣口岸甚多，最要者郡城之安平大港，卽四草入郡之咽喉。四草難守，不如大港扼要，故守四草尤以大港爲重。嘉義則樹苓湖卽象鼻湖之下湖也；彰化則番仔挖，卽鹿港、王功之外戶也；淡水則八里坌與雞籠二口，必分據守之。此五者爲最要。其次則以安平鹿耳門以北之國賽港、大港甚近之三鯤身，此又左右輔翼於大港者也。三鯤身與大港甚近，易守。惟國賽港遠，而其地沙汕不可立足，内埔雖設文武汛房，而四面環水，兵無退步，此兵家所忌也。守之不便，議俟臨時塞其港。若鹿耳門則久非商船之所出入，竟以塞之爲是。南路惟打鼓港、東港二口。打鼓本有礮臺，距埤頭十里，守之尚易。東港無礮臺，似當設礮墩也。北路又有五汊港，卽鼇棲港，在彰化北境，口門稍寬，亦當設防。此外如鹽水港、北港、𡍼仔挖、吞霄、後壠，皆淺水小港。惟本地小船出入，非内地商船之比，有事塞之甚易，似不足慮也。其守之法，莫如多築礮墩於内岸，守以兵勇，而令水師船守其外口。夷船少則出擊，多則於内港以俟。彼大船不能入也；以小船入則非我所畏，如不勝而近岸則有礮墩、兵勇以禦之。彼若登岸，則我之所長而彼之所短矣。惟守口兵勇日久費大，不能多人，且恐久而生懈，一旦敵至，或不能得力。故大口水師之外，鄉勇只以二百人，小口一百人，早晚嚴申號令，多豎旗幟，在港商船亦授以大旗懸掛，出港繳回，使敵人自外望之，不測我兵多少。及乎接仗，則臨時另以陸營兵，而助之以沿海各莊團練之壯勇。昨已發給告示，沿海每保五十莊以上者練千人或七八百人，三十莊以上者練五百人或三百人，平時編立隊伍，造具名冊，臨時聽調，半守本莊，半出禦敵。視敵人之多寡，大約非千人不足以戰。我平時不用，以養其鋭，臨事然後用之，則皆生力軍也。故無事則以守口爲正兵，有事則出新兵以勝之，其港内小漁船，亦皆編立字號，給印旗爲記，朝出暮歸，稽查姦宄。

區區之愚，所私計者如此，未知有當否。前因勘視樹苓湖，該縣所築礮墩尚未如式，令更添築，加以高厚寬長，並多建草寮以栖壯勇，擬北路回途覆勘。未知現在辦法何似，得二兄親臨勘視，教其不備，是爲大妙。北路各口亦然。俟辦竣，尚須並請臨勘也。前備文移諮各條，望詳正之。

東溟文後集卷七

復梅伯言書辛丑閏三月

臺地民情浮動好亂，當凋敝之後，芟夷而安定之，撫循而休息之，二年以來，甫見靖謐。詎逆夷多故，海內外日事戒嚴。上年夷船再犯臺灣，幸爲數少而我以有備之兵勇擊之，比即退去。嗣更加意設防，全臺南北一千四百餘里，要口十七，親往相度形勢，部署稍定。蓋臺灣不同內地，他處但防夷耳，臺則兼防內亂也。大要在不動聲色，靜以鎮之，各路陸營弁兵仍舊彈壓地方，不輕調動，以防內變。守口之事，惟責成水師，而助以鄉勇駐防其各屬村莊，則如前收養遊民之法，使民莊頭人選壯丁自爲團練，造送名冊，以備臨時調用，無事時各安其業，既使遊手有歸，而官無口糧之費。其給口糧者，獨長駐守口之二千六百八十人，而團練待調者，則一萬三千矣。由此推行，可得精鋭數萬。蓋守口者日久，則罷不可用，故臨敵之師，必儲蓄之，養其鋭氣，乃可戰也。外既有備，內亦無擾。

頃覆制府書有云，以結人心、安反側爲本計，籌經費、繕守備、和文武、策羣力爲亟圖，區區之愚，所以治臺守臺之術，不外乎此。惜同事武人不知方略，性復矜猜，不洽輿情，爲可慮耳。惟有委曲善全，期無僨事，然亦極費經營矣。

至於夷人大局，一誤再誤，人所共知。瑩則以爲畏葸者固非，而輕敵者亦未爲是。忠於謀國者，總當無立功好名之心，審量事勢機宜，善權終始，豈一言所能概耶？瑩職在守土，惟知守土而已，不敢他及也。

再覆顔制軍書辛丑五月

本年三月三日具書一通，又議覆朱御史條陳臺灣開墾事，未識曾否已呈鈞覽。十七日奉到二月十六日手函，知歲前所發恭迓憲節及請舉楊雙梧、鄭六亭二人名宦之件次第已達，仰蒙許可，示以現駐廈門指揮一切。竊計此時靖逆將軍將到粵東，林、鄧二公可藉紓忠略，江浙有裕魯山制軍力持正見，憲臺通籌全局，砥柱二省之中，萬里海疆，長城已固，必能上邀天佑，迅奏膚功也。臺灣籌備事宜，前歲詳陳圖說，諒蒙察核。惟所築礮墩，係以竹簍、蔴袋貯沙土爲之，尚非久計。達鎮近於雞籠之二沙灣改建石礮臺，兩邊加砌石牆，已興工將竣。瑩擬通臺各口，擇其要者，如郡城之大港口、四草，嘉義之蠔仔寮即樹苓湖口，彰化之蕃仔挖、五汊港，淡水之中港、竹塹，皆於原設礮墩内添砌石壁各三十丈，爲經久之策。雞籠險遠，二沙灣一壁形勢尚孤，擬更於三沙灣現駐屯丁處增壘石壁，以相應援，庶乎得力。又省鑄八千斤大礮當置安平大港，而舊築礮臺薄小不能勝任，前與達鎮、熊守勘議，必需別砌礮臺承之，高以六尺爲度，垛高三尺，長八丈，寬五丈，中邊皆實，亦已興工。惟此事及全臺石壁工需數萬，未敢遽請帑金。現且勸捐，未審能否集事。儻不足，再請動項，可冀稍輕也。

王提軍忠藎老謀，人極可敬，昨來書以鄉勇烏合，恐無紀律，議欲分交各營隨同操演，所論誠當。但今雇募在口長駐防者二千六百餘人，又各莊自團練者又一萬三千，爲數實眾，若皆配營操演，歲當費銀十餘萬，何能辦此？況臺營各兵與民人素不相洽，若隨營操演，難免細故口角，動即械鬥，其禍甚烈。況臺人勇悍好亂，所以尚易撲滅者，正爲其烏合也。若入營操演，教以紀律，則營中所長，彼且有之，更習知營中虛實，異日不可復制矣。蓋海濱獷悍之民易動難靜，一時得其力固易，事後弭其患甚難，不可不深長思也。昨覆書稍言其利害，而提軍意未了然。反覆思之，惟有兵民分操，必不可以合練，亦第可就現募守口者，令文武員弁就地教習。其各莊團練之眾，仍令人自爲之，庶乎其可！夫戰士得力，惟在統率者，平時能得其心，臨事能鼓其氣，果見強敵而不走，守隊伍而不亂，更能執戈矛以殺賊，此即百勝之師矣。何必盡如營中之所習哉！此議達鎮、熊守皆以爲然，瑩胸無適莫，見善必從，而不能不權其可否。提軍與瑩素好無閒，諒不疑其有他耳。因念臺地情形，言者或見其一端，或得其形似，未必悉能深知遠慮。以憲臺厘注之切，自必欲得其眞，而事緒多端，非一言可盡，謹就年來因事敷陳諸稿摘録一冊，恭呈披覽。識慮淺薄，尚望誨所未逮。

瑩二十年前於顛蹶之中，荷先尚書未識一面即加揚舉，雖時乖福薄，不能仰副大賢之期，然知遇之感，沒齒不忘，風義所垂，千秋爲烈。憶己丑歲感懷雜詠歷敘生平，有句云：『海外功名泡影如，羣公網豈漏游魚。然明未必都相識，猶有平原待薦書。』蓋紀見知事也，每念及，慷慨不已。茲蒙明諭，薦牘猶存，益覺泫然矣。瑩不及事先尚書，今幸備員下吏，敢不竭其駑駘以圖報稱乎！憲東謹世藏之，無忘懿美。

覆曾方伯商運臺米書 辛丑九月

八月二十四日奉七月十八日函示廈門失守，臺地需餉必殷，商之中丞，擬撥銀十萬解臺，並搭解五萬買臺米接濟內地民食，洋面阻梗，省中乏員差委，議由臺先代買米雇船陸續運省，仍派兵船護送到福州，卽以餉銀米價帶回，且囑以曹丞署鹿港辦此。同日奉中丞檄同前事。惟曹丞已赴淡水新任，正值夷船在雞籠，我兵得有勝仗，吃緊之時，未便更易。正在飭行鹿港魏署丞籌辦閒，九月初三日又接八月初三日來函，以漳州缺食，囑令鳳山縣辦米運赴銅山，謹已聆悉。

竊思臺地自七月二十日傳聞廈門失守，全臺震動，訛言一日數起，四處姦民皆有竊發之勢，極力鎮撫，籌撥兵勇赴各口添防，旬日後人心始定。而經費支絀，府局僅存三月之需，業將籌辦情形於七月二十六日會稟兩院，移諮冰案，請籌撥餉銀三十萬，分起解臺接濟。亦以差委乏人，商請尊處遣明幹佐雜二三員同丁憂之平和令陳文起過臺差遣。由鹿港雇船專遞，未知何日可達臺端。茲知先蒙籌及臺事，議撥餉銀，仰見卓如先生同中丞遠慮公誠，不忘海外蒼生，感佩何極！

中外一體，臺餉之缺，省中籌之，福、漳二郡缺食，臺地豈容坐視？惟未接尊函之先，鹿港廳接蚶江移奉制府飭行招商買米赴臺，一概免配官穀，月來鹿港五條港進口商船已數十號，每船買米一二千石不等，計已不下數萬，此後源源而來，似無事官爲籌辦。詢諸郊商，言臺地現在米價與泉郡不甚懸殊，惟臺斛較大，又有載貨來臺免配官穀之利，故來者不催而至。若臺地本無造船之商，亦無運米之商。所云郊商者，不出郊邑，收貯各路糖米，以待内地商船兑運而已；此坐賈，非行商也，故無肯以重貲至内者。如内商不至，則臺商坐困，官亦無從著力也。臺灣所屬澎湖一廳本窮島，不産五穀，其民皆仰食臺郡。臺灣一縣附郭穀少賦重，亦仰食於南北兩路，此一廳一縣無可爲者。蘭、淡二廳自給之外，稍有餘穀，蘭之烏石港，淡之八里坌，皆出米交福州商船運省。然每年二廳出米亦不過十餘萬，其米多可糶者，惟鳳山、嘉義、彰化三縣而已。鳳山無大口，其東港、打鼓港僅容數百石之澎船，内地商船，從無到者，米皆載至郡中，俟廈門商船夏至國賽港，冬至四草湖，以爲出糶。今廈門阻兵，商船不至臺郡者三月餘矣。臺防同知苦無配穀之船，鳳山縣又安從得船運米至漳，此南路不能辦米之情形也。嘉、彰二邑産米雖多，然二邑人民亦最繁庶，食之者衆，又外販紛來，故蓋藏絶少，雨澤愆期，則米價騰貴，姦民即乘隙而起，所以稱巖疆也，不知者則以爲樂土矣。道光三年，弟在憂中，爲方守傳穟上言臺穀宜留有餘，以防民變。趙文恪公深然之，乃定例商船販臺米有數。大船不得逾六百石，小船不得逾三百石，每月由口員呈報，遵循至今。而孫文靖初不解此，因京師乏米，遂致書英相國，言招商可採米數十萬以運天津。相國以聞，令文靖渡海辦此。及大集商船至臺，傳見紳商，親自獎勸，僅辦十餘萬。而民間大譁，米價騰湧，匪徒已四出搶掠，其不爲亂者幾希。此道光三年事也。以文靖之才，當時猶有誤者，習於所聞，未求其實故也。且海上風濤無定，即商造一船，亦合衆力爲之，復鳩衆貲以載一船之米。蓋自嘉慶末年至今，未有獨出己貲付諸洪波一擲者。若官出數萬金買米，一經失水，賠費維艱。或令鹿港，勸諭泉商，配分數船運省則可。然此非臺地所能擅行也。本年春夏間，臺郡雨澤偶愆，幸祈禱有應，早收猶七分以上。乃自八月初十至十二日，颱風大作，晚禾略有損傷，臺邑復缺雨，二十五、六、七、八等日，鄉民日數百人喪服鉦鼓入城號呼，郡中文武設壇祈禱，今尚未得甘霖。夷警方殷，豈有南北？每一念之，悚惕終夜。所幸鳳、嘉鄰邑可以中收，或不大害。惟既在商運以濟泉州大軍，不能更謀及福、漳二郡，奈何？展轉思之，近惟永凝深滬間，有遭風漁船至臺郡者，其回棹向配澎湖或內地兵穀數十石，現囑仝丞勸諭其船給照販米至銅山，免配官穀。復飭淡水曹丞勸諭福州來船多載米石回省，第恐終無濟事，所冀上游之米大至福州，潮州之米大至詔安、漳浦，斯爲善耳！惟深諒之也。

臺餉一事，實海外安危所繫，本以危邦，又值逆夷擾境，文武員弁防守乏人，無能赴省請領。惟懇閣下仍爲籌撥，由省委解，或即用分臺差委之員護以武弁，即可出五虎門徑至八里坌矣。聞省中硝磺存貯無多，臺地自當另籌，不敢以請，謹如尊教。

復泉州沈太守書 辛丑十月

承惠書臺灣破獲夷囚，大府意令解至內地，以廈門鼓浪嶼尚未收復，欲示德於夷帥，亦一策也。竊思此事若出自英夷則可，蓋以百餘囚人易回鼓浪嶼，無損兵威，復可布德，計誠無善於此者。今夷初無此意，方且大肆鴟張，既據廈門，旋奪定海，又寇乍浦，所至殘破，其勢甚銳而志益驕，藐視中國甚矣。彼方以廈門爲囊中物，據之以通浙、粵之咽喉，安肯以百餘被獲不甚愛惜之人，遽棄其勝算哉！爲此謀者，徒出我之私計希冀爲之。設夷挾其狡詐之威，陽許還我廈門，及囚人既得，仍逗遛不去，或巧易他詞，復奪廈門，又將何以處之？且夷囚亦安能解至內地乎？臺灣內渡三口，廈門已失，不必言矣，聞泉州之蚶江，福州之五虎門，皆有夷舟停泊。臺灣起解夷囚人至百餘，事難祕密，必有姦民往告，夷囚及口，徒爲所劫耳，何能至泉州、福州，待我之求耶？鄙見以爲此計殊不可行。幸轉陳於大府，事勢如此，非敢方命也。

覆怡制軍言夷事 壬寅五月二十三日

逆夷犯順，於今三載，惡貫滿盈，神人共憤。職道未嫺軍旅，勉力從戎，幸而夷舟數次犯臺，或破或走，臺守常堅，聖訓憲猷，指示機宜，未致貽悞。乃荷天恩疊被，迴異恒常，媿恧之餘，益增惶悚。所有辦理情形，具詳公牘，諒邀垂鑒。昨又奉旨復訊夷供，已連日督同府、廳再加研訊，具得其情，謹會達鎮軍據實復奏，並繪圖具說進呈。

竊意夷雖強，本亦烏合各島黑夷而來。與我爭利者，紅白夷也，其人少，每船僅數十人。餘皆黑夷，愚蠢無知，惟仰食於紅白夷，工貲口糧，所需甚鉅。今閉市久，夷之錢糧無出，其所喪失亦復不少。夷以貨財爲命，兩年以來，貨皆賤價私售，折耗貲本不可勝紀，情勢亦必中絀，則求通市之心自必益亟。特狡詐性成，乃更揚爲大言云，復以大兵前來，水陸並進，脅令閩人在番地貿易者爲之致書廈門郊行以紿我，復擇富饒之區沿途騷擾以脅我，凡此，無非急求所欲耳。且聞夷人孟加剌地方屢爲東印度國所敗，虜其將士婦女千餘，夷必回兵往救。若我更堅持三月，夷將內潰。惟諸將屢經挫衄之後，怵於夷之威詐，未知能及此否。

臺灣前獲夷犯已遵旨分別留禁正法。泉州府沈守兩次來書，深以逆夷性好報復爲言。嘗熟思之，夷性畏強欺弱，我捦其人久而不殺，彼以我爲懼彼，是明示之弱也。沈守又以舟山、廈門失守，爲夷人報復之證。試思夷初至舟山，非有所仇也，近至上海，又豈有仇乎？逆夷垂涎臺灣已久，即不殺夷囚，彼亦可以破舟喪貲索償於我。前所斬溺之夷，無不可爲報復之詞也。不殺，徒自示弱，殺之，猶可壯我士卒之氣。惟當安撫人心，益修守備，嚴捕姦民，盡心力而無懈耳。兩軍對壘，勢必交鋒，非我殺賊，即賊殺我，乃先存畏彼報復之見，何以鼓勵士卒乎？愚昧之見，伏乞訓示

覆福州史太守書壬寅七月初八日

弟五載臺洋，內撫不靖之姦民，外禦頻來之夷寇，力小任重，日夕惴惴，寢饋不遑，情事想邀澄鑒。昨與達鎮軍遵旨將年來所獲夷囚除頭目留禁外，悉斬之。臺人素怵於泉、廈郊商之言，頗懷畏懼，及見夷屢次被創，膽氣稍壯，至目睹夷人訊供，臨斬時觳觫情形，轉甚於臺地強悍之逆犯，士卒膽氣益張。而畏事者猶津津以報復爲疑，殊不知夷性畏強欺弱，彼見我久捦其人不殺，以爲畏彼，是更示之弱也。即使大隊復來，仍是平日垂涎之素志耳。

論者每謂甯波之失，由裕督師之剝皮逞忿；廈門

之失，由陳守備之箭射夷酋，恐非衷論也。當日舟山初失，孰爲啟之？近時上海之警，又孰仇之？彼苟有所欲，則竟至耳；至則不善，惟有交鋒，豈能懼其報復？臺灣先後兩破其舟，死及囚者不下千人，喪失貲財甚鉅，彼欲甘心於我久矣，豈待戮其人乎？不然屢至臺胡爲者？泉、廈之人聞臺灣大戮夷囚，議必紛紛，儻大憲言及，尚望代達鄙意，以釋羣疑，幸甚。

昨訊夷供，略得其情，已同鎮軍據實入奏，今錄圖說呈覽，魑魅技倆，莫逃明鑑矣。

再復怡制軍言夷事書壬寅八月初八日

五月二十三日肅稟具陳近日夷情及分別斬決留禁夷酋之意，未審已邀鈞鑒否。七月十八日奉到五月十二日賜函，蒙以職道倖晉頭銜，渥承獎勵，撫躬循省，實切悚惶。職道才識庸愚，猥當海外重任，實切冰兢。夷務數次微勞，無非仰稟憲謨，恪遵聖訓，幸乃無悮事機，何敢謂辦有成效！卽蠡測管窺，是否不謬，尚有待於聖主及憲臺明示，未敢自信，稍懈嚴防。竊聞逆夷北上，復分擾江南，以久不習兵戎之地，忽見夾板豖突而來，復有在地姦民爲其區畫，鎮江之失，江甯之困，無怪其然。聞當事諸公有暫事羈縻，請聖明速決大計之奏，雖云急迫萬分，何遂至是？又聞廣東有言，英夷國已空虛，羣夷不服所爲，頗多興怨，似有內潰之形，乃轉掠商艘以助其勢，外益誇張，內實急迫。米利堅亦謂天朝不可墮其術中。此言似又與職道前月所陳不無吻合。若我但嚴守口岸，不與海上爭鋒，內查姦民誅之，不事姑息，再持數月，夷將自潰。不審朝內諸公如何贊襄綸綍，翹首天南，疢如疾首矣。

頻歲以來，各省軍需甚鉅，大農籌計維艱，蕞爾臺灣，亦已費四十萬。昨因支用將竭，不得已由臺徑請，仰蒙聖明俞準，賞給五十萬，此誠海外蒼生之慶。聞廣東已撥解二十萬到省，今能守委員由八里坌內渡請領，職道亦備具公牘，伏乞憲臺飭福藩司迅爲撥給，派文武幹員由五虎門東渡，若能於二十萬之外，更有撥到之款，卽多予解臺，免海上屢次往返，則更善矣。

上劉中丞言事書壬寅八月初八日

六月二十七日解餉官卽用縣鄧令交到四月初七日覆示，以制政用人大體及海外公事不予掣肘，以瑩稍識事宜，許爲正直通達，與熊守咸受知信。際時事多艱，且據孤危之地，得奉明諭，使憂深墜溺之心頓若有所恃賴，前於謝恩奏中，曾據實上陳，想亦大慰聖懷，誠海外之幸，非獨一人私感已也。

方今經費支絀，屢奉檄諭，亟宜廣爲勸捐。無如臺地昔時富人今多中落，黄化鯉以訟死，其弟欠府中鹽課至於押追久之，縣中正供亦多蒂欠。吴尚新避地遠宦京師。吴春禄欠府中公項，追嚴而完少。嘉義玉王峯許捐廈門石壁五千，並未完繳而沒。淡水二林惟林祥雲尚肯急公，前年捐淡水儒學公項萬圓，上年職道勸捐又令其姪林占梅捐銀一萬，已爲入奏。林平侯年耄而慳，勸捐文諭全置不理，反謂覬覦其財；昨忽據噶瑪蘭廳通詳該職員有業在蘭，願捐番銀一萬，作一年分期完繳。查林平侯産業皆在淡水，蘭産不及十分之一，何以忽舍本籍而赴蘭捐輸，徐倅遽爲通詳，其中恐有別情。現委鄧令往查，儻無別故，亦當於淡廳有所報捐；若有弊端，似未便乞恩議敘也。

春閒大安破獲夷舟，兵民所得水中銀物無多，其酋顛林供係噗嘣喳以番銀九萬、紋銀六千來臺購姦民爲內應，並無百萬及五十萬之事。泉、廈所傳，殊非確實。且上年魯興、甄甫二前憲先後頒發印示，皆謂兵民破獲夷舟，財貨盡以充賞，職道與鎮軍亦出示禁，官人不許騷擾民閒。乃曾藩司來書，欲以半充軍實，似可毋庸議。儻恩準閩省報捐人員在本省上兑，或當有來者耳。近聞粤中有言逆夷北上天津，復分舟沿擾江南。其實國已空虛，羣夷多怨，内情急迫，外更揚爲大言，恐詐以求和議速成。米利堅亦言天朝不可墮其詭計，似與職道前此入告之言有合。未審内廷諸公如何贊襄大計也。此閒於八月初三日有三桅夷舟在洋面遊奕，自南而北，懼我攻擊，船插白旗，則其情亦可見矣。惟海上草烏匪船既多，岸上土匪復眾，每自稱通夷，造謠伺亂。雖已大加懲創，先後捕誅百數十人，地方差靖，而時届秋中，亂民必先措置，安撫事宜更宜加密。卽使外患稍紓，而內患不可不慮。古人云，功敗於垂成。臺地無日不如臨大敵，或可免乎！

與曾方伯書壬寅八月初八日

卓如先生閣下，本年夏首奉去冬十二月示函併密件，經卽肅牋佈復，未知已登籤記否。七月初載奉四月初惠書，以弟倖沐聖恩，吉詞褒飾，慚恧良深。弟本菲材，未諳軍旅，屢賴天庥羣力，濫荷殊施，方以地處孤危，內安外攘，能否始終克全，莫能自信。每一念及，寢饋難安。雖賦性愚直，而欲聞己過之私，實不敢自外於君子，尚祈大教時頒，俾得稍免愆尤，不勝禱幸。

大安之役，承示以中丞所聞，此亦不得已之苦心也。惟前據夷酋所供，僅噗嘸喳給番銀九萬及紋銀六千兩來臺購買姦民，實無五十萬之事。姚縣丞私信所云，尤爲不確。且上年經魯輿制府、甄甫中丞兩次頒發印示，凡獲夷舟銀貨，悉與出力兵民充賞，弟又與達鎮軍會示，如兵民奮勇破夷，所得銀貨不許官人索擾。是以民間利其所有，樂破夷舟，實不能有裨於軍需也。經費告匱，臺地與省中同一情形，極知尊處無可策應，不得已由臺徑請，幸蒙聖明準給五十萬。頃聞粤省已委員解到二十萬，此誠海外巖疆之慶也。今臺府委謝從九赴省請領，儻他處更有續到，似可一併解臺。但未知省中所議續請曾否俞允，若省中現亦拮据，則先撥解二十萬或二十五萬來臺，餘俟來年大餉時再撥亦可。惟尊裁之。

近聞廣東有信言，逆夷巢穴空虛，又衆夷不服所爲，人多怨散，其形甚迫，乃以多舟北上，急欲求和，復要刼商船作爲兵船，以張其勢，擾我鎮江。此種情形，弟於四月復訊夷供時卽已覺之，據實入告，決意斬其夷衆。未審卓如先生以爲何如？然夷之情勢雖已見絀，而海上盜船與在地土匪，則實繁有徒。夷自江南事平南下，保無路出臺洋，恐草鳥匪船借勢滋擾，不可不防其變。是以臺地內外設防，仍不敢不密，幸高明有以教之。

與方植之書壬寅九月

七月十四日覆書，詳言竹虛到臺，得手書及大刻種種。不意其書在洋被刦。八月廿四日又讀來函及大刻，具知文體大適爲慰。足下書皆衛道，見眞語確，多前儒所未發，高、顧羣公固不及之，卽陽明亦未必不以爲畏，豈待後世有子雲耶？然所論辯，皆在學者用功著力處，苦心苦口，開悟來兹。

若道之本原，則有不可言、不容言者。斯理渾然，無有畔岸，人各窺尋，就見爲說，皆非道體。生平最喜阿含經『衆盲言象』一段，與吾儒『仁者見之謂之仁，知者見之謂之知』同意。儒先諸說，往往小言破道，但取能救學者之失，有功世道人心可矣。忠敝而救之以質，質敝而救之以文，文勝則反之於質，如五行之相剋而相生，其用無窮。而於天之所以爲天，道之所以爲道，則皆非也。害道之事多矣，聖人隨事立法以救世耳。邪固害道；正而非當，害與邪同。吾觀前賢之書，雖有淺深純雜不同，但就我所敝而救其失，則皆神農之本草也。蓡、苓、朮、草，各適其用，是爲得之。必使天下人蓄蓡、苓、朮、草，其他一切屏棄，必有待桂、附、烏頭不得而死者矣。特蓡、苓、朮、草之性質功用爲良，使天下人知其良而近之，桂、附、烏頭之性質功用爲劣，使天下人知其劣而遠之可也。過爲去取，則非道矣。吾所言，乃就大體而言之也，與足下之言相輔；若以爲有異同，則豈足知道乎！天下事類此甚衆，恨無深心明識者與之商榷也。因足下言道，偶一及之。

昨訊夷供，頗得其形勢虛實，繪具圖說上呈，且具言夷外益誇大，實已內空，諸島夷將叛散，不能久持，急求通市罷兵，吾但稍遷延以持之，雖不能不準所請，其中尚可權衡。乃此奏以五月二十八日五百里發遞，竟在洋被刦，恐當事諸公不知底蘊，復受其欺也。豈非天耶？其圖說已爲臺人付梓，瑩意更取南懷仁、陳倫炯二圖合刻而討論之。姑先以二圖刻於顛林圖之首，今以寄覽。事已無及，然後來之患方長，有心人或猶願觀之也。

奉逮入都別劉中丞書 癸卯四月

瑩與達鎮軍以搶斬夷俘爲夷酋譎愬，大帥相繼糾彈，復有摭拾浮言爲夷之助者，致上震怒，逮問入都。既負聖明特貰之恩，更幸憲臺知薦之德，惶悚不可言也。

呂游擊示知憲檄護解，以道、府原案及所獲夷件均送大部，卽當赴省候文就道，不得面辭，歉仄愈不能已。在泉州時承明諭，原奏未嘗非，惟斬夷太急，再逾兩月，則撫議成而事可免。又謂鎮、道此行非辱。甚矣，大君子持論之允也！顧一得之愚，尚有未白於左右者，茲當遠違，敢卒盡其區區，惟鑒督焉。

今局外浮言不察情事，言臺灣鎮、道冒功，上干天聽。夫冒功者，必掩人之善，以爲己美，未有稱舉衆善，而謂之冒功者也。雞籠其地，距郡程十日，大安稍近，程亦五日，皆在臺灣北境。兩次捡夷，鎮、道均非身在行間，惟據文武士民稟報之詞耳。自古軍中驗功，皆憑俘馘、旗幟、鎧仗，有則行賞。故人人用命，非如獄吏以摘姦發伏爲能。是以周師耀武，史有漂杵之文，項羽自刎，漢有五侯之賞，所謂兵貴虚聲，寛則得衆也。雞籠之夷，雖以衝礁，大安之夷，雖云擱淺，然臺灣擐甲之士，不懈於登陴，好義之民，咸奮於殺敵，乘危取亂，未失機宜。夷船前後五犯臺洋，草烏匪船勾結於外，逆匪巨盜乘機數亂於內，卒得保守巖疆危而獲安，未煩內地一兵一矢者，皆賴文武士民之力也。苟無以鼓舞而驅策之，焉能致此哉？況當時各路稟報，皆稱接仗計誘，所獻夷囚、礮械、衣甲、圖書，既驗屬實，復有綠營旗幟、軍衣、刀仗與浙江巡撫營官印文、火藥、道里數冊，確係騷擾內地之兵船。其時夷焰方張，蹂躪數省，荼毒我人民，戕害我大將，朝廷屢有專征之命，閫外曾無告捷之師，宵旰憂勤，忠良切齒。郡中得破舟捡夷之報，咸額首稱慶，謂海若効靈，助我文武士民殲此醜類。亟當飛章入告，上慰九重焦憤之懷，且以張我三軍，挫夷銳氣。在事文武方賞勞之不暇，豈爲鎮、道不在行閒，功不出己，遂貶損其辭哉？

鎮、道原奏皆據衆報彙敘，未言鎮、道自爲，卽文武稟報，亦未沒士民所獲，士民亦未有控文武攘其功者。怡督憲渡臺逮問鎮、道，成算早定。一時郡兵不服，其勢洶洶，鎮軍懼變，親自巡循慰諭乃散。翼日，衆兵猶人持香一炷赴欽使行署泣愬，而全臺士民遠近奔赴，僉呈爲鎮、道申理者甚衆，皆未邀夷案議敘之人也。雖怡督憲批不準行，然皆已受其辭，在案可稽，則鎮道非有冒功之心明矣。雞籠夷舟到口三日後乃開礮，我兵亦開礮相持。大安夷舟實爲漁人所悞擱淺，兵民因以乘之。當時陳辭，初非臆造。詎夷就撫後，追恨臺灣捡斬其人，遍張僞示，以爲中華之辱，莫甚於此，計逐鎮、道，以快其私；大帥相繼糾參，而臺灣冒功之獄成矣。在諸公創鉅痛深，以爲甫得休息，深懼再啟兵戎。謀國之意，夫豈有他？

正月二十五日，怡憲渡臺至郡，二十六日傳旨逮問，以所訪聞，令鎮、道具辭。瑩與鎮軍熟計，夷人強梁反覆，今一切已權宜區處，膚愬之辭，非口舌所能折辯。鎮、道不去而夷或至；必不能聽其所爲，夷或別有邀求，又煩聖廑。大局誠不可不顧也。且愬出夷人，若以爲誣，夷必不肯服。鎮、道，天朝大臣，不能與夷對質辱國；諸文武卽不以爲功，豈可更使獲咎，失忠義之心？惟有鎮道引咎而已！蓋夷未撫以前，道在揚威勵士；既撫之後，道在息事安人。鎮、道受恩深重，事有乖違，無所逃罪，理則然也。

且上年十二月初三日鎮、道見夷僞示，當卽照錄具奏，自請撤回查辦。其摺在口守風，聞怡憲已奉旨渡臺，乃追回，曾鈔呈怡憲舟次。繕摺猶存。今以罪去，誠乃本懷，此所以具辭請罪也。

至於官民結稱並未接仗計誘者，臺灣地本孤危，衆恃鎮、道壯其膽氣，今鎮、道獲咎，委員復以危詞恫喝，誰敢堅執以自取戾而致怨於夷乎？此又情事之昭然者矣。鎮道入都，亦必如前請罪，以完夷案。惟憲臺有知己之感，區區微衷，若懷匿而去，非所以對大君子。

夫世俗紛紛，皆由功名富貴之念重，則君臣道義之念輕耳。胸無俗見，不特進退坦然，苟利社稷，卽身家在所不計。古有殺身成仁、毀家紓難者，彼何人哉！怡督憲不諒志士立身各有其品節，以爲及此，尚形強矯，頗深責之，不能辯也。居常言臺灣鎮、道奏事，乃國制也，隔海文書往復，不能剋期，軍中朝夕百變，若事事請命，則貽悞多矣。雞籠獲夷之奏，如常發驛。奉上硃諭，嗣後夷事皆四百里奏報，若獲勝仗卽五百里，大勝則六百里。誠念切海外，欲速知情事，望捷書也。聖廑若此，何敢復爲展轉耶？初獲夷囚，泉州沈守稱，怡憲令解內地，以易廈門。瑩以夷船徧布海中，解不能至，徒爲所奪覆之。憲意大怫，以爲鎮、道欲專其功，而豈料遂有後來之事乎？溯瑩至臺以來，惟雲亭鍾公、嶰筠鄧公、麗泉魏公、魯輿顔公，皆許以便宜，不爲遥制。憲臺則更手書，謂在此必不掣肘，未嘗不嘆大賢用心，若合一轍。今乃益知憲臺暨四公者，洵古人不可及矣。感念其何有極！

東溟文後集卷八

再與方植之書 癸卯四月

年前接讀手書及論夷事文，深爲歎息，所論何嘗不中？無如任事人少，畏葸者多，必捨身家性命於度外，眞能得兵民心，審事局之全，察時勢之變，復有強毅果敢之力，乃可言之。此非鹵莽輕躁所能濟事也。雖有善策，無幹濟之人，柰之何哉！今世所稱賢能矯矯者，非書生則獄吏，但可以治太平之民耳。曉暢兵機，才堪將帥，目中未見其選也。況局勢已成，挽回更難爲力耶！

瑩五載臺灣，枕戈籌餉，練勇設防，心殫力竭，甫能保守危疆，未至僨敗。然舉世獲罪，獨臺灣屢邀上賞，已犯獨醒之戒。鎮、道受賞，督、撫無功，又有以小加大之嫌。況以英夷之強黠，不能得志於臺灣，更爲膚愬之辭，恫喝諸帥逐鎮、道以逞所欲，江南、閩中彈章相繼。大府銜命渡臺逮問，成見蚤定，不容剖陳。當此之時，夷爲原告，大臣靡然從風，斷非口舌能爭之事。鎮、道身爲大員，斷無嘵嘵申辨之理，自當委曲以全大局。至於臺之兵民向所恃者，鎮、道在也，鎮、道得罪，誰敢上抗大府，外結怨於凶夷乎？委員迫取結狀，多方恐嚇，不得不遵。於是鎮、道冒功之案成矣。然臺之人，固不謂然也。始見鎮、道逮問，精兵千人攘臂呶呼，其勢洶洶。達鎮軍懼激變，親自循巡，婉曲開譬，衆兵乃痛哭投戈而罷。士民復千百爲羣，日匍伏於大府行署，紛紛僉呈申訴者凡數十起。亦足見直道自在人間也。

覆奏已上，天子聖明，令解內審訊。尋繹諭辭，嚴厲中似猶有矜全之意，或可邀末減也。委員護解啟程當在五月中旬。大局已壞，鎮、道又何足言！但願委身法吏，從此永靖兵革以安吾民，則大幸耳。夫君子之心，當爲國家宣力分憂，保疆土而安黎庶，不在一身之榮辱也。是非之辨，何益於事！古有毀家紓難、殺身成仁者，彼獨非丈夫哉！區區私衷，惟鑒察焉。儻追林、鄧二公，相聚西域，亦不寂寞，或可乘暇讀書，補身心未了之事，豈不美哉！

又與方植之書 癸卯五月

昨又得本年四月書及大著，知近於義理之功進詣益粹密，李畏吾洵爲過說已！寥寥宇宙，可與證此事者復幾人哉？翁年七十有二，生平未嘗處一順境，鑑以磨而愈光，金以鍊而益堅。是天之所以生翁者，原不在窮通得失，而非盡歷奇窮拂逆，恐用功不能若是。

孟子云，盡其心者，知其性也。世豈有不盡其心而能遂知其性者乎？人性空虛，一無所有，而無時不有，其所發端，惟在一心。能自觀心，自可見性，此本一物，初非有二。然心有明昧動靜之殊，性無明昧動靜之別，則又微有不同。告子以知覺運動爲性固非，然非知覺運動亦無以見性。譬如太極，非陰陽不見，而不可執陰陽爲太極也。陰陽有盡，太極無盡；心有起滅，性無起滅。然則心者，其性之奴乎？翁其爲我證明之。來教甚夥，尚容細玩。

瑩現所處，人皆以爲患難。瑩曰，非也。患者，利害得失之謂，難者，困窮阸塞之事。此皆外物，無與于己。譬如風雨晦明，其時則然，而非我事。今以夷之狡譎，脅諸懦帥，上欺朝廷，時方議撫，不值以此事再啟兵戎。國家一切寬大以容，爲人臣子仰體聖懷以全大局，非一身之利害得失，亦非一身之困窮阸塞也。前在臺灣寢饋不遑以治軍事，若以今日息肩較之，則甚暇逸，於吾一身，初無毫末之損，豈以爲害乎？人情耽耽不能已者，徒以一官耳，瑩之得失，豈在一官耶？然此心有不能恝然無恨者，則天下之憂，此卽翁不憂一身而悲憤時事之意云爾。

頃有和家庚甫叔及馬元伯見寄詩，同近作鈔爲一冊寄歸家中，翁覽之可以見其情緒也。餘不多及。五月二十二日延平舟中。

與光律原書 癸卯五月

隔海道遠，軍事倥偬，不欲以塵俗之辭上溷清高，然彼此消息，里中人往來，無時不相通也。吾兄志趣高曠，意在物外，信神僊中人，不可及矣。弟不自揣，妄意濟世利人，繒繳網羅，皆自離之，夫復何尤！生平多歷崎嶇，惟氣未衰耳。

頃以海外孤危，内撫不靖之亂民，外攘憑陵之夷寇，調輯文武，訓勵士民，幸衆志成城，亂民數起，皆以時討平之，夷五犯臺灣，不得一利，兩擊走，一潛遁，兩破其舟，捦其衆而斬之，冀以上振國威，下雪衆恥，庶幾不負所志。而江、浙、閩、粤四省事勢已壞，夷不得志於臺灣，乃詭辭膚愬，恫喝四省大帥，脅令上聞，抵鎮、道罪，復有甘心爲夷作證者。閩帥以臺灣功不己出，久有嗛言，又恨前索夷囚不予，及奉查辦之命，遂迫脅無知，取具結狀，以實夷言。弟與鎮軍惟有引咎而已。臺中士民數千赴大帥為鎮、道申理，懼犯衆怒，陽許入奏，竟匿之。今已就逮，北上對簿，雖曰時事乖迕，然不惜微軀以全大局，紓國家之難，亦其志也，夫何憾焉！獨念以天朝全盛之力，絀於數萬里外之醜夷，失人心，傷國體，竟至不可收拾，是不能無恨耳。

聞吾兄去歲助劉世兄葬孟塗夫婦，洵可慰亡友矣。弟嚮在荆州假二百金，原約爲助孟塗之子，已全予之，實君賜也。植翁老而愈窮，其見道愈篤，言義理甚粹密，有過元、明諸儒者，其書可寶也。弟每歲以百金資其薪水，今茲不能，未審兄能爲謀否？吳正翁杖履無恙耶？廸先亡，其家不能無累老翁。吾鄉典型猶在此老，豈必以文章稱耶？六驤撰桐舊集未竣而歿，聞兄與小眉卒其業，已成否？其遺集亦我輩事也，得兄整理排次，付之剞劂，豈非大妙。弟不得辦此，負亡友矣。五月二十二日延平舟中。

與潘河帥書 癸卯七月

兩閒，一積氣也。氣有正，不能無邪，聖人扶正抑邪，乾以之清，坤以之寧，故配天地爲三才。太平之世，正氣常伸，邪氣常伏，君子猶懼邪氣之潛進也，時有履霜之憂。矧世方多故，陰陽相爭，邪氣兢進，正氣所存，幾於不振矣。苟無人焉，出全力扶持而振起之，乾坤不其毀歟？正氣者，其人公而無私，計一國不計一家，爲天下不爲一身，人能忘其身家以爲國而至天下，氣之正孰大乎是？此乾坤正氣集所由梓而行之不可緩也。是集也，其人皆忠孝節義，身際艱難，不貪富貴，殺身成仁。

見其事，諮嗟而涕泗，聞其風，感奮而興起。世之媢嫉姦佞、諂諛苟且、陰狠詐僞者流，對之泚然內媿，可潛消其邪慝之心。邪心消，則其氣沮，正氣自申，而綱常名教可扶，乾坤定矣。人雖至不肖，未有肯自承爲小人者也。惟富貴名利之念重，則媢嫉之念生。自彼觀之，誠有見於君子正人之可惡者，以君子正人所爲不便於己也。既惡之矣，則凡有可以短之、陷之，與不利於君子正人者，罔不爲之。故君子目小人爲邪，小人亦目君子爲邪。惟私欲之盛，有以陷溺其心也。乾坤正氣集成，則如立照膽之鏡，使自窺之，毋庸與辯而良心油然而生，有功於世甚大，刻而行之固有緩乎？

道光十八年，瑩過吳門時，既刻史忠正集，已屬顧君湘洲刻左忠毅集；知其家藏前代忠義諸公遺集甚多，屬爲目錄，考其卷次，上起離騷，下逮國初，編爲乾坤正氣集，約至臺灣籌資。乃軍事疊興，所願不果，殊以爲憾。今再過吳，左忠毅集已刻成，而正氣集未舉，湘洲先取諸公遺詩編爲十二卷刻之，計文集全書五百數十卷，非三千金不辦，芸閣先生如能留意成之，天下幸甚！

與朱伯韓侍御書

伯韓仁兄閣下，都門相識，於患難之中，懷抱略抒，益欽風義，又得諸君子一時萃聚，誠爲吾道不孤，自非聖明在上，曷克有此。欣賞既極，彌增感歎。吾兄以上哲之資，樹特立之操，文章氣節，一秉堅貞，而拳拳於友朋生死患難之際，始終不二，尤足感人心脾。以此益信必不負國也。若乃伯言高文廉傑，力振一時，位西研道醕邃，志追千載；海秋之才拓古今，頌南之誠貫金石；賡堂之宏敏任事，子貞之淵懿植行；湘颿英爽，鶴田貞純；少鶴矯矯而銳才，翰臣恢恢而抗志，此皆邁古爲期，不失其守，洵吾黨之傑也。今得同時，豈非幸耶！瑩抵里爲老友方植之、馬元伯、光律原言之，亦未嘗不神往也。

亨甫之柩與瑩同日到桐城，僦僧舍止之。遣人先送五十金於其家，召其子來。今年二月初至桐，以所存衣物並五百金面交，不勝哀痛。其子甚樸誠，攜亨甫家存詩文雜稿頗富，悉交瑩藏貯。攜至蜀中，暇爲編校。以五十金付伊，往清江，善遣其妾，且致書亨甫之友孔宥涵司馬及譚菊農。事竣仍來桐城，以其喪歸。

瑩不能待送，即以三月十一日啟程由大江入蜀，約午月望後可至成都。手肅候問起居，伏惟珍重。三月九日姚瑩頓首。

與余小頫書乙巳二月

昨過雅州又得一夕談，承教爲商出處之宜，感何可言。區區之愚，特不欲有所負，非有所貪也。

嘗念五倫中，惟父子兄弟夫婦不言報施，若君臣朋友則有視所施爲報者矣。大義人人所同，施者有殊，斯報者愈不可不重。古人一言知己，感之終身，或千金報一飯，誠以所入者深也。居嘗歎士大夫及世太平，爭取通顯，一旦有事，即思爲潔身之計，何其薄耶！漢二疏辭官歸里，所謂知足不辱者也。然其言曰，今仕至二千石，宦成名立，如此不去，懼有後悔。是其所爲足者不過宦成名立而已，不亦鄙乎！明儒薛方山非之曰，二疏位爲師傅，責在輔養太子，顧以宦成名立爲榮，後悔爲懼，其自爲謀則得矣，如吾君太子何？斯言，非苛二疏也。君臣大倫不可以欲潔其身而亂之也。夫不有身爲貴卿，三已之不慍者乎？又不有身爲小官，三黜之不去者乎？又不有身遭放逐，九死未悔者乎？如二疏是，則此三子者豈皆非歟？抑此固有兩義，當各行其是歟？

瑩自通籍以來，三見黜矣。前者爲貧，欲得微祿養親，亦思有所樹立，以大臣薦，遂受知遇。臺灣力守，所以報也。英夷之獄，議和諸帥皆欲甘心鎮、道以謝夷人，賴上仁明，供辭甫上，立出之獄，復予官，使避夷入蜀，此豈尋常恩遇哉？所如不合，則命爲之，非上意也。固不得以此遂忘其大夫臣子用心。不必求知於君父，要當自盡其道，孤行其志；儻竟不及報而復以黜退或衰病也，吾心亦可無負矣。官有高卑，如子有長幼；子不以長幼異性，臣豈以高卑易守哉？前日而言未盡，故卒陳之云爾。

伯言爲海秋墓誌銘誠佳，然似未盡海秋，伊但以文章論耳。二人交淺，宜不深知。瑩道中更作一傳，足下以爲何如？儻致京師，俾知海秋者見之，甚善也。此間小駐旬日，即出關西行。不具。

復鷹青一兄書丙午四月

頃自察木多同成都，得前冬月書。聞青海黑錯寺進兵，首輔奏對達都統事，因及瑩在臺灣部署之善，具徵敷奏之美，良深歎服。某公於瑩意似厚，然感之而不敢謝也。憶前出獄時，某公親詣吾兄，告以弟事，深致殷勤。比有勸往謁謝者而不敢，蓋某公尊貴，義在國家，不容私謝也。瑩時未有受職之嫌，猶不敢謁謝，況今日乎？

生平不爲詭激，而常欲以義自持。相國潘公、尚書祁公，皆十數年前舊識也，及有事則不往。祁公與有姻，故承枉顧，答以公在密勿，獲咎之人，於義不當干謁。祁公深然之。舊相因蕭山湯公嘗屬朱朵山大司馬，仁和許公嘗屬吾兄，皆欲一相見，而自揆不可。冢宰陳公、大宗伯祝公、總憲魏公、倉督楊公，皆以同年同鄉置酒相召，然入蜀後，未嘗以一書通問，豈不知獲咎於諸公，以此爲人所深訝哉？禮曰：君子愛人以德。孟子曰：齊人莫如我敬王也。士大夫守身當如處子，若妄有干謁，是妄以身事人矣。愧無古人高潔之行，伏處邱園，而浮沈外吏，數見黜辱，已自傷矣。然思柳下惠三爲士師，陳仲弓爲太邱長，皆不恥之，猶可以古人自解也。

若無一日之故，無官守之責，奔走顯貴之門，則何爲乎？張安世、王子明，古之名相也，張以引薦之人私謁爲恨，王以張師德三及其門爲惜。蓋古大人鉅公爲國進賢，不爲私惠不欲人之干謁，以示大公。其自愛、愛人如此。瑩雖不敏，何敢不愛其身，復不以古大臣之義愛諸公乎？昔在嘉慶中未仕，嘗見知於山陽汪文端公，以爲『眾鳥啁啾，獨見孤鳳』，生平知己，未有如公者也。然錢唐一見後，卒不復通一書。後公大用，益以自遠。有問者，瑩答云：公之知我以爲賢也。若因此時時自見，則烏在其能賢乎？要當勉自樹立，俾知我者無失言之悔耳，豈在尺書通問哉？數十年中，此心未嘗不如一日也。故竊欲報諸公之愛，莫如以古大臣敬愛諸公而不嫌其自爲疏遠也。若必以通謁爲敬，則作吏三十年，所事郡守及督撫監司衆矣，其間豈必盡賢哉！然而屬長之禮未嘗敢闕，蓋分有當循而義則有在焉耳。都下諸公儻見怪問，幸以此意白之。

復光律原書

里中人至，奉八月書，知竹虛攜函已達，起居無恙，近抱曾孫，著述益閎富，而自執謙約，以爲文僅如羅鄂州，詩僅能如許。丁卯筆記步趨沈、洪後塵，可謂深情雅韻，使人意遠者矣。閣下晚年諸作未得盡讀，就所自信者如此，豈易及哉！承諭植翁近注佛書，以爲橫決不當至此，欲瑩嗣與翁書，當鞭辟近裏。具徵愛翁之深，教瑩之切，君言是也。

吾人從事六經猶多未暇，何必張皇異教。植翁此書不作亦可。朱子注參同契，猶爲人口實，況佛書乎？瑩前在里中，翁嘗言及，亦未索觀其書。竊謂釋氏與老莊有同有異，其同處在收心返觀淨靜爲體，以制群動。其異處則不免索隱行怪。然其觀心之法，實能體勘種種偏私傲辟、嫉妬忿狠、諂媚貢高、矜己慢人、損物自利，一切貪嗔妄見，切中隱微。士大夫終日儒行者，多護己非，其自訟之誠或未能逮也。雖其深妙之義不出吾教，而所行堅忍，則有不止於富貴不淫、貧賤不移、威武不屈者，恐亦無可厚非。特中庸所云『知者過之』耳，果能如其推勘私心，毫無己見，亦何害於人耶！世俗崇奉彼教，多悚於禍福死生之說，固鄙陋可嗤。若上智不以禍福死生爲念者，往往亦喜觀之。故程朱大儒皆嘗從事，惟能透過此關，所以爲程朱也。植翁豈猶未能透過耶？乃其大義則皆以吾儒義理折衷彼教，溯源指歸，一以實證，深破自來說佛者之謬妄，亦足多矣。

天下道理必窮極研深，求其眞是。膚聞淺說，空爭門面固非，即有一毫未徹，亦終信不過。所以朱子哭陸子，惜其帶去許多骨突道理也。瑩生平不奉佛，而佛書大概觀之，懼世人怵於禍福死生，舍吾儒而從事也。故康輶紀行一書，以所親歷考證所聞，爲天下明切言之，俾知詭異之言不足驚異，然後反求身心倫理，不爲禍福死生所奪，正人倫物理閒所當有事，非馳心域外之言也。閣下未見全書而疑之，不亦宜乎！昨以全書稿本寄回，植翁見之，當有水火相濟之益，似不致以水濟水耳。且吾之爲此書也，更自有義。葢時至今日，海外諸夷侵淩中國甚矣！沿海數省，既遭蹂躪，大將數出，失地喪師，卒以千萬取和，至今海疆大吏受其侮辱而不敢較。天主邪教，明禁已久，一旦爲所挾而復開。其他可駭可恥之事，書契以來所未有也。忠義之士，莫不痛心疾首，日夕憤恨，思殄〔一〕滅醜虜，捍我王疆，以正人心，以清污穢，豈可以身幸不在海隅，遂苟且目前，爲一身之私計已乎！

夫海夷之技未有大勝於中國也，其情形地勢且犯兵家大忌，然而所至望風披靡者何也？正由中國書生狃於『不勤遠畧』，海外事勢夷情平日置之不講，故一旦海舶猝來，驚若鬼神，畏如雷霆，夫是以僨敗至此耳。既震其積威，復申之以邪教，幾何其不胥中國而淪於鬼魅乎！自古兵法，先審敵情，未有知己知彼而不勝，聵聵從事而不敗者也。英吉利、佛蘭西、米利堅，皆在西洋之極，去中國五萬里。中國地利人事，彼日夕探習者已數十年，無不知之。而吾中國曾無一人焉留心海外事者。不待兵革之交，而勝負之數已較然矣。澳門夷人至於著書笑中國無人留心海外，宜其輕中國而敢肆猖獗也。瑩實痛心！故自嘉慶年間購求異域之書，究其情事，近歲始得其全，於海外諸洋有名大國與夫天主教、回教、佛教，一一攷其事實，作爲圖說，著之於書，正告天下，欲吾中國童叟皆習見習聞，知彼虛實，然後徐籌制夷之策。是誠喋血飲恨而爲此書，冀雪中國之恥，重邊海之防，免胥淪於鬼蜮，豈得已哉？來教以爲司馬氏之奇偉，第就域內之人事倫理求之，非馳心海外及未來之千百年後，意若責瑩爲矜奇眩異，駭人耳目者。嗟呼，此浮薄庸妄子所爲耳。瑩雖不肖，何致淺陋若此哉！

古今時勢不同，當務爲亟。今日事勢可憂可懼如此，似不宜守拘墟之見，猶以覆轍爲美談也。嗟呼！瑩一生崎嶇挫折，不肯趨倚權貴，不肯婞阿隨俗，當患難出獄之際，諸顯要貴公欲一過其門而不肯往。其不通曉世故如此，宜所如之不合矣。蜀中舊例，有大不韙者，則罰以藏差。瑩徒以不能善事貴公而得是役，且一再罰之不已，此全蜀之人所共知也。沈困阸塞之中，鴞不變音，老而彌篤，作爲是書，皆中正平實爲歸，初非有怨憤不平如司馬氏之意存誹謗，而斤斤以人心世道爲憂，皦如白日，自謂宜無惡於君子。乃閣下不以爲然，豈亦閔其困而思

救之，且以爲處世道當爾耶。三復來教，敢不以爲韋弦之佩乎！丙午大寒日

【校】

〔一〕原為『珍』，誤，徑改。

與王方伯言藏差公費書丙午十月

昨以奉使乍雅領用公費，遵例造冊請銷，謹聆覆函，不勝惶悚，似闇昧愚衷，事情始末，未蒙諒於大憲也。伏念再三，良用喟歎，敬爲憲臺陳之。

瑩以獲咎之人，待罪蜀中，固惟譴責是懼，何有寵利之思？誠以家無長業，服官逾三十年，沈淪下吏久之，中遭多故，顛連㞞塞。在官十八年耳，辛卯至江南連任武進、元和二邑，代完前參令虧空，疏濬孟此〔一〕三河大工，供應豫陝官兵往來本境，又值承辦災漕，以虧〔二〕負官銀數萬。淮南監掣三年，再護運符，兼以稱貸，始償逾半。臺道六載，所償無幾。蓋海外反側之地，兩平內寇，五挫強夷，兵事未嘗休息，不能顧其私也。逮事甫平，即爲夷譎愬劾赴詔獄，仰賴聖明鑒其無罪，復予一官至蜀，此誠不世之遭也。而自海外檻車入都七千餘里，其困頓顛連之狀有不可勝言者矣。

夫宦海升沈不測，雖庸人經涉此險，猶將廢然思退，矧素淡榮利，粗有知識者，行年六十，尚何戀此區區耶？徒以君恩不可負，身累未能償，是以忝顏至此，甘困辱而不辭也。方至成都，一無所將，徒手晉謁大憲，嘗問憲臺，諭曰無妨。初見大憲，諭奉上命以直隸知州補用。乍雅事入奏，猶稱候補同知。既乃改補府屬蓬州，誠不知所由。憲臺嘗傳節相言，面詢願否，瑩對以權衡在上，小吏何敢擇官。遵循一無異言，亦可明其非不安義命者矣。無故降官尚不校量，豈爭微利乎？兩胡圖克圖事既不振以兵威，又不俯納所言，稍壯聲勢，欲徒以口舌空言折服，候補小官，力何能濟？此諸公所共知也。奉檄後入謁節相，曰：汝素稱能辦大事，此小事，當不足辦也。我則思之爛熟，實無辦法，大憲之言如此，小吏復何言乎？王椿源之赴乍雅也，予公費五千金，添委瑞守，復予千二百金。及瑩之行，僅予千二百金。憲臺知其不足，告瑞守使醵二千金爲津貼，司庫先假成行，俟收集還

款。迨後僅收千餘金還庫，尚欠千金，許瑩事後至本任措還。竊念所予千二百金，憲臺已奉院批準，及瑩自裏塘回省，節相參摘頂戴，使從宣守復往，三委員同日稟辭，瑩以前領公費爲言，節相曰：汝所領用可自報銷。此宣守丁倅所共聞。又嘗以白憲臺者也，是此費準銷，又有明諭矣。茲聞節相謂辦理未善，前領公費不準報銷，惟與丁倅同領之二千金準各銷一千。再三尋繹，豈以後案不善耶？則固已奏明，非委員辦理不善矣。若謂前次折回不善，則先既參摘頂戴，繼復請交部議矣。或恐全省事繁，節相前言偶忘之耳。誠使瑩稍能籌措，何惜此千二百金。無如江南負累甚重，裏塘、察木多兩次往返萬里，所費不止五千金，僅予公費二千，尚不及半，現未還憲庫一千及借打箭鑪廳庫賒用口外賈人貨價又千數百金尚未知所出，若更令承繳此費，憲臺當亦知其不能勝也。強使承之，恐上納無時，又滋罪戾，切實陳情，伏惟裁察。

（書上，方伯憮然未答，以擢撫山西去，移交署方伯劉燕亭廉訪，查案準銷，借款免繳。）

【校】

〔一〕「此」，疑誤，或當爲「瀆」字。指姚瑩當時組織挑浚孟瀆、得勝、澡港等北通長江的三河。

〔二〕原文爲「草」，誤，徑改。

與馮敬亭編修書

敬亭太史仁兄，孝履無恙。丙午之夏，從燕亭廉訪所，得前歲訃書，知有太宜人之諱，以誌銘事屬瑩，情詞懇惻，不敢辭。比使西域甫歸，受檄之蓬州，事方煩冗，不及覆。頃間少定，乃謹撰爲之，未識遂可用否。

承詢尊翁現存篆蓋，似宜有別。瑩按：古以碑文著人之美示後世者，始自蔡邕，皆表於墓道外。若墓中有誌，則齊王儉云石誌，不出禮典，起宋元嘉中顏延之爲王球石誌。蓋懼陵穀變遷，埋石爲誌隧中，俾後人知而改葬之也。婦人墓誌，始見任昉爲劉先生夫人墓誌，第美其相佐夫子，不及家世。唐張說、蘇頲所作尤多。杜子美爲萬年縣君杜氏及范陽太君盧氏二墓誌，於其世系行事及夫子爵里尤詳，皆綴銘辭。昌黎集中婦人墓壙之文凡九篇，亦詳夫若子，本人世姓、爵里，然大抵皆夫已沒之文，未有先夫沒者。宜來示有疑題蓋之別也。竊推尋禮義，喪葬之事，有從死者，有從生者。禮，父在，子爲母服期，此屈於所尊不二之義也。蓋服乃生者之事，故從生者。若葬事，則當從死者。經文，父爲大夫、子爲士，葬以大夫、祭以士是也。墓誌銘乃葬事，宜從死者。雖在婦人，豈以夫猶在而厭之哉？誌銘之作，皆從死者，於題蓋何嫌焉。此事本非禮經可以比附得之。鄙意如此，更求明禮者詳之，可乎。

謝陳子農送重刻遜志齋集書

子農年大兄閣下，月十三日奉惠書併遜志齋集新刻，如獲琪璧球琳。閣下宦跡所在，尋求曩哲之遺徽，復興前人之嘉績，前年成都一談，至今耿耿，不意冠蓋塵勞中得此芬淑，且在同年中也。今正友人陳息凡曾以此書見貽，云閣下重梓板存成都，將廣其行，已歎君子用心，誠不可及。又疑善舉如此，何以年來通書未蒙道及，今果專役遠惠之，喜何如也！

本朝書籍之盛，遠邁前代，人才學問文章皆甚盛，獨氣節之士靡焉！非無人也，在上諸公未有能提唱而振作次，在下君子復未能推明而宏宣之也。處則埋頭舉業，出則馳逐利祿，拾青紫、致通顯，而莫究其所由。其賢者或以事功學問文章自著於一時，若夫忠孝氣節之行罕能卓然自立；即有其人而孑居塊處，方衆怪之且誹笑之，未有講明此事者。夫天理未嘗不在人心也。今欲使此事彰明，大昌於天下，則莫如舉前代忠孝氣節之人其生平所爲文章事業載見書冊者，重刊而廣布之，俾家有其書，披覽尋求，動其固有之良，有志者幸然奮興，益堅其志，不肖者亦有以生其愧恥，而知所自立。此其爲功於人心世道豈淺鮮哉！

瑩在江南，嘗欲搜求周秦以逮明季忠烈名賢遺集盡刻之，爲乾坤正氣集，已刻左忠毅、史忠正二集，存其板於吳門，旋爲英夷事不果。癸卯過淮，以告河帥潘公，潘公欣然許肩其事。瑩復薦有名諸生可任訪抄校刻者七人，潘公皆厚幣延訂，開局揚州，未知今已成否。前歲來蜀，見陳息凡刻張南軒文集同論孟講義於綿竹，今又見閣下刻正學先生此集於成都，德之不孤，於茲益信！意者氣運其將有開乎？聖主仁明勤政，接見大小臣工，寒暑無間，大權不移，虛心採納，屢容直言敢諫之士。仕宦草澤中復得徧讀此等名教氣節之書，必有奮然感發，上報國家，下勵風俗者，豈獨子農之喜，抑亦天下之幸也。謹申謝。

弟前使西藏，有康輶紀行十六卷，頗詳西域山川、疆域與英夷馬頭之在印度與後藏接界者，因乍雅前後藏而推及廓爾喀、披楞、五印度以至佛蘭西、英吉利、彌利堅西洋有名諸國；因兩胡圖克圖而推及達賴剌麻、班禪額爾德尼黃教紅教以至諸國回教、歐邏巴之天主教，討其源流支派情形地勢，考證而辨明之，繪爲圖說，並雜論古今人物學問文章政治之利病得失。孤遠小臣，負國厚恩，無能裨益，思欲以管窺孔見，聊備控馭遐荒及風俗人心之一助云爾。甫寫清本，未能付梓。儻異時刻成，再以奉教。

候林制軍書丁未六月

甲辰之秋，有前平遠州李牧赴京過陝，曾具一啟託鏡源世兄附寄伊犁，敬候起居。李牧回蜀，詢云已確交，而不得鏡源覆書，未審果入尊覽否。乙巳冬在察木多將返，聞有京卿內召之命，喜而賦詩。嗣後疊聞籌辦黑錯寺蕃功成，還撫關中，洵慰天下之望。今移節滇黔，道出成都，而瑩奉職之地僻遠，得信最遲，不及一謁，深爲悵歉。然古人敬愛之誠，雖千載之後，萬里之外，如共晨夕，不在區區謁候，想亦所深諒也。

瑩生平迍邅，仕途自由命定，而兢兢自求惟一義字，以此內權行止、外接事物，稍有得力，雖艱厄多端，庶不自失其性。通塞毀譽，一切聽之。特時爲江南舊累，蜀中新逋所苦，愧無以償之耳。幸官卑事簡，稍得以暇讀書，於役兩年，成康輶紀行十數卷，紀所歷山川風俗人物，雜論古今學術文章政事，因考達賴、班禪黃紅教而及天主教回教之源流，是非明辨之，以防人心陷溺之漸；因考前後藏而及五印度西域諸國以及西洋英吉利、佛蘭西、彌利堅之疆域情事詳著之，以備中國撫馭之宜。數十年來，所未了然者，復因魏默深之書，得聞粵中尊譯歐羅巴人四州志，知其大槩，惜未見原書，未審有刊本可得否。瑩亦有英夷圖書數種，苦無翻譯之人，徒藏笥中而已。安得善譯者，一考校之耶？

滇、蜀皆接藏地，藏外卽廓夷，其部落東接緬甸，西接毗楞，毗楞卽英夷所得東印度地，與後藏僅隔哲孟雄一部。哲孟雄卽廓夷屬也。毗哲中界一山頗險阻，近爲英所據，屯兵其上，哲部不敢較，英可長驅入藏矣。蜀中英煙最多，皆從此入藏而入蜀、下長江也。上冬，英求通藏市，蓋其窺藏之心久矣。廓夷本與英有隙，欲報之，庚子、辛丑閒，聞英初擾粵中，求天朝助之兵餉，往攻其巢。當時執事者不悉地形兵事，拒其所請。及英大擾閩浙、江南，廓夷乃自乘虛襲之，大勝。英自閩浙抽兵回救不及，乃以所得於我之物賂之，贖所虜掠以和。廓夷由此怨我而驕，益形輕慢，藉上次貢使不返爲詞，本年貢期延不遣使，大約藏中尚費周折耳。瑩戢影山城，久甘緘默。知忠藎之懷，下車必勤諮訪。滇、藏脣齒，故敢告以所聞。若滇中漢、回之事，則旌麾所涖，必已望風革面，悉就撫綏，不足重煩大區畫矣。

與朱伯韓書

去歲再得惠書，知狀。見邸抄，知復時有論列，聖明非不見知，而未轉一科，何耶？陳頌南竟爲人所累，降官南歸，誠可惜。蓋爲國家惜，非爲頌南也。頌南人已自存於世，豈在一官之得失哉！其所受過，乃不知同官有所私，未能依例阻止，此公過也。例得抵銷，而竟實降，如日月之食，於頌南何傷乎？

嘗歎世人於去就之閒，多未深究其義，習見鄙夫貪冒無已之可恥，而深羨知足之不辱也。於是名利既得卽善計自全，以云矯末俗、遠危害可矣，究亦巧於患失耳，非古大人之義也。仕宦不問是非，但計利害，充其心將何所不至耶？生平頗笑二疏『宦成名立』四字，以爲此老胸中鄙俗，而近世達官善爲身家計者輒引以鳴高，衆亦從而和之，恐古人之義不如是也。古人不事王侯，始終皆然，故爲高尚，豈在富貴既得之後乎？惟小臣祿薄恩淺，進退可以裕如，否則不可以負，況嘗爲顯宦而陽援知足之名，陰爲全身之計，可乎？

瑩在京師日，頌南見語，有勸其蚤退，免爲人中傷者。余曰：知矣，而未爲仁。君甫言事，幾蹈不測，幸聖明特用其言，且以爲伉直，君臣之義若此，奈何爲世俗之計耶？頌南深以爲然。今日之去，可謂不負心矣。閣下以爲何如？

瑩自察木多回，即至蓬州，已一年矣。蜀固多事，猓夷、嘓匪深爲民患，蓬州尚無之，而有城市山林之樂。謫官於此，亦復何負！寒士歸家，不過求一山長自養耳，此不愈於山長耶？惟心有不欲負而力不從心者甚多，則無如之何耳。

亨甫詩文全集鈔猶未竣，非三百金不能付梓，蓬州何能辦此耶！其世兄亦在此，云前攜回之五百金已爲債家逼去大半，罕有存餘，可歎也。前爲海秋及亨甫作傳，今同近作詩文各鈔一冊在家兄鷹青處，囑送覽，亦可知瑩蜀中情事。餘不多及。道光丁未八月廿日

再與梅伯言書丁未八月

入蜀後僅一致書，而相念之情則未嘗一日去懷也。著作文章想更宏富。閣下蚤歲志在有爲，既而專功文章，惜翁後，異之往矣，今海內茲事，舍閣下其誰屬耶？

然文之至者，固皆深明於天人、事物之理，與夫古今學術、人才、政治是非得失之故，宏通精實，蓄之既深且久，然後提要鉤元，無所不當，此古大家之文所以異於世俗浮淺之作也。異之之文精矣，而惜其未宏，意者其在閣下乎？虞伯生、宋潛溪雖未及古作者，猶能自著一代，況不甘爲虞、宋者哉？瑩於此事未能深用功力，固自愧其家學矣。

蓬州受事經年，地僻事簡，不啻山居之樂，造物於我，果何負哉？身世所遭，則有義命，非人所能爲。年逾耳順，此中甯尚有未豁然者乎？聖人云，君子不憂不懼。又云，作易者，其有憂患。合而觀之，可以得其會通矣。久別無可言者，輒鈔近歲詩及雜文各一冊，由鷹青家兄轉致閣下，觀之可知其在蜀情事也。閣下在部已

久，補缺之期當近。長安居甚不易，秋氣已深，伏惟珍重。不具。

與余小坡言西事書

久不奉書通問，而雅度榮懷未嘗時釋也。榮篆一年，按部廣遠，糾察屬吏，綏撫民彝，必有切時宜而振聾聵者，嘉猷可得聞乎？

瑩待罪山城，循分戢影，幸僻陋之區，人近質樸，尚易爲理，得以其暇，稍事筆墨。康輶紀行一書，大爲修整，去其煩蕪，而增訂後藏外五印度諸國及西洋英吉利、彌利堅、佛蘭西諸夷地制情形與英、廓二夷通接後藏之要隘，凡諸國佛教、回教、天主教源流支派，詳考而辨論之，復繪圖於卷末。蓋自古名賢皆恐世主侈情務遠，騷中國而事外夷，故深拒夷事不講。明成祖、宣宗屢使通洋，取其圖説藏在職方，而世未之見。雖有學士通識，亦第講求塞下形勢而已。今昔不同，豈可置之？無怪外夷交侵，羣相驚畏而莫知所措也。此豈深心世務所以撫御遐荒者哉？夫今日時勢，雖庸人亦知不可有事戎兵矣。瑩爲此書，蓋惜前人之悞，欲吾中國稍習夷事，以求撫馭之方耳，非侈新異，欲貪四夷之功也。英夷及西洋人士每笑中國無人留心海外事者，其笑固宜，有志之士，烏可不一雪此言哉？然而舉世諱言之。一魏默深獨能著書詳求其説，已犯諸公之忌。瑩以獲咎之人，顧不知忌諱耶，特不忍自負其心，冀中國有人一雪所恥耳。閣下其謂之何？

乍雅梗道，有旨川藏會議，大府欲瑩與胡觀察往終其事，然藏中來議固謂內地勿再委員，但調諸部夷兵恫喝之，復厚備賞物而專以夷目往辦矣，以此免行。

近聞英夷求通藏市，而廓爾喀復求助餉以擊英夷，否則降英。蓋二夷已和。英夷之披楞與後藏僅隔哲孟雄一小部落；哲孟雄者，廓夷之屬也。英夷窺藏，蓄心已久，昔吾以廓夷爲藩籬，今廓夷既有二心，而哲孟雄介隔披楞之險阻近又爲英夷所據，勢可長驅入藏，廓夷自知不敵而與連和，其爲患於藏者不已迫乎！腹內亦自不安。奈何道路傳聞可駭，僻處山城，不知近日情事，閣下能以所聞見示一二否耶？

復卜貞甫書

貞甫足下，首夏得去歲九月書暨抄文二首，深見賢者之志與所以爲人。大抵器識卓越，論議宏正，而忠義之誠溢於文字之表，文亦恢暢沈雄，仿佛劉子政、蘇長公遺意，將來成就甚大，不可以文士待足下也。

所謂人才爲天下之本，廉恥爲人才之本者，豈不深中近時之弊哉！自古一功一事足以震動一世，不少其人，而不可謂之才者，由不知廉恥自持，致陷不義，得罪於天下，良可惜也！或有少負俗累而中年發憤，卒能自致非常之節業者，亦由廉恥之存，故能終振。其材能所濟，國家賴之以安，天下人心賴之以定，風俗賴之以純。即或抱志沒身，而其人已自能立於天地間，猶足以風百世。此千古人品邪正之所以分，世道污隆治亂之所由辨也。足下所學所志豈非豪傑之士乎？少穆先生見書必有刮目於尋常之外者矣。

僕於古人何敢妄幾，特生平爲人爲文不欲自負其心，粗爲有志耳。來書乃以王文成見勖，其不使人駭汗耶？重承辱愛，輒抄近日雜文數首奉寄，可略知鄙意之所在，不足言文也。足下劍氣珠光，必不能掩，當即脫穎而出，異日大攄所抱，宏濟甚遠。僕老矣，猶能拭目於蠶叢巴僰閒也。丁未重九後五日

復王守靜書

去歲有自常州來者，持足下書，懃懇諄摯，欲得僕一言，揚尊甫之盛德，將傳諸後。愧不能任也，久之未復。頃復有人以書至，重申前請，且云尚有一書未達。足下所以表揚先人之意篤矣，而辭益迫。

嗟乎，僕一遠謫待罪之人耳，足下思揚其先，宜就顯盛於時者爲之，何獨數千里外拳拳於僕哉！且有吳仲倫爲之傳，李申耆爲之碑，朱滄湄爲之銘，惲子居爲之書後，闡揚備矣，於法亦無可更言。無已，則有一焉：孔子之教人也，曰：『庸言之信，庸行之謹。』古之君子，皆以門內爲先，惟求此心之安，不爲驚世絕俗之事以求聞於人也。自文章之士，每假人以自高其文，凡庸言庸行輒厭之爲不足道，此文士見耳，豈古人所以自爲之意

哉？尊甫生平行事，庶幾父母昆弟無閒言矣，或以是爲庸行略之，烏知孔子所以稱閔子者不過如是哉！或又以世嘗業賈爲諱，是亦不然。賈而賢，不更愈於儒而賢乎？尊甫自爲詩云『中夜無妨質鬼神』。信，斯言也！意者儒者之盛，奚以加焉？此僕之所以欽欽於尊甫也，意者其古之人歟！

既感足下意念之篤，讀諸君文，又得足下好學爲文，越乎流俗之美，是不可終無復也。請以此言附諸君文後，報足下之意。道光二十七年冬至後十二日

又與梅伯言書

歲內一書屬陳子農大令攜至京師，聞尚未成行，想新歲起居，定增勝也。瑩待罪蓬州，本擬三年，然後告歸，詎藏中有調辦糧台之請。蓋後藏外接披楞卽英夷孟加剌之屬部也，披楞又名噶里噶達，孟加剌又名第里巴察，與後藏之阿里，皆古東印度地，英既占東、南、中三印度之半，思進窺後藏久矣。昔賴廓爾喀之小部落哲孟雄大山所阻，山極險，僅通一羊行。近年此山爲英所據，開山通道可以長驅入藏。又廓夷與英連和，心輕中國，不肯爲我藩籬，藏失其險，復無屏翰，英遂有通市藏中之謀。朝議已許之，使斌少寇出鎮經理藏事。少寇請瑩爲助，殊不知瑩爲英所深讎，斷不能預和市。英必藉口稱戈，大臣以邊事歸罪，惟有受誅而已。國家既無毫末之補，而徒有大損，豈人臣忠於謀國之義哉？又無人計此爲上言者，少寇已亡，大府亦不欲瑩此行。自念老病，陳情開缺回籍。卽於二月三日卸事矣。公私累殊甚，設法摒擋，未知濟否。儻能於川水未盛前登舟，何幸如之。桐城債負擬鬻薄産以償，更於近地覓一書院爲活，或可得乎？閣下見藏奏必念，輒佈區區。不具。

復陸次山論文書

來教欲僕爲大集作序，意在取義論文，循其塗軌，以進於成就。足下之言美矣，顧僕何足以序足下之文哉。然不敢負諄諄再三之意。無已，則以所聞於先正者，略言其要，可乎？

夫文無所謂古今也。就其雅馴高潔、根柢深厚、關

世道而不害人心者爲之，可觀可誦，則古矣。非是，而急求華言以悦世人好譽，爲之雖工，斯不免俗耳。唐以前論文之言，如曹子桓典論、陸士衡文賦、虞摯文章流別、劉彦和文心雕龍，非不精美，然取韓昌黎、柳子厚、李習之諸人論文之言觀之，則彼猶俗諦，此未易爲淺人道也。

大抵才、學、識三者，先立其本，然後講求於格、律、聲、色、神、理、氣、味八者以爲其用，而尤以絶嗜欲、澹榮利、盪滌其心志，無一毫世俗之見於乎其中，多讀書而久久爲之，自有獨得，非歲月旦夕所可幾也。僕之所聞如是而已。

近代方望溪最善此事，其言以義法爲主。雖非文章之極詣，然塗軌莫正於此。足下天才既美，讀書復多，循此塗軌求之，更進以家惜翁之説，必有深得於出入離合之閒者矣。僕烏足以測其所至哉？易傳曰：『修辭立其誠。』書曰：『辭尚體要。』詩曰：『無易由言。』論語曰：『君子一言以爲知。』是皆論文之要也。願深味之，異時集成付刻，或即以此書列其首，亦無不可者。戊申三月。

東溟文後集卷九

贈汪孟慈序 丙申九月

孟慈爲戶部郎官且十年，數建大計，以伉直聞。其言多深中事情，執政施行，天下未嘗不稱便也。中以憂歸數年，益究心東南事。既服闋，將之京師，乞言於其友人姚瑩。瑩應之曰：

子，南人也，而官戶部，地方之疾疢，國計之盈虛，皆知之矣，奚事余言？然竊怪以今天子之明聖，宰相公卿與督撫大吏之賢，而中外議論時有異同者，豈非上下之情猶有未盡通，而吏民之隱痛猶有未盡達者乎？國家比歲以來，西逆授首，楚粤閒頑苗盜賊再勤師旅，災荒彌於七省，度支固不能無絀矣。而海塘、河工歲侈動輒數百萬，不得已而有籌備之例。論者皆謂，與其外籌，曷若求諸常賦？常賦之大者，則莫如地丁漕鹽，以故征責稍急焉。三吳數歉，賑撫未已，而壬辰猶運全漕，復附運截漕米二十餘萬。癸巳秋災，漕尚百十餘萬焉。兩淮鹽法敝壞之後，改弦更張不及四年，而上入稅課年皆三百數十萬兩，帶納舊逋又數十萬，運庫久罄，一旦積存至三百餘萬，此皆畢大吏之智能，極下吏之喘息，而竭閭閻之脂膏者也。

三吳古稱財賦之區，然八府四州，幅幀不及千里，而上供恒倍數省。定制，凡直省賦稅銀五千四百四十五萬七千五百九十五兩，而江蘇兩藩司地丁三百九十九萬八百餘兩，漕項六十一萬二千三百餘兩，兩淮鹽課雜費三百二十二萬，又帑息七十餘萬，上海、滸墅、龍江、揚州、淮安關稅一百一十四萬六千九百餘兩，通九百六十七萬有奇，蓋六分而出其一。凡直省漕糧行月米五百一十一萬九千二百石，而江蘇漕糧米一百五十三萬七千一百餘石，行月米二十萬二千二百八十餘石，通一百七十三萬九千三百八十餘石，蓋三分而出其一。其在豐歲猶有病者，況瘡痍未蘇，物産久耗，其能堪乎？民力不足，負地丁者十猶一二，負漕米者十乃三四，中人之家每稱貸輸將，州縣催科乏術，上畏考成，皆借私責移官錢補苴集事。蓋蘇、松、常、鎮間，無不困之官，無不病之民矣。孟慈遊歷東南，其見今日大吏尚有任權勢以受苞苴者乎？州縣之中尚有縱晏樂以自封殖者乎？　匪特無之，在官則以征解不及爲憂，罷官則以交代虧空是懼。官吏疾首痛心，閭閻呻吟憔悴，此孟慈之所目擊也。

若夫鹽務，則課出於商，商出於鹽。今沿海場地非潦則旱，滷産不旺，幾於地愛其寶，此鹽之絀也。徽西大商昔日數百萬之貲者，今無一人。百計招徠，小商僅足應課，又爲積殘滯引侵佔新綱，故完課不能如額。此商之絀也。然並積引計之，則每歲所完課數亦略相抵，若此者，爲之減根窩，節浮費，輕課則，顧資本，緝梟販，堵鄰私，便之卹之，惟恐不至。夫是以諸商資本雖微，猶能黽勉奏銷，而不致虧闕國帑也。今之言者，於漕必取其全而且責其速，地丁每屆奏銷，必以三年比較而責其多。於鹽課不問正雜而惟責其歲輸皆盈，此夙昔全盛之所難能，而以求諸凋瘵之後，豈謀國者有遺算乎？　抑明於內而昧於外，但見上之需，不見下之困也？　非有深知吏民之隱痛者，切陳於公卿宰相之前，事理何由上達？

孟慈，勉乎哉！　以若所見及若所聞，悉以達於卿貳，卿貳以達於宰相，宰相以達於天子，爲東南官吏民商休養數年，以舒其氣；　官民之氣舒而後財賦之本可固，國用其有不足者乎？

孟慈，南人也，而官戶部，位可以言，言之必可聽。以今天子之明聖，與夫宰相公卿之賢，苟聞此言也，中外議論必有洞然深中者，而何異同之患哉！

送余小頗守雅州序

古之君子必有高天下之識，不可一世之氣，胞與民物之量，塵垢軒冕之懷，藹然忠信豈弟之質，益以博覽周稽上下古今典籍之所載，閱歷山川形勢之險夷，風俗人民情僞之同異，恢恢其廣也，淵淵其深也，犖犖其辨也，肫肫其實也；　出則達之而著爲事功，退則存之而託爲文章，故精誠不朽，滂浹宇宙，身不必存而人存，名亦可存而不必存。余嘗以是求諸天下四十年，未有得也。則翻然曰：　今之君子何必其然？　彼斤斤門戶聲華者勿論矣，苟能介然確然厚其躬而薄責人，充以有容，闇而日章，豈非有道之君子哉！若此者，蓋又難之。反而求諸吾友，亦不數見焉。宣城梅伯言，其一也。

道光癸卯至京師，因張亨甫識陳頌南、王少鶴，因伯言識朱伯韓、邵位西、余小頗、馮魯川。伯言謂余曰：小頗中藏甚厚而寡合，其於人不易用情，有用未嘗不摯，蓋忠信豈弟之至也。余一再往反，信然，則又悔曩時所見之隘。今年秋余至蜀中，小頗亦出守雅州，後余八日至，懼甚。小頗出冊示余，則伯言、伯韓、少鶴、魯川四君之贈言也。小頗爲人，四君之文詳矣。余則有一言曰：

雅，邊隅也。南界滇南，西鄰打箭鑪番地，西藏之咽喉，而川西之瘠壤也。邊吏外柔內撫，道在惠而有威，持之以信則無事，此小頗所知，無待鄙言者。余所念，則雅之瘠也。古語不云乎：瘠土之民好義。蜀自明季獻賊後，休養百六十年，富庶冠西南，民逸而淫，是有教匪之亂。靖三十年，人又忘難而有淫思。今歲大熟，民閒顧蠢焉以嘓匪之難、猓夷之難，籲大吏而號呼者日有聞之，獨雅郡宴然，豈不以其瘠耶？吾願小頗有以長治而久安之也。小頗不易用其情，今茲殆其時乎！吾知小頗忠信豈弟不遠古人也，小頗豈以今之君子自晝者哉？爰繼四君子後而贈之行。道光甲辰七月十日

送湘陰李公乞病假歸序

道光二十七年，太子太保湘陰李公自雲貴移節兩江。其明年，天子憂夷務軍興數歲，海疆雖靖而四方水旱頻聞，命王大臣通籌國計，定議五條，頒行直省。猶恐實有不便於民，許督撫上言，而南漕改折一議最大。議者皆謂與其官吏私折，不若以裨京師也。天下漕五百萬，江南居其大半。議下，人情洶洶。是時廷議僉同，莫有異者。公毅然奏陳，必求有利無弊。王大臣復議六條，下之。時公已在病假，力疾盡言其弊：一曰國計之難，二曰民生之難，三曰防州縣浮勒之難，四曰防吏胥訛索之難。蘇撫沔陽陸公亦奏言，折漕於京倉支放、國帑大局、京師民食三者皆有礙。聖明立罷折漕，兩江吏民咸慶二公能持大事以同成命，安我兩江也。

先是公疾未已，又聞太夫人不安，即日陳情乞暫歸湘陰，上念其誠，許之，以陸公繼任。公遂以二十九年三

月歸。兩江人士咸謂公忠藎受知，倘在位久，必別有裕國之大計，惜以病去也，相與詠歌其事。瑩在江甯見之，喟然曰：有是哉，明良之遇乎！

夫國用方殷，明主躬行節儉，損撤內御。司農度支孔棘之時，諸王大臣抒忠竭誠以爲足用計，然皆懸度事勢，於外閒幽隱或有未盡。聖謨廣遠，孳孳便民。二公能敷言無隱，遂成轉圜之美；原議王大臣亦舍己以從，豈非太平有道之盛事也哉？書曰：咸有一德，克享天心。漢陸生曰：將相和調，則士豫附。今上下一德，感格天心，水旱雖頻，宜有默相者矣。萬方黎獻，咸知朝廷念切恫瘝，中外大臣承宣德意如此，草野有知，必深愛戴。所爲弭患於無形也。

抑又聞之，和氣致祥，仁者必壽。充此和氣之所洋溢，匪但災沴可消，行見公疾旋瘳，卽太夫人之康彊逢吉，亦理有必然者矣。

五修宗譜序 戊戌三月

麻溪姚氏宗譜始創於先雲南參政，實在有明中葉。及其季也，先職方府君再修之。本朝乾隆中，贛州太守三修之。其閒相距皆百餘年，記載頗繁。族祖惜抱先生與福建中丞議改之，仿古世表法，率以横列而註歷職、生卒、妻子於其下，文簡易檢，條理秩然，是爲四修族譜，在嘉慶之初元也。年代益近，收錄殊密，而於事實不之詳焉。葢譜以考辨世系，體有宜爾。中丞則以爲闡揚或有未備。夫闡揚事實者，紀傳之體，非譜牒之云也。

瑩少時嘗有感於中丞之言，竊本諸家乘，上求國史，旁採各省郡州縣志，及賢士大夫之文，蒐輯所聞，編爲麻溪姚氏先德傳。其書別行久矣。道光丁酉，族叔蕙孫管族事，又有修譜之役。逾年，譜成，僉議以瑩所撰傳合刻於後，不敢紊惜抱先生之例，而於中丞之說無遺憾焉。噫，麻溪姚氏之譜，於茲五修矣。溯自始遷，五百有餘歲，吾族未遂衰也。創業之祖，功德固有殊乎；克繩其先，以裕厥後，抑尤難也。不考諸譜，莫由見其盛；既讀諸傳，益瞿然於其所以盛者。十八世孫瑩敘。

鄭六亭文集序

瑩少時見成均課士錄，知六亭爲山陽汪文端所重。其識君也，在道光元年。瑩罷臺灣令，六亭以教諭至，君年六十四矣。瑩聞臺人言，嘉慶中，蔡牽之擾，君守城，及上書論時事，有功於臺，固知君幹濟，非僅善爲文而已。君乃出所箸宜居愈瘖二集與雜箸文，屬爲閲定，益知君所至，以勵名節、崇實學爲己任，文亦樸重如其爲人。既校閲而歸之，或有所非，君未嘗不許之也。

時君方釐正昭忠祠督工，赤暑不避，遂成疾，卒。是爲道光二年七月。瑩與諸生經理其喪歸，且爲文表墓。逾年，先師趙文恪至閩，訪君與謝教諭金鑾賢，請於朝，祀之鄉賢祠。陳恭甫編修復爲墓誌，郭蘭石學士書而刻之。於是六亭之名益顯。

更十五年，瑩分遣臺灣道，再至。而君嗣子以其遺文來，則皆瑩所手訂者。重一繙閲，不覺泫然。老友左石僑，亦文端所重士也，與君先後同門，其文章與爲學、官行，業相埒而未相識，適主講海東書院。乃以君文屬石僑，更爲編審，梓以傳焉。前二集，君所自編，凡六卷。雜著，則石僑所編，亦六卷，附後。而總題之曰六亭文集，凡爲三編十二卷，文一百四十六首。石僑甚重君，每寫一篇，手自校正，去其冗散者數篇。六亭洵可以傳矣！

嗟乎，人貴自立耳。六亭一學官，世所謂末秩冷宦也，而觀其生平所至，發攄若此，以視高牙大纛無所稱於世者，顧何如哉。是爲序。

重刻山木居士集序

古人文章所重於天下者，一以明道，一以言事。理義是非不精則道敝，利害得失不覈則事乖。然理義可以空持，利害必以實驗，故言事之文爲尤難也。唐之陸宣公、宋之蘇文忠公，皆善言政事者，文與實俱茂焉；他人爲之，非詭則萎矣。

本朝作者如方望溪、朱梅崖能爲古人之文，海内無異辭也。望溪之後，有劉海峯及吾家惜翁。梅崖之後，則稱魯山木。山木先生又以所自得者，就惜翁商榷之。

其文章淵瀹處眞，可以追古人矣。而政事之文，特爲茂實，所陳得失利害，皎如也。匪惟言之，其居鄉及服官固一一行之有效，非空爲斐然者，其重於世而傳於後，不亦信乎！

先生之甥陳碩士侍郎，嘗刻全集於閩，版歸其家，不善藏而漫漶。先生之孫應祥謀諸鄧盰原、黄東園二太守，重刻之，屬瑩爲敘。先生既於惜翁有故，侍郎又於瑩有姻誼，不敢辭也。謹識一言於卷端。道光二十年上巳日

鷹青詩集序

國朝諸公病明代詩復古之弊，乾隆、嘉慶以來多避熟就生，以變其體，大約不出蘇、黄二公境中，究未能自開生面也。古今作者，文質相宜，繁簡遞嬗，要當抒軸性情，雕繪景物，風骨堅壯，才思高翔，格高體正，絕除卑俗，則其善也。若必以常見爲非，力求新異，卽明珠白璧等諸瓦礫，特牲太牢不登肴俎，此乃賦七之奇，豈復言志之旨？雖復自矜沈奥，及乎羣輩爲之，久更生厭，猶然炫爛之極歸平澹耳。前後易觀，何足深議乎！

吾家鷹青總憲不以詩鳴，乃古近諸作正復不少。諦觀全集，雅託唐音，綿邈其思，俊逸其氣，清辭麗句不絕於篇，雖不同晉、楚稱雄，亦屹然周、宋王者之遺矣。乙酉、丙戌閒，讀未卒業。瑩以艱歸，頗存胸臆。今茲蒙恩出獄，未敢卽行，乃得以暇竟讀，知雅意攸存，不戾先哲。乃序論而歸之，質諸海内作者，當不齒冷斯言。

桐城破岡胡氏宗譜序

桐城胡氏以破岡爲巨族，有賢子曰笴，爲諸生，能文，以其重修族譜來乞序。叩之曰：吾族自五代由饒右遷桐，支派繁衍，數更兵燹，遠莫能詳。今譜所載，斷自其可知，而不繁稱所不可知。余曰：韙哉，子之譜也。

夫三代以前，胡氏有二，一爲舜後胡公滿，封於陳，其後爲胡氏是也。一爲周同姓國，鄭樵通志云，子爵，魯定公五年楚滅之，其後以國爲氏是也。今天下胡氏多稱安定者，蓋本於南北朝魏靈太后之父胡國珍，孝明帝封爲安定郡公，以其望也。余考國珍爲臨涇人，而漢有胡

奮，亦臨涇人，可知國珍爲奮之一族，第不知爲舜後之胡歟，抑周同姓之胡歟？且周末有齊人胡齕，漢有臨邛胡安，河東胡建，南郡胡剛及剛六世孫廣，又有耒陽胡騰，固始胡綜，三國有豫章胡勃，壽春胡質，晉有南昌胡藩，皆在安定前，則天下之胡氏，並臨涇而八族，曷爲其皆望安定哉？至於唐之胡曾，則邵陽人也。宋之胡楚賓，秋浦人也。胡林卿，華亭人也。胡文恭宿，晉陵人也。胡鎧，江陰人也。胡瑗，海陵人也。胡舜陟，績溪人也。胡方平、一桂父子，婺源人也。胡旦，南海人也。胡則，永康人也。胡紘，慶元人也。胡仲雲，高安人也。胡安國，崇安人也。胡忠簡銓，廬陵人也。胡夢星，吉水人也。胡崇，黟人也。胡鎮孫，祁門人也。胡舜元，銅陵人也。胡仔，苕溪人也。此十九人者，皆名賢著望，庸詎知破岡之祖，非安定以前之七族或安定以後之十九族乎？子之爲此譜也，慎且審矣。元明以來，吾桐胡氏以宦蹟文章顯著者甚眾，稍有疑似，子皆闕之，譜其所可知，闕其所不可知。然而，猶系於安定者，何哉？豈不以淩氏萬姓統譜總系胡於安定乎，抑未察淩氏之疏也？信夫！鄭氏之言，曰：自族別而爲姓，姓別而爲望，望別而爲房。故姓多則訛其族，房多則訛其望也。矧遭兵燹之蕩析，因仕宦之遷移紛紛者不可勝數乎！然則今茲之譜宜將何繫，曰繫之以桐城破岡，則不必遠望安定。而前後乎安定之望，異日有考其實者未嘗不可繫之，卽安定亦何嘗不在所繫耶？不定所望而望自存，猶愈乎自紊其繫也。

抑吾觀破岡一譜，若顯祖，若自琳之忠節，若洪，若其愛，若之佩，若泰義之孝友；若瑀，若肇烜，若聯及之篤行；若文燦之義俠；若愷之耆壽，皆炳煥乎志乘。胡氏多賢，請以質之，必有善吾說者。

王懷坡先生詩鈔序

古之君子，奮志邁跡於百世上下者，其聲名顯晦，類有天數。而當其始，必或倡焉，或和焉，未有爲德而孤無鄰者也。先董塢編修當雍正、乾隆之際，潔修好古，嘗十年不下樓，學爲舉世不好之文。維時里中劉海峯、方待廬、江若度、葉花南、胡一孠、張顧巖、周汝和、王懷坡諸先生皆同時振興。金壇王巳山選訂龍眠十子勺海集者，徒以制義言也。諸先生志趨不必同，成就不必同，其所著書世或見或未見。先編修著述歿後四十餘年，瑩始彙刻之。待廬先生之學，其孫曾世守。惟海峯、花南之書先出，海峯彌盛。瑩乃今始獲讀懷坡先生之詩。

先生名洛，字中涵，懷坡蓋其晚號。雍正癸丑進士，仕至吏部稽勳司郎中，數爲乾隆丁卯、丙子、丁丑、丙辰諸科鄉會試同考官。著有瀹靈文集、懷坡詩鈔。文集弗傳，獨詩鈔存。其嗣孫承勳重寶之，以示姚瑩，而泫然曰：承勳孤貧遊四方，養其母、妻常苦不給，更何能顯其先業。顧念兩家先人之好，不敢忘，且先司勳，姚氏出也，今能一言表吾先者，獨子耳。瑩瞿然曰：唯唯，是固瑩之志也。

夫懷坡先生，先羅田府君之外孫，而編修之姑子也。編修之書湮晦四十餘年，而子之祖亦湮晦且七八十年，非吾與子之責歟？吾見世之言詩者矣，一登朝貴，則習爲華靡和緩之音，務去其鱗鬣之，而之稜稜者，曰『九苞之采，雝雝喈喈』，是爲和聲，鳴盛世也。子不見古之鳴盛世者乎？元首叢脞虞廷之歌也，宜鑒於殷文王之什也，與今所云特異。是又何說？懷坡先生亦鳴盛世者，而詩辭風格具存，善藏其骨，不失明代諸賢之則，當與西樵、茶村諸人兢爽，視夫華靡和緩者不夐乎遠哉！世有善讀先生詩者，必將寫萬本、誦萬遍、傳萬人，其無疑焉。是鈔凡八卷，爲古近體詩一千三百四十九首。嗚呼，可謂富矣。

潘四農詩序

余之知潘四農也，因張亨甫。亨甫告余曰，吾徧交海内賢士，以詩契合者衆矣，大半皮骨聲響之閒耳。吾嘗喜人攻其短而卒鮮攻者。曩在京師，得徐廉峯、鄭雲麓、黃樹齋評刺吾詩，多中。而尤精當者，潘四農也。余觀亨甫諸詩稿本，信然。亨甫曰，匪惟論詩，其爲人也，類有道君子。已而，毛生甫至，言四農一如亨甫。余慕之，屬生甫爲書延四農教子若壻，四農欣然至揚州。其從來者，弟子吳君大田及其子亮弼也。於是丙申、丁酉之閒朝夕聚處，縱觀所爲詩文，精深奧突，一語之造，有耐人百日思者。竊歎張、毛二君不我欺也。

余嘗與四農、生甫各攜其弟子遊金、焦二山，信宿賦詩，一時興趣邈然，若與造物者冥遊八極之表，曾不知哀樂之何寄。嗟呼，人生倏息耳，安能常有此境哉！已而，四農北去，李申耆偕其弟子與吳仲倫、左石僑及亨甫後先復至，申耆弟子吳君儁爲余作談藝圖，寫諸君之貌甚工。諸人旋散，余亦渡海。逾三年，則聞四農歿。

癸卯過淮，四農之孤縗絰猶纍然也，余以縲紲之身，不能哭於其家，忍慟而行。是時仲倫、申耆、生甫皆已亡，亨甫偕余北上，歿於京師，石僑繼之，談藝諸人風流頓盡矣。

又五年，四農弟子刻其師遺集既成，吳君大田兩以書來，屬余爲序，其何能辭！乃述其所以交四農者，黯然識之如此。若其詩之精妙，則諸君論之詳矣。道光己酉上元後六日桐城姚瑩序

桐城桂溪項氏三修譜序

桐城項氏有二族，其一曰鄱陽項氏，自江西鄱陽遷桐城，不知所始。其子孫居桐之魯谼倒流河，别出一支居項家河。其一曰桂溪項氏，明洪武間自歙之桂溪遷桐，散處於城鄉間。

桂溪項氏始遷桐者，曰英法。傳四世，曰琳，字平野，爲諸生，有聲。自是以文學著者十數世。族丁頗蕃。崇禎乙亥以後，桐城數遭饑疫兵燹，死亡過半，項氏存者數十人。本朝定鼎，始以休養漸復。而曰鴻、曰培者，相繼爲諸生，曰紹芳者，順治壬辰成進士，族漸盛。

先是萬曆中，有名鋭，字恒予者，爲禮部儒士，吾家循吏湘潭令名之騏之婦翁也。始創宗譜，未成。其孫培字龍樵者，與兄鴻續成之，在康熙己巳之歲。又六十年爲乾隆四年己未，恒予之元孫旦初再修之。吾家南甯縣令名士埬者，嘗爲作序，蓋湘潭令之曾孫也。嘉慶中三修之。

及今道光己酉，又五十年矣。項氏復謀修譜，其族人有善於瑩之老友吳君伯歇者，因伯歇來乞序。既覽其世系盛衰之故，乃進而告之曰：嗚呼，士大夫家族盛衰，豈不視國運哉！桂溪項氏，明初來桐城者一人耳，

三百年休養，生齒盈千。及明之亡也，項氏存者不過數十人。本朝休養於茲又二百年矣，以數十人衍之不且十倍明之項氏乎？每怪世人言受國恩者必嘗爲顯宦，否則羣笑之以爲侈妄，曾不思身享太平得鼓腹於隴畝以蕃衍其子孫者，伊誰之力？矧其在庠序入仕版者繁有人乎！夫至天下之民，生養老死蕃衍子孫二百年，無饑疫兵燹之苦，大哉！堯舜之所以爲天也。吾於項氏家譜之修，蓋瞿然云。乃謹爲之序而歸之。

陸制軍津門保甲圖說序

自唐用府兵，宋用刺字軍後，國制皆以養兵爲事。宋孝宗言，國家財賦十八養兵。歷元明至今，未之能改矣。然及軍興，往往復用養民之力，何耶？久逸者驕而不可用，反不若賤且勞者之急公自衛，故義民得力常多。雖然，有其民矣，而形勢不講，未爲得也。今京師以直隸、山東、河南爲三輔者，自中土之形勢言也；若以海言，則奉天、山東實左右臂，而天津爲中門，旅順、成山其外戶。乃汲汲於中門之內，豈有說乎？曰：緩急異勢，緩視其遠，急視其近。

道光二十年，英夷擾我海疆，游奕之舟直伺天津。其時，嘉慶中復設之水師甫裁。未幾，人情洶洶，時事亦孔棘矣。今兩江制府沔陽陸公時以天津道，議集義民助新設兵六千以守直沽，内外既固，夷舟不復犯。二十二年事平，有旨命直督與公籌善後，乃復議禦外防内之策各八。是時，天子已新設通永一鎮，駐蘆臺，控制山海關以西，而天津兵亦習水戰，製師船矣。乃復議，每歲五月至八月，通永總兵移駐北塘，天津總兵移駐大沽，通永與奉天會哨於天橋廠，天津與山東曾哨於廟灣。新設兵不復撤，事皆得施行。公嘗集當時中外所籌議與夫義民局之始末爲一編，詳繪天津城廂及四路村莊地圖二百有二，而附以引河圖一終焉，二百里形勢道路咸具。嗚呼，不睹斯圖，惡得其實乎？公既刻成，梅伯言郎中許爲之序，久而未果，茲以屬余。余曰：

夷務軍興爲宵旰憂十年於茲矣。義民以效力聞者，廣東、臺灣及天津而三耳。天津、臺灣官與民一而守固，廣東官與民二，初以不振，卒之官與民一而復有功，義民固可忽乎哉？乃紀其事，爲言海防者有所考焉。

屠琴塢課桑圖記

錢塘屠琴塢令儀徵日，余以同年嘗一過之，所言多除暴捕鹽梟事。後乃聞君課農桑，興學校，文治彬彬，爲一時吏最。及余監製淮南，則君已返里，久之且歸道山矣。其子秉，字修伯，能詩畫，有君之風，以鹽官需次揚州來見，出示此圖，求誌一言。

夫農桑者，衣食之本也。揚州習鹺業者多，閭閻仰食於鹽，反置耕田爲末，蠶織之事絕不聞，以是士女惰逸，風俗難以復古。君爲令，獨遠致桑數千本，教之種藝，一時蠶織大興，豈非務本善俗者乎？乃君去此十餘年後，爲政者不能繼之，而桑政大壞，民習如故，莫之挽。是可慨也。修伯，勉之哉！雖作鹽官，不忘其先人務本善俗之思，乃可謂賢矣。道光十七年十月，余將之臺灣，書而歸之。

五代考妣位薦記

古之大夫爵祿以世，故宗法嚴而廟制立，後世非王公五等，雖宰相不世其祿，宗法幾無所用矣。自唐至今，皆有廟制，而仕宦無定，不能隨在立廟。故立者少，非合族爲祠，則各祀其先主於家中堂，如庶人祭寢者，雖非禮制，而不失其祀，天下從之久矣。

瑩家始興在明中葉，仕數世，皆得有廟而未立。及本朝，先端恪入祀京師賢良祠，又建祠於本邑，然非私廟也。嘉慶初，宗人鐵松中丞始即十一世祖職方公宅建支祠，祀八世祖葵軒公下至十二世祖端恪公兄弟八人。而端恪主仍在城西南公遺宅中，諸房子孫歲時致祭。公子五人，瑩太祖羅田公第四，羅田以下高祖贈編修公，曾祖編修公主皆在初復堂宅。初復堂者，高祖母任太恭人置，奉姑張安人，在乾隆戊午之歲。先是羅田公宅在城南，名樹德堂。公歿後三十七年，長子中書公及瑩高祖皆亡，中書子孫又喪，惟太祖妣張安人在，任太恭人撫曾祖及季子贈禮部公成室，有諸孫，而贈編修弟昱修、麗修二公亦有子，苦宅狹，張安人乃命析居，鬻宅張氏，更置二宅，皆在城北。昱修、麗修所居曰篤敘堂，任太恭人奉張安人所居曰初復堂。故羅田公主在初復堂者。中書無後，贈編修以次居長，編修又爲冢孫也。贈編修十一孫，長，亭人公，貢生。次，丹海公，乾隆癸酉舉人，廣西南甯府同知。五，賓山公，乾隆丙子舉人。六，惜抱公，乾隆癸未進士，刑部廣東司郎中。七，武秦公。八，爲瑩祖春樹公，府學增生，累贈通奉大夫。九，君俞公，候選州吏目。十一，武平公，甲午副榜，候選州判。三、四、十蚤卒。大、二、五、七、八房，編修出也。六、九、十一房，贈禮部出也。居久之，八房諸孫又衆，丹海公乃與春樹公別置牧祺堂宅，在城北後街。乾隆五十三年，丹海公卒於官，里中歲數荒，鬻牧祺堂宅償債。丹海公嗣子彥耿奉嗣母還居初復堂，而瑩家數徙。瑩祖春樹公考妣主，則先妣張夫人攜兄朔及瑩所在奉祀，先考醒庵公客外，歲時遙致哀慕而已。嘉慶十六年，公歸。二十二年，瑩兄弟迎公及張夫人祿養閩中，嫂張氏及兄子濟光奉祀於家。明年，伯兄歸，奉先祖考妣主移家城東南，今牧祺堂新宅是也。公命瑩曰：古者，祭必於廟，無主爲壇。故宗子去，在他國庶子爲壇，望墓以祭。宋以後，祭他所者，設坐爲位，變主爲位，猶之變廟爲壇耳。吾爲春樹公後，今從汝養，雖有冢孫祭主於家，吾與汝亦宜申祀，爲位於官舍之寢而薦食焉。瑩受命。更平和、龍溪、臺灣，皆設祖位，歲時從公薦食。道光二年，瑩罷官，公與張夫人相繼棄養，伯兄祭先主於家，瑩婦方淑人率子女僑寓福州，仍歲時位薦。獨瑩奔走四方，不得與行禮。十一年，復官江蘇，歷武進、元和令，淮安監掣同知，復行位薦。

十八年，瑩爲臺灣道，遣家人歸，攜兄子濟光、以增渡海，官舍位薦如初。自太祖羅田公下至醒庵公所列五代考之位五，妣之位七。其薦也，歲除前一日爲大，即古之臘也，歲除及前六日次之，端午、中秋又次之，皆合食。祖考妣、考妣生卒日皆薦。薦祖考妣，設考妣位從食，爲位五。考妣生卒之薦，設二位，薦品如今賓筵，從其盛者；苟或損之，是待吾祖不如賓客也。爵三獻乃徹，物以熟且熱，取諸氣也。生而熱食，歿乃寒之，豈事死如生之義乎？曾祖以上生卒日焚香拜，不薦，爲遠且不逮事也。五代考妣生卒日二十有四，懼或遺悮，爲版書之，及年、爵、葬地焉。論語曰：入太廟，每事問孔子。習禮每事猶問者，慎之也。今世子孫不能舉其祖者衆矣。瑩爲此版，竊有取焉，不廟而官舍，不主而位，不祭而薦，皆非。禮經：吾惟追遠而已。苟不爲是，是身爲大夫而不躬祭其祖，豈禮也哉？乃記五代考妣位薦之義，而詳其遺事。不曰祭者，儀器不備。禮曰『有田則祭，無田則薦』，簡之也。爲位者，設神座虛之，卒事則徹。始見司馬書儀，今從之也。薦五代者，羅田公爲分支小宗之祖，高祖曾祖，五服未盡。程子云：爲之服而祭不及，是知有母不知有父，禽獸之道也。且非廟非主，無嫌違制，吾從程子。十八世孫瑩謹記。

韓城強忠烈公墨蹟記

先師侍郎秀公有言，嘉慶十三年會試之前期，睿廟有事於上帝，默禱求賢，諭先師董文恭公曰：今科必得人。是年，山陽令冒賑，遂有候補令李公持正被害。十八年，林清之亂，滑縣令強公首捡李文成、牛亮臣，發其逆謀，功在社稷。城破，殉難，一門死事尤烈。道光二十年，英夷圍廣州，諸帥議撫，尚書隆公爲參贊，恚憤不食死。三公皆戊辰進士也。先後死事不同，而以身許國則一。天之所以報睿廟者，不其信耶！

方戊辰榜發時，三公未必遽爲死事計，而身卒罹之。世皆爲三公不幸其遇，是非知三公者也。君子之事君也，不倖榮，不辭難；視難之及也，一如恩寵之加，惟盡吾瘁以明臣節而已。諸葛忠武之五丈原無以異郭汾陽之功成而壽考也，岳忠武之風波亭又何異韓忠武之騎驢湖上耶？吾何以知之？則知之於強忠烈之論李公矣。

忠烈始聞山陽事作，李公盡節，論其言曰：從古小人之害君子也，天欲彰君子之節，故假手小人以申其報。天欲發小人之惡，故使陷君子以厚其毒。又曰：李公之死，無愧明哲保身之義。由此觀之，論雖爲李公作，亦自明其志云爾。世徒知惜死爲保身，豈知君子以義爲存亡，不以身爲存亡乎？義可死則死，義可生則亦未嘗不愛其身，身在卽義在焉。能明乎此，是卽人、禽之分，不特君子、小人之辨也。觀強公之論李公，其志定於蚤矣，豈待滑縣之事哉？隆公在軍，力不足，謂『是無以對吾君也』，而死見義，可謂明矣。瑩無似附三公榜末，觀三公之事，更尋其言，能無懼乎？強公仲子蓴圃司馬以忠烈手書此論來，屬爲作記。蓴圃誠篤，能守先人之清芬，乃推論其義而歸之。

平雲亭記

貴築陳息凡令綿竹，既修張宣公洗墨池，蒐刻公詩文全集、論孟講義，藏板於公祠。明年改令大邑。城北靜惠山上舊有平雲亭，范忠文公還蜀徜徉賦詩所，云立處與雲平者也。久荒廢，後人以祀文昌之神。息凡曰：昔賢遺蹟不可泯也。重葺建之，更爲一亭於山中，名之曰半山亭。山東去二里許，爲趙順平侯墓，前人立祠墓下，息凡復於其東偏新客坐，以寄流連瞻仰之思。工將竣，而余過邛州，邀往觀之。余時返自察木多，經年所歷遇，皆冰山雪窖、蕃僧異類，偶得一平地，漢衣冠人，則耳目爲之豁然，矧茲川原平遠、岡隴清幽、畦麥城林、參差映帶者乎！攬前修之芳軌，嘉賢令之風標，雖官程倉卒中，不能不竊暇半時矣。息凡序刊宣公書，於義利之辨蓋詳，其所設施可知。今蜀方患盜，所在富人行旅，咸有戒心。余謂益州賢哲最多，漢、宋尤盛，安得盡如息凡者表章崇慕以振興風教乎？夫子告季康子曰：草上之風必偃。未必渤海之風不可再見也。道光丙午二月桐城姚瑩記。

左石僑編次書目記

右經部十七類，一百四十九種，爲冊一千五百八十八本，七千九百九十六卷；史部十五類，二百九十七種，爲冊五千四百一十一本，二萬一千一百五十五卷；子部十四類，二百二十二種，爲冊三千二百一十八本，一萬六千八百九十卷；集部七類，三百五十八種，爲冊三千二百七十二本，一萬九千三百六十八卷；又未定類入者二十種，爲冊一百六十八本，七百七十五卷。總凡四部書六萬六千一百八十四卷，其叢書十六種，子目不復重出。亡友左石僑編次余所藏書目也。其藏於伯符兄宅者不在焉。

余家自先曾祖薑塢編修手校書籍，多邑中未見之本。編修歿後，遺書散佚殆盡，瑩實痛之。未冠授蒙里中時，以修脯買書，或典質稱貸。卷帙稍鉅者力不能也。既長，遊歷京師，至吳中，而粵，而浙，而閩，最後揚州，三十餘年，所在購讀，而麟見亭河帥復舉河務書數十種見贈，然後海內士大夫常見之書，十得七八，世所少見之本，亦閒得一二。顧歷年所得，稍一涉獵，略區四部，實未分類編次之也。在揚州日，石僑頗以爲言。

道光十八年，延石僑至臺灣主講海東書院，方與諸生講習讀書，須先廣博。石僑曰：君家藏書不貧矣，請以目示諸生。余曰：未及整理，得無遺譏通識乎？石僑曰：君方未暇，請代爲之。余念目錄亦一家學也，宋以來諸家書目衆矣，大抵祖班志藝文、隋志經籍，宋崇文總目之例，區別部分。而每書提要，則晁公武、陳振孫、尤延之爲善，馬端臨通考尤加精覈，在鄭漁仲通志之上。王伯厚、錢受之、顧亭林最爲博洽，亦僅有書目而無提要。吾上不窺石渠、天祿之藏，下不及晁、尤諸君子之淹雅，此具目而已，何足示人？石僑曰：姑編次之，俾海外書生略見津涯，山長之事也。余乃出其目授之，石僑詳審編次，以示學者。逾年而去。癸卯之秋，余過吳江，石僑方爲學博，出一相見。而君遂以是冬歸道山矣。

今來蓬州，偶於篋中見君編次遺蹟，筆墨行閒，風流宛在，能不重余悲乎？嗟呼！余年亦六十有二矣，攜入蜀者才數千卷，已不勝舟車之費。藏書在家，老妻歲一倩人曝之，以防蠹蝕而已，何時細讀所藏耶？有之與無書等耳！世事大率如此，可歎也。道光二十六年六月記。

桐鄉書院記

吾桐之名，始見春秋，羣舒之一也。漢初，地之西北境，爲龍舒。東南境，爲樅陽。二縣唐並爲桐城。今之孔城，即古桐鄉，葢龍舒地也。宋時，孔城爲桐城九鎮之一，見元豐九域志。地有桐梓山，水環其下，以出于江。桐之得名，雖未必以此山，而茲地茲山，其名古矣。自朱大司農爲桐鄉嗇夫，有令德，後世論吾桐人物者，必以朱司農爲始。

夫地氣之盛衰，與世運不其同哉！開闢幾萬年，而地之名始見於經，又數百年，而人士之賢始見於漢，又千年，而唐之曹松始以科名著，宋之三李始以節操聞，由明迄今，氣節文章、道德功業、名位科目，爲海內望邑者數百年矣。或以爲山川磅礴鬱積之氣有待而盛，是固然矣。然地氣不能有盛而無衰，猶世運不能有隆而無汚也。則將一聽諸氣運乎？曰：不然。惟有人焉，能維持乎地氣世運與之爲盛隆而不與之爲衰汚。故春秋有孔子，戰國有孟子，三國有諸葛武侯，祿山亂而郭、李興，南渡危而朱子出，皆大振其衰而滌蕩其汚，人實爲之。天地胥有賴焉，在豪傑所自命耳。

孔城於近代有南山戴先生，樅陽則海峯劉先生，實其故里。吾桐言文章者，於二鄉必稱二先生。茲鄉之人，景仰前哲，將欲振興文風，乃醵金爲書院，名之曰桐鄉書院，從其實也。道光甲辰，余過孔城，戴生鈞衡邀觀之。則桐梓一峯，俯瞰其東，大河環出其下，形勝足以眺覽，矧前輩流風遺蹟，足以睪然仰慕者乎！戴生乞一言以志其成，諾之而未暇也。明年方使西域，而生以書來趣之，乃舉氣運賴人之説以告此鄉之有志者。嗟呼！豪傑之士，其可不知所自勵哉！司農與二先生斯其近焉者矣。道光丙午十月姚瑩撰記。

桐城烈女三祠堂記

桐城烈女祠，立自前明，祀唐桐城主簿張孚卿之妻王氏、明四川斷事方法之女川貞以下節烈貞孝九十三人。本朝風化隆盛，令天下立節孝祠，吾桐得旌者尤衆。二祠皆在西城外，相去僅數十武。乾隆五十八年，邑君子既人爲之位，復書其姓氏事實，懸額於節孝祠中，又立石刻其姓氏，而以烈女舊額所書冠其首，嗣復時有所增，於是節孝祠中懸額八、立石七焉。其始分別以死殉事者曰旌烈，未婚守志者曰旌貞，少寡不二者曰旌節。後乃雜列之，但書某貞女、某烈婦、烈女而已。計烈女、節孝二祠所祀一千四百有三人，可謂衆矣。嘉慶二年，邑人績考未及旌者九百九十一人，羣請官立室於節孝祠後，曰待旌，亦爲位祀之，立石刻之。道光十三年朝廷頒總旌之例，於是嘉慶以後貞女、烈婦、節婦咸得旌焉，乃易待旌之名曰總旌。祠内兩次立石凡七所，祀又一千三百七十一人。合烈女、節孝二祠，通祀二千七百七十四人。嗚呼！吾桐一邑耳，而貞節之女若婦，宋代以前不過數人，明後及今乃如此。

世謂桐城風俗、氣節高於江左，非虚語也！曠觀史傳，忠貞節孝之事，古以爲難。宋明至今，一若爲之甚易者，豈非宋儒講學之力哉！自程子言餓死事小失節事大，然後人人知有禮義廉恥，雖中人亦勉爲之。然非聖天子崇儒重道以風天下，烏能若是？而輕薄小生，輒以爲後世好名，不若古人之樸，豈將禽獸吾人而後快歟？蓋孔子六經垂教之功至宋而大著，茲之盛也，有由來矣。或曰婦人之心專一，故誠而無僞，非如男子二三其德。是説也，吾不敢非之。然則，吾桐貞烈節孝之婦女，吾猶不以爲多，必胥天下爲婦人者人人知以貞烈節孝爲事，然後不負聖人垂教、天子旌名之意，則二千七百七十四人固多乎哉？吾家譜載前明及今姚氏之女以烈聞者六人，婦三人。未婚守志者，女三人，亡姑與焉，婦三人。以節孝聞者，女四十二人，婦九十五人，先高祖母與焉。今祠内之數悉合，惟亡姑不在祀中，以其事實而志隱也。瑩嘗爲之壙誌銘矣，獨恨作姚氏節婦記時，考之猶未詳焉，附正之於此。道光二十八年十月七日姚瑩記。

江甯府城水災記

道光二十八年七月霖雨，湖南北、江西、安徽、江蘇、浙江濱江海諸郡縣患水，大吏承天子命緩徵銀米，賑卹既周，當司農告匱之時，支絀維艱，官民捐資居其大半，幸乃獲安。而江甯被水尤甚。明年四月，瑩至江甯，見城中門扉水蹟三四尺不等，咸相告曰，某某市中以船行也。未幾，閏四月，久雨不已。五月，復大水，闤闠深六七尺，城内自山阜外鮮不乘船者，官署民舍胥在水中，舟行刺篙於人屋脊，野外田廬更不可問矣。人被淹且飢死者無數，或夫婦相攜投水中，或男婦老稚相結同死。破屋浮屍沿江而下，以諸省復被水且甚於前年也。督府陸公既入告，亟與江甯司、道、府、縣官捐銀賑撫，發倉平糶，招徠客販，廣設濟廠，檄行郡邑，遣官行卹，又慮國帑之絀，日夕籌計，得五十二萬金，以紓上憂。蓋是時蘇撫議請百五十萬者，公已備三之一。然諸省頻災，費且數百萬，未有處也。已而，上命有災諸省藩、關二庫歲額解京師者悉停解備賑，且出内帑百萬加卹災民。客有憂者曰：夷務靖甫數年，瘡痍未復，而西北屢旱、東南頻年大水，奈何？瑩曰：水旱古所時有，即以江甯言之，自蜀漢延熙十四年爲吳大帝太元元年八月朔，大風，江海湧溢，平地水深八尺。永安四年五月，大雨，水泉湧溢。自是歷年患水。晉咸和、永和、太和、太元、元興、義熙中，志稱濤入石頭城者六，或漂敗萬舟、流骸相望。梁中大通五年五月，大水，御道通船。陳禎明二年六月，濤水入石頭，淮渚暴溢，漂沒舟乘，府城自壞。唐貞元二年七月，江淮大水害稼，溺死人，漂歿城郭廬舍。宋隆興二年，大水浸城郭，壞廬舍，操舟行市，溺死甚衆。乾道六年五月，建康水，城市有深丈餘者。明嘉靖三十九年七月，江水漲至三山門，秦淮民居水深數尺，至九月始退。萬歷十四年五月，大雨，城中水高數尺，江東門至三山門行舟。三十六年戊申五月三日，秦淮河乾見底，至十三日，潮水忽漲，一日夜平岸，夏至後大雨半月，平地皆水，自學宮乘舟至大成殿，江中浮屍相續。本朝康熙二年壬寅六月，大水，船行市上。自漢延熙十四年辛未至康熙二年壬寅，千一百七十八年，江甯患水見於載記者八十有五，舉其大者十七。及今，又一百七十六年，而連年船行市上。

夫氣運乘除自有消長，與人事或應或不應。災異之見，豈必皆衰季之朝哉？所恃者，人君、大臣以時修其政事，不爲害耳。天地愛人，而厲氣愆慝，惟聖人裁成輔相之，人或德衰，復有厲氣乘之，則亂矣。善乎，宋徐復之對仁宗也。昔仁宗方憂遼夏，國用不足，召復問天時人事，復曰：以京房卦氣演之，似唐德宗在奉天時，在疆聖德。仁宗驚曰：何致是？復曰：無深慮也。德宗天性猜忌，欲以兵力勝天下，德與凶運會，故奔走失國。陛下恭儉仁慈，西事由外起，時與德宗同，而德異，不久即定矣。已而，遼夏果無事。蓋仁宗爲一代令主，復有韓、范、富、歐、龐、狄諸公宣力中外，帝宵旰憂勤，雖軍需乏竭，屢出内帑數百萬濟國用，至於六宮亦捐供奉以助邊費，大將數喪而卒獲太平也。以德弭患，厲氣潛消，天心亦爲之轉移，豈不信哉！堯水湯旱，聖人之德益明，此之謂矣。今上有堯舜之憂勤，中外宣力諸公誠皆以韓、范、富、歐、龐、狄自勉，則一德感孚，雖災何患？旣答客已，因爲之記。

雷繼賢銅戈記

國家以文治天下，承平歲久，自王侯下至庶人，皆以科目爲榮，文武兩科制同，世乃重文輕武，四方有事，卒賴天子威靈平定，其以材武勇敢著者罕。或遇之有著者，必其出身義勇者也。是果何故歟？

士者，四民之首，平日言論行事習與民近，士好之則民尚之矣。無識書生，自始讀書，卽鄙夷武夫，羞與爲伍，天下一氣同聲，雖有如虎如彪之材，亦慚沮不前，況愚懦之夫，稍有膂力者哉？如是，而欲人知重之趨之必不能矣。

華亭雷繼賢者，名震，以乾隆癸卯武舉人，爲江南劉河營把總、署川沙營千總。少有膂力，善用槍，一可敵百。乾隆六十年，蔡逆未平，出洋巡盜，遇賊與戰，連斃數十人，有潛從後傷其臂者，遂被害。事聞，朝廷嘉其忠勇，命祀昭忠祠，世襲雲騎尉。其孫炯，現爲宿州營守備，家藏一銅戈，繼賢生時所用，至今寶之。雷氏爲華亭世族，多以文貴，獨繼賢與仲兄瓚、季兄鴻習武，有五虎之目。其族孫葆廉爲瑩言，乞文爲記。嗟呼，如繼賢者可謂無忝科目矣。世之操翰爲詞章，由科目躋顯貴者，舉目皆是也，果何益於國家之治亂、風俗之隆汚耶？稍不自知愛重，則流爲浮薄而已耳。繼賢視之，不且如糞土乎？然則，世之爲士大夫者，可以知所宜尚矣。

十幸齋記

十幸齋者，幸翁自名其室也。翁生六十五年矣，生平幸得於天者十事，以名其室，而爲之辭焉：

人生有託，使在荒裔絕域或僻陋之鄉，則蠢然沒世已耳，翁生桐城文物之邦，其幸一也。通邑百族編氓，微姓多矣，而生於麻溪姚氏，代有名賢，學問、文章、道義、宦績，淵源有自，其幸二也。不好爲制舉之文，然一再童試遂入郡庠，一試於鄉而得舉，一試禮部而成進士，其幸三也。時年方少，使竟出仕，其於國事、吏治、民生，未之有學，貽悮必多，而放歸八年，周歷世事，然後爲吏，且空乏其室，拂亂所爲，得以動心忍性，其幸四也。其性拙直，其行孤危，所至士民好之，而扼於上官長吏，宜將困躓以終矣，天子明詔大臣露章薦賢，遂以縣令爲江督陶公、蘇撫林公以其名上，陶公稱之曰『精勤卓練，有守有爲』，林公稱之曰『學問優長，所至於山川形勢、民情利弊，無不悉心請求，故能洞悉物情，遇事確有把握。前在閩省，聞其歷著政聲，自到江南，歷試河工、漕務、詞訟聽斷，皆能辨理裕如，武進士民至今畏而愛之』。其在臺灣也，閩撫劉公稱之曰『經濟根於學問，正直而能通達，討逆平叛，功績昭著，洵海外之保障』。此三公賢者，先後薦之，天子用之，天下信之，其幸五也。臺灣之獄，江、廣、閩、粵四省大帥爲夷所懾，彈章相繼，或且爲書徧布京師曰『不殺鎮道，無以謝夷而堅和約』，然而朝野之論殊不謂然，論救之章相繼，聖主亦念其勞，爲之昭雪，其幸六也。生長中國，於異域地形、風土多所茫昧，一再出關，西至喀木，殊方情事瞭然可徵，其幸七也。既受殊恩，方在遷謫，斷無引退之理，乃或薦之邊徼，或沮使勿行，遂得全身而退，其幸八也。貧士以禄爲養，去官不能家食，則有諸公爲之推挽，不使途窮，其幸九也。有妻偕老，和敬無違，有子雖少，詩禮自好，和厚端良，免不肖之憂，其幸十也。

此十者，所不能求之於人，不可必之於天者也。冥冥之中，一若有篤好陰相於翁而維持成全之者，烏能不夙夜耿耿於心哉？孔子曰：罔之生也，幸而免。翁生雖非罔，而幾不能免者數矣，卒皆能免，豈非幸哉？惟其幸也，是可懼也。黄帝曰：戰戰慄慄，日甚一日。翁生六十五年，蓋無日不在戰慄中矣，孟子所謂『生於憂患』也。以幸名齋，益自箴焉，無墮晚節，殆終免乎？以語其友，友曰：信如子言，請識之，以告世之知天者。

東溟文後集卷十

史忠正公與戚屬書書後

史忠正公監軍池州日，與其戚屬書二通，前書四百二十五字，後書六十六字，墨蹟藏元和顧湘舟家。道光丁酉冬瑩在揚州，重修公墓及祠宇，湘舟乃出此書。運判侯君爲鐫石砌壁閒，附原刻公家書之後。瑩觀公書所云，蓋倥傯軍旅閒，其親投之，似有所求者，公以飲冰茹蘗之操，際眠霜臥盾之時，猶再分俸助之，而不忍拒。詞意婉摯，使人感且生敬。自古正人義士，未有失其所親者也。又云，於所屬有司士民一切御以嚴冷。夫嚴冷御人，宜不爲人所悅，然公所至，無不得士民心者。則悅人之道，豈在顔色哉？惟忠義正直之誠，有所以大服人者，服之誠，故悅之深也。世之君子所以服人者或不足，乃以詞色爲悅。觀公此言，又得所師矣。

書興更生冊後

嘉慶十八年曹縣亂賊殺邑令與其幕屬二十八人，淮揚興君於詩父子在幕中，罵賊死，四日而蘇，其死者當時已聞於朝，祀之忠義祠矣。興君父子幸得不死而歸，士大夫多爲詩文紀其事。閱二十有四年，君之子立洲來見，面上刀痕宛然。聞之云：初死並無痛苦，其蘇如夢覺耳。此語固習聞之，今益信。觀於興君父子，則二十八人者可知矣。史冊所載義烈之士，刀鋸鼎鑊，蹈之未嘗不自若也，豈非正氣勝則血氣不得而撓之乎？嗟夫！死而無苦，人亦何憚之有？世或宛轉求生於賊者，聞興君之事，不可爽然悟哉！

書西域見聞錄控噶爾事後

昔者，九皇御世，兄弟九人分治九州，地輿乃盡。九州者，鄒子所言大九州，非禹貢之九州也。九皇各主一州，自爲政教。今之中國，五帝三王以來，所治乃大地之東南隅。中土以外，八州風氣異，宜政教各別。三代本有載籍掌於太史，九邱之類是也。自秦代焚書，史失其職，遂無可稽。世儒見所未見，概以爲誕，則迂矣。漢後異域漸通，略復紀載，實皆古皇之所遺治也。大地徑三萬里，爲萬里者九，當以方萬里爲一州，今聖人在宥中國輿地實已倍之，意異域諸國大小兼竝不知凡幾。如控噶爾者，西北近海大國，卽普魯社也。其王名控噶爾者，嘗與俄羅斯國都鄰近，搆兵敗之，入其都，議和而退，事在乾隆中。其時，土爾扈特爲俄羅斯連年徵兵不已，苦之，叛求內徙，恨俄羅斯，又見俄羅斯之強大尚屈於普魯社，以爲彼國更大於俄羅斯，訛傳其事而侈其詞，略如後漢書之大秦國者。又誤以人名爲國名。逋逃之言本不足信，而七椿園輕採之耳。松湘圃、趙芸菘、魏默深諸書辨之詳矣。卽如所見，亦未足異。周之成康、漢之文景、唐之貞觀、本朝康熙乾隆之閒，天下富庶，教化洽隆，豈異域殊方所能彷彿者。發倉賑粟、蠲免錢糧動千萬計，史乘書之猶爲盛大，而生當郅治，身及見之，轉若尋常，亦恒情耳。惟所云都城門二千四百，城內大江三，南北馬行九十餘日，則爲荒謬，分別觀之可也。今中外一家，人跡漸遠，異域事日有記載，其言何必盡誕哉？自吾至臺灣，而悟秦時方士所謂海上神仙者，殆指此地。今觀此書控噶爾事，又恍然於佛書所謂極樂之國不過如此。世之談二氏者，可以啞然一笑也。

參政府君先塋錄書後

家譜託始於勝三府君者，相傳先本餘姚，有仕於安慶者，悅桐城山水，家焉，卽勝三府君也。佚其名，勝三，蓋字也。昔五世祖雲南布政司右參政景暘府君，痛元末兵亂，失先墓，乃自三世祖仲義府君以下葬地、世次、支派詳錄之。明成化二年，作先塋錄，自是子孫時有記載。十一世祖職方府君遂據以作譜，勝三府君前無考，故託始也。瑩謹按：先塋錄云『余家自高祖勝三府君世家桐城大宥鄉之麻埠河』，而未言何代。再傳文二府君。先塋錄云『曾祖文二府君，卽登科錄名子華者』，此言登科錄，亦未詳年代。以瑩考之，蓋元中葉也。元有天下三十年，至仁宗皇慶二年始詔行科舉。延祐元年甲寅八月直省舉行鄉試，南人取合格者七十五人，而江浙二十八人。又明年會試，一時榮其選，故登科者咸以著錄，意文二府君中試其在斯時乎？先塋錄又云『文二府君元末避難，行至壽墳頭，卒，年七十五，遂葬於彼』，後失其處。按元史・余闕傳：『廬州盜起，河南陷郡縣。至正十三年，行中書省於淮東起闕副使僉都元帥府事，分兵守安慶，抵官十日而寇至。』至正十三年，是爲癸巳。又縣志，至正十九年己亥，明太祖將廖永忠攻克樅陽，九月徐達擊趙普勝於浮山。意文二府君避難當在此數年。以癸巳計之，上距宋亡之歲己卯適七十五年，以己亥計之，上距元世祖至元二十一年甲申亦七十五年，是文二府君生於宋亡後元世祖至元十六年或二十一年間也。勝三府君卒年九十六，以二十餘生子推之，當生於宋理宗寶祐、開慶之際，固宋元間人，遷居當是中晚年事。由此言之，吾家以宋元之際適桐，而登科始自文二府君，在元中葉，確矣。謂自明景泰庚午參政府君始登科者，非也。四世祖贈黃門府君諱顯，生於明洪武七年甲寅，卒於宣德九年甲寅，年六十一。五世祖參政府君諱旭，生於永樂十五年丁酉，卒於成化二十二年丙午，年七十。惟三世祖仲義府君生卒無考。按參政府君礎基文簿序云，余家世居麻埠河，祖仲義府君始因兵燹與查林蕭氏同居後，生我先考黃門府君，始復麻埠河祖地居焉。此云兵燹，當即文二府君避難時。仲義府君配妣蕭氏，此云同居，不知爲贅壻耶，抑婚後依之，然其年總當逾冠，則生於元順帝元統前後間也。至洪武七年，四世祖生，度仲義府君年已四十餘矣。又四十餘年，五世祖生，未知及見幼孫否。先塋錄惟云，祖仲義府君以下，皆某家居時躬親展祀。不言親見，則五世祖之生，仲義府君蓋先亡矣。惟不及見，故三代以上事不能詳述，此參政府君所爲深痛也歟？道光二十年庚子七月，十八世孫瑩謹記。

考定焚黃儀制書後 己亥三月

嗚呼！小子瑩無似上承十七世之清澤，重以嚴慈矩訓，逾冠獲科名，三十爲邑令，崎嶇久之，年且五十，忽逢聖天子詔中外明保人才，大臣上其名，未入見，擢知高郵州，遷淮南監掣鹽務同知，道光十六年召對，明年遷臺灣道兼提督學政。故事，臺灣道涖任後，督撫爲奏請旨，然後得加按察使銜，瑩不待請，上遽加之。瑩不才，何由得此？良由天眷先德，三世未行其志，故假小子以彰顯之耳。循例爲考及祖考請得贈如其官，進一階，爲通奉大夫，妣皆夫人，貤贈曾祖考妣如之。瑩方服官海外，不克躬焚黄於家。閲朱子集，見其爲先世焚黄文有感焉。偏考禮經及唐開元禮、司馬公書儀、朱子家禮，準以大清通禮，參定儀制，撰告祝文，遣兄子濟光歸從伯兄朔敬成其禮。嗚呼，是可愴也！

昔我薑塢府君，一時名德，中外推之，顧仕不竟用而歸，有班、劉之文章兼賈、鄭之經術，履道純粹，耆學弗衰。歿四十年，遺書始得編次。又十年，聞於朝，入祀鄉賢，附傳國史。瑩束髮讀書，稍得古人之塗軌者，實賴一二遺冊存其緒言也。瑩兄弟之生，祖妣已歿，春樹府君客遊，未見兩孫，而朔、瑩之名，府君實命之。童時於故簏中見家書言命名之義。先妣述府君言，『吾孫必有興者』。顧瑩兄弟未成立而府君歿。其後瑩遊粤東，主講香山縣之欖山書院，府君嘗主講於此，門下生猶有來者，因得訪其遺教。及監掣儀徵，乃府君客歿之地，傷何如矣！嘉慶二十一年，瑩初仕平和，迎醒庵府君張夫人就養。歷龍溪、臺灣三任所，睿皇帝萬壽覃恩，封贈二代考爲奉直大夫，妣爲宜人。瑩以事罷官，今上登極，察其獲盜功，命引見。登舟甫行，而府君歿於鹿耳門。兄弟銜痛侍張夫人奉柩内渡，海神哀之，風濤甚平，兩日夜達廈門。困不能反里。明年，趙文恪公來閩，助歸其櫬。張夫人留閩中，瑩幕遊爲養。再渡海，展招魂之祭於鹿耳門，怒濤奔湧如雷，若爲瑩鳴其不平之哀也。客臺灣逾年，回福州寓，省張夫人。乃歸告服闋，引見復官。方需次，而張夫人棄養於閩寓。是時，兄朔求醒庵府君葬地在籍，閩寓治事者瑩婦方氏、兄子濟光而已。應昌童幼。瑩兄弟先後奔至，視鹿耳門之痛滋益深焉。兄再奉喪歸。瑩服闋，入京師。十一年，江南請守令，瑩至江蘇，兄及家孥仍聚官所，而醒庵府君張夫人不逮養矣。今瑩以監司至閩，得邅迴躑躅於舊寓與鹿耳門故地，豈非我二親之靈有以相之乎？

椎牛而祭，不如菽水承歡，昔人哀情何殊今日！瑩乃不能親奉少牢之祭，又昔人之不若矣！因考定焚黄儀制畢，書其後，告我宗人，咸憫斯志，俾無闕焉。

朱烈愍公遺像書後公名大典

殘明之世，忠烈聲望最著者，稱瞿、何、堵、史四公，瑩讀四公本傳及野史所載詳矣。金華朱烈愍公自天啟時爲給事中，即偕左、魏諸君子劾魏忠賢。備兵漳南，誘破紅夷。巡撫登州，平孔、耿之叛。督漕運，撫鳳陽，先後與盧大司馬、史閣部二公屢大破賊。及總江北、河南、湖廣三督軍，駐守鳳陽，名爲督師，而南北勁兵健馬不隸其標。僅以一身保障鳳陽，上疏乞師，無可應者，惟聯絡各山寨民兵守境，不能進剿。後以督修鳳陽城工，爲紳士所怨，又嚴禁糧私，峻待遊客，遂爲衆謗，劾歸。南都再喪，守金華，七敗方國安兵。大清兵至，城破，闔室自焚。綜公生平，蓋亦伯仲四公者矣。徒以峻待遊客，訾毀者多，歿後世傳稍晦焉，豈不悲哉！

吴君廷康得公遺像於金華，復抄示金華徵獻略及蘭谿方君登宸爲公行狀跋與公邑人韓昌裔所爲公事狀，得其詳，肅然感歎，乃敬識而歸之。

廷康好古，以縣丞在浙二十年，搜求東南金石殆盡。及在永嘉，益求諸先儒循吏忠節諸公遺像凡數十，悉刻諸石以貽同好。可謂有心人矣。廷康，桐城人，與余有姻。道光二十三年六月舟過衢州書。

左忠毅公家書眞蹟書後

左忠毅公家書，里中鈔傳。瑩幼時嘗見數本，篇數多寡不同，惜未能彙鈔其全。道光十八年過吴中，見顧湘舟家藏前代忠烈遺集數十種，議欲更蒐輯上自屈大夫下及國初范忠貞殺身成仁、有關社稷者，總刻之爲乾坤正氣集，以左忠毅爲瑩本邑先刻之。蓋即公子國材所刻奏疏本，未及家書也。渡海後值軍務數興，不遑此事。二十二年奉逮過淮，屬河帥潘公爲之。適吴稼軒孝廉示以公裔孫家藏公遺稿，較原刻爲多，瑩遂假其本付謝夢漁孝廉，蓋潘公所命董刻事者。而里中鈔公家書未得舉付，歉焉。今蒙恩假歸，梓庭孝廉以公二書來示，更取里中十九書校之，前書宛在，少後一書。方植之云，趙子鶴明府曾鈔十三書，有之。然梓庭所藏乃公眞蹟，合十九書則二十篇矣。趙本瑩未及見，二書外不知其異同又何如也。植之謂，此二書爲公屯田時作。瑩攷明史本傳，未言公屯田、督學時先後。據公曾孫宰所撰年譜，公以萬歷四十八年二月爲直隸印馬屯田御史，七月神宗崩，八月光宗卽位，疏請移宮，屯田未竣。明年三月改督畿輔學政，再疏請開屯學。此書所言，蓋在泰昌元年八月。方言是也。第詳二書辭氣，前爲寄二親書，後似寄諸弟者。光栗原刻龍眠藏書，入公年譜四卷，儻更舉公奏疏併家書二十篇刻之，不其善歟？甲申正月後學姚瑩謹書後。

平湖卜氏楊節婦傳書後

婦人所重三倫，上者舅姑，中者夫，下者子。幸乃三者無故，善矣。不幸而舅姑歿，不逮事，可以祭，盡其禮。有子而折，可以哭，盡其哀。惟夫爲所天，存亡與俱，不敢有其身也。而古傳記所載，不數人焉。豈禮教之衰耶？夫有未終事之父母，身殉則仰事之義闕，夫有孩提之孤子，身殉則俯育之義乖，此皆不可以從亡者也。世或不察，徒以節烈爲微行而輕就之，雖可風勵末俗，非禮意矣。楊太孺人適卜氏，再朞無子而夫死，有叔季婦可以事祖姑及姑，請命焉，致祭焉，而後從亡。卒以叔子爲其夫後，卜氏益昌。何其從容中禮也！事在乾隆二十五年庚辰，迄今道光二十四年甲辰，殆近百年。海內士大夫爭爲記傳，歌詠不衰。太孺人之孫葆鈖以進士爲蜀宰，瑩得觀其藏帙，是誠得禮之意，豈漫與日月爭光也乎？

孫退谷書趙忠毅傳跋

孫退谷手書趙忠毅傳，自云節略鹿定興所爲行狀之作，其敍公及諸君子在朝被禍始末，明史多取之。退穀嘗取元代事蹟分年編次，正史外雜取文集說部，作元朝典故編年考十卷，其留心前代掌故及人物之臧否，朝事之得失如此。而世罕見其書。惟庚子銷夏記爲收藏家所稱，特其餘事耳。楊海琴庶常藏退穀此冊，洵前輩墨寶也，矧此文足以激揚君子之氣乎！劉寬夫侍御爲題四律，復囑海琴以記事之文待余。寬夫與余初未相識，癸卯秋見訪獄中，乃知寬夫之爲人。今年過邛州，友人几上見海琴七言古詩一篇，歎其才氣溔瀚。及返成都相晤於胡澹泉席上。余知海琴，不知海琴之聞余於寬夫也。乃識數言冊末。道光丙午四月一日

葉貞女傳書後

余聞葉貞女之生以七月七夕，母懷之七月，見彩雲下垂，悅之而生。四歲戲庭中，見神人降空，授以餅二，一圓一半，女兩手握之，而神人去。家人異之，藏其餅，乃化爲水，頗愈人疾。羣謂葉氏女且富貴，此其禎矣。及後未嫁而寡守，疑其無驗也。余曰，禎祥之事，儒者所不道。然自古有之，何必皆富貴哉？彩雲者，其質之美，神授二餅，一圓者，全貞之兆，一半者，寡偶之兆也。世俗婦人之貴不過夫爲王侯將相止矣。然王侯將相生雖顯赫，沒則已耳，更於妻乎何有？曷若忠孝節義之正氣常存於宇宙閒乎？

明歸太僕初作貞女傳，頗議其過，既而悔之，乃異其論。江都汪氏不見後說，復援禮經而傳會之。余嘗作吳黃二貞女傳，既深闢其妄矣。趙味辛作詩猶主歸前論，誤也。貞女今年七十矣，尚健，賴母家弟以養，其居與余家比鄰。今其弟鳳奎出此編見示，乃書其後，俾重梓之以示海內。貞女父名儀，夫名顧墀，傳中未著，宜補書之。

惜抱先生自書詩跋尾

此家惜抱先生贈同里胡屺堂先生作也。是時爲乾隆二十三年戊寅，惜抱先生年未三十，蓋自庚午鄉舉後，數會試未第，故有『已成散木吾何希』之語。屺堂先生，名業宏，以乾隆戊子鄉試中試，又在此詩後十年，故云『未沽奇璧君須待』。兩先生當時相重如此。其後惜抱先生仕不十年卽告歸，屺堂先生爲趙城令不一歲亦引退，兩先生恬於仕進略同。吾桐先輩高風，海內所共仰也。今道光戊申距作此詩九十年，瑩亦引疾。然瑩年已六十四，數遭顛躓，去兩先生抑何遠哉！屺堂先生從孫虎文以惜抱先生自書此詩示瑩，展讀鐙下，感媿不已。

謹考兩先生出處及未遇情事識之，以還虎文。後有覽者，歎息又當何如耶？道光二十八年三月

彭襄毅自書像贊跋

明太保兵部尚書彭襄毅公自書十五像贊一冊，始爲諸生，終太保，生平際遇歷像之，或自爲贊，或門生撰贊。公晚年總萃而書其辭。沈鶴橋孝廉得此冊示余，請識其後。瑩按，公以顯貴講學，言宗朱子，當時以純稱，乃歷像生平爵位而贊之，復自書冊，若有所喜焉，豈人爵之榮尚有未化於胸中者乎？雖然，人爵何害於儒。三代以上，詩書所稱，眾矣。古者，天爵、人爵有同貴焉。自孟子後儒者乃獨重天爵而恥言人爵，其實不必爾也，顧自立淺深誠僞何如耳！公自謂不欺，吾於此冊信之矣。

道光二十八年三月，桐城後學姚瑩謹跋於成都寓中。

蒲城王氏二節婦詩刻跋

蒲城王勉齋觀察言其曾祖母李太孺人，祖母劉太淑人兩世孀居，奉姑撫孤以守其志終身，朝廷既均予旌嘉，表其節孝矣。士大夫善爲文章與觀察交者，復相爲詩歌頌美其事，將勒諸石以永之。余曰：善！其在今日尤有功，匪獨王氏之榮也。節者，君子立身之大防，孝者，犬子以至庶人之全德，豈惟婦人哉？兩太夫人守身事姑撫孤以成其志，卒能見旌於朝，天復予賢子孫爲之表揚於天下後世，其食報也大矣。獨怪世之爲士大夫者，夷考其行，門以內，誠愛之心不孚於父兄，門以外，貞白之操不信於朋友，其以節孝稱者千百，中僅數人焉，何自待之？實曾不婦人若也。是亦未之思爾矣。觀察起家孤特，昔令江右十餘年，謹守其躬，入蜀復持志如初，而孳孳焉表揚先世之德爲亟，即門內之行可知。然則，其所以無忝於兩代之節孝者，豈在區區金石文字已哉？讀是刻者，必有興焉，無謂節孝獨婦人事也。

方植之金剛經解義十種書後

嗚呼，是方植之之所作也。植之嘗爲漢學商兌矣，以近世漢學諸賢妄毀宋儒且誣聖道故，力申考辨，而聖道以明。又嘗爲書林揚觶矣，以無識之人妄事著書，故

詳言古人不肯苟作與夫不得已而有作之旨。是二書者，可謂精於立言矣。曷爲而有此作哉？律原以爲不應橫決至此。誠哉！畏友之言也。余不解佛，顧嘗粗觀其書，植之謂他人無可語此者，時時以其說示余。律原貽書責余，謂不當更揚其波。善哉！良友之言也。

然吾觀植之自言學佛，夫植之豈眞學佛者哉？毋亦有所激憤而爲之乎？植之理究天人，學窮今古，行年七十八矣，曾不知是書得罪於天下乎？且與其所自著書大異，胡不畏天下以彼其矛刺其盾者將不止漢學諸賢也？昔吾以閩人李畏吾嶺雲軒瑣記示植之，植之非之，謂沿王龍溪之邪說也；曷爲自蹈之且更有甚焉耶？凡此皆常人之所能知，而謂植之有未知乎？嗟呼！是可深悲也矣。韓退之，闢佛者也，而深敬浮屠大顛。程子、朱子，嗣道統者也，而謂佛說近理。豈佛說之精妙，果有與吾儒相契合者歟？孔子曰：素隱行怪，後世有述。夫佛不可謂非素隱行怪也，謂後世有述，是孔子之時已有作之者矣。孔子既不爲之，曷爲不辨而非之，豈有餘於方外者乎？子路、子貢之徒，曷爲亦無一言攻之也？豈道之大原無貳，聖人之徒特不爲之而亦不攻之乎？夫不攻之可矣，乃從而有述焉，其不得爲聖人之徒明矣；何植之自絕於聖人之徒耶！嗟呼，人非有沈憤隱痛於中，不得已於言者，曷爲有此作哉？抑植之者博大精深，無所不學，自吐其胸中所得，借佛以發其意，初無知我罪我之見耶？吾懼天下見其書者不得植之之意，而或遠於孔子之言也。乃書其後。

蘇厚子望溪先生年譜書後

年譜之作，所以著人一生出處行事之實與其文章言論相爲表裏，所謂夷考其人者也。或言行相顧，或行不掩言，皆存乎此。一失其實，則非以表之，適以誣之。比於傳狀，殆有甚焉。望溪先生年譜，舊有先生門人王兆符撰本，而世失傳。計先生之歿，於今百年矣。讀其書者，絕無恩怨，無事瞻徇顧忌，所患考之不精，不備，難免失實耳。厚子質直樸重，有先儒信道之篤，無文士浮夸之氣，沈潛於先生文章者既久，而蒐討於先生出處行事之實復精且備，年譜積歲始成，時復增損，務求其實，豈

疏淺者所能望哉？君嘗增訂張楊園先生年譜，吾讀而敬異之。今復爲此譜，可以見其學行詣力，卽其志可知矣。道光己酉二月

惜抱先生與管異之書跋

惜抱先生與管異之書六通，皆在鍾山日，異之客山左所得者。中言詩古文法甚精，蓋深喜異之所爲而言之。逾數年，先生亡，不及見異之後來進境。今所傳因寄軒集，豈不勝於秦、鼂之在蘇門耶？當時，異之與梅伯言、方植之、劉孟塗，稱姚門四傑。然孟塗、異之皆蚤卒，植之著述雖富而窮老不遇，言不出鄉里。獨伯言爲戶部郎官二十餘年，植品甚高，詩古文功力無與抗衡者，以其所得爲好古文者倡導，和者益衆，于是先生之說益大明。今異之往矣，地下有知，能無愉快乎？伯言之道既大行，告歸江甯，先生之風于是乎在，而異之有子小異能世其業，方極困窮，有以重價欲購此卷者，笑而不答，可謂有守矣。道光二十九年十月姪孫瑩謹跋於江甯博山園。

東溟文後集卷十一

吳黃二貞女傳 戊戌十月

吾嘗爲麻溪姚氏節婦記，記吾家自明以來女若婦五十有七人，是在嘉慶辛未之歲。其明年，有吳氏貞女事。女爲内閣中書喬齡次子仲蓉聘婦，監生吳文棟女也。仲蓉隨父之官湖南，父卒，匍匐護喪歸，病瘵死。女聞，請歸姚氏，執夫喪。父弗許，膝行三日夜求之，許在家終志。女泣而起，不出戶者踰年。有隱爲議婚者，女恍若有知，涕泣廢食。父佯怒，女病且死，舉家皇然。父呼而許之，乃蘇。父於是告其夫兄元芙，以歸姚氏。族衆具禮迎之，入門拜姑，行子婦禮。姑憐愛之，以長孫爲之嗣。

越二十五年，吾從弟之子敦仁聘婦黃氏，又以殉節聞。黃氏者，家武進，父克昌，直隸定州知州，兄曾慰，爲貴池令，以女字敦仁。道光十六年正月，婚有期矣，其父母方自貴池送女於桐，至前七日，敦仁暴亡。女聞之，泣請父母守志於姚。父母不許，女遂不食且病，不百日而死。年二十一，長敦仁一歲。其家以喪婦姚氏，合葬焉。

論曰：明歸太僕作貞女傳，謂女未嫁而爲其夫死或終身不改適者爲非禮。其言曰，女子未有以身許人之道也。未嫁而爲其夫死，且不改適，是以身許人也。引曾子問婚禮，有吉日壻之父母死及女未廟見而死之禮，比附以明其義。及後作張氏女貞節記則云，禮以率天下之中行，而高明之性有出於人情之外，此賢智者之過，聖人之所不禁。而以伯夷、叔齊未有祿位於朝，君臣之分甚微，而恥食周粟以死，孔子亦謂之仁。論人者當取法於孔子。蓋亦自覺前説之未安矣。近時，汪容甫不見後説，反緣前論，引而信之，謂婦人不二斬，故爲夫斬，則爲父母期；未有夫婦之恩，而重爲之服以降其父母，於壻爲無因，於父母爲不孝。又曰，父子之親，君臣之義，夫婦之恩，不可解於心。過而爲之死，君子猶哀之。苟未嘗以身事之而以身殉之，則不仁。汪氏斯言，得無過歟？夫女子之義，莫大於守身，守身之謂貞。易曰，女子貞，不字，十年乃字。夫字者，正禮也。以不字而許之，曰貞。則聖人固有取爾矣，曷嘗責其違禮哉？女子未嫁，從父母之命，無命，則人賤之。若既受聘，則有父母之命矣。而謂其以身許人，不亦眞乎！先王制禮取其中，合天之道，順人之情，俾賢智者無所過，愚不肖者可以企。整齊畫一，以爲治天下之法耳。至於非常之事，不能望之人人者，本不爲定制，有則特表而旌之矣。古未有以臣死君者，殷之世，乃有比干焉，伯夷、叔齊焉。孔子一則曰仁，一則曰賢。求之禮經固未嘗以死責人也。不惟無責，管仲不死，孔子猶許之曰，如其仁。然則，聖人固有出於禮文之外者，非常之事，必待非常之人，豈可以常禮繩貞女子乎？且二子所援曾子問之文，亦尚有說。曾子問曰，昏禮，既納幣，有吉日，壻之父母死，則女之家亦使人弔。父喪稱父，母喪稱母，父母不在，則稱伯父世母。壻已葬，壻之伯父致命女氏曰，某之子，有父母之喪，不得嗣，爲兄弟使某致命女氏。許諾而不敢嫁，禮也。壻免喪，女之父母使人請壻弗取而後嫁之，禮也。詳此，禮文一則曰不敢嫁，再則曰而後嫁，是固有遲之又久不得已而爲之者。明乎改嫁非女子之美行，雖夫家辭婚而猶守之至再，重之也。其以不敢嫁而後嫁爲禮者，對不待夫家之辭而亟嫁者，爲非禮也。蓋先王之道，昏姻以時，女子失時不嫁，懼人情所難，而或有蕩檢踰閑之事，故順其情，且使夫死聽改嫁，非禁其守貞也。由此觀之，是改嫁之義，特以防中人之不肖，豈以待非常之女子哉？今功令婦人夫死聽其改適，能守節則旌之。旌之者，以其能人所不能也，苟以守貞爲非禮，是導人不守其身矣。然則，女子未嫁而守貞者何義乎，曰，古人一諾重於千金，惟其信也，況許嫁大事乎！貞女之義，亦謂吾已受聘，父母既命之矣，未嫁而夫死，此意外之變，非夫家有所悔棄，何忍負之？守死不渝，以成吾信，遑計其他。故說禮者，貴其能爲世道之大防也，今附會禮文，而導天下女子以不守其身，不亦賤禮之甚乎！

胡貞女紀事

余作吳黃二貞女傳之後八年，族人鴻壽聘婦胡氏又以貞女聞。鴻壽者，字恭則，先十一世祖職方主事六世孫也。其父邑庠生酉，生五子，鴻壽居三，以嗣兄培楷後。壽次兄鴻慶，候選從九品，貧不能赴選，聞邑人胡天疇有養女，爲鴻壽求婚，胡許之。既商赴選事，胡辭不能，而責以厚娶，姚強諾之，久而不遂，鴻壽抑鬱而卒，年三十二。胡女年亦二十六矣，聰慧知書，鍼黹絕精，母兄皆愛憐之。始聞字姚氏，甚喜，及聞鴻壽死，將他適，乃縊。其母救之，蘇。女誓不嫁，母兄不能奪，乃守志於其家。

逾三年矣，胡女陰欲歸姚，母兄使人達之，姚族人咸哀其事，議迎之，如吳貞女故事。而壽本出嗣，無家，未知所處。余歸，聞之，曰：貞節事，名不可不正也。胡女不歸姚，未行禮於其夫，爲誰守乎？壽雖無家，而有生母，在安慶，宜以族人之親者爲書告之。顧壽母老貧且遠，不能迎女，若族衆爲鴻壽主於良隱祠，使胡氏女哭奠成禮，以成姚氏婦之名，退而還依其母兄，亦亡於禮者之禮也。僉曰：善。乃以是年七月日爲鴻壽主於祠，職方公下族衆三十有二人往胡氏迎女，素服至祠，禮鴻壽而哭之甚哀，觀者莫不下淚。復謁祖於鴻壽同曾祖兄銅陵訓導犖之家，女既成禮，哭鴻壽於良隱祠三日，還守於胡氏，依其養母。

逾月，使人請於余，曰：身病未知若干歲死；公主成我事，今亦老矣；安慶未有還書，身未入姚氏之譜；竊有懼焉，乞一文識之，死瞑目矣。余憫其志，以爲賢而有禮，乃紀其事，繼吳黃二貞女傳後。

良隱祠者，先十世祖贈光祿大夫明故副使芳麓公長子處士前甫公名孫棨之妻。方太君痛夫有潛德而早死無後，己守貞以老，思延其祀。前甫公叔季兩弟尚寶寺丞石嶺公及先職方主事戊生公，乃立專祀，祠前甫公夫婦，而配以仲兄碩甫公孫槃及江太君夫婦。蓋碩甫公亦蚤卒而江太君以身殉之，與方太君同節，皆無後，故竝祀之。尚寶、職方兩公子孫至今幾二百年，春秋禮祭不衰。方太君名維儀，詩畫聞於天下，世所傳清芬閣是也。恭則與胡貞女事相類，貞女身後亦卽從祀此祠，豈非盛事歟！異時有請於朝者，吾文可信也。

萬孝子傳

萬孝子者，吾桐之樵人也，負薪養母，必備甘旨。有日者過，母問子生命。日者言，某日當死。萬念死無恨，獨母缺養，語其侶曰：我果死，以老母累君矣。然必陰助君樵，不徒費也。樵侶漫笑曰：諾。萬則徧要同輩於母前，質之，以爲信。

宋家嶺者，樵徑也，有廟，故祀山神。鄉人偶憩廟中，夢虎求食，神曰：萬某，數盡，可以畀汝。鄉人寤而異之，將奔，阻萬。萬至，以告，且勸使返。萬大怒，裂眥掣木挑，徑奔嶺巔。虎撲之，萬奮鬥，虎大哮，萬亦吒叱，聲震林谷，竟斃虎。乃入廟，數其神曰：鄉衆患虎，故祀汝，乃不爲人捍患，反以媚虎，尚思血食耶？手批像，像僕，踞神座而坐。鄉人初見虎斃，從之入廟，聞萬責神，亦相和。及萬久不語，訝之，趨視，則死矣。鳴於鄉，衆以神祀萬，自是虎患遂絕。先與約養母者，樵薪日倍之，負不覺重，得值亦倍，終萬母身竟養。萬母死，衆葬之。

姚子曰：萬不惜其身，輕於嘗虎，自儒者論之，不得爲孝。信日者言，以母貽人，近愚。毀神代之，近妄。然山鄙之人，目不知書，一以至誠出之，彼且不知何者是孝，惟求其心之安而已，固無庸矯揉計議也。嚮使萬者計及後世物議，少躊躇焉，尚得存其至誠乎哉？惟誠，故神，宜其血食於一鄉也。

平湖陳氏董孺人家傳

孺人吴縣董氏，蚤失父，隨母至貴州都匀祖父宦所，遂家焉。明習詩書。未笄，母亡，積女紅之資，反母櫬於吴，人奇之。歸山陰陳君海庵，幕於黔，佐夫以禮，夫兄姊妹姪若婦自家來者，悉迎，與處久之，禮敬不衰，復厚贈而歸。海庵君沒，子鍾祥八歲，一女再周，前室一女，未笄，孺人矢志撫之。爲貲薄、道遠，歸無以養也，權殯夫及前室於黔，置微產，督鍾祥讀書以待成立。遺書夫姊，陳其義。夫兄鄭州牧柳村君見之感歎，寄諭鍾祥曰：嘗見汝母書，沈痛剴切，巾幗勝於鬚眉，汝宜善承其志也。

孺人課子嚴，或以弱爲言者，泣謝之。鍾祥稍長，講論史傳，首以士大夫忠烈爲訓，曰：男子善身，當如婦人守節，朋輩往來，必先辨邪正乃可交。乃赴試京師，臨行，舉溫公家訓詩爲試。蓋鍾祥七歲時，海庵君所口授也。既留都下，復以書勉之曰：士之志在道德者，不在文章。志在文章者，不在功名。汝宜志遠大，勿安小成。鍾祥謹受教，以貴築縣庠生舉道光辛卯鄉試，爲四川令。能敦氣節，詩文清拔。既歸葬海庵君與前母，已，乃之官。

詩人吳蘭雪牧黔西，亟賞之，爲孺人作柏舟示操圖，且賦詩焉。甲辰歲，瑩至成都，鍾祥來見，意甚親摯。蓋承孺人之教者固殊矣。既以其圖乞言，瑩霍然曰：氣節之衰久矣，董孺人乃以忠烈訓其子，使交友先辨邪正，重道德而薄功名，斯言也，長老貴人或未能之，孺人既淑其身，復教其子，雖滂母無以過焉！是圖也，匪第張孺人之美，鍾祥當終身佩之，爲士大夫者聞孺人之言，亦可以興矣！

陳忠愍小傳

嘉慶、道光間名將，最盛者稱楊忠武、羅□□、皆蜀人。水師則李忠毅、王果毅，皆閩人也。忠武、□□、忠毅三公，余未及見，惟交果毅二十年。其義勇能軍，洵有過人者。其後則爲陳忠愍公，名化成，福建金門人。少從忠毅、果毅，歷戰功洊至臺灣水師副將，馭軍有紀律，約己尤嚴，時稱廉將。及鎮金門，益勵其麾下。余聞久矣。

道光十八年，余過廈門，公方提督水師，亦素重余，延飲劇談。公時已近七十，言軍事慷慨激發，逾於壯夫。及至臺，臺人皆頌。公巡閱臺灣時，文武供應餽遺一無所受，隨行將卒雖衆，所過如未嘗有兵者。其約己律下之嚴如此，故賞罰無間言焉。臺灣歲運軍穀十萬給水師諸營，自蔡逆不靖，商艘日少，穀常絀運。每至三四年，則奏委文武僱運，費鉅而時有風濤之失。道光四年，余謂臺府上議，請積穀改給折色，以疏新穀。趙文恪下其議，衆皆便之，而水提某有所覬，沮之。及十六年，公巡臺，眾舉以請，公曰：　此兵商兩便之計也。令如議行，一無所私。二十年，粵中夷警，遊奕閩洋，公自出擊之，足受礟傷，猶鼓勇督師進，夷舟遁。旋調江南。江南水師素怯，非閩比也。公選閩中親軍往教練之，始皆奮厲，海防嚴密，夷聞而畏之。二十二年，甯波失守，夷破乍浦，數窺吳淞不敢入，潛購姦民焚公火藥，公怒，方捦斬之，而夷舟數進，公數拒卻之。夷徬徨海上，將退。總督聞公卻夷師，喜，自出督戰，與公分守海口。甫登山，夷舟突進，飛礟及山，總督失色退走。諸軍皆潰。夷乘勢大進，公親軍不及百人，手自燃礟擊賊，猶破一舟，賊連飛大礟，公中傷而歿。事聞，上震悼焉，贈恤如典，謚忠愍。

論曰：　公始爲偏裨，素有戰功，而獨以廉著，蓋武人所尤難也。觀其馭軍，紀律森然，庶幾臨淮之風矣。老猶勇邁，雖跛扈之夷亦憚焉。乃卒敗於懦帥，致以身殉，惜哉！

張亨甫傳

張亨甫，名際亮，建甯人。少孤，繼母撫之。父嘗賈鄖州，伯兄繼業。亨甫幼穎異，里中老儒李古山才之，其家乃使之讀，未冠，爲諸生。與族兄紳光澤、高祖望、何長詔友善。肄業福州鼇峯書院。同舍生多俗學，亨甫視之蔑如也。陳恭甫編修爲山長，器之。

道光三年，余至福州，亨甫以詩來謁。余曰：　何、李之流也。子才可及空同，若去其麤豪，則大復矣。明年沈鼎甫侍郎視學閩中，試拔貢第一。乙酉，入京師朝考，報罷。京貴人及名士言詩者無不知亨甫矣。新城陳石士侍郎延寓其家。

曾賓穀鹺使在京師，聞亨甫名，召飲。同坐皆知名士也。曾以名輩顯宦縱意言論，諸人贊服，亨甫心薄之。曾食瓜子粘鬚，一人起爲拈去，亨甫大笑，眾慙，曾不懽而罷。明日，亨甫投書責曾不能教導後進，徒以財利奔走寒士，門下復不自知愛，廉恥俱喪，負天下望，累數百言。曾怒，毀之於諸貴人，亨甫以是負狂名。慨當時諸公好士而無眞識，曾不如其好色也，取一時名優爲之傳，著論一篇，曰金臺殘淚記。筆力高古，識者知亨甫所志遠矣。

都中交深者，歙徐寶善、龍溪鄭開禧、宜黄黄爵滋、益陽湯鵬、山陽潘德輿，唱和尤密。六年，余至京師，從遊者久之。亨甫既爲朝貴所忌，試輒不利。自是歷遊天下山川，窮探奇勝，所交名賢幾遍。以其窮愁慷慨，牢落古今之意，發爲詩歌，益沈雄悲壯，至天才豔逸，情致綿邈，則其本色，而亨甫之詩乃大成矣。

十八年鄉試，主閩試者途中約：張際亮，狂士，不可中。而亨甫已易名亨輔，中式。拆卷見其名，疑欲去之，副考申解而止。及來謁，果際亮也。主試愕然。會試復報罷。

二十年，余在臺灣，召之，亨甫喜，將渡海。及廈門，畏險，使人寫其貌，題詩寄余而返。聞鹿澤長爲甯紹台道，往依之。至則甯波失守，狼狽走江西。將至山東，不果，遂過桐城視余家，訪方植之、光律原、馬元伯。而至湖北，葉方伯敬昌厚禮之。

復之吳中。聞余爲英夷謀愬，江南奏劾，有閩人附和其言，亨甫憤甚，見某公，面責之。計余赴逮必過吳中，棲遲以待。七月，余過淮上，乃從至京師。先是，亨甫有妾蔣氏從在淮，及赴余難，留蔣於淮屬其友。亨甫方痁疾，扶病從余，止之不可，自投方劑。未已，余事白，出獄。亨甫大喜，從余寓炸子橋楊椒山故宅中，延人治其病。而所患已深矣。京師諸公聞亨甫急余難，義之，過余者必問亨甫。而湯海秋及桂林朱濂甫琦、柳州王少鶴錫振、道州何子貞紹基、晉江陳頌南慶鏞、高要蘇賡堂廷魁、閩陳弼夫景亮，皆亨甫故人，尤厚。疾革日，晨起，自訂詩稾，屬余及濂甫執筆爲之去取。其夕遂卒，年四十五。余及諸君經理其喪，一時識與不識，爭致賻焉。余攜柩至桐城，使人往閩召其子來，以喪歸。亨甫詩已刻者婁光堂稾、松寥山人集、南來錄。未刻詩文尚多，嘗語余欲編爲全集。卒後，余收遺稾於行笥，將成其志焉。其妾蔣氏在淮浦，適笄，聞亨甫歿，大慟，誓死守。或勸之嫁，乃削髮爲尼，一小婢感焉，亦從削髮。河、漕二帥及善亨甫者咸重其才，高其義，又歎異蔣氏，皆憐而資之。一時歌詠其事者甚衆。

論曰：自古名公卿無不愛才，近世則延納才士以爲己名，士利其財，亦爭趨焉。鄙者則面諛承奉無所不至，此尚知有廉恥氣節哉？亨甫力振頹風，可爲矯矯矣。乃受其書者不愧謝而以爲恨，時人復被以狂名。使亨甫達而在上，風節必有可觀者，竟不一第，徒以詩名，是可悲也！亨甫內行甚篤，善事繼母，生平好遊，伯兄常資之，縱覽名勝。伯歿，厚視諸姪有加。每言繼母、伯兄，未嘗不泫然也。里中前輩，闡揚不遺餘力，所交海內賢士老不遇者，尤推揚之不絕。年長於己者，禮之必恭，少於己者，正言教誘懇至，其敦篤如此。嘗負大志，余稱其有經世才，人未之信，後見盧厚山、林少穆二帥亦稱之，然後知余非私言也。

湯海秋傳

海秋，湯氏，名鵬，湖南益陽人。道光二年進士。初爲禮部主事，年甫二十。負氣自喜，爲文章震爍奇特，諸公異其才，選入軍機章京，補戶部主事，轉貴州司員外，擢山東道監察御史。君在軍機，得見天下章奏，又歷戶曹，習吏事，慨然有肩荷一世之志。每致書大吏，多所論議。及爲御史，再旬而章三上。有宗室尚書叱辱滿司官，其人訐之，上置尚書吏議。君以爲司官朝吏過失，當付有司，不可奴隸辱之。此臣作威福之漸也，吏議輕，不足以儆，援嘉慶中故事爭之。上以爲不勝言官任，罷回戶部員外。而君方草奏，大有論建，未及上而改官。

君見其言不用，乃大著書，欲有所暴白於天下，爲浮邱子八十一篇，篇數千言，通論治道學術。明林十六卷，指陳前代得失。七經補疏，明經義。止信筆初藁，雜記見聞事實。諸作皆出示人。惟止信筆初藁，人多未見。或問之，曰：此石室之藏也。

英夷事起，沿海諸省大擾，上再命將無功，卒議撫通市。君憤甚，已黜，不得進言，猶條上三十事於尚書轉奏焉。大臣用事者曰：書生之見耳。上雖召見君，而無所詢，報聞而已。君是時已更爲本部四川司郎中，京察亦竟不得上考。君感慨抑鬱，詩多悲憤沈痛之作。二十四年七月卒，年四十四。

君少爲文有奇氣，初成進士，所爲制藝，人爭傳其藁，市肆售之幾遍。君曰：是不足言文也。取漢魏六朝迄唐人詩歌，追擬之，必求其似，務備其體。已梓者三十餘卷。又好爲文，嘗謂其友人曰：漢以後作者，或專工文辭而義理、時務不足，或精義理、明時務而辭陋弱。兼之者，惟唐陸宣公、宋朱子耳。吾欲奄有古人，而以二公爲歸。其持論如此。

姚瑩曰：道光初，余至京師，交邵陽魏默深，建甯張亨甫，仁和龔定庵及君。定庵言多奇僻，世頗訾之。亨甫詩歌幾追作者。默深始治經，已更悉心時務，其所論著，史才也。君乃自成一子。是四人者，皆慷慨激厲，其志業才氣欲淩轢一時矣。世乃習委靡文飾，正坐氣苶耳，得諸子者，大聲振之，不亦可乎！以宗室尚書之親貴，舉朝所屏息者，而君倡言彈之，亦見骨鯁之風矣。君又與宜黃黃樹齋、歙徐廉峯及亨甫以詩相馳逐。歲在丙戌，余服闋入都，諸君與周旋久之。樹齋以編修爲言官，數論事，洊至大用。廉峯及君則以言黜，幸不幸，殊焉。辛卯余再入都，廉峯已病，未幾卒。定庵繼之。癸卯，臺灣之獄，亨甫力疾赴余難，因不起。猶憶君探余獄中，及出獄後，與諸君置酒相賀，又同治亨甫之喪，依依送余出都門時也。默深成進士最晚，以知州需次。亨甫則未一第而歿。余待罪蜀中，樹齋亦以事更罷爲部曹。俯仰二十年閒，升沈存歿若此，悲夫！

樂鄹先生傳

自世之以名位功業文章相貴重也，而德行之士闇焉。其有聞者，必其有獨行奇節可相震驚者也。庸言之信，庸行之謹，率視爲平澹。修文之士亦罕稱之。嗟乎！此非有道之言也。吾家樂鄹先生，所謂庸言之信、庸行之謹者也。

先生於瑩爲族祖父。瑩爲童子，數及見之，頎然修癯，如松柏之勁而氣特和，聞其言直而溫，長老皆曰『吾家隱君子』。時不知隱君子爲何如言也。稍壯，則聞先生安貧樂道，未嘗與人言財，生平不受餽遺，時輟炊淅三日，閉門不使人知。有問者，曰『無之』。及當食時，有在側者，必與均，雖窶丐不使空視。以授經課子爲事。非義之行，數十年未之見也。非義之言，門内外未之聞也。不近名，不尚氣，倫紀日用之間，秩然藹然。其教子曰：富貴在天，不可動念，惟學在人。又曰：能敬必有德，能容，德乃大，功德隨處可修持；祖宗須臾不可忘，恩不可記，恩當思報；謹言慎行，非義不取，如是者，夢寐皆安矣。

年八十五，正衣冠卒。一履未安，命子納之，笑曰：腳須踏實地，步履要安詳也。娶戴氏，操行勤苦，與先生同志，後先生二年卒，年八十四。終身相敬如賓。嗟呼，如先生者，洵無愧隱君子哉！

先生名訓，字聰彝，樂鄒，其自號也。瑩撰姚氏先德傳時，先生尚存，今去先生歿十七年矣，其子族叔雯山以行略藏笥久之，喜其言質，實無異於嚮所聞也，顧漏輟炊淅事，乃掇拾爲傳。

東溟文後集卷十二

陸晝村傳

嘉慶之初，教匪蹂躪川陝湖北，郡邑被擾者百數。朝廷選將命帥討之，八年後定。閭閻元氣未復也，又擇賢守令撫循，久之，乃蘇。道光七八年間，猶有未盡復者。其間，陸君晝村以循吏稱。

君名成本，浙江蕭山人，唐忠宣公之裔也。始以諸生援例得按察司經歷，至四川，值教匪亂，從川北總理軍務劉清軍中。德參贊賞之，調赴大營，甚見委任。事平，授宜賓縣知縣，歷署三台、儀隴、清溪諸縣，雷波通判，潼川、敘州二府知府，所至以撫循瘡痍，與民休養爲事。或請蠲免歷年積欠，或移社倉入城，官爲經理，以除民累。兵弁有虐夷人激變者，君捐貲撫卹，得兵治之，不戮一人，夷安而民頌之。道光七年，升巴州知州。地在萬山中，極遼闊，逃亡未集，豪強者多以賤價典質田廬，得之，遂爲己業，而不納官租。及田主歸，無力贖田，賦不得免。君憫之，悉令計質價而分其業，各任輸租，賦乃有著，而民無困。州鹽有引無商，民賴擔負以濟日用，官人朦給執照，私爲商秤苛剝之。復多設鹽差搜捕走漏者，民苦之。君急請以課歸丁，追照毀秤，民勒其示于石而祀之。君復捐廉代償民逋十分之二，不三年，民皆歸，復如承平時。其他善政甚眾。

十二年乞歸時，年七十矣。歸十數年，卒于里，年八十有六。里中恂恂不談從軍及爲吏時事，率子弟以禮法，力行諸善義事而已。先是，雍正中有請以忠宣公從祀聖廡者，禮部謂公未講學中止。道光五年，君言于學使吳公，曰：諸葛亮、范仲淹、歐陽修皆未嘗講學而已從祀，先臣學術粹然，本仁祖義舉而措之，可致純王上理，徒以年少得君，入參幃幄，未遑著述。貶後避謗，故不著書，奈何以此少之。吳公奏上，明年，遂從所請。君嘗重刻忠宣公及楊椒山集，劉蕺山人譜，陳文恭四種遺規、監懲錄，式敬編，其汲汲于世道人心如此。又自以所見，集經驗良方刻之。得其方者，如證投之，立愈，亦忠宣公集驗方之遺意云。

論曰：循吏不可緩於世也久矣，矧荒亂之餘乎！陸君書生從戎，不矜其功，而孳孳爲吏，惟愛民是務，年至耄耋，恂恂儒者，觀所行事，可謂不忝其先矣。癸卯秋，余奉逮過吳，君孫次山候余，乞爲君傳，諾之，久未復也。次山頃以書來云，昔蘇州卓契順持蘇邁書訪東坡於惠州曰，昔蔡明遠，鄱陽一校耳，魯公絕糧江淮間，明遠周之，魯公憐其意，遺以尺書，天下至今知有明遠。蘇公亦善契順，君獨不憐璣而與之乎？感次山之言，乃敘次協相湯公所爲墓誌，而爲君傳。次山名璣，方通判蜀中，君之弟二孫也。

桐城馬氏方宜人家傳

古昔丈夫烈女以才識見于載記者不一類，大抵不數見。然唐以前猶聞之，宋以後則寂然。何耶？曰：此宋元以來諸君子謂其不合于經也，而沒之焉。天地大矣，特出之材何代無之？世既太平而無所見，儒者之論日益加嚴，其湮沒于荒煙蔓草中者，可勝道哉！

方宜人者，字德愔，桐城方公裕昆字綸齋之長女，而工部都水司郎中馬元伯之婦也。十八歲適元伯，兩代翁姑具存，皆賢德而貧。債家時及于門，食用日罄，宜人工鍼黹，勤苦任之，元伯得專力學。兩代懽然以忘其憂。元伯既成進士，選庶常，改工部，能於其職。宜人佐內政，具有條理。僚友及同年諸夫人讌，周旋肆應，盛以才能稱焉。

國家方重科目，主政多書生，不諳工程，部吏玩而爲弊。元伯事例精明，吏獨畏之，不敢欺；上官莫不倚爲左右手，以是頗有忌者。宜人曰：君自盡其職耳，苟首鼠焉，如公事何！道光二年仁宗升祔三壇、太廟，估修祭器，典至重而名物器數亦極繁，原主估修者今直隸總督訥公也，估冊成已外擢去。元伯代同官覈銷估冊，一二筆誤未及糾舉，有以捐納在工部者，求京察不得，疑元伯沮之，訐工程事，謂有所私。或謂元伯曰：此估修之事，君曷訴之，可自脫。元伯以告宜人，曰：不可。元伯從之，遂與在工承修諸人皆獲罪。訥竟無事。大臣頗知之，以是義元伯。暫遠戍而卒得赦歸。諸在工者多亡於戍所矣。訥公深德元伯，所以報之者良厚。元伯窮官遠戍而家能粗立者，宜人之力也。

余初應童子試時，家窶甚，嘗見知於家建庵先生。先生亡，余往哭之慟，先生故綸齋方公妹夫也。宜人在其家見之，問曰：弔者多矣，此少年何哭之慟乎？姑曰：是嘗見稱于亡者。宜人曰：嗟呼，一童子耳，感一日知己而慟哭之于死後，豈常人哉！歸復問于祖姑姚太宜人，曰：是吾從孫也，貧而好學。宜人乃請于綸齋公，以仲妹字余。既有沮者，宜人力爭得之。宜人同母姊妹三人，友愛之篤，終身無間，世之賢兄弟有不若者矣。宜人性闊大，善持家，僕婢無敢欺，而不屑尋常瑣細。自奉勤儉，待人寬恕，婢僕咸服其才而感其惠。元伯族戚中，貧困者周之，孀寡者養之于家以至終身，有才能者則勸元伯助成其業，于是內外稱之，一如其家人。元伯家不中貲，仰食者恒數十，人無乏，乃知宜人之能也。

元伯三子，皆宜人出，鍾愛之。自孩提及成人，未嘗有所督責。嘗延余課其二子，授經不熟，罰之跽。宜人親至屏後，爲子緩頰。余奮衣去，宜人請祖姑代謝而終不責子。人皆謂其溺愛。然三子皆成立，賢而才，諸孫亦無不才者。宜人豈非自知其子孫必興而不肯傷其愛乎？

宜人以道光二十七年六月卒，年六十有九，元伯亦年七十一矣。

宜人事元伯自貧賤患難以至于終，勤勞如婢子，元伯傷之甚，寓書于余曰：宜人生平，惟君知之最深，老年喪偶，情何能已，君其爲我傳之！余曰唯唯。宜人非尋常婦也，其才識，丈夫或有愧焉。乃追憶所知爲傳，俾元伯藏于其家。元伯，名瑞辰，嘉慶乙丑進士。三子，長建勳，雲南甯洱縣知縣。次星曙，監生，議敘八品職銜。次三俊，廩生。十一孫，某某俱附生，某某業儒。二曾孫某某。

王貞婦傳

閬中王氏有女曰湘藻，生而啼有異聲，祖父聞之曰：是有貞性，可小字冬青。

長適顧氏。夫猷不學，夫弟尤佻，姑愛少子，縱之。女事姑相夫敬禮不稍衰，姑湎於酒，叔嘗戲侮，女斥之，慙忿，反與僕婦小婢共譖女。姑大恚，日摧責之，使猷痛箠女，叔助之，無完膚。粵中有夷亂，猷往從軍，謂女曰：如戰歿，可改嫁。女曰：君不知我乎？男子制義，夫人從一。死敵，臣道也。全節，妻道也。子其勉之，無念婦人！猷又曰：吾弟佻，我遠行，其慎防之。遂行。女自是寢不解衣。一夕，入室將浴，叔刺窗窺之，女急滅燈，罷浴。明日，姑見女辭色益厲，叔更嫚罵淩逼之。一日，歸省其母，左眼角傷寸許，目睛大腫。母問之，自承傾跌。痛甚而昏，稍蘇，語兄爲書於父曰：勿苦思女，勿薄顧氏。母兄醫之半歲始瘳，終不言致傷之由。叔私僕婦，姑使此婦伴女宿，卻之，則誣以有他，不堪其逼，乃縊，道光二十四年三月三日也。女年二十有三。氣已絕，面目如生。父母往視之，出涕一線，叔與女婢皆逃匿。女平居嘗言，女身難自主，不能以淨體還太虛，奈何？貞烈被害，世輒鳴官，令其裸形以驗耶。人間快意，地下含羞矣。惟以報應聽諸冥冥，斯盛德事耳。其父承志乃瘞之蟠龍山二郎廟之左，而立碑於閬南橋側表之。府教授熊君篆額曰：清貞孝顧王氏之碑。

贊曰：貞婦事，在余未至蜀前數月。越四年，貞婦之父承志以癸酉拔貢生授館沈吟樵孝廉家，余因吟樵得其詳。承志嘗爲女敘其情事，讀之使人悲傷，乃更爲作傳。嗟呼，女豈愚夫婦一節之行而已哉！

王卜二隱君傳

古者民有四稱，蓋異其業，非殊其德也。忠信孝弟，禮義廉恥，盡人有其性，能存之者，德莫大焉矣。

余所聞常州隱君子有二焉，皆賈人子也。一爲王君，曰旦字殿章，徽之歙人也。九歲隨父爲鹺賈於常，而好讀書厲行。遊浙東，浙之人士稱之，還居常，常之人士益稱之。鳳臺縣尹李君兆洛稱曰：王君貿遷毘陵，柔而不犯，廉而不劌，比黨蒙福，縉紳歸高。又曰：君以孝友聞，其承志也，視於無形，其忘勞也，施於不匱。湖南中丞左公輔曰：王君孝友，蓋其天性，而一意攻古文詩詞，不甚留意生產。父沒家落，乃棄儒學賈，終弗能善也。醕行如古人，性坦白，與人交尚信義，無逆億，人挾狙詐以相償者，亦感其誠，而爽然以喪也周人之急。嘗貸人以千金，非己貲也，他日人第如數償之，君亦勿言，而代償子金。其爲人如此。

一爲卜君維憲，字濬九。有元之季，自河南溫縣遷常州。幼貧，習商賈業。未冠，父卒，生平訓之以立志行爲大，君守父訓終身弗失。事母錢氏以孝聞。母有疾，君方賈江淮間，忽一夕不能寐，起謂同業曰：我他日未嘗如是，必有故。母老在家，宜急歸也。即日賈舟倍道行，母已病篤，忽張目曰：門外五郎歸矣。五郎，蓋君小字。家人甫出堂，聞叩門者，果君歸矣。翼日，母遂卒。君謀所以安父母之體魄者，盡心形家書，延善其術者于家，奔走九年，得之。既葬，每四五日必省視，春秋祭掃，哀感掩泣，逡墓徬徨。如此者以終其身。兄維榮卒於杭，君歸之葬父墓側，曰：兄生與父同室，死與父同壤，既可侍先人於地下，且使吾子孫世世不失其祀也。有孫起元，善讀書，攻爲文章，有氣節，君督之學甚勤苦，每年節慶，且必肅衣冠至諸孫師門，再拜塾中。歸，則爲之講說古今忠孝義烈事，且曰：讀書所以明理，非徒取科第。汝等能立身砥行，學漸成就，綿延以訓子孫，卜氏世有詩書之後，是吾志也。君爲人嚴正，去取必準於義，遇人所不可，面斥其非，無回護。又諄諄反覆開示，使之必信然後已。

王、卜二君，余皆未見，而善王君之子國棟、卜君之子起元，知皆隱君子，是以爲之傳。

太子少保兵部尚書都察院右都御史雲貴總督謚文恪趙公行狀

武陵趙氏系出宋宗室朝散郎不佊，居歙之巖鎮。元末東山先生汸爲詩古文，尤精春秋。明崇禎時有光道者，以理學高節著稱，其孫元裕，康熙中遷湖南，始爲武陵人。子允芝，蚤卒。遺孤宗海，善治生，贅於王氏，族黨依以食者常百數，收葬亡匱甚眾。中歲卒。有二子。其伯，公也，少敦敏好學，長益端謹淵宏。乾隆己酉選拔，學使昆明錢公灃異之，曰：生，人英也。

嘉慶元年進士，選庶吉士，授編修，充國史館纂修。

庚申、辛酉兩爲順天鄉試同考官。七年，上親考御史，取第一。補山東道監察御史。奏川楚善後事宜，上偉之。十年，充會試同考官，巡北城，掌福建道，轉京畿道，巡通州漕，裁革陋規。十一年五月，奏糧船起剝事，發諸積弊。漕竣，轉刑科給事中，稽內倉。丁卯鄉試，爲江南副考官。榜發，聞母訃，即日奔歸。十五年起，補禮科給事中，充會典館纂修。辛未會試，監試內簾，湖南學使父干試事，公奏論之。

十七年，授惠潮嘉道，宣佈教化，優禮諸生，清理獄訟。海陽、普甯民械鬥擄掠聚眾久，官不能治，公自馳往，捕誅之。沿海島嶼民多寮居，藏匪消贓，公悉編入保甲，毀其棚寮，水陸獲盜無數。

十九年，遷廣西按察使，莠民假天地會結眾斂錢，每破一案，邑里騷然，公飭府、縣『實圖不軌或搶劫及首斂錢者按如律，入會保家者杖而釋之，自首免罪』。復爲條約，諭民閒廣種植，浚塘堰，嚴守望，堵巖峒，摘律例中易犯者五十餘事刊示之。廣東洋匪投誠後，漸入廣西爲盜，公行守，令以捕盜多寡定其舉廢，水路設巡船，商民停泊有定所，衛之以兵。舊例：州縣送囚至省，役與犯並縶，名曰連手。讞定多瘐斃，公稽司、府、首縣三監，重囚皆常數百人，額設禁卒四十八名，不足鈐束，增八十名役食之費。有案，州、縣捐之。連手遂革。又送囚遠者距省幾二千里，近亦五六百里，每一囚往返費六七十金，州、縣苦之，多匿案不舉。公議，不通舟六府囚免發回，五名以下者，失事官具費。五名以上，計程遠近給公費三分之一。緝捕乃力。上諭查廣西狼兵之制，公覆曰：狼兵初制無考，惟明史·兵志有廣西東蘭、那地、南丹、歸順諸狼兵宣力最多之語，其來已久。檢司案，自乾隆八年清查二十一年諸府、州報兵田，自狼兵外又有土兵、土勇、隘卒、堡卒、耕兵、撫兵諸名，其承耕田畝多寡不同，而分防調遣與狼兵無異。當時議有田諸兵食地，另立名。田戶名，惟本地狼猺得充，不許外售。至州、縣土兵，歷來以田賦兵無缺。凡食田兵，其目訓練，府、州、縣官會營歲一閱之。不給田之狼堡，免差操。三十二年，宋前撫奏給田兵九千五百人，半習鳥鎗，四十三年停之。時計狼堡兵五千四百八十五名，均有田，足資歲食。惟守隘、防汛、走遞文書，設狼總堡長，農隙時官一閱之。柳城雒容、天河、上林諸縣仍習鳥鎗，相安已久，請循其舊。明年實覈諸土司有田士兵三千六百五十五名，無田士兵四千四百九十四名，督、撫據以覆奏。

二十年三月，遷廣東布政使。州、縣解司及領司銀舊皆有費，或未領解，則交後人代之，展轉虛抵，積數十萬。交代每數年，案不能結。公設局勾稽未領解者，各爲一冊，行覈無訛，即由司劃抵，免其費。公之初至也，司庫貯四百萬，再逾年五百三十萬，款清而庫以實。廣西、雲貴、湖南諸水由西、北二江匯注，大水分流廣州入海，濱河民築圍堤自衛，南海桑園圍九千五百餘丈，險要石工一百五十七丈。里民歲修，數決，石亦剝落。嘉慶末，西水漲決，借帑修築，而水患無時。公上言，民力已困，請以藩庫沙坦花息及糧道庫息銀八萬發商，年得息銀九千六百兩，以五千還帑，四千六百存縣，歲修責成紳士，以爲永利。東省屯田五千三百餘頃，自雍正三年裁衛所歸州縣，上則畝征米五斗，中則二斗七八升加一六耗羨，另科丁銀十倍民田，歉歲多鬻子女棄家室者。嘉慶五年，前司常明奏，丁有逋荒，官多賠墊，部議令別覓曠土墾之，卒無報墾者。二十年，督撫奏令瘠地量減科則，荒蕪題豁，以現勘之沙田花息撥補。公議曰：通省屯米九萬二千九百餘石，可征輸者十裁五六，餘均當減，則沙田花息僅足補沖崩無著之數，而減則無可撥補。查有乾隆中舊墾沙坦六千餘頃，科則極輕，畝征銀四釐六毫四絲，不徵色米，較上則民田尤饒。沙民稅輕而利厚。頃南海、番禺諸縣補請升科照番禺上則田畝征銀三分五釐八毫，今請沙坦田準此升科，原征額賦外盡抵屯糧減則之數。督撫如議奏行。先是，海寇未平，夷商詭譎，濱海控制事宜數改，蔣公以新安之大嶼山，香山之奧門，東莞之虎門、鎮遠、南山諸礮臺，今昔情形不同，行司議。公曰：大嶼山孤懸海外，夷船所經，山中東涌、大澳二口居民尤密。舊于雞翼礮臺設千總，防兵去二口遠，請二口各築垛牆四十丈，增設兵數。澳門舊築六礮臺已爲得勢，惟在稽察之嚴，請責成同知、副將隨時監察演礮以重聲威。虎門爲中路門戶，水師提督駐扎控馭，各島原建南山、橫當二礮臺，近復建鎮遠一臺。惟虎門寨距校椅灣海口尚二十餘里，鎮遠、南山聲勢未能聯絡，請於曠闊處建土城，督、提二標兵輪替駐防，遊擊或都司一人率之。他如番禺之獵德汛當黃浦，夷船運貨入省之衝，請設一礮臺扼之。舊制，東莞、新安、香山三縣海洋，香山副將、大鵬遊擊各巡半年。今澳門大嶼山皆緊要，二將未可遠離，請歸提督統巡。議上，蔣公採行之。公以廣東風俗奢靡，官民不知務本，重刻陳文恭從政訓俗二種遺規通頒之，躬先率以勤儉，惟公事無吝。連山縣新裁，改入理猺同知，修城工銀未及入奏，公以己養廉爲之。或曰：子産之輿，可勝濟乎？公曰：濟所可濟；何能盡，亦安能恝也？

二十三年，擢廣西巡撫。十二月至桂林，習知地勢建瓴，旬月不雨即旱竭。至則以農功水利爲亟，宣諭守令平疇修陂塘，設龍骨車以挽水，山田開蔭井，設井筒架以汲水，作式使民仿之。公爲臬司時，嘗以會匪被脅準自首，其後州縣多勸使首。公曰：如此則姦人倖免，轉以自首爲計，失吾意矣。令辨其願從、被脅分別治之。於是破獲數十案，論如律者四百餘人。桂林、梧州、鬱林、南甯諸府州界湖南、廣東，柳州、慶遠、思恩、泗城諸府界雲貴，羣盜倚之出沒。公諮會四省搜捕，不分疆域。腹内州縣查保甲，置望樓，練民壯，互相守望。保甲不能編者，建卡房，縣或十座、二十座，府各以官會營巡緝。柳州至省千里，河道紛岐，舊設水汛，有相去數十里者，增腰卡四十三所，守以提標五營兵，每卡一小哨船，有盜則卡兵登船，舉礮攻捕，各村望樓團練咸出堵捦。公率司、道以下捐其費，前後獲盜一千七百餘人。公以外盜十居七八，欲清其源，使挾貲貿易、挈眷耕種者爲客民，立客長，籍之。單身流蕩者爲遊民，查籍遞回。山僻草寮盡毁，礦廠窯榨傭丁皆立冊，有保者留，否則逐，刊爲省例。西省營汛工程例無支款，乾隆中奏令州、縣歲捐養廉扣存備修，久之，州、縣捐款日多，工程延廢。公稽司庫有文職空缺養廉貯銀二十四萬，奏請動支，以爲例。停止扣廉。又有酌提籌補之款，巡撫以下年捐養廉一成，補州、縣無著虧空。公以州、縣疲乏，酌減其額，惟院司、道、府如故。西撫歲支養廉銀一萬，梧、潯二關准巡撫得用羡餘。公歎曰：吾家賴慈母悌弟經營先人餘業，子孫衣食惤足矣。身爲大臣復取盈焉，將安用之？吾不能裨益百姓，第視所能者，爲聖主宣佈仁澤耳！西省額設倉穀未買補者數十萬，趨買之。吏多病民，公創預備倉，捐銀一萬二千，令桂林府買穀積貯，以千金發典生息爲倉歲費。曰：後有君子擴此意爲之，及諸郡邑，今特其權輿也。康熙中陳文簡公撫粵西，設愛日書院，久廢，公修之。復建培風書院，課民間童子。柳州、思恩、慶遠三府縣向無書院，是歲鄉試，三屬生員少應者，公憫之，發銀二千給右江道，勸捐興建，於是象州、羅城、天河、武緣、雒容、興業皆請創建。

道光二年入覲，今上於乾清宮諭曰：以卿誠實不欺，故皇考簡用貽朕，勉之！公泣謝。至昌陵行禮而還。四月，回桂林。八月，授閩浙總督。十二月，入京，召見，嘉以公正忠誠。

三年二月至閩。時將懦兵驕，公治軍嚴重，明申條約，偏給諸鎮營汛，身自攷校備弁無虛日。參將某驕蹇，浙提玩洋務，皆奏劾之。兩省肅然。手札司、道、諸鎮，令所屬文武密陳優劣，驗之以事，信賞必罰，故所用得人。上游四府地僻山深，多漳、泉、江、廣人，租山立廠爲業，十餘萬眾，遊民混跡，勾結土民擄劫。於是會匪、搶匪、丐匪羣聚爲害。公令諸村、廠就地勢所便，自相聯絡，造冊報官，以時抽查，有盜鳴鑼逐捕，復舉誠實曉事者爲廠首約束之。閩省舊於海洋緝匪費內歲撥銀六千爲陸路捕盜用，而州、縣畏報銷累，莫敢請領。公奏別於曬帑餘息內年以一萬爲率，由督、撫視捕盜多寡輕重核給之，毋報銷。乃遣文武督兵赴諸山谷搜捕，著名匪首黨羽皆獲，上游遂靖。浙洋商艘報劫，大率捕鰉漁戶失利者爲之。公既嚴責水師，復與兩撫議立海口漁船出入章程，水陸合捕，商舟漸謐。福州閩安鎮外有琅琦島，民居二千餘戶，多爲姦利濟匪。公訪聞捡治。移駐水師，建礮臺望樓，省城門戶益重。泉、漳二府械鬥之風未已，刊故教諭謝金鑾治法論，頒守令行之。大要以重士親民爲本。漳州府周鎬，賢守也，以老乞去，公手書勉留，使署汀漳龍道。尤以臺灣爲慮，盡選賢能以往。未幾，鳳山逆民楊良斌作亂，巡道孔昭虔、知府方傳穟不一月平定。鳳山縣城毀於蔡牽之亂，遷治埤頭，屢議建城未果。

傳檖東渡，公以十事屬之，鳳山城工、噶瑪蘭積案尤其巨者。傳檖勘埤頭無險可憑，請還舊治，勸捐築城。復與淡水同知李慎彝建築廳城，山前諸城乃備。噶瑪蘭積案者，嘉慶十五年，蘭地入藉，創始善後事，十年未竣，以賦則不定諸案，皆稽原奏民田一甲當內地十一畝有奇，請徵穀六石，園一甲徵穀四石，戶部議令如臺灣叛産上等田徵穀三十二石，中等穀二十六石，下等穀二十石，上等園如中田、中等園如下田、下等園徵穀十八石，往反數駁。又原奏限墾田園七千餘甲，及墾成，實止五千餘甲，戶部執原奏。公歎曰：彈丸之區，民力竭矣。奏請賦則仍如原奏，甲數以墾成爲準，其制乃定。蘭民入山伐木，歲供道廠軍工船料，四載行十年矣。軍工匠首科斂無已。道光三年，山匠林泳春遂爲變，水師提督巡臺，公飛檄捕誅之。既平，博採輿論，更定採料章程。蘭人乃服。公按蘭廳在臺灣極北山後，去郡城千里，舊設守備、千總各一，把總三，兵二百人，頗形單弱。其南境蘇澳，外接生番，與北境之三貂嶺澳皆東面大洋，時有匪船藏泊。艋舺遊擊駐淡水，道遠權輕，不足控馭，奏改爲水師參將兼轄蘭境水陸事，更於臺灣城守、嘉義、艋舺三營撥兵三百入蘭營，增設都司、千總各一，駐防始密。臺灣十三營，戍兵一萬四千，皆自內地五十三營更替，例由廈門提督點驗分汛，其歸也亦如之。而臺北至郡千餘里，廈門至延、建、汀、邵諸營又千餘里，班滿出營，候商船配渡，每需旬月，兵弁苦之。公檄臺鎮、知府更議，上游諸府兵配臺北諸營者，自八里坌登舟，入五虎門，福州城守協點驗；泉、漳二府兵配臺灣中路諸營者，自鹿仔港登舟，入蚶江，陸路提督點驗；臺灣府城南路諸營，均自鹿耳門登舟，入廈門，水師提督點驗。其往臺，亦如之。戍兵之困以蘇。臺灣歲運穀十萬給福州、漳、泉三府兵食，以商船配載。嘉慶後，商船壞者，民不能復制，運穀日艱。而鹿仔港口門漸淤，商舟益不便。公奏開五條港通商濟運。港在嘉義、彰化二邑間，固偷渡私口也。臺本産穀之區，福、泉、漳三府民食仰之，商民販運歲常百萬。江、浙、天津亦至焉。臺人不知蓋藏，生齒日繁，米價增貴，稍歉即思爲亂。公飭道、府議令民間常留有餘，勿任空虛。傳檖請稽出口米船，月報實數，酌年豐歉以定限制。三年五月，浙江二十四州、縣水災，公與帥公奏發帑撫卹，復捐廉倡勸紳商，得穀六千、米一萬七百、銀七十萬五千正，賑畢續放，災區安定。流民就食者，公令所至州、縣詢男婦名數，給滾單撫卹。是秋，浙中米貴，帥公欲碾閩省倉穀運濟。公曰：閩倉買補未足，不可。且碾運折耗，委員運費，異時買補，皆費周章。惟臺灣歲豐，乃與閩撫奏弛海禁，招商販臺米濟浙。浙人之私墾南田也，帥公持封禁之議。公初赴閩浙時，上命察之。公以民生日繁，南田山內，浙臬司朱桂楨勘墾田萬畝，聚丁六千，正可爲海畔窮民裕生計。未至杭州，帥公奏禁，人盡驅回，田亦犂毁，恐民復墾，引海水灌浸之。公不得已據情覆奏，居嘗惜之。彰化縣有生番地名埔裏社，頗膏腴，民數覬覦，社番懼，引熟番自衛。孫公巡臺，有請開墾者，孫公納之，以語公，公曰：此界外番地，有主，與南田曠土不同。儻番人慕化，如噶瑪蘭故事，則可。否則，爲開邊者口實矣。臺府議至，亦以勿開便。孫公乃復申越界之禁。閩鹽不銷，官商久困。公以南靖、長泰二縣最累，而額銷引鹽四萬二千，臺灣一府年止銷鹽十三萬，奏減二縣引鹽一萬二千入臺額以蘇官困，諸商帶完積年欠課亦停徵兩年以紓商力。前明之季，蕺山劉忠介公、漳浦黄忠端公，理學大節最著，忠介公已從祀聖廟西廡，道光四年，奏請忠端從祀於東廡，列羅文莊之次。侯官已故安溪訓導謝金鑾、德化已故泉州教授鄭兼才，學行爲士所服，所至敦崇名節，公敬異之，令本縣學舉報鄉賢。

五年九月，調雲貴總督，六年正月至滇。貴州土瘠民貧，惟黎平府産杉木，松桃廳産茶桐，獲利資生，餘則彌望皆童山也。近歲大吏勸民種橦樹，放蠶收繭織綢，甚有效，而守令或以爲迂。公過諸府、州、縣多未行者，復手教勸之，且捐給工本。滇省荒遠，以靖撫邊夷，督運銅鹽爲大政。公奏陳銅礦情形，其略曰：滇省應運京銅六百五十餘萬，帶補歷年沈失三十餘萬，本省局鑄六十餘萬，各省採買二百七十餘萬，凡用銅一千數十萬斤。昔時銅旺，有盈存貯爐店，謂之底銅，諸廠或一時未措，輒借兑運京。嗣礦生漸微，歷請封閉減額銅二百餘萬，近歲愈縮，年常不敷一二百萬。嘉慶二十二年底銅已盡。適四川烏坡銅廠驟旺，由滇委員買補，至道光五年，瀘店收銅八百一萬。道光三年，甯臺廠應運京銅改撥各省採買，以瀘店撥補京運，今存底銅二百七十餘萬而已。本年諸廠報獲及已發在途，已買未運之烏坡銅四百數十萬，尚可濟乙酉年京運。至本省局鑄與各省採買，皆未能裕。由諸廠攻採年久，硐深礦薄，産銅日絀，而炭山漸遠，運腳加增，窩戶砂丁工本價外，餘潤無幾。故採銅日少，欲覓子廠，須預費工本，民皆乏資，廠官借發恐無成效，遂至虧賠。此滇銅疲滯之情形也。惟有慎選幹員經理，調劑攻採，飭令各屬廣覓子廠，嚴緝私鑄，設法整頓，期有起色。又奏鹽務曰：滇中舊制，昭通、東川二府食川鹽，廣南行粵鹽，開化府沿邊井遠，民夷私食陖鹽，餘者食本省井鹽。嘉慶八年改定民運民銷，亦無分地，聽商販赴井納課領引配鹽運銷，井官收課報解，年徵課銀三十七萬二千餘兩，其後奏銷漸絀，年欠課至十數萬。詳察其故，由八年改定時諸小井雖出滷淡薄，而黑白、安甯、石膏諸大井産鹽尚旺，且有溢銷可撥補。迨後，大井滷亦漸縮，薪艱費鉅，溢銷不足補缺。黑鹽諸井水數淹，虧課，不得已開子井，滷稍厚，因新例不分地界，濫價爭售，侵佔他井銷路，是以課額日絀。目前要策，先擇誠實諳習井務之員，堵緝私販，就井稽滷，防範于竈戶未煎之先，然後按諸井出鹽多寡，分地行銷，以杜濫價越佔之弊。損益變通，惟在行之有效。公以古人防邊之計，無逾屯田，日與撫軍考地圖，訪形勢，經營屯田，安撫土司，建設碉堡，練丁防守。諸制未成，疾作，五月一日薨。贈太子少保，謚文恪，賜祭一壇，葬於郡城北陽山之西麓。

公少從舅氏王春埜遊，教以勵行克己。後益博覽儒先格言、史傳雜記，凡有切身心、可致用者無不潛心體驗。交遊儕會中，聞嘉言善行則惕然若有所動。通籍後，用力尤勤，每日言行及讀書接物，時自省察。甲子後，日記之，易簀乃已。生平於人財物無所愛，而未嘗責人所難。深知州、縣之困，體卹甚至，而不可干以私。接見屬吏，自道府以下，懇切訓誡如師弟，是非賢劣，喜怒不藏。曰：吾於人無私，愛憎何必使之妄相揣度耶？有所詰責，其人能以理自申者，必嘗異之，卒從所請，曰：理識足而後氣壯，此非庸人所能也。嘗顔其室曰：省㒸。佩一玉章曰：養心戒性。年位愈進，用功益密。嗚呼，昆明錢公所謂『人英』者，公豈有愧哉！

公諱慎畛，字遵路，號篴樓，晚號蓼生，乾隆二十七年十月七日生，薨年六十五。三代考皆贈榮祿大夫，如公官階，妣皆贈一品夫人。娶同邑處士吳天雲女，封一品夫人。子二：敦詩，郡廩膳生，戶部山東司主事，轉貴州司員外；敦貽，郡廩膳生，道光乙酉科選拔貢生，候選訓導。側室龍氏，一子，敦訓，道光辛巳舉人，景山官學教習。公詩文雅則，薨後，諸子與門人輯之，凡奏疏八卷、從政錄八卷、載筆錄四卷、榆巢雜識二卷、省㒸室續筆一卷、讀書日記四卷、惜日筆二十卷、雜文三卷、詩三卷。

東溟文後集卷十三

臺灣府學聖廟祭品碑

古聖帝明王致祭於神鬼也，一以人道事之，元酒在室，醴醆在戶，粢醍在堂，澄酒在下，非以人飲飲之乎？　陳其犧牲，備其鼎俎，非以人食食之乎？　列其琴、瑟、管、磬、鍾、鼓，歌者在上，匏竹在下，非以人樂樂之乎？　君與夫人七獻，眾賓皆獻，尸各有酢，升降出入，終日百拜，非以人禮禮之乎？　夫飲食禮樂，人之事也，而以降上神與其先祖，鄭康成之解禮運也，薦其血毛腥其俎，熟其殽，曰：　此薦以上古、中古之食也。然後退而合亨，體其犬豕牛羊，實其簠簋籩豆鉶羹，曰：　此薦以今世之食也。夫祭備古今之食，是不惟事以人道，且食古以今食，復食今以古食矣。而世竊疑焉，以爲禮近人情，非其至者，祭天掃地，器用陶匏，曷爲以人道事之？　噫，可謂未知禮意矣。禮器此文曰：　禮之近人情者，非其至者也。郊血，大饗腥，三獻爓，一獻熟。鄭注：　郊，祭天也。大饗，祫祭先王也。三獻，祭社稷五祀也。一獻，祭羣小祀也。血、腥、爓、熟，遠、近，備古今也。疏：　凡郊與大饗、三獻之屬，正祭之時，皆有血有腥有爓有熟。所以各言者，皇氏曰：　此據設之先後而言。郊先設血，後設腥與爓、熟，若羣小祀，則惟薦熟，以神卑耳。先薦者設之在先，後薦者設之在後，豈謂郊僅一血，大饗僅一腥哉！　蓋聖王反本修古，不忘其初。醴酒之用而元酒尚焉，醓醢之美而煎鹽尚焉，解割之用而鸞刀貴焉，莞簟之安而稾鞂設焉。尚焉、貴焉、設焉者，以近古之物先之，而鼎、俎、籩、豆後焉，非置鼎、俎、籩、豆不用也。故曰：至敬不饗味，而貴氣臭。又曰：　不敢用常褻味而貴多品。學者明乎此，則器數品物不可不講矣。而世或忽焉，豈非大不敬與！

至聖先師之有事也，自漢明帝始祀於學，晉武帝咸康元年，帝親釋奠。而軒懸之樂，六修之舞，牲牢器具，則始於南齊武帝永明三年。唐、宋、金、元以逮有明，日益詳盛。元至正二十二年，定祝版式一尺二寸，廣八寸，幣用絹，長一丈八尺，正配從祀位凡用牛一、羊五、豕五、犧尊、象尊、山罍。著尊以實五齊，壺尊以實三酒，皆有上尊。凡銅之器六百八十有一，豆、登、簠、簋、尊、罍、洗、杓、坫、爵之屬是也。竹木之器三百八十有四，俎、籩、篚之屬是也。陶器三，瓶、香罏也。俎、籩、簠、簋之巾六百三十有九，此其最盛矣。明制因之，時有損益。今通禮，先師位前牛一羊一豕一登一鉶二簠二簋二籩十豆十罏一鐙二；四配位前各羊一豕一鉶二簠二簋二籩八豆八罏一鐙二；十二哲位前鉶一簠一簋一籩四豆四；東西各羊一豕一罏一鐙二；殿中東一案，西向，禮神制帛九香盤四尊三爵二十有七；西一案，東向，禮神制帛八香盤三尊二爵二十有四。凡牲陳於俎。凡帛正位四配異篚，十二哲東西共篚。凡尊實酒，承以舟疏布冪勺具。東廡二位同案，每位爵一，實酒；每案簠一簋一籩四豆四。先賢案前羊二豕二香案一罏一鐙二。先儒案前羊一豕一香案一罏一鐙二。設案一於南北向，陳禮神制帛二香盤二尊三虛爵六，俎篚冪勺具。西廡陳設同。據此言之，大成殿殿廡凡用牛一羊十豕十登一鉶二十二簠八十六簋八十六籩豆各三百有四，尊八爵一百九十；崇聖之祀，凡用羊九豕九鉶二簠簋各十有九，籩豆各七十有六帛十有一，尊九爵三十有八。此禮器之數也。殿外兩階，金鎛鍾一編鐘十有六在東，玉特磬一編磬十有六在西，皆懸以簴業。東應鼓一柷一麾一西敔一，東西分列琴六瑟四簫六篴六篪四排簫二塤二笙六搏拊二笙二羽籥三十有六。此樂器之數也。

前代州、郡、縣學，其器數殺於大學，惟本朝直省、府、州、縣一如太學之制。蓋地有中外，先聖則一，未可異其禮樂也。而諸府、州、縣或以僻陋未能備物。臺灣遠在海外，人士斌斌，富而好禮者，不惜重金以崇聖廟。乾隆閒，前守蔣允焄能盡心於牲牷之豐碩，籩豆物產之精微，病其時物價與國初定制大殊，有司不能供也，建言道、府以下春秋捐廉助首邑將事，行之且六十年。今物力益昂，祭品復苟簡。道光十八年中秋釋奠，瑩涖事，有戚焉。先是三年冬，中丞劉公觀察臺灣，與郡人士修府、縣學宮，設局舉蔡生植南教習樂舞，頗備聲容矣。乃鼎、俎、籩、豆之實，與夫太牢牲殺之供，所以享神明者猶未及講，不可以告虔告潔也。乃與郡守熊一本出廉俸各助一祭，依據禮經葅、脯、豆、籩，府、縣學咸如數，督諸生備之爲式。明年勸紳士某輸金二千，歲收其息供品物費，擇習禮者十二人輪司厥事，復以二人總理之。自是可以物稱其品，器稱其數矣乎！至於迎神九拜，三獻九拜，送神九拜，與夫上香受福焚燎之儀，舊有簡闕者，亦詳攷而訂正之。諸生懼後此復有怠也，請爲文以志，乃推古聖帝明王所以交神明、貴多品□之義，而詳其器數品物之制，俾泐於石。

蓬州新建玉環書院碑

自古教學養士之法，莫備於成周，戰國暨秦蕩然矣。漢元、成閒，乃復教學養士。東漢太學頗盛。六朝益修之。唐初以國學、太學爲未足也，於國子學、太學、律學、書學、算學外，又設宏文、崇文二館，創立學舍教養諸生，皆在京師。其後外郡、縣乃有自爲書院以教生徒者，實宏、崇二館開其先也。宋世既立太學、四門學、小學矣，崇甯中，以天下皆興賢貢士，更卽國南郊建外學，凡上舍、內舍、外舍生多至六七千人，而諸儒自爲書院講舍，教授生徒者不可勝紀。元至元二十八年，令江南諸路學及各縣學內設立小學，選老成之士教之，其他先儒過化之地、名賢經行之所與好事之家出錢粟贍學者，並立爲書院，每書院設山長一人。書院之設山長，自此始也。明代至今，天下府、州、縣學外，莫不各有書院，大抵官與其地士庶自出錢粟爲之，不盡官立也。地大而財廣者或二、三之。嗚呼，盛哉！然盛極而衰者，事理之常，亦有不能建一書院者，或有之而簡陋不足教養人士。

今蓬州治，梁相如縣地，非古蓬州治朗山蓬池之舊也。城依玉環山，在五馬山南，面嘉陵江，隔岸鳳凰山橫列，攬秀拖藍，最得形勝。舊無書院，或就文昌祠稍葺齋舍，延師課士，強以蓬山書院名之。然大小蓬山在今營山縣東北，名實既乖，且講堂不立，膏火無資，歲取濟倉餘穀數十石供課而已。山長修脯取諸僧寺入官之産，歲入數十千錢，不能聘延名師，諸生無養，莫肯肄業。學舍之草滿矣。瑩以道光二十六年來知蓬州，見之，不能無愀然也。以問蓬人，僉曰：眾思興之久矣。前年卜地城北州廨後，學宮前左偏，形家言於此建書院，大利學人，文風盛而稍不利於官，衆莫敢請也。瑩曰：何其妄哉！官民一體耳，苟利士民，官何不利之有？數十年來，州官無遷擢，惟有死亡，又將誰咎？且州無龍神祠、大成殿，祭器闕然，及此書院膏火，皆事之所當先者，蓬人能出錢粟助我乎？僉曰：能。乃與學正趙富辰、訓導楊光海暨吏目王鈞謀之，延伍君聯芳、順賢、藍君世茂、侯君代仁議首事，分路勸捐，設局城中，伍、藍三君倡捐公錢外，局中之費，伍君與順賢復自備之。衆出錢者皆至局書名。逾年，得錢九千六百四十千，諸首事各司其事，鳩工庀材，以二十七年二月始建書院於新所，明年二月畢工。棟宇堅壯，規模宏整，講堂學舍、山長寢室湢廚咸備，名之曰玉環書院。凡用工物錢四千六百千有奇，置田六區，供山長修膳、諸生膏火之資。龍神祠亦告成。惟祭器未置，書院章程未定，而瑩病退，經費未裕，尚有待也。蓬人憂之。滇中封君允濂繼知此州，力任諸事。蓬人乃喜，請余爲文記其緣始。

龍神祠，瑩已有記矣。乃考書院所由來，而告之曰：諸君知書院所以異於官學者乎？天下學校自京師國子監及諸官學外，諸省府、州、縣所在立學，貢士教養之法備矣。又有書院之設，何哉？葢官學者，登進人才之地，而非講習肄業之區也。羣萃而處之，朝夕講誦，執經問難，師弟授受，誼兼尊親，則書院山長尚焉，非如學官歲月一考校之而已。故學官之用舍，大吏可得而黜陟之。山長者，必道德文章藝業可爲師法，士望歸之，乃執贄於門；天子不得而可否之，大吏不得而進退之。然後坐擁臯比，士心悅服。故雖世道衰微而禮義廉恥之四維猶存於書院也。然則，書院之設所以教人敦本立行、修其文藝，聖賢所以經緯天道、立人道之大端者，於是乎在。苟師道不立，德之不修，學之不講，即書院可無設矣。有志君子，循吾言而深思之，必有罣。然望且躍然喜者，則人皆豪傑之士，豈但文藝之工日新月異，取青紫如拾芥已乎？是則區區之心所深望也夫！

蓬州新建龍神祠碑

周禮・大宗伯有風師、雨師之祭。鄭康成以箕、畢二星解之。蔡邕獨斷，亦謂箕星其象在天，能興風；畢星其象在天，能興雨，祠此神以報其功。後儒多不從之，蓋謂風雨皆天地之氣，其精自有神主之，箕、畢二星特從所好，非卽風雨之神，此論善矣。然神不可見也，若龍之能興雲雨而澤萬物，則昭昭然。聖人作易以龍德爲乾象，孔子贊之曰『雲行雨施』，是其證也。然則，謂雨師之神非龍可乎？天下皆知龍能爲雨而不以雨師當之者，世儒之固也。史記・封禪書：秦並天下，而雍有風伯雨師廟，各以歲時奉祀。漢書・郊祀志：平帝元始五年，王莽奏分雷公風伯廟於東郊兆，雨師廟於北郊兆。隋書・禮儀志：晉元帝建武元年，以仲春、仲秋並令郡國縣兼祀風伯雨師。夫雷公之稱、風伯之號，皆不見於經，而當時儒者未嘗非之。若龍神之爲雨師，不猶愈乎？今制：天下府、州、縣皆以風雲雷雨之神及山川城隍之神共爲一壇，與社稷同日致祭。然京師仍有黑龍潭，祭禮尤重。每有禱祈，皇帝常親行禮。而天下府、州、縣，亦莫不有龍神之祠。蓋禮經有本有文，國制有典有例，祭之於壇，則稱雨師，以合禮典。祭之於廟，則從龍神之實，以洽人心。其於禮經、國制，庶無戾哉！

瑩以道光二十六年至蓬州，禮壇廟謁龍神，獨無專祠，而列龍神相於眞武神廟之側室，總牓之曰：雨師壇。既廟矣而謂之壇，且龍神已不正其位，又並眞武而從雨師之稱，非惟褻慢，名實尤乖，不經孰甚焉！乃謀諸蓬人士，別爲龍神建祠，卜於城東北隅玉環山之麓，後有三泉，嚮爲禱雨之湫，本太平庵地址，眾官人買之，請獻以建神祠。庵僧復稍有所獻。於此妥神，庶得其所，可以澤萬物而福我蓬人乎？經始於二十七年七月，成工於明年二月。凡用工物銀壹百有七兩二分，錢一千三百八十一千。捐資者，闔州紳庶，而藍君世茂倡捐公錢，自備食用，且獨任工程之事，伍君聯芳商贊成之。神堂前後二所，各六楹，東西夾室、廂房、庭軒、更衣之室咸備，寬峻整固，足以奉靈，棲陳儀物。自茲以往，歲獲有秋，雨暘時若，永無水旱災，忒惟神之賜也，敢不敬歟！

陝州知州姚府君墓誌銘

府君諱莆，字勤若，桐城麻溪姚氏，系出明雲南布政使司右參政旭，五傳爲湖南湘潭知縣之騏，及子孫森爲龍泉訓導，孫文焱爲峽江知縣，皆以循吏著名。府君，峽江五世孫也。祖孔銉，父興澥，以府君貴贈如其官階。

府君能文善書，明習吏事，方勤襄、吳槐江兩制府皆重之，延參幕事。嘉慶初，投効南河，補中牟縣丞。調軍營，防堵白蓮教賊，招撫流民有功，擢商城知縣。潔己愛民，案無留牘。其地界豫、楚，民悍好鬥。隣邑洪姓者尤暴，官吏莫可如何，府君偵所在，親捕治之，悍民斂跡。巨室某，有無賴縊於其門，懼累，懷重金以獻，府君卻之，而白其事。十六年，商城旱災，設粥廠賑糶有法，大吏使諸邑效之，全活甚衆。二十一年，河堤漫決，調府君總理工事，速竣，升知陝州。以勞疾乞歸。

兄老喪明，苦家人衆，府君析田産爲之經營，朝夕過問，篤愛備至。及歿，猶戒諸子顧贍弗衰。邑有永惠倉備荒，董事易穀買田，歲不收與無倉同，府君集議爲積穀之法，數年遂盈萬石。江南頻患水，流離載道，本邑饑民錯之益衆，有司問計府君，爲悉心籌畫，皆安堵。聖廟及奎星閣工程，有裨邑中者，隨事倡捐，無不濟。其與人和易，而臨事慷慨不阿，教子弟嚴謹，無踰規矩者。

娶趙宜人，同邑世家也，通經，識禮義，内政井然。自府君初貧迨仕宦，布衣疏食，井臼常與子婦親操之。待媵妾李氏有恩，李早歿，撫其三子如所生。禦下有條理，未嘗疾言厲色，以是感化率教。

府君以乾隆戊寅四月十六日生，道光乙未閏六月一日卒。趙宜人與府君同歲八月九日生，同歲三月二日卒。子四人。炳，趙宜人出；次，錫齡；次，鴻文；次，烱。女二，皆李氏出。以某年月日葬於邑西陶沖驛之嚮水巖。其族孫瑩爲之銘曰：卓矣，府君秉德之貞，家勤其職，吏奮其能。奕奕我祖，世德克耀，府君承之，不回是蹈。巖茲岡阜，鬱彼楸松，卜云幽宅，永吉焉窮。

翰林院編修馮君母謝宜人墓誌銘

道光二十六年四月，姚瑩在成都，翰林院編修馮君桂芬以其母謝宜人訃及行狀來，曰：吾母平生無奇節可表，然當變故不驚，遇横逆不校，處安樂不忘貧賤，處患難不殊安樂，沖和純粹之德，敢求先生一言誌墓，馮氏實有賴焉。瑩曰：唯唯。宜人懿孅，鄉里所衆稱也。瑩嘗令吳，君在京師，又有故，其敢以不文辭！

謹按狀：宜人，浙之嘉興謝氏，二十五歸馮君父春圃封翁。翁，吳縣人，世賈，饒於貲。宜人母家亦豐，工書算而卻之不爲。荊布井臼是操，敬事夫及姑，曰：婦職也。翁之羣從衆而多猜嫌，率以德感而泯之。翁性嚴厲，家人無所假，宜人禮之，終身不失。佐以和惠，家人小過輒掩覆之，而僕婦無敢欺。家再燬於火，遂中落。棲茇舍中，冬月霜寒風勁，淒厲萬端，宜人顏色自若。寡言笑，非移居不出其戶，有事親族會，終日不聞其聲。然內事無不辦，兩手操作未嘗閒也。嘗曰：人生惟儉最樂耳。儉則所需無多，易給，吾以儉故，家境五變而無所苦。否則，不適者多矣。又曰：一絲一粟皆天生，物力不惜，必有天殃，吾見富貴家不旋踵塗地，皆其徵也，可不戒與！

桂芬初食餼，宜人喜曰：汝家惟伯叔祖兩秀才，今汝繼之，願馮氏世世有讀書秀才，其榮多矣，科名非所望也！及爲編修假歸，爲宜人七十壽，愀然曰：兒列官於朝，當爲好官。吾聞好官甚勞苦，兒勉之。顧兒體弱，重吾憂耳！訓桂芬曰：人必有其職。女紅中饋，婦職易盡耳。兒當思盡其職。諺云：好官多得錢，是商賈也，兒異日必不爾！桂芬以道光二十年庚子科進士第二人及第，授編修，爲國史館協修，本衙門撰文教習庶吉士，充癸卯科順天鄉試同考官、甲辰科廣西正考官。二十一年，迎翁及宜人養京師。二十五年十月，宜人有疾，終於京邸。明年訃始達成都，又逾年，瑩乃得銘其墓。其辭曰：粹維容，敬厥德，陋才稱勤，績襞境有。患無異色，誠子賢猗，世則承邦，光壽幽石。

戴孺人墓碣

幕府山者，江甯府城西北衆山之祖，其西枝，爲石頭、小倉二山，在城內西北隅。近城數十步爲顏魯公放生池，池東北有小阜，蓋石頭之左股也。阜上有道觀，曰靈應，半就頹矣。道士楊靜逸主之。先是吾桐族人有諸生舜舉者，嘉慶、道光間奉其母兄寓江甯久之，善靜逸。其母曰戴孺人，故貴西兵備道桐城涵之長女也，適吾家諸生培梁，爲諸公記室，有聲。二子，長曰星煒，嘉慶甲子舉人，景山官學教習。次即舜舉，與瑩同歲遊郡庠。三曰恕，側室某氏出也。星煒爲教習數年，病發，偕兩母依舜舉幕遊，貧甚。道光十年□月戴孺人病歿，寄殯於靈應觀後東北山麓。瑩之監掣淮南也，舜舉移家就之。及瑩過海，不能從幕，食於儀徵。未幾，星煒及其庶母相繼亡。已而，舜舉亦亡。遺一子某，聾而弱。一媳一幼孫，困窶益甚。儀人相與殯之，且買山以葬，復醵錢歸其子媳若孫於桐城。

道光己酉，瑩既罷官，客遊江甯，儀人監生諸釭以舜舉葬地之契來告曰：儀人念公德，不敢不愛其族，已買山葬之，地在東南城外永慶寺之東山。姚氏一家三穴，乾巽向。儀人春冬祭掃，至今未已。此契宜歸姚氏，爲異日之據。瑩敬謝之，而族人同在江甯者曰：舜舉兄弟庶母皆葬矣，戴孺人一殯猶暴於野，其若之何？瑩曰：是吾族人事也。族弟永康善形家言，走視之曰：觀後殯地，吉壤也。觀主厚舜舉，願送以葬。顧其孫不在此，誰主葬事乎？瑩曰：舜舉兄弟，儀人既葬之矣，爲其孫貧弱故也，豈族人反不可爲耶？乃擇九月二日葬戴孺人，亦乾巽向，而兼戌辰。塚成，立碣，題之曰：例封孺人桐城姚母戴孺人墓。是日，族人在江甯會葬者八人，曰祖培、曰瑩、曰永康、曰坦、曰坤復、曰伯鸞、曰恩慶。親友至者，曰張匯。葬既畢，瑩乃爲文表其碣。以諸釭、楊靜逸兩地契歸於其孫，冀異日得其詳焉。

處士大年君墓碣銘

國初順治康熙中，吾桐族人有處士曰大年者，僑寓江甯，善南城外八里之天隆寺僧。其沒也，僧葬之寺右山中。道光十八年，瑩訪得之，以告族人沐陽令曰儲、如臯主簿曰城者，修其墓而立碣，題之曰：桐城處士姚大年之墓。約每歲中族人省小山十世祖芳麓公墓者必過天隆祀之。逾十一年，瑩客遊江甯，儲、城皆亡矣。九月九日瑩偕族人過天隆，塚墓完好。乃補銘之曰：

人生而有死，子孫埋之，無子孫者暴骸矣。所善埋之埋之者，其人不必同，其爲埋之一也。埋之厚薄不必同，而百十年後，惟子孫知之耳，他人不能知也。今處士之葬，不以其子孫，葬後且二百年，寺僧能知之，而瑩與族人咸知之，非有隱德足以自存於天地間乎？並其德行之何若不必知，斯之爲隱君子。方明之亡也，天下遺老如此者何限？世乃必傅會其事，而古人之義亡矣。余於處士蓋罣然有感云。處士名文，栗岡公之世孫也。其銘曰：生無顯名，而隱其行；沒無後裔，而藏異地。逾年二百，乃彰其德；無稱有稱，吾以爲處士銘。

左石僑墓誌銘

君名德慧，字欽敭，石僑其晚字也。世爲桐城人，八世祖光，前明僉都御史忠毅公第三兄也，以孝稱。七傳爲甘肅岷州吏目護西甯府循化同知名長春，君之考也，娶於周氏，生君。年十五而孤，守貧力學，爲諸生有聲。嘉慶甲子，山陽汪文端視學安徽，重君學行，舉優貢，爲豐縣訓導。道光元年兼署蕭縣教諭。訓導七年，授吳江教諭，四十日而丁母憂。

胡小東太守在廣州，延主講席者三年。浙江糧道桂菖聞君名，重聘延教其子。十七年，余備兵臺灣復偕君往，與修海東書院，請君主講。君學問文章博贍精通，尤以名節爲重。其教諸生，皆有法則，日夕孜孜，講授之勤，一若爲童子師者。而時時留心地方，有所聞必以告余，久之，不爲厭。其教大行，諸生中雖素以傑驁頑梗稱者亦化之，革面受教唯謹。然後知君前在諸學官時，崇實學，敦名節，能勤其職。時論以君與德化鄭兼才並稱二教諭，良有以也。汪文端在京師日，君嘗至京，館文端家，相待甚厚。蓋文端之學問極博而醕於理。惟君悉如所望，故尤相得也。

二十一年歸，復爲吳江教諭，時君年六十八矣。二十三年，余奉逮過吳江，君猶出見，話言縷縷。而已有疾，遂以是冬十一月終於學署，年七十。君娶周氏，生子三：長鳴韶，監生。次鉞掄，縣庠生。次曰駉，早亡，聘嚴氏未婚，守志。四孫：維養，縣庠生；爲賓、榮清、魁兆，皆業儒。君家在桐城老洲灣，至君移居查林。今距君亡且七年矣，其家謀葬君，而乞余爲之誌。銘曰：

其學淹以通，其行篤以恭；名重公卿，而守學舍以終，

惟其守之和而用之中。

東溟文後集卷十四

祭籀君九叔文

維大清道光十有九年歲次己亥十二月既望，緦服姪瑩率袒免姪孫以增謹致祭於九叔父之位而言曰：嗚呼，九叔今又亡矣。高祖以下，祖父兄弟八人，亨人、惜抱二公最爲永年。嘉慶乙亥，瑩過江甯省惜抱公於鍾山，與叔聚旬日而別。是年惜抱公歸道山，祖輩遂無存者。越八年，瑩考醒庵公棄養，從祖伯叔十人尚存其四。年前十叔亡，今叔父又即世，諸父兄弟僅七人在焉，是可感也。

叔少善病，讀書勤苦，惜抱公語之曰：所貴讀書者，欲明理學爲人耳；苟能爲人，豈必取科第哉？叔由是輟舉業，盡心弟子之職，侍惜抱公孝養備至，無閒兄弟。而瑩所服膺於叔者，則尤在能任大事也。昔瑩少時見諸從伯叔祖父母之喪六人，或有後，若無後，悉叔經紀之。余家世清貧，六人者喪皆非易辦，叔亦非豐，而一一治之中禮，不後時，無難色，是非敦禮明義者能之乎？孟子曰，養生者不足以當大事，惟送死可以當大事。此爲父母言也。叔於父母外，更治諸父母大事六人，有功於家甚大，豈非善讀書者哉！每慨世俗日薄，有服未盡而彼此如路人者，淵明賦詩所以致感於長沙公也。叔可謂不負庭訓矣，瑩能無服膺乎！

顧從仕二十餘年，不能盡贍其周親，叔猶謀食於外，心常歉焉。前年攜弟寶同渡海，請叔歸養，叔許之，甫歸家，未幾，遂病不起。傷哉！自乙亥至今，不相見者二十五年。今歲七月，忽夢見叔如平生，而身白衣，寤而怪之，及家書至，則即叔亡之月。豈神果有知數千里越海相訣耶？先是叔有疾，伯兄以書來，瑩憂之，報書家中，爲叔潛治後事，仍問起居，且譔聯語爲壽。叔遂不及見矣。然叔有二孫，一曾孫。寶同雖從瑩渡海，其婦賢，佐以伯兄族戚治喪如禮，庶可慰於九京乎！瑩既擇地爲位以祭，而有所不能已於中者，乃抆淚書之位次。尚饗！

祭張亨甫文

嗚呼，亨甫竟亡矣！始，君在吴，將有河洛之游，聞余赴詔獄，輟遊相待，偕至京師，謂余苟不測，將鳴臺諫求昭雪。余勸止之，自分或遠戍，君曰：審爾，當送至塞。是時，君固有痁疾矣。及余蒙恩原出獄，君喜從余寓宣武門外楊忠愍故宅，延醫治疾。特畏寒，爲制重裘，猶向陽熱火自就，日夜嗽甚，痰多而腥碧。君惡之，醫曰：是肺痿也。善君者日饋藥餌，走問不絶。

余南歸有日，以君故改期。君曰：家有負，必償之。余與諸君謀鳩二百金。君曰：可矣。封識交余，俾付其家。

十月五日，君忽失音，自訝曰：是必死也。亟取近作詩稿，倩余族弟錄之，親指示篇次及所塗乙者。越四日晨起，召余約朱伯韓侍御至臥室，出已刻詩十數卷，重自删存。伯韓執筆，逐篇舉問，存者君頷之，欲去者搖其首。自辰至午，乃畢。復屬身後數事，伯韓與余識之。君氣益耗竭，遂以是夕亡矣。嗚呼，傷哉！

君負奇氣大節，所交皆天下賢豪。遊跡萬餘里，窮山水奇處，不憚險遠荒寂，必紀以詩。尤留心當世，將欲大有爲。庚子、辛丑、壬寅之閒，海上夷警，君跋涉閒道，感慨悲憤，輒於詩寄。君天才奇逸，不滅高青邱，而感時紀事，沈鬱雄宕或且過之，論者以爲接跡放翁、遺山，由懷抱同也。

君少孤，後母撫之，能自讀書振拔。弱卽有聲。伯兄愛君，賈以助所往，常從其意，君亦以此自豪。伯殁，君乃困矣。事後母極孝，養葬皆竭禮。年二十七，以選拔貢京師。又十年舉於鄉，數躓禮部，困甚。余自臺灣招之，君憚涉海，不果往，使人寫其貌爲詩寄余。自是往來吴、楚、齊、豫閒，無所得。生平壯志未嘗發攄，徒以詩名，卒以義死。嗚呼！亨甫其能無憾乎？君數遊京師將二十年，故人散亡，現存若後交者尚十數人在，悼君之遇，且重君義，聞喪爭赴，旬日醵五百金以歸君喪。余愧不能厚殮君，然不敢不盡誠信。閩距京師七千里，今攜君柩行。君嘗愛桐城山水風俗，靈其一駐吾鄉，召君之子扶歸。至收拾遺文，則余事也。嗚呼，君其稍慰否乎！時官京師厚君助余治事者：桐城姚元之伯昂，昆明黃琮渠卿，道州何紹基子貞，宣城梅曾亮伯言，上元馬沅湘帆，益陽湯鵬海秋，旌德呂賢基鶴田，六安吳廷楝竹如，臨桂朱琦伯韓，盱眙汪云任孟棠，高要蘇廷魁賡堂，柳州王錫振少鶴，昆明戴絅孫雲帆，揚州江春祺介堂，漢陽葉名灃潤卿，恩平梁之楨周卿，新城陳孚恩子鶴，棲霞牟所一樵，山陰宗稷辰滌樓，閩何冠英杰夫，陳景亮弼夫，侯官林廷禧，晉江陳慶鏞頌南，同安邱聯恩偉堂，吳葆晃暘穀，龍溪鄭籛韻齊，光澤上官懋本蓉湖。道光癸卯十月二十一日。桐城姚瑩譔。

祭兄伯符文

嗚呼！死生亦大矣，而全身爲難。吾與兄自少至老，所遭多可傷身之境，兄慎全之，亦以全余，不尤難哉？兄長余四歲。童時家落，父客遊寡合，賴母操持教養，辛苦百端，余幼稚讀書不力，母時或責兄示儆而兄不以爲怨。余十歲患痘證，甚危，里中兒死者百數，母以貧不能延醫，兄輒五鼓起，單衣冒風雪立醫檐下，候門啟求之。如是者累日，醫感動，囑勿復往，自來診。余得不死，而兄不以爲勞。稍長，附學塾師館中，兩人晨往，各懷二餅，日中食之，暮始歸，而水飯如是者二年。塗市惡少多所欺侮，兄攜護往來不傷比匪。丁卯余鄉試過皖，兄客居旅寓，典衣市龍眼一斤，一夜手剝其肉實棗中，且日懷之，徒步數里授余曰：三場辛苦，弟每持此食之，可資補助。其愛弟如此！辛未之歲，老父歸里，余幕遊在粵，桐城歲數歉，賴兄侍養，余以無憂。余筮仕平和，兄侍兩大人就養。至於臺灣，余以公事出入無期，賴兄朝夕視問無闕。兩大人先後棄養，皆兄扶喪歸里。又王父母停葬已久，兄誓求兆域，兩代得安窀穸。而兄之心力瘁甚矣。余宦遊三十年，無家。丁酉之冬，兄爲買宅，始得以處其家人。至於族戚貧寡任卹之事，無不惟兄是賴焉。余嘗爲堂伯、堂弟婦各置百金，屬兄慮其後事，久之無恙，伯將別用，兄持不予。伯疑金烏有矣，兄出示原金，余手封如故，伯乃驚歎。其謹慤如此。余之備兵臺灣也，英夷猖獗海上，警信日聞，兄憂念余幾廢寢食。及聞臺師數捷，乃慰。余復被逮，禍且不測，兄親至吳中，候余月餘始過，握手悲傷，勉余大義，舟送余過黃河而返。余旋蒙恩宥，復予官之蜀，乞假暫歸，兄謂余曰：忌者益衆，可無之蜀乎？余曰：君恩未可負也。及往，果見掟抑。二十七年冬，兄使人寓書曰：弟既遵命至蜀，又兩使異域，且之蓬州歲餘，於義可歸矣。是時，兄已患風痺之疾，右臂不能作書，余見之憮然。適有斌少寇奏移之事，大府不欲其行，遂決計乞退，以二十八年五月歸家。終全余身者，兄也。

兄見余喜甚。兩宅殊近，晨夕往，未嘗一日不再相見。何期數月，兄病復作，未及百日，遂不起耶！兄嘗爲家督，族中事無大小甚辦，而用常羸，又能不避勞怨，公論服其平慎，皆敬憚之。闔棺日，臨送者百餘人，莫不嗟傷，而況余乎！嗟呼！兄未亡前三日，鄉人郭二夢兄冠服莊嚴，使之負送登輿，入一大城，騶從儀仗，迎者甚衆。已而，兄亡。然則，兄其爲冥官耶？幽明之理，誠不可知。綜兄生平孝友篤誠，其默鑒於上帝者，必已久矣。郭二之夢，豈其妄哉！

兄年六十有九，視我祖、我父均爲過之，全身而歸，亦復何恨！得侍兩大人於地下，兄其含笑矣。顧余今亦六十有五，而不能相從，余之負兄不已多乎？嗚呼！余生而迍邅，少病，惟兄是活；貧賤，惟兄是依；患難，惟兄是卹。而今已矣，能無痛乎！

王石卿壽序

古人兄弟文章自相師友者，唐之二王，宋之二蘇，明之四皇甫。本朝之二方，其最盛矣。然摩詰、子瞻、子竣、百川藝業，皆爲弟所取法，而名位皆不及其弟，天若於此亦有靳焉。葢留其兄之所不盡，一發之於弟，亦如前人厚其積，而後人昌其成也。同年王可愚，未壯成進士，歷戶曹郎官以御史出守大郡，其名位事功方日盛大。而詩賦淵源所自，實本於其兄石卿先生。葢可愚之學，即先生之學也。

先生自爲諸生即有聲，試輒冠曹偶。嘉慶癸酉，始舉於鄉，三上春官不第，乃棄之。可愚典郡，迎先生於署，朝夕政令與商榷焉。先生爲人和厚，學有本原，與可愚以文章政事相切劘，有非世俗所及。故可愚內掌京畿道，外治荆州，其所陳建施設，一皆中正寬平，先生顧而樂之，不復思進取矣。道光元年覃恩，可愚陳請天子爲可愚以其封予先生，是可愚之名位又卽先生之名位也。此固足徵先生兄弟之友悌，而天道報施無異於前後不又可見乎！

庚寅之秋，余過荆州，見先生風採奕奕，神靜而氣和，視可愚尤少焉。先生曰：嘻，吾今六十矣。余不覺爽然。可愚因屬一言爲壽，余曰：必也！其如唐之二王乎？摩詰中歲好道，弟爲宰相而自退居於輞川，酌酒賦詩，蕭然神僊中人。今先生之頤養不下右丞，異日湯泉、龍洞之閒，購置別業，於以倘徉游泳；余家去先生三百里耳，猶將一舟一鐏，從先生往也，先生其許之乎？若夫孝友之誠本乎仁厚，仁者必得其壽，則夫人所能言，不待余之贅辭也。

族母方太孺人八十壽序

瑩嘗讀易而知興家之道，一曰嚴。家人之彖傳曰：家人有嚴君焉，父母之謂。夫嚴父，世所常有，嚴母，則難。而史傳所載嚴母，未有不成其子之名者。又讀老子而知興家之道三：曰儉，曰慈，曰不敢爲天下先。儉、慈，世知之矣，古稱不爲福始，如王陵之母者，不多見也，而王陵以此封侯。易與老子其言道精矣。丈夫或猶昧焉，而婦人往往得之。以今所見，若吾族母方太孺人葢有徵也。

太孺人以名家女歸族伯建庵先生。先生教讀爲耕，太孺人鍼黹佐之，不以家事相擾，家道稍立。先生數應試不售而歿，太孺人年甫四十一，子永康方幼，二女未嫁，日夕課子以讀，督女以紅，寒暑無輟，偶有小失，必責之不貸，門內肅然。上事衰翁數十年，生盡其養，歿治其喪，皆中禮度。及二女以次嫁，永康授室，則太孺人之家益稱裕矣。然猶食不二味，事必躬親。治家雖儉而待客必豐，有告急者未嘗不量力助之也。

永康賢而才，鄉試屢薦未中式，乃援例爲丞，得出仕矣，仍留家事母。鄉里有公事皆信任之，無不辦者。太孺人戒之曰：汝毋恃才，勿先事，詢謀於衆而共成之，庶可以濟。族人舉永康主大宗事，太孺人又戒之曰：

闔族事繁，主者不徒計資財、保墳蔭而已。凡遇一事，必平情度理處之允當。又鄉居多愚，不知孝友，皆由不讀書耳，汝其盡心培養之！永康受命惟謹，族人悦服。嗚呼！觀太孺人之治家教子，宜其興也。太孺人年近八十，起居強健，神明不衰。長孫芳，爲邑諸生，道光丁酉已中式第二，爲二主試爭前後不果。次孫、曾孫皆繞膝承歡，一門之内，雍雍如也。瑩幼時爲建庵先生所知，因以受業，又與永康爲僚壻，知太孺人家事最悉，謹爲壽言，序其所以興者。

丁母孫太安人八十壽序

道光二十五年，余與丁成之别駕同有乍雅之役，明年乃返成都，從事日久，甚相得也。成之大父小疋先生，考著博洽，名重於嘉慶間。長君蓮莊先生，能世其學而無年，成之考也卽世，時成之四歲。既長，介而能和，以諸生遊蜀，佐臬司、首府讞刑二十年，有聲，遂得今官。乍雅之使，大府蓋器之也。成之差次告余曰：某不能承家學而爲吏，懼羞其先。然猶稍有知者，吾母太安人之教也。明年八十，子能一言不朽丁氏乎？余曰：唯唯。

嘗聞古賢母之教子也，曰幼束以禮讓，長訓以詩書，故能成其令器。歐陽文忠有言，見其子之賢而有立，則知其母之義。方以成之之賢，不可見賢母之徽則乎？太安人上事有高名之翁，下事令德之夫，能盡其道。不幸夫蚤卒，撫其二孤，苟不振，則家墮矣。太安人節以持身，儉以治家。惟節，則志恒乎於義；惟儉，則行必蹈於禮。婦人之德莫大焉！故能教其子成先志而振其家，豈非身教之符契哉？成之客遊，嘗以美裘進太安人，在笥久之而未嘗服也。有兩婦助操家政，猶日孳孳不以爲勞，待媚戚僕從未嘗寡恩，余所聞諸成之者如此。

成之仲弟玉川，亦受太安人教，能植其行，以未入流候選。太安人顧而樂之，門内雍雍以肅，宜其年躋八旬而壯健如四十許也。既壽而康，固有道矣。往一巨公不朝夕勤其職事，而好爲熊經鳥伸之術，語人曰：動盪血脈，可延吾年。斯言不惟乖古人之義，其亦未奉太安人之教者乎？余既許成之爲文，未屬稿，茲來蓬州，稍以所聞者推明其義而序之。

東溟文外集卷一

姚氏分族攷

姚氏古有二族，一曰南安，一曰吳興。晉書載記：姚弋仲，南安赤亭，羌人也。其先，有虞氏之苗裔，禹封舜少子於西戎，世爲羌酋，其後燒當雄於洮罕之閒，七世孫塡虞，漢中元末寇擾西州，爲楊虛侯馬武所敗，徙出塞。虞九世孫遷那，率種人內附，漢朝嘉之，假冠軍將軍、綏戎校尉、西羌都督。自此至弋仲，歷萇、興、泓三世帝於長安，宗族支庶皆在陝中，寖及燕、晉、齊、魯，皆其後也，是爲南安姚氏之族。

吳興之姚，始自三國吳時太常姚信。北周書·姚僧垣傳云：字法衡，吳興武康人，吳太常信之八世孫也。曾祖郢，宋員外、散騎常侍、五城侯，父菩提，梁高平令。僧垣以善醫名，仕至驃騎大將軍，開府儀同三司，封北絳郡公，卒年八十五。子察，在江南。次子最，襲爵，在關中。及隋平陳，察至，自以非嫡，讓爵於察，遷蜀。王秀友，至王府司馬。秀陰有異謀，帝令公卿窮治其事，皆推過於秀。最獨曰：凡有不法，皆最所爲，王實不知也。榜訊數百，卒無異詞。竟坐誅，時年六十七。論者義之。陳書·姚察傳：字伯審，吳興吳康人也。九世祖信，吳太常卿，有名江東。察以文學顯，仕陳吏部尚書，歷隋爲祕書丞、北絳郡開國公，終於東都。梁、陳二史皆察撰，未畢功，子思廉卒成之。唐書·姚思廉傳：本名簡，以字行，陳吏部尚書察之子。陳亡，察自吳興遷京兆，遂爲萬年人。思廉以著作郎、宏文館學士譔梁、陳書，以卒父業，終散騎常侍，豐城縣男，陪葬昭陵。璹字令璋，初爲中書舍人，封吳興縣男，武後時仕至地官、冬官二尚書。弟班，歷六州刺史，政皆有績，累封宣城郡公，遷太子詹事兼左庶子，節愍太子失道，班四上書，以能諫稱，終戶部尚書。按此周、陳、唐三書，是姚僧垣及子察皆自吳興而入關中，爲京兆之萬年人，與姚崇之爲陝州硤石人者，非一族也。

唐書宰相世系表：姚姓，虞舜生於姚墟，因以爲姓。陳胡公裔孫敬仲仕齊，爲田氏。其後居魯。至田豐，王莽封爲代睦侯，以奉舜後。子恢避莽亂，過江居吳郡，改姓爲媯。五世孫敷，復改姓姚，居吳興武康。敷生信，吳選曹尚書。八世孫僧垣，隋開府儀同三司、北絳郡公。二子察、最。察爲隋太子内舍人，襲公。子思廉，宏文館學士，豐城縣男。二子，僜，豫州司戶參軍。僜二子，璹，仕武后，爲宰相；班，戶部尚書。璹二子，長昌演，諫議大夫；次昌沛。班四子，昌源；昌潤，宣州刺史；昌溫；昌濟。而昌潤子，循棣；次裔栵，將作大監。循棣子殷覲。昌溫子齊梧，左金吾大將軍。思廉次子惲，符寶郎、襲封城公。惲子敬文，一子行表，郢王府司馬。子崇桂，太子司議郎。子希齊，湖州司功參軍。子宏慶，蘇州刺史。宏慶五子，玉斧；孟瑜；畹，泗洲參軍；璹；璘。最爲蜀王友，子思聰，左庶子。子愼盈，壽州刺史。愼盈曾孫績，曲沃令。子元，宋城令。子發，右領軍衛將軍。子南仲，右僕射。子衮，太僕寺主簿。

《表》又云：陝郡姚氏亦出自武康。梁有征東將軍吳興郡公宣業，生安仁，隋汾州刺史。生祥，懷州長史、檢校函谷都尉。子懿，嶲州都督、文獻公。長子元景，潭州刺史。次子元之，名崇，相武后、中宗、睿宗、元宗。三子元素，宗正少卿。元景一子孝孫，壺關令。元之長子彝，鄧、海二州刺史。彝五子：闓，越州長史；閬，郫令；闉，貴鄉令；閔，太子司議郎；闢，河南丞。闓二子，係，門下典儀；俟，太常寺太祝。閬三子，倍，須山令；倫，揚州大都督府倉曹參軍；但。闉二子，侑，黄梅令；次子伾。侑二子，承宗；珙，霍山令。闢二子，偁，經主簿；偕，監察御史。偁子勖，諫議大夫。偕子烈，殿中侍御史、内供奉。元之次子异，大理卿，三子：閎，左拾遺；閈，不仕；閲，洛州參軍。閎子伻，寶應令；悟，襄王傅；憺，淮寧節度押衙、攝鄧州刺史；惇，朝城令；愓，華原令。伻子丹，陸洋令。丹子增，滎陽令；均，金華令；蘊，大理司直。蘊子頲，浙西館驛巡官；圭，南昌主簿；進。閈子怙，憕。元之三子奕，永陽郡太守。子闉，侍御史。闉子恒，都水少監；愷；協，松陽令；愐，右監門率府兵曹參軍；沈，恒王府主簿；惲，左千中衛兵曹參軍。元素子弇，楚州長史；馮，通事舍人；算，鄢陽令。弇子閑，潤州司戶參軍；闇，睢陽太守、右金吾將軍。馮子闇，餘干丞；論，豫州司戶參軍。算子閈，臨河令。閈子合，祕書監。以上姚氏見晉、梁、陳、北周、隋、唐書本傳及唐宰相世系表者如此。蓋吳興一族又分爲二，自是以後，天下郡縣多有姚氏。

舊五代史、唐書列傳：姚洪，本梁小校。長興初，率兵千人戍閬州，城陷，不屈死。明宗置洪宗二子於近衛，歐史同。案：二書皆未言何處人。舊五代史、晉書列傳：姚顗，京兆萬年人，曾祖希齊，湖州司功參軍。祖宏慶，蘇州刺史。父荊，國子祭酒，唐末帝求相，書朝中清望官十餘人姓名置瓶中，焚香而挾之，得盧文紀與顗，遂拜中書侍郎平章事，入晉爲戶部尚書，卒贈左僕射。按：歐史云，顗，京兆長安人。誤。

宋史列傳：姚內斌，平州盧龍人，初仕契丹，降周世宗，以爲汝州刺史，從平李筠，改虢州刺史，改慶州兼制置使。在郡十數年，西夏不敢犯塞，號內斌爲姚大蟲。子承贊爲供奉官，閤門祗候使；承鑒，至殿中丞。姚垣，曹州濟陰人，益王府靖善，知鄧、光二州。姚仲孫，本曹南著姓，曾祖仁嗣，陳州商水令，因家焉。父曄，進士第一，著作佐郎。仲孫仕至陝西都轉運使，權三司使事。坐小吏詐爲文符，出知蔡州。姚涣，世家長安。隋開皇中有景徹者，以討平瀘夷策功，爲普州刺史。卒，子孫遂家普州。涣第進士，知峽、涪二州。姚兕，五原人。父寶戰死定州。兕爲通州團練使，卒於鄜延總管，贈忠州防禦使，與弟麟有威名，關中號二姚。麟仕至都指揮使，節度建雄定武軍，檢校司徒，卒贈開府儀同三司。兕子雄，仕至檢校司空，奉甯軍節度使，卒贈開府儀同三司，謚武憲。兕次子古，仕至河東制置使。姚祐，湖州長興人，元豐末進士，仕至延康殿學士、工部尚書，知太原府，卒贈特進，謚文僖。姚希得，潼川人，嘉定十六年進士，度宗時參知政事，以資政殿大學士，金紫光祿大夫，潼川郡公致仕，卒贈少保。姚鉉，廬州合肥人，太平興國八年進士，起居舍人，京東轉運使，終舒州團練。子嗣復，永城主簿。子稱。姚興，相州人，荊湖南路兵馬副都監，以四百騎當金人十數萬，自辰至午，戰數十合，援兵不至，死謚忠毅。姚宗明，河中永樂人也。十世祖栖雲生岳，岳生君儒，君儒生師正，師正四世盧墓，五世曰厚，六世曰稚，七世曰文，八世曰敬眞，九世曰直，十世至宗明。慶歷初有司以姚氏十世同居聞於朝，詔復其家。十一世用和。十二世士明，十三世德，孝睦不替三百餘年無異詞。又按宋史・宰輔表：乾道九年癸亥十二月己丑，姚憲自御史中丞兼侍讀，除端明殿學士，簽書樞密院事，明年甲午湻熙元年四月，遷中大夫，除參知政事，六月罷，以端明殿學士領宮觀檢校。孝宗本紀同，而無傳。史亦未言何處人。

右自六朝以迄南宋，姚氏見正史傳、表者悉錄於此。詳其地則吳興、南安最古。南安之後遷入長安，吳興之後亦有萬年、硤石之異。至於盧龍、濟陰、商水、普州、五原、長興、潼川、合肥、相州、永樂分族又十，併萬年、硤石且十有二。吾桐之族本自餘姚，益以武康本支，則宋世已十有四族，年代益遠，支派益繁，遷地益多，元明至今乃不可勝紀，烏能一一追溯之哉！必強合之，非愚則安。

艄後緝私弁兵飯食船價狀 乙未

竊儀所商鹽解捆，向有在地遊手之民及老河影一帶匪徒，當屯船起鹽之時，在艙後偷鹽，船戶水手畏其滋擾，明知故縱，大爲捆商之害。憲臺洞察情形，委文員會奇兵營官弁巡緝艄後，所獲功鹽發官店變價，優給賞費，數年以來，河下私匪頗爲斂跡。惟弁兵日久漸懈，不能逐日在河下巡查，每以場獲零鹽混同具報，職屢與奇兵營遊擊及委員籌商，據稱所派弁兵三四十名，欲緝河下私鹽，必須用船，經費無出，且午後卽須回汛用飯，其勤者尚可再出，惰者卽不免偷安，是以不能得力。

伏思艄後緝私，所重全在河下，而弁兵無費不能乘船回汛，飯後不能再出，亦係實在情形。及至課功，勢不能不以場獲零鹽充數冒賞，公事殊無實濟。愚見以爲此項賞費，每年多者千餘金，少亦八九百金，莫若改給弁兵飯食船價，每遇商鹽解捆之日，令營委千把總或外委二員帶兵三十名分駕小划船六隻，在捆場東西河下作爲兩段，專於屯鹽艄後往來巡緝。兵丁日給飯銀五分，官弁日給飯銀一錢，每划船一隻給雇價銀一錢二分，其文委一員亦給划船一隻。以上船飯每日需銀二兩五錢四分，每月約需銀七十六兩二錢，年約需銀九百一十四兩四錢。其小建及商不捆鹽之日，即扣除不給。此項銀兩並請憲臺每季之首發職衙門存貯，按日給發，無捆扣除，不準弁兵借支借領。每月將捆鹽日期報明存核，按季報銷。其有曠扣銀兩貯廳，俟季終核計功鹽多少及弁兵中或有勤奮出力，由職督同委員查明稟請酌賞，以示鼓勵。其官弁實在出力者，俟年終查核稟請記功。如此則費不虛糜，既免營中藉口，而職就近稽查可期得力，而昭覈實矣。

捆場緝私章程變通狀 乙未

竊據署儀徵縣王令詳：奉憲札，據淮海道詳稱，近來各營汛兵役遇大夥私梟畏懼不拏，而於肩挑小販陸續拏獲，積有數起，歸併具稟，所獲之鹽輒自送垣變價，以多報少，更有邀功員弁，謀通商店空出垣收。請嗣後查拏私鹽，必須人、鹽並獲，鹽斤交地方官查驗，變價充賞。若獲人不獲鹽，即行釋放。大夥私梟，移訂會拏，肩挑小販，例所不禁，不準拏解。私鹽解送，州縣秤驗，三面交收，不準營弁私自銷變。或路遠難送，即移明所在州縣親往秤驗。如委員拏獲私鹽，由州縣據實稟報，毋庸委員稟白。儻州縣沒其功勞，不行聲敘，查出撤參等情。本部堂查該道所議切中時弊，不獨海州一處爲然，除詳批示外，札飭移行文武遵照新定章程核實辦理，以除積弊，而免擾累。仍將遵辦緣由先行稟復查考等因到縣，轉詳前來。

卑職伏查淮海道所稟營弁邀功妄拏之弊，固所不免，誠如憲札『不獨海州一處爲然』，自當懍遵通飭章程辦理。惟是緝私之例雖無區別，而因地制宜，情形亦有不同。如儀徵乃百萬引鹽掣摯改捆之區，情形實與他處有別。每逢商鹽旺捆，蟬連數里，人衆盈萬，一望如蟻，雖無大夥梟徒持械興販情事，而沿江洲地曠野，巴桿匪類實繁有徒，專在捆場艄後偷爬爲事。屯船畏其強悍，不敢聲張。又有一種匪徒，當鹽包起岸後，有破散包鹽堆集在艙，輒卽邀擁上船，手持箕帚口袋硬行掃取，名爲掃二水。每人原不過數十斤，羣取則爲數甚鉅。各商解捆，每鹽千引竟有缺至八九千斤至萬餘斤者。此等透漏，實居其半，每年損失不下千引。若以數十斤爲零鹽不究，不但商本虧折難堪，且任聽積少成多，然後獲犯治罪，則是納民於陷阱之中。不獲，則由此透漏出江，實於鹺務大有妨礙。仍有一種辰州婦女百十成羣，各持箕帚在場掃取零鹽，名爲掃場，乘間偷竊，男子在場外遙爲接應。卑職每日親會奇兵營遊擊督率批驗子鹽兩大使暨委員，巡查彈壓，江面河下捆場，有犯則拏，不能與他處緝私一槩而論。此皆當場拏獲，隨時責懲，卽予釋放。所獲鹽斤，皆經文武委員及批驗子鹽大使當場驗秤，實數共見，亦不致以少報多。如所獲係本場之鹽，卽交還本商回場入捆。惟不在捆場之鹽，無從交還，方交官店變價充賞，以示鼓勵。若以零星之鹽，必須同犯送縣候秤待訊，所有鹽斤一交官人之手，設隔日經時提驗，則必致短少，往往爭執，亦屬不成事體。而人犯爲此羈押，轉覺可憫。此儀徵捆場拏獲零星私鹽，往往送人不送鹽之原委也。

惟鹽數過多，有關罪名出入。若不並人、鹽送縣，不特犯多狡供，卽縣中亦難憑空擬罪，緝私章程似當稍爲區別。請嗣後儀河場下無論文武員弁，如獲鹽只百斤以下者，卽由在場員弁會同批驗子鹽大使在商棚眼同秤驗，應還商者卽交商回場入捆，如無商可認卽發交商店，只提現犯責懲示眾。如鹽在一百斤以上者，當場會秤後，封貼印花，人、鹽送縣堂驗，鹽交營弁領回發店變價，犯人照例治罪。如此分別，庶於緝私、防弊兩無窒礙。卑職目睹情形，儀河實與海州有別，不得不因地制宜。管見所及，祈示遵行。

儀河挑工章程議狀 乙未十月儀徵縣王令會銜

爲勘估要工詳請疏濬事。竊查儀徵運河爲百萬引鹽捆運之所，常形淤墊，鹽船不能到洲移捆，安莊各商甚苦不便。本年七月閒，職瑩經將內外河道請擇要興工，先治外河，並別開新河情形，繪圖通稟，憲臺批司飭令延訪紳耆親詣勘視，通盤籌畫，會請詳辦等因。奉此，前以河水尚深，北新洲蘆柴未伐，不能勘視，兹當洲柴已伐，河水漸淺，職等延訪紳耆皆以爲沙漫洲口門，外爲盛灘壅遏江流，内有迴龍洲阻塞，卽施大工亦屬無益。惟北新洲別開新河，確有裨益。據舉人候選知縣厲秀芳、進士原任同知鄭士杰等紳士二十三人，以河道不通，不但鹽艘有礙，且通邑民商汲飲灌溉及客貨船隻均多不便，先後請開新河。又據北新洲業戶厲德泰二十八人及生員吳錚等，呈請捐地開河，便商濟民。而通河各商亦紛紛以疏濬運河爲請。職等察看輿情甚爲急切，會同傳集紳商連日至運河上下，悉心勘視。

緣儀徵運河，昔時全賴沙漫洲江口大溜暢注，又有淮水自三汊河入境，由新城及東門遶出南城，與江水匯合下注，鹽洲來源旺盛，足以衝刷潮淤，故無淺阻。自三汊河淮水直注瓜洲，於是分流入儀之水小弱不到，新城內河之源已竭。其沙漫洲江水近年秋冬以後卽至斷流，外河之源又竭。鹽洲以下運河遂成死港，僅賴泗源溝及貓兒頸江潮倒灌，無怪停淤易積，此實全河受病之根。若不大暢來源，卽每年興工，終歸無益。而沙漫洲爲盛灘，迴龍洲壅塞，不能施工，自當別籌良法。此新河所以不得不開之原委也。兹勘得北新洲南岸葦庵一帶有斷岸一處，西南正迎江水大溜。若於此處開一新河，斜入東北岸內河，與捆鹽洲頭之龍王廟正對，暢引江水，徑達鹽洲，不但運河來源暢旺，上流下注可以衝刷潮淤，且商貨船往來亦便。應取用民地四百二十七丈、寬三丈估挑新河，外口寬十二丈，內口寬十丈，通河正身口寬八丈，底寬三丈，深一丈三尺，卽日釘樁立界。又勘捆鹽洲運河自潔泰旂棚至鮑莊止，河長二千四百丈，內有一千七百四十丈最形淤淺，亟應挑加寬深。又勘貓兒頸口門，自去歲撈罱免致移捆安灘之後，因運河來源自上年十月斷流，至本年五月江水方至，爲時最久，以致濁潮停住，亟宜乘此將貓兒頸口撈罱深通。其工段長三百丈，應撈土九千三百方。又勘泗源溝南口灘嘴梗塞，不迎江溜，必須另開口門，自西南斜接大溜，方爲得勢。工長四十丈，深一丈三尺，寬十四丈。又勘大泗源溝對岸小泗源溝，向爲民間柴船運送南門河道，近因淤墊不通，柴船停泊運河，冬令水淺河窄，屯駁鹽船出入擁擠。亟宜將此小泗源溝開通，俾柴船得入，免泊運河，佔塞屯船之路。工長一百三十丈，挑深五尺。又勘捆鹽洲頭以上至沙漫洲，雖不能興無益之工，但此處究係數百年儀河正道，若竟聽其淤廢，亦覺可惜。且數里居民，一交冬令，斷流之後，汲飲無資，閭閻甚苦。應請挑一小溝，長七百四十丈，寬一丈，深五尺，爲費有限，不惟便民汲飲，且可引此江流，助我運河水勢。

以上工程六處皆係實有裨益，必不可緩之工。通計工長三千三百二十七丈，估挑土七萬一百六十七方五分，撈土九千三百方。查照撫憲大挑徒陽運河章程及道光十二年挑辦泗源溝、上年罱貓兒頸成案，每方酌給挑土價銀二錢二分五釐，撈土船工價銀二錢八分，一切經費悉照泗源溝、貓兒頸成案，實用實銷。查泗源溝案內三處工段一千四百六十一丈，用經費銀三千一百二十八兩三錢四分九釐，貓兒頸經費用四百八十五兩三錢三分四釐，此次六處工程共長三千三百二十七丈，較上屆泗源溝工程不啻兩倍。且有江口撈土，委員段差必需添派，築壩車水樁木繩纜工料一切均需倍用，撙節估計，此項經費不便請動幣項，惟有仰懇憲臺於運庫暫行借領，飭令各商按引征還歸款。

抑更有請者，向來儀河官工或因浮費太多，或因工程草率，各商至今以爲口實。此項銀係商捐，自應工歸商辦。衆商出資，辦切己之事，自必盡心，不致有虛糜及工程苟簡之弊。仍派委員稽查督催，庶臻妥洽。除由職瑩諭令衆商公議分段承辦並籌歸憲款外，伏祈憲臺諭飭各商遵照，即日妥議分工，領銀承辦，實於工程大有裨益。管窺之見，是否有當，合將會勘儀河緊要工程繪圖貼說，擬議章程並簡明清摺詳送鈞鑒。如蒙核準，即請飭司先發銀八千兩，委員解儀，以便發商領辦興工，餘銀陸續請發爲便。

議挑儀河章程十二則

一施工次第宜先派定也。此次工分六處，勢不能同日興工，自應派定先後，以免紊亂。而尤在捆運，正當吃緊。一經打壩停捆，則於趕運有礙，不可不妥爲籌畫。今卑職議定，先挑北新洲新河，同貓兒頸可以同時興工。

蓋新河在捆鹽洲以上，平地開挑，無庸打壩，而貓兒頸係屬撈工，屯船可以照常行走也。俟新河開畢，暫將南北口門留住，不必放水，即於捆鹽洲起至魚尾止打壩，將水車入新河及泗源溝内，動工興挑，商鹽暫行移捆於魚尾以下，對泗源溝，以便撥上江船。俟此處工畢，即將新河内外開通放水入河，商捆仍歸旂棚。魚尾以下至鮑莊工段，打壩車水興挑，此處工段不大，多用人夫趕緊搶挑，不過數日可畢。商捆暫停，亦尚無大礙。此處興工，一面將泗源口門及小泗源溝同時動工，俟各處工畢後，再辦捆鹽洲頭以上至沙漫洲挑溝之工。先後緩急，次第合宜。

一挑工宜限以時日也。查新河工程只長四百二十丈，而口底寬深，且係生開，未知土性，應限以二十五日完工。捆鹽洲至魚尾工段綿長，且須打壩車水，應請限以三十日完工。貓兒頸係在大江之中施工，風浪不時，難以尅定，然亦當有限制，應請限一月完工。至泗源溝口門及小泗源溝均各限以十日。其魚尾至鮑莊一段，工程雖小，但須打壩車水，亦請限以十日。至洲頭以上及沙漫洲挑溝，工雖長而土方少，應請限以六日。以上除貓兒頸係同時興工毋庸接算，又大小泗源溝亦可與魚尾、鮑莊同時並挑亦可以十日並計，惟最後之沙漫洲挑溝六日，須先後接算，統限以七十一日，六處工程通行完竣。儻值天氣晴燥，則比較上屆泗源溝猶少九日，不致曠時虚糜。

一各商承挑宜分段派定何人以專責成也。揚商不下數十人，且不諳工程，未必能親臨工次，自須仍託儀商代辦。儀商向有十二家，頗皆謹飭，不致浮華，素爲揚商信任。但必須揚商呈明轉託儀商代辦，以便派令各商分段認工，領銀承辦。俟各人認定之後，即將何處工段給予，分工牌示，將其人名下何處工程，係第幾段、土方若干、應領工價銀若干，明白曉示。工程既辦，即飭令興挑，務須合式，庶乎各有責成，工歸核實。

一請派委員段差稽查彈壓以便督催也。各商承雇夫工人數衆多，但能支發工錢，在工照料若無官人彈壓，誠恐各夫偷安怠惰，草率不能如式。貓兒頸撈工驗土放籌須用一人，收籌算工須用一人，而同時開挑新河，亦須派委二人，此分催四員必不可少也。俟此二處工畢後，可以酌量調撥。至於總催，必須二員者，工段既多，一人勢難周遍也。職瑩查職澄現在雖當卸事，尚須在儀候算交代，如蒙憲委，自可以任總催之事。職瑩即日交卸，尚有接署之員，總催、督催，自不容辭。儀徵新任羅令，雖屬初任，究係地方官，亦應會同彈壓照料。惟分催之員，必須鹽務、地方參用，方爲妥洽。查現在地方人員有舊港巡檢徐廷祿及典史吳景增，可以差委。鹽務中如批驗子鹽兩大使公事殷繁，勢難分身照應，僅有憲委大使張梓林一員隨同勘工，情形最熟，足資倚任。此外尚求憲委鹽務一員來儀差委。

一委員差役薪水船價飯食宜酌量定給也。查上届挑辦泗源溝案內，委員一人每日薪水連跟人轎役等，飯食銀一兩二錢，差役每名每日飯食錢一百文，此次即可查照支給。

一夫工方價必須核實分起給發也。查上届挑辦泗溝案內，係聲明出示，寫明方價，召募人夫。但訪聞儀人言，實在亦未能照辦，仍係雇覓夫頭，各立承攬。此項商辦，更與官辦不同。只須責令夫頭承雇散夫若干名，認辦土方若干，定價若干，當官寫立承攬，責令書押，如有短少人夫及工不合式，均惟夫頭是問。所有承攬夫價，務令各商實發，不許商廝扣減。惟工價不宜先發過多，應先發十分之二，以便雇夫。其餘按日每夫酌給飯食錢文，餘存若干，俟工完找足。

一打壩車水宜核實工料給發價值也。打壩用土若干，應照高寬丈尺核算土方，應用樁木蓆板臨時照件給價。車水每部照鄉間車水之例，雇定價值，按日核實給發，以水乾爲度。仍派人督查，不許怠惰偷安。

一分工誌樁必須認眞以憑驗收工程也。挑工丈尺全賴誌樁封墩，其法於兩岸各釘樁木，用繩牽直，量自繩平至河底中高若干爲誌，逐段記明。工畢後丈量，即可得其深淺。但恐不肖之徒，偷移誌樁，應於封墩內蓋用灰印，瓦鉢合住，加土封埋。工完查驗，如有移動，除將夫頭、地保責處外，仍罰令賠挑如式。

一河心挑土宜備用板跳竹跳也。雇夫挑土，竹筐繩擔鍬鋤之類，係各夫自備。惟出土上岸，必須先挑土路，層級而上，深處淖泥，須用竹跳板跳之類。應令各商隨時酌量預備板跳，或借用板行竹跳，或酌量買置，均令核實辦理。

一挑河先令抽開龍溝以驗水準也。河底高低不一，必須從中先抽龍溝一道，深二尺爲度，俟兩邊將次挑平後，龍溝再加挑深，一可以驗水準，二可以滲積水。

一新開河道業戶捐地應豁免錢糧酌予獎勵也。查上屆挑辦泗源溝時，洲戶多方阻撓，勒索地價，並於捆鹽洲一帶挑河對岸，洲民不讓出土，種種費手。此次該業戶等不但不出阻撓索價，且自相呈請急公捐地開河，其各處挑河工段岸上洲地悉聽出土，殊屬可嘉。所有取用民地，除照例由縣詳豁免錢糧外，其各業戶及倡議開河之舉人厲秀芳等，應請酌給匾額，以示獎勵。

一新開河道設有掘出枯骨應爲遷葬也。查新開河道地段內有民人墳塚，前於勘丈時具已讓出，並無妨礙。現據紳士及同仁堂董事呈請，如有掘出枯骨，即由該紳董料理買棺遷葬。其骨殖已朽者，送入收棺塔內，應準其循照舊例辦理。

儀河委員督工狀乙未十月

委員督工一節，似宜地方、鹽務參用。此閒王令已於十五日卸事，職遵憲示傳諭，囑其在工始終照料，可任總催之事，但需給予札文。至於分段督工，則有巡典二員可用。鹽務中除張大使外，尚乞憲臺酌委一員來儀聽用。查有候備運判鄭士彥，上年在此派令督率江口撈工，頗得要領，可否即委令來儀之處，出自憲裁。

伏讀明諭，令職一手經理。竊以此事由職發端，何敢推諉？惟甫經大病之後，氣體虛弱過甚，擬童運判接任後，請假一月調理，方能北行。若朝夕奔走河干，誠恐風雪嚴寒，舊病復感，未能勝此重任。然職守有在，童運判未到以前，總當盡心竭力，不敢辭勞。儻童運判到儀，尚求給假一月，稍爲調理病軀。童分司老成練達，公事精詳，職將通河情形詳悉告知，自當經理裕如。職乞假在儀，遇有應商事件，仍可不時關照，斷不可置之度外，致負諄諄見任之至意。

再查前此孫令挑辦泗源溝之時，各洲戶頗多阻撓勒索，此次各洲戶竟能呈請急公捐地，不但無一阻撓，且出於至誠踴躍。王令於此頗資勸諭之力，畱伊始終工程，仰見知人明鑒，不勝欽服。尚有請者，此次詳請工歸商辦，必當諭飭揚商，蓋此閒儀商皆其夥友，不能專主。伏求憲臺傳見揚州辦事商人，賞給諭貼，令各剋日妥議。如不能親自臨工，即令其轉託儀商承辦；事期緊迫，勿任推諉宕延。

淮南懸引暫撥淮北融銷狀 清冊附丁酉十月初五日

爲淮南各岸殘鹽壅積，新綱懸引招商乏人，詳請援案暫撥淮北融銷，以期趕副課額事。竊查丁酉綱淮南綱食各岸引鹽，前經職護司詳明開徵，催商納課請運，並以許宏遠、尉濟美二商乏歇，認引虛懸，另招新商接辦。無如各殘綱存岸未銷，並開江在途，及各商已納課未運之鹽尚不下兩綱之數，雖蒙憲臺同湖廣、江西、安徽督撫憲設法疏售，總難格外暢銷，以致商人貲本盡被佔擱。而尉、許諸商退懸額引二十餘萬，招徠無人，若將懸引加派現運之商，更力難兼顧。來年二月屆居丁酉奏銷之期，如不另籌疏通之法，非特難副造報，且恐愈形壅積，益難挽救於將來。

歷檢舊案，嘉慶四年，淮北行銷綱鹽，因銷滯商疲，遞年積壓，請於己未、庚申兩綱各提出十萬單引，融銷淮南江廣各岸，奏奉諭旨：依議。嘉慶八年，續將淮北壬戌未銷引鹽，融撥淮南十萬單引。嘉慶十三年復因淮北額引未能暢銷，自戊辰綱起至丁丑綱止，每綱融入淮南行銷鹽四萬單引。嘉慶十六年，淮北未運庚午引內分撥淮南十萬單引。道光五年，淮北甲申綱未運鹽二十六萬六千餘引融撥淮南，分乙酉、丙戌兩綱帶運，均奉奏行在案。淮北自改行票鹽以來，民販衆多，岸銷暢旺，本年已全額運銷，各場報存，池產尚多存積，民販仍絡繹不絕，是票引各地亦尚需鹽接濟。兼值雙金閘開放，河道深通，捆運甚易，若因年額已清，停收稅銀，來年再行開辦，恐民販既難緩待，場鹽無販買運，易致透私，口岸不敷銷售，徒爲私鹽佔據，於公無益。

竊思兩淮引地雖分南北，而納課辦運事同一體。從前淮北疲敝，準融撥於淮南，現在淮南滯銷，亦宜暫融於淮北。況淮南諸場，因春閒雨雪過多，產鹽短缺，而淮北池產充盈，販多銷暢，尤當因時變通，酌盈劑虛，以暢補滯，使南北引課均得依限報完。職護司通盤籌計，應請照歷辦淮北融南成案，將丁酉淮南綱食引內提出二十萬引，融運淮北票鹽引地行銷，令民販完稅請票，乘時買鹽運售，所完票稅抵收淮南入奏正雜課銀，其不敷外帶雜款即於淮南綱食引內分別加攤，計楚西科則每引共銀四兩一錢有零，尚不過重。安池太及食岸科則仍有減無增，許、尉二商懸引毋庸加派現運之商，通綱減運二十萬引，所省貲本甚鉅。淮北、淮南皆受其利，而懸引不致無著。俟有新商認辦，仍歸淮南正綱原額。籌議具詳，仰祈鑒核，俯準奏行。至此項融引，擬派撥湖廣六萬引，江西四萬引，安慶二萬五千引，池州一萬引，太平五千引，甯國三萬引，上江三萬引，所有應完票稅經費抵收正雜課銀，及不敷雜款分別加攤銀數，開具清冊，附呈查核。俟奉奏準，即將丁酉綱科則改行刷印，諭商完納。

淮南融北引鹽應完票稅經費抵收正雜課銀冊

一丁酉楚西科則每引銀三兩九錢八分六釐零，今擬免帶帑本一錢，減完緝費四分。又呈綱雜費內，因甯國十分完課七折行鹽，代攤銀七釐三毫八絲五忽三微七纖六沙，現在甯國丁酉額鹽提融三萬引，所有楚西雜費應仍歸本岸帶完，於楚西科則內刪減。以上共除銀一錢四分七釐三毫八絲五忽三微七纖六沙，計仍應完銀三兩八錢三分九釐二毫一絲二忽五微四纖五塵五埃，提出十萬引融北，該銀三十八萬三千九百二十一兩二錢五分四釐五絲五忽。

又安池太科則每引銀三兩四錢五分五釐零，提出四萬引融北，該銀十三萬八千二百十八兩六錢八分一釐五毫三絲四忽八微。

又甯國科則每引銀二兩三錢四分四釐零，又收回楚西代攤雜費八分，計共應完銀二兩四錢二分四釐九毫一絲七微一纖四沙七塵三埃，提出三萬引融北，該銀七萬二千七百四十七兩三錢二分一釐四絲一忽九微。

又上江科則每引銀二兩五錢六釐零，提出三萬引融北，該銀七萬五千二百五兩八錢二分一釐四毫四絲一忽九微。

以上課共銀六十七萬九十三兩七分八釐四毫七絲三忽六微。

一票鹽科則連經費二兩四錢五分零，代運淮南綱食二十萬引，連帶運乙未一分二萬引，共二十二萬引，該完銀三十一萬九千一百三十七兩四錢七分儘數撥補外，尚短銀三十五萬九百五十五兩六錢九釐。

楚西並江甘融楚所臢九十四萬五千三百九引，每引加攤銀三錢五分五釐四忽三微七纖三沙二塵，共銀三十三萬五千五百八十八兩八錢二分九釐。

安池太所臢五萬四千八百九十七引，每引加攤銀一錢四分，共銀七千六百八十五兩五錢八分。

甯國所臢六萬六千五百引，每引加攤銀八分，共銀五千三百二十兩。

上江所臢二萬三千六百十二引，每引加攤銀一錢，共銀二千三百六十一兩二錢。

以上共攤銀三十五萬九百五十五兩六錢九釐，符合前數。

丁酉楚西科則每引三兩八錢三分九釐二毫零，又加攤銀三錢五分五釐零，共四兩一錢九分四釐二毫零，較丙申多銀二錢九毫零。

安池太科則每引三兩四錢五分五釐四毫零，又加攤銀一錢四分，共三兩五錢九分五釐零，較丙申有減無增。

甯國科則每引二兩四錢二分四釐九毫零，較丙申有減無增。

上江科則每引二兩五錢六釐零，又加攤銀一錢，共銀二兩六錢六釐零，較丙申有減無增。

臺廠戰船情形狀 庚子四月

道光二十年四月初十日，準福建藩、臬二司會諮：二月二十二日奉兵部尚書祁、刑部侍郎黃、總督部堂鄧札開，奉旨查辦閩省事件內戰船一款，仰福建布政司、按察司會同廠船各道確查議覆，務將積弊情形認眞查究，向來修造章程是否有應行變通之處，一併酌核妥議，總期濟用得力，永杜弊端。奉此，移行到道。職道查臺澎額設戰船九十六隻，向例凡遇屆修船隻到廠，在何人任內，卽歸其人領銀修辦。嗣因苦樂不均，以致積壓甚多。道光二年奏定章程，按月修船一隻，自是遵辦無悮。道光十年奉文改造白底艍船三十隻，分兩年造竣，所有屆限應修及造補各船不能兼顧，題準俟白底艍船造竣再行接辦。十三年，張逆滋事，諮部展限，至十三年七月始全數造竣，致有積壓未辦造補船八隻，屆限修造船十七隻。又歷年遭風未經詳題造補之船二十三隻。院司議奏撥出三十隻由臺灣府設廠，自十六年爲始，分年帶造四隻。道廠之船已於十八年夏季完竣，府廠之船截至上年已報竣二十一隻，餘船亦次第興工。此臺廠新舊奉文辦理之章程也。遭風造補之船，本無定數，以奉文爲斷，每季代造一隻，如有多船，歸於下季，儻若交卸，卽交接任之員承辦。以上現辦章程，最爲公允，既免賠累偏枯，亦免廠船積壓。至每屆修造戰船，雖係道廠承辦，其本營亦遣員弁及管船兵丁赴廠，眼同修造，工竣日，廠員具報，鎮協道府營中將備齊集驗勘，必須堅固合式、檣椇齊全，點交營弁領駕，取具收管，並揭摹清漢文通報。立法至爲周備。

惟臺廠辦船情形與內地三廠不同者，內地廠船修造屆期備文赴司領價，可計日往返。臺廠則遠隔重洋，船未屆期不能領價，至期備文而到司月日遲速難定，有領價之文半年尚未到司者。卽如職道上年十一月備文往司請領聳字四號、順字七號等船料價，其齎文之船遭風漂至廣東，本年三月尚未到司，現又補具文領，不知何日到司、何日領銀，此領價之難一也。臺地不產松杉，木料購自內地，須遣人至延平、建甯、邵武山中採買。凡八九丈以上之木，卽須十餘丈之材，翦去頭梢，方可合式，此非數十年培養不成。近歲深山多爲民人開墾，留植大材之地日少，所以巨木益艱。溯查乾隆十一年軍機大臣奏議，已有閩浙兩省戰船桅木採求殆盡之虞。今又百年，購買愈難，價值更昂。臺廠於省城及廈門皆設有料館，專派丁胥工役長年採辦轉運，工費浩繁，所用不得其人，選採卽難得力，此購料之難二也。上游採料河運到省，由省雇船在南臺接運出口，海運到廈再由廈門商船陸續配運，然後到臺廠，展轉已需時日。且每大號商船，一隻僅能配七八丈以上杉木桅一枝，或六七丈大、中吉木三四支，或三丈以上浮溪木數枝，其中小之材如運轉木山城板以及釘鐵油蔴布疋金鼓鍋桶之類，每次配載無多，常以商船數號，配運之料不敷臺廠一船修造之需，而商船已以爲苦。昔年廈門商船渡臺年有三四百號，近止數十號而已。職道自十八年閏四月到任後，遣丁胥往省廈購料，配運來臺，至本年二月止，除配運府廠料物之船外，其配運道廠料船裁七十餘號，不勝焦灼。上年冬間，檄行廈防廳傳諭商船戶，勸令酌加配料，照民間行市給予運價，失水免賠，而船戶總以木植重大，勉強加配，究屬無多。是臺廠竭蹷情形較三廠尤甚，開廠興修往往停工待料，而定限綦嚴，不敢逾違，支絀萬分，此運料之難三也。至於例價不敷，三廠皆同，而臺廠尤甚。然不能以賠貼之苦、辦運之艱，工程稍有草率。蓋營中員弁有收管操駕之責，工程如式尚不免挑剔多端，豈肯以草率之工遽行收管？但期循照舊章，料物配運無悮，諒不致有積壓。此臺廠之實在情形也。至於收管之後，則責在水師。果能一經收管，卽時操駕巡洋，不任久拋沙灘，易致朽壞；更慎選諳習風雲沙汕之弁兵，以爲舵工管駕，則各船損壞漸稀，廠中照章修造，自可濟用得力矣。謹以臺廠辦理章程及實在情形縷晰稟陳，伏祈察核。

戰船小修例準幫鑲桅木狀 庚子四月

本年四月十八日奉兵部尚書祁、刑部侍郎黄、總督部堂鄧三月二十九日牌開，道光二十年三月二十七日會奏，查驗閩省戰船修造草率及遲延積壓情形，籌議趕緊修造以濟實用，而重海疆一摺。合就抄行，仰該道官吏卽速查照摺内事理，遵辦毋違。並粘抄摺一紙到道。同日奉到憲牌，遭風擊碎船三十二隻内，先行奏請造補者十三隻，抄單行令，查明臺廠應造之船，趕緊辦理。仰見憲臺於剔弊認眞之中，復權衡緩急以濟實用。遵查抄單造補十三船内，澎右犂字六號、十三號，艋舺順字十四號三船，係臺灣道廠應行造補。雖臺廠尚有應行造補之船，既奉奏明，自應先行造補，當卽備具文領，於四月二十六日赴司領銀購料趕辦。尚有澎左綏字六號、澎右犂字一號、鞏字三號三船，係臺灣府廠應行造補。亦飛飭府廠卽日報司領銀興工，不致遲悞。其司詳臺廠濟字十五號一船，查係道光十六年九月前升道劉鴻翱任內造補完竣，現經司詳查，該營報修文內稱，勘驗船身水底楨棋等項俱已損壞，船係上屆補造，僅隔三年，何以損壞情形至此？仰蒙憲臺未卽參賠。委員查勘，儻係草率，另行參究。此船現在臺廠，當卽飭查當時如何草率情形。據廠員魏彥儀復稱，臺澎水師各營向遇船隻屆限應修，其申報文冊內如臺協、艋舺二營，無論大修小修，皆稱水底損壞，不堪駕駛，而澎湖左右營則無論大修小修，一概皆稱水底楨棋損壞，並無不堪駕駛字樣。蓋向來船隻，每屆應行修造之期，其申報文冊皆必申明損壞字樣，方準駕廠興修，若無損壞，則尚堪駕駛，不但不能大修，卽小修亦所不準。推原其故，由哨船大小修，例有一定之限，並有一定之費，非如商船自用工資，隨時修補者可比。且定例工價既遠遜於商艘，而水師操駕出入巨洋風浪之中，用至三年，不能隨時修整，勢不免有損壞。故國家定爲三年小修之例，卽指造補後三年而言。既例準小修，則不無損壞可知。此營中所以每屆修期，皆必聲明水底楨棋損壞字樣，由來已久，並無分別小修應如何聲敘、大修應如何聲敘也。營中此等文冊皆舊稿相沿，並非廠中草率、營弁得規等語。職道察核所言，尚係實在情形。所有臺廠濟字十五號一船，應否免飭劉陞道賠修之處，伏乞憲裁。

至於船桅用幫木鐵箍，則係遵成例。檢查乾隆十一年案卷，臺廠接準司移總督部堂馬批，據鹽法道詳稱，奉前憲那會同撫憲奏復給事中楊條奏沿海戰船配用桅木一案內開，閩浙二省用桅原有三種，一係杉木統桅，丈尺高大，圍圓徑寸均與估式相符，不待鑲箍，是爲一等。次用幫桅，中間仍係統根杉木，惟圍圓徑寸略小，外用柯梨或杉木幫鑲，束以鐵箍，是爲幫桅。現今修造戰船，多用杉木統桅及幫桅二種，其烏木桅一種，產自外洋，亦難驟獲。嗣後請照舊辦理，其烏木桅一種，承辦官赴洋採買，永行停止，通行遵照在案。第幫鑲桅木，圍圓徑寸有用中間統木六分而幫鑲四分者，有用統木七分而幫鑲三分者，有用統木八分而幫鑲二分者，每值幫配之時，因分數無定，交相爭執。詳蒙撫憲周諮，詢水師提督幷藩司議定，嗣後各廠，凡遇大中二號戰船，桅木概以二八幫鑲配用，箍幫牢固，於完竣交營文内聲明，以免爭執。至今各廠遵辦。此戰船桅木例準用幫木鐵箍之成案也。

伏讀憲臺於查詢福廠成字四號戰船文内，原有大桅加幫硬木及用鐵箍數十道是否有例之語。仰見憲明早已鑒及於此。不知福廠曾否查案申復，抑係年久案卷遺失，而臺道案内原卷俱在，此係通行之案，他廠諒亦有之。今讀奏參摺内，福州廠員周善感僅稱，成字四號本係獨木大桅，因匠役多去標皮，加幫梗木鐵箍，以期穩固，並未聲明成案。致奉責令已故王鹽道家屬賠補。竊思福廠成字四號戰船，現經憲臺親赴驗明，大桅朽裂，旁加幫木，圍以鐵箍數十道，則是該廠承修草率。奉參者係因甫經造補三年而大桅遽已朽裂，是以奉參，並非以幫木鐵箍而參也。第恐福廠未及查明例案，水師各營悮會憲意，以爲嗣後大桅必用統木，不準幫鑲，紛紛又起爭端。而廠中採購統木大桅不得，勢必延悮要工，其患有不止於積壓者，則於船政大有關礙。葢大船桅木長經八九丈以上，必須十餘丈之木砍去頭梢枝節方可勝用，此非深山培養數十年不能成此巨材。閩省産此大木，惟延平、建甯、邵武三府。大木生植有時，而各廠及民商年用無數，生者寡而用者衆，必有不及之期。自乾隆初年總兵苗國棟議奏，經軍機大臣核議，已以砍伐殆盡爲虞，行令儲材備用。今上游三府深山多爲民人開墾成田，各廠採用大木日艱，猶賴有幫鑲之例得以無悮；若不準幫鑲，廠員勢必束手。謹録案呈求鑒核，行知各廠營，分别明示，以此次所參係爲工程草率，並非不準幫鑲，則各廠無窒礙之憂，要工庶能濟用矣。至劉前升道承造澎右濟字十五號一船，營文聲敘亦係循照舊章，工程尚無草率。此船並非職道任内，無所用其迴護。可否免飭賠補，候憲臺委員勘驗核示。

覆顏制軍書辛丑三月

廈門快艇至臺，奉到憲牌三件，蒙賜手書，祇承一切。伏惟憲臺中忘況瘁，萬里星馳，訏謨本家學淵源，宸命愜中朝物望。蠢彼醜夷，貪黷無厭，肆其豕突，日益鴟張，詎爲和議遷延，以致失機悞事。海隅義士，無不疾心攘臂，日夕望斬逆酋以快衆憤。茲幸天威震怒，命將出師，中外一心，忠謀咸奮。側聞憲臺幨帷甫駐，即日視師，親歷廈門，指揮形勢，易水師之大帥，壁壘一新。保獲咎之元臣，讜言首建。泉廈商民懽呼相告，飛播海東，此誠天心轉移之機，志士奮興之日也。

職道力薄任重，地處孤危，以人心浮動之區，當寇亂再萌之後，元氣久虧，瘡痍滿目，撫循休息未即能蘇，緝匪鋤姦甫期安謐。乃英夷猖獗，警報頻聞，自上年五六月閒夷船遊奕臺澎，隨時擊退後，日事戒嚴。非惟外攘逆夷，尤須內防奸宄。蓋民風不靖，舉動未可張皇，而民力未舒，疲弊不宜騷擾。故以安反側、結人心爲本計；籌經費，繕守備，和文武，策羣力爲亟圖。

日昨同鎮府會稟事宜，計已仰蒙洞察。頃知新鑄大礮已委員分解臺澎，游擊林瑞鳳齎銀五千亦於前月行抵澎湖，畱營協守，下懷不勝欽慰。更望俯如所請，多籌備貯，少扣大餉，則全臺受賜益宏矣。海外情形，上關藎慮者非一端，不切之言，或無當於事理。如朱給諫所奏，頗有關繫，遵諭另文議覆。

與陳梁叔書丁未十月

梁叔足下：不相見四年矣。消息久未通聞，今秋得夏月書，乃知前歲有書未達，亦遠道浮沈之常事也。去年江南題名錄此閒未見，見來書，乃知足下去歲鄉試已捷，喜甚。雖會試見遺，然方在壯年，稍遲一科，未爲晚耳。承念鄙人行止甚厚，非相愛之深，不能爲此言。然足下似但知鄙人之跡，而未見其心，又習見近世仕宦者善爲趨避，而於古人風義品節之詳尚有未深究也。

世之善於仕宦者，大抵見利則趨，利猶未形而先求其徑以逢之，則趨利之術愈工；見害則避，害猶未見而先計其勢以遠之，則避害之術愈巧。此皆世所謂智者也。古之君子則不然。其就也，其去也，無所固必，一準乎義而已！阿諛容與以求悅於上，矯飾詐僞以取譽於下，如此者，固生平所不屑爲；即交游中，未嘗不謂某之屢仕屢躓有由然也。夫烏知衆人所謂失者，未必非其所自得者乎？自省數十年中，不動心於禍福者久矣。

臣之事君猶子事父。父受人言不悦其子而鞭撻之、凍餒之者，世嘗有之矣，子不能以鞭撻凍餒而怨其父；君受人言不悦其臣而誅罰之、貶黜之者，世亦有之矣，臣烏得以誅罰貶黜而怨其君哉？若以當事者，道有不合而爲去就之計，則又末矣。身當三黜，自反皆無咎於心。既習見之，展氏所謂『焉往而不三黜』也。歷觀古來賢哲，大抵名位盛則思止足而乞身，未有處譴謫之地而求退者也。前在西域差次，有句云『智常無礙須彌小，心自能亨蜀道平』，梁叔以爲何如？且鄙人窮宦數十年，雖昔在兩淮膏腴之地，未嘗不窮。至今負責萬數千金未償者，皆兩淮時事也。生平未嘗妄取，不自言貧而好施予，故人亦罕知其貧者。寒士作官，以祿爲養。前在江南，連任武進、元和疲邑，爲前參令之賢，保全其功名身家，代賠虧闕鉅萬。疏濬孟瀆三河大工，二十萬金悉交紳士，未嘗涉手，而坐任千餘丈最深之工段。復肩任二十萬帑金之部費，供億豫、陝官兵往來過境。又承辦災漕，所虧負官項後先數萬。其時，大府始惑人言而挫之，既知其悞，予之監掣三年，再權運使，始償補過半。復假揚州數友人萬金以繼之。臺灣六年，困於軍旅，未能償也。今即欲退歸，其如諸逋負何哉？此又私事之不能退者，外人何能知之耶！公義私情，兩無可退，此所以恬然於蓬州也。梁叔相愛素深，故聊及之云爾。

西域往返兩歲，頗成康輶紀行十六卷，於異地山川、風俗、形勢及海外諸國之情形，剌麻、回教、天主教之源流，考論而辨證之，閒及古今政治、學術、文章之是非得失，已脱稿矣。蓬州地貧事簡，公餘大可讀書，整理所著未刻數種以付兒輩，剞劂之事，則俟諸異日耳。惜不得吾梁叔一觀之也。足下在練笠人所數年，甘旨之奉，想足以供所業，進境何似。笠人處未及作書，爲致鄙念。不具。

與方植之書

昨晚細讀大刻二文。三年之喪，古人本係三十六月，禮記及儒先說未可信，以吳草廬、顧亭林之說爲誤，補入。關中至今三十六月一節，以爲張子禮教之故，容或然也。合葬文内云，合葬未爲不是，不合葬亦不得謂之不孝。此二語尚平允。惟朱子始葬韋齋先生於五夫里，中遷白水，最後又改武夷，是一父而葬之三次也。五夫既奉遺命，而改葬之，豈非不以違命爲嫌乎？五夫既有『幼不更事，卜地未詳』之悔，則遷白水時，年已四十二，不應又不詳擇，何以既於乾道六年改葬白水，更閱二十餘年至慶元某年又遷武夷？葬親大事，果可一再不慎如此乎！幸朱子以慶元六年卒，設壽至百歲，而武夷之墓有故，不又將改葬乎？此等處不能無疑，願更教之。

潘東庵遺集序

余以道光甲辰七月至蜀，識潘紫垣孝廉。見其與同人唱和詩，余亡友李海帆方伯所序刻也。既以尊甫東庵先生遺集乞訂定付梓，讀未竣而有康、衛之行。丙午春季，回成都，紫垣復以集來乞言。乃卒讀焉，知先生所以爲文；又讀程鶴樵侍郎撰墓誌銘，益知先生所以爲人，誠不能無言矣。

大抵先生之文多清峭窈渺，每於細故小物，發揮其宏遠之思，非有關於風義，不爲也。先生之從政，鋤姦興善，凡有害於地方，必除也。其所涖陽山，故昌黎遺治，初至即以安民砥節自矢；及其去也，士民哭送之者萬人，洵無愧哉。觀其志趣行事，宜其文之卓然絶俗也。紫垣行將仕矣，其必有以繼武前人之徽者，余拭目俟之！

與童石塘論注南北史書

月前再晤未得暢敘，公務紛冗不敢煩擾也。承惠修伙，又得此閒主人厚遺，節下私事已得部署，可安心治南北史矣。

此二書體宏卷富，作注匪易，徧考羣書，蒐討最爲勤苦。自古史書，惟史記、前後漢書、三國志有注，通史惟資治通鑑而已。裴駰、司馬貞、裴松之、劉邵、李賢、顔師古、胡三省，皆博極羣書，學通今古，且經昔人注本，乃集其成。然皆殫畢生之精力，或數十年而成之。千百年來，猶時爲人所糾，苟欲速成，烏能傳世哉？本朝彭文勤因徐無黨舊注五代史過於荒略，欲更蒐討古書，凡關五代事實者，悉爲援引以成補注。然文勤亦僅發凡起例，更以屬之劉金門先生。二公皆博雅素著，復資以四庫書籍，閲數十年乃成。信乎，注書難，注史尤不易也。五代距今千餘年耳，當時書籍已多放佚，況六朝至今千六七百年乎？古書存者益少，徵引無由廣博，所恃不過晉、宋、齊、梁、陳、北魏、北齊、周、隋諸書及通鑑而已。此外皆少全書，不得已於古類書，如初學記、藝文類聚、白孔六帖、太平御覽、册府元龜、北堂書抄各種中有六代事文者，徧加考索，以爲之注。一字一句，或煩旬日，非可定擬爲之，此豈可以歲月速成者乎？

現在諸君所爲，雖大體已善，而其中尚須斟酌者猶多。如注當雙行小字，乃大書單行，復加陰文注字別之，此乃傳體也。彼尊古注，故用大字單行。箋別於傳，疏別於箋。故箋皆以陰文識之，而疏則仍用雙行小字。今自作一注，何所尊別乎？又所引諸書，異同詳略之間，各有所宜，未可一例，須稍有增損乃當。至於字句脱誤，則繕書人之過，而校勘亦豈易言？瑩旬月以來甫竟閲一卷，行笥無書可檢，僅就本書及正史各種討論之而已，更當隨時修補，乃善耳。

世人好輕易著書，如周保緒之晉略，徒爲鹵莽，遠出謝蘊山西魏書之下。謝書世亦少見。毛生甫欲重修元史，瑩嘗見其稿久而不成，誠有見其難也。畢秋帆作續通鑑，亦賴前人先有此書，更加考訂修飾。又有洪稚存、孫淵如、胡雒君諸人在局成之，故其書尚可觀。此事豈易言哉？李清注南北史，稿本已見，此是李清自修南北史耳。李乃明季人，相沿元、明人習氣，妄以本書書法失當，輒憑己見任意删改原文，而自注其下，荒略武斷甚矣！宜四庫書目中已收而復去之也。今作此書，如能以數年成之，抑已率矣。默深赴邗上，略陳其槩如此。晤局中諸君，幸致此意也。

此閒有先後海運二案，立夫制軍以陶文毅有海運成案一書，屬瑩更編後案。瑩謂文毅前書，皆公牘抄案，非書體也，欲以陶公之海運，略仿前人紀事本末體式，修爲海運前編，陸公之海運作爲後編，庶可傳後。頃後編先成二卷，其前編尚俟徐爲之也。謹以附聞。

與南北史合注局諸人書

孟瞻、沛厓、季子、句生、熙載諸君子仁兄閣下：不奉教言，每深企仰。此間緣有書事，稽留秋後，當可詣邗上，載接清光也。昨以石塘太守有意註南北二史，延諸君分修紀傳，惟體例未一，又恐過繁，屬瑩更通校而潤色之。頃已見南史・宋紀三卷，南齊高帝諸子傳三卷，外夷傳二卷，北史・魏紀五卷，齊紀三卷，齊宗室諸王傳上下二卷，萬俟普至傳伏傳一卷，僭僞附庸傳一卷，外國傳六卷。竊見諸君子蒐討讎校用力勤矣。引列燦然，體義明備，魏紀尤美。第所據二史，未言何人刊本，即所取校，亦未指其爲明監本或汲古閣本，抑殿本？無由分辨。鄙意當據殿本而校以他本，且著明某本如何，乃爲精審也。

古人言，史擅三長。豈惟修史？凡成書皆然。夫正史久已昭垂而猶注之者，非欲著其所未明、詳其所未備乎？天文、職官、地理、制度、典章代有不同，本書有志，可無費辭。若其無之，則非注不能明了矣。其未備者，亦非即爲病。昔人去取，不無意義，諸家異聞，必有汰削，或始末未晐，或存舍未審，故當博收傍證，即本書去取之旨益明，此注所由作也。匪是，則無須矣。然注家得失，亦有可言。弇陋者，失在簡而多闕。繁博者，失在濫而鮮當。此其蔽也。大小顏注有漢書，劉昭、李賢注後漢書，裴松之注三國志，胡三省注通鑑，可謂善矣。前後漢自有志，地理、職官、制度可無詳，而前人猶多所援引。三國、通鑑本無志，故注者考徵益詳，此後人所當取法也。然通鑑上採千數百年之事，卷帙已富，則注不容更繁。三國卷軸無多，則注不妨廣博，此又相體爲通，不可不察也。元明以來，學人著書，但嚴取義，而事實輒從疎略，讀者病焉。乃矯之者又但尚廣博，而昧於體裁。苟能兩袪其蔽，斯爲善耳！李氏之爲南北史也，取宋、齊、梁、陳、魏、齊、周、隋八代之書，芟其繁蕪，而通著之，世皆稱善。猶有未盡，朱子譏之。然非取八代之書互觀，烏知其所以善，與朱子所以譏哉？今諸君子用力已勤，宜若無可贅言。

瑩精力就衰，舊學遺忘殆盡，又行笥少書，何堪補綴？謬以所見，稍有損益，尚望諸君子教之耳。昨見李清合注稿本，竟取二史原書爲之删改，大乖注書之體，仍是明季人不學之陋習。葢無足觀。其子枏亦覺其不安，悉爲更正。然可取者甚少，自可備採擇之一種耳。吳存中注本或當勝之，然未見也。注宜雙行小書，且體異，注疏不煩標明注字，已爲石塘太守言之，復詳所籤條內矣。鄙意注書取明文義、考事實爲主，而别本校字次之。八代之書併行，宜著其異而省其同，就其詳而去其略。若全書載入，則煩複無謂，恐遺譏於通識，未免自類其書。至於紀傳詳略，各有攸宜，義多互見，讀者自知。惟他書徵引則甯詳無略耳。序傳自言梁、陳、齊、周、隋五書十志始末，皆其所修，是志自系於各書，不能不補入南北史注。至於二史及八書詳略，但存所當存，異之甚者著之，小小文辭繁簡，無庸校量。拙見如斯，未審當否？

一月以來披詳宋紀甫畢，尚須覆核。諸君草創討論之功，何能迫促？昨已爲石塘太守言之矣。

聞諸君欲爲南北史補作志表，夫南北史本非無志，唐太宗修史時，魏徵等通南北朝爲十志，本名五代志，因附隋書之後，世遂誤以爲隋志，非也。李延壽自敘謂：十志未就，表上紀傳，其實見諸人既有十志，已書不能勝之，乃廢其稿耳。隋書十志最爲精善，歷代通儒咸無異詞。延壽自謂不及，今乃爲延壽作補，豈不爲古人所笑耶？志書援據必須確實，今六朝書籍典故久已散亡，仍不過取魏徵十志，稍加竄易耳，豈非贅耶？惟當時無表，或可補爲。然亦未可苟作。觀太史公諸表序自明，諸君裁之可乎！

與陸制軍書

昨示邸抄，廣東夷不入城，良由官民同心之力也。以如此可用之民，前人不惟不用，且更摧抑之以悅夷，海內同聲憤恨久矣。今天語煌煌，十年隱忍之深衷，一朝宣露，不但粤中義士之氣大伸，其四方懷忠抱義、見屈抑于和議諸人者聞之，必皆感泣奮興，爭抒忠勇，圖報國家矣。果率天下忠勇之人，鼓其鬱憤之氣，烏有不可以振天威而固疆圉者哉！粤中文武受此懋賞，不但現在義民當遵旨查請優賞以旌有功，即從前殺伯麥之人亦宜乘此上聞，而倡義爲檄文鼓眾作氣反受竄戍者，不可爲之聲請援赦乎？此一朝得失之機，四海安危之計，儻致書粵中，未審可一言及之否？

南漕改折一議，攸關國計民生，幸賴我公與石梧先生同心建言，感悟天心，收回成命，俾東南數省元氣不致蕩然，且國體具存，紀綱不紊，較昔年孫相國請免查陋規之奏，尤爲彪炳史乘，豈惟億萬部民感頌而已！我公奏稿尚願乞觀之。是晚爲之加餐，一夜喜而不寐。謹繳邸抄一本，伏候台祇。不具。

覆黄又園書

讀所集近思錄諸儒先之説，思以付梓，見屬弁言。竊歎海内學術之敝久矣！自四庫館啟之後，當朝大老皆以考博爲事，無復有潛心理學者，至有稱誦宋、元、明以來儒者，則相與誹笑。是以風俗人心日壞，不知禮義廉恥爲何事！至於外夷交侵，輒皆望風而靡，無恥之徒，爭以悅媚夷人爲事，而不顧國家之大辱，豈非毀詘宋儒諸公之過哉？足下獨善所師，崇尚得其正軌，以家惜翁考訂不廢義理之説爲宗，所謂不圖今日復覩漢官威儀者矣。謹當紬繹竟讀，作一文以誌慶。非獨爲學術人心慶也，以爲讀此，然後有以反其陷溺之初心，心地明而後廉恥立，庶幾有人思雪國家之大恥而立天下之綱紀也。此一書所關豈細故哉！

淮南鹽法爲當事者敗壞久矣。陶文毅未及整理，至於今日，已成涣散之勢，亟求變法，豈可朝夕待乎？童石塘一接護符，首思除害，此淮南一大轉機也。鄙人昨有致立夫制軍書，妄獻一議，抄以呈教，何如？

熊襄愍手書尺牘序

嗟乎，自古大將爲人所掣，不能成功於外，且被禍者眾矣；天下莫不爲之悲憤。然當時軍中號令條教、事勢情形，親見之者未必能言，能言之者未必親見，又不暇自爲紀實之書，一出他人，往往失實，是以史傳多未盡當，亦千古之同憾也！好古尚論者，每得當時一言一物而窮考之，猶可證明一二，況本人手自錄記之言成帙哉！史言熊襄愍起廢被禍之由詳矣，世但咎姚宗文、劉國縉與公有隙，及顧慥、馮三元等先後傾擠，究之衆人所以爲誣與公之所以爲實者，未之知也。及公集出，而知其四五矣。豈知當時公自鈔錄初次經遼軍中與人尺牘，見刻集內者，僅二十餘篇，其未刻者猶二百三十餘篇哉？讀此，乃知諸人所爲傾擠及宗文疏劾公『棄羣策而雄獨見』之謂。當時廷議皆以用虎憨、煖兔諸部攻東爲奇策，獨公不謂然，此其所謂『棄羣策』者也。

不見公諸書，安知虎憨、煖兔諸部不爲用之情形哉？神宗加天下賦八百萬，餉遼東者五百萬，不爲不充矣，而戶部、兵部應之不力，遼東仍時有缺兵缺餉之憂，讀公諸書，然後知草缺、馬缺、餉缺、糧缺、兵逃、將逃之實，此史傳所未嘗載也。至於駕馭三帥，控扼虎皮驛以保瀋、遼之意，非此不知其所以然。劉國縉祖護招募一營之迂謬，亦非此何由知耶？觀其所以屢與內閣部科書，字字血淚，非惟不應，且以益其厭惡，而欲求邊將成功乎？在廷但知貪功冒進飾報爲功，而不知守遼無失之功，古今一轍，可勝歎哉！

公按遼時，上疏卽定遼東宜守、不宜進之策，其後一再爲經略，皆持定見。王化貞冒進，一旦廣寧全失，而亡遼，遂以亡明，此公之所以爲知兵也。至於中軍號令條教爲古人兵書所未言者，多見公與將帥書中，可爲法者不一而足。甚矣！此書之不可少也。

余昔得公手書此本於昆陵。今江夏童石塘太守取而刻之，以廣其傳，石塘之功偉矣哉！道光二十九年十二月桐城後學姚瑩謹序。

江氏音學三書序代

兩漢以前不言音韻，賈、鄭大儒注經，惟言某字讀如某而已。魏孫叔然後乃有反切以音求聲。及齊、梁，四聲之說大行，然後有牙齒舌喉脣五音之辨。此吾中土音學之權輿也。然漢書・律歷志引古文尚書『予欲聞六律五聲八音七始詠』。楊升庵謂：七始者，卽牙齒舌喉脣之外，有深喉、淺喉二音是也。姚石甫亦謂：虞書六律五聲八音，皆以樂言樂，必有歌；歌者人聲，皆自牙齒舌喉脣出。歌則有字，是有文有聲，苟無韻以比齊之，其聲不嫌亂乎？故又曰：聲依永，律和聲。永卽詠也。

後世乃謂之均，又謂之韻。聲依永以歌者，言律和聲以樂器，言人聲既依其詠六律，復和其聲，然後八音克諧，無相奪倫。以升庵之説爲長。

由此言之，中土音韻之説，始見尚書，虞夏以來已有之，不自齊、梁也。特先儒未暢其説耳。世以僧守溫所傳華嚴三十六字母爲音韻所自出，舍中土而祖異域，此何異中土律算之學，周髀本精，特失其傳，西洋人得之以入中國，而吾人反以爲驚奇乎？雖然，牙齒舌喉脣五音之説，齊、梁言者不詳，莫如浮屠之悉，無怪求音韻者翕然從之，即聖祖命儒臣脩字典，亦必首舉之也。抑吾觀釋氏字音説，亦不同涅槃經文，字品有十四字，爲一切字本，較之華嚴少二十二字。涅槃經字音十四字，比聲二十五字，超聲八字。唐僧元應曰：字者，文字之總名，四十七字爲一切字本。此元應及涅槃所言又與華嚴不同。故知浮屠亦自互異，與吾人各家傳聞異説等也。桐城方密之通雅所言字音之母較華嚴又少十五字，方氏説亦本釋氏，學者當何從哉？

我朝言音韻者皆宗崑山顧氏。而江慎修先生音韻之書亦有三種，一曰四聲切韻表，一曰古韻標準，一曰音韻辨微。其書專用三十六字母而辨諸家之非，近世言字母者，無以過焉。前二種世已梓行，獨音韻辨微未有刻本，余從當塗夏氏得其鈔本，乃以三書並爲鐫版以行，使海內爲音韻之學者得觀江氏之全，與顧氏五書並傳，且舉西域字母字本之異同及吾中土音韻之肇自尚書而不本之異域，俾學者有所考焉。

東溟文外集卷二

張玉泉稽古生辰錄序

嘉慶中，嘉定錢辛楣詹事考古人生年，爲疑年錄，吾家惜抱先生甚歎美之。蓋知人必論其世，乃可見其所處，而其言其事之得失當否，皆可推尋。且世傳歷久，舛誤滋多，或託名爲之，全非其實。惟博古之士，考其生卒年月往往邈不相及，乃能指辨其誣，此疑年錄之作所以善也。然古人生年已費徵求，至於月日則更難矣。

漢州張玉泉廣文更有稽古生辰錄之作，凡古聖名賢所生月日見於傳記者，悉蒐錄之，並世俗所傳僊佛神祇生日亦畢載無遺，且必著其所見何書，若其是非確否，則一俟之博雅君子。旨趣雖稍殊於錢詹事，然可與錢書相證明者多矣，非縉紳先生有心考古者所樂道乎？

廣文名懷洵，以嘉慶辛酉舉人大挑知縣，親老，請改就教職，爲南部縣教諭，終會理州學正。道光二十八年三月卒於家。漢州張氏稱多藏書，玉泉兄弟三人，皆中鄉舉，而玉泉尤以好學聞。所著有蜀經濟考數十卷及鼎元錄，皆有資於掌故。其壻揚式如學博在蓬州，以君此書示余，讀而善之，乃勸其授梓而爲之序。

陳息凡康輶小草序

自漢武帝通西域，使節所至，極於罽賓、條支，皆西北諸夷國也。自唐世吐蕃內逼，而星軺所指，乃極於邏些、五天竺之地，則西南近海，越日南、滇臘以外數千里矣。昔人奉使者僅能羸有紀載，而采風之詠無聞，豈非以外夷人物山川陋惡，不足以入篇章歟？然荒陋之地，風氣開揚，皆憑人力，苟經學士文人作爲詩歌潤色之，則陋者亦華矣。

元世郡縣實盡西藏之地，明則不入版圖，但謂之烏斯藏。本朝康熙之季年，乃復設王官，以大臣鎮之。自打箭鑪外，悉立台站，郵使歲時不絕，而文人殊少吟詠。乾隆末，和泰庵尚書有西藏賦。嘉慶中，松湘浦相國、顏惺甫尚書有紀事圖詩。而王我師、馬若虛諸人則從事幕府，作爲篇什紀詠，亦第形其陋惡而已。道光甲辰、乙巳閒，余再奉使察木多，嘗爲康輶紀行十六卷，亦閒有詩歌，然無多也。

息凡以丁未之春繼使其地，八月，歸成都，則成古今體詩二卷，可謂富矣。陋惡之區不從此而大生其色乎？息凡詩文俊拔，迥非俗響，已刻詩集既足傳於世矣。此二卷，所歷界外山川風俗人物，一一如繪，不但余一披覽恍若再遊，卽未嘗往者讀之，亦不啻身行而目睹之。蓋雕寫景物之中，興寄寓焉，固非徒誇遊覽之異者，是乃詩人之旨也。息凡自題之曰康鄆小草云。

先塋記

形家言世族盛衰由葬地詳矣，而儒者陋之，謂不如觀德。是二說也，未可偏廢。世有無德而驟興者矣，未有不德而能長世者也。天道有常不能無變，地理豈有殊哉？人受天地之中以生，而地與人實近。蓋地儲天之精生人，猶之母感父精生子，靈蠢強弱，受之父母，成德達材，則存乎其人。猶之富貴壽考受於氣數，忠姦賢佞，氣數不得而梏之也。人道裁成天地，豪傑不得於氣數，猶自能不朽，況得於地氣者乎！吾家之興在明中葉，於今四百年矣。賢哲代生，簪纓相望，江南稱世族焉。儒者言曰：明德之遠。形家言曰：地氣之祥。自先德傳成，明德既有徵矣，地形之說，亦誠有不誣者。姑卽本支，記其始末，俾吾子孫有以觀焉。

其記曰：地理之志始自漢書，而形家亦云地理，何也？理者，條理之謂。自禹貢九州以山川分紀，脈絡分明，言地理者祖之，以定郡國；而論形勝者亦祖之，以嵾氣運。地氣之運，必循脈絡，苟非脈絡所在，則氣不運行。地氣不行，人生何由盛乎？地理明而脈絡可辨，此形家所以言地理也。桐城麻溪姚氏始興之祖塋曰錢家橋，吾一世祖故居，而三世祖考、四世祖妣之所葬也，五世祖參政公以進士起家，考與妣亦葬焉。四世祖考贈給諫公塋於蕭家衝，亦稱善地。六世祖杏林公、七世祖石崖公若妣、八世祖葵軒公、十世祖妣方夫人皆葬大窊口，益盛大，以至於今。若方山，若峣峼，若峽山者，吾族大宗所同祀焉。乃吾小宗，則松茂嶺、楓香嶺、長嶺之三芝庵，形家皆以爲吉。綜而計之，自始祖至瑩十八世，而葬吉地十五，皆在桐城。復有江寧之小山，爲十世祖考芳麓副使兆域，其形勝不下峽山。今詳其地形脈絡於後。

吾鄉左先生殷薦撰桐城地脈記曰：

桐城山皆發脈於灊之天柱東南六十里，起香爐尖，下有黄土關。入桐城分二幹，左爲大幹，右爲西幹。東南至三芝庵，折爲長嶺，轉東南，起分水嶺二姑尖，踰老關嶺，起華崖山，由是至黄草尖、金字寨、旂嶺、土脈嶺，過小關，起洪濤山，綿亙一百餘里。西北諸山皆從此分出。其大幹中行，東北起喜子峯，入廬江縣，六十里起白兔山，再起平頂山。左爲大幹，北去。右幹旋轉復入桐城，爲縣東之右幹，西南行至大窊口，入桐城，特起大山爲龍王頂，卽大窊山也，奇特如獅，百里内皆見之，俗名獅子地。龍王頂迤邐而復南，起一頂，窿高而上平，中有大石寬廣一畝如鏡，上嵌大鐵錢數枚，徑三寸許，不知何代人所爲。頂下東南四里爲棃樹凹，卽六世祖杏林公妣江太君、七世祖石崖公妣方太君、八世祖葵軒公墓也。山界廣，東北跨廬江三十里，西南周山之麓，迤邐南至錢家橋，皆姚氏。錢家橋者在麻埠河西。其原自龍頂，分枝東降平岡，至樊家岡復分三枝，中爲正枝，由羅家鋪過峽至老人塝，發石馬灘，盡於郜家橋府君廟。左水由石婆嶺至青竹澗口，會羅昌河南行。右水自三聖廟前行，過呂郎橋、錢家橋，至麻埠河，兩水會合，南入石溪。一世祖勝三公居錢家橋西，卽三世祖仲義公妣蕭太君、四世祖妣范太孺人、五世祖參政公妣余孺人墓。⿰山考⿰山此者，自二姑尖，折而東南三十里，至菜園嶺分脈，東南爲縣治，脈起黑窊嶺卽掛車嶺也。南起倒觀尖，又南起放鷹尖。左分枝行葛家嶺，西至扁擔衝，東南至土地嶺。過峽横起大嶂，左分枝東至龍井衝。中枝南起⿰山考⿰山此尖，最爲峻聳，在縣治西北。倪太夫人葬此山之陽。峽山蕭家衝者，東右幹南至屋春山，右分枝西南起雞龍山，又西當高店，過峽南，過伏牛嶺，起峽山，十一世祖職方公墓在焉。昔副使芳麓公歿，職方公卜葬峽山，而尚賓公以爲江寧之小山吉，遂葬小山。職方曰：峽山非弱，吾其葬此！及卒，端恪公兄弟遂奉安焉。啟視乃石山土穴，世所謂猛虎跳磵者也。峽山之西脈，左分枝行蕭家衝，西至韓山口而止。四世祖贈給諫公墓在蕭家衝，即外家地而廣之。方山者，大幹出華崖山，自丈人石東北至楊家大山頭分脈，東南起北黃草尖，東北爲唐家嶺分脈，起虎頭寨，南過試劍石嶺，南分一枝至清泉寺即谷林寺也，寺後北行，折而東南，過泩坊嶺，當魯䜭口之左，東北爲方山，九世祖贈光祿公墓在焉。下爲平地，過呂亭驛，起小岡，曰走馬岡，東北盡沙河之內魯王河。松茂嶺者，屋脊山南過會宮，又南至分水嶺，穿塘過峽爲二脈，其正脈起抱龍山，在縣東百二十里，又東過會心嶺，南曰芒槌山，過峽東南起鳳冠山，山右分小枝爲黃華。正脈自鳳冠山過白沙嶺，東起標鹿尖至大茅竹。左枝南起槍山，盡虆湖賽，右枝折而西北，起磨盤山，過伏子嶺，折而西行長衝之左，至松茂嶺。十二世祖妣夏夫人墓在焉，先尚書端恪夫人也。三芝庵者，自灊之天柱峯東南行六十里，起香爐尖，過黃土關，入縣界之西幹，東南至三芝庵，折爲長嶺。先高祖贈編修公、先曾祖編修薑塢公妣張夫人合墓在三芝庵，後伯祖惜抱公配張宜人祔其右，長嶺尚在墓下，萬山圍，聳廣二十餘里，界桐城西北，灊山、舒城三縣閒。楓香嶺者，自唐家嶺分脈，東行折而北，其左枝東行至小龍尖，又南行至楓香嶺，十三世祖妣張安人、先高祖妣任太恭人墓地。

宗譜見存人數記

道光丁酉，宗人修譜成。再逾年，刻本至臺灣，得以考吾宗見存人數及支派之隆替焉。溯自一世至四世，惟贈給諫公宗顯與弟宗達兩人而已。宗達公下亦惟七世廷珠公瓚至今十九世，存一百五十六人。廷美公瑋至今十九世存八十人，未爲大也。贈給諫五子獨雲南參政旭後繁衍至今，餘率再傳或四傳而止。雲南參政五子，世衡公機再傳梅軒公采，五傳其有後，至今者翠林公相、世寬公栗及瑩六世祖杏林公楫也。翠林公長孫松岡公在，至今十八世，存八十五人。第三孫松窩公長，有四孫，廣西參政若水至今十九世，存二百有四人。元石、巾石、上洛兄弟至今二十世，存二百六十七人。杏林公亦五子，其二僅再傳，四傳惟栗岡公璧至今十八世，存十六人。

松苓公珂至今十八世，存七十七人，皆不甚眾。而以石崖公琛，子葵軒公希廉一支爲大。葵軒公，瑩之八世祖也。石崖三子，紹泉、竹軒兄弟皆止三傳。獨葵軒公至今二十一世，存九百四十一人，仕宦科名，人物稱盛，皆公後也。雲南參政第四子世寬公栗，亦五子，其三不傳。傳者槐庭公琨至今十九世，存一百七十七人，庭芳公塘至今亦十九世，存一百四十六人。綜計道光丁酉修譜之歲，麻溪姚氏存丁二千一百四十九人，上距乾隆乙卯惜抱公修譜時存丁一千七百者，增四百四十九人。此以見盛世戶口之滋生，而吾祖自宋末歷元、明及今且六百年，而子孫益眾，非幸事乎！

又以葵軒公下諸孫隆替考之。公子有六，長南車公承虞至今二十世，存一百三十一人； 次養和公祖虞傳止十六世； 次卽瑩九世祖贈光祿大夫自虞至今二十一世，存三百八十六人； 次景華公本虞傳止十四世； 次欽所公賓虞至今十九世，存四百一十九人； 次翠亭公舫虞至今十八世，存者五人耳。以丁言，莫盛於欽所公後，吾九世祖略遜。以科名仕宦人物言，則南車公與吾九世祖相埒，吾祖抑又過之。然此第及今言之耳，安知異日隆替又如何哉？

吾桐大族丁或萬計，然海內數江南望姓必曰姚氏，豈族之盛衰又不盡以眾寡計耶？夫眾寡之數存乎天者也，若賢、知之事，則人皆可勉。凡吾宗人惟盡其所當爲者，以求合於天焉，庶幾延世之道乎！道光庚子十一月十八世瑩記於臺灣道署。

博山園圖記

江寧府城西石頭山前小阜曰博山者，舊有四松庵，陶氏構閣讀書其中，家惜抱先生題曰餘霞，爲之小記。嘉慶甲戌年事也。後二年，余同管異之、梅伯言、馬湘帆觴此，作詩而去。二十餘年，頗荒廢。陶文毅公督兩江軍，愛其地，適有御書之賜，乃闢庵址而新之，於閣傍爲惜陰書舍，愛公者貌公鐫石於壁，摩『印心石屋』御書四字而奉之。以文毅少日讀書資江水中，一石如印，正當其舍，而此地前望天印山，恍如其舊居也，召詩僧讓舟遠來主之。復大闢書舍，籌經費，延山長，課諸生，以永其業。助文毅經營成之者，湯雨生將軍也。丁酉落成，讌客。陳芝楣中丞、齊梅麓刺史及雨生以下名流十餘輩咸集。雨生作圖，包慎伯作記，諸人賦詩，一時極盛。未幾，公薨。

後十年，文毅弟子湘陰李公總督兩江，以戊申冬月之晦爲文毅生日，舉祀事於此，讌遊復盛。然舊時諸人，惟雨生、慎伯在矣。雨生有感舊詩四章，最沈惻。明年四月，瑩赴李公召，來江寧。雨生出此圖示余。讓舟，余舊識也，來訪，乃至餘霞閣中。惜抱先生題猶完好，禮文毅遺像，讀李公所爲詩及聯語，眺覽景物如故，而余與雨生則皆老。嗟乎！余自乙亥三月省惜抱先生而入京，是冬先生卒。戊戌正月謁辭文毅而之臺灣，明年公薨。今年赴李公召來，不逾月，李公以乞病去。文毅及李公前後讌集之盛，余皆未與；卽曩者餘霞閣同醉四人，巽之亦亡逾十年，伯言聞將乞歸，能再同遊與否，未可知也。俯仰今昔，能無慨乎！余初交雨生於粤中，爲嘉慶庚午，廿餘年而後數見，戊戌再別，於今復聚。初識讓舟於理安，今茲亦閱十年，改其僧號曰謙谷。後此之聚散，又將何若？而惜抱、文毅尤有慟焉！因觀茲圖，乃謂其盛衰離合之跡云。道光己酉四月廿一日記

孟母溫太宜人八十壽序

國朝撫育天下二百年，澤深人恬，太和之氣洽於上下。聖皇聖母累代亯無疆之壽，下自王公卿士命婦及閭閻男婦年屆百歲、八十、九十者，皆習以爲常矣。然吾觀世之以壽稱者，或家不素豐，或遇有所歉，則視其人之德量廣狹以爲福之大小。以故福與壽均，人又難之。若今孟母溫太宜人其庶幾乎！

太宜人生於太谷世家，以巨富稱，多文武顯宦。太宜人弱齡卽恬靜好禮，父朝議公、母段太恭人鍾愛之。段太恭人通古籍，教以詩書。年十七歸孟氏，有容人量，小心謹慎，事舅、姑、夫子皆盡其歡，奉膳、鍼黹之餘，喜覽史鑑。生三子，先修，道光己亥副榜。先恒，贈承德郎。先穎，壬辰進士，刑部主事。皆有令聞。先穎尤質直好義，蓋得於其先教諭庭訓既深，亦太宜人有以成之也。三女俱適本邑世家。男孫三，女孫七。男曾孫二，

女曾孫三。先以穎貴，太宜人從夫受子封，此其爲福不既宏乎！

道光甲辰春仲，爲太宜人八十壽辰，京師諸貴公既先穎同年咸稱觥爲壽。瑩於先穎有知，悉太宜人之壽果與福均也。先穎乞言，瑩曰：自古法家刑、德不並稱，爲其尚威鄰於秋氣之肅也。故三代而後，以刑官爲戒，然如于定國之爲廷尉，王文正之在審刑，更益昌大者，何也？長吏矜慎獄辭以祥其刑，屬吏勤恤囹圄以善其德，囚雖有罪不苛以法外，寓愷悌於幽隱之中，刑也，而德存焉，於以佐皇仁、弼明教，豈淺鮮哉！

余嘗蒙詔獄，見南北二獄繫囚，已、未定讞六七百人，飲食臥起率如法，經旬時無一號呼凍餒病困者。訪之，咸曰：提牢主政孟公惠我，日一再至省問，故無有疾苦。囚亦不敢弛法。自余在獄及出，君尤始終左右之，每言及時事，慨然義形於色，知其受教於太宜人者素矣。太宜人之福與壽均不亦宜乎！先穎曰：然。請以子言爲識。瑩既蒙假歸，服念前事，爲文郵致京師，祝太宜人晉一觴焉。

飭嘉義縣收養游民札 戊戌七月初六日

札嘉義縣范令。該令上年到任之初，稟稱向來辦理保甲，不過造一煙戶冊，清莊聯莊，不過貼一告示，不欲爲紙上空談，特立團練章程爲清莊聯莊之法，前護道已批准照行在案。本司道檢閱所議各條均爲妥善，果能如法力行，地方何患盜賊。惟嘉義自上年以來，盜賊之風仍未能靖，豈雖有良法而總董奉行不力乎，抑地方公事殷繁，尚有未及查辦之莊乎？該令素稱勇於任事，惟地輿既廣，匪類素多，誠非朞月所能奏效。所望督率本屬縣丞、巡檢稽查總理、董事，必使已行團練者不敢懈怠，未行團練者迅速遵行，自能日有起色耳。然本司道尚有過慮者，則逆案之餘匪也。

夫爲政之道，貴在相時因地，揆勢度情。臺地大患三端，一爲盜賊，二爲分類械鬥，三爲謀逆。此三者雖別，實皆匪類所爲，遊手日多，展轉聚處，倡亂之姦民甫十數人，附和即可千百。附和者初無定見，匪類招之則爲盜賊，官人招之則爲義勇，惟利是視而已。強者或刦掠錢財，弱者或求一飽，人多事鉅，不免身受極刑。果能處置有方，此皆良民耳。國法莫重大辟。道光六年分類械門之案，十二年張丙、陳辦之案，十四年許饕成之案，十六年沈知之案，每次捕誅多者千人，少亦百數，其尋常刦盜歷年所誅亦將盈千，而盜賊之風未息，則誅之不勝誅矣。著名逆犯固已八、九就捡，所患者一、二遺孽自知罪在不赦，輒復煽惑餘眾，以冀死灰復然。急捕之則挺而走險，適乃爲淵驅魚；緩置之則羣聚日多，必且蔓延弗制。

本司道以爲此時要務，自當聯莊團練以固良善之藩籬，尤當收用遊民以免匪徒之誘結。聯莊團練之法，前人及該令已爲周備，但須實力行之。至於收用遊民一事，初聞必且難之，然非不可爲也。計一莊之中丁壯不過十分之三，老弱婦女約居其七，此丁壯中有業者究多，其無業者亦不過十之一、二，除實係逆匪刦盜及人命正兇必當嚴治外，其僅止遊蕩或與匪人來往者每大莊不過十數人，小莊數人耳。儻令總董各查本莊，造具年貌花名清冊，許以改過自新，既往不究，由各本莊派出公費給予飯食，使爲莊丁，巡守本莊田園門戶，或任爲僱工力作，責成總董約束稽查，不許出莊滋事，及與匪人來往。如此則無業變爲有業，匪民悉爲良民，不但不出作賊，且賊黨解散，招誘無人，必不敢輕犯其莊矣。賊黨既散，則捡捕更易爲力，遺孽何患不靖，死灰何患復然乎？蓋若輩向無名冊，無人管束，易滋事端。今名冊既入，管束有人，如果滋事，不難按冊而稽，指名可索，自必安分守業，有所忌憚矣。

或慮公費無出，則試思大莊約數百家而養十數人，小莊或數十家而養數人，其力何致不給？且此等非其族鄰，則皆戚屬，爲之守莊力作，並非空養閒人，於情事亦爲公允。惟在實心辦理之總理、董事耳。

本司道斟酌情形，特爲此舉，先行之嘉、彰二縣，以次及於全臺，想該令必亦有同心也。但念地廣莊多，該令政事殷繁，未必能親歷各莊查辦，除已出示發給分貼各保外，今更刊刷印諭，遴委大甲巡檢蔣律武齎赴該縣，仰卽查照一體示諭各莊總理，並飭斗六、笨港兩縣丞暨佳里興巡檢，會同蔣巡檢馳赴各保，傳集各莊總理、董事，遵照示諭妥議核實辦理，造具莊丁年貌名冊四分，一存縣署，三分交委員齎送鎮道府衙門備查。該令仍親自先往辦理數莊以爲之式，務須妥速核實爲妙。限兩月內辦竣，候本司道親至該縣查閱。凡此收養遊民，無非多一良民卽少一匪類耳。其有著名聚匪之莊當如何設法辦理，該令妥速籌議，分別行之可也。

諭嘉彰二縣總理董事

臺灣地方，生齒日繁，人多無業，又有內地客民偷渡，始聽人言以爲樂土，及乎到地，乃知不若所聞，流蕩無歸，因相聚而爲匪。本地無業之不肖子弟，復被其誘惑，遂相習而爲盜賊。甚至黨羽漸多，遂有不逞之徒，妄思嘯聚，謀爲不軌。大兵一至，旋卽破滅，身受極刑。在滋事之匪徒，罪所當得，原無足惜，而地方村莊遭其蹂躪，不保身家，地方日形凋敝，豈不寒心！

是以定制設立重兵，申嚴法令之外，特有總理、董事之設，俾董率各莊，稽查匪類，無事則守望相助，逐捕盜賊；有事則率領莊丁，保護村莊，隨同官兵討賊立功。法至善也。今日久玩生，雖有總董之名，而不能認眞辦事，非但軟懦畏事，甚有庇匿匪盜，藉爲不法者。若不嚴行甄別，何以整頓地方？上年該縣稟送清莊團練章程甚爲妥洽，該總董多未實力奉行，是官爲爾等苦口苦心，而地方反視爲具文，良可歎也。

至於匪類之中，亦有差別，如係逆案要犯及刦掠重犯、人命正兇，法在不赦，自當立予捕誅。其或實因無業，僅與匪類往來，並未犯有叛逆、盜刦、人命之案者，尚可改過自新。此等每莊不過十人、數人，宜責成總董逐一查出，壯者作爲團練莊丁，令其日夜巡守本莊，公議酌給飯食，弱者任爲傭工，令其服役，看守田園門戶，總使有業可執，不許無事出莊。總董不時稽查，教導約束，儻有不遵，或仍與匪徒往來者，卽送官究治，並造具莊丁清冊，注明姓名年貌，送官查考。如此，則本莊無業之人皆爲有業，自可勉爲良善。在該丁既可養其身命，在本莊亦可保其室家。一莊如是，莊莊如是，則匪類無從引誘，黨羽自孤，不但不敢輕犯其莊，並且易於緝捕矣。本司道昔在龍溪，卽常行之有效。欲靖地方，莫善於此。或有慳吝愚人，以爲貲力有限，何能更養閒人。不知眾擎易舉，計各莊大者或數百家，小者亦數十家，此等非爾族鄰，卽爾戚屬，大莊不過十餘，小莊不過三、四，合十家之力而養一人，且爲之守護田園門戶，可免盜賊之虞，所得甚大。悉皆有用之人，豈可指爲閒人乎？惟在各總董實力秉公辦理耳。

此事既辦，卽結聯眾莊，就地方遠近，形勢毘連，力能彼此照應者，各莊總理、董事相與合約，協力同心，凡遇有事，一家有賊則一莊鳴鑼，一莊鳴鑼則各莊鳴鑼相應，各出莊丁走相救應，其餘一切照該縣前議團練章程辦理。如此盜賊尚敢入其莊者，吾不信也。今欲甄別總理、董事之賢否，必有所憑。卽以此爲憑。果能遵奉實力辦理者，賢總董也，不但用之，且必獎賞之。儻陽奉陰違，視爲故事，甚乃庇護犯法莊丁，不肯送官究治者，卽不肖之人也，不但革之，必且治以應得之罪。

本司道賞罰一秉大公，不以人言爲是非，惟視其行事之實否耳。除分委幹員赴縣會同辦理外，合亟諭飭。爲此諭仰該總理某某卽行傳集各莊董事，面見委員，遵照事宜，查明各本莊此等遊手無業壯丁共若干人，通莊共議給予飯食，作爲莊丁，巡守本莊；責成該總董約束稽查，不許出外，再與匪人交結；造具年貌花名冊四分，呈鎮、道、府、縣查核，不得以有業之人充數。妥議章程，送縣，聽候本司道按臨查核辦理。至各委員官人應需夫價飯食，造冊紙張，已由本司道捐廉給發，刊印冊式，交委員齎去，各莊只用照填，毋須冊費。儻有藉端派索，本司道察出，惟總董是問。

後湘詩集卷一　五言古體

處女篇

羅袿紫桂襦，鳳髻瑇瑁裝。腰閒芙蓉纈，肘後珍珠囊。輕質蒙纖霧，素睞流輝光。行行采蘭杜，不語心自芳。東風何時來，桃李爭春陽。蛺蝶滿園飛，不上白玉堂。惟有博山鑪，可以親其香。

遊子篇

飄風不終朝，驟雨不易時。如何遠遊子，一去無還期。朝勸阿母飯，暮縫遊子衣。遊子中路寒，阿母堂上饑。朔風吹白日，我馬骨以摧。千里童僕親，反令骨肉離。瞻彼林中鳥，晨出莫還飛。人生有遠遊，不及乘時歸。

採葛篇

採葛南山下，朝露何纍纍。願擷水中蒲，不食道傍李。葛充下體衣，蒲作盤中餐。豈不懷苦辛，生死爲君歡。君言駕四牡，遠適齊與洛。冠蓋謁通侯，千金贈猶薄。春陽麗花霧，二八豔城郭。亦有故鄉思，妾心正蕭索。

擬古

如何當春時，而乃使人悲。羣芳競朝秀，流景已西馳。託身事君子，皦日以爲期。顔色猶敷愉，歡情竟中移。良無金石固，顛頷安可知。

流水悲在山，落花思故林。當時衆年少，老歎霜雪侵。霜雪何能爾，髩髮摧人深。一身且難期，安保他人心。開樽理清曲，聽我瑤華琴。商羽皆言悲，不及變宮音。

楊朱泣歧路，賈生痛時事。阮籍悲途窮，唐衢哭忠義。先後各千載，同此徑寸意。河水激流沙，隄岸日崩潰。隄崩亦有盡，河漫方無際。遥遥古涫風，頽壞何其易。安得傷心人，一發中流喟。

布衣致卿相，古有公孫宏。儒學一朝顯，説經動九重。更開平津閣，羣英羅其中。桓榮亦三老，東漢爲師宗。西面見天子，撰杖皆三公。盛哉兩漢儒，赫奕聲何隆。自云稽古力，至今仰其風。我思六經訓，日月萬古同。上以經一世，下以淑其躬。豈爲致富貴，遂欲同聖功。此義竟是非，太息何終窮。上聖不言德，下士盜虚聲。懷挾一卷書，意氣横相傾。我聞先漢季，乃有嚴君平。垂簾觀大易，論道明元經。斯人棄世徒，但自安沈冥。世俗轉相耀，謂有天漢名。高才如太白，未識作者心。亦附齊東語，不顧愚者驚。

東風吹芳林，緑葉發奇姿。好鳥結深巢，鳴蟬憩高枝。一旦商飈發，脱葉淒淒飛。柯條不自堅，依託者何爲。寄言彈丸子，無用更相隨。

矯矯雲閒鶴，失勢一朝墜。飲啄桑林中，反畏蒼鷹翅。主人偶相顧，謂可園林飼。惜哉横海姿，宛轉堦墀閉。三歎主人恩，安識平生意。

春女多感傷，秋士無懽顔。棲棲遠遊子，戚戚吴楚閒。道逢故鄉卒，人事有變遷。昔時屠刀兒，已作咸陽官。買田亙千隴，大宅連雲端。頗聞季子家，貧寠日益艱。戚友相寄問，負米何時還。

雜詩

明月出東廂，徘徊在高樹。宛宛襲幽芳，娟娟濯雲素。佳人掩袂起，含睇當朱戶。不怨芳菲遲，獨惜清光去。桂花秋未實，絡緯急如訴。君遠不見懷，鳴琴聊獨御。

飛龍引

昔我乘飛龍，永言遊八荒。東採榑榮枝，西飲瑤池漿。玉女繫我佩，雲衣垂琅琅。謁帝丹霄宫，期羨各進觴。醉聞鈞天樂，再拜陳新章。兹事忽千年，天老頭如霜。失我元玉簡，無復白蜺裳。驅車走京洛，濯足臨江湘。道遇邯鄲翁，怪我顔色蒼。誓言反初服，爲許傳神方。羽蓋竟寂寞，滄海空茫茫。遐思誠可慕，厭世非徒然。丹砂既我欺，四顧心如煎。朝日遊大河，波浪盪我前。梁齊多風沙，莽莽黃入天。舉首見岱嶽，雲亭亙相連。昔時金泥書，裊裊飛紫煙。斷僕秦漢碑，字滅不復鐫。金石尚如此，皇武安足憐。以此發長歎，淚下如流泉。

長生不可期，初服未能反。日短路苦長，馭遲馬復蹇。遥遥秦川風，吹我下修坂。二十事遠遊，豈不身手健。戚友別道周，妻孥謝繾綣。此行非王事，何以致謇謇。左挽樓煩弓，右把紛胡笴。仰射雲中鷁，聊以恣息偃。

息偃不終朝，意氣良千秋。低顏事干謁，無乃壯士羞。問我今何來，曳裾千乘侯。千乘夫何如，令譽溢九州。朝彈二千石，莫決八百囚。接士賦新詩，狎客引齊謳。入門競嫵媚，得失紛相讎。我本江海人，亦裒蒼生憂。安能隨衆客，進退爲和柔。長笑歸去來，把酒酣滄洲。

歲莫吟

歲華既言莫，天意亦蕭椮。宇宙盡寒色，豈獨悲山林。客從西北來，河水冰雪深。朝陽光自薄，安能勝羣陰。嗟彼無衣子，猶撫瑤華琴。徒聞履霜操，莫辨絲桐心。

歲月常苦短，離別常苦多。嗷嗷雲中雁，遠墜南海波。海水既以深，巨浪復嵯峨。長風萬里來，日見蛟龍過。羽鎩不能飛，四顧傷如何。

鳥生八九子，飛去南天涯。弱羽日以成，猶傍故巢棲。故巢雖云好，去者歸無期。大樹鳴北風，出巢望以悲。儲食不自啄，覓父萬里陲。精誠感蒼昊，儵然已來歸。嗟哉此鳥雛，成羽何其遲。

贈吴子方

我雖居窮陬，未能從四方。紛紛名雋流，略識其短長。頗恨時譽中，往往拘驪黃。雖有覂駕材，無由見眞良。昔我未知子，張子殊清狂(阮林)。自矜幼得士，稱子頗非常。竊誦贈子什，自謂已得詳。子時遊京師，未假結珩璜。深思不可見，時復勞遠望。去歲在郡中，忽得延清光。對面若不識，歸來徒怏怏。今茲日在桺，聞子適來城。趨晤喜已多，倉卒轉莫名。偕茲六七輩，酌酒入山莊。萬松夾楓羅，四山霽新霜。欣此秋色佳，入座俱少英。微嫌屋中窄，振衣上重岡。伫聞子論說，頗復獲心藏。自從宋明來，斯文更彫喪。中間數碩人，扶植各有臧。末流更紛裂，同室相矛槍。遂使章句生，翻笑伊洛荒。文章亦絕軌，衰薄不足張。聖經如洪鈞，萬態俱含生。泱泱滄海流，吐內河與江。鷃飲自滿腹，蝨食亦充腸。俱恨所得微，那更用謗傷。可惜燕雀愚，輒思嗤鳳皇。廓彼高飛翰，冥冥自翺翔。獨慮此悠悠，後生爲惑惶。所以古哲人，不顧羣言昌。獨力爲砥柱，障此百川狂。懷之不可見，我心實怦怦。子誠有志士，量知所重輕。示我新著作，筆墨何煇煌。三歎識子意，賤筆不足評。汲古綆必修，致遠有所航。身居泰嶽顛，始見梁父平。我如出谷鳥，求友方嚶嚶。願更抒子意，遂我幽居情。已恨見子遲，何復去我傍。孟冬慘羣陰，黤黯雲日光。別路不可知，舊思滿離堂。以子清妙才，到處有逢迎。所知日以廣，所益日以長。慎言崇令德，無忘夙昔盟。自顧衰朽姿，逾冠髮已蒼。歲月忽易晚，四顧心茫茫。負山知力薄，臨歧悲羊亾。譬彼杯水流，浮芥膠坳堂。先民亦有言，人若不自量。眇益喜爲視，跛益喜爲行。舍我素心友，無與共昏明。仰視浮雲飛，儵忽東西鄉。安得盡爲龍，上下常相將。因風送征蓋，愴惻不能忘。

夜飲方竹吾北園偕左匡叔徐六襄方履周光律原張阮林諸君

平生非達者，浩蕩塞其內。時對素心人，忘形宇宙大。茲園面羣山，左右環溪帶。中有萬竿竹，蒼龍偃松蓋。方君乃居此，佳興亦自邁。到門儔侶熟，況值暑初退。解衣縱清言，壺觴遂傾醉。流飇沁荷岸，飛雪漱石瀨。日落萬峯明，鳥聲一林碎。須臾山月白，千里有微靄。攀躋巉巖顛，極目流光晦。衆星蒼然列，河漢橫素界。應有羽衣人，乘空弄霎䨴。吾將謝諸子，去探鴻濛外。

白溝河大風

驚沙塞天地，白日失澒洞。不辨何西東，口噏目睫腫。車輕祇欲飛，馬屹不敢動。惟聞耳畔響，似塌萬山塚。又如渤澥傾，掀然大波湧。常愁身在岸，失足有餘恐。徐聞僕夫語，舌彊魂猶竦。言此長風來，絕塞逾關隴。能使千里暗，虎豹失威猛。或時吹海舶，飄空如蠛蠓。或捲千鈞車，人馬如飛玒。今茲特微颸，卽定不旋踵。聞言稍開眸，昏黃猶蒙蘢。勉驅到山店，鐙火客方擁。下馬競避風，談説紛如閧。須臾客漸靜，雲散亦總總。日色依然明，西山天際拱。出門登車去，一筆覺昏懵。

帝京篇

帝京開北極，列宿壯宸居。遼海通佳氣，燕趙捧皇輿。天開黃道後，日麗紫城初。萬戶承平樂，樂哉良有餘。桑乾出蘆子，三月正冰開。鳴笳上卿出，飛旆列侯來。功名薄衛霍，詞賦小鄒枚。歲歲通新貴，何人到上台。九邊通阸險，八部控精強。神武先朝帝，忠誠異姓王。自是金甌固，由來化日長。儒生不知務，猶說古漁陽。

去京邑夜至津門還寄徐六襄光律原

秋風燕塞起，木葉津門飛。遊子歸故鄉，浩然有所思。廣陵方此去，西山難重違。回首望京邑，川薄帶逶迤。邨煙沒寒渚，宿鳥驚夜枝。關樹遠蒼蒼，河漢明依依。故人不可見，霜露忽已滋。中洲淹桂楫，葭菼沙岸微。昨宵共樽酌，今夕孤舟維。獻賦君方達，奉檄余已非。一聞飛鴻叫，零涕霑征衣。不隱南山霧，終愧元豹姿。

望嶽

朝從燕市飲，暮息蘇門軒。方尋齊魯郊，去謁蒼帝孫。始知華嶽高，不敢自言尊。一峰標日觀，雙闕作天門。鴻荒判夜氣，滄海變朝昏。秦封玉檢失，漢策金泥存。百靈日朝會，羣山勢東奔。颯沓風旗合，縹緲雲裳翻。願隨鸞鶴侶，振佩叩重閽。玉女爲採藥，元君許贈言。星精下丹石，仙夢臥雲根。忽念思鄉邑，依然塵市喧。歎息望巖穴，何由感君恩。

兗州道中述懷

客子厭行舟，川途悵遠目。紆迴汶水過，參差嶧山出。長淮隔千里，獨夜念疇昔。蒹葭露已重，鴇雁聲非一。驚飈半汀起，暗雨蓬窗入。嗟余弱齡志，趨步超儔匹。中服古先訓，常懷膺世術。結交嵇呂輩，慷慨多遊逸。伯鸞歌五噫，叔豹思三立。甯知遘迍邅，寤寐慚邁軸。謀道既未遑，謀食遽已急。雖蒙君子許，頗見蛾眉嫉。終軍始入關，相如未歸蜀。既乖請纓志，徒懷獻賦筆。歲莫方行邁，故人不相及。寂寂過麟臺，黯黯日將夕。

月下有懷

不寢愛良夜，獨坐臨高齋。清風吹羅襟，皎月入我懷。流雲素波淨，當戶飛銀埃。整裾暗芳襲，弄水明光隤。竹影散青林，忽上玲瓏階。卻憶嬋娟子，扁舟海上回。石華大如掌，異彩揚珠胎。服之可長生，白髮不敢催。採此未見貽，我顏胡以開。誓欲從玉兔，飛逐青天涯。乘景弄玉宇，濯足陵天台。嫦娥竊藥去，棄我如蒿萊。仰望明月輝，何用滿九垓。

太白樓

青蓮謫僊人，頗亦任奇氣。脫屣輕王侯，平生魯連輩。高才驚世俗，咳唾九天外。誰知酣醉中，沈憂乃復大。蝃蝀莫敢指，陽光儵已晦。誓欲叩重閽，雷公怒天界。投壺玉女笑，天帝方昏醉。哀怨挾深情，佯狂託無賴。奇策既未獻，詩譚益豪邁。區區一供奉，何足繫埃壒。煩愁不可銷，白髮日以長。羯鼓動地起，西幸何倉皇。忠憤不見收，晚乃流夜郎。當年釋囚徒，乃是郭汾陽。脫身始得歸，窮老氣益張。謝公唫詩處，亦在青山傍。男兒死即葬，何必歸故鄉。我今過采石，登樓一傍徨。再拜想高風，不覺爲君傷。

晚泊樅陽訪朱歌堂不見

我從金陵來，看盡六朝山。六朝多佳麗，山水如煙鬟。迎風逞娟妙，向我低頰顏。攬之不可即，雲彩紛斕斑。舉桮邀山飲，山如笑相還。日落紅翠酣，山醉我亦闌。浩然鼓枻去，江靜無波瀾。僊人翦圓鏡，掛出青雲端。照我登采石，精靈共盤桓。忽吐風雲氣，題句高樓閒。微聞老蛟舞，山鬼嘑江灣。歸來始泊舟，泊舟樅陽渚。坏土古臺基，昔人射蛟處。我友有居宅，聞與茲臺鄰。到門不可見，烋水多釣綸。卻櫂空船去，相思愁殺人。

辭家曲

二月桃李花，黃鶯滿園樹。薔風笑行客，獨向何方去。昨歲始還家，雪滿征車路。入門未十旬，無乃太悤遽。酌酒酹薔風，薔風莫笑儂。一年曾幾日，底事豔陽空。閨人亦暗禱，不怨君行早。願及薔風先，歸向江南道。可憐桃李枝，無言空自悲。明日君行處，正是落紅時。寂寞園扉掩，嘑殺黃鶯兒。

詠古

結交幽並兒，脫略文與史。走馬若飛電，躍身如脫矢。義可薄雲霄，誓欲同生死。蚤歲謁邊將，慷慨言兵事。謀畫非不奇，時平輕壯士。浩然舍之去，亦不歸田里。東下盂門道，南涉江淮水。落拓已十年，衣敝屐無齒。忽聞鼓角動，拔劍夜數起。丈夫念國恩，富貴何足儗。裹甲赴戰場，全身以爲恥。西漢嚴盜賊，三輔尤縱橫。訐訟遂成風，白日桴鼓鳴。惜哉廣漢死，威制無復行。子高本經術，數以能諫稱。一旦起京兆，發伏驚神明。治尚雜儒雅，誅罰亦兼任。越法有足大，俗吏何足繩。

青蠅玷良璧，濯濯完白瑜。壯士被惡名，折節還讀書。讀書亦胡爲，乃心念皇都。忠義明夙許，垂功在邊隅。昔爲市上虎，今作水中魚。烹魚剖其腹，中有明月珠。持以謝故人，寸衷竟何如。

讀書二十年，望古懷高芬。豈不慕名義，名義世所瞋。黨人不亡漢，東林不亡明。可笑攀援子，客氣徒紛紛。激水可沒山，激怒可沒身。遂使奸雄輩，乘時嘯風雲。豫章多名木，日夜來斧斤。幽壑潛巨材，千歲成輪囷。士苟懷忠義，何必登龍門。

登高望大江，落日揚洪波。勢與楚天遠，歷歷吳山多。扁舟爾何來，五月浮湘過。荒涼左徒宅，蘭芷今如何。辭賦徒荒淫，高調絕乘戈。靈雨儵然合，哀怨聞湘娥。甯爲九疑泣，莫作郢中歌。

壯士不受憐，志士不顧金。哀哉淮陰侯，乃受一飯恩。漢帝遇丘嫂，轑釜稱無羹。一朝君臣合，際會成風雲。千金報漂母，二侯靳所親。得失在天下，不忘兩婦人。誰謂英雄困，恩怨不終身。

海南多孔翠，毛羽爲時珍。異彩揚金璧，巢在三珠林。委身玉堂裏，織爲合歡衾。佳人抱夜寒，霍納香中深。物貴得所用，微禽亦千金。慷慨壯士懷，鬱鬱空悲吟。

四月十五夜月

迢迢碧雲盡，皎皎圓光新。清空靄微露，素影如依人。燕趙苦風沙，越南遍關津。年年異鄉地，勞汝常相親。孟夏盛陰雨，五嶺多浮雲。可憐蟾兔光，被掩明常昏。甯知三五夜，復此白玉輪。裴回高樹閒，照我萬里身。愧無好顏色，爲汝慰殷勤。寂寞夜既久，望望空庭軒。感歎不能寐，何以報精魂。

十九夜待月不見

元雲合已夕，庭際風生樹。裴回赤欄杆，昨夜月明處。雲深不可掃，月缺那能早。愁思如飛螢，東西沒庭草。待月使人悲，登天未有期。遙知隔雲裏，此夕嫦娥嚬。青鳥從西來，遺我瑯玕字。後月三五時，圓光報君意。爲我謝嬋娟，佳期不再愆。海上風雨闊，夜夜玉階前。

寄劉孟塗

吾黨有劉生，矯矯非常儔。崛起榛莽中，顧盼邈九州。其精走雷電，其氣騰螭虬。化爲九苞鳳，文彩鳴周周。聲華赫然起，倒屣傾諸侯。手握青蛇珠，口倒黃河流。大人辟英風，小儒驚不侔。豈謂滯功名，三十守一邱。我如祖車騎，一鞭先君投。馳逐萬里來，忽亦當風休。常思同眠夜，起舞雞聲啁。車行過齊魯，北走臨燕幽。醉上黃金臺，脱卻青貂裘。轉逢吳季子，邀買餘杭舟。遂乃逾梅關，南去登羅浮。茲山實仙窟，羽客時來遊。青蜺與白鳳，仙蓋何悠悠。虎豹扼九關，白日崦嵫收。顧召許飛瓊，爲我彈箜篌。聲慘不可終，涕泗望十洲。靈符既未佩，仙夢難爲酬。君今在何許，胡乃不我謀。浩浩大江濱，遙遙南海頭。精魂儻飛去，千里還相求。

寄易卿

疾風飄北林，旅雁中宵飛。與子非比翼，安能無別離。別離不復道，征路多險巇。驅馬一出門，僮僕皆我欺。豈無華屋貴，接我非故知。邂逅託肝腸，中更懷狐疑。貴人意氣盛，客子中心悲。代馬向越中，蹀躞黃金羈。哀鳴復何動，奔軼未有時。始覺離羣感，豈但惜霜蹏。

別君四五年，顔色日顑頷。中獨懷感傷，那復愁炎癘。良辰戒車馬，度嶺陟峭崒。遙望海水深，蕩蕩來天地。何時起鯤鵬，孤島自聳峙。思君數千里，日夕得無淚。迴風揚洪波，吞聲從此逝。

江水隔五嶺，不得通雙魚。故人思日夜，幾歲無一書。匪爲無一書，想君病窮廬。閉門何所食，早晚烹葵疏。自昔有明志，苦節諒不渝。此時誰裹糧，頗復懷子輿。

寄懷徐六襄

昔我初結交，君爲天中月。棲我如蟾蜍，清輝相映發。今我久別子，遂爲曙後星。三五斜在東，零落光熒熒。君既不可見，思亦不能已。代馬南鷓鴣，迢迢七千里。

丹鳥翩翩來，墮我明窗前。銜君一紙書，離思何纏綿。纏綿似春艸，君在長安道。三月莗風深，鶯聲上林曉。問君何所遇，著書勤閉戶。寂寞太元經，荒淫子虚賦。獻賦自有時，男兒自有期。努力愛莗華，雨露方榮滋。

迴風吹白日，獨上粤王臺。海水起大鯨，似駕三山來。揚鬐傾澒洞，鼓鬣乘風雷。蓬萊不可見，巨浪徒崔巍。龍女出海底，戲折珊瑚釵。鮫綃裹明珠，含笑投余懷。感此意念深，萬古無嫌猜。東南尋赤水，珠樹同裴回。

後湘詩集卷二　五言古體

詠懷

南國菁艸晚，悵然獨行唫。落日起微風，迴波滿江潯。君非三閭子，含憂一何深。楚水不到越，椒蘭委芳林。浮雲從西來，猶似瀟湘陰。願言懷之子，聊撫瑤華琴。調遠意自悲，莫致空中音。

朝聞郢中唱，莫共越人唫。聲響靡以卑，衆謂希世音。我曲本哀怨，未奏涕已零。重華不可期，翻以爲荒淫。蟪蛄日夜悲，江水日夜深。翩翩丹邱鳥，一旦棲微岑。噦響絕九天，安能逐凡禽。此事古所歎，豈獨傷余心。

士有不適意，出入蒙世詬。歎息還讀書，十事得八九。乃知我所遇，往往古人有。古人得我知，不負千載後。平生殫精慮，著述藏二酉。但恐百年閒，無人覆醬瓿。縱令我書在，我骨固已朽。儻更相是非，紛紛安足取。

古人陛九級，廉遠堂益高。大臣蒙譴呵，盤水加纓氂。漢初用法嚴，刀筆由蕭曹。往往王侯輩，縲絏就狴牢。朝爲股肱寄，莫畏吏咆哮。所以賈生書，慟哭涫風澆。遂終文景世，此法無一遭。豈知百年閒，復細如牛毛。峩峩三公貴，荷校肆市朝。哀哉李將軍，百戰身空勞。七十不對簿，自剄何無聊。至今邊塞下，譚者爲悲慅。

步出郭西門，縱橫陌如繡。白水交平田，青山複遙岫。雉雊朝已變，嘉禾晚方秀。籬落時一風，雜花芬可嗅。龐眉二三老，植杖茅簷後。牛羣角彎彎，雞聲鳴喌喌。室有菁醪香，門無里胥怒。既以樂婦子，亦可歡故舊。偶見客衣冠，謙揖禮儀陋。翁誠古先民，何必千鍾富。此非遠城市，已見風涫茂。嘅彼山中人，安得朝夕覯。

偶隨遊俠兒，燕趙相馳騖。踏輭五花驄，呼白千金注。酒就文君飲，曲乞周郎顧。奉觴賣漿家，脫劍故君墓。惟聞孔文舉，不識袁公路。盛遊一朝歇，迴首三年誤。中宵起長歎，涼月空延佇。照我室中唫，寒蟬咽危露。

淮陰漂母飯，瀨水義女漿。一心憐國士，義重嫌疑忘。豈意十年中，徒步遂侯王。行矣君自愛，投身赴滄浪。千金何足報，茲人已云亾。誰能弔芳澤，轆轤鳴中腸。一怒更足慙，千載我心傷。

人生盡百年，艸生盡三秋。鬱鬱叢蘭茂，忽已委道周。亦有不華實，寂寂空椒邱。所以賢達人，皆爲秉燭遊。茲遊豈雲樂，或亦致禍尤。清竹動繁聲，妙舞雜名謳。衆賓具言醉，觥觴錯相酬。歡宴猶未終，廷尉已見收。綱羅及賓從，纍纍階前囚。可憐爨下婢，辛苦事諸奴。未識綺羅香，豈解珍膳羞。一朝就東市，不及待白頭。

遷固不可作，吾思良史才。襃貶豈盡中，紀實亦云賅。未聞傳佳惡，臧否取上裁。但保功名終，何以折姦回。甯知迅雷下，玉石或同摧。循循萬石君，保祿良足咍。孔張彼何人，折鼎居三臺。此事傳千秋，是非未可乖。誰能表直節，折檻風崔巍。

詩書取精意，文章有內心。結構窈渺中，忽發天籟音。衆人好聲色，侈靡爲誇淫。但厭觀者目，無復中情深。紛紛相炫奪，無乃不足稱。

蚩蚩陋巷子，被褐身不完。日中僅一食，俯仰多乖愆。出入卽窘步，跼蹐無令顏。偶爾一朝伸，翔步青雲閒。旌幢導車蓋，鐘鼓傳朝餐。恩寵冠曹輩，賞賜以萬千。妖姬彈琵琶，珖琩列廣筵。漏盡東方高，客醉未言旋。樂哉中堂宴，主人壽南山。卻憶貧賤時，何有今日贒。人生苟如此，雞狗亦得憐。四座競高唱，羌笛雜鳴琴。何意嘈雜中，忽聞山水音。冷冷澗泉響，颯颯青楓林。絃下清風來，寒生玉堂陰。主人問此曲，調古不如今。何不入商山，四皓或同聽。方當進鄭衛，請易笛與箏。無爲撫哀絃，彈者徒霑襟。

昔我同門友，清懷淨冰玉。同棲山上雲，共采山中綠。一別四五年，我行遂彳亍。甯隨衆偃仰，但覺意局促。自是我形孤，敢謂高世俗。勉爲希世操，難忘舊旹曲。泛泛杯中醪，長歌還獨漉。

再酬張阮林京師寄懷之作

炎風蒸嶺嶠，八月無秋意。鴻雁避瘴雲，魚龍吹海氣。昨夜颶颷發，昏冥失天地。旅人懷百憂，申旦那得寐。朝見故人書，遠自京師至。別緒亂已久，書反動成歲。王程逾七千，遲速幸能致。教胄祿雖薄（阮林時教習覺羅官學），頗亦任王事。況聞勤著書，身世賴修治。自慙仍飄泊，出處兩不易。強勉排俗愁，開顔復長喟。浮雲隔中原，白日照顛頇。卻念故鄉遠，蒼茫忽成淚。與君各有親，祿養何時遂。近聞小兒女，差復能娛戲。兩家時往來，聊適庭闈志。所恨事遠遊，無以備羞味。君能慎明德，致遠待令器。江湖多風濤，霜露摧人最。無令乘萬里，再失人中驥。

夢歸

久客無好懷，久病無好身。苦思遂成夢，行行至我門。門外何所有，桂樹羅青雲。入門何所見，四壁蒙荆塵。上堂拜阿父，阿母喜出看。汝行四五年，使母摧心肝。下堂揖其嫂，問嫂兄安存。兄出猶未歸，語發淚潺湲。回頭婦亦至，弱女隨牽裙。嬌小不識耶，見我顔欲瞋。婦言家中事，日益大艱難。晨炊爨薪盡，莫汲井水乾。親雖未衰老，那得無盤餐。辛苦望君歸，豈爲兒女歡。又無囊中帛，何以慰晨昏。信知遠遊苦，世路如波瀾。得還聚骨肉，且復忘飢寒。呢呢語未終，流涕雙闌干。我心更悲痛，倉卒難爲言。頓足忽驚寤，依然旅館閒。攬衣有餘淚，舉目無一親。反疑夢中實，未覺此地眞。傍徨中夜起，腸轉如車輪。去住兩復難，飲恨千萬端。不如雲中雁，早逐蓸風還。

從化南至日出北門登大奎閣觀壁上諸君重九詩歸而有作示王明府

冬陽布溫煦，萬象回蒙屯。招攜出北郊，曠覽得所欣。寒艸被修隴，喬木翳近邨。了了見遠峯，依依帶荒原。琳宮遂俯仰，傑閣愁攀援。鐘梵響俱寂，空餘彌勒尊。雲陰慈竹院，日靜桄榔園。老僧喜迎客，牽坐語復溫。指點壁上觀，高詠怡我神。

歸去日欲晚，羣山已蒼然。離離榛莽中，落落生寒煙。農功畢場圃，老稚隴上閒。樵婦荷鐮歸，趁客投城垣。健兒坐無事，牧馬空壕邊。以茲居人樂，轉爲行路憐。憶昨過三水，羣盜仍茲延。公然劫白晝，行旅爲迍邅。此輩雖輕生，無乃多飢寒。捕誅亦已眾，何以絕綿綿。乃知此方泰，三歎使君賢。

從大奎閣歸途中憶在欖山日開元寺一僧竆老且病客至亦不爲禮然枯寂有禪意余梅花時輒訪之今此閒有僧頗能詩乃不及也

余雖風塵人，靜理夙所觀。出門山水好，一望心神閒。冬晴雲意靜，日色諸峯寒。忽憶欖山時，探梅叩禪關。中有無名僧，一住五十年。不聞鐘磬響，常斷爨下煙。老病惟破衲，客至無周旋。風雨四山夜，一鐙掛壁閒。我往見妙寂，頗悟枯木禪。聞此有遠公，詩句殊清妍。遊詠豈不佳，而我無取焉。摩詰病丈室，問汝今何言。

獨坐

煩苛病炎溽，獨坐整我襟。一雨空城入，颯然暮寒侵。暝煙散棲鳥，遠水搖孤岑。望望序物變，寂寞含思深。

夕懷

稍稍棲鳥動，霏霏煙霧夕。月出東峯高，流光當戶白。此時念之子，何處還爲客。清景最傷人，華容坐蕭瑟。

盛雨

雷聲西北來，驟雨不容避。古樹撼危柯，懸崖急崩勢。坐愁天河決，遽恐海水至。澒洞滿乾坤，蒼茫使心悸。憶昨步東郊，嘉禾甫生遂。幸無憂赤旱，旅食亦得計。十日雨已多，盛潦豈天意。朝聞百里外，鄰近果沈潰。漂溺近千家，死者十三四。亟哉撫卹仁，莫問誅求吏。去歲山東旱，鬻賣及幼穉。流離徧關中，三輔盜益肆。賑錢已百萬，稍覺司農匱。至人和陰陽，嘉德應天地。災歉雖有時，要當懲乖戾。勤勞我聖皇，軫念在宵寐。

寄希光姪

昔我出門時，盡室悲嗚咽。僕夫已告駕，展轉不忍別。老母苦輟餐，三日肝腸裂。平生最嬌兒，出入問寒熱。一旦事遠遊，艱辛難具説。良辰已再愆，作哽相敦迫。此行覓嚴親，迢迢向百粵。但須歸來早，莫計千金橐。少婦背面唬，親解珊瑚玦。恐爲閨房戀，晨起理行篋。盈盈二小女，嬌癡復憨絕。是時送者誰，歧嶷有兩姪。小者四五齡，惟解牽衣哭。汝時未十歲，頗知事禮節。殷勤道傍送，再拜意愴切。敦勉語未終，吞聲滿眶血。風吹暮塵起，回首故山滅。從此一登車，孤形遂天末。嶺南異中州，其地苦蒸鬱。瘴雨無四時，炎風砭肌骨。澒洞變海氣，水土多奇疾。老父客幾年，辛苦爲家室。況我少壯時，詎敢愁嗟咄。雖云殊方遠，且幸依骨肉。悲喜遊子情，蒼茫老親髮。客中奉庭養，事事禮儀缺。極意爲歡娛，深慚備甘滑。巍巍尚書公，軍門高嵽霓。忝以世故私，懷名走千謁。崆峒塹得倚，長劍刀豈折。後更數公覽，拂拭未云闊。顧茲鄙人賤，迂闊自疏拙。落拓故依然，風塵長蹩躠。前年老親反，經營力空竭。念我不從歸，痛哭舟前發。潺湲十八灘，漱石水聲刮。兩載侍粵遊，三日臨江訣。時維孟冬後，夜色慘不豁。天際月微昏，灘頭艫咿軋。魂傷淚亦盡，寂寂臥城闕。貧賤易別離，去住皆倉卒。行矣骨肉恩，恨深腸中截。家門昔多難，荼蓼苦難述。亾祖十七年，尚未歸窆穴。荒野一殯宮，風雨愁淋汩。叔父客晉死，遺孤又蹇訥。甫能爲婚冠，庶冀傳一脈。吾家有祖訓，不事工賈業。又無半畝區，安能作農活。惟餘數千卷，卽此窮矻矻。清貧何足道，慎免本根撥。顧念凍餒愁，何以慰存歿。追逋逾百萬，縛急誰能脱。以患遺君父，大義殊乖戾。身今在嶺嶠，心欲窮溟渤。日夕百慮煎，行行多怳惚。汝父遊金陵，不復計歲月。昨有南來書，未得安兔窟。語中多自咎，一言愁百結。念我滯炎荒，憐我身孤兀。慮我意蕭條，勉我行修潔。紙長語不盡，鼻酸那能卒。爲人子與弟，天性愛豈奪。孝友吾兩違，百行其奚贖。前聞汝兄弟，頗復耐麤糲。可憐未成人，已自遭躓蹶。昨宵有歸夢，見汝好眉額。少長禮溫溫，讀書聲戛戛。祖父顧而笑，大母親課閱。汝妹亦學書，窗前弄筆札。此境眞有無，覺後雞喁哳。汝生本馴順，數歲能敦實。汝弟繈褓中，已自解親暱。祖父愛長孫，以古爲期勖。佳名獨汝畀，努力無顛越。庭闈吾已遠，汝父又頻出。賴汝兄弟輩，晨昏作歡悅。桐山遠迢遞，庾嶺高崪嵂。斷我故鄉天，何處望江北。朝聞吹角動，海上雲深沒。秋雨鳴鷓鴣，萑風泣鶗鴂。誰能遣此憂，與世慕通達。吾生愧汝曹，歸思徒轇轕。題書私報汝，聊爾共飢渴。無爲堂上聞，日夕增惜怛。

七月五日用東坡韻

雷聲亂峯西，漭漭黑雲上。小屋晝苦昏，一雨得微亮。不知前溪水，已積三尺漲。新稻熟已登，野果佳可餉。歲豐聊見喜，秋至轉增悵。嶺嶠非吾家，年年不相放。

愁來

愁來忽無端，時去不可挽。平生好健兒，弓引十石滿。惟倚馬鞭長，甯知白日短。風塵盡少壯，騏驥變駑蹇。誰能苦顔低，坐使衣帶緩。徘回夕陽下，氣結不能飯。惟有鷓鴣峯，可以恣眺遠。

秋後避熱王嘯雲齋中枉詩見贈

白雁不南渡，海風未云秋。坐看赤日永，翕艴餘炎洲。山城益卑隘，遶郭多荒邱。更無林泉勝，何以爲淹留。王子斗室中，藥鼎復四周。炎炎盛暑際，無乃多煩憂。君言有道心，内閉非外求。烈火飛丹砂，清泉濯冰流。雖非冷然御，小坐如潛幽。兹言信可悅，吾道豈云不。願以清涼心，徧滌煩炎收。愧子瑤華贈，薄言不足酬。

雨後喜涼示王嘯雲

八月秋已半，嶺南山未黃。西風轉林杪，一雨生微涼。閉門艸階靜，唧唧蟲聲長。如助幽人唫，時時發清商。憶昨苦蒸溽，日坐數移牀。煩胸不可蠲，汗體如流漿。偶得清淨理，快澆冰雪腸。朝來敞虛軒，拂拂清颸揚。坐沈白日杳，意遠長空蒼。黃鵠離哉翻，與君孰低昂。穀神如可養，何處非吾鄉。請看如弓月，金境滿東廂。

雨夕悵然有懷家兄伯符

牆外明星高，謂是雨已霽。俄聞屋角響，浮雲更深翳。雨檽氣蕭疏，風簷聲飀飀。是夕始覺秋，新寒峭然至。緬懷伯氏遠，江海渺無際。寥落高堂愁，齷齪升斗計。浮雲將柳絮，飄蕩何根蒂。五年嶺外身，七載江南涕。悵悵勿復云，寒蛩滿階砌。

夜思

前除白露下，天洗雲芽出。河漢忽已高，虛堂復蕭瑟。幽人有期會，欲問餐芝術。渺渺不見懷，千峯悵崷崪。

中秋日出遊

高林振商颸，落葉山谷響。杖策尋前溪，白雲亂峯上。離披荒榛煙，日莫飛孤莽。仄徑轉逶迤，曠野豁椮棶。蕭條孤興發，遂恣林泉賞。秋景不可窮，秋聲滿平壤。澄潭雁影下，大澤鷹呼搶。快馬五原人，雕弓正堪想。山僧何方來，白髮徑盈丈。問余興淺深，一笑林中嵦。

溪山夜興

明月照我來，瞥見橫溪影。不覺青天空，倒浸溪光冷。鐘聲發遙寺，半在風門嶺。欲嵦楓林深，夜叫山蟲靜。宵知秋露下，白鶴生孤警。片雲渡前溪，歸心餘耿耿。

番禺段紉秋佩蘭招同薛南洲敬茂黃香石培芳遊白雲山自蒲澗至安期巖夜雨止宿

昨宵明月好，山上白雲歸。正有素心人，招邀豁天機。已來白雲境，共款僊人扉。不聞雞犬聲，時時蝴蝶飛。跡高秦帝慕，代遠菖蒲稀。裵回鳴泉澗，聊復浣我衣。那更白雲中，公躡登天梯。初謂白雲高，應出飛鳥背。披榛度前嶺，乃在白雲外。下瞰南溟深，因知宇宙大。風亂泉聲雜，日落海光碎。不見青琳宮，曲轉千松檜。行人駭飛雨，忽已衆山晦。回首仄徑微，蒼茫復前邁。山風吹行雲，縹緲諸峯滅。澒洞滿乾坤，蛟龍忽騰發。驚雷送秋雨，萬響競谹谾。直恐東南傾，遂破神靈窟。崖深黑虎踞，電怒金蛇掣，遊子蕩心魂，乘夜劫彌勒。蒲團一鐙火，石氣逼毛髮。坐久聞空香，又吐前山月。

九月二十一日至羊城謀歸忽聞故人張阮林歿於京師驚哀有作成七十四韻

甲戌歲云莫，姚子理歸策。呻吟病初愈，困頓懷空篋。海風苦侵人，稜稜砭肌骨。羊城復堅臥，十日未能發。忽聞北來語，我友京師歿。瞪目不能言，驚定一慟哭。殊疑此語誤，偏訪故鄉戚。或云得家書，亾期果三月。急詢不得詳，大略爲我說。自從入京師，日夜勤著述。書成逾百卷，辛苦尚搜葺。服杜有異同，三傳多缺失。諸家漢晉史，遺散猶可掇。不肯厭奇零，隻字如異璧。中更耽唫苦，精鍊有奇癖。不顧世俗驚，那問鬼神泣。積思已沉瘵，力盡乃嘔血。臥席曾幾朝，溘爾成永絕。聞言信非虛，頓足腸欲裂。憶我識君初，年甫十七八。意氣陵曹輩，高才一時出。我僅逾成童，稍亦見頭角。偶然一朝遇，抗論江河決。君聞大驚歎，謂得所創獲。頗悔平生文，未是千秋業。以茲盡捐棄，奮志希先哲。廣讀未見書，精思入幽賾。君才本精悍，其氣尢雄拓。作爲古詩歌，奇光競騰發。吾家惜褒翁，謂此無與敵。海內數奇才，指不二三屈。我既得所契，君亦深相結。晨夕共討論，風雨共飢渴。後乃得數君，一一人中傑。情親君最先，疵纇互敦責。歲在丁卯秋，同買金陵楫。我先龍門化，君才獨點額。歸來無怨嗟，顧我生喜悅。題詩送我行，看我車輪北。我從京師反，正滿征塗雪。褏出一卷詩，丹鉛君所閱。君既去西湖，我亦向南粵。從此長相思，誰知遂死訣。聞君始得薦，遂止都門轍。文采滿京華，聲名一朝赫。緘書七千里，與我言契闊。謂此新知多，終不故人若。又言所箸書，次第可剞劂。獨有平生詩，待我與合刻。念君區區意，開緘淚沾臆。如何君死時，一言不相及。與君六年別，學各有損益。夙昔疑義多，安能共參決。嘗恨道路長，書問徒相隔。君今厺泉下，長此終緘默。君年今始壯，壽命一何促。修短固難期，天意無乃酷。昔君嘗學僊，奇方試辟穀。家人苦相勸，我亦謂無益。又欲學金丹，華陽得秘笈。其說在運氣，褱神固精液。我心知非謬，亦不爲君祝。詎爾遂誤君，此恨何由贖。我今病亦甚，況是久爲客。歸否未可知，惟羸殊自怯。皆謂心力耗，恐遂精神竭。哀君復自懼，涕泗勉爲輟。我欲招君魂，塗車以芻秣。顧此炎方遠，未可邀靈轄。魂無滯北方，北方終異域。魂當反鄉里，君有先人穴。我今力疾反，待我龍山側。爲文安君魂，投詩慰君魄。君能有精氣，還向夢中接。

贈管異之

管子貞靜人，亦褱蒼生志。懷挾千秋文，夢想天下事。壯哉蓬蒿中，莫偃風雲氣。金陵龍虎都，興廢六朝事。悼古懷幽情，高歌發奇致。可憐南廂安，親見銅駝淚。濟世得異人，艱難識天意。方今聖明代，事與古先異。莫以詩書光，而忘猛士寄。鄭重青松心，孤生保忠義。

酬馬湘颿飲餘霞閣見贈

江南三月雨，城郭煙微茫。一舸下金陵，柳色如鵝黃。交情得馬生，勸我飛壺觴。岧嶤矗飛閣，乃在西清涼。山仄徑已深，況乃松竹蒼。夭桃謝菅風，澗谷時一芳。既攬鍾阜秀，亦褱江流長。餘霞帶遠峯，落日依帆檣。我醉邀君歌，聲滿震屋梁。老驥蹴踶怒，烈士中情傷。世俗苦未休，高言驚衆龍。拂褏下山去，悠悠何足量。

後湘詩集卷三　七言古體

謠變並序

謠變者，姚子之所作也。尒疋云：徒歌曰謠，以無樂器，徒口歌之云爾。變之云者，以非歡娛之辭，皆愁苦之思，以爲有合於變風焉。書曰：詩言志，歌永言。古人詩與樂合，未有不可歌者，故貴乎長言永歎。記曰：情動於中，故形於聲。聲成文謂之音。然則聲音之道，其在言先乎？樂則笑，哀則號，悲則泣，憂則歎，怨則吁，情之所動，聲發隨之，不必有言，聞者心感。昔伯牙學琴於海上，子萅入海不返，聞水聲而悟琴理，此妙於音者也。故妙於琴者不在徽絃，妙於歌者不在辭句。

孔子曰：詩可以興觀羣怨。聲音之道微矣。故詩之不可以歌，不得爲善詩；歌之不能以感人，不得爲善歌。夫三百篇，多愚夫婦之所謳唫，其人豈皆嘗習金石、諳宮商之奏哉。然而自合於樂者，天籟之音也。後人不求自性之眞籟，而摩古人之音節，卽之愈眞，去之愈遠矣。漢魏以後，詩與樂分，其道遂亾。流變至於唐宋，古意益遠，無復永言之旨矣。故興觀羣怨，鮮有合焉，獨樂府一體，尤可見古人遺意，爲其據事寫情，感深語摯，辭直而思曲，節短而音長，意有怨抑，語無褻譏，使人聞聲自不能已，是其至也。然其體亦自有二，如郊祀、房中、鐸舞、巾舞等詞，皆文臣所作，故多潤色，極奇古奥，駁而不能起發人意。蓋其源出於雅、頌。若鐃歌、瑟調、雜曲，則采民閒歌謠爲之，此皆人情天籟，無假修飾，最有興觀羣怨之旨，卽古之變風也。歷代文士多喜爲之，鮑明遠、李太白爲最，元次山、韓退之、孟郊、張籍次之。惟杜子美、白樂天則師其體而不用其題，自爲新聲以寫世事，論者以爲轉得古意，自是樂府又爲二派。明人詩稱復古，作者集中無不以擬古樂府居首，其善用變者，王弇州一人而已。余幼讀詩，則喜言興觀羣怨大意，每至谷風式微諸章，未嘗不流涕反復。及閱漢以來樂府歌謠，輒低徊永歎，以爲古詩之存，獨有此耳。

近與友人論詩及此，有觸余懷，乃取樂天體例，而別求比興微意以寫，生平哀怨，雖於古未必有合，亦庶幾永言之旨云爾。

樹有枝　懷慈恩也

樹有枝，根不移。母有兒，身不離。生二十，同寢棲。夜中寒，常撫之。兒娶婦，恐不知。爲語兒婦，夜無閉戶，母行視兒，覆衾自去。

遠遊　別母也

在家母歡，出行母悲。在路兒寒，在家母飢。長跪辭母，淚下沾衣。母壽千萬年，兒行卽來歸。

君有行　爲室家相送也

君有行，妾有心。念君乃去大海南，上有蒼蒼，見水中之星。星辰在天尚汩沒，何況君行獨俜仃。吁嗟，君厺海水深。

原上雀　懷兄弟也

生不如原上雀，朝飛野田兩相逐。虞人張羅，我爲子告，空倉餘粟，我飢子啄。生不如原上雀，弟日行以南，兄日行以北。

空山　弔亾也

空山青青，松柏長林。白晝無人，但見邱塋。彼不我知，而我泣下。我行不歸，落日四野。

山高　憂讒也

山何高高，而水澌澌。風吹水聲激山石，水有聲，石有稜，激君不怒，見君心行。椎我馬，埋我輪，從君此厺無讒言。

客宴　思歸也

美錦在笥，不如布衣。黃金滿籯，不如食肥。人生不得歡，骨肉安能鬱鬱終歲從君嬉。爲告公子，公子信好客，何不買駕使來歸。

河水　期貴也

河水流，在於東。美人出，車隆隆。水濺濺，流不已。望車來，忽非是。河之東，東城裏，日已暮，車塵起。

客至　家無丈夫也

犬狺狺，吠在門，遠客至，室無人。門前秋風艸肅肅，誰家少婦驅黃犢。

同聲和歌　望同心也

君家山南頭，妾住村南舍，生小不識君，識君青驄馬。君有歌，妾能聽，山上作歌山下和，同聲合意君當下。

老女歎　惜高才也

有天不留曙後星，有麥不作五月青，蚕年不行樂，中歲多艱辛。樓高高，菅風久，紅者顏，白者手，當窗織錦好女兒，三十不嫁爲誰守。

膈膊雞　望遠人也

膈膈膊膊向晨雞，泠泠落落蕩子妻，淒淒切切房中嘑。房中嘑，君不歸，金烏西走兔東飛，與君或有相逢時。

彈雀行　刺交道也

與君結桑弓，山下彈黃雀，終日得一雙，歸來共飢渴。黃雀雖小亦有儔，雙飛不去從君收。棄弓放雀勸君止，君心臣心不如此。

與君期　怨所期不答也

與君期何許，乃在鳳凰山。山高有兩峯，白雲出其間。雨濛濛，日西落，山有頭，雨有腳，待君不來我心惑。山之東，山之西，山之南，山之北。

壯士　思報恩也

蒼鷹擊，毛血飛，壯士怒，觸山摧。聞君有讎臣恥之，長安市上鐵馬馳。雷轟白日青天低，手提讎頭身伏屍，是臣報恩畢命時。

校獵　悲孤兒也

黄狗逐白兔，踐我田中禾。持馬欲與爭，貴人怒氣箠亂撾。畏君舍之厺，兄嫂歸責笞當柰何，兄嫂歸責當柰何。孤兒痛哭山之阿。

貧婦　美賢婦也

見君終日愁，無以解慰之，揚聲爲君歌。皓齒明蛾眉，飛鳥爲之下，白雲爲之低。一聲變節，淚下沾衣。他人皆衣錦繡，妾願與君炊扊扅。君心不樂，妾何以歌爲，君心不樂，妾何以歌爲。

望粵唫

望粵唫者，姚子望親之所作也。大人久遊粵，以致其思焉。

望羅浮

望羅浮，心悠悠，朱明耀眞天際頭。連峯四百三十二，一一金闕瓊瑤樓，上有琪花可千秋，仙人歲時還來遊。我欲採之獻王母，鸞旗縹緲從無由。望羅浮，心悠悠。

鷓鴣峯

鷓鴣峯，在何處，鷓鴣啼聲幾時住。下有獨客未歸來，聽爾聲聲淚如注。北望鄉關愁日暮，白髮新添又無數。我欲彎弓射此禽，可憐屈曲崎嶇路。鷓鴣峯，在何處。

别情洲

别情洲，情更苦。美人送别日幾許，萶風開盡木棉花，洲上馬蹶那可數。年來更有江南客，愁向洲邊聽暮雨，暮雨凄凄蝴蝶飛，溼盡征衫共誰語。别情洲，情更苦。

河上唫

河上花，堤邊路，楊柳青青客船住。掛帆一厺不歸來，花落成陰柳成樹。人生安得如此路，隄上年年送君厺。

河上雅，比翼棲，月明啞啞枝上嘶。客行至此意欲絕，魂飛不到龍山西。秋風何事還淒淒，美人如花愁深閨。

掩骨哀

舟過德州，見河邊破塚，二棺皆朽爛，露脛骨焉，當是昔人合墓爲水所堙圮。感古有掩骼埋胔之政，爲掩土而厺，繫之哀歌，以當薤露。

昊天不仁兮，河水濫流，高岸爲谿兮，深谷爲邱。白骨何辜兮，遭此横決，高塚峩峩兮，沈没中洲。脛骨露兮土未乾，秋風吹兮白日寒，幽魂一厺兮竟長眠。

白艸漫漫兮野茫茫，感此雙魂兮何時亾。生既同室兮死同穴，柰何百年兮在水一方。天寒日暮雙蝶飛，尋幽魂兮千里歸。憑語鬼伯莫相催，人生富貴朝露晞，掩骨去兮我心哀。

贈彬卿

彬卿吾弟束髮時，志趣軒輊非常期。讀書自謂過袁豹，作賦恨不如陸機。又能卷帛作大字，濡染几席皆淋灕。當時倜儻頗好弄，往往鶴立無羣兒。卽今二十何潦倒，翻與若輩相追隨。良璧或爲青蠅玷，天馬不受黃金羈。世人不解遽薄笑，始終知汝吾庶幾。左舍往來者誰子，半笏居士易卿吹壎篪。兩家炊煙日相接，轗軻如我時同之。秋風蕭蕭日夜起，閉門不異棲塒雞。相逢一笑執子手，古來我輩皆如期。朝來日陰雲黯黯，秋深天地容慘悽。脫衣換酒且相勸，醉中何煩問是非。

夢中作

駿馬驕嘶落花起，風吹芙蓉隔江水。江上聞歌不見人，落花飛入蓮舟裏。

采石磯遇汪夢塘

采石磯邊夕陽渡，汪倫送我金陵去。山色猶横太白樓，夢魂先到景陽樹。景陽宫中多好菖，六朝賸跡悲梁陳。小憐北去麗華死，臙脂葬盡如花人。白門煙光綠楊柳，搖蕩西風不堪數。玉簫金管有銷歇，何似一杯長在手。我昨題句問謫僊，亂落風雨驚青天。水神白日作光怪，蛟龍倒行挾我船。笑語舟子色無恐，拔劍叱龍龍不動。戢尾帖耳須臾去，滄江無風大波湧。醉來唫詩投水底，浪靜月明照千里。

彭口曉望

彭城遥望青山轉，泗水微流繞沛縣。北來不見石中魚，南飛正有沙邊雁。昨夜扁舟雨氣涼，河干日出弄晴光。秋艸幾人迷故國，侵晨獨立煙蒼茫。

贈李效曾明府卽題其海上釣鼇圖

李侯文章不可學，但覺精光羅萬象。卻從慧海得純肆，高浪長鯨駕漭泱。偶作詩歌更奇絕，鞭逐雷霆走夔魍。軒然入坐議論生，滿堂動色不敢仰。羣言意氣似鄰侯，豈止風流傾樂廣。四十翻然去作吏，點檢簿書事鞅掌。神明已聞動四境，竹箭東南饒篠簜。不謂才高就屈淪，輩中反覺獨倜儻。手持釣鼇海上圖，索我題詩窮想像。我初聞君未識面，李杜韓歐日摹仿。二三朋輩導君來，坐使空齋慰遥想。是時里中多豪傑，一一志趣絕塵壤。讀書但解與古會，力詘猶能屏羣枉。小閣清尊入夜深，狂呼痛飲追歡賞。巖廓泉石不可知，歌罷幾回天莽蒼。君時在座意曠絕，掃盡塵凡世無兩。昨同結駟向京華，馬首菖風弄晨沆。得失何殊一擲閒，應官君反成孤往。薊北風塵逐客來，浙中潮汐迎秋上。雲龍信是常相從，又見天涯譚昔曩。歲暮聊傾北海尊，天寒更盪西湖橤。海門岙此咫尺間，聞有巨鼇不可網。假君百尺珊瑚鉤，試結絲綸徑千丈。擲向滄波最深處，日月翻動天摩盪。釣取蓬山十五鼇，歸來使我神蕭爽。

過滕王閣

章貢之水西南來，滕王高閣波瀠洄。珠簾畫棟久寂寞，都督華筵安在哉。閣上晴雲日皎皎，吳頭楚尾天邊杳。扁舟一夜馬當風，夢魂五載梅關道。褎中舊作南征賦，地下王郎不須妬。侶爾風流詠落霞，座間尚識驚人句。越嶠炎荒去覓親，偶經閣下一逡巡。百花洲上飛蝴蝶，恐是當年作序人。

後湘詩集卷四　七言古體

廬山謠

江神傳呼半夜起，帝宴匡君下江水。廬山九曲開屏風，七十二峯飛嵐紫。匡君醉獻碧落文，山中作樂天上聞。雲深霧重不可見，星斗倒掛銀河分。朝來五色霞光薄，猶侶空中響鸞鶴。澗艸巖花萬古菁，一條瀑布青天落。人生秪合成飛僊，流霞作飲雲同眠。結廬讀書偶然事，世間豈足傳千年。我今歌廬山，廬山高不極。侶聞謫僊人，峯頭還太息。當年李白曾歸來，狂歌會使風雲開。一朝騎鯨去采石，此地空有金銀臺。昔人學僊多已誤，我亦乘飆馬當厺。惟有廬山一片雲，古來掛在東林樹。

峽江歌

人生合飲峽江水，百尺涵空清見底。嘉魚無數不敢來，倒走鄱湖三百里。峽江縣小半在山，江水繞之如碧環。波光終日作山翠，人家搖蕩沖瀜閒。我來酌飲輒滿腹，洗盡人間十年俗。江水如此使我清，得葬清波死亦足。

偪仄行

偪仄復偪仄，人情多反側。不爲屋上烏，半逐水中蜮。嶺南自古多毒淫，射影含沙苦相逼。歲暮天寒盡欲歸，我生何爲居此域。無限鵂鶹樹上嘑，夜來雨暗聲還急。

鼠嚙歎

牀頭鼠子聲唧唧，翻囊傾篋恣齧蝕。幾回叱厺輒復來，終夜惱人眠不得。甯知囊篋空已久，鼠兮縱齧何所食。須臾裂紙碎有聲，起欲視之苦深黑。模索架上數卷書，幸無損傷還太息。自從飄泊經幾載，攜出天涯長在側。鼠兮爾無助蠹虐，畱與風塵壯行色。

相逢行送董定園

董君嶔，寄磊落，爾來頭已白，著破江湖幾兩屐。嶺外相逢酒肆中，昂藏意氣千人辟。自云少年尤好奇，開拓萬古推一時。酒龍詩虎排陣出，縱横推陷詎止十萬師。當時白眼輕世事，功名富貴尋常期。北行過燕趙，南下浮湘灘，名勝一一皆探盡，要使足跡窮荒陲。平生不識李左車，何處知有蔡克兒。可憐論詩數十載，霧豹山雞足文采。小時膂輩盡公卿，獨有斯人困南海。炎風六月愁熏蒸，五羊城中愁不勝。座客日暮半醉醒，君言有酒方如澠。之而茫角一時出，目張氣盛風稜稜。眼前萬事苦顛倒，等身箸作徒相矜。我謂董君莫嘆惜，不朽何須定竹帛。我恨不作劉豫州，臥君高樓當百尺。君不見姚生亦是瓌奇人，有文自詡買馬鄰。二十射策冠儕輩，謂可旦夕致要津。青冥已高卻垂翅，白日不住聊沈淪。四年客廣州，所見俗士耳，如君脫略期古人，老困風塵亦如此。我生慷慨常自奇，喜君清狂劇相侶。君詩萬里城，壁堅未可攻，我若樹其幟，亦自千夫雄。惜君恖恖欲歸厺，我今懷褱何由通。得失人生偶然事，慎勿他鄉說憔悴。謝公未免蒼生懷，魯連乃無軒冕志。何時厺飲海上之瓊樓，捉取蒼龍與君戲。

陳小松長夏讀書圖

人生骨相豈有無，貴者白澤賤者枯。三年爲客來海陬，炎風瘴雨多憂虞。縱復少年顏色姝，流光逝景難須臾。我時臨鏡不自愉，昨者二十今有鬚。朱輪冠蓋交路隅，媿此顦顇風塵軀。子年未冠鄉里居，田園自足布與蔬。胡爲黄馘頎而癯，長夏庭中多碧梧。白石犖确几案鋪，把卷往往日向晡。心遊侶與古人俱，不知世有金紫朱。語君此意亦何須，男兒富貴原區區。生雖少年志氣殊，要當奮首登天衢。一朝聲華滿帝都，八騶兩兩車前驅。道旁焜燿驚庸愚，鳶肩火色眞丈夫。乃知大賢有虎變，遠勝里巷竊咿唔。及時努力莫躊躇，慎勿失卻功名圖。不然潦倒成今吾，讀書萬卷胡爲乎。

憶昨行寄吴子方

憶昨我居鄉里時，子初歸騎從京師。相逢意氣頗不惡，往來多是阮與嵇。季秋九月黄葉衰，酌酒同入龍山陂。霜華滿空天氣淨，風吹河水流參差。青松萬本緣長隄，敗荷三五傾枯池。中亭小坐足清論，攀蘿更上尋岡崖。高捫絶磴一千尺，瀑泉倒掛清漣漪。我時大叫臨濯足，失身一墜如流脂。同人及子盡失色，倉卒亂挽相扶持。乃知登臨古所戒，至今回首心憂危。卻坐松根望天際，混茫萬古難窮追。中凝一綫白杳杳，大江落日明依微。阮林狂態衆所知，律原癖性清而奇。偶發高歌出金石，一時不顧傍人嗤。左君沈篤好史事，有譚竟日忘神疲。方徐二子亦豪儁，馳騁欲卻千熊羆。子云有志古絶業，向我作語世所希。我乃不自覺荒陋，爲子剖析明毫釐。須臾月出四山靜，把酒斫盡千蝤蜞。衆方雄快我忽悲，發聲一哭天清淒。千林木葉同時推，此哭不爲寒與飢，亦非樂盡哀情隨，天荒地老淚不盡，數子而外知其誰。我今遠遊向嶺表，三年不返窮羈縻。蠻中風俗漸能慣，山川瘴癘愁支離。每思乘槎到海外，便從溟渤絶地維。禹功滿跡不到處，定有奇快如所期。不然三山訪僊輩，蓬萊上下乘龍騑。壯哉斯遊吾不遂，蒼梧回首雲深迷。君家阿叔本不癡，朗然玉樹臨風姿。可憐南遊亦到此，二年聚首珠江湄。珠江三月多蓸嬉，樓船日夜簫笛吹。美女豔妝壓吴姬，明珠翡翠耀蛾眉。濃酒琥珀鍾玻瓈，糢糊不辨東西施。兩人閉戶如伏雌，繁華滿地那敢窺。聞子此日浮湘灘，洞庭之南歷九疑。三年不見冰雪飢，邇來神骨甯癯肥。屈原已死騷人盡，那能更作騷人辭。東風日暮吹江蘺，鶗鴂一鳴蕙艸萎。何人痛哭薜荔帷，重華啓閽下宓妃。雲蓋飄飄曳翠旗，中有萬古騷魂歸。我望瀟湘恨不飛，懷今弔古傷心脾。當時同遊四五輩，升沈各在天一涯。形孤久已不敢哭，如澠之淚含兩眦。昨宵夢向龍眠厺，百花開過啼子規。溪山遶遍無人跡，覺後月冷風颸颸。裁詩報君勸君返，我亦歸去整荊扉。男兒遠遊不稱意，山靈笑我迷知幾。

海門夜泛

海風吹月不到地，星河滿空搖欲墜。風激浪湧月有聲，海上僊人駕潮至。潮來搖蕩虎門東，水官夜起驚祝融。神旗開闔尚水底，月光直射鮫人宮。天吳逢逢擊鼉鼓，白魚跳波黑蛟舞。珊瑚火齊闇不光，老蚌千年珠獨吐。始見大珠如火毬，忽然迸散晝星浮。勢與蟾蠩賭奇怪，千點萬點無人收。漁人舟子皆歎息，咫尺奇珠網不得。我獨乘潮過海門，天風浪浪海山碧。

登浴日亭觀日出歌

南海廟前觀日出，直上雲梯三百級。參旗井鉞手可捫，俯視茫茫下方黑。垂雲忽覺一片紅，倒從海底騰虛空。星辰半天張錦幕，須臾撤遍扶桑東。海聲隆隆天風急，蕩漾鴻濛洗天窟。羲和手捧黃金輪，湧出滄波火車溼。踆烏拍翅飛上天，丹砂之頂紅且鮮。老魚侶山不敢逐，噴雲吹霧空流涎。歸來下山寺中厺，一路曚曨初辨樹。道人催起打晨鐘，滿地雞聲唱天曙。

荷蘭羽毛歌

荷蘭羽毛不易得，數金纔能買一尺。貴人大賈身服之，意氣非常動顔色。吳綾蜀錦皆闇淡，何況尋常布與帛。荷蘭小國通西洋，海道至此萬里強。往時諸國盡互市，荷蘭歲歲來盈筐。紅毛恃強作姦黠，刼奪不使來舟航。如今獨有紅毛種，貨遠不及價亦重。世人好異亦貴之，坐使蠶家絲積壅。吁嗟乎！食惟飽腹衣被寒，輕紈細縠徒華觀。華觀不足厭羅綺，紛紛異國求其難。我聞夷人賴茶如粟米，一日無茶其人死。不知中國自何爲，不惜殫財爭市此。或言重貨兼重人，紅毛來者如上賓。眾商接待皆屏息，一語不合紅毛嗔。

荔支行

海南僊子十八孃，冰肌玉膚紅羅裳。芳潤津津齒頰膩，柔滑細細流脂香。尚書園中炎日午，荷花風清搖白羽。十畝繁枝蔭綠雲，萬株千點丹珠吐。金鐘黑葉皆荔支名種最佳，佳人愛惜換金釵。一種名金釵子，在尚書懷上云，昔有女子以金釵易得。六月夏晚方摘實，一枝亞拂珊瑚階。越人送我滿筐曲，謂此名鮮勝閩蜀。日啗三百未是奇，飽死園中意亦足。我雖健啖未敢饕，細嘗輕擘甘餘膏。豈有夏姬凝白玉，解衣破體橫相遭。方今聖人卻遠貢，水遞驛騎皆不用。荔支食遍嶺南人，不見紅塵逐飛鞚。

病熱小愈程鶴樵學使以蜜蘭見餽爲長句謝之

嶺南艸木多凡香，惟獨蘭本仍殊常。要是此種自清異，佳土所在無炎荒。齋頭偶置一二本，有如花國歸名王。嗟余熱中方苦病，腹如爐火身如湯。頭眩目瞶耳且瘇，偃臥不履君子堂。日煩牀前就相問，此感沒世何能忘。昨啗佛手勝僊劑，更飲茶乳如瓊漿。朝來雙鬟大足婢，忽持玉琖勸我嘗。遙聞清氣沁鼻透，不辨何物驚芬芳。細嚼舌本滿津液，滑甘入腹生清涼。謂是蘭縈內所製，餞之以蜜十日藏。乃知先生有蘭癖，愛香入骨聊充腸。身輕已能足出戶，再拜不覺頭傾牀。請從先生換凡骨，從此出入輕琅琅。置君齋頭亦足供，不信香潔從君嘗。

安俊黃歌

上駟有馬名安俊黃者，今參知松公爲伊犂將軍所獻，上乘之而良。辛未秋，幸灤河，親射獲鹿，乃賜今名。而參知被嘗焉。公時督兩廣軍，瑩經幕中，見而榮之，作歌紀其事。

當今天廐龍種誰第一，乃有渥洼西來之駿匹。本朝寰宇無中外，東厭搏桑西月窟。貳師大宛自古之名都，盡設王官供天育。伊犂上感房駟精，騄耳驊騮爲時出。相公昔作將軍時，黃雲漠漠揚大旗。時平畜産盡蕃息，何況天山西去水艸萬里皆深肥。四十萬匹中，選得飛黃騎。謂此龍種不可以私牧，貢之天棧出入駼龍騑。蹏高踠促三鬃整，八尺純黃覆川錦。一朝驤首立彤墀，天馬如雲皆卻影。逐電追風已雄傑，步中和鸞獨深穩。詔書羽獵赴灤河，千乘萬騎從經過。射生虎士三秦少，奉轡名王八部多。平原蕭條圍已合，落日無聲聞蹴踏。綠熊蒼兕竄突奔，紫蓋黃旗儵開闔。至尊手握青珊瑚，艸頭一點黃龍軀。左盤右盤龍不如，軍中萬歲齊山呼。翻身笑指毛血濡，白鹿正中金僕姑。倚鞍行賞賞獨下，詔謂馴良由此馬。嘉名特賜安俊黃，乃是相公前進者。相公識馬尤識人，必能愛士如愛身。殊方已進萬里足，肯令地上畱騏驎。明當偕羣負骨入，燕市何侶壓轅服，軛終歲蹴躃於風塵。

觀梅舞劍行贈梅壯士有序

壯士梅魁者，長安俠客，海島劍僊。決首無形，縷刃不血。青霜夜劫，識魏國之公忠，白壁私登，刺韓傀於朝會。飛來四馬，燕趙縱橫，歸去短衣，江湖浩蕩。自云滅跡近二百年矣。時則虞卿見逐嶺徼，窮愁既鵠面以行唫。聊烏皮而坐，隱相逢客，夜略叩當年，零緗斷縹，識楊太尉之孫，大帽紫衫，豈田使君之客。鳶肩火色，燕頷虎鬚，夜氣蒼茫，英風勃鬱。余也生平善恨，發論多奇，君則意氣未平，撫髀長歎。于是翦蠟炷以畱賓，煮龍團而作酒，豪宕感激，慷慨淋漓，一時之聚千年，斗室之譚萬里。顧見菩梅橫影，几案繽紛，逸興飛騰，拔劍起舞。盤旋空際，超忽絕倫，氣決雲霓，光迴參鬥。目中所見，未有如斯。嗟呼，樓船未返，夢聞海上之箛笳，大旆遄征，朝望故鄉之烽火。如君國士，謂此何時、愧我書生，未能從事。聊爲長歌，贈君誌相逢之奇跡云爾。

空山老樹爭奇芬，冬寒吐枝如噴銀。又如蓬萊作香國，千樹萬樹琅玕新。有客五年來海濱，夢寐不見江南春。繁花明豔忽照眼，對此不覺清心魂。何來壯士夜到門，花前下馬徑入軒。虎行鶚視氣軼羣，問我得非姚公孫。語君一事君當聞，尚書當日忠且純。治獄平反多寬仁，危坐秉燭入夜分。文書之外惟一身，我時突出當階陳。要公鐵筆爲屈伸，左出珠衣右按巾。匕首半露無逡巡，尚書顧叱生怒嗔。吾不畏死受汝珍，如山之案不可翻。試君不動見公眞，再拜一躍出重闉。受吾賂者不復記，卽已白晝亾其元。邇來事經百餘載，見君凜若尚書尊。我聞此語驚且欣，人耶僊耶莫敢詢。又言尚書貌絕倫，豐頜大顙七尺身。當時儕偶四五輩，各已湮沒歸荒原。俠骨不死獨我在，遨遊日遠遺垢氛。對花發興氣益振，手出二九赤白分。擲空化作雙龍文，騰身起舞不動塵。左決右盪力勢均，初見長虹交青雯，雌雄蜿蜒杳入雲。漸作團風變霜雪，鏦鏦鐵響寒侵人，卻愁梅花急摧落。瓊英玉屑飄繽紛。是時天冷月半昏，纛旗倒捲星焰焰。花光劍光兩不辨，白波復瀉蛟龍奔。生平快意此爲最，心搖目眴不能言。吁嗟此技妙入神，所向何止當千軍。舞罷入坐餘火溫，煮茶巨盌爲君吞。眼中奇士惟見君，我誠寥落不足云。君言世事苦顛倒，肉食之輩徒羶臐，一髮之義垂千鈞。名公子孫慎自愛，甯爲諤諤無闇闇。感君此意敬再拜，梅花爲證書吾紳。

喜雨歌爲王蓬壺明府作

桔槔聲盡民夜呼，鳴鉦擊鼓填交衢。邨男里媪迎神巫，十日不雨苗欲枯。帳中神語聲嗚嗚，此方當旱乾河渠。使君蹙然憂不舒，齋居致禱精誠殊。衣冠出府塗中趨，禮祀社稷壇場敷。青龍之旗蒼水符，火官赤帝皆驅除。專心上感天爲吁，黃童白馘誠何辜。使君朝出日未晡，白雲英英起山隅。三點兩點時有無，三日已見禾意蘇。一夜雨足均沾濡，甌窶污邪滿溝車。歡聲喜氣騰里閭，皆謂君神神不如。君言君德奚堪諸，念此民痛深肌膚。祇今行處多萑苻，殺人者死法所誅。死飢死盜同須臾，彼不能忍甯非愚。但願人足田膏腴，吾能治盜鞭以蒲。我來從化三月居，見君官舍冷且虛。約身不厭布與蔬，有時白晝長咿唔。賦詩亦足爲歡娛，治事仍不廢簿書。時當首夏天雨餘，清陰滿郭樹扶疏。山田水響聞鷓鴣，繞行阡陌去攜壺，爲君寫出山農圖。

秋陰放歌答王竹齋時以事之珠江

半載不飲酒，一飲傾百杯。十日不作詩，几案紙盈堆。空庭葉落秋氣勁，夜雨收盡千峯雷。閉門終日作白眼，悔不早築糟邱臺。西窗朝來嚦嚦動，新雁一聲叫破青天隈。海邊三日漏秋雨，慘淡愁侶幽人懷雁乎。爾聲我如舊相識，應從江南江北蒼煙萬里之中來。江湖風高暮煙冷，蘆花渚淺空裴回。嶺南自古地氣暖，毛羽零落誰爲摧。爾不見五年前客意氣盛，騏驥一旦成駑駘。海中神山不可以徑到，故鄉日夜思千回。雨淋艸爛蟪蛄死，石欄塌盡庭前階。秋風爾來一何蚤，雁聲歲歲同悲哀。語爾勿用悲，我心亦未灰。壺中有鄉醉日月，狂歌會使風雲開。明朝掛帆及天曉，杲杲日上直探天東涯。

渡河謠

破家亡邑十萬戶，紛紛避兵滿道路。官符夜下守黄河，哭聲震天不得渡。少婦爲虜兒棄傍，老父欲走飢且僵。前有長河後白刃，波濤爲赤天爲黄。使君仁人那忍此，對岸見之淚如水。放船護衆南渡河，衆官阻牽不得止。違令果然犯大吏，朝聞緹騎夕卽至。囚衣荷校黄河邊，二千難民齊下淚。我聞河北幾郡州，新來健兒眞貔貅。暴掠頗亦如盜賊，何不下令止卽休，嗚呼，何不下令止卽休。

夜過半湖

半湖之尾沙洲頭，兩岸怪竹拏我舟。我舟悄然夜深過，舟子不語蟲聲啾。如鉤月光忽西匿，積水潭空深不測。飛螢三點兩點明，老樹千山萬山黑。我憤宵征秋夜長，前夜故人思故鄉。故鄉迢迢那可見，不如卧看明河光。青天黄河淨如洗，天孫夜駕且復止。支磯石上淚痕多，何侶牛郎渡頭水。我語天孫莫慘悽，六年見汝天河西。人間無限空房妾，歲歲瓜筵背面啼。

明星曲爲田貞女有序

貞女田氏者，與甯宰泰州仲君未婚子婦也。壻曰仲貽勤，與女同年生，蚤慧，有文章譽，十七而夭。前一歲迎女至粵，將成禮，未果。至是，女遂不反，以婦服終焉。女亦明慧能詩，善事舅姑，仲君甚憐之。甲戌之歲，女年二十矣，仲君白其事於衆，海内諸公多爲詩嘉之。桐城姚瑩既作仲童子傳，復悲女志而爲之歌。

明星照地一尺許，天河斜傾燦婺女。不照人間雙白頭，照盡空房人獨處。空房獨處誰最悲，田家女兒青蛾眉。十三解書讀女訓，十四弄筆唫風詩。人人都道門楣好，擇壻黄童名譽蚤。十五辭家遠别離，紅水淚墮梅關道。梅花爲心冰作骨，洞房盈盈纔十六。一年堂上伴姑嫜，怕遇郎君肯輕出。連枝比翼願不酬，石爛海枯心共休。東流之水不西注，妾身可來不可去。紅羅未著嫁衣裳，痛哭褰帷一身素。妾今有姑翁無子，淚竭聲枯罷甘旨。代盡君生未盡心，敢向泉臺同日死。明妝毀卻墮煙鬟，不識尋常兒女歡。夢裏幾回見郎面，可憐猶自帶羞顔。羞顔苦意誰能訴，阿翁憐兒更憐婦。相逢皆作慰安言，不覺回頭淚無數。怨雨悽風幾度經，離鸞寡鵠總飄零。而今聽唱明星曲，腸斷天邊帝女靈婺女星爲天帝女。

甲戌九日王蓬壺明府集宴大奎閣時余病初起爲長歌紀遊

姚子秋深苦病瘧，一月新詩不曾作。呻吟甫罷興未能，枯臥齋頭氣蕭索。中秋已負月滿庭，二豎妬人橫作虐。盆中紫菊爲誰好，冒雨鮮鮮數枝拓。始知佳節近重陽，歎我天涯尚飄泊。主人朝來有逸興，置酒招邀北城郭。扶病追隨強覓歡，支離那信孱軀弱。出門羣山已豁眼，不許登臨豈非惡。籃輿遂止青琳宮，松徑夤緣揭高閣。桄榔二樹日暉暉，彌勒一龕塵漠漠。賓朋得主盡諧暢，山川有人不寂寞。商邱公子陳上舍信本競豪快，二五戲馬騰飛躍。取次羞顔逐少年，頭顱老大還嗟愕。忽睹琳瑯佳句滿，譙遊往歲裁如昨。主人盛會自年年，壁上題名半零落。我來題詩人已亾謂浣江世父，猶有主人愛高格。明年遊會屬何人，我有新詩更誰託。已知聚散不可道，風景當前君莫錯。諸君努力發高歌，看我恇羸尚深酌。願將蒼茫萬古意，換取尊前一時樂。

翻疊九日韻留別王蓬壺明府宋青城贊府徐奕巖王嘯雲竹齋諸同舍

男兒遠遊不爲樂，況復飄零筵上酌。博得殊方醉裏歡，幾回醒後猶嫌錯。屈指嶺南六載住，傾心從化三年託。賓主聊翩屬上才，新詩絡繹殊風格。高者飄舉鸞鳳唫，健者盤空鷲鶻落。或如無已苦閉門，或效韓公歌憶昨。近來大宋善名理，我聽清言復驚愕。舊學糢糊強半荒，羞問鳶飛共魚躍。天涯如此那易得，笑我鄉情偏落寞。少年嘗羨終生儔，思建奇功橫絕漠。鯉曝龍騰不復知，可憐崔巍麒麟閣。老親輟餐少婦病，三日入門情緒惡。久客依然季子貧，世情欲學周聃弱。從化秋深煙景淡，潭影山光黯城郭。鷓鴣峯頭行客稀，魚梁尾畔扁舟泊。朝來風日動歸思，夢遶高堂胸莫拓。掛帆一亾不可畱，惡病牽人山鬼虐。丈夫不作吳牛喘，頗覺離羣恨居索。平生哀樂亦已多，對此茫茫百憂作。諸君儻憶前途病，一笑吾詩能愈瘧。

湯雨生都尉有憶僧詩十九首既又作憶僧圖諸名士皆爲題詩余臨行雨生索題途中乃成長句奉寄

我生山水無靜緣，每逢勝處心茫然。偶得一日二日憩，便思結侶參金僊。自從僊去鹿野苑，總持弟子畱言詮。別付法眼乃迦葉，馬鳴龍樹分眞傳。二十七代聖燈續，東來隻履開教先。南能一花五葉盛，後來結果殊非原。金剛龍猛亦桀智，瑜珈惟識紛雲煙。畱支無懺者誰子，手譯三藏志力堅。當時非相亦非法，此心莫證楞伽前。有唐經文匹四庫，南宋特盛宗門禪。豈知教禪兩皆誤，隱峯遂爾恣狂顛。吁嗟乎！西方八億四千萬卷經，龍象大意厺非厺，俗僧紛紛作狡獪，如來嚼死何人憐。年深不聞馬祖喝，阿難大悔涕泗漣。我不學佛了佛理，一語欲辨先忘言。以茲好僧復成厭，到門不問蓮池蓮。君今何緣得深契，乃與一十九僧爲周旋。我知君意不在佛，亦不在僧俗與贊。山水中人絕氛垢，芒鞋破鉢高乘軒。仕宦偶然不稱意，以此點綴胸襟閒。讀君憶僧詩，情寄非塵寰。今朝見君畫，恨不置身萬壑千巖巔。深林晚鐘出古寺，扶笻一嘯來山猨。平生胸中老破衲，到此忘卻山中年。世人見畫不見僧，青松白石徒萬千。我來見僧不見畫，彷佛有人洗鉢臨清泉。吁嗟乎一十九僧爾何人，我無一識空畱連。雲蹤到處盡佛土，何必侈語祇樹園。不然蒲團歸向此山中，茆庵結住深巖邊。慎勿妄逞粲花舌，語言文字空糾纏。

大風泊左蠡鎮十日夢自家中登車若遠行者

久客江湖逢歲暮，風雪連天不可渡。猶是鄱陽未便歸，夢魂又自登車去。家人相送泣道旁，此生已分曑與商。早知行路難如此，何必言歸空斷腸。

湖上獨酌寄李孝曾追悼張阮林之作

東風滿江放萅水，布帆橫吹一千里。越孃打槳去西湖，故人昔年同醉此。西湖三月多好萅，楊柳拂水如邀人。夕陽西斜更貰醉，清波一洗襟邊塵。幾年我去遊南海，湖上風光曾不改。故人聚散有死生，黄綬銅章喜君在。鸊鵜長杓日待君，江山如此當論文。阿咸死去君不見，倚杯痛哭西湖雲。雲深日斜忽已暮，新月娟娟濯纖素。照我東來訪戴船，夜深獨自乘潮去。

後湘詩集卷五　五言律詩

南國

南國騷人淚，千年未肯收。誰能反招隱，吾欲問靈修。贈別空芳艸，懷君又暮秋。日斜江漢永，桂楫倚中流。

古豔辭

漢女金爲屋，秦宮玉作衣。插釵萶燕重，入鬢霧鴉肥。倚笑開紈扇，含情上錦機。不知何夢思，六六畫屏圍。

寶瑟畱萶宴，桃花鬬曉妝。自憐紅裹窄，不厭翠衾長。啄豆鸚呼架，銜泥燕入房。等閒嗔侍女，炷燼鴨鑪香。

與方履周家易卿登吳子山月臺故張氏園林也頗有池館木石之勝今爲眾姓所居

傑構何年起，平臺此地高。萬山通戶氣，百里見江濤。石砌花仍蒔，雲軒鶴罷巢。登臨吾輩在，空歎昔人勞。

客有譚塞上事者

見說飛狐塞，遺城尚漢秦。黃沙忽陷馬，白日不逢人。小吏琵琶飲，元戎虎豹陳。古來征戰地，今作一家萶。

題道援堂集

我讀騷人傳，靈均是汝師。崎嶇亾國恨，哀豔叫閽辭。有母身難許，全家道已危。從來江漢水，不到海南涯。

懷方植之

斯人期作者，相見眼偏青。褎裏猨公劍，牀頭老氏經。感時同擇蝨，爲客獨浮萍。近有新詩好，傳來在畫屏。

贈張阮林

少陵千載後，學步總邯鄲。君亦耽佳句，驚人語必安。疾風盤峻壑，大海舞迴瀾。鄭重青松質，蕭蕭耐歲寒。

彭城懷古

可惜重瞳子，興亾數載中。山川餘霸氣，艸木尚雄風。選騎兵猶壯，謌虞力已窮。彭城遺蹟在，無處覓王宮。

範增亦人傑，獨遜帝王師。事起功曾建，身亾厺已遲。徒能知望氣，不解釋嫌疑。終古彭城水，遺墳爲爾悲。

別光律原

萬里辭君厺，愁心不可云。秋風更蕭索，先我渡江濆。木落山横渡，天高雁叫雲。白蘋與紅蓼，隨意各紛紛。

兖州道中

落日龜蒙外，蓸風汶水卥。鳴絃過東魯，憑軾歷三齊。巖壁詩書在，周秦歲月迷。祇今盛儒術，無事歎栖栖。

有懷伏博士

天畱伏博士，年老出秦坑。東國名儒者，傳經一女煢。叔孫徒制禮，亂古更難明。千古高風在，人言魯兩生。

平原過東方朔故里

文叓三冬足，修軀七尺飢。劇譚原不易，諧隱亦何爲。諫獵書猶在，神僊蹟太奇。壯君能執戟，請斬賣珠兒。

蘆溝橋晚眺

萬馬蘆溝道，馳驅竟日過。書生謀國少，將帥受恩多。白雪迷菅戍，黃沙合凍河。無言帝都遠，北極照滹沱。

南歸

策馬吾將厺，秋風爾勿悲。蚤陳京洛賦，敢恨少年時。黃葉宜中酒，青山不後期。此行聊緩緩，曾一覲龍墀。

子卿二兄畫角扇相送

鄭重瑯玕贈，知君惜別難。我今渡易水，蕭瑟不勝寒。未忍吟團扇，猶能勸客餐。仁風如有待，來歲更相看。

經四譯館

赫赫天王地，懷柔萬國趨。朝正過丹穴，受學盡穹廬。貢卻占風鳥，淵藏照夜珠。侍臣能獻賦，吾欲進東都。

南旅舟中雜詠

浩渺長河水，微茫趁夕流。疏星沈極浦，清露上孤舟。厺國鄉思切，懷人旅夢愁。終宵依北斗，南望正悠悠。

舟行纔百里，處處動離魂。日落微風起，雲霾大野昏。槐楊千樹岸，篝火一家邨。乞食誰憐汝，高堂獨倚門。

不返吾何厺，孤舟一駐橈。秋風來大野，古樹夜蕭蕭。買駿千金少，開緘尺素遙。浮雲泣遊子，魂絕不勝招。

八月清霜苦，乘風蟹正肥。舟人添客饌，估客換行衣。飢隼呼寒動，征鴻趁曉飛。如何雙燕子，猶傍釣魚磯。

小泊津門雨，迴看鳳闕晴。黃沙開輦道，紫氣鬱神京。莊助書初上，枚皋賦早成。嶐崇五雲起，飄泊一舟橫。

不得伯兄消息

有弟差行邁，飄蓬忝住難。遥知兄望苦，相憶正漫漫。便欲乘南雁，持書勸客餐。經旹消息斷，何處報平安。

憶昔同篝火，慈親夜課書。閉門嫌室冷，覓食問廚虛。辛苦季方壯，艱難見復疏。應知倚閭切，努力寄雙魚。

八月十五夜舟中望月

天上秋光滿，人間月夜深。關山千里望，金石百季心。錦字遲鴻翼，清輝託桂林。但須明鏡好，莫恨大刀沈。

舟中詠月

斜陽猶未落，陰魄已全生。萬象虛含影，千山不受明。銀盤雲母蓋，金鏡霧綃擎。咫尺姮娥隔，深愁在玉京。

初八夜

半規猶未足，迢遰掛雲端。恰喜東林白，因憐素女寒。婆娑分桂樹，掩映是金盤。最恨西沈速，深宵不耐看。

十四夜

已是完秦璧，無端怨太清。爲留萬古恨，不作十分明。皎皎秦川女，沈沈瀚海營。團圝仍有待，一夕幾人情。

十五夜

秖覺光全滿，都無璧共圓。樓頭三五夕，塞外漢唐季。玉杵應停兔，金波不泛蟾。廣寒最深處，吳質竟長眠。

十六夜

爲因昨夜滿，轉恨此宵微。望望碧空外，依然萬里輝。謳畱紫玉曲，舞罷綠珠衣。若向妝臺比，誰言明鏡非。

十七夜

明河殊耿耿，出海故遲遲。幾處光嫌淡，何旹壁暗虧。蟾蜍猶有足，桂樹不全枝。素女羞顔甚，人間殊未知。

揚州

殿腳三千女，萅風廿四橋。煙花成豔俗，歌舞畢隋朝。往日宮前水，如今恨未消。書生空弔古，偏自愛吹簫。

半壁南朝地，宗臣白髮愁。誓師猶四鎮，立紀未三秋。燕子深宮曲，桃花北院遊。從來亾國際，文士擅風流。

京口

萬里岷江下，金焦阻海門。氣吞三楚盡，雲變六朝昏。伐荻悲龍子，樗蒲念帝孫。猶能輕百萬，儋石不須論。

舟自丹陽至吳江

已知秋氣盡，漸覺水聲乾。爲客寒偏早，還家夢未安。詩惟宗楚些，思總在湘蘭。欲就江神問，霓旌不可干。

白髮楚漁父，滄浪鼓枻遲。蘆中人又病，山上木無枝。石氣窺雲冷，舟行向晚移。不知鱸鱠處，湖口問鸕鷀。

過閶門作

閶闔通天氣，南臨卽五湖。君王思破楚，臣妾未忘吳。香水萅風滿，琴臺夜月孤。美人來畫舸，拾得錦颿無。

烏程道中

向晚烏程道，孤舟送北風。林深兩岸黑，日落半川紅。冷覺潮初上，昏疑路不通。何人吹玉笛，嘹亮入雲中。

酬吳中王南垞孝廉見贈

歲莫常爲客，相逢亦偶然。密雲屯海國，歸路隔江天，翦燭憐同調，開樽憶昔賢，西窗話不盡，惆悵理瑤篇。

送張阮林不及

故人鏡湖厺，江上柳條新。憶我歸來日，停車雪滿輪。歡娛已遲暮，別恨又逢萅。杳杳雲中雁，何由追夕塵。

五弟授室卻寄

江干柳綠旹，知爾畫蛾眉。好共窺朙鏡，朱顏不再期。紗窗宜硯席，羅幙即書帷。自得雞鳴伴，閨中樂可知。

孝友吾家法，常懷叔父慈。可憐身厺後，不見汝婚旹。琴瑟尤須靜，交遊慎勿嬉。殷勤𢤱孀母，萅日正遲遲。

寄内

三月江城雨，瀟瀟秖似秋。閨中寒更恷，莫慢上簾鉤。翡翠衾空疊，芙蓉鏡獨愁。陌頭楊柳綠，萅日幾登樓。

架上詩書在，芸香辟蠹無。遥憐諸姪小，未解學楊烏。玉軸連金粉，縑緗映碧廚。膝前嬌女慣，早晚莫鴉塗。

湖口渡江

茫茫江漢下，東厺合彭湖。一水還清濁，千山忽有無。魚龍終夜舞，天地此舟孤。不及隨陽雁，先秋逐伴呼。

廬山高不極，面面紫煙重。忽落青天影，樽前數百峯。遥知衆屏嶂，不及此玲瓏。寂寞過湖厺，沙鷗日日從。

峽江縣

縣小疑郵聚，城空覺地寬。繞山微有郭，近水更無灘。厺厺孤舟晚，霏霏宿雨寒。嘉魚多出峽，供我客中餐。

玉笥

玉笥山何在，遥看縹緲中。萬峯青雨簇，一徑白雲通。我亦神僊者，丹符出帝宫。會乘元鶴厺，不借剡溪風。

立穐日過大庾嶺

五月浮舟厺，言過大庾山。無端秋葉下，不忍度梅關。織錦人方遠，辭巢燕未還。搗砧聲漸起，一片莫雲閒。

嶺南自兹厺，江北思悠哉。葉望金秋落，人先白雁來。山童跳足舞，蠻女雜謳回。歸使憑傳語，梅花尚未開。

出湞陽峽

竟日樹疑雨，不知天已秋。亂雲埋大壑，絕壁下孤舟。響雜千林鳥，泉通一澗流。言從湞陽峽，直向海山樓。

中宿峽

帝子何年厺，千秋望二禺。霧江風雨合，斷壁鬼神扶。樹古昬猨穴，舟行急客呼。諸峯南向盡，絕海望僊都。

寄懷李效曾張阮林

我行向南粵，之子在西湖。秋水一旹滿，相思千里孤。明珠不可辨，⿰黑盍色久知無。唯有空山裏，朝朝聞鷓鴣。

嶺南秋思

秋風吹木葉，不落亦淒淒。海外黃雲斷，天邊曙色低。漸知潮信熟，無那鷓鴣啼。更上高樓望，年來路總迷。

謝人送蘭花

一種芬芳質，清幽爾許深。佳人能絕世，空谷亦何心。月照羅裳透，風搖玉魄沈。夜寒君莫厺，爲秦七絃音。

聞雁

嶺南花盡早，何事雁來遲。十月雲中叫，空齋夢覺旹。莫悲徒侶失，好赴稻粱期。海畔三千里，從君覓所知。

羅浮蝶

我夢羅浮厺，羣僊贈羽衣。彩雲朝忽散，化作蝶雙飛。向席翻謌扇，迴風弄日暉。誰憐紅褎女，舞煞不能歸。

雜興

殷地秋風發，連天客思長。嶺雲關外白，海氣日邊黃。已見飛鷹隼，偏遲度驌驦。三年頻悵望，萬里迴蒼茫。

洋舶經千尺，由來澳鏡多。未應隨琥珀，遂使接牂牁。海客求珠返，番兒載酒過。仍聞𠸄咭唎，貢使勝暹羅。

十里珠江口，雙橈蜑子船。喧聲聞曉渡，寒色入秋煙。送客潮暈落，占風海日圓。行行戒徒旅，厺住總淒然。

海上胡笳夕，天邊急浪昏。未回江北望，先動粵鄉魂。地絕新秋迴，城高宿雨屯。蕭蕭沙際雁，投食向孤邨。

九日侍大人登番山

今朝好風日，天外從庭闈。載酒傾甘菊，登山著綵衣。雲飄連海動，露艸入秋肥。但得行旹樂，蠻邦亦當歸。

南漢藥洲在今學使後園

縹緲僊洲地，淒涼異代園。穿橋新竹筍，破壁老榕根。宿雨荒池積，殘壘列石存。往來庭外鳥，疑是漢宮魂。

秋日登粵秀山和曾賓谷方伯原韻同王野樵

萬壑秋聲起，千林瘴雨開。黃雲變海色，白日響猩雷。寂寞當時業，飄零異代才。平生懷古意，趙尉有荒臺。

客思

落落三江外，行行百粵東。嶺雲銜地白，海日逼天紅。幕府萅開宴，將軍夜引弓。曾依嚴僕射，不敢哭途窮。

水國萅將晚，南天日又昏。蒼梧長引領，帝子未歸魂。淚竹湘中滿，雲旗月下翻。此間閶闔近，誰與訴銜冤。

送孟塗歸里

飲恨復何道，蒼茫向落暉。六季吾尚客，三月汝先歸。故里鶯花夢，他鄉薜荔幃。老親如有問，辛苦寸心違。

寄謙弟

歲月江湖晚，炎天瘴癘高。身危寄僮僕，家食羡蓬蒿。及汆矜年少，新知拆骨勞。無言恃忠信，吾已失波濤。

遣興

客思眞無柰，荒城獨自閒。邊風疏夜柝，花雨暗菩山。骨肉經年斷，江湖有夢還。高堂明鏡裏，白髮正摧顏。

曉望

曉日明殘雨，菩泉蒲近坰。雲舂山臼白，蘿掛水簾青。聞磬尋僧寺，穿橋憩竹亭。爲知寒食蚤，花事盡冥冥。

午日遣悶

地僻頻經雨，愁多秖閉關。鄉心原外艸，客路夢中山。令節逢偏易，衰容好是閒。黃梅與丹荔，取次遍南蠻。

客舍仍南國，歸心問北堂。誰添長命縷，遥祝百年觴。虎勝雖堪結，菖蒲信可將。僊人傳几節，教與駐顏光。

往歲傳端午，深閨最蚤期。同心穿碧藕，繫臂結朱絲。笑日花爭豔，凝雲笛暗吹。窗前綠么鳳，倒掛未曾知。

畫檝喧銅鼓，盤龍樹赤旗。人言珠海勝，猶似汨羅時。擘荔紅如錦，懸蒲綠讓眉。無心畱一笑，越女不須疑。

琥珀

琥珀尊中酒，琵琶水上謌。吳儂將越女，良月夜相過。乍起紅襟燕，低迴碧玉波。薄寒還倚醉，污卻貝多羅。

海上送客

如此青天月，送君南海頭。離樽那可盡，攬袖起芳洲。分壄看磨羯，占壘候冕旒客善西洋星學。才名自珍惜，莫妄見諸侯。

早衰

三十衰如此，他年安可知。未能形侶木，陡覺鬢如絲。操已慚箕潁，名還問偶奇。君看北海鳥，羣起向天池。

怨詩

寶瑟怨遙夜，哀音君豈聞。捲簾望明月，花落影紛紛。淚盡羅頻掩，香銷玉不熏。誰憐珊枕畔，昨夜夢行雲。

得方植之書有襄卻寄

消息三年斷，龍泉繡澀無。每來彭蠡雁，愁絕白門烏。意氣當時盡，飛揚此日孤。江干與海角，遥夜共躑躅。

又見秋風起，澄空爽氣高。馬鳴動邊塞，鵬奮擊波濤。莫棄張華筆，徒憐范叔袍。君知親望苦，須自惜霜毛。

寄孟塗

自爾菁天厺，江南又早秋。海雲雙淚滿，邊月一人愁。不分依南斗，偏遲買北舟。無情惟畫角，夜夜近危樓。

和清上人

把酒興不極，開軒清復空。泠泠白露下，湛湛玉壺中。夜色涵秋淺，衰顏趁醉紅。詩成方一笑，何侶虎溪東。

望僊辭

飛僊明月下，玉佩影繽紛。一曲霓裳奏，人間不可聞。秋聲微近樹，夜色淨鋪雲。來厺天風迴，齊州幾點分。

早有滄州興，蓬萊入望遥。聞君發東海，爲我引松喬。椒柏從堪薦，芝苓苦易凋。樓頭雙赤鳳，昨夜憶吹簫。

月到中秋易，方求不死難。姮娥終縹緲，蟾兔自團圓。戶牖通僊馭，香花落夜壇。何須瑤水上，親見赤欄杆。

芳樽清夜供，把酒問佳期。天上多黃鶴，應無苦別離。玉環何寂寞，金簡自紛披。莫笑騃兒女，年年泣翠帷。

感懷二十首

浩浩臨何處，行行叩大荒。百年紛感激，一劍又蒼茫。地混魚龍氣，天騰艸木光。客星懸釣瀨，遙直斗牛傍。

三河舊年少，膽氣最驚人。驤首聞鼙鼓，隨韉笑服馴。風塵餘白日，江海失青蓸。一厺成千古，空傳地上驎。

劉向傳經蚤（孟塗方成論孟補注），張衡閉戶深（阮林著書已數十卷）。故人甘寂寞，今我獨升沈。那豁蒼生眼，難忘後死心。忽驚秋氣肅，天地一櫹槮。

往昔騷南楚，深宮幾歲勞。萬方纔喙息，三輔又旌旄。竟落昭陽瓦，空擐衛士刀。安危仗元老，吾輩首重搔。

塞馬馳原勁，中州忿未蠲。瘡痍經賊後，子女盡軍前。此輩狼貪慣，元戎虎帳便。獨煩明主詔，太息引深愆。

國勢如磐石，民勞集雁鴻。盡思蒙帝澤，何以亮天工。大業須藏富，憂旹及蘊隆。昭回雲漢表，圭璧徧郊宮。

聞道嗁烏府，眞開籲傿門。爲求民瘼隱，不罪小臣言。累月章應滿，安人策未論。諸君及時白，無使聖躬煩。

流亹天外徼，慷慨嶺南軍。討賊雖非地，揚麾亦薄雲。竟消羆虎氣，再對簿曹文。他日馮唐問，誰言魏尚勳。

北極周廬在，東都八部強。先朝隆國本，遼海是金湯。殺虎烏蘭外，鞲鷹穆壘傍。子雲倍侍從，歲歲賦長楊。

萬古羅義界，鴻濛闢史官。男爲察罕白，婦作哈屯汗。戈壁連天暗，冰山薄日寒。臨邊勞相國，持節百年安。

白水興王地，黃花避暑宮。人言歸巨室，惟是實新豐。冑子才同選，行糧橐又充。出關東北望，車馬公隆隆。

唐虞敦五典，夏後儆官刑。莫以商韓㳒，牛毛亂大經。曹司輕上下，天語重丁甯。昨夜聞新詔，歡騰到四溟。

内府頻頻匱，羣工處處多。黃河天上水，紅褎幕中謌。異賞求如蝟，私恩市若梭。萬錢將一斛，漕使得無何。

國賴倉庾實，營愁卒伍虛。老臣持大計，早歲惜贏餘。㳒弊終防變，兵驕未易除。由來屯政廢，無以善軍儲。

西北多荒土，東南困轉輸。已聞興水利，莫惜借穜芻。故事難輕舉，羣公笑腐儒。不知古名將，屯墾滿邊隅。

成周崇養士，經術裕良材。青紫徒爲寵，詩書亦可哀。紛紛爭射策，袞袞又登臺。忠孝皆天性，無爲笑艸萊。

海客誇珠美，居人鬬族強。不同秦板屋，難問漢農桑。賞盜功猶在，前贕恨未忘。收兵甯上策，無使撤民防。

小市戎戎雨，平疇澹澹風。獠夷輸稅早，旅客慶年豐。忽憶連兵日，流亾滿豫東。可憐菑種廢，十室九人空。

獨鶴橫秋唳，炎霜戢羽翰。宵分聲自驚，侶失恨無端。墜戍荒荒靜，疏壘炯炯寒。無因隨鳳喙，天外食瑯玕。

昔尋訶子樹，曾入仲翔祠。白水空經舍，青蠅集篆碑。徒能窺卦象，不免竄荒夷。余亦南來久，漂零復幾時。

客心

客心何太苦，天意正蕭蕭。海日迎秋暗，林風雜雨驕。因人餐世味，問俗飽塵囂。爲謝凌雲子，平生愧折腰。

段佩蘭招遊白雲飲雲泉山館遇黃香石

雷聲挾飛雨，已過夕陽西。陡覺碧崖暗，不知雲滿溪。酒人林外散，煙艸澗中迷。忽值蒲衣子，狂謌下杖藜。

次博羅縣

秋水博羅城，停橈一問征。斷煙孤壘白，斜日半峯明。地近神僊窟，人猶亾客程。此鄉有瑤艸，鸞鶴幾時迎。

龍川道中酬別饒嘯漁

饒子有奇癖，高言必古人。論才憐下走，物色盡風塵。我讀南州傳，君誠有道鄰。無因同亾住，歧路一沾巾。

過筠門嶺夜至會昌

言過筠門嶺，眞如下碧天。萬山朝歇馬，獨火夜呼船。估客誇邨酒，番人種木棉。粵鄉行已盡，猶自怯蠻煙。

自長甯入江西界

故鄉猶楚尾，此地望漫漫。戍古畱晴雪，江空起莫寒。雁聲雲凍浦，漁火竹深灘。想見荒邨女，篝燈績夜闌。

廬陵有懷歐陽文忠公

廬陵人已亾，吉水至今空。落日僧呼渡，晴江客祭風。不才猶短褐，異代想宗工。自古文章事，興衰世運同。

左蠡鎮阻風

秖覺波濤壯，都亾天地陬。神魚驕晝舞，舟子急宵呼。撲亂沙兼雪，嚴寒火逼爐。鄱湖有如此，何處望匡廬。

寒吹

寒吹江湖滿，儒冠歲月深。還家千里病，懷舊幾人心。出處應難問，圖書未可沈。微軀如有託，霜雪任相侵。

舟中望廬山積雪

我行彭蠡下，江迴北風寒。卻望匡廬頂，中峯雪正殘。如何雲外日，不照此巖端。應有讀書客，關門賦考槃。

宿杭州慧安寺是明少保於忠肅讀書故地有懷兼贈寺僧竺峯

少保天人者，遺芳自古今。我來讀書處，喬木翳千尋。寺廢鐘長寂，塵勞念獨深。山僧能養母，況乃藎臣心。竺峯奉母庵中甚孝

途中閲明東書

秋艸忽淒其，秋原落日攲。寒天催短鬢，又與故人離。厺住分前夕，升沈問後期。把君書鄭重，不是爲相思。

鄴城

落日漳河晚，蒼茫望鄴城。通闤石氏邑，古道魏家營。逐鹿人何在，銅駝棘易生。羣雄輕格鬬，撫世慶昇平。

暮雨寄欖山李淩巖

荒城連莫雨，蕭瑟意如何。坐惜故人盡，轉憐芳艸多。粵蠶今再熟，海燕旹經過。想見山中臥，蒼煙滿薜蘿。

後湘詩集卷六　七言律詩

漢宣帝

魏丙蕭黄盡股肱，漢宣遺政況嚴明。生兒天使耽儒術，宦寺誰知伏禍萌。何必承繩雜王霸，可憐庸懦及哀平。白頭劉向空憂國，災變紛紛傳五行。

余生

余生本好切雲冠，自駕瑤車赤水寒。弭節已知崑路遠，通辭應覓鴆媒難。無端下女捐瓊珮，更爲西皇涉玉鸞。幾度陸離紛上下，閬風何處夕漫漫。

有感

十五盈盈出洞房，自憐嬌小不勝裳。笭篌解擘何須學，鸜鵒頻催未肯妝。偶向陽臺驚夢雨，爲搴蘭杜怯秋霜。西窗月姊尤珍惜，長照金罏寶鴨香。

碧海銷沈五夜秋，無端哀笛起中流。空傳漢代黄金屋，不及儂家白玉樓。帝子可憐成怨鳥，天孫眞悔嫁牽牛。迴文織就何人識，斜倚熏籠悄自愁。

登樓

古木蕭蕭動九秋，平原渺渺集離憂。河邊落日荒涼下，天外飛雲浩蕩浮。粵嶺書違千里雁，秦淮人繫二年舟。不堪身世艱難甚，極目還登百尺樓。

九日

九日尋秋秋正哀，水清煙冷夕陽開。即看冒雨黄花好，不分無書白雁來。故國山多聊避節，異鄉人滯幾銜杯。莫天千里西風急，何處飛雲是粵臺。

九月晦日偕方履周張阮林吴子山家易卿登西山

西山秋盡白艸平，北風初勁行衣輕。綠柳紅楓自點綴，莫煙落日相淒清。霜鴻肅肅急征羽，壄水濺濺迴澗聲。白髪天涯幾人在，有書不來涕泗横。

出池口

掛颿直捎西風厺，楓葉蘆花歷幾重。萬傾波濤天上下，一江煙雨晝空濛。何人日下稱鳴鶴，我欲天門起化龍。回首皖公山色遠，參差惟見九華峯。

蕪湖夜泊

何人吹笛彩雲端，煙月蕪湖正渺漫。潮落江聲千里靜，夢回宵露五更寒。長河忽向南天沒，故國遙從北斗看。憑問歸期復幾日，玉梅花發滿蘭干。

贈左匡叔

堂堂忠毅騎箕厺，亾國千年哭莫雲。鄉里兒童猶墮淚，子孫氣節又逢君。新詩補史應傳信匡叔熟明季事探求忠烈之士有功吾邑者各系以詩，竟日論兵得未聞。知爾捐軀能報國，請將書劍厺從軍。

鳳陽懷古

漢家豐沛鬱相望，虎躍龍飛又鳳陽。五百里中占地氣，一千年後再興王。天資自是殊寬急，國祚終教有短長。誰道韓彭更馮李，後先鳥盡歎弓藏。

合淝懷古

合淝城外莽雲消，千里長淮地勢遙。祠廟衣冠瞻孝肅，兒童刀袴說張遼。菁來戰壘烽煙靖，日落平原獵火燒。回首江東何處是，行人北厺馬蕭蕭。

碭山懷古

怪石嵯峨路幾盤，驚沙莽莽撲刀環。眞人未必皆豐沛，雲氣今猶望碭山。落日天寒鷹隼急，大風謌罷牧童閒。亾軍十萬埋睢水，誰見當時戰血斑。

都下雜詠

太行千里擁神京，上谷漁陽異代名。遼海東來覘紫氣，居庸北阻壯金城。五朝文物天開運，八部營屯蚤罷兵。猶是漢家全盛日，我皇宵旰爲蒼生。

維揚城郭沈淪裏，濟漕猶聞達遠邦。淮水幾時平到海，黄河全勢欲通江。尋堤老父猶能見，舞浪馮夷竟未降。可惜侍郎憂國苦，蕭蕭白髪對吳艭。

燕王沒後有遺臺，東望曈曨曉日開。碣石故宫隨水去，薊門飛旆逐人來。他旹客下銅駝泣，終古邊吹畫角哀。獨有關中年少將，太平無事射雕回。

舟入汶河

霜林初白雁南飛，九月天寒未授衣。暮雨天邊舟渺渺，秋風河上柳依依。漁人葺網臨官渡，小婦湔裙傍石磯。無那隔堤湖水闊，不教鄉夢一旹歸。

寄友人白下

關河別夢四千里，蘿薜驚心二十年。永憶珊瑚收鐵網，獨回燕趙任風煙。短篷臥雨青鐙裏，故國題書白雁前。明日秣陵江上酒，與君重話一悽然。

通州遇粤東張旭初同年

燕水秋風雁影過，炎天愁思隔牂牁。扁舟柳下逢張緒，一夕尊前話趙佗。翡翠萻生人次少，鮫珠夜拾月明多。吕虔若有刀相贈，横海樓船意未蹉。

登徐州城樓

憑臨楚漢千年地，惆悵風塵九日杯。秋艸已無人戲馬，莫鴻猶送我登臺。南迴山勢雲龍起，北望河流汴泗來。詞客不關興廢事，黄樓獨憶謫僊才。

從平山堂歸飲方氏餘廬

一颿風雨過揚州，行屐匆匆得暫遊。九月寒江聞玉笛，幾人譋吹在迷樓。題詩杜牧簾初捲，好客陳遵轄正投。明日西湖還貰酒，金樽銀燭憶淹留。

梅花嶺弔史忠正公

生降都尉幾旹還，獨力何堪國步艱。諸將尚爭淮蔡水，天軍已渡玉門關。西臺痛哭無皋羽，南國詞人盡子山。猶有衣冠憑弔古，五王何處覓金環。

淮城

鉢池山下俛晴郊，擾擾車塵日夕勞。千古英雄貰漂母，一旹辭賦憶枚皋。故人書到黃花冷，淮水風來白浪高。鴻雁即今中澤滿，可憐節使擁旌旄。

武林喜見李孝曾

元龍豪氣未能除，李漢文章亦有餘。萬里江湖停櫂日，三年琴劍論交初。投名我自悲懷刺，作吏君休悔讀書。滿眼孤山堪買宅，持竿終勝武昌漁。

謁先芳麓公德馨祠

前崇禎間，公守杭郡，遺愛在民，共立祠於吳山。國初勅建於孤山側，有司萅秋致祭焉。歲戊辰，瑩自都中歸，至杭，適祀事甫畢，士人爲說先政，有感作此示之。

蚤奏明光識聖顏，又尋祖廟向孤山。百年俎豆承恩重，一代功名報國艱。祠樹舊留棠蔽芾，湖雲常想政寬閒。越人不解嗣孫陋，猶望重來守此閒。

白太傅祠

千古風流白太傅，三年出守輒題詩。綠裘無恙湖西路，翠黛依然馬上旹。柳色萅殘催祖帳，謌聲人散別楊枝。無端又聽吳孃曲，莫雨瀟瀟水滿祠。

林處士墓下作

先生高義苦無匹，一夵人閒六百年。鶴影梅花萅自寂，荒亭古墓路空連。不教封禪求遺艸，合許風流共永僊。舊宅欲尋何處是，湖光山色碧如天。

小姑祠

叢叢竹樹護香幃，鳳殿瑤窗隔翠微。夢雨忽隨朝霧散，神鴉猶帶莫雲歸。已從別沛淩羅襪，莫向彭湖著嫁衣。爲問清波明鏡裏，舊旹螺黛未應稀。

湖口送客

孤篷日莫厺天涯，回首旗亭客乍離。旅雁一江彭蠡澤，神鴉千樹小姑祠。唫詩水驛中宵夢，織錦高樓少婦思。誰爲行人寫秋色，蘆花兩岸雨如絲。

宿廬山下

好向彭湖又住舲，匡廬不斷數峯青。芙蓉曉日開明鏡，嶂嶺晴雲擁翠屏。天畔尚聞飛羽蓋，人間誰問謫僊霛。宵來一曲鸞笙裏，便拂塵衣入杳冥。

南雄

南來一倍長離憂，欲掛征驂復暫畱。落日陵江荒舊館，西風湞水報新秋。爲家好託沈香浦，回首猶驚叱馭樓。此厺庭闈知不遠，明朝相見涕痕收。

奉贈轉運使陳公自桂林之粵東

秋風節使擁旌旄，鼓鷁飛鳧出萬艘。海國魚鹽通上貢，漢臣獬豸冠諸曹。雲移五嶺嵐光滿，水合三江蜃氣高。驛路定知多嘯詠，鳳城遥望紀恩褒。

廣州郡齋作示孫秀林

羊城十月海風急，官舍蕭條冷欲裘。白日忽傾驚又晚，黃花開過不知秋。連烽盜賊傳難定，故篋詩書對轉愁。同是天涯感漂泊，南方豺虎莫淹畱。

孫秀林齋中夜話

亦知世事從牛馬，那見人情似水魚。病我如中三日酒，憐君曾讀十年書。風塵寂寞鄉心懶，親舊飄零旅夢疏。欲寫離愁渾不得，鷓鴣聲急雨聲徐。

萅日登粵王臺

粵王臺畔送斜暉，山色青青艸色肥。千里夢中蝴蝶散，一萅花下鷓鴣飛。英雄祇合蠻夷長，詞客重來褐布衣。杳杳南天旌鼓震，幾人銅柱立勳歸。

送孫秀林蔣杏浦

客裏逢秋思總紛，故人纔見又離羣。無端冷煖蠻中雨，不斷昏黄海上雲。陸賈千金歸漢闕，郝隆兩歲作參軍。自憐蹤跡同王粲，不忍登樓更送君。

夜泊三善鄉

窮島朝聞賊已無，水村夜宿鳥相呼。天垂海外壘河盡，月滿潮頭客艇孤。事定幾家祠戰鬼，旹來昨日下軍符。漫言氛祲全消易，伏莽戎興亦可虞。

奉寄劉金門先生

近聞嚴譴厺燕山，驅馬新經大谷閒。一萬里風沙磧雪，三千年塞漢唐關。旹平不用輸奇策，身在終須賜玉環。等是龍門植桃李，幾人揮淚送公還。

憶昔西湖初放艇，從容官閣得追隨。師門經術稱中壘，弟子詩名説項斯。誰料口南來瘴癘，翻驚塞北有遷離。流官逐客同回首，又是秋風載酒旹。

寄光栗園

羽扇飄飄閬苑僊，無端謫厺海雲邊。朱顔漸向人閒改，大藥難從天上傳。一博當年投玉女，六鼇何處釣滄淵。霓裳詠罷青鸞舞，醉後回思獨惘然。

登何氏樓

聳身縹緲立飛樓，萬里浮雲作壯遊。白日有霧應照我，青山抵死不埋憂。百年競逐原頭鹿，終古浮沈水上鷗。北望更須淩絶頂，黄河如帶是中州。

病中作

九月天南雁不飛，二年羈客思依依。同心舊好眼中盡，快意新詩病後稀。海岸有風吹莫角，山邨終夜搗秋衣。愁多漸覺身非壯，藥鼎香旹靜掩扉。

香山道中書所見

水驛朝回客路平，烽煙乍息夜還驚。雨中沙戶禾初熟，海畔碉樓弩尚横。蜑女紅船爭送楫，書生白帢罷譚兵。秋風嶺表經年易，又見南中橘柚榮。

贈何生

如我淪藏天下少，知君慷慨世應稀。馬鳴千里常思騁，劍化雙龍定欲飛。海國風濤淹日月，柳營笳吹動旌旗。儒生自負匡時略，説向人閒事總非。

余不見菊花三年矣香山友人以數盆見贈繁英豔色極與吾鄉相侣喜爲賦之

久負淵明採菊期，遥憐寂寞在東籬。忽驚冷豔重經眼，恰對高齋獨卧時。覓譜還如高士傳，傲霜何侣故園枝。天涯那得多逢汝，歲莫相看不厭遲。

感懷

放懷獨酌蠻中酒，弔古難銷俠士腸。捲地颶風吹霹靂，横空海氣變昏黄。故人舊作監門卒，逆旅誰尋結客場。莫笑儒冠無事業，也騎快馬擊生麞。

奉寄程鶴樵侍御峕按試韶州

芙蓉山下曲江灣，一派潮聲萬壑閒。華蓋晴飛霞帶嶺，文昌夜近月臨關。九齡風度書堂在，虞帝簫韶石闕閒。想得更尋無上論，曹溪寶地莫輕還。

秋懷

颯颯西風海氣秋，無邊浩蕩古蠻州。山川已向南荒盡，天地還隨大壑浮。九萬雲霄難化鳥，三千劍氣欲吞牛。伏波銅柱依然在，祇恐摩挲易白頭。

雨夜獨坐憶京中故人

往日西山鸞鶴羣，京華一厺各紛紛。縱横濁酒燕關月，忼慨清箏楚國雲。每意飄飄思孺子，一峕局度望宗文。而今獨向蠻江裏，細雨華鐙坐夜分。

幕府

晨鼓鼕鼕漏已殘，半天斜月照庭欄。數回雞唱催傳吏，三疊笳聲欲上官。魚鑰響聞朱戶寂，獸罏香燼翠帷寒。使君別有瑤臺夢，十二峯頭跨紫鸞。

冬夜讀書

海波掬淚掩征衣，今古蒼茫事總非。作宦虞翻經苑廢，上書陸賈橐金歸。孤鴻跡雪常千里，故國垂楊又幾圍。一尺鐙檠三尺劍，歲寒深夜坐空幃。

夜檢篋中得孫秀林舊詩頗多有感步其雷州遺懷原韻

尉佗城畔兩書生，同逐壘槎事遠征。白首飄零橫海曲，三年離合故人情。雞因夢轉號常早，燭爲愁多淚不明。還憶楚王能養士，夜深前席絕朱纓。

粵中懷古

秦皇按劍掃華彝，南國初開萬里基。山鬼蚤知投滈璧，僊人猶待見安期。殿前鐘鼓六王樂，樓下風雲五丈旗。不及海中徐市遠，巡方竟未到天涯。

鹿走中原勢莫回，海南無復暴秦灰。乘旹小吏容偏霸，不死任囂亦異才。身曆三朝從漢老，天留百粵待君開。呂嘉自是忠良輩，橫海樓船事可哀。

蕭梁賸蹟同光寺，隻履西來佛法興。五葉宗風傳弟子，六朝文物見諸僧。金錢不盡身難贖，大會無遮力豈勝。輪與至今詞賦客，經壇惟是說南能。

花塚千年弔美人，藥洲芳艸幾回萅。祇須玳瑁爲雕柱，那用樓船議守臣。銜璧異時容不死，剝皮當日太酸辛。洛州刺史眞雄武，座上降王執梃新。

滿天風雪壓關津，帳下行歌酒正巡。將士千營酬令節，元戎一夕度崑崙。成功不讓曹彬美，算敵何如武穆神。可惜天心盛西夏，蚤年威望竟空論。

大忠祠畔日西晡，浩氣如君古亦無。誰使六宮重北厺，空將二帝復南趨。萅秋終著王人史，嬰杵難存趙氏孤。辛苦慈元楊太后，垂簾三載尚稱奴。

白印侍講兄自京師有詩見懷酬之

蒼茫萬里長安道，寥落三年嶺外身。南厺鯤鵬方困水，北來魚雁動經旾。文章自分容疏賤，世事君能信屈伸。不柰池塘新句好，惠連憂患更傷貧。

送吳岳卿

回首京門萬里遙，送君歸厺馬蕭蕭。秋風海上雲先散，驛路江南艸未凋。到日庭闈能強飯，別時童稚已垂髫。臨岐自惜魂銷久，更倩何人賦大招。

喜晤劉孟塗

關河千里復萬里，心事江南更嶺南。久別尚期畱壯髮，相逢聊爲駐征驂。眼前旾色幾今古，海內文章無二三。我自未除豪氣習，夜深把劒欲耽耽。

畣孟塗

故人天畔起高謌，閨夢鄉心一夕多。十二樓中空鏡匣，四千里外共關河。金城畫掩芙蓉色，碧海旾寒翡翠波。歲久日歸歸未得，數煩書札柰君何。

寄葉鐵梅

我夢羅浮四百峯，峯峯霞照石玲瓏。悔尋葛令千年蝶，不跨茅君五色龍。羽蓋飄飖迷舊侶，玉芝搖落閉僊蹤。當時已負金門約，珠珮雲深又幾重。

蒼茫獨上粵王臺，臺畔旾風日幾回。白馬櫜金人盡厺，赤虹腰劒我空來。衝波翡翠仍蘭沚，出海明珠自蚌胎。簫鼓滿船謌玉樹，一聲羌笛暮雲哀。

回首江南路正迢，五年景物此飄搖。嶺雲挾瘴旾過雨，海月生寒夜上潮。老馬忽驚鞭影疾，故人空歎旅魂銷。何旹共酌蒲桃酒，重與樽前話寂寥。

後湘詩集卷七　七言律詩

夜過扶胥江

扶胥江口碧雲端，獨擁扁舟下夜寒。日出有聲天柱轉，潮來無力海門寬。偷吹鐵笛風前引，不覺蒼龍水上蟠。驚起祝融催浛駕，霓旌遙度簇千官。

書懷

西北高樓未可攀，東南孔雀自飛還。夢回海上桄榔雨，菅盡淮南桂樹山。遊子風塵千里外，高堂容鬢百年間。無端驚起沙頭雁，一夜羣歸度庾關。

奮何振遠

飄飄身世一沙鷗，小病平添萬里愁。艸閣雨深蟲叫夜，山城風急雁鳴秋。馳驅夢到青原塞，詞賦誰登白雪樓。多少健兒同逐鹿，莫將佳句誤名流。

厓門懷古

厓山風雨晝冥冥，猶是當旹戰水腥。倉卒紀年同外丙，艱難立國下零丁。人閒艸木無王土，海底魚龍識帝庭。一代君臣波浪盡，杜鵑何處叫冬青。

聞律原客壽春

聞尒乘雲出帝鄉，八公山下闢書堂。召馴博傳今來少，匡鼎譚經自昔長。白雪妖容迷下蔡，紫金故壘弔南唐。登臨拾得淮王藥，寄與炎天滯客嘗。

題五僊觀

羊石何年蹟已淆，崇臺猶建拂雲旓。衣冠自近周秦世，松柏惟多水鶴巢。歲稔土人供九穗，夜深前殿下三茅。從來巫祝蠻中盛，士女菅遊幣帛交。

酬杜愚泉孝廉見贈即送北上

皈生閒臥百年身，五見黃花嶺外新。天末故人多聚散,江邊漁父歎沈淪。忽驚球璧投來少,始信文章到處神。行矣先生應自惜,驊騮老更向燕秦。

感懷雜詠

翠罕霓旌塞上回,雲屯虎士遍中臺。如何紫闥澄心殿,忽見青燐戰骨灰。衛國神霧憑廟社,從官詞賦惜鄒枚。天書已下眞垂淚,白首何人濟世材。

都城迢遞密雲東,輦路蒼茫積氣通。一道灤河盤上谷,八屯騎士接離宮。黄旗走馬猶天外,赤手探丸竟日中。三輔從來多盜賊,令人長憶尹扶風。

聞道南徐戰壘寒,長河濁浪急風端。妖星北夻方鳴矢,社火東來又揭竿。燕市少年屠狗業,楚人故伎沐猴冠。賈生痛哭長沙遠,獨坐寒林策治安。

黄沙白艸壄茫茫,落日行人恐大梁。烽火一旹連薊北,軍書千里震淮陽。總戎殊錫恩尤重,小醜專城勢劇狂。禁旅如雲須急戰,不應持守費儲糧。

匱盡司農少府錢,宣房巽漲自年年。可憐花鳥江南地,都作哀鴻澤裏天。轉粟他旹遺勝算,汎舟從古託安便。鄙儒尚記前朝事,碧海曾通萬里船。

高高朗月出城頭,照遍扶胥海若秋。翡翠莫生黄竹角,珊瑚多在白藤洲。佳人錦瑟傾南國,大將牙旗控上游。回首鼓鼙休幾日,驚心還眺粤王樓。

獵獵天風捲怒濤,海南江北雁行高。三年織字空文錦,萬里歸心折大刀。粤國樓臺迷士女,楚人詞賦擅離騷。無端拾得洲邊艸,多恐芳蘭化壄茅。

側身天地漫躊躇,局促眞同櫪下駒。感世尚懷劉越石,奇才已愧管夷吾。平原日落羣狐嘯,大澤風寒急隼呼。未免飄零空儋石,可能百萬事樗蒲。

寄方竹吾

昔年共醉西山月,滿座豪情盡欲飛。松竹夜深風作雨,菱荷香動露沾衣。别來才氣人閒少,夢裏諠譁覺後非。寄語門前三尺水,好留春漲待余歸。

花朝舟中謁趙篴樓先生頗訝近狀之瘁有感賦呈

三月東風入鬢新,扁舟又見粤江濱。不知海上經年別，瘁盡人間萬里身。客邸徒能催白日，功名容易負青萻。當時已愧吳公薦，欲話私恩一愴神。

三十

男兒三十那言老，華髮蕭蕭總欲斑。舉世咸謌太平日，一身常侶亂離間。已無舊業隨流水，尚有高堂隔故山。笑煞珠江來往艇，六年載汝不曾閒。

惠州西湖謁東坡遺像

可憐玉局風流地，萻水萻煙我獨行。除看江山更何事，不爲宰相恨先生。男兒自古有萬死，白鶴於今無再鳴。想見登樓飽飯後，滿湖倒浸碧天清。

元妙觀

高臺叢觀鎖清寥，火鼎丹爐跡已消。舉世無人尋大藥，登臨有客話前朝。賭碁白石先生厺，化鶴黃州道士遙。莫向羅浮問清淺，合江樓下正寒潮。

永福寺

掃地焚香我未能，偶逢勝處覓山僧。鍾堂飯罷夢應了，白米舂完篩不曾。三日耳聾須豎拂，當時鼻痛誤傳鐙。禪房獨自經行遍，惟有鈴聲是大乘。

住惠州十日未得遊羅浮而厺作詩以謝山靈

有約名山竟未酬，無端催我放行舟。六年舊夢迷荒徼，十日萻風住惠州。雲際僊人齊拍手，水邊蝴蝶尚回頭。此行莫笑無清興，占得西湖一櫂遊。

舟過大黃浦得便風

東風吹我海門遙，十斛蒲颿飽未消。水底怪龍爭吐日，天邊雌霓急吞潮。石溪短塔纔能見，黃浦來船不可招。快意人生幾回事，苦煩昨日住山橋。

酬張南山孝廉見贈

煙水蒼茫趙尉城，萻風嘑鳥正嚶嚶。求才我信同飢渴，相士君堪託死生。文到漢秦方論氣，詩如李杜未忘名。他時短榻青鐙裏，乞與匏樽仔細評。

書齋萅日

冬烘老子髮蕭蕭，理罷殘書渴未消。苦被睡魔僮放嫩，初成人語鳥聲驕。五千里路故鄉驛，廿四番風萅水橈。飄泊比來已嘗慣，不如長晝臥清寥。

悼鴝鵒詩

齋中蓄鴝鵒，善粵人言，萅晴晝永，輒作長語，蠻音了了可辨。初無教之者，或時效余唫哦聲，使人失笑。憐其閉置，屢放之不去，依依若有所戀。一日早起，無聲，視之，則死籠中矣。夜寒，奴子忘收入室，故也。詩以悼之。

䨥羽何須隴外收，獨憐鴝鵒在金韝。偷來好語欺秦吉，不盡蠻音是楚咻。戀我空爲三面放，怯寒翻便一朝休。深閨護惜知多少，珍重萅魂託畫樓。

得孫秀林書

故人萅思近如何，聞道樓臺蜃氣多。應爲老親畱薄宦，可憐華髮易消磨。高牙琥珀連樽醉，小婦琵琶掩淚謌。記得當年開府宴，幾回重唱定風波。

有懷六襄阮林

故人三歲住長安，書到南天掩淚看。念我江湖猶放棄，知君風雪正清寒。才名不信同旹輩，客路難忘是古懽。二十五絃天帝瑟，一從別後未曾彈。

夏夜不寐

迢迢戍鼓隱城堧，喔喔雞聲向曙天。往事中宵傷百一，故人長路惜三千。裵回樹底暈光爛，起舞花間露氣鮮。十載登場說年少，不知身在瘴江邊。

慕德里觀葬者

生前冠蓋盡龍騑，死後牛羊遍隴歸。白骨衹爭三尺土，青山空弔百年暉。已聞漢代亾金盌，又見秦人出玉衣。獨有無言兩翁仲，夕陽西下尚依依。

聞詔

詔書讀罷涕決瀾，搔首江湖恨百端。聖主如天頻罪己，諸君何意敢求安。眼中遺孽行猶在，事後深宮膽尚寒。惟祝無疆千萬壽，昇平久愧腐儒冠。

甲戌十月七日余年三十奴子蚤起進雞酒爲饍有感

忽驚三十歲華新，轉愧人閒壯大身。束髮何曾志溫飽，有生惟是備艱辛。愁看僮僕陳杯酒，泣向天涯拜二親。風雨六年違定省，可憐傷別更傷貧。

南至日行抵筠門嶺

千重愁疊萬重山，凜凜霜風慘百蠻。夢迴乍回天地外，日高猶遲海雲閒。行從客路逢南至，笑別梅花竟北還。祇恐到門驚老母，歸來不是昔旹顏。

江上立萅

風雪連天阻客回，孤舟一月住江隈。數聲旅雁萅先到，萬里寒雲凍不開。噩夢頻驚彭澤渚，故鄉遙見皖公臺。那堪淚盡高堂裏，咫尺音書未許裁。

舒城道中與伯山同讀阮林遺集

關城迢遞復何如，百里猶同出郭車。北上雲光迷六蓼，西來山色亂羣舒。地爭戰伐論文少，人爲淪亾恨見疏。猶有相如遺艸在，九原不寄一封書。

鄧城道中

西風初動柿林霜，汴水東流日夜長。楚國婦人思鄧曼，漢朝詞客罷鄒陽。征鴻欲度驚愁侶，玄燕將飛繞故梁。驅馬問君何日已，不堪蕭瑟又垂楊。

許昌懷古

西京城闕委穐霜，東洛衣冠亦喪亾。形勢豈矜天下險，姦雄偏忌國中強。但求銅雀臨漳水，不爲金甌據許昌。元老幾人憂漢室，司空太尉本袁楊。

汴堤

汴堤穠柳舞婆娑，盡拂征塵向北過。顥氣極天盤白日，驚風出地走黃河。一旹宴罷梁園少，五代人傷宋蹟多。已是登臨頻弔古，無端前路又朝謌。

書所見

長湖東下接天黃，斜日單車更濁漳。千里荒邨驅瘧鬼，諸軍前歲饜貪狼。地經戰後嚴烽燧，人爲年豐恨散亾。正憶麥垂雙穗日，至尊含淚畣封章。

魏武

漳水東臨鄴下迴，姦雄天使駕羣材。賦詩夜接詞人讌，破陣朝攜壯士回。生有黃鬚兒射虎，死憐銅雀伎登臺。讖文未許興昭烈，蜀相終虛管樂才。

趙州

匹馬邯鄲又趙州，蒼茫寶劍歷深秋。恰從儷枕尋殘夢，翻爲平原起莫愁。下客三年纔脫穎，美人一笑便亾頭。紛紛濁世稱公子，不識朱家亦可羞。

乙亥再至京師有作呈諸公

諸公鼎鼎立臺司，賤子飄零自昔旹。四海祇餘雙鬢短，一官敢恨十年遲。羞從墨吏論刀筆，須信朱絃是直絲。盛代不忘終甄出，箕山巢父莫相疑。

後湘詩集卷八　五言長律

述遇五十韻呈程鶴樵學使

昭代儒臣重，中州道澤長。上垣移執法，南極佇文昌。玉鑑山川麗，冰壺日月光。百蠻新禮樂，五管舊膠庠。自立龍門雪，都忘柏府霜。由來盛光霽，不覺縱疏狂。禹甸菑回早，賓筵樂未央。嗚箏集僊客，挾瑟上高堂。琥珀尊來蜀，蒲桃酒出洋。華鐙屢錯寫，明月更飛觴。賤子豈殊眾，明公獨讚揚。常貞增九鼎，感欲荷千箱。伊昔焚膏苦，窮年問字詳。傷貧無菽水，守舊有縑緗。忠信存先誡，嫌疑慎自防。論文思不朽，懷古慕非常。寂寞蓬蒿徑，飛騰翰墨場。搏風聊振羽，射策偶穿楊。天下崇儒望，微才敢試嘗。許歸承帝澤，浩蕩是吾方。負米先賢志，縫衣阿母裝。風塵萬里厺，慈壽百年康。酒熟金陵肆，鷹調石子岡。菑風江令宅，秋水段侯莊。跌宕圖書在，憑陵意氣傷。故人多聚散，客路轉淒涼。劒指豐城外，梅看庾嶺傍。一身輕瘴癘，六月下炎荒。海上横戈急，軍中走檄忙。樓船方討賊，鼙鼓戒行商。巨筆難驅鱷，妖星欲射狼。中朝思叔夜，黔首望汾陽。太佐歸韔服，恩循伏鉞亾。天威人共凜，羣盜佘何猖。訪舊登蓮幕，傳經據石牀。諸生能卓犖，高坐自傍徨。且喜宗工近，難爲善賈藏。造門宜御李，假館況畱滂。清德原知峻，虛懷不可量。直登孺子榻，遂接令公香。勝地千年古（署後園林爲南漢僊湖地），名園半畝芳。藥洲殘石在，米老舊題忘。孔雀迷僊苑，宮梅憶漢妝。亭煙菑靄靜，竹月夜深蒼。有畫唫摩詰，如澠醉渴羌。幾人容笑傲，兩歲得徜徉。涕極緣知己，魂飛更故鄉。倚閭愁白髮，行處迫迴腸。未忍辭巢厺，終期報主望。平生懷耿耿，江海益茫茫。

張阮林自京師寄詩慷慨慰勉情溢乎辭因傷久別輒賦懷六十韻奉畣兼示徐六襄光律原

北闕黃金地，南交赤道天。斯人猶契闊，吾計益迍邅。鵬鶚難爲主，蛟龍蔔在淵。搏風曾九萬，埋劒已三千。敢效窮途哭，羞從世俗憐。蒼梧雲霴靆，碧海石連蜷。廢苑訶林外，荒臺落日前。浮游盡炎瘴，迴望極幽燕。葵藿心彌壯，金蘭誓豈愆。每懷昭代聖，不忘故人賢。憶昔攀鴻侶，論交必鳳軒。推君才巨手，惟我步隨肩。同學師厺晏，驚門訝仲宣。一時吾黨盛，異代竹林傳。氣凝風雲上，文懈日月懸。致身心耿耿，許國義拳拳。偶爾懷荆璧，何期著祖鞭。看余翻潦倒，同輩畢騰騫。京下才如海，羣公望侶儔。蓬萊眞縹緲，羽蓋自聯翩。日麗翔風館，花開種玉田。公車紛尺牘，獨處惜嬋媛。莫以微斑點，猶知樂事專。横經來胄子，接席珥貂蟬。卻念旹方泰，回思夜損眠。河堤成瓠子，閩粤下樓船。聞上司農計，頻虛水府錢。四方仍旱潦，屢詔復除蠲。主悳符堯儉，衢謳祝舜年。誰分宵旰慮，臣自涕洟漣。如余能殊俗，逢人莫鬬妍。平生羞汲引，何處報埃涓。別恨徒深矣，新詩獨沛然。探驪珠每得，搏象力能全。倒水流三峽，迴瀾障百川。懸知心慘澹，未肯足便嬛。自笑經營拙，惟期汗漫緣。出門懷寶玉，問俗飲貪泉。淫婦銜江雨，蠻童宿嶺煙。芳洲菩拾翠，勝地漢遺鈿。碧掛桐花小，紅垂荔子圓。鷓鴣啼樹滿，蜃蛤入雲連。番鬼能通語，蠔諸強下嚥。殊方經歲月，逆旅慎周旋。幕府狂容杜，諸生嬾笑邊。敢題鸚鵡賦，惟守罽賓氈。國有蒼生望，旹逢盜賊延。杞憂戎莽伏，漢將出車還。楊僕威聲重，盧循稔惡悛。可憐厭鼙鼓，從此罷戈鋋。蕩析魂初定，蒼茫眼欲穿。異鄉悲路遠，慈母正心牽。絕徼迷孤雁，空邨數落鳶。地非秋浦別，客侶仲翔遷。偶問曹溪泫，曾通大鑑禪。牟尼行處照，蕉樹是身堅。著論惟持白，窮經不艸厺。是非詢燕鵲，巧拙問夔蚿。安得乘風翼，相招絕海壖。菩風將短鬢，相對劈華牋。

奉送篴樓先生由惠潮觀察使提刑粵西旹余亦將度嶺入都賦呈一百韻

帝悳承乾統，王功出藎臣。巍峩覘氣象，冠冕動壘辰。氛祲銷紅襖，榮光燭紫宸。綱恢鉤索隱，泫正門筐匀。沅水曾鍾秀，衡山峹降神。希文宏任世，君實敬持身。桂苑蜚聲久，槐階給事頻。封章惟問夜，焚艸不侵晨。價重常懷玉，名高自賤緡。風期隆嶽崿，才力轉清涫。閫外思楊綰，朝端薦李紳。兩賢甯識面，聖主本知人。察郡遙臨粵，觀風舊類秦。短衣輕鬬武，攬轡獨宣仁。往者鯨波沸，難爲鱷族馴。樓船疲戰伐，降寇撤荆榛。遠識戎於莽，深憂火厝薪。勸君垂十誡，下令費重申。別浦珠聞返，宵邨犬不狺。主持存大體，同輩肅恭寅。刀賣農驅犢，泉清吏飲醕。家聲是琴鶴，遺政繼韓陳。月府烏啼切，霜臺柏植新。攀畱悲父老，遷擢壯經綸。世事需材亟，前年忽數屯。么麽三輔賊，倉卒九重闉。胄子彎弧矢，羣公著絳約。彤庭勞汛埽，鑾輅罷旹巡。魁醜殲除靖，天威赫怒振。舉朝鹹待罪，餘孽敢吹脣。蕩蕩征徒出，悠悠載旆甡。龍媒大宛種，虎士海西掄。勢等摧枯朽，軍還塞井堙。流壘飛羽檄，震地鼓金焞。卷甲窮千里，成俘未十旬。凱謌方送喜，皇慮益周諄。被難嗟全豫，披圖覽繪豳。詔書翻罪己，涕泗爲生民。鄭重元良選，勤思吏治循。如公誠不負，百姓復何顰。古郡迷邕管，荒夷接九眞。花猺久微弱，藤峽尚嶙峋。秀士橫經少，流官守邑貧。可憐出菰米，猶解運關津。絕徼君門遠，殊方土俗因。察眉清岸犴，觸矢戒驚麕。銅柱由來峻，珠江若近鄰。扁舟聊緩緩，秋水正粼粼。賤子非常趣，儒冠詎絕倫。詩書觀卓犖，堅白忍緇磷。作賦湘纍苦，論才賈誼親。平生多慷慨，異代共悲辛。夐絕雲衢步，從容逸軌遵。大贊蒙拂拭，小艸遂葳蓁。阿閣巢皆鳳，軒轅駕盡驎。超騰失騕褭，漢落走風塵。厺厺懷燕市，行行極海濱。衹愁鮫室逼，誰與蕙衣紉。名士輕劉表，僑居託宋均。騂騮虛顧主，鸜鵒忌爲賓。莫覓三年艾，空餘百結鶉。有辭謌白雪，無價鬻青瑨。跡偃西門豹，途窮東郭逡。沈唫撥長劍，倔強立枯鱗。臥疾驚鼙鼓，新妝拙笑嚬。浪遊頻削跡，旹事不無嗔。憶昨分符近，還期薄志伸。塗泥資祓濯，窳器賴陶甄。衆望端倪迥，虛懷百一詢。醯雞原渺渺，畫虎且䟢䟢。謬許文章好，兼知意氣純。荆舒家共楚，江漢導從岷。擬下梅川櫂，遲迴蜑女艙。五羊城畔雨，幾日坐中䔿。汲引淵源溯，提攜骨髓淪。契言甯異臭，振乏欲傾囷。夢寐鄉關急，羈棲歲月逡。庭闈疏問寢，客舍暗沾巾。尚待毛君檄，誰埋洛下輪。心終向葵藿，歸豈爲鱸蒓。濟世吾師在，臨岐弟於侁。致身須汗簡，報國擬貞珣。此地治非易，前修化恐泯。開誠示威信，摘伏懲頑嚚。已見承新命，深期秉大鈞。廟堂洵善任，艸澤豈終湮。汲黯生逾戇，文園病又呻。詩篇紛感激，欣喜忘邅迍。譽笑河中薛，門求穎上荀。橐金輪陸賈，懷骨別方歅。落日將牽纜，汀洲罷采蘋。昇平殊際會，宇宙浩無垠。故里居應塹，長途往未竣。嶺南輟行役，薊北卽車轔。尺籍堪爲政，微軀愧裹珍。但令附雲驥，須勝沒田畇。風度他年憶，恩榮異數臻。名應滿交趾，忠可達蒼雯。作頌維方召，求賢起渭莘。乘呰盡努力，勁節仰霜筠。

後湘詩集卷九　五言絶句

鴛鴦曲

與郎繡羅襦，郎好鴛鴦匹。但交鴛鴦頸，莫捩鴛鴦翼。客舟西湖上，來往多水嬉。鴛鴦雖小鳥，不好舟中棲。郎作鴛鴦頭，妾作鴛鴦尾。一步一回頭，看儂長在此。小妹采蓮花，不如采蓮葉。蓋得兩鴛鴦，錦翼旹相接。

洞房曲

初日照欄杆，乾卻花閒露。惟有洞房深，時時起香霧。洞房下簾幕，不是妨人見。爲著萅風寒，與儂護嬌面。好鳥枝頭宿，還向枝頭鳴。儂在洞房中，君聞環珮聲。昨夜出洞房，遺卻珊瑚枝。小婢潛收拾，莫與郎得知。

柳枝詞

誰家唱柳枝，三月洛陽旹。飛盡橋邊絮，君行定未知。東鄰好女兒，會作柳枝舞。爲貪紅褏長，失卻鳳頭履。楊枝將柳葉，搖蕩萅湖曲。不及雙蛾眉，朝朝換新綠。儂謌楊柳曲，不學黃鸝兒。楊柳自然綠，那用萅風吹。

養蠶詞

爲郎愛白紵，日夜餵蠶子。吐得好柔絲，莫教壓郎體。門外桑葉好，門内蠶正眠。不問晴和雨，但乞養蠶天。采桑須揀葉，作繭要揀絲。抽出從君看，怕說斷長旹。

明珠曲

自小雙明珠，與郎莫著地。團團掌中轉，圓可如郎意。爲儂愛明珠，郎作海南賈。那得住海南，更無離別苦。聞道海上月，月好珠子鮮。如何三五後，月不如珠圓。

下馬行

羊酪將胡蔥，珍珠斗酒紅。下馬邀君住，前途多北風。門前綠楊柳，萅好隨風吹。但繫青驄馬，莫牽行客衣。

娖嫋謌

三十好男兒，終朝不得食。彎弓仰天射，忽墮雙飛翼。宵行射猛虎，朝出賣酒漿。人生不適意，那著鐵裲襠。嫁女不用哭，生男好作食。猛虎憑深山，誰敢厷山側。

順德周有經爲余作畫四幅

桃谿

三月萅已盡，夭桃花滿谿。不知萅事晚，黃鳥向人嘘。淺水曲通舟，人家三五處。尋尋桃花源，前邨日已莫。

山興

喬木一萬株，淺流三十里。日斜涼風後，散髮待君子。暝色催歸鳥，千羣谷口來。吾廬不道遠，更向白雲隈。

觀穫

阿婦提榼來，小姑腰鐮歸。明日刈稻了，爲君作寒衣。我稼已登場，我牛儘長眠。但恨秋艸枯，不及三月天。

雲嶺

雲山一萬重，林表結飛宇。昨夜山雪深，幽人意何許。漫漫天上雪，沒盡山中地。三日無人蹤，轉覺寒松翠。

七言絕句

宿銅陵

五松山色望層層，每欲攀躋恨未能。明月江頭又吹角，我行三次宿銅陵。

謫僊樓

謝公風景在人間，太白僊雺厺不還。牛渚西江一片月，惟應樓上望青山。

東流夜思

幾行竹掩重門靜，一院苔封細石幽。風雨聲多眠不得，夜深無柰是東流。

皖江雜詩

迎江寺前江月生，迎江墖下江水清。行人墖下船初泊，齊聽寺中鐘一聲。

題朱調堂淮汴集

漳河北厺莽雲端，白艸黃塵戰骨寒。獨有呂僊祠畔月，送君清夢過邯鄲。

戲馬臺

戲馬臺前艸木枯，當年霸業竟虛無。蕭蕭落日河邊水，更有何人問寄奴。

與六襄律原飲松雪庵在京師內城

自別江南日日㛠，東風三月未聞鶯。眼前莫道無萅色，流水潺湲出禁城。

別思悠悠已不堪，故人相聚酒重酣。不知今夜歸飛夢，爲到江南復海南。

燕子樓

調舞纔終碧月收，佳人空鎖十餘秋。尚書墳上離離艸，一路青連燕子樓。

望小孤山

曉風楊柳送行舟，初日玲瓏江上浮。一朵芙蓉金碧亂，小孤山影倒中流。

夜泊

涓涓流水掩㛠沙，三宿寒煙不憶家。昨夜誰調江上曲，忽驚閨夢到天涯。

湖口阻風望廬山作

咫尺匡廬不可登，香罏峯在最高層。白波捲起橫風惡，失卻青天數碧崚。

望小廬山

峽江江水碧如環，一片孤篷落照閒。萬壑千巖看不盡，無人知是小廬山。

苦竹灘

風雨瀟瀟苦竹灘，灘聲嗚咽放舟難。如何近嶺秋偏早，六月途中有莫寒。

曉寒

渡頭宿雨尚淒淒，夾岸人家網盡垂。一夜平添三尺水，滿江風起上魚時。

寄吴岳卿

聞道雲颿上水輕，芙蓉山外是歸程。故鄉依舊三千里，莫見梅關便卻行。

金壽生聽秋圖

遠水寒煙蜃子舟，三年腸斷嶺南秋。無端更聽深宵雨，一樹芭蕉萬斛愁。

虞苑荒涼代幾更，昨來訶子不勝情。君能畫出蕭蕭意，可是南朝古寺聲。

送楊小湘之惠州

君家向道西湖好，此厺西湖若箇強。葬得朝雲勝蘇小，莫將歸善遜錢唐。

蘇公堤畔珠孃滿，盡打雙橈不避人。彈出四弦哀怨急，摸魚謌較竹枝新。

清明日登大奎閣見桃花一株半落矣悵然有作

落盡芳菲嶺外風，萅光愁裏厺悤悤。大奎閣下何人見，一樹桃花爛漫紅。

山城寂寞無春事，忽見人家插柳枝。記得櫻桃花樹底，五年前醉故園時。

萅思

乳燕飛飛弄頡頏，流鶯恰恰度笙簧。無端又起江南思，評量東風到海棠。

廣寒宮詞

瑤池昨夜聚僊賓，碧藕傳來別樣新。惟有廣寒風露冷，琪花千樹不知萅。

青鸞白鳳起繽紛，月府催開五色雲。八百素娥齊入隊，碧霞深處拜元君。

赤伏飛符出帝宮，微聞寶輦度隆隆。平時一樣霓裳曲，奏御筵前自不同。

妙舞蹁躚度一時，珊珊玉步特來遲。侍臣獨有劉晨醉，帝敕當筵乞贈詩。

清光夜夜吐蟾蜍，萬歲千秋照玉衢。天上曾聞徵海貢，鮫人不敢獻明珠。

九華高簇五雲冠，儸從威儀未許看。白玉樓邊天樂動，太陰皇后夜回鑾。

滄桑小語曾蒙罪，擬出深宫又幾塵。忽報敓書名第一，憐才誰侶九夫人。

鶴裹雲裳織未成，後宫催併不停聲。天孫借與支機石，侍女先求梁玉清。

婆娑舞罷殿西頭，簾外長通碧海秋。新得素娥工蹴踘，當前先試水晶毬。

羽衣迴墮雀鵶鬟，一片雲深鎖玉關。望裏分明丹桂影，天風吹不到人間。

雜詩

子規蹏血遍天涯，陽羨鴦籠路正賒。惆悵隔年殘夢醒，夜深風雨聽琵琶。

十二欄杆九曲屏，博山香裊篆煙青。可憐翠裹鳴弦斷，不及當時一夜聽。

瀟瀟莫雨溼空堂，紅豆飄零意自傷。惟有相思南粵鳥，雙飛猶到鏡函傍。

菡萏香鎖碧玉池，下弦月冷已多時。誰言天上千秋恨，未抵人間一夕思。

粵中雜詠古蹟

無疆初敗居東武，尚築南城向海湄。今日會稽同泯滅，登臨誰爲訪公師。

朝漢臺原接楚庭，固岡高處入空冥。行人日落未歸厺，一片山光到海青。

度嶺百年無雨雪，曲江十月有朱梅。樽前忽見飛如掌，疑自楊孚宅畔來。

舍利消沈塔幾重，千年猶聽夕陽鐘。憑誰海外尋坡老，更與蕭梁寫六榕。

芳華故苑漢時秋，海燕曾棲玳瑁樓。我欲更尋千佛寺，桃花夾水不通舟。

淒淒風露素馨斜，月冷煙横照夜沙。猶有珠江花市滿，晚香如霧正琵琶。

牛李二相

一代勳名太尉贊，崖州謫厺至今憐。孤寒八百齊回首，不見題詩白樂天。

荳蔻菁風小杜詩，論兵慷慨復權奇。憐才獨有牛開府，泣下揚州餞別旹。

月夜過鷓鴣峯

鷓鴣峯下夜烏驚，髣髴緱僊一曲笙。我問白雲飛已厺，高高秋月照山城。

題王嘯雲嶺南詩卷

四山叢桂起秋風，涼入天南旅思中。一卷新詩高唱竟，金戈鐵騎爲君雄。

泠泠水石溪中瘦，灼灼山桃雨後鮮。此際最佳人不識，卻從何處覓天然。

論詩絶句六十首

熟精選理盡研辭，誰識蕭摩是小兒。可惜飄零流別論，至今裁鑒費工師。

辛苦十年摹漢魏，不知何故遠風騷。而今悟得興觀旨，枉向凡禽乞鳳毛。

高讌陳詩銅雀臺，子桓兄弟不須猜。胡牀粉髻天人語，獨有思王八斗才。

傖父當年笑左思，三都賦出竟雄奇。甯知陸海潘江外，别讓臨淄詠史詩。

建安後格多新麗，蘇李前風盡已乖。欲識遥深清峻旨，嵇公琴散阮公懷。

遊僊詩思絶塵氛，服石餐霞氣軼羣。山海蟲魚曾注遍，不將淹博雜風雲。

文章眞性柴桑酒，山水清音康樂辭。一種天然厺雕飾，後人何事競鑽皮。

任沈詩名未足殊，江郎才盡尚齊驅。車前收得雕龍頰，不愧騷壇一世趨。

樂府驚奇代不同，鮑家明豔步江東。當旹秘監多金縷，未抵參軍累句工。

大江日夜客心悲，發語蒼茫逸思飛。千載紛紛摘佳句，還應太白誤元暉。

開府衰年北入齊，傷心到處覓詩題。何須更作江南賦，淚落長安烏夜嗁。

力振衰淫伯玉功，盧王沈宋未爲雄。考亭異代眞知己，特識曾推感遇工。

蜀道唫成泣鬼神，謌行何侶古風湣。千秋大雅君能作，賞鑑難誇賀季眞。

力破滄溟萬象開，乾坤奥氣少陵才。論詩若溯無懷世，常侍東川太古來。

王李高岑競一旹，盛唐興趣是吾師。何人解道襄陽俗，始信嘉州已好奇。

中興風度憶錢郎，君胄翩翩發豔香。世有易牙眞辨味，仲文猶自遜文房。

古澹誰如韋左司，空山葉落莫鐘旹。分明一卷楞伽字，未許聲聞小果知。

史潔騷幽並有神，栁州高詠絕嶙峋。吳興卻選淮西雅，不及平生五字眞。

文體能興八代衰，韻言尤自闢藩籬。主持雅正惟公在，底事盧樊別賞奇。

貞元唱罷又元龢，探取驪珠夢得多。誰愛絕塵奔軼調，髯翁低首竹枝謌。

三閭詩集施山門，文字華嚴㳒界存。若許披沙探金穴，秦中諸作國風源。

十里揚州落魄旹，萅風荳蔻寫相思。誰從絳蠟銀箏底，別識譚兵杜牧之。

錦瑟分明是悼亾，後人枉自費平章。牙旗玉帳眞憂國，莫向無題覓瓣香。

童時論格卑中晚，白首何人到武功。許馬一旹猶伯仲，苦難索解是江東。

西崑體製尚錢劉，穠麗妝成一曲休。不分他年變枯率，翻教杜曲誤名流。

淡語幽香得未曾，宛陵知已有廬陵。君看韻格工腴甚，莫作寒巖槁木僧。

歐公文㳒本欽韓，長句何曾別調彈。標出格中疏宕處，當年原不學邯鄲。

文掩詩名曾子固，論才合與亞歐王。南豐稾從頭讀，遺恨何人比海棠。

妙語天成偶得之，眉山絕趣苦難追。紛紛力薄爭唐宋，斷港橫流也未知。

奡兀天成古所無，涪翁奇氣得來孤。而今脆骨孱如此，枉覓江西宗派圖。

更有張晁詩盡好，還如郊籍盛韓門。當時頗笑陳無己，辛苦唫成毳被溫。

開府題詩范石湖，也如嚴武在東都。務觀禮㳒因君放，曾與登牀一醉無。

鐵馬樓船風雪裏，中原北望氣如虹。平生壯志無人識，卻向梅花覓放翁。

衣冠南渡依江左，文獻中州滅沒閒。誰與詩場鬬金距，劍南身後有遺山。

閣道周廬句格深，漢廷老吏字千金。何當更說無聲妙，尚惜前賢枉用心。

立夫長句勢盤拏，矯健如龍出渥窪。虞趙何曾識奇骨，遺編獨有宋金華。

一代造邦推巨擘，潛溪文集伯溫詩。永新諍友公當服，佐命何如授命旹。

盤空俊鶻誰能侶，季迪才情本自天。說與張徐須緩步，絕塵還欲駕青田。

一旹領袠貝廷臣，此語公私付悔人。獨愛玉堂傳宴日，至今㳒曲憶眞眞。

迪功譚蓺入精深，歷下歸來別賞心。鸚鵡花開都棄卻，虞山翻認操吳音。

才名一代李空同，譽毀無端總未公。屈指開元到宏正，眼中壇坫幾人雄。

俊逸何郎妙絕倫，最雄駿處絕風神。多師未必皆從杜，欲爲青蓮覓替人。

子業寥寥盡一編，沈幽合與並華泉。空青石氣非人世，流水高山太古弦。

冉曾兄弟稱前代，水部司勳歎積薪。一種清才屬皇甫，昔賢應畏後來人。

新都才豔侶風飈，别寫江山富六朝。苦覓同行都不侶，西原鸞輅或相招。臥子云，君采詩如貴主初降雲軿鸞輅懸珠編貝，自然莊麗。

蓉川風氣肇吾鄉，骨鯁崚崚屢奏章。入夏南征詩盡好，至今山色爲君蒼。

閩粵詩人苦費才，林高公後獨裒回。齊名莫漫稱朱鄭，少谷眞從老杜來。

秋竹菁蘭是賞音，五言樂府妙難尋。邊徐公後東橋死，才俊居然屬稚欽。竹垞評稚欽詩音高秋竹色豔菁蘭邈後陵前足稱才子。

四部雄奇出鳳洲，滄溟身後若爲儔。分明卻有眉山意，莫盡同聲白雪樓。

眇目譚詩謝茂秦，白頭康邸醉重茵。憐才獨有琵琶伎，莫殺平生縞紵人。

元瑞譚詩富亦精，牙籤玉軸本縱橫。世人總好論前輩，誰向齋頭擁百城。

詩到鍾譚如鬼窟，至今年少解爭譏。請君細讀公安集，幽刻終當侶孟郊。

石白松圓兩布衣，孟陽佳句果然希。欲推中晚加初盛，卻笑虞山枉是非。

雲間才調本清華，摧廓榛蕪又一家。更有陶庵風味好，還如把酒話桑麻。

珠貝珊珊雲䡲孃，浯溪洞艸至今香。抱琴卻向番禺死，千古騷人痛國殤。

南園秋艸沒荒陂，接軌梁陳亦足奇。最是屈家唫不得，分明哀怨楚湘纍。

閒氣英霧妙選堪，寂寥賞會草輕譚。極公便是眞三昧，知己千秋有濟南。

海內譚詩王阮亭，拈花妙諦入空冥。他年笑煞長洲老，苦與唐賢論戶庭。

少陵才力韓蘇富，走馬驅山筆更遒。舉世徒工搬運法，何曾一字著風流。

渡河香象聲俱寂，掣海長鯨力自全。隨分阿難三種法，箇中覓取徑山禪。

太倉詩人汪杏南年老工詩以諸生歿其弟子王蓬壺明府出其集屬余點訂爲禮畊艸堂詩鈔成並題三絶

鳳里穿山艸代青，百年詞客惜精靈。淒涼幾曲婁東水，又遶堂前處士壟。

生前嘔血吐心肝，抵死猶空苜蓿盤。一卷奇文淨冰雪，攜來天外不勝寒。

千秋已見名山業，百里還憐弟子才。今日遺編與收拾，等閒化鶴好歸來。

題僧松亭詩集

綠栁籠煙晚未消，石頭城下又舊潮。上人也有興亾恨，小坐松根話六朝。

舊苔舊栁太傷情，一曲笙謌譜未成。誰侶山僧清夢穩，餘霞閣上放鐘聲。

吴橋暮雨

江燕飛飛莫雨旹，吴娘打槳惜舊遲。可憐無數長橋栁，都爲東風踠地垂。

晚渡曹娥江

千巖已過山陰道，一櫂初回訪戴船。好是西風晚潮後，曹娥江外落霞天。

雕蟲無限逞妍辭，不見黃絲幼婦碑。羡煞雅頭越溪女，年年打槳救娥眉。

題孟塗二集

東風作意到江城，嶺外初歸萬里身。一笑故人欣健在，梅花輸與六年舊。

此日相逢尚黑頭，樽前無那轉煩憂。阿咸死厺稽康嬾，斷鶴槌琴我欲休。

文章千古寸心違，莫道生前識者稀。我有阿羅三種法，對君方悟比來非。

同是天涯負米還，楚南詩思獨相關。海波一掬霑均淚，握手今朝看故山。

北峽關旅夜遇伯山兄有贈

同學幾人思不朽，愛君慷慨識艱。他年記取挑鐙話，秋雨秋蟲北峽關。

大梁

大梁車馬日紛繁，屠市曾無共一言。莫問信陵祠畔路，秋風蕭瑟古夷門。

後湘二集卷一　古近體詩

丙子過鍾山書院有作寄陳石士編修光律原刊部

鍾阜依然講帳空，憑將洙泗灑東風。謝公遊屐窮山水，鄭志遺編有異同。南國一時耆舊盡，西河羣弟服勤終。人才後起知何限，深負貽書到阿蒙。

千秋學術太紛誇，誰識淵源尚一家。常恐時賢從末俗，妄持史論乞京華。韓歐有道皆知重，漢宋分門祗自誇。文苑儒林君莫問，大江東去日西斜。

海船行

海船之大如小山，掛帆直在青雲間。船頭橫臥日杉板，板上尚可容人千。我始見船頗疑怪，緣梯拾級心懸懸。好風人衆不得駛，坐待海月迎潮圓。初行金廈猶在眼，橫山一抹如雲煙。放洋漸遠不可見，但見八表銀波翻。日光慘淡晝無色，夜從水底觀星垣。水天空濛只一氣，我船點黑如彈丸。清晨無風浪千尺，何況月黑風狂顛。到此心灰萬慮死，呼息莫辨人鬼關。舟中海客坐談笑，白髮宛宛披盈肩。自言逐伴五十載，海中往反當營田。西窮紅毛東日本，呂宋祿賴門庭前。尸羅飛頭食人穢，嗬嘣空際行天船。隨潮之禾本盈丈，徑寸米供千人餐。夷王好貨黷無已，國中生死惟金錢。就中最富咬𠺕吧，樓居服食侔神仙。利重不覺輕性命，往者十七無生旋。我問翁今歲如許，應多阡陌橫雲連。客言不幸時命乖，雖有銀粟無兒孫。前年買兒作假子，飲博百萬盡棄捐。如今身老無歸處，海上風濤竟日眠。我聞客言三歎息，世事紛紛那可極。我今渡海胡爲乎，歌成海舶淚沾襦。

臺灣行

生平常怪方士言，蓬壺方丈瀛海間。謂是大言誑人主，世豈眞有三神山。幾年作宦來臺灣，東過滄海窮煙瀾。扶桑枝紅掛朝日，珊瑚樹綠充庭藩。澎湖時時出琪樹，高者盈尺聲璆然。四時花燊開未歇，夏梅春桂冬桃蓮。長年暄暖無霜雪，老死不著棉裘氊。山中之人木末處，下者亦在蒼崖巔。食無煙火況炊爨，男女赤足垂雙環。頒律不到周夏正，豈有隸首窮其年。洪濛以來到唐宋，不與中國人通船。漢初尚未開閩粵，此乃荒島盤雲煙。或者昔人偶泛海，飄風一至疑神仙。愚民自誤誤世主，妄思人可壽萬千。豈知世果有此境，但無藥草能朱顔。若令皇武在今世，不待晚歲憬然翻。我爲此歌傳世俗，沈迷聊破千年關。

登韓氏園最高亭

三年瘴霧變朱顔，偶款柴荆欲閉關。祗覺山川皆海外，不知身世尚人閒。秋風白捲寒沙起，落日紅依估舶還。漫擬魚龍終變化，九重高可許躋攀。

贈安道士

塵海千年一餉時，金丹未就鬢如絲。欲尋舊日蓬壺侶，碧草琅玕又幾枝。

蘭臺銅柱兩茫然，夢裏猶聞勸學仙。底事焚香更惆悵，飄零海外已三年。

送鹿春如内渡兼示陳垕村二十韻

春如先余一年被議，至壬午夏已三年矣，甫以郎中内調，將入京師。陳垕村亦以論俸得遷别駕，然及余皆久滯海外，於春如之行，情見乎辭。

盡室南荒外，三年大海東。飄零爲客異，遷謫幾人同。漫詡驅雞政，曾聞渡虎風。銜恩到鑿齒，問俗極穿胸。鹿耳春濤黑，雞籠曉日紅。珊瑚收未得，薏苡謗何窮。旅食徒嗟困，愁懷詎有終。聖恩周草木，謠詠笑兒童。偃蹇吾非傲，騰騫爾自雄。艱難相倚濟，去住别窮通。父老傳新詔，朝廷闢四聰。一時起聾聵，百辟進夔龍。驥尚鹽車覆，金經匠石攻。憑誰空冀北，莫妄倚崆峒。浩浩乘飛鷁，悽悽乍斷鴻。人嫌汲黯戇，賦恨子雲工。永日消炎瘴，高談發困蒙。驚心猶泛梗，回首已傷弓。不作鮫人泣，長懷漆女忠。雷聲將駴浪，日撼貝珠宫。

酬張霞翥

江東名士各紛紛，老去驊騮尚軼羣。萬里乘槎人作客，十年話舊我逢君。沈酣畫筆多吳會，跌宕詩情半楚雲。莫問樽前寥落事，海天風雨入宵分。

謫宦沈淪竟渺茫，離歌一曲欲沾裳。詠懷阮籍非關醉，好哭唐衢未是狂。已分人呼作牛馬，可能天與傲羲皇。樅陽春水鍾山月，愁對蕭蕭兩鬢霜。

送趙鄘麓

冶父山前暮雨涼，武陵公子言還鄉。輕裝小舟謝祖送，荔枝摘盡秋葉黃。我初見君在南海，兩少翩翩負文采。十年世事各蹉跎，執手閩中顏色改。吾師勛名早建旄，二十三郡民情陶。誓將丹誠報明主，亭亭勁節青雲高。王公大臣容度肅，寢處猶是諸生服。執禮郎君日過庭，放言弟子時前席。羨君省覲當及時，我今失怙空銜悲。人生骨肉不歡聚，富貴紛紛空爾爲。延津八月灘流淺，怪石硆砑利刀翦。灘師失色篙工愁，上下船呼人過險。閩山閩水不堪行，何似湖湘萬里清。憑君此去覓漁父，日夕雁外挐音鳴。

宿漁溪寄張泰鴻

廿年爲客縱清狂，薄宦頻添鬢上霜。絕海波濤連地動，三山冠蓋逐塵黃。登牀我未逢嚴武，授館君眞匿範滂。何處聞雞眠不得，玉融江外月蒼蒼。

臥病

輾轉匡牀骨瘦羸，半生心事已乖違。病中始覺身爲客，夢裏頻聞母喚兒。萬里關河長鋏在，五更風雨短檠敧。無端卻憶蘆溝道，十七年前馬上時。

得馬元伯書喜得歸里聞又有嶺南之遊

馬融不見十經春，海外開緘倍黯神。謫宦身從黑水塞，還家淚盡白頭親。蟲魚訓詁存多少，薏苡明珠任贋眞。底事遠遊能不惜，更披裋褐向風塵。

星蝕月

入夜熒熒一星白，含光吐耀精神發。誰從海外親見之，飛來蝕我瑤臺月。是時青天萬里明，纖塵不染銀河清。三臺四輔環門極，妖星敢爾殊堪驚。廣寒香風結桂子，枝葉青蔥竟何似。吳質有斧不驅除，紫府仙人應罪爾。或言黄河水氣乘太陰，東南比歲防秋霖。不然賊星犯兩曜，姦民嘯聚相侵陵。世閒久已無甘石，天象淵微那可測。聖人清静在宫中，慎毋妄言干斧鉞。

送張霞蓀内渡

三絶誰如顧虎頭，十年不見使人愁。無端海外逢青眼，相對尊前敝黑裘。世事沈淪從逝水，詩情笑傲寄扁舟。獨憐潑墨爲花鳥，又向人閒幾百秋。

漫言萬里掣長鯨，一夕天涯白髮生。未必文章通造化，可能談笑取公卿。趙岐自昔傭東海，李廣何年守北平。皎月三更邊柝静，倚欄又見鬥牛横。

蚤歲

蚤歲功名欲擅奇，壯遊横海絶天涯。誰言破浪乘風客，又課垂髫問字兒。同輩金蟬誰意氣，腐儒門戶自仳離。中年臥病逢淪落，一飯難忘憶舊時。

自問

天涯何事一毛侵，往事難從病裏尋。下筆忽如奔萬馬，無家猶自散千金。親朋隔絶貽書在，父老諮嗟感舊深。出處祇今君莫問，夜來風雨抱寒衾。

海外較閲

將軍大旆出千營，馬上弓弦霹靂聲。肉食何能知慷慨，酒徒偏覺意縱横。旌旗閃自雲中暗，鼓角驚從海底鳴。競道樓船横萬里，據鞍誰是倚長城。

伯印奉使盛京恭篆高廟玉寶還寄見憶之作

皇圖三萬括華夷，遼瀋千年作舊畿。長白龍飛天下祖，混同神降古來奇。東征銘勒殊班固，小篆名高邁李斯。還憶惠連寥落甚，北風吹雪獨題詩。

病中作

六州鐵鑄此生錯，百鍊鋼爲繞指柔。稷下更無騶子說，夢中猶作杞人憂。風催藥熟宵餘火，雨帶潮寒夏欲裘。海外此情誰共憶，柝聲笳吹起邊樓。

得家兄伯符書言葬事未就

斷腸骨肉死生分，哀叫天高慘不聞。偷息爲留身養母，買山還葬事貽君。貧儒豈作三公計，荒殯何艱七尺墳。江海茫茫寒食節，九原無處薦靈芬。

寄謙弟

賤貧骨肉常相棄，況是天涯謫宦餘。人作鳥言番社熟，路逢鬼笑客囊虛。春風有約草先綠，海島無方顏再朱。別久莫嫌疎寄語，惡懷愁緒不堪書。

寄懷胡小東光律原二比部兼呈族兄子卿五官正

星精幾歲降東方，執戟何如畫省郎。仙署白雲春起草，禁庭明月夜含香。翁歸已見移京兆，尹鐸猶聞罷晉陽。惆悵天南問遺逸，海山煙樹獨蒼蒼。

清峻尤憐光比部，三年不寄一封書。高樓白雪能吟否，故國青山入夢疎。結客近知門有雀，當筵休歎食無魚。聞君網得珊瑚樹，萬里昆明返使車。

靈臺百尺倚雲霄，聖德時和玉燭調。五緯聯輝珠作貫，一星臨極門回杓。官隆太史猶稱漢，論著昕天本自姚。底事積屍侵織女，牽牛長恨夜迢迢子卿時悼亡。

次韻馬元伯自黑龍江歸里與劉孟塗朱歌堂小飲寄懷之作

黑龍江外喜歸來，赤嵌城邊氣未頹。念我風波窮海角，憐君冰雪過雲堆。殊恩再許金雞放，絕域新從絳帳回元伯在黑龍江將軍奏主講席。莫便傳仃傷老大，致身終望出羣才。孟塗幾載無消息，苦憶歌堂白髮催。聞道壯遊曾五嶽，可能得句尚千杯。人間不見劉蕡第，地下猶憐小阮才。生死別離無限憶，夢魂梁月儻應來。

再和元伯至京師見懷一首次韻

桓家兩女乘龍日，爲許聲稱共汝賢。中外一分歧路轍，龍蛇同厄去官年余與元伯被議俱以辰巳之歲。南州名士思劉表，左氏遺經問服虔元伯尊甫著左傳補註多韓服子慎說。獨有海東精衛恨，哀鳴常誦蓼莪篇。

述憂

人生無百歲，八九在憂患。仕宦與遠遊，紛紛多聚散。骨肉四五人，常苦不相見。無幾爲歡娛，行行復愁歎。青蠅滿天地，黃雀動遭彈。一朝失我怙，寸草自兹斷。哀絕平生親，生死不相喚。悠悠九泉路，杳杳誰與伴。衣物永棄捐，詩書亦零亂。天涯作寒食，萬里方汗漫。

天風作海濤，六合恣一吹。巨浸淹北斗，何處著大地。飄飄斷梗流，溟涬將安致。鴻濛忽已遠，莫問開闢意。苒苒優曇花，業風偶飄墜。一沾道傍污，素質委泥漬。蹂躪何足道，惜此天人瑞。達哉莊叟論，齊物以爲志。

長夏忽霖雨，驕陽避輕雷。飄風溼井幹，白石滋莓苔。佛桑紅未休，芭蕉綠尤佳。起視蘭與蕙，何時已先摧。羲皇闡苞符，天地相胚胎。陰陽有始終，序物徒盛衰。誰能問消息，悠悠使我哀。

至人遊八極，摶弄日月光。不入生死途，甯有哀樂方。與化無終盡，何物可頡頏。所以老釋徒，念此輕侯王。或言學不至，時亦有所傷。木槿慕大椿，鷦鷯效鳳凰。物理非一致，大小不相量。斯言孰是非，萬古終茫茫。

曉起有懷劉明東朱歌堂

客久因循慣，園荒歲月侵。寒花依白日，黃葉下疎林。豈不故鄉思，其如海水深。羊求書尚在，啓篋見君心。

甲申十月生日作

行年四十顏衰久，強半天涯歎離羣。臣壯不如今欲老，後生可畏竟無聞。衝寒黯黯孤城日，匝野冥冥大海雲。從古書生能慷慨，一杯遥酹杜司勳。

臺灣郡齋紅蕉數株六月放花至十一月強半葉枯而花未已小鳥時時來啄詩以慰之

玲瓏石畔倚輕紅，開落紛紛小院中。爲伴愁人聽夜雨，那堪嬌鳥啄秋風。芳心密卷終難放，綠葉鼓殘尚一叢。不用天涯嗟歲晚，春風猶在海雲東。

望溪端硯歌 方仲懷見贈

望溪舊硯端溪石，紫光潤膩方徑尺。中有微凹漬墨痕，想見淋灕濡大筆。國朝文章公最殊，駸駓似並歐陽驅。聖皇知遇亦已極，爲公特免全族誅。白衣猶與承明直，世廟時容參密勿。伉直不顧權貴驚，聲名況已傾同列。有文如公不修史，當時相國原同里。竟遺班固識崔瑗，太息鄂相臨川李。摩挲公物如見公，文章憎命千秋同。我正含毫得此硯，會看吐氣如長虹。

別穎齊觀察

人生若浮雲，來往任所寄。況乃憂患中，託身君子契。使君經國彥，植身圭璋器。締交重金蘭，問言別涇渭。臺洋古荒服，聖代所新置。開闢千里疆，閩粵賴屏蔽。九重諮守牧，惟君實幹濟。永念民番憂，抗言陳大計。簿書常午夜，妻子惜況瘁。盜已靖萑苻，軍還罷烽燧。瑩也江海人，狂直疎世事。愧乏鸚鵡才，風塵久淪棄。吾師開幕府遂樓尚書，閩浙實總制。知弟莫若師，居常發深喟。此非一世才，諠語自韜晦。君能置腹心，蒙敢惜微技。既鼓邯鄲瑟，時下雍門淚。忘形到爾汝，禮豈爲我輩。冬夜非不長，語多猶少寐。焦冥遊溟渤，自此快心意。胡乃遠別離，又向長安市。陳遵轄再投，徐穉榻幾敝。世事苦牽促，一朝遂分袂。贈我橐中裝，千金慨然致。諠諠商出處，夷險問身世。強壯服官年，遐哉他日誌。春風三月花，嬌鳥弄聲碎。劇飲且懽娛，何惜千杯醉。滄波萬里去，浩浩天無際。安得素心人，同鼓中流枻。

三月朔日自臺灣放舟至澎湖忽遇北風舟南駛不可收越兩日夜達粤東之惠來乃捨舟登陸閒道至潮州偕方子步琛登江樓小飲憑檻有作寄穎齋觀察

因循海外客，乘春得歸遂。三月掛蒲帆，豈不競便利。海平若明鏡，毛髮紛可計。已去毘舍城，澎湖到天際。舟人笑語喧，金廈一瞬至。北風横作惡，忽爾掀大地。波濤起萬峰，一落千丈勢。我艘如一葉，上下不自製。舟子散髮呼，坐客昏如醉。嘔吐苦萬狀，魂驚膽欲碎。皆拚葬魚腹，誰復謀生意。我眠昧昏旦，屈伸擁一被。漸覺狂風輕，山色横空翠。不知地何許，且喜舟前峙。捨舟競奔岸，相聚如再世。三日至潮州，喜極翻成涕。方生獨矯矯，頗有陵雲氣。攜手登江樓，村醪聊自媚。羣山擁翠鬟，一郡雄百雉。上窺百粤關，下覽韓江寺。昌黎百代人，得失一時事。昔時瘴癘鄉，異日繁華地。歌舞競樓船，酡顔擁珠翠。古今猶一息，江山更興廢。有意訪逐臣，無心問佳麗。蕭條木蘭花，檻外發深思。明滅亂離中，莽蒼陽光晦。何時衆陰消，一奮金烏翅。光燭大九州，斯文不終墜。酒闌發清興，狂笑恣一吷。深憶賢主人，終始無相棄。

自梅谿換舟至赤石

日行萬山中，謂是水盡處。紆迴百餘里，山溪益奔注。健兒操小艇，老弱汰已去。惡灘二百重，怪石森可懼。猙獰攫人舟，遥見毛髮豎。是時山雨急，灘峻水勢助。洪波千鼎沸，激浪萬馬赴。我舟衝水行，石遏不容渡。竟日聞呼號，進尺退已步。初驚水石險，謂欲祈神護。何物操舟兒，奮前無恐怖。雖矜便捷能，石滑雨又驟。推舟向灘水，跕跕沒胸肚。豈眞筋力異，生計那得顧。此輩實循分，食力安其素。老死受艱辛，胯下無完布。嗟哉宦遊子，安坐畏霜露。猶嫌舟逼窄，宵寐不成寤。睹此勞逸殊，無乃犯神惡。憶昨航海來，猝爾狂風遇。萬險出平夷，生死付天數。古人戒僥幸，世豈知其故。試問行路難，壯遊何足慕。

赤石夜作

七千里外歎勞人，四十年前小劫身。又爲黑風飄大舶，親從滄海見揚塵（臺灣鹿耳門内數十里海面道光三年忽變成陸地）。道傍傾蓋何如故，笥裏藏衣未忍新。歧路染絲同一哭，楊朱墨翟復誰論。

山中夜泊

萬壑響松濤，危舟一葉操。奔流衝石筍，人命擲鴻毛。半嶺雲兼日，平林雨似潮。夜深螢火碧，山鬼幾悲號。

乙酉重經平和士民遮畱不已勉爲再宿衆人演劇相賀詩以酬之

昔年爲政愧甘棠，此日重經似故鄉。江海有蟲妨射影，兒童何事競焚香。稻田百級雲中秀，芬艸千家雨後黃。便與諸君畱一醉，不須紅褎勸飛觴。

福州旅寓中別家人北行示繼光作

頻年衰髮感天涯，海船初回又北車。已慣風塵偏惜別，得懽骨肉且爲家。老親主計中庭靜，稚子能書弱女詩。一日便當三日聚，不妨終夜笑言譁。

猶子相逢泣路隅，纔看束髮忽微鬚。迎來新婦宜家否，歸去嚴親督過無。少小記嘗終歲病，零丁我已百年孤。異鄉門戶支非易，白髮慈闈賴汝扶。

燕山粵水兩茫茫，去夏來秋歲月忙。赤日馬嘶千里汗，青天雁叫一林霜。故園歸及荷香淨，驛路愁看栁色黃。知否行人回首處，江雲南盡海雲長。

閨人蓄婢勸納詩以謝之

兔絲蘿蔓結萌芽，蒻席匡牀兩願賒。愁裏朱顏羞鏡匣，夢中春色惜年華。懷香自種宜男艸，買笑何須解語花。惟有孀闈慎調護，曉風莫使透窗紗。

鑷白髮歌

鑷白髮，白髮亂如絲，鑷之不可盡，愁來無已時。前年去年髮已白，三莖五莖猶可摘，今年白髮亦太多，蕭蕭兩鬢將如何。君不見少陵垂白思昭代，途窮叫閽泣眞宰。賸有梳頭滿面絲，氣衝星象竟安在。又不見蕭郎當日深宮中，手把一片磨青銅。宮女如花鑷白髮，一笑始覺爲人公。古來英雄得意尚如此，何況區區失路子。王彪讀書賈生哭，我今頭白又何侶。吁嗟乎，黃金散盡有時來，白日西落還東迴。惟有黑頭一白不肯復，悔不早歲山中斸黃獨。

遊鼓山偕張亨甫林梅友汪鐵崖三子繼光小疾亦欣與焉

日余厭塵鞿，乘暇事幽討。侵晨飛雨來，城郭煙微渺。野水既平陂，嘉禾亦秀好。尋源策蒙翳，拾級盤磴道。澗篠鬱葳蕤，石蘿莽縈抱。不知行遠近，蒼翠滿衣屩。邁言陟層巘，乃見青琳宮。不覺上方高，迴首惟空濛。雨昏梵初唱，殿古鐙微紅。喃喃墖上鈴，磑磑廚間舂。聊憩謝公屐，來叩元門宗。僧俗不可語，一笑聞齋鐘。

振衣白雲端，躡足靈虬窟。磴仄惜蓁微，崖深驚霧黑。陰林潄虛瀨，絕壁垂倒石。雲棲既未能，豹隱安可得。懷古緬前蹤，題名半漫滅。獨有靈源在，法師不容喝。

飄風動長壑，暮雨前山改。裹籠雲霧歸，僧房複青靄。山蔬何時熟，磵果余方采。濁酒開芳顔，清言得元解。晏公久已寂，晦翁不相待。翛然且盡醉，忽已忘千載。

禪牀了無夢，寂寂寒宵深。瀝瀝雨飄澗，謖謖風吹林。檻危山鬼逼，帳冷石氣侵。倦僮睡方酣，諸子寐何沈。眷言平生愛，杳杳不可尋。何必晨鐘發，悄然憬我心。

初陽霽東壁，策杖淩高峰。途半力已殫，坐見全郡雄。峻嶺蹲五虎，長橋蜿雙虹。勢絕甌越外，氣吞滄海東。乃知禹服隘，皇運無終窮。嗤彼王氏子，徒矜割據功。

茲遊旣雲疲，前勝方未畢。山光蕩晴波，衆帆滉朝旭。樹暖遠郫煙，鳥斷平蕪目。僧邀觀舍利，更啓血經櫝。事愚安足論，興盡輿人促。遐哉二三子，遂起阿咸疾。

舟中暮雨有懷

殷殷前山雷，颯颯中洲雨。停橈翫青岑，薜荔搴芳嶼。芬香已盈褢，水禽復容與。時有千里思，佳人竟何許。

延平曉發

迴風吹雨過前溪，殘月斜窺疊嶂西。一夜鐘聲疎近遠，四山雞唱亂高低。鷓鴣斷夢留行客，杜宇驚魂破曉閨。短櫂是歸仍是別，海南江北總淒迷。

晚泊延平城下喜張慶齋見過且餽茶筍

我舟日日溪山行，滿山竹樹蒼然平。何來紺碧耀雙眼，陵空雉堞連飛甍。聯騎走蓋達官過，鮮魚活蟹風腥生。參差樓觀幾千疊，有如浪湧飛花輕。天長水遠得此觀，雨餘櫂轉斜陽明。心疑雲霧幻山市，目所未見喜且驚。那知卻憑五丁力，鑿崖駕壑開孤城。舟行漸近人語亂，晚市初上船鳴鉦。故人何緣知我過，握手一笑沙頭迎。舟行寂寞貪話舊，翦燭不覺傳宵更。苦勸我留不可住，餽我山筍溪茗清。君言官卑意不樂，妻孥黃馘難爲情。語君且休耐卒歲，絕勝六月余長征。試煮清泉看魚眼，夜深猶作松風鳴。

座主趙武陵公靜坐澄心圖

我雖未窺儒釋書，微言頗復識其麤。二家之言億千萬，冰炭了不相涉濡。惟有清心欲歸靜，此理信不差錙銖。浮屠之法侶簡要，人緣世事胥屏除。六塵斷盡生六識，死灰槁木寂已枯。由戒得定定得慧，有如待兔先守株。後來禪宗好頓悟，捕風逐影終蹈虛。儒家者流貴踐實，至理不外塵寰區。倫常日用緒千萬，一有條理非紛挐。坐酬變動歸愜當，神涵識定惟中樞。事勞功半苦不易，以此往往廢半塗。武陵夫子儒者徒，立身喬嶽青松孤。連圻制數十郡，事無鉅細罔或疎。心神盡瘁不自惜，要使誠至明眞吾。如公金石洵不渝，猶恐淆雜巾馳驅。治心如虎受銜勒，稍一放縱難可拘。一六時暇卽靜，檢點有若追亡逋。泥滓既盡始澄澈，世間萬事皆泓如。觀心自謂得觀我，更命良工爲此圖。世人著書好嘵舌，或有非釋或非儒。滿山張弓覓黃雀，室中已失明月珠。誰能終老事方寸，展圖爲公一長吁。

題圖後復作一首奉別

大官紛紛擊車轂，日望牙旗樹高纛。小官攘攘承下風，咳唾九天盡珠玉。錢多未厭妻孥喜，那問蒼生哭茅屋。鯫生作計亦大奇，感時論事無瞻迴。每到快處不忌諱，惟師太息優容之。功名斗大不道小，家貧屢罄千金貲。微官既罷復何語，聖主矜憐猶召取。三年僑寄榕城隈，老親寡妻未言苦。漸覺兩鬢非少年，不知何方立門戶。朝來辭別有遠行，感公一語丁甯頻。官高恩重不得返，他時汝勿遲歸耕。再拜敢不終身佩，志氣年來亦荒廢。少陵蹭蹬已無鱗，馮婦下車聊攘臂。丈夫劇知羞再辱，終當結屋龍眠曲。

舟中午夢到一園亭有軒池竹石之勝主人煮茗邀客甚殷作詩以贈覺乃僅憶八句遂率成之

小池疊石爲屏風，下有古井潛蛟龍。遶亭蒔竹華當檻，芙蓉未歇芭蕉紅。主人愛茶更愛客，煮水共話龍鱗松。炎暑不到清晝永，夜來冷月深朦朧。舟師不解此勝趣，一篙驚破笑語濃。沙灘水急山雨重，三五野碓無人舂。

山水大漲，舟不得進，泊葭葦中。遥望斷山一缺，登岸攀緣，久之得一狹口，更百餘步，豁然開朗。稻田數百頃，嘉禾青秀可愛，山泉亂響，溝渠滿溉。四面山圍，綠合竹樹甚茂。平疇中起一小山，高里許，巖谷天然。時雨初晴，四山艸香撲鼻，野鳥雜色，格磔飛鳴，不可名狀。裹回經時，心甚羡之。歸詢舟人，不知地名，亦未嘗至也。

五月旣半六月前，雷雨日作黄梅顛。溪行十日八九住，水漲浪高打我船。篙師攢眉奴子罵，灘頭不進相爭諠。披衣且喜傍綠岸，煩惱暫棄聊攀緣。亂山合沓徑路絶，蜿蜒一缺差可沿。紆迴艸沙衣盡溼，狹口過處俄平川。天開嶂闊豁雙眼，青疇百頃轟飛泉。白鵝綠鴨大如鶴，牛羊不牧行且眠。人家三五結茅屋，青藤崖畔時炊煙。遠山四圍碧玉嶂，竹樹彌望滃蒼然。麗眉老人不須杖，行走峭壁如猱猿。小鳥種色目未見，弄晴格磔飛翩翾。巖然小山中特起，方湖一鑑擎青蓮。嵌寄頗具巖壑勝，恨無鐘磬聞遥天。但見白雲翳山頂，或有吸露人千年。我行終年歎塵土，何時得搆深山椽。僕夫走催灘水退，出山解纜心慙煎。始覺人行太倥偬，世閒何處無仙源。

苦雨

天公惱人亦太甚，五月上灘灘水勁。舟子叫罵不肯行，急雨横風吹陣陣。蒼蠅飛集不可驅，撲面繞鬢使我恨。我從三月航海來，人言春水如潑醅。無緣忽遭海若妬，惡風吹嚮潮陽回。日日愁風復愁雨，十年行舟無此苦。魚龍得意恣羶腥，山竹欺人葉飛舞。此時無計惟讀書，低頭曲背那敢舒。忽然奮筆大快意，淋灕疾寫不待濡。縱横直欲空四海，詩成風雨爲先驅。

守水

小船兀兀如龜趺，守水三日心意枯。夜來莫問添幾尺，昨日艸頭今已無。不耐更與舟人叫，奴子僵臥朝至晡。我亦疎慵好作睡，愁多夢境皆模糊。醒後時復弄筆墨，顛倒李杜傾韓蘇。山神憐我苦寂寞，蟲吟蛙噪動四隅。自知無人更酬唱，艸根水際相和喁。山鳩何事亦不樂，喚晴逐婦猶追呼。

後湘二集卷二　古近體詩

蜻蜓

蜻蜓貼水如貼萍，翼如霧縠身何輕。不逐腥臭不染塵，餐惟香露宿艸莖。前身合是羽衣人，不知能否爲長生。得食卽飛終無聲，蜂狂蝶浪亦莫爭。秋蟬之品雖言清，居高美蔭常自鳴。

留別臺中人士

誼闋祖帳滿城闉，掛席中流一愴神。絕海萬人爭召父，全家終日託波臣。天迴暗島舟長夜，地盡窮荒古不賓。得失微官何足問，聖朝宵旰在生民。

昔賢清節恐人知，後世徒工作繭絲。百姓可眞無疾苦，一身何必計盈虧。醵金父老償官急，餽米胥徒感舊悲。

輸與百錢相送別，高風吾已愧當時。

烏山赤嵌兩蒼蒼，鹿耳濤聲接混茫。雀鼠未平庭下艸，蠶絲難樹宅邊桑。絕憐海外彈丸地，獨運天南數郡糧。戶口日增民利盡，不知藏富幾千倉。

華夷中界浪掀飂，萬古鴻濛一旦開。自昔鯨鯢收海澨，至今烽火罷軍臺。淒涼畫角三更戍，尊重牙旗百戰材。猶有昭忠祠宇在，居人墮淚埽煤炱。

城狐社鼠屢驚騷，廟算頻煩聖主勞。百尺豐碑銘上將，萬家新鬼哭寒潮。書生殄賊皆能武，艸澤從公豈待招。幾輩白頭今日在，天教忠義翊清朝。

示内

左思昔作嬌女篇，陶公慰情亦勝無。與君四十未爲老，有女長大良可娛。有筆莫教事詩書，有鏡惟令勤洗梳。男兒才多尚坎壈，閨中塗抹何所須。但須縫裳與櫛髮，婉順自得堂上姑。夫婿縱不皆言殊，此樂亦當人不如。

二鳥詩過南昌呈座主劉少宰時以編修引疾歸里

成周鷟鸑響岐山，吉羽光暉照八寰。斂翮偶輸蒼隼擊，辭巢翻羨白鷗閒。

聖朝有意千年瑞，阿閣無人一夕還。誤把文章教孔雀，枉令猜忌學鵷鸞事見後感懷雜詩注。

黄鵠胡爲事遠遊，也垂修羽到炎洲。甯從杜宇棲荆棘，不逐鴛鴦上玉樓。填石夢驚滄海夜，銜蘆聲盡雁門秋。何時汗漫雲閒樂，一破長江萬里愁。

夏寒行寄方植之

我行扁舟當夏令，小暑節中火序盛。大寒十日著棉裘，擁衾不起俄驚病。卻看僮僕亦復爾，皆謂連朝風雨勁。我聞閩南古炎方，此尚嚴寒況燕晉。三公陰陽待燮理，寒暑不時豈乖政。或疑天道近南行，北地冬來少堅凌。念君久遊尚南粤，升斗傍人顔靦甚。病妻十載不下牀，弱子治家積憂怲。幾時歸載千金裝，索逋滿門食每併。蕭條白髮又幾許，看我頭顱識君鬢。身健佳日強看花，夜永寒燈休對鏡。篋中猶憶前歲書，念我居憂相弔問。自言世事更閱歷，富貴浮雲兹可信。作文何必近韓歐，學道時能悦心性。我恨少日已蹉跎，壯作宦遊轉蹭蹬。送人廣衆愧折腰，見客小兒崇貌敬。庭中鞭箠未能無，境内萑苻差可靖。清貧尚得父老憐，竆薄不解上官憎。罷黜三歲未足道，旅食一家眞覺困。聖明乃照百寮底，感激北行方待命。卻愁車輪過鄉裡，未入郭門涙先迸。十年不訪舊親朋，半嚮山中作青燐。自從小阮喪京師，菉園老人亦在殯。甫報龍眠哭子方，亳州又説明東殞。平生知好曾幾人，似此凋傷何太迅。亦知人生本朝露，鶗鴂紛紛笑同盡。此身未死不無情，達觀終疑理非正。問君何日得歸來，握手一慟還相慶。莫教死後空銜哀，幸及生前勤問訊。粤中寒暑近何如，尚有綈袍爲爾贈。

湘子橋

潮江駕橋虹飲水，世俗紛紛説湘子。有術能開頃刻花，事雖荒唐亦可喜。韓公嘗祭十二郎，知有族子遊湖湘。或者異人傳術數，事能先知理亦常。神仙道成終委蛻，何必昇天爲駭異。八洞位次誰定之，徒與人閒作兒戲。君不見橋頭塑像美少年，道袍巾履猶儼然。瞽者憑君長賣卜，嘵嘵口禱擲金錢。

舟行觸魚躍起丈餘惜不能得之

短篷十日住漩渦，清晨解纜船湧波。雲開喜見山露角，水清不覺魚投梭。素鬐銀尾二尺許，騰高能隔船頭過。恨無網張已聽去，舟子詫惜奴諮嗟。朝來蔬盡苦無饌，舉茶澆飯盤空羅。目前有魚尚不得，賦命窮薄遑求他。卻思今年客邸樂，端午置酒堂前阿。旅食雖無百殽備，杯盤狼藉蒲艾多。老蟶何年珠在腹，我食得之衆諠譁。皆言事稀兆最吉，老母懽笑顔爲酡。得珠失魚亦偶爾，今日嗟歎前日歌。未知人生幾歡會，青山紅日休蹉跎。安得家人似明月，每逢三五青銅磨。

獨酌偶憶昔在粵中有術者言余前身爲王無功戲賦此篇

我生終歲嗟塵勞，奇情異事時一遭。世言有術仙可召，我嘗學之破寂寥。仙者與人了不異，清談往往莊閒嘲。我問前身作何等，謂我本是王東皐。醉鄉日月殊不惡，胡乃我不中情陶。少常好醉作狂態，意氣但覺千夫豪。酒酣興高輒慷慨，歌哭嘻笑何無聊。胸中磊磊百代事，一時發洩如春潮。世俗憤疾益壯烈，恨不手握昆吾刀。南窮粵海北燕趙，金陵畫舸西湖橈。酒痕淚跡到處滿，肺腑中物誰能澆。中年老親爲我戒，經時不使唇沾醪。偶然竊飲自檢束，忘情不免驚朋僚。以我上擬無功飲，無乃秦漢方羲巢。口雖不信心獨喜，況今霜鬢風騷騷。荒途邨沽聊自酌，墨侯毛穎我所邀。二子與我無忌諱，終當不似張陳交。慎勿浪語阮瞻輩，定遭呵罵疑我妖。

新城道中

十年閩越遊，慣作閩人語。今日至新城，始覺殊風土。天垂川勢闊，往往見平楚。石磴響朝輪，布帆羅夕渚。青嶙日峯山，白皙黎川婦。雖非故鄉邑，差遠窮邊趣。卻望海東雲，吾親何處所。莫使嶺蝯啼，哀音涕如雨。

吾聞麻姑山，上有秦人峯。麻姑不可見，秦人樵尚逢。面目已黎黑，行走如輕鴻。避世得長年，老醜變形容。家人俱物化，一身亦孤蹤。縱復顏色好，誰與爲懽悰。寄語學僊者，悔念將毋同。

舟起蚤發

明星出地三尺高，近邨遠邨雞亂號。泊舟夜熱睡不得，舟子自起呼駕篙。白月已墮前山坳，衆星熠熠光動搖。風生細波水未冷，露下唼喋魚潛跳。銀河未卷千尺練，絳雲已幔百匹綃。湖光倒射底盡赤，龍宮夜火驚鼉蛟。人生此景那常見，何必攘攘嫌塵勞。

雙姑謠

大姑著鳳舄，湖上淩波立。小姑螺髻妝，江心翠帶長。雙姑迢迢相對語，彭郎磯上煙和雨。煙雨日夜深，千年不嫁愁人心。惟有女兒強解事，港內避人偷眼覷。笑殺匡廬五老人，白頭猶似惜青春。翠屏不幃小兒女，暮暮朝朝枉雨雲。

湖口夜下

幾年遊海外，今夜返江湄。枕上月千里，雲中檣一枝。風輕掛帆早，野闊聞雞遲。遠岸蕭蕭處，蘆花初白時。

馬當在何許，已過小孤山。迴首碧雲外，煙波擁翠鬟。飛星臨水沒，殘月向人彎。不覺客衣冷，遙天白露團。

湖中淹桂楫，日日對匡君。湖水欲盡處，匡山尚白雲。清謳遙夜發，之子半天聞。卻望松滋渡，相思自此分。

歸家示友人

客遊羞見二毛新，暫洗征衣陌上塵。碧海波濤前夜夢，黃花時節故園人。存亡不盡親朋淚，去住徒傷局促身。阿嫂大姑憐別久，珍廚蚤晚勸餐頻。

平生不問買山錢，百萬猶爭一擲先。四壁幸留司馬宅，五湖何必子皮船。秋風嫋嫋樅陽水，野日荒荒薊北天。七尺男兒身手在，莫因憔悴動潸然。

後湘二集卷三　古近體詩

哭謙弟

海天風浪得歸遲，不見彌畱屬纊時。千里浪遊搜婦篋，三年惡病誤余期。俜仃弱子成何日，散漫遺書淚尚滋。猶有殯宫荒野在，九原何以慰嚴慈。

吴春麓侍御招同鄧湘臯集大觀亭且約遊白鶴峯

牢落風塵外，奔騰歲月閒。夢魂猶碧海，秋色已寒山。遠樹連江動，浮雲嚮夕殷。孤忠有祠宇，今古一悽顔。

五百年前水，曾同碧血流。艱難懷國土，浩蕩倚江樓。玉樹驚秋落，牙旗重上游。從來天塹險，爲問濟時舟。

侍御聲名久，朝端幾上書。歸猶興禮樂，志豈狎樵漁。山水清音遠，行吟白髮疎。何當從負笈，問字乞三餘。

往讀騷人傳，長懷澤畔唫。至今湘水緑，猶與芷蘭深。況我正秋思，惟君諧素心。相逢何所贈，一鼓伯牙琴。

搔首青山客，銜杯碧檻前。家畱榕樹國，歸近菊花天。落日空江暮，高城萬戶煙。平生舊遊地，憑眺總堪憐。

白鶴峰何處，頻年望故鄉。霜天秋漠漠，江水日湯湯。有客尋山寺，無田覓稻粱。晚來蘆荻冷，目盡雁南翔。

寒知閣在龍眠山内左忠毅少時讀書於此張文端嘗作詩和者頗多春麓侍御屬作長句

男兒墮地讀經史，但解功名不解死。功名幾見入淩煙，滿眼紛紛盡朱紫。龍眠山下誰讀書，左公當日眞丈夫。鐵作肝膽石作骨，勁節終得綱常扶。松青青，石稜稜，艸閣矗立碧血腥。夜深月白冰滿谷，寒風瑟瑟來精靈。公已騎箕上天去，世人抵死何悤遽。我生不願讀公書，但願從公覓死處。

鄧湘皋先人松堂讀書圖

蒼龍盤空一百尺，垂髯鬖鬖色深碧。月明時作風雨聲，中有老人頭正白。老人頭白猶唫哦，愛龍結屋青巖阿。何年老人化鶴去，階前但見森枝柯。後來讀書者誰子，文杏香茅重葺理。拂拭蒼幹紛雪霜，老人有孫龍不死。龍不死，柴門開，艸堂日待聞萅雷。鞭龍去作人間雨，多少蒼生會起汝。

湘皋有田在新化之南邨其兄雲渠隱焉以湘皋常遊外恐其仕作書招之湘皋乃作南邨耦畊圖以見志

資江水遠搖青蒼，溪流幾派來湖湘。中有千頃平田良，魚肥蟹滿多稻粱。南邨先生家在旁，數椽茅屋牆樹桑。外翳喬木盈千章，鳩鳴鶯語流笙簧。清泉濺濺迴陂塘，四山萅雨松花香。雲渠老人眉色黃，何蓑薹笠鋤柄長。呼牛嚮田水滿廂，泥滑不顧沾衣裳。先生大笑相扶將，綠雲滿地禾初秧。置田此處謀誠臧，東坡陽羨空彷徨。可憐先生猶四方，歲暮不歸遙相望。燕趙有女顏姬姜，姑蘇美人名夷光。煙鬟霧鬢珍珠璫，先生委棄如秋霜。應聘一履公侯堂，諸公倒屣爭飛觴。歌詞散落多慨慷，長劍耿耿倚太行。男兒有志何軒昂，會當騰踔萬里疆。聖主堯舜方當陽，峩峩宮闕龍飛翔。雄文上揭星辰煌，湯盤周鼎宏廟廊。請君去買青絲繮，蒼生待起時事皇。行年五十身手強，何必歎老終江鄉。

汪芝亭太守得一畫宮殿人物甚眾有神人自空中下一紳笏者拜之翁覃溪學士定爲閻立本畫天策府圖又得山谷老人書歸去來辭墨蹟太守寶之合爲一冊名曰唐宋合璧屬題余謂此非唐畫殆明嘉靖時宮中建醮圖也畫不知誰作頗有文待詔筆妙字則眞黃書耳爲作一律

紫府神僊渺，故山松菊多。古人紛墨妙，吾輩且高歌。慘澹心何極，雲煙眼又過。明朝江上路，回首此摩挲。

剝栗歌

剝栗剝栗，我剝君食。栗不如生，人不如熟。月明星光，流影洞房。今夕讌樂，鳴琴初張。我始見君，華月輕雲。十年契闊，有言不聞。煒煒彤管，貽書常滿。我心日長，我髮日短。陟彼高山，泫然叢邱。趯趯狐兔，使我心憂。胡顏如玉，而心匪石。君不我思，我終不易。蓬矢桑弧，四方爲徒。勉君令德，毋爲我吁。

贈馬元伯

我之從祖姑，於君爲大母。淑德耀女宗，鍾郝齊芳軌。君之閨中婦，倫鑒故無比。偶與祖姑言，黃裳負才美。我少且貧賤，顧謂無妨耳。蘿蔓結兔絲，論昏遂女弟。君才蚤卓犖，掞藻紛葩蘤。翔步天衢閒，譚經虎觀起。十年歷曹務，論事無譎詭。公卿動色嗟，左右手常倚。色盛見羣嫉，譽高來眾毀。譴謫何倉皇，窮邊逾萬里。冰天與雪窖，從古絕朱紫。丈夫身許國，慷慨自茲始。可憐笨薄車，閒道歸妻子。目斷山海關，聲咽桑乾水。天恩許孝養，感極翻墮淚。黑頭喜君還，白髮痛姑死。自慚淪下吏，微祿事甘旨。窮海輕風濤，長官憑怒喜。平生好謇諤，不解妄諾唯。信知賦命乖，牛馬任鞭箠。寵辱良足驚，虛聲尤自恥。蹉跎華髮衰，忠信天日矢。常恐海水枯，更愁天柱圮。出入懷百憂，無甯戀棘枳。驅車更北征，眷言過桑梓。我本無儋石，門戶幾遷徙。停步問鄰人，迴頭爲我指。艱難見兄姪，揖嫂及姑姊。親故半無存，揮淚那可止。且得近君居，兩家不盈咫。見君孀母健，喜動深閨裏。亭亭兩男兒，骨相殊修偉。酒食時見召，情親淪骨髓。君從淮上來，握手話屯否。鬚鬢訝我非，面目欣猶是。中堂坐翦燭，漏盡語未已。君言黃河漫，非復昔年似。土盡蘆荻荒，不奈洪流駛。聖人罄金錢，莫救呼庚癸。薄海頌至仁，天心庶可恃。讀君塞外詩，激壯含文綺。區區志忠愛，灑淚溼滿紙。誰能動皇鑒，世事且波靡。鬱鬱澗底松，耿耿原上雉。松高尋斧斤，雉信罹羅矣。北風吹雨雪，長路方邐迤。久客厭舟車，故鄉聊葺理。不恨遠別離，惜此天中晷。人生幾少壯，有酒爲盡此。行矣勿復言，激昂愧知己。

寄伯山

問君猶未達，華髮近如何。細細雙魚素，冥冥滄海波。酒因窮歲少，愁是故鄉多。莫便成蕭瑟，文章氣不磨。

方竹吾吳岳卿朱歌堂魯岑家易卿緒周里中小集明日竹吾之浙西余亦將入都

冬陽忽已暮，草樹亦蕭椮。肅肅飛鴻侶，翛然振哀音。嚴程苦霜雪，彌望冰滿林。嗟余事遠遊，久矣江海心。戚里暫懽讌，繾綣中情深。惜哉騏驥足，老厭長途征。盛歲不再兹，歎往復傷今。如何君子去，棄我先爲行。明晨征車發，聊復酌金尊。

酬別同年金鶴皋大令周伯恬陸綸山及里中諸子時衆人讌集北園爲餞凡三十二人諸君皆有詩

人生有情怕離別，況是相逢肝膽熱。溪山一片冷秋光，欲上行人鬢邊雪。名園松老竹逕深，主人愛客輕黃金。結交十年不相見，握手一笑平生心。我從海上來，裛得海中霧。親見蓬萊水底乾，龍鞭擊碎珊瑚樹。揭來更走長安道，塹向家山事幽討。故人聚散有死生，顧我形容亦枯槁。舊交零落新知多，開筵作餞爭高歌。酒酣聲壯吐奇怪，金戈鐵騎相磋磨。高歌忽動神明宰，又觸離情嚮江海。春明迴首二十年，鷗鷺鵾鵬幾人有。西風稜稜馬蕭蕭，星河明滅關山遙。青萍脱手發意氣，精光十丈猶干霄。

夜行沙磧中有作寄内

鐸語破殘夢，僕夫鳴夜鞭。露重沙共白，星盡月孤圓。宵路長如海，我行眞到天。懸知慣離別，無事問金錢。

管異之紫芝圖

異之攜圖索我詩，自言近歲家産芝。光豔鬱鬱莖幹好，肉色凝紫如凝脂。貧家何從得瑞異，天命禍福心狐疑。可憐秋來一領薦，先生自喜傍人嗤。由來神物不忍褻，或恐辜負皇天慈。繪圖遠攜到京國，君門欲獻還遲遲。昇平無人識祥瑞，先生報罷芝何衰。我爲子歌芝莫悲，鳳凰麒麟來有時。道高不惜徇世俗，矯矯龍性或爲蛇。荒江老屋風雨壞，此中足夢宣尼師。勸君攜圖且歸去，造物未必空靈奇。況聞諸侯已徵聘，厚幣聊復忘寒飢。

雜遝

雜遝燕胡酒，淒涼曉夜鉦。清時猶戰伐，絶代幾勳名。世事悲難盡，中年感易生。迢迢邊上月，今古一含情。

馬湘颿以其字作圖屬題卽寄管異之梅伯言侯念勤三子

我家龍眠楚江北，夢魂時在瀟與湘。怪哉平生足未到，何來澤畔哀唫長。湘水清冷斑竹紫，九嶷連蜷綠雲裏。迴風吹影落煙波，慟絶騷人此中死。馬卿年少能作歌，新辭哀豔今如何。夜月湘靈罷鼓瑟，春風山鬼來披蘿。丹青何人解幽思，筆底蒼茫寫空翠。孤帆遠水碧天長，我更爲君一灑淚。卻憶金陵同醉客，江花江艸爭顔色。別離動是十年萅，又向京華歎頭白。我歌君畫人不知，掛帆明日長相思。青蠅鼓翅滿天地，顧我出門安所之。

燕語一首贈姜聽珂別駕

燕語鶯愁破曉寒，鳳城萅色若爲闌。浮雲有恨人方去，芳艸無情露更溥。夜滿定知如璧月，朝來空憶抱金鞍。篋中賸得題襟字，莫嚮鐙前掩淚看。

送鄧湘皋下第南歸

聞君漢南去，爲我問湘靈。楚國多雲雨，風波幾洞庭。猨嘯趁歸客，日落黯離亭。漫鼓清冷瑟，含愁獨夜聽。

饒嘯漁出都云將往浙東訪道者

故人有禪悅，杖策問天臺。五月錢塘上，靈潮猶未來。嶺雲尋白塔，寺雨度蒼苔。若見維摩詰，應知廣座開。

魏默深贈佛書數種

誰言塵網客，有意問楞伽。寺古鐘微度，山菩樹自花。道人甯作佛，居士本無家。願乞能仁力，爲餘翻日車。

舟夜

古戍照明月，客行殊未安。鳥嘑淮樹靜，犬吠夜邨寒。奴僕計前路，舟人儲夙餐。勞勞雙桂檝，容易曙光殘。

潁上作

高隱巢由地，千年出伯功。可憐時會異，無復古今同。集矢追桓日，分金想鮑風。從來知己淚，豈獨感窮通。

銅雀臺弔魏武帝分香賣履之教阿瞞欺世欲明其志至死不欲篡漢耳非由衷言也世竟不達誚且哀之豈不重爲所笑乎

遺教分香日，無言及受終。有兒承大業，好色亦姦雄。舞罷漳河晚，臺荒鄴下空。祇今人弔古，橫槊復誰同。

楊花

楊花白似雪，故故傍船飛。蕩子遊方遠，高堂養已違。淮南麥苗秀，越國鱖魚肥。盡負平生願，空懷淚滿衣。

所見

荒邨小兒女，白履挽青絲。野日呼朝飯，菩風出短籬。可憐眉自好，不解服誰衰。宛宛相從去，觀之使我悲。

大觀亭別植之

江亭徙倚又天涯，廿載離心兩鬢華。柱史書成仍有齒，馬卿遊倦尚無家。相逢容易汀洲晚，不采空憐杜若花。誰謂明珠迷象罔，嗟余曾泛海東槎。

微雨登小孤山用東坡焦山詩韻

平生登涉性所耽，夢魂日夜思江南。一從歸舟自海外，舊遊風景無二三。臨流忽嫌江面窄，江神見我中懷慚。彭郎大姑尚彷彿，但覺屈伏如眠蠶。東風嚮晚送微雨，舟人放楫來江潭。小姑亭亭蹙螺黛，中流獨立愁方酣。爲憐窈窕一登眺，山僧三五多猥譚。乃知僊靈苦寂寞，翠帷蓍冷蛛盈龕。山高叢竹曲盤護，鑿井汲水非不甘。俗子紛紛太狼藉，烹雌掘筍恣饕貪。神境孤高尚荒穢，世情惡劣誰能堪。羣鴉無知競飛啄，千百晚噪方投庵。

植之自言辛卯歲將死屬作身後文戲爲長句

人生如寄死乃歸，此語不妄我所知。卻怪造物苦多事，此大逆旅開奚爲。貧富貴賤各異受，譬如遠客隨所依。金多勢崇得安便，華屋僕馬憑指揮。孔顏無交庀異地，手彈琴瑟身長飢。主人不識厭久寓，反索我垢搜瘢胝。途窮乃思故鄉邑，雖有至樂難舒眉。世情物理本如此，吉凶禍福誰能司。古人窮愁強解事，謂有賞罰吾嘗疑。渾渾大化豈有覺，妄思求福眞兒癡。君言途窮不足恨，但恐歸去無所攜。椿長槿短自朝暮，古今變化無停機。江山到處風景在，任人領取天不私。精粗趣殊好惡別，持與世較孰得之。壯哉君言有如此，歲在辛卯聊自蓍。六十語年未云足，至理所得已不貲。儻遇胡賈論世價，此行豈但驕鴟夷。乃知逆旅初不惡，有生來去空嗟諮。

饒河舟中

十年海客輕風濤，偶歸鄉里誇兒曹。長江泝流浪頗靜，鄱湖逕渡龍不驕。造物似嫌大輕易，故遣河伯相阻撓。水迴百曲灘隱見，帆轉四嚮天周遭。斜風急雨横注面，人多舟小時喧呶。罅隙到處補復漏，衾茵溼臥難堅牢。長夏終日牕苦閉，冷熱數易殊煎熬。登舟兩旬住十日，上水一尺須三篙。我謝河伯勿復爾，壯年意氣久折消。富貴自斷此生已，困頓不煩神力勞。卻看誰家兩年少，坐擁巨艦旌旗高。樅金打鼓順流下，倚檣僮僕皆雄豪。舟人得意趁風疾，紙錢旦晚河中燒。

寄光律原

我夢華山峰頂月，思君正在蓮峰缺。我夢洞庭湖水深，思君日暮蒼龍吟。水長山遠君不見，元髮蕭條鏡中變。聞君坐鎮關門雄，上游四達水陸衝。千艘萬騎日夜過，清嘯時落湘西東。我今扁舟彭蠡口，明月何人共杯酒。撐空突兀匡廬奇，想君胸次今安有。卻憶劉曟入此山，新詩雕鑿幹巑岏。一從僊成棄我去，煙雲翠靄空人閒。君既不可見，故人亦已歿，搔首狂歌欲爲誰，荷鋤獨嚮青山哭。孟塗昔遊廬山作詩甚奇，今亡三載矣。

古廟

臨江古廟何蒼涼，斷椽三五壓堵牆。鐘攲鼓倒鳥糞積，神袍黯慘手笏亡。憶初興起禱祀盛，神威燀赫殿宇煌。烹雞燔豕曉復夜，路人悚肅邨巫忙。何年衰敗失靈應，狐鼠晝竄蝙蝠藏。我見冠像尚禮敬，神若羞澀顏無光。盛衰轉轂古如此，聽命愚俗神其荒。不見門前老檜樹，亭亭枝葉車蓋張。風膏雨沐自天意，至今黛色參天長。行人走憩誇美蔭，時有好鳥鳴笙簧。年深豈免見怪異，無作威福庶久臧。

白芍藥歌

世間衆花色，無如白最豔。美人姿態本天生，紛紛紅紫徒堪厭。牡丹雖富貴，終恨豐神少。但取白數枝，猶然增窈窕。乃知玉環擅寵自一時，三郎晚歲始好之。若教古今衆美集，恐對飛燕且失色，何況西施麗華竝素質。我嘗譜花品，無若白蓮尊。次當白芍藥，妙麗殊精神。水僊玉梅亦超俗，祇覺寒素非天人。又觀衆花中，一一有所擬。白蓮如大士，供養宜爲禮。牡丹如貴主，驕貴固無比。水僊及玉梅，清峻勝處子。此皆不可褻，豈易尋常觀。閨人如賓自堪敬，無乃強對中不歡。何如芍藥雖貴本敵體，但覺婉孌都且閑。古云端莊雜流麗，以贈此花足稱無羞顔。長安少年誇走馬，無人卻去豐臺下。傾國所在求者多，故使藏驕論高價。友人贈我玉數枝，玲瓏綽約風神奇。書生齋頭一旦得佳麗，對此不飲甯非癡。但恐狂吟日暮玉山倒，踉蹌欲倩花扶持。

雨晴

落日清風放晚晴，疎林盡處石灘平。橫天一抹飛紅翠，坐聽長虹飲水聲。

題洛陽橋

百丈長虹駕海湄，一天斜日照豐碑。往來十載泉州道，又是橋邊水落時俗傳宦客過橋值潮長則吉，以此爲驗。

下灘歌

嶺南羣水自天下，勢如建瓴捷奔馬。泉源直下苦易竭，豈止覆舟如墮瓦。天公惜水尤惜人，重重巨石橫當門。大灘數百重鎖固，蛟龍不敢相拏吞。世人行舟喜迅快，一注便當千丈外。性命須臾不少留，可憐從古因貪壞。我舟兩日行苦遲，到此始覺心神怡。胡爲灘頭忽惆悵，卻憶前年初上時。

後湘二集卷四　古近體詩

汀州藍喬爲余作秋山古寺圖

椶拂蒲鞋大褐衣，四山秋葉晚風微。鐘聲漸遠雲中寺，借得楞嚴半部歸。

蒼蒼古樹鎖煙寒，遠水斜陽石磴盤。祇恐在山人不見，故教圖外對看山。

汪味根海上歸槎圖

浴日浮空絶岸垠，混茫從古幾歸人。與君共有滄桑約，親見蓬萊腳下塵。

十年閩海歎無家，浪走濤飛閲歲華。安得一區陽羨宅，緑桑陰裏話天涯。

藍生復爲余作美人香艸圖感題一絶

汀洲日暮采幽芳，淼淼淩波翠帶長。旅雁不知南望恨，故畱橫影落清湘。

侯笠青美人掩卷圖

輕寒翦翦透薔衣，燕子銜花尚未歸。惟有薔風曾識面，爲翻錦字入羅幃。

書恨

氣盡身猶在，親亡子未歸。竟成泉下望，再變客中衣。北闕無書上，南天有雁飛。冥冥長夜路，骨肉定何依。

不作黃泉殉，空餘碧血殷。百年虛養志，千里尚閒關。盡室長依幕，生兒悔出山。海天霜月冷，曾照別時顔。

白日悽丹旐，黃雲黯雪衣。賤貧無是計，生死不同歸。淨室香猶熱，金經事已非。能仁如說法，忉利覓庭闈。

買馬歌送郡都尉

將軍年年買官馬，騅驪駰駱盈階下。玉門關外又如雲，萬里閩南催使者。官符夜下朝不畱，千金馬價木蘭舟。歸日定知黃白盛，問君竟得騰驤不。本朝寰宇竟西北，廄牧名駒皆汗血。日黄纔渡崑崙沙，月明已踏盧溝雪。如今海内風塵靖，天閑絕足空神駿。惟有長楊羽獵時，射狐逐兔猶馳騁。可憐垂轡嚮南中，金羈玉勒徒恩恩。應官夜聽牙前鼓，過嶺朝穿石上松。爲語健兒莫歎惜，將軍愛馬必能識。買得騏驎逐電回，來年貢使猶堪及。

東亭甫梅友時約遊鼓山

故人偶有名山約，小雨何妨載酒行。直到白雲最高頂，天風一鼓海濤聲。

慶姬

姬宛平蕭氏女，年十二至閩，十三歸余。閩人未有子，頗勸納之屬，多故，未暇許也。姬乃深自晦抑，忽忽十年。昨歲家室得歸，余獨未發，解纜前夕，微覺姬有淚容，於是知其非無情者，乃作一詩貽之。

雙鬟初見綰青絲，灼灼芙蕖映碧池。馬首動成千里夢，蛾眉空負十年時。絕憐入匣珠環冷，可柰臨歧玉筯垂。辛苦朝雲猶有恨，海南江北不相隨。

春晴

寒雨霏霏入夜清，小牕新暖覺晝晴。五更百鳥弄柔滑，惟有棲鴉作舊聲。

董思翁畫

雲起羣峯白未霾，風横雨勢急相排。無多竹樹披靡盡，獨有寒牕倚石崖。古人字多雙聲疊韻，披靡乃疊韻也宜作平聲。

萬伯翰畫竹

一幹撑空一倒垂，更從何處著横枝。故應寫得蕭疏意，風雨滿天人未知。

己丑四月方竹吾來漳州邀同汪味根二丈胡曉峯同年陳澧西滕藍邨二明府文謙之貳尹遊開元寺觀唐咸通石塔遂登芝山謁道原堂還至僧寮聽蔡香谷秀才彈琴蔡石坪明府後至

古寺岦崱踞城巔，俯瞰市巷如蜿蜒。銀牓半落開元字，石塔尚見咸通年。蝕金剝碧絕梵響，積塵滿殿橫槖鞬。時閩帥大閱，兵卒狼藉殿中。當時接構芝山麓，鏗鐘伐鼓資聖福。僧徒腴田遍漳水，内府金錢壓軫轂。銅鑄明皇奉御容，玉書景德藏經櫝。寺中舊有唐明皇銅鑄御容及宋仁宗御書經疏一百二十卷，今皆不存獨咸通塔耳。可憐絕徼淪蠻中，五百年後開儒宗。紫陽善教及婦女，至今衣履存其風。漳州婦人皆常服外加大布寬衣，履下襯以木屐，蓋朱子守漳遺教也。俗呼文公衣文公履。唐顛宋蹶山猶在，逃墨歸儒道不同。道原堂外石刻聯語云，十二峯送青排闥，自天寶以飛來；五百年逃墨歸儒，跨開元之頂上。相傳爲朱子手書。北溪東湖已後死，配食衣冠肅堂址。道原堂祀朱子，以陳北溪、黄勉齋、王東湖、陳布衣四賢配。煙樓撞破又何人，前龍溪王今有李。明世王龍溪講學，出入二氏，今則李畏吾著書力通儒釋，皆心學也。此心覺放且欲收，物外何從覓眞是。故人新自吾鄉來，語我後起有殊才竹吾言桐城後生頗有嚮學者。但使心鐙未教滅，世衰世盛何庸咍。卻傷老大不歸去，風景到處徒增哀。栟櫚江上海潮沒，天寶峯前笳吹發。臨邊大帥滿絳旗，入座遊人半華髮。一曲焦桐感我心，不待晨鐘度林樾。

喜聞馬伯顧自伊犁成還復官

平反自古循良重，治劇應難巨室齊。誰道謗書成市虎，尚聞絕域放金雞。三年淚盡冰天月，一命因深瀚海鼙。驚起嶺南淪滯客，朝來翹首玉關西。

雲洞夜遊

養鶴人何處，千年客共來。撥雲烹石乳，駐月釀珠胎。窈曲藤蘿徑，陰沈般若臺。清遊貪夜永，風露轉蒼苔。

鳳臺夜坐

高臺宜受月，小雨不藏山。樹色河流外，蟲唫石壁閒。坐深忘世隘，心靜得身閒。爲問前溪夜，白雲猶未還。

曉望

障天橫海岫，破霧出江郙。歷歷千家樹，荒荒四野瞰。憑闌朝霽好，卽目道心存。除卻蟬聲噪，山中何事喧。

尋千人洞緣壁登三角石

曉日衝雲四望開，山僧指點入崔嵬。蛇行洞底通天出，鶴立峯頭絕海來。得句欲題千丈石，放懷須盡百年杯。窮幽陟險尋常事，今古蒼茫何處哀。

鳳岡二丈年八十有二登山陟險豪邁逾後生相約作詩且行且詠余幾應接不暇口占一絕以贈

八十登巖不拄杖，廣州淸健幾人同。故應詩思淸如海，寫盡溪山興未窮。

有感

死別三年夢，生存萬里身。便應長墨絰，那復望簪紳。著意蟬鳴切，無情月照新。天涯氣長結，惝恨此覊人。

余別侯念勤十有五年頃來閩中急見不可得念勤見寄五言長律沈壯豪激輒成四十字答之

一片秦淮月，飛來照海東。美人好顏色，淸夢若爲通。寂寞成連曲，迷離閬苑風。憑誰寄芳訊，怊悵託豐隆。

紅拂圖

衛公不識虯髯客，越國何知張出塵。從此閨中有衡鑒，肯教望氣失眞人。

與竹吾夜話時同客漳州余年四十有五矣

一萬六千宵底月，二百七十客中圓。少時朋舊幾相見，強半勞生劇可憐。鐵馬金戈橫海夢，秋風菅雨渡江船。紛紛轉眼成今古，莫惜吳姬壓酒錢。

寄徐六襄時調臨海令余方客漳州

天臺幾歲訪丹邱，坐領名邦亦小侯。文字蚤能精選理，政聲時復到鄰謳。休將久客嗟淪落，且喜同人得上游。謂律原小東君家詠之聞道胡麻好顏色，萊衣舞罷復何求。

陸萊臧西湖詩夢圖

千一百年西湖水，費盡人閒萬幅紙。紛紛詩畫寫清奇，不及陸生餘夢耳。北行燕趙南閩粵，辛苦舟車八千里。精魂到處不須錢，萬頃煙波憑尺咫。新詩入夢唫未終，西塞月照東林鐘。參差倒影樓觀出，蓑笠一櫂搖清空。水光瀲灩忽雨勢，疾雷已過錢塘東。孤山梅花壓寒雪，鶴翎掠處餘飛紅。愛君清興不能忘，每憶湖山輒神王。夢奇詩好耐冥搜，玉局逋僊殊意匠。湖上老僧心獨閒，爲君寫夢更寫山圖乃老僧靜遠作。定知此境非人到，一角雲煙自往還。

己丑十月余將去閩喜遇亨甫於福州出示新詩有感

慷慨同傾燕市酒，荒寒獨賦渡江詩。誰憐憔悴如張緒，尚縱清狂似牧之。萬里關河倏來去，三年風雨隔歡悲。天南買櫂未歸得，爲爾相逢敢恨遲。

馮柳東登府**東粵修書圖**

歐冶東遊盡尾閭，問君劒氣復何如。能收干鏌藏金匱，便勝枚揚在石渠。五虎門前風浪黑，九僊山下日霞舒。相逢此意終千古，枉笑移家載五車。馮以庶吉士改知將樂縣甫三朊病罷去故三四云爾。

漳浦黃忠端公先塋在雲霄道光八年有欲侵葬山麓者一夜山上石苔無數盡作『黃山』字凹凸大小不一或篆或隸天成奇絕柳孝廉廷爵作黃山苔字歌屬和

漢宮老樹一夜泣，大書公孫病已立。嘗疑人作非鬼工，今見黃山驚汗溼。黃山之高不盡天，大石小石嵯萬千。山深石古遍苔字，黃山點畫龍蜿蜒。嗚呼黃公信人傑，理學忠臣今古烈。講堂艸殁鄴山書，秦淮月冷金陵血。憶公初立隆武時，偏安王業公不爲。武臣不出文臣出，慷慨空拳集義師。北都南都再淪棄，八閩雄關復撤備。溥天遺恨盡邱墟，尺土私爭豈公意。固知呵護由山靈，公之先墓公所經。松楸未置萬家塚，苔蘚長留萬古青。熙朝崇公聖廡祀，式閭封墓何足比。苔乎神異公其知，飄颯靈旗來視此。

書陳恭甫編修戀雲圖即以爲別

十年清望擁臯比，經術文章識所師。北海諸生傳絕業，西京名宿憶前規。憐才蚤接菁風坐，惜別還題滿巷詩。回首白雲長在嶺，自慙仍是出山時。

別張亨甫有作兼示令兄怡亭

天寒臘盡吾去越，山橋倚舟未肯發。故人置酒作淹留，況復清歌當落月。張子三十才無儔，氣壓幽並千里鵠。連年垂翅反東南，海上蒼煙時出沒。獨憑才調寫孤憤，更買娉婷醉華髮。阿兄文章老不售，虛牝黃金歎空擲。對君詩思尚清豪，似我功名豈寂寞。嚴城黯黯斷麗譙，朱戶重重下簾幙。燕兒琵琶蓮兒唱，木蘭持杯翠裛薄。鐙前倚醉惜殷勤，醒後掛帆嗟恍惚。佳人一宴情底深，老我廿年行未歇。譚笑昔卻熊羆軍，意氣今存磈礧骨。衝寒自覓西湖櫂，雪滿孤山冰逕滑。江南有家不歸去，燕趙征車行倉卒。天涯淚盡酒痕銷，待汝明年嚮金闕。

別開化寺僧暢宗

七載事招提，先靈昔嘗駐。眼枯門外水，心死庭中樹。緬維佛願宏，遘此身多故。生死恨別離，艱難餘恐怖。蒼蒼烏石山，煙色暖已暮。寒月滯湖雲，微鐘喚僧渡。邈兹禪意寂，掛席余方去。白鷺有時飛，還疑來縞素。

古田道中梅

古梅一樹橫杈枒，衝寒逼歲時作花。山深道古祇自愛，芬香散盡猶含葩。南方臘日少霜雪，枝頭已見成蜂衙。可憐落英滿塵漬，行人踐踏隨天涯。朱顏破屋憔悴死，錦茵繡戶誰紛誇。落日亭亭照我去，裵回三嗅空諮嗟。

遺悶

好門千年自越風，無端蠻觸又相攻。青宮保傅新承寵，也抵將軍定海功。

廉藺從來不並能，金壇大將果然登。兜鍪擲地何須恨，碧海滄桑付老僧。

水利農田本富民，金錢搒括亦艱辛。諸君自急千秋業，不計閭閻蹙頞人。

傳聞殷室半逃亡，煮海如何卻病商。太史蚤成鹽筴志，民間方幸解鋃鐺。

八千矮屋掄才地，十道飛符下邑錢。換取頭銜王刺史，西湖閒引木蘭船。

感懷雜詩

門庭如水澹秋光，弟子時容一舉觴。三十年來耐官職，不知驃騎久騰驤。桂香巖先生爲百文敏母弟，乾隆癸丑進士，仁宗時列九卿，持躬清介，不事權要，文敏功名烜赫，公獨淡泊自守，道光九年始轉兩階爲副憲，仍三品，瑩每至京師，公必命酒盡醉，嘗寫詠懷詩示瑩云：官如秋水淡，人比太倉陳。可以想其風采。

學舍應無百里塵，闈中況有謝夫人。淮南書到曾招隱，孤負梅花已廿春。梁味愚先生名本恭，山東聊城人，嘉慶壬戌進士，令東流縣。丁卯鄉試，瑩爲先生所薦，尋以憂去，遂不出，改沂州府教授。與瑩書曰：宦海風波既遠，從茲魂夢俱安。繼娶頗賢，兼工吟詠，有子亦能讀父書。

彭紀書多理未醕，先皇命相本知人。他年一語囘車駕，始信江都社稷臣。嘉慶初，大學士缺，時望在彭、紀，上曰：彭元瑞，紀昀讀書雖多，而不明理。特命董文恭師公在綸扉，幾二十年，小心翼翼，務持大體。癸酉秋，車駕幸木蘭，歸途聞林清之警，訛言方甚，上遲疑未發。公隨扈，力言：京師根本，小醜不足患，請速囘以定人心。上悟，即日囘京，賊果滅，由是中外乃知公能當大事。

壁立中流千仞山，武陵遺愛遍諸蠻。夕陽無數王曇首，檢點緘書淚獨潸。趙文恪公平生大節凜然，朝望比之壁立千仞，與瑩手書最多，皆商榷民生利病語也。公嘗開藩粵東，巡撫粵西，總督閩浙、雲貴，忠誠遺愛，在所吏民，如出一口。

高宗實錄廬陵史，一代鴻文手自裁。從此不須燕許筆，百花洲畔獨歸來。少宰萍鄉劉公金門修高宗實錄，典學浙江，續彭文勤爲歐陽五代史補註。謫戍黑龍江，召還復編修。仁廟升遐，大臣艸遺詔有誤，公言之當國，白上，改正。其人益大進用，而公歸矣。

青眼高歌荷巨公，錢唐三日語從容。名山霖雨都休憶，憔悴京華一問中。山陽汪文端公督學浙中，一見作三日譚，題余詩文集，曰：行則施爲霖雨，藏可勤諸名山。又曰：白頭今望，當代乃有斯人；青眼高歌，不朽端歸吾子。余自後不復相聞。道光五年，至京師，公猶遣人存問。余時被議，方爲吏所持，謝不往見，尋以憂歸，公亦薨逝。生平深負知己未有如公者。

開府勳名重海濱，芻蕘幾度費諮詢。賈生未薦吳公死，遺恨當時第一人。上元董文恪公督閩時，嘗稱余爲閩吏第一，屢見訪以大政。余之得罪諸公始此。今上詔舉人才，公已引疾，尋薨矣。

海外功名泡影如，羣公網豈漏遊魚。然明未必都相識，猶有平原待薦書。顔惺甫尚書撫閩，察余被議之枉，將奏白之，時余在臺灣，未相識也。公屬臺鎮音公促使内渡，且致語曰：吾薦牘已具，待若來卽發，余未及渡而公督畿輔去，余尋丁先大夫憂，竟未一見。

梁溪治績有遺型，晚歲名猶達帝庭。灑盡平生知己淚，九原宿艸等閒青。周櫝山太守鎬，金匱人，以治行聞兩浙。晚邀上知，特調漳州。訪余治平和龍溪事，上書督撫，請再得至漳，初未相識也。及卒，遺命其子乞余爲身後之文。

東海何人匿趙岐，杜陵曾倚劒南時。六條我尚慚蘇綽，惠達如君未足奇。余爲當道所忌，方穎齋觀察獨偕之臺灣及漳州幕中，所以待之甚厚。君昔守漳州，余令龍溪，故相得也。君好揚人善，過周惠達遠甚，愧余不及蘇武功耳。

躍馬横戈百戰功，壯懷銷盡海雲東。流沙竟捍孤城死，毅魄猶能萬里雄。音公登額，字健齋，鑲黄旗滿洲人。平八卦教賊，英勇有功，由宣大移鎮臺灣，見道府與余齮齕，心不平之。余獲逆民首朱蔚，弭淡蘭之亂，道府寢其事，公又力爭，竟爲人中傷，改調天津。去後以副都統守葉爾羌，張格爾之亂，孤軍無援，死難，詔贈都統謚。

海上妖星二十年，將軍弢箭靖烽煙。如何帶礪昭青史，獨善書生許並肩。王公得祿，字玉峯，臺灣人，福建水師提督。手殲蔡牽，平海上二十年巨寇，封三等子，世襲。余自臺灣罷官，回至廈門，公折節爲兄弟交，且厚賻其喪，每至公家，敬禮獨異。

元龍湖海餘豪氣，百折崎嶇不道貧。珍重荆州老都督，結交還與致千緡。觀公喜，字吉蘭，陝西駐防鑲藍旗滿洲人。余罷官後，來鎮臺灣。時葉中丞面奏請改臺灣戍兵召募，上命至閩與總督議之，檄下臺鎮，觀公以問於余，爲言其不可改狀，且議上臺營事宜，公大歎服，結忘年兄弟。知余困，屢欲助之，余皆卻謝，公堅以千金助償官負。道光八年，公爲荆州將軍，余再以太夫人憂留滯閩中，公貽手書曰：第七年之中，兩丁大憂，不能歸，困頓可知，兄將爲謀資斧以助北行，幸勿以荆州爲嫌,拳拳如此,公誠古人之風哉。

大江孤艇曾相見,南海荒煙尚寄書。已負文章千載事,不堪重問子雲居。吾鄉王晦生廣文灼,詩文高古,惜翁之外,最爲老宿。前在臺灣猶來書以文章之事相勉,期望甚厚。今先生歿已七年矣。

嶺海相逢十六年,幾人堪贈買山錢。生涯未儗龐居士,爨下娉婷劇可憐。嘉慶十九年,識龍巖饒嘯漁廷襄於粤東,今十六年矣。嘯漁器識宏遠,衡鑒文章人物甚精,尤深禪理。數上公車,不第。髮且半白,貧而無子。置一妾,頗有敬通之憂,嘗語余曰,終當入空寂門,使妾得子,稍有噉粥處,即了吾事。亦可悲也。

撒手懸崖李廣州,功名家室盡浮漚。紛紛講道爭朱陸,不及青山自在遊。李鳳岡太守威守廣州日,上游方大倚用,忽一夜避妻子,手書乞退。居都下十年,一旦思返漳州,復不告家人,盡棄其業,隻身南下。蓋有道力者。今年八十二,猶如壯夫,數與余登山,必窮其巔,初不拄杖。著書數十卷,言天人事物之理,至矣。余之行也,屢贈以詩,且以其書爲託。

三百年來嶺外詩,閩人何似粤人奇。眼中絕足張亨甫,不讓前朝鄭繼之。前明以來,閩粤詩人無過鄭繼之、屈翁山者,近惟建甯張亨甫際亮最爲傑出。

游夏猶難贊一辭,紛紛作傳亦徒爲。舍人新解春秋義,獨裒遺經自得師。光澤高雨農舍人澍然著喜秋釋義,不用諸傳,大義豁然。

不見梅崖六十年,閩中文獻更誰傳。雨農齒豁怡亭老,著作猶能說後賢。雨農與建甯張怡亭紳,皆善文章,梅崖嗣響也。余再過光澤,皆宿雨農家,怡亭亦至,三人縱譚未嘗不竟夜。

海内文章有惜翁,新城學士得宗風。方劉梅管均堪畏,輸卻家雞是阿蒙。陳石士閣學,詩文醕雅,得惜翁正傳,然閣學殊推上元管異之同,比諸六祖,而自居秀上座。余謂,若吾桐方植之東樹、劉孟塗開、上元梅伯言曾亮及異之,皆惜翁高足,可稱四傑,未知閣學謂何如也。

除日建甯道中口號

碧水蒼山送歲窮,無情竹樹自搖風。搴幃欲共幽禽語,落盡梅花客路中。

後湘二集卷五　古近體詩

庚寅正月宿建陽縣

谿山迢遞隔年行，澗艸幽花偶一明。細雨邨寒元日酒，斷橋水闊建陽城。縣城環水有南北二橋，時南橋久圮。令嚴斥堠人猶戒地多盜，夢近連灘響未平。自古嶺南遷謫地，不應回首獨心驚。

折梅

折梅大道傍，攀條不忍斷。朱英入我懷，萅意從兹换。甯知遠行客，寸心久零亂。夜夜北風寒，餘香莫吹散。

山中人日

山松和谿水，旦夕風雨聲。嶺罅漏朝日，始知天際晴。紆迴轉前路，竹樹蒼然清。眼豁衆峯開，邨雞方午鳴。禾稾猶在田，萅犂未欲畊。香蘋早炊熱，濁酒聊一傾。野老進客言，山家無所營。欣此人日好，寒梅吐朱英。勸君樂新歲，勿復貪長征。舉首篴輿駕，歎息何能平。

楓嶺

楓嶺界閩越，客行近故鄉。甯知楚江水，猶自隔錢塘。荒驛畱殘夢，嚴寒覺早霜。春風莫爭路，相待及垂楊。

見月

一年初見月，對我倍清新。似爾能憐客，天涯況早萅。嶺梅爭夜色，江燕待歸人。莫嚮妝臺照，蛾眉未放顰。

旅夜觀燈

客裏逢元夜，鄉心感歲鴻。可憐好星月，猶照衍魚龍。社鼓邨邨喜，宵鐙處處紅。無爲惜長路，行樂萬方同。

題偃霞關壁

白雲堆裏見雄關，十四年來去復還。莫笑書生無建立，天教看盡海東山。

得李海帆書

吾聞永州守，三載不名錢。鄰郡添新債，故鄉鬻祖田。謳歌猶滿境，書到已經年。宣室何時召，應蒙聖主憐。君清貧益甚，告貸於潯州孫少蘭太守，先世遺田皆盡，嘗被吏議甚嚴，永州之授，蓋特恩也。

有感

本朝家法萬年昌，聖母天留翊我皇。宮史定知書不盡，小臣惟有祝無疆。

舟中立萅

客愁窮嶺表，喜見浙西萅。遠渚纔通檝，寒花欲近人。關山歸雁靜，風日暗潮新。祇愧嚴灘客，憐余歲問津。

舟曉

緩風柔艣破晴江，初日玲瓏欲透牕。不解何人惜萅夢，珠簾深下碧油艭。

聞雁

夢醒蓬牕吹四更，朦朧月照不分明。十年嶺嶠無逢雁，愁聽天南第一聲。

蘭溪

溶溶萅水碧如油，客下蘭溪半住舟。日暮西風催棹急，撩他兒女一江愁。

桐廬舟中

濛濛細雨似輕煙，淺水平山入遠天。千樹梅花萬樹柹，桐廬江上看新年。

口號

越女明妝照水濱，偷將玉笛換新萅。珠簾捲起風帆滿，愁煞吳王宮裏人。

桐廬放舟

正月已半山欲醒，雲煙澹裊梅花亭。花先破寒吐萅日，楊柳千樹未敢清。淺渚暖盡睡雁足，平坡軟到枯艸莖。我行歲窮復歲始，故園夢杳天冥冥。桐廬江中水照眼，蓬窗坐對人娉婷。玉壺半傾且欲已，朝來短髮添星星。聊將此意付清曲，四弦哀怨猶可聽。

杭州晤徐六襄

嗟乎樗亭鬢已白，潦倒一官稱望赤。生無媚骨事公卿，枉用甘腴葄經籍。三千里外夢魂遠，十五年來江南隔。盡道青冥屬上才，誰知黃鵠垂修翮。東風吹我嶺外返，扁舟搖搖蕩心魄。相逢顏色怪我蒼，如此風塵豈能澤。憶初識子鄉里時，意氣文章鎮相惜。望古常存屈賈悲，感時欲上天人策。曾占出處龍在田，誰料升沈駒過隙。年來奔走厭舟車，羞向諸侯稱上客。男兒饑寒何足道，湖上萅光莫抛擲。一樽放艇作清遊，千樹梅花好鋪席。

許農生自徽州來遊西湖即去

昔別皖公江上月，天涯三十二回新。照君清夢黃山頂，憶我行吟瘴海濱。常恐題詩傷白髮，可憐到眼又青萅。相逢且買西湖櫂，處士梅花解候人。

寄徽州劉玉坡太守

北雁南魚路不通，每從海外望江東。致身良見二千石，訪勝閒登卅六峯。燕市昔年同換酒，錢唐此夜獨推篷。靈潮欲上煙波冷，愁對明妝照眼紅。

黃梅道中

燕雁迢迢秋意闌，長空何處罷飛翰。丹楓幾點官橋晚，黃菊一枝郵酒寒。雲入楚天常帶雨，夢搴江艸不成蘭。美人遲暮原多感，況是高樓玉笛殘。

黄九香瑞琳**以東坡紫雲端硯見示索詩卽題其詩集**

東坡黄州幾年住，妙筆人閒散無數。雪堂赤壁祇今存，風景江山應如故。公已騎箕誰地主，寂寞雲煙付毫素。羅田陳子今詩人，嗜古性篤通精神。好公文章覓公物，得公此研甯非珍。君詩公硯一朝見，怪來寶氣紛輪囷。世人學杜死皮骨，學蘇誰能辨主客。煙火不脱苦凡近，公自飛僊妙無跡。聞君論詩與我同，不信試問黄州石。

登武昌城樓

百尺高樓俯大鈞，孫劉往事蹟空陳。水吞江漢還趨海，地控巴吳不入秦。日落荒洲弔鸚鵡，風吹斷塚見麒麟。帆檣終古如林泊，爲想旌旗十萬屯。

荆州弔劉景升

茫茫雉堞古雄州，誰擁旌旗坐上游。得水臥龍終入蜀，過江名士尚依劉。已聞饗客如黄祖，那用生兒是仲謀。畢竟虚聲能卻敵，生存猶使阿瞞愁。

荆州晤光律原

別君十五年，相思多苦辛。扁舟千里來，一見難具陳。淹留遂五日，日日形影親。把酒復對牀，絮語夜及晨。少時友直諒，同里非常倫。片言相砥礪，千載期扶輪。自從張劉死，余亦汨風塵。出處時事乖，大義無復申。平生蹇遭遇，八九君已聞。一官涉窮荒，寬猛惟因民。雖竊神明譽，愧無風俗淳。家室仍屢空，逋負滿四鄰。世情多醜直，面喜背則瞋。死灰今復然，實感吾皇仁。位卑言獨高，得罪甯無因。事上必恭敬，吐辭當誾誾。柰何任婞直，舉止猶天眞。感君誠且泣，握手言之諄。古人有諍友，士以不亡身。自非骨肉愛，誰復憐沈淪。久矣不聞過，再拜行書紳。我從武昌來，江水方洪流。男婦破釜甑，纍纍去滿舟。問言巴東水，五月騰蛟虬。受淹及鄰境，荆郡當其尤。復苦秋潦淫，禾苗不得收。田廬既以沒，乞食無乾邸。幸免身作魚，那計形如鳩。聞之心惻然，重以旅客愁。漸行入監利，彌望水四周。郙墟漫舟過，不辨東西陬。水中見敗屋，炊斷風颼颼。墳墓穴魚鱉，白日鳴鵂鶹。此邦本澤國，水患無時休。聞君請民命，大府方夷由。幸乃逮賑卹，稍慰民呻嘎。大府今代賢，民事甯不謀。欲言陳災異，恐爲聖人憂。今時實孔艱，水旱不一州。河北大地震，幾輔創未瘳。又聞天山下，羽檄星馳投。討賊事未已，毋乃邦之羞。上報天子命，下爲黎元籌。羣公方濟世，賤子復何求。

再呈律原

古人守一官，或以終其世。量材而受職，非必皆顯仕。所行卽所學，出處總一致。嬴秦亂天紀，仕者惟師吏。儒生皆恥之，抱道守空器。學行與治術，此事遂爲二。漢帝求遺經，腐儒不曉事。遂令英雄主，亦但虛延致。聖朝養士崇，學官普天寘。咿唔少及壯，寵祿眩所志。尚昧古是非，何知今利弊。一朝幸通籍，世事仍聾瞶。兵刑與錢穀，乃始問涯際。所以稱賢能，往往今昔異。匪云論資格，道重在歷試。君始學古先，人稱好文字。及後作刑官，名法乃無滯。今茲察三郡，課績君其最。長者嗜好殊，久淹亦非計。

道光十年九月至武陵謁趙文恪公墓有作

沅水洞庭外，同流出海門。我家桐子國，來問楚江源。芳芷牽離夢，秋風黯病魂。平生重一諾，況乃負私恩。海外紛持節，傾心獨武陵。一誠終結主，大德不矜能。蠻徼遺祠廟，朝廷失股肱。豐碑明詔在，衡嶽共崚嶒。嶺表棲遲日，諮詢蚤夜周。每聞天下計，獨抱盛時憂。弟子言容戇，羣公忌未休。遺編終不朽，腸斷海東遊。烽火傳來急，天山有困城。再驅回紇馬，遠望吉林兵。聖主頻宵旰，先臣隔死生。松楸風雨夜，應是不平鳴。古人通氣誼，原不閒存亡。竟感精靈接，翻令遊子傷。赴喪遲白馬，師事永秋陽。再拜從茲去，迢迢千里望。瑩舟至武陵城下。是夜，公季子敦詒有事先瑩，夢公呼之曰：迪光，起，有遠客至矣。迪光，敦詒字也。

十月二十七日武陵臨沅門外別趙惕吾敦訓**鄘麓**敦詒**兄弟**

我今歸治任，愧子贈瓊瑤。風雪滿江去，回頭水國遙。長松翳邱壟，慈竹上青霄。鄭重庭闈樂，相期及後凋。嗷嗷天際雁，又作故鄉聲。客去雁方至，難爲別酒傾。沅江芳芷歇，皖水暮潮生。上下流波接，知君憶我情。

贈武陵胡光伯焯

怪君才似張亨甫，冠帶年華好句傳。流水桃花時獨問，湘蘭澧芷共誰搴。祇今詞賦追前代，他日功名屬後賢。聞道玉關烽火急，可無奇計勒燕然。

望湘

不渡湘江水，憑書報屈原。恐因今偃蹇，翻感古精魂。日黯歲將莫，天高雪又屯。芬芳竟已矣，含涕問荃蓀。

寄鄧湘臯時君爲甯鄉學博增輯楚寶將成書來相召余方亟歸不能赴也

鄧子文章今鳳麐，湘南湘北無儔人。公車十上不得意，廣文一官閑卻身。黌宮使者問所職，上書千言動顏色。譚詩方伯與分牋，開府中丞時歎息。教士由來則古先，楚中文獻未應湮。襄陽耆舊傳勤續，汝南不獨嬗先賢。句蒐字討已盈尺，學舍艸深頭盡白。炊冷終朝忘苦饑，書成百代聊爲役。絕業高名動世忌，貝錦青蠅日紛至。卑官落拓尚如此，蜀道巉巗足心悸。我從江北扁舟來，漢壽城邊秋艸衰。爲憐屈賈生同恨，不渡湘江心自哀。別子五年多苦詠，北風寒厲摧衰病時方患瘧疾。天邊冷雁無定飛，一紙書來淚先迸。聞道四方旱潦多，九重宵旰定如何。悲笳又動天山雪，十二金城再枕戈。世事誰從詹尹卜，知君終爲蒼生哭。登舟明發且逡巡，耿耿旌頭江水矗。

後湘續集序

百川之水皆東注海，海胥受之。若無百川焉，何水氣也？山澤氣通，川以成流，流凝氣止，與天而一，如是海見，故不見百川。今天下人才亦百川乎？其高下淺深、近遠清濁，亦江漢河淮，源異；視乎四者，巨瀆其流，雄貫天下。才類四者難，何論海！然則，人才將窮於海耶？是不然。夫三代人才疇測涯涘，且衡自漢高祖初基，人才勃溢，蕭曹韓彭率川瀆耳；海，其張留侯乎！流極季世，才駕中興，吳魏之士，智謀什百，率亦川瀆耳；海，其諸葛忠武乎！亂休治復，更唐宋明應運之才，載其一代雄者，川瀆；最雄者，海。代不乏人，然論者意不能一略別其最。唐殆郭汾陽、李鄴侯、李衛公乎？宋殆韓魏公、範文王、李忠定乎？明殆劉誠意、於忠肅，王文成乎？此其人皆進能安天下，退不失一身，勳名之際，蕭然若無與焉。其閒稍次，衛公，奇冤，忠肅，是又颸颮剽發，天水逆行，元氣於以剝蝕，觀海者何咎哉？

烏虖！余默求天下人才久矣，居恒感動慨惻，厭棄鄉里，走塵埃，混販賈，飢病窮山水險奧荒寂，冀有所遇。嘗太息曰：余足跡將徧天下，遊處率當世豪士，然僅得近古豪傑一人，其惟桐城姚侯乎！又嘗酒後大言曰：吾不能希蹤鄴侯，殆衛公執役乎？若姚侯者，殆文正、文成流風乎？聞者色變掩耳，或面排誚。

今夫海之濱，味苦鹹，色黝雜，潮汐所蕩，泥垢穢污，斥鹵不可耕稼，碕綴蚌螺蠣蛤，形惡不供肴俎，誠川瀆不若也。然一氣無垠，不可億道里，夕月朝日，涵澹在中。龍蜃之噓，變幻樓閣，大鰲長鯨潛驪怪鱷，時時出沒。明珠美貝，碧難赤珊，返魂之草，不死之藥，斐錯洲島。飛仙神物，空戲飈馳，有神山三，終古莫能跡其千丈之檣，萬斛之粟。帆往絕國，晝風夜歸，蠻女天魖，賈胡雲來，載石八市五都，無識者。川瀆，斯何足論！故英雄未遇，絀於人傭。時會之來，若天獨眷。自漢以下，宏濟艱難諸賢，孰非可感動慨惻者哉！

姚侯少極貧，讀書有薺粥之風。及報官，惠徧宗族戚友，推於里鄰，有義莊之澤。卑令窮海，義抗貪譎大僚，黜不夷節。其後十年，受特知，廉訪臺灣，時事多虞，鎮將驕闇，推誠導勇，執毅通權，五載化其一軍，有重鎮西夏與李文靖相驩之度。是時，蓋道光庚子、辛丑、壬寅閒，西夷犯順，東南城堡所向破殘，將士子女玉帛殺掠無數。天子震怒，再命宗親賜將軍印討賊，皆無功。臺灣不時受窺伺，初畏侯威，泛船游奕。嗣再突犯，經侯禽斬其酋及衆數百，破舟獲械。益恨，重賄匪民，納前鋭，布内應，增集大幫，期必雪恥。侯復早覺，捕戮無遺。夷全師遁去。累捷上聞，天子嘉悦，賜爵褒諭，寵踰親臣。東南士民聞之，氣始壯。然侯未嘗煩勞内地一兵卒也。豫事制機，臨事策力，撫亂民爲義旅，積人和，周地利，讓勳名以不居，故三馘強寇，功速而勢安，又有南贛破宸濠之略。烏虖，使文正、文成而在，侯其非二公所許乎？侯今者卽以前功獲罪，臺人如失父母，中外言者多咎大臣。余觀文正、文成生平遭搆陷，蕭然之意，遺外得失，非第薄視勳名也。古人含宏應運之雄，惟侯其知之矣。

侯少工詩，詩多未遇前作。服官以後，壹意政事，篇什蓋少。壬寅屬序，星紀已周。悵侍檻車，深觀譚論，益信與古爲徒之實。非惟才大、識精、學博，卽其詠歌偶寄，忠愛鬱然，興象奔流注川瀆，元氣渾淪際天海，非才雄一世，世曷有是人哉！然侯年益進，功名益高，而氣益斂，下接待人士，自視欿然，人莫能測其德量也。余困扼科目，頗類文饒，海氛跋扈，駭甚藩鎮，然會昌不遇，一品難名，營平泉而無功，避崖州而無罪，哀吟向侯，其不爲秋水河伯乎？道光癸卯九月建甯後學張際亮。

（此亨甫從余寓京師宣武門外松筠菴病中作也。未再旬而卒。所論雖過，非所敢當，然以遺外得失、薄視勳名相勉，粹然良友之言也。而文特奇傑，似杜樊川。今以續集授梓入，而亨甫往矣，不忍棄之，故仍存此卷之首云爾。己酉十月展和記）

後湘續集卷一

毘陵孔道也壬辰之冬孟瀆三河大工未已漕艘畢集又以臺灣有事豫陝官兵絡繹南下供應驕將悍卒曉夜扁舟與夫役奔走河干者三月雖寒熱之疾屢作風雪中竟亦無害作此示從役諸人

羽書驛傳日縱横，撫字催科政未成。三月扁舟風雪雨，一時徵役漕河兵。官如逆旅還多病，歲近知非亦自驚。辛苦閭閻人莫歎，明年安穩事菑畬。

平山堂下有作寄馬元伯

園亭颯沓凍雲收，晴入新年艸漸柔。一徑古松騰晝鼠，四山殘雪亂菑流。閣梅待我猶朱蘂，塞客還家應白頭。終是故鄉行樂地，壺觴誰復共清遊。

朱梅一首寄方植之

滿眼朱梅遶檻簷，東風吹影動簾纖。心如老健年年減，愁侶春潮夜夜添。姓氏青天傳士女，功名白髮問魚鹽。故人尺素能相問，官閣香浮一夢甜。

題周蔭南卷子介存學博子也

周郎英妙步江東，老去婆娑學舍中。賴有神駒千里足，爲君驤首豁心胸。

丁酉六月十二日偕潘四農毛生甫遊金山放舟焦山宿松寥閣賦柬二君並示從遊諸子

蹙蹙饑溺志，悠悠滄海心。軒車未能棄，勝境聊遐尋。落日照叢邱，明霞滿江潯。逸情緬高躅，白髮窮青林。地迥天宇寒，目極憂忽深。眷言此幽憩，慨彼拚飛禽。

娙娟雲閒月，皎好山中侶。扁舟漾清波，紺碧何宮宇。探勝既陟巘，投夜問江滸。明滅沙中鐙，憀慄寺鍾杵。聞君有高論，湍閣且延佇。

高樹臨大江，危檻倚絕壁。靈風迴萬籟，哀響蕩心魄。城市闃夜囂，披襟招古月。澄懷深杳杳，衆星明歷歷。上扼虎豹關，下瞰蛟虯窟。吾生竟安窮，天闕在咫尺。

浩浩古天地，邈然託我身。往跡一何遠，今夢忽若眞。曜靈破澒澗，萬物各有垠。羲皇迄殷周，治亂嗟紛綸。寸心經萬代，炊黍卽千春。金石忽消爍，詩書亦泯淪。形色欣在茲，至道誰與陳。

高旻寺夜舟

北風響林樾，宿雁蘆洲驚。不見維揚郭，莢灣且夜行。禪關梵唱罷，澹月寒江清。明發念之子，疎鍾還一鳴。

金帶圍

吴荷屋先生以湖南大中丞左遷福建方伯，過揚州，瑩時權轉運使，宴於桃花庵。庵中芍藥盛開，中一枝近千瓣，腰閒一縷如黄線透瓣束之，瓣瓣皆然，余曰：此所謂金帶圍矣，世常見者殆非也。荷屋先生以酒視之，乃記以詩。

芍藥非花王，或亦王之亞。豐繁而豔麗，頗類王姬嫁。其大如巨盌，層樓殆百架。何須一縷香，已值千金價。海南有吴公，開府衡獄下。再作南閩藩，始稅北燕駕。輕舸過揚州，清讌吾亦暇。花神夙有知，蚤作靚裝迓。金帶始聞久，眞圍今見乍。花門洛陽魏，人是烏衣謝。勝地足貴遊，何必侈臺榭。絲竹非所欣，風月聊可借。飛觴祝名花，餘興還卜夜。

道光乙未陳石士先生還京相見於丹徒舟中未逾年有歸道山之慟丁酉八月先生季子淮生過揚州以遺照屬題

儵然遺貌動悽情，三十年來感舊盟。抗疏尚聞天下計，論文同盡雨中檠。青編弟子刊應竟先生遺集屬梅伯言編訂門人黄爽方謀刻之，白髮鹽官夢自驚。邗上西湖兩明月，不堪回首潤州城。

戊戌二月同伯印一兄學使謁十世祖德馨祠於西湖又謁十二世叔祖昭感伯祠於蕭山兩祠皆民思遺澤所建

丹書次第出楓宸，甌越東瀛共一春。兄弟使車同歲發，祖孫祠廟隔江新。小臣被澤容延世，聖代旌賢勵牧民。海内原多鍾鼎族，清風直節是家琛。

嘉慶戊辰與李海帆宿理安寺後三十年與左石僑毛生甫再遊寄海帆時提刑山東

西湖樓殿錦雲張，水面山容盡妙妝。一入理安空色相，四圍峯立裛青蒼。老僧牀足經三换，高閣松聲聽未忘。等是卅年前過客，濯纓何日向滄浪。

弱柳一首示吴獻之

弱柳絲絲拂檻前，向人旖旎欲拖煙。紅襟夜曲虚三弄，白髮春風又一年。儘有醉深同畫舸，更無腸斷與冰絃。朝來問字知多少，不負明珠顆顆圓。

酬吴寄山同獻之過僊霞嶺有作

東風驛路草輕纖，嶺色重重看未厭。修竹翠深千磵底，好花紅到萬山尖。石橋倚樹雲常罥，村酒衝寒雨欲添。可惜登臨是行役，鄉心詩思兩難兼。

楓嶺杜鵑盛開

峻嶺巃嵸萬壑旋，紅英爛漫劇堪憐。靚妝夜自悲山鬼，幽恨時聞咽澗泉。衹合蜀禽尋舊夢，若爲楚客弄新妍。朝來蘿薜還相問，翠嶂雲深幾歲年。

吴荷屋方伯南嶽祭告圖

虞帝寶甕在衡山，雲氣蓊鬱生僊壇。羣峯漫遮七十二，芙蓉紫蓋陰生寒。神物至今慎守護，千年不許風吹殘。精誠感通一開霽，古來惟有昌黎韓。吴公崛起自南海，置身蚤上青雲端。湖湘嶽麓秉絳節，赤日下照中心丹。三苗蠢爾偶犯順，一麾戡定舞羽千。功成南嶽虔告祭，清齋穆穆神人懽。雲深霧重忽掃盡，猶如大海風迴瀾。祝融之峯最高頂，披襟萬里胸爲寬。雷池風雪白晝靜，神臺儼宇青空巑。嶽靈感昭今再見，聖朝瑞應何可殫。請公大書南嶽頌，峋嶁片石吾能刊。

道光甲申瑩幕遊臺灣得一生玳瑁大徑五尺放之海中更十四年戊戌四月以備兵再至舟近鹿耳門數里白晝海面一物迎舟而來漸近則一徑丈大龜背負白鶴向舟昂首而立波浪不興海平如鏡舟中數十人咸訝之及舟而沒或曰是昔年玳瑁或曰非也臺灣當太平海神遣迎使舟耳非戴聖主威靈曷以有此哉悚然有賦

盛代星符遠，天威動四瀛。鯨鯢當戢靖，龜鶴亦懽迎。地險人殊籍，年豐俗苦兵。一軍懸萬里，誰共倚長城。

戊戌至臺灣或餽素心蘭四盆殊繁妙明年再華猶盛中出一枝一華兩蘂猶子以增謂是同心蘭余曰一華兩蘂當爲異心何同耶明日又出一枝八瓣而同蒂兩蘂合襃余曰此眞同心矣嗟呼海外巖疆故稱多事其何以酬茲靈異乎

儷人贈我綠衣郎，玉骨亭亭淺淡妝。本自無心差臭味，儘教竝蒂吐幽芳。海天夜冷猶驚露，官舍魂清只舊香。老我比來多勝事，一枝金帶憶維揚。

己亥五月十日病起登澄臺憶濟光内渡

高臺登眺廢經旬，徙倚危欄白髮新。海上風雲時變色，天邊雷雨憶歸人。鯨鯢夜靜珠宮冷，鐃鼓朝喧貝闕振。南北兩路數亂，民間祭賽多罷，今爭補之，喧闐千里。更喜嘉禾遍收穫，不嫌布穀後三春。

後湘續集卷二

奉逮內渡抵惠安縣

五年鮫窟橫戈厭，十日鯨波掛席平。忽見風吹青麥隴，始知海內又清明。

九重宵旰未言勞，幾省軍儲尚驛騷。嚴譴猶承主恩澤，馬聲人鬢兩蕭蕭。

僑寓興化偕汪雅堂張竹虛德生家晴峯濟光遊烏石巖遇雨歸飲寓齋

嶺南春欲盡，天外客初還。雲日猶依海，風雷忽過山。新苗翻水白，野卉近城殷。不有親朋讌，何知聖代寬。

寓舍海棠

海棠誰傍石榴栽，小院春殘我後來。不似朱門多富麗，自憐儉瘦背人開。

蝶攢桂

興化一種木本如桂，三四月開花最繁。白英黃蘂，一枝十數蒂，帶葉而花，每蒂四朵合一花。朵各四瓣，前二小，後二大，瓣皆玉版，儼然蝶也。四朵合裹，黃蘂如桂，亦四出，而不香。土人謂之蝶攢桂。寺僧多以供佛，他處無之。花之無香者多矣，似蟲形者頗少。詠以一絕，補花譜所未備。

嘉名攢桂晚春芳，玉版紛繁蘂嫩黃。應爲前身是蜂蝶，自成蜜後更無香。

雨次漁溪

籃輿行盡千重嶺，急雨驅雷幾度聞。山徑水明疑落瀑，郵煙樹合認歸雲。館逢舊識人三世，農喜春畊稻十分。自是休兵明詔美，漢庭吏事本修勤。

旅店山丹屬客

一株紅豔燦庭闌，疑是榴花帶雨看。行客乍休郵釀白，舉杯相屬破餘寒。

坊口曉發

初日雲中闢雨明，四山横翠宿煙清。稻田幾處青松矗，蟋蟀羣蛙相和鳴。

野水平田穿屈曲，荒邱老樹卧槎枒。盈盈相喚郵前女，白盡低棚瓠子花。

汪雅堂召同張竹虛德生戴桂山家晴峯登九僊山遊積翠寺時雅堂將之臺灣余當入都賦別

西風欄檻雨霏霏，城郭蒼茫山色微。江帶灘流趨海靜，鳥尋郵樹破煙飛。諸羅茘熟君方去，投子鐘殘我未歸。寄語同袍羣將吏，幾時譚笑解征衣。

樓船横海意如何，蘭若登臨氣欲磨。白水穿雲明鷺羽，青松當檻老鷹窠。山空始覺心無定，僧少微嫌梵亦多。壁上應眞能作證，優曇花裏客經過。

題劉芑川孝廉家謀外丁卯橋詩集

詩非關學甯有種，君自珊珊僊骨來。漫與題名說丁卯，絕塵夢得本天才。

精魂千里夢猶眞，似爾論交見古人。我亦張郎夢中客，開緘掩卷總傷神。張亨甫與芑川皆有夢中相晤詩。

身世艱難百感多，劉琨何事擊壺歌。故人西在陽關外，白髮秋風夜渡河。芑川感懷詩有少穆舊帥及臺灣之作。

海雲高接陣雲屯，不斬長蛟愧七鯤。但使功成有衛霍，失期李廣敢銜冤。芑川感懷詩對簿誰知李廣冤。

至福州喜晤楊笙友水部林梅友謝碩甫劉芑川三孝廉及亨甫弟子余柏溪茂才小集寓舍諸君各有詩文見贈既登舟諸君復置酒洪山橋餞送作長句酬別是時亨甫方遊河洛

山橋昔日停舟時，張郎載酒常相隨。雨農怡亭兩詞伯，爲我愾慷譚風詩。此事於今十五載，山晴山雨煙雲改。雨翁墳頭宿草青，張郎漂泊猶江海。相逢弟子如張郎，少年意氣輕侯王。褏中墨跡淋漓溼，半是新詩書法狂。朗然劉謝映玉筍，正似盧王對楊炯。可憐林逋益癯瘦，梅花鶴唳餘孤影。參旗半掩壁壘空，黃鉞不動貫白虹。將軍閫内修文德，妖氛倏滅歸鴻濛。是時有客來瀛東，轞車如水人如龍。神僊不死頭亦白，豁達那用嗟飄蓬。朝起笑煞東王公，海水半沒蓬萊宮。張郎西遊京洛窮，歸來蚤種橋頭松。

舟夜

四山寒雨客心孤，艸樹昏蒙夜欲無。明滅螢同星出沒，風前雲裏兩模糊。

守水口號

雲沒高峯龍露角，水流斷樹蟒回身。朝來欲問前溪路，山鳥頻呼更恐人。

六月九日至浦城驛

征驂一去七千里，鞶帶再褫三十年。霜露飽經訝臣健，炎荒不死信天憐。山邨酒熟尋常醉，旅館風清半晌眠。明日僊霞關下吏，相逢莫更問烽煙。

楓嶺一名大竿嶺關侯廟中老僧覺悟乾隆二年死其身不壞僧徒及邨眾塗以金而供奉之嘉慶三年好事者爲碑誌其事

此心無住亦無盡，了不見心安有身。待得身心兩無住，白雲封斷嶺頭人。

廿八都

澹月疎星四五峯，石谿橋倚兩三松。籃輿未辨前山路，邨口微聞野寺鐘。

隔嶺紅雲綠樹梢，出邨煙霧半山坳。金華此去無多路，修竹嫝娟好結茅。

喜晤家兄伯符時至吳門相候一月矣

吳音乍覺到江東，海客依然驛路中。咫尺鄉園空目斷，艱難兄弟喜舟同。

一身尚詡堪霜雪，三字無端任罪功。正憶昨宵岑寂處，遙天雨黑短檠紅。

重過山塘

好是迎秋送暑天，長槐疎柳亂鳴蟬。行人忘卻湖堤路，不到山塘已十年。

鹿春如召同張亨甫張竹虛陳梁叔陸次山家兄伯符集白公祠下時方七夕

壯懷不減且婆娑，山色湖光足嘯歌。青眼故人還縱酒，白頭老將罷橫戈。昔賢地迥風流在，午夜星飛客感多。鼙鼓乍休簫管急，銀鐙畫舫幾經過。

陸次山巴山聽雨圖

弟兄師友感同生，夜雨巴山共此情。我恨匆匆方北去，白頭惟有淚縱橫。

次山仿元人關山行李圖

誰從峻嶺扼雄關，百曲千盤路險艱。去去征輪憑寄語，一丸泥在莫悽顔。

高郵謁貞應祠卽古露筋廟

征驂一駐謁僊祠，淮水初高暑退時。玉貌千年霏霧幕，貞靈午夜颭雲旗。風前柳色連天暗，露下荷香入坐遲。三十六湖明似鏡，幾人對此媿娥眉。

譚菊農且泊圖

西蜀東吳一芥舟，茫茫世界等浮漚。風波平處能知泊，便擬人間萬戶侯。

伯符自吳門買舟相送至王營與先後患瘧再旬閏七月初十日余登車北行兄亦南歸

海角天涯長怨別，江南淮北暫同行。對牀臥病逢秋雨，翦燭連宵話驛程。失馬老翁空偃蹇，觀碁殘局自分明。來朝解纜登車後，依舊浮雲萬里情。

得家書言幼子濬昌爲余素食倩人禮佛祈保平安余時不見已六年矣寄詩慰之

五年海國烽煙靖，六口江鄉骨肉輕。作宦久同方外客，讀書時聽夢中聲。君恩不盡猶多負，詔獄初傳莫漫驚。憐汝十齡能素食，倩人禮佛祝長生。

閏七月十二夜雨走峒峿驛和亨甫見贈原韻

秋風夜雨淮中道，白髮青衣海外臣。幸見孤城存絕島，敢嗟長路困征輪。故人應許鯤鵬化，老我難期尺蠖伸。山驛邨沽聊共飲，陶然不負百年身。

宿龔家城

淮南已盡不見山，平原莽莽黃入天。秋霖泥淖馬腹陷，沂汶水闊行旅難。遙天一抹見蒼翠，泰嶽未到東蒙先。單車曆碌石牽角，馬疲病蹶輪屢掀。閉坐十日骨欲折，徒行翻覺身如僊。山邨晚投日未落，候吏設館授我餐。到門忽訝軒幾淨，來禽桂橘羅庭前。蘭菊照眼競璀璨，掩映松蓼相幽鮮。竹窗風清坐謖謖，石蘭月出涼娟娟。勞人得憩已足樂，對此能不欣開顏。舉杯相屬還長歎，今時多故天步艱。罷兵已蒙北闕詔，和戎未解東南患。開封中牟及桃北，黃河三決嗟頻年。蘆竹伐盡金幣竭，河伯任禱殊無憐。今秋山東聞有收，稻粱菽麥充閭閻。昨來郯城度阡陌，飛蝗撲面憎盤旋。空田今幸免損害，遺孽菑豈無災愆。民事百憂勤聖主，臣工泄泄誰仔肩。我輩況瘁是其分，來朝蚤發毋煩煎。

途中讀張亨甫近詩漫題

鬥牛夜氣千年劍，李杜光芒萬首詩。秖覺浩歌天地滿，獨窮遊屐海山奇。一時竄跡悲身世，幾處驚心聽鼓鼙。我正轞車君忠病，秋風相對柳如絲。

獄中夜坐

棘垣重柝中秋夜，恍惚三場射策時。坐對一窗好明月，不知身在白雲司。

出獄後九月十五日偕鷹青一兄遊西山龍泉寺歷香界寺寶珠洞諸勝還宿龍泉

蒼蒼松栢夾楓丹，蘭若周巡杳靄閒。香界山如獅象伏，神京地本虎龍蟠。夕陽漸覺荒邨冷，明月遙從古塞還。且喜登臨腰腳健，一樽相屬駐衰顏。

閟魔巖在翠微山東

道與魔俱高，道堅魔乃藏。天女共羅刹，一瞥已消亡。世人畏見魔，斯道胡由臧。至人無生死，禍福奚足詳。願將功德水，一洗五濁腸。因魔道以成，此德曷可忘。

萬壽寺古名慧聚相傳唐武德七年建遼道宗清甯中重修明改今額石戒壇在焉

石壇聳峻揭重霄，武德清甯世代遙。法界不隨香色壞，梵音時共日雲高。月輪夜轉清松蓋，客夢朝回黑海濤。明渡虖沱還駐馬，聽鐘兩度宿僧寮。

岫雲寺即潭柘古寺

四山楓樹抱琳宮，秋老霜天著意紅。蓮宇花飛獅座寂，經壇講罷鹿園空。淒涼寶相前朝帝，屴崱豐碑内府工。自是我皇勤政久，秪今輦路草深蒙。

梅伯言馬湘帆湯海秋王少鶴四農部何子貞編修陳頌南蘇賡堂朱伯韓三侍御疊次召余同亨甫爲觴讌之樂九月二十六日復集蒹葭閣蓋丙申年入都伯言湘帆置酒處也諸君各以詩文見贈余行有日輒成七律數章酬別

城南朝雨艸霏霏，高閣增寒眺夕暉。勝地秪堪埋馬骨，輕塵何必涴人衣。青山紅樹詩情壯，白髮黃花酒力微。壁上鮑吳題句在，疎槐慘澹亂鴉啼。

餘霞閣上曾同醉，龍爪槐前再舉杯。此日登臨欣健在，半生懷抱爲君開。衰葭莽蒼天無際，往跡銷沈恨不回。明到江南如寄問，浮山嵐翠撲人來。

江東儔侶半凋蕭，日下耆賢久寂寥。何意海禽方鎩羽，又逢秋鶚盡摩霄。壯懷力振迴天地，抗論神飛見賈鼂。聖主已聞容直諫，封章頻數莫辭勞。頌南、賡堂、伯韓皆直言見納，少鶴亦著讜論。

接跡紛紛聞粤才，張郎巨筆獨天開。豪情半向江山盡，病骨猶含今古哀。不信斯人尚淪棄，終應聖世起蒿萊。轞車伴我三千里，出獄臨歧首重回。

詩嘗避舍惟亨甫，天不餘才又海秋。劍氣盤迴霜在匣，冰懷朗照月當樓。但須於越尋吳恥，不用新亭泣楚囚。抵掌聞鷄曾共寢，別來惟獨著浮邱。

清言易理稱平叔，俊逸詩辭愛信陽。把卷名賢空異代，閉門潛學又湖湘。艱難獄底驚相問，忼慷樽前意不忘。他日著書成絕業，白頭千里獨堪商。子貞初不相識，見訪於獄中。

夢魂何日忘樓船，直北傳烽幸熄煙。犴狴未週三五夜余以八月十三日入獄，二十五日蒙恩赦出，金鷄已放九重天。微勞豈意蒙恩詔，絕島猶聞急贈錢臺灣人上聞余入獄，醵金寄助。帝德民情有如此，幾回搔首馬難前。

相知新舊別如何，擊築當筵共放歌。月地怒聞金石裂，霜天哀感雁鴻多。分無寶劍酬燕士，那更悲風渡塞駝。班馬蕭蕭從此去，暮雲迢遞阻渾河。

喜聞嶰筠舊帥入關柬伯言湘帆

絕域懽聲報賜環，老臣昨夜入重關。單車幾渡河中玉，毳帳初回雪裏山。奇字書成傳北海，英才網盡到南蠻先生令子子久典試廣東。故人若見應相問，後去蘇卿可共還。

鍾山形勢尚巃嵷，學舍當年共曉鐘。日下才名猶弟子，人間何地覓文翁。石城豈易樓船集，北固先聞鐵騎空。三十年來譚往事，夕陽愁照荻花紅。

出獄後聞今年正月臺諫諸公先後上言爭臺灣事一時中外作詩著論者甚衆閨閣中亦多感詠近傳臺人復有輿論之刻自非盛朝寬大何能有此感成一律

聖主如天宥直臣，四方幽隱各紛陳。微名詎遂傾中外，國是從來有屈信。永夜憂當紓魯女女史沈湘佩有讀史詩，故人書尚問吳蒓。朝來紫禁綸言下，道路傳呼頌至仁。

贈朱伯韓侍御

當年巨盜逼神京，三輔同時正用兵。已見滑臺人守死，更聞濬縣獨完城。山翁戰績存輿頌伯韓尊甫嘉慶十八年守濬縣，功在民間，至今頌之，令子陳言有直聲。海上秖今烽罷警，安危應不負平生。

汪孟棠雲堂喚鐵圖

江南花鳥今何許，塞北相逢鬢已班。惟有菩風能解意，玉人長駐畫中顏。

神僊富貴漫言虛，喚鐵曾尋隱士居。階下年年撲花蝶，笑他雙挽鹿門車。

陳淮生金門宦隱圖

文物風華二百年，幾人解賦帝京篇。牙籤玉軸存先業，流水如龍付幻煙。郎署果堪容小隱，故鄉何必問歸田。婆娑太乙舟前樹，賓客譚詩憶舊筵。尊甫碩士侍郎自名其書室曰太乙舟，觴讌於此。

李生歌

山東李生能鍊形，引體曲臂時目瞑。自言養生得眞訣，卻病不須熊鳥經。長安貴人爭受之，閨中往往傾娉婷。諸公勸我老可少，口傳手授煩丁甯。我謝貴人且欲已，壽夭強弱天所俐。順時循理外榮辱，能甘澹泊毋羶腥。外身身存古有訓，不爲昏醉長自醒。君不見單豹老更爲虎食，稽康晚亦無逃刑。多年養生復何益，安常守正神且聽。

女史沈湘佩爲宗穆君畫牡丹紈扇

湘佩，杭州人，工詩，尚氣節，奇女子也。穆君爲宗滌樓少女，從湘佩學詩，滌樓以扇乞題。余方出都，倚裝爲成一絕。

莫問靈均絕妙辭，一天湘水蕙蘭衰。霅溪春色今如許，南國爭傳秀女詩。

德州道中

川原南去莽悠悠，景物淒其未解愁。樹遠似城投倦馬，天長如水憶行舟。斷垣殘雪寒縈草，荒戍斜陽白滿樓。佐郡假歸殊不惡，得懽骨肉復何求。

後湘續集卷三

喜讀文鍾甫戴蓉洲二生詩即題其集

桐子山前數艇横，劉郎宅下水煙清。菁風不盡存亡淚，頭白歸來見兩生。

與家緒周景顔約遊浮山二月初十夜宿石谿明日至華巖寺微雨示寺僧

昨乘夜月訪禪關，小住谿頭不見山。津本無迷仍待渡，寶猶未得肯徒還。果成天竺誰能證，花到辛夷色自殷二物寺中所見。欲向空王尋法相，古碑斷滅水潺湲。

叢竹深深護寺垣，高巖萬疊俯遙邨。緑蘿石上懸猿足，紅樹枝頭静烏言。寶閣繙經飄白雨，老僧瘞墖溯青原寺爲宋遠録和尚開山青原派也。洞山臨濟今無嗣，一髮還尋何處門。

題馬元伯後出關圖庚寅歲所許今始補之

丈夫曾許國，慷慨赴王程。吏自持功罪，身惟仰聖明。黄雲天外水，紫塞月中營。兩度征車熟，寒笳識舊聲。黑頭輕出塞，白髮蚤還家。悲喜從駒隙，安危想兔罝。及傾寒食酒，同看故園花是日逢寒食。不負平生約，休爲蜀道嗟。

葉松亭印譜

雲鳥蟲魚各異文，鼠鬚繭紙自紛紛。欲尋汗簡揮刀意，石篆驚奇晚見君。

三月十五日赴蜀前二日邀同馬元伯光律原家兄伯符弟緒周攜濬昌遊谷林寺微雨遲方植之不至

落盡楊花櫻筍肥，尋僧有約一停騑。溪山勝處如留客，野水平時自息機。人散寺門微雨歇，日斜邨郭亂雲歸。荆吳蜀道還相望，三峽猿聲淚獨揮。

過武昌作

唐帝憂洚水，商王苦焦旱。天運會有屯，物數戒盈滿。聖人謹百慮，賢智蹶一算。九夏豈不宏，隆污奮乾斷。迅使羣陰開，勿任士氣短。養晦雖有時，賢佞未可誕。脂膏既雲竭，魑魅益驕悍。四方今蹙蹙，征夫徒痯痯。遐哉皋若伊，近緬嶠與侃。

四月四日舟泊漢陽風雨涉江偕友人攜濬昌登黃鶴樓即事

楚天雲物莽悠悠，不解征帆百斛愁。到處親朋尋遠眺，一江風雨上危樓。道人茗苦猶餘味，勝地花空憶舊遊。且喜將軍能好武，新成戰艦在中流時楚省仿夷製新成戰艦。

舟過枝江縣登岸循行郙落閒風景閒曠男女意甚恬適一家門首聯云『安樂門庭菩似海太平人物壽如山』非他處作常語也怡然久之爲詩十二韻

凡民生在勤，萬物有作息。寡營惟一心，農工各任力。家無凍餒人，行歌意自得。君子有遠猷，安人以爲職。盛暑不張蓋，痌瘝猶反側。心力雖異勞，理亂同欣惻。治國多壽民，豈必山澤匿。堯舜皆百年，吁咈常日昃。陋巷饑溺志，何異顔與稷。四海苟困窮，山深亦盜賊。單豹老不衰，徒爲豹虎食。寄言避世者，分定庶無惑。

修辭

古人貴修辭，誠至言斯立。道善義以周，體物不相襲。精微造化理，上下古今笈。細析毫顛翳，宏任百川吸。剛柔洽吐茹，利鈍異張翕。動中沛然至，無感何歌泣。鄙夫好爲名，終日事綴緝。棄彼紫磨金，高門乞殘汁。文章本心聲，希世絕近習。質重人則存，浮雜豈容入。鏤琢餙情貌，當非賢所急。

西京

漢家文物盛西京，八座金貂各俊英。郡國眞除多獄吏，公卿才望半儒生。餐氈蘇子旄空盡，請劍朱雲檻未旋。終是武皇能遠略，匈奴竟世不稱兵。

午日泊松滋渡

喧闐擊鼓耀朱旗，又是龍舟競渡時。客夢啼猿到巫峽，江城飛雨失松滋。峯迴水遠帆頻落，地狹天高月易虧。風俗至今爭弔屈，楚宮依舊詠蛾眉。

唐二宗

太宗神武絕天姿，元廟威猶極四夷。幕府東西開大漢，樓船十萬罷高麗。朝容姦相何能覺，亂祀賢臣亦已遲。累代有人扶社稷，艱難不似造邦時。

入峽

幾年搔首鷄籠塞，五月浮家灩澦堆。地險身初行蜀道，刦過誰復問秦灰。雲山有意神終渺，江海無情客自哀。白馬黃牛俱寂寂，輕舟如燕上天來。

秭歸 昭君邨屈原宅皆在歸州北

琵琶遠嫁靈均放，詞客年年弔秭歸。邨下女兒不解事，娥眉底事學明妃。

西陵峽 山中高峯甚多矗立百數

休言神女峯娟妙，山到西陵態便新。羅立娉婷聳眉黛，還如小婢學夫人。

峽中作示同行諸子

峽中竟日聞呼號，百丈矗上輕猿猱。巴人橈唱異吳楚，千夫百夫聲嗷嘈。往者初行向東粵，快捷鶩見舟師篙。中上閩灘益險異，逢人輒自矜所遭。操舟投老入三峽，前此覽歷皆兒曹。崇深雄駿氣象別，吐吞萬狀洵賢豪。大江西來到東海，穿貫百谷如溝濠。峻灘四百有五十，長峽千里迴風濤。荆門虎牙欲軒豁，關鎖猶作上下牢。乃知富媪有深意，建瓴之水無滔滔。平生倦遊晚見此，帝憐困走聊償勞。夜來洗盞莫遽醉，坐待月午天中高。

黄陵廟

廟在宜昌府西北九十里黄牛山上，相傳蜀漢諸葛忠武侯經此，見石壁閒現神像，冠裳儼然，前左引一旗旌，右立一黄牛，感神佐禹治水有功，當廟食兹土，乃重興焉，目之曰黄牛廟云。以黄牛爲黄陵者，陵，卽山也，以黄牛廟名不雅馴，故後人更之。水經注云：江水又東逕黄牛山下有灘名曰黄牛灘。南岸重嶺疊起，最外高崖閒有石色如人負力牽牛，人黑牛黄，成就分明，既人跡所絶，莫能究焉。注言如是，更無諸葛之説。蓋後人因道元之注而附會之也。今廟更建於府治北，此其故址。千五百年廟之復興數矣，道光二十四年五月十四日，攜幼子濬昌赴蜀，舟經山下，古廟巍然，時舟行速，不及停謁。濬昌方臥，呼令望之，舟已過矣。爲詩紀事。

嗚鉦打鼓上黄牛，細雨輕寒入客舟。稚子不知灘水惡，爲看古廟卻迴頭。

四神詠

作前詩已舟行數里，忽縴斷，卻回，仍止廟前。迴頭一言，頃刻成讖，豈非神召往觀乎！時已晴霽，乃肅衣攜濬昌登廟展拜。前殿爲夏王像，神在後楹，如古道者，而黄裳鬢髮眉皆白，頎然甚偉。其右黄牛伏焉。前殿左側祀屈大夫，亦古衣冠，貌白皙而愀然。詢寺僧，覓古碑記無有，引至廟右，則忠武侯祠在焉。庭中石幢鐫武侯所撰黄牛廟記，蓋康熙壬寅年官立者。壁閒又一石刻作隸體，乃乾隆閒枝江令所書記文，較詳。王阮亭蜀道驛程記云：黄陵廟頗宏麗，前祀黄陵之神，後祀諸葛忠武侯。與今稍異。阮亭以康熙壬子年入蜀，在壬寅之後，所見當是壬寅新修。今廟，又後人所改建也。前詩辭意近慢，乃更爲四神詠。

夏王初治水，時復役百神。一旦懷襄勢，安流就伏馴。是惟文命德，靈異非常倫。所以帝王制，首重皆明禋。後世德不修，事神不務民。史臣爲此懼，紀載求其醕。遂使平成績，高遠無復陳。腐儒昧古義，動以荒唐論。豈知重黎前，人神本相親。方今河再決，宵旰憂水濱。安得洪流順，滔滔王路遵。（咏夏王）

聖王德無閒，百神皆爾主。導江岷山來，萬里澤海宇。二百八十水，及此得所聚。洪流出巴蜀，何以遏斯怒。窈窕千里峽，壁立自太古。明月當其呑，黄牛任其吐。荆揚下流遠，結束此爲府。遐哉神力異，開鑿非斤斧。明德日以遠，維神當日輔。漢相溯神功，立廟實茲土。至今福行舟，士庶及商賈。牲醴以時酬，樂神爲歌舞。愧我方行邁，濟世了無補。再拜復内省，生平安足數。（咏黄牛峽神）

我昔官海外，曾謁水僊祠。上崇夏王德，次賢屈子儀。矧來君故里，精魂實在茲。冠裳既古意，貌復多愁思。顔色白以皙，或當未放時。君昔爲九歌，悦神多令辭。湘君與山鬼，薜荔紛雲旗。我今將悦君，陳言恐君悲。世無景與宋，高文安可追。陬生未奇服，衆已相驚疑。故知好謠諑，况乃以蛾眉。悠悠遂千載，再拜涕霑頤。（咏屈大夫）

豫州隆中言，志在伸大義。維侯實贊之，蚤定入蜀議。兩朝開濟業，未竟君臣事。屯田欲持久，行險不輕騎。審度人我情，乃不負所寄。天既厭漢德，侯豈能強致。義在當出師，惟有盡吾瘁。要亦計萬全，未嘗犯兵忌。所以賊畏之，甘爲巾幗避。伊吕雖曰賢，興朝事則易。人臣際屯艱，當以侯爲識。大哉習生言，能定天澤位。（咏諸葛忠武侯）

空舲峽

在黄陵廟北五十里，俗名黑崖子。水經注：湘水縣有空舲峽，驚浪雷奔，濬同三峽。又云：江水自建平至東界峽盛弘之謂空舲峽，甚高峻，卽宜都建平二郡界也。按：晉時建平郡卽今巫山縣，今巫山縣屬夔州府，與宜昌府巴東縣接界，距空舲峽二百餘里。據水經注，是晉時秭歸巴東皆蜀地。

灘流渺渺入空舲，曉色侵山分外青。忽見崖前風浪黑，飛雷走雨滿天鯹。

舟中口號

奇峯峭靄接蒼旻，千里如張萬疊屏。安得齋前分一角，朝晴暮雨對空青。

所見

石室舊猿穴，長江作澗溝。飛星檻下過，響瀑席間流。種芋披雲葉，開簾倩月鉤。神僊在人世，何必避秦遊。

壯遊

男兒骨相不封侯，也合身經萬里遊。鼇背東迎桑海日，峨眉西飲雪山流。未知增滅人千劫，已分賢愚貉一邱。蜀道從來天下險，杜鵑聲裏過行舟。

望巫山十二峯

十二神峯縹緲奇，髯翁莊論解瑤姬。爲雲爲雨皆靈澤，敢作尋常諷喻辭。

涉險一首示同行諸君

泰岱鴻毛命自天，休驚人鮓甕頭船。心亨習坎孚重險，口實觀頤涉大川。百貊猶能識忠信，一關深覺愧前賢。行年六十吾何負，檢點平生幾幸全。

兩歲

兩歲征塵遍六州，又來梁益溯扁舟。策名豈必燕朝貴，處世亦嘗人鬼謀。博望灘前殊漢使，衛公樓上有邊愁。此身未死猶行列，欲語雷同已自羞。

三峽

行盡巴東峽裏程，未聞青壁夜猿聲。應知客已無腸斷，不忍舟前嘯月明。

便風入巫峽泊神女峯下明日仍乘風出峽

神女峯前夜夢清，篛篷嗚咽枕江聲。都將雲雨無窮意，換作東風送客行。

蜀中旅夜夢少穆舊帥還都言夷事縷縷覺而有感

力任時艱志事違，三年謫戍未言歸。全家邊徼殊中外（公子鏡源棄官奉母移家陝西），列論朝端有是非。夢放金鷄懽執手，風迴錦水淚霑衣。淒涼王相墳前樹，拱把今來復幾圍（蒲城相國爭論公事甚力暴薨）。

潼川道中立秋

二千烏道行經半，萬點雲山望未通。小市鷄聲常夜雨，衰年驛路又秋風。篼輿出沒懸崖畔，粳稻縱橫響瀑中。底事成都誇沃野，西來何處不盈豐。

成都逢潘小江題其詩集

新歌舊唱總多愁，白髮相逢又早秋。等是滔滔一江水，蜀中嗚咽甚揚州。

贈陳息凡（鍾祥）**卜達庵**（葆鈖）**二明府**

春風夏雨同生物，南浦西山一舉杯。老我情懷猶劍外，把君詩卷憶僊才。莫嫌黃綬迎人晚，且喜繁花傍日開。雲滿馬頭應叱馭，循良傳裏更誰來。

息凡見和奉贈之作且送余西征依韻爲别

怪底瑤華驚老眼，相逢鸜鵒託深杯。文章有道甯憎命，山水多情未盡才。萬里星軺邛笮近，五更邊月帳牙開。康居禿髮君休問，雪嶺冰天一騎來。

再疊前韻

楊子宅前慚問字，杜陵籬畔尚餘杯。錦江人去逢秋色，蜀道吟成信異才。燕壘風高宵幕迴，雁行霜勁隴雲開。無端消息傳南海，林邑驚心貢使來。（西夷米利堅國遣使顧盛有所要求，欲朝京師，粵帥卻之而許其求。）

翼日達庵亦有和詩二章三疊前韻酬之

冰雪嵯峨天外路，霞文磊落席間杯。引心已見物交物，遠害何知才不才。別史恨長千載近，奇文境險五丁開。巴渝一唱頻煩和，絕勝陽關曲裏來劉孝綽詩『共摘雲間藻，同舉霞文杯』。

奉使唐蒙嘗蒟醬，消酲西域問篘杯。壯遊自託儒生幸，好友偏多上國才。去日庭前黄菊滿，歸時休放碧桃開。長沙不用嗟遷客，贏得支機天半來。

邛州

碧水雙流日易斜，楓林時復見霜花。單車歷碌空文藻，間煞臨邛賣酒家。

十月六日至名山縣穆遠峯大令精阿**贈茶**

名山邑小主能賢，贈我龍團逾半肩。待取海西千丈雪，一鐺活火換新年。

渡平羌江至雅州晤余小坡太守

錦江西去接平羌，青海遙通古塞長。誰信白頭猶奉使，笑他年少戍燉煌。

使君仗節古諸侯，驄馬還臨大渡頭。政好不嫌邊郡惡，黎風雅雨足吟謳。青溪縣古沈黎郡地，每日必風，雅州郡治卽漢嚴道縣，十日九雨，諺云黎風雅雨。

滎經縣

滎水東流瓦屋山，荒城人語半羌蠻。怪他風雨時交會，地在沈黎嚴道間。

小關山滎經縣西五十里

嚴霜草凍石稜頑，峻嶺雲横雪樹斑。板屋數家鷄唱曉，歲寒人度小關山。

題丞相嶺廟壁

在滎經西七十里又二十里卽清溪縣治昔武侯南征過此後人遂以名嶺且立廟

參差林磵掛冰條，嶺日晴烘積雪消。千載英靈丞相節，一官落拓野出匏。重承明詔來荒服，敢惜微軀使不毛。天步艱難時事異，古來惟有中興朝。

雪中口占

雪裏行蹤本易尋，屐痕消盡有空林。豈知地老天荒後，陵穀無從問古今。

十月十二夜宿瀘定橋

涐水眞如激矢行，砰訇終古不平鳴。九龍鐵緪騰空勢，萬馬洪流動地聲。歷歷天星仍北拱，勞勞漢使憶南征。殊方日漸通蠻語，又聽番僧鬧鼓鉦。

瓦斯溝

荊榛蔽石雜芳椒，擊柝傳呼斥堠勞。斜日破雲穿屋漏，遠山橫路束群腰。序逢小雪驚時晚，人耐卑官任客嘲。此去魚通無百里，渡瀘誰見水源高。

頭道水

蒼藤萬仞兩絕壁，瀑布一簾香靄閒。走雪飛花三十里，始知銀漢在深山。

出鑪城寄示濬昌

今年垂髮欲成童，溽暑隨舟向蜀中。曉放書聲輕駭浪，夜貪月色坐微風。九旬寓館魂方定，一夕官符別太恖。問我西行更何處，雪山迴首矗蒼穹。

濯龍錦水渺如煙，杜宇蠶叢又一天。奪色豈無人惡紫，著經猶望汝通玄。蕭條門戶寒儒分，桀驁番僧下吏權。終是出關乘使傳，得平蠻觸卽安邊。

飛越嶺示汛卒 在清溪縣西一百四十里最爲陡峻乃蜀邊第一險阻唐置飛越縣於山麓旋廢

疲馬峻盤飛越嶺，夢魂遥度折多山。天心不隔華夷界，地險何須虎豹關。霽雪凍含雲黯黯，陰崖愁見日間開。健兒莫嘆書生老，一飲能朱鏡裏顏。

出鑪關答送行諸君

蚤年殀夢出陽關，投老西行過雪山。佛國戊屯勞歲幣，蕃僧師弟弄刀鐶。重臣持節多邊計，上相陳辭悦聖顔。奉使但期無辱命，白頭敢望玷朝班。

自折多山至提茹道中 折多在打箭鑪外五十里出關首站也

冰堅石亂兩嵯峨，梟兀肩輿任側頗。短樹赤莖無緑葉，漫山白雪混銀河。蠻荒竟日人煙斷，野宿炊茶馬糞多。千里裹糧騶僕衆，烏拉辛苦莫輕訶。

阿孃壩曉發 折多五十里爲提茹又三十五里阿孃壩又三十里俄松多

蠻寨夜宿阿孃壩，危橋朝渡俄松多。崔巍三日得坦曠，輿馬蕩蕩驅長坡。蕃兒喜笑紅日煖，負戴踏冰行且歌。憶昨百戶迎道左，酥油跪進茶叵羅。拾級道我禮佛處，金頂矗立高巍峩。雜遝男婦堂内外，喃喃經咒能無訛。蠢愚豈盡解梵誦，經筩萬轉功恒河。吁嗟乎！西方金天氣肅殺，滛凶殘很人偏詖。孔孟不到政教缺，慈悲導化煩維摩。聖皇馭世大一統，因俗爲治平無陂。迂儒小生強解事，紛紛著論奚足呵。

七月閏初至成都僦寓爲一聯語揭室中云『智常無礙須彌小心自能亨蜀道平』今晨行火竹卡道中忽有所觸卒成一律

天女修羅事幾更，一鐙如豆滅還明。智常無礙須彌小，心自能亨蜀道平。蝴蝶夢中觀大化，焦寮枝上足三生。莊嚴世界知多少，星斗高寒江水清。

余行月餘矣身歷邊外山川之險目睹夫馬長征之困慨然有感作烏拉行

蕃兒蠻戶畜牛馬，芻豆無須惟放野。冬十一月草根枯，牛瘦馬羸脊如瓦。土官連日下令符，十頭百頭供使者。使者行程逾數千，揩粑難厭盤蔬寡。備載餱糧羸半歲，橐裝氈裹誰能捨。天寒山高冰雪堅，百步十蹶蹄跣擔。鞭箠橫亂噤無聲，誰憐倒斃陰崖下。我謂蕃兒行且休，停車三日吾寬假。艱難聊作烏拉行，牛乎馬乎淚盈把。

裏塘宣諭胡土克圖不悟東旋感賦

康衛迢迢萬里行，崎嶇來往趁冬晴。蠻山竟化千年雪，梵寺空懸五丈旌。帝德遠猶同覆載，苗頑久自外生成。小臣職在宣恩意，天上應聞太息聲。

後湘續集卷四

先薑塢編修考陸放翁乙卯年七十一詩敘定放翁生於宣和七年乙巳十月十七日瑩以乾隆乙巳年十月初七日生道光乙巳二月五日展少陵先生及放翁之祀於草堂有感

昔賢自嗟窮不死，乃復有人同丙子。天公巧弄古更今，壽永南山亦徒爾。退之子瞻同命宮，儋爾益甚潮州窮。箕口牛角自張奮，磨羯精氣千年雄。放翁老更逾秦棧，宣府幕前作幹辦。樓船鐵馬望中原，一身況是多憂患。長城已罷兩鬢衰，細腰宮畔秋風淒。淋灕痛飲嚮天地，汴水章華空自悲。誰遣詩人多入蜀，悵望蕭條悲宋玉。草堂配食秋復萅，郫男競唱巴渝曲。一杯遙酹薦青蘋，東風花爛錦江津。感嘆歲華逢乙巳，與翁何事又同辰。

三月十七日再出打箭鑪南關

涐水噌吰惱客聽，雲峯石劍路三經。多情關外猶萅色，幾樹麻楊嚮客青。麻楊即白楊，葉短而幹直，蕃人謂之麻楊。

折多山雪

十里晴山千里雪，紅日彤雲遞明滅。日蒸乾雪不肯消，十尺白鹽煎竈鐵。雪山蜿蜒不可窮，青海崑崙一望中。枉說長江限南北，車書萬里久來同。罪臣來往乘使傳，西域蕃僧數相見。欲問金僊苦行時，迷離梵唄無人辨。蠻山三月草未青，碉樓雖破猶堪停。怪底輿中寒起粟，無端風雨卻橫經。

高日寺山也在東俄落西十數里

山中夜添雪數尺，天上寒雲帶愁積。肩輿破曉驚山靈，萬栢千杉森玉立。西來岡嶺多不毛，惟聞石磵水怒號。到此始覺林泉勝，何來怪鳥鳴鴟鴞。山高徑仄苦難上，蕃兒曳輿不可仰。更駕雙牛汗喘登，人牛喧雜行踉蹌。去年經過前山溝，犛牛跌死猿猱愁。蕃兒言之淚交流，問我於役何時休。往來時序殊春秋，相對忽忘人白頭。

八角樓桃花一株

長松掩映水流灣，橋畔桃花靨笑顔。八角樓邊晴雨後，蠻中記取此青山。

西行所見剌麻寺多矣僧既穢濁其誦經皆在喉閒初無音節鉦鼓喧振雜以鐃鈴使人厭聽

見說西來多梵唄，喃喃不辨鼓還鉦。經過三百八十寺，何處一聞清磬聲。

寓裏塘僧樓即景

小樓終日對蠻山，積雪時消艸色斑。嚮晚烏雲渾欲雨，晴虹忽墮枕窗閒。

與丁成之別駕寓裏塘小剌麻寺樓二十餘日守督乍雅諸門汛西行室僅盈丈一窗如竇兩人坐臥相對戶外晨夕炊煙作馬牛糞味散行無處口占示別駕調之

丈室經旬似係囚，炊煙糞味幾時休。無端卻憶文丞相，燕地三年一小樓。

代答

生非博望使河源，豈問祇陀孤獨園。丈室自開獅子座，文殊摩詰兩無言。

四月十二日土司餽牛肉一蹄飲酒未半甌陶然竟醉夢中忽成一律

世事紛紛各有胎，八還物我不須猜。縱成木養形先槁，慣作鷄棲心未灰。泛海黑風時自警，攫金白晝亦堪哀。青天亙古無中外，倦馬臨歧首重迴。

四月十四夜雪讀衛藏圖識

細雪霏霏晚未闌，重裘四月覺深寒。攜來圖志多驚異，薄酒鐙前擁被看。

裏塘烏鴉大於肥鷄聲如鵂鶹不巢樹而棲人樓屋上甚可憎惡西俗人死置諸野聽烏鳶啄食謂之天葬莊子在上爲烏鳶食殆即指此

跬步岑樓不出門，密雲霏散易黄昏。生憎窗外烏聲惡，莫作長沙鵩鳥魂。

頭塘曉起冒雪登山

四月今逾半，蠻天雪正飛。馬牛毛蹜蝟，男婦毳重衣。怪石欺人立，重山讓棘肥。行行明霽色，萬里亂光輝。

將至巴塘見松林口花樹二株一紅一白葉似枇杷花皆一榦數朵每朵十數小花合抱狀如蠟梅罄口檀心特紅白異耳詢其名曰『達麻花』爲長句賞之

蠻方風景日日殊，人物詭異形難橅。千山石樹萬山雪，一花如見傾城姝。達麻之種經所無，葉如枇杷青且腴。朵開合抱花十數，深紅淺白聊可娛。檀心罄口搴裳裾，蠟梅方之色不如。老夫倦眼行模糊，綠衣紅裒相迎扶。遐荒憐汝苦寂寞，野鴿朝暮空飛呼。

巴塘端午

巴塘四面皆山，中開綠野周數十里，青稞小麥彌望。所居行館依近東山，頗高潔，可以眺望。端午日庖人具鷄豚鮮魚爲饌，蠻中不易得也。申刻雷雨一陣，遙望山色空濛，人行麥隴，恍如在成都矣。

輕雷飛雨麥翻風，山色雲光態不同。憶向成都行綠野，幾人蓑笠在空濛。

皮船行

皮船之製聞之久矣。過中渡河見之岸上，未觀其用。去巴塘西四十里，地名牛古，有大河東南流，衛藏圖識云卽金沙江。按今輿圖，蓋巴楚河也，其下流入金沙江耳，亙雲南而入四川卽岷江矣。河流頗急，下多石，蕃人以皮船上下竝舟而行，甚迅，乃爲皮船行。

皮船形製如方鞋，木口籐腹五尺裁。受人四五一短檝，竝舟繩貫行能偕。山高夾水流湍疾，頃刻已過峯千迴。峆岈大石偶擊撞，迴旋輕輭無驚猜。澑簡雖奇尚險絕，此物穩迅誰所開。讀書蚤年想奇製，天使譴謫殊方來。異情詭物飽經見，賦詩老矣慙非才。

空子頂一蕃官子年十二已爲沙彌數載甚聰俊其父愛之延僧於家教習梵誦清朗可喜地多綠鸚鵡時飛鳴檻外若有知者

善財幾歲得無生，十地初參欲問名。一隊綠衣飛不去，朝朝檻外聽經聲。

殊方政教不相如，貴異還同釋與儒。若嚮中華求俊秀，老夫合送五車書。

莽嶺

黃花貼地草如茵，平遠山光欲笑萅。怪底風寒輕撲面，雪峯數點又迎人。

南墩夜月

浮渡龍眠未有期，錦江萅色亦迷離。白頭中夜裴回處，甯靜山前月半規。

江卡道中

萬里關山度險巇，衰年未肯負鬚眉。平原淺草馳新馬，一片愁心付健兒。

五月二十三日乍雅曉發望雪山

紫菊花開事遠遊，黃梅子熟尚悠悠。蠻山亦自含愁重，笏立千峯盡白頭。

乍雅西北昂剌山積雪甚厚一望無際險峻異常人馬數蹶作雪山行

夏至已過生一陰，雪山雪盛愁人心。崔巍高下渾莫辨，神搖目眩誰則禁。馬蹄數蹶骨欲折，十人九僕還呻吟。千年老鵰不敢過，狐兔放膽時追尋。日方卓午正騰耀，雪光不受相欺侵。白雲雖白黯無色，惟見缺處杳杳青天青。我聞丹達之山多雪窟，井嘗數丈無其深。昔人運餉此一墮，數年雪化軀亭亭。官卑未卹名亦沒，神廟赫奕猶垂今。感念貞魂一灑淚，崎嶇世路徒惺惺。吁嗟乎，勞人艸艸古所嘆，我歌一闋君其聽。丹達山在西去一千五百里，入藏孔道，神頗靈異。

察木多大呼圖克圖今已數輩相傳爲明建文轉劫俗說無徵亦見當時天下憐建文久而不忘也

異代興亡殘骨肉，千年遺恨託浮雲。長陵抔土空神武，西域人猶愛建文。

察木多中秋望月有感時連日訊兩呼圖克圖之案未已

投老方爲異域行，解紛何似請長纓。番兒應笑陳湯拙，拉楚河邊空月明。察木多廟前二水合流，名拉楚河，由瀾滄江入海。

秋寺

年來況味是行僧，踏遍千山雪裏冰。塵榻鼠跳聞夜雨，佛龕香冷坐秋鐙。江湖鷗鷺原無競，吳越鶯花謝未能。嫋嫋西風吹落葉，祇陀園畔聽呼鷹。

即事

掃地焚香不見僧，尚憐老卒髮鬅鬙。空王紺宇秋巢鴿，蕃女褕裘夜上鐙。金菊玲瓏栽萬壽，寶珠圓璨悟三乘。崑崙卽此通西極，欲借驊騮試一登。後藏岡底斯山，梵書名阿耨達山，或曰卽崑崙，其下阿耨達池，云卽瑤池也，予別有說。

察木多西北博窩野蕃多出良馬丁戌之别駕購得其二余亦得一别駕故善騎與張竹虛日乘試之竹虛偶墜傷面爲二絶調之

天馬曾聞出渥窪，漢皇上廐幾名騧。而今騏驥尋常見，西域原來屬帝家。

書生萬里走西陲，便欲窮尋阿母池。騕褭不須憐一蹶，追風善墮是男兒。後藏岡底斯山下瑪珀穆達賴池，蕃人相傳卽西王母之瑤池也。

打箭鑪以西菜味甚難得有餽瓜蔬者如嘗異味察木多漢人稍眾有園丁四戶日市菘韭萵苣供饌喜而賦詩

菜根百歲腐儒餐，千里西來入饌難。佛地伊蒲甘露好，滿園香馥勝芄蘭。

酌丁戌之

又是黃花爛熳天，蓉城秋色憶無邊。階前楊柳還相妬，蚤遣青枝迓客筵。時階下楊柳一株，舊葉方脱，新葉已滿枝矣。

察木多九日食葡萄懷家兄伯符是日宣太守下兩呼圖克圖判牘

殊方三值思親日，可柰茱萸憶弟時。宛馬新求西域種，葡萄還似故園枝。見宅中葡萄，味極相似，余不食者十五年矣空聞節使和鉤町，未許軍丞斬郅支。聖主如天明詔美，小臣何敢惜煩辭。

『一簣障江河用沒其身』漢書何武等傳讚語也魏鶴山嘗手錄之感爲五言

一簣障江河，違俗道甯失。三危居半歲，殊異未可述。信知九州廣，何必戀蓬室。寂寓憶陳言，久坐消白日。階前菊已衰，枝上楊未密。志曠居無陋，行孤動斯室。誰言柳下和，已信三黜直。

與竹虛夜話自臺灣入都假回桐城至成都奉使西域中更裏塘往返行經二萬八千里矣患難相依壯懷未已不覺身之衰老也

三年二萬八千里，雙騎東西南北人。故國江山隨過眼，蠻天風雨苦侵身。篋中賸有楞伽字，爨下空勞汲黯薪。一語應輸尊膾客，此行猶未到崑崙。

贈漁童

兩三土屋傍河干，十五兒童解釣竿。賣去素鱗歡阿母，揩粑幾日足朝餐。

自題康輶紀行卷後

萬方櫜甲慶承平，小吏嚴符敢憚行。冰雪未消千里凍，觸蠻難罷十年爭。憂時綆短肱空折，懷古心長淚欲傾。佛火一龕忘異域，宵來猶待曉鐘鳴。

成之和吳春颿韻見示頗切歸思依韻奉答

世路何人惜暫分，皇華萬里靜煙氛。葵心到處長傾日，藻思知君健入雲。天外有山惟積雪，海西無馬不超羣。他年一事應爭羨，奉檄新通異域文。

錦官三月去晴郊，無限煙籠弱柳條。關外經秋人影闊，閨中幾日黛痕消。吹來骨角悲還壯，倒盡金樽夢更遙。拉楚河邊同索句，不愁歸路度冰橋。蕃僧吹角皆以人膀枯骨爲之，其聲淒切甚於觱篥。

察木多少雁十月偶一聞之是其本鄉非賓鴻也蓋雖關外而地在西南非塞北苦寒者比故時已冬後無用入關也感而誌之

十月長河已上冰，數聲寒雁苦驚矰。旅人莫問湖湘事，北嚮南翔總未曾。

察木多冬雪

五月天山時積雪，冬來翻覺雪時稀。殊方竟歲重裘慣，不畏宵深炭火微。

撥火

鐵盆撥火夜猶溫，一覺能招天外魂。行處但須清夢穩，家人無事罵章惇。

少陵愁坐詩云『葭萌氐種迥左擔犬羊存終日憂奔走歸期未敢論』戲反其意

白頭來異域，竟歲狎侏儷。赦手人如堵番人敬信大剌麻與胡圖克圖，所至千人膜拜求喇嘛手摩其頂，曰討赦手，塗酥曝作醫。病人不知服藥，以牛羊酥乳油塗體曝日中，番僧咒之。天中冰雪嶺，屋角鬼神旗。自打箭鑪外至藏中人家屋之四角皆插竿懸小番布旗，上書符咒，僧廟則懸大旃或金其頂，曰鬼神所望也。左擔休驚險，言歸亦解眉。

東坡詩云『我家江水初發源宦游直送江入海』余行反是更爲一絕

海入江流是我家，江源行過路還賒。西來寒日多長景，爲伴羈人駐歲華。

棲鴉

寒窗遲日度疎櫺，鷲嶺秋來已斷青。欲問此身眞住處，棲鴉時復語空庭。

曉日

曉日玲瓏照檻清，山高未許障光明。負暄無限茆簷叟，先動窮邊挾纊情。

歲暮雜詠

濁酒盈巵莫縱狂，漢書誰與醉滄浪。效顰幸免依梁竇，束髮先曾薄孔張。慘澹風雲空騁轡，裴回歧路惜亡羊。多情一片天山月，照我殷勤似故鄉。

巫峽丹楓思渺茫，不須玉露嘆凋傷。九天鳴鶴曾垂地，六月飛蚊尚隱廊。鐵索縱橫通佛國，金輪轣轆轉山王。破車殺馬從君誓，林下誰知憂更長。

老去方知世事艱，側身千古孰躋攀。木灰鹽莢思商管，橇棒簞瓢訝禹顏。黃鵠漫尋天地闊，青松久謝水雲閈。少陵絕塞愁豺虎，落日孤城且閉關。

青山何處覓埋憂，白髮蕭蕭倦倚樓。星近不知霄漢迥，身危始覺海漚浮。碑尋邏些餘長慶，江問金沙更上游。聞道瑤池能宴飲，飄然還欲小神州。

愛古誰能不薄今，古山今海自高深。功名已付闔棺論，著述嘗懷覆瓿心。茶弼沙城喧鼓角，晏陀巒水變鉛金。西來便到天盡處，枉事成連學撫琴。茶弼沙國在極西，日落海中，聲過雷霆，城上每以千人鳴鼓吹角亂其聲，否則人多震死，晏陀巒國有井水，銅鉛錫鐵拭之皆變黃金。

偶成

唐宋元明各有人，詩成不解若爲鄰。欲尋羣怨興觀旨，袨服紅妝漫鬥新。

歌行律句總心聲，風月江山別有情。底事樓頭翻水調，湘娥一夕淚縱橫。

余與丁成之資斧罄已三月貸於茶賈艱甚延望省批不至成之有憂色詩以慰之

萬里乘槎欲到天，星霜迴首易經年。大官自惜封椿庫，異域難求公使錢。未必張騫畱漢渚，還如詩父飲長川。人生逆旅尋常事，猶勝窮廬啖雪氈。

宜城酒有九醖者古人謂之酘酒以爲佳釀今時久未聞矣蜀酒以大麴爲上清酒也去西北高粱遠甚打箭鑪以西大麴亦不可得蕃酒以青稞爲之甫釀微酸卽云成熟名之曰沖酷嗜之多飲亦能醉人余久寓察木多令造酒者三釀之稍可飲東坡云惡酒如惡人彼時惡人猶可避耳若處今日尚能辨其佳惡哉戲紀以詩

曾聞九醖自宜成，畱得微酸亦有情。絕域逢人休道惡，從來薄醉勝清明。

蕃女多無夫其父母不問聽自爲生與妓無異不知妝飾衣氍毹櫛髮洗面而已察木多酒家數十皆以蕃女當鑪謂之沖房沖讀如銃戍兵刺麻雜遝歌飲其中穢陋可憫女無少長皆曰鴉頭似漢人教之也

鴉頭三十曳氍毹，解唱夷歌不見夫。佛子健兒同一醉，不知何似聽巴渝。

夜坐

男兒富貴劇堪憐，第近城南尺五天。受縛名王羞伍噲，失官故相敬迎賢。成都有桑八百樹，地下空將十萬錢。斥鷃鵾鵬莫相笑，御風列子亦泠然。

入宫見嫉爲娥眉，作客還聞叫子規。世事何嘗異今古，解人或許其懽悲。棲身遼海原無計，賣卜成都未是癡。大漢懸名辭不得，怪君終日下簾帷。

臘日有懷

絶域慆慆送歲窮，誰將長劍倚崆峒。奉盤曹沫羞三北，瞻馬荀卿欲再東。野水迷離縈客夢，蕃兒頡曲學華風。隴西老將頭如雪，醉尉宵來又幾逢。

寄酬方植之

深思好學邈先儒，頭白猶聞力著書。自守元經貽範望，何須羽獵似相如。考槃半字精無對，紅樹青山健有餘。念我題詩來異域，蓬萊征路欲迴車。考槃半字皆君自名詩集。

商聲古調入君絃，掩抑金徽幾歲年。召飲偶開元亮徑，卜居常近範公泉。射蛟臺樹藏菩艇，投子山鐘隔暮煙。自有醍醐堪灌頂，不煩薝蔔覓三千。何兆詩：『薝蔔三千灌頂香』，君善解佛經，此翻用其語。

酬光律原

黑髮歸田閲歲華，成書直欲滿千家。輸君終始神僊侶，老我遲回博望槎。自毁劉安鳴木鐸，虚鮮郭璞笑蘭葩。黄河灌溉空前語，何似朱明天半霞。昔余嘗與君書云：君如天半朱霞，雲中白鶴，可望而不可及。瑩則如黄河之水，千里一曲，雖涓流細滴，亦足以灌溉田園，而兼挾風沙，中不免於汚雜。

酬馬元伯兼壽其七十

譚經絳帳是家風，丱歲才名冀北空。虎觀自通申魯説，郎官常濟水衡功。畫圖出塞鳴笳壯，遼海還家得句工。不信龍眠山色好，看君七十少如童。

冬初得家書言伯兄近歲頗衰心常憂之以余比年多故兄之衰有由來矣祀竈日郤寄

伯子傳聞近益衰，故鄉西域不勝悲。百年身世常憂患，十口親情半別離。買與神方遲大藥，營成先兆恨靈鼉。入關一事君堪慰，滿載歸鞍佛國詩。往在揚州得再造九方，諸藥已購，惟水安息苦不可得，延今未就。又聞先塋有蟻患，亟謀遷兆。

與成之別駕貸得西賈茶千金謝都閫見贈博寓馬各一余復買蕃酒一瓶成行有日誌喜

西蜀靈芽萬里還，博寓駃騠出人閒。蕃兒忽訝歸裝富，更買新醪醉入關。

察木多歸次聞少穆舊帥以九卿召還喜而有作

白髮丹心出玉關，清風朗月滿天山。五年中外同翹首，一夕烏孫報賜環。明詔應收父老淚，花磚仍冠上卿班。三吳故吏如存問，新探江源雪嶺還。

丙午正月四日自王卡至噶噶人日立萅至昂地山中所過連夜蕃男女數十聯臂踏歌求賞

清宵到處踏蠻歌，異域萅回慶太和。欲問征人行樂事，萬山雪霽月明多。

將至中渡麻格宗道中

絕壁崪萬仞，重複莽迴互。歲深松杉黑，石怪猿猱怖。急湍瀉哀鳴，盤曲道我路。澗闊迅飛鳥，馬遲屯宿霧。裴回悵孤躅，白日時一顧。

還度飛越嶺大雪

千盤陡峻瓊玉嶺，一道深寒冰雪槽。行人蜿蜒入雲去，微聞倦馬空中號。關門戍卒凍欲死，叢樹飛禽不敢巢。老夫往來亦已慣，欲語歸恐驚兒曹。

二月十八日行自化林坪以東沿途桃李盛開

東風駘蕩楊葉舒，桃花李花滿路隅。漢津乍返張騫櫂，蜀道仍叱王遵車。蹉跎歲時客中客，流連光景殊方殊。江山閲人不岀態，艸木得氣鹹昭蘇。循環默感造化意，陽和陰慘良須臾。絜比長短異巧拙，方朔飽死饑侏儒。尻輪神馬亦偶爾，縣解不解徒拘拘。久矣摩頂笑墨翟，一任名實嘲涪於。

還成都寓舍

裹糧直逾三千里，槁首同歸四五人。雪石冰松天外嶺，淒風冷日馬前菁。燕疑隔世巢痕舊，蝶認方塘艸色新。我似東坡在南海，朝雲曾不厭清貧。

後湘續集卷五

蓬州古相如縣世傳顏魯公爲長史於此

五品非卑官，薄祿勝羈旅。況本塵埃吏，簿尉實舊侶。山城餘百戶，形勢亦云阻。一水下岷江，商賈不通貯。地貧少租稅，俗薄易雀鼠。鞭撲詎能無，敢冀空囹圄。昨來懶龍睡，五月農不舉。受事卽禱祈，澤幸及原墅。民呼感應速，亦已歉苗黍。司馬昔有城，平原實治所。仰依名賢蹟，開卷聯對語。

晚涼

屋瓦松猶見，山城已報更。烏啼桐井歇，柝響棘垣清。黴雨迎初伏，炎風放晚晴。一官非傲吏，散髮竹牀橫。

秋日卽事

公家事了未嫌癡，鶴髮何當百里宜。政拙祇應書下考，山深差許作蒙師。香生桂樹分秋色，酒映芙蓉酌晚巵。此地不貧堪吏隱，木奴滿苑實纍纍。

一峯笏立階前石，千載人傳屬魯公。夜雨半庭酸橘柚，秋聲幾樹響梧椶。碧痕班駁無餘色，古意嵚崎欲掃空。終日對君惟百拜，九華何必羨壺中。署東偏一石峯高七尺許，相傳云顏魯公故蹟也。

絕域生還好夢甜，尚貪微祿未爲廉。典裘每恨商居遠，買米時憂市價添。檢點詩書餘幾架，校讎文字值千縑。腐儒風味休嫌澹，時有飛紅墮屋簷。蓬州無質庫，每典裘使人至郡，逾百二十里。

城外羣峯入坐青，枝頭小鳥靜堪聽。花時幸未終宵雨，愁重偏能竟日醒。邊柝已聞懸雪嶺，艸堂無事問山靈。蜀中自是繁饒地，杜宇何因叫不停。

食橘

庭中佳樹復何有，八桂丹青五朱橘。紫薇已罷芙蓉鮮，梧柳栟櫚相間密。秋來滿樹火珠垂，僮婢懽呼摘園實。三王五帝味相反，四株咸酸一如蜜。前人護惜周以垣，頗似揚州屈豫室。紛紛月下散樞星，纍纍風前搖臬日。甯知江陵千戶侯，交阯橘官亦崇秩。我今差擬建安守，不待明蓸芳味溢。

夢回

夢回愁聽雨聲纖，石徑苔痕幾日添。小市城中喧豆米，短篷渡口見魚鹽。庭因吏散開新卷，室覺風寒覓舊簾。供應後時應自歉，不關徵索羽書嚴。

晚菘示濬昌

秋菘入市飽經霜，齒頰朝來有異香。晚歲我猶羞肉食，少年汝幸免膏粱。綠葵白薤盈畦町，玉筍金櫻自上方。人物豐和時序順，宅邊勝種百株桑。

送江雲章故同年子來留三月辭歸

主張祿命謝輕肥，趙孟何知仲子饑。愁客占多疑好語，羈人旅困計寒衣。官因地僻疎迎送，心與天和任是非。無術留君且歸去，稍營升斗慰庭闈。

聞達厚庵青海大捷

捷書朝奏動天顏，爲許西師振旅還。千里虎羆窮鼠穴，十年騏驥失狼山。雕弓馬上驚飛將，舞褎軍中罷翠鬟。已斥貪庸收國士，報恩雙鬢莫全斑。

東坡過巴東爲萊公遺蹟詩云江山養豪俊禮數困英雄執版迎官長趨塵拜下風當年誰刺史應未識三公余謂先生是時方少故作此語耳豈知雷州儋耳後來同一感歎邪萊公雖云少學然不讎丁謂其胸中脫灑何殊蘇公豪俊固有天授不可以尋常學問言耳

消除司戶與三公，禮數何關拜下風。蘇寇本皆豪俊士，固當萊國勝巴東。

九日攜濬昌遊古佛洞還至慈雲閣

束髮咿唔偷學詩，偶因拈韻辨饑飢。憐渠食橘能懷母，從我尋山亦解騎。新霽登臨剛九日，晚花爛漫尚多枝。昨來送客吟長句，也向天涯惜別離。濬昌是日有句云東望懷慈母，思嫡母也，又嘗作送江雲章詩，辭意頗激昂。

慈雲閣觀芙蓉觴客

經旬雨積苔侵寺，一騎晴衝霧滿天。猶對芙蓉延醉客，何須叢菊燦當筵。依山遠樹離離日，抱郭清江暖暖煙。嚮晚耕人原上語，短蓬知有過來船。蓬州無菊。

癸卯在臺灣就逮諸生有禱天后者得讖云制虎降龍靜煉丹從今縱躍出元關前途一片風光好不到蓬萊只等閒疑或不死而至登州及來蓬州乃知其應昔東坡出獄謫黃州四年至登州有海市詩余往來渡海者六由今思之何殊海市耶坡公至登州年始五十余今六十二矣然公六十二歲尚有儋耳之謫余幸不已多乎

人馬珍奇幻蜃樓，此生常擬到登州。蓬山便是蓬萊閣，海市當年已漫遊。

東坡先生易簀之日徑山問疾叩耳大呼曰端明宜勿忘西方先生曰西方不無但箇處著力不得余嘗疑公『西方』一語似於此事尚未了然頃思先生自黃還過筠州子由三人同夢之事乃知先生作本等語也更作一偈

已知天地有窮盡，何必浮雲辨假眞。箇處先生能把握，戒和尚本是前身。

雁

去年塞外初聞雁，今歲人歸未是歸。霜日迷離江上路，海天寥落雨中衣。過關不覺新寒重，聯影方驚舊侶稀。九野冥冥飛自遠，弋人幾處費張機。

苑中芙蓉一樹高出簷花開百數十朵大者如盌色紅而瓣多自中秋後終九月未已

石卿僊去主芙蓉，西蜀名花著意穠。山城賴汝鬧秋色，含芳吐豔多豐容。高齋相對閱晨夕，濁酒半醒還歎惜。美人顔色晚未衰，老翁青衫已深碧。斜陽解事破秋陰，十丈紅雲鋪錦席。

送秋詩立冬後一日作

昊天有北斗，權衡不自將。坦然付四氣，各自乘時王。青帝育萬物，醞釀和且康。炎景雖云威，長養盛以昌。功成物情遂，一一含精光。蓐收夫何爲，坐享千倉箱。憑陵作蕭瑟，附之以風霜。芙蓉非不豔，叢桂亦芬芳。無何俱銷歇，蕭條等垂楊。金顥自謂堅，無能爲汝長。松栢在何許，深澗或崇岡。貞姿異柔脆，不登百尺堂。甯知元冥來，秋亦自遁藏。祥霙布四野，愛日彌萬方。顧此鬱蔥樹，悠悠誰能量。

活魚

鯨鼉不受釣，魴鯉易入罟。嗟爾尺半鱗，朱腮貫青篠。目吻雖張翕，鬐鬣已不勝。淒風爲汝悲，白日慘莫昇。得水尚能活，忍遂几筵登。階前砌石盎，水可容千升。徜徉蘇汝困，淺仄其毋憎。蜀江萅浪動，會縱汝飛騰。

紀事

低頭事簿書，終日未能已。撫循憐鼠雀，徵索痛鞭箠。蜀人好營業，買田旋復市。室無百金儲，野少十年耜。逋負常滿身，追呼不容晷。作息非不勤，居遊未云侈。問汝胡爲然，志貪拙經紀。風俗自何年，宋世已如此。紛紛括白契，不解愧遺恥。感歎李伯微，誰歟作俑始。

州西郭二里許有小阜叢竹脩茂在五馬山南下臨嘉陵江洲上四五家依阜作耕阜上有慈雲閣乾隆中前知州周君天植傍僧舍築室鬮小菊圃鑿池構亭塑十三花神亦自肖像其中云『菊花神』也時時往遊或信宿返復買田數畝使僧守之歿後州人以其室爲仁廉祠奉君及前後蒞州之有德者歲一往會丙午九日余觴客於此距君七十年矣憶其時政平吏廉民物安阜訟盜稀少官吏能自給且有餘力營此宴遊君殆吏而僊者乎聊爲五言一章

聖代多廉吏，上下政如一。守令能愛民，安阜萬家實。茲州事既閒，庭草皆深茁。城上山光青，城下江流潏。使君本神僊，讀書無失律。闢圃從西郊，萩菊搆靜室。魚隊亭前親，帆篷林下出。命駕時欣然，孺叟無訶叱。遐哉無爲吏，何止高士逸。俯視塵埃人，混混褌中蝨。池館今猶在，嘉卉不存一。村老已白頭，屈指譚昨日。

觀物

微物含生氣，蠢然若有知。紅英墜藩溷，飛蟲投蛛絲。本爲無心動，已自遘艱危。生死皆偶爾，天道何盈虧。

楩楠遭斧斤，巨石被燒鑿。山澤非不深，求者苦搜索。黄綺入商山，亦受建成託。安期與伏生，幸乃全矍鑠。子雲守太元，自謂甘寂寞。投閣已貽譏，況更爲美劇。理數各有然，是非徒妄作。淵明好飲酒，茲事竟何若。

飲酒不必醉，既醉亦復佳。彈琴且安絃，徵羽何須諧。吾生自有盡，萬物各有涯。今時躡朱履，明日還青鞋。造物各區區，骨肉徒安排。青天在何許，浩浩原無堦。

白晝思攫金，不復見市人。國士志天下，遂亦忘其身。立心雖殊異，貪侈無乃均。徇名與徇財，異世同悲辛。四時本代嬗，何能長青萅。鷹鳩本一物，變化甯無因。委運任自然，病者徒爲呻。

摶土作偶人，媸妍原未一。有物或憑之，靈蠢亦異質。媸偶善爲禍，妍偶善爲吉。還問摶土人，甯復有異術。當時本無心，後來誰能必。功過兩不居，恩怨自茲畢。

鮿生不自量，慕古意深廣。岱海以爲期，治平如指掌。聚米談兵事，窮幽極非想。萬物備一身，大樂和羣響。力薄時復乖，身挫氣益上。内外兩何益，出入徒慨慷。人猶追來茲，事多恨既往。此心竟誰期，悠悠盟惚怳。

賈薦自廷尉，蘇舉亦歐陽。論説動人主，千仞遊鳳凰。絳灌忌更變，韓欲老棟梁。用意賢佞殊，放逐同彷徨。主恩豈伊薄，臣生本不祥。遇合尚有然，不遇何足傷。

騏驥服鹽車，螻螘制鱣鯨。大小一變置，造物甯無情。至道本洳悶，何有長短名。世人自賢知，強弱爲重輕。易地而反觀，可以全其貞。

戲贈

風塵不惜玉顔衰，蜀道頻年共險巇。龍錦遠緘歸大嫡，寶釵路典進征緋。三菁花事憑園叟，五夜書聲伴哀師。念我官齋蕭瑟甚，含愁未肯蹙修眉。

示左亦齋

皚皚霜雪忽盈顛，苒苒韶華憶昔年。絕漠幾人羞再辱，漢宮一樹已三眠。長虹不掩雲間氣，薄霧雖銷劍外天。太息武侯祠畔栢，時聞笳鼓亂芳筵。

蜀故多盜比歲成都尤盛近益猖獗揚言劫大府入覲輜重供張一路爲之愆期有檄諸軍合五屯進勦川北郡邑截捦逃盜

錦城桴鼓尚紛紛，江上聲傳劍閣聞。使相暫停旬日節，羽書還備五屯軍。蜀人俎豆思清獻，楚國治兵愛子文。寂寞山城還授子，數莖白髮對斜曛。

世路

崎嶇世路悵離羣，老去猶難脫垢氛。一飯未忘東郭履，十年長憶北山文。寒風日夜蕭蕭樹，滿眼關河黯黯雲。結習自娛無異事，時因辟蠹種香芸。

枕上作

生前命宿逢箕斗，老去年華夢角張。世事傳聞空慷慨，夷歌到處總悲涼。風沈玉漏人攲枕，天倒銀河月滿牀。屈指千秋陳跡在，不煩僊客熟黃粱。韓蘇二公生命皆月直鬥宿，故能文章，而多是非，遂有潮州儋耳之責。余命泊張月度月亦躔鬥，崎嶇坎坷，略似二公，星家言豈信有驗耶。

占卜

愁人好占卜，積歲或不應。黽筴有短長，世亦相詬病。五行與太一，辯訟當誰政。或言事吉凶，因氣爲衰盛。變化環無端，奚能究其竟。今日大吉卜，聊復爲君慶。

長至日過菜園作

一陽何處問天心，隴上寒梅未許尋。已信剝廬容碩果，休誇泮水獻南琛。菜需小雨連畦潤，魚避嚴寒竟日沈。安得茆簷從老圃，瓦尊晨夕坐譚深。

後湘續集卷六

花事

州廨東偏有小苑，桂、橘、椶、梧、芙蓉、紫微、櫻桃、桑、榆、桃、柳雜蒔數十株。小池二方，可以種荷。翠鳥一對，巢其側，時同百舌黄鸝飛鳴。沼上中庭片石矗立，云顔魯公時物也。城外山光四圍不斷。廨中復有此勝，豈惟排遣俗情，亦足自誇僊吏矣。作花事一首。

婆娑老於不禁萅，也費東風換物新。桃柳何心還弄影，燕鶯有意欲窺人。遠峯嵐積横青黛，小沼波添縐碧鱗。公事無多花事勝，緋紅淡白太精神。

勝事

萅來勝事復如何，桃柳参差掠燕過。醉雨海棠臨砌豔，驚雷犢角負牆多。小池漸上青萍水，密葉能藏百舌窠。更有兩株蠲忿在，白頭晨夕足摩挲。合歡二株，其高三丈，花葉最勝。

自嘲

山谷句云，誰家生意無閑地，大半歸來已白鬚。又云，公私逋負田園薄，未至妨人作樂無。乃知公當日情事正不能脱然也。故自嘲云爾。

五品頭銜百里官，園蔬野蔌滿萅盤。久諳世事輕榮辱，不學浮屠信止觀。簷下燕雛朝雨健，閨中蠶繭夜絲寒。名山勝景不歸去，夙債問君何日完蕭姬時方養蠶。

萅去

快駕東君不可畱，斜風細雨使人愁。燕鶯能語應餘恨，花艸何心且未休。新漲舟帆宜下水，緑陰邨郭悵登樓。白頭老婦譚年少，無限韶華鏡裏羞。

紅花

蜀中紅花爲東南數省染工所重，本艸云，即紅藍花，李斯諫逐客書云，西蜀丹青是也。蓬産尤鮮明，冬月種之，三月成花梂，而黄鬚無瓣，凡四五摘。喜夜雨朝晴，碾製成薄片，出其黄水既盡然後紅。江南、江西及楚粤賈人以四五月雲集順慶，蓬人歲獲十數萬金。民間豐歉，米麥棉花外，恃此。博物志所云，張騫得種於西域者也。今藏中猶有之。

三月町畦到處紅，幾番摘碾費良工。越人綾錦紛霞豔，蜀客帆檣一水通。宜雨宜晴愁嫠婦，得時得價喜邨翁。歲收豐歉知何限，萅麥秋禾祝望同。

題壁

何事驅人晚不回，太倉雀鼠笑邅迴。背無三甲已自分，心有一丹猶未灰。壯日囊錐曾脱穎，短轅老驥苦銜枚。壁閒夜響龍泉劍，東海騎鯨歸去來。

櫻桃

一樹紺珠滿，迎風粒粒圓。花開穠李後，子熟碧桃前。露溼銜從鳥，盤傾喜入筵。芳園嘉果衆，誰更此君先。蜀都賦：朱櫻萅熟。蓋諸果之熟莫先於此，因悟古人薦廟之義。

立夏前五日作

蓬州苦少萅雨，種不以時者八年於兹矣。今萅禱焉，時得微雨，兹乃澍雨數日，民心大慰。比歲，直隸山東西河南陜甘江浙閒水旱蟲雹，紛紛告災，不能無惕然也。

青陽一夜换朱明，風雨縱横滿郭城。農事及時田父喜，歲華變節客心驚。偏災畿輔愁仍重，轉漕東南室未盈。聖主頻頒恩赦詔，還聞耔種借萅畊。

曉起獨步園中有作

鳴禽牕外夢初回，曳屧園中眼倦開。花樹萋萋半銷歇，穨垣寂寂獨徘徊。輕寒弄雨連宵晝，隊鴨銜池散藻苔。萬事欲拋尋物理，一官猶寄是樗材。

答客

世事眞如雪里鴻，客譏賓戲苦相攻。功名幸未慚出處，仕宦何當論拙工。茂叔頻年方作宰，太邱晚歲謝徵公。由來此意人難識，郤笑棲棲似熱中。

官舍

居名官舍本山邨，茅屋人家半遶垣。近嶺炊煙歸晚牧，出牆叢樹滯朝暾。廚因積雨時時冷，牕爲濃陰處處昏。領取龍眠圖畫意，鳥啼花落卽鄉園。

寒雨

朝雨霏霏厭斷煙，披衣行遍冷侵肩。都忘首夏逾三日，猶似餘萅著重棉。深樹鵲巢藏葉隱，小庭榴火向風然。催畊處處飛呼急，白水綠蓑滿稻田。

望晴

拍翅金烏去不回，荒城幾日長莓苔。雲陰接地眞成殢，雨意盤空總未開。再遣神巫喧法鼓，欲攜父老上萅臺。麥收半了紅花減，慚愧新秧曉夜栽。

野老

野老萅寒卜歲收，一官簿領對羈囚。無端米價旋增減，旬日人情變喜憂。小吏漫爲天下計，蜀山便擬十年畱。神僊富貴非吾事，吮墨挑鐙坐白頭。

舊團扇畫

秋風獵獵已三年，畫筆猶新物態妍。一抹亭煙水雲外，半橫篷艣柳菰邊。客心愁斷沙頭雁，世事迷如夢裏天。慘澹經營無限意，萬山深處問啼鵑。

送葆叔之涼州

葆叔族弟初見閩中，繼晤京師，復蜀，蜀相依久之，見余不得意，將之涼州鎮蕃覓官，有詩畱別，輒爲四絕以送其行。

君去涼州舊武威，休屠古蹟尚依稀。木蘭當日曾家此，黑水黃河幾破圍。今涼州，漢武威郡也，本休屠王地。余嘗以木蘭詞，考木蘭家在武威，詳康輶紀行。塞北江南大帳開，賀蘭山下盡龍媒。男兒匹馬尋常事，未得封侯莫便回蘭州古有塞北江南之名。

嶺外神京路幾千，蠶叢蜀道又三年。閨中少婦娥痕淺，忍聽伊涼醉舞筵。愧無寶劍贈長行，空對青衫淚欲傾。此去有人還問訊，萬山深坐老書生。

午日偶然作

流景朝回夕已馳，紛紛木槿亦奚爲。未嘗一日肯自放，便計萬年眞是癡。斗極雲煙翻狗馬，郵船旌鼓鬥蛟螭。語君斧柄休嫌爛，靜看仙人一局棋。

韓公

韓公貶陽山，遇赦當還京。使家沮抑之，復作江陵行。江陵名勝地，依然在蠻荆。腥臊畏蛇藥，山雨號猩猩。法曹本卑官，捶楚同髡黥。天路既幽險，誰問死與生。同時有張掾，歌苦爲酸聲。公言此由命，對酒歌月明。公嘗五貶官，道重身益輕。皇甫伾文輩，姦讒實營營。蛙蚓雖鼓舌，何礙韶鈞鳴。感公更長歎，無淚可復傾。炎威方燀赫，皜皜徒爲情。

苦熱行六月十五日作

炎官肆虐張其威，踆烏拍翅騰空飛。焦原爍石不稱意，熬波煮海龍歔欷。元冥遠避蓐收伏，世間何物能相違。達官貴人白羽揮，猶聞流汗霑羅衣。農夫賤卒欲暍死，帝憐下土迴龍旂。橫空電馳飛霹靂，黑雲四合風微微。一時清涼颯遍地，如獲百斛明珠璣。天垂慈愛活萬物，雨澤雖小甯云非。水深火熱民感易，區區不吝其庶幾。

次日得雨

昨日苦熱爲長歌，一夜不寐嗟煩痾。鋪席坐地蚤虻多，月憑日熖燒銀河。逐人莫避光則那，清晨蚤起頭長科。今來已分將無何，相逢競說天公苛。赤日當午不敢呵，豐隆倏爾長空過。雲師風伯旌旗摩，一雨下注成滂沱。暑氣收盡曾不俄，老夫喜笑亡其瘥。及時仁政回天和，澤沛全境同恩波。沒生感戴遑求佗，酣眠今夕其無訛。

顔魯公

範陽鼙鼓揭天愁，兄弟同仇氣不侔。聞道上皇西内好，問君何事到蓬州。

桂

亭亭嘉樹暗生香，裁過中元日夜涼。紅蓼紫薇相絢爛，一年眼底又秋光。

摘瓜

深黄淺紫蔓藤青，高下縱横滿院庭。補綴瓜棚添豆架，重煩小婢學園丁。盤中且喜添新味，雨後時聞有異馨。老圃定知風趣好，輸他晨酒晚先醒。

蓼花

秋庭紅見數莖垂，白髮西風可耐吹。空憶楚江洲畔路，幾人含淚寫新詞。

苦憶

苦憶鄉園不可尋，偶從閒處覓登臨。門前一曲嘉陵水，屋後重圍介子林。款款鶯花千里夢，微微鐙火數家岑。天教官舍忘城市，種秫求桑愜素心。

南粵

南粵樓船恨未平，茫茫巨壑舞長鯨。四張網罟開三面，九蹶騶駼憶一鳴。孤鶴引吭頻月落，餓鴟發鏑欲風生。酒闌莫問十年事，晚閉山城晝鼓聲。

涼風

涼風日夜至，秋氣忽已深。況復連旬雨，四山多重陰。寒花斂叢豔，敗葉鳴疎林。歲宴已如此，君子亦何心。

伍生順常送牡丹二盆

脫葉清霜重，蕭疏望四山。憐君貽國色，爲我慰衰顔。芳意含應遠，青菁去未還。繁華夢何許，扶醉問雙鬟。

九日憶左亦齋

去年共醉慈雲閣，一樹芙蓉正豔妝。風日依然獨惆悵，無花無酒過重陽。

重陽後四日吏目王君鈞**送佳菊數種**

九日無花復無客，經時繫馬罷郊行。忽來滿院繁秋色，頗似東籬送酒情。鴛錦鶴翎求異種，御袍金盞任題名。衙官屈宋吾何敢，從此盤餐有落英。

去歲芙蓉一本甚繁豔今來秋雨彌月竟不花

去歲繁枝曾爛漫，秋花絕勝豔菁英。如何苦雨多相妬，卷卻天孫無限情。

十月已半芙蓉忽作三花而瘦小掩映屋角

去年滿院鋪紅錦，寂寞今秋黯自傷。豪士佳人頭欲白，強橫寶劍點新妝。

哭汪孟慈孟慈守懷慶三年大旱禱雨太行山徒步二百里竟以憂勞卒官丁未八月也

丁卯同登鄉里賢，京華幾度話寒氊。文章經術原家世，倉廩河渠老髩髯。論事每爲千載計，向人不惜萬言便。如君已作廣陵散，此意飄零誰與傳。孟慈在官論事侃侃志存千載，向人剌剌每爲所厭而不已。

百年世事感滄桑，死後公評未盡亡。裴俠獨爲名太守，相如不必恨貲郎。更無意氣傾河北，定有英靈傍太行。巴蜀空餘垂老淚，西風月冷自淋浪。孟慈在戶部久，常以未得一第而就貲郎爲恨。

篋裏存書取次看，千秋敦勉寸心丹。檻車自分已萬死，狴戶翻成效一官。誰信子陽終井底，羞從呂叟話邯鄲。報章久作偏遲發，地下相聞鼻更酸。癸卯，余就逮北上，孟慈貽書以千秋相勉，入蜀後復數有來書，嘗欲復之不果。

毛生甫詩冊

生甫名嶽生，寶山諸生，少以詩名，曾賓穀題襟館中客也。其詩幽古峭峻，非近今所有。學尤沈博，病元史疏繆，嘗重編之，稾未竟而卒。余在江南，遊處數年，之臺灣，乃未能從，挐舟送至嚴州，相與登釣臺賦詩別去。逾年，寫冊寄余。君亡已六年矣，此冊在笥中，展閱之，不勝愴然。

賓館題襟蚤盛稱，江東譚藝若爲朋。新詩險境尋常鑿，舊史重編義例繩。遼海幾曾棲管邴，釣臺空與拜嚴陵。扁舟送我成終別，收拾遺書恨未能。余嘗欲刻其所著諸稾不果。

偶然作寄方植之

世間何物能驅俗，滿徑蓬蒿萬卷書。一鶚已聞羣鷙鳥，八騶空復憶前車。西風黃葉亂無限，明月綠牕閒有餘。爲問嘉陵江上水，故人蚤晚到雙魚。

老妻壽日卻寄

富貴難忘貧賤交，焦寮況是出危巢。金罍不恨人常別，玉柱生憐瑟舊膠。紅日半庭書自曝，黃芽幾味食添肴。南閩西蜀懷兒女，悵望鯫生一繫匏。濬昌隨宦於蜀，一女從壻在閩。

示迴龍院僧

盤旋峻嶺重雲外，竟日無人有磬聲。修竹千竿門檻淨，經年一宿夢魂清。身多未了嗟前事，悟到無言悔此生。迷悶不須嫌簿領，近山泉水尚空明。

酌客

薄酒君當盡一卮，百年身世苦難追。闔棺未必傳言信，憂國何關在位卑。壯士崎嶇常白髮，重華峻遠託青詞。蜀山虛死人無限，半夜聞雞復自疑。

荆棘

十年荆棘眾思鋤，獵得孤狸路一疏。盡說將軍新壁壘，甯知天道有乘除。桑榆善計收非晚，鄉校遊評事豈虚。應爲困窮憐下邑，魯人無更獻璠璵。

萅日作

相如城裏柳條新，雙燕初飛欲近人。日暖琴臺悲士女，風迴劍閣惜羈臣。買田無計歸陽羨，前席何年問鬼神。辜負嘉陵江上水，三年漁父不知津。

元旦龍神祠作

玉環山下曉風清，啼鳥先聞第一聲。麥隴菜畦渾不辨，數家鐙火是萅城。

將至成都過興隆鎮旅舍主人乞詩有贈

樓船橫海一微塵，旅舍何須問事因。且買玉壺三日醉，共譚巴蜀四年萅。陌頭柳色新如許，匣裏龍文舊有神。姓字愧留詩漫與，下風執版復奚陳。

競說生兒教讀書，文高司馬意何如。古來隱市多賢者，君幸先人有敝廬。紫陌紅塵萅攘攘，雙柑門酒步徐徐。世間無限浮雲事，試數門前過客車。

胡恕堂觀察少夢前身爲僧後入一寺見塑相與己無異恍若有悟使人圖之席間出示索題

賦物何勞問化工，幾茵花落不因風。閻浮欲濟人間世，福慧先觀宿命通。午夜月明秋正滿，觀察誕夕太夫人先見月華驚而寤生一龕僧相夢猶同。雲峯高處尋遺蹟，應在峩嵋太華中。

海外相知已十年，又隨絳節入西川。眾山俯仰欽孤直，千里紛讎折片言。盛世看公宜節鉞，衰顔如我合林泉。瑩時已乞病將歸。蜀中自古多圖畫，觀政他時繼昔賢。李衛公帥蜀，圖古名臣有功蜀中者五人，以志景仰，後多倣之，及宋時觀政閣中所圖遂二十八人。

將乞病歸寄伯符及里中諸君

局促轅駒一旦休，歡顔強免幾年羞。舊書雖破猶盈篋，萅水方生好放舟。豪氣未除還自笑，寸心不死總多愁。親朋蚤備遊山屐，輸卻歸來是白頭。

江樓獨酌

倚檻魂銷百尺樓，茫茫六合動萅愁。縱橫艸樹峯千疊，寂寞江天酒一甌。京國文章風馬耳，銅山富貴爛羊頭。抽刀欲斷東流水，痛洗人間壯士羞。

既得罷官至成都候諮文回籍索逋人吸咻不已命濬昌盡粥官時服物償之

貂裘典盡不須還，更賣朝衣莫動顔。盛世衰年羞黼黻，故鄉歸路有雲山。夙逋未了仍貽汝，古籍猶多好閉關。手版拋除無檢束，酒樽親近學癡頑。余有貂裘已典之二年，未能贖也，昨並典券付債家矣。

謝胡觀察贈舟資

蚤歲嘗爲任俠行，中年猶覺萬金輕。孤寒欲下千人淚，悍將眞尋共死盟。達厚庵爲臺鎮，人皆畏其驕悍，余初至亦見齟齬二年。一以誠待之，一旦詣謝請盟，曰：武人不學，爲君姑容久矣，媿悔無及。自後臺事惟君是聽，死生禍福願與共之。是年六月，夷舟犯臺，凡五至，皆以有備而安。白首天涯時事改，青衫夜半旅魂驚。歸舟得遂乘萅水，始見嚴公贈杜情。

別陳息凡

陳遵好客復多文，詩思濃於嶺上雲。百里政閒能訪古，千金價重爲超羣。錦江萅暮愁離別，幕府知新待沐薰。不用臨歧歌折柳，夢魂遙夜尚尋君。

相繼鑪關出使車，新詩慷慨獨懷余。沈憂且置生前事，當世先鈔死後書。息凡先鈔余康輶紀行，後見有增改，復校補之，蓬人爭鈔不可得矣。邊塞月明猶鼓角，湖山夢好自樵漁。海南人竟歸陽羨，祖道無須說二疏。

張椒雲廉訪杜臨話別

東風吹遍柳絲絲，白髮傷菁又別離。敢恨西來遲絳節（君來未三月而余去），自槧東去負清時。雲開蜀道千峯靜，石滿夔江八陣奇。欲下瞿塘重回首，高牙遙見颭旌旗。

十年江上苦風腥，水底魚龍舞未停。一夕清霜天地肅，萬家擊缶黍苗醒。赭衣行處生無恨，白叟懽餘涕更零。共訝騶珂喧曲巷，故人臨送眼偏青。

戊申三月東歸適玉環書院新成蓬州人士請留住十日楊式如學博吴淮樓孝廉伍謹齋秀才首唱諸君各有詩見送輒成六絶奉酬

莫向菁風唱柳枝，菁風三日苦將離。嘉陵水遠無窮恨，暮雨流鶯是別時。

二蓬東挹雲中秀，五馬西來江上青。十日玉環書院住，鳳凰相對展長屏。（玉環書院盡攬一州之勝，大小蓬五馬鳳凰皆山也。）

四圍疊翠侵書席，幾樹名花照酒杯。底事杜鵑催客去，不教長住此蓬萊。（州廨之景如此。）

何人到處說逢迎，兩載相看別有情。我是謫僊非傲吏，休將法曲誤鳴箏。

未能惠濟煢嫠遍，豈有倉箱百室盈。翻使青錢送劉寵，更憐垂老祝長生。（蓬人醵錢相餽，曰請備舟資，爲位仁廉祠，祝之曰，願公長生福我。）

四十年前陋巷儒，東隅歷遍到桑榆。拂衣歸去休言晚，猶勝秋風始憶鱸。

疊山先生號鐘琴拓本爲沈鶴樵孝廉題

燕市一歌，浩氣千古。西臺一哭，天人酸楚。是維號鐘，既失其主。胡不長埋，而輕出土。我爲爾歌，誰爲爾譜。

哭斌少司寇

公名斌良，滿洲正紅旗人，廕生。善詩，有氣節，聞海内知名士皆傾心禮之，嘉慶中已著聲稱。然仕不得意，執政諸公或弗善也。京師秋菊盛開，無以觴客，乃典貂裘爲之，其好士如此。道光二十二年，公弟閩督怡公渡海逮鎮道，公在盛京貽之書曰：事關千秋公論，苟欠斟酌，何以入先塋乎！二十七年，英夷求西藏通市，大臣既奏許之矣，公以刑部侍郎爲駐藏大臣，備之。陛辭日，頗有所陳。

上命與川督籌焉。公憂之，密奏以瑩爲前藏糧臺，命未下，已憂憤薨，瑩亦乞病罷歸。最後藏中諮抄公奏有云，四川蓬州知州姚瑩前爲臺灣道，夙裕韜鈐，循聲卓著，與其令之坐領一州無所展布，莫若量移邊要，亦可遂其及時報效之忱。然瑩於公固不相識也。舟中追思往事，爲詩哭之。

都護西行日，空陳北闕辭。金貂曾換酒，禿髮竟輿屍。已凜千秋論，終慙一薦知。與君生不識，同恨是和夷。

遣僕

奴子戴崑從余於臺灣，親見余數平南北路之亂及英夷犯臺籌防十七海口捦斬黑白諸夷。事後被逮，復從北上入刑部獄。返桐城，入蜀，奉使乍雅至察木多，險阻患難無貳心。在蓬州休息未二年，而與乞病歸，不能奉養之矣，乃託之於胡觀察。將行，出箋乞書。余不能書，崑所知也，崑曰：冀異時見手蹟如見顔色耳！感其意，書而予之。崑無便捷材，而忠謹可取。爲詩遣之。

仕宦誰最權，家人及奴婢。豈惟飽煖求，亦有輕肥喜。爾崑亦胡爲，相從乃異是。家本滄海東，生無便捷技。從余困鞍馬，親見軍中事。南北討亂民，防夷築烽壘。海氛幾年靖，幸未亡一矢。扶病治軍書，中夜輒數起。兇夷既受縛，觳觫若羊豕。海外全境完，大吏或怒視。時事局已成，孤臣志則已。喘息曾未蘇，鞶帶遂三褫。檻車實顛沛，囚服敢言恥。獄成幸免戍，入蜀更奉使。冰山與雪窖，負痛入骨髓。已覺脛無毛，數見呼庚癸。惟爾實相從，艱難僅不死。前後幾十年，辛勤未一弛。旦夕遭呵罵，或未免鞭箠。面無色怨嗟，背亦無訾毁。貴賤常異交，安危不同理。翟公門上書，今古慨同軌。惟爾以拙誠，一意相終始。我髮已全白，爾歲未三紀。蓬州始安居，酬賞尚有俟。病罷我則歸，拳養今已矣。負爾非一端，患難徒相倚。爾望本不奢，聊以勸義士。相知有胡公，清峻善臧否。許爾入廡下，安置及妻子。勉事新主人，貞勤當自矢。長言述爾事，歲月易流駛。百年會有盡，臣僕咸視此。

胡恕堂觀察過蓬州是日蓬人爲余立位仁廉祠士庶喧闐走送觀察嗟歎久之曰『君可謂大用之而大效小用之而小效矣』感其言有作賦呈爲别

小山新賦近如何，浮渡龍眠入夢多。躍馬未能清海甸，割雞深愧問弦歌。半帆落日長江水，一徑寒煙野父蓑。别後相思何處寫，芰荷香裏獨顔酡。

四月二十一日至夔州入峽偕方召青濬昌觀峽中奇勝東南風阻舟行頗緩中流迴轉者再知神意之畱人也爲詩謝之

巫山雲氣曉猶濃，欲問神歸第幾峯。深謝靈風轉舟楫，畱人細看碧巃嵸。

哭伯山

江南薊北舊狂生，粤海黔山滿政聲。挾卷王侯輕睥睨，擁姬詩酒漫縱横。百年尚覺餘奇氣，一郡何堪老俊英。地下相從有樊素，曉風夜月定攜行。伯山未第時，嘗應試天文生，定親王臨試，伯山挾卷突至其前。王叱曰：爾何人？伯山掀髯睨之，笑曰：江南姚東之也。王曰：狂生耳，人之。後仕廣東揭陽令、理猺同知、貴州大定府知府，皆有聲。不合於上，以病歸。姬妾數人，詩酒自娱，卒於金陵。姬某殉之。所著詩文皆有奇氣。

歸州遇沈秋浦夜話沈名耀鋆鎮江人湖北運判

腐儒已白九分頭，那更相逢説上流。暮雨迴辭巫峽夢，朝寒還似洞庭秋。共言經國須財用，誰料安邊失箸籌。聞道江南罷機杼，爭從西賈市洋綢。秋浦言，英夷近在鎮江以賤值售其洋中綢布，人爭買之，多罷織者。

出黄牛峽將至宜昌

雲氣滃滃滿四山，輕橈倐轉百重灣。行窮三峽奇難盡，猶作崟崎香靄閒。

方植之寒巖獨往圖

身形久已如枯木，何事寒巖往更深。萬水千山蹤跡盡，微聞一杖響空林。

豐干饒舌不須訶，拾得寒山事亦多。法相原來無一物，卻教廣座設維摩。

五月二十六日曉晴，舟入樅陽口

錦城迴首遠微茫，帝許乘雲攬大荒。巨浪奇峯都歷盡，緩風輕艣入樅陽。

後湘續集卷七

馬小眉又白召同植之元伯律原遊玉屏山莊翼日律原存之兄弟召同植之元伯魯岑遊邃園未逾月律原又有石莊觀荷之約將辭之元伯手書來云『石莊本避暑之地荷淨又納涼之時其勿辭也』以詩柬元伯及諸君

本是崎嶇患難人，得歸非爲乞閒身。四方蹙蹙吾何騁，每到清遊一愴神。

人言山水可忘憂，況對當筵嵇呂儔。敢爲清譚忘世事，幾回擧白復低頭。

相期荷淨納涼時，八九親朋盡白髭。屈指坐中誰最少，高歌莫作洞僊辭。

嘉慶乙丑元伯使人圖其象爲小冊同好諸君題詠甚衆越三十九年道光癸卯余蹔過里中許爲作詩旋去蜀未果今又五載始歸元伯作圖時年二十九今則七十二翁矣詩來索題計君嘗東之靺鞨余亦西至喀木何意白首歸來猶得相從遊詠欣成一律奉教

跡去飛鴻不可求，時來晚景尚堪收。與君各到東西極，問貌休嗟黑白頭。把酒清譚還入夜，尋山好句總宜秋。牙籤萬軸誰誇富，應共孫曾細校讎。

閒居一首呈光律原

漫言潘子賦閒居，差勝騷人得返初。老圃新從辨艸木，後生時過問詩書。溪聲帶月僧房聽，菊影經霜客座疏。文字欲拋渾未許，由來結習底難除。

慈雲庵僧玉華余十數年前屢見之今來復問已久寂矣

幽棲不假靈泉寺，道院還鄰古太霞。墖影雙塘橫夜月，鳥鳴深澗落秋花。尋聲卵哭休燃火，折腳鐺存細煮茶。往日山僧無覓處，卻教丁令獨歸家。

戊申冬至日植翁作詠懷詩見示積陰連日詩到放晴乃和其韻兼呈元伯律原

元雲積處見昭陽，底事□陰閉艸堂。歲月無痕深杳杳，日星移次遠茫茫。如君潦倒貧非病，自古英賢弱勝強。世運乘除吾已了，幾回噩夢角還張。

植翁再以詠懷詩見示依韻答之

世事何須問吉凶，渭清涇濁理難同。不從上智參三昧，久已凡情失五通。尺蠖自藏非穴鼠，螳螂得意亦騰龍。與君各飽黃虀味，不負人間兩禿翁。

歸家攜存蜀酒未盡植翁以小瓶來索既許之復繫以詩

不是宜城酘，尤慙公謹醪。相如罏上物，一飲也稱豪。

歸來

六十人如瓦上霜，飄蕭猶自喜朝陽。親朋處處聞歌哭，僕婦時時問稻粱。滿眼流離徒内警時方賑饑，等身圖史望重商。五更依舊難成夢，不信歸來是故鄉。

青鞋布韤欲尋山，行去茫茫日未閒。鄰里寡懽知侶少，市朝同病惜時艱。書成稿本經三易，事去心情類九還。從古英雄妨末路，酒樽茶竈一開顏。

伯兄多病再經秋，藥裹罏煙尚未收。域外喜余全室返，閩南有子十年留。蜂房幾曲憐辛苦，蟻穴難封歎謬悠。居近往來朝夕便，天時人事復何尤時謀客遊遲遲其行。

張耐翁楚江歸櫂圖

生綃一幅楚天秋，月滿江城笛滿樓。陡起歸人無限思，憶從三峽下扁舟。

己酉人日元伯以贈律原召飲詩見示輒和兼呈植翁元伯律原時各有菑酒之約

九萬里鵬經蚤化，三千年鶴亦同歸。問君遼海滄波淺，何似天山雪艸肥。紈袴漫馳金埒馬，裲襠曾著鐵戎衣。從容歲讌尋常事，盛世衰顏莫漸稀。

正月十日方兆青召同植翁元伯芃士小石北園觀梅憶余乙酉入都竹吾與金鶴皋大令及周伯恬諸君觴餞者三十二人一時極讌飲之盛今罕存者竹吾沒亦十四年矣植翁元伯各有詩追念竹吾愴成一律卽贈兆青

埋玉摧琴十四年，嗚騶解組亦雲煙。蒼松偃蹇龍仍臥，蓑竹叢深鷺未遷。別處楊愔能濟美，爭名次道果稱賢。兆青昔與竹吾異處，竹吾器之，語人曰：吾姪異時教授生徒，名當逾我。朱梅數點還相笑，又見清狂入醉筵。

元伯律原連日有詩見調未答適余小疾臥植翁召飲不能赴兩君來候戲呈因柬植翁

化金不作王陽術，經營復謝陶朱奇。幾年服鹽太行驥，一日曳尾泥中黽。菑寒中人聊偃臥，有酒不赴空涎垂。新歲從君乞如願，老大久任巢由嗤。

郭外三里許有田數畝曰小齊莊頗有隙地竹樹二十年前愛之嘗有小築之意今自蜀中歸以償債家爲詩送之

半曲山溪十畝田，數家鷄犬一林煙。謝公別墅虛前志，陶令歸家有債錢。應許玉壺尋北郭，猶能步襪度南阡。題詩遣送無多恨，楊柳初青絮未棉。

正月十九日植翁元伯耐園硯峯律原小眉存之小集中復堂席罷元伯有詩步其原韻屬諸君同作

馬君詩才捷無敵，有如疾風吹我襟。儷古駢今善屬對，熊蟠鷄韓甯賞音。菑酒滿壺諸老健，雄譚長城短語侵。平生未敢忘久敬，白首相看束髮心。

律原有詩見答更爲長句激之

一觴一壺不爲薄，鷄豚何必勝藜藿。童時嬉戲到白頭，肯使青山歎寥索。梅橫月夜歸北園，楓老霜秋出西郭。菁信朝來滿庭院，嬌碎枝頭懽鳥雀。紛紛談笑各舌存，不用筇藜有腰脚。新詩健句門逾工，五丁三巴道任鑿。故將幽險驚鬼神，天公驪顔開橐鑰。語君休誇才力雄，五行災沴方頻作。豫陝前年旱已多，東南大水今方落。內府金錢貯豈贏，廟堂撫卹深憂灼。況無冬雪殺螟蛸，蒼生那免填溝壑，君言盈虛有至理。堯水湯旱非爲虐，上下憂勤德動天。咎休反掌何嗟愕，人生擊壤逢盛世，舉杯沈吟還共酌。

感遇

黃雀猶銜恩，匹夫知赴義。如何君子徒，而負平生志。雖無富貴心，甯昧出處事。昔我筮仕初，誓不爲俗媚。黽勉塗泥中，長官憑怒詈。盤根與錯節，聊以試吾治。或謂鄭僑賢，或觸絳灌忌。摧沮亦已勞，天佑无不利。謬被吳公薦，超遷遽及誼。良無大受能，竊有小知愧。盛代重詞臣，胡乃起外吏。再蒙天語惜，感激紛涕淚。丞牧作監司，重以海外寄。氛祲欲全銷，澄清遂攬轡。恨未雪讎恥，幸免辱國戾。捷書慰深宮，直言違大帥。彈章當萬死，疏救亦相繼。卿相咸諮嗟，帝謂臣無罪。出之縲絏中，復使爲郡貳。五月上瞿塘，孺婦魂猶悸。徒手謁使相，又見貴人恚。降黜何足言，再奉殊方使。侏儒冰雪中，往反閱三歲。圖經舊有聞，何如足親至。仕優當更學，書成亦盈笥。生既遭聖明，不使御魑魅。況有三公賢，頗致殷勤意。不拜私室恩，豈作然灰覬。束髮希往哲，一奮青雲翅。浮沈四十載，十事九不遂。白首遲歸來，舊業庶無墜。倫理憾常多，三樂奚言易。永念九重恩，漏盡不成寐。

三月二日入龍眠

修竹緋桃十里陰，拖煙和雨入園林。籃輿未問龍眠事，花色山光兩不禁。

孔城晚歸口號

幾幅龍眠畫不同，天教菁色付山翁。黃花白水青松外，斷壟橫煙落照中。酒意昂藏成病鶴，詩情閒淡倚枯桐。海南賸有朝雲在，未肯荒亭電露空。

出遊

宦遊三十年，逋負常未已。自詡筋力健，飢溺以爲恥。甯知衰暮歸，不得臥田里。入門未滿歲，呼索復盈耳。諸公意深厚，相謀生活理。虛名擁臯比，而不課文士。依然太倉雀，竊粟從比比。歎息徒強顏，見人額有泚。金陵古名都，相望一江水。何意鉅公知，三召書盈紙。先言廿年思，後復憂天紀。意氣爲我傾，掃榻如倒屣。自慙老無用，不復識臧否。感念此殷勤，徘徊行且止。暫借揚州帆，一問鍾山址。龍眠有佳色，況復當菁暮。沿溪多園林，興至堪緩步。壺觴三五人，鬥句寫心素。室人憐齒豁，供饌常四顧。爛熟雞鳧豚，羅雜菘瓜瓠。雖非五羖德，重味實所怒。戒詈不肯聽，飽食詎忍吐。朝聞有遠行，檢點巾箱布。舊衣親補綴，鐙炧縫未住。回憶少壯時，情深宛如故。語君有歸期，秋菊零寒露。

己酉三月赴李石梧制軍之召至白下時李公已抱疾陳情有詩見贈屬和輒成五言三律應教余亦將之揚州矣

菁水兼天潑，愁心萬斛盈。一帆煙雨重，又到石頭城。鼓角軍門靜，沙洲戰艦橫。相逢諸父老，災後喜時平。

出處同憂國，安危必致身。自揮王氏塵，不污庾家塵。日暖花仍豔，鐙紅酒更純。始知荀令坐，猶有倚閭親。

不灑千秋淚，誰銜百歲哀。如公持節蚤，共倚濟時才。雅抱傾三夕，沈憂極九垓。白頭慙作客，離聚總徘徊。

僑寓白門僧舍顧湘舟自蘇州以其賜硯堂所藏金石圖譜來示且云家貯書十萬卷未入四庫目錄者二千可謂富矣詢知潘芸閣河帥刻乾坤正氣集將成欣然有作

白門僧舍雨陰陰，萬卷書樓不可尋。正氣欲同金石永，相逢惟有歲寒心。

顧湘舟五十歲江淮閒名流女史壽以詩畫者甚眾湘舟裝潢成冊來索余詩

我從六十髭全白，五十君方黑兩髭。萬卷圖書觀幾遍，千年桃藕覓多時。朱門歷歷殊今昔，綠螘沈沈滿甕卮。莫向僊人求異術，長留面目自稱奇。

程仲蘇太守家頤**以其尊人鶴樵侍郎藥洲拜石及石緣圖請題余不見仲蘇三十六年矣藥洲九石八在粵東學使署一在藩署侍郎以嘉慶庚午視學粵東道光辛巳以粵藩攝學使九石前後得全見之故作二圖俯仰今昔愴然有作**

昔我未壯子未冠，說文譚經常夜半。藥洲殘石在園林，每爲降王笑南漢。是時乍喜海氛靖，海雲昏黃竊愁歎。市舶昔惡紅毛驕，珠貨猶盈大府幔。覆雨翻雲變太多，百厄倒漏金無算。別去今幾四十年，相逢共破石城煙。石頭城下清江月，曾照薔酉醉舞筵。我頭子髭兩皆白，欲譚往事心煩煎。秦淮罷捲盧仝箔，香港新停大食船。上海夷界大書刻，九僊夷館青雲連。尚聞九片玲瓏石，不許紅毛鋪錦席。百拜無愧米顛書石上藥洲字或云米顛題，兩處長存使君宅。朱旌絳節憶僊緣，摩挲圖畫留清澤。題句何人三歎息，寥茫江山一遊客。

五月十三日避水四松庵贈謙谷長老即題其南澗放參圖

龍眠有狂人，喜譚大九州。東逾毗耶海，西飲雪山溝。遐追印度域，欲問金僊遊。頗恨邏些僧，法輪轉未休。聖代綏荒服，設教古不侔。侏儷二萬里，五體愉誠投。我心本清淨，難忘西湖舟。西湖勝刹多，理安爲其尤。法師幾年住，一見隔數秋。似聞法席勝，瓶缽安潛虬。退院遊金山，再過如浮鷗。安化老尚書，謂師能清修。吟詩有佳句，酬唱多名流。博山好新築，錫杖堪淹留。僧亦感公意，星紀忽一周。我從西蜀來，已近峨眉邱。未得金剛定，難免塵俗謀。偶應制使召，復至石城陬。相逢多夙契，訪舊亦尋幽。曠遠恣清矚，窮高陟危樓。不須出世法，已足消煩憂。煩憂胡復深，水患民未瘳。白波極浩蕩，何處尋田疇。況此水中屋，千家風颼颼。金錢賑已盡，府庫安從求。與師得高阜，幸免形如鳩。飽食而安居，徒懷饑滋羞。梯山更航海，語師其無搜。我已遠遊遍，芒鞋行欲收。茲山卽南磵，山鳥還啁啾。

謙谷本號讓舟，周保緒爲作梯山航海圖，包慎伯、魏默深皆有詩。

管小異言癸卯五月在濟甯汪孟慈聞余被逮大慟嘔血而余未知孟慈嘗言『以朋友爲性命』不其信哉君沒今三年矣小異異之子也孟慈是其婦翁言當不妄嗟呼交道之薄久矣如孟慈亨甫其猶古人之風哉

交道古所重，金石良不渝。豈惟意氣合，道在德不孤。公義苟相取，好尚甯嫌殊。斯人有經術，常鄙輕薄儒。誓濟天下重，慷慨陳嘉謨。不惜君門遠，周道同馳驅。時會遘屯否，輡轘非一途。摧心更長慟，襟血已霑濡。詘信何足道，敗績嗟皇輿。長夜爾悠悠，愧我徒崎嶇。剖方夙所恥，模稜恨不觚。完此貞白璧，何問瑕與瑜。

八月二十日偕管小異訪湯雨生病癒畱飲

清秋天氣破煙霏，緩步尋人一徑微。到處林泉堪送老，半生嶺海竟全歸。蒼茫朝市餘胥井，慘澹風雲付艸衣。白髮樽前譚往事，由來百是已千非。

不見黃樹齋十四年矣宦轍不同而同見謫己酉十月君以入都過白下梅伯言亦歸自京師樹齋約登鍾山陰寒不果爲五言一章

日日望鍾山，未探靈巖址。已掛神武冠，甯復戀城市。蹉跎性成懶，有爲時復止。故人何方來，相見一悲喜。昔爲股肱臣，中忽罷金紫。浩蕩八九年，偏覽奇山水。盈囊有佳句，往往陰鮑儗。入門笑且投，謂我當何似。儕舊漸欲盡，浩氣尚存耳。念我長崎嶇，面目殊不似。語深不覺夜，有酒亦清旨。方今天子聖，燭照破淫詭。會當起李綱，一洗邦國恥。行矣君自愛，世事待整理。我精已銷亡，不足任驅使。貪擁一皐比，辜負經天晷。農賈兩不能，飽食常慮侈。浮雲翳有盡，幸免污青史。所恨老爲客，不得臥鄉里。梅福都中來，亦已懸車軌。少同慷慨言，白首不相鄙。兩君多雄文，實事必有紀。生能爲我歌，死當爲我誄。

移寓博山園與謙谷長老共數晨夕久之題其詩集

松竹深修嶺壑旋，石頭城下水如天。半年穩住餘霞閣，從此名山有靜緣。「我生山水無靜緣」，余庚午年句也。

水中明月夜來遲，雪裏梅花又幾枝。已是騎驢不須覓，打包行腳枉多時。

湖雲江樹苦耽吟，豈是詞人結習深。三宿桑陰忘不得，竹篠杖裏去來今。

雷約軒葆廉**秀才白馬磵訪僧圖**

石磴穿雲杖一枝，莫從蓮社覓題詩。憑君欲共三生話，又是空山落葉時。

陳若木參軍爲裕靖節幕賓靖節督師海上殉難以所用硯贈陳使去蕭枚生爲之刻銘若木拓本裝小册屬題

英靈千載惜辛勤，午夜誰同艸檄文，玉帶文丞相硯飄流風字熊襄愍硯在，令人長憶謝參軍。

贈梅伯言

故人京師來，廿載車塵洗。文成道以遠，何必太倉米。先廬徑未荒，頹垣籬可抵。枯荷滿園池，遠嵐接階齊。日夕對鍾山，不見山扉啟。時有龐公來，不作賓主禮。

博山園微雪

昨夜微風雪，都忘石壁寒。飢鴉曉無數，隱背滿林端。遠水兼天積，愁雲匝野漫。山僧相過問，頭白歲方殘。

酬湯雨生

江東名將出儒生，腹内貔貅百萬兵。自倚琴書身退隱，時聞詩畫筆縱横。休言半笏容多病，且幸餘年及太平。災歲幾番蘇老弱，都忘僑寓甑塵盈。

會稽潘少白自如皋來訪年七十五矣以哭姚鏡塘學峽失明愴然有贈

何事於陵子，棲棲道路中。箸書横一代，哭友失雙瞳。朝貴驚奇節，名賢想素風。白頭兩遊客，相對此心同。

東溟奏稿卷一

籌勦三路匪徒奏

奏爲查辦南北兩路匪犯及中路匪徒謀逆戕兵傷弁，統兵勦捕，立獲股首，擬辦情形，恭摺具奏，仰祈聖鑒事。竊臺灣海山交錯，民番雜處，每次匪徒滋擾多在秋冬，南北響應，非搶刦爲生，卽謀逆滋事，聚散無常，此拏彼竄，必須先事預防，隨時速辦。臣姚瑩本年閏四月到任，查悉向來匪徒滋事，全係遊民附和，與臣達洪阿及在籍前任提督王得祿籌商，飭令各屬勸諭總理聯莊，收養遊民，每莊數人，編造莊丁名冊，俾令巡守田園，籍資約束。復於九月初七口親往北路巡查，督拏積匪，臣達洪阿亦嚴飭各營將備加意防緝。去後，接據南路鳳山營縣稟報，九月十二日有匪徒張貢等數十人起意謀逆搶擄殺人，臣等立卽督飭城守營參將德謙、臺灣縣知縣託克通阿、南路營參將余躍龍、鳳山縣知縣曹謹、前鳳山縣知縣魏瀛等，馳往查拏，破獲首從各犯。臣達洪阿復於十月間查閱南路營伍之期，親往督拏餘犯，共獲首從五十餘名，十一月初三日回郡。先是北路頗有風謠，臣姚瑩親駐彰化，聯莊藉資鎮定，併會同臣達洪阿督飭嘉義營參將珊琳、知縣範學恒、委員陳塤及在籍提督王得祿遣派線勇，拏獲造謠搶劫之賴三等犯七名，又獲結衆滋事之吕寛等犯十一名，疊劫盜犯許清和等四十二名。北路協副將葉長春、升任都司關桂、前後任彰化縣知縣賈懋功、黄開基，因公在臺之建寧縣知縣范獻之等，拏獲聚衆結會之蔡水籐等犯二十五名，疊劫盜犯郭再沅等三十二名。又臺灣鳳山營縣拏獲疊劫盜犯蘇喜及陳加禮、林吧能等五十四名。南北兩路已見安靖，臣等以前後所獲人犯二百二十餘名，皆案情重大，未便草率，正在飭委臺灣府知府熊一本督同各縣添委人員，悉心研鞫，分別勘辦，尚未具奏。詎中路臺嘉交界之大武壠巡檢丁啟忠、汛弁陳建章等於十一月十六日稟報，有逆匪胡布聚衆豎旗，謀攻灣裹街汛。臣等查該處北距嘉義縣城僅數十里，卽飛飭該城文武及各汛地加意防範，並經在籍提臣王得祿召集莊丁協同守御，一面督派城守營參將德謙，署臺灣縣知縣裕祿，督帶兵勇馳往查拏，並飭該處汛弁率兵及該巡檢等嚴加堵御，該匪聞風逃散，當經拏獲匪徒楊丕、陳銓、胡蔭三名，訊認同謀從逆不諱。此案雖經破獲，但首犯未得，匪徒仍四布謠言。臣姚瑩在彰化得信，方擬回郡，以便臣達洪阿北閱營伍督拏胡布首夥，詎該匪謀逆未成，竄匿内山，投謀賊匪洪保等分立股夥，勾通嘉義縣轄之店仔街口民蕭紅、李明二匪爲内應，突於十一月二十四日黎明糾匪數十人豎旗直搶店仔口汛房，蕭紅李明開門納賊，該汛外委黃忠順倉猝迎捕，致被將兵丁陳成龍、鄭和福、鄭國用三名戕斃，該弁及林大成、黄朝恩二兵亦受重傷。迨附近各汛官兵趕至，羣匪復行逃散。二十五日，臣達洪阿接據嘉義營縣及各汛馳報，不勝髮指。伏思自查辦逆匪沈知一案，距今將滿二年，無刻不以訓兵靖匪爲念，本年夏秋以來同臣姚瑩籌商先事預防之策，先後拏辦南北兩路各起逆匪盜犯二百餘名，地方稍安。今中路匪徒胡布膽敢勾通内應，戕兵傷弁，不可不大加懲創。臣達洪阿隨札調水師副將張朝發，會同臺灣府知府熊一本及在城文武防守郡城，以固根本，飭派左營遊擊洪志高、護理右營遊擊呂大陞，率領自練精兵六百名，挑選中左右營兵四百名，另調水師中營遊擊江奕喜領兵五百名，札委熟悉情形之卸任臺灣縣知縣託克通阿、建寧縣知縣范獻之，隨營審辦案件。臣姚瑩在於道庫籌撥經費，交臺灣府知府熊一本具領，委候補府經歷縣丞龐裕昆、候補從九品吴烺，隨營支應。臣達洪阿統帶於二十六日馳赴店仔口駐札，卽遣將備員弁及臺灣嘉義營縣兵役義首人等，密購眼線，偵探胡布、洪保等匪確蹤。臣姚瑩亦於二十八日自彰化馳回到店仔口，晤商一切。卽據報逆首胡布逃匿内山後大埔地方，洪保等亦在該山左右，連日督派將備統兵帶同臺灣、嘉義二縣役勇，分往圍拏，生捡逆首胡布及洪保、陳參、蕭紅、葉泮等十二名。訊認糾夥分股，立有僞軍帥，先鋒名號，豎旗謀逆，攻汛殺兵，因各處聯莊邀人不起，是以走散等情不諱。詰以餘匪竄匿蹤跡，該犯等僉供已逃入附近通番之内山一帶。山環百餘里，草木參差，怪石旁礴，道路險曲，絕少民居，步兵前進非拄杖攀藤不能上下，臣等查該處山内既經藏匪，必有巢穴，誠恐尚有積年巨憝在内潛匿，不可不嚴行搜除。臣達洪阿惟有竭盡駑駘，親往搗其巢穴，期絶根株，仰副皇上靖海安邊之至意，一面出示，剴切曉諭，以定民心。惟胡布等犯罪大惡極，法無可貸，未便稽誅，臣等即將逆首胡布及同謀戕兵之股首洪保、陳參、葉泮，内應搶汛戕兵之蕭紅等五犯，恭請王命，綁赴軍前淩遲處死，甘心從逆幫同搶汛之洪戇、黄戇成、胡得、胡容、林樸、張守，内應之姦民李明等七犯斬決梟示，以彰國法而快人心。現在地方業已安靖。復有各營縣獲犯多名，尚須嚴提確訊，臣姚瑩仍回郡城籌備一切，督飭府縣嚴拏有名逃匪，並將先後所獲各案人犯逐起録供定讞，俟臣達洪阿入山搜捕餘匪，務期悉獲，分別核辦，另繕清單再行具奏外，所有臣等查辦全臺南北中三路匪類大概情形恭摺具奏，伏乞皇上聖鑒，謹奏。道光十八年十一月初六日奏。

再：前督臣程祖洛等奏明撥貯臺灣道庫銀兩十萬，奉上諭：程祖洛等奏酌籌撥解臺灣道庫貯備銀兩一摺，福建臺灣一府孤懸海外，必須庫貯充裕，方可緩急足恃。據該督等查明請由收捐監生銀兩歸補本省封貯項下酌撥十萬兩發交道庫，以爲備公要需，著照所請，準其如數酌撥。此項銀兩著責成臺灣道專款加謹封貯，不得與府庫糾纏，致滋弊混。如遇重大緊要事件，著該道一面酌撥，一面自行具奏，並報明督撫藩司存案，事竣分別歸補。此外，尋常事件及墊放俸餉官兵等項，照舊由臺灣府自行籌撥，不準擅動。遇有新舊交代，責令後任盤查結報造册詳報諮部，倘有挪移短缺，據實參追。如遇將軍督撫提督渡臺巡閲，照督撫年終盤查司道庫款例核實盤查，於奏報巡閲事竣摺内聲明有無虧短，分別究辦，餘照所議辦理。該部知道，欽此。查此項備貯銀十萬兩，先於道光十六年沈逆案内由前臺灣道臣周凱奏明動撥銀三萬兩外，實存道庫銀七萬兩，臣姚瑩於本年閏四月十六日接署臺灣道事，當經兼護臺灣道臺灣府知府臣熊一本如數盤交，並無挪移虧短，照例結報。此次逆匪胡布滋事，戕兵傷弁，事屬緊要，鎮臣帶兵勦捕，臣未敢拘泥，遵旨即於備貯項内酌撥銀二萬兩，另行存貯，發給臺灣府撙節支用，報明督撫臣會摺入奏，統俟事竣核實銷攤確數，再行稟請督撫臣核辦歸補。合將動撥緣由附片具奏，仰祈聖鑒。謹奏。

審辦南北兩路謀逆結會匪徒奏

奏爲審明臺灣南北兩路謀逆造謠結會各匪徒，分別擬辦，恭摺具奏，仰祈聖鑒事。竊照道光十八年九月初閒，北路風謠四起，嘉義縣水堀頭地方忽豎紅旂一面，上書張添遜謀反字樣，並訪聞嘉、彰兩縣各有匪徒呂寬、蔡水籐等聚眾滋事，結拜兄弟，鳳山縣亦有匪徒張貢等起意豎旂謀逆，經臣等先後分往南北兩路巡查督飭各縣營嚴行拏辦。當據臺灣、鳳山兩縣營陸續報獲張貢等犯五十餘名，嘉義縣、營拏獲造謠插旂之賴三等七名，又結眾滋事之呂寬等十一名，彰化縣、營拏獲聚眾結拜之蔡水籐等二十五名，分別飭委臺灣府知府熊一本、臺防同知仝卜年、臺灣縣知縣託克通阿、署知縣裕祿、前任鳳山縣知縣魏瀛、建寧縣知縣范獻之、臺灣府經歷魏彥儀等逐一研訊，將大概情形彙入中路匪徒胡布等謀逆案内稟報督撫，臣具奏在案。茲據該府及各委員先後審擬詳解前來，臣等逐起提勘，緣張貢寄居鳳山縣岡山地方，不知祖籍，平日遊蕩，交結匪類，與現犯張生及監斃之張心婦仔素相交好。道光十八年三月閒，張貢同監斃之楊鉗行竊事主莊景牛隻，賣錢花用，莊景報縣差緝。經莊景之族人莊華訪知蹤跡，欲拏送官。張貢恐到官治罪，且年歲豐收，民多蓋藏，起意糾人謀反，搶劫滋事併殺害莊華洩忿。當與張生商允分爲兩股，張貢、張生均爲股首，各領一股，稱爲大哥，派張心婦仔爲僞先鋒，楊鉗及現犯林傳、林長、劉奉琳、江添才、梁滾、陳贊、李羣、王挫、陸番十人爲旂首，現犯魏象、陳顋、林願、許十、吳九、許長、詹尚、鍾弗、陳騰、洪江、張深溪、吳瓦、張雞仔、翁現、王性、林珠、杜遠、同監斃之林阿桶、林榮、江披、顔糖、高馨雲、黄賜二十三人充爲旂腳，俱聽張貢、張生號令，又脅逼現犯王鵠、蔡平、林佃、邵成、張未、謝江、林螢、陳進、鄭待、張從、吳宇、李興、沈心婦仔、陳挫、王教、曹另、尤籐、陳瑞、陳奔、黄棉、杜爲、杜劍及監斃之洪遠、逸犯石擂、姚虎，同不識姓名三人，亦充旂腳，首夥共六十四人。九月初十夜在山寮岫地方會齊，張貢因兵器短少，於十一日將晚帶領匪衆欲往岡山汛房搶劫軍械，探知巡防嚴緊，不敢前進。途遇汛兵林廷輝攜有鳥鎗二桿、短銃一支，自城中修理回汛，張貢卽同張生等截搶，並將林廷輝擄去。林廷輝乘閒走脱歸汛。張貢、張生等卽至瓦廓莊派飯三擔，詐錢十千文，是夜又遣派張生等二十餘人行劫民人蘇長家番銀、衣物。十二日早，張貢帶領各匪夥至莊華家中，將莊華綑出莊外，令張心婦仔用刀殺死，林傳等三十餘人均在場助勢。張貢、張生又令各夥分向莊民林正春、陳裕、石緘等家詐搶番銀、衣物不記件數，因見人數不多，張貢令張生同林傳等分往北路糾人，又令江披買五色紬布做旂，並買黄紙，多寫封條，預備封搶倉穀，約定十七日在岡山豎旂，先攻汛房，再攻縣城。正在糾謀閒，鳳山縣知縣曹謹風聞，會同南路營參將余躍龍及岡山汛弁帶領兵丁二百名及該縣自練鄉勇一百名馳往拏辦。臣等聞報，同臺灣府知府熊一本，查該處係臺灣、鳳山兩縣交界，飛飭臺灣縣知縣託克通阿，會同城守營參將德謙率領兵勇前往會拏，委前任鳳山縣知縣魏瀛，在近郡一帶巡防緝捕。臣姚瑩又查臺灣縣羅漢門噍吧哖地方向爲南北賊匪往來閒道，恐有勾連竄逸，適有休致前任福清縣知縣盧繼祖寓居粵莊，札令帶領莊民、縣役前往駐札堵截，臺防同知仝卜年督率屯弁屯丁在相仔仙一帶防堵，隨據曹謹、余躍龍等兵勇於十三日到地查拏，該匪立時逃散，先後拏獲江披、張心婦仔、楊鉗、沈心婦仔、尤籐、洪江、王性、張從、吳九等犯。託克通阿同德謙拏獲江添才、王掽、梁滾、林佃、林榮、陳戇、黄棉等犯。又督同義首吳廷篪拏獲劉奉琳、林長、詹尚、張未等犯，並起獲被搶鳥鎗、短銃。張生、林傳等欲往北路勾邀匪類，經臺防同知仝卜年會同委員盧繼祖及屯弁堵截拏往，並獲張深溪、謝江、蔡平、陳進、林阿桶等犯。委員魏瀛亦拏獲李羣、陳贊、高罄雲等犯。逆首張貢因臺灣鳳山兩縣營追拏緊急，欲往北路逃至噍吧哖地方，經大武壠汛千總林長、吉岡山汛兵曹文標及託克通阿遣派之丁役拏獲，又據杜爲、杜劍、洪遠三犯赴鳳山縣投首。臣達洪阿正值南路巡閲之期，復親往督率鳳山縣營拏獲陳騰、吳瓦、林珠、鍾弗、林願、許長、曹另等犯二十餘名。總計督飭各縣營汛委員屯弁共獲匪犯五十九名，先後解郡。臣姚瑩飭委臺灣府知府熊一本督同各員研訊，得悉前情，並究出林長、魏象、林願、許十、吳九、許長、鍾弗、洪江、張雞仔、王性、林珠，均係道光十二年張丙案内旂腳，劉奉琳、李羣、陸番、吳瓦，係十六年沈知案内旂腳。此南路匪徒張貢等豎旂謀逆即時撲滅之實情也。又現犯賴三寄居嘉義縣，素不安分，道光十八年八月杪，該犯因各莊收割後俱有積蓄，起意糾同現犯林冋、鍾生、沈賜、鄭輝、黄順、陳賽一共七人，布散謠言，以彰化縣西螺地方桐樹上長出刀形，乃有人謀反起事之兆，冀圖居民疑懼搬徙，即乘機搶奪。又挾良民張添遜之嫌，於九月初一日在水堀頭地方豎一紅旂，上書張添遜即日謀反字樣以圖陷害，經臣姚瑩巡查北路防聞，會同臣達洪阿督飭嘉義縣知縣範學恒同營弁，將該犯賴三等七犯全行拏獲，查明張添遜委係良民，取有族鄰切結。賴三等亦止圖搶奪，並非謀爲不軌。此北路賴三等插旂造謠即經拏辦之實情也。又現犯呂寬、呂九、陳盛、蔡辦、葉太、江興、洪漢七名均係道光十二年張丙案内旂腳，現犯許本、蕭大笨二名，係十六年沈知案内旂腳。該犯等彼此相好，平日各有搶劫之案，因嘉義營縣查拏嚴緊，呂寬起意結會抗官滋事，當添糾現犯詹羅、呂養、鄭蔭、逸犯李烏番，一共十三人，以呂寬爲首，於道光十八年九月間在呂寬家會聚，各飲血酒，誓同生死，倘被官拏，即公同抗拒。適因外閒風謠四起，呂寬等正欲糾夥滋事即被臣等訪聞，督飭該縣營同委員佳里興巡檢陳塤，署巡檢吳湛恩，及在籍提督王得禄，派人拏獲。此北路目〔一〕寬等犯正欲結衆滋事即被訪獲之實情也。又現犯蔡水籐與逸犯張心交好，住居彰化縣之葫蘆墩地方，糾夥四出搶劫，被官嚴拏，蔡水籐起意結拜兄弟，計圖抗拒，先與張心商定糾允現犯劉火昆、賴老番、鄭救生、賴火、柳遠、王稅、葉鞍、林和尚、林意、劉紅、陳彰、林金、張後、吳添幅、紀職、陳烏腳川、印〔二〕大頭螺、蔡送，並聞拏投首之戴何蓮、戴萬山、張阿來，自戕之廖添幅，在逃之張貨底、張溪水、張阿撻、蔡大粒意、蔡井，一共二十九人，於道光十八年八月十五夜，在張心家會飲血酒，結拜兄弟，若被查拏，誓同拒捕。以蔡水籐居首，張心次之。經臣姚瑩駐札彰化，會同臣達洪阿暨北路副將葉長春，督飭彰化縣知縣賈懋功，陞任都司關桂、委員建寧縣知縣范獻之等，先後破獲。此北路蔡水籐等聚衆結拜當被訪獲之實情也。以上各犯，經臣等逐一研訊，據各供認前情不諱。臣等伏查張貢既欲豎旂謀逆，夥黨斷不止此數十人，且賴三等造謠插旂，呂寬、蔡水籐等結拜聚衆，又與張貢同在一時，張貢亦有遣張生等往北糾人，並被拏欲往北路之語，難保無南北勾連同謀不軌情事，復向各犯隔別嚴究。據張貢堅供，本年臺灣無業遊民多被各莊收養，無人可糾，故此夥黨無多，至賴三、呂寬、蔡水籐等素不相識，伊先遣張生等往北糾人，至梢仔仙羅漢門均被官人截獲，伊被拏緊急，欲往北路，甫走至嘸吧哖即被拴獲，並無預先勾結情事等語。質之張生等，供亦相同。賴三、蔡水籐等亦堅供造謠止圖惑衆搶奪，結拜兄弟僅冀抗官逃罪，並無勾連南路同謀不軌。呂寬等甫經結會，欲行糾夥滋事，即被訪獲，再三究詰，加以刑嚇，矢口不移，案無遁飾。此案張貢起意謀反，糾夥豎旂，截搶軍械，擄去兵丁，行劫殺人，欲圖攻城，自爲股首，號稱大哥；張生贊謀共事，分股爲首，亦號大哥；張心婦仔受先鋒僞號，殺人行劫，同惡共濟，厥罪惟均。張貢、張生、張心婦仔三犯，應均照謀反不分首從，皆淩遲處死律，淩遲處死。楊鉗、林傳、林長、劉奉琳、江添才、梁滾、陳贊、李羣、王掽、陸番、魏象即湖哥、陳戇即曾戇、林願即許仲、許十、吳九、許長、詹尚、鍾弗、陳騰即陳蹺灣、洪江、張深溪、吳瓦、張雞仔、翁現、王性、林株、杜遠、林阿桶、林榮、江披、顔糖、高罄雲、黄賜三十三犯，或本係逆案餘匪，此次又爲張貢等旂首、旂腳，詐搶擄劫，殺人在場助勢，應均比照謀叛斬律，斬立決。張心婦仔、楊鉗、林阿桶、林榮、江披、顔糖、高罄雲、黄賜八名，於取供後監斃。所有張貢等犯罪大惡極，未便稽誅，臣等於審明後恭請王命，將張貢、張生二犯及林傳等二十六犯綁赴市曹，分別淩遲處斬，仍將張心婦仔等戮屍一併梟示，以昭儆戒。賴三起意造謠惑衆，插旂陷良，應照妄布邪言，煽惑人心，爲首者斬決例，斬立決。林同、鍾生、沈賜、鄭輝、黄順、陳賽六犯，聽從造謠插旂，照爲從例斬監候。呂寬、呂九、陳盛、蔡辦、葉太、江興、洪漢、許本、蕭大笨九犯，本係逆案餘匪，復敢聚衆結會，飲血酒爲誓，欲圖糾夥滋事，實屬怙惡不悛，自應仍照謀叛本律科斷。所有呂寬等九犯應均比照謀叛斬律，擬斬立決。蔡水籐起意結拜兄弟，聚眾二十九人，會飲血酒，誓同拒捕，即屬歃血訂盟，蔡水籐應照歃血訂盟結拜兄弟聚眾至二十人以上，首犯絞決例，擬絞立決。該犯同賴三、呂寬等各有糾劫事主賴紅等案，罪應斬梟，均應歸各彼案從重擬結。王鵠即陳鵠、蔡平、林佃、邵成、張未、謝江、林榮即李榮、陳進、鄭待、張從、吳宇、李興即李龜淋、沈心婦仔、陳拙、王教、曹另、尤籐即陳龜籐、陳瑞、陳奔、黄棉二十犯均被張貢逼做旂腳，逃走被獲，並無夥劫殺人及焚汛抗官情事，均請比照謀叛被脅八夥聞拏投首擬軍例，上酌加一等，發雲貴兩廣極邊煙瘴充軍。杜爲、杜劍、洪遠三犯均係被脅入夥，乘閒逃回，聞拏投首，並無焚汛抗官情事，均應照謀叛案内被脅入夥聞拏投首擬軍例，改發極邊足四千里充軍。劉火昆、賴老番、鄭救生、賴火、柳遠、王稅、葉鞍、林和尚、林瞬、劉紅、陳彰、林金、張後、吳添幅、紀瞰、陳烏腳川、邱大頭螺、蔡送、廖添幅十九犯，聽從蔡水籐結拜兄弟，應均照爲從例，發雲貴兩廣極邊煙瘴充軍，仍照新例以極邊足四千里。戴何、詹羅、呂養、鄭蔭三犯，訊止聽從呂寬結會誓飲血酒，不知糾眾滋事，應均照歃血訂盟結拜爲從減一等例，於首犯絞罪上減一等，各杖一百，流三千里。戴何蓮、戴萬山、張阿來三犯聽從水籐結拜，聞拏投首，均照聞拏投首，於本罪上減一等例，於軍罪上減一等，杖一百，徒三年。以上軍流徒犯除洪遠監斃，廖添幅自戕，劉火昆、賴老番、鄭救生、賴火、柳遠、王稅、葉鞍、林和尚、林瞬、劉紅、詹羅、戴何蓮、戴萬山、張阿來，均有行劫事主戴遠等案，罪名較重，應歸各彼案從重擬結外，其餘王鵠等分别照例刺字發配折責安置，陳彰、林金尚有夥竊事主王意等家，罪名較輕，應歸此案從重究結，逸犯石擂等飭緝另結。至張貢等潛謀豎旂，該文武訪拏撲滅甚爲迅速，得免滋蔓，所有出力獲犯各員弁，飭查另行核辦；張心婦仔等監斃，刑禁人等訊無淩虐情事，管獄官例無處分，均毋庸議。除備錄供招諮部，並將胡布謀逆及各案盜犯分别另辦外，所有審明張貢等謀逆及賴三等造謠結拜擬辦緣由，理合恭摺具奏。另繕犯名罪由清單敬呈御覽。伏乞皇上聖鑒，勅部核覆施行。謹

奏。道光十八年十二月二十八日具奏

道光十九年五月初八日奉硃批刑部速議具奏，單併發，欽此。

【校】

〔一〕疑「目」爲「呂」。

〔二〕據下文，「印」當爲「邱」。

入山搜捕餘匪奏

奏爲督率將弁入山搜捕餘匪多名，掃清巢穴，撤退大兵，仍駐拏逸犯彈壓地方，仰祈聖鑒事。竊臺灣中路匪徒胡布聚眾滋事，搶汛戕兵，臣等經將帶兵勦捕，匪黨逃散，立獲首從逆犯，在地正法，地方業已安靖，復擬入內山搜捕大概情形，稟報督撫具奏在案。連日督同臺灣府知府熊一本，嚴飭臺灣、嘉義等縣營及委員四路跟拏在逃匪犯，一面提訊犯供併購覓熟悉內山情形之土人，查明路匪，緣店仔口地方在嘉義縣境東南，東去二十餘里即係內山，南自關仔嶺，北逾桄仔藔、十八重溪，至內加拔番社，盤曲繞行，自二三十里至六七十里不等，中皆山溪重疊，深林密箐，絕少居民，棟仔頂、大石門及廍亭尖三處，尤爲險峻，山後即通生番地界，匪徒往往搭蓋草藔於中潛匿，而以棟仔頂、石洞爲巢穴，恃其險阻，人跡罕至，臣等前經接奉督臣鍾祥札行，以臺灣內山藏匿姦匪爲慮，今詢悉此等情形，臣達洪阿、臣姚瑩往返函商，若非親督重兵深入掃除，恐有不實不盡。臣達洪阿因其山形陡峭，怪石巉巖，特令兵匠製造木棍短兵上加直刃曲鉤，拄之可以登陟，鉤之可以攀援，亦且便於擊刺。查明入山須分三路，隨派臺灣左營遊擊洪志高帶同千總王國忠、外委林得成等兵丁二百名，屯丁一百名，義勇一百名，由店仔口南路進八寶藔、大石門、小石門、水雞堀一帶搜捕；北路右營遊擊保芝琳、同候補千總沈廷貴、外委樸霖等兵丁二百名，屯丁一百名，義勇一百名，由店仔口東路進木屐藔、關仔嶺、大菁園、水坑藔一帶搜捕。臣達洪阿親督署右營遊擊都司呂大陞，帶領署水師千總李朝祥、把總曹宗銓、顏捷春、外委羅守忠、義首陳廷祿等精兵四百名，由店仔口北路進三層崎，轉牛舌埔、雲水溪，至棟仔頂、桄仔藔、廍亭尖等處，搗其巢穴。又調署右營守備千總練金聲、把總李瑞麟、辭退外委葉占春等帶領精兵二百名、屯弁帶領屯丁一百名、義勇一百名，在山後大埔竹坑、甕仔坑一帶堵其竄入生番之路。酌留兵五百名隨同署安平水師遊擊江奕喜及隨營文員託克通阿、范獻之、吳烺等駐守店仔口大營。臣姚瑩及熊一本飭委糧臺委員龐裕昆，隨進內山，於中路地方分駐，多備人夫運送錢米乾糧雨具一切應用之物，由店仔口糧臺運至轉送接濟三路官兵。

臣達洪阿督同洪志高、保芝琳等於十二月十八日黎明三路齊發，棄馬步行，所過地方皆紆迴曲折，草樹深密，令眾兵砍伐焚燒，始能前進，該匪徒自恃險固，猝見官兵入山，驚慌無措。臣達洪阿於十九日黎明親督將弁兵丁直抵棟仔頂，遙見匪徒百餘人在山，揮兵前進，該匪等見勢窮蹙，膽敢持械抗拒，臣達洪阿令眾兵施放鎗礮，奮勇齊登，打死匪眾四十餘人，其餘墮崖死者約計三十餘人，生擒股首鄭七即遊七，及鄭番、張虎、陳氈、胡斷、林賽、方開花、胡朝、胡對、蔡錐、李港河等犯十一名。又在廍亭尖、大棟頂、八寶蓁各處草蓁內搜獲舊蜈蚣旂一桿、小令旂八桿、僞木印一個，上刻山東大王游字樣。臣達洪阿以該犯等所刻木印既有山東大王僞號，自係案內渠魁，而所獲匪犯數十名，僅有胡布原供股首鄭七一犯，又稱遊七，現獲僞木印是否即係鄭七僞印，必須切實追究。隨向該犯詰問遊姓名號下落。據鄭七供稱，該犯本係遊姓，過繼鄭姓爲嗣，十二年逆犯張丙等滋事，該犯曾充旂腳。本年又想滋事，刻就僞木印，以爲糾約夥黨憑信，因住居棟仔頂地方，在山之東，即妄稱山東大王，向未使用。此次胡布糾洪保來約攻店仔口汛，該犯執旂同匪夥二十餘人前去，後因大兵出勦，各處賊匪都來棟仔頂藏匿，約有百人，今被鎗礮轟斃及墜崖跌死七十餘人，又被擒到案十一人，餘皆逃散，不知去向等語。提問鄭番、張虎等犯，供亦相符。犯供雖然如此，臣達洪阿猶未敢遽信，誠恐另有渠魁，必須俟各處查拏眾犯再行質訊追究確情核辦。隨將草蓁燒燬，一面駐札廍亭尖，督令弁兵在於窮崖複洞四處搜擒。遊擊洪志高、保芝琳等先後進至各處，賊匪皆已逃空，起獲被搶營汛鳥鎗六支、籐牌四面、短刀半斬刀共十三把，亦將該處草蓁及遮路草樹盡行焚燒砍伐，露出山路，無復深險可藏。臣達洪阿、臣姚瑩連日督飭臺灣府知府熊一本、嘉義縣知縣範學恒、候補縣丞吳湛恩、喜義營參將珊琳、守備曾玉明暨督臣委員候補知州傅錫璋等，拏獲股首羅蛇並匪犯羅甕、詹戇、張媽四、蘇芋、江武、陳合成、蘇生、李草旺、許文、林漏、陳番婆、涂顯貢、胡啟明、洪斤、王五使、張老番、洪降、廖哮、陳智、蘇馬、陳唐山客等二十餘名，又臺灣縣知縣裕祿會同城守營參將德謙及署大武壟巡檢丁啟忠等，拏獲股首王雲、僞先鋒楊丕、匪夥陳銓、胡贊、胡蔭、郭長、施職、吳奇、方烏、黃港、楊艮生、曾水、洪高山等十二名，護中營遊擊陳連斌拏獲股首陳水盛一名，安平水師副將張朝發飭弁拏獲匪犯胡賜一名，在籍提督王得祿亦獲周送、黃和尚二名，又據匪夥吳心婦仔、吳老聽、賴大健三犯聞拏赴營投首，連前已正法之首逆胡布等犯十二名，共獲匪犯六十四名。炮轟及跌斃者約計七十餘名。搜取大旗一桿、小旗八桿、木刻僞印一箇，起獲營汛鳥鎗、牌刀等二十三件，焚燬賊巢三處。內山巢穴業已掃清。其餘未獲匪犯無多，臣達洪阿酌留弁兵、義首人等在於山內要隘處所防守搜拏，遍查山東大王實在名字。隨於二十八日出山回至店仔口大營，將中、左、右三營，安平水師營兵丁九百名，同屯丁三百名先行撤退，以節縻費。

伏查臣未入山之先，匪類皆以內山負險，黨羽眾多爲言，四處造謠煽惑，莫能測其虛實，及此次臣達洪阿親入內山搜剿，搗破賊巢，始皆知賊黨並無多人，民心大定。又本年嘉、彰二縣遊民經臣姚瑩遵照督臣鍾祥先事預防之策，督同府縣先期勸諭各莊收養八千餘名，造冊編入莊丁，匪徒糾邀，不相附和。南、北、中三路匪徒現皆剿捕完竣，全臺地方安謐。惟北路窵遠，誠恐時屆年終，或有宵小之徒勾邀餘匪搶劫民商，且有積案要犯，尚須督飭營縣認真緝拏，是以臣達洪阿仍督同保芝琳、呂大陞等及自練精兵六百名暫駐大營，以資彈壓，俟來年正月閒，察看情形再行回郡。除將先後拏獲各犯會同臣姚瑩及熊一本督飭文員逐一提訊確情按律勘辦再行具奏外，所有臣達洪阿入山搜捕逆匪，掃清巢穴，業已出山，酌撤弁兵及會同臣姚瑩督飭各路縣、營獲犯情形，理合恭摺具奏，仰祈皇上聖鑒。謹奏。道光十八年十二月二十八日奏。

道光十九年七月十八日奉到硃批：另有旨，欽此。

同日奉到上諭：達洪阿等奏搜捕逆匪酌撤弁兵一摺，前據鍾祥等奏，臺灣匪徒胡布聚衆滋事，搶汛戕兵，經達洪阿等帶兵捕獲首從各犯，審明正法，當有旨令該督即責成該鎮督兵搜捕内山餘匪，以淨根株。茲據該鎮等奏稱，督率弁兵分路進剿，續獲匪犯多名，内山巢穴業已掃清，辦理尚屬迅速，達洪阿、姚瑩均著加恩交部從優議敘，其隨同剿捕各員弁，著鍾祥擇其尤爲出力者酌量保奏，候朕施恩，毋稍冒濫。欽此。

剿捕中路匪徒完竣奏

奏爲臺灣中路匪徒滋事，剿捕完竣，審明擬辦，恭摺具奏，仰祈聖鑒事。竊照去冬臺、嘉交界地方，匪徒胡布等起意謀反，屢欲攻汛攻城未遂，被拏逃散，復投商内山賊匪分股起事，勾通店仔口街民爲内應，搶汛傷弁殺兵一案，經臣達洪阿統兵剿捕，隨飭各將弁暨右軍署守備練金聲、辭退外委葉占春及署臺灣縣知縣裕祿探獲該匪胡布等確踪，臣達洪阿督帶各弁兵前往圍捕，立捦胡布等首夥十三犯，即在軍前審明正法，臣姚瑩亦自彰化聯莊捕賊，馳回店仔口，商辦一切，當撥道庫備貯銀二萬兩發交臺灣府撙節支用情形，會稟督撫臣具奏。嗣臣等又將入山搜捕，搗破賊巢三處，殲斃賊匪七十餘人，生捦鄭七即遊七等十一名，起獲山東大王游木印旗械等件，暫駐大瑩〔一〕彈壓，俟新正察看情形再行撤兵回郡，並據鄭七承認山東大王係伊僞號緣由，恭摺具奏各在案。臣等深以山東大王游木印爲案中最要關鍵，雖據鄭七供認係伊欲圖滋事刻就木印，而細察鄭七情甚刁猾，所供殊不可靠，或其間另有巨魁，鄭七護夥頂認，亦未可定。是以臣達洪阿未敢遽信，若不澈底根究明確，恐致巨匪漏網，後來滋蔓難圖，臣等據情馳奏，一面仍督畱弁兵於深山窮谷實力追拏去後，旋據拏獲鄭七之妻鄭張氏到案，當飭臺灣府知府熊一本及委員託克通阿等研訊。據鄭張氏供出，山東大王實係伊夫鄭七胞兄游摐生僞號，復提鄭七對質，詞窮莫遁，始據供稱，伊兄游摐生於道光十二年張丙滋事，曾充股首吳允旗腳，被拏逃匿內山，此次胡布謀反未遂，找覓洪保投商伊兄，分股起事，伊兄應允，僞稱山東大王，刻就木印，書寫旗號，以爲糾眾憑信，同伊帶領匪夥至店仔口助胡布等搶汛傷官殺兵，伊兄待人素有恩信，匪黨皆不肯供出姓名，伊是以代兄頂認等語。

臣等查遊掽生本係逆案漏匪，日久稽誅，以致匪類恃爲依歸，今又膽敢僞稱王號，復圖滋事，不法已極，必得獲辦以除後患。惟內山處處生番，倘該匪因捕之過急，別行勾結滋事，轉難辦理。臣達洪阿隨於本年正月十五日拔營回郡，示以怠緩，使該匪乘隙歸巢，密飭營縣派撥弁兵役勇於各要隘嚴行把守，另派員弁各領兵勇多備口糧入山訪緝，並遣熟悉內山情形之葉占春聯絡應援。臣等仍督同臺灣府暨各營縣四路購拏逸犯，陸續據臺灣、嘉義兩營、縣拏獲蘇對等二十餘名，並據蕭石等五名自行投首。而巨匪遊掽生未獲，臣等不勝焦灼。復懸重賞，督飭各營、縣嚴拏。據葉占春訪獲遊掽生繼父遊起並妻游曾氏兩幼子一女到案供稱，該犯身高力大，素結匪類謀逆屬實，現逃入十八重溪後內山生番界內吊橋坑地方。臣達洪阿隨飭護右營遊擊呂大陞統帶各弁，率領精兵三百名在該山四路埋伏，呂大陞督派數弁直入搜拏。該逆見官兵已至，膽敢開放鳥鎗，打傷義勇一人。該匪夥持械拚命抗拒，呂大陞麾令弁兵一齊上山，格殺匪夥二人，遊掽生亦爲兵勇格傷右臂，被葉占春首先將遊掽生捡住，嘉義縣營兵役幫同協獲，並經弁兵生捡吳葉一名，帶傷跳崖二人，未知生死。我兵均未受傷。不意押解遊掽生等來郡行抵臺灣縣屬之馬頭瀨溪，用船過渡，遭大風雨，溪漲溜急，船被沖覆，兵丁落水者三十餘名，淹斃十五名，餘幸撈救得生。當將遊掽生等押解到郡，發交臺灣府知府熊一本審訊去後，茲據該府及委員將遊掽生等審明，同先獲之胡布各犯一併議擬詳解前來。臣等會同提勘，緣胡布住嘉義縣，不知祖籍，平日遊蕩，結交匪類。遊掽生原籍詔安，寄居嘉義縣，該犯本姓鄭，同弟鄭七隨母改嫁遊起，卽從其姓。後被遊起逐出另居，遊掽生卽在內山楝仔頂一帶耕種度日，擄佔民妻曾氏，並帶來一女，親生二子。道光十二年游掽生曾充正法之吳允旗腳，攻城拒敵被拏，逃入內山，潛與匪類往來。十八年十一月初閒，胡布同陳參、楊丕卽楊鄙，談及地方連年豐收，米賤，客販不至，業戶無處糶錢，盡停工作，窮民無可謀食，起意謀反。陳參、楊丕允，從胡布、陳參均稱僞元帥，以胡布爲總大哥，楊丕爲僞軍師，派已獲之葉泮、王雲、羅蛇、洪降爲股首。洪降又自稱僞將軍，陳銓爲僞先鋒，又派胡蔭、洪戇等三十四人爲旗腳，又逼脅胡啟明、吳心婦仔等四十餘人亦爲旗腳，均聽胡布、陳參兩人號令。又命葉泮等股首各自糾人，約定是月十四夜偷攻嘉義縣城，劫獄滋事，因各處遊民均已收養，葉泮等無人可糾，又探知城內巡防嚴緊，不敢動手。楊丕教令胡布於十六夜在番仔度溪底豎旗兩桿，吹螺放礮，號召匪徒謀攻臺灣縣灣裡街汛，經署大武壟巡檢丁啟忠、汛弁陳建章及該地莊民聞信準備，胡布又欲攻嘉義縣鹽水港汛，該處文武莊民巡防亦嚴，胡布等皆不敢前往，經臣等同臺灣府知府熊一本派臺灣縣城守營參將德謙署臺灣縣知縣裕祿，帶領兵勇往捕，胡布等聞拏逃散。當獲楊丕、陳銓、胡蔭三犯。匪首胡布謀反未遂，隨令洪保引入內山，投見遊掽生，商約分股起事，遊掽生應允，僞稱山東大王，刻就木印一顆，書寫旗號，派洪保、陳水盛、胡斷、胡賜爲股首，又派鄭七同吳葉、方開花、胡朝等犯及跳崖在逃之陳姜、黃達並在山殲斃格殺及墮崖之李得、張三、毛仔等共八十餘人，並逼脅鄭番、張虎等多人，均爲旂腳。遊掽生、胡布會議先攻店仔口汛、搶取兵器，使各處遊民聞風附和，再攻縣城，當使洪保先約店仔口街民蕭紅、李明爲內應，許蕭紅爲股首。隨於二十二日黎明，胡布、遊掽生各領衆匪抵店仔口紮住，田洋、蕭紅、李明偷開柵門，胡布、遊掽生帶領洪保、葉泮、王雲、羅蛇、洪降、陳水盛等五十餘人直攻營汛。外委黃忠順率領兵丁倉猝迎捕，致被戕害，汛兵陳成龍、鄭和福、鄭國用三人，該外委黃忠順及兵丁林大成、黃朝恩亦被拒傷並搶去外委鈐記一顆、鳥鎗牌刀等件。附近各莊聞知，鳴鑼救應，各犯走回。聞知，臣達洪阿調撥大兵親往勦捕，臣姚瑩亦自彰化馳往商辦，又各處聯莊，該匪糾人不應，遂各逃入內山潛匿。臣達洪阿督同將弁暨該縣先將胡布等十二名拏獲正法，復調派弁兵入山搗其巢穴，殲斃衆匪七十餘名，生擒鄭七等犯，搜獲山東大王游木印同旗械等件，究出山東大王係游掽生僞號，又遣派弁兵入山將遊掽生拏獲。此胡布、遊掽生先後謀逆即時撲滅之原委也。

臣等查胡布、遊掽生既敢妄稱元帥、大王僞號，糾眾謀逆，夥黨斷不止此數十百人。且胡布等先獲並未供及遊掽生之名，情節詭秘，更難保無不實不盡，當向各犯隔別嚴究。據遊掽生堅供，從前張丙滋事，一經豎旂則各處遊民紛紛而來，故敢爲逆，不料此次遊民均被收養，營汛把守日嚴，到處糾人，竟無應附，原議攻汛殺兵後回山布置一切，再行出頭，不料被大兵深入搜山，將房屋樹木燒伐盡淨，以致被拏。伊平日以恩義邀結人心，曾經同眾對天盟誓，是以眾人不肯供其姓名等語。質之鄭七等供，亦相同。並據鄭七供，伊實姓鄭，同兄游掽生隨母改嫁遊起，故又姓遊。前供由遊嗣鄭係屬錯悞，眾供僉同，案無遁飾，自應按律擬結。此案胡布起意謀反，僞稱元帥，總大哥，游掽生僞稱王號，楊丕僞稱軍師，陳參僞稱元帥，陳銓僞稱先鋒，洪降僞稱將軍，葉泮、王雲、羅蛇、洪保、陳水盛、胡斷、胡賜、蕭紅均爲股首，動手戕兵傷弁，同惡相濟，均屬罪大惡極。所有胡布、遊掽生等十四犯，應均照謀反不分首從皆淩遲處死律，淩遲處死。鄭七、吳葉、李明、胡蔭、洪戇、黃戇成、胡得、胡容、林叢、張守、羅甕、詹戇、張媽四、蘇芋、江武、陳合成、蘇生、李草旺、許文、林漏、陳番婆、塗顯頁、洪斤、王五使、廖哮、蘇馬、陳江、胡贊、郭長、施職、吳奇、方烏、黃港、周送、黃和尚、鄭烏九、方開花、胡朝、胡對、蔡錐、李湛河、李扁、蘇對、曾水、吳作四十五名或爲旗腳，或本係逆案漏匪，甘心從逆，拒敵官兵，應均比照謀叛斬律，斬立決。內除胡布、陳參、葉泮、洪保、蕭紅、李明、洪戇、黃戇成、胡得、胡容、林叢、張守十二名先已軍前正法外，臣等查遊掽生深居內山，暗結匪類，其智足以脅服，眾心咸受約束，其威又能箝制，眾口匿其姓名，奸險兇惡，實爲巨魁之尤，今得捡除，地方得以安靖，海疆重地，未便稽誅，臣等於審明後即恭請王命，將遊掽生同楊丕等八犯及鄭七等三十八犯，各就軍前郡城綁赴市曹，分別淩遲，斬決，於犯事地方梟首示眾，以彰國法而快人心。胡啟明、陳智、楊良生、洪高山、湯添送、張老番、溫成、魏媽力、楊和山、張養、陳秦、陳澤、洪文、黃荖、方全、黃三、陳通、方斗、陳閃、黃日、歐品、蘇洸套、陳佃、李二、蔡員、王彩、鄭番、陳逾、張虎、陳普三十名均係被逼勉從，當時逃回被獲，訊無隨同搶汛情事，應均比照謀叛案内被脅入夥並無隨同焚汛情事聞拏投首擬軍例，酌加一等，發雲貴兩廣極邊煙瘴充軍。吳心婦仔、吳老聽、賴大健三名被脅勉從，聞拏投首，訊無隨同搶汛情事，應均照謀叛案内被脅入夥聞拏投首例，改發極邊足四千里充軍。蘇洸套尚有夥刦事主吳秦家在外把風一案，應仍照本例發遣新疆，給官兵爲奴。莊添來、陳茂桂、蕭石、詹厘、詹阿得五名被脅勉從，當時逃回，聞拏投首，充作線民，幫獲要犯，例無治罪明文，應比照謀叛案内被脅入夥聞拏投首擬軍例，量減一等，杖一百，徒三年。游起係遊揺生繼父，自幼撫養，從姓後雖因遊揺生遊蕩逐出另往，而遊揺生兩次滋事，不行首告，若僅照知而不首律滿流，未免輕縱，遊起應比照謀叛案内律，應緣坐流犯改發極邊足四千里充軍。除陳秦、方斗、陳閃、鄭番、林賽於取供後各在縣監斃外，其餘遣軍徒各犯分別照例刺字發配，折責安置。洪降、羅蛇、黃和尚、蘇對、廖哱、李港河、方烏，尚有搶劫事主林蘇等家，罪名較輕，應歸此案從重完結。遊揺生之妻曾氏及一女訊係陳和尚妻女，同鄭七之妻張氏均被擄入内山強佔，照例飭縣查明給本夫親屬領回。遊揺生長子游英年六歲，次子游雞年三歲，飭縣照例監禁辦理。被搶外委鈐記、鳥鎗等件尚未報獲，飭查補給。陳秦等監斃，均係帶病進監，管獄官例無處分，刑禁人等亦無淩虐情事，應毋庸議。統計此案淩遲十四犯、斬梟四十五犯、擬軍三十四犯、擬徒五犯，殲斃七十餘人，逸犯陳姜、黃達二犯據遊揺生供即係伊被獲時放鎗情急跳崖之人，是否屬實，飭縣查緝另辦，拜將各犯謀逆伏誅情由曉示通臺，俾匪徒咸知儆戒。店仔口營汛外委黃忠順，倉猝御賊，同汛兵林大成、黃朝恩均受重傷，並戕斃之兵丁陳成龍、鄭和福、鄭國用三名，又解犯淹斃之兵丁翁得林、廖英鋒、王捷升、蕭仲富、方夢登、魏意得、田全、鍾元高、趙維城、鄭得英、鄭永春、嚴朝封、張和生、蔡飛鳳、黃龍生十五名可否照例賞卹，出自天恩。

伏查自去年九月初間，風謠四起，南路張貢等聚眾謀逆，北路賴三等造謠結會，中路胡布等謀反未遂復投遊撻生等勾通姦民內應攻汛戕兵，當時勢雖洶湧，臣等先事多方設備，臨事鎮之以靜，應之以速，仰賴皇上德威遠被地方，文武員弁及義首人等効力用命，不煩內地兵力，得以迅速藏事，幸不至蔓延，閭閻免遭蹂躪，全臺安堵。惟臺灣本極浮動之區，巡防不容稍怠，臣等仍督飭各屬練兵整伍，撫綏民番，緝捕盜賊，保安良善，務期有案必破，有犯必獲，以靖巖疆。所有此次在事文武員弁及義首人等，容臣等擇其尤爲出力者核實查明，詳報督撫臣奏請恩施鼓勵。除備錄供招諮部外，合將剿捕中路匪徒全案辦竣審明定擬，同南北兩路均已安謐緣由，恭摺具奏，並繕犯名事由清單，敬呈御覽。伏乞皇上聖鑒，勅部核覆施行。謹奏。道光十九年三月二十五日奏。

道光十九年十月十七日奉到硃批：另有旨，欽此。同日奉到上諭，達洪阿等奏剿捕滋事匪徒完竣一摺，臺灣店仔口營汛外委黃忠順倉猝御賊，同汛兵林大成等均受重傷，並戕斃之兵丁陳成龍等三名，又解犯淹斃之兵丁翁得林等十五名，均著諮部照例賞卹。此次匪徒胡布等聚眾滋事，剿辦尚屬迅速，所有在事文武員弁及義首人等著擇其尤爲出力者，核實詳報督撫具奏，候朕施恩。餘著刑部議奏，該部知道，欽此。

【校】

〔一〕疑「瑩」應該爲「營」。

謝平胡布逆案議敘奏

奏爲恭謝天恩，仰祈聖鑒事。竊臣等於道光十九年八月十九日奉到批迴奏摺並欽奉五月初八日上諭：達洪阿等奏搜捕逆匪酌撤弁兵一摺，前據鍾祥等奏臺灣匪徒胡布聚眾滋事，搶汛戕兵，經達洪阿等帶兵捕獲首從各犯，審明正法，當有旨令該督即責成該鎮督兵搜捕內山餘匪，以淨根株。茲據該鎮等奏稱督率弁兵，分路進剿，續獲匪犯多名，內山巢穴業已掃清，辦理尚屬迅速，達洪阿、姚瑩均著加恩交部從優議敘。其隨同剿捕各員弁，著鍾祥擇其尤爲出力者酌量保奏，候朕施恩，毋稍冒濫。欽此。臣等當即恭設香案，望闕叩頭謝恩，並恭錄諭旨，報明督撫臣欽遵外，伏念臣等渥荷鴻慈畀以海疆重任，深愧涓埃未報，省職多愆，上年臺嘉交界地方匪徒滋事，仰賴天威遠被，迅速殲除，不致釀成巨案，臣等方以未能先事消弭，正切悚惶，乃蒙皇上逾格隆恩特加優敘，聞命之下，感愧交併！

臣達洪阿原練精兵六百名，每日早晚兩次親自督操，無時少懈，因恐戍滿換班，現復挑選數百名隨同訓練，以備更換。臣姚瑩督察府縣清理詞訟，查辦聯莊，飭令總董將去年收養遊民時加約束團練，隨同地方文武各官實力巡防，逐捕盜賊。惟臺灣浮動之區，臣等總當勉益加勉，隨事和衷，認眞整飭，以期海疆永靖，仰報高厚深仁於萬一。除將在事出力文武各員弁切實查明稟送督臣酌量保舉外，所有臣等感激下忱，理合恭摺具奏，叩謝天恩。伏乞皇上聖鑒。謹奏。道光十九年八月二十二日奏。

道光二十年三月十三日奉到硃批：知道了，欽批。

東溟奏稿卷二

會商臺灣夷務奏

奏爲遵旨會商嚴防臺灣夷務並現在地方安靜，仰祈
聖鑒事。竊臣等本年九月十六日兩接督臣行知，以夷船沿海騷擾，欽奉道光二十年七月初七日上諭，臺灣府準備事宜，在籍前任提督王得祿最爲熟悉，或有應行商酌之處，著卽飛檄該鎮道與王得祿同心協力以資保衛等因，欽此。又奉上諭，臺灣孤懸海外，防堵事宜尤應準備，著該督飛飭該鎮道等遵奉前旨，與前任提督王得祿同心協力，加意嚴防，毋稍疎懈等因，欽此。欽遵。惟時臣達洪阿正在郡城督防安平南路，臣姚瑩正在北路籌備海口，當卽恭錄諭旨，移會前提臣王得祿遵奉外，伏思臺灣孤懸海外，南北道里綿長，口岸紛歧，防禦誠非易易。澎湖爲臺廈中流鎖鑰，亦屬最要之區。自粵東嚴辦防夷以來，臣等慮夷船竄入臺洋，節經嚴督各廳縣營水師守口文武員弁修整礮臺，探量水勢，分途防守，並奉督撫臣檄飭，整備巡船礮位，實力巡防。該夷船於本年六月間節至臺灣及澎湖外洋游奕，臣等及臺澎二協立卽封港，不許小舟竹筏出口，以杜奸民接濟，一面督飭舟師合力轟擊，旋皆竄去，幸無貽誤，均經報明督撫在案。比因浙江定海失事，大兵雲集，一經擊敗，勢必竄回，閩洋爲其歸途，且廈門亦有夷船屢來攻打，臺澎四面汪洋，防範尤不可不嚴。前提臣王得祿曾在粵洋，深悉夷情，臣姚瑩函詢戰守機宜，據云：夷人船高礮烈，不宜輕與決戰海上，應以嚴守口岸，密防內奸爲先。與臣等意見相同。當以郡城爲根本重地，安平又爲郡城門戶，關係匪輕，北路遙長，各處海口更在在堪虞。臣等公同商酌，臣達洪阿督同護安平水師副將江奕喜、臺灣府知府熊一本辦理郡城安平上下各口，並南路鳳山一帶口岸，設派舟師水勇，添立礮墩。臣姚瑩於八月初六日起程赴北路，直至雞籠各海口，會同護北路副將關桂、嘉義參將珊琳、艋舺參將邱鎮功及各廳縣逐處履勘，添設礮墩巡船，雇募鄉勇、水勇，沿途傳見紳耆等諭令各莊團練壯勇。蓋臺地

人心浮動，遊民最多，無事之時尚圖造謠蠢動，茲值逆夷滋擾，宵小不免生心，是攘外必先靖內，所有廳縣官及陸路弁兵皆當照常彈壓地方，不可輕動。而水師兵少，不敷分撥，必須多雇鄉勇，既得防夷之用，亦可收養遊手，消其不靖之心。此臣等妥商辦理之原委也。

臣姚瑩北路事竣馳回郡城料理一切，臣達洪阿屆年冬巡閲之期先赴南路查辦後即赴北路巡查。如此互出督防南北兩路，可免顧此失彼之虞。茲復欽遵聖諭與王得祿同心協力，該提督本老成宿將，遇事相商更臻妥洽。統計現在勘辦臺灣郡城要口三處，曰安平大港，曰四草，曰國賽港；嘉義縣要口一處，曰樹苓湖；彰化縣要口一處，曰番仔挖，即鹿港外口；淡水廳要口二處，曰滬尾即八里坌口，曰大雞籠；噶瑪蘭界外一處，曰蘇澳，皆水勢寬深，其餘南北路次要小口九處，較爲淺狹。鹿耳門昔稱天險，自道光二年來已成淤廢，商船不能出入，故亦爲次要。以上各口共用防夷弁兵三千四百八十一名，屯丁二百名，鄉勇二千一百六十名，水勇五百二十名，或配戰船、商船堵防海口，或在礮臺、礮墩日夕登陴。此皆常川在地之師，其前提臣王得祿及諸廳縣自練鄉勇往來巡查策應者不在此數。又各莊總董、頭人、團練壯丁自一二百名至七八百名不等，通計二廳四縣團練壯勇一萬三千餘人，預備一旦有警，半以守莊，半出聽候調用。臣達洪阿仍統率自練精兵及陸路各營將卒蓄養精鋭，以待臨時策應。至所築礮墩，厚皆一丈，長自十丈至三五十丈不等，高皆一丈，仿照督臣蘇袋貯沙之法，先以竹簍盛沙作墩，上堆麻袋爲垛，墩外圍以粗大竹筒，筒長一丈，埋地三尺，其上五尺竹節打通貯水，編連排插，夷礮雖猛，穿沙洞竹較難，見水亦可減力。更多備牛皮、網紗、棉被，隨時以避鎗礮。臣達洪阿等於礮臺、礮墩要隘之處，挖寬一丈二尺、深一丈濠溝百數十丈，製備釘箭、釘板、鈎連、鎗棍六千四百餘件，鐵蒺藜十萬三千餘箇，竹籤十三萬二千餘枝，以防夷人登岸之用。至於火器，除大小礮位、抬礮、抬鎗、鳥鎗外，並多製火箭、火罐，教令兵丁操演嫻熟。其澎湖亦經委員籌帶經費前往，協同水師副將詹功顯及該廳、營認眞督兵練勇，嚴密防堵。臣等彼此熟商，復同前提臣王得祿相與講求，督率府、廳、縣、營辦理，務期妥密，仰副皇上垂念海外巖疆之至意。

再，此次事關全臺，地既廣闊，時又靡定，所有兵勇口糧及製備一切守禦器具需費甚鉅，道庫備貯銀自兩次動用外，僅存五萬五千餘兩，未敢遽請動用，現仍稟商督撫臣另行籌辦。至現在臺地民情安堵，年歲中收，堪以上慰聖懷。合將欽遵協同商辦緣由，恭摺馳奏，伏乞皇上聖鑒訓示。謹奏。道光二十年九月二十二日奏。

道光二十一年正月二十八日奉硃批，覽奏均悉，妥爲防範毋忽，欽此。

雞籠破獲夷舟奏

奏爲夷船攻擊雞籠礮臺，我兵擊沈夷船一隻、杉板二隻，生擒黑夷一百三十三人，斬馘白、紅、黑夷三十二人，奪獲夷礮圖冊，現提審辦，恭摺馳奏仰祈聖鑒事。竊照臺灣自上年六月英夷船至鹿耳門外馬鬃隙洋面停泊，經臣等督率官兵擊走之後，臺澎外洋時有夷船往來，經先後籌備兵勇防守，日益加嚴。本年八月初一、初五等日據淡水、鳳山各屬稟報，北路之雞籠中港、南路之小琉球等外洋，有夷船游奕，當飭守口文武各員相機防守，倘進口門，即開礮轟擊。旋據護臺灣水師副將江奕喜、南路參將余躍龍、署鳳山縣知縣白鶴慶稟報，南洋夷船一隻將進口門，見文武兵勇人多，防守嚴密，立即竄駛北去。又據淡水廳、營先後稟報，八月十三日申刻，有夷船在雞籠口外之雞籠杙洋面停泊等情，又經臣等飛飭廳、營會督文武委員義首人等嚴防去後，茲於八月二十五日，據艋舺營參將邱鎮功、淡水同知曹謹、委駐雞籠協防澎湖通判范學恒、委巡海口之即用知縣王廷幹稟報，該夷船於十五日辰刻移泊近口之萬人堆洋面。該員等用千里鏡照見一雙桅大號夷船拖帶杉板多隻，有夷人在桅頂張望。十六日卯刻該夷船駛進口門，對二沙灣礮臺連發兩礮，打壞兵房一間，我兵尚無損傷。該參將邱鎮功督率調防雞籠之署噶瑪蘭守備許長明、署艋舺守備歐陽寶等在二沙灣將安防大礮緊對夷船轟擊，曹謹、范學恒、王廷幹督同艋舺縣丞宓惟慷，在三沙灣礮墩亦放礮接應。邱鎮功並手放一礮。惟八千觔、六千觔大礮有準，立見夷船桅折索斷。船即隨水退出，口外海湧驟起，沖礁擊碎，夷人紛紛落水，死者不計其數。或鳧水上岸，或上杉板駛竄。邱鎮功督同署守備許長明、歐陽寶、署千總陳連春、外委尤登和，帶兵駕船趕往，生擒黑夷四十三人，又割取格殺黑夷首級四顆。該令王廷幹遣派家丁隨同縣丞宓惟慷亦駕快船帶領屯丁、鄉勇出洋，生擒黑夷三十一人。總理謝集成、董事吳助友及屯弁義首人等生擒黑夷二十五人，割取首級一顆。該同知曹謹之親屬郝芝帶領家丁生擒黑夷五人。督臣差委來臺之候補從九周晉昭亦經趕到，幫同出力。當該船擊碎時，見一白夷自行投水，是否頭目，打撈無獲。其時有署艋舺營滬尾守備臺協千總陳大坤，同委員德化縣典史陶榮，在滬尾防守。聞信駛駕巡船截擊，在野柳鼻頭洋面見夷人數十，駕杉板一隻，向南逃駛，該署守備等揮令兵勇開礮，將其杉板擊沈，夷人落海。該署守備帶同親丁陳功、陳經邦、義首林得方等，割取白夷一人首級，生擒黑夷十八人，委員陶榮生擒黑夷二人。金包里汛外委林光章、目兵何得和、兵丁李起鳳等，均協同出力。

又據該同知曹謹、通判范學恒、參將邱鎮功、署北路右營游擊安定邦先後稟報，十六日晚有白夷帶領黑夷二十餘人駕杉板一隻，在大武崙港外竄駛，該廳遣派役勇坐船追尋。十七日早，在觀音山追及，互相格鬥。該署遊擊督帶兵丁截擊，當經官兵役勇刺死白夷二人，落水生擒黑夷九人，殺斃黑夷十七人，奪獲夷礮四門。兵丁謝捷陞同鄉勇二人均各受傷，謝捷陞傷重旋即殞命。十九、二十三等日，署守備許長明、縣丞宓惟慷，在海濱撈獲白夷屍身二具，查驗一穿紅呢戰甲，胸前刺有八卦形，一係尋常夷服，胸前刺蓮花形，左右臂腕、左右腿或刺人形、或刺蓮花鳥形、獅形。又撈獲夷礮五門，重七、八、九百觔不等，大小礮子數十粒，鐵錠一門，大鐵鈎一箇。署千總陳連春撈獲大夷礮一門，重二千觔，大鐵子一粒，棕球二箇，被水火藥不計觔重。又該同知曹謹，通判范學恒遣派義首帶領壯勇及宓縣丞丁役人等十七日駕船搜捕至外洋草嶼，有白夷二人、紅夷五人攜帶圖冊在彼藏匿，經役勇等上前圍拏，該夷俱被格殺，割取首級帶回，搜獲夷圖一幅，中繪山海形勢，冊頁五十一篇，夷書二本，又夷字十紙，其夷書內亦繪有城池、人物、車馬形狀等語前來。臣等查此次文武義首人等前後共計斬馘白夷五人、紅夷五人、黑夷二十二人，生擒黑夷一百三十三人，同擄獲夷礮十門，搜獲夷書圖冊多件，辦理尚爲出力。方夷船初受礮傷之時，海湧忽起，遂將該夷船沖礁擊碎，具見海若效靈，助順天朝，尤深寅畏。惟該夷船是否卽係滋擾廈門之船，抑係另幫，必須解郡查訊，且可根究夷情。臺地並無通事，惟有醫生宋廷桂，係粵人，通夷語，可以傳供。至現獲夷人爲數較多，程途窵遠，現在委員馳往行提，分起解郡，容俟訊明，恭請王命正法，以彰國威而壯士氣，並將夷書圖冊恭呈御覽。

該逆夷經此次受創之後，難保不再集大幫來臺，冀圖報復，臣等仍嚴飭各口文武，添派兵勇密防，以免疎虞。除查明在事出力文武兵勇義首人等另行請獎，受傷、身斃之兵勇分別賞卹照例查辦外，所有擊沈夷船，擒斬白、紅、黑夷多人，奪獲礮位圖冊各件緣由，合先恭摺馳奏，伏乞皇上聖鑒訓示。再，澎湖外洋亦有夷船游奕，經在籍提督臣王得祿欽遵諭旨在彼駐劄，督同文武嚴密防守，現在尚無滋擾，合併陳明。謹奏。道光二十一年八月二十六日奏。

再，臺灣地勢綿長一千四百餘里，要口林立，臣等自上年先後親往南北大小各口履勘，築設礮墩，調兵募勇設防，復於滬尾添設石礮臺一座，雞籠礮墩改築石礮臺，左右添築石牆，併將督臣顏伯燾發運新鑄之八千觔大礮四門、六千觔大礮二門分置安平及雞籠、滬尾三口，以期鞏固。後聞粵東議撫，臣等因夷情反覆，仍不敢撤防。本年六月後，廈船不到粵中，夷務無聞，省、廈文報亦絕。正深盼望間，七月二十日，忽傳郊行來信，廈門失守，督臣退保同安。聞之不勝髮指！

伏思臺灣孤懸海外，全恃廈門爲援，今有此警，形勢愈覺孤危。民情浮動之區，恐匪類乘機搖動，臺灣戍兵名雖一萬四千，除事故缺額換班未補一千餘名外，澎湖兩營隔海，噶瑪蘭一營遠在山後，其餘分佈一廳四縣汛地一百四十餘區，在在皆須彈壓，未便調動，是以每當有事，兵力仍單。臣等督同知府熊一本熟商，將巡洋舟師槩行收回，嚴守口岸，陸路存城及諸要汛仍舊不動，惟於外汛中酌量抽添，一面飭調各處團練之義勇分別加防。又查郡城重地，口門不可過多，其鹿耳門廢口，同國賽港、三鯤身三處口門，用在廠不堪修葺哨船四隻，並買民船五隻，加以大木桶數百箇，裝載巨石，預備臨時填塞，仍多派兵勇防守，以免匪船遶越。臣達洪阿先因省鑄大礮膛口、礮子不甚合式，親督工匠改造礮子，併添鑄小銅礮多門，整備攻守各具。府城本係土築，先經知府熊一本勘修次第完竣，其西北沿海一面，紳士前造外城因沙土質鬆，城基近水，早已坍卸，臣姚瑩親督臺灣縣知縣閻炘帶領紳商於外城之內，自小北門起繞大西門至小西門周七百一十一丈，密樹木柵，分別地段安設義勇，以資捍衛。

臺地郊商生理多在廈門，一聞警信，無不驚惶，風謡一日數起，連日督府、廳縣多方撫諭，示以鎮靜，人心稍定。更發印諭數百道，委員交各路義首、莊耆申約聯莊，添練壯勇，家自爲守，人自爲兵。蓋臺人浮動易爲亂，而亦易爲義，駕馭貴合機宜，爵賞不可吝惜，得其心庶得其力。一面將逆夷凶淫貪狡惡狀遍加曉諭，使人皆切齒，共奮同仇，以潛銷其異志之萌。

惟地廣口多，兵勇既衆，經費益鉅，除常例兵餉不計外，守口兵丁鹽菜、鄉勇口糧、製備一切攻具、守具，七月以前已月費七、八千金。今廈門失守，全臺處處添防，戍兵多已班滿，當有事時未便更換，且守口之兵兼同鄉勇日夕登陴，不可不加體卹。又先後督臣頒發告示，捡斬逆夷，擊沈賊舟者，賞格自數千至鉅萬不等。種種經費，皆所必需，實有歷案軍需所未載者。臣等事事撙節，委素得民心、辦事結實之臺防同知仝卜年專司局務，痛洗向來惡習，亦不敢因惜費而悮大事。道庫備貯十萬兩一款，經道光十六年、十八年兩次逆案動用，現僅存銀五萬五千餘兩。上年防夷皆各屬墊支，未敢遽動備貯。本年三月始經省撥經費銀十萬兩來臺，現存無多。業經稟請督撫臣撥銀三十萬兩來臺接濟，尚未解到，伏乞皇上天恩飭下督撫臣行催司局，趕緊委員起解接濟臺澎，可否另撥四萬五千兩將道庫備貯補足，更爲有益。

再，臺地防守要口十七處，鄉勇衆多，需官管帶，又須兼顧澎湖，經向內地請員，隔海難到。即如督臣飭知廈門失守文件于八月二十五日始由蚶江遞至，阻海阻兵情事，非意料所及。查有因案革職之候補同知前臺灣縣知縣託克通阿、丁憂之候補同知前署澎湖通判徐柱邦、休致之通判銜前福清縣知縣盧繼祖暫留在臺管帶鄉勇。極知於例未符，實以海外軍務緊要，差委乏人，與內地情形迥別，不敢拘泥常例，貽誤事機。合併陳明。謹奏。

道光二十一年十二月十五日承准，兵部五百里由蚶江及鹿港廳遞到軍機處加封欽奉硃批：覽奏，嘉悅之至。即有恩旨。欽此。又，摺內邱鎮功、許長明、歐陽寶、陳連春、尤登和、王廷幹、宓惟慷、謝集成、吳助友、郝芝、周晉昭、陳大坤各員名旁奉硃圈。又，摺內共計斬馘白夷五人、紅夷五人等句旁奉硃批：可稱一快，甚屬可嘉。欽此。又附片具奏聞廈門警報後添撥各海口兵勇佈置一切並請發經費銀三十萬兩濟用一片同日奉到硃批：另有旨。欽此。又，於片內改造礮子並添鑄小銅礮句旁奉硃批：甚好。欽此。同日奉到道光二十一年十月十一日內閣奉上諭：達洪阿等奏擊沈夷船，捦斬逆夷，奪獲礮位一摺，本年八月以來，夷船疊向臺灣外洋遊奕停泊，經該總兵等飭屬嚴防堵禦。是月十六日卯刻，該夷船駛進口門，對二沙灣礮臺發礮攻打，經參將邱鎮功等將安防大礮對船轟擊，淡水同知曹謹等亦在三沙灣放礮接應，邱鎮功手放一礮，立見夷船桅折索斷，退出口外，沖礁擊碎。夷人紛紛落水，死者無數。其上岸及乘船駛竄者，復經該參將督同署守備許長明等帶兵駕船趕往，生捦格殺黑夷多名。復經即用知縣王廷幹等駕船出洋幫同出力，生捦黑夷多名，並見白夷自行投水。其時復經千總陳大坤等駕船開礮擊沈杉板一隻，格殺白夷並生捦黑夷多名。又據曹謹等亦在大武崙港外追獲外竄杉板船隻，刺死白夷及生捦黑夷多人，並撈獲黑白夷屍身、礮位、搜獲圖冊。此次文武義首人等共計斬獲白夷五人、紅夷五人、黑夷二十二人，生捦黑夷一百三十三人，撈獲夷礮十門，搜獲夷書多件。辦理出力，甚屬可嘉。提督銜臺灣鎮總兵達洪阿著賞換雙眼花翎，臺灣道姚〔一〕著賞戴花翎，達洪阿、姚瑩及道銜臺灣府知府熊一本均著交部從優議敘，其在事出力各員弁、兵勇、義首人等著據實保奏，候朕施恩，傷亡兵勇查明照例賜卹。候補同知前臺灣縣知縣託克通阿、丁憂候補同知前署澎湖通判徐柱邦、休致通判銜前福清縣知縣盧繼祖均著准其留於臺灣差委。此因軍務緊要，是以允准，其餘不得援以爲例。該部知道。欽此。同日承准軍機大臣字寄提督銜臺灣鎮總兵達，傳諭臺灣道姚[一]：

道光二十一年十月十一日奉上諭：達洪阿等奏逆夷滋擾臺郡官兵沈船奪械捡斬夷匪多名一摺，覽奏嘉悦之至！已明降諭旨，將該鎮、道等賞戴花翎，分別議敘矣。此次僅止雙桅大船一隻帶領杉板多隻來臺窺伺，經該總兵等督率員弁沈船奪礮，捡斬多名。該夷被殲之後，難保無大隊匪船闖入報復，著達洪阿等嚴飭在事文武添派兵勇，嚴密防範，不可因獲有勝仗，稍存大意。前任提督王得祿駐劄澎湖，現在臺灣地方緊要，該提督威勇素著，熟悉海洋，著即移駐臺灣，協同勦辦。其澎湖防守事宜，已諭令顏伯燾派員更替矣。又另片奏現將巡洋舟師收回，填塞各處口門，添鑄礮位，團練壯勇，所辦均好，即著照議辦理。請撥軍需銀兩，已諭知顏伯燾等迅即撥解。臺防同知仝卜年准其專辦局務，所請革休丁憂各員准其留臺。現在浙洋夷匪大肆滋擾，廈門之古浪嶼尚有夷船停泊，該鎮、道等務宜先事豫防，一切妥爲佈置，毋致臨事周章，是爲至要。發去賞達洪阿雙眼花翎一枝，賞姚瑩花翎一枝，著即祇領。嗣後有攻勦夷匪摺件，應由五百里奏報，如大獲勝仗即由六百里奏報。將此由五百里諭知達洪阿，傳諭姚瑩，並諭王得祿知之。欽此。遵旨寄信前來，承准此同日承准軍機處片單內開，本日奉有寄信諭旨一道，貴鎮接奉後即恭錄知照前任提督王得祿一體欽遵辦理可也，爲此知會。十月十一日。等因。同日承准兵部遞到上賞雙眼花翎一枝，又花翎一枝。

【校】

〔一〕疑「姚」後漏一「瑩」字。

夷船再犯雞籠官兵擊退奏

奏爲夷船復至淡水雞籠口滋擾，經官兵擊退，恭摺具奏仰祈聖鑒事。竊照臺屬淡水之雞籠口官兵於本年八月十六日擊沈夷船一隻，生捡斬馘夷犯一百六十五人，奪獲夷礮圖冊，提郡審辦緣由，業經臣等恭摺具奏在案。兹據艋舺營参將邱鎮功、淡水同知曹謹稟報，九月初五日辰刻又有三桅夷船一隻在雞籠口外停泊，初掛紅旗，繼换白旗，於是日申刻駛近萬人堆，欲放杉板入口等情。臣等以夷情詭詐，既掛紅旗，則其意在攻戰，何以忽换白旗，顯係佯爲欲和，探我虚實。查該處口内三面環山，形勢頗峻，有險可憑，夷礮猛烈，自當避其所長。當經密飭營、縣於山上分藏礮位，如果不能取勝，即照督臣通飭堅壁清野之法，憑險埋伏，待其登山殲捦之，一面將口内居民暫行遷避。去後，兹據艋舺營参將邱鎮功、淡水同知曹謹委駐雞籠之澎湖通判范學恒先後稟報，添調兵勇赴雞籠山上各要隘，暗設礮位，分别埋伏把守。該同知又調精練鳥鎗屯丁二百五十名分往雞籠、滬尾兩口協防。該夷船自初五日酉刻駛至萬人堆，先放杉板二隻進口窺探，聲言索還前獲夷人，每名願送洋銀百元。該地居民咸受約束，不與回答。又見我兵勇不動，遲疑久之。至十三日辰刻，該夷船突進口門，直撲二沙灣礮臺，大礮齊發，甚屬猛烈。我兵亦即開礮回擊。署守備許長明，外委伍雲升在三沙灣之鼻頭山見有登岸夷匪，其勢甚凶，立即開礮擊斃二人，衆始退去。惟礮臺石壁被其攻破，二沙灣及三沙灣兩處兵勇住房亦被礮火燒燬。迨至日暮，該兵勇等退守要隘，該同知復添調總理姜秀鑾帶領精練鳥鎗壯勇一百名及擺接八芝蘭等堡壯勇亦均到助戰，探聞口外龜頭洋面尚有夷船放礮等情。正在批行閒，十九日戌刻，復據營、廳稟報，十四日早我處添調兵勇屯丁俱已到齊，該夷匪見我人衆山險，不敢仰攻，已于是日午刻駛逃出口。同口外夷船竄向外洋北去，風狂浪大，不便追擊。查勘礮位，有損壞五門尚可修復，口内停泊波字二號哨船一隻被火延燒，兵勇亦有受傷數人，尚無損失，拾獲夷礮鐵子十餘枚，重二、三十斤不等各等語。臣等查此次夷船雖因見我兵勇衆多，山形險峻，不敢登山仰攻，駕駛竄去，而報復之心未必遽息，更當加意防備。除飛飭各口益添兵勇，實力嚴防，並查明此次在事出力人等量予奬賞外，合將夷船再至雞籠攻擊不勝逃駛情形恭摺具奏，伏乞皇上聖鑒訓示。謹奏。道光二十一年九月二十日奏。

再，前獲夷犯一百三十三人，先經臣等會派文武員弁分起提解來郡審辦，現因嘉義匪徒滋事暫留塹城，隨後起解。又據淡水同知曹謹、艋舺營參將邱鎮功稟報，先于拏獲夷人之後，巡查至雞籠口門左邊烏踏石山下，有自刎夷屍二具，一白夷臥石上，一黑夷臥石下，白夷頭戴黃金冠，胸前掛金絲帶，帶尾綴金絲墜十二箇，身著紅呢戰甲，內襯白細綢摺衫及油綠毡褌，脚穿五色織絨鞋，面白無鬚，頭髮黃紅捲縮，其爲擊碎夷船之頭目無疑。黑鬼頭戴黑皮冠，狀如僧帽，身穿紅色貼身毡衣及油綠毡袴，似係夷奴等情。臣等查該夷屍自卽係船破時自行投水之白夷，既已自盡，應無庸議。相應附片陳明，伏乞聖鑒，謹奏。

出剿嘉義逆匪部署郡城奏

奏爲嘉義匪徒滋事，帶兵出剿日期及部署郡城事宜，恭摺奏祈聖鑒事。竊照臺灣人心浮動，好亂，道光二十年五六月間，夷船屢到臺洋窺伺，臣等深慮在地匪徒乘機蠢動，當卽飭令各屬辦理聯莊團練以資約束，復多募鄉勇水勇防守口岸，藉資收養，消患未萌。一載以來，頗爲安謐。本年七月，廈門失守，全臺震動，風謠四起，多方鎮撫，人心始定。及九月初五日，夷船再至淡水、雞籠，攻擊礮臺，十一日，風聞北路嘉義地方有匪徒數十成羣，向鋪戶居民強借銀錢，風謠又起。隨商委城守營叅將德謙酌帶弁兵，於十二日馳往，會同署嘉義營叅將洪志高、署知縣魏彥儀巡查拏辦。

詎於十六日戌刻接據該文武稟報，於十四日晚巡至店仔口地方住宿，十五日黎明突有匪徒不知多少自莊外鳴鼓搖旗，攻撲該員等公寓，經德謙等督飭守備郭得元、把總樸霖揮令兵勇迎擊，該莊頭人亦率壯勇出助，鎗斃殺死賊匪多名，受傷六七十人，生擒匪夥沈玉、莊紅英、林得、鄭興等四名，奪獲旗鼓器械等件，賊始潰敗竄逃。查點兵勇內有兵丁詹得升、陳連升二名受傷深重殞命，又重傷兵丁溫錦元一名，尚堪醫治，壯勇亦受傷十三名等語。閱之殊堪髮指！臣等查該匪徒膽敢鳴鼓搖旗攻撲文武官兵，黨羽諒必不少，當此夷寇未靖之時，內患不除，何以攘外？業已飛飭該縣提犯研訊匪首股夥姓名，查拏懲創，以靖地方。臣達洪阿亦卽親統精兵一千名，帶同調署右營遊擊呂大陞、守備朱鴻恩暨千把總等員於本月二十二日馳往剿辦。臣姚瑩當委前經奏明管帶鄉勇之革任前臺灣縣知縣託克通阿帶領義勇二百名隨營辦事，仍委熟習糧臺之候補府經縣丞龐裕昆、候補縣丞吳湛恩隨營辦理糧臺事務，卽於道庫備貯項內提出銀二萬兩交知府熊一本暨局員臺防同知仝卜年撙節支應。臣姚瑩督同該府廳暨臺灣縣知縣閻炘調回城守營參將德謙及中營遊擊德祥、護理左營遊擊陳連斌留守郡城，大兵既出，城中防守宜益加嚴，各城上下派定弁兵，添募義勇二千四百名分守倉庫、監獄及諸要隘。更挑選精勇五百名添防安平大口，各小口亦分添屯勇數百名。

又查臺灣向來匪徒滋事，鄰境卽爲響應，臺灣縣屬之羅漢門一帶山徑叢雜，與鳳山、嘉義三縣交界，南北匪徒往來要徑，必得明幹之員駐劄防守。臺灣現在乏員差委，惟有前經奏明委帶鄉勇之前任福清縣知縣盧繼祖，原籍廣東，與該處粵莊可以聯絡，札委該員帶領鄉勇及團練各莊，會同營汛在地截拏。其北路則有護副將關桂及彰化縣知縣黄開基帶領兵役堵截，仍飛飭各莊總董頭人四路堵捡匪賊蒇功，迅速藏事。現在北路夷船已據稟報逃駛，倘再有滋擾，視其來至何口再行相機辦理外，所有帶兵出剿嘉義匪徒起程日期、動用道庫備貯銀兩及部署郡城防守事宜，合先恭摺馳奏，伏乞皇上聖鑒訓示。謹奏。道光二十一年九月二十二日奏。

再，查臺灣地亙一千四百餘里，水陸戍兵名雖一萬四千，自去年以來，內地夷務紛紜，暫停換班，至今缺額未補者已一千餘名。又澎湖兩營隔海，噶瑪蘭一營遠在山後，其山前各營分守一廳四縣城汛口岸，本形單薄。現在水陸交警，處處戒嚴，臣達洪阿帶兵出剿北路逆匪，郡城存守弁兵無多，設南路有事，殊難策應。內地辦理防夷亦正喫緊，未敢遽請添兵。現經稟請督臣飭催內地各營，查明臺營缺額之兵趕緊挑補來臺外，臣等熟商，擬於現在民勇內挑取年力精壯、技藝嫻熟者一千數百名作爲新兵，分配各營，一體支領名糧。既歸營伍，一切操防似更得力，俟軍務竣後或陸續以補缺額，抑或稍增兵數，再行妥議辦理。是否有當，伏乞訓示遵行。謹附奏。

南路匪徒響應遣員擊破奏

奏爲帶兵駐劄北路督獲，首夥逆匪分別勘辦並南路賊匪豎旗響應立時擊散，地方安靜，恭摺奏祈聖鑒事。

竊照臺灣北路嘉義縣匪徒滋事，臣達洪阿於本年九月二十二日統帶大兵馳往剿辦，臣姚瑩與臺灣府知府熊一本、城守營參將德謙、鎮標中營遊擊德祥、護理鎮標左營遊擊陳連斌等留守郡城，添募兵勇以防南路事宜，業經恭摺具奏在案。臣達洪阿於二十四日行抵嘉義縣，在賊莊適中之下加冬地方劄營，各賊匪先已聞風逃散，當卽督飭營縣及各莊總董人等分頭嚴捕，一面親歷各莊將賊巢先行燒燬，除兵勇圍捕格殺賊匪不計外，旬日以來，據調署右營遊擊吕大陞、署嘉義營參將洪志高、署嘉義縣知縣魏彦儀、署守備曾玉明等督率弁兵、各莊義首頭人，陸續拏獲股首江見、林旺、張缺嘴及夥匪曾道、羅矮、史田、曾老英、陳秀司、柯騫、郭大粒、陳糞、江雲、廖阿湯、楊質、黄雄、張疆、林牛、謝萬機、林庇、林力、蕭取、江矮、蕭新得、蘇飛、鄭貓、蘇謨、江明、劉侯、蘇殿、吴輪、葉籐、卓貓、卓結等，並臺灣縣知縣閻炘拏獲匪夥吴添、陳登牛等犯前來，當飭隨營委員託克通阿、署嘉義縣魏彦儀，提同前獲之沈玉、莊紅英、鄭興、林得等訊，緣江見之胞兄江坡先因不法播散謠言，經嘉義縣營拏獲在監，適有夷船再至臺北雞籠與官兵接仗，江見起意乘機滋事，當同林旺、張缺嘴及在逃之劉九宰商謀，各糾夥黨，分爲四股，定於九月十五夜豎旂，先攻灣裏街，後攻縣城，有伊兄在監可以內應。經臣等先期訪聞，委城守營參將德謙帶兵前往，會同嘉義縣營巡查拏辦。該參將等於十四日晚巡至店仔口地方住宿，江見知事已敗露，卽與林旺、張缺嘴、劉九宰改謀先攻營縣公寓，一經得手，則縣城可不攻自破，隨於十五日黎明率領匪黨二百餘人鳴鼓搖旂，前往攻撲。經該參將德謙等督飭弁兵開鎗迎擊，該莊頭人吴化成、張振美等亦率壯勇出助，鎗斃殺死賊匪多名，受傷六七十人，生擒匪夥沈玉、莊紅英、林得、鄭興四名，奪獲旗鼓器械等件，該匪隨各敗逃。此江見等分股謀逆之實在情形也。

江坡一犯，知府熊一本恐其在監內應，飭該縣魏彦儀於大兵未到之先，提出杖斃，以絕賊望。現獲各犯經臣達洪阿親提勘明，即在軍前分別淩遲、斬決定擬，以彰國法。一面搜拏未獲匪黨閒，詎南路鳳山縣於十月初七夜忽有匪徒多人在觀音巖地方豎旗滋事，殺死民人祭旗，攻撲竿蓁林汛營房。該外委鍾孝臣倉猝率兵抵禦，被砍重傷，戕斃兵丁邱連中等六名，重傷二名。初八日報到郡城，臣姚瑩以該匪等於大兵北出之後起事響應，顯係料我兵不能回擊。而郡城存兵不及千人，無可調撥，當即會商城守營參將德謙、臺灣府知府熊一本飛移南路營參將余躍龍，並飭署鳳山縣知縣白鶴慶帶領兵勇出剿，一面由郡城調派義首職員吳廷篪、林洪泉，挑選精練壯勇五百名，委臺灣縣知縣閻炘督帶，會同守備李思升帶領岡山猴洞兩汛弁兵馳往夾擊，臣達洪阿飛調城守參將德謙酌帶弁兵壯勇前往策應，臺防同知仝卜年亦調派屯弁屯丁隘丁分佈要隘防堵。其時賊眾屯聚在觀音巖及滾水莊，見南路營縣同郡城兩路兵勇大至合擊，一時驚潰，傷斃多名，紛紛逃入內山。南路營千總林以成督同義首林武義，奮勇首先，接仗擊賊，生擒股匪吳慈一名，奪獲鳥鎗三桿。

又陸續據署鳳山縣知縣白鶴慶、臺灣縣知縣閻炘、南路營參將余躍龍、城守營參將德謙、委員盧繼祖督率營員屯弁義首人等拏獲股首、僞軍師、元帥、先鋒及匪夥陳頭、許旺、陳細、張坑、鄒漢潮、孫扁、王錐、陳鳳、杜南、董揺、陳蘇、謝聽、吳舵、吳伯傳、何賞、吳和、洪興、林宗、陳九、康全、李宇、吳田、柯三、許雷、劉勞等。訊係該犯陳頭、許旺及在逃之陳沖、蔡羅等，因知北路江見等滋事，隨亦糾眾響應。又據署大武壠巡檢吳烺、署千總沈聯芳等稟，獲北路股匪林添得、潘義二名，訊係分股滋事未成，分別解送軍營，及提郡審辦。臣等查嘉義縣匪徒江見等因夷船來臺滋擾，輒敢乘機爲亂，分股糾夥攻撲文武公寓，拒殺兵勇。而南路匪徒陳頭等亦膽敢豎旗響應，糾眾攻汛，戕害弁兵，殊堪髮指。現在南北兩路賊已逃散，而要犯尚多未獲，嚴飭營縣懸賞購拏，並令備弁義首等帶領兵勇分頭搜捕。外委鍾孝臣受傷甚重，同受傷之兵丁，飭令回郡醫治，傷斃兵丁照例賞卹。惟北路地勢綿長，且當冬防之際，大兵未便即撤。臣達洪阿仍移駐店仔口督拏餘犯，察看情形，再赴嘉義，留兵一半駐劄，藉資鎮定。臣達洪阿即酌帶弁兵由嘉、彰內山一帶，順途巡閱地方營伍。除督飭南北文武設法購線，嚴拏各逸犯務獲，由臺灣府彙案供招另行咨部外，所有南北兩路賊匪均已擊散，地方安靜緣由，合先馳奏，伏乞皇上聖鑒。謹奏。道光二十一年十月十八日奏。

道光二十二年三月初十日承准兵部火票遞到軍機處加封欽奉硃批：另有旨，欽此。又，附片具奏雞籠烏踏石山下白夷二人自刎情形，同日奉到硃批：另有旨，欽此。又具奏嘉義匪徒滋事帶兵出剿日期動用道庫備貯銀兩及部署郡城事宜一摺，同日奉到硃批：另有旨，欽此。又附片具奏兵額無多擬就民勇挑取一千數百名作爲新兵分配各營操防一片，同日奉到硃批：另有旨，欽此。又於上年十月十八日具奏帶兵駐劄北路督獲首夥逆匪分別勘辦並南路賊匪暨旂嚮應立時擊散地方安靜一摺，同日奉到硃批：所辦可嘉之至，即有恩旨。欽此。又摺內『江坡一犯，知府熊一本恐其在監內應，提出杖斃』句旁，奉硃批：是，欽此。又摺內熊一本姓旁，奉硃圈。同日奉到道光二十一年十二月二十九日內閣奉

上諭，達洪阿等奏擊退夷船並帶兵剿辦臺灣南北兩路逆匪均經擊散各一摺，本年八月英逆駛進臺灣口門，經該鎮道等督率兵勇擊沉船隻，捦斬夷匪多名，當降旨分別加恩。茲據奏稱，逆夷復於九月間乘駕三桅船隻至淡水、雞籠口滋擾，該逆突進口門，直撲礮臺，大礮齊發，勢甚猛烈，經我兵開礮回擊，三沙灣地方復有夷匪登岸，其勢甚兇，亦經我兵開礮擊斃二人，衆始駕駛逃竄。當此逆夷滋擾之時，突有北路嘉義匪徒鳴鼓搖旗，乘機滋事，該鎮道等親統精兵馳往剿辦，拏獲股首江見等及夥匪多名，並鎗斃殺死賊匪無算。其先因播散謠言拏獲在監欲爲內應之江坡一犯，亦經該府熊一本提出杖斃。該鎮道等正在提辦並搜拏餘黨間，復有南路鳳山匪徒暨旗嚮應，亦經該鎮道等調集兵勇兩路合擊，生捦股匪吳慈等及夥犯無算，現在賊匪均經擊散，地方安靜等語。逆夷兩次侵犯臺郡，該鎮道等均能督率兵勇，奮力攻擊，兩月之內連獲勝仗；其南北兩路乘機滋事匪徒亦被該鎮道等親督文武兵勇即時撲滅。辦理妥速，甚屬可嘉。達洪

阿著賞給騎都尉世職，姚瑩、熊一本均著賞給雲騎尉世職。在事出力各員弁兵勇義首人等著據實保奏，候朕施恩。傷亡弁兵查明咨部，照例賜卹。該部知道。欽此。同日承准軍機大臣字寄提督銜臺灣鎮總兵達、前任提督王，傳諭臺灣道姚。

道光二十一年十二月二十九日奉上諭，達洪阿等奏續擊逆夷兵船並帶兵剿辦匪徒擊散兩路逆匪各一摺，覽奏欣悦，已明降諭旨分別賞給達洪阿、姚瑩、熊一本世職矣。嘆逆此次續來滋擾，開礮攻破石壁，經我兵開礮擊斃登岸夷匪二人，該逆見人眾山險，駛逃出口，竄向外洋北去。其嘉義、鳳山匪徒乘機滋事，均經大兵擊散，拏獲首從各犯，分別正法。辦理迅速，可嘉之至。惟英逆前次創鉅痛深，此次詭稱贖還前獲夷匪，開礮肆逆，又被官兵據險擊退。該逆犬羊成性，未必不仍圖報復，設或大幫匪船再行豖突而來，不可不先期防範。前經諭知達洪阿等嚴密防備，並令王得祿回臺協剿，會銜奏事。計此時王得祿當已抵臺，著達洪阿等和衷會商，妥籌一切戰守機宜，務須層層佈置，計出萬全，斷不可稍存輕敵之見，致涉大意。所議挑取民勇作爲新兵分配各營支糧歸伍等情，所辦均好，著即照議辦理。其自盡之白夷一名，著該鎮道提出現獲夷匪訊明究係何名，是否即係此次在船賊首，取具確切供詞，隨時具奏。至南北兩路匪徒乘閒蠢動，尤須加意慎防。所有未獲各要犯，著即嚴飭所屬搜捕淨盡，毋留餘孽，仍當拊循良善，消患未萌，以期內安外攘，永承恩眷。將此由四百里諭令知之。欽此。遵旨寄信前來。

南北路逆匪首從就捡地方平定奏

奏爲臺灣南北兩路逆匪首從均已就捡，地方平定恭摺馳奏，仰祈聖鑒事。本年九月十五日臺灣北路嘉義縣匪徒江見等，十月初七日南路鳳山縣匪徒陳沖等，因夷船再犯雞籠，乘機作亂，臣達洪阿親統大兵剿辦北路，臣姚瑩委員帶領義首壯勇會同營員剿辦南路，仍督同道銜臺灣府知府熊一本及中左兩營遊擊防守郡城，業將兩路文武兵勇擊破賊匪，生捡首要各犯情形，於十月十八日具奏在案。臣達洪阿移居店仔口之後，察看該處地勢逼近内山，北通彰化，誠恐匪徒竄入。且彰化一帶，賊匪素多，恐被煽誘，勢必蔓延，是以飭令調署右營遊擊呂大陞及署北路副將關桂、彰化縣知縣黄開基，各帶兵勇分佈要隘，堵其竄逸煽動，一面親督嘉義營縣及隨營將備四處搜捡。隨據呂大陞同署嘉義營參將洪志高、署守備曾玉明、把總曹宗銓、郭振德、署鹿港同知魏瀛、署嘉義縣知縣魏彦儀、臺灣縣知縣閻炘，留臺差委之前臺灣縣知縣託克通阿及各員弁義首人等，先後捡獲内山大股首陳疆、軍師李粗皮、西旂首林鳥鼠、林尚及匪夥吴衛、吴貓牛、林仔蘇、董螺、郭蟀老、吴港、郭吉成、李道、張賞、蔡乖、李豬哥力、李蘭光、林桂、江免仔、潘濃得、林吴、尤愛、曾吟、魏葛、劉友、林婆、蔡媳婦仔、曾賽、吴戇、陳豬批、許生、鄭長、張老生、陳銓、柯九、江缺嘴升、邱和尚、吴綬、李緞、李見、何戇記、羅令、羅質、楊能潔、林水生、羅接義、陳旺、鄒佃、王成、王鍼、施品、蘇通事、王豹、施鞭、胡八、謝蔡、許苗、洪簡、陳添、張黎、林會、張烏、柯戇、羅韭、林槌、侯二戇、林戇祥、賴名、江振生、陳金圖、許樣、吴扁、李遷、黄扁、黄通、柯烏記、林檀等七十六犯，當委託克通阿會同嘉義縣提訊，供認謀逆與官兵打仗或臨時逃回不諱。臣達洪阿勘明，即在行營恭請王命，分別淩遲，斬決，其被脅逃回者交臺灣府知府熊一本照例辦理。尚有先後拏到蔡甜、羅礦等五十七名，或係挾嫌誣扳，或係同名誤拏，均即立時省釋，以免枉累。此次大營續行捡辦逆犯七十六名，同前獲之股首江見等匪夥四十一名，共已生捡一百一十七名，其臨陣鎗斃殺傷及圍捕格殺者又八十餘人，此案首從逆犯業已痛剿。彰化地方先經該縣黄開基同署鹿港同知魏瀛辦理聯莊團練，最爲認眞，一聞嘉義匪徒滋事，各義首自率莊丁互相防守其要隘之處，經關桂同黄開基督帶兵勇嚴密堵截，訪有巨盜陳全、餘讚、劉烈、蔡輝、林秋旺、許勇、蔡閣、蔡富等，商謀糾眾響應，立即會同拏獲，在地杖斃，地方不致蠢動。此臣達洪阿辦理北路嘉義縣逆匪並無蔓延迅速竣事之原委也。其南路鳳山縣逆匪，先經臣姚瑩由郡委員會同南路營縣夾擊潰散，生捡股首僞元帥陳頭、許旺等犯之後，尚有大股首陳冲及未獲要犯尚多。距近山之下淡水一帶，在逃匪類播散謠言，更結青龍會焚搶滋事，閩粵各莊互相驚疑，紛紛搬徙，勢將分類械鬥，牽及臺灣、鳳山交界閩粵民莊，番社亦皆煽惑。臣姚瑩商同臺灣府知府熊一本亟發印諭，委臺訪同知仝卜年馳往鳳山，傳集兩籍頭人，剴切曉諭，始皆悔悟歸莊，設立公所，各舉頭人合同辦事。其臺、鳳交界各莊，飭在羅漢門管帶義勇之前福清縣知縣盧繼祖親歷曉諭，閩粵頭人及番社頭目，亦皆悦服修好，約束莊丁隨官拏賊。臺鳳三籍民番大和，風謠頓息，匪徒伎倆無施。隨據臺防同知仝卜年，署鳳山縣知縣白鶴慶，臺灣縣知縣閻炘，會同南路營參將余躍龍及文武員弁義首屯丁，陸續拴獲大股首陳沖、僞先鋒畱眞番張從、旂首會匪林流，許本、張量及匪夥張玉山、林蔡、吳阿四、謝詳、張九、陳添來、葉虎、蔡爽、蘇長、謝囘、黃勝、盧創、林發、徐貓、侯洪點、莊麗、陳愛、邱老賽、王池、吳奉山、蔡番、楊阿成、楊金章、江遠生、鄭象、蘇肥、林仔黎、蔡曹、吳科、潘花、吳諒、吳紅、陳富、謝汶、黃建、洪清、陳和、楊生、林九、孫貓、江何、金生、吳待老、蔡亭、莊挑、林盛、楊獅、柯才、許士、梁雲、詹添成、謝知、林旺邱、柯業、邱振綠、謝阿嚮、陳阿清、鄭賢、陳來、陳容、呂齊角等犯七十三名。除楊金章、蘇肥、蔡亭、莊挑、林盛、鄭賢、陳來、陳容、呂齊角陣拴受傷訊供後病斃外，解交臺灣府知府熊一本委員研訊勘辦。連前次獲辦之股首陳頭等二十六犯，共生拴九十九名，又擊斃格殺五十餘人，南路匪黨亦已剷除，地方安堵。此臣姚瑩辦理南路鳳山縣逆匪之情形也。

臣等伏查本年八九月閒夷船兩犯雞籠，官兵已得勝仗，乃南北兩路匪徒尚敢乘機作亂，臺鳳二縣之閩粵各莊復爲匪徒謠惑，幾成分類械鬥，仰賴皇上天威及文武員弁義首等用命，逆黨立時擊散，速就捕誅，閭閻未遭蹂躪。事後囘思，益深悚惕。現在兩路逆匪已平，臣達洪阿即當前往淡水、艋舺、滬尾、噶瑪蘭一帶巡閱營伍。惟現奉諭旨加意防夷，郡城根本重地，畱兵無多，且南北兩路甫經用兵，皆與郡城接壤，萬一逆夷猝至，臣達洪阿遠不及事，又嘉義盜賊素多，現屆年終，未敢大意。是以將大營移駐嘉義城外，畱兵三百名交署參將洪志高照應彈壓，委員託克通阿等帶領義勇暫畱大營，臣達洪阿率將備弁兵由內山搜捕餘匪，順途往彰化巡閱，卽由海口仍駐嘉義大營。淡水、艋舺、噶瑪蘭三營官兵，委員代看，俟來年春間回郡，會同臣姚瑩勘辦續獲各犯。查明此次出力文武義首人員，另行奏請恩施。所有臣等剿辦南北兩路逆匪平定情形，謹由四百里馳奏，伏乞皇上聖訓遵行。謹奏。道光二十一年十二月十八日奏。

再，臣等八月二十九日恭奏擊沈夷船，拴馘夷犯一摺，十二月十五日接奉硃批：覽奏嘉悅之至，即有恩旨，欽此。又附奏添接海口兵勇請發經費一片奏，硃批：另有旨，欽此。同日奉到十月十三日上諭：提督銜臺灣鎮總兵達洪阿賞換雙眼花翎，臺灣道姚 賞戴花翎；達洪阿、姚瑩及道銜臺灣府知府熊一本均著交部從優議敘；其在事出力員弁兵勇義首人等著據實保奏，候朕施恩，傷亡兵勇查明照例賜卹；候補同知前臺灣縣知縣託克通阿、丁憂候補同知前署澎湖通判徐柱邦、休致通判銜前福清縣知縣盧繼祖均著准其留於臺灣差委，此因軍務緊要，是以允准，其餘不得援以爲例，該部知道。欽此。又承准軍機大臣字寄奉上諭，該夷破殲之後，難保無大隊匪船闖入報復，著達洪阿等嚴飭在事文武添派兵勇嚴密防範，不可因獲有勝仗稍存大意。前任提督王得祿駐劄澎湖，現在臺灣地方緊要，該提督威勇素著，熟悉海洋，即移駐臺灣協同剿辦。其澎湖防守事宜，已諭令顏伯燾派員更替矣。請撥軍需銀兩已諭知顏伯燾等迅即撥解。臺防同知仝卜年准其專辦局務，所請革休丁憂各員准其留臺。現在浙洋夷匪大肆滋擾，廈門之古浪嶼尚有夷船停泊，該鎮道等務宜先事豫防，一切妥爲佈置，毋致臨事周章，是爲至要。發去賞達洪阿雙眼花翎一枝，賞姚瑩花翎一枝，著即祇領。嗣後有攻剿夷匪摺件，應由五里[一]里奏報，如大獲勝仗，即由六百里奏報。欽此。仰蒙皇上訓示周詳，俯准所請，跪聆之下，不勝欽悚。復仰臣等督率文武微勞，懋賞優加，所有感激下忱，另摺專差齎呈叩謝天恩，並查明出力文武員弁義首人等奏請恩施外，一面恭錄諭旨傳知提臣王得祿，囑其迅速來臺，併嚴飭各口文武員弁加意嚴防。伏查該逆夷於九月初五日再犯雞籠，臣等密授機宜，當爲官兵擊退，經於九月二十日具奏在案。前請經費銀三十萬兩，經督撫臣委員由八里坌口解到，除歸還臺灣府前此挪墊，並酌發各口及澎湖廳外，尚存十三萬餘兩，存貯府庫，陸續發局撙節支應。所有奉到諭旨欽遵辦理緣由，合先陳覆。謹奏。

再，臣姚瑩前於嘉義匪徒滋事，鎮臣帶兵出勦，當即動撥道庫備貯銀二萬兩，交臺灣府知府熊一本撙節支應，經奏明在案。嗣因南路匪徒響應，郡城存兵無多，派發義勇，委員會同鳳山營縣夾攻破賊，以及郡城添設義勇守城堵禦要隘，兵勇口糧較多，經再撥動道庫備貯銀一萬兩，交臺灣府撙節支應，現據道銜臺灣府知府熊一本稟稱，南北兩路軍需共已支用過銀五萬餘兩，除道庫兩次發銀三萬兩外，皆係該府暫籌墊應，事竣覈實報銷。臣查本年防夷喫緊之際，又值兩路匪徒滋事，各處出勦及防堵兵勇，不得不加倍戒嚴，該府所稟係屬實在情形。現在兩路地方雖已平定，而時屆年終，鎮臣巡閱北路後仍須回駐嘉義彈壓，俟開年方撤大兵回郡，其各處戒嚴義勇，現飭該府次第抽減，以節糜費，俟事竣覈實報銷。所有道庫原存備貯銀五萬五千餘兩，本年兩次動撥三萬兩，現尚存銀二萬五千零八十九兩四錢二分，理合遵查原案，由臣姚瑩單銜附奏以聞。謹奏。道光二十一年十二月十八日奏。

道光二十二年五月二十一日奉到硃批：所辦甚好，另有旨。欽此。又摺內辦理北路嘉義縣逆匪並無蔓延迅速竣事之原委也句旁，奉硃截。又辦理南路鳳山縣逆匪之情形也句旁，奉硃截。同日並承准軍機大臣字寄提督銜臺灣鎮總兵達傳諭按察使銜臺灣道姚：道光二十二年三月二十一日奉上諭，上年臺灣嘉義、鳳山等處匪徒乘機滋事，經總兵達洪阿等帶兵勦捕，即時撲滅，不致蔓延，茲據該總兵等奏續獲大股首匪陳疆等七十六犯，陳沖等七十三犯，分別懲辦，現在南北兩路均已肅清，所辦甚好。該地方人情浮動，且甫經用兵，尤宜妥加彈壓，以消內患。該總兵由內山搜捕餘匪，順途經彰化巡閱，即由海口仍駐嘉義大營，如有夷船駛至，務須相度機宜，痛加勦戮。該逆如果受創逃遁，亦不必出洋遠追。至上年所獲夷匪一百餘名，前經降旨著怡良等飭知達洪阿詳悉究辦，至今未據奏到。如已訊有實情，即行具奏。此次出力文武義首人員准其酌量保奏，候朕施恩，餘著照所議辦理。將此由四百里諭知達洪阿，並傳諭姚瑩知之。欽此。遵旨寄信前來。又附片具奏接奉諭旨欽遵辦理一片，同日奉到硃批：知道了，欽此。又奏動道庫備貯銀三萬兩濟用一片，同日奉到硃批：知道了，欽此。

提督銜臺灣鎮總兵達、按察使銜臺灣道姚，道光二十年三月二十一日奉上諭：上年臺灣嘉義鳳山等處匪徒乘機滋事，經該總兵達洪阿等帶兵剿捕，卽時撲滅，不致蔓延，茲據該總兵等奏續獲大股首匪夥陳疆等七十六犯，陳冲等七十三犯，分別懲辦，現在南北兩路均已肅清，所辦甚好。該地方人情浮動，且甫經用兵，尤宜妥加彈壓，以消內患。該總兵由內山搜捕餘匪，順途經彰化巡閱，卽由海口仍駐嘉義大營，如有夷船駛至，務須相度機宜，痛加剿戮。該逆如果受創逃遁，亦不必出洋遠追。至上年所獲夷匪一百餘名，前經降旨著怡良等飭知達洪阿詳悉究辦，至今未據奏到。如已訊有實情，卽行具奏。此次出力文武義首人員准其酌量保奏，候朕施恩，餘著照所議辦理。將此由四百里諭知達洪阿知之，欽此。遵旨寄信前來。

【校】

〔一〕疑「里」應爲「百」字。

謝賞戴花翎恩奏〔一〕

奏爲恭謝天恩，仰祈聖鑒事。竊臣等於本年八月淡水雞籠擒斬夷匪一摺，十二月十五日臣達洪阿在水沙連途次，十七日臣姚瑩在郡城先後奉到諭旨，仰荷訓示多方，所有在事出力員弁及義首人等均蒙硃筆圈出，交臣等據實保奏。又另片籲懇各情，亦邀俞允。仰見皇上軫念遐陬，無微不照，下忱欽感，莫可言宣。復蒙特恩頒發雙眼花翎一枝、花翎一枝，由軍機處傳旨賞給臣達洪阿、臣姚瑩祇領，仍同道銜臺灣府知府熊一本均交部從優議敘，跪聆之餘，益增慚悚。當卽恭設香案，望闕叩頭謝恩祇領訖。伏念臣等賦質庸愚，知識短淺，此次夷船來臺滋擾，仰賴天威及文武兵民出力，稍挫兇燄，而該逆狼貪無已，雖再犯雞籠皆失利而去，誠如聖明指示，該夷被殲之後，難保無大隊匪船闖入報復。臣等駑下，惟有勉竭愚誠，恪遵訓諭，嚴飭在事文武添派兵勇嚴密防範，不敢稍存大意，自蹈愆尤，以期仰報高厚鴻慈於萬一。臣達洪阿出剿嘉義逆匪，股首匪夥業已殲除，南路逆匪亦經臣姚瑩委員會同營縣捕誅平定。現在地方安靖，卽派委妥員分起行提夷犯來郡審訊。臣達洪阿剿捕事竣亦卽撤兵回郡，會商妥辦。刻下臺澎各海口尚無夷船窺伺，可以仰慰聖懷。除查明在事出力人員及研訊夷犯各情另行分別具奏外，所有臣等感激微忱，理合恭摺叩謝天恩，伏乞皇上聖鑒。謹奏。道光二十一年十二月十八日奏。

道光二十二年八月二十四日奉到硃批：知道了，欽此。

【校】

〔一〕原題無『戴』字，此據目錄補入。

南北兩路已平撤兵回郡奏

奏爲臺灣南北兩路逆匪已平，撤兵回郡，所獲各犯彙案擬辦，恭摺具奏，仰祈聖鑒事。竊照上年九月閒北路嘉義縣賊匪江見暨旗謀逆，經臣達洪阿親統大兵出剿，並南路鳳山縣匪徒陳沖暨旂響應，臣姚瑩督飭文武擊散，業經將獲犯訊供及匪夥布謠結會焚搶幾至分類械鬥未成各緣由三次奏報，聲明北路地方遙遠，臣達洪阿暫駐嘉義縣度歲，藉資彈壓，俟開春察看情形再行撤兵在案。茲北路續又獲犯林鼠、林信、邱亨、吳飯、王得、楊八、劉山豬、張添生八名，地方業已安靜。臣達洪阿卽於正月初六日撤兵回郡，以節縻費。其南路要犯股首陳成及夥匪吳阿戇、陳信、吳亦戇等亦經續獲，均發交道銜臺灣府知府熊一本、臺防同知仝卜年、臺灣縣知縣閻炘及委員託克通阿等審明擬解前來。臣等分別提勘，據各犯供認，或起意謀逆，或聽糾入夥，或被脅勉從各情不諱。並究出張從一犯甫於道光十八年逆匪張貢謀逆案內被脅擬軍，乃於配所逃回，復爲逆匪陳沖軍師，並約夷船到臺作爲內應，情節尤爲可惡。自應將兩路人犯彙案擬結。臣等查北路大股首僞元帥江見、林旺、張缺嘴，僞軍師陳疆、曾道、林得、李粗皮西，僞先鋒莊紅英、沈玉、鄭興、蘇謨，旂首林鳥鼠、蔡媳婦仔，並南路大股首僞鎮南大元帥陳冲、僞元帥許旺、陳頭、陳細、陳成，僞先鋒孫扁，僞軍師鄒漢朝、張從共二十一犯，均照謀反律淩遲處死。又北路匪夥羅矮、陳秀司、史田、謝萬機、江矮、曾老英、江雲、廖阿湯、楊質、林庇、林尚、蕭取、柯騫、郭大粒、陳糞、鄭貓、江明、劉侯、張疆、蘇殿、蕭新得、蘇飛、葉藤、吳輪、林添得、黃雄、吳添、謝菜、柯九、許罶、洪簡、李遷、江缺嘴升、胡八、董螺、張黎、楊能潔、邱和尚、吳衛、許生、李豬哥力、施鞭、郭蟀老、鄭長、羅令、陳銓、陳添、吳港、吳受、黃扁、李緞、李蘭光、郭吉成、李道、李見、林水生、張老生、張賞、羅接義、陳旺、鄒佃、吳猫牛、林桂、蔡釆、羅質、何戇記、黃通、江免仔、曾吟、潘濃得、王鍼、林吳、蘇通事、尤慢、王豹、王成、施品、林仔、蘇林信、魏葛、林鼠、曾賽、林豬批、林力，並南路匪夥張坑、吳和、吳佃、何賞、林宗、董摣、吳慈、林葵、吳阿四、謝洋、張九、柯三、陳奉、劉眞番、吳奉山、徐猫、侯林流、蔡番、楊阿成、許本、洪點、吳亦戇、張量、楊金章、蘇肥、蔡亭、莊挑、林盛、鄭賢、陳來、陳容、吕齊角、鄭象、吳諒、吳江、郭特、潘花、葉虎共一百二十二犯，充當江見、陳充等旂腳，甘心從逆。內林流一犯糾同許本等布散謠言，更結青龍會，除結會罪止擬軍不議外，查布散謠言，罪應斬決，自應從一科斷。林流應與羅矮等均照謀叛律斬決梟示。臣等於審明後，即在軍前郡城恭請王命，將該犯江見等分別正法，傳首示衆，以昭炯戒。又南路夥匪謝添、林阿旺、邱阿業、邱振緣、謝阿嚮、陳阿清六犯均被陳充等逼充旂腳，乘閒逃回被獲，並無攻汛抗官傷弁戕兵情事，惟該犯等另犯夥竊，臨時行強，在外把風接贜一次，均應從重依強盜免死發遣例，發新疆給官兵爲奴。又北路夥匪林牛、潘義、卓猫、卓結、陳登牛、許樣、林會、張烏、柯戇、羅韭、林槌、侯二戇、林婆、劉友、吳扁、柯烏記、林戇祥、賴名、江振生、陳金圖、林檀、吳戇、邱亨、吳飯、王得、張添生、楊八、劉山豬，並南路夥匪李宇、吳舵、謝聽、許雷、杜南、劉勞、陳蘇、洪興、陳九、康全、王錐、陳添來、許士、柯才、蔡爽、蘇長、謝回、楊獅、王池、林仔、黎蔡、曹陳和、楊生、林九、孫猫、江何、金生、吳科、邱老賽、詹添成、張玉山、李登山、吳勇、王城、陳信、莊麗、陳愛、藍連、林照、林發、江遠生、謝汶、黃建、張戇、吳待老、盧創、洪清、黃勝、謝知、梁雲、吳阿戇共七十八犯，均係被江見、陳沖等逼脅勉從，乘閒逃走被獲，並無攻汛抗官傷弁戕兵情事。內莊麗、陳愛、藍連、林照、林發、江遠生、謝汶、黃建、張戇九名除結會罪輕不議外，應與林牛等均比照謀叛案內被脅入夥訊無攻汛戕兵聞拏投首擬軍例，酌加一等，實發雲貴兩廣極邊煙瘴充軍。以上遣軍各犯均照例刺字分別發配。江見等訊無家屬財產，應毋庸議。前獲犯內有陳富、吳伯傳等，訊係無干，省釋。北路犯內柯九、蕭新得、蘇飛、蘇殿、張疆、鄭長、羅接義、吳猫牛等尚有另犯刦竊人命等案，應歸此案完結。張從在配脫逃，主守訊無賄縱，應由配所擬結。北路逸犯劉九宰、南路逸犯蔡羅等，飭緝獲日另結。所有在事出力文武義首人等可否量予鼓勵，出自天恩，容臣等查明另行酌保。除全案供結諮部外，所有撤兵回郡、續獲要犯、全案擬結緣由，理合恭摺具奏，伏乞皇上聖鑒，敕部核覆施行。謹奏。

道光二十二年止月二十五日奏。

道光二十二年五月十九日奉到硃批：另有旨，欽此。同日奉到道光二十二年四月初六日內閣奉上諭：達洪阿等奏臺灣南北兩路逆匪已平，續獲各犯彙案擬辦一摺，著刑部議奏。所有在事出力文武義首人等准其查明酌量保舉，候朕施恩。欽此。

遵旨嚴訊夷供覆奏

奏爲欽遵諭旨嚴訊夷供，據實覆奏，仰祈聖鑒事。

竊臣等上年八月具奏淡水、雞籠海口捡獲夷犯多名，聲明委員提郡查訊在案。適嘉義匪徒滋事，北路用兵，奏明暫緩起解，嗣於十二月閒南北路勘辦逆匪事竣，委員分起提解。原獲黑夷一百三十三人，除在監在途病斃外，陸續解到夷犯一百一十九名。隨將前奏能譯傳夷供之宋廷桂及續經訪出通曉夷語之何金飭交臺灣府知府熊一本、臺防廳同知仝卜年督同臺灣縣知縣閻炘、委員前候補同知臺灣縣知縣託克通阿等日夜研訊，甫得端倪。正在籌商辦理閒，接到撫臣飭知，奉二十一年十月十五日上諭，御史福珠隆阿奏請暫留罪夷以便訊究一摺，臺灣捡獲逆夷多名，如果尚未正法，卽著劉鴻翶飭令達洪阿等按照該御史摺內所陳，除千里鏡一節毋庸查究外，其餘逐層究詰明白曉諭，務得實情，密籌辦理，冀有裨益於攻剿機宜，欽此。並由撫臣照抄該御史原奏諮行臣等查照辦理。遵查原奏所稱應訊各條俱係案中緊要關鍵，先經該府廳縣悉心推鞫，所問欵目亦與原奏大略相同。茲於欽奉諭旨之後，臣等復加研訊。據黑夷頭目咀莉啌等供稱：

伊等駕船三隻同到臺洋，均係紅毛望結仔、吽朥油地方夾板夷船，向屬𠸄夷管轄。𠸄夷所轄各島，每年俱係進納鴉片烟土作爲貢稅。前年中國查禁鴉片，𠸄王不能銷售，遂向各島索要金銀，各島夷亦因鴉片難銷，無有金銀供應，仍求收納烟土，𠸄王卽於槟榔嶼、望結仔、嘪叻等處雇調兵船七十餘隻，在孟加剌地方會齊，大船用夷人八九百名，小船五六百名，每名月給番銀四五元至十餘元不等，又用漢奸五六名沿途賣貨記帳、偷買食用等物，令大頭目帶領各船至中國，與領事義律懇求通商。因中國嚴禁如初，卽帶各船至廣東虎門、浙江舟山、福建廈門等處滋擾。去年不記月分，義律被國王撤回，另換噗嗎喳爲領事大頭目，隨於七八月閒，先派三十餘船攻打廈門，又派二十餘船再攻浙江。又派伊等三桅船三隻來臺窺伺。不料伊等所駕之三桅船於八月十二日傍晚先到雞籠外洋，其同來二船不知在何處阻風停泊。伊等於十六日駛入雞籠口內，經官兵開礮轟擊，伊等用礮回攻，不能得力，被岸上一礮擊倒大桅，伊船立時破壞。船上有夷官呷嗶哂三人：一名呵呋萬，一名吧喇吥，一名嚨吥嚹。見勢危急，一人於拜天後跳海，一人刺目，一人同白夷數十人、黑夷三百餘人及漢奸數十人分駕原帶杉板船四隻逃走。岸上官兵乘船追趕，各夷在杉板船上投海溺死及被追兵殺死者不計其數。伊等均被生擒，船上所帶大小礮三十餘門及火藥礮子、金銀、食用等物，俱已散失各等語。此該夷船聽從𠸄逆各處滋擾，來臺被擒之原委也。詰以漢奸姓名、里籍，據稱漢奸俱是粵人，從前𠸄夷到廣通商最久，漢人與管事白夷彼此認識，是以此次雇在各船照料。若是面生之人，白夷亦不使用。伊等實不知其姓名。詰以製藥、造礮用何物料，該夷船能否造辦，據稱火藥、船隻俱在本國及息辣地方製造，礮用銅鑄，取其出子便利，伊等但能用藥點放，不會造辦。詰以硝磺米石俱由何處偷漏、所需內地何物接濟、畏懼中國何項兵法，據供硝磺米石俱由息辣、孟加剌等處運來也，有各處漢奸接濟。船上所帶幹麪粉餅極多，並非必需內地之物。至在中國打仗，最怕擱淺，是以到一海口，必要量水深淺；最怕火攻，是以船上兩舨皆是夾木，舨中一層貯水，以防礮火各等語。臣等復以梹榔嶼、望結仔、息辣、孟加剌、嗊叻等處是否國名，所獲圖冊夷書是何奸計，向其究問。據稱，孟加喇、嗊叻是暎夷屬島，梹榔嶼、望結仔、息辣三處俱是暎夷大馬頭，在噶喇吧一帶，遇有順風，亦須四五箇月方能駛到中國。至所帶圖冊是沿途各島及中國地圖，夷書是管船白夷呷嗶哹之物，伊等黑夷俱不識字，莫能解說，等供。再三嚴詰，矢口不移，似未便再事刑求。臣等查該逆夷等因天朝不准販賣鴉片煙土，輒聽暎夷調派，分至各省滋擾，實屬罪大惡極。若如該御史所奏解省訊辦，非惟現乏文武官兵配船護解過海，且此項黑夷俱係各島烏合愚蠢之人，問以秘要夷情，不能明晰，設或洋面夷船聞而截奪，更屬不成事體。應否仍照臣等原議卽行在臺正法，以彰國憲而快人心，抑如該御史所奏暫緩正法之處，臣等未敢擅便。除會同密籌制勝之策相機辦理外，合將遵旨嚴訊緣由由四百里馳奏，併另繕夷名清單恭呈御覽，俟命下日欽遵辦理。謹奏。

道光二十二年正月二十五日奏。

雞籠捡獲黑夷一百三十三名受傷及在途在監身斃外解郡訊供夷犯一百一十九名。

計開：

咀莉啌　嚧噶　咦呀嗎咭喥

嘮知　阿禮嗽　唎呵叺哩

馬阿甲　喂叻　咦嗚得唎

嗎吥吀　阿呋嚨　吵呵哈吻

喃嗔　嗨吵　呵喃㗏呷嘛

哝㗏　咇叻㗏　科嗒阿馬甲

晚咀　咖哪嘛　哪吣吀吧嚨

晚㗏　呥嚸　喃晚叱呧

阿食喃　攬然　望結仔吽叭

哼𠰷　嗚颯目　哈吻叻㗏

啫嘛嘛　哪咀　咀喝阿哩

吧咀哩	哈嗎𡁻	毛知嘪阿哩
咱咭仔	逸咀哩	吽喃哈啐
哦晚	吻叻	吵叭嘮哩
馬咲㖨	喇吧	咖哩哆咀
晚攵	任吻	阿哩吂嚒嘚
咀嚅	來晚	吽㖨咀吵
興語	毛禁	阿里咀喝
吵嗽	嗶攵	嘩嘁阿里
寒女晚	音嗎吗	初吻哪嘁噠咀
音嗎咀	魏	嗎喝咀噠咀
海叻	咖吵	哝嗎阿哩
抛其叻	阿咀	嗎攵噠咀
叻攵	吧沙哩	嗔唆
嗎叻生	唵嘛倚	吽嘮迦
噛嚁	嗯噒	�
嗽	噶嚕	㖨哪
吻嚕	啤嚕	咀吐
嗎哪	哋嗗哩	嗨唆嗲

嗎米	嗔語	叱貯
嚤吂	咀吧哩	驢吧
喝凜	咮唻	叻哩
阿哩	奇瘦	沛食哩
吒噠哩	斜米哪	然
吽噛	咖的	吒啐
嗎喝咀	哝食咀	吒噠哪
哩攵	阿執咀	牛嗎哩
沙呣	嗎咀	咀哩
呀四	嗶得哪	咀哪
梨四	哝攵	

再，上年十二月十五日接奉諭旨，著傳諭在籍提督王得祿回駐臺灣與臣等協同剿辦逆夷，欽此。臣等當經恭錄上諭移知去後，現據澎湖廳稟報，該提督已於上年十二月二十八日在澎湖病故，並據其子王朝經稟送該提督遺摺一副到臣姚瑩，囑爲差送督臣，代求呈遞。經臣姚瑩隨卽專差賫送督臣具奏在案。此次籌辦夷務，仍係臣達洪阿與臣姚瑩督同道銜臺灣府知府熊一本會商辦

理，合併附陳。謹奏。道光二十二年正月二十五日奏。

道光二十二年五月十九日奉到四月初六日硃批：另有旨，欽此。又摺內訊據黑夷句旁，奉硃直。又暎夷所轄各島每年俱係進納雅片烟土作爲貢稅，前年中國查禁鴉片，暎王不能銷售，遂向各島索要金銀，各島夷亦因鴉片難銷，無有金銀供應，仍求收納烟土，暎王卽於梹榔嶼、望結仔、噴叻等處雇調兵船七十餘隻，在孟加剌地方會齊，大船用夷人八九百名，小船五六百名，去年不記月分，義律被國王撤回，另換噗嘽喳爲領事大頭目等句旁，均奉硃點。又來臺被捦之原委也句旁，奉硃截。又詰以漢奸姓名句旁，奉硃直。又伊等實不知其姓名句旁，奉硃截。又詰以製藥造礮句旁，奉硃直。又據供硝磺米石俱由息辣、孟加剌等處運來也，有各處漢奸接濟，船上所帶幹麪粉餅極多，並非必需內地之物，至在中國打仗最怕擱淺，是以到一海口必要量水深淺，最怕火攻，是以船上兩舨皆是夾木舨中一層貯水以防礮火等句旁，均奉硃點。又臣等復以梹榔嶼、望結仔等處是否國名句旁奉硃直。又四五箇月方能駛到中國句旁，奉硃截。又至所帶圖冊句旁，奉硃直。又莫能解說等供句旁，奉硃截。又摺內仍照臣等原議卽行在臺正法一句旁，奉硃批：甚是。欽此。同日並承准軍機大臣字寄提督銜臺灣鎮總兵達，傳諭按察使銜臺灣道姚。

道光二十二年四月初六日奉上諭：本日據達洪阿等馳奏遵旨嚴訊夷供一摺，上年淡水、雞籠海口生捦夷犯現經黑夷頭目咀莉啌等供係紅毛望結仔、叶嘮油地方夷船，向屬暎逆管轄，暎逆因中國嚴禁鴉片，於梹榔嶼等處雇調兵船七十餘隻，大船用夷人八九百名，小船五六百名，分擾廣東、福建、浙江等處，伊等來臺窺伺，被官兵用礮擊破船隻，將伊等生捦，該逆打仗最怕擱淺，最怕火攻等語，覽奏均悉。據奏稱，逆等罪大惡極，著解省訊辦，洋面恐有疎虞，仍請在臺正法，所見甚是，著卽照議辦理。再昨據奏報，逆夷復犯臺港，經該總兵等生捦白夷十八人、紅夷一人、黑夷三十人、漢奸五名，該逆夷中必有洞悉夷情之人，究竟該國地方周圍幾許，所屬國共有若干，其最爲強大不受該國統屬者共有若干，又暎咭唎至回疆各部有無旱路可通，平素有無往來，俄羅斯是否接壤，有無貿易相通，此次遣來各僞官除噗鼎喳係該國王所授，此外各僞官是否授自國王，抑卽由帶兵之人派調，著達洪阿等逐層密訊，譯取明確供詞，據實具奏，毋任諱匿。將此由四百里諭令知之。欽此。遵旨寄信前來。又附片具奏在籍王提督在澎湖病故一片，同日奉到硃批，業經奏到，有旨了。欽此。

查明雞籠夷案出力人員奏

奏爲遵旨查明雞籠擊沈夷船捦斬多名案内出力文武義首人等，恭摺具奏，仰祈聖鑒事。竊道光二十一年十月十一日奉上諭，達洪阿等奏擊沈夷船捦斬逆夷、奪獲礮位一摺，此次文武義首人等共計斬馘白夷五人、黑夷二十二人，生捦黑夷一百三十三人，撈獲夷礮十門，搜獲夷書多件，辦理出力，甚屬可嘉。提督銜臺灣鎮總兵達洪阿著賞換雙眼花翎，臺灣道姚瑩著賞戴花翎，達洪阿、姚瑩及道銜臺灣府知府熊一本，均著交部從優議敘，其在事出力各員弁兵勇義首人等著據實保奏，候朕施恩，欽此。臣等查上年八月以來，夷船疊至臺灣外洋游奕，臣等督飭各屬嚴密防堵。是月十六日卯刻，該夷膽敢駛進口門，攻打二沙灣礮臺，經艋舺參將邱鎮功等安放大礮轟擊夷船，淡水同知曹謹、候補同知直隸州澎湖通判范學恒等亦在三沙灣放礮接應，邱鎮功手放一礮擊中夷船，桅折索斷，退出口外，冲礁擊碎。夷人溺死無數。其上岸及乘船駛竄者，復經該參將督同署守備許長明、歐陽寶等帶兵駕船趕往，生捦格殺黑夷多名。卽用知縣王廷幹派丁隨同艋舺縣丞宓惟慷出洋，生捦黑夷多人。署滬尾守備千總陳大坤、署北路右營游擊安定邦等截擊逃竄逆夷，將其杉板擊沈，斬獲多名。同知曹謹復遣丁屬帶同役勇至外洋草嶼，斬馘夷匪，搜獲夷書圖冊，屯弁義首人等亦皆奮勇出力，隨同官兵打仗，捦獻夷人礮械，洵足以快人心。臣等謹遵聖諭，查明最爲出力者分別開單，恭呈御覽，可否仰乞恩施鼓勵，俾海外官民益加奮勉，出自皇上天恩。謹奏。道光二十二年正月二十五日奏。

題陞臺灣水師副將艋舺參將邱鎮功，該員督率備弁兵丁在二沙灣守禦雞籠大口，手放大礮，擊斷夷船大桅，得獲勝仗，復生擒斬馘夷匪多名，可否賞戴花翎。

淡水同知曹謹，該員督率屯勇在三沙灣堵禦，復遣派役勇出洋追擊，又至外洋草嶼搜捕，均有斬獲，併取夷書圖冊。夷船二次來犯，復會督兵勇防守無悞，可否以知府升用，先換頂戴。

候補同知直隸州澎湖通判范學恒，該員奉委駐防雞籠，協同文武堵禦，復協同出洋，斬獲夷匪，搜取夷書圖冊，可否賞加知府銜。

署北路右營遊擊噶嗎蘭都司安定邦，該員督率弁兵在觀音山截擊夷匪，刺死白夷二人，生擒黑夷九人，可否以遊擊即行升用，先換頂戴。

即用知縣王廷幹，該員奉委巡查海口，協同文武堵禦，遣派家丁隨同縣丞宓惟慷出洋，生擒夷匪多名，可否賞加知州銜。

艋舺縣丞宓惟慷，該員帶領屯勇出洋，生擒夷匪三十一名，起獲夷礮五門、礮子鉠椗多件，逆夷二次來犯，亦防守無悞，可否以知縣儘先升用，仍賞戴藍翎。

署噶瑪蘭守備千總許長明，該員自前年調派守口，管帶弁兵最爲整肅，此次二沙灣堵禦，得獲勝仗，復駕船出洋，斬馘黑夷多名至二次夷船來犯，復同外委尤登和防守獅球嶺，礮斃夷匪二人，可否以守備儘先升用，仍賞戴花翎。

署艋舺營守備千總歐陽寶，該員督率弁兵在二沙灣堵截夷船得勝，復出洋斬獲夷匪多名，可否以守備升用，先換頂戴。

署滬尾水師守備千總陳大坤，該員在滬尾守口帶領兵丁迎擊夷匪，擊沈杉板一隻，斬獲白黑夷匪多名，最爲出力。該員現已病故，查有該員之子陳功，當時亦隨同打仗，生擒黑夷五名，可否賞戴藍翎。

候補從九品周晉昭、劉其鍾，該二員協同文武堵禦，擒斬夷匪，均幫同出力，可否儘先補用。

德化縣典史陶榮，該員奉委駐守滬尾，見有夷船逃至，即協同營員截殺，生擒黑夷二名，可否以縣丞升用。

署千總陳連春、外委尤登和，該二員隨同堵禦得勝之後，復出洋擒斬黑夷多名，起獲大夷礮一門，鉠子、粽毯、火藥等件，二次夷船來犯，該署千總陳連春復同外委尤登和擊退，尤爲出力，可否賞戴藍翎。

噶瑪蘭外委伍雲升、金包里外委林光章，該二員或隨同出洋生捦斬馘黑夷多名，或於逆夷二次犯境礮斃夷匪二人，可否以把總拔補。

淡水同知曹謹親屬郝芝，該屬帶領家丁生捦黑夷五名，可否賞給六品軍功職銜。

滬尾水師目兵何得和、李起鳳，兵丁楊得貴、張步陞、王思齊、王由庚、唐金標、汪自春，該兵丁等隨同出洋斬馘黑夷，打仗出力，應請由臣達洪阿記名分別外委、額外拔補。

屯外委李逢春，該屯弁駐防雞籠一年以上，復隨同官兵打仗出力，應請賞給屯千總頂戴。

淡水雞籠總理監生謝集，該總理自二十年秋間派在雞籠督同鄉勇守口，日夕辛勤，此次首先隨同官兵打仗出力，生捦夷匪多名，可否賞戴藍翎。

署守備陳大坤親丁陳經邦、董事吳助友、義首林得方，該親丁董事等首先隨同官兵打仗出力，生捦夷匪多名，可否均賞給六品軍功職銜。

總理姜秀鑾、義首生員范玉成、鮑鄂銜，該總理等一聞夷船犯境，卽率義勇壯丁隨同官兵打仗，斬獲夷匪，可否賞給七品軍功職銜。

義首謝朱黻、謝希周、謝福泉、張耀東、鄭懷德、林廷瑞、陳惟善、洪得英、張鳴岐、陳甫、陳秀傑、何漢章，該義首等本皆團練壯勇，一聞夷船犯境，立遵地方官調派，出力堵禦，各有捦獲夷匪，可否均賞給八品軍功職銜。

道光二十二年五月十九日奉到硃批：另有旨，欽此。同日承准兵部火票遞到道光二十二年四月初六日內閣奉上諭，達洪阿等奏查明上年臺灣擊沈夷船捦斬逆夷案內出力文武義首人等懇請鼓勵開單呈覽一摺，上年逆船駛入臺澎雞籠地方，經文武各員弁擊沈夷船並捦斬逆夷多名，辦理甚屬出力，自應量予恩施。題升臺灣水師副將艋舺參將邱鎮功，著賞戴花翎。淡水同知曹謹，著以知府升用，先換頂戴。候補同知直隸州澎湖通判范學恒，著賞加知府銜。署北路右營遊擊噶瑪蘭都司安定邦，著以遊擊卽行升用，先換頂戴。卽用知縣王廷幹，著賞加知州銜。艋舺縣丞宓惟慷，著以知縣儘先升用，賞戴藍翎。署噶瑪蘭守備千總許長明，著以守備儘先升用，賞戴花翎。署艋舺營守備千總歐陽寶，著以守備升用，先換頂戴。署滬尾水師守備千總陳大坤之子陳功，著賞戴藍翎。候補從九品周晉昭、劉其鍾，均著儘先補用。德化縣典史陶榮，著以縣丞升用。署千總陳連春、外委尤登和，均著賞戴藍翎。噶瑪蘭外委伍雲升、金包里外委林光章，均著以把總拔補。郝芝，著賞給六品軍功職銜。目兵何得和、李起鳳、兵丁楊得貴、張步陞、王思齊、王由庚、唐金標、汪自春，均著達洪阿記名分別外委額外拔補。屯外委李逢春，著賞給屯千總頂戴。總理監生謝集成，著賞戴藍翎。陳經邦、董事吳助友、義首林得方，均著賞給六品軍功職銜。總理姜秀鑾、義首生員范玉成、鮑鄂銜，均著賞給七品軍功職銜。義首謝朱鹹、謝希周、謝福泉、張耀東、鄭懷德、林廷瑞、陳惟善、洪得英、張鳴岐、陳甫、陳秀傑、何漢章，均著賞給八品軍功職銜，以示獎勵。該部知道。欽此。

逆夷復犯大安破舟捡俘奏

奏爲逆夷復犯臺港，計破其舟，斬溺無數，生捡白夷十八人、紅夷一人、黑夷三十八人併通夷奸民五人，起獲礮械多件，由五百里馳報，仰祈聖鑒事。竊道光二十二年正月二十六日戌刻接據彰化縣稟報，二十四日卯刻有三桅夷船三隻，在五汊港外洋向北駛去。臣等查該處與淡水、鹿港二廳接壤，飛飭該廳縣以夷情詭詐，難保不近口窺伺，凛遵不與海上爭鋒之旨，惟有以計誘其擱淺，設伏殲捡去後（硃：能有如此定見，其有不成功之理），兹於三月初三日接據淡水同知曹謹、署鹿港同知魏瀛、委員澎湖通判范學恒、彰化縣知縣黄開基、護北路副將關桂稟報，該廳縣等遵照密札，僱募漁船假作漢奸，在北路一帶港口偵探。三十日卯刻，果有三桅夷船一隻隨帶杉板四隻在淡彰交界之大安港外洋欲行入口，該廳縣當即會同關桂及署北路右營游擊安定邦等督率員弁兵勇馳往堵禦，一面在港口迤北之土地公港分兵埋伏。逆夷見大安港口兵勇衆多，攻撲不進，復退出外洋。經藴霧捒巡檢高春如及大甲巡檢謝得琛所募之漁船粵人周梓等，與夷船上廣東漢奸作土音招呼，誘從土地公港駛進，果爲暗礁所擱（硃：　大快人心）。其船歪側入水，夷人十分驚慌，該處埋伏兵勇齊起，距岸不遠，已在水搖嵗，不能行駛。闢桂、安定邦督令署守備何必捷、千總何建忠、李青雲、把總翁標桂、林飛鵬等施放大礮，奮力攻擊，逆夷危急不能回礮（硃：　果有何技能）。延至巳刻，其船遂破，夷人紛紛落水（硃：　稍紓積忿），死者不計其數。或跳上杉板逃竄，復有數十人手持短械跳上漁船，該廳縣將備同大甲巡檢謝得琛、竹塹巡檢汪昱、外委蕭振輝、李吳魁等及義首總理兵勇，奮力圍擊（硃：　可稱大快人心），殺斃白夷一人、紅黑夷數十人，生擒白夷十八人、紅夷一人、黑夷三十人，廣東漢奸五名（硃：　尤甚稱快），奪獲夷礮十門，又鐵礮一門、鳥鎗一桿、腰刀十把，均係鎮海甯波營中之物（硃：　迴思憤恨，由此觀之，逆船係由浙而來也。）等語前來。臣等查該夷前經懲創復敢來臺滋擾，仰仗天威，計破其舟，溺斃斬馘無數，生擒白紅黑夷四十九人（全賴爾等智勇兼施，爲國宣威，朕喜悅之懷，筆難罄述。），奪獲礮械圖書，並將通夷奸民一同拏獲，實足以快人心而彰國法。惟夷情兇狡，兩次敗衂，必圖大幫報復，除督飭文武鼓勵士卒，激勸義首頭人壯勇同心協力，加意嚴防，一面委前候補同知臺灣縣知縣託克通阿、署北路都司岑廷高馳往查勘夷船，搜取礮械，行提各犯來郡訊録供情辦理外，合將計破夷船、生擒夷犯漢奸情形遵奉諭旨由五百里奏報。伏乞皇上聖鑒，訓示遵行。謹奏。道光二十二年三月初四日奏。

道光二十二年五月十九日奉到硃批：　可嘉之至，即有恩旨。欽此。又摺内凜遵不與海上爭鋒之旨，惟宜以計誘其擱淺，設伏殲擒句旁，奉硃批：　能有如此定見，豈有不成功之理。欽此。又高春如、謝得琛、周梓名旁，均奉硃圈。又土地公港駛進果爲暗礁所擱句旁，奉硃批：　大快人心。欽此。又闢桂、安定邦、何必捷、何建忠、李青雲、翁標桂、林飛鵬等名旁，均奉硃圈。又奮力攻擊，逆夷危急，不能回礮句旁，奉硃批：　果有何技能。欽此。又夷人紛紛落水句旁，奉硃批：　稍紓積忿。欽此。又汪昱、蕭振輝、李吳魁等名旁，均奉硃圈。又奮力圍擊句上，奉硃批： 可稱大快人心。欽此。又殺斃白夷一人，紅黑夷數十人，生擒白夷十八人，紅夷一人，黑夷三十人，廣東漢奸五名等句旁，奉硃圈。又奉硃批： 尤甚稱快。欽此。又奪獲夷礮十門又鉄礮一門鳥鎗五桿腰刀十把均係鎮海甯波營中之物句旁，奉硃批： 迴思憤恨。由此觀之，逆船係由浙而來也。欽此。又仰仗天威計破其舟溺斃斬馘無數生擒白紅黑夷四十九人句旁，奉硃批： 全賴爾等智勇兼施，爲國宣威，朕嘉悦之懷，筆難罄述。欽此。

同日奉到道光二十二年四月初五日内閣奉上諭：

本日達洪阿姚瑩由五百里馳奏逆夷復犯臺港破舟殲逆一摺，據稱淡水同知曹謹、署鹿港同知魏瀛、澎湖通判范學恒、彰化縣知縣黃開基、護副將關桂稟報，正月三十日有三桅夷船及杉板船在淡水彰化交界之大安港外洋欲行入口，見兵勇衆多，攻撲不進，復退出外洋。經貓霧捒巡檢高春如及大甲巡檢謝得琛所募之漁船粵人周梓等，與夷船上廣東漢奸作土音招呼，誘從土地公港駛進，果爲暗礁所擱。其船攲側入水，該處埋伏兵勇齊起，關桂及署北路右營遊擊安定邦督令署守備何必捷，千總何建忠、李青雲，把總翁標桂、林飛鵬等施放大礮，奮力攻擊，其船遂破。逆夷紛紛落水，死者不計其數。復有數十人手持短械跳上漁船，該廳縣將備同大甲巡檢謝得琛、竹塹巡檢汪昱、外委蕭振輝、李吳魁等及義首總理兵勇奮力圍擊，殺斃白夷一人、紅黑夷數十人，生擒白夷十八人、紅夷一人、黑夷三十人、廣東漢奸五名，奪獲夷礮十門，又獲鐵礮鳥鎗腰刀圖書各件等語，覽奏欣悦，大快人心。該夷上年窺伺臺灣，業被懲創，復敢前來滋擾，達洪阿、姚瑩以計誘令夷船淺擱，破舟斬馘，大揚國威，實屬智勇兼施，不負委任，允宜特沛殊恩，以嘉懋績。達洪阿著加恩賞加太子太保銜並賞加阿克達春巴圖魯，姚瑩著賞加二品頂帶，達洪阿、姚瑩均仍交部從優議敘。所有在事出力文武員弁及義首義勇人等均著開單保奏，候朕施恩。欽此。同日承准軍機大臣大字寄提督銜臺灣鎮總兵達，傳諭按察使銜臺灣道姚： 道光二十二年四月初五日奉上諭，達洪阿姚瑩由五百里馳奏逆夷復犯臺灣破舟殲逆一摺，已明降諭旨，將達洪阿、姚瑩分別加恩矣。達洪阿等智勇兼施，爲國宣威，可嘉之至。該文武員弁及義首義勇奮勉出力，亦應加恩激勸，著達洪阿等即將關桂、安定邦、何必捷、高春如、謝得琛、何建忠、李青雲、翁標桂、林飛鵬、汪昱、蕭振輝、李吳魁、周梓等及此外出力文武員弁義首義勇開單保奏，候朕施恩。據奏該逆三桅大船三隻在五汊港外洋向北駛去，僅只擊沈一船，其餘二隻究竟駛往何處？再，此次生擒逆夷數十名，且獲廣東漢奸五名，正可隔別嚴鞫，令其據實供吐。逆夷屢次前來臺灣，係何人指使，意欲何爲，所獲白夷十八人有無得受僞職之頭目在内，此次滋擾臺灣船隻由何處駛來，現在廣東、福建、浙江各洋面口岸夷船共有若干隻，各處夷船分領頭目幾人，漢奸内最爲該逆信任者幾人，其姓名並詭譎蹤跡，務當層層分晰，訊取確實供詞，與保奏摺件均由五百里覆奏。取供之後，除逆夷頭目暫行禁錮候旨辦理外，其餘各逆夷與上年所獲百三十餘各均著即行正法，以紓積忿而快人心。至逆屢經懲創，難保不再來報復，達洪阿等仍當加意督飭文武員弁，鼓勵士卒，小心防，切勿因屢次得手，稍形疎懈。是爲至要。將此由五百里諭知達洪阿，並傳諭姚瑩知之。欽此。遵旨寄信前來。

東溟奏稿卷三

遵旨籌議覆奏

奏爲遵旨議奏仰祈聖鑒事。道光二十二年二月十四日亥刻接准軍機大臣字寄道光二十一年十二月初八日奉上諭，前據達洪阿等奏逆夷滋擾臺郡，官兵擊沈船隻，奪獲器械，捡斬夷匪多名，當有旨諭令該總兵等嚴飭在事文武，添派兵勇嚴密防範，並諭令王得祿移駐臺灣協同勦辦。嗣因日久未據續報，復諭令怡良等確探馳奏，迄今又將匝月，朕心實深廑念。臺灣爲閩海要區，向係該逆垂涎之地，此次駛入逆船，復經該總兵等殲勦，難保無匪船闖入，冀圖報復。現據奕山等奏，逆夷有遣人回國添調兵船於明春滋擾臺灣之語。該總兵等接奉前旨後，於一切堵勦機宜，自已先事豫籌妥洽。現在情形若何，有無續來滋擾，萬一該逆大隊復來，該處駐守弁兵及招募義勇是否足資抵禦？其如何定謀決策，層層佈置，可操必勝之權，著達洪阿等會同王得祿悉心定議，一併會銜具奏，並著怡良等密速確探現在情形，據實奏聞，毋再遲延。將此由六百里諭知怡良等，並傳諭姚瑩知之。欽此。遵旨寄信前來。臣等查逆夷自上年八月在雞籠受創之後，果於九月間再犯雞籠，臣等督飭文武當時擊退，於九月二十日具奏，所有雞籠第一次擊破夷船捡斬奪礮一摺，係十二月十五日奉到硃批上諭，仰蒙訓示機宜，頒賞花翎，從優議敘，臣等欽遵祗領，恭摺謝恩，於十二月二十日專弁內渡齎呈。一面傳知王得祿來臺協同辦事。詎王得祿已於是月二十八日在澎湖病故，本年正月二十五日接據澎湖廳稟報，經將遺摺由督臣代奏，併於訊取夷供覆奏摺內附片陳明，由四百里馳奏。是月三十日，逆夷復至淡水之大安海口，臣等督飭文武義首計破其舟，生捡白紅黑夷四十九名，廣東奸民五名，甫於二月初四日由五百里馳報各在案。惟是海洋風汛本已不時，又有夷船盜艘出沒阻劫，船隻過海維艱，文報往來益形壅滯，仰煩聖廑，臣等不勝惶悚。茲蒙示以逆夷在粤，揚言將以大幫來臺滋擾，諭詢兵勇是否足資抵禦，如何決策定議。臣等謹查臺灣戍兵名雖一萬四千，內除澎湖兩營隔海、噶瑪蘭一營遠在山後，其山前一廳四縣地亘一千餘里，海口林立，民情不靖，現當處處戒嚴，若遇大幫夷船，實形單薄。欲請兵內地，則本省防夷吃緊，缺額戍兵尚難補足，其不能添調可知；欲請兵外省，則客兵地利生疎，未見十分得力，且遠隔重洋，緩不濟急。反覆思維，不得不用本地義勇（硃：甚是甚好），以臺灣人習鬥，膽氣較優，且自衛鄉邦，其情較切，若曉以大義，優其爵賞，尚可有爲。是以臣等自二十年八月先後赴南北路督同廳縣委員遍諭紳耆聯莊，團練義勇，半守本莊，半聽官調，已據各屬陸續冊報練勇四萬七千一百有奇（硃：深堪嘉慰），請領義旂腰牌。此皆平時不領經費，調用始給口糧，其各海口則自二十年夷船窺伺臺灣擊退後，及上年厦門失守夷船再犯雞籠，臣等陸續添派守口常駐弁兵三千六百六十八名，益以調募屯丁義勇水勇五千五百餘名，其分防陸路守城及澎湖兵勇均不在內。惟兵勇分駐只可禦三數夷船，設有大幫，則需調取陸營官兵及團練之義勇出禦，仍遵聖訓不與海上爭鋒（硃：操勝之道），俟其登岸，設伏擊之。

伏思用兵之道，氣不可餒，貴從容佈置；言不可夸，貴切中機宜；謀不在奇，貴深明事勢；人不在眾，貴協力同心。夷人之長全在大船火器，必使船不入港，火器有禦，方爲盡善。守禦之法，其要端有五：一曰塞港。近時塞港之法，各省皆有請求，當各因地勢而用。臺郡近城惟國賽港與三鯤身之新港最爲寬深，新港現用大竹簍及木桶載石填塞，國賽港則以不堪用之哨船數隻並製大木籠千餘箇載石堆貯水中，攔其大小船隻，港內岸上均設兵勇守之。至四草與安平大港對峙，安平爲重兵所在，而以偏師扼守四草港內，復製大木排四座，上架大礮攔截港門，更制二丈長大木，鑽數百枝，上安大鐵鑽帶鉤，貫以籐條，橫浮水上，以罣其船。此塞港與守港之法也。二曰禦礮。沿岸建設石壁，外以竹簍貯土堆作礮堆，或用大竹簟夾築土牆長數十丈及百餘丈不等，其下更挖濠溝，或埋釘桶竹簽，或布鐵蒺藜。臣達洪阿近更製地雷數十處，埋伏以待。三曰破其鳥鎗。水中用竹筏，上張木架，懸掛牛皮、棉被，使水勇乘之以進。岸上則於籐牌之外，新添翻被架，五十名爲一排，後藏小銅礮、抬礮、抬鎗，可以破其鳥鎗、火箭、火鏢。又練翻被手，其法用五十人爲隊，手執水溼綿被，張其兩角，兼執兩刃，排列而前，長矛鳥鎗隨進，較籐牌更爲得力。四曰守城。臺灣郡城逼近海邊，安平卽係西城，三郊商賈雲集之所，向有礮臺三座，近更加築堅厚，復圍建木柵七百餘丈，守以義勇，城内八坊八十二境，諭令紳士舖民每段樹柵，自選壯丁稽查嚴守，現在送冊亦五千餘人。此臣等籌防郡城内外之大概情形也。五曰稽察奸民。夷雖猖獗，皆由所在奸民勾引，廣東、厦門、甯波本洋商所聚，通市已久，無賴之徒素食夷利，故爲之用。臺灣向無洋商，夷舶不到，似無此患。而民情不靖，則其患更深。昨獲鳳山逆匪張從，竟以廣西逃軍，在廣東與通夷奸民勾結，回臺糾人爲夷内應，幸逆黨首從伏誅，該逆爲臺灣縣知縣閻炘所獲，並究出夷用漢奸劉相、蘇旺爲之主謀，本年夷酋噗嘣喳復自定海遣夷目顛林偕漢奸黄舟等以重貲來臺窺探，欲行勾結，又卽破獲，而南北兩路匪徒上年復痛加殲剿。惟是逆夷既屢次失利，懷恨轉深，果否遂能戢其邪謀，尚在未定。臣等益當督飭文武，隨時嚴密稽查，以防意外之虞。

且夷囚現在郡監一百六十八名，解省既有不可，久禁亦非善計，甫經奏請訓示，設未奉到硃批回而大幫猝至，惟有先行正法（硃批：必當如此），以除内患，是爲要著。至於臺灣各城，惟郡城臨海，最爲險要，其餘廳縣皆距海數十里，民莊皆用竹圍，足禦夷礮。獨海口沙地水鹹不能種竹，惟令各口文武添設礮墩土牆，相機辦理。又各口惟雞籠三面環山，險峻可守。滬尾兩山對峙，一港中通，其險次之。此外則皆一望平沙，港門皆在水中，或有暗礁沈汕，猶可限阻夷舟，否則全仗人力，自當相度地勢而行，不能一律辦理。現令各民莊自相結聯，倘夷人登岸，卽同官兵設法邀擊。蓋兵事頃刻變易，全在不失機宜，非成法所能盡者。亦惟存乎其人，將吏果皆有勇能謀，是又臣等之愚所不敢必信者也。臣等才識庸愚，當此鉅任，惴慄時深，何敢遽言必勝之權？惟有竭誠畢慮，鼓勵人心，以期眾志成城，仰報高厚鴻慈於萬一。謹將籌議辦理情形據實覆奏。此次所陳，皆臺灣機要，請免宣示，以昭慎密。是否有當，仰祈皇上聖鑒，訓示遵行。謹奏。道光二十二年二月十六日奏。

（六月初九日奉到硃批：辦理甚屬周妥，朕心寬慰。另有旨。）

再有請者，臺灣自道光二十年夏間夷船到鹿耳外洋官兵擊退之後，臣等即督飭文武查明各屬海口設築礮墩，委員督帶兵勇駐札防守，一面製備攻守器具，迨厦門失守，夷船再犯雞籠，復逐次添設，處處戒嚴。所有兵勇口糧一切經費實爲繁鉅，派設府局遴委臺防同知仝卜年專司支應，由知府熊一本查核，其應准應駁皆稟由臣姚瑩親自裁決，一切皆立有章程，絲毫不容浮冒。計自二十年八月起至二十一年十二月終止，淡水、噶瑪蘭二廳暨臺灣、鳳山、嘉義、彰化四縣並撥給澎湖一廳共支給過銀二十餘萬兩，除先經省撥經費銀十萬兩外，均係該府廳縣挪款墊應，嗣蒙皇上賞銀三十萬兩，經督撫臣於上年十二月委員解到，歸還前此挪墊及分給各屬外，府庫實僅存銀十三萬餘兩，道庫備貯原存五萬五千餘兩，又以南北兩路逆匪滋事動用三萬兩，所存無幾。兹蒙諭示以逆夷將有大幫到臺滋擾，經費未免尚形短絀，聞省中經費亦非寬裕，不能再濟臺灣。可否仰乞天恩，飭部另籌經費五十萬撥貯閩省，專爲臺灣陸續接濟軍需，俾臣等稍有所恃，庶無掣肘之虞。臣等極知國家經費有常，何敢稍昧天良，再行瀆請？實緣夷務重大，地在海外，若不先事綢繆，恐悮事機，惟有加意撙節，不使稍有虛縻，仰體皇上振武理財之意。至於鼓舞人心，尤爲目前第一要著，所有臺灣出力義民，除勞績顯著者隨事專摺具奏請獎外，所有義民遇事出力，可否准令臣等便宜賞給六、七、八品軍功頂戴，俾得立時奮勇，無悮事機，事後再行彙案具奏諮部，則臺地更有裨益。謹奏。

道光二十二年二月十六日奏，六月初九日奉到硃批：另有旨。道光二十二年六月初九日奉到硃批：辦理甚屬周妥，朕心寬慰。另有旨。欽此。又摺内不得不用本地義勇句旁，奉硃批：甚是。甚好。欽此。又各屬陸續冊報練勇四萬七千一百有奇句旁，奉硃批：深堪嘉慰。欽此。又懍遵聖訓不與海上爭鋒句旁，奉硃批：操勝之道。欽此。又用兵之道氣不可餒，貴從容佈置；　言不可夸，貴切中機宜；　謀不在奇，貴深明事勢；　人不在眾，貴協力同心等句旁，均奉硃圈。　又於協力同心四字，硃筆連圈。　又當各因地勢而用句旁，奉硃點。　又守港之法也句旁，奉硃截。　又二曰禦礮句旁，奉硃點。　又埋伏以待句旁，奉硃截。　又三曰破其鳥鎗句旁，奉硃點。　又更爲得力句旁，奉硃截。　又四曰守城句旁，奉硃點。　又籌防郡城内外之大概情形也句旁，奉硃截。　又五曰稽察奸民句旁，奉硃點。　又鳳山逆匪張從名旁，奉硃直。　又竟以廣西逃軍在廣東與通夷奸民勾結，回臺糾人爲夷内應，幸逆黨首從伏誅等句旁，奉硃點。　又閻炘名旁，奉硃圈。　又所獲並究出夷用漢奸以劉相、蘇旺爲之主謀，本年夷酋噗嘣喳復自定海遣夷目顛林偕漢奸黄舟等以重貲來臺窺探，欲行勾結，又卽破獲等句旁，均奉硃點。　又惟有先行正法以除内患句旁，奉硃批：　必當如此。　欽此。　又附片具奏臺灣防夷經費短絀請另籌五十萬兩接濟，並請便宜賞給出力弁兵義民軍功頂戴一片，同日奉到硃批：　另有旨。　欽此。

同日並承准軍機大臣字寄提督銜臺灣鎮總兵達，傳諭臺灣道姚：　道光二十二年四月二十六日奉上諭，達洪阿等奏籌議臺灣防夷章程一摺，據奏臺灣海口林立，民情不靖，現在閩省防夷緊要，客兵地利生疎，均難請調，惟用本地義勇自衛鄉邦，現已練勇四萬七千有餘，設有大幫逆船，調取陸營官兵及團練義勇出禦等語，所見甚是，所辦甚好。　仍著達洪阿等相機度勢，協力同心，平日嚴申紀律，臨時籌度機宜，設有大幫逆船突犯，勿與海上爭鋒，俟其登岸設伏殲除，可操必勝之道。　所奏塞港，禦礮、破鳥鎗、守城邑及稽察奸民五條，均屬周妥，著卽照議辦理。　前獲夷匪一百六十餘名業已諭知，卽在臺灣正法，計此時當已接奉，著卽遵旨辦理。　另片奏請出力弁兵義民便宜賞給六、七、八品軍功頂戴彙案奏咨，亦著如所請行。　所懇籌撥經費銀五十萬兩，已有旨著戶部速議具奏。　將此由五百里諭知達洪阿，並傳諭姚瑩知之。　欽此。　遵旨寄信前來。

道光二十二年六月初九日承准軍機大臣字寄提督銜臺灣鎮總兵達、按察使銜臺灣道姚：　道光二十二年四月二十六日奉上諭，達洪阿等奏籌議臺灣防夷章程一摺，據奏臺灣海口林立，民情不靖，現在閩省防夷緊要，客兵地利生疎，均難請調，惟用本地義勇自衛鄉邦，現已練勇四萬七千有餘，設有大幫逆船，調取陸營官兵及團練義勇出禦等語，所見甚是，所辦甚好。仍著達洪阿等相機度勢，協力同心，平日嚴申紀律，臨時籌度機宜，設有大幫逆船突犯，勿與海上爭鋒，俟其登岸設伏殲除，可操必勝之道。所奏塞港、禦礮、破鳥鎗、守城邑及稽察奸民五條，均屬周妥，著卽照議辦理。前獲夷匪一百六十餘名業已諭知，卽在臺灣正法，計此時當已接奉，著卽遵旨辦理。另片奏請出力弁兵義民便宜賞給六、七品軍功頂戴彙案奏咨，亦著如所請行。所懇籌撥經費銀五十萬兩，已有旨著戶部速議具奏。將此由五百里諭知達洪阿、姚瑩知之。欽此。遵旨寄信前來。此次廷寄係黃紙加封面用硃筆書達洪阿、姚瑩手啟，封口硃筆花押，以原奏有事皆機要，請勿宣示語也。

戶部謹奏，爲遵旨速議具奏事，道光二十二年四月二十六日奉上諭，達洪阿、姚瑩奏請籌經費銀五十萬兩撥貯閩省，陸續解臺，接濟軍需，著戶部速議具奏。欽此。欽遵抄出到部。臣等伏查臺灣防堵經費上年十月內，經該總兵達洪阿等奏准於閩省軍需項下分撥銀三十萬兩在案，茲復據奏請籌撥銀五十萬兩，臣等公同商酌，擬撥福建本省春撥實存地丁銀三萬兩，春撥後續徵地丁銀四萬兩，廣東省春撥實存地丁銀十萬兩，封貯銀十萬兩，湖南省封貯銀十萬兩，蕪湖關稅銀九萬兩，北新關稅銀四萬兩，以上共銀五十萬兩作爲該處防堵經費。恭俟命下，由臣部行文各該督撫監督等，將指撥銀兩迅卽委員解閩，並令閩浙總督照數收貯，以備臺灣陸續提用。其各省銀兩未經解到以前，如臺灣有提用之處，除動解該省地丁銀七萬兩外，仍於該藩庫正雜留支各款內及存賸軍需項下先行借支解往，以期無悞要需。謹將臣等速議緣由恭摺具奏，伏乞皇上聖鑒。謹奏。道光二十二年四月三十日具奏。本日奉旨：依議。欽此。

謝賞世職恩摺

奏爲恭謝天恩，仰祈聖鑒事。竊臣等備員海外，上年八月殲捦逆夷，甫蒙訓示周詳，優加賞賚。方愧涓涘未報，悚惕滋深，茲復以九月夷船再犯雞籠官兵擊退並勦辦南北兩路逆匪各一摺，於本年三月初十日奉到十二月二十九日上諭： 逆夷兩次侵犯臺郡，該鎮道等均能督率兵勇，奮力攻擊，兩月之內連獲勝仗，其南北兩路乘機滋事匪徒亦被該鎮道等親督文武兵勇卽時撲滅，辦理妥速，甚屬可嘉，達洪阿著賞給騎都尉世職，姚瑩、熊一本均著賞給雲騎尉世職，在事出力各員弁義首人等著據實保奏，候朕施恩。欽此。 三月之內，疊被殊榮，聞命自天，感慙無地，當卽恭設香案，率同臺灣府知府熊一本望闕叩謝天恩訖。

伏念逆夷犯順，中外同仇，臺灣爲海外巖疆，臣等責無旁貸，翦茲醜類，期無孑遺，殄彼亂民，豈容朝食。乃蒙逾格鴻施，有加無已，賞延於世，逮及郡臣。凡臣下不數之遭逢，皆臣等及身之榮幸，撫衷增愧，圖報愈難。惟有共矢和衷，益加奮勉，臨事廣集羣力，務求有勇知方，以期仰副聖主內安外攘之訓。 除查明在事出力人員另摺保奏外，所有臣等感激微忱，理合差弁齎謝天恩，伏乞皇上聖鑒。謹奏。 道光二十二年三月十二日奏。

二次生捦逆夷奸民訊供進呈夷信圖書奏

奏爲二次生捦逆夷提訊供情，究出在地通夷奸民，立時拏獲，恭摺具奏並進呈夷信圖書等件仰祈聖鑒事。竊道光二十二年正月三十日臣等督率淡水營廳縣計破夷船生捦白紅黑夷及廣東奸民，於二月初四日由五百里馳奏，聲明委員往勘，搜取礮械，提犯解郡，訊取供情在案。 茲據文武委員託克通阿、岑廷高勘明，擊破夷船係在淡水廳、彰化縣交界之土地公港，夷船業已擊碎，船上貨物俱已無存，惟先後奪獲並撈取大小銅鐵夷礮十三門，自來火鳥鎗十二桿，鎗口旁上插尺許長細尖刀，又雙合雙口自來火鳥鎗一桿，短刀二十七把，及鞭鐗等件，又浙江營鑴號鳥鎗八桿，腰刀二十七把，破爛夷書二冊，夷信五十三紙，同夷犯四十九名、粵東奸民五名一併提解來郡。 連日委臺灣府知府熊一本、臺防同知仝卜年、臺縣知縣閻炘暨鳳山縣知縣魏彥儀、委員魏一德、託克通阿、盧繼祖等逐一研訊，轉譯供詞，臣等親提覆訊，據夷目顛林同管船大夥長律比、二夥長巴底時、三夥長科因諌埿供，係暎咭唎國閒你地方人，顛林管駕三桅夾板一隻，係夷人烟治跛本錢，以顛林爲呷嗶明，向在廣東售賣貨物烟土。道光十九年間，在望邁地方聞知廣東嚴禁烟土，令大小夷船將所帶烟土全行繳銷，領事頭目報知本國女王，以夷商置貨多領國主本錢，年收稅利，一旦烏有，又不准通市，遂傳諭各馬頭新祈波、罵叻格、槟榔嶼、孟加辣、望結仔、嚽叻卽息辣、勿多叻時、望邁卽孟孫等各處，調遣兵船，派義律爲大總管，伯麥爲副總管，到廣東打仗。望邁一處派船十九隻，顛林卽在其內，配帶夷兵三百餘名，帶大杉板一隻，小杉板二隻，並有望邁管稅之夷官馬哩監發給番銀十二萬置備烟土及呢羽各貨，於道光二十二年正月開船，三月到廣東。顧倩現獲奸民黃舟、鄭阿二，轉邀陳阿盛、張阿廣、張阿有，並跳水在逃的唐阿高、陳阿二，在船幫賣烟土雜貨。其時義律要向廣東索取烟土，不許，又被驅逐，逐畱伯麥在廣東照料，自帶兵船至浙江舟山攻打，圖佔馬頭。既得舟山後，義律卽號令各船攻破虎門。至二十一年三月，廣東行商給還烟價，義律隨令各船退出外洋。因伯麥姦淫民間婦女，被衆百姓將其毆死，義律報知女王，改派噗嗎喳爲大總管，吧噶與思啞敕力吧敦時爲副總管，統計夷船大小百餘隻，大船七八百人，小船二三百人，均聽噗嗎喳調度。噗嗎喳等到廣東時，義律卽帶銀回國。噗嗎喳因廣東給過銀兩，不便滋事，想在厦門、舟山奪佔馬頭，卽派吧噶同思亞敕力吧敦時帶領兵船於上年七月攻打厦門，又自帶兵船數隻分出厦門兵船三十餘攻打舟山、定海、甯波等處。顛林隨同噗嗎喳至浙江，並未到過厦門。噗嗎喳在舟山住到十二月間，聞說本朝的兵船到臺灣雞籠被官兵擊破，夷人全數拏獲，隨叫顛林等兵船多隻與黃舟前來探聽，相機行事，並叫信用的廣東漢奸劉相、蘇旺寫信一封，交黃舟帶與臺灣人張從，囑同賴媽來、陳惡在地勾結人爲內應。不料本年正月二十五日船到臺灣洋面，游奕數日，不見張從同賴媽來等有人接應。至三十日，到大安港，欲進口門，見岸上官兵人多，不敢駛入。正在游奕，遇一小漁舟駕至船邊，向黃舟招呼說話，黃舟卽許以重價，託其指引海道。不想漁船引到沙汕擱淺，又被岸上大礮轟擊，衆人驚慌，跳上杉板小船逃命，被岸上人將大小船均擊碎，水陸追趕，把顛林等五十四人拏獲。其餘之人不知生死，銀物一齊落水等供。詰以現獲夷信多件，是何軍情奸謀，據供都是夷人往來問候商量貨價之信。提訊黄舟、鄭阿二，同供俱係廣東香山縣人，從前在望邁地方做過買賣，因與夷人熟識，上年暎夷滋事，伊等轉雇現獲之陳阿盛、張阿廣、張阿有並在逃之陳阿齊、唐阿高，在顛林船上充當漢奸。噗嚕喳船上漢奸大頭目兩箇，一名蘇旺，一名劉相，俱係廣東番禺縣人。各船所用漢奸自七八人至十餘人不等，均係先向蘇旺、劉相二人說明來歷，方能到船上用事。上年十二月裡，噗嚕喳聽見八月間有本國夾板兵船在臺灣雞籠口被官兵擊破，夷人全行拏獲，令該犯顛林前來探聽。蘇旺、劉相寫漢字信一封交伊等寄與臺灣張從，託其在地行事。伊等不識夷字，現獲夷信多件，不知有無奸謀等語。餘與顛林所供大略相同。陳阿盛係番禺縣人，張阿廣係順德縣人，張阿有係南海縣人，所供亦屬相符。當向黄舟追取蘇旺、劉相原寄之信，據稱原信縫在領褂夾層，前在洋面落水被獲，領褂被人脫去遺失，信內所言尚能記憶。給以紙筆，令其默寫數十語，與所供無異。據此，臣等查夷情詭詐，現獲各信，其中必有奸謀，所言詢商貨價殊難遽信。惟臺地無人繙譯，即刑訊亦難辨眞僞，應將現信同前次所獲完好夷圖九幅、書二冊、信十七件並該夷自畫船式二紙一併封固進呈，請旨飭交四譯館繙譯具奏辦理。

至張從一犯，係鳳山縣人，道光十八年被逆首張貢逼做旗腳，擬軍發配廣西荔浦縣。賴媽來，係嘉義縣人，十二年張丙逆案內發配貴州黔西州。陳惡，係鳳山縣人，聽從王藍夥劫事主吳邦英案內，十五年獲案，擬遣發配新疆。張從甫於本年三月接准配所來文移緝，賴媽來、陳惡二犯如何逃脫，尚未接准配所來文。張從一名先於上年逃回鳳山縣，投充逆匪陳沖僞軍師，經臺灣縣知縣閻炘拏獲，訊供認在廣東勾結夷人來臺，伊爲內應，業已正法奏報在案。賴媽來及陳惡二犯未據張從供及，既據顛林供有勾結之事，隨密飭各屬重賞購拏。茲據臺灣縣知縣閻炘在內山地方將賴媽來同窩留奸民方業一併獲到。提訊賴媽來，供認道光十六年二月在貴州配所逃到廣西，上年正月遇見張從、陳惡，各道窮苦，張從勸令同到廣東投充夷人作漢奸賺錢，賴媽來與陳惡不敢允許，張從遂獨自先去廣東。過數月後，同陳惡窮苦不過，只得討乞同到廣東，不見張從。七月閒遇見劉相、蘇旺招呼二人，說張從已回臺灣。劉相、蘇旺知他二人也是逃犯，遂叫回臺灣糾人，俟夷船到時內應滋事。該犯遂與陳惡各自分路行走。該犯於十二月底方偷渡回臺。聽見夷船到雞籠已被官兵擊破，嘉義、鳳山兩縣匪徒起事俱被官兵剿滅，張從業已破獲正法，該犯害怕，不敢出頭，逃至內山相識的方業處相依，與方業約，俟夷船再到臺灣，打聽情形，卽出來糾人內應。其陳惡有無回臺並不知道。方業供認在內山種地，上年十二月閒，賴媽來到地投依留住，約俟夷船到臺，一同糾人內應等供不諱。

臣等查此次所獲白夷十八人，內頭目顛林同夥長三人，均係紅夷，尚有四人，一名肐哩、一名撇力撇、一名怒文、一名詢勉，亦係紅夷。因其毛髮微黃，故稱紅夷。同白夷十一名，俱係嘆夷本國人。前據淡水廳營稟報紅夷一人，係屬錯悞，應行更正。其餘黑夷三十名，皆係望邁地方人。據供逆夷前後兇狡情形歷歷如繪，訊供之下，不勝髮指。此等島夷自古以來惟知嗜利，本與犬羊無異，乃奸民黃舟、陳阿盛等竟甘心從逆，導引爲奸。張從、賴媽來等本係逆案被脅充軍，不知悛改，復在配所脫逃，起意投充逆夷，爲之回臺糾人，內應滋事。幸仗聖主天威，張從一犯上年已先破獲伏誅，今賴媽來、黃舟、鄭阿二、陳阿盛等六犯，亦經拏獲，實爲覆載所不容。陳惡一犯到臺與否，未知確實，現飭各屬種賞購拏，一面稟咨內地廣東一體查拏，盡法懲辦，以免煽惑滋事。所有二次拏獲逆夷及奸民訊取供情、紅白黑夷犯名單，合先恭摺由四百里馳奏，恭呈前後所獲夷圖九幅、夷書二冊、夷信七十紙、夷畫船式二紙，共裝一匣，伏乞皇上聖鑒訓示。謹奏。道光二十二年三月十四日奏。

大安計破夷舟生擒紅白黑夷共四十九名解郡訊供，計開：

紅夷八名

頭目　顛林　大夥長　律比　二夥長　吧底時

三夥長　科因諫呢　肐哩　撇力撇

怒文　勉

白夷十一名

密林　伊些駱　舊錫莫哩
雷時　霹哩駱　肉舌哩氏
弱己　密勒氏　戎必力氏
格識　律敏物氏

黑夷三十名

忍滿　伊騷　合睹　下治吳蚋油
三色　嚕扁　伊士滿　化冷西士
馬母　密臘　因奶時　媽馬呷松
咱勒音　然　實廉菱　鴨律葛林
滿　磨領　木叔　煞郎西哩
非士滿　然爾　馬滿　數叭爾
鴉物　問打　嗎嚕　伊杉
化冷西　加馬拉力

再，上年欽奉上諭，各海疆省分紳士商民果有捐資助餉、修建城堡及募義勇造船鑄礮有益軍需者，其急公好義即與出力將士無異，若仍照捐輸常例議敘，不足以示鼓勵，著核實保奏，候朕破格施恩。欽此。臺灣自上年以來，臣等設法勸諭各屬紳士義首團練義勇四萬七千餘名，其中捐貲出力之人頗多，應俟查明欽遵諭旨辦理外，查有淡水貢生林占梅，赴臣等呈捐番銀一萬元，以助修築礮臺、製造攻守戰具之用。臣等查此次辦理夷務，事屬創始，並無軍需成例可援。所有製備軍需等物，自應先動此等民捐之款，除俟事竣另行分別奏報外，該貢生林占梅倡首捐番銀至一萬元之多，合時值紋銀八千兩以上，首先遵旨急公海外地方，尤爲難得，臺灣製造攻守戰具以及造建石壁礮臺需用甚鉅，必需當地士民捐輸踴躍，經費方能寬裕，謹先查明具奏，伏乞皇上天恩破格獎勵，以爲後來者勸。惟臺灣遠隔重洋，又海氛未靖，文報往往稽遲，即如部頒豫工事例，本省刷印係於本年三月方始到臺，距七月截卯之期已無多日。民閒雖有情殷報効，計期到京已屬無及。且身攜重貲，遠涉重洋，既有風水盜艘之險，而到京程途遙遠，上兌又恐後時，可否仰乞天恩，俯念中外士民同一報効？而地形遼遠獨抱向隅，可否飭交部議酌量變通？如有臺灣士民願遵新例報捐者，准在本省藩司衙門具呈上兌，歸於卯期一體選用，似於撫馭海外地方不無裨益。是否有當，伏祈聖鑒訓示遵行。謹奏。

（道光二十二年八月二十二日奉到硃批：另有旨。欽此。又附片具奏淡水貢生林占梅首捐軍需銀一萬元請破格獎勵併臺灣奉到豫工事例請在本省藩庫上兑一片，同日奉到硃批：該部速議具奏。欽此。）

同日承准兵部火票遞到軍機大臣字寄提督銜臺灣鎮總兵達，傳諭按察使銜臺灣道姚：道光二十二年七月十七日奉上諭，達洪阿等奏二次生擒逆夷，提訊供詞，究出通夷奸民立時拏獲，並呈進夷書、圖樣等件，覽奏均悉。該處所獲逆夷訊供後，如尚有未經正法者，著暫行拘禁，聽候諭旨。至姦民黄舟等甘心從逆，導引爲奸，必應盡法懲辦，所有未獲之陳惡一犯，仍著上緊查拏，務獲究辦，以淨根株。將此諭知達洪阿並傳諭姚瑩知之。欽此。遵旨寄信前來。

道光二十二年七月三十日户部由五百里劄開捐納房案呈本月二十八日本部會同吏部議奏臺灣士民准其就近在閩省藩庫報捐上兑等因，本日奉旨：依議。欽此。其貢生林占梅首先捐輸給予獎勵之處，於二十九日奉上諭，前據達洪阿姚瑩奏貢生林占梅首先捐輸，懇請獎勵，當經交吏部議奏，兹據該部議給知府職銜，固屬照例辦理。惟臺灣遠隔重洋，該貢生倡捐助費，尚義可風，若僅予照例議敘，不足以昭獎勸。所有捐銀八千兩之淡水貢生林占梅著加恩賞給道銜，以示優異。欽此。户部等部謹奏，爲遵旨速議具奏事，内閣抄出臺灣鎮總兵達洪阿姚瑩等奏，貢生林占梅首先捐輸，請予獎勵，並臺灣士民遵新例報捐，請在本省藩庫上兑附片一件，道光二十二年七月十七日奉硃批，該部速議具奏。欽此。欽遵於十八日抄出到部。據該總兵等原奏内稱，上年欽奉上諭，各海疆省分紳士商民果有捐貲助餉，修建城堡及雇募義勇造船鑄礮有益軍需者，其急公好義即與出力將士無異，若仍照捐輸常例議敘，不足以示鼓勵，著核實保奏，候朕破格施恩。欽此。臺灣自上年以來，臣等設法勸諭，各屬紳士義首團練義勇四萬二千餘名，其中捐貲出力之人頗多。查有淡水貢生林占梅倡捐番銀一萬元，合時值紋銀八千兩以上，首先遵旨急公，海外地方尤爲難得。臺灣製造攻守戰具以及建造石壁礮臺需用甚鉅，必須當地士民捐輸踴躍，經費方能寬裕，謹先查明具奏，伏乞皇上天恩破格獎勵，以爲後來者勸。惟臺灣遠隔重洋，又海氛未靖，文報往往稽遲，即如部頒豫工事例本省刷印係於本年三月方始到臺，距七月截卯之期已無多日，民間雖有情殷報効，計期到京已屬無及。且身攜重貲，遠涉重洋，既有風水盜艘之險，而到京程途遥遠，上兑又恐後時，可否仰乞天恩俯念中外士民同一報効。而地形遼遠，獨抱向隅，飭交部議酌量變通，如有臺灣士民願遵新例報捐者，准在本省藩司衙門具呈上兑，歸於卯期一體選用等語。臣等伏查上年九月臣部會同吏兵二部奏准暫開豫工事例，嗣於十二月內據兩廣總督祁貢等奏粵省紳士商民報捐官職，請就近在廣東藩庫上兑復經臣部議覆奏，奉諭旨允行在案。茲據臺灣鎮總兵達洪阿等奏稱，臺郡士民情殷報効，而到京程途遥遠，獨抱向隅，擬請酌量變通，如有願遵新例報捐者，准在本省藩司衙門具呈上兑，歸於卯期一體選用等語。查臺灣遠隔重洋，原與內地情形有異，該處士民報捐官職若概令具呈赴部，誠恐距京窵遠，莫遂其上進之忱，自應量予變通，俾就近在本省呈捐，以示體卹。惟新例收捐期限七月底即應截卯，現經臣等公同商酌，以在部遞呈未及交庫之人數尚多，其遠省捐生到京尤需時日，擬於原限七月後再展限四箇月，另奏明請旨。如蒙俞允，所有臺灣士民亦即准其在閩省藩庫報捐上兑，統於本年十一月底截止，俟截卯後造冊諮部，彙同在京在粵各捐生一併掣籤選用。其報捐銀兩應令存貯候撥，恭候命下，臣部飛諮該督撫等欽遵辦理。至貢生林占梅首先捐輸番銀一萬元，合時值紋銀八千兩以上，奏請破格獎勵之處，吏部查奏，定海畺捐輸章程內開，士民捐銀八千兩給予知府職銜，今貢生林占梅捐銀八千兩以上，應給予知府職銜。所有臣等速議緣由，理合恭摺具奏，伏乞皇上聖鑒。再，此摺係戶部主稿，合併聲明。謹奏。

擊破通夷匪船拏獲奸民逆夷大幫潛遁奏

奏爲逆夷大幫勾結草鳥匪船圖擾臺灣，經官兵義勇擊破草鳥船多隻、捦獲奸民、逆夷潛遁，恭摺由五百里馳奏，仰祈聖鑒事。竊照本年二月十四日奉到道光二十一年十二月初八日上諭，廣東奏，逆夷遣人回國，添調兵船，於明春滋擾臺灣，其如何佈置，著定議會奏等因，欽此。經臣等將籌議情形據實復奏，並在大安港生擒夷目顛林等，訊係浙江夷酋噗嘸喳遣同廣東奸民黄舟等攜銀來臺尋覓逃軍張從、賴媽來，購買奸民内應等情，核與先後拏獲之張從、賴媽來所供在粤通夷約定回臺接應情節相符，亦經奏明各在案。嗣接據厦門行商信稱，有夷船十九隻欲自廣東來臺等語，臣等督飭各路守口員弁兵勇人等倍加嚴密防禦。旋於三月十八、十九、二十五、六等日，據淡水、鹿港、彰化、嘉義等廳縣營員稟報，滬尾中港、五汊港、番仔挖等洋面有夾板夷船一隻，並未插旗，自北而南，復自南轉駛，有草鳥船十數隻或引或隨，牽去滬尾漁船一隻，至晚放回。該廳傳訊，據漁戶蔡雙、王福同供，伊等被夷船牽去，見夷船兩旁排列大礮，紅白夷約百餘人，不見黑夷，内有漢奸裝束一人，語音相通，盤問滬尾口門深淺，又問前有夷船來臺，在何處擊碎。伊等答以滬尾口水止二尺，臺灣地方甚大，不知前次夷船在何口擊破，即將伊等放回，並未得受財物等語。又據臺防同知仝卜年、鳳山縣知縣魏彦儀、南路營參將余躍龍稟報，瑯璚生番山後大秀房洋面有夾板夷船六隻停泊，復有三桅夷船一隻在打鼓港洋面游奕，後隨草鳥船數隻，經該員等會督兵勇義首開礮揚旗，防守嚴密，該夷向西南外洋駛去。又據護安平水師副將蘇斐然、護中營游擊翁秀春、防守四草湖委員屠本稟，據漁船報稱，黑水外洋有夷船十隻，往來游奕，並有草鳥船多隻闖駛四草湖口，經該員同文武弁兵壯勇開礮，擊沈草鳥匪船二隻，餘船即時退去，共外洋夷船亦先後由南向北駛去。又據署嘉義縣知縣易金杓、防守樹苓湖口縣丞姚鍾瑞、千總李瑞麟、把總龔正勛稟報，二十二日黎明，有夷船一隻同草鳥船數隻在口外窺伺，該文武委員督同兵勇及附近各莊團練壯勇八百餘名一齊到地防堵，當經開礮轟擊，將近岸之草鳥船二隻擊破，夷船亦在洋開礮攻打，因距岸尚遠，其礮子皆落水中，我兵並未受傷，夷船旋即開駛北去。二十三日又有草鳥船八隻在樹苓湖外，該縣同委員等仍督兵勇在岸防禦，李瑞麟等帶領弁兵水勇出洋擊沈匪船三隻，溺斃賊匪無數，生擒匪犯林山一名。把總龔正勛等撈獲夷人皮盔一頂、鳥鎗一桿，上鐫年字二十七號字樣，認係廈門水師之物。又據淡水廳報大甲守備何必捷、巡檢謝得琛同在籍禮部員外郎鄭用錫等會兵勇擊破草鳥船一隻，拏獲匪犯陳義、王眞、王安、王楮、翁扇、陳答、翁賚、陳久、王保、王能、翁赤、翁輭十二名。又據臺灣縣知縣閻炘稟稱，拏獲通夷之逃徒蕭石一名，訊據供稱道光十八年逆匪胡布案内擬徒發配長汀縣充徒，乘閒逃至廈門，在陳彩奉家居住；陳彩奉與夷人往來，令伊先回臺灣，暗地勾結黨夥，俟大幫夷船到廈，攻打臺灣，有草鳥船先到，卽可商量接應。伊於本年三月初十日到臺，在沿海竹排存身，尚未約人，卽被拏獲等語，先後解送前來。飭查南北兩洋夷船，據各屬稟復，不但近内洋游奕之三船駛去無蹤，卽黑水外洋及生番山後外洋之船亦潛行駛竄遠去。

伏查夷性多疑，前既屢次受創，懼我口外有沈汕暗礁，不敢輕進，是以將其大幫潛伏在外，僅以三船來往内洋窺伺，冀我奸民内應，彼卽乘機而入。復以草鳥匪船爲其羽翼，俾於淺水處所探試導引。因内應之奸民先已獲誅，購買奸民之夷船復經擊破，無從測我虛實。此次各路又將草鳥匪船擊沈多隻，溺斃無數，生擒奸匪多名，夷見無隙可乘，潛引大幫遁去。實乃仰賴聖主先事指示機宜，得以退此巨寇。臣等隨督同道銜臺灣府知府熊一本、臺防同知仝卜年、臺灣縣知縣閻炘暨委員人等提訊各犯，除蕭石一名尚有應質之處另行擬辦外，訊據林山供：同安縣人。自置草鳥船一隻。本年三月初九日有彭士、彭生、孫宴、孫賞、蔡興、林佑等聞有夷船多隻到臺灣攻打，起意來臺乘機搶奪，並可爲夷船嚮導，邀伊入夥。伊當允從，卽共坐伊船於是日開行。初十日，駛至不識地名洋面，遇有小商船一隻，彭士起意同伊等過船搶得苧蔴錢米等物，將商船放走，並未傷人。二十日駛至樹苓湖外洋，遇見素識之黄勸及不識姓名草鳥船十餘隻，詢知已與夷船約爲嚮導，事成酬謝，以夷盔一頂留在黄勸船上，爲異日討銀憑據。二十三日伊同黄勸等船八隻駛至樹苓湖外，正欲進口探水，卽有巡船出捕，開礮打碎草鳥船三隻，衆人紛紛落水，餘船逃駛。伊扶板片凫水逃命，被兵勇拏獲，彭士等俱已漂沒，夷盜在水面撈獲，想黄勸之船亦已打沈。至烏鎗不知係何船所帶。現獲陳義等，伊向不認識等語。並據陳義供：同安縣人。上年七月初十日夷船攻破厦門，伊同現獲之王眞等乘機搶奪，得贓無多。王眞製有八槳白底艍一隻，因聞夷船來臺，該犯糾同現犯王眞、陳久、王能、王安、王楮、王保、翁扇八人約爲夷船嚮導，乘機行劫，並約陳答、翁賚、翁輭入夥，並未告知爲夷船鄉導情事，又逼脅翁赤在船煮飯。駛至淡水地方，即被官兵將船擊沈拴獲。該犯先於道光二十年五月十四日在澎湖青水堍洋面起意糾夥十二人行劫晉江縣金茂義商船，得財分用。該犯同王眞、陳久、王能、王安、王保、王楮、翁扇過船搜贓，拒傷舵水，逸犯林清、林錫、張起、許景在本船接贓等供。質之王眞等供俱相同。

臣等查該匪船膽敢出洋行劫，附和逆夷，不法已極。且匪船擊沈，既有夷盜落水，恐有夷人藏匿匪船，所供以夷盜留作酬謝之據，殊難憑信。再三嚴究，堅執不移。現在逆夷因見奸計不成，潛引其大幫遁去，應將現犯即行擬結。林山、陳義、王眞、陳久、王能、王安、王保、王楮、翁扇九犯在洋行劫，過船搜贓，已屬法無可貸；復爲逆夷作線，窺探海口，情尤可惡。臣等於審明後，即恭請王命，將林山等九犯綁赴市曹處斬，傳首示衆，以昭炯戒。翁賚、翁輭、陳答聽糾出洋行劫未成，並不知通夷情事，除在厦門搶奪輕罪不議外，均照強盜已行而不得財，皆杖一百、流三千里律，擬流發配，照例刺字。翁赤被逼煮飯，依洋盜案内被脅在船服役杖一百、徒三年律，擬徒，左足成廢，照律收贖。逸犯林清等飭緝另給。此次大幫夷船來臺圖擾，雖因羽翼破獲，無隙可乘遁去，未必遂能忘情，且臺灣近接厦門，逆夷盤踞鼓浪嶼，日久難保無姦民爲其勾誘，以圖後舉。除再督飭各屬加意嚴防，並全錄供招諮部外，所有破獲奸民大幫夷船潛遁緣由，理合恭摺馳奏，伏乞皇上聖鑒，訓示施行。謹奏。道光二十二年四月初二日奏。

道光二十三年正月二十四日承准兵部火票遞回原摺，欽奉硃批：另有旨。欽此。同日奉到道光二十二年十月初十日内閣奉上諭：達洪阿等奏拴獲奸民審明定擬一摺，著照所議辦理。刑部知道。欽此。

同日承准軍機大臣字寄提督銜臺灣鎮總兵達，傳諭按察使銜臺灣道姚：道光二十二年十月初十日奉上諭，前據怡良等奏探明臺灣嘉義樹苓湖有夷船勾結草鳥匪船在口外窺伺，經地方員弁圍捕開礮，擊沈船隻，拴獲匪犯等語，當降旨著怡良等飭知該鎮道加意嚴防矣。茲據達洪阿等奏，四草湖、樹苓湖各口均有草鳥船引導夷船，往來闖駛，經該文武員弁協力堵勦，擊沈匪船多隻，溺斃賊匪無數，生拴匪犯林山一名，又於淡水廳擊破草鳥船隻，拏獲匪犯陳義等十二名，臺灣縣復獲通夷逃徒蕭石一名，訊供究辦，按律定擬各等語。該匪等糾約夷船爲之嚮導，乘機行劫，不法已極。該鎮道飭屬兜拏，悉數拴獲，辦理妥協，朕心實深嘉悅。著即照所擬辦理。其逸犯林清等仍飭屬嚴緝，務獲究辦。至現在暎夷雖經就撫，而沿海一帶奸民藉端滋事在所不免，仍著達洪阿等督飭各屬加意嚴防，總令無隙可乘，以弭後患，凡土盜宵小暨勾夷漢奸務要捕誅淨盡以絕後患是爲至要。將此由四百里諭知達洪阿並傳諭姚瑩知之。欽此。遵旨寄信前來。

查明南北兩路逆案出力人奏

奏爲遵旨查明擊退逆夷後剿辦南北兩路逆匪出力員弁兵勇義首人等，據實保奏，仰祈聖鑒，分別奬勵事。竊臣等於道光二十二年三月初十日奉到二十一年十二月二十九日上諭，逆夷兩次侵犯臺郡，該鎮道等均能督率兵勇，奮力攻擊，兩月之內連獲勝仗，其南北兩路乘機滋事匪徒亦被該鎮道等親督文武兵勇即時撲滅，辦理妥速，甚屬可嘉。達洪阿著賞給騎都尉世職，姚瑩、熊一本均賞給雲騎尉世職，在事出力各員弁兵勇義首人等著據實保奏，候朕施恩，傷亡弁兵查明咨部照例賜卹。欽此。除臣等感激下忱，繕摺恭謝天恩，另委差弁齎呈外，伏查上年八九月閒逆夷兩次來臺滋擾北路淡水之雞籠海口，均經該處文武恪遵調度，不失機宜，逆夷一破一走。當此攘禦外侮之時，突有嘉義縣匪徒江見等乘機謀逆，臣等先事風聞，立委文武馳往查拏。該逆匪等膽敢鳴鼓搖旂攻撲文武公寓，當時擊退，拴獲匪夥破案。而匪黨仍聚衆抗拒，謠言四起，全臺震動。臣達洪阿親帶大兵出勦擊散。正在搜捕間，復有南路鳳山縣逆匪陳沖聽逃軍張從逆謀，勾通逆夷，聚衆響應，臣姚瑩督率廳縣委員義首屯勇同臣達洪阿遣派之營將弁兵夾擊破散，兩路先後擊殺賊匪無數，生擒逆首江見、陳沖及僞軍師、元帥、先鋒、股首、匪夥二百數十名，分別在地在郡正法，兩路胥平。心腹内患克除，不致逆夷乘隙騷擾蔓延。傷亡兵勇僅十數人，汛弁亦僅倉卒重傷，尚未殞命，容即分別查明諮部辦理。除雞籠兩次破走逆夷出力人員前已查明奏請恩施，此次未敢重複外，所有兩路在事出力文武員弁兵勇義首人等，謹遵旨分別查明開具清單，伏乞聖鑒量予獎勵，俾海外兵民益知感奮。再署鳳山縣知縣笨港縣丞白鶴慶，會督兵勇擊散賊匪，併拏獲淩遲逆首陳沖及匪夥斬遣人犯多名，防守縣城無悮；方亂賊未平，日夕辛勤，感冒風寒，力疾辦公，及至首逆就擒，遂因疾歿於軍事。可否敕下部臣照例查辦議卹，出自天恩。合將遵旨查辦緣由，恭摺具奏，伏乞皇上聖鑒訓示。謹奏。道光二十二年四月初六日奏。

謹將南路逆匪陳沖案内最爲出力文武員弁義首人等開列清單恭呈聖鑒：

南路營參將余躍龍。該員一聞匪徒滋事，飛飭在城在外各汛嚴密防堵，親督弁兵會同郡委文武兵勇兩路夾擊，匪黨立時潰散，并督拏股首匪夥多名。南路平靖，實屬最爲出力。可否賞戴花翎。

臺防同知仝卜年。該員聞南路賊起，立調屯弁番丁分守要隘，親至鳳山拏獲淩遲逆首陳沖、僞先鋒孫扁、匪夥斬犯吳和、徐猫侯、吳奉山、吳諒、軍犯邱老賽、莊麗、陳愛、林仔黎、蔡曹、吳科等多名，逆匪二次造謠，復將青龍會首斬犯林流、張量等立時破獲，勸諭閩粵各莊和睦，免成分類重案，實屬尤爲出力。又十八年逆匪張貢案内出力未邀議敘。可否以海疆繁缺知府儘先補用，先換頂戴。

臺灣縣知縣閻炘。該員當鳳山嘉義二縣匪徒滋事，臺灣界在其中，遣派丁役，雇募鄉勇防堵兩路，均無貽悮。復帶領義勇會營往南路擊賊潰散，拏獲南路淩遲股首陳細、通夷僞軍師張從及匪夥軍犯許士、林發、林照、藍連，北路逆匪吳添、曾賽、陳豬批、吳戇、陳登牛、楊八等犯。可否以同知直隸州儘先升用，先換頂戴。

城守營左軍守備李思陞。該守備分防岡山汛當逆首陳沖滋事，相距近三十里，立卽督兵防堵，復隨同郡委文武與南路營夾擊破賊，並獲淩遲股首許旺。可否以都司升用。

畱臺差委休致通判銜前福清縣知縣盧繼祖。該員經委令駐劄南北適中之羅漢門，督率屯弁義勇防堵嚴密，兩路匪徒不能勾結蔓延。及匪徒造謠分類，誘惑人心，該員復遍歷閩粵各莊及番社，勸諭和好，不致別起事端。復督率屯兵義首拏獲淩遲僞軍師鄒漢潮一名，自獲斬犯柯三、軍犯劉勞、康全、柯才、梁雲詹添成五名。可否仍以原官畱閩補用。

署鳳山縣典史石獅縣丞方宗源。該員督帶義勇防守縣城監獄，日夜辛勤，首先拏獲淩遲股首陳頭及匪夥斬犯楊阿成、潘花，軍犯吳舵等名。可否交部從優議敘。

鳳山縣興隆巡檢李清湝。該員督帶義勇防守地方，不使匪徒擾境。復至閩粵各莊勸諭，不致分類。首先拏獲淩遲股首陳成，斬梟匪夥吳江、郭特、鄭象，軍犯王池、林九、吳勇、張戇等多名。可否以府經縣丞儘先升用。

南路營千總林以成。該千總督兵隨同南路營與郡來兵勇夾攻賊匪，首先接仗，陣捡斬梟賊犯吳慈一名，奪獲鳥鎗三桿，匪徒潰散。又搜拏斬犯林盛一名，可否賞戴藍翎。

南路營把總楊吉炘、林朝輝，右營把總李大興。楊吉炘一員拏獲斬犯蔡亭莊挑，軍犯謝聽三名。林朝輝一員拏獲斬犯何賞、陳容、呂齊角、楊金章四名。李大興一員拏獲軍犯張玉山、孫貓江、楊獅、王城、楊生五名。可否均以千總拔補。

屯把總潘僊英，外委王正元、林鼎山。該屯弁等經臺防同知派委率領屯丁防堵各處要隘，並協獲淩遲股首許旺、僞軍師鄒漢潮及匪夥軍犯梁雲柯才等犯。潘僊英應請以屯千總拔補，王正元、林鼎山二員應請以屯把總拔補。

義首五品軍功藍翎州同銜吳廷篪、義首六品軍功藍翎林淇泉。該職員等自郡城督帶鄉勇隨同文武前往鳳山與南路營合擊逆匪潰散並防堵要隘得力，拏獲斬犯張坑、董㨫、吴由，軍犯洪興、陳九、杜南等名。吴廷篪本於十六年逆匪沈知、十八年逆匪張貢案内兩次出力獲犯多名，均經詳送到省未邀議敘，今又出力，可否以州同歸部儘先選用。林淇泉一名可否賞换五品軍功頂戴。

義首王飛虎、林武義、魏棟。該義首等帶領鄉勇隨同文武守城并防堵要隘出力，拏獲匪夥斬犯蘇肥、陳奉，軍犯陳蘇、李宇、謝回、蘇長等犯。王飛虎可否賞給六品軍功頂戴。林武義、魏棟可否均賞給七品軍功頂戴。

義首林淵泉、武生吴光輝、生員吴拱宸、鄭宣治、義首總理劉金章、黄朝清、陳克振、潘捷魁。該義首等帶領團練義勇或隨同文武打仗或出力搜捕逆匪，先後拏獲斬犯林葵、吴阿四、謝詳、張九、蔡番，軍犯謝汶、黄建、黄勝、盧創、洪清、何金生、吴待老等多名。林淵泉又協獲逆首陳沖、股首陳成，可否賞戴藍翎。吴光輝、吴拱宸、劉金章、鄭宣治可否均賞給六品軍功頂戴。黄朝清、陳克振、潘捷魁可否賞給七品軍功頂戴。

謹將北路逆匪江見案内最爲出力文武員弁義首人等開列清單，恭呈聖鑒：

臺灣城守營參將候升副將德謙。該員因臣等風聞嘉義縣匪徒潛謀滋事，委帶弁兵會同嘉義營縣查拏，該匪乘夜攻撲文武公寓，督率弁兵擊散破案。及南路賊匪響應，復會帶兵勇同南路夾擊賊匪潰散。可否交部從優議敘。

鎮標右營遊擊呂大陞。該員隨征北路總理行營事務，首先拏獲淩遲僞軍師曾道、蘇謨，斬犯羅矮、史田、曾老英、柯蹇、郭大粒、陳糞、江明、董螺、郭蟀老、吴港、郭吉成、李道等多名，實屬最爲出力。可否以參將留臺升用。惟該員係福建人，副參大員例當出省，該員在臺年久，情形熟悉，辦事實心，可否仰求天恩，俯念該員實係海外得力之員，仿照水師之例，留臺以參將儘先升用，地方營務，均有裨益。

署嘉義營參將鎮標左營遊[一]洪志高、中營遊擊新升嘉義營參將德祥、署左營遊擊陳連斌、右營守備曾廷亮。該員洪志高督帶兵勇擊散賊匪，復拏獲淩遲股首張缺嘴、斬犯吴衛、吴貓牛、林仔蘇，軍犯邱亨等多名。德祥、陳連斌、曾延亮，當大兵出剿南北兩路匪徒，同參將德謙督率弁兵防守郡城三月有餘，督率有方。以上四員可否均請交部從優議敘。

鎮標左營守備朱鴻恩。該員前於道光十二年逆匪張丙案内出力，賞戴藍翎，此次帶兵隨營征剿約束兵丁，辦理營務極爲辛勤妥洽。可否賞戴花翎。

署嘉義縣知縣鳳山縣知縣魏彦儀。該員先同營員帶領兵勇擊散賊匪，防守縣城，不致貽悮。大兵出剿，復督役勇搜拏斬犯江雲、楊質、張疆、蕭新得、蘇飛、葉藤、吴輪、黄雄、林桂、江免仔、潘濃得、林吴、尤畯，軍犯林會、林牛烏、柯戇、羅韭、林槌、侯二戇、林戇祥、賴名、江振生、陳金圖等犯，實屬最爲出力。可否以同知直隸州升用，先換頂戴。

彰化縣知縣黄開基。該縣與嘉義接界匪類素多，上年查辦聯莊團練最爲妥善。嘉義匪徒滋事，該縣親帶義勇防堵，訪有巨盜陳全、余讚、劉烈、蔡輝、林秋旺、許勇、蔡閣、蔡富等，商謀響應，立即拏獲訊明，在地杖斃，不致蠢動蔓延。可否以同知直隸州儘先升用，先換頂戴。

留臺差委已革候補同知直隸州託克通阿。該員自北路匪徒滋事，派帶鄉勇隨營擊賊，除自獲斬決逆犯陳銓、蔡媳婦仔、林水生等外，前後所獲逆匪皆委該員日夜研審，所有股首僞軍師匪夥等正犯一百二十餘名不令漏網，其誣扳誤拏之人五十七名立時審明省釋，實屬最爲出力。查該員係十二年張丙逆案内守城破賊奏准以同知直隸州儘先補用，賞戴藍翎，又於十六年逆匪沈知案内獲犯出力，賞換花翎，十八年胡布案内出力因御史風聞參劾提省審訊未敢請敘，嗣經訊明各款皆屬未確，惟不應於臺灣縣任内勸修城工，擅出印票借用紳士銀兩，又失察家丁宿娼，覆奏照違制例革職，現已蒙恩准其留臺差委。茲復隨營出力，該員膽略素優，可否仰乞天恩準以同知直隸州開復留閩補用。

署嘉義營守備曾玉明。該員緝捕素屬勤能，前於道光十八年逆匪胡布案内出力，賞戴藍翎，此次防守縣城出力復帶兵搜捕淩遲股首林旺、僞軍師李粗皮西即張西。可否賞換花翎。

調署笨港縣丞頭圍縣丞易金杓、斗六門縣丞姚鍾瑞、候補從九品潘振玉。該三員防守地方海口聯莊團練認眞妥洽。易金杓拏獲斬犯李緞、李見、何戇記，軍犯吳扁、柯烏記、吳飯六名。姚鍾瑞拏獲斬犯柯九、江缺嘴升、邱和尚，軍犯許樣四名。潘振玉拏獲斬犯許生、鄭長、張添生、廖阿瑞四名。易金杓實任臺灣縣丞已逾五年，先於十二年張丙逆案內蒙賞藍翎，此次又獲犯出力。可否以繁缺知縣儘先補用，姚鍾瑞可否賞戴藍翎，潘振玉可否遇缺即補。

署臺灣縣學候補訓導林清瑞、嘉義縣典史陳保升。林清瑞督帶鄉勇分守府城日夜辛勤始終不懈，陳保升協同知縣防守城池監獄最爲辛勤妥帖，又拏獲斬犯羅接義、陳旺、鄭佃，軍犯王德四名。林清瑞可否恩准儘先補用，陳保升可否恩准以府經縣丞儘先升用。

諮補彰化縣南投縣丞龐裕昆、諮補建陽縣麻沙縣丞吳湛恩。該二員屢次辦理糧臺最爲妥洽，此次復委在大營專管支應軍需，辛勤最著，又獲斬犯吳受葉、藤羅令、羅質，軍犯卓結等多名。可否均賞戴藍翎。

嘉義營千總黃毓得、辭退楓嶺營千總黃簡。該員黃毓得隨營搜捕逆匪，協獲僞軍師李粗皮西即張西一名，斬犯吳衛、吳貓牛、蔡汞三名，黃簡已得應升守備，因父在臺身故，丁憂過臺，服闋，飭令隨營，拏獲斬犯李遷、黃扁、黃通、林信四，該二員可否均以守備留臺補用。

中營千總樸霖、嘉義營把總曹宗銓。樸霖一員隨同參將德謙到嘉義查拏匪徒攻撲文武公寓，該員首率兵丁奮力擊散，曹宗銓一員隨在大營辛勤搜捕，協獲淩遲股首陳疆、斬犯董螺、李豬哥力、吳港、林鼠多名。可否均賞戴藍翎。

鎮標左營千總劉紹春、調署左營千總曾元福、鎮標左營把總李維生、調署中營把總劉飛龍。該員等帶兵隨營征剿屢次奮勇出力殺賊多名。劉紹春前於道光十二年逆匪張丙案內出力，賞戴藍翎，此次可否以守備升用，先換頂戴。曾元福、李維生、劉飛龍等三員可否均賞戴藍翎。

辭退外委葉占春。該外委前於道光十二年逆匪張丙案內賞戴藍翎，因病辭退。十八年病痊，因其熟悉內山情形，飭令拏獲逆首胡布、遊摣生，經臣等議詳未邀議敘。此次復拏獲淩遲股首陳疆，斬犯李豬哥力、林鼠，協獲淩遲匪犯林烏鼠等要犯。可否以五品頂戴賞換花翎。

義首舉人沈鳴岐。該舉人首先拏獲淩遲股首江見一名，協獲淩遲匪犯林烏鼠一名，又拏獲斬犯鄭貓、王成、施品三名。可否賞戴藍翎。

義首職員吳化成、總理張振美，該義首等於匪徒攻撲文武公寓督率莊丁隨同擊賊並拏鋒淩遲匪犯沈玉、莊紅英、鄭興、林得四名，斬犯蘇殿一名，又協獲股首張缺嘴，最爲出力。吳化成可否賞戴藍翎，張振美可否賞給七品頂戴。

藍翎義首林騰瑞、總理林實誠。該義首等隨營搜捕拏獲斬犯謝萬機、林庇、林力、蕭取四名，協獲淩遲股首林旺一名。可否賞給林騰瑞五品軍功頂帶，林實誠七品軍功頂帶。

五品軍功藍翎候選通判陳廷祿。該員拏獲斬犯柯蹇、郭大粒、陳糞、郭蟀老、郭吉成五名。可否不論雙單月交部儘先選用。

義首藍翎捐職同知劉思中、六品軍功沈廷爵。該義首劉思中首先拏獲斬犯蘇通事、王豹，軍犯林檀三名。可否交部從優議敘。沈廷爵自備資斧雇募鄉勇二百名隨營，首先拏獲淩遲匪犯林烏鼠、斬犯劉侯、胡八等，可否賞戴藍翎。

候選從九陳廷相、候選未入流胡鴻源、武生陳步雲。陳廷相首先拏獲斬犯謝菜、許酉、洪簡、陳添四名。胡鴻源首先拏獲斬犯張黎、楊能潔，軍犯卓貓三名。該二員可否歸部儘先選用。武生陳步雲首先拏獲斬犯林尚一名，協獲斬犯吳添、曾賽二名。可否賞給六品頂戴。

再，臣達洪阿自練精兵六百名，自道光十六年起至今已逾六年，各項器械技藝久皆嫺熟，膽力亦壯，從前班滿，每擇其優者留臺，近年內營有事，停止換班，是以悉成勁旅。自十六年剿辦沈知，十八年剿辦胡布，上年剿辦江見諸逆，臣達洪阿親自統領，所至立破。除臨陣斬馘捉生之員弁皆已隨案奏蒙恩獎外，其奮勇出力者尚多，以微末兵丁，未敢詳請督撫上瀆宸聽，僅由臣達洪阿記名拔補，而人多缺少，至今未拔者尚數十人。現在防夷之際，若竟行刱置，似不足以示激勸。謹擇其技藝膽力尤爲出眾且屢次出力不懈者，分別二次三次開單，恭呈御覽，可否仰乞天恩，賞給六七品頂戴，俾知皇上策勵戎行，卽一小卒之微亦加甄錄，自必鼓舞奮興，以圖報效，是否有當，謹與臣姚瑩會同遴選，開具清單，附奏以聞。謹奏。

謹將臺灣出征三次二次並深入内山番界出力之精兵擇尤開單恭呈聖鑒：

毛玉彪　林萬福　李青祥　張國章　葉席珍
曾耀祖　沈得魁　陳友魁
王朝旺　黃得高　鄭再興　黃丹清　李明忠
方天池　曾瑞英

以上十五名係三次出征奮勇始終出力。

王飛鳳　龔再興　邵頂成　黃向隣　熊有茂
陳宗亮　何安然　葉國佐
葉國祥　黃安邦　林景福　張國華　吳炎生

以上十三名係二次出征奮勇並深入内山番界始終出力，可否同前三次出力精兵均賞給六品頂戴。

吳上高　劉必升　林紹長　姚得春　胡振升　鄭英光　黃亮升　張振其
陳繼堯　吳得寶　許得成　張良才　洪得成　蔡
得標　阮青龍　陳玉金
卓騰龍　黃朝龍　張　仲　李國標　徐連銓　呂
金山　陳拜伍　沈英傑
陳文邦　陳象乾　高　才　李樹發　吳瑞高　王
得興　歐陽泰　周天恩

以上三十二名係二次出征奮勇出力。可否賞給七品頂戴。道光二十二年四月初六日片奏。

道光二十二年八月二十二日奉到硃批：另有旨。欽此。又附片具奏挑選精兵六百名内擇其技藝膽力出眾分別二次三次開單請獎一片，同日奉到硃批：所奏切當，另有旨。欽此。同日奉到道光二十二年七月十七日内閣奉上諭：達洪阿等奏，遵旨查明，擊退逆夷後勦辦南北兩路逆匪出力員弁兵勇義首人等據實保奏並開單呈覽一摺，臺灣南北兩路逆匪乘機滋事，經該鎮道等先後擊殺賊匪無數，生擒逆首，所有在事出力文武員弁兵勇義首人等自應量予恩施，以昭激勸。臺灣南路營參將余躍龍著賞戴花翎。臺防同知仝卜年著以海疆繁缺知府儘先補用，先換頂戴。臺灣縣知縣閻炘著以同知直隸州儘先升用，先換頂戴。城守營左軍守備李思升著以都司升用，留臺差委。休致通判銜前福清縣知縣盧繼祖著仍以原官留閩補用。署鳳山縣典史石獅縣丞方宗源著交部從優議敘。鳳山縣興隆巡檢李清湝著以府經歷縣丞儘先升用。南路營千總林以成著賞戴藍翎。南路營把總楊吉炘、林朝輝、右營把總李大興均著以千總拔補。屯把總潘僊英著以屯千總拔補。外委王正元、林鼎山均著以屯把總拔補。義首五品軍功藍翎州同銜吳廷篪著以州同歸部儘先選用。義首六品軍功藍翎林淇泉著賞換五品軍功頂戴。義首王飛虎著賞給六品軍功頂戴。林武義、魏棟均著賞給七品軍功頂戴。義首林淵泉著賞戴藍翎。武生吳光輝、生員吳拱宸、鄭宣治、義首總理劉金章均著賞給六品軍功頂戴。黃朝清、陳克振、潘捷魁均著賞給七品軍功頂戴。臺灣城守營參將候升副將德謙著交部從優議敘。鎮標右營遊擊呂大陞著留於臺灣，以參將儘先升用。署嘉義營參將鎮標左營遊擊洪志高、中營遊擊新升嘉義營參將德祥、署左營遊擊陳連斌、右營守備曾廷亮均著交部從優議敘。鎮標右營守備朱鴻恩著賞換花翎。署嘉義縣知縣鳳山縣知縣魏彥儀著以同知直隸州升用，先換頂戴。彰化縣知縣黃開基著以同知直隸州儘先升用，先換頂戴。留於臺灣差委已革候補同知直隸州託克通阿著以同知直隸州開復留閩補用。署嘉義營守備曾玉明著賞換花翎。調署笨港縣丞、頭圍縣丞易金杓著以繁缺知縣儘先補用。斗六門縣丞姚鍾瑞著賞戴藍翎。候補從九品潘振玉著遇缺卽補。署臺灣縣學候補訓導林清瑞著儘先補用。嘉義縣典史陳保昇著以府經歷縣丞儘先升用。咨補彰化縣南投縣丞龐裕昆、諮補建陽縣麻沙縣丞吳湛恩著賞戴藍翎。嘉義營千總黃毓得、辭退楓嶺營千總黃簡均著以守備留於臺灣補用。中營千總樸霖、嘉義營把總曹宗銓均著賞戴藍翎。鎮標左營千總劉紹春著以守備升用，先換頂戴。調署左營千總曾元福、鎮標左營把總李維生、調署中營把總劉飛龍著賞戴藍翎。辭退外委葉占春著賞給五品頂戴，並賞換花翎。義首舉人沈鳴岐著賞戴藍翎。義首職員吴化成著賞戴藍翎。總理張振美著賞給七品頂戴。義首藍翎、林騰瑞著賞給五品軍功頂戴。總理林實誠著賞給七品軍功頂戴。五品軍功藍翎候選通判陳廷祿著不論雙單月交部儘先選用。義首藍翎捐職同知劉思中著交部從優議敘。六品軍功沈廷爵著賞戴藍翎。候選從九品陳廷相、候選未入流胡鴻源著歸部儘先選用。武生陳步雲著賞給六品頂戴。其署鳳山縣知縣笨港縣丞白鶴慶力疾辦公，歿於軍事，著交部照例議卹。至另片奏出力兵丁請賞頂戴等語，兵丁毛玉彪等十五名、王飛鳳等十三名，均著賞給六品頂戴，吴上高等三十二名均著賞給七品頂戴。該部知道。單三件併發。欽此。

【校】

〔一〕疑缺漏一『擊』字。

覆訊夷供分別斬決畱禁繪呈圖說奏

奏爲遵旨覆訊夷供分别斬決畱禁，繪呈圖說，仰祈

聖鑒事。本年五月十九日接准軍機大臣字寄：道光二十二年四月初五日奉上諭，達洪阿姚瑩由五百里馳奏逆夷復犯臺港，破舟殲逆一摺，據奏該逆三桅大船三隻，在五汊港外洋向北駛去，僅只擊沈一船，其餘二隻究竟駛往何處，此次生擒逆夷數十名且獲廣東漢奸五名正可隔别嚴鞫，令其據實供吐逆夷屢次前來係何人指使，意欲何爲，所獲白夷十八人有無得受僞職之頭目在内，此次滋擾臺灣船隻由何處駛來，現在廣東、福建、浙江各洋面口岸夷船共有若干隻，各處夷船分領頭目幾人，漢奸幾人，漢奸内最爲該逆信任者幾人，其姓名並詭譎蹤跡務當層層分晰，訊取確實供詞，與保奏摺均由五百里復奏。取供之後，除逆夷頭目暫行禁錮候旨辦理外，其餘各逆夷與上年所獲一百三十餘名均著即行正法，以紓積憤而快人心。欽此。同日又准軍機大臣字寄：道光二十二年四月初六日奉上諭，據達洪阿姚瑩馳奏遵旨嚴訊夷供一摺，覽奏均悉。昨據奏稱，逆夷復犯臺港，經該總兵等生擒白夷十八人、紅夷一人、黑夷三十人、漢奸五名，該逆中必有洞悉夷情之人，究竟該國地方周圍幾許，所屬國共有若干，其最爲强大不受該國統屬者共有若干，又暎咭唎至回疆各部有無旱路可通，平素有無往來，俄羅斯

是否接壤，有無貿易相通，此次遣來各僞官除噗嚕嗐係該國王所授，此外各僞官是否授自國王，抑由帶兵之人派調，著達洪阿等逐層密訊，譯取明確供詞，據實具奏，毋任諱匿。欽此。

查二次獲紅夷頭目顛林、夥長律比及漢奸黄舟等，前經臣等提訊供情，業同起獲夷書圖信具奏呈覽。茲再奉聖明指示應訊各情内有前奏所未及者，謹督同道銜知府熊一本，同知仝卜年及衆委員，復提顛林等逐層隔別究詰。據供：

該國王城地名蘭鄰，在大地極西北隅海中。其國本不甚大，王城東西南北周六十里，後枕大山，其名哀鄰。近蘭陵之西，海中一地名埃倫。自王城東南陸行半日許即海，登舟南行十五晝夜至弼爹喇。更南五十晝夜至急卜碌。轉東北行五十晝夜至望邁。再自望邁東行二十五晝夜至新地波。其地東北即安南。更東行七晝夜即至廣東。復二晝夜而至浙江。凡一百五十餘日。極順風一百二三十日夜亦可至，不順風亦有遲至半年以上者。蘭陵外，自西北而西南，更轉東北而至廣東海中，所屬島二十六處，皆其埠頭；多他國地，據爲貿易聚集之所。一曰埃倫，二曰弼爹喇，三曰急時煙士，四曰那古士哥沙，五曰閒拏哳，六曰的賒士，七曰散打嗹，八曰金山，九曰士嬌也，十曰急卜碌，十一曰罵利加時架，十二曰罵哩詢，十三曰息賒鼇，十四曰士葛打喇，十五曰烟，十六曰望邁，十七曰士啷，十八曰襪打喇沙，十九曰孟呀喇即孟加剌，二十曰磨面，二十一曰梹榔嶼，二十二曰罵叻格，二十三曰新地波，二十四曰路士倫，二十五曰班地文，二十六曰蝶士爹鼇耶。以上諸島皆暎咭唎埠頭，設官主之，海中相去或一二千里數千里不等，遥相聯絡。諸島左右復有別島，或自爲國，或爲賀蘭別國、埠頭，非其所屬。亦有不能詳者。前供嚽叻即息辣，同望結仔二處，皆賀蘭埠頭。因貨〔一〕蘭亦有紅毛之稱，同一貿易，故併雇用其黑夷，非暎屬也。叶勝油者，黑夷之通稱，即華言無來由也。海中諸國最強大而爲暎咭唎所畏者，一曰咪唎堅，華人稱爲花旗，在的賒士之西。二曰佛蘭西。皆地大於暎咭唎，而船礮如之，亦好貿易，與賀蘭、黄祁、大西洋俱在廣東通市，頗恭順。佛蘭西船少，近年未至此。

其海路之情形也。其陸路自蘭鄰外，並無土地。東北、東南隔海之國甚多，顛林所知者，曰士襪國、羅委國、叻倫國、顛麥一名黄祁國、什卑鼇國、撻地鼇國，皆在其東北，土壤相接，北卽北海，冰厚二三丈，極寒，人不敢往。又有賀蘭國、箬打倫國、米莉氈國、佛蘭西國又稱勃蘭西國、大西洋國、鴉沙爾國、布路沙國、記利時國、埃地利國、大呂宋國、的記國，皆在其東南，國亦相接。問以俄羅斯及回部，皆茫然不知，惟隔賀蘭、黄祁之東有羅沙國，又東南有北叻思國，似卽俄羅斯地，而字音別也。賀蘭、黄祁二國最近暎咭唎，隔海相距一千二百里，諸國皆不相統屬。賀蘭頗爲暎咭唎欺凌，每倚佛蘭爲援，則與暎咭唎固外好而陰忌之，未必聽暎咭唎越其國而與俄羅斯貿易。此暎咭唎以東隔海諸國之情形也。

其王現爲女主，議國政之大臣曰馬倫侍，其在浙江之統帥人名沙連彌噗鼎喳，其官爲比利呢布顛剃衣彌，一切兵船聽其調派。其次王兵官爲贊你口罶，其人名沙有哥哈卽吧噶。又主船政官為押米嘍，其人名沙外廉吧加，卽思啞勅力巴敦時。噗鼎喳係一等官，年得俸銀二萬元，以下分等遞減。其在廈門者官爲善用勒彌沙，人名時蔑，又稱士勿，乃主船政之官。其在廣東之香港者，文爲馬鼇士列，卽馬禮遜，其人名贊臣；武爲善用哈沙，其人名禮也時。皆受自國王，而聽命於噗鼎喳。又有呷嗶明，亦主船政，又稱急燉。亦受自國王，或有自貴官授之而報名於王者。凡三桅大船，黑夷以六頭目管之，一正五副；二桅中船，黑夷頭目三人，一正二副；小船，黑夷頭目二人，一正一副。正頭目，夷言沙冷，副頭目，夷言燉底。此次大小夷船百餘隻，實在兵船連火輪船七八十隻，內多卽貿易之舟，配以夷官，改作兵船。其兵皆黑夷，雇自各島，共約四五萬人，每月工資番銀二三元至十元不等。至同來兵船，見顛林破獲，是否逃回浙江，抑往廣東，無從追問。

臣等伏思逆夷兵船半卽商舟，人衆數萬，月費工貲數十萬金；夷酋俸銀、夷衆口糧、軍裝火藥，月費亦數萬；船本、貨本又數百萬，計犯順已逾二年，費亦不下二千萬。夷以貨財爲命，今閉關，其貨不行，所在私售無多，價亦大減，主客異形，逆夷雖富，何能久支？噗鼎喳始冀爲義律故智，思得所欲，及不可得，且人船喪失，所耗益多，其情勢必絀。飢而撲食，乃更揚言繼師大舉。竊恐其衆將離，未必復能久持也。然賊窮必有變計，臣等防守不可不益加嚴。

其餘各條皆如前供。地名、人名翻譯殊難，漢人或通其語而不通其文。顛林能作畫，乃令圖其國所屬及各國形勢，惟東北旱路伊所未至，又回部絕遠，故不得其詳。漢奸五人中惟鄭阿二最通夷語，黄舟能漢字，乃使鄭阿二傳顛林之言，以廣東土音翻譯出之。閒有誤者，顛林似亦覺之，而每指正其誤，復使律比等觀所繪圖，點首。察其情形，言似可信。謹遵旨將紅夷頭目顛林及夥長一律比、二吧底時、三科因諫堄、副頭目怒丈、白夷頭目伊些駱、黑夷頭目忍滿，翻譯供詞之漢奸黄舟、鄭阿二，又前次所獲之黑夷頭目咀莉啌及哈吻叻咻共十一名嚴行禁錮，候旨辦理。設有大幫來臺，仍照前奉諭旨准予相機酌辦，以免內變。其後獲之紅夷肐里等三名、白夷舊錫莫哩等十名、黑夷病斃二名外，現犯下治吳蚋油等二十七名，同前獲病斃外現存之黑夷沙哃等九十九名，共一百三十九犯，恭請王命在郡正法，以振國威而快人心。所有臣等遵旨覆訊辦理緣由，恭摺由五百里具奏，並將暎夷所繪各國地圖考證諸書爲說進呈御覽。除備錄供招諮部外，伏乞皇上聖鑒訓示。謹奏。道光二十二年五月二十八日奏。

暎咭唎地圖說：暎咭唎國，又稱英機黎，或作膺吃黎氏，通稱紅毛，在大海極西北隅。四面皆海，其國都名蘭鄰，北枕大山，名哀隣。隔海而南與賀蘭、佛蘭西、大吕宋鄰近，相去皆千餘里。又有咪唎堅在其西南海中，相距約萬餘里。國皆強大，不相統屬。惟大呂宋稍弱，近中國之屬島名小吕宋者，久爲暎咭唎所據，不能爭近七十年； 暎咭唎謂其地少利，吕宋始以金贖回。賀蘭亦常爲暎咭唎侵淩，倚佛蘭西爲援。佛蘭西大於暎咭唎也，然佛蘭西人不善經商。今廣東貿易之夷，自大西洋外，有暎咭唎、咪唎堅、賀蘭、黄祁、佛蘭西諸國，惟暎咭唎船多，年常六七十艘。諸國無公司，獨暎咭唎有之。公司者，其國王自以本錢貿易，故名。諸國至廣東，十三行商公建樓屋居之，如客寓。諸夷商去來無定，非如大西洋之常往澳門也。暎咭唎通商廣東，自云二百餘年矣。暎咭唎王城東西南北周六十里，東南城外車行半日卽海。本國雖不甚大，人精巧，善製器械。以其强黠，脅制海中小國，皆爲屬島。自王城稍西海中一島名埃倫。又南爲弼爹喇，王城至此舟行十五晝夜。弼爹喇之西北一島名急時煙士，又西北爲那古士哥沙，又西南爲閒孥吋，皆其所轄。弼爹喇之西南隔海一大國，名咪唎堅，卽華言花旗國之北境也，其北至南境陸地大於暎咭唎數倍，船礮如之。暎咭唎入中國必由其海面，故畏之。而於咪唎堅之東據一小島，名的賒士，設埠頭，又於的賒士隔海相對一高山，名散吋嗹亦設一埠頭，又於散吋嗹之東名金山，設一埠頭，三處相望。其用心之密如此。義律卽的賒士人也。自散吋嗹而南，爲士嬌也。自金山而南，爲急卜祿，卽海國聞見錄所云呷也，蓋海中大地西南一角盡處。由弼爹喇至急卜祿舟行五十日夜，皆自西而南。自此以後，則舟行轉向東北，初爲罵刺加時架，更東北爲罵哩詢，又東北爲息賒鼇，又北爲士葛打喇，又北爲煙，其東爲望邁。自急卜祿至望邁舟行五十日夜，更自望邁而南爲士啣，又東北爲袜打喇沙，北爲孟呀喇卽孟加剌，又東南爲磨面，又南爲檳榔嶼，一名新埠，又東爲罵叻格卽明史所云麻六甲也。前明本滿剌加國，爲佛郎機所滅，後歸賀蘭。暎咭唎有一地在其南，名孟姑倫，與賀蘭互易而有之。乃於其地之西，新開檳榔嶼爲大埠頭。又東爲新地波，自急卜祿至此，本皆黑鬼地，而暎咭唎據之，總稱叶撈油，華言無來由是也。自望邁至新地波舟行二十五日夜，其東北卽近安南。更舟行向東七日夜，卽廣東。明史西洋利瑪竇言其國至中國九萬里，暎咭唎又在其北，海道可知。罵哩詢之極南，又有路士倫，又東北有班地文，又東北有蝶士爹鼇耶，皆暎咭唎屬島。佔自他國，以爲聚積貿易之所，謂之埠頭，蓋華言也。自埃倫至新地波凡二十六島，皆設官主之。諸島在海中相去或千里或二三千里，勢相聯絡。其左右復有别島，或自爲國，或爲賀蘭及他國所屬者尚數十，而以暎咭唎爲最。此其海路之形勢也。

其陸路自本國外別無土地。國之東北隔海而地相連者爲士袜國、羅委國、叻倫國、顛麥國一名黄祁國，更東爲什卑鼇國，又東爲撻地鼇國。其北卽北海，極寒，冰厚二三丈，盛夏不解，人無敢往者。其國之東南隔海而地相連者，最近之東爲賀蘭國，自此而南爲拏打倫國、米莉毡國、佛蘭西國、捷羅那國、布度基國。布度基卽華言大西洋國也，廣東澳門卽大西洋所居，納稅文官名加丈吋，華謂之番差；武官名啝你蒟，華謂之兵頭。賀蘭之東迤南爲鴉沙爾國、布路沙國、記利時國、埃地利國、大呂宋國。又東爲的記國。自西洋以東如大呂宋、埃地利、記利時、布路沙至的記諸國，皆沿中海。此其國以東陸路之情形也。問以俄羅斯及回部，皆茫然不知。惟言賀蘭之東北爲羅沙國，又東稍南爲北叻思國，與海國聞見録載俄羅斯隔普魯社卽係黃祁、賀蘭之境相似。乾隆年閒，俄羅斯女王卽西洋國之女，則其相去當不甚遠，特地名字音各別，或卽所云羅沙及北叻思也。顛林未至東北諸國，故不能明，然其所繪圖與康熙年中西洋人南懷仁之坤輿圖說，乾隆年中總兵陳倫炯之海國聞見録形勢大略相同。二書收入四庫中，可以參攷。故大學士臣松筠嘗爲臣姚瑩言俄羅斯大臣多西洋人，乾隆五十八年，暎咭唎貢使瑪噶爾言，今俄羅斯之哈屯汗，本大西洋國女，乃前哈屯汗之外孫女也。其表兄襲汗，娶以爲妻。然則俄羅斯與大西洋世爲婚媾。暎咭唎本近大西洋，婦人爲王，其俗同，人之狀貌又同，則其近可知。俄羅斯人有在京者，傳詢當得其實。然暎咭唎既隔海而俄羅斯尚隔黃祁、賀蘭、佛蘭西諸國，未必與暎咭唎交結，故顛林及律比皆不知之。若回部則以南懷仁及陳倫炯之圖攷之，相去甚遠，所隔國尤多矣。至的記之東爲已羅，又東爲茂加，又東南爲乜加喇，又北爲亞巴賒，又東北爲煙你士丹，皆烏鬼地。其自的記轉南，沿中海而西者，爲衣接埠頭，爲禮卑鼇，爲埃治也，爲都利士埠頭，亦皆黑鬼地。正與海國聞見録形勢相同。顛林言伊船內本有四海各國全圖，船破失水，不知所在，今據所能記憶者圖之。其言或可信也。至其立國自稱一千八百餘年，本無稽。然國俗王死無子，則傳位於女，其女有子，俟女死後立之。實已數易其姓，而國人猶以爲其王之後。足見夷俗之陋。道光十八年，其國王死，無子，復無女，乃傳位於姪女，名役多鼇里也。今二十二歲，招夫丙次阿不爾，稱爲邊嚏士亞弼，猶華言駙馬。生一子，今年二歲。異時女王死，卽立爲國王。邊嗹士亞弼不理國事，大政則有三大臣，在女王左右議決之。其第一者，名馬倫侍，極貴。次二人不知其名。其國文官少，武職多。大埠頭設文官，名羅洛堅，如中華督撫。中埠頭設文官，名沙外廉叻洛堅，如中華知府。小埠頭設文官，名末士洛雲，如中華知縣。諸埠頭均有大武官，名馬凝接，如中華總兵。其餘武官不可悉數。此次統兵至定海之統帥，其人名沙連彌噗嘸喳，其官爲比利呢布顛剃衣彌，最貴，一切由其調度。各官雖授自國王，有事故則噗嘸喳遣代。其次主兵之官爲贊你嚰，其人名沙有哥哈，即吧噶。又主船政之官爲押米嘍，其人名沙外廉巴加，即思啞勅力巴敦時，皆在浙江。其在廈門管船者官爲善用叻彌沙，人名時蔑，又稱士勿。在廣東香港者，文官爲馬鼇士列，華言馬禮遜，其人名贊臣； 武官爲善用哈沙，其人名禮也時。凡管理貿易及船政官皆名呷嗶吶，即明史所稱加必丹未，又稱急敦，如華言船主也。船上管黑夷者頭目有正副，正名沙冷，副名燉底。大船一正五副，中船一正二副，小船一正一副。此次至內地夷船名百餘隻，其實不過七十餘艘，且多貿易之船配以夷官，非盡兵船也。又火輪船亦不過十隻，用以急遞信息，爲諸船導引。黑夷皆雇自諸島，月給工貲番銀二三元至七八元，不下數十萬。其官自噗嘸喳年給俸銀二萬元，以等遞減，小者亦數百元。凡造一船，費數萬計，礮械火藥貲用尤多。閉市後，洋貨不售，有私售者貨價大減，用兵日久，復多喪失，亦自苦之。

其女王之出，戴金絲冠，四面綴珠，身衣紅色哆囉嗹長袍，或羽毛爲之，胸前繫金珠爲飾，乘大馬，上用平鞍，後有靠背，左右扶手。前後隨者有步有騎。夷人見王不跪，惟免冠，手拔額上毛數莖投地爲敬。其國人肌膚皆白，長身，貓睛，高鼻，類在京之俄羅斯，而髮拳黃，故稱紅毛。亦有肌白而髮黑者，不貴也。初奉佛教，後奉天主教，淨髭鬚。其産鴉片煙土者凡三處：一爲的記，二爲望邁，皆出小土，每塊重六七兩；惟孟加剌出大土，每塊重四十五六兩。海外諸國皆以其所有易其所無，自洋布、哆囉嗹、羽毛、紅木、紫檀、花梨、冰片、龍涎香、海參、燕窩、丁香油之類數十種，鴉片特其一，而望邁、孟加剌皆暎咭唎埠頭，故其國貨船此物獨多。各國人皆不食，卽暎咭唎亦自不食，惟華人及黑夷多嗜之。凡貿易諸船，皆商賈自爲之，工收其稅，亦有領國王本錢者。謹據夷酋顛林、律比供及圖，證以諸書如此。

道光二十三年正月二十四日承准兵部火票遞回原摺，欽奉硃批：另有旨。欽此。同日承准軍機大臣字寄提督銜臺灣鎮總兵達，傳諭按察使銜臺灣道姚：道光二十二年十月十四日奉上諭，達洪阿等奏覆訊夷供分別辦理一摺，前因暎夷就撫請釋俘囚，有旨諭令該總兵等將臺灣所獲夷俘除業經正法外，餘卽解至省城由怡良等轉交收領，計可先行接奉。本日據奏覆訊各夷供詞，將夷目顛林等分別禁錮、正法等語，著該總兵等仍遵前旨，將現在未經正法各夷人派委員弁妥速解省，交怡良等轉交該夷目領回。該總兵等呈進暎咭唎地圖及圖説一件均已覽悉。所奏摺件被搶已有旨交該督撫飭拏嚴辦矣。將此由五百里諭令知之。欽此。遵旨寄信前來。

【校】

〔一〕疑『貨』應爲『賀』字。

東溟奏稿卷四

謝賞太子太保二品頂戴銜恩奏

奏爲恭謝天恩，仰祈聖鑒事。竊臣等馳奏逆夷復犯臺港破舟殲逆一摺，本年五月十九日奉到二十二年四月初五日硃批：可嘉之至。即有恩旨。同日奉上諭：本日達洪阿、姚瑩由五百里馳奏逆夷復犯臺港破舟殲逆一摺，覽奏欣悅，大快人心。該逆夷上年窺伺臺灣，業被懲創，復敢前來滋擾，達洪阿、姚瑩以計誘令夷船擱淺。破舟斬馘，大揚國威，實屬智勇兼施，不負委任。允宜特沛殊恩，以嘉懋績。達洪阿著加恩賞加太子太保銜，並賞加阿克達春巴圖魯，姚瑩著賞加二品頂戴；達洪阿、姚瑩均仍交部從優議敘。所有在事出力文武員弁及義首義勇人等著開單保奏，候朕施恩。欽此。當經恭設香案望闕叩頭祇謝天恩訖。除查明出力文武員弁及義首人等開具清單奏請恩施外，伏以臣等知識毫無，仰賴皇上先事指授機宜，督率在事文武及義首兵勇欽遵辦理，幸克有濟，乃蒙天寵優嘉，迥逾常格，宫銜、極品章服特增，自顧何人，曷能臻此？竊念上年防夷以來，將軍臣保昌、總督臣怡良、巡撫臣劉鴻翺無不以海外爲念，皆隨時指示，遇事提撕，每於公牘外加以密函照會，凡所陳請，立即施行，即藩、臬兩司，每遇臺灣咨移事件，亦皆悉心籌畫，迅速策應，故臣等雖海外孤危，幸上逢聖主，一切有所憑依，無虞掣肘，私衷慶幸，不敢昧厥所由。臣等疊被殊榮，不勝踼蹐悚惶之至。惟有督勸將吏鼓勵士民，協力同心，以固臺疆，上報高厚鴻慈於萬一。所有叩謝天恩，感激下忱，謹恭摺附便驛具奏，伏乞皇上聖鑒訓示。謹奏。道光二十二年五月二十八日奏。

道光二十三年正月二十四日承准兵部遞回原摺，欽奉硃批：知道了。欽此。

查明大安破舟捦夷出力人員奏

奏爲遵旨查明出力文武員弁義首人等，繕具清單，恭摺具奏，仰祈聖恩獎勵事。臣等本年五月十九日接准內閣道光二十二年四月初五日奉上諭，本日達洪阿、姚瑩由五百里馳奏，逆夷復犯臺港，破舟殲逆一摺，據稱淡水同知曹謹、署鹿港同知魏瀛、澎湖通判范學恒、彰化縣知縣黄開基、護副將關桂等稟報，正月三十日有三桅夷船及杉板船在淡水、彰化交界之大安港外洋，欲行入口，見兵勇衆多，攻撲不進。復退出外洋，經貓霧捒巡檢高春如及大甲巡檢謝得琛所募之漁船粤人周梓等與夷船上廣東漢奸作土音招呼，誘從土地公港駛進，果爲暗礁所擱，其船攲側入水。該處埋伏兵勇齊起，關桂及署北路右營游擊安定邦督同署守備何必捷，千總何建忠、李青雲，把總翁標桂、林飛騰等施放大礮，奮力攻擊，其船遂破。逆夷紛紛落水，死者不計其數。復有數十人手持短械，跳上漁船。該廳縣將備同大甲巡檢謝得琛、竹塹巡檢汪顯、外委蕭振輝、李吳魁等及義首總理兵勇奮力圍擊，殺斃白夷一人、紅黑夷數十人，生擒白夷十八人、紅夷一人、黑夷三十人、廣東漢奸五名，奪獲夷礮十門，又獲鐵礮、鳥鎗、腰刀、圖書各件等語。覽奏欣悦，大快人心。該夷上年窺伺臺灣，業被懲創，復敢前來滋擾，達洪阿、姚瑩以計誘令夷船擱淺，破舟斬馘，大揚國威，實屬智勇兼施，不負委任。允宜特沛殊恩，以嘉懋績。達洪阿著賞加太子太保銜，並賞加阿克達春巴圖魯，姚瑩著賞加二品頂帶；達洪阿、姚瑩均仍交部從優議敘。所有在事出力文武員弁及義首義勇人等，均著開單保奏，候朕施恩。欽此。臣等伏思此次破舟捦夷，實由仰承聖謨先事指示，文武奉行妥洽，而義首士民亦皆共奮同仇，爭先捦斬逆夷，以洩義憤。臺灣本係不靖之區，莠民雖多而好義之人亦復不少，當逆夷犯順之初，經臣等曉以大義，諭令團練壯勇，立皆鼓舞奉行，至今不懈。一聞夷船到口，即齊集海口。義首蔡麗水同漁舟周梓即蔡梓等遵募誘之於先，在籍員外郎鄭用錫、七品小京官王雲鼎，舉人劉獻廷，拔貢生陳榮文，廩生陳嘉猷，總理謝秋、林歡等，隨同文武弁兵各有捦斬逆夷，取獲礮械等件。義勇民人等深恨逆夷，乘其舟破之後，紛紛下水折碎其船。在事文武目擊情形，爲之一快。當拆船之後，頗有撈獲夷人銀貨者。臣等先經出示，除礮械圖書入官外，其餘銀貨盡數充賞，不許官人需索分毫。義勇民人咸歡欣鼓舞，足以償勞。臣等謹將文武員弁及義首總理頭人中尤爲出力者開列以聞，其餘義勇未敢濫入，仰副聖主優獎臺灣士民好義急公之意。所有臣等查明出力文武義首人等，謹開具清單，同復訊夷供摺，均遵旨由五百里復奏，伏祈皇上聖鑒訓示。謹奏。道光二十二年五月二十八日奏。

道銜臺灣府知府熊一本。該府隨同[一]等辦理夷務，實心經理，深明機要。兩次獲解夷犯、漢奸一百七十餘名，遵奉諭旨逐一研訊，同各委員日夜熬煉，翻譯明妥，盡得夷情。可否恩加三品頂戴。

護北路副將臺灣鎮右營游擊關桂。該護協督同備弁嚴兵守口，夷不敢犯，別駛他口，復督率弁兵轟擊破舟，捦犯多名。可否以參將卽行陞用。

候陞知府淡水同知曹謹、臺防同知仝卜年、臺灣縣知縣閻炘、彰化縣知縣黃開基。該員曹謹自練壯勇，索稱精銳，會同營員督率兵勇嚴守海口，破舟捦斬夷犯漢奸多名；仝卜年日夜研訊，究出種種夷情；閻炘先後拏獲通夷漢奸逆匪張從、賴媽來、蕭石，使夷無內應，破其奸計；黃開基密令雇募漁船誘破夷舟，辦理妥洽，又生捦白夷一名，黑夷四名，取獲杉板船一隻、銅礮一門，均屬尤爲出力。黃開基、閻炘二員已於南北逆匪案內奏請以同知直隸州儘先升用，可否同曹謹、仝卜年均賞戴花翎。

署北路右營遊擊安定邦、臺灣左營水師遊擊劉光彩、署北路中營都司岑廷高、知府銜題陞、永春直隸州知州范學恒。該員安定邦隨同關桂會同文員督率兵勇破舟捦夷，可否賞戴花翎。劉光彩、岑廷高、范學恒嚴守口岸，協同破舟捦夷，可否交部從優議敘。

署鹿港同知前鳳山縣知縣魏瀛、永福縣知縣魏一德。該員魏瀛督率義勇堵禦圍拏夷犯，取獲夷書，奪取銅礮一門、鐵礮一門、鳥鎗腰刀多件，該員先於十六年沈知逆案已得應行升用，此次出力，可否賞戴藍翎，以同知升用先換頂戴。魏一德會同各員審訊夷犯細心取供，可否賞加通判銜。

留臺差委候補同知直隸州知州託克通阿、通判銜前福清縣知縣盧繼祖。該二員或勘取夷船礮械多件，或訊取夷供，均能悉心出力，前已奏請開復留閩補用。可否恩準託克通阿仍以同知直隸州儘先補用，盧繼祖以知縣儘先補用。

署大甲守備何必捷、北路中營千總李青雲、右營千總何建忠、外委李吳魁、猫霧捒巡檢應陞主簿高春如、大甲巡檢謝得琛。該員何必捷、李青雲、何建忠、李吳魁施放大礮擊賊，生擒白夷一名、黑夷二名。可否賞戴藍翎，以守備、千總分別升用。高春如、謝得琛密雇漁船，誘夷擱淺成功，又擊殺白夷一名，生擒白夷三名、黑夷一名。可否賞戴藍翎以縣丞用。

臺灣府經歷陳塤、臺灣縣典史楊成林、竹塹巡檢主簿銜汪顯、大墩巡檢高品城。陳塤、楊成林各有監獄守禁夷犯漢奸前後一百七十餘名，並有南北二路逆犯盜犯二百餘名，日夜小心巡邏，看守無誤，陳塤復隨同訊取夷供； 汪顯、高品城督同義首生擒紅夷一名、白夷二名、黑夷一名。查汪顯加主簿銜後又經二次臺灣俸滿本係應升府經縣丞之員，玆又獲犯出力並長途護解無誤，可否恩賞陳塤以知縣升用，楊成林、高品城以縣丞升用，汪顯俟升補府經縣丞後以應升之缺升用。

把總翁標桂、林飛騰，外委蕭振輝、額外陳進陞、葉名標，中營効用目兵郭昇亮、劉龍標。該員等率領弁兵義勇攻擊夷舟，擒獲黑夷二名、漢奸二名，取獲夷礮器械多件，翁標桂、林飛騰、蕭振輝、陳進陞、葉名標可否均賞戴藍翎，郭昇亮、劉龍標由臣達洪阿記名拔補。

在籍終養禮部員外郎鄭用錫、義首五品職員林祥雲、六品軍功小京官王雲鼎、六品軍功郝芝、漁船戶周梓即蔡梓。鄭用錫生擒白夷一名、黑夷三名，林祥雲、郝芝生擒紅夷一名、白夷二名、黑夷三名，皆有取獲礮械多件； 王雲鼎取獲夷人銅礮一門、鐵礮一門、夷銃三桿，防守海口義勇最爲精整； 漁船戶周梓即蔡梓受募誘破夷舟。鄭用錫可否賞戴花翎，林祥雲、王雲鼎、郝芝、蔡梓可否賞戴藍翎。

六品軍功舉人劉獻廷、拔貢生陳榮文、廩生陳嘉猷、監生謝得環、武生姜殿邦、義首謝秋、蔡麗水、鄭元杰。劉獻廷奪獲夷銃一門、浙江湖協銕礮一門、大礮子十九顆、腰刀夷信多件； 陳榮文、陳嘉猷等共生擒白黑夷犯十六名以上。劉獻廷可否賞給五品軍功頂戴，陳嘉猷可否以訓導儘先選用，謝得環可否以從九品儘先選用，陳榮文、謝秋、姜殿邦、蔡麗水、鄭元杰可否賞給六品軍功。

生員郭廖書、王廷錫、曹大源，武生郭廖瑞、八品職員王璽、陳尚文、林逢泰、林歡，總理監生陳毓英、謝玉麟、陳癸森，義首蔡掌、柯秀峯、柯銘珍、張曾謹、周天麟，淡水廳典史彭棟、張綱。以上各義首等均自募義勇圍捕出力，擊殺生擒夷犯多名，器械多件，可否均賞給七品軍功頂戴。彭棟、張綱均賞給八品軍功頂戴。

道光二十三年正月二十四日承准兵部火票遞回原摺，欽奉硃批：另有旨。欽此。同日奉到道光二十二年十月十四日內閣奉上諭：達洪阿等奏，查明本年正月臺港出力文武員弁開單呈覽，自應量予恩施。道銜臺灣府知府熊一本著賞加三品頂帶。臺灣鎮右營遊擊關桂著以參將即行升用。淡水同知曹謹、臺防同知仝卜年，准升同知直隸州之臺灣縣知縣閻炘、彰化縣知縣黃開基均著賞戴花翎。署北路右營遊擊安定邦著賞戴花翎。臺灣左營水師遊擊劉光彩、署北路中營都司岑廷高、題升永春直隸州知州范學恒，均著交部從優議敘。署鹿港同知前鳳由縣知縣魏瀛，著賞戴藍翎，以同知升用，先換頂戴。永福縣知縣魏一德，著賞加通判銜。署大甲守備何必捷、北路中營千總李青雲、右營千總何建忠、外委李吳魁，均著賞戴藍翎，以守備、千總分別升用。猫霧捒巡檢應升主簿高春如、大甲巡檢謝得琛，均著賞戴藍翎，以縣丞補用。臺灣府經歷陳塤著以知縣升用。臺灣縣典史楊成林、大武壠巡檢高品城均著以縣丞升用。竹塹巡檢主簿銜汪昱，著俟升補府經歷縣丞後，以應升之缺升用。把總翁標桂、林飛騰，外委蕭振輝、額外陳進陞、葉名標均著賞戴藍翎。中營効用目兵郭升亮、劉龍標，著達洪阿記名拔補。在籍禮部員外郎鄭用錫著賞戴花翎。義首五品職員林祥雲、六品軍功小京官王雲鼎、六品軍功郝芝、船戶蔡梓均著賞戴藍翎。六品軍功舉人劉獻廷，著賞給五品軍功頂戴。廩生陳嘉猷，著以訓導儘先選用。監生謝得環，著以從九品儘先選用。拔貢生陳榮文、武生姜殿邦、義首總理謝秋、蔡麗水、鄭元傑，均著賞給六品軍功頂戴。生員郭廖瑞、八品職員王璽、陳尚文、林逢泰、林歡，總理監生陳毓英、謝玉麟、陳癸森，義首蔡掌、柯秀峯、柯銘珍、張曾謹、周天麟，均著賞給七品軍功頂戴。典史彭棟、張綱，均著賞給八品軍功頂戴，以示獎勵。至託克通阿、盧繼祖二員，前經有旨不准留閩，並已加恩賞給頂戴，此次所請著毋庸議。該部知道。欽此。

【校】

〔一〕疑缺漏一字。

摺件在洋被劫奏

奏爲發遞摺件在洋被盜搶失，謹照原摺恭繕補呈，仍由五百里馳奏，仰祈聖覽事。竊照本年三月間逆夷大幫勾結草鳥匪船，圖擾臺灣，經官兵義勇擊破草鳥船多隻，捦獲奸民，逆夷當即潛遁，經臣等恭摺於四月初二日由五百里交鹿港同知配船内渡，馳奏在案。兹於八月十三日據署鹿港同知黄開基稟稱，前項摺件係專差廳役黄梅雇王福慶商船内渡，兹於八月十一日接該役自蚶江來稟，據稱該船放洋後遭風不順，至六月二十三日駛近廈港洋面，被草鳥匪船多隻蜂擁搶劫，將該船貨物並摺件概行搶去。該役向奪，被毆重傷，業赴蚶江通判衙門驗傷，稟請拏追。現因傷重不能回鹿港銷差等情，具報前來。臣等查海洋盜匪肆劫，膽將摺件搶失，不法已極，除稟請督撫嚴飭該管水師緝追究辦外，合照原摺恭繕補呈，仍由五百里馳遞，伏乞皇上聖覽，謹奏。道光二十二年八月十四日奏。

道光二十三年正月二十四日承准兵部火票遞回原摺，欽奉硃批：另有旨。欽此。同日奉到道光二十二年十月初十日内閣奉上諭，達洪阿等奏發遞摺件在洋被盜搶失一摺，據稱廈港洋面有草鳥匪船多隻搶劫商船，並摺件概行搶去，不法已極，必應嚴拏懲辦。著該督嚴飭該管水師認真追捕，務期全行弋獲，按律懲治，毋任一名漏網，以絕盜蹤而靖海洋。欽此。

摺件二次在洋被劫奏

奏爲臺灣發遞摺件復在洋被盜搶失，謹照原摺補繕恭呈，仰祈聖鑒事。竊照本年五月二十八日臣等由五百里具奏，覆訊夷目顛林等供詞分別斬決暫禁繪呈圖說一摺，又會奏大安港計獲夷犯案內出力文武員弁義首人等開單請獎一摺，又附奏蒙賞宮銜及二品頂戴恭謝天恩一摺，統裝一匣交鹿港同知配船內渡，發驛馳遞在案。茲於八月二十六日據署鹿港同知黄開基稟，前項摺件撥役鄭海專雇陳勇裕小快船渡載，今據該役鄭海稟稱，該船六月十九日放洋，因風不順，在沿海各澳屢開折戧，於八月初五日漂至將近蚶江之祥芝澳洋面，突遭匪船多隻蜂擁牽劫，將摺件搶失等情轉報前來。臣等查臺灣發遞摺件向係專雇小快船飛渡，以期迅速，邇因夷匪滋擾沿海，臺內水師防守口岸，不能遠涉外洋哨捕，海上盜賊滋多，快船舵水人少，更易被劫。前因四月初二日所發摺件在洋被盜搶失，業經臣等補繕進呈，飭鹿港同知另配大號商船，由水師派武弁一人，酌撥兵勇二三十名，給發口糧，配齊搶礮火藥軍械，即在齎摺商船內小心護送內渡。今五月二十八日所發摺件皆緊要機宜，乃復在洋被搶，實堪痛恨。除稟請督撫飛飭水師查拏務獲究辦外，合照原摺補繕敬呈，仍派撥兵勇在船小心護送，以昭愼重。伏乞皇上聖鑒。謹奏。道光二十二年八月二十八日奏。

道光二十三年正月二十四日承准兵部火票遞回原摺欽奉硃批：另有旨。欽此。同日奉到道光二十二年十月十四日內閣奉上諭：前據達洪阿等奏發遞摺件在洋被搶，當令該督撫飭屬嚴拏。茲復據達洪阿等奏稱，五月間發遞摺件至將近蚶江之祥芝澳洋面，復被匪船多隻搶去等語，洋匪疊次搶失摺件，不法已極，仍著該督撫嚴飭該管水師認真緝捕，務期一併全行弋獲，按律懲治，毋任一名漏網，以絶盜蹤而靖海洋。欽此。

夷官來臺投書及遵釋夷囚奏

奏爲恭摺具奏，仰祈聖鑒事。本年九月初一日接總督臣怡良、巡撫臣劉鴻翺會劄：本年八月十二日准欽差大臣廣州將軍耆、署乍浦都統伊、兩江總督牛諮稱，暎咭唎國現已議撫，將該夷所議條款會摺具奏，內有被虜夷人及被誘漢民一體懇恩釋放二款，奉上諭，俱著准其所請，欽此。查福建省惟臺灣地方前經俘獲各夷及內地人民，與暎夷交涉被拏監禁者，應即欽遵諭旨，一體查辦。

飭即將各夷提禁，查明現存若干名，遴委文武妥員解送廈門以憑轉送； 其有內地民人與暎夷交涉拏獲監禁者，亦卽查明省釋銷案等因前來。 臣等謹查臺灣兩次所獲夷人，前已遵旨將頭目留存監禁，聽候諭旨辦理，其餘概行正法，於正月廿八日具奏在案。 茲奉督撫劄飭前因遵將現留監禁之紅夷頭目顛林、夥長律比、吧底時、科因諫呢、副頭目怒丈、白夷頭目伊些駱、黑夷頭目忍滿、咀莉啌、哈吻叻咻共九名當堂提禁，告以現奉大皇帝天恩准釋回國。 該夷目等聞知，踴躍懽呼不已。 臣等飭該府縣卽妥爲安頓，添置衣履，一面雇配大號商船，遴委奉旨留閩補用之通判銜前福清縣知縣盧繼祖，題補水師右營守備梁鴻賓在船用心照料，內渡至廈門，交廈防同知報明督撫辦理，並派哨船二隻沿途護送漢民黃舟、鄭阿二一併提釋。 正在飭行間，九月初七日據安平口員報稱，本日有三桅夷船一隻來安平之四草湖洋面停泊，夷人數名解放杉板進口，聲言船內係廈門鼓浪嶼之夷官，前來求見臺灣府投書。 臣等當飭道銜臺灣府知府熊一本、署右營遊擊呂大陞於初八日出至安平，會同水師副將邱鎮功在演武廳傳見，該夷官稱名你吠，係夷之武官，職比守備之類，帶同頭目四人及通事一名上岸來見。 據稱奉駐廈門之大夷官遣來投書，令出其書，封面乃漢字，寫英國駐札廈門水陸提督移大清國臺灣水陸總鎮臺下投遞字樣。 當告以此乃臺灣鎮，非臺灣府。 夷見錯遞，隨卽將書討回，必親見臣達洪阿面投。 邱鎮功等許爲轉遞，言之再三，不肯交出。 臣等復行札飭副將邱鎮功、署遊擊呂大陞會同知府熊一本，卽令該夷將書投交轉遞，並密詢通事以信內所言何事。 卽據該通事林金回稱，此信並非伊寫，約知信內是要討淡水所獲夷人及本船銀物等語。 熊一本告以所獲夷人現存頭目九名，已奉諭旨准予釋放，卽日委員獲〔一〕送內渡。 該夷聞知，自相告，語言雖不解，察其顏色，尚爲恭順。 當以天時已晚，暫令在廟住歇，給以飯食。 該府等回城稟知前情，臣等以夷書未交，不知其中究言何事，仍飭該府暨署遊擊呂大陞於初九日傳見夷官，示以印劄，向取其書。 詎該府等未至，該夷官已不候示，卽登舟掛帆向西北駛去。 臣等熟商，該夷來蹤不可揣測，或係借投書爲名，來臺探聽消息，別懷意見，雖奉有議撫之文，不可不防其變，仍當督飭各口水陸兵勇加意嚴防。一面迅速配船，將奉旨釋放之夷人妥爲護送內渡，交廈防同知稟報督撫辦理。臣等又思此次來臺之夷官書既未投而去，恐其回至廈門別生事端，除將現在情形飛稟督撫察核，並令熊一本作書遣人乘快船星夜徑送廈門交鼓浪嶼夷官，將釋回夷人之事明白曉諭，以安其心，所有臣等接奉督撫會札，遵旨辦理及夷官來臺投書情形，據實由五百里奏聞。是否有當，伏乞皇上聖訓。謹奏。道光二十二年九月初十日奏。

道光二十三年正月二十四日承准兵部火票遞回原摺，欽奉硃批：另有旨。欽此。又於摺末遵旨辦理及夷官旁，奉硃添『所辦俱是。』欽此。同日承准軍機大臣字寄提督銜臺灣鎮總兵達，傳諭按察使銜臺灣道姚：道光二十二年十一月十七日奉上諭，達洪阿等奏護送夷俘內渡情形一摺，據稱接准怡良等會札，將夷目顛林等提禁釋回，護送內渡，並安平洋面有杉板進口遞書求見，據探書內索還夷俘及船內銀物，經該府諭以夷俘九名現予釋放護送內渡，該夷聞知，尚爲恭順，該府作書遣人至廈門明白曉諭等語，所辦俱是。惟該夷官遞書未交，並不候示，即掛帆駛去，是否借投書爲名來探消息，有無別懷意見，自應妥爲防範。仍著該鎮道等隨時體察，就該夷現在情形妥商籌辦，務期駕馭得宜，不至別生事端，是爲至要。將此諭令知之。欽此。遵旨寄信前來。

【校】

〔一〕疑『獲』應爲『護』字。

擊捕草鳥匪船多起奏

奏爲草鳥匪船圖引夷船來臺滋擾，乘機行劫，督飭文武委員義首攻捕殲捦，彙案擬辦，恭摺具奏，仰祈聖鑒事。竊照本年三月間暎夷大幫勾結草鳥匪船圖擾臺灣，經官兵義勇擊破草鳥船多隻，捦獲奸民，夷眾潛遁緣由，經臣等奏報在案。乃夷船雖去而草鳥匪船仍復不少，或分或合，往來各口，伺劫滋擾。臣等伏查臺灣港口眾多，淺深不一，夷船因屢次失利不敢輕犯，惟恃草鳥船爲爪牙先驅滋事，草鳥匪船得勢入港，則隨後乘之，是防夷必先剿除草鳥匪船，乃第一要務。惟近時賊情，每多佔劫商漁船隻駕駛，反以原船給事主乘坐放回，情變多端。攻之於外海，則恐夷爲之援，且其勢散漫，惟於港外淺水處所多用小哨，併雇澎船，多募水勇，委員會同水師梭巡攻捕去後，旋據淡水廳營稟報，五月初七日署竹塹巡檢高品城會督廳營兵役義首生員陳錫福駕船出洋追捕草鳥船一隻，至白沙墩港擱淺，獲犯謝捲、陳悦、吴來、許別、宋注五名，起出鳥鎗、藤牌、火罐、銑子等件。又於是月初九日，中港汛把總陳昌宗、効用范志龍督同廳役及義首葉廷禄等在中港各駕小船出洋追捕匪船一隻，獲犯江朋、林庭即林成、黄賢、林富、謝雙、葉庭六名，起獲贓布、金箔、並金順發、金順吉牌照兩紙及刀械、火箭等件。是月十六日又有匪船一隻在吞霄港洋面游奕，經兵役會同總董鄭媽觀等駕船追捕，獲犯陳柏、陳尚、陳回、陳洪九、陳紫即陳注、陳貌即陳戇、陳素、盧返、吴連、陳肯、陳密、吴九、陳鼠、陳芳、陳余、陳玖十六名，並起出九節礮一門，鳥鎗五桿，火罐四箇，刀一把，漳浦縣給金得利小漁船牌照一紙，餘犯鳧水逃脱等情。又據澎湖廳營稟報本年五月初三、初五等日訪獲在洋行劫盗匪吴古、許允得、陳波三名。是月二十五日該廳派丁役會同右營守備郭揚聲，勻配巡船出洋巡緝，至鎖管洋面，瞭見草鳥匪船追趕漁船，郭揚聲揮令各船分布上風，共相兜捕，匪船無路可竄，駛近海邊，丢棄礮械，鳧水上岸逃走。當拴獲匪犯劉宜即許宜、蔡辦、蔡朮、蔡來、蔡透、康高、許鄭、程祐、蔡佑、洪魏登、林受、王升十二名，並起獲長柄斧二把，標槍二枝，大鳥鎗三桿，布袋二箇，内裝火藥鉛子並牛角管四箇，火罐兩箇等情。又據嘉義縣及水師營稟報，義首曾良山督帶巡船六隻。於六月二十一日巡至東港洋面，遇見草鳥船二隻，駛近追捕，逃至五條港洋面。二十六日忽有匪船四隻與賊合幫開放鎗礮拒敵，經防守樹苓湖之署水師千總李瑞麟及其子李丕承駕船六隻並義首姚涵、李清水、李朝榮等同嘉義縣丁役水勇駕船二隻並力出捕，與匪打仗，李瑞麟、李丕承、曾良山各開劈山大礮擊沈匪船兩隻，沖礁擊碎一隻，賊匪紛紛落海，淹死無數。牽獲匪船二隻。匪衆拒捕格落海中六人，生拴賊匪李田即破目田、劉荳、林立、張蕃、張別即張扁、蔡明、郭宇、林寬即林來、陳讚、張集、林弁、張鑾即張蘭十二名，並在船放出被禁事主船戶陳伯等十一人，船中檢有吳順泉卽陳伯牌照一紙。又一船係澎湖民船，舵工陳排均稱被匪劫佔，其船成幫，惟賸一船順風逃去外洋，曾良山名下水勇李水被匪拒傷甚重等情。又據報七月十七日防守𨄮仔蓁之水師把總龔正勳督同弁兵水勇巡船三隻並投効從九品張肇鑾、義首姚涵、蔡鵬飛、李麗水、龔正標、効用鄭振芳，巡船三隻，於是日戌刻在狀元挖洋面遇有匪船六隻，一見官兵巡哨，開放九節礮排鎗拒捕，該把總龔正勳等督飭各船奮勇攻撲，開放鎗礮，擊沈匪船二隻，各匪紛紛落海，擊至夜半，賊船勢不能支，各駕槳飛逃。該把總等極力尾追至深水外洋，牽獲匪船一隻，龔正勳、鄭振芳、李麗水同目兵賀名高飛身過船，砍死把舵一匪，砍斷篷繚，義首蔡鵬飛、兵丁陳恩誠等亦卽趕到，共獲賊匪許埤、林鉮、林鉗、張二、陳湧順、許求、許泡、蔡嬉八名，起獲九節礮一門，鳥鎗四桿、藤牌三面、短刀五把、火藥銑子等件，尚有礮械被匪撩入海中。救出被禁事主船戶陳占等五人，牌照一紙，係臺灣縣給發，被匪劫佔其船。餘匪船三隻乘風逸去，時已夜深，衆力乏竭，不敢遠追。回港查看，被賊礮斃水勇葉熟一名，義首李麗水、姚湝、陳恩誠、張國梅、水勇莊抱、李烈、洪猷、吳曉、吳合、吳潤等均有受傷，載回醫治等情。統計臺澎各屬洋面連月攻捕匪船十七隻，擊沈破碎五隻，牽獲七隻，餘擊斃溺斃賊匪無數外，格殺六賊，生擒賊匪五十八名，救起事主十八人，起獲鎗礮器械八十餘件。臣等因犯數較多，批飭概行解郡，交府審辦。

茲據道銜臺灣府知府熊一本、候陞知府臺防同知仝卜年、候陞同知直隸州臺灣縣知縣閻炘、臺灣府經歷陳塤等逐起審明，擬解前來，聲明許埤、林鉗、林鉮、張二格傷，於起供後身死等情，臣等會同提勘，緣各犯因夷船屢次勾結草鳥船來臺滋擾，各自起意出洋行劫，若遇夷船卽與合幫，爲之引導，其中夥犯亦有僅止聽從行劫，不知通夷之事者。淡水廳所獲陳柏等十六名一起，緣陳柏漳浦人，起意糾允，現犯陳尚、陳回、陳洪九、陳紫、陳貌、陳素、盧返、吳連、陳肯、陳密、吳九、陳鼠、陳芳、陳余、逸犯陳石、邱求、陳居功、陳權、陳媽燦、陳涼、陳泵、姚標、陳味、李量及不識姓名一人，共夥二十六人，帶備鎗礮器械，共坐邱求之船，於道光二十二年五月十三日由內地僻港出洋，十四日駛至漳浦縣虎頭港外洋劫佔不識名王姓事主舢艚船一隻，並米二包，各犯過船乘坐，將自坐原船換給事主放回。十六日船至淡水卽被兵役拏獲。其陳玖一名訊係欲覓漁船偷渡，被陳柏擄至船上，逼令服役不從，關禁在艙，並非同夥。又江朋等六犯一起，訊係逸犯吳樟將自置漁船一隻牌名金順發，雇水手現獲之江朋、林庭、林富、黃賢、葉廷、謝雙、逸犯林茬，一共八人，裝載金箔、磁器，來臺生理，由廈門石井地方出洋，於道光二十二年四月二十六日駛至澎湖西嶼洋面，江朋起意行劫不識姓名事主垵邊船一隻，各犯一齊上船，搜劫贓物，將船駛至海邊，驅逐事主上岸走回。五月初五日在虎井洋面，江朋又起意行劫不識姓名事主漁船一隻，當令吳樟、林茬駕坐原船駛回消贓。自駕垵邊船駛至淡水卽被獲解。又所獲謝擲捲等五名及澎湖廳所獲陳波等三名一起，係陳波起意爲首糾獲十二人坐澎湖人吳古、許別、宋注等之船，於道光二十二年四月二十三日出洋，在淡水洋面劫佔不識姓名事主貨船一隻，事主鳧水上岸逃走，陳波與現犯吳古、許允得、逸犯陳厚、楊蓮過船搜贓，現犯謝捲、陳悅、逸犯楊蘭、蔡帕、蔡薰、陳繩在本船接贓。吳來被脅煮飯，許別、宋注二人不肯從盜，被陳波關釘艙底。陳波、吳古、許允得、陳厚、楊蓮坐所劫之船駛回澎湖消贓，將船折毀滅跡。經該廳兵役將陳波、吳古、許允得拏獲，而謝捲受陳波囑託，仍駕原船在淡水洋面遊奕，亦經兵役連船及器械拏獲放出。許別、宋注餘犯逃逸。又澎湖廳所獲劉宜等十二名一起，訊係劉宜爲首糾獲十四人攜帶鳥鎗器械於道光二十二年四月二十二日駕船出洋，二十四日駛至澎湖，劉宜起意行劫漁船一隻，劉宜同現犯蔡辦、蔡術、蔡來、蔡透、康高及逸犯許壬過船搜贓，現犯許鄭、程祐、洪魏登、林受、王升在本船接贓。蔡祐被脅煮飯，蔡波孝因病畱本籍不來，各夥犯皆不知首犯欲行勾夷之事。又據水師千總李瑞麟、義首曾良山等會獲之李田等十二犯一起，係李田起意糾允現犯劉荳、林立、張番、張別、蔡明、郭宇、林寬、陳讚、張集、林弁並擊斃落海之林騫同逸犯林榜又不識姓名七人，共夥二十人駕坐草鳥船於道光二十二年四月十四日出洋，是月十八日在番仔挖外洋行劫不識姓名事主火炭船內銀錢，將船放走。二十二日又行劫不識姓名事主綠豆船一隻。二十五日在狀元挖外洋行劫不識姓名事主補枋船一隻，均駛至海邊將事主驅逐上岸，並未上岸。李田將劫佔兩船分與林榜、林騫等管駕，添糾陳胡、李所、張贍、王必並海邊不識姓名十八人草鳥船一隻，合幫探聽夷船消息。六月十八日又在狀元挖外洋行劫事主陳伯火炭船一隻，將陳伯等五名關禁艙底。並在海邊添招現犯張鑾、逸犯吳中、林及、林成、鄭育、許晚、林炭及吳中等，轉邀不識姓名十三人，夥分坐五船管駕。二十一日陳胡等二船在東港洋面遇見義首曾良山巡船追捕，逃至樹苓湖外洋，該犯李田等適於二十五日仍在該處行劫事主陳排魚脯船一隻，將陳排等關禁艙底。李田同劉荳等過船搜贓，張鑾、吳中、林及、林成、鄭育、許晚、林炭在本船接贓，李田與劉荳、吳中、陳胡、林賽、林榜等六船合幫遊奕，經李瑞麟及義首人等各船圍捕，該犯等匪船各放鎗礮拒捕，被官船兵勇將陳胡、吳中等所坐二船開礮擊沈，林賽所坐一船沖礁擊碎，匪皆落海淹死。李田、劉荳等所坐二船被獲，放出陳伯等十一人。林榜等所坐一船乘風逸去。又水師把總龔正勳等所獲陳湧順等八名一起，係格殺之許坤爲首糾允現犯陳湧順、許求、許泡、蔡嬉、格傷身死之林鉗、林錍、張二及被砍死把舵之不識姓名一人，一共九人，帶齊防船器械，乘坐許坤自置草鳥船於道光二十二年七月十六日出洋，十八日駛至狀元挖外洋，遇見事主黃團發即陳占沙艚船，許坤起意行劫，同陳湧順等一起過船，將事主等關禁艙底。拋去舊船，即坐事主之船，與李得、王久、陳長、胡在、吳青等匪船五隻，每船十數人不等，在洋連䑸遊弈。該把總龔正勳等督帶巡船圍擊，因匪船開礮拒捕，亦即回礮，擊沈王久、吳青草鳥船二隻，賊匪皆落海淹斃。許坤等一船被獲，餘李得、陳長、胡在三船逸去。以上各犯經臣等隔別研訊，據各供認前情不諱。究無窩夥槍劫別案及知情分贓之人，究詰不移，案無遁飾。

查律謀叛者斬，又例載江洋大盜立斬梟示，又濱海行劫過船搜贓一經得財俱擬斬立決；其止接遞財物並未過船搜贓，行劫亦止此一次並無兇惡情狀者，仍以情有可原免死，發遣新疆給官兵爲奴。又洋盜案內被脅爲盜服役如被獲者杖一百徒三年，又律載私渡關律杖八十各等語。此案陳柏、陳洪九、陳紫、陳貌、陳素、盧返、吳連、陳肯、陳密、吳九、陳鼠、陳芳、陳余、陳尚、陳回、江朋、林庭、黄賢、葉庭、林富、謝雙、陳波、吳古、許允得、劉宜、蔡辦、蔡來、蔡透、康高、李田、劉荳、林立、張番、張別、蔡明、郭宇、林寬、陳讚、張集、林弁、許埤、林鉗、林鉀、張二、陳湧順、許求、許泡、蔡嬉四十九犯，或起意行劫得贓，潛謀通夷，或拒捕殺傷兵勇，或爲從過船搜贓行劫已至二次，均屬法無可貸。查潛謀通夷律以謀叛罪亦應斬，與洋盜罪名相等，自應從一科斷，陳柏等犯應均照江洋大盜例立斬梟示。海疆重地，未便稽誅。除許埤、林鉗、林鉀、張二格殺外，臣等於審明後卽恭請王命，將陳柏等四十五名綁赴市曹處斬，仍戮取許埤等首級傳於犯事地方，懸竿示衆，以昭炯戒。許鄭、程祐、洪魏登、林受、王升、張鑾、謝捲　、陳悅八犯訊在本船接贓行劫亦止一次，並不知通夷，亦未開鎗持械拒捕，尚屬情有可原，均照強盜免死發遣例，發遣新疆給官兵爲奴。吳來、蔡佑，被脅在船煮飯，並非甘心從逆，被拏到案，均照爲盜服役被獲者滿徒例，各杖一百，徒三年。以上遣徒各犯分別照例刺字發配。陳玖合依偷渡關津，杖八十，遞籍折責交保管束。許別、宋注不肯爲盜服役，交保省釋。失察之各犯父兄及牌保照例飭懲，買贓之人訊不知情，免提省累。被盜拒斃之水勇葉熟一名飭縣賞卹，其餘受傷人等給資醫治，均已平復，分別獎賞。已起各贓及船隻，給主認領，未起追賠，所獲盜船器械存留廳營配用。逸犯陳厚等飭緝另結。

此次文武委員義首人等不分畛域，不避艱險，奮勇爭先，殲捦草鳥船匪多名，救出被禁事主等多人，辦理尚屬認眞，可否酌保數人以示鼓勵，海外人才之處，出自天恩。除全案供招咨部外，理合恭摺具奏，伏乞皇上聖鑒訓示，敕部核覆施行。謹奏。道光二十二年九月二十九日奏。

再，道光二十二年正月三十日淡水廳大安港拏獲夷人顛林等案內有廣東奸民陳阿盛、張阿廣、張阿有三名，經臣等提訊各據供認投入夷船隨到浙江滋擾屬實，本擬與夷人肐哩等同時正法，因另獲在廣東通夷之逃軍賴媽來、在廈門通夷之逃徒蕭石及知情容留賴媽來之方業三名，恐與陳阿盛等牽涉，暫行留質，當將訊供情形先後奏報，並咨明刑部，將陳阿盛等歸入賴媽來等案內辦理在案。嗣據道銜臺灣府知府熊一本將該犯賴媽來、蕭石、審明各自通夷回臺，糾人內應，方業知情容留，欲俟夷船來臺爲之糾人，與陳阿盛等三人並不認識，解經臣等會訊，供亦相同。方業旋即監斃。其時有彰化縣匪徒陳勇等豎旂謀逆，接應夷船，臣等恐賴媽來、蕭石及陳阿盛等在監爲陳勇等內應，即於七月十四日將陳阿盛、張阿廣、張阿有、賴媽來、蕭石五名援照謀叛斬決之律，恭請王命，綁赴市曹正法，以絕後患。賴媽來、蕭石配所主守訊無賄縱情事，應聽配所議結；方業帶病進監，刑禁人等訊無淩虐，應毋誦議；陳阿盛等三名供招先已咨送刑部。除將賴媽來、蕭石供招諮部外，相應附片陳明，伏乞皇上聖鑒。謹奏。

剿平彰化縣逆匪奏

奏爲彰化縣匪徒分股聚眾、欲圖通夷、豎旂謀逆，督飭文武兵勇剿破首從並獲勘辦完竣地方安靖，恭摺具奏，仰祈聖鑒事。竊臺灣自上年以來，屢次破獲通夷奸同張從、賴媽來、蕭石等奏辦在案。本年正月間，彰化、淡水交界再破夷舟，而自三月以後臺灣南路各洋夷船往來遊奕未已，以致北路嘉彰一帶匪類見夷船屢至，紛紛謠播。臣等恐其煽誘滋事，嚴飭各屬時加偵察。查有彰化縣積匪陳勇、黃馬二名，素行結交匪類，被控搶劫佔奪田園，截河抽稅，不法多案。適有新委署彰化縣知縣魏一德到任，特飭會營設法圍拏。詎該匪陳勇聞知，竟敢糾結夥黨在水沙連之觸口地方築造石圍，乘夷船屢次來臺，欲圖勾結滋事。五月十一日接據護北路副將關桂同魏一德稟稱，該縣會同北協中營署都司岑廷高、署水沙連千總倪捷升、署外委陳林生、署南投縣丞胡鈞，於五月初六日率帶兵勇屯丁前往觸口圍拏該匪，陳勇膽敢聚眾一百餘人，自稱鎮溪大王，豎旗抗拒。雖經擊殺十餘人，而賊從石圍池內施放鎗礟，兵勇亦有受傷。因石圍堅固，四面溪流環繞，其外復有竹圍抱護，官兵所帶鎗礟微小，進攻數次，不能得破，稟請撥運大礟前往。又據署嘉義縣知縣易金杓稟，該縣與彰化交界之斗六門地方風聞亦有匪徒往來等語。

臣等會商彰化距郡較遠，匪徒膽敢豎旗滋事，亟須撲滅。惟郡城根本重地，防夷吃緊，臣達洪阿未便出剿。查關桂素稱老練，魏一德人亦勇往，尚可辦事，隨飛飭易金杓同署嘉義營參將洪志高、署斗六門都司張金泰、署斗六門縣丞潘振玉督率兵勇，嚴守嘉義要隘，防其分竄蔓延。又調外委陳進陞酌帶兵勇一百名，在彰化縣北門外駐劄，以防葫蘆墩及淡水一帶匪徒附和。一面飭委署左營遊擊陳連斌帶領臣達洪阿自練精兵二百名，撥運二千斤大礟二門、小銅礟四門、抬鎗二十桿，臣姚瑩亦委候補同知直隸州託克通阿率領道署新練戰勇一百五十名，並由臺灣府軍需局撥解經費銀兩，自郡啟程，嘉義營守備曾玉明帶兵二百名、壯勇一百二十名自嘉義縣啟程，署鹿港同知黃開基率帶壯勇二百名自鹿港啟程，先後往觸口會剿。是時黃馬一股亦在內山，遣匪夥沈明法率眾數十人往觸口接應陳勇，經魏一德督率屯勇邀擊，中途殺斃十餘人，生擒沈明法，餘匪逃散。臣等慮有別處土匪蠢動，諭飭各莊總董義首督率團練壯丁扼守要衝，黃馬等不能往救，陳勇之勢遂孤。黃開基亦即先到。賊匪聞知郡城各路兵勇會剿，頗形畏懼，屢次突出，皆被該文武兵勇擊退。五月十九日關桂遣人往鹿港，水師左營撥運大礟亦至，魏一德探聞陳勇之眾欲逃，商同黃開基、岑廷高迅速進攻，將其竹圍攻破。二十日復架大礟轟擊，岑廷高首先奮勇將石圍攻破，魏一德同胡鈞督率兵勇齊進，礟斃殺死賊匪多人，生擒僞元帥陳憐、僞先鋒林討、陳碩及賊夥陳用、曾雲、吳添基、林大手、廖阿九、林庶、鄭深、傅番、江菜蔴、莊添佑、陳振太、陳添賜、葉木、廖寶、廖無牙、賴團、劉戇虎、林越、張江河等二十二犯。訊據供稱，礟斃之賊名謝汶、王添生、陳逃，殺死十三賊爲許白、毛求、陳阿形、黃珍、廖保仔，餘犯不知姓名，首匪陳勇同餘眾逃散。二十日各路兵勇齊集，線民探知陳勇逃入水沙連山內八圯僊，投依黃馬匪眾。魏一德商同陳連斌、曾玉明、岑廷高、黃開基、託克通阿等督率兵勇前往圍捕。陳勇、黃馬匪眾約二百餘人，見官兵追至，率黨抗拒。文武兵勇奮力攻擊，殺斃賊匪二十餘人，生捡僞鎮山大王黃馬、僞元帥廖梅李、徐大豬琴，匪夥黃抅、陳建沿、廖詢、蕭樹、廖阿送、王興、陳添得、詹阿圓、吳紅、林考、黃江藝、李蠢、洪洒、黃墘、廖水、陳岱、賴媽、唐郭才、郭洸保、李顯、林泳、孫來、林目糖、張鹽、廖阿禁、盧顯、許香、江裁、張湧、廖好、吳老俊、林成、吳朱、蘇賀、王租義、許檜、紀淮、賴和尚四十一犯，陳勇同餘眾仍行逃散。又據張金泰、潘振玉在斗六門堵截，報獲僞先鋒蘇志傑及夥犯蔡受、黃居、鍾其萍、廖梅、陳江、林路、林跑、林牆、蕭春池、陳泳盛、張重嬉、孫宰等犯，並義首等追落溪水淹死不識姓名六賊。臣等以賊匪既已破獲擊散，所有郡城及嘉義營鹿港廳委員兵勇可先撤回，以節糜費。惟陳勇及在逃黨羽未獲尚多，專飭關桂、魏一德在於山陬海口設法購拏，一面將已獲各犯先行解郡，交臺灣府審訊。人犯眾多，一時未能定讞。又據關桂、魏一德、黃開基及委員義首陸續報獲僞軍師廖添來，匪夥張江成、陳楚、陳其、陳七、李六、賴缺嘴豬、賴太見、廖巹腳攀、陳登、田陳雲、林鳥番、李膽、李成隴、莊牽、陳水籬、簡春、陳隆、杜費、何葛、廖狗仔、劉幗、廖通、呂緘、呂茂、張盾、廖幅、楊固、九淙、柯眞、王造、林在、張阿納、劉會、周世、翁裙、吳坑、廖阿人、吳扶持、劉得勝、陳強、李助、林世、顏寅、廖阿牆、梁聽、廖吞、張同等多名。訊據供稱，陳勇經該文武等四處追拏緊急，仍從海口逃入內山。臣等飭催營縣勒限必獲去後，該營縣商令沿山最近之林圯埔總理林迎祥、生員陳希亮、武生陳彩龍及臣達洪阿派往之義首武生陳朝魁等，同團練各莊義勇協力堵截圍拏，關桂、魏一德同胡鈞、倪捷升各帶兵勇，分駐水沙連、小埔心、二八水等處，扼守要隘，遣線民入山偵探，陳勇尚同匪夥逃匿在山。圍困日久，眾匪乏食。九月十五夜突至林圯埔街搶劫陳希亮、陳彩龍布店，該生員等走出街外，招集各莊總董頭人及本街義勇守住街口，文武兵勇齊至圍拏，賊匪不能走出。迨及天明，本街義勇首先撲入，兵勇繼進，賊匪持械拒捕。當時格殺十四人，將匪首陳勇捡獲，並獲匪黨莊明、張東、劉全、林彬、周淙、廖水南、劉利、張雲生、陳秋、楊申、陳椿、蔡井、林店、陳池、張貓掌、陳番、簡顔、張咸、江水生、邱印、鄭諒、江明、黄藍投、廖近水、林映、林本、蔡添賜、余喜、郭純、洪栽、胡海、劉金、陳泳等三十四犯，該縣會營督率兵勇護解來郡。臣等立飭道銜臺灣府知府熊一本督同廳縣委員連夜研鞫，並提前獲各犯質訊，陳勇、黄馬等俱各供認，因夷船屢次來臺起意謀逆屬實，按擬招解前來。臣等公同提勘。緣陳勇、黄馬均係彰化縣人，素行強横，結交匪類，佔奪民人田園，把截濁水溪，抽取載貨竹筏錢文，皆被控有案。本年聽見大安及各處口外洋面有夷船來往，勾誘民人内應滋事，該二犯遂商同起意招集匪類，豎旗謀逆。陳勇自稱鎮溪大王，黄馬自稱鎮山大王，以廖菇、廖添來，僞軍師陳憐、廖梅李、徐大豬琴僞元帥，蘇志傑、陳碩、林紂爲先鋒，其餘黄拗、陳建沿、廖訩等匪二百餘人皆爲旂腳，黄馬佔住水沙連山内八圯僫爲巢穴，陳勇佔住觸口，搬運山石，在竹圍内砌成石圍，可藏百數十人，先於四月初八日在石圍内同飲血酒，私造白旂二面，上寫鎮溪大王陳、鎮山大王黄字樣，約期五月初十日豎旗起事，並遣匪黨至附近村莊索銀派飯。臣等風聞，飛飭北路副將同彰化縣督率兵勇大舉剿捕，該匪等恃其石圍堅固，復於石圍牆上砌成礮洞，施放鎗銃拒敵官兵，經文武兵勇攻破逃散。陳勇走依黄馬，又被官兵圍捕，將黄馬等眾拏獲。陳勇復同餘黨逃至海口各處潛匿，其黨夥被官兵役勇陸續拏獲多名，陳勇被追緊急，復潛入内山。受困日久，窮蹙乏食，九月十五日率黨至林圯埔搶刦林希亮等布店，被官兵義勇埋伏佈置嚴密，首從各犯登時就獲。訊認不諱，案無遁飾。查陳勇、黄馬二犯素行不法，膽乘夷船屢次來臺，起意豎旗謀逆，冀圖通夷内應，僞稱大王名號，造築石圍抗拒官兵，陳憐、廖梅李、徐大豬琴、蘇志傑、廖添來、陳碩、林糾七犯同惡相濟，拒敵官兵，僞稱元帥、先鋒、軍師名目以上九犯，實屬罪大惡極，均應照謀反大逆凌遲處死。沈明法、陳用、曾雲、吴添基、林大手、廖阿九、林庶、鄭深、傅番江、蔡麻、莊添佑、陳振太、陳添賜、葉木、廖實、廖無牙、賴圍、劉戇虎、林越、張江河、謝汶、王添生、陳逃、許白、毛求、陳阿形、黄珍、廖保仔、黄拘、陳建沿、廖訩、蕭樹、廖阿送、王興、陳添得、詹阿圓、吴紅、林考、黃江藝、李蠢、洪洒、黃塽、廖水、陳岱、賴媽唐、郭光保、李顯、林泳、孫來、林目糖、張鹽、廖阿禁、盧顯、許香、江栽、張湧、廖好、吳老俊、林成、吳朱、蘇賀、王租義、許檜、紀湝、賴和尚、蔡受、黃居、鍾其萍、廖梅、陳江、林路、林跑、張江成、陳楚、陳其、陳乞、李六、賴缺嘴豬、賴太見、廖貓腳攀、陳登田、陳云、林鳥番、李膽、莊明、張東、劉全、林彬、周淙、廖水南、劉利、張雲生、陳秋、楊申、陳椿、蔡井、林店、陳池、張艸貓掌、陳番、簡頑、張成、江水生、邱印、鄭諒、江明、黃藍投、廖近水、林映、林本、蔡添賜、余喜、郭純、洪栽、胡海、劉金、陳泳等一百十八犯，均充旂腳，甘心從逆，隨同拒敵官兵，實屬可惡相濟，均應照謀叛律擬斬立決，仍加梟示。除謝汶、王添生、陳逃三名礮斃，許白、毛求、陳阿形、黃珍、廖保仔等格殺外，臣等審明後卽恭請王命，將陳勇、黃馬等犯綁赴市曹分別淩遲、斬決，傳首犯事地方梟示，以昭炯戒。李成隴、莊牽、陳水籬、簡蠢以上四犯，均被逼充旂腳，乘閒逃回，並無抗官殺傷兵勇情事，惟該犯等另犯夥劫，在外把風接贓一次，均應從重依強盜情有可原例，免死，發遣新疆給官兵爲奴。林牆、蕭春池、陳泳盛、張重嬉、孫宰、陳瀣、杜費、何葛、廖狗仔、劉幗、廖通、呂緘、呂茂、張質、廖幅、楊固、尤淙、柯眞、王造、林在、張阿蚋、劉會、周世、翁裙、吳坑、廖阿人、吳扶持、劉得勝、陳強、李助、林世、顏寅、廖阿牆、梁聽、廖吞、張同以上三十六犯，訊係被脅勉從，乘閒逃走，被獲，並無抗官拒捕、殺傷兵勇情事，均應照謀叛案內被脅入夥訊無抗官、焚汛、拒捕、聞拿投首擬軍例，酌加一等，實發雲貴、兩廣極邊煙瘴充軍。以上遣、軍各犯均照例刺字分別發配。其有同名悞拏、訊非正犯者，皆予保釋。陳勇、黃馬及各匪犯徐大豬琴等尚有另犯命盜各案，罪名或相等，或較輕，均應歸此案從重完結。陳勇、黃馬犯屬有無財產，照例查辦。逸犯獲日另結。此次在事出力文武員弁義首人等可否量予鼓勵，出自天恩。

再，此案因犯數較多，陸續解郡，供情不一，首犯就獲始能定案，是以具奏稍遲，合併聲明。除全録供招諮部外，所有臣等辦理緣由，是否有當，理合恭摺具奏，伏乞皇上聖鑒訓示。謹奏。道光二十二年九月二十九日奏。

夷船二次來臺釋還遭風夷人奏

奏爲鼓浪嶼夷船二次來臺求釋前獲夷俘及北路洋面適有遭風夷人卽交領回，廈夷情悅服，全臺安定，由五百里據實奏聞，仰祈聖鑒事。本年九月初十日臣等遵旨釋放前獲夷俘正法外留存夷目九名委員護送內渡及廈門鼓浪嶼夷官來臺投書未交徑回各情由五百里具奏在案。嗣於九月二十三日接據候陞知府淡水同知曹謹、候補同知直隸州知州澎湖通判范學恒稟稱，本月十六日，淡水廳屬金包里洋面有嘆夷夾板船一隻遭風擊碎，會營督屬救起白夷二十五人等語。當經批飭，嘆夷現已受撫，卽當妥爲撫卹，委員解郡，以憑奏明轉交廈門去後，茲於九月三十日據鹿耳門口員報稱，有前次投書之夾板夷船復從西北駛來外洋停泊。正飭查問，十月初一日報稱，白夷數人放杉板到口，稱奉有閩浙總督文書求進城投遞。

臣等查該夷既奉有本省總督文書，自當出見接收，未便准令入城。當經熟商，臣達洪阿暫緩出見，臣姚瑩先督府廳縣及中左右三營遊擊在城外公所傳見。夷官二人，言督臣文書尚在本船，先來請示，如准來見，該夷上司官卽於明日上岸面投，臣姚瑩許其初二日進見。次日午刻，有該夷官卽前來之職比守備新陞都司你呋同夷千把總四人上岸，仍於城外公所傳見該夷，皆行免冠禮。詢以總督文書安在，當卽取出呈閱，乃本年九月十五日督臣怡良給鼓浪嶼夷水軍統領之文，大略言八月間接准欽差大臣諮稱，被虜夷人前經奏請釋放，所有臺灣俘虜儻尚在臺灣羈管，希卽飛飭該鎮道將各夷人委解鼓浪嶼，徑行交領，當經本部堂專弁行文臺灣鎮道遵旨辦理。因風汛靡常，文到遲早不定，計該國差弁赴臺時未接本部堂公文，不知和好之信，是以不敢擅自接收，候彼中接到文書，自將所留各難民解回廈門交還等因。該夷今齎此文來臺以爲憑據，並抄呈前次來臺齎投原文，亦係求將兩次所獲夷人及船貨見還之意，詞氣尚爲恭順。臣姚瑩諭以臺灣存留夷目九人已接奉總督來文委員送廈交還夷官。問前二次共獲一百八九十人何以只存九人？

諭以病斃數十人，餘皆正法。夷官問何爲正法？諭以爾國犯順彼此正當交戰，焉有不殺之理？因天朝以德懷遠，不輕殺戮，自上年八月及本年正月俘獲夷人皆羈留久之。及爾國在浙江、江南屢次傷我官員，害我百姓，是以大皇帝震怒，臺灣軍民人人憤恨，五月後方遵旨正法，仍留頭目九人，已屬格外施恩。該夷官語塞，其形益恭。又問近有夷船一隻臺洋遭風，係在何處，是何月日？諭以此乃九月十六日在北路金包里洋面遭風擊碎，人皆溺海，地方官救起二十五人，現因爾國受撫，已飭令妥爲撫卹，即日委員解郡，稟報督撫奏明大皇帝，然後遣官送廈交還夷官。言若待稟奏有需時日，可否恩准來船即日領回？臣姚瑩以其詞順，許以奉有釋放夷人前旨，若爾國誠心恭順，亦可通融辦理。夷見允所請，喜形於色，復免冠頂謝，且稱回告本國，亦皆感戴天朝大恩。夷人無以爲報，欲求大人一登夷舟，俾衆夷瞻仰，以伸謝悃。意甚懇摯。

臣姚瑩伏思自古馭夷不外恩、威、信三者。臺灣兩次捦斬夷衆，已足示威，生釋夷俘，又已施恩，今若不許所請，彼將謂我恇怯，且不足以示信。泉廈之閒咸謂臺灣捦斬其人，夷必報復，上年至今，謠言未已；臺民日夕搖動，奸人得以乘閒煽惑，現察該夷情詞恭順，且彼國大酋噗[口鼎]喳受撫，夷衆日久思歸，斷無敢行滋事，莫如竟往彼舟以觀所爲，一可釋外夷之疑怨，二可安臺廈之人心，三可杜奸人之煽惑，四可細審其舟之虛實。遂允登舟之請。夷官復請示期，許以後一日往。夷官悅謝而去。

還商臣達洪阿，亦以爲然。當經議定，臣達洪阿若出，不能不以兵從，恐該夷又生疑懼。臣姚瑩往，足示懷柔，臣達洪阿坐鎮郡城，以存威重。仍委水師副將邱鎮功、右營遊擊呂大陞、護左營遊擊陳連斌於初四日隨同臣姚瑩並臺灣府知府熊一本、臺防同知仝卜年、候補同知直隸州知州託克通阿出安平港口，往詣夷舟，不攜一兵一械。甫出口，夷遣官偕通事乘杉板來迎，稟稱：其酋懸綵旗百面備號礮六鳴以待登舟。遙望果見五色綵旂懸掛前後，桅索上下皆滿。通事言：此乃彼國迎接最尊貴者之禮，非大恭敬事，旗不全挂。問號礮何以六嗚？答言：先三礮俾眾知恭敬天朝，後三礮以敬貴臣。既登舟，夷官五人皆裹甲佩刀，外加長衣如披風狀，整列隊伍，鵠立艙面以迎。艙面正中設臣姚瑩公座一位，傍列十數座以待同官。其茶菓夷官皆親奉，禮貌極恭。詳觀其舟，約長二十丈，寬四五丈，兩舷各有銅礮八門，礮長僅四尺許，腹圍寬約五尺許，礮口圍寬二尺許，鏜口內外光淨殊甚，進退有機，不以人力，亦用自來火與鳥鎗同。其船三層，中爲夷官及白夷所居，下層則黑夷及火藥器械雜物，餘與顛林供略同。惟兩舷並無兩層及貯水之事，是前次據黑夷頭目咱莉啌所言，尚有未盡確者。觀畢言歸，夷官各持酒一甌，言此太平酒，感天朝恩，自此不敢有異請，以此酒爲誓。言畢飲滿懽呼，復鳴三礮送臣姚瑩等回舟，並無索取所失船貨。察其情狀，似已心悅誠服。

適初五日北路委員解送遭風夷人二十五名亦至。訊據頭目七多忍古供稱，伊等係嘆咭唎小商船，載白夷二十餘人，黑夷一百數十人，同火輪船一隻，前月自舟山撤回廣東，駛至臺灣洋面遭風，因火輪船上被火，大夷官將伊船上黑夷盡數呌去救護，本船上白夷不諳行駛，以致擊碎。幸蒙救起，祇求釋放回國等語。遂於初六日令〔一〕廈來夷官寫具領狀，府縣驗明點交，付領登舟。仍准該夷官所請，將總督給伊原文同所抄前次來臺投文發還，一面照抄存案。臣姚瑩復委在臺投効之候選從九品張肇鑾帶同臺灣縣役齎具督撫各衙門文稟，即乘其舟，齎往廈門投遞。知府熊一本亦備文移復浪嶼夷官，布告天朝恩德及此次交回遭風夷人之事。該夷船候風兩日，已於初六日辰刻起碇，放洋回廈。方夷舟再至臺灣，郡中紳商士庶咸懷疑懼，及聞臣姚瑩、熊一本將往夷舟，羣相勸阻，惟臣達洪阿、臣姚瑩意見相同。及臣姚瑩同眾官自夷舟回城，眾心乃定，謠言頓息。所有辦理夷官再來求見及交還遭風夷人情形，謹據實具奏，是否有當，伏乞皇上聖明訓示。謹奏。道光二十二年十月初九日奏。

再，臺灣自道光二十年八月起至現在十月時逾二載，南北要口十七處派設弁兵屯丁鄉勇水勇，雇用民船建築礮臺礮墩，製造礮位器械攻具守具，屢與夷人接仗，以及南北陸路之亂民奸匪，洋面伺劫之草烏匪船，皆假夷事爲名，煽惑人心，乘機滋事，或經臣達洪阿親統大兵出剿，或由臣等督飭各營廳縣聯莊團練攻捕，或督飭水師弁兵義首水勇出洋攻擊，前後擊破夷舟盜艘，逆匪溺斃擊斃及生擒夷犯逆犯盜匪不下千人，仰賴聖主威靈訓示機宜，得以隨事戡定，不致損失兵威，蹂躪地方。今𠸄夷蒙天恩准撫，以蘇億兆生民，薄海內外，無不頌戴皇仁如天浩蕩。臺灣本外夷垂涎之地，又屢破夷舟，喪失夷衆，其怨頗深，議者咸爲臺灣危懼。此次夷舟再來，其情叵測，民間驚相傳告，謠言紛紛，復仗天威，懷以恩信，化其桀驁之氣，易爲悅服之忱，誠臣等夢想所不到，亦臺廈之人所同爲懽幸者也。臣等悉心體察，夷雖悅服輸誠，惟江浙夷船尚未悉還，不可不防患於意外。時居冬令，臺地向應加意巡防，所有各口雇募設守之鄉勇水勇人衆數千若遽行撤退殊有未便，然經費亦常撙節，惟有相度地勢情形，以次漸減。至年底察看，如果𠸄夷兵船盡數回國，再行裁撤，以昭慎重。至臺灣兩年以來剿辦各起逆案動用道庫備貯經費，本當專案報銷。惟逆匪蠢動之由，皆係通夷奸民爲之勾結，而所用兵勇設守亦多與防夷事務牽涉，艱以分晰，將來造報，惟有仰乞聖恩，准其併入防夷案內一體造報，以臻簡易而歸畫一。合併陳明。謹奏。

道光二十三年二月初三日承准兵部遞回原摺欽奉硃批：知道了。欽此。又附片具奏各起逆案動用道庫銀兩併入防夷案內造報一片欽奉硃批：另有旨。欽此。同日承准軍機大臣字寄提督銜臺灣鎮總兵達，傳諭二品頂戴臺灣道姚：道光二十二年十二月初五日奉上諭，達洪阿等奏相度地勢漸次撤兵並請將各起逆案動用道庫銀兩併入防夷案內造報等語，臺灣兩年以來剿辦各起逆案，動用道庫備貯經費，本應專案報銷。據達洪阿等奏，多與防夷事務牽涉，難以分晰造報。著照所請，准其併入防夷案內一體造報。所有各口雇募設守之鄉勇水勇人等，准其相度形勢漸次裁撤，仍應加意巡防，期於有備無患。將此諭令知之。欽此。遵旨寄信前來。

【校】

〔一〕原文疑誤，當爲「令」。

通籌經費酌量撤留兵勇奏

奏爲通籌經費酌量情形，分別撤留兵勇，仰祈聖鑒事。竊臣等本年十月初九日具奏廈門夷官二次來臺將遭風夷人交來船帶回並親至夷舟察其虛實，摺内附片陳明浙江夷船未回本國不可不防患於意外，時屆冬令，臺地向應加意巡防，各口派設鄉勇人衆數千未便遽行撤退，惟有以次漸減在案。茲准水師提督臣竇振彪咨，經省局司道議詳，酌量裁撤内地兵勇，以節經費，其有實係緊要，必不可少之處，即由各道切實挑選，留其精鋭，汰其老弱等語。臣等查臺灣班兵皆經臣達洪阿於到臺時親自點驗，年過四十，即行駁回，其各口屯丁鄉勇亦係臣姚瑩酌定名數選募，造具年貌名冊，不時委員查驗，尚不至有老弱充數。惟經費甚鉅，不可不通盤籌算。臺灣澎湖兩處自道光二十年八月防夷起兩次奉省發銀四十萬兩，又發過澎湖銀一萬五千兩，番銀三千元，經費不爲不多。無如兵勇人衆，時日復久，本年七月即已告匱。未發經費以前，各屬墊用之款皆未歸還，幸蒙皇上天恩，賞撥銀五十萬兩到閩，聽候臺灣提用，臣等遵於七月間備文委員赴省請領，風水阻滯，至今尚未解到，臣等不勝焦盼。臣姚瑩不得已除將道庫備貯三次用存銀二萬五千餘兩及紳士呈捐之項動支，復飭府廳縣挪款墊用。現在𠸄夷受撫，自當將守口兵勇酌量情形分別減撤。伏查臺灣大小十七口，自道光二十年八月起兵勇逐漸加增，至上年九月共設防弁兵四千六百六十九名、屯丁鄉勇水勇七千九百五十二名，澎湖各口共設防夷弁兵一千五百九十九名、鄉勇水勇一千二百一十三名，此皆日夜在口守禦。其屢次與夷船打仗及剿辦鳳山逆匪陳沖，嘉義逆匪江見，彰化逆匪陳勇、黄馬，同出洋攻捕草鳥匪船，隨時征調戒嚴兵勇，皆事平後隨即撤退，尚不在此數内。益以築設礮臺礮墩、樹立木城、填塞海口、添鑄礮位、製造軍裝器械火藥及一切攻具守具，運送軍裝夫價等項，多歷辦軍需未有之事，當時講求，惟恐不精不實，致悞事機，事後通計所費實多。今南北兩路地方皆已平靖，𠸄夷亦經受撫，雖夷船尚未回國，不便撤防，而帑項不可虛糜，自當隨時撙節。臣等督同道銜臺灣府知府熊一本，候補知府臺防同知仝卜年悉心籌議，臺澎各口原設兵勇以本年年底截止，明年正月起酌量地方情形，分別撤留。其必須留防者，臺灣各口尚應酌留弁兵四千零二十一名。澎湖一廳孤懸，各口弁兵應照舊留防。惟郡城之安平水師三營及澎湖水師兩營兵數較多，仍分爲兩班更替休息。本年五月以後，臣等原議上班口糧全給，下班口糧半給。今議定上班口糧照給，下班口糧停給，其餘兵少之處皆不分班。至鄉勇屯兵名數亦議定，臺灣各口酌留一千七百四十九名，澎湖一廳酌留四百名，共留屯丁鄉勇二千一百四十九名，俾經費稍可持久。如果來年春後夷務大定，再行議撤。所有各屬團練不領口糧之義勇亦酌量情形分別解散十分之五，以紓民力。其省城存貯經費將來動用如果有餘若干，仍當奏明歸還臺灣道庫作爲備貯，以備海外要需。所有臣等會同酌議緣由，除報明督撫臣外，謹以奏聞。是否有當，伏乞皇上訓示遵行。謹奏。道光二十二年十一月十六日奏。

再，向例臺灣鎮每年於冬季出巡南北兩路查閱營伍，彈壓地方，前因夷務未靖，廈門與臺灣郡城對峙，鼓浪嶼夷船秋間屢次來臺，併投書索還前獲夷俘，郡城根本重地，臣達洪阿未敢還離。現在雖聞夷已受撫，惟浙江大幫夷船究未回國，臣達洪阿不便出郡他往。現在南北兩路土匪奸民屢經搜捕之後，地方尚爲安靖，自當專顧根本爲要。除在郡之中左右城守四營，臣達洪阿已會同臣姚瑩照例校閱外，所有南路營伍已委南路營參將余躍龍代爲核閱，北路營伍即委署嘉義營參將洪志高、署北路協副將關桂、署艋舺營參將陳景嵐代爲校閱，安平水師委安平協副將邱鎮功代閱，澎湖水師委澎湖協副將詹功顯代爲校閱。飭令認眞查覈，儻技藝生疏，步伐不齊者，即分別降革責儆；其有技藝出衆、鎗箭合式逾額者，送候臣達洪阿記名拔補，事竣仍分別等第照例奏報。所有委員校閱外營及臣達洪阿顧守郡城根本緣由，合附片奏聞。謹奏。

夷酋忽生異議奏

奏爲委員護送夷俘及遭風夷人到廈先後交收完竣，詎聞鼓浪嶼夷酋忽生異議，謹據實奏聞，仰祈聖鑒事。

臣等本年九月初十、十月初九等日先後由五百里具奏，遵旨釋還夷俘同遭風夷人兩次委員護送先期遣人往鼓浪嶼投書及廈門夷官兩次來臺情形具奏在案。茲於十一月十八、二十等日接據各委員先後稟稱，委員張肇鑾隨坐來臺夷船護送此次遭風夷人二十五人，於十月初八日放洋，初十日卽先到廈交收所有。先遣投書之効用李遠芳於九月十九日雇坐漁船放洋遭風漂至廣東惠來縣地方，由陸啟行，十月十二日甫至鼓浪嶼，將書投遞其文武。委員盧繼祖、梁鴻賓護送釋回之夷目顛林等九人，係九月二十三日放洋，因風不順，收入澎湖，又值風暴連旬，直至十月十九日開駛，十月二十一日始到廈門。先有夷船在港口守候，一見委員船到，卽將顛林等攔去鼓浪嶼，尚未給回照。風聞噗[口鼎]喳已到廈門，與鼓浪嶼夷酋扎士必作何忽生異議，以爲臺灣正法之夷人皆係遭風夷商，不應正法等語，臣等不勝駭異。

查臺灣洋面上年八月初一、初五等日卽有夷船在南北洋面遊奕，是時並無風暴。及初九日始有颱風，至十二日申刻卽已止息。該夷船係十三日申刻到雞籠外洋停泊，十五日辰刻移泊近口之萬人堆洋面，十六日卯刻駛進口門，對二沙灣礮臺連發兩礮，打壞兵房。我兵亦卽放礮回擊，見其桅折繚斷，船卽隨水退出口外，衝礁擊碎。該夷船來臺游奕在未起颱風之先，及到雞籠洋面停泊，已在風息之後，且先泊外洋、後進口門，中歷三日之久，何得謂之遭風？如係商船，爲何開礮攻我礮臺？所有取獲大小礮位多門及夷人戰甲尚在，可證。及九月初五日又有三桅夷船至雞籠攻我礮臺石壁，燒我哨船一隻，因上岸夷人爲我兵礮斃始行退去，似此攻戰交鋒，何竟隱匿不言，而以遭風藉口？本年正月大安之役，先於正月二十四日卽有三桅夷船三隻在彰化縣之五汊港外洋巡駛，臣等設伏定計，密遣漁船誘其擱淺擊破。除溺斃殺斃外，生捦夷衆顛林等四十九人及廣東奸民鄭阿二、黃舟等五人，起獲礮械內多浙江甯波、鎮海營中軍器，鐫有各營字號，併有起獲浙江提督水師號衣二件、綠色旗幟二面，署溫州鎮左營守備所造本汛水陸程途里數山形水勢冊一本，浙江巡撫札溫州左營包遊擊捕盜印文二件，又札包游擊查獲販買鴉片之閩犯陳往印文二件，潁州營左軍葛守備札薛外委查守兵陳廷儉有無飲酒生事印文一件，現俱貯庫可驗。若係商船，何有此物？顯係在浙江騷擾之兵船，毫無疑義。且據該夷目及廣東奸民黃舟、鄭阿二供稱，係噗嘣喳自定海遣來，持書尋覓臺灣逃軍張從等內應，相機行事。而張從先於上年卽已由臺破獲正法，果有其人。似此供證確鑿之事，乃捏稱遭風商船，以飾其來臺坐岃之恥。夷情狡詐，一至如此！

且事在和議未定以前，薄海同仇，卽使夷船實係遭風，亦當乘勢攻擊，方爲不失兵機。豈有釋而不擊、捡而不殺之理！況夷人夾板雖多，其中多係派用商船打仗，勝則稱爲兵船，以耀其武；敗則指爲商船，以諱其短。此固兵家之常，原無足怪。乃於和議已成之後，追尋前事，謂臺灣不當以其人正法，成何理耶！臣等幸逢聖明在上，此等無理之言，本不足以上瀆宸聰。但夷情難定，其在臺者已感激恭順於先，而在廈者忽爲此飾情翻異之說，誠恐訛言易滋，於大局甚有關係。臣等前於夷官二次來臺摺內卽附片陳明，現在來臺夷人雖已悅服，但江浙大幫夷船尚未南歸，不可不防患於意外。今既有所聞，不敢不據實上陳聖鑒。可否密敕當事諸大臣留心體察該夷動靜，以善其後。臣等愚昧之見，是否有當，謹由四百里具奏，伏乞皇上訓示遵行。謹奏。道光二十二年十一月二十四日奏。

夷酋張貼僞示請旨查辦奏

奏爲廈門夷酋張貼僞示，欲與臺灣爲難，謹照舊設防，並録呈夷示，由五百里具奏，仰祈聖鑒事。竊臣等本年十一月二十四日經將夷未就撫以前臺灣所獲夷俘除先已正法外，遵旨釋送往廈並風聞鼓浪嶼夷酋忽生異議情形恭摺具奏在案。茲接據廈門探差傳抄夷酋張貼示語前來，大意總以前次在臺兩次被獲正法夷人，俱係遭風夷民，臣等不當謊奏邀功。詞極狂悖，臣等披閱之下，不勝駭異。查該夷船並非遭風且夷人兵船多卽商船，前已據實詳細入奏，自邀聖明洞鑒，臣等原可毋庸置喙。卽該夷務誇彼強，以其人被獲正法爲恥，亦無足深辯。至張貼夷示，謂臣等枉殺無辜，而濫邀恩賞，則事關國體，有不敢不陳明於聖主之前者。

臺灣海外孤懸，四無應援，不靖奸民時思蠢動。即四方宴然無事，此地猶時有危亂之憂。況夷人搆釁以來，騷擾數省，三載於茲，凡屬沿海無不戒嚴，何況臺灣蕞爾一郡，介在閩粵兩省大海之中，自道光二十年夷犯定海，臺灣即紛紛謠播，匪徒時思攘臂，二十一年七月廈門失守，警信一聞，全臺震動。臣等設法安撫，備極艱辛。八九月間夷船果再至雞籠，幸仗天威，一經破獲，一經擊走。而是時遂有嘉義逆匪江見、鳳山逆匪陳沖相繼作亂，復有漢奸張從、賴媽來、蕭石之徒，或自廣東，或自廈門，皆與夷人勾通來臺內應，均以次剿滅獲誅，不至釀成大事。至二十二年正月，夷船復至大安，誘其擱淺破獲。凡此僥倖成功，實由仰承聖訓先事指示機宜，又得文武員弁紳士義民人思敵愾憤切同仇，且督撫臣深悉海外情形，屢次令臣等便宜行事，不爲遙制，是以臣等不避嫌疑，遇事徑行具奏，故能不失機要，境土安全。即正法之夷，自上年八月及本年正月俘獲皆羈留久之，迨該夷連犯乍浦、吳淞，始奉旨正法。誠以海外奸民屢次勾通滋事，眾至百數十人，久恐生變。彼時尚未就撫，不得不除內患。仍留其頭目未肯全誅。臣等仰體皇上格外之仁，安敢濫殺？

夷未就撫，兵商皆我仇讎，況係騷擾有據？前後奏牘具在，祇以上崇國體，下固人心，張我軍威，作我士氣，乃蒙聖主俯鑒海外孤危，內安外攘之難十倍內地，不惟臣等及全臺文武屢邀寵錫，恩綸迥逾常典，並以臺地人心浮動之區，紳士義民能知大義，每於賞勸獎勵之中，特加優異。聖謨廣遠，燭照遐方，所以鼓士氣而勵戎行，迥非臣下所能企及！臣等力小任重，本深以爲懼，臺灣之賞愈厚，則英夷之忌愈深。觀該夷示有云『中華之辱，莫甚於此』，其情亦可見矣。

廈門與臺灣對峙，夷方在廈設立馬頭，商船往來貿易，臣等在臺實犯彼之大忌，今夷示稱請大臣代奏伸冤，諒此虺蜮之情，斷不能逃聖鑒。而臣等密邇仇讎，夷必藉口而來滋擾，縱使防禦周詳，人心鞏固，第方今受撫之初，豈可以一隅致礙大局？伏乞皇上天恩，將臣等開缺，即日撤回，聽候欽派大臣到臺查辦，俾臺灣免生兵釁。至臺灣各口要隘設防兵勇，前已酌量抽減，以節經費。今夷既與臺灣爲難，不得不仍行嚴備，並求迅賜簡放鎮道，以重地方而專職守。除將取獲夷船内在廈門浙江滋擾之旂幟號衣鎗礮刀甲公文印冊逐一封候欽差大臣到臺查驗外，合將該夷示照録恭呈御覽。伏乞皇上訓示遵行。謹奏。道光二十二年十二月初三日奏。

全權公使大臣世襲男爵璞爲曉示事。照得上年八月間，有我暎國民船吶咘吥噠名號一隻，在於臺灣雞籠海面遭風破碎，其人暫幸逃生者一百有餘，又本年正月間，再有我國民船阿吶名號一隻，亦在該府淡水海面遭風擊破，其人同得逃生已有數十。其先後二次上岸者，俱被拏獲監禁。今於本公使到廈之日，忽聞此等遭風難民將及二百之多，經被臺灣總兵等官兇心殲殺，聞信如雷聒耳，不勝駭然！且聞該官稱說，因奉王命，是以敢行殺戮。實可傷心，莫不令人髮指。試思此次遭禍之民，假使手執兵械，奮勇相爭，即被捦獲，尚且萬不容如此濫行殲殺。蓋凡有自稱禮義之邦者，俱以忍心爲本，則交戰時所有被捦民兵，軍例不准於戰後妄殺。而在此明見我等禮義之軍，比之茹毛飲血、慘酷肆戮之徒，何等迥去相異？何況此等難人原係水手小民及隨營擔夫等類，無資護己，無械傷人，既經遭風捱苦，即按大清律例，應得保護恩待，柰在臺難民擄之將近一年而竟起意兇殺！嗚呼，哀哉！

思念及此，本公使怨恨憎惡，百喙難言。中華之辱，莫甚於此矣！使或竟奉王命，致我人受枉殺之冤，此乃該總兵達洪阿等兇犯不顧廉恥，貪婪功勞，捏詞以吶咘吥噠及阿吶等船屢次攻犯臺灣，謊誕假奏，瞞騙皇帝御聽，以致王命悞降，而我人被殺矣。遭風之船既非戰艦，又無載軍兵，達洪阿等所奏，其爲假冒，不問可知。而此次我人遭禍，皆其假詐所由。既經本公使訪得確實，有憑可據，自應將此兇暴情由據實陳明，轉請欽差大臣等奏請皇帝聖鑒。

本公使陳請之間，雖必恭謹，但事關最要，仍必堅存求報之意。應代君主討求，即將臺灣狼心假奏妄殺之兇官達洪阿等，刻即去官正法，將其家財入官，照數若干全交英官分濟無辜枉死之家屬。蓋達洪阿等既因假詐謟害我人多命，自應以命抵償，以揚天道好還、惡有惡報之理。若非如此辦理，本公使惟慮將情奏明我國君主之時，非惟致傷二國和好之氣，誠恐難保無致干戈復起；如或再有干戈之患，百姓復受塗炭之苦，卽因一派兇心官長，貪賞冒功，致令百萬良民困苦無了，可不憐惜哉！惟本公使欽賴皇帝洞知明鑒，秉公執法，勢必星飛答報，俾全二國之和好，免使百姓以銜冤矣。因恐有人未知我民遭難被殺、受有萬古之實情，理合曉示通知，爲此示，仰英漢軍民各色人等知悉，並令分行刊刻英漢字文，傳示天下諸國，以便通悉。特示。一千八百四十二年十一月二十三日，道光二十二年十月二十一日。

中復堂遺稿卷一

變鹽法議

嘉慶、道光間，兩淮鹽法之敝極矣。淮北無商，陶文毅力行票法而轉盛；獨淮南未及變法，僅奏請數端，減輕課本以恤商而已。當時雖云恤商，而病根未去，淮南鹽法仍未有瘳也。病根奈何？一曰出鹽之場竈，一曰銷鹽之岸店。二病不除，鹽法未見其可矣。道光十六年，文毅嘗問瑩曰：有勸淮南並行票鹽者，可乎？瑩曰：淮北課少而地狹，淮南課多而地廣，其事不同。夫票法之善，以去商販之束縛而民便之也。有票販，有水販。票販納課，赴場領鹽，運至西壩而止，爲時數月，行內河數百里耳。水販則皆淮北引地諸府州縣之人，至西壩買鹽而歸，散售於州縣食鹽之戶，謂之水販。官惟責課於票販，而不問水販。票販惟售鹽於水販而不問食鹽之人，地近而易從，此其所以善也。淮南不然。其引地遠在楚西三省，且有長江千里之險，若行票法，則票販斷不肯赴場領鹽，且冒險千里運至楚西，其遠者運及儀徵而止耳；楚西水販亦斷不肯冒險售鹽於淮南。如此，是楚西無淮鹽也。三百一十九州縣之人能淡食乎？惟驅使食蜀粵之私耳。淮南鹽既無所銷售，課將十去七八，國家何賴焉？文毅乃止。

然至今日，文毅之法又窮於淮南矣。昔者瑩嘗再護運司，庫貯實銀常三百六十餘萬，歲解京外諸餉未嘗告缺。今司庫存銀纔十餘萬，京外諸餉積欠又數百萬，官與商皆爛額焦頭，相顧束手矣。淮南額引一百四十餘萬，儀徵改捆歲常七八十萬，猶以爲少。今頻年儀捆僅三十萬，捆工數萬人，餓者大半環監掣號呼乞活，而無以應之。殷商運鹽能行二三萬引以上者，不過十餘家。新綱每開，幾於無商可派。積引如山，復多懸而無著。運司計窮，惟以率由舊章萬〔一〕字，藉口藏拙。大府籌議補救，又沮格不行。商人因極，無如何矣。十一月十九夜，楚北停鹽，忽被天災，焚去四百餘艘，逃存不過三分之一，淮商課本一炬而去四百餘萬。眾商聞之，魂魄俱喪，同聲一哭，相與僉呈告退。通計淮商資本不及千萬，今一炬失其大半，欲責其運行千餘萬金之鹽以輸國課，恐加以嚴法而不行。此誠危急存亡之秋更甚於道光八九年間矣，尚能無變法乎！

變法奈何？曰法半敝者，猶可補救圖全，今敝十之八九，如病者僅存一息耳，非大瀉大補之不可。大瀉大補者，減緝私之費以收場竈之鹽，撤楚西岸店以免匣費之弊而已。夫緝私之途不一，自鄰私外，以江船夾帶之私、場竈透賣之私爲大。江船透賣，七八出於場竈。其病由垣商相時謀利，不能多收竈戶之鹽；竈戶不能枵腹以死也，孰不能不私售於梟販，例禁雖嚴而無所用。若清查場竈實數，每竈出鹽若干，分爲四季，垣商收不盡者，官爲收買，俾竈戶得以生養，何必犯法售私乎？垣商之鹽以備商運，官收之鹽以應官辦口岸，較之用銀買自垣商者貲本不更省乎！官辦鹽本既省，何致復有欠課。第收鹽之費不貲，司庫不能復籌此款，則莫如減緝私之費以收鹽，計無善於此者。蓋緝私一項歲常費數十萬，大抵有名無實，不過委員稍分梟販之利、益其私橐耳，無益於公久矣。今大加裁汰，第存扼要之所數區及總督隨時賞犒委員之用，可歲省其費之半。飭淮南二十場大使，責令按季收鹽，報明備用，如有短欠不實，嚴定處分。官運口岸之委員無須鹽本，但須運岸之費。是去緝私之虛名，拔梟私之病根，而益官岸之實用。此其爲大補者也。

楚西岸店，其弊無窮，始爲商人賣鹽收課本而設，既乃爲地方文武取用不窮之府。乾隆中即有匣費之名，屢經裁減，迨道光十年奏定每引四錢，以銷鹽之數計之也。而不肖有司則不計銷數，而定爲歲額：楚岸七十萬，西岸四十萬。不問費所由來，第以額定賂規，爭取之而已。近十餘年，楚岸日增至一百餘萬，蓋名爲歲額，而有重支，有豫借，習以爲常。是無增額之名而有加費之實也。復有往來遊客，隨時抽豐，不能定數。蓋自總督、鹽道以至州縣委員，無復念商情之苦者矣。楚西岸店之人無非淮商親友，復借有司之掊克貪求而浮報用數，分潤入己。此所以歲至一百餘萬也。夫以銷鹽一引輸費四錢計之，楚西匣費年僅當數十萬耳，而違例妄取加增之數及於百數十萬。試思國家歲課幾何，尚年欠百數十萬，而入有司之腹者，反絲毫無欠，且重支、豫借過於其額。今中外度支如此之絀，聖主日夕憂勞，大小諸臣食何人之祿，不能爲國分憂，而相與營私，蠹耗於公如此，其能無愧於心乎！ 楚鹽因岸店所在漢口人煙稠密，無地建倉，又時有火患，是以皆船泊省會，由鹽道給發水程聽各縣水販子店分鹽散售。然自九江大姑塘以下，楚西二境二十餘州縣，皆坐視鹽船之過而不能買商鹽，仍須自省運回，價值安得不增？是以人情不順，皆爭買船戶之腳私。商鹽爲例所拘，轉不許開艙售賣，此成何理耶！ 法令皆自相束縛以困商民，及其敝也，國家亦暗受其害而不知。

夫爲法而病商病民以至病國，猶斤斤守之而不敢議，此非愚也，私耳！ 昔陶文毅原奏本有僉商於黃州等處認運口岸之議，而楚鹽道詳稱，設店卽有應用經費，恐不肖商夥影賣腳私，致漢岸水程無從稽查； 西鹽道則稱，所僉之商新置店屋鹽倉以及岸店，辛工日用，核算店費，浮於水販赴青山領鹽水腳，商力難賠，仍必增入鹽價，似多窒礙。遂格不行。 夫添店僉商，誠有如二道所云者，然實則假爲公言，以陰遂其就近魚肉商人之計。且既有省店，又於中途添店，資費皆須重出，故不願行。今不僉商添店，但令商鹽船至九江姑塘，卽準其開艙分給水販子店運售，或自至各府散售。 其楚西岸店皆撤，有留者，官不必問，但令赴兩鹽道請領水程，一如淮北票鹽。西壩以上官爲稽查，西壩以下但給水程，其餘聽之。則官民皆便，火患胥除。 兩省匣費仍遵定例，按數由淮商完納，運司委員批解交兩鹽道分給。 如此則岸夥無自浮開，不肖有司無從重支、豫借，遊客無騷擾，可省匣費百萬。設本商願在青山或九江大姑塘一帶立店者，聽之可也。楚西接界卡要之地，緝私文武照舊設立，其費亦令商納，司庫備文批解，鹽道不許私取於商。 蓋鹽法本爲國課，羣下收其餘利以資辦公可也，然亦止可十之一二。今正雜課纔三百數十萬，而岸費已一百數十萬，是三分而及其一，盛時猶爲違制，況凋壞至於今日歲完正雜課不及二百萬，而岸費猶一百數十萬，有加無已，雖幸衆爲諱匿，上無嚴譴，其如商力不支何哉！ 今以淮南之姑塘、九江，當淮北之西壩。 姑塘、九江以上既處處稽查嚴密，姑塘、九江以下大開法網，去其束縛，聽商售賣，但約以水程邊卡仍設官緝私，地方官毋庸責成銷鹽分數。則文武不能額外多取，店夥不能影射浮開，遊客不能抽豐騷擾，然後岸費之浮增可節，而正雜課之輸納可盈，蘇商之困。下利民而上利國，中不失辦公之資，楚西文武衙門及委員店夥俱有人心，宜亦無怨。此其所爲大瀉者也。

誠使大府原議諸條頒行，而益以大補大瀉之法，是雖不行票鹽而實半師其意，淮綱其猶可立乎！

【校】

〔一〕原刻本爲『萬』字反字。

上陸制軍辭南鹽議敘書 庚戌十一月十六日

本月十一日一書敬申連奉憲函感謝之意，計冬至節間可達鈞座矣。聯臬司示知本月初二日札行前月南鹽成效一奏已奉議敘之旨，録示謝恩摺稿，仰見鴻謨嘉績，上結宸衷，中外同深悅服，矧受知如瑩者其歡慶更何如耶！聞聯臬司談次及憲台告以獎勵出力人員當爲瑩請復道職，不勝驚愧。憶前在江甯時曾面諭及此，當經辭謝，何以未蒙鑒許？是當時尚未深罄微忱也。伏思人之立身，必期以行踐言，國家賞功尤當循名責實。瑩薄材涼德，竊不自揣，嘗欲追蹤古人，而以行不踐言爲懼，束髮孜孜於今六十年矣。南鹽改票之議，始自憲台上年節蒞兩江之後，見淮綱頹壞，運絀課懸，深爲憂慮，力求整頓之。方廣集羣言，勤加諮訪，歷半載而後決計。本年二月童護運司甫定議上詳而故，復蒙深鑒能辦此事者，毅然以謝丞爲總局，副之以範倅，而以魏牧至海州整理。又蒙聖主特命聯臬司及劉運司二人隨同憲臺辦理。聯臬司精明獨運，劉運司堅定不撓，是以明慮所及，諸人皆能遵奉力行。四月開局，不數月而成效已著。瑩七月奉檄到揚，其時全局已定，毫無贊襄。八月到卡，不過遵奉定章，督同在卡諸人行之無弊而已。其新章成效實無纖毫可言，乃蒙垂念微員，欲加提挈，蓋大賢愛惜之深，欲借此爲汲引之路耳。不待指摘之加，而撫躬循省，愧怍多矣。

孟子云：君子三樂，不愧不怍爲首。今有此愧怍，無乃奪其樂而予之以憂乎？伏讀憲臺遵登極舉賢一詔陳言有云：世皆以此爲捷徑。誠哉！是言也。烏可使瑩爲捷徑之人，又豈可誤憲臺以矛盾其言乎？且人口出一言，必思可復，况其筆之於書，傳之天下後世者，其可躬自背之！昔楚昭王失國，屠羊説從亡，既返國，行賞及説，而辭曰：大王失國，非臣之罪，大王返國，非臣之功，不敢當其賞。夫屠羊，賤業也，且不受無實之賞，瑩昔使喀木，嘗深取之以爲可使妄希榮利者勸，載入康輶紀行第十三卷中，方將風示末俗，今乃自背之，則生平所著書皆虚僞之言，可一炬焚矣。君子愛人以德，必不肯以太牢啗爰居也。古不少自好之人，名節自矜，及其老也，貪念一萌，墮其晚節，天下後世惜之。生平不敢妄自菲薄，既嘗見許於世之君子矣，時以晚節不終爲懼。若老而貪冒榮名，不自喪其生平乎。瑩既自愛，欲踐其言，不敢不以踐言望憲臺也。夫及今日獎勵之章未上，言之猶可止也，若此章既上，則辭之難矣，即使瑩可辭，而憲臺已爲過舉矣，其何以對知己哉？抑瑩有請者，此次帶疾應詔實於本籍起程呈内報明，乃本省撫憲於復奏傳旨摺内但言已起程前赴江甯，未及帶疾之事，竊以爲憾。伏讀兩次恩綸皆云：俟南鹽辦有成效，送部引見。前曾乞請憲臺免予引見，伏望此次於摺内一言：姚瑩前因九江距家甚近，是以帶疾就道，實在年近七旬，衰病不堪引見，該員屢次陳請，伏乞聖主俯如所請。如果病甚不能辦事，準其告退。則感成全之德於無涯矣。披肝瀝膽，出於至誠，伏乞仁鑒。

再有請者：已故淮北鹽掣同知童濂，前於倡議改變鹽法之時，該員力上詳請，是始議變新章者，童故丞之力也。其議已蒙采納行之矣。又上年一奉檄調，即預籌加北票十萬引以備捐賑之需，深蒙嘉賞，乃變法之議甫上，旋即病故，又蒙憲臺深爲惋惜優恤其家，生卒皆同感激矣。獨恨其不及見變法之成功也。童故丞爲人剛直，公事精詳，其服官潔己忘私，鹽務諸商一無所染，臨沒猶戒家人不許受其賻奠，其賢於人遠矣。今既爲諸人敘請獎勵，竊願不沒其最先詳議之功，爲之議敘。該員已加府銜，可否加贈道銜，不惟慰該故丞於地下，且使生者聞之益感奮鼓舞矣。

與陸制府言事書

本月初十日準運司諮： 奉憲臺札準湖廣督憲諮，據湖北鹽道詳，現在存河引鹽均已銷盡，此乃向來未有之事，其在途殘鹽又未運到，民間淡食，人心不無惶惑等情，諮請飭司卽速催令現已開行在途殘鹽及已捆新鹽趕運來楚，接濟民食。 奉此移咨職總卡速催各卡鹽船運到隨到隨放等情到職總卡，當經行令九江卡員查自七月二十八日至現在止，陸續過卡商販殘鹽、新鹽暨倡導官運引鹽若干引，在陸家嘴已賣若干引，分往各州府縣行銷若干引，尚未銷售者若干引，現已在途未到漢岸者若干引，逐一查明稟覆去後。 茲據九江卡員及隨員洪國柱、許乃常、鄭士彥、周貽孫等稟稱，九江卡以來，自七月二十八日起至九月三十日止，其過卡仍歸漢岸銷售者，舊鹽六萬八百餘引，約計子包二百九十萬餘包，又改新換照鹽六萬四百餘引，約計子包二百九十萬餘包，又官運倡導引及商販新鹽自八月二十三日起至十月十五日止，過卡鹽共二萬二千九百九十引，計六十斤大包二十二萬九千九百包，合八斤四兩子包約一百九十餘萬包，總共過卡舊鹽、新鹽合子包七百七十二萬餘包。 卑職等細詢來地承買、轉運、銷售之水販等，據稱鹽船有赴漢岸發賣者，有在沿途及陸家嘴、陽邏等處發賣者。 職總卡伏思新章在九江設卡，並非在九江設岸，所有商販運楚省鹽船到九江卡稽查截角後，聽商販自往湖北各府州縣發賣，官不過問，卽所稱在九江發賣，亦係停泊。 隔江北岸湖北黃梅縣轄之陸家嘴地方並非江西地面，是以楚省之鹽，散售楚省之人，非如向來聚在漢口一岸可以稽查銷數之暢滯。 又查楚省向來年銷不過五十餘萬引，春夏爲滯月，秋冬爲暢月，四六分計，秋冬六個月暢銷亦不過三十餘萬引。 現在除赴漢岸及各府地方外，十月半前商船皆停泊陸家嘴發賣，日來水小，聞各商船尚須前泊陽邏地方發售，亦係黃州府轄，距漢口不過數十里。 通計自七月二十七日至今僅兩個半月，過卡新、舊鹽已十四萬四千二百餘引，內有新鹽二萬二千九百餘引，足抵舊鹽三萬四千餘引。 尚有已報開江及陸續捆運之鹽，若十一月運到九江，再得二十餘萬引，楚省似可不虞淡食，不得以漢岸一處聚集之鹽較向時少數，遂指爲民間淡食之據。且楚省如果缺鹽，則水販聞有鹽船所在，自必蜂擁而來，今水販來者雖陸續不絕，並未見其蜂擁，則是各路尚非眞缺鹽之明證也。再，江西省岸存鹽，年内總可銷盡，而西省商鹽至今僅到一萬餘引，尚望儹催後運爲要。除再飭各卡員遇有到卡鹽船，隨到隨放、不許片刻停留外，所有現查鹽船過卡引數及停泊發賣，均係在湖北地方，並非在九江銷賣情形，合併查明稟陳鈞鑒。

再，風聞湖北川私、潞私充斥而來，商運淮鹽在漢岸者尚有積存未銷之數甚多，楚省並不緝私，但以缺鹽爲排擠兩淮題目。某現已密遣人往漢口查訪，但恐不足爲憑。可否仰請憲臺飭委明幹地方府廳一員前往，密查商鹽尚存若干，私鹽是否充斥實在情形稟覆，先行入奏，以免彼中先以缺鹽藉口上章之處。伏乞裁酌。又聞勞光泰有上書憲台，爲楚憲覺其不便追回之事，未知果已追回否？勞光泰書稿抄傳者甚多，中言鹽價一層最爲可惡，不但其心不可問，且使願辦淮鹽者見之疑阻，殊礙招來。伏讀台臺新札運司未盡事宜内一條，有前算成本未計水脚程費，而價有長落，則當因地因時令各商立一公局，定價傳單不許私行長落，至減不得在四十文以内，至長不得出五十文以外等語。此一層大妙，似宜會同楚憲出示，足破邪說，不可遲也。前日聯臬司條議禁止立行，輿情窒礙難行，以致來者又復渙散，因已奉憲批准飭行，未便有言。今此一條，是明哲已有所見，更願迅即定議，出示曉諭，大有裨益。又聞有議糧船准帶官鹽者，此事甚有關係，姑無論糧船借此夾私，所過文武莫之敢問，且糧艘專載天庾粟米，一經裝鹽，則淌滷之後不可裝米。從前水手私帶有限，不過頭艙、艄艙私載而已。若准帶官鹽，則旗丁、衛官皆思侔利，官鹽外任意夾私，將頭艙、艄艙滿載，併及正艙，設使來年來到通倉黴變，必有人以準帶淮鹽之故歸咎兩淮，則大不便。且裝鹽之船難久，改造經費不貲，此不可不深長思也。尤有慮者，本年新商不過二三，其七八仍是舊商竭力，本年既令多運新鹽，又令代完舊欠，各商當火災之後，復受此重困派領之鹽，至今無力捆運，轉瞬新綱須開，不及數月，即當奏銷，前此認運之鹽既多未運，無課可回；商情趨利，際此旺銷之時，如果有力，誰肯束手坐誤，雖有嚴刑峻法不能驅迫，無如之何，能無相與倒斃乎？聞汪福茂、姚臨宇、鍾福盛皆已支絀萬分，倒罷甚速。其次支允祥亦可憂也。夫淮綱所以支撑至今者，賴有三五殷商也。相次倒罷，誰與支此大局乎。在淮日久。目覩前此之事甚悉。昔者，徽商如鮑有恒、江廣達，西商如王履泰、尉躋美，皆挾千萬金資本，行之數十年，及其敗也，不過三四年。豈惟奢淫，亦由多運滯消，轉輸不及。江廣達、尉躋美鹽追久之，首爲之結案。其次如莊玉興、許宏遠，貲本原不甚厚，而以頻年派運有加無已，旋卽身亡業歇。又如浙商黄濚泰，原辦數旗，竭力奉公，實多客本，及其亡也，亦卽倒歇。數旗惟存溥生一旗免強支住，雖門面尚在，時爲債主追呼。僅存包振興一商稍稱殷實，然貲本亦不過二三百萬，老兄弟沒後，各房分辦。今惟振興、咸吉二旗爲一股，元泰、元慶爲一股，自楚西年年滯銷，成本佔擱，貲力愈不如前。然此數旗年來兩房合計尚辦十餘萬引，在目前以爲殷實矣，然較之往昔，猶其小焉者耳。一再擠之，倒罷亦易。運司迫於奏銷，不得不行派運，而年有所加，成本佔擱益多，其無力運行者，情埶然也。此時新章初立，招徠雖云不乏，然尚未見有能辦三萬五萬引之新商。若不將此數舊商保護，大局果何所把握乎？鄙意新綱之開，但得萬餘引卽可，以開其端，且儘新商招徠，以辦來年二月奏銷，俾各舊商將鹽捆運到岸行銷，半年之後，其氣稍舒，轆轤回課，再辦來年綱鹽，以副八月奏銷。新舊相與維持，淮綱庶可無虞耳。夫鹽務以轉運爲要，今各商認運六七十萬引，時已數月，報運出江者寥寥，到楚西二卡者纔數千引，併官運計之，不及三萬新引。運鹽已見其難，轉輸更何從問？以一心退伏之人，迂拙之見，久不合於時賢，或有以括囊相勸者，顧念以憲臺之明見，知非同恒泛，若以避嫌之故，緘默不言，既負知己，且無以對聖明。展轉三思，用敢曉瀆爲此曲突徙薪之計，惟憲臺鑒其愚誠，幸甚。

黄右爰近思録集説序

甚矣，人心陷溺之端有由來也！聖人道遠。縱横之説興，而人皆急於功利，清靜之説起，而人乃流於刑名，自是治天下者不出此二端矣。漢武始求六經，訓詁章句之儒，徒以干祿起家，六朝議禮，時有依據，然皆騖於聖人之蹟，未有得聖人之心者也。荀楊五子稍明聖道，而純疵互見。韓子倡言仁義，宋儒闡明心性，然後聖人之道大明。歷宋元明至本朝康熙中，非日月之中天乎？

乾隆三十年後，武功極盛，亘古之所未聞，海內承平，四夷賓服，天下人心乃大生其奢侈，四庫館啟，始以教人讀書，文其疏陋，繼乃大破藩籬，裂冠毀冕，一二元老倡之於上，天下之士靡然厭其所習之常，日事親異射利爭名以爲捷徑。復有所謂漢學者，拾賈孔之餘波，研鄭許之遺說，鑽磨雕琢，自以爲游夏之徒，其於孔子之道復背道而馳，人心陷溺極矣。於是上自公卿，下至州邑，依然不出功利刑名之見，剛愎者或貪婪而無忌，陰柔者惟逢迎以保祿，孝悌忠信、禮義廉恥之防蕩然無復存者。至於海外數萬里之遠夷，以其隙侵侮中國，天子雖有外攘之志，而中外大臣頽焉不振，莫不驚心咋舌，罔知所爲，相顧聚謀，惟以和夷爲事，辱國喪師，不知憤恥，其有奮義討敵者，反抑之以悅敵人，甚且奏請重興異教，若恐人心陷溺猶有未盡也。

嗚呼！此非衰敝極變之候乎？天佑大清，聖人繼世，仁孝英明，整頓紀綱，深以吏治日壞、人心日澆爲憂，首務任賢去邪。明詔所頒，天下垂涕。蓋天道剝極必復，帝德王道於焉大明，一洗腥穢，息邪說以正人心，不在今日乎！夫人心陷溺之故，皆由騖外日遠，是以日澆也，何以援之？惟一反觀於內而已。近思録一書，非今世之藥石哉！

黄生右爰，習聞惜抱先生之説於陳氏，既嘗從事考證矣，謂是非本源之學也。乃取元明以來，先儒所以發明此書者，廣集而爲之説，成四十卷，可謂富矣。余嘗反復觀之，歎爲正本、清源、切時之藥石也。俾速梓之以廣其傳，庶幾贊助聖明出治之一端乎？嗟呼！孰謂人心世道爲非切近而可須臾忽之也哉！道光庚戌嘉平月姚瑩序

桐舊集序

昔人談詩，才力或限於一代，風氣或囿於方隅，有餘者每恨粗豪，不足者又嫌淺弱，豈非作者之通病哉！至於鈔選諸家，則又意爲進退，或去連城之璧而拾其碔砆，使作者面目不存，精神澌滅，是亦詩人之一厄也。國朝持論之善，足洽天下大公者，前有新城尚書，後有吾家惜翁，庶幾其允乎！歸愚沈氏所得本淺，論詩僅存面貌而神味茫如，其當乎人心之大公者蓋寡矣。然此通一代或數代言之，非一都一邑之作也。至一都一邑之作，近世鈔刻尤多，囿於方隅，往往又滋詬病。

吾桐則不然。竊嘗論之，自齊蓉川給諫以詩著有明中葉，錢田間振於晚季，自是作者如林。康熙中潘木厓先生是以有龍眠風雅之選，猶未極其盛也。海峯出而大振，惜抱起而繼之，然後詩道大昌。蓋漢魏六朝三唐兩宋以及元明諸大家之美，無不一備矣。海內諸賢謂古文之道在桐城，豈知詩亦有然哉！

亡友徐樗亭嘗病木厓未見後來之盛，欲通前後更鈔之，購求精擇三十餘年，乃有桐舊之鈔。其人存者不録。余在臺灣，君從陽城寓書述意，而艱於鋟刻之資，余深歎之。未幾，君歸家，旋卒。余亦多故，不能助君成之也，嘗以屬里中諸君子。是時光聿原方伯已有桐城叢書之刻，於是馬公實通守力任其事，復屬蘇厚子重加審校，編爲三十卷，凡例一本樗亭。而附樗亭之作於徐氏末，爲君已亡也。咸豐元年某月竣工。夫襄陽耆舊傳，古人景慕前賢之所作也。茲以桐舊名集，樗亭之意豈不曰吾以是著耆舊之思乎？矧前賢苗裔，其企慕又何如也？樗亭往矣，異時必有績是集而爲之者，合律元叢書觀之，可徵吾桐之文獻矣。姚瑩謹序

胡母龔太宜人墓誌銘

某以庚戌之春，識如皋胡君連耀於金陵，君以太宜人憂歸，館於趙氏。接其人，君子也。八月，余之九江，逾兩月，連耀以書及狀來，曰：吾母將以某月日葬，得先生誌其墓，感且不朽。按狀：太宜人姓龔氏，湖北監利人也。其家素豐，獨泊然視之。長歸胡氏紉蘭府君。

故貧，隨父俊書府君賈於楚。太宜人入門，侍姑孫太宜人，篝燈紡績，姑既寢，猶業女工，冬夜四鼓，霜雪甚，十指已僵，不輟。以所業佐供菽水，米不足，炒豆繼之。夏無完席，冬無完裙，處之怡然，如在室豐厚時。先是，祖姑喻太孺人居如皋，俊書府君歲常歸省，後遺孫太宜人還侍，而紉蘭府君就揚州鹺務，家乃稍裕矣。是時，連耀已生，太宜人事翁姑，教幼子，勤苦操作，如在楚時。紉蘭府君在揚納側室郭氏，生二子連輝、連城而亡，太宜人撫妾子一如所生。俊書府君患風疾，展轉床席久之，太宜人隨紉蘭府君躬侍湯藥三年，至於翁歿不懈。

歲癸卯，連耀既得鄉舉，孫太宜人患噎膈不起，太宜人年六十八矣，晝夜悲戚，曰：吾子幸獲之喜，不能易吾姑疾之憂也。甲辰，連耀成進士，肄業庶常，益悲曰：恨吾姑不及見也。乙巳連耀散館，改吏部主事，以太皇太后萬壽覃恩貤贈祖父母及紉蘭府君太宜人皆得從五品封，太宜人喜曰：姑愛孫三十年，今可稍慰乎！連耀通籍可供甘旨，太宜人常以所入濟貧乏者，而自作苦猶昔，曰：吾爲貧人，知貧人苦也。且吾安能忘昔之不足，導後人以華靡習也？及己酉，連耀以親老請就東河，甫治舟迎紉蘭府君及太宜人就養，而太宜人已嬰疾弗瘳，遺教連耀曰：吾家素貧，汝能振其家，復何恨？然孫太宜人臨歿有言曰，吾志不樂富貴，連耀異日苟得微祿贍親友，當早退守吾邱墓，勿戀仕途。吾與孫太宜人同此志也。連耀謹誌遺命不忘。

嗚乎，賢矣！太宜人卒年七十有三。三孫以十一月某日葬縣西夏宜莊。姚瑩爲之銘，曰：本末以豐，貧約其中，惟茲懿德，勤苦有終。姑有徽言，毋貪膴仕，生以服膺，歿以教子。溫溫其德，秩秩其音，鑴此貞石，式好式銘。

跋方存之文前集後

文章一事，欲其稱量而出，積於中者，深則鬱之，鬱之不可遏也則停之養之，如或忘之，順乎其節，然後發焉，又必以其時也。故其析義必精，立言必當，學欲其廣而取裁欲微，意欲其昌而樹辭欲卓。未能行也，則諟其言，無所爲也，則韜其光。百家之精，茹之辨之，一心之運，卷之舒之。片言彌六合，累牘有餘味。若此者，其庶幾乎！存之才識有餘，吾不量其所至，輒書數言卷端，異時業成，請以證之。道光戊申十二月望後二日某記

中復堂遺稿卷二

平賊事宜狀

廣西土箸民人皆苗猺狪獞，不過十分之三。其七皆來自外省之客民，湖南最多，廣東次之，貴州又次之。地瘠水迅，産米之外，不殖百貨。男子嬉遊仰食於婦，婦人操作健於男子。嬉遊者多，故習爲盜賊，而外盜亦因之而入，有土馬、外馬之稱。故治粵者，首重捕盜。近十年來，大吏疎於緝捕，盜賊益多，復有奸民結盟拜會，聚集匪黨千百爲羣，盜匪、會匪幾於遍地。大吏憚於大舉，苟且粉飾，於是匪徒日熾。始猶不過截河抽稅、劫掠村墟及徒黨既衆，又見官兵懦弱，遂抗官拒捕，入城戕官。會匪乘機，乃敢公然爲逆矣。前二年，湖南匪徒雷在浩、李沅發皆延及廣西，二逆伏誅，廣西匪徒乃大舉發，而廣東之匪亦遙爲應和。上年陳亞潰一股雖平，而平樂、慶遠、潯州、思恩、南甯、太平諸府賊匪分股衆多，自向提軍、李、周二制軍到營屢加懲創，羣盜漸見破散。而武宣之大股會匪聚衆萬人，其勢尚熾，該匪自稱後明，有洪秀泉者，稱太平王，以廣東花縣人習天主教之馮雲山爲軍師，曾三秀、梁老四爲左右將軍，韋正爲文官，專理詞訟。自牛排嶺、大黄江兩次爲官兵擊敗後，屯聚武宣之東鄉。近日竄至象州之寺村、中平、北仗、新墟等處。官兵圍剿尚未得手，而兵已久疲，又不能和睦，羣情渙散，不肯用命，故未見有功。今中堂以忠誠重望仗鉞臨邊，雲霓之望、父母之懷，不克以喻。惟地形賊勢兵情民隱或有未盡陳左右者，謹臚舉數端以效芻蕘一得之愚，惟俯賜察覽，採擇行之，幸甚！

一曰收人心。自古成大事者以得人爲本，欲得其力，先得其心。未得心悅誠服而不出其力以從令者也。論者皆謂軍令宜嚴，是誠然矣。然賞罰者，馭衆之大權，不可任一時之喜怒，賞當其功，罰當其罪，則衆服。否則怨而謗，其心不服矣，何令之能從？督師周公忠毅果決出於天性，而過於急暴。每有所聞，未加審察而輕喜易怒。往往舉發錯悞，事後知之必悔，悔則自責而謝過，明日復然。是以人懷恐懼，陽奉陰違，莫肯出力。憤兵將之不用命則益怒，嚴參示威而衆心愈益不服。苟救其失，宜慎舉動，賞罰審當，人心自然悅服矣。今宜先行犒師，以豬羊數百頭，酒數百瓶，清暑辟瘟藥數百料，遣人宣諭各營，以師旅日久疲苦，將領以下遍加撫問，必雷動歡呼感悅，以爲中堂愛我，而人心得矣。蓋嚴急之後，易於見恩也。

二曰和將士。今歲以來，楚兵與黔兵不和，鎮筸兵又與常德兵不和，兵與勇不和，東勇又與西勇不和。故上年向提軍所至皆捷，而今年無功也。師克在和，未有不和而能克敵者。今宜以中堂手諭提鎮諸將從容曉譬大義，解其夙怨，令提鎮轉諭將備以下，庶可和睦各營，有事互相策應矣。

三曰簡精壯。古人云，軍事先謀，士必精壯。此言徒勇不能有功，徒衆不能簡練也。今西省額兵二萬二千分守各汛外，楚黔滇三省之兵數已逾萬，益以各處壯勇又將數千，可謂衆矣。然未經挑選，大抵精壯可用者不過十之二三，率皆惰遊之夫，勇于私鬬，怯於臨敵，是以少能殺賊。今宜先令各營自行挑選實在精壯奮勇者造册，派親信大將覆加挑選，厚以錢糧以爲頭敵，每戰更番迭進而衆兵繼後，則奮勇爭先，不至見敵輒走，不堪久戰矣。

四曰治練勇。地方有事必先團練，以本地之民守本地之村莊城市，自顧身家，其心可固。雖未必皆能勇敢得力，而多一團練卽少一股賊，亦可以助官兵之聲勢，否則爲賊所用矣。蓋地廣賊多，不能處處以兵策應，而不應又無以爲守，故必使民人自爲守也。至於外省壯勇有剽悍可用者，亦宜募用。大抵以本地之團練保守地方，以外省之壯勇隨營剿賊，二者皆不可少。特此等練勇有事時固得其用，而事後散之甚難，又若輩多桀驁不馴，管帶駕馭不得其人易於滋事，事後散而無業，勢必作賊，是在善其區處耳。

五曰先攻大賊。廣西賊股衆多，梧州、慶遠、柳州、平樂、南甯、太平、思恩諸府賊股衆多，以堂名稱者不可勝舉，或七八千人，或三四千人，或一二千人。今雖屢有破散，然屯聚尚多。又有東省廉州、欽州、肇慶來者。東省之匪如凌十八、劉八、溫大、賀五，皆時來時去，然此等勦捕尚易爲力。惟先在金田、武宣，現竄象州之會匪洪秀泉、韋正等一大股最爲猖獗，其人衆萬餘，心力頗齊，非諸匪之比。議者皆謂先去其易，後除其難。殊不知諸賊易辦者其股甚多，辦一股非分兵勇二三千人不能辦，兵分則力薄。今聚兵盈萬，屯勇數千，僅可與大賊相持，不能決勝，若再分兵單弱，其何以禦之？且各股賊殺之不盡，餘黨必歸併大股，是爲淵敺魚，非計之得也。故宜厚我兵力，先破此大賊，所謂擒賊先擒王。然則羣盜其置之乎？曰非也。羣盜所在皆有，兵勇特無多耳。羣盜之衆者如鬱林博白一股，已有滇兵在地矣。其次則南甯、桂平近日有賊數千，俟新兵到後分二三千人擊之，而大兵則注意象州會匪，不日添調四川、安徽、湖北之兵，陸續必到，六月望間似可齊集，又內帑餉銀亦到，足食足兵，可爲一鼓殲除之計。

六曰八面環攻。賊屯聚象州，內連武宣，自東鄉、新墟、三里墟、廟旺墟、臺村以至寺村、北仗、新寨、中平數十里村莊，皆其巢穴。今之官兵所堵截者紫金山，滇兵在其東北界嶺，楚兵在其正北馬鞍山，黔兵在其西北象州，大營兵勇在其西，此四路者，彼已知之，有以備我矣。東路、東南、正南、西南四路，我兵力不足，未之堵截，彼亦不之防備。宜及大兵齊集之時，探明路徑，尅期八路齊進攻之。彼八面受敵，猝不及防，破之必矣。此賊大股既破，其餘賊心膽皆驚，然後分兵勦捕，勢如破竹矣。

七曰各營將領不宜輕易更換。各省之兵心力不一，惟本營將領習知其兵長短喜忌之所在，臨陣之時，兵將熟習，乃可收指臂之效。若驟易生手帶領，兵不習將，將不習兵，必不可用。心手不調，安能行事？卽如前日掣回秦、周二鎮以烏都統代領黔兵，立爲賊撲營而敗，傷亡將備二十餘員，兵二百餘人，是其明證也。將來各營之兵，宜仍支本營將領管帶，而以新到大將督之，則可矣。

八曰賊未窮蹙，不可輕言招撫。自古悮國之人皆主招撫，近代熊文燦、陳奇瑜，其彰明較著者矣。然降兵降將未嘗不可立功，本朝之用孔有德、洪承疇、黄梧、施琅，非前明之降將乎？卽明季之高傑、李定國，皆降賊也。然必自審我之兵力足以馭之乃可，未有我兵未振而先事招撫者也。彼以爲官兵無如賊何而倚仗於我，則其心驕，雖降不爲我用，多所需索而不厭其求，則仍畔去耳。未有私憾于賊徒貪吾之餌而受撫，一旦所欲不遂，則其心二矣。嗣後如我兵未大勝，賊未大敗，必不可輕言招撫，自增肘腋之患。

九曰獎勵有功，不可先其私人。賞罰者，用人之大權，賞罰公明，則衆人心服而爭先出力；賞罰偏私，則衆心解體觀望退後莫肯用命，勝敗之數全在於此。自來主將皆有私人，或其所親，或其所愛，打仗毫無出力，惟俟有勝仗獎勵則竄名其中，冒他人之功以分其賞。此豪傑所以灰心、死士所以墮淚也。請示諭各營將領，報功務求確實，更加訪問，衆口一辭，然後登諸薦牘。倘有親愛私人冒功濫列，查出不但除名，且坐主將以欺妄之罪。如此，則人心悅服，出力者必多，而可勝敵也。

十曰團練出力，不可不予鼓勵。地方團練即數百人，亦即有數百人之經費，號衣、號旗、器械、火藥、鎗礮，其用不少，地方富足者易辦。廣西貧瘠，民間少有富戶，各村莊集舉此事，衆人鳩貲不易，西省民人捐費百金即抵東省捐貲千金矣。現在各地方舉行團練者不少，除賊所殘破之地，人民逃亡未歸，無可團練外，亦有地極貧苦無能出貲舉事者，不得不官爲籌費，或官民各半，或量予津貼。並查各團練人數之多寡，是否整齊，令其造册報官，查驗屬實，即量其所練人數酌予空頭，札付分別賞給頂戴，生監賞給七八九品軍功職銜，民人賞給千把外委頂戴，紳士奏請議敘。倘更立功，生監民人準其咨部補官，紳士優擢。如此，則鼓舞歡欣，行之必衆矣。

十事既備，更有六宜，諭飭諸將嚴申約束：

一曰哨探宜明審。自古用兵，先求哨探。哨探者，探賊之情與地之利，以爲之防而設其備也。或明遣數十人往哨之，或暗使數人改裝探之。蓋山勢險曲，或草樹蒙翳，則察其有無伏兵；河水横截，則防其壅遏上流，乘我半濟而決放。先之以探，繼之以哨，然後大兵前進，是爲萬全。

二曰進戰宜更番。賊每出戰，皆令其人飲壯膽藥酒，如鬧楊花之類，故勇氣十倍，有前無退。且分隊而進，前戰既疲，則以後隊輪流接替。古之善戰者，罔不如此。我兵何獨不然？宜令諸將約定每出戰必分左右翼，每翼皆分十排，第一排接戰或有傷亡，則以第二排補缺。鳥鎗五出，則以第二排接替。二排接戰，則第三排如之。如此，兵力不致久疲，卽不令飲酒，亦可恐其醉而淩亂誤事也。或言山徑險窄，安能張左右翼！殊不知窄徑只可堵塞，不可以戰。戰則地稍寬矣，或平原，或田塍，必不止一路，卽可分左右翼而進，兵勢乃不孤單。諺云『單絲不成線』是也。

三曰諸軍宜互相策應。自古行軍，最忌孤軍深入。我兵每隊前進，既張左右翼矣，而尤須別路之軍互相策應。古人所以有犄角之軍也。今宜申令諸將，每路皆分兩軍，一軍爲正，一軍爲應，一軍之中又分左右翼，此戰彼應，所以張我之勢而分賊之銳也。

四曰駐紮宜聲勢聯絡。行軍最忌中斷，斷則聲息不通，彼此不能救援。宜令諸將紮營相去或三里，或五里，必有一營。前後左右步步相接，則聲勢聯絡矣。

五曰鎗礮宜及近施放。自來我兵之敗，多由遠望見賊在一二里之外卽先放鎗礮，相去甚遠，不能傷中賊人。惟懼其前進而已。賊俟我火藥鉛彈漸盡，然後蠭擁而來，我之鎗礮已不可用，不得不棄之而走矣。又賊每以被脅之人當前誘我，俟我鎗熱藥盡，然後出其精銳而來。宜嚴申號令，使掌隊者執旗，視賊行近百步之內，鎗力可及，然後舉旗，衆兵分排放鎗，乃能擊賊而不致虛放。如賊不及百步內而妄放鎗者，斬。是爲最要。鳥鎗兩排後，或間用抬鎗亦可。又軍中大礮只以三百斤以下者爲宜，輕便易於行用也。鳥鎗、抬鎗既放兩番，則放一礮，一礮過後，仍復用鎗。

六曰抄截宜先事預防。賊與我軍對敵，每出驍銳抄我後尾，或橫截，我軍往往爲其挫衄。是必先事預防一路，軍分三段，簡選精壯，每段以數十人當前，其第三段則令居後爲殿，時備賊抄。如退軍時，皆令後軍先退，以前軍爲後軍，始不淩亂。

中復堂遺稿卷三

至陽朔言事狀 辛亥閏八月初八日

本司於初四日午刻登舟，士道及長鎮亦已登舟，所有文武隨員兵勇陸續均來，惟揀發張令同局發餉銀一萬兩、礮位等件，候至初五日辰刻始到。又因陽朔地小，錢舖無多，餉銀半係鹽鏾，在省以銀一千兩買錢一千七百八十千，陸續上船，初五日申刻方得開行。初七日未刻將至陽朔。接該縣稟報，烏都統已於初三日晚追賊至永安州之水竇及文墟地方。初四日開仗，官兵得勝，賊敗入城，現在官兵圍攻等語。查大兵既已追至永安，則賊無能爲，所有荔浦以北修仁、平樂等處，似可無虞騷擾百姓，而防堵乃不可疎懈。惟未知此次入城之大股逆匪是否悉數皆來永安，抑係分股，尚有在大黎里及藤縣大黃江者否？烏都統追躡而來，其向提臺及各鎮現在何處，是否仍扼守大黃江及藤縣之賊？俟到荔浦後往查，方得其詳。

本司到陽朔，將該縣各隘防堵之事稍爲部置，卽馳往荔浦，相機辦理。或駐荔浦，或往永安，會同烏都統圍勦，克復永安。現同士道、長鎮會商再定。現有士道、長鎮及文武隨員兵勇多人，不能不委員經理行營支應。查有河南直隸州徐繼鏞明暢有才，現卽委其辦理，而以揀發知縣張爲柄、從九伍繼勛助之。惟添僱壯勇必須軍裝器械，此時皆由省局趕辦應用。昨晤自廣東買鐵委員李步義，言東省市買軍裝器械均係現成，詢以來往時日幾何，答言往返不過一月。果爾，似可發銀二三千兩，遣該員往辦，似可得用也。頃晤士、長二人會商事宜，二人皆以軍中事權不一，久無成功，此次收復永安未有成算。省若烏、巴諸將以省中文武前來，功若不成，更可諉卸。省來之人並無事權，亦屬無濟，必欲請示，以定行止。誠非無見。但本司與士、長不同，二人究屬客官，臬司則有地方之責，城池失守卽當力圖收復，豈有城未收復遽行回省之理？辭過、貪功，兩皆不可。此次會銜之稟，止取和衷，而職分不同，未便漫無區別。會稟到省，伏乞中堂分別批示，俾得各盡其職，實爲公便。

至荔浦言事狀 辛亥閏八月十三日戌時

本司於初十日在陽朔發申第二次稟函後，即於十一日啟行，途中看團。十一日夜亥刻行抵荔浦縣城。茅令在永安州之新墟防堵，距賊三十里，晤舒守、王牧及朱紹恩諸人，詢知賊情兵事較在陽朔所得茅令之報頗有不同，謹逐一縷陳於左：

一賊距永安州城，其黨半住城中，半住城外，每日仍到附近村莊騷擾。其北城門則多年久閉，居民向不出入，並非此時畏懼官兵而閉。其東南西三門則稽查甚嚴，一恐我之偵探人混入，一恐城內民人出外送信也。東城外五里之龍眼塘，安設大礮臺，以阻我北路之兵。

一烏都統紮營仍在文墟，距州城二十里，在州之南。數次接仗，皆賊到文墟被官兵擊敗，非官兵到城邊也。秦定三、經文岱二鎮俱在烏營，烏營兵勇約六千人。

一向提軍、巴都統至今未知的在何處，或言平坦，或言水竇，是否與烏都統約會同謀，未知其實。本司已備信文致烏、向、巴三位，但賊匪阻隔，文報不通，現係專人送至劉、李二鎮營中，託其查明。專弁遞送，方可得達。囑其守候回信。所有致烏信稿謹抄呈閱。

一劉、李二鎮於初七日到新墟，住營三日，移進古排塘紮營，在州城東北，距城十餘里。再數里即龍眼塘，爲賊人設礮之所。

一我兵尚未全集，未便深入，必須各兵齊集，方可訂期進攻。此時宜先將城外騷擾村莊之賊剿捕，再進剿城外駐紮之賊，然後可議攻城。

一攻城之策，以囊土黑夜疊登爲善。本司已遣人往平樂府購買麻布口袋五千條備用，一者登城最易，二者城垣不傷，平賊之後無事重修。但非此時之急用耳。然亦須早備。自向提敗後，非復前日之情形矣。

一本司擬到新墟細審地形路徑，即至古排營中會晤劉、李二鎮，面商一切事宜。

一各處防堵事宜有二，一防其外逸，一防其內竄。自水竇而濛江，可達平南、梧州，自大樟而南，可回大黎，自夏宜而西，可至鵬化； 而昭平尤爲可慮。其道有三，自州南之黄村而東，可至昭平縣城； 自州中之莫村，可至昭平之古帶沖，自官道可至昭平之古蘇沖，自官道文奎之間可至昭平之以孟沖，不過二十里、十餘里，即昭平境矣。此皆防其外逸之路也。永安東北，以新墟爲平樂、荔浦、修仁之總隘。然自新墟之西北有山路可至修仁，自永安之東由洞口、茶山而壬山可至新墟之西南，自荔浦之東數十里可至平樂。此防其内竄之路也。内竄有新墟可爲扼要，惟外逸難防，昭平尤無扼要之處，惟有大兵近逼州城耳。今向提軍甫從水路取道梧州，由昭平而至永安，不知何日方到。現獨烏都統一軍在文墟，去州城尚二十里，未能深入。外逸之患，尤爲亟亟。

一劉、李二鎮既到古排，而新墟仍不可空虛。蓋新墟乃荔浦各縣之總隘口，此處嚴守則各縣皆可無虞，擬俟安徽五百兵到時留其駐守新墟，再以福勇佐之。其次則壬山亦爲緊要，必當嚴防。

一新墟以北，但用壯勇、團丁、猺丁即可防堵，不必皆守以兵。兵少故也。

一荔浦團練現在分撥防堵，人數不齊，未能閲看。其陽朔團練則在城，稍有可觀。其高田界牌名練丁三千，實數不過一半，昨日閲看，甚不見好。不知省中何以有甲於通省之名。本司札令在城四百名，又鎗手一百名，每日人給口糧錢一百文，小旗隊長酌加。守界牌處挑取精壯五百名，每日人給口糧錢二百文，小旗隊長酌加。均從本月十一日起至收復永安拏獲賊首日止。另賞城内人四百千錢，界牌人六百千錢，爲製備器械號衣帽之用。閲看之日賞城内六十千文，界牌團丁名爲三千賞銀一百四十兩易錢分給，以鼓舞之。似可改觀也。

一朱紹恩已自大樟前來荔浦，據云所帶壯勇尚欠前八月口糧未給，已遣人至省局請領未到，本司現給銀二千兩俾作閏月口糧矣。

一省局解交舒守銀一萬兩，令其接濟烏都統行營糧臺。此時賊匪阻梗，道路不通，運往徒爲賊搶，實難支應接濟。惟有令楊道將轉運糧臺移至平南爲妥，該守一面預備，一面稟請省示。

一省局解送向提臺大營軍裝。委員已至荔浦，前路賊阻不通，本司令其由平樂水運至梧州，轉入濛江，可到水竇，大約旬日可達。

以上賊情兵事，通觀之，大病在我兵怯，雖衆而心不齊，諸將各人自顧而無彼此策應之心。賊狡而時思竄越，其不成股之土匪所在皆有，不免附人賊中。如大黎里向爲宵小藏聚之區，中寬百餘里，會匪殘破之餘，不過三四千人，附和之土匪則不知凡幾。此時須先大破賊以震我軍威。賊破而後攻城，則賊易盡，若賊未破而急攻城，則城一破後，賊仍走開，勢更蔓延而無可制賊之勝算。是此一城，乃聚賊之牢也。聞此時賊日出搶掠，積穀可三四月之守。又聞有酋黨守城、分黨外擾之謀。故目前要策，宜乘其尚聚，進戰而大破賊爲上。未知諸將能同心合力否？第恐將尚有心而兵不出力耳，俟到大營面晤諸將商議進兵破賊之事，一面札飭合屬防堵各隘。此時何處有壯若干，何處有可用之團練若干，本司初來尚未得其實。聖人云，臨事而懼。本司之懼深矣。特此時衆人之怯已久，不敢更以懼言。此區區之苦心也。

至新墟回成算已得事尚可爲狀 辛亥閏八月十六日亥時

本月十三日在荔浦稟陳一切，計蒙鈞鑒。是日戌刻，接奉十二日諭示，深慮將士不能同心奮力，期約後時，特備給諸將文件交本司相時度勢，熟籌審定，精誠禱卜；復硃標日時，作爲中堂親填，轉發諸營，冀諸軍同竭忠誠，不敢各存私小之見。仰見藎慮忠誠，金石可格，必能上邀蒼鑒，下洽人和。本司何人，自問何能，當此重任，不勝怵惕悚惶之至。維時已夜，次早卽前赴新墟，是以未及稟復。茲偕朱紹恩於十四日啓行，二十五里卽係永安之杜木地方，又五十里申刻到新墟。地甚寬平，人煙頗盛。將到三里，卽有永安團練千餘人及署荔浦縣茅本蕙、該縣訓導章世法帶領福勇二千人迎見，尚爲壯盛。接見永安州紳士，皆言署知州吳江之賢。城破時衆人勸其走出，吳江不肯，但令二子攜印墜城上省，自同平樂協阿爾精阿衣冠至關帝廟拜神，端坐，賊至揮刃，神色不變，誠堪敬憫。其妻及官親幕友皆被難，惟一媳隨同民婦逃出，現亦晉省等語。當更詢訪地勢賊情，與在荔浦見聞相同。復出莫金燦所繪之圖，令衆傳觀，補其未備。當以此間福勇乃前日中丞倉猝僱募，令茅令同朱紹恩細加點驗，取其精壯，汰其軟弱，冀得實用。酉刻，接烏都統覆信，謹照抄呈覽。細按所言，先破水竇，與本司前稟先破城外之賊、後議攻城意見相同。戌刻又奉十三日來諭各件，益欽籌計之深切周遠，所以啓開茅塞者深矣。十五日辰刻啓行，十五里巳刻過峽口，至古排塘劉、李二鎮營中。相去里許，各占一平山頂上，每一大營外皆有二小營接應，兩大營彼此相望，其中大路，誠爲扼要之地。再南五里卽涼亭，過去卽龍眼潭，爲賊人安礮之所，距州城不過數里。先晤劉鎮，方患寒熱服葯，其病尚輕。再晤李鎮，患症相同而稍重。王副將錦綉則患瘧疾，正當其時，是以未見。細詢軍中之事，兩人意氣尚好。惟李以烏、向二人不能用人爲言，其人頗拙誠。劉稍活動，亦以所帶川兵未當頭敵而置之第五隊，川中將士不免觖望。又川中派兵各鎮不能簡選，不過敷衍差事，是以不能得力等語。此二鎮之言也，則卽不能同心之明證矣。本司善言勸解二人云，如果示期定日進攻，伊必竭力用命，但各人一路，不願同在一處，以免口舌。其王副將身子本壯，此時患瘧，亦非虛捏。隨於午刻回新墟。適有中堂派往烏、向處投文之戈什哈二人來見，言在太平墟見向提臺患瘧病，大汗不出，現在未知愈否。伊尚要到烏處，明日可往。

本司伏觀現在大局，仍是防堵、進攻二事。以防堵言之，地勢道里必先瞭然，再算賊人所向。而賊匪又有不同，永安一處卽有土匪、會匪不同。土匪無大智慮，據地可以自固，其志已滿。會匪頗知計慮，不願據城自困。此次永安在城之賊，皆土匪也。其會匪則除賊首外，皆在外，水竇、莫村等處，時謀退竄之路。其竄也，必探官兵空虛之處而行。現以大兵皆在西南，以爲東南空虛，故欲竄昭平、平南。今向提臺自昭平迎來，恐其又有變計，未必前往。論防堵，則凡賊能到之處皆當防堵。然亦安能盡防，亦不必盡防，但論地之扼要，若擇其要隘而守之，則一處可保數處。否則處處設防，安得如許之兵勇乎！撫憲來諭，尤以省垣根本爲憂，此不易之論也。然入省之路甚多，若云扼要，則第一莫如荔浦之新墟。

蓋此處爲荔浦、修仁、平樂、陽朔之總隘也。新墟之堵嚴，則省城自可無慮。今劉、李二鎮大兵四千，駐營古排。茅、王二令各帶福勇千數百人，助以本地團練。其壬山間道，則已囑劉、李二鎮派練丁四百名，千總管帶往該地駐防，每日派兵四百人巡哨。其地距古排不遠，往來甚易，可謂嚴矣。嚴新墟，正以防省垣也。其次則昭平一路，可由平樂而至陽朔，今向提軍方自昭平進兵，賊匪未必敢往彼處，然不可不爲意外之防。本司現委朱紹恩帶舊僱福勇四百名同甯城之東勇四百名前往昭平，擇要防堵。昨據署昭平令沈敦治稟稱，自僱壯丁六百五十名分守各隘，甚覺單弱，已經舒守撥該府所僱壯勇五百名接應。本司現復飭卸署平樂縣事宜山縣令姚慶布，督同投効千總羅景壽心前往管帶，仝沈署令相機策應。現奉中堂行文向提臺酌撥弁兵前往，亦可無虞。其平樂府城亦爲緊要，舒守前因永安失守，馳至荔浦。今本司在此，自當令舒守仍回府城，督同聯令辦理防堵事宜。安徽兵到，非防昭平即防新墟。湖北兵到，宜留守省城。所有烏都統行營糧臺，已有委員蕭令，無須舒守辦理矣。修仁一縣，僅有勇二百五十人，尚嫌單薄。舒守現委高謙帶勇一百名前往，本司擬新墟兵勇既多，亦可以撥福勇五百名前往協堵。今餉道已通，更無阻礙。至於轉運糧臺之事，潯州太遠，而本司現在荔浦，或即由荔浦轉運，亦無不可。現有徐牧及張爲柄、伍繼勛、陸壽愷在此，可以兼顧。其進剿，則本司前稟先破城外之賊乃可攻城，烏信亦持此論，自不可易。但烏以孤軍不深入，必須向提與長、李二鎮合力乃可。中堂來諭，誠爲至當。向之遲來，存心何若雖不可知，而患病欲稍養息亦係眞情。聞其往雇潮勇，大約待之。且省局委員製備帳房鑼鍋器械等件，委員於初十日甫至陽朔，不知向之所在，本司告以向在昭平，令其由平樂解往。計十一日自陽朔啓行，十三四日必到昭平交向矣。十四日軍裝甫齊，則前此之不進，似亦可原。頃奉中堂十三日戌刻諭，以現作溫語勸之，此著妙極。本司現亦作書相勸矣。向提及劉、李二鎮既到，則烏軍大振，自可定期進攻，先拔水竇；水竇一拔，則賊膽喪矣。再攻莫村，大頭子多在此處。莫村破，賊必退入城；然後攻城，此一定之事勢也。會匪仍三四千人，戰手不過二千，此次人衆，乃土匪倍於會匪，不足慮也。平南土匪梁亞介一股卽二千人，可知其他。羅亞旺、范連得皆土匪也。本司愚陋，承中堂憲臺委任至重，不敢不竭其心力。成算既定，事尚可爲。願一以鎮靜處之。幸甚。

覆陳軍中雜事狀 辛亥閏八月二十七日未刻

二十六日一稟具言，向提督覆書，於黄村仙迴里擇一要隘進兵。又得劉、李二鎮信言，向提軍已至古帶沖紫〔一〕營之事。並奉二十四日午刻手諭，聞賊將竄濛江，指授機宜數條，皆爲精當，隨卽信致烏都統，囑其同張敬修豫籌辦理矣。今晨竊推託中堂之意，信致向提臺，囑其約同烏軍一攻水竇，一攻莫村，而以劉、李二鎮兵進拔龍眼礮臺，直抵城下，陽爲進攻以牽綴城中賊匪，此皆中堂前日指示之機宜也。致向信稿抄寄呈覽。

聞向言其軍中缺費，擬由本司處解送銀一萬兩，俟省局銀到卽解。今先遣人探看運道，倘不能通，則仍由荔浦解平樂而昭平，乃至古帶沖耳。向書言其糧臺曾丞在梧州候潯州轉運，不知何日方到，恐急需用也。潯州轉運太遠，而遲不及軍用，計自省到潯須十八日，出潯轉撥到梧需四五日，再由梧到昭平而大營又需四五日，再計當兩旬矣。若省中水運直到昭平不過四五日，昭平到大營只一二日，不過六七日，多則八日耳。不知省中諸君作何議論，而不肯聽也。軍中只要銀，不愁無米，大營所在，遠近村民皆挑米物往賣，豬肉水菜皆有，如同小市，諸君未曾見耳。其軍裝器械火藥必須省運，並非行營委員所能備辦。惟油燭茶葉紙張零星雜件當由委員備辦。此等物件平樂府皆可買備，何必潯州？卽如前奉札飭沿途各縣預備米糧，蓋恐兵行到處缺食，故令其接濟也。然兵行缺食，乃山中荒辟之處，或行小道無可買食，此不過偶一有之，非到處皆然也。此間奉文之日，舒守、王丞皆買米各數百石並乾糧等物，而劉、李二鎮回以不用，令其且貯新墟，惟舒守之米糧運往烏營，不知果合用否。此等情形，省中不及知之也。又營兵不願領米而願折銀，以折價米每升二十六文，向民間買不過二十二文也。但有備無患之意不可不辨，若謂必用則不盡然矣。瑣事上聞，以係軍中實在情形，不敢不陳明也。

劉、李、王、向皆病，購金腿數十條，彩蛋數千個，小菜數百罐送往，此物營中皆無買處，故必須備送。本司雖非糧臺，豈能漫然乎！風聞二十五日向軍到古蘇沖爲賊燒傷官兵，未曾安營。不聽進兵黄村之言，誠可恨也。今晨遣人送信並探此事矣。

【校】

〔一〕疑印刷過程致誤，當爲「棃」字。

濛江虎船撤防狀 辛亥閏八月二十八日午刻

二十七日接管帶虎勇戰船投効官謝有庸、何步丹稟稱：職等前奉右江道張札，飭虎勇船隻駛往藤縣之濛江一帶堵剿，職等遵即巡防堵剿在案。兹於閏八月初八日奉翼長道憲許札開，現在韋逆刻已竄入永安州，所有昭平、平樂一帶河面尤爲緊要，合行札調該員卽督帶虎勇船隻由梧換船馳往府河並附近水陸一帶，擇要隘口，小心防範。倘遇賊匪竄出，欲圖潛渡，立卽奮勇堵剿等因。職等遵卽督帶虎勇船隻駛下梧州，轉換波山船，挑選強幹虎勇壯丁三百名，頭目十四名，隨帶大礮軍械馳往昭平、平樂河面一帶水陸擇要隘口堵剿，所有虎勇戰船七隻、壯丁四百九十名、頭目二十八名共五百一十八名，除派換船剿辦外，尚有虎勇一百九十名、頭目十四名現在投効從九品巫棠管帶，在梧州府河一帶防堵等語。本同〔一〕聞之，不勝駭異。查賊在永安州城，而以精鋭駐營水竇，其外備船三十餘隻以爲外竄入江之計，所以烏都統札飭劉繼祖等船在濛江堵守江口也。濛江，乃水竇入江之水口，最爲緊要，本司深慮賊之外逸，尚思向提臺大軍至黄村山門隘札營，一以防其外逸，二可與烏都統内外夾攻，破其水竇之賊。今向軍不到黄村而從仙迴嶺至古蘇村，未及安營，爲賊所燒，已爲失算，尚恃有虎勇等戰船在濛口堵其水口。今許道不知地勢情形，並不稟商，輒自妄調，棄最爲緊要之水口不守，將虎勇等換船調往昭平、平樂一帶河面，遠而無用。設賊匪外逸，將何攔阻？夫用兵之道，成算不過一著、兩著，本司奉中堂令札憲臺札飭責以防堵進剿機宜。今向提臺既不用進兵黄村、夾攻水竇之言，許道又將堵守濛江要口之虎船別調踈防，本司在此，徒深焦灼，深恐辜負憲恩，貽悮大事，不勝愧悚。

【校】

〔一〕疑印刷過程致誤，當爲「司」。

向提軍開路放賊言不可恃狀 辛亥閏八月二十九日

二十八日甫陳一稟，言許道撤守濛江之虎勇船，調防平樂、昭平一帶河面及向提臺不用夾攻水竇之言，恐悮大事，并成林三百兵已到荔浦等情去後，連奉中堂二十七日兩諭，前言向提軍來書，言兵宜合不宜分弱，此言良是。又云，攻城宜開放一路使逃，我兵緊緊追擊，使其不復成隊，不數戰可以殲除。此言未能盡以爲是也。開路攻城之法，古人有行之者，未爲不可。但躡後追擊之兵果能追及，使其不復成隊否？向軍平南之敗，非賊已敗逃之後乎？敗逃之賊尚不能擊，乃謂使其不復成隊，可謂大言欺人矣！至云南路爲賊蹂躪之區，前有大江之阻，濛江又有張釗水勇堵截，該匪縱欲回竄，我兵緊緊追擊，該匪卽難遠逃。殊不知平南、藤縣一帶土匪仍多，此間獲賊姦細供，胡以洸有弟胡以章匪黨二千人尚在大黎，胡以洸作書使其往召，來永安相助，是其明證。本司早已料及，謂其必畱匪黨守舊巢矣。此次守濛江之虎勇已爲許道撤調，張、劉在彼勢孤，果能攔截逃賊乎？一到平藤，該處土匪必出接應，我兵追之，果能得利乎？甚矣，向言之不可恃矣！但此時不能遙制，姑且聽之。明諭刻下烏軍獨在西南，兵力尚單，諸軍何處有餘？猶應量爲添撥。但此時各路兵皆在此矣，何處尚有可添撥之兵乎？惟有專待潮勇耳，不但向軍待之也。同日又奉諭示謂，聞向軍待潮勇至方動手，萬萬不可，令本司多備乾糧以爲諸兵追賊之用。本司現已連夜製備乾糧，人予炒米粉二升，麵饝八個，作一布口袋盛之，掛於項下而行。擬備一萬人之用矣。今晨烏來信言古州李鎮由仙迴嶺進兵，欲至龍寮嶺紮營，爲賊所敗，營盤全失，且多傷亡，兵已退回。似此情形，諸軍其可恃乎？古州李鎮所將，卽向之兵也。其兵將如此，非復六七月間之比矣。向兵久不可用，獨賴向一人之勇，而輕鋭有餘，持重不足，平南敗後，其氣餒矣。知衆兵不可恃，故望潮勇而用之。今欲其不待潮勇，是驅此數千人而之死地也。中堂之意，以大兵既集而不動手，賊必四竄，誠爲可慮，將悞謂向軍已至而未知李兵先至而敗耳。軍中情事，頃刻百變，不能盡如人意，使人喚柰何矣。烏書亦謂候向軍門之信再作籌酌，請中堂悉以諉之。烏、向合謀，庶其可也。此時要緊，先令省局速備鍋帳送往向營備用，此乃急需之物，萬不可遲。向軍若改由黄村山門隘紮營最好，但其意要開水竇一路使賊逃矣，若仍由仙迴嶺，則不能夾攻水竇，只可令其往攻莫村，而烏攻水竇。蓋此兩處互爲應援，若分攻之，使彼不能應援或可得手，是亦不得已之一策也。

請条李瑞狀 辛亥九月初二日

竊署古州鎮李瑞自本年五月間堵守象州地方，被賊竄出新墟，前署撫憲周未予糾条，八月間中堂再令其駐紮古城堵賊，復任其竄出永安，至於州城失守，蒙　奏条摘去頂戴，仍交部嚴加議處，已奉旨允準在案。該員理當痛知愧懼，力圖振作，詎前月二十五日，向提督令其由昭平之仙迴嶺進兵至永安之古蘇沖内龍寮嶺紮營，乃不小心巡邏，致二十六日寅時營被賊匪燒劫，該將棄之而去，鍋帳軍裝全失，退回昭平，不敢復進。遂鼓惑大兵全隊改由平樂、荔浦，藉口防守北路，棄永安南路賊營不問。似此恇怯無能、戴罪不知振作之員，留營無益，且使各營將士効尤，不遵軍令，不知國法，所關匪細。本司職任臬司，有彈劾之責，現又充當大營翼長，出駐荔浦，籌商進剿防堵事宜，理合據實稟請中堂，特予糾条，將李瑞從重治罪，以爲諸將不受將令之戒。

向提督藉病逗遛狀 辛亥九月初四日亥刻

本月初四日連奉初二日兩次憲諭，以潮勇到粤需時，不可坐擁一萬餘兵而不動手。誠哉！明諭也。此間自前月二十日烏都統及劉、李二鎮約期進攻之後，日望向軍到地爲夾攻之舉，盼眼欲穿，始得其許到黄村或仙迴嶺一信。候至二十五日，聞其兵由仙迴嶺進，方謂可以合攻矣，乃又寂然。聞其已自龍寮嶺敗回，又兩日，始得其敗回之詳，乃古州李署鎮而非向也。又二日，乃知向軍見李敗回，遂不敢復由此進，竟改由北路自平樂繞荔浦而往新墟。又不亟行，遣長、李、王等之兵由陸路行，自由水路。計昭平至平樂本止一日程，乃長、李之兵自二十八日啓行，不行大路，故從小路，沿河迂滯，今已行六天，不知前隊今日能到荔浦否。向行水路，上水更遲。又聞其患病未愈，兩腿浮腫，又有上省之說。本司知其久病而兵不可用，料其必須潮勇生力軍之助，故欲以潮勇助之，非勸其待潮勇也。中堂嚴責之，不動，善諭之，不動，使人憤懣欲死。昨以紅白稟，請条李瑞，從重治罪，以爲諸將不用命者戒，亦無聊之極矣。伏讀憲諭，一若本司不急行催，而聽其逗遛觀望、廢時玩寇者，不勝惶恐之至！此時諸將獨烏都統一軍數勝，實能大挫賊鋒。然其力止此矣，大舉非向合力不可。而向之舉動如此，中堂亦無如之何，姑聽其自北路進兵，特開水竇一路以爲南竄。烏都統來書至爲之慟哭。事局如此，豈本司有玩寇之心哉？昨奉中堂手諭，以待向軍到，同劉、李之軍全力攻城，使烏一軍陽攻水竇並阻莫村之賊。本司立卽飛致烏與劉、李遵照辦理，明知非策而爲之。今抄烏、李來信，本司致烏、李信稿呈閱。

凡言兵數，有虛有實。虛者不欲使賊知我兵之少，然不可以自欺。今諸軍病傷實多，可用者不及其半。此等事原不肯言，恐賊聞之，而不敢不以告憲臺也。茅令言新墟一帶瘟氣甚大，壯勇民人病者死者甚多，頗有傳染之患。則軍中可知矣。惟憲臺明詧焉。

會商分派官兵進剿攻城狀 辛亥九月初五日亥刻

本月初二日本司接奉諭示，賊踞州城必當迅速克復，令本司約會諸將一面攻城，一面分攻水竇、莫村之賊以牽制之，俟攻城盡殲其踞城之賊，回軍南擊，兩路截殺等諭。奉此當經本司飛致各路並都統在案。查向提督現在患病回省，所有各營官兵係交都統一人統帶，沿路趲行，於九月初五日同天津長鎮行抵荔浦，會晤本司，當經熟商事宜，以都統現帶各營兵勇必須分派以專責成，除仁勇義勇壯勇等九百名先經都統札飭投効之陶昌培、楊瑞乾、劉孟三管帶赴昭平縣協同防守外，現在議定天津長鎮統領湖南官兵，同潮勇二千名，以副將博春、条將成林、遊擊瞿騰龍、侯陞遊擊鄧紹良、鄭魁士、守備朱占鼇、朱興潮、侯補守備王俊管帶，又潮勇六百名以侯補知府陳瑞芝管帶，作爲前隊，都統巴清德統領四川兵一千五百四十名、廣西兵九百名，以副將奚應龍、叅將巴彦布、都司向承恩、揀發都司額爾和泰、儘先都司馬大遠、守備魯占鼇、張宗文管帶，督後策應，定於初六日由荔浦啓程前過新墟，到古排塘與劉、李二鎮合營紮住。即日，天津長鎮會同劉、李二鎮由北路進兵，先攻奪龍眼潭等處賊礮臺，並知會烏都統以兵自南路夾攻，以通我兵之氣，川、滇、楚、粤各兵卽進紮營盤。都統巴清德同各鎮將面晤烏都統，約期攻城並分攻水竇及莫村之賊，一俟中堂定期札到，立卽遵照行事。其徐州松署鎮原帶之安徽兵、叅將成林原帶之湖南、安徽、四川兵，各歸本營，以便管帶，合并陳明。所有都統本司會商分派進兵緣由，除飛咨各鎮外，理合會銜稟請察核批示遵行。

再者，進攻州城及水竇賊匪事宜，向提督意見不同，衆人嘖有煩言，本難與共事。現晤巴、長二位及衆將官，皆以爲賞罰不洽輿情。今既因病晉省，兵勇悉交巴都統管帶，今日本司會商甚覺情同意愜。烏與劉、李三人接到前日知會，俱已回信，並無異議。一俟中堂定期札到，卽遵照行事。察看輿情，大爲和睦，氣象甚好。或者中堂一片忠誠，上格蒼昊，大功將成，故諸將和睦也。惟攻城之舉，雖云巴、長、劉、李攻城，使烏攻水竇、莫村之賊，然亦必我兵彼此通氣。查古排至佛子村三四十里，其中自龍眼潭、北勞村、六廟村、西河街、新村、團嶺，皆有賊礮臺隔絶，劉、李之兵同烏兵聲氣不通，辦事殊多不便，必須巴、長、劉、李先將此一路數處礮臺攻破，與烏兵通氣，面商如何攻城，如何攻水竇及莫家村，方能得手耳。地利情形必了然乃可辦事，未有冒昧行之而能成功者也。昨日烏都統寄一地圖頗細，今以呈覽。又今日巴、長兵勇到荔浦，名爲五千七百四十人，內除病傷亡實止五千餘人。又巴都統撥仁義等勇赴昭，又以安徽兵歸回徐州松署鎮外，二人統領各止二千餘人。劉、李二鎮之兵名爲四千，除病傷外實有三千人，本司助以福勇一千，共成四千，此兵之實數也。叅將成林原帶三百兵守新墟，今巴、長熟商，各營兵宜歸各營，方可得力，零星分開，大不相宜。是以此次仍使各歸本營，成林仍隨長鎮帶兵，而以向處所分之安徽兵歸還松鎮，使馮景尼管帶往守新墟。一轉移間，彼此合式。巴、長二位此次兵勇五千七百四十名已每人犒賞銀五錢，人多不能一兩，合并陳明。

覆中丞兵數覈實狀 辛亥九月初八日辰刻

本月初四日亥刻具稟向提臺因病逗遛不至情形，計初五六日可呈鈞鑒矣。初六日巳刻奉讀初四日亥刻憲臺手諭，知本司上節相定期合兵攻城一稟已蒙鑒悉。是時尚未定知向提臺果遂棄兵晉省也。初五日巴、長二位到荔浦，始悉向果晉省請假。是前言其氣餒不敢戰、欲待潮勇者，非謬矣。向一敗而餒，李瑞一敗而又餒；餒者，向、李也。本司揣知其不可用非一日矣，不幸而言中，豈美事哉！前者請叅李瑞之事本欲通稟，因恐不便於節相，是以用紅白稟單上，而心慮其未必肯行。昨得回書，但以所言爲極是，而仍令其防守昭平，甚恐節相以李瑞新放左江鎮，又帶兵無人而強用之也。昨出稟稿示巴、長二位，頗知儆懼，並抄寄烏與劉、李矣。故一聽本司之言分兵同進，與烏、劉、李定日進攻也。初六日又得節相密札，使本司擬定日期，硃筆填發，遂定填於初十日辰刻各營出兵，午刻攻城矣。前擬令巴、長、劉、李先奪龍眼潭等處賊礮臺以通我南北兩軍之氣，繼思爲時頗促，恐其悞事，又飛致諸將徑往攻城，囑烏軍先出攻水竇及莫家村二處，想無異說也。

惟軍中病者甚多。大將自巴、向、長、劉、李皆病外，副將自主錦繍以病乞假回省；安義王鎮病在梧州；和春病重，口眼全歪，尚在平樂；博春病稍愈，而尚不能騎馬；遊擊以下頗多而不敢言病，至於兵丁則無日不有死者。情形如此，非簡練軍實不可。所以前日從巴、長二位，考其實在，據天津長鎮面開一單，今以呈覽。此乃約畧言之，尚恐不止如是也。然只能憑此行事矣。本司生平不作虛浮誇大之言，故每事皆求實在，幸邀憲臺見知迥殊常泛，何敢欺罔耶。節相出臨陽朔，本當前往照料，但現在軍事要緊，擬明日前往新墟，一以催督諸將，一以距永安只三十里，探信較速，必自往乃可，節相必不以照料不周見罪耳。

接省信知，揆帥已將向、李二人嚴叅，可以作士氣矣。

我兵進攻龍眼塘未克攻城狀 辛亥九月初十日申刻新墟

本司於初九日帶新僱東勇三百人進駐新墟紮營，使都司馮景尼帶安徽兵往同松署鎮防守壬山，又添派猺勇一百名守通茶山之路去後，遣山東守備周光碧、桂林把總庾文昌，於初十日五鼓往古排塘隨同劉鎮前進觀陣。兹於午正據庾把總回新墟報稱，官兵分四路進攻至龍眼塘礮臺，賊於其處築長礮牆，從牆洞開礮，兵勇正在抵敵，忽賊從牆外四路撲來，時我兵分路往北進者已到紅廟，距城不遠，聞龍礮臺打仗，未能即過回來策應，而賊亦添來者紛紛自山壓下，我兵抵敵不住，只得收回。是日長、劉、李三鎮俱出督陣，惟巴都統守古排大營，雲南李鎮帶兵出征，尚未能騎馬，方攻龍眼塘時，頗聞南路礮響，知係烏都統出兵，及後我兵既退，不復聞南邊礮聲，大約慌亂不暇之故等語。正在查問間，周守備回言，本日兵分四路，雲南李鎮兵爲前隊，長鎮湖南兵爲左隊，福勇潮勇爲右隊，劉鎮四川兵督後。初進之時甚好，前隊左隊皆有所獲，並燒賊村兩處，右隊福勇進攻亦好，因欲抄賊之後，遇伏而退。其賊見我右隊勇退，遂夾攻我之前隊，是以抵敵不住而退。左隊見之亦退。後隊往前接應已來不及。我兵退走擁擠，不免亦有傷亡等語。至其詳細，應候劉、李二鎮及烏都統信來再報。

初十日進兵情形狀 辛亥九月十一日新墟

初十日申刻馳報我兵未能攻城情形，據庾把總、周守備先後所報不同，請俟巴、劉、長、李等信到方知其詳去後，是晚亥刻未見來信，有省來古排塘之投效職員許炳東從長鎮營東來，言是日隨同長鎮進攻，各兵係到龍眼塘分派三路前進，長鎮爲中隊，帶湖南兵；劉鎮及巴副將爲左隊，帶四川兵；蕭部司、秦如虎帶廣西兵，雲南二叅將帶滇兵，爲右隊。到龍眼塘分兵前進。李滇因病未行。左隊連奪三處礮臺，焚賊村兩處。中隊潮勇、福勇直至永安州城北門外之後山，山上有賊營二座，潮勇首先進攻，賊不出營，惟於牆眼內放礮。潮勇有二人受傷，佯退誘賊，果見賊匪出營來追，湖南兵上前打死賊匪多名並轟斃執黃旗一賊。山上竹林內營盤之賊及城內賊匪見之，紛紛齊出攻撲。中隊召右隊之兵策應，因隔兩小河未至，中隊抵敵不住，只得收兵。右隊先退，左隊亦退。我兵損傷無多，深爲可惜等語。向使右隊見賊夾攻我兵之時，速來策應，大可得手。惜乎，李能臣病不能行也。該投効之言如此，與昨日周守備、庾把總所言多有不同，似較詳細。長、劉二鎮自卽有稟。以此三人之言叅校，可得其實。今令該投効至陽朔叩謁，可以面詢一切。本司亦卽親至古排面詢諸人，再商後舉。其烏處至今未有信到，合并陳明。

親至古排查詢軍務狀九月十二日巳刻新墟

本月初十日進兵之事業經兩次具報在案，本司因前後來員所言不同，於十一日親至古排各營，面晤巴都統及李、長二鎮，細詢情節。該投効職員許炳東所言近實，惟進兵實係四路，蓋劉鎮係左隊，另派有福勇在左隊之左。又以周守備所言得實，是日左、中二隊之兵打仗甚爲出力，潮勇尤其奮勇，而巴都統主稿同劉鎮會稟未會敘及，以中隊、左隊之事作爲該都統所帶將官之事，出力之潮勇一字不提，衆人嘖有煩言。巴都統不識漢字，質地忠厚，一切皆其手下將官所爲，劉鎮以其統兵主稿，不能與爭，長、李更不能言。本司以現在用兵吃緊之時，豈可使兵心不服。且巴都統以前日未能成功，又令各營更於十二日辰時照舊進兵。本司以前日烏都統一路如何，至今無信，若再進兵，仍當約會同進，必得烏信乃可。巴都統不候前日烏兵之信，又經發信約會，本司到時已無及矣，切囑劉鎮以俟烏信回，力言，不知其聽否。本司以諸將甫經和睦乃大好事，而如此稟事，恐失兵勇之心，急傳管帶潮勇頭目及前日中、左兩隊將官面加獎勵，賞潮勇及中隊兵銀八百五十兩，賞左隊出力兵銀五百兩，衆乃歡欣鼓舞。察看其情，或尚可用耳。

再者，初十日中隊誘賊出營，湖南兵正在出力打仗，而城內之賊復出，長鎮使人持令箭招右隊前來策應，右隊不遵，空放兩礮而退。大功不成，實由於此。可恨之至！應請中堂嚴札飭查右隊帶兵將官何人，予以嚴懲。

十九日進攻報中丞狀 九月二十日未刻新墟

十九日寅刻南北兩路官兵進攻，湖南兵同潮勇進攻西面賊營，長鎮帶病督之。賊如前閉守不出，潮勇佯退，賊出營來追，湖南兵迎上，潮勇復回，用連環排鎗打死賊數十人，敗走。中路雲南、廣西兵方攻五將廟賊營，西營賊復往助之，雲南、廣西兵將退，見有大令不敢走，復奮力迎擊，將賊打敗。四川兵進攻東路紅廟賊營，賊亦不出，久之，仍用佯退法，賊從山上來追，被四川兵回身擊之，亦殺斃十人，生擒執黃旗賊目一人，將其北樓村燒燬，此劉署提之兵也。三路共計斃賊百餘人，擒賊目一人，燒村一處，申刻收兵。烏兵攻莫家村甚力，不知殺賊若干，遙望焚燒賊屋不少，北路收兵，猶聞南路礮聲未已。此十九日南北兩軍進攻之大概情形也。

大兵連日打仗，得勝之兵當賞，傷亡及病兵當卹，皆需銀項。前經札行支應局提銀六千兩，欲北路四營各以一千兩，交其主將，烏營亦予二千，使得隨時獎賞鼓勵士卒。聞省局存銀僅二十餘萬，前奉憲札撙節支發固是正辦。然有能撙節，有不能撙節者，未可一概拘泥也。

中堂昨日來諭，令諸軍佯作攻營而乘間襲取其城，擒渠復城而不必守，誠爲美事。但目前諸軍將不過中材，以怯而罷病之兵每日打仗，僅能小勝耳。欲其辦此，實未見有能行之者也。烏之一軍最爲精整矣，其兵名爲五六千，實在不過二千七百人耳。一軍獨當水竇、莫家村兩營之賊，實爲不易。昨日來信求以潮勇二千助之，云得此二千人可以先取水竇，再破莫村。蓋凡打仗必畱守營之兵，已去五分之二，又分兵爲二，如攻水竇，必另派兵防莫村之救援，如攻莫村，必分兵以防水竇，則兵又去一分，實在打仗者僅能及半耳。此未到軍營者所不能知也。故烏求添潮勇而議者不察，以爲南北有兵勇萬餘人，何以不能滅賊？局外不知，無足怪耳。賊此時惟死守營盤不出，待我兵饑疲之後乃出而搵我，誠善用兵者也，此之謂以逸待勞。而我兵既疲於往返，又疲於戰鬥，此兵家之大忌也。而書生不知，輕於言之。古人云知己知彼，百戰百勝，豈有不知彼又不知己能用兵者乎？中堂天分甚高，而未歷行陣，時有未了然之處，不能不勉強從之。事不能成，終亦明白耳。謹密陳之。

古排軍中回言事狀九月二十三日午刻新墟

昨日至古排，見長小泉神氣目光尚好，言語清楚，談論兵事一如平時，惟長臥不能起坐，不能飲食，不吃稀飯並米湯不能下嚥，食則嘔吐。正說話間，奉到中堂二十一日亥刻信，出示之，信中言其甚長進，會打仗，囑本司善待之以鼓其氣等語。本司告以中堂前信有云：「小泉爲人帶累。」伊聞之，以爲寃枉已白，甚喜。本司復告以已稟請中堂速調令弟前來，大約五六天可到，伊尤大慰。蓋其病係鬱怒傷肝，木氣克制脾土，今心事已白，其弟可來，病根已去。朱紹恩言其脉氣漸好，當可不死矣。然總須其弟老三來也。伊言八旬老母尚在漳州，總想接往天津去。綏靖李鎮已以本地薄棺收殮營中將士送回本營，但其家在甘肅，身邊一無親人，情實可憫。中堂入奏，當有開復處分，恩卹，可否將長小泉連日打仗得勝、撫馭將士得宜之處，請予一併開復原官，出自鴻施，幸甚。承示李孟羣請帶勇來營，欲令其由壬山攻賊東面，好極。但東面甚空，止李孟羣一千餘人前往，尚形單弱，似可以安徽兵同往。安徽兵並不軟弱，潮勇以安徽兵有膽氣，深相結拜。所云軟弱之言，似不確也。壽春宿穎之人，風氣勁悍好鬥，與漳潮相似，何謂弱耶？我兵自壬山前進，則賊不敢由此前來，其時或另派人往守亦可也。北路添李孟羣之勇一千四百人，又添潮勇一千，軍勢既壯，又本司昨將支應局解來六千金除分送烏營二千外，又送北路各營備賞，衆心益形鼓舞。本司許另備豬雞各數千隻酒千瓶送去，令諸營將同兵勇焚香盟誓，彼此相顧，同心協力，和雞血酒飲之。衆人皆喜，果爾，則皆可用矣。烏遠芳所言，若得潮勇二千，則水竇可破，塞住水竇紮營，則賊無竄路，莫村在掌握之中，並接應北路攻城捻首。中堂甚壯其言而從之，洵爲明智納言，不勝欽悅之至。但望李孟羣同潮勇早到一日好一日也。聞賊又捉夫，欲走三昧傜一路。往傳猺頭尚未來，不勝著急，傜頭一到，此路截住，則無虞矣。連日天雨大，是初冬氣候，非復前此亢燥，或者氣機已轉乎！巴、劉已守計挑募敢死之士，並商烏同辦矣。又巴、劉言火箭用完，要用甚亟，望諭局中趕造送來，以多爲妙。

正縉發問，得二十二日未刻來諭，以仁義勇若調大營，昭平益覺空虚，實爲至當。本司前者一以昭平人不願，二以北路兵勇少人之故，今有李孟羣之勇，則勝此仁義勇多矣。然則暫且緩調亦可，當告知巴都統。來札一件且存不發矣。賊到荔浦之説，前獲犯供即有此語，言由三昧猺一路行走到荔浦，所以亟往傳猺頭也。據云猺頭須二十四日可來。覔人爲猺頭所信者往傳，惟此間監生韋拔揚富而急公，爲猺頭所信，必須此人去也。此人前日來言，往返要三四天，許於二十四日來矣。

中復堂遺稿卷四

查覆松山一帶道路狀 壬子正月初五日

正月初二日接奉憲札，以松山一處雖經挖斷，並不寬深，又未派撥兵壯防堵，仍可照常行走，設被賊人偷越，所關匪細，飭卽委人馳赴該處查明，無稍疎虞等因。奉此遵卽飭委永安州廩貢生韋鶴揚前往查看。兹據查明回報，松山地方在永安州之東，由古排塘總路右轉，至向軍門大營左轉，卽接壬山、茶山，由壬山石排以下地名松山，可通賊之東礮臺，非西礮臺也。松山之東爲東平大嶺及古浪村，背有挖斷處，如賊自松山北竄，有壬山李孟羣之勇可敵。松山東南一帶爲以孟、古東、古帶，均通昭平，已有重兵嚴防。惟近松山一處地名石排，其地有路可通平樂，此處似宜以一軍防堵，現在無可調撥之人。惟查有昨奉撤回省之桂林勇一千名，除本司已調四百名來守水峽外，尚餘六百名，應請憲臺札飭原營帶之刑部主事七品頂戴朱壽康帶領前來石排防堵，則周密矣。

查覆東路情形狀

昨奉憲示，以接據甯牧稟陳，東路情形均頗迫切，該匪等乘虛卽竄，亟宜嚴爲之防。令卽速查議，就近稟商中堂，刻期趕辦。仰見諭旨明切，無任佩服。惟查昭平一縣防堵兵勇已三四千人，近又添許道之一千五百人往古帶之百合村駐紮，不爲少矣。伊特因年底向提軍將守仙迴之仁義勇八百餘人調往大營打仗，是以驚慌耳。此處已經本司稟請中堂，令駱都司帶桂林勇六百人前往，計此初三、四間早經到地。大約甯域小人也，無甚膽畧而好言事，中堂賞之，遂得意妄言，請憲臺勿以爲憂也。

查覆禁絕賊營接濟狀 壬子正月初十日

本月初七日奉憲臺札飭，逆匪久困不滅，必有接濟，行令嚴挐禁絕等因，本司當卽遵照遍行永安接界之荔浦、修仁、平樂、昭平、陽朔、恭城、藤縣、平南等縣，嚴行查挐去後，兹查逆匪食米自去年閏八月搶割之後，倉庾甚豐，自去歲獲犯即供足數今年正二月之食。惟火藥缺少，係燒煮陳壁土熬硝，而無處得磺，是以自十二月至今稀放鎗礮，以省火藥。每次出隊敗回，閉壁固守，伺我兵勇近其牆垣始放一礮，放必有準，遠則不放，是其缺少，明矣。鎗子礮子亦少，每俟我兵勇退後則出，拾取我之鉛子而用之。至於食鹽則更短缺，惟管數百人頭子每飯有些少鹽斤，衆皆淡食。似此光景，即有接濟之處，似亦無多。現在我兵逐日進攻南路，烏都統亦遵令日攻西礮臺，中堂傳令不許歇手，想旬日之内必有得手之處矣。

再，密稟者：戰陣之事，各有所長。中堂因奉旨嚴切，是以親臨督戰，本司恐其見短，勸勿久往。初蒙見許，詎初至大營，即以親隨兵勇二千人盡付之向軍門，明日向遂散遣其勇歸農，而以其兵概付打仗之列，儘留京兵獲〔一〕衛，自此中堂遂不能行矣。本司以書請勿撤勇，而覆稱乃授意爲之。及初一日往謁，不數語即諭使退，云：當與軍門議兵事也。舉動如此，復何敢言！第以近日之事觀之，甚覺徒傷兵士而耗火藥。然賊情實在竭矣，旬日之間，事當有變。天時天理，必能佑我國家滅此妖氛，此又非盡關人事也。畧陳數語，乞憲臺秘之。

正繕稟間，得大營中來信，知未刻中堂發六百里文調許、張二道攻西礮臺，申刻又發六百里文調烏都統攻西礮臺，此皆向之本謀也。去年九月，向即言宜開一路放賊使走，我兵以追爲勦。

【校】

〔一〕疑誤，當爲「護」字。

請派兵防梧郡狀 壬子正月二十八日

敬稟者，連日接閱梧郡及桂平、藤縣來稟，知東省盜船以爲上游擊退，駛往下游，距梧郡不遠。梧郡存城兵勇單薄，湯守甚爲著急。現移張其翰、劉繼祖二守撥勇前往，想亦稟到中堂矣，未悉憲意如何辦理。聞桂平昨日獲犯，訊知該匪盜船乃逆賊羅亞旺以書招來，使奪藤縣等語，似未可尋常視之。梧郡現在有警，以宜派大員督兵勇千人以上前往，方爲合式。查李能臣現在荔浦，何不用之？惟當撥兵數百，以壯勇繼之，事當有濟也。伏惟中堂籌之。

覆中丞狀壬子二月初七日

本月初一日接奉前月底憲函，諭知周春門返汴，糧臺總局須嚴藩司回省，轉運事宜諭令本司一手經理，謹已聆悉。本司自前月初十日，肺經受風，飲食化痰，大爲咯嗽，不能飲食。服藥二十餘劑，現在咯嗽已止，惟飲食大減，早晚仍各吃稀飯一碗而已。初二日往荔浦同仙舫商量公事，送其回省。初六日亦回新墟矣。大營因製造攻具及搪礮器，未曾大舉。聞初八日進攻，不知如何。南路烏遠芳已將賊之水竇東面營盤打碎，二十七、八、九、三十等日連次進攻，殺賊數百，其第一營不能屯駐，欲搬入三營中。此一營破，其三營想亦不難矣。坡山賊船頗爲猖獗，竟係羅阿旺招來，梧郡告警，本司前告中堂宜用大將往剿，現在李能臣被參，大可使其帶兵勇千人前往，可破此賊。中堂覆以案未覆奏，不便用之，現已遣人以兵同憲臺派撥之兵前往矣，未免輕視此賊。前請以游長齡往亦未見用，殊使人惦念耳。賊接濟久斷，惟東面昭平尚有不免，前以四百人前往堵拏，中堂以責成昭平令將四百人撤退，令憲臺使紳士爲之，果有濟否？聞都中頗有言者，上遣周尚書同陳頌南來軍察看，未審確否。

覆陳壩頭撤守未便狀壬子二月初八日未刻

本月初七日奉中堂札開：已札飭帶勇委員朱紹恩將防堵尖山壯勇移往同福寺駐紥，設遇賊竄，一面實力截剿，一面飛報各營以憑夾擊，仰司立即轉飭遵照等因。奉此本司查朱紹恩現在防堵地壩頭，在水峽之西北，其後爲永安、荔浦、修仁，其前有三路，一通中良，一通雞村，一通二嶺，皆永安之來路，最爲緊要。必得在地把守，以防竄逸。其同福寺雖稱緊要，但北路大營兵勇萬數千人，自可調撥數百人前往，似未便置壩頭於不問。可否仰懇中堂仍留朱牧在壩頭防守，另調員弁防守同福寺，實爲有益。是否有當，伏乞批示遵行。

陳撙節支放狀壬子二月初八日

竊照廣西軍興以來，已動用餉項七百萬，現在南北兩路大兵雲集，逆匪尚在永安，未卜月内能否完事。雖蒙中堂憲臺續請餉項已聞俞允，尚未見大部指撥明文，到省尚早，省中存項不過百萬，誠恐一時脱節，不得不先事綢繆。本司等會商，軍餉所需，在在不可缺少。惟有撙節支放，除中堂外，令各糧臺按月請領，本司據稟覈實，飭局各按七成先行支放，俟大餉到省，再行補足。如此，庶可不致悮事。除飭行各糧臺外，理合具稟察看批示飭遵，實爲公便。本司正基瑩謹稟。

覆陳斷賊接濟狀 壬子二月初十日

本月初七日接奉憲文，言委員及紳士斷絶接濟賊匪之事，初九日又奉諭函，言所以委員之意及抄紳稟一件，謹已聆悉。伏思斷賊接濟一事，本司自去秋即嚴行拏禁，前後獲犯不少，賊之接濟實已無多。其糧食，則去秋賊到之時，州民尚未刈割，所有附城近處禾稻皆爲賊收，是以充足。惟火藥、鉛子、鹽斤缺少。獲犯供賊因無鹽，乃掘取城内鹽館地土煎熬，每館日發二兩，惟頭目得鹽，衆賊久皆淡食。其火藥皆取多年陳壁土熬煎作硝。南西北三面皆爲官兵所圍，無人接濟。其東面之古帶沖、古東沖、富玉沖皆已爲昭平兵勇堵截，無從接濟。惟近州二十里之以孟沖在賊境内，尚有昭平奸民翻山接濟硝磺。是以本司去年臘月派本地紳士帶勇四百人往以孟沖之山内嚴堵截拏。嗣奉中堂以獲犯往拏恐爲紳士壯勇所堵，先以書來，使本司撤退壯勇以節縻費。本司以業已發經費，恐難追繳。中堂復下札以經費不必追繳，責成昭平緝拏，於前月二十八日遵奉撤退矣。此時杜絶，惟有以孟沖一路，餘皆已斷矣。省城紳士所不能知也。但合團圍禁一節行之，誠如憲諭有益無損，自可並行不悖。其實在得力，惟以孟沖一路耳。現在賊人鉛子、礟子皆拾我軍之用，施放甚稀，足見其缺少火藥矣。再將以孟沖接濟路途斷絶，自是得用之舉，俟委員紳士到地爲之，必能有益。謹當遵照。

永安城賊潰逃狀 壬子二月重十七日亥刻

十七日未刻，永安探事回報，賊於十六日夜三更大雨之後逃走，向東路昭平而去。黎明知之，已派劉署提長長和三鎮帶兵往追矣。本司聞信，立卽帶雨啓行。酉刻到大營，謁見中堂，果然。適烏都統立遣人送信到，言已帶兵追至古束，追及賊衆二千餘人，打仗，已殺斃賊七八十人，生擒三十餘人，劉長和亦到等語。州城已空，彭牧徐牧前往查看，城垣衙署完好。本司擬明日前往辦理安撫事宜。中堂俟三五日定局，卽回荔浦發摺子。所有永安以北防堵各兵勇皆可卽撤，以節糜費矣。

十八日各路追兵勝敗狀 壬子二月二十日午刻

十七日亥刻發稟後，十八日巳刻到大營謁見中堂，知烏都統及長和三鎮追賊至大洞，將賊痛剿，死者千餘人，甚好。詎向提臺本係中堂令由富玉沖超至昭平堵截賊前，十九日向提不由富玉沖，仍由古束追及長和各鎮，嚴督催勦，不準停留，賊自大洞兩路包來，官兵敗散，漳州長鎮陣亡。烏都統將楊秀清生擒，蕭朝貴一名被官兵鎗斃。現在開侍衛已解楊秀清到大營，烏都統亦往見中堂矣。其衆官兵仍紮在仙迴。聞賊衆大頭子不願跟賊走，洪秀全將衆人鎖住，不許走開，其人心已散。賊又在彼裹脅數百人，意欲往梧州合艇匪等語。本司十八日到永安州城安撫逃散人民，查辦事件。其大峽、水峽各防堵壯勇，已調周守備之三百人來州，其餘一、二日或散或調守別處，再行定局。特此奉聞。

三鎮陣亡及增防荔浦狀 壬子二月二十二日丑刻

前稟長鎮陣亡之事，茲查尚有南陽邵鎮、河北董鎮同日陣亡，其兵丁名數尚未查實。逆匪現過三味猺，恐其北竄，除中堂已派安義鎮兵前赴平樂外，本司恐荔浦吃重，又札調七品京官朱壽康帶桂林勇四百名、永安訓導劉子復帶博白勇五百名、六品軍功吳景林帶桂勇一百名、武生陳廷耀帶鎗手五十名前往荔浦縣防守，又派前永安州知州劉葆眞帶勇三百名至馬嶺同本處團練防守，並將支應局移於城內縣署。如果賊至荔浦，卽移至陽朔縣城內。又烏都統拏獲逆賊自稱天德王洪大全一名，據稱非本姓名，似卽朱九濤。中堂取供後立卽派員押解進京，口供聞中堂業已抄送。合肅稟聞。

各路進止及城市完毁狀 壬子二月二十二日酉刻

敬稟者本司於十八日到永安州城，二十日二十二日兩次具稟，諒邀鈞鑒。茲於二十二日貴紀綱來州查探，知前稟尚未到也。前稟不重贅外，茲知中堂亦派川兵一千四百、潮勇一千前赴荔浦矣。探聞賊匪仍在大洞，分遣賊黨四出劫掠，蓋食盡，火藥亦盡故也。中堂有二十四日回荔浦之説，未知果否。向欣然和鎮已回大營，鍋帳氣械再失，又喪兵未得實數，俟收葺回營兵方知也。烏都統仍駐營古東未退，並派秦鎮前進紮住仙迴。聞向提軍隨同中堂到荔浦，中堂派李孟羣往守天平拗。張道已於十九日帶勇到昭平矣。州城中民房無一完者，惟衙署城垣尚未大壞，可免大工。文廟及關帝廟皆被折燬。倉穀尚存千餘石。本司到城今已五日，街市已有買賣，更半月後，居民必多復業者矣。現派周守備帶勇三百五十名駐四城，桂林兵一百名住縣署左右。特此稟聞。

查覆永安殉難文武狀 壬子二月二十四日

奉中堂面飭，督同彭牧查我永安殉難文武及官親幕友屍骸，並奉札飭查明立等具奏等因。奉此，遵卽督同彭牧並阿協之親兵及吴令之子吴彤尋查，茲於本月二十四日在署側關帝廟井中取獲屍骸十具，皮肉衣服皆已腐爛，惟有戰靴之屍二具，一穿戰靴，頭戴籐亮小帽，據阿協之親兵指認，係永安州知州吴江之屍身，當經用棺盛殮，交各親屬領回。並據吴江之子開出同時被難吴江之妻劉氏及其堂叔吴鎮幕友黄雲鵬及嫂蘇氏、妻閔氏、妾某氏，女一人，姪小樓，姪女一人，妻弟閔立齊、閔法家人二口，使女二人，又幕友胡培德、家人男女二人，又吴江家人胡斌、張誠、朱清、朱福、段升、王貴、王慶、余升、僕婦黄氏，使女如意、平安，屍已無存。又永安州學正丁履吉及其幼孫一口，屍亦無存，亦無親屬前來。又永安州吏目宋光烈之子宋仲鈺尋其父屍不得，及其官親邱文雅家人楊春、楊武，屍皆無存。理合開呈憲臺察核會奏，準予官所及本籍地方各立專祠祭祀，以慰忠魂。除由署知州查詳照例辦理外，特此稟聞。

二十四日潰賊所至狀 壬子二月二十五日

昨晚據探事福勇回報，賊至，於二十四日午刻前隊已到黃峰隘，現分住上素村、青龍村、崖底村。此三村離黃峰隘相隔四五里，離荔浦二十餘里，聞土人言賊頭子尚在牛角猺，離永安六十餘里。賊之前隊因聞荔浦兵勇甚多，不敢前進，仍復退回。但黃峰隘距杜莫村甚近，似宜以一兵守杜莫也。牛角猺山路難行，似宜探明路徑，一軍徑到牛角猺擒取大頭子。請中堂熟裁，並同烏、向二位商之。但兵勇初經四鎮事後，恐宜稍爲休養以定驚魂耳。且到牛角猺路徑，亦須探明乃可進兵，此意似可先行入奏。

又報中丞狀 壬子二月二十五日

賊匪由永安之大洞到三昧猺、牛角猺，其黨分駐上素村、青龍村、崖底村，其前隊二十四日到黃峰隘，將往荔浦，聞知兵勇甚多，遂已折回。蓋中堂派向提軍大兵先到荔浦也。烏都統尚在大營防賊回竄。本司頃查知，賊大頭子尚在牛角猺，言之中堂派兵前往擒取，中堂已命周守備光碧同永安監生韋拔揚攜銀往諭牛角猺頭人矣。但須查明路徑，兵可行走，山徑崎嶇，誠恐悮事也。丁心齋解中堂已深悟烏都統之賢能及向提臺之謬矣。王少鶴接辦奏稿。四鎮屍骸業已尋著盛殮，俟賊信定準，即行送省。

支應局員逃走狀 壬子二月二十七日

竊照凡有職守官員，總以職守爲重。詎有支應局委員除舒津係在平樂府及徐繼鏞係在中堂大營審案外，尚有安徽泗州知州裘寶善及候補直隸州王啓秀及隨員四人等，平日辦事尚屬勤能，乃本月二十一二日風聞逆匪將至荔浦，即時逃走，不知去向，亦無隻字具稟，所有存餉官項物件盡棄置不問。幸荔浦縣知縣茅本蕙親到局中搬運縣庫，具稟到本司前來，不勝駭異。除將現在各營支領公項飭令赴具領外，合肅具稟中堂憲臺察核，將該局員裘寶善、王啓秀及隨員等分別懲罰，或予記過之處，伏乞裁定。其局員應委何員，恭候飭遵。

陳賊必上省狀 壬子二月二十七日未刻

本月二十二日，中堂派向提軍大兵前防荔浦，二十五日又派烏都統繼去，皆爲堵截賊匪。茲於二十七日，詎聞賊見兵勇在馬嶺不敢前進，另從山路行出馬嶺之後，已到高田，其勢必上省城。除見中堂請飭向、烏二位飛速赴省外，特此馳報。

陳獲永安州學印信狀 壬子二月二十八日

上年八月永安州城失守，知州學正同時被難，所有州印一顆，係知州之子懷送上省呈繳，業經發給署州行用。惟有學正印信一顆無存。本年二月十七日夜收復州城，本司立卽前往，安撫稽查一切。茲於二十八日，據前學正丁履吉之姪丁兆勝呈稱，情因童伯父丁履吉原任永安州學正守城遇害，男婦仝死者共計六人，前將情由稟明在案。伯父盡節之時，囑童將印帶出，並帶家小逃奔。童思印係官物，恐被賊窺見，全家性命難保，只得將印藏埋後園地下。本月十七日，官兵奪回城池，童來尋取伯父並各屍首，奈屍遍地，未審誰是，暫且姑待。復至後園找得印回，理合呈繳。並據繳到學正印信一顆前來。本司驗明乾字六千九百七十九號永安州儒學印記屬實，當經札發訓導劉子復收貯。合肅具稟。查該州收復，查辦事件甚多，應請憲臺卽行飭委訓導劉子復兼署學正，該訓導人甚明白幹練，足以辦事。

二十八日報中丞狀 壬子二月二十八日

荔浦城內支應局委員裘寶善、王啓秀聞賊逃走，不知去向，業經本司具稟在案。查大營正在追剿吃緊，兵勇需用糧餉甚殷，不可無員經理。查有支應局員河南直隸州知州徐繼鏞現在中堂行轅審案，應請速飭該員前往荔浦縣局，查取存餉，支應軍需。除飭該員並報中堂外，合肅稟聞。本日中堂示知，接據向提臺來信，和鎮軍兵已馳至六塘，賊匪尚未到地，現在彼處駐紮，俟向軍馳到商議，或駐彼處，抑或進省，再定行止。果爾，則省城可無慮矣。惟未知陽朔何如耳。中堂明後日往荔浦縣。

又傳聞湖南余提軍帶兵到省，果爾，更妙，但不知確否。賊匪前隊有數百人穿官軍號褂，望諭知各營及各城留心，勿爲所悮。

陳永安善後事宜狀 壬子三月初二日

敬禀者，竊永安州賊竄逃，州城克復，本司當於二月十七日隨同中堂入城，周歷察看，城垣、衙署、監獄、倉廒雖小有損壞，無須大動工程。所有壇廟，惟文廟毁壞須動大工。其街市民房多已破損，居民除逃亡在外者，多被賊殺，或被賊驅脅而行，無一存者。本司及署州牧彭作檀、訓導劉子復、署吏目高謙在於城中居住旬日，並派守備周光碧、投效生員黄懋勛帶回義勇三百人居住招徠，現在民人聞知，頗有歸來貿易者，街市宛有起色。大抵已復十之三四，再過月餘，居民當可次第復業。惟城外春耕及時，農民尚未歸來耕種。察看情形，春耕已遲，且民間逃散被害之後，元氣未甦，今年斷難開征。胥吏多已被害，實征冊籍皆無。永安州地分五里，經彭牧悉心查訪，目前僅獲羣峯、東平、眉江三里征冊，其餘二里冊籍失亡，尚待查冊更造，非一朝一月之事。應請中堂憲臺準予奏明，俟冊籍查造之後，明年再予開征。所有現在應辦事宜，謹開列於後，恭請中堂憲臺察核施行。

一損壞壇廟、城垣、衙署、監獄、倉廒分別辦理也。查永安州城本不甚大，賊匪上年攻城小有損壞，現在無大損傷。各官衙署亦尚如故，破損不大，同監獄、倉廒，但須修葺。惟社稷壇及文廟爲賊毁壞，應行另估動工修理。今擬請城垣門樓以一千兩修葺，州官衙署、監獄酌給銀六百兩，學官及吏目衙署各給銀一百兩，足以修葺。社稷壇亦酌以百金修葺。惟文廟工程稍大，應請酌動銀五千兩。倘有不足，再於本地紳民勸捐興工。

一被難民人應請酌加撫卹也。查賊踞永安民人被害失業者多，除已陸續收回、量予賞恤外，此次招徠復業，其實在赤貧無力及受殺害之慘者，查明酌賞，極貧慘者卹銀若干兩，次貧慘者恤銀若干兩，應令彭牧督同學官及公正紳士查明，造冊請恤並請於軍需項內提銀三千兩備用。

一被難文武官屍身現已尋獲，應請奏予卹典也。查上年閏八月初一日城破死事者，平樂副將阿爾精阿及署知州吳江、學正丁履吉、吏目宋光烈及官親幕友家人僕婦等，惟訓導劉子復墜城傷足得免，所有被難文武官親家人屍骸，現在多已尋獲，除給銀收殮交各親屬領回，稟請奏給賞卹，並在官所本籍各建專祠，以昭勸忠之典。

一失業民人應次第招徠復業也。失業民人甚多，有人在而業亡者，亦有業在而人亡者。賊匪踞城，民間被殺及逃出者紛紛，自須出示招復。而逃亡者聞撫歸來，清查產業，其事至爲繁雜，應飭該州及委員逐一爲之清釐。

一地丁、田畝、錢糧，應請停征一年，查造征冊也。徵收全憑冊籍，現在吏書死亡，除羣峯、東平、眉江三里實征冊底經彭牧查出外，其龍定里征冊全無，龍迴里十甲僅存六甲，不僅春耕已悞，元氣未復也。現經本司出示民間，令各民人家藏征完錢糧串票尋出，赴官號掛，給予執照重立新冊，其無串可呈者，著邀同鄰里地保公同出結存案，給予執照，亦準入冊。並查明生監中公正誠實者數人赴鄉隨同查辦。如此，數月之後，可以立冊，再行開征，然後民力可紓，錢糧有著矣。

一州中命盜、詞訟等案，應令赴府抄卷也。查州中命盜、詞訟案卷皆已蕩然無存。其案經控稟到府者，府卷尚存。應飭彭牧召選官書赴府，稟請飭房凡關永安之案一概照抄帶回，可以十得六七。其餘未報府中，無案可抄者，概作新案辦理。

一地方官辦理公事，應酌予津貼也。地方官額定廉俸無多，全賴錢糧開征少有出息，今不開征，地方官未免辦公無資。應請酌予津貼。除州官已經本司稟明每月給銀三百兩以開征之日停止外，所有訓導兼署學正及吏目二員應請每月各予津貼辦公銀三十兩。此項即於軍需項內支出給予。學正一缺開正後再委人。

至荔浦報中丞狀 壬子三月初七日荔浦

本司於前月二十八日在永安州專差具稟取獲學正印信及派徐繼鏞到支應局並向提臺烏都統大兵業已晉省緣由，詎該差到省爲賊匪阻隔，不能前進，退回。於初六日在荔浦補繕發遞，又於初二日在永安州具稟永安收復各事宜一件去後，嗣聞向提臺大軍已晉省城。劉署提、和鎮軍、向提軍同憲臺及嚴、吳二藩司分守各城，團練守城街道，壯勇悉駐城外，不許入城，並拏獲奸細不少，立時正法爲慰。惟聞烏都統於初一日由將軍橋進剿，腿受砲傷退至六塘，將其所帶兵勇四千餘人悉交秦鎮軍進剿。又有李孟羣帶勇三千人駐在二塘。又聞中堂所調湖南余提臺萬清兵已到省城，想已訂期合剿矣。聞賊有到永福一路之言，未知何如。中堂前月發收復永安之摺，因省路不通，改由平樂一帶行走。初六日又發一摺，具奏賊攻省城之事，本司於初三日奉憲臺札飭到荔浦，隨於初四日自永安啓行，初五日到荔浦縣。此時荔浦無須防堵，奉中堂諭，數日内啓行到陽朔，令本司隨行。所有向、烏二位大兵月餉已發，惟各處防堵及平樂、昭平之兵勇月餉未發。支應局内存銀用完，現往陽朔取前截留之餉應用。惟望賊匪早日破走，省中路通，可通餉道也。二十八日之稟恐復遞不到，今有候選縣伍令晉省，照繕一分，囑其帶投。伍令人極豪爽，有膽識，屢在軍營打仗，甚爲可用。

荔浦報制軍狀 壬子三月初八日荔浦縣

敬稟者，本司於三月初二日在永安州城内具稟收復應辦事宜後，奉撫憲札飭馳到荔浦防堵一切，遵將永安州事交該署知州彭作檀同委員辦理，隨即啓行馳至荔浦。查逆賊已於二月二十九日到桂林省城，初一日攻打西、南、文昌三門，時向提軍已於前一日馳抵省城，帶同劉署提督、和鎮分守三門。撫憲及吳藩司、嚴藩司皆登城分守，各路壯勇駐紮城外，拏獲奸細甚多。賊匪連日攻城，城中防守嚴密。所有沿城民房，因賊匪在内藏匿，藉避礮火，經向提軍令人一概折去，從此鎗礮無礙，擊斃攻城之賊不少。間日出兵縋城而下殺賊，俟城外援兵齊集，即訂期出城合剿。烏都統先於初一日帶兵馳到，因兵數先到無多，烏都統被賊礮傷左腿膝蓋，退回六塘，礮子未出，延醫調治。中堂現調湖南提臺余萬清及鎮遠鎮秦定三之兵四五千人，右江張道敬修、候補府李孟羣之勇五六千人齊抵桂林。中堂定於本月初九日寅刻自荔浦啓程抵陽朔籌辦，本司隨營前往矣。賊犯廣西省城，不同外郡，廣東應發兵救援，伏乞憲裁。

至陽朔報中丞狀 壬子三月十二日陽朔

本月初七日候選縣伍煋晉省，本司以前此數具稟函不知能否呈覽，復具詳稟交其責帶，似可轉達矣。賊攻省城，文報多阻隔，可恨！連日聞省中小得勝仗，賊勢已挫。而防守嚴密，想見憲臺操心危慮，日夕不甯。然人心賴以鎮靜，所關繫誠非淺鮮也。中堂已於初九日回到陽朔，本司已於十一日到陽朔矣。烏都統亦到陽朔養傷。計省城此時有向軍門全師及劉署提、和鎮在內，不下六千人，外間又有烏都統交秦鎮之兵三千，張敬修、李孟羣之勇五千，張國樑之勇千人，甯城之勇二千，不爲少矣。賊衆不過六七千耳，我之兵勇倍之，當可無慮。惟諸將事權不一，昨經中堂札飭，諸軍統歸向提軍調度矣，想可謀定而動，內外夾攻，不但解圍，並可破賊也。所慮省城缺米，聞已動碾倉穀。但此可給軍食耳，其滿城士民皆恐嘵嘵。本司昨發銀數千兩，委員從平樂、灌陽而到興安採買米石到省接濟，計望前可到。但運到北門，如何進省，必須省中籌度，已告知吳、嚴二藩司矣。陽朔存餉無多，尚需接濟，省餉不能出，惟望廣東，而梧州亦阻兵，不知能到否。

陽朔再報中丞狀 壬子三月二十日陽朔

本月十九日巳刻奉到憲臺十七日子時手諭，省垣近事具悉。十六日張道冒昧移營，致爲賊撲，賴馬副將及米守備救援，賊鋒小挫。此時賊匪四屯，我兵在北門者去之太遠，南、西兩路皆屬空虛。其南路雖有朱啓仁、劉邵高之勇，皆非精卒，自以待勞藩司、張國樑齊集進剿爲是。本司同中堂已遣人飛往前路迎催。本日據勞藩司遣一守備、三千總帶兵五百人到陽朔，中堂諭令到六塘待張國樑到地，一同進剿。據該守備言，張國樑係十三日自平南啓行，帶勇二千餘名，約二十二三日可到，勞藩司在後，遲一二日方到也，當再力催之。甯牧已到六塘，其人言多過實，恐未可靠也。省中事權不一，無所稟承，良爲病痛。但向提軍爲人，駕馭甚難，中堂僅能用之，然已極費苦心，伊未必能聽憲臺之令也，中堂頗亦以此爲念。憲臺前奏，中堂不免多心，乞爲留意。省中已委李均到靈川採買米石，妙極。本司現在缺餉，昨遣人往梧州迎提，今知已改由楚南運至粵西，陽朔實屬不濟，昨將烏都統糧臺存銀借用，承諭速移總局設法接濟，當即遵辦。更求面諭嚴藩司設法方妥。本司欲回省城，而中堂不允，難以勉強，中心焦灼，不可名言，惟憲臺諒之也。又聞賊匪造作二丈長噴筒同雲梯攻城，祈告知向軍門設法破之。烏都統傷病甚重，恐不能起，已辦後事矣。

覆中丞籌援省機宜狀 壬子三月二十一日陽朔

二十一日褚丞汝航來，奉手示知，省中光景，急待救援，特調張釗之勇，中堂已飭許道令張釗同褚丞即日啓行矣。惟該逆匪之衆皆於陸地攻賊，其船上特輜重婦女，張釗即將船打破，於陸路攻城之賊恐仍無益，不能解圍，設爲賊打敗，則大礮悉入賊手，以之攻城，更不可保矣。現在朱啓仁、劉邵高之勇皆在六塘，必待張國樑之勇到齊，城內及城北之兵自內攻出，張國樑等之勇自外攻入，乃能解圍耳。張國樑聞有十三日自平南啓行之說，未知的否。人多，行走不整齊，雖屢次飛催，恐非旬日不能到。勞藩司尚在其後，又須遲一二日，奈何！所要緊者，解圍之兵須在東南城外方可擊賊，前去之兵非入城則到北門，將使誰擊賊解圍乎？將來張國樑、勞藩司到省，必須令其在東、南兩路駐紮擊賊，且以城內之兵應之，乃可。萬不可再令其入城，是爲緊要。入城及在北門者，乃避賊，非解圍也。再，秦鎮所帶烏都統之兵勇六千餘人現在何處？似直以城外擊賊解圍之事責之。秦鎮與勞藩司一從西路，一從南路擊賊，再助以張道、李守之勇，而城內以兵應之，圍乃可解。不可冒昧從事，祈憲臺與向提軍商之。惟秦雖勇，而與向不洽，宜從中調處之，乃善。烏都統已於十九夜二十日寅時身故，大事全賴此人，而身先已亡，可恨也。頃聞周敬修先生又帶兵二千前來，已到湖南，確否？

又覆中丞狀 壬子三月二十四日酉刻陽朔

頃有憲轅戕什哈趙鳳林、李正亮二人來，言奉令到陽朔探查張釗何日上省，張國樑曾否到陽朔，以省中賊匪近日攻城愈緊，急盼其到等諭。本司查張釗已於昨日開船前進，伊先遣人到省探聽回來，言要用火攻，先用小船前進，大船隨後等語。其張國樑則前聞十三日啓行，又聞十七日方自平南啓行四十里之信。本日勞藩司有稟到中堂，言艇匪事在一二日內可定，倘若不定，卽行間道而來等語，未言張國樑之事。此稟係十八日自平南所發，計二十八九間當可到也。中堂已有信致憲臺矣。省中兵勇不下二萬人，每次打仗只見小勝，不能大創，實屬可恨之至。中堂深恨向之不得力，而痛惜烏遠芳之亡也。風聞廣東有兵來而未見明文，不知確否。湖南余提臺一千兵已到齊否，切勿再令入城，宜令其到老西門紮營，方妥。我兵能在西門紮營更好。張道前日紮營未成，能再往否。

籌烏都統身後狀 壬子三月二十四日戌刻陽朔

本日酉刻甫具稟交戕什哈趙鳳林賫去後，戕什哈馬朝龍到，奉到憲札飭取火藥並函示烏遠芳身故，江岷樵不能來，已飭蕭令、濟令妥爲照料等諭。查此間所存火藥有限，除委員遶道解送到省外，查烏遠芳身後，本司同經鎮軍在此親爲照料，殯殮尚爲從厚。查其生前薪水支用有限，皆存糧臺未用。現據諸家樹、姚近泰繳出銀二千五百兩，其八月以前皆在王華封處。王華封現在省城，不能向其查取。本司且將遠芳用存賞耗銀二千五百兩付之，以便靈柩出月啓行。請憲臺在省傳問王華封，將都統薪水銀繳出歸欵。惟遠芳數代單傳，本身無子，僅一女年已及笄而癡，其夫人年已四十九歲而不睦，其京中並無住屋，尚有未完借項，甚可傷也。今擬除薪水外，武由鎮軍爲首，文由本司爲首，共籌千金以資歸櫬，仍令其帶來員弁家丁送到廣東，同其官眷回京。遠芳在粵人情頗好，督撫憲可爲吹噓，籌送回京之資也。

籌興安狀 壬子四月初七日陽朔

昨見向軍門致中堂書言，余、劉二提軍追賊行走不速，興安有失等語。中堂業已馳赴省城商辦一切，並飛札張國樑由平樂馳由灌陽、全州而至興安截擊，並札二提軍卽日決放陡門之水矣。本司伏思興安城內無兵，是以使賊唾手而得，其靈川、全州、灌陽均係無兵，此時人心震恐殆不可言，設賊分股前往，則三州縣非我有矣。今宜急遣全州營叅將蔣福長帶兵馳赴全州，而助以右江張道之勇守之，撥現守平樂之安義、古州兵馳赴灌陽，而助以泗城府李守之勇守之，更遣撥兵勇或令本司同勞藩司進駐靈川，會同諸將剿賊復城，是爲上策。再者，向軍門留守省城，必當遣和鎮帶兵往興安收復，切不可緩，特此馳稟，伏乞中堂同撫憲商酌行之，是爲至要。本司現候梧州取餉一到，卽同勞藩司許道回省。

中復堂遺稿卷五

致烏都統

久仰英名，未聆大教。頃以粵西小醜不靖，聖明特簡虎帳西移，前者伏讀奏章，陳論兵事，敬佩良深。頃知新墟進剿一日七捷，喜音忭慶之餘，更加欽佩。具徵大人碩畫，豐功不讓淮西節度，洵足以佐晉公偉畧，上抒九重之殷望，下慰四海之人心，巨寇殄平，凱歌即奏，麟閣圖勛，頌揚不罄。日者，達二弟帶領川兵前詣，原約與閣下一路合力進攻，詎爲沿途夫船所誤，遲至二十九日始抵潯州。聞大旆業已前進，現駐大教場，俟探明路徑以圖攻剿。竊意新墟即去潯州不遠，地勢最宜，似不宜別探山頭而進。且閣下新勝之兵，勇氣十培〔一〕，正宜乘此合力痛剿滅除新墟一股，則紫金山内餘賊即成釜底之魚，然後再商同向提軍四路並進，可以一舉蕩平，誠難得之機宜也。惟達二弟素性未能如閣下之虚衷，且地勢賊情容有不深悉者，倘大賢以機不可失，稍棄小節，屈意就商，達二弟必忻然從事。而兩賢同心合力，翦此小醜，定如摧朽拉枯矣。諺云，交淺不可言深。弟敬愛雖同而未及共事，自知狂僭之愆所不能免，然亦鶴汀節相之意也。節相深契閣下，謂弟齒長，特命致書，即以待達二弟者相待，此則萬萬不敢耳。

【校】

〔一〕疑「培」應爲「倍」字。

附烏都護致揆帥稟

敬稟者，十七日丑刻具稟後，辰刻差弁李澤濃持令到營，齎到中堂照會並親字手諭章京詳看，仰見中堂焦憂至甚。章京雖庸愚糊塗，每仰體聖心懸廑，莫不時刻焦急，心如火焚。然事至於此，雖自捨命與事無補。而於萬分焦切之中又不能不通慮全域，慎重將事。兵單勢孤，深入險地，久在洞鑒之中。若非仰賴中堂威福，連獲勝仗，挫損賊鋒，尚難支援。賊之兇悍詭詐，人歷戎行者不獨未見，並所未聞。外火器營每次俱有出兵之人，常聞講論川楚、金川，未似如此。大概章京初二日至永安，初四、初六兩次攻殺到城，圍燒莫家村，俱能得手者，賊係初一日破永安，其時他勢亦尚不熟，木寨土壘礟臺尚未修起。初六夜起該匪日夜趕修，至十一日，雖誘殺甚多，大獲勝仗，卽未能至城下。二十日攻破水竇，出其不意，其時賊營牆壘雖高，濠溝一道不深。二十一日該匪卽在我兵站立之嶺頂又築一營，各營添挖深溝二三道，暗穿地道，伏設地雷，竝將我兵近路挖斷，故初十日極力攻之，一營未下。此先易後難之實在情形也。

刻下南路之兵不容稍有小挫，務須嚴守慎戰，方能顧全大局。擬俟兵力稍厚，以全力攻一處，佔一處。水竇一破，則莫家村、州城可冀有破竹之勢。否則輕戰，攻此慮彼，除留守外，所剩正兵無多，縱激勵士卒奮勇血戰，得地不能分守，而賊之狡猾，懼南路而深恨南路，時時窺伺，心懷報復，倘有小失，全局撤動。每思攻可必勝，莫有孤注之心，再思勝而後仍須撤回，則又不能不慎慮。且以人與土木相打，得失自然分明。我以重兵遠路跋涉，千防百備，以明擊暗。賊以數百人坐地嚴防，遠以礟轟，近以鎗打，以暗擊明，不得利則死守不出，稍有隙則乘空撲襲。我兵進之，十分涉險，撤之，尤切嚴防勞逸之勢，又不得不計較者也。況每戰鎗礟對打，我兵不無傷亡。自到永安，大小七戰雖皆獲勝，我兵陣亡已至七八十，受傷已至百餘。章京親督攻戰，目擊情形，心實難忍。卽士卒之情，未嘗不觸目寒心。然以大義激勸，自可拚命血戰，須要攻一處得一處，則衆希立功，縱有傷亡者，究得其地，人心尚自鼓勵，卽亡者之魂亦尚可慰。若屢次徒獲勝，不能奪佔其地，反增賊匪守禦，久則士心恐懈。故以每前每戰，必與官兵先言攻城，則誓欲破城。攻水竇，則誓欲破水竇，則士卒心堅，一鼓作氣。後於二十日攻破水竇，次日目覩該匪復修復立，忿恨已極。自知兵力不及，無可如何，而士卒亦未嘗不同此情也。是以二旬未戰，每日練兵，藉以激勸，常以武穆以五百兵破金十萬比喻，並以大義諸方激勸。以章京之苦心，又蒙中堂俯準，逾格獎賞，刻下士卒歡騰，皆有敢死之心，及技藝較前熟習。卽如初十日攻水竇東南山頭，大股三四百賊兇猛撲來，田學韜帶二伍兵僅一百四十四名加夫子數十名，奮勇直前，卽時擊敗。攻至營盤，該匪撲攻數十次，營盤内外鎗子、礮子如雨，我兵屢有傷亡，跬步未離。撤兵時，全玉貴等復以二三十兵擊敗七八十賊，短刃殺斃十餘人。章京於焦急中，竊爲默喜。

然將術必知，士情必察。雖然敢進，於機變尚有不足。地方遼闊，道路分歧，不能不分路攻進。章京所在雖似無虞，他處殊爲懸心。且賊之狡猾，一有空隙卽被所乘。故章京每於諮報打仗情形，必據實詳細縷陳，並將原稿發抄各營，使將官兵丁一體得知所爲。使將士各知其宜，及某隊喫重，某隊奮勇，某隊在前，某隊在後。衆見稟報，在前者心尤鼓舞，在後者亦知愧奮，所以諸方激勵。章京愚意欲固結全鋭，俟兵力稍厚，一敷分撥，卽與將士開誠誓義，言定某日攻水竇，誓在必得，攻破卽畱某兵駐守。卽再攻莫家村、州城，亦照如此。則人心必堅，士氣必果，衆志成城，一鼓作氣，必克成功。今中堂來諭，連日更番疊戰，實爲善策。惟南北之兵情形、地勢有所不同，其應虛虛實實。章京遵諭見機行事，務使官兵勞而不疲，勇氣不懈。不在克城之早晚，惟在平賊之遲速。總期迅速擒獲賊首，蕩平醜類爲要。謹此覆稟。

與達都統

日昨接奉手書，知永福船隻不敷，兵從陸路跋涉維難，經弟臺大人當加賞恤，具徵愛養士卒之意。衆兵有不踴躍懽呼用命者乎！計此時大旆之行已在武宣、桂平之間，可抵潯州。前以向提軍熟悉此間地勢之險易、道路之紛歧，囑吾弟聽其計議行事。乃昨見向提軍致中堂信，言賊將回竄，已飛諮尊處毋論行至何處折回大嶂防堵，殊覺詫異。當蒙中堂明鑒，不答，以待吾弟來信。今早來書，果持定見，不聽其言，仍行前進。佩與慰俱，中堂亦深以尊見爲是。兄頗悔前此失言也。細看烏、向二位，似乎烏之爲人尚爲忠實。近日中堂遣派探察賊情之浙江秀水縣知縣江忠源，其人甚有見識，現在烏都統處，倘二弟見之，不妨諮訪採納，必能有益也。大嶂一路，已有巴都統帶兵前往，中堂又遣天津長鎮軍帶湖北兵一千繼之，可以無慮矣。七月已屆，遯聽捷音。

與達都統

敬啓者，本月初四日丑刻，鶴汀相國摺弁回，賫到皇賞黄馬褂二件，吾弟及巴都統各黄馬褂一件，具徵聖恩優渥，遠念勤勞，特頒異賞，此即錫圭剖符之兆，麟閣圖形，定在指顧。不勝忭賀之至！惟念皇賞緞疋刻下未即合用，特購得杭州黄紗一端交赴行營糧臺委員奉令之便帶呈，伏乞哂存軍中，即可傳匠做成服用也。正在泐賀間，得潯州道府稟信，知前月二十七日烏都統在新墟進兵大獲勝仗。又聞吾弟途中夫船不便，於二十九日甫抵潯州，未及與烏同事。然向提軍在東鄉一路，亦尚未進兵。未審大旆此時定於何向？自當同烏一路進攻新墟。以新墟即在平地，而不甚險峻，進攻較易，且趂賊匪新敗，心膽皆虚，此大好機會，不可失也。但須彼此約期合攻，方爲妥善。切勿孤軍驟進，是所切囑。烏都統處，兄已函致，囑其與吾弟計議，同心合力。閣下智勇兼嬗，必能以公事爲重，捐棄小嫌，不失機宜。曷勝翹盼！奉令前在河南官聲甚好，到營伺應，望善視之。其遲誤船差之州，已奉中丞行司查明詳參矣。

再者，吾弟英勇之名聞於天下，此次聖明特派，倚任方隆，鶴汀節相有手足腹心之誼，無不仰望迅奏膚功。此次沿途州縣供應夫船處處遲誤，實爲可恨。其知者責在地方，不知者或不免擬議吾弟，以爲有意逗遛矣。現在新墟、東鄉兩處之賊，黨羽漸散。善打仗者本只五千人，屢爲官兵擊殺已去其半，此時存者心膽皆虚，且羣情渙散，又米鹽短絀，困守窮山，四面皆爲官兵堵截，不能逃竄，所謂釜底遊魂也。乘此新墟我兵得勝之時，士氣正鋭，益以吾弟之英勇，川兵之壯健，與烏都統合謀並進，必可破滅新墟一股。其紫金山内之賊，僅恃地形險阻而已，窮蹙形情可見，困乏已久，必有内變。然後與烏、向二位計定八面併進焉，有不破滅者乎！然乘此機會，先破新墟，切勿别謀他策。吾弟務必與烏都統同心合力，切勿以前此稱謂小錯，芥蒂胸中，致誤大事，自墜英名。天下皆知吾弟，成功之後，人無不頌吾弟之功，斷不爲烏所掩耳。倘有小人妄言必欲功出一己，萬一不成，則過無可諉，既失英名，且上負聖主之知，下負相國之愛，兄亦不能爲吾弟解矣。誠恐軍中有無識小人，勸以功當獨擅，不必用他人之力者，此乃亡國敗家之言，必不可聽，只宜斷自一心。諒不以兄言爲妄也。閣下致相國書，似未即決意進攻，誠恐爲探路一事遲誤事機，故作此嘵瀆，幸勿罪之！

與前鹽道林

可舟仁兄閣下：前月一函佈候，想入典籤。嗣聞以賀縣賊事被議，深爲悵惜。適奉旨以勞方伯往辦南太一帶，梧州仍需大員駐紮，言之節相暨中丞，仍煩經理，並經節相片奏，以五品頂戴辦事呼應較靈，想已接到行知矣。目前以大局而論，著名群盜已剿滅十之六七，金田逆匪亦屢爲大兵破敗，其黨逃散者多困守山中，殄滅之期計當不遠。南太土匪以無官兵往剿，是以稽誅。不日辛階方伯會帶兵勇到地，即可奏功。惟望凱歌早奏，是爲同慶耳。弟衰暮之年，精力已乏，忽蒙聖恩優渥，深懼弗勝，現雖勉竭駑駘，不知果無貽誤否。回憶戊戌年到閩，與閣下會飲星垣宅中，杯酒聆教，猶在目前，而今則皤然老翁，星垣先生更未知何若矣。言之慨然。

致左江道楊

中晛先生大人閣下：頃誦瑤章，具紉寵餙，慚悚良深，就知前函已達左右。伏維行次綏安，劈畫賊事，佈置咸得機宜，曷深欽服。刻下大兵雲集潯州，達都統勁兵亦到，必可合謀進剿矣。頃以貴縣土人、來人互相讐殺一案蔓延已久，其勢岌岌。中丞深以爲慮，令弟與仲銘二兄會銜出示諭止。欲解散其衆，必須公正嚴明大員往爲查辦。商之鶴汀相國，重煩旌旆莅臨，已有公函奉佈矣。分類械鬥之案，閩、粵間頗爲常事，而現在匪徒未靖之時，則大不相宜，自當亟爲安定。高明燭照，必能定此亂民，不僅一方受福已也。兩造瑣屑之事甚多，必須士〔一〕人、來人之中擇其曉事者爲之調處，想可與守令商之，更爲妥貼。

【校】

〔一〕疑誤，據本文，當爲『土』字。

與廣西藩臺勞

辛階先生大人閣下：　拜別旬餘，頓形茅塞；　緬懷雅度，益切溯洄。　頃聞大旆暫駐梧州，探明前途賊跡，待兵勇齊集，鼓行而進。　伏維行祉多佳，諸符心頌。　前者，鶴汀節相原許以李鎮之黔兵從行，繼聞安義鎮兵千人由太平來，又擬以安義從往，並已函札向軍門矣。　乃向提軍未接此札，已將兩鎮兵派撥防堵要地，且先以楚兵千人令朱副將統領前赴麾下。　惟楚兵疲弱，恐不堪用，只可以壯聲威而已。　其捕賊接仗，則現有四川松潘廳投効之王思純所帶壯丁五百名精鋭爲各處壯勇之冠。　王思純家本殷實，損資募勇，志在殺賊立功。　其丁壯人皆勇健，且頗有紀律，非彼壯丁志在口糧者比。　弟親自閲看，果爲勁旅。　此五百人足抵官兵三千，必可有功。　舍姪遵札管帶，亦頗得壯勇之心。　兹於本月二十八日登舟前至梧州，將來驅策，自必有効也。　中丞今日奉上諭，以梧州前經閣下在地辦理妥洽，今移至南甯辦賊，甚好。　而梧州係以何人在彼辦事，中丞躊躇，深以不得其人爲慮；弟謂林可舟堪以勝任，但被議之人，呼應不靈，必須奏給五品頂戴。　中丞許俟告知節相，想無不以爲然也。

覆貴州黎平府胡

潤之大兄大人閣下：　闊別十有餘年，雖一通音問，而彼此宦海升沉多故，徒深離別之思。　今年四月過長沙晤少雲，詢知近狀。　頃在桂林奉手書專差走問，得知一切，如一朵彩雲自天而降，欣忭奚如！　承詢粤東賊狀以便尊處設備，具見公事求實之誠，佩甚！　此次粤賊情形，本分二種，一爲會匪，乃廣東人習天主教傳染而來，其黨沿及粤西、湖南、貴州各省，實繁有徒，幾於遍地皆是。　蓋合天主教、青蓮、添弟諸會混而爲一。　粤西現在各爲上帝會，實卽天主教之會也。　此種匪徒其心受染已深，牢不可破，最爲可惡。　有心爲逆，自號眞太平天國，稱有王號，設有文武僞職，其心既齊，又熟於三國演義、水滸傳用兵，頗有紀律，詭計百出。　逆黨二萬餘人。　自去年至今，官兵屢有勝負，大帥不能和輯其下，是以久之無功，賊勢反熾。　幸廟謨洞燭，更以首相視師，益調各省精銳，事權旣一，又能調和諸將，人皆用命。是以六七月來數見捷勝，賊勢大衰。前後捦斬甚重，其黨始知悔懼，潰散甚多。現爲官兵四面堵剿，逃入紫荊山中，卽前明大藤峽也，憑險負隅。又爲官兵擊破，奪其險隘，賊益窮蹙，火藥將盡，糧食無多，賊黨僅存數千人。大兵壯勇一萬六七千人，圍困進攻，不日可冀蕩平矣。其一種土盜，則遍地如毛，西省十一府一直隸州，無賊者不過三府。其一二千人，三五千人，七八千人者，凡二十餘股，今皆爲官兵團練擊斬已及十之七八，現存惟南甯、太平四城三府及鬱林屬尚有數股往來。其鬱林州屬，則往來東西二省。今勞方伯駐南太，林前道駐梧、鬱，督同兵勇剿辦，亦可以漸次掃平。惟會匪敗逃，恐有竄入貴州者，尊處堵之，極是。

致江蘇巡撫楊

自金陵拜别後，本擬一過里門，卽赴湖北。詎奉廣西從軍之命，遂以五月五日馳抵桂林。自鶴汀節相蒞臨，委辦大營翼長，遵旨隨同運籌一切。旋蒙恩擢臬司。營務地方不遑朝夕，所幸節相宏猷遠畧，德盛才高，和輯諸將，千營用命，是以屢戰克捷。金田逆賊最爲強黠，本習天主教，從廣東而來，自稱太平天國，以耶蘇爲皇兄，僭稱王號，留髮改服，黨衆心齊，擁衆盈萬，頗諳兵法，收買人心，迥非尋常小寇之比。以紫荊山、金田、新墟爲巢穴，恃險負隅，卽前明之大籐峽也。侯大苟之亂，韓招討以官軍三萬土兵十六萬，七年而後克之。去歲以來，夢白宮傅、石梧宮保，敬修制府，三易大帥，不克有功。節相以六月四日抵粵，壁壘一新。三月以來，數破其衆，賊勢大挫，退伏深山，憑險自守。復爲我兵奪其險隘數處，痛焚巢穴，賊已窮蹙，死守三數村莊，計日可以成捦。十餘年來，西南數有結會匪徒甚衆，皆視粵西之事爲動靜，西匪平定，則西南可以無憂，所繫安危，不止一隅也。身在事中，不勝悚懼耳。

與嚴觀察

仙舫先生閣下：弟出省後由陽朔、荔浦而永安州，到處體訪情形，考求地勢道里，而人言不同，必互相參推，得其一是。苦於各處稟報未能確實，旬日以來推求印證，稍得其眞，隨時隨地籌度措置防堵事宜，手不停披，心不停想，是以未能詳報閣下暨仲銘二兄，心殊耿耿。又念屢次報節相中丞書必以出示，似毋須贅說也。茲於二十日巳刻奉到十八日手書，諸承教示，籌計精詳，感泐之至。大兵到粤，困賊於中平而竄，再困於紫荊山匝月之久，再奪其險，屢敗其黨，以爲指日新圩可破矣，而又竄。烏帥雖追擊甚迅，同張敬修皆斬獲，而巴、向帥挫於平南，賊乃揚揚而過，又土匪乘機勾結，遂入永安。此軍威所以不振，省垣所以震動也。總局委員中陶、阮二人，一聞永安失守，至於面如土色，連夜索臨桂雇夫欲返。此固無膽無識人之常情，而此等舉動，實足以駭聽聞。雖稍有膽識者，亦不能不爲之動，所謂惑亂人心是也。羣情如此恇怯，弟所以勇決一行，冀壯衆膽而安衆心，非敢冒昧從事，知已必能諒之也。

竊謂人心齊、地利熟、膽氣壯，此三者，賊之所長而我之所短也。火器精、糧餉足、兵勇衆，此三者，我之所長而賊之所短也。以順討逆，以正擊邪，以衆禦寡，我何懼焉！將雖不一其心，尚未敢猜嫌而相軋；兵雖不齊其力，尚未致因敗而潰散；事權仍有所統，並無敢有抗違；謀慮各盡其知，尚未致疎忽。若以小人不愜人意，則賢者猶不免貽譏，似不必遽以苛諸武夫，幸明智大賢不惑於衆聽耳。賊自大、宣逃竄，本屬敗喪之餘，徒以向提督、巴都護倉卒一敗，土匪乘機附和，永安城小兵微，致不及守。於斯時也，我無輕敵之心，彼有驕滿之意，整師而進，必有可觀。況偵探之言，獲犯之供，皆謂逆賊不過數千人，而老弱婦女幾及一千，能戰之人不及二千，衆口所同，宜乎不謬。其餘土匪附和者未得確數，然皆烏合不能拒敵官兵。我何懼焉！烏、劉、李三師意氣從容，足以辦事，惟巴、向不知何若。竊計向猶可用，其來遲者，喪亡之軍裝未備，潮勇中散，現仍召用，不能無待耳，且患痁疾未愈，豈有異心哉！烏都統前日來書約劉、李二鎮以十八夜往攻水竇，其勇氣可知。弟以賊之精鋭皆在水竇，向軍未至，烏軍獨進恐有不利，囑緩一日以待向軍。蓋長、李二鎮之兵已於十五日至昭平，候向示。而由昭平至永安不過兩日。省局解軍裝委員，弟令至昭平，待十三四間必到，則長、李二鎮既得軍裝，當可前進。向示十六七間亦可到永安，與烏軍兩路並進，劉、李二鎮亦同時進剿，當可無虞。慮事如此，豈冒昧者哉。嗣因烏遣人還報，水竇之路爲賊挖斷，欲改十八之期。頃間又得烏信，謂弟意不謀而合，已仍如前約，以二十日丑時同劉、李進兵矣。是否得手，明日即可有信。

天下事見可而進，不可失時。畏葸太多，必至不能辦事。此書生之見所以往往悞事也。至於防堵之事，自以周密爲是。然要隘甚多，但可權其輕重，若點水不漏，安得十萬人築長圍乎？方今知己中可與言兵者莫如閣下，其以爲然乎，不然乎？潯州太遠，轉運糧臺必須移地，前請在平南一帶，中丞虞其近賊地，曾有荔浦亦可之言。頃思荔浦雖有餉道而陸路險遠，可暫而不可長，莫如平樂之爲善，由省城一水可通，三日到平樂，二日到昭平，再陸運兩日，可至永安大營矣。望以請之中丞也。並望送仲銘閲之。

與吳署方伯

仲銘二兄閣下：別將一月，聞省城防守事宜業已井井有條，甚爲嚴密，想見大憲暨諸君籌慮精詳，賢勞懋著，佩慰奚如！弟出門兩旬，所有修、荔、陽朔、永安防堵事宜，觕得就緒，兵不敷用，全以壯練支撑，謂之有備則可，謂遂可恃而得力，不可信也。防堵之外，則言進勦，然亦談何容易！各路兵本多軟弱，又日久而疲，兼以病傷居其半，實在各營堪用之兵不過五六千耳。其壯勇則多以驕驁而散，存者寥寥。諸將中惟烏都統勇而有謀，其兵精整不敗；向提臺勇鋭而輕，不能無敗；其次則臨沅李鎮尚能撲實壯勇；秦定三、劉、長，又其次也；此外則自檜無譏矣。賊踞永安，而以精鋭立營於水竇、莫村，互爲聲援，此善用兵者也，不可以小寇目之。各處探報並自己營中之事且多不實，更無論賊中情事矣。幸新墟逐日獲有奸細，研訊之，十可得其三四耳。烏都統孤軍深入，駐營佛子村，距賊城僅十餘里，而屢次敗其賊衆。本月二十日定約劉、李二鎮同進，獨烏拔其水竇一營，又敗其莫村救援之兵。惜乎！劉李之兵攻城小挫而退，不能成功。二十五日，向提臺遣古州李署鎮自仙迴嶺進兵，紮營古蘇沖之龍寮嶺，爲賊所劫，營盤俱失，兵退回。此後不知如何。弟作書勸向提臺與烏都統熟商而行，不可負氣，未知肯聽否。弟在此，各屬俱紛紛請領銀兩，又犒賞添制軍裝製備各營乾糧等事，種種繁難，不僅自帶兵勇、添雇東勇之口糧、文武隨員之薪水也。昨承委員解到銀三萬兩，已以一半解往向營，此後務望源源接濟爲妙。

與烏都統

遠芳仁弟大人閣下：連日陰雨未能出隊，尊處想亦同之。昨聞揆帥有札調吾弟及許、張二位攻西礮臺，果否？豈欲開南路縱逃乎？二千斤大礮，許、張分用固可，但既北來攻西礮臺，則南路勢單，恐爲賊所得，則大不可，想明見必與許、張深籌之矣。兄前信欲以族弟相托，其人年甫逾三十，尚無大謬，字畫端楷，若使在糧臺幫辦公事或可勝任。今予一函叩謁臺端，惟吾弟器使而成全之，感甚。

與烏都統

遠芳仁弟大人閣下：十六七日連奉手書，知兩次進攻，賊皆堅守不出，與北路賊情無異，豈將有詭謀耶？以兄觀之，是數經吾弟破敗，十二日又爲我北路之兵擊敗不敢出拒，惟死守本營以疲我耳。頃者揆帥又奉嚴旨促以復城擒渠，極其嚴切，是以督催諸軍愈急。北路諸君謂十二日之事南路未肯出力，恐吾弟以期由南訂，有見懷之意，而議者妄意吾弟爲脾氣，兄則深知其不然也。我輩矢此一心，惟知君父爲重，吾力有一分未盡，即是此心有一分不忠，豈如世俗鄙夫與同輩角勝負、爭短長哉！

國家自夷務以來，費數千萬，計中外財力竭矣。加以各省水旱偏災無歲無之，司農告匱，宵旰憂勞。兵事甫靖六七年，又遭大憂，山陵之工未畢，楚粵之盜羣起。元惡巨憝乘間謀逆，作爲邪說，矯誣上帝，惑亂人心，死黨盈萬。皇上仁孝英明，復竭內帑及各直省之力，籌數百萬金，集數省之兵，討一方之寇。又賴先後大臣及諸君智勇行師，忠臣戮力，賊徒敗困，誅斬以數千計，咸以爲指日大平矣。詎懦將疎防，任賊再竄，復有土寇附之，而向、巴諸軍又倉卒失力，遂使賊勢復張，永安失守，變局出於意外，省城一路戒嚴。若非閣下晝夜陟險，迅速窮追，賊甫入州城之次日，王師已及於近郊，七戰皆捷，大挫賊鋒，其勢將不可問矣。

夫功敗於垂成，病加於小愈。前者武宣之事，賊已將就擒，徒以狃於大捷之後，計慮稍疎，遂使困禽脱綱，轉令大將喪師，賊反踞守城邑。前此覆轍之由，其故可知矣。今幸兵威再振，賊勢又窮，然我師愈久愈疲，以病亡告者十已四五，更非前日全盛之比矣。而賊日夜懷奔逸之謀，無論勞師匱餉不能久持，萬一再有疎虞，復蹈前轍，不但無以上對聖明，且使天下後世謂弟爲何如人哉！知耿耿丹忱，其展轉於終夜者，怵惕憂思，不止諮嗟太息矣，誠不可使後人更爲吾輩痛哭也。

兄以垂老之年，恨不能介冑馳驅，搴旗斬將，然受命從戎，不敢不竭其心力，僅以三百小隊營於新圩，密邇寇讐，監護諸路，觀我軍容。而揆帥輒界以重任，同此運籌，憂惶徒深，未能小助諸公於萬一。乃重以賢弟之愛，手書懃懇，謂營帳之中，晝夜嚴霜厲日，甚非所宜，勸勞再三，讀之使人悱惻。何閣下愛我之深乎！夫君子之用心與烈男子之志氣，無非行其所安。所異於世俗鄙夫者，惟不避艱難，不貪榮利耳。兄以將就木之年復何所貪，惟念主憂臣辱之義，恐無以報國家。只此疏食惡處，下共士卒之辛勞，上對九重之宵旰耳。幸數十年，貧賤憂患，本無甯居，今日寢處一如我素，是以尚能耐此日霜，未有疾病，可慰知己，毋以爲念。而所不能刻安者，則賊事兵情也。日者，揆帥之命，慮賊謀竄逸，發令諸君日夜分班進攻，不使賊有一暇之息。然我軍之營去賊皆十餘里或二十里，不惟疲於戰攻，抑且疲於往返，賊乃踞守本營以逸待勞。我能分班進攻，賊豈不能分班坐守乎？所恃者，我之火器利而鉛藥多耳。聞賊近日拒守皆間時而開礮，不肯耗其藥鉛也。彼甚惜之，而我耗之，雖多，不盡乎！昨致巴、劉諸公書，囑其鎗礮不可亂施，間時一發，發必有中，未知以爲然否。願吾弟善體揆帥之意行之，慎勿一時疎懈，使賊乘間而逸。此所關甚鉅，不可言也。又請古排塘諸軍移營龍眼塘，其地距賊營數里，我兵往返稍易，而諸軍又以近賊爲疑，何其怯也？未審南路亦有距賊稍近可以安營之地否。來書謂可用之兵不及三千人，水竇及莫村皆賊精鋭所在，必分兵以拒其一，乃可以破其一。而兵少難分，欲得湖勇二千人始能濟事，此誠至善之謀也。兵多，則得水竇後可分兵守之，更以一軍守佛子村，一軍近攻莫村，破之必矣。賊存一孤城，何足破哉！必爲言之揆帥。然北路諸軍亦無不延望潮勇者，卽分二千人予彼，每軍僅五百人，吾弟獨得二千，恐有萬難之勢，亦不可不熟思之也。無已，或者於揆帥從行兵勇之中稍撥千人以代潮勇乎？古者君行師從，卿行旅從。揆帥從行兵勇不過三千耳，左右諸人必不以爲可，未知果能分撥否。然揆帥愛惜吾弟者深，其所期望者大，必有以籌之矣。昨者，以我南北兩軍皆在西偏而東路空虛，欲以一軍從東北出壬山躡賊莫村之後，與吾弟夾攻之，而無軍可分，徒作空言而已。今送帳棚一百架，又備乾糧一千袋，爲兵丁久戰饑疲之用。

覆烏都統

遠芳仁弟大人閣下：初七日接初六日惠函，知初一、二、三日進攻及追賊入其西礮臺之營，而向軍但作壁上觀，致我兵亡十名於營內，傷者復多，士文山見而大哭，爲不平之言。此天使吾弟忠誠表具於北軍也。及見中堂，言不能入，而我輩之心已盡。次日上書，慷慨直言，恐亦未能有濟耳。中堂此來親隨兵勇各一千人，盡以交向，向於次日卽將桂林勇千人裁撤歸農。兄年內二十八日見之大駭，此大帥護衛也，撤之自上且不可，豈有撤之自下之理？特作一書請中堂勿準。乃一日往見，則諭以此乃我意，假向爲之，用人之際，不能不權宜辦理。自此後，兄不敢復言事矣。初七日再見，惟催取火藥、鉛子等事，諭以連日陰雨，宜且休息以養士卒。然初七日頗聞南路礮聲，或吾弟未知此令耶？前要礮子，今省局造就三十枚，先以送上，未審合用否。後來者自可陸續寄送應用也。賊勢已竭，月半邊必去矣。聞現在城中人已多病死，計其食盡力竭，不死何爲乎？

再與向提軍

欣然軍門閣下：　頃得二十日覆示，知弟十八日之函已達，就諗牙帳一二日即拔營前進，於黄村、仙迴里擇一要隘，而不及夾攻水竇之事，豈閣下不肯與烏都護共事耶？竊以爲過矣。自古兩賢不可相扼，賢臣名將，無不和衷協力，共成大功，從未有各自一見而能成功者也。現在粵西名將爲衆所推者獨閣下及烏都護耳。達都護有名忠勇，恐其與人不洽，適因舊疾復作，聖主溫諭召回，此他人所不可再得者也。烏與閣下之謀勇，聖主以之並稱，固深望二人之和洽如左右手也。烏今駐軍佛子村，專望閣下到山門隘，與之合力夾攻水竇，是其推重閣下至矣，何以來書尚未決言所向，而云黄村、仙迴里擇一要隘耶？夾攻水竇之策，節相定之，諸將奉令惟謹，閣下既進兵不能迅速，復於此大計依違其間，可乎？賊之輜重多在水竇，間其備船於外以爲外逸之計，故須一軍守黄村、山門隘，由外攻入，烏兵自內攻出，此上策也。昭平之守，閣下已留兵千八百以巴都護守之，即可以守仙迴矣，何必大兵乎？細繹堪用之兵不足三千之諭，是閣下仍待潮勇之意有在，不防靜以俟之。倘或明智別有定見，已由仙迴里進兵，亦望與烏都護商議，訂期約會劉、李二鎮，是爲至要。弟奉節相令札會商進兵防堵事宜，許以便宜行事，故敢布其腹心，惟賢知大勇亮督恕之也。新墟連日護賊奸細，訊供有賊令其探看新墟官兵多少，即乘我不意，大隊沖到新墟，直至桂林，不到平樂；若新墟兵多，即不到桂林，仍回大黄江之語。而新墟無兵，今往商劉、李二鎮，欲其分一位回駐峽口以守新墟，未知何如也。今抄犯供一紙呈閲，仍祈速示復音爲禱。

覆吴方伯

仲銘二兄大人閣下：　初七日奉到初三日示諭，悉朱委員可以防堵，張永綸之案已奉制憲札飭由西省兩司審明解請西撫院覆訊會奏，仍責令勒緝彭肇昌務獲，似乎張參令之冤枉，制憲業已聞知，現既毋庸解東審辦，是案已稍鬆，將來審明，請奏革職留緝，似可定讞等因。弟思此案，制憲輕聽人言，既屈彭肇昌，以有用之人才置之重罪，且遽行入奏。革一知縣，舉動輕率如此，眞不足以服兩省之人心。前此張令稟訊到弟，曾札飭貴縣訊取何明科供辭。昨經中堂委員前往會同訊問，何明科供辭明白，則彭肇昌並未受賄縱賊，卽係無罪之人。制憲所憑犯供卽係影響之談，自當以何明科之供爲憑，將彭肇昌之罪伸明原赦，而張令準其開復，方爲正辦。其制憲憑犯供入奏，本非無因，今既訊明，自當原宥，未便仍予枉屈。孟子所謂，行一不義，殺一不辜，而得天下，皆不爲也。但不知撫憲之意如何。倘憲意不以爲然，望會審詳內可聲明，臬司在外，勿用弟銜名，以免天下之罵名。是所禱切。

與吴方伯

仲銘二兄大人閣下： 敬啟者。岑溪縣知縣張永錀，奉督憲以其聽信壯丁頭彭肇昌疎縱何明科過境，參奏革職，嚴拏彭肇昌究辦，此事大爲冤枉。前經張令稟訊，當飭貴縣提訊何明科有無同彭肇昌之事。旋據稟報，訊何明科不識彭肇昌其人，則是縣令彭肇昌之枉明矣。聞訊何明科之時，中堂亦委員往同訊問。昨往大營見中堂言之，亦深知其冤，但云未奉交問此事之旨，不便過問。張令現奉拏問，應令其到東自辯，張令以制憲遂過不敢前往，上省見中丞求救，未審可否，祈傳見該令一爲言之。幸甚。

覆烏都統

遠芳仁弟大人閣下： 昨奉二十一日鹿車村來函，聆悉一切。連日陰雨不能進攻，北軍製造攻具亦尚未畢，未審南路如何也。營中積水，一榻外容足之地無幾，想彼此同一，焦悶之至。承詢北軍兵勇，大數通共萬二三千之間，容俟查明細數，再以開寄也。舍弟書來，極承推愛，感何可言。聞尚有陸費中丞之世兄亦在軍中，舍弟寒士，與貴介不同，不審營中投効人員向來有無薪水，尚望示知，倘無薪水，兄當措寄也。

覆烏都統

遠芳仁弟大人閣下： 初十日接到初九日來書，具聆一切，爲之深歎。吾弟忠勇有謀，而不蒙揆帥深知，致爲小人惑，惟有盡心公事而已。口說無憑，實事有據，揆帥必能自悟。昨初一日到大營謁見揆帥，甚贊南路大有起色，是亦漸知之矣。又語以此次幸是親來，乃見諸事之實，又深怪邵鎮之不得力，是亦已漸有明白矣。兄與吾弟只有一心爲公，久之，眞金自見，僞金自退也。向之爲人，揆帥本知，嗣爲寅緣左右，每次具稟，盛自誇張，漸覺其好。惟兄與王少鶴深知之。其勇全無紀律，勇於私鬥，許、張無如之何。然張似優於許，尚可共事也。江岷樵昨來荔浦，兄適往仙舫處見之。吾弟之事，岷樵以見告，深相惋歎。伊今回籍就醫矣。其家去桂林只四五日耳。此人君子，宜吾弟之繾綣不已也。去年賊破永安，非吾弟兵行甚速，七戰皆捷，賊鋒幾不可問。乃有功將士置之不保，直待向、許、張之事同保，未免不倫矣。然揆帥以永安失守，深自兢兢，非有他意，尚請原諒之。大抵老翁辦事不甚辨黑白，是知之不明，無如何也。日來趕造攻具，初十之期聞改於十二日。今日出隊大舉，但願有成功也。吾弟今日想必亦赴命矣。營中缺少火藥，昨省中已解四千斤，兄亦解三千斤，今日省中又來三千斤，因雨大不能過河所阻，大約明日可行也。一切忍耐，只辦公事爲囑。兄未搬荔浦，仍在新墟。仙舫回省。兄每月當往荔浦二次耳。

覆烏都統

遠芳仁弟大人閣下：　本月初八日庚把總回奉手書，具悉進兵受傷等情，讀之下淚，豈天不欲迅滅逆賊而使吾弟受此阨也！　弟以救援省城爲急，不待兵齊而進，以致受傷，忠赤之懷，使人感泣矣。現在遇龍橋延覓醫生拔取礮子，不知何如。聞係骨碎礮子在內，大痛數日，當可稍減。兄以來書往呈中堂閲之，深爲歎念，奉諭礮子倘不能取出，但須止疚，且自由之，卽使此腿行不便，伊必奏請皇上仍就當差，使人扶掖而行，惟於忠壯之懷不無減力耳。至於省垣救兵，已飭王、松二鎮帶兵到省，又命馬、龍帶勁兵一千二百人繼進，中堂於初九日往陽朔，將使經鎮軍前往矣。省垣來信，向、劉、和三位先已進地分守，王、松二位，李孟羣皆到，因賊在將軍橋隔絶我兵不能前進，遶道而行，皆到北門。其地無賊，城內可通也。現又飭朱啟仁帶勇一千七百人前往，已過荔浦，大事當可無礙。惟望吾弟傷得速痊耳。兄亦已到荔浦，擬初十日往陽朔，當來遇龍橋奉看也。

覆嚴方伯

仙舫先生閣下：二十日申刻接十八日子刻信，知一切情形。並知尊體偶爾違和，服藥稍覺輕鬆，近想復元矣。弟亦因積受風濕，肺經受傷，自初十日起痰嗽，至今不止，胸膈痞悶，不思飲食，日惟食稀飯兩碗，頗形委頓。昨中堂聞知，以書勸移居高阜，勿在帳房，而意在籌躇，且俟三五日若再不愈，或當變計耳。然何處得屋廬可棲乎？中丞信致揆帥，囑閣下回省，此必不可少。周春門行後，省局何可無人耶？承示此間大營及陽朔事已悉，自當遵諭而行耳。賊事計尚有月餘光景，經費如何，聞又有續請之摺，未見也。

與嚴方伯

仙舫先生閣下：十七日奉致一函，言賊匪已逃，州城克復之事，想入覽矣。弟於十八日搬住永安州城內，彈壓地方，查辦各事。大兵追賊十八日及於仙迴嶺，殺斃二千餘賊。生捦天德王洪大全。據云並非本姓名，乃從洪秀全稱弟兄改姓名，衆人稱其萬歲，似卽朱九濤也。羅亞旺亦被殺死。又衆大頭子不願同逃，爲洪秀全均行鎖鍊，恐其逃走。洪大全卽帶鎖者。烏都統又殺二人，屍身均帶有鎖，必是大頭子，但不知姓名耳。可謂好事。而二十日又追至前山，大霧迷漫，爲賊所敗，二長鎮及邵、董二鎮均被難，各將死者甚多。烏之兵僅數十人，一將田學韜。可惜之至。向之兵將自四鎮外，死者八百人。此眞不料之事，豈天亦助賊耶！現在賊千餘人逃三妹猺一帶，非上荔浦則至平樂，幸中堂先派張敬修帶勇到昭平，派王、松二協帶兵到平樂，派兵一千四百名、潮勇千名到荔浦，弟亦派勇千人到荔浦矣。支應局大約已搬，向提臺今早亦往荔浦。烏都統兵已過永安，中堂令其守壬山，防賊回竄。中堂俟永安衙署略爲收拾，即移住州城。吾兄前日奉覆七成稿，今寄上，乞即繕申，已稟知矣。

中復堂遺稿續編卷一

報赴永安收城勦賊狀閏八月初八日陽朔發

敬稟者。新墟逆匪自經大兵四面堵勦，屢次進攻，捦斬過半，鹽糧火藥殆盡，其勢窮蹙，於八月十六日夜潛跡逃竄，欲合淩十八等股。翻山越嶺，行至天明，爲官兵追擊，前阻大黄江，不能渡過，分股竄至藤縣。又爲團練堵擊，北趍永安州。適有土匪乘機滋事，爲防守州城之平樂協副將阿爾精阿及代理知州吴江擊斬多名，轉行勾引逆匪攻撲州城。兵力單薄失守，文武被難。閏八月初三日夜荔浦縣報到省城，欽差中堂賽撫憲鄒以荔浦與永安州接壤最爲吃緊，酌撥兵勇二百名飭委本司會同前任九江道士魁、漳州鎮長壽隨帶河南直隸州知州徐繼鏞、揀發知縣張爲柄、卸任宜山縣知縣姚慶布、投効從九品伍繼勛、山東守備周光碧於初五日未刻啟程馳往陽朔、荔浦一帶防堵，添雇壯勇，相機進勦。一面飛調滇、黔、安徽官兵四千二百名由桂平、武宣、象州、修仁一路進援荔浦，克復永安。本司等於初七日申刻行至陽朔。據探報稱，烏、巴二都統已由平南一帶追至永安，初四日開仗，賊匪敗入城中等語。大兵既已追及，賊困守城中，諒亦易破。合將本司出省會同防堵，相機進勦緣由具稟憲臺察核

據荔浦縣報言事狀閏八月初八日陽朔發

敬稟者。本月十八日接據荔浦縣稟報，賊匪大股俱在永安，洪秀泉、馮雲山、韋正皆在其中，所報未知確否。羅亞旺、範聯得二賊本上年平樂漏網之人，在賊中作頭目，賊在藤縣之大黎里，原無攻城之意，乃此二賊意欲報仇導引而來。荔浦所報，續來之賊三千人即從大黎來也，但賊以大黎爲巢穴，恐老弱婦女錙重仍在大黎，自必留人照應，未必全數悉來。今烏、巴二都統及劉、李二鎮已到永安，滇、黔、安徽兵又從象州、修仁而至，向提臺亦已拔營，則我大兵盡赴永安，未知尚有留兵在平南、藤縣否。如果賊係全股悉來則爲大妙，蓋賊之利在流竄，且

須左右近地有接濟附和之人。孤守一城，地狹糧少，四無應援，非賊之利也。今我大兵四面圍攻，囊土而上，更懸重賞，足可破之。況城中百姓知官兵登城，必爲內應，我以兵嚴守四門，出則捡斬，可以一鼓成功。較之山野四曠，更易爲力矣。所慮者，官兵膽怯，仍蹈前轍，距賊遠處紮營，不敢逼近，則賊仍可逃走耳。誤事之病，實在於此。請中堂嚴札喝破其弊，大兵雖到永安，北路各州縣不可恃此疎防，仍當嚴密堵截。竊計前派守大樟之四川直隸州朱紹恩帶有福勇四百名，此時大樟無庸防堵，應請中堂札調該員帶勇前至陽朔擇地防守，爲此地無兵無勇，團練恐不能得力。

初十日辰刻省中委員解到銀三萬兩，內以二萬兩交本司，以一萬兩解交烏都統大營。但不知大營在何處。若住水竇，則在永安之東南，陽朔、荔浦在永安之東北。聞賊匪現在每日仍四出搶掠近處村莊，大營隔遠，不能救應，恐委員解銀爲賊所搶，不能解到。本司現以信致九江士道，囑其斟酌情形妥解矣。因思楊道在潯州專管轉運糧臺，尚有存項，今潯州無事，應請中堂札飭楊道將轉運糧臺移至平南，其地在永安之南，距大營地甚近，可以隨時支應，較之自荔浦解往爲妥也。此時大營賞號需用孔殷，本司到荔浦自當設法接濟。省局僅解烏營銀一萬，恐無濟於事，自可通融籌濟也。陽朔雇鄉夫今日尚未齊，不能前進，定於明日啟行矣。

覆鄒中丞言事狀 閏八月十三日戌刻荔浦發

敬稟者。本月十一日夜到荔浦，十二日延訪士人，詢問地勢賊情，粗得大概。以所見聞具稟中堂暨憲臺察核。中堂一稟甫繕發，連接兩次憲諭詳函，知陽朔所發之稟已陳明鑒，承示以烏都統來咨所言，賊在州城外分守要地者甚多，城內不過二三千人等語。此間未得烏、向一音，外間所傳不一，不得其確實情事，故急欲往見劉、李二鎮面詢之。二鎮紮營先在荔浦之新墟，近日進駐古排，去賊尚十餘里，賊隔其中，未審烏營聲氣相通否。烏營遠駐文墟，在州城之西南，雖賊屢往文墟，皆爲官兵擊敗，而孤軍未能深入。今日午刻甫得一信，言向提臺由水路至梧州昭平起旱而至永安，亦未知已到與否。現得一永安州之莫村人訓導莫金燦，深明永安地方形勢，繪呈一圖，似爲的確。據此而觀，賊得長算。我則兵怯於戰，將不齊心，一也。大兵分駐，李在州城西北，烏在西南，向自東來，尚未知駐營何處，如果聲氣相通，原可爲犄角之勢，儻見阻隔，則不能相應，二也。省來軍裝糧臺餉項應解大營者，未有妥便之路，三也。此時最急莫先於通餉道，須到劉、李營中面商。此間詢問土人，餉道皆爲賊梗，甚可慮也。前稟謂先破城外之賊，然後攻城，非謂目下卽可攻城也。兩奉憲諭，所慮皆極周詳，不勝欽服。本司智識短淺，惟盡其心力所能到而已。昨擬陳之稟本繕未完，可無庸瀆，想中堂必已送閱矣。餉道通乃可設糧臺，舒守雖備銀米乾糧，不能送到烏營。今日省中解到火箭千枝，亦未能前進，且留此稍待。其有解向營之軍裝，已囑委員由平樂、昭平前進，迎向提臺交給。儻此路可通，恐卽由此以進餉耳。此間先後募人前往探路，尚未見回報也。今日得一地圖，較昨圖爲確，謹以呈閱。

烏都統約期進勦狀 閏八月十八日酉刻發

敬稟者。十六日亥刻，自新墟回荔浦，具一詳稟，成算已得，事尚可爲情形，諒已上塵鈞鑒矣。壬山間道最要，而我空虛，原約李鎮派所帶練丁四百名往守，再同劉鎮每日派兵四百名巡哨。嗣因李鎮來書言其練丁只可分派二百名，囑本司另爲添派。本司以合湊之人不能得力，遂辭其兵練，將新墟福勇分派一千人前往壬山。所有新墟，另委守備周光碧帶此間東勇四百名，又改委朱紹恩以原派往昭平防守之四百人帶往新墟。其昭平地方，現據沈令來稟，長、李二鎮統帶四川、湖南、廣西、安徽兵勇五千五百人於十五日午刻行抵該縣，查詢要隘，稟請向提台派撥進勦等語，彼處兵勇甚多，向提台此時必以接到防守昭平等檄，分派防堵矣。計昭平尚有沈令原雇之壯丁六百五十名，姚令現帶之東勇五百名，甯域之賀縣壯勇四百名，足以防堵，似可無虞。已飛催長、李二鎮進矣。十七日申刻，接烏都統來信，欲約劉、李二鎮於十八夜丑刻銜枚潛往攻拔水竇。本司以劉、李二鎮在古排，中有龍眼塘之阻隔，不能直至西門，且與烏營遙隔，不能相應，又李鎮病未全愈，現已十七申刻，本司距古排一百餘里，往約亦恐倉卒，諸事不備，又卜六壬，課十八夜丑時不如十九夜丑時之吉，是以作書覆請改於十九夜行事，並備文信飛約劉、李二鎮，未知果否。昨夜接據新墟來信，團練盤獲賊匪黎昌一名，供稱賊謀於十六日後分起改裝陸續由壬山一路至荔浦之青山，前往修仁，一起由仙迴嶺至昭平大河頭，伊處有匪人接應，定於二十二日大隊逃走，令伊等先往等語。查壬山一處現已有勇一千，尚不知其改裝分起之事，現已連夜飛信諭知。又派丁壯在杜木、青山一路，盤查形跡可疑者卽拏解辦理。一面飛致昭平沈令盤查，並抄供寄烏、向閱之，囑其迅速進攻，勿任逃逸。謹將十七八日所辦情形馳稟憲核。正發稟間，劉、李二鎮來信，以又接烏都統信，十八夜攻水竇之事不果，今以原信抄呈。似此，仍須向、長、李三鎮等俱到，方進也。正具稟間，接奉十六日戌刻鈞諭，聆悉一切。是日酉刻，外委李澤濃、杜含英又奉中堂示諭、密諭二件並瓶一個，謹已收貯，遵行。前稟十八日丑時之事，頃得劉、李二鎮信，以烏都統續有信云，其事不果。今抄來信呈閱。據此，事必仍如本司原議，俟向、長、李三人到地會商合勦，不便夜行，但不可出二十一日之後。蓋現獲犯供，賊有二十二日逃走之謀也。現又飛信催之。大兵皆在南路，而北路空虛，是一大病。現已飛啟向提軍，請其以五百兵守昭平，五百兵平樂，一千兵守荔浦，而以壯勇團練助之。荔浦城內又添雇福勇五百名。荔浦守嚴，省城之門戶乃固。向處仍有兵三千五百名，加以烏之五千，劉、李之四千進勦之兵，尚有一萬二千五百人，不爲少矣。儻湖北新兵有到，可盡以畱守城。又稟。

諸將進攻之信未確狀閏八月二十三日午刻

敬稟者。烏都統約會進攻水竇，竊計二十一日當有信來，而未見到。二十一日未刻，防守新墟之王令信致王牧言，我兵攻城，已破其東、南兩門。不應如此之易。知其未確，因恐省中望信，姑以原信具稟呈覽。二十二日晨間，王令又信云，前信不確，乃烏都統攻破水竇也。

然未見劉、烏來信，總恐不確，當作一書寄嚴道，囑其轉呈，不敢具稟。直至二十二日酉刻，始接劉鎮信，言是日前往，先過龍眼塘，賊匪並未安礮。有賊數十人，當時擊散，直往西門，頗有捡斬。西門内賊匪突出迎敵開礮，兵勇退回，是以收兵回營等語。而酉刻，本司遣往探信之兵回稱，是日西門外開仗官兵，死者百餘人，被捡五人。此劉鎮所以見舒守言川兵不得力也。李鎮患病，不能上馬，惜哉！而烏處仍未有信，遣去探信之兵亦未回。候至二十三日卯刻，烏處有文來，急開看，乃皆前八月十四孔村勝仗及十七日後一路追賊，閏八月初四日到永安進攻團嶺，初六日攻莫家村之捷，十一日再攻莫家村之捷，均填閏八月二十日發，而不及進攻水竇之事。詢之營探事兵，言二十日烏軍辰刻進攻紅廟賊營，得勝回營，並未攻水竇也。本司聞之始覺放心。蓋水竇及莫家村皆賊之精鋭所在，本不易攻，烏以孤軍前往，外無夾攻之軍，何能遽破；即使破其水竇，亦不能分兵以守。若未遽攻而堅待向軍之至，乃萬全耳。蓋我兵所恃善戰者烏、向二人，其次則李能臣、秦定三二人。向猶輕鋭，不能無敗，烏則精稔不敗。向已有前日之失，烏不可小挫也。正思具稟間，接奉中堂二十一日來示，已飛催長李之兵速赴永安，劉、李之兵接應烏兵。中隔龍眼塘等處，接應非易，若長、李兵到界，即令其以一千守新墟，以五百守昭平，以五百守壬山，以三千由東直攻水竇，烏攻水竇之西，前後夾擊，水竇可得。其時必須劉、李二鎮進攻龍眼等處礮臺，並攻州城，以擾其接應水竇而已；俟水竇得，永安城不難破等諭。仰見中堂籌慮深算實出萬全。頃已遵示飛移調派，惟由昭平到新墟尚易，由平樂而至荔浦，若已到永安，則中爲賊阻，不能到新墟也。烏兵在佛子村，去古排只三四十里，彼此尚不能通，往來文信，只有翻山小路；以兵千人行走，豈能遽達？分兵壬山，更難越過，分兵昭平，想可遵行耳！本司以壬山一處前派章訓導以福勇千人往守，而屢次淘氣，福勇以其難守，皆不願往。劉鎮以川兵不得力，欲得福勇以爲助，今即令福勇前往劉營。適有安徽兵到，名爲五百，而病者甚多，實在不及三百人，且令其往守壬山，而以派守新墟之周光碧帶東勇四百人助之，俟省中三百兵到，即遵中堂諭令往新墟，同朱紹恩所帶之壯勇三四百人及茅令、王令所帶之福勇一千人防守，似亦可矣。劉鎮川兵不可恃，欲得福勇助之，今以福勇千人交委員管帶前往，似可得力。福勇之桀驁可恨而勇往，尚有可取也。松鎮、安徽兵已於今早啟行，明午可到壬山，俟烏信來再報，某謹稟。再稟者，前接新墟妄報之信，已於二十日稟呈，嗣知不確，業已追回，故未到省。

再稟者。連接憲臺二十日二十一日來諭，以據省局紳士查勘陽朔隘道，摘單見示，又知十六日之稟已邀憲覽，奉諭以新墟、壬山爲省南總要之區，能以全力扼之，勝守他處多矣。仰見卓識精裁，不勝欽服。查壬山地甚狹隘，不能容多人，今遣安徽兵三百人、東勇四百人前往，如果奮勇，足以扼守；如不出力，多亦無用。新墟一處，已派有朱紹恩之福勇四百，茅、王二令之福勇一千，又有本處團練，加以省來之兵三百，似亦可守。此閒三兩日内尚有東勇二百，非往壬山，則往新墟，不爲單薄矣。況古排相去甚進只十餘里，有川、滇兵勇四千，亦可相爲應援也。前信致向，請其以兵一千來守新墟，恐未能耳。陽朔各隘，來單不錯，但只能責成本地各團及已有之壯勇，不能再分以兵矣。無如何也。木司又稟。

得向提督回報援營狀閏八月二十六日巳刻

敬稟者。本月二十五日奉到二十三日鈞諭，指授種種方略，謹已佩聆。各處探報不實，良爲可恨。即如本司遣往劉營探事兵言，二十日川、滇兵不戰而退，及後查知川兵死者百餘人，滇兵亦亡數人，則是小挫而退，非不戰矣。又雲烏兵乃攻紅廟，非攻水竇，及烏信來，乃先攻水竇，後攻莫村，是該兵只知近處之事、不見遠處之事也。以我兵到我營探事尚且如此，尚能遣人探賊事乎？幸連日獲賊奸細，供出賊情，雖各有不同，而彼此勾稽，似尚得其三、四，反勝遣人探事而妄報也。昨夜亥刻，始接向提督二十一日回書，覆收到本司十八日激勸之信，謹抄呈覽細閱。其中言與各鎮將籌商酌留官兵數百名於昭平，其餘官兵於黃村，仙迴里擇一要隘，即日拔營前進，並未定許同烏軍夾攻水竇，殊不可解，豈不願與烏共功名耶？閱之轉深懸念。今再以信堅約之，俟得回書再報。昨日又獲奸細一名許自周，供賊有遺探新墟官兵多少，若不多卽俟糧食完，出我不意，大隊忽然沖來，徑向桂林之語。本司以新墟無兵，全是壯勇，安徽兵不及三百人已往守壬山，向處又無兵可撥，今擬商之劉、李二鎮，訂期進攻時，請李鎮以滇兵往，而以福勇隨之，劉鎮川兵分駐峽口以守新墟，現備公牘並加信前去矣。蓋滇兵只以牽綴賊人，不在大隊也。未審是否，仍候裁示。其犯供已照抄信致烏、向、劉、李矣。正具稟閒，又接二十四日午刻鈞諭，知本司致嚴道信已呈覽。王錦繡請病假，今遣佟攀梅往帶其兵，俟其到荔浦晤會，當諄勸之，使奮力自效也。賞格收到，當遣妥人往貼。行閒諸事，必得其人乃可，不便漫爲之也。頃與劉、李二鎮信並抄呈閱。

再陳軍中雜事狀九月十五日申時新墟發

敬稟者。十四、十五日奉到十三、十四日中堂兩次手諭，敬悉初十、十一日稟件已達鈞覽。初十日右隊不肯策應中隊之人，誠當嚴辦，但恐諸將現在方要和衷，未必肯查出其人送行轅嚴辦也。卽使不敢查送，而經此一番振作，使衆知中堂近臨咫尺，有事必聞，亦可使衆人知所儆畏，而長鎮亦不致被衆怨，亦未爲無益也。諭令宣告諸將不可歇手，賊無安閒那移之事，縱然竄逸，跡已窮蹙，我兵追趕，亦可得手，且使兵知一日不了，一日苦戰，不如一鼓作氣，各自安歇爲樂等諭。誠爲至當，容卽遵往傳諭也。昨日本司以兩次尚未痛勦，作書與諸將，促之，且告以辦法，今將原信及李鎮復信呈覽。未知十六日果能得手否。十二日南路之兵尚無信來，以烏乃仔細人，每次稟報皆自己手稿，不能迅速，總須兩三日方可得其文信也。向、李二人聞已嚴叅，好極。向已至平樂，昨有信來，言其就醫，而未言令守昭平之事，擬作書問之。張鑑、李譜、董荊山、楊振邦四人昨日已來新墟，言其壯勇只到荔浦，不肯來新墟。董荊山、李譜言，惟楊振邦之勇經藩臺委員在省點驗過三百二十人不錯，張鑑之一百八十人不但不予點名並未見其名冊，而在省已是多事，沿途需索夫價，騷擾實甚。本司以張鑑之勇，人不足數，多係虛名冒餉，早有所聞，且又到處滋事，不能約束。現奉中堂令到劉營，乃行至茘浦，裹足不前。此種安能望其打仗乎？該勇既不肯到新墟，則劉營更不必說矣。當卽令李譜、董荊山、張鑑帶回散遣，已領之錢糧追亦無著，卽賞作回省盤費，不許更向沿途州縣需索夫價。其楊振邦之勇，人雖足數，而相同效尤，卽亦不能用，一併遣回，已備文稟報矣。李譜、董荊山二人據實辦事，不狥情面，實爲武弁中難得之員，乞中堂賞予記名拔補，以爲公事認眞者勸。本司謹遵諭示在此督戰，不卽趍詣行轅矣。

再稟者。徐牧回新墟傳述憲諭，均已聆悉。據稱中堂以昭平之富玉沖地方緊要，擬令許鹽道遣勇前往駐防，甚爲妥密。該處距縣城僅三十里，現係派勇防守而少大員督率，雖蒙中堂飭委長鎮到地，而無一兵。李瑞所收潰兵僅百數十人，向提督昨有來書，言在平樂就醫，未言何日可到昭平。如蒙中堂飭令許道新募之勇千人前來最爲安善，卽請施行，幸甚。

正繕稟閒，接烏來信，知十二日伊處亦未能得手，想中堂亦已見伊稟報矣。賊之伎倆已窮，惟有死守不出以疲我兵而已。細思我兵仍非眞厚，每路兵名爲四五千人，除留守營盤外，每次出隊亦不過二千餘人，東瞻西顧，步步分撥，亦形單薄。且皆在西北、西南二路，東面空虛。意欲俟潮勇到齊，湖北添調之鎮將前來，必須分兵一枝從壬山一路出至州城東北，進攻莫家村，約會烏兵訂期從西南進，而夾攻之。莫家村在平地，並非有險可守，似較水竇易破。此處既破，卽已斷其一臂，水竇勢孤，亦易破矣。中堂以爲何如？又接長鎮來信，言李伏病稍愈，已扶病來營，巴都統欲令其管帶湖南兵，而以四川兵交長鎮管帶等語。本司以兵將不相習乃從古之大忌，而自來統兵大帥無有知者，只顧亂分亂撥，兵將時刻更換，所以兵將皆不得力。湖南兵本好，因向提臺爲兵食一雞而正法，故失兵心，是以不爲出力。不自知過而恨兵，以爲湖南兵不可用而用潮勇。自歸長鎮管帶，訓練有方，湖南兵甚爲出力。此其明驗也。乃巴都統欲更易其大將，湖南兵其肯爲用乎？此事關係不小，望中堂速札飭令李伏與長鎮同營統帶湖南兵及潮勇，不得更易，是爲至要。今以長鎮來信抄呈閱之。此乃公事，幸勿以爲私言也。

賊營當以次攻破狀 九月十六日午刻新墟發

敬稟者。十五日具稟一切並抄呈與諸將信稿及抄李鎮覆信去後，是夜，接劉鎮來信，知十六日進攻之事尚須同爲商議。又以令其攻破賊營，頗有爲難之意。今抄劉鎮兩次來信呈閱。伏思我兵力本未厚一節，本司先已言之詳矣。然此時賊亦無多，惟其踞險得地利而又黨固心齊，佈置有方耳。我兵心本不齊，與諸將幾如路人者，由平時偏聽左右之言，賞罰不公故也。本以路人待兵，兵安得不以路人待將？近有一、二營兵可用者，將稍結之以恩義也。而主兵者又思更換將官，其不曉事如此，而動以兵不可用爲言，誤國誤兵，曷勝言哉！竊計此時賊無猖獗之形，惟有固守之勢。本司初到古排，即言必先破其城外之賊而後攻城，夾攻水竇，上策也。夾攻莫村，中策也。冒昧攻城，是爲下策。惟烏都統一人意見相同，衆口嘵嘵，既已是非淆亂，又以敗將驕怯，一心避賊，悞國棄師。時事如此，可爲寒心，烏都統所爲痛哭也。昨經本司親至古排各營，見其報事仍蹈從前惡習，兵心不服，立即指明，重賞以慰衆心，然後兵心回轉，是以十二日之戰出力者較多。正宜乘此鼓其氣而用之，豈可徘徊瞻顧，卻立不前乎？謂城外賊營九處，即破一、二，未能進紮營盤，是矣。然先從一、二處破起，以次破之，自有全破之日。若並一、二營不能先破，乃欲一鼓九營全破乎？此本司之所不解也。劉鎮以十二日兵丁出力需賞，今更以銀五百兩賞之，若欲全賞，則非破賊營不可，已飭支應局備銀解送一千兩交各將矣。李鎮滇兵本少，而前日撥赴烏營者又去其七百人，主兵者分派不公如此，本司亦無如之何，擬以自帶之東勇三百人予之，稍壯軍威，俟礮火配足，方能遣去耳。破營之事，容再作書與劉鎮商之。又劉營並無糧臺委員，不知省局所委何人，望詢嚴道催其帶銀一萬兩速來云云。

烏都統請潮勇狀 九月十九日巳刻新墟發

十八日奉中堂手諭，言烏、長二將事極精當，分班輪攻之策，已飛致諸人，並作一長書致烏以激勸之，必能盡力。此人深穩，而不能輕銳，其心似尚無他，遠非向比也。書將發，而江岷樵來書，言烏令其往見中堂言事，其意聞給潮勇千人，不勝之喜，欲更得千人，則可立破水竇而守之，更破莫村，言當不謬。但潮勇三千已予伊一千，尚存二千，當予北路，四營每人得五百人耳。巴營已有武宣新到之潮勇四百人，或可無須耶，儻不能再予一千，或更分以五百人乎？必不可，或於中堂隨從兵勇內撥數百人予之乎？惟中堂裁之。申刻戈什哈李澤濃來，言烏已遵命訂期十九、二十一、二十三等日與北路進攻矣。此次似可有好音也。十九日辰刻，又奉十八日巳刻手諭，令諸軍佯攻外營而直至城下，襲取捡其渠首而不必守，更穿出城外攻營，此策大爲奇妙，立卽遵奉飛致諸軍矣。今以信稿仝致烏信稿呈閱云云

十九日進攻報節相狀九月二十日辰刻新墟

十九日酉刻馳報，是日北路諸軍皆得勝仗，想入鈞覽。是晚諸委員回，又連接許炳東及各營遣弁來報，所言大概相同。是日湖南兵同潮勇進攻西面賊營，長鎮帶兵督之，賊如前閉守不出，潮勇佯退，賊出營追，湖南兵迎上，潮勇復回，用連環排鎗打死賊數十人敗走。中路雲南、廣西兵方攻五將廟賊營，西營賊復往助之，雲南廣西兵將退，見有大令，不敢走，復奮力迎擊，將賊打敗。四川兵進攻東路紅廟賊營，賊亦不出，久之仍用佯退法，賊從山上來追，被四川兵回身擊之，亦殺斃數十人，生捡執黃旗賊目一人，將其北樓村燒燬，此劉署提之兵也。三路共計斃賊百餘人，生擒賊目一人，燒村一處，申刻收兵。烏兵攻莫家村甚力，不知殺賊若干，遙望焚燒賊屋不少，北路收兵，猶聞南路礮聲未已。此十九日南北兩軍進攻之大概情形也。戈什哈李澤濃持令馳報，想已面詢之，未審與此間所言相符否。前因各兵出力得勝必須賞勵，是以札行支應局提銀六千兩，欲北路各營每處存一千兩，交其主將，以使當日速賞，使兵心鼓舞。烏營亦予二千兩。乃札行已逾數日，而支應局不肯解來，大約以事非經見，以爲耗費，故不肯予，或稟請省中示也。此等見識拘泥不通之人，使辦支應，必悮大事，殊令人焦悶。呼應不靈如此，何能辦事乎？正具稟間，又奉十九

日已刻手諭，均已聆悉。湖南符水人前來三名，已經劉委員送往北營中。劉言尚有二十七人在省，須伊回省帶來，已於十九日啟行去矣。賊人築壩攔水，可以下毒之事，當信知烏處辦理。其北路攔水一節，遍尋土人，地勢不便，以四面皆山，遏住州河之水，則上流水無出路，橫溢之患不可言也。烏信來欲求潮勇二千人，本司難之，酌復信云云。今得中堂已准予之，大妙。伊果得此，必可成功矣。中堂知人能任如此，大功其有不成者乎！前者巴都統派赴昭平之仁義等勇九百人無官統帶，其人桀驁滋事，騷擾地方，昭平人甚苦之，不敢相留，羣求沈令置之大廣少人之地，免遭滛掠。頃接沈令稟求調回大營，本司以北路兵勇已撥去七百名往烏營，雲南李鎮僅有兵五百人，不能成一營，現擬遣荔浦新招義勇二百人助之。若調此仁義勇到北路，分派各營打仗，必能得力。蓋若輩本是招撫之盜，野性不可久閒，惟宜用之打仗也。望中堂飛札令巴都統調來。此勇無官統領，惟招撫頭人陶昌培等三人管帶而已。巴之辦事糊塗如此，可恨也。諸軍佯作攻營，乘閒攻城之策，已飛告各路，回信皆言商辦矣。此策眞妙，但目中諸將能辦此事者實未見其人耳。攻營僅能小勝，而能直擣腹心乎？將或有心，兵實無勇，其奈之何云云！

脅從賊犯不宜發遣新疆議狀 十一月初九日

敬稟者。本司前詳平樂府稟，據賀縣稟，請將拿獲被脅服役匪犯陳道保等議擬充徒，殊爲輕縱，請改擬永遠監禁等情，詳奉憲臺批查，該犯陳道保等十七名係於謀叛案內被脅隨從服役，或被雞姦，自應嚴行究辦。該縣比照洋盜被脅雞姦之例，擬以杖徒，殊屬輕縱，該司議令永遠監禁，用重典而仍寬一線，防微杜漸，極得情法之平。惟查例載，謀叛案內被脅入夥並無隨同焚汎戕官抗拒官兵情事者，發新疆給官兵爲奴。近年楚匪雷再浩、李沅發等謀叛滋事及本省平樂、陽朔匪徒結會薄城各案內所有拿獲夥犯，審係被脅服役情節稍輕者，皆援此例擬遣，奉准部覆在案。按其投畀遐荒，亦去死一閒，而可免羣聚囹圄，疎失壅擠之患。茲陳道保等情罪相同，應否將該犯等照案援例擬遣辦理之處，仰再查核議，擬通行飭遵，仍候爵督部堂批示，繳供摺存等因。奉此本司查賊匪之中脅從不少，如果不願從賊，何不乘閒逃走，乃旣爲之雞姦服役，復爲之探聽官軍消息往報，則是甘心從賊，並非一時被逼者可比。雖未拒敵官兵，而爲賊姦細，究其情狀，實不下於拒敵。譬如賊之僞軍師，豈得以其未嘗臨陣而赦之哉？發遣新疆，雖云投之遐荒去死一閒，此在新疆初闢之時言之則可，今距初闢已將百年，其地物産富庶，久成樂土，内地遣犯至彼無不得業安居，故多有不願回籍者，是本以罰之而適以賞之矣。今之爲賊者無不知之一經免死，即得樂土，何所畏苦而不爲盜哉？至於沿途萬里，州縣夫役之繁費尤其小者也。自來擬罪惟知援引例文，而不顧其實，甚乃好行其德，姑息養奸，此盜風所以日熾，至於貽悮封疆，生靈塗炭而莫之悟也。本司每念及此，痛心疾首，現在軍中，目覩前人拘文率義，悮國悮民，故思稍爲變通，謂此等叛逆脅從之賊，與其有發遣之名而置之樂土，莫如長繫終身，旣減死罪一等而實得處置罪人之道，應請憲台因時制宜，准從外辦，毋庸造冊諮部。儻以事係通詳，仍當照例諮部辦理。古人所謂一歸朝廷則有法在，應請遵照憲批，仍如舊例通詳施行，本司前擬監禁終身之處，可毋庸議。伏乞憲示遵行

覆中丞不能親歷周巡各隘狀 十一月十一日戊刻新墟發

敬稟者。初九、初十日連奉初五、初七等日兩次憲函，以前月十八一仗，後南路軍容頗盛，北軍怯弱，防賊北竄，今本司親往防堵各隘，周歷巡查，務臻嚴密。伏查永安、荔浦設防各隘，本經飭委徐牧及宜山姚令時往稽查，尚爲嚴密。各路前後盤獲賊匪已數十人，訊明之後，或立予正法，或發禁荔浦縣監，其無辜者立予保釋，尚不致有疎懈。本司在此爲各路軍營機密事務糧臺支發總匯之區，中堂或一日一信，或一日兩信，戕什哈往來不斷，每於夜半亥子丑寅刻到營，皆係緊要事件，立須登覆，不可刻延。又各營函商要務必須立予裁答，各行營糧臺稟請口糧皆親自稽核款數，批准發給若干，札支應局，然後各人赴局具領，恐防浮冒，必須親加稽核乃能批準，内經駁飭者甚多，即各營兵勇請領鍋帳軍裝藥鉛器

械亦須斟酌發給，並有通省各府州縣稟報剿匪獲盜及請議敘者，皆親自批答，未帶幕友，一切稿件皆須自作，是以無片刻可以離身。若周歷巡查各隘，往返必須旬日，擱誤公事實多。惟仍令徐牧、姚令或彭牧分往稽查，不致疎忽。且北軍自向欣然起用總理到營之後，逐日操演整頓，大爲改觀，各營將士皆有奮興鼓舞之意。中堂催促進兵，經將整頓必須旬日之後方能有效，否則依然無益之處再三陳明。茲於初八日已同各鎮拔營前過涼亭地方駐紥，一晝夜築成營壘。初七日申刻信來，欲提賞耗夫役銀二千兩，本司以若向支應局提取，往返必須三日，恐其又有藉口改期移營不成，隨另外設法措備銀二千兩，委員於戌刻解送，子刻解到，不悞其初八日之期。但約以後不爲例。果於次日辰刻卽移營前進，賊竟不敢來撲擾，僅於數里外山上放礟，是其情已怯而我軍威已振可知矣。向欣然稟中堂云，儻賊北竄，請以一身當之，其言甚壯。向欣然之意在移營步步前逼，使賊來就我，然後打仗，則我逸彼勞，此反客爲主之道也，大合兵法。至於大營既移，恐古牌空虛，特使雲南營及各勇在古牌前二里西路駐紥，防其北竄之路，使安徽兵同李孟羣、黃鶴飛之勇三千六百餘人由壬山紥營，防其東面北竄之路，似此紥密，憲臺可勿過憂也。向之告示六條已發局刊刻；又請發給賞功銀票，兵勇有斬獻長髮賊首級一顆者賞銀五十兩寫一式，囑本司編立字號，蓋用圖記刻印二千張，頃已辦好，合支應局復加騎縫字號圖記，移送向處蓋印發用矣；又要麻布口袋及蒲包五萬個，大約爲步步移營囊土爲壘及攻城之用，亦已飛札支應局買備，但此物荔邑無有，已遣人分往平樂府及省製辦，大約旬日可得。昨夜四鼓中堂戕什哈從烏營回帶來要信，告以賊有勾買新潮勇入會之事，竟有兩名逃入賊城者。潮勇已不得力，又有此事，眞出意外。雖衆潮勇皆不肯去，然恐其不免二心。認眞則恐激變，聽之又恐時刻難防，此中駕馭，實爲不易。幸遠芳細心，當不致有變耳。省局之餉漸少，未審各省未到之餉尚能陸續接濟否。今日奉文，知續請之二百萬奉旨准撥內帑一百萬，部議於湖南、廣東兩准撥一百萬。但恐京餉要八九十日方到，各省秋撥後續收地丁果能應手否。兵勇雲集支放維艱，每次各糧臺請餉，斟酌批准多寡遲速之間，萬分爲難，焦灼不可名狀也。楊沅帶勇頗能認眞甄別，現在雲南營中，其人未經入仕，言動未免喬野，而人尚明白，不至荒謬。前蒙准予奏留，事雖未成，伊深感激。來諭謹已聆悉云云。

古排空虛大峽新墟當添防狀 十一月十四日午刻新墟發

敬稟者。本日接向欣然來函，以李孟群、黃鶴飛之勇已進紥壬山二祿村以爲攻東平村之用，其壯勇夫役四五千人。該處地僻村荒，無處採買食米，囑令糧臺辦運。查壯勇夫役例無官給食米，惟有口糧銀，若因無處買食，自可官爲辦運，照兵丁例日給八合三勺，在於口糧銀內折價扣除。從前李沅發案內，卽嘗如此辦理。李、黃二人並無糧臺委員，係荔浦支應局按月支給，由二人自行造冊報銷，擬卽以新到之川米運給，其各營壯勇夫役儻亦需官運，亦卽如此辦理。謹以稟聞，未審川米究有若干也。昨以大兵移營，古牌空虛，防賊北竄，信商欣然，請畱滇兵駐紥舊地。茲得回書，所答殊非所問。武人粗疎，只得聽之，其去烏遠芳之深心計事不可同日語矣。烏求添兵，恐無可添，而潮勇既不聽號令，不可爲此壞彼營規，自當設法調開。未免益形兵少。查現有猺勇四百名未到，可否卽以給烏營，祈中堂裁察示知，俾烏營稍得四百人之用。又昨爲舊潮勇求賞，給功牌六張，送往長鎮營中，茲得回書，言已蒙中堂賞過，此係重複，仍以送回，合行呈繳。昨夜二鼓，月色甚明，今日天氣已晴，此中堂精誠所感也。欣賀之至。

請畱猺勇防守大峽狀 十一月十五日巳刻發

敬稟者。本日辰刻得烏遠芳十四日巳刻信，並抄莫吾芊口供，知胡以洸已死，爲之一快。伊自有詳稟，想卽呈覽矣。遠芳云，昨日出隊以觀動靜，今晚明晨當更有信也。今日天氣又好，看來晴霽可久，正好辦事。惟古排空虛，則大峽、新墟必當添防。新墟原有之福勇一千名內已分出四百名往守巾良卜洞，僅存六百名交周守備管帶在峽防守。今古排空虛，向欣然不以爲意，不無可慮。此時經費維艱，不能添勇，惟將未到之猺勇四百名，昨擬請予烏營，當令其同周光碧防堵大峽，方爲嚴密。是否可行，請中堂裁示，以便遵循。昨奉諭示，南路潮勇已飭甯丞帶回東境，仰徵明斷，可免無限瞻顧，且可節省經費。敬佩之至。

向軍移營殺賊北路第一功報使相狀十一月十五日申刻發

飛稟者。胡以洸自盡之事，烏營已有稟報，辰刻本司亦已具稟矣。本司已刻，聞永安礮響，遣人往探，知賊匪七八百人來撲我營，向令湖南兵出隊打仗，轟斃百餘人，潮勇殺其執大旗一人，割取首級，衆人爭分其屍，到營獻功。賊已敗回。此乃向欣然到北路第一功也。從此，軍威大振，賊之氣南北兩路皆餒矣。可勝忭賀！正具稟間，外委朱起鳳來持中堂諭示，謹已聆悉。惟該外委言解有乾糧尚未來，亦未見糧臺來文，想卽不饑丸也。俟同火箭等一到，應卽飛送南北兩營。又稟。

甯丞帶潮勇回東給予盤費狀十一月十五日戌刻發

敬稟者。本日已刻具稟胡賊已死，未刻一人馳報北軍得勝殺賊之事，次第想可呈覽。戌刻奉到本日子刻諭示，知南路不得力之新潮勇已蒙札飭甯丞管帶回東，仍令沿途給予口糧，以免滋事。查此次資遣，自當留意，現擬令甯丞計算到潮州日期多少，札飭烏營糧臺委員將到潮州口糧發足，交甯丞途中五日一發，仍令沿途州縣應付船隻，入東境後，想可不致滋事。東省州縣未便令其發給口糧也。欣然所要麻袋，何以未稟，眞乃武人粗率，豈不悞事！幸荔浦支應局已解到布袋一萬個、蒲包五百個，且先解往，餘卽由本司飛移省局趕辦可也。河南兵無可撥，遠芳明白人，當無話說。今日見欣然撥兵勇單內，將猺勇派隨雲南兵進勦，如蒙允以此猺勇留守大峽，以固新墟，卽由本司備文移商李鎮，當亦可行。但求中堂札飭史遊擊榮椿爲禱。本日申刻戌什哈朱起鳳解到不饑丸十六桶，又委員解到子母礮、大藤牌、小彈子。明日卽分發南北兩營。惟火箭二千支未到，來文亦未言及，求諭嚴仙舫卽解。今日烏遠芳委員過新墟，言往各雒容縣解六千觔、四千觔大礮，係周敬修所存之物，由水路潯州到營，不知月底能到否。向欣然於印票外，又提賞耗銀五千兩備用。烏遠芳信來，亦須備賞銀一萬兩，不能不許爲應付。又各處請領紛紛，動皆一萬兩，明知省局缺銀，於批給之時斟酌多寡，其難萬狀，此日夜所尤爲焦急者也。惟天色晴霽，又聞勝仗，心稍爲一快。想中堂亦同此情也。

滇兵往二嶺西路狀 十一月十七日巳刻發

敬稟者。昨日奉到諭示並札飭革員陶芳妄言阻撓大計，令地方官逐回等因，本司已同隨行委員共助資斧，令回直隸本籍，並以中堂之意告知向欣然矣。後路實是空虛，向令滇兵往二嶺西路進至州城，並駱都司所帶六百人亦令其同李、黄之勇前進，本司現函知欣然，請畱駱都司駐守壬山，以遵前諭，不知肯聽否。猺勇四百名昨晚到齊，今日點驗發給鍋帳，卽可前往隨營打仗。其人勇而愚，故不怕死。惟口糧每名日需銀二錢七分，月當八兩一錢耳。中堂交史將官之一千兩，本司囑其畱存，事竣後給予作爲賞耗也。滇營得此，又有招來博白練丁三百數十人，可爲勁旅，朱紹恩之勇亦在向所派中也。本司慮新墟吃重，已令周光碧帶勇六百人守大峽口，又令委員伍繼勛於本司隨營之東勇三百中分撥二百人前往協同防守，又於前日散遣之潯勇二百人內挑選五十人隨營防護，仰仗福威，似可無慮矣。中堂用人駕馭一片苦心，本司無不領畧，欽佩之深，轉增慨嘆耳。昨思水竇十分堅固難攻，不可不思變計。現在黄村有許、張二道，濛江有劉繼祖，則南竄無虞。不如乘北軍前進，烏亦暫舍水竇，移營而北，爲合力攻城之計，卽先破其城外之營亦好。南北兩軍既通，更爲得力，儻水竇分兵來援，可如前次莫村之法，於路齊剿。昨已書商烏遠芳，俟滇兵進過二嶺，亦卽以次移營。又囑李子廉一過二嶺，接信致遠芳。子廉一路孤軍，固所深願，卽遠芳精細人，亦或不以爲謬，未審中堂以爲何如。欣然所索賞需五千兩，今日已解去矣。遠芳所要賞需一萬，亦經飭局交來員解往，以應其手。遠芳，君子人，其所發賞合一千個，俱已送往向營。尚有二萬九千兩，言十八、九日內可以齊備，無須省局重辦，已知會省局矣。凡向、烏二人所需，本司無不立卽應付，斷不令其藉口，請毋廑念云云。

猺勇不願往南路狀 十一月十七日戌刻發

敬稟者。本日巳刻猺勇先到三百六十人，點驗皆自帶鳥鎗火藥，頗爲勇健。申刻又到五十人，似尚有續來者，擬明日再點以待之。酉刻奉十六日未刻諭示，知中堂先有撥付烏營之意，本司愚見競能符合，喜甚。惟猺勇原約在北路打仗，距其家近，今改往南路，令韋鶴揚諭之，猺頭以距其家甚遠，不願，則不必勉強，仍令往雲南營可也。駱都司所帶六百人前奉諭往壬山，而向欣然派令隨同滇營往二嶺堵剿，本司以書往問，覆云，壬山已有李黃之勇，可以無需，經稟明中堂，令同滇兵駐二嶺矣。向處賞需五千兩，今日委員送去，並告以中堂甚怒陶革員妄言阻撓，札令逐回，欣然頗覺有難爲情之意，再四向委員婉言其實不得已。本司思該革員咎在妄言，而其人甚正派，無佐雜惡習，隨同本司辦事走差審案尚爲可靠，本擬事竣爲請一奬勵，今以妄言獲咎，遠道艱難，其情殊爲可憫，擬於公助資斧外，再於雜支項内提銀五十兩，賞爲回籍盤費。想中堂寬仁深厚，必邀允准也。悞事跑役必加嚴懲。川米尚未見到，然一兩日必到，可無悞兵勇夫役之需，請勿廑念云云。

此次賊逃必非大隊狀 十一月十八日巳刻發

敬稟者。十七日戌刻具稟猺勇不願往南路，只好仍令往滇營之事，本日卯刻又奉諭示，以我兵正盛，賊不敢北竄，即有逃逸，必非大隊，仰見明智洞燭情事，不勝欽佩。本司亦持此論以語人，多不解，以是知曉暢軍機之難也。本司心知將來賊敗殘之後，紛紛潰散，無處不有，各隘之防雖未必皆足當大隊，而堵擒逸賊則爲有餘，所以未敢撤防也。新墟近賊巢不及三十里，所有原派防守新墟之勇一千四百人，除撥四百人往守中良卜洞，又撥六百人往守大峽外，所存朱紹恩之四百人又經向欣然派令隨同滇營進剿，此時新墟無勇，僅本司隨營防護之東勇三百人及挑出潯州忠勇五十人耳。中堂明示及此，竊自喜其不謬矣。即荔浦防守之勇亦稍有減撤。所恃以無恐者，正爲此次賊敗後竄逸必無大隊也。竊意近賊之地且然，他處可知，而各處猶求多設兵勇防守，眞乃無識之人。又不便明言駁斥，但不許添兵，想中堂亦以爲然也。昨晚得烏遠芳覆信，言新潮勇一千二百人已於十五日交甯丞帶往昭平，嗣奉諭示撤令回東，佩服之至。甯丞已於十七日有文書到支應局要口糧，云所存僅敷至本月二十日止，本司擬照東省原議每名四兩二錢之價，再給一月，作爲回去盤費，以免途中滋事，仍札飭梧州府昭平縣爲備船隻啟程矣。計此一千二百人亦當需銀五千餘兩，明知花費，無可如何也。頃得李孟群、黃鶴飛十七日來稟，言是日二人之勇在壬山外洞口地方紮營，城中賊出隊捕擾，已經擊退，殺賊數人，我勇未損一人，亦甚可喜。昨有自向營回者，言此兩日來賊城内不敢復放定更礮，恐我以爲彼之出隊，官兵往攻也，皆是極好消息，並以稟聞。十六日解到不饑丸同子母礮、大籐牌，當日隨即分解向、烏二營，向只留不饑丸及礮子，其礮、牌，營中已足敷用，命委員帶回。火箭二千支，噴筒一千個，昨晚委員亦已解到，今日亦即分解二處矣。荔浦局昨日又解到第三次口袋一萬個、蒲包五百個，連前共解過向營三萬一千五百個矣。其餘明後日可齊，不悞。已信知省局，無庸重複矣。今早見陽朔委員又解到舊米袋八百個前往向營，多多益善也。

烏軍宜同向攻城狀 十一月十九日午刻發

敬稟者。本日已刻奉諭示，早已信致烏遠芳，舍南而北，同向攻城，但文墟仍不可空，防賊竄鵬化舊巢，而烏別有意見，亦不爲錯，是以聽之。本司伏思軍中事勢，頃刻百變，未可執一。前日城中無隙，而許、張未來，故宜先攻水竇，破其精鋭，以防南竄。今水竇既堅固難下，而外有許、張堵截，南竄無虞，而城内有可乘之隙，豈可舍易圖難？況北軍既已逼近，賊先止憚我南軍，今則並憚北路，此誠不可失之時會也。若恐水竇賊來援，度其懼我許、張乘虛攻入，必留半守營，來者無多，我伏兵於路擊之易破耳，較之攻水竇不同矣。本司前與向書，尚未見復，俟其復到何如？儻有未悟，當再詳爲言之，以副勝筭。城内必有大頭子已死，但未必是洪耳。而胡賊自盡，似可無疑。本司遣去之人未回，以賊深諱其事，不肯揚言故也。莫吾芊再去，必有端倪，但恐此去爲賊所殺，不令其回耳。若果被殺，其事益可信矣。烏信再來，不妨據實上聞，並須陳明賊深諱其事，不肯揚言之故。九重憂念甚殷，不可不以告慰聖懷也。軍中所需不敢稍遲。惟欣然前來告示，發局刊刻，而荔浦無刻工，仍是送省去刻，至今未到，殊深焦急。頃中丞信來，亦言之，現已飛札催之矣。

城内探信人回狀十一月二十日酉刻發

敬稟者。前日遣人往城内探信，今日其人送信來云，胡賊自盡之事，城内並無所聞。烏大人有信與賊頭子，信内藏有礮火，賊衆見信沉重，料破機關，將信遠擲地下，礮火即發。賊匪詭言天父下降，指示信内有礮，不然，何以知之？手下深信爲然，以爲眞命等語。本司查賊情詭秘，是否深諱其事，不使人知，抑係胡賊並無自盡之事，竟未能定。烏處再遣莫吾芊前往，不知能否回來，此事只好存參，且緩入奏。惟信致春圃先生，何如？本日奉十九日午刻諭示，以陶革員盤費一事，可以不行稟知，此乃世俗之舉也。逐回以明執法，賞給盤費以明施恩，所謂仁至義盡，恩威並行，使受法者無怨，此李平所以見髡於諸葛武侯，終身無怨也。區區之愚，以爲中堂德量，直與古名臣爭烈，故事以古人之道，且欲恩出自上，不敢自市其恩耳。烏處未有信來，不知十八日有無進兵，舍南攻北之事果肯聽否。俟其回信，再當勸之也。向營所要之口袋五萬個已齊，而解去第四萬個之時，向已回文云足以敷用，不必再解矣。昨日荔局又解來七千個，只可留存爲裝米之用矣。又解去火箭噴筒，亦駁回，云用不合式，今亦解回新墟收貯。其解往烏處之人未回，不知合用否。猺勇已往李營，給予半月口糧，擬俟半月後酌量遣回，以節縻費云云。

烏向二將和衷協力狀十一月二十三日巳刻發

敬稟者。本日辰刻接遠芳二十二日亥刻信，知其連日出隊攻莫家村，接應北軍，以分賊勢，皆得勝仗。此時逆賊眞已膽落矣。其接仗情形自有詳稟，毋庸贅述。觀莫吾芊回營之供及訊問婦人聞莫氏之供，則天王已死之說，並非無因。而賊監獄被押三人言初九日聽見礮響聲在大堂右邊尚書館內，次日擡二棺材出去，則是拆匣封轟死者乃賊之大僞官明矣。莫吾芊復往不見胡以洸，則其自盡之言亦屬可信。此時卽不便入奏，不可不以告軍機也。甯丞帶赴昭平之潮勇，遠芳已奉到復令守昭平之諭，遠芳亦已謹遵行事。伊處又新收東勇八百餘人，猺勇不去無妨也。烏、向二人和衷協力，大功指日可成矣。本日卯刻接李孟群、黄鶴飛之稟，二十二日又奉令出隊，在洞口埋伏，午後，賊數千人分三路撲我官兵及洞口之營，皆爲我兵勇打敗，殺賊多名。李勇斬獲首級四顆，內有一賊係執大黄旂賊目，奪獲大小礮三位，刀矛旂幟多件。賊匪紛紛敗退，兵勇直追至舊縣村背向處，尚無信來，想自有稟報也。正具稟間，奉二十一日午刻諭示，知請派員點驗新舊潮勇之稟已達，蒙示連日約期大舉，吃緊之際，此事且從緩辦。極爲妥當。烏處所留之潮勇尚爲出力，北路之勇隨同舊勇用之，自亦尚可用。於此見中堂之識度遠大，非本司等愚昧之所及也。欽佩奚如云云。

再稟者。前與烏遠芳信，勸其舍南圖北，此次來信未及，然連日出隊北攻，則是未嘗不以爲然也。但未敢卽舍水竇，殆恐許、張二人靠不住耳。烏又言，防賊西竄，獨松嶺有路二條可通夏宜，又古眉過陸章有路可通大黎，已令梁舉人帶團壯六百駐守陸章，其獨松嶺每夜派兵三百人放卡，儻日前未能藏事，尚須分紮各處。其用心亦良密矣。大抵向猶不過立功，烏則盡心公事，有古名將之風矣。又稟。

滇兵寡弱不宜速出二嶺移營狀 十一月二十七日戌刻發

敬稟者。本日巳刻具稟張其翰東勇及昨日六樟防堵之壯勇殺賊報功事，計可呈覽矣。本日探聞向軍出隊，賊不敢出，而路人傳言烏軍攻水竇已得，但未有的信。如果眞得，則明早烏必有信矣。酉刻李孟群手諭其家〇〇火藥鉛子，云今日攻東礮臺，大爲得手，現取火藥鉛子接濟等語，此則確信也。特此馳報。

再密稟者。向欣然與李鎮今夏在桂平時口角相罵有隙，而邵鎮舊在雲南李鎮標下，亦不甚洽。此次向、邵相得，不免修怨。前令李鎮孤軍獨從西南二嶺村進剿，其山口之外卽團冠嶺，爲賊礮臺所在。滇兵僅數百人，派與之勇名數雖多，惟博白勇三四百人可用，餘皆懦怯不能打仗，猺勇又已散去，孤軍獨進，更覺單危。欣然謂其打仗不前，已將滇營衆將官摘頂矣。昨日又傳其条、遊二將各予棍責，立令移營出口，但圖洩忿，不顧公事矣。本司思我軍正當得勝，賊鋒大挫之時，此一軍被逼不敢不前，而形勢孤單，一經移營出口，設有差失，豈不又長賊勢？此事營中來者言之紛紛，本司今日作書勸向，欲令滇兵暫緩移營，惟聽令出隊打仗，不知肯否。睚眦報怨，自古皆然，然不可以害公事。武人不學，何能責以大義。但軍中實在情事，不敢不以密聞。此時用向出力之時，不得不聽其所爲，惟祈中堂留意而已。乞火之。

許張二道間道出奇制勝狀十一月二十九日辰刻發

敬稟者。二十七日巳刻戌刻兩次具稟後，本日據探事人回報，昨日烏軍係攻莫家村得勝。賊以大礮三門來到河邊，欲擊我軍，被兵勇乘其尚未安定上前全行搶奪，並斃賊多名，賊匪敗退。但烏處候至酉刻未有信來。接據署右江道張敬修兩次來稟，知其二十四日商同許道以三路進攻古眉峽上賊之新營盤及水竇營得勝，殺賊多名，生擒騎馬賊目二名。又以一路委員帶勇繞山越至古帶沖東邊，攻其守沖賊營，賊出不意，我勇大獲勝仗，殺賊多名，燒其屯聚。出奇制勝，可喜之至。二十五日復攻水竇，又復獲其騎馬賊目一名，奪獲旂械多件。恐該署道投稟稍遲，今將原稟抄呈鈞覽。其烏軍二十二、二十四兩日攻水竇之文，今日戌刻方到，知中堂處亦自有咨稟矣。北軍今日無事。外抄張敬修稟二件，供一件。今日史榮椿來言，向欣然前日棍責者乃都守、千摠，皆褫衣重責，非条、遊也。欣然亦已回信，言滇營兵勇不可靠，恐其失事。今擬俟甯立悌之潮勇一千二百人來助之，卽以史榮椿暫行管帶，儻林光謙到，係潮州人，識其口音，卽令其專管。此稟於二十八日戌刻已具，因抄張敬修稟帖太長，是以於二十九日辰刻始行發申。

請從許道東面安營之策狀十二月初一日辰刻

敬稟者。三十夜亥刻奉向營差官帶回二十九日申刻諭示並抄批各件，謹聆一切。李鎮之事已蒙中堂洞悉，本司可毋庸置喙矣。初一日辰刻，接烏遠芳來信，言許、張二道所上安營東南面以協鎮大員督帶兵勇五千人駐紮，東可以防昭平，西可以攻水竇，北可以圖進攻城，中堂令其核議。烏抄稟稿見示，以伊處無兵可撥，惟許、張可撥東勇二千人，仍請中堂裁定。本司愚見，許道之策，誠爲妙著，兵勇既少，不能用其上策，似宜用其中策。查許、張有東勇二千人，現在李子廉召來博白練丁五百人尚在中良，若使李子廉帶罪帶此五百人前往，過烏營中，以雲南原撥之白人鵬滇兵六百餘人合可千二百人，益以許、張東勇二千，則三千餘人矣。許、道本請到烏營一同攻剿，何不令其自帶二千人來同李子廉駐紮百合村乎！李子廉尚有原用之博白練丁三四百人，聞其見李子廉被革有散去者，若聞李復用，仍可收集前往向處，並無所礙也。李子廉不在向麾下，似仍可以用，究係慣戰宿將，中堂不過少挫折之耳。此事似乎可行。爲此飛稟請示，如果以爲可，望卽速行。中良之博白練丁五百人留此以待，可見。潮勇一千已到，已令原帶之會同縣典史蔣志儒帶往向營矣。向既喜張映奎而惡陳瑞芝，本司擬卽撤陳瑞芝。但潮勇尚有陳登仕管帶，惟口糧等事本無糧臺，似可卽併交曾紹埕辦理。曾乃向所喜也。又思烏處白人鵬之兵恐亦不能還與李子廉，儻向肯遵中堂之諭以新到之潮勇千人予之，更妙。新到潮勇係東省原帶之會同典史蔣志儒管帶，其人妥貼，仍可令其帶往。史榮椿現回陽朔，若使督帶，以幫李子廉，尤爲妥帖。

王夢麟守昭平兵不宜動狀 十二月初一日未刻

敬稟者。本日辰刻甫具稟申行後，午刻奉到三十日酉刻諭示，知許、張二人之稟亦到，所獲韋正之姪不比別人，必可問知詳細，而未抄口供來，似訊問未定也。本司函致張敬修問之，今知中堂亦已批示，好極。猺勇頭人留意挐大頭子之事，誠爲要著，容卽使韋鶴揚往辦，啗以重賞也。前稟請使李子廉帶勇往東面百合村，非只爲李子廉，實爲王夢麟之兵在昭平，稍可以鎮定人心。若調出來，雖仍是防守，而愚人不知，必又振恐。以爲不宜移動，不如遣李、許二人同往之爲得耳，祈中堂審度行之。

向必無話說也。惟賊竄之路不東則西，二嶺一路，實是可慮。向欣然以王錦繡代李子廉，恐不如遠甚。其人年已逾七十而無膽，前次鬱林之役，託患腰疼，未嘗一戰，及賊去後，其腰遂愈，楊道嘗面笑之，人所共知也。而前日晤面，以爲本司不知，盛自誇功，云李某之戰皆其力也。如此可笑，向乃以爲好，其是非可知矣。本司深慮此一路不可恃，恐賊由此竄。本司現派人防守北路要隘中良、金雞、水峽三處，可恨者，向將各處防堵之勇任意悉調往打仗耳。此人之勇可取，誠爲現在要藥，而恃其聖眷既偪而驕，難與之言，本司惟轉運供其軍需不悮而已。防堵乃本司之事，伊且任意檄調，並不關商，他可知已。窺其心事，止是逼近賊城，攻之使走，從尾後追耳。此乃向之本計也。前在平樂，卽嘗建言：宜開水竇一路使走，而以追爲剿矣。本司及烏遠芳則惟恐其竄至別處又滋事也，用心不同如此。北路礮響，南路必出應之，南路攻賊，向每不應。二十七日李孟群見南軍得勢，請往應之，不許。蓋別有意見也。其人如此，中堂姑察之而已。

請撥翊勇與李鎮報中堂狀（二）十二月初二日巳刻

敬稟者。初一日具稟王夢麟兵守昭平不宜輕動，請派李糸鎮帶其博白練勇五百人及甯立悌之潮勇千人同許道之東勇二千人前往東面百合村紮營，東保昭平，西攻水竇，北圖攻城，以遵鈞諭去後，今晨得向回信，已知新墟太空，令駱秉忠之壯勇六百人及朱紹恩之東勇四百人回守新墟，而以甯立悌之潮勇千人交王錦繡往守二嶺。本司思二嶺亦爲緊要，賊不敢東竄，必西走二嶺。此處南通夏宜，北通中良、金雞隘、水峽、大峽，王錦繡老而懦怯，更不如李，所派之勇，又非勁旅，必不能守。今以潮勇予之，洵爲有益，則不能予李能臣矣。王夢麟之兵及潮勇皆不便予，其先已撥付烏營之滇兵恐烏亦難還。或令李且帶博白練丁五百人往過黃村，令張敬修酌撥翊勇千人予之，會同許道督其東勇二千人前往東面。張敬修有勇五六千人，撥其一千，似亦可行。是否有當，謹再飛稟中堂裁示。陳瑞芝已撤回，令其趕辦報銷，其原帶之潮勇，向欣然已交李瑞同萬文芳管帶矣。新墟要隘三處，一爲金雞隘、中良，至此可達修仁，今派周光碧以所帶東勇往守。二爲水峽，擬令駱秉忠帶勇往守。三爲大峽，擬令朱紹恩帶勇往守。則北路可以無慮。省運大礟尚未見到，昨已飛札沿途各縣催運矣。

【校】

〔一〕從此篇起，至『東勇宜善爲遣散報中丞狀十二月初九日巳刻發』，正文皆無標題，玆據目録補上。

初二日打仗情形報中堂狀十一月初四日巳刻發

敬稟者。本日辰刻奉初三日午刻諭示，以博白勇交李叅鎮之子同章節文王都司帶赴烏營，令許、張二道撥勇二千移紮百合村。奉此查博白來勇先到之五百人既准畱用，卽令其造冊呈送，委人點驗，聽候王都司前來帶往南路。其口糧之數，俟李叅鎮之子來，問其從前如何給發。尚有續到之三百餘人，昨日向提軍使人來問，有更換其不合用各勇之意，擬作書往問，如果要用，卽遣其前往向營也。初二日之仗聞甚認眞，賊數千人三路前來，我軍對敵，皆短兵相接，爲時頗入〔一〕，賊匪兩次敗退，並礟打一騎馬頭裹黃紬色身穿紅戰裙之賊目，其人立倒。向來搶屍不過十數人，此次有百餘人，上前圍擁扛擡而去，似是大隊目也。可喜之至。荔浦獲賊目陳亞啟供，太平王仍是韋正，朱九濤，實有其人，並非洪秀全，胡以洸乃太平王第三妻舅等供。中堂已提犯往陽朔研訊，俟張敬修處再訊韋正之侄，其供若符，卽爲眞確。本司現以陳亞啟供抄寄張閱，使其逐細訊問矣。頃聞良勇來報，今日五鼓出隊，賊來迎拒，爲我兵擊敗退回，賊在城上放礟，我兵大有攻城之意。已遣庾把總往，俟查得實報，再以馳聞。省運大礟聞昨日甫到荔浦，當催其多用人夫迅速送往，明日揔可到營得用矣。李叅鎮違令，不便復用，而用其子，仰見中堂權衡至當，恩法並得，欽佩之至。仍望貸其一死也。

【校】

〔一〕疑印刷過程致誤，當爲『久』字。

大礟本日可以到營報中堂狀十二月初七日酉刻發

敬稟者。本日辰刻奉中堂初六日申刻諭示，知李叅鎮之事實出不得已，斷不肯致之死地。昨聞章節文來言，司道訊供詳上中堂，嫌其過重，親筆改之，本司爲之同深感激。明察至此，洵爲仁至義盡矣。向欣然自受此番精心駕馭，翻然改觀，聞者無不爲之起舞。前此未到古牌之時，北軍幾於不振，洵如明諭諸將不得爲無過，然軍無統一，九節度所以潰於襄陽，郭、李未嘗不在其中，似未可一概責之耳。北軍現在一總理、一署提、五鎮副將以下數十員，兵勇萬人，雖移營逼賊，屢次取勝，以乘諸將不振之後，故易於見好。烏遠芳以一孤軍，營内僅經、秦二鎮，兵勇不滿五千，自閏八月至今已四閱月，大捷十餘次，未嘗一敗，兵久而不見罷儆，此其才力過人遠矣。本司每以李臨淮方之，惟久未成功，故不見長耳。然烏善用兵而不喜用勇，賞耗不濫，人遂覺其嚴過於恩，李臨淮當日卽是如此，本司仰體憲意，以書規之，謹抄稿呈覽，請中堂稍俟之何如。將才難得，願始終以盡其長，天下幸甚。北軍大礮昨日戌刻到新墟，茅令、彭牧皆親自督押，小雨平地尚可以行，亥刻到大峽口，山徑既見崎嶇，雨勢復大，衆夫不前，彭牧稍責一人，六七百人鬨然而散。不得已候至寅刻雨住，人夫復集，乃進峽口。辰刻已將出峽。今日晴明，戌刻當可到營。向欣然六次令箭來催，無如何也。不悮今日到營之令，當可免咎耶？自古將令不肯輕出，出則必行，亦其爲主將者度其可行始出令耳。知其不能從，則不出矣。爲大將者，當明天時、察地利、觀人事，談何容易！但思言莫予違哉。狂直之言，屢次干冒尊嚴，實效古人堯舜其君之意，自非中堂之仁明，不敢進也。烏遠芳來信呈閲，仍望發還。中堂欲至荔浦，城内並無公館、書院，惟廣東會館稍可以往，而在城外。

東勇宜卽遣回報中堂狀 十二月初九日辰刻發

敬稟者。昨日申刻本日辰刻奉中堂兩次諭示，令徐牧赴陽朔審訊陳亞啟確供，遵卽飭令前往。該牧本在荔浦，小有感冒，當卽可啟行也。該犯供亦不知其詳。恐旂式所言各省，係造作大言，欺惑衆人，誠如明諭，亦以此語傳知該牧矣。烏遠芳昨日信來，言近日揭得僞示，中有三合會上洪門歃血之言，頗疑此來東勇三千人是其一黨。本司以爲必無是事。若是其黨，該逆深喜其來，當隱之使我不疑，豈肯明張此示，使我知之乎？必是懼我招東勇日衆，故作此語，使我疑之不用耳。明係反閒之計無疑也。但我軍此時實在無需多人，而此來之衆三千五百人，遠道而來，盤費已賠不少，今不收使去，决無盤費，既不能囘去，又聞東省有闖關奪犯之案，〇擬來西省立功贖罪，今不准投效，必又不敢囘去。本司昨擬酌賞盤費一二千金，尚恐其不能遵行。爲今之計，大局要緊，决不可辦理不善，又滋事端。竊意欲求中堂賞給札諭，以該訓導等恃衆闖關奪犯，現准東撫來諮，例應治罪，姑念爾等急公遠來，義勇可嘉，惟大兵雲集，現在賊已窮蹙，指日可以成功，爾等多人，經費甚鉅，未便虚縻，賞給盤費銀一二千兩囘東，所有在東省闖關奪犯之罪，已諮明東省巡撫，准予免究矣。爾等可安静約束囘去勿遲，不可再有滋事獲咎也。並辦文一道，交該等訓導等領去賚投，使彼見信知感，勝於大員彈壓矣。此事惟有如此辦法，乞中堂裁之。若欲委大員，則有寧丞在此，似可帶領彈壓。伊昨來新墟，本司責之，頗知愧懼，若令其妥爲帶囘以贖前愆，寧丞亦必樂從。但事不宜運，人衆口糧維艱，不能延住也。遠芳信云，今日南北兩軍合力大舉，使許、張二道楊〔一〕攻水竇，伊專攻莫家村，必有可觀也。僞示已交徐牧帶呈矣。

【校】

〔一〕當爲『陽』。

東勇宜善爲遣散報中丞狀 十二月初九日巳刻發

敬稟者。初八夜亥刻奉到初五日諭示，敬悉憲躬安吉，頭眩之症已愈，爲之抃慰。本司近亦托芘粗適，飯食如常，惟夜間仍不能成寐也。重承往問，感甚。初四初六日均有稟函，初七、八日公牘，稟荔浦永安運解大礮事，想次第可達矣。昨得烏遠芳信，言東省接來兩起投効壯勇數千人，肇慶、梧州兩關阻之不可，竟到營乞收用，烏囘以不用。其頭人東省訓導葉煌、葉逢春再三跪求，烏不許，稟請中堂派委大員彈壓。頃得來諭，以此起東勇，前據東撫來諮有闖關奪犯重案，投効過多，實難安置，且恐滋生事端，亦無大員可委。本司昨與遠芳信，令同許、張二道商之，或酌賞盤費善遣，以免意外。以爲肇、梧二關阻之不力，此項可令二關罰賠。既有闖關奪犯重情，彼必不敢回東矣，或留其頭人以安其心，散其衆人，以免他患，容與遠芳及張、許商之如何，再以稟聞。本司年近七十，重聽健忘，實不堪以重寄，憲台過愛之深，爲閫中事致形夢寐，感愧交縈矣。

賊將西走亟當堵截向提下令追報中丞狀十二月十二日辰時發

敬稟者。初十日奉到初七日憲諭，以賊多赴許、張二道處求免死牌，其勢日蹙，可乘此時，以中堂暨憲台還之意多張告示，解散脅從等諭。查解散脅從告示，本司業已發給多張並刷免死牌一千張交人携付州城內民人，暗爲解散矣。合再給示曉諭，令其速散。聞現在城內惟賊之舊人未散，其閏八月後續從之土匪已散去十之七八，餘惟被捉之居民鋪戶，未能携家逃出。其單身逃出赴永安州者陸續不絕，已諭彭牧妥爲安插。並有被難生員童生不少，皆酌賞銀數兩撫卹矣。連日官兵出隊進攻，賊皆避匿營中，不敢出戰，惟逼近賊營，則從牆眼中施放鎗礮而已。前日省中大礮運到，用以轟擊，洞穿其壘而不能破。昨據黃鶴飛稟稱，兩次打仗，賊告其勇言：手足莫要兇，我等兩頭燈擲矣，壬山一路可放鬆些。兩頭燈者，土語十五夜也，或云十三夜；擲者，去也，言其十五夜去也。又有一賊空手同我兵言，同是廣西人，何苦相逼我等？交了東西，卽散矣。此兵正思帶其回營問話，傍有不曉事兵向賊開鎗，此賊驚走。合此觀之，其走必矣。本司思賊之故智聲東擊西，明言壬山，恐實西去。西路以二嶺口爲最要，南通夏宜，北走中良。夏宜一路已囑烏都統堵擒。其中良地方，雖有本司先派防堵壯勇三百人，恐其大隊衝至，不能抵禦，當卽密致向提督請添派精鋭在二嶺、中良及壬山地方堵擒賊首。向已覆書照辦。然今日徐州松鎮來文，奉提督軍令預備追剿，並非堵截。葢開路放賊，從後以追爲剿，是向本謀。十月間在昭平卽嘗稟請開放水竇一路，使賊逃走，大兵從後尾追，中堂頗採其言行，令多備乾糧以爲追兵口糧矣。近日向甚得志，言無不聽，更可知矣。所尤可異者，前既陷李鎮以違令之罪矣，屢言烏久在南路無功，以爲每次勝仗皆非眞確，並云現添四營逼近水竇，而空營無人，烏並不在營中等語，中堂深信其言，反疑烏之言爲不實。本司爲之申辯，則覆云，烏近日聲名甚劣等諭，是又欲以此陷烏也。冤哉！今以本司稟稿抄呈憲覽，當同一嗟歎也。正肅稟間，又奉初九日諭函，以東來葉煌等勇三千人一事並憲札一道，令本司妥爲辦理，以免又成一巨案。本司查此事三日前烏遠芳即有信來，言其可疑可慮，拒之不納。本司當以人衆事大，不可造次，只宜善遣，或留其首而遣其衆。但路遠人多，非多給盤費不可。烏請中堂派大員前往彈壓，中堂令本司派人，本司以有令帶潮勇回東之甯丞現在平樂，潮勇未回，正可委其帶此東勇回去，已飛札往調矣。昨晚得烏信云，已託辭令葉煌、葉逢春二人前來新墟見本司，求准投効。二人行後，設法勸諭其衆回去，先賞飯食銀一千兩。二人到新墟，囑本司羈留三兩日，待其衆船開，再行扣留等語。是此事已經烏處商辦有緒矣。葢中堂示意作許、張二道以鄉誼資助盤費也。今早葉煌、葉逢春已到新墟來見，本司善言以安其心，許爲稟請中堂同憲台回示，二人忻然，安心在新墟以待。尚有武舉翟鴻章一名未見，問之，云在許道營內未來，想彼處亦必羈留之也。本司竊思廣東義民聞於天下久矣，本日見葉逢春等面詢一切，細察其意，無他，實乃急公投効，並非貪圖口糧。此番攜三千五百人來，口糧軍裝器械一切已費萬金，資本與前此夷務情事正同，並無他意。而官反疑之太過，實枉屈也。本司告以現在賊勢已窮，無用多人，且經費維艱，汝等人衆，即使大憲收用，亦不用如許之多，伊等情願聽用若干，餘可遣回，並無絲毫強梁之意。前在肇慶關上，其手下衆人如何滋事，則不使問之。私鹽一節，則三千五百人自帶食鹽，即已不少，每人日食鹽一兩，則日當二百斤，十日之鹽，已二千餘斤矣，尚非販私可比焉，有肯捐貲萬金而販私鹽者乎？是此事以其人衆，多帶食鹽而肇關疑其販私挐人，衆心不服，以致奪犯毆差。及至烏營，又疑爲賊黨，皆悮也。省紳信稿俱已閱悉，望憲臺諭知衆人，毋庸過慮耳。

查看烏軍四營形勢報中堂狀〔一〕十二月十四日巳刻發

敬稟者。前奉諭查南路添設四營在於何處，有兵若干，本司連日爲葉煌事，使人往商，並查看四營之事。兹據該弁回稱，查得烏之大營及雲南、貴州秦、經二鎮老營仍在佛子村未動。自佛子村東至水竇，過河越圞嶺、秀才村、石溝村、龍虎嶺、銅盤村，又過河至獨松嶺，再過河二里許卽係水竇賊營。自佛子村至水竇十五六里，今新添四營：自圞嶺以東每三四里一營，至獨松嶺，一路聯絡。獨松嶺第一營，都司白人鵬、呂盛元管帶雲南兵六百名駐紥，第二營盧定安帶東勇四百五十名駐紥，第三營副將巴圖、都司伍登庸管帶廣西兵四百餘名駐紥，第四營係彭正和帶東勇五百名駐紥。賊畏烏兵嚴整，不敢來撲。其獨松嶺之前有路一條，西南過鹿車村、河村，過河可到佛子村及文墟、大黎洞。獨松嶺之後有路西北可至二嶺，平坦，夏宜，添設四營，卽斷其西北竄之路，而我之聲勢聯絡通氣等語。合將查明情形稟覆中堂察核云云。

【校】

〔一〕從此篇起，至『向軍門擅撤中堂護衛報中丞狀』正文皆無標題，兹據目録補上。

中堂不宜久駐大營報中丞狀十二月二十一日荔浦發

敬稟者。本月十七日奉諭示，以烏、向二位皆目前良將，並抄寄向信稿所論各條，皆用兵之要，不勝欣佩。欣然軍門自能審度行之。本司聞中堂移節荔浦，隨於十八日自新墟啟行，十九日謁見，奉諭擬於二十二日親往北路大營督戰。本司對以此行必不可少，但若久住營中，恐將士以狎而生玩。且自古軍中惟知將令，不聞天子詔，向欣然在營號令甚行，軍心已定，中堂在營未免人心又存觀望，反多不便。宜親往察看地勢情形，並督臨打仗一次，回駐營於新墟。地近而不至狎玩，更爲有益。中堂頗以爲然。惟二十二日期，諸多倉卒，請稍緩兩日，隨改於二十六日前往矣。許道前稟中堂，有賊目箭射一信，言賊見官兵四面嚴緊，甚是驚懼，各頭子不敢住城外，皆入城中。又知四路防堵，無路可竄，城中惟有吃米，衆人日皆淡食無鹽，頭子始有菜吃，衆人深悔前此悮聽誑騙，知不日必破，皆思逃散。惟因家眷多在城內，若一逃散，家眷必遭殺戮，惟有俟破水竇及州城之日，衆人各丟器械跪道而已。總求刀下超生。又有從前主意之人已不在等語。此言似賊中實在情事也。前次獲賊頭子陳亞啟一名，供大頭子洪秀全稱太平王，馮雲山、楊秀清、蕭朝潰、韋正爲東、南、西、北四王，有一朱姓不知其名，亦非大頭子。此番係羅亞旺予銀七百兩往平樂招人，該匪將錢嫖耍用完，並無人可招，走到荔浦被獲等語。又昭平獲一長指甲青年文秀一人，姓李，皆疑即李丹，而狡猾異常，尚未得其實供也。本司今日稟辭，先回新墟云云。

向軍門擅撤中堂護衛報中丞狀 十二月二十九日戌刻發

敬密稟者。二十九日接准向軍門來文，以中堂隨帶之桂林勇一千名畱之無用，應卽行散遣歸農，以節糜費等語。本司不勝駭異。竊謂上下之柄不可倒持，大營之兵勇，中堂或撤或用可也，向提督不得而爭之。此桂林勇，乃中堂親隨護衛，何干大營之事？乃出自提督之意，未奉明示，徑行裁撤，可乎？似此行爲，太阿之柄倒持，居心叵測，其患有不可勝言者。跋扈狂妄，莫此爲甚。中堂萬不可准行，可明下札諭，以此勇本係親隨護衛，原不令其打仗，且本大臣親隨之勇，該提督未奉明示，何得遽行撤退，殊屬冒昧，所請應不准行。札飭該提督並本司遵照。此事所關匪細，必明示以裁制之，天下幸甚云云。付丙。

請速進兵議

六月十五日白水嶺獲逃賊，送永州府知府訊供：去冬在永安被賊擄作夫，近因缺食逃出。據言：賊現在並無多人，不過二三千衆，而老弱婦女不下千人，惟水南羅大綱一營有賊千人，餘止五六營，每營不過數百人，或百數十人。現已缺食，每夫一人早晚只給飯二小碗，不能充腹。又少火藥，所存僅十餘担。賊中有黃姓識天文者，向在賊中用事，言天上有一亮星，四月以後忽然不見，此賊勢衰敗之象，以是人心頗思散走。新來附和之土匪，爲賊畱禁，不許外出，欲俟其髮養長。不能逃走，走則爲官兵所殺，自然死力爲賊。而待土匪甚苦，土匪甚悔從賊，亦思走散。又賊中瘟疫，死者頗多，此皆天亡賊之時也。賊自五六月以來，每日遣賊出赴四鄉掠取糧食。本月初八日，遣賊到江華掠食，因該處兵勇單薄，賊出不意，入城佔踞。其衆實止長髮五六百人、土匪六七百人而已。乃失事者妄報二三千人，以掩其失守之罪，其實非也。又官兵每戰不能痛剿，亦輒妄稱賊衆五六千人以掩其不能痛剿之失，此等事衆皆知之，誠爲可恨。獨怪庸儒無識之書生及恇怯無能之將領，亦皆衆口一詞，信以爲實，自相恐嚇也。

自古兵貴神速，未有停畱坐待，自失事機，至於今日之甚也。賊衆不過數千，官兵壯勇不下二萬，此已數倍於賊矣，而猶不進，欲遲待增兵作長圍困賊之計。此徒恇怯無能藉口之言耳。試思賊衆能戰者不過二三千人，此語自永安即已衆聞，迨永安賊竄，官兵追斬千餘人，又圍攻全州，被殺者六七百人，及官兵追至簑衣渡，又被殺者七八百人，即不必皆係能戰之賊，然大數可知矣。此時到道州之衆，安所得萬人乎？即云土匪從賊二三千人，然其中已多逃走，計此時實在從賊亦不過一二千人，並原有之賊合之不過五六千人，已爲多矣。官兵壯勇二萬，不足以破賊乎？前此不分兵到水南，但合大衆結營於道州城北，空其三面，本已失計。今幸分兵一萬到水南，又有劉鎮兵勇四千人在其西，可以進復江華，宜及此時南北兩路約期進攻，更助以道州團練之鄉勇，更使人入賊中諭衆土匪殺賊自効，許以不死，賊可計日而滅也。儻更因循自悮，使賊糧食漸充，火藥漸足，其衆日增，不知諸公其何術以破賊乎？且我兵餉支絀，六月尚可支援，七月則無可支應，衆兵無食必散，況又有新調之兵及新招之勇皆來，枵腹其何以辦事乎！無能殺賊惟望增兵，兵增而無餉，其害不可勝言。我今處可勝之時而不能破賊，轉瞬處必敗之勢而欲勝，此誠知者所不解也。

示諭永安州士民文

爲憤切同仇迅掃邪逆以伸大義事。照得仗義討賊，忠義之士有同心，奮勇報讐，鄉里之親有同恨，會匪洪秀权馮雲山者，本東省天主教之邪黨，潛來金田地方，煽惑愚民，圖謀不軌，適以西省地方文武緝捕廢弛，盜風日熾，遂相爲附和，擾害村墟。土盜之志不過淫掠取財，輒敢倡爲邪逆，至乃矯誣上帝，捏造妖書，雖三尺之童咸知其妄，豈有明知之士肯受其欺？乃竟使之聚黨日多，戕拒官兵，攻毁城邑，老弱遭其鋒刃，婦女受其淫汙，連雲之屋舍胥焚，入望之田園盡廢，強壯幸能起脱者莫不流離顛沛，慘莫勝言，子不能覓其父屍，夫不能得其妻耗，自該逆作亂以來，生靈塗炭者八九月於茲矣。乃者皇上仁孝英明，不忍吾民之慘毒，欲解萬姓之倒懸，特命欽差大臣大學士賽仗鉞臨邊，慎選名將，興師致討，不惜數百萬帑金，救此一方民命。欽差大臣大學士賽忠清智勇，巡撫部院鄒果毅寬仁，示諭閤省士民普行團練，各保村莊，同仇殺賊。現據各州縣紛紛稟報團練殺賊立功者，如南寧、太平、思恩、鎮安、潯州、鬱林各府州屬地方，前後殺賊不下萬人，但求官兵一爲倡率，各團練無不奮勇爭先，足見西省士民之忠義不下於東省也。卽會匪股衆，前從武宣逃竄，所過平南、藤縣地方，團練攔截剿捕殺斃之賊亦復不少，何以永安一處，州城既破，文武官已盡忠殉難，城内外居民人皆被殺，室盡遭焚，而賊復日出劫殺村莊，肆其焚掠，未聞有團練禦賊殺一人報功者，豈此邦之人獨無忠義之氣、憤恥之心乎！

夫十室必有忠信，何況通州百數十里，村莊百數十計，豈無懷忠好義勇敢有力之人？太抵惑於賊黨妄言，以爲賊鋒方鋭，不敢遽攖耳。獨不見烏都統之軍乎？自閏八月初三日追賊至永安，初四日殺賊而勝，初五、初七、初九、十一、十五等日進攻無一不勝，前後殺賊以數千計，二十日又攻水竇，拔其一營，進攻莫村，痛加焚剿，賊之鋒鋭業已大挫，爾士民豈無聞知乎？今提督軍門向，大兵不日前來，與烏都統合力進攻，立見破滅賊衆，殲擒首逆，克復州城。爾等士民何不乘此復仇興義，討賊立功，尚復徘徊觀望耶？前者州民無主，人心或者未有所屬，今大憲已委荔浦縣茅令兼署永安州，則是爾等有主矣。本司現駐荔浦籌辦防堵進剿事宜，欽差大臣大學士賽卽日親臨陽朔一帶視事，合行示諭爾等，速於五日内合集各團，挑選精壯勇敢之士，或千人，或數百人爲一旅，擇公正曉事有膽識者爲長管帶，造具名冊，呈報本州點驗。儻有經費不足者，稟明本司，量予津貼。務使人皆奮勇，志切報仇，不但復爾室家，收爾田宅，且殺賊立功。有能擒斬巨逆者定有非常之賞。在此一時，切宜三思，不可後時貽悔。特示。

中復堂遺稿續編卷二

再與嚴觀察書閏八月二十一日戌刻

仙舫先生閣下：昨日奉佈覆函，諒蒙青照矣。昨日酉刻，接新墟委員致王牧信，報烏都統及劉、李二鎮進攻永安州城，已破東、南兩門，賊奔水竇等語。當將原信稟呈中堂中丞閱看，此時以其得自傳聞，恐有未確，業已聲明必須烏、劉、李三人信來方准。乃今日候至張燈，未有信到，聞人言其果係誤報。據委員金董洽今早自新墟來，言昨日烏都統乃攻水竇，官兵大勝，賊匪入城，並非攻城。其攻城者，乃劉、李二營川滇之兵，同章世法守壬山之福勇也。劉、李二帥皆以病未能親出打仗，僅遣將官帶兵徑攻西門。賊出迎敵，福勇上前打仗，乃賊匪開礮，川、滇兵即退，並不動手，福勇只得一併退回等語。今日舒守來言，往古排見王協病稍愈，乃傷寒轉瘧之症，李帥則病甚，另覓民房臥病，不能見客。劉病稍輕，見之下淚，以爲川兵如此可恨，伊無面見人，求雇福勇相助等語。無怪其不便寫信也。烏都統處看明日當有信來，乃得其實。弟思川、滇之兵如此，實屬可恨，川兵之不得力，前已稟知兵本不出力，又兼主帥患病將官該死乎中堂，而不料一至於此。昨日攻城，不戰而退，恐爲賊所輕，儻竟來撲營，豈不可危。既劉要福勇而福勇又不願往壬山，擬令今日甫到之安徽兵前往壬山。而安徽兵除患病外，到此堪用實僅二百八十名，亦難防守，擬以東勇五百名仝去。將此福勇內挑數百名交荔浦千總萬明魁管帶，隨同川兵守古排塘，以萬千總本在劉營中也。烏以孤軍獨攻水竇雖勝，而亦可慮，蓋卽拔其水竇之營而分兵以守，其力愈單，甚屬可危。今日又作一書，促向前來；儻其病未愈，卽令長、李二鎮先到水竇，不知如何也。以上情節未便具稟，望閣下以弟此信呈兩憲閱之，是禱。如果向之兵到，則大妙矣。

與吳署方伯書閏八月二十九日發

仲銘二兄大人閣下：別將一月，惟政祉綏嘉，百爲順適爲頌。聞省城防守事宜業已井井有條，甚爲嚴密，想見大憲暨諸軍籌慮精詳，賢勞懋著，佩慰奚如。弟出門兩旬，所有修荔浦、陽朔、永安防堵事宜悧得就緒，兵不敷用，全以壯練支撐，謂之有備則可，謂遂可恃而得力，不敢信也。防堵之外，則言進剿，然亦談何容易！各路兵本多軟弱，又日久而疲，兼以病傷居其半，實在各營堪用之兵不過五六千耳。其壯勇則多以驕驁而散，存者寥寥。諸將中惟烏都統勇而有謀，其兵精整不敗。向提台勇鋭而輕，不能持重，故不能無敗。其次則臨沅李鎮尚能樸實壯勇。長瑞、秦定三、劉長清又其次也。此外則自檜無譏矣。賊踞永安，而以精鋭立營於水竇、莫村，互爲聲援，此善用兵者也，不可以小寇目之。各處探報並自己營中之事且多不實，更無論賊中情事矣。幸新墟逐日獲有奸細，研訊之十可得其三四耳。烏都統孤軍深入，駐營佛子村，距賊僅十餘里，而屢次敗其賊衆。本月二十日訂約劉、李二鎮仝進，獨烏拔其水竇一營，又敗其莫村救援之兵。惜乎，劉、李之兵攻城西門，小挫而退，不能成功。二十五日，向提台遣古州李署鎮自仙迴嶺進兵，紮營龍蓼嶺，爲賊所劫，營盤俱失，兵即退回。此後不知如何。弟作書勸向提軍、烏都護熟商而行，不可負氣，未知肯聽否。弟在此，各屬俱紛紛請頒銀兩，如平樂舒守之六千五百兩，陽朔之五千兩，朱紹恩之四千七百餘兩，宜山姚令赴昭平二千兩，昭平沈令一千兩，岳陽銀令一千七百餘兩，又接濟各營如劉鎮之五千兩，烏營之一萬兩，向營之一萬五千兩，安徽營之三千三百九十餘兩，犒賞五百兩，參將成林兵餉銀一千餘兩，又犒賞銀三百兩，添製軍裝三百餘兩，製備各營乾糧等事，種種繁難，不僅自帶之兵勇三百名，添僱東勇二百名之口糧，文武隨員之薪水也。昨承委員解到銀二萬兩，已以一半解往向營。此後務望源源接濟爲妙。

與嚴觀察書九月十二日未刻發

仙舫先生閣下：初十日諸將進兵未能攻城情形，已兩次稟報，想中堂均已出示矣。十一日，弟以所報不同，親至各營面詢諸將，乃知前日進兵係劉鎮四川兵爲左隊，又以福勇在左隊之左，長鎮潮勇湖南兵爲中隊，潮勇爲頭敵，巴都統遣將官帶廣西兵同滇兵爲右隊。中隊、左隊兵勇先進，搶奪賊礮臺二座，焚其房屋，賊不敢爭。中隊追到西城外之後山，山上有賊營兩座，見我兵至不出，但於牆内放礮，潮勇佯退誘賊，賊果出營來追，湖南兵横衝出敵，殺斃多名，並殺其騎馬執紅旗之賊。方將得手，而山上竹林内又出賊一股撲來，城内之賊亦開城而出，中隊勢單。長鎮以令箭招右陣策應，而右隊不至，隔河空放兩礮而退。中隊抵敵不住，只得收兵。左隊見之，亦退。此日之不成功者，實右隊不肯策應之故也。查是日巴、長、李三營兵，除留守大營外，出隊之兵同勇約四千人，賊衆不及二千，先已得勝，後竟無功，實爲可惜。巴實守營未出，李帶病出，行至中途，不能更進，右隊無主將，是以無功。令巴劉會銜出稟，係巴主稿，稱是日巴、李皆進，尚無關係。惟以中、左兩隊之功作爲巴營將官之事，將最出力之潮勇一字不提，衆情大爲不服。劉以巴乃統兵之帥，主稿稟事，不能與爭。長、李二鎮更不能言。弟恐兵心渙散，立招潮勇頭目賞銀五百兩，湖南兵賞銀三百五十兩，左隊兵賞銀五百兩，衆乃懽欣鼓舞。此後或尚可用也。又巴以前日無功，督責諸將定期十二日出隊進攻。弟以巴並無勝算，且烏兵前日勝負如何尚無信來，若再進兵，仍當約會行事。乃巴一人主意，十一辰刻出稟，即一面約烏進兵，弟囑劉鎮務必候烏信乃進，以劉現署提督，非前日總兵之比，頗以其軟責之，未知果能力言否。巴不識漢字，公事糊塗，一切聽手下人主意，豈可使之主兵哉。前稟中堂，請札長鎮自爲一隊而未見許，先生能更言之否。此人主兵，不能了事也。來諭向提軍之事，誠爲可恨可惜。現少將才，但其初恃功而驕，如懲創之後，自知愧懼。或予一二千人，使其立功自贖，或尚可用。將才眞難，無如何也。張鑑之勇，虚名冒餉，董荊山不肯通同附和，深爲可取，而偏愛者一力芘護，何耶？俟其到荔浦，當委員點名驗其虚實也。弟本擬即詣陽朔，因有今日進兵之舉，仍在新墟候之云云。

再密啟者。目下之事以擇將爲第一義。中堂總統諸軍，而行陣之閒，進退遲速機宜，閒不容髮，必需有主事之人。竊見副都統烏蘭泰心地忠實，用兵持重有法，紀律頗嚴，名望本優，又屢著戰功，足以服衆，本爲中堂之所深賞，嘗有堪爲大將之言。現在諸將雖云和睦，而號令尚未畫一，應請特奏進以都統，作爲參贊，自提鎮以下受其節制，聽其調度，必能贊襄中堂迅奏膚功也。此一事最要，望速陳之。

與王少鶴書九月二十九日發

少鶴仁兄大人閣下： 本月初間接奉惠書，承示以孤虛亭亭之法繪圖，見教欣服無量，此誠兵家之要用也。當思以其法與諸將行之，頗有知者而不得其用之之人，何也？ 用兵之道，當先視其兵心之向背强弱，更觀其將之賞罰紀律。兵心所向，雖寡而强，兵心所背，雖衆而弱。何以得兵心之向乎？ 曰賞罰明，紀律嚴而已。故兵之强弱，視其將而不視其兵。今之爲將者，平素無恩義以結其兵，及臨陣，勝負復不能明其賞罰，所賞皆其私人，而戮力行間者姓名不知，惟所賞不公，故亦不敢用罰。雖有紀律，何日能嚴。四者亡矣，欲其兵之可用也，不亦難乎！ 兵既不可用矣，孫、吳不能爲之謀，賁、育不能爲之力也。目前南北兩路諸將，烏實冠軍，次則長瑞、李能臣二人，尚得兵心，肯用其命，餘則未見其人。是以屢出奇謀而不能行，其奈之何哉？ 長雖可用而病，今幸可以不死而未能督戰也。李雖可用而滇兵大少，始以二千人來，今存三百五十人耳，兼以博白練勇一百五十人，僅成一旅，何能責以成功？ 故必待潮勇助之，更待李孟羣之一千四百人來。其人頗勇往，使之同安徽兵從壬山出賊東面，而長、李出西面，夾攻之，庶乎其可。南路烏營以一孤軍當水竇、莫村兩面之勁賊，亦望潮勇至，乃可攻拔一處，即分兵以守，免爲復奪。如此，然後大功可成矣。議者但訝以萬餘兵勇何以不能滅數千賊，蓋于知己知彼之道尚未得其實也。敢布其腹心，惟閣下明察焉。心齋大兄處望爲致候，不另。

與嚴觀察書十月初三日發

仙舫先生閣下： 前月二十九日一函諒達覽矣。是日，烏遠芳信來相商，以潮勇不到，擬釋難攻之水竇，先拔易攻之莫家村，占住，就近攻城，須北軍爲助。弟答以北軍心力不齊，怯退者多，僅湖南兵潮勇上前，而長小泉病不能興，無人統帶。其次李子廉亦勇往，而滇兵僅存三百五十人，不能成一軍。四川、廣西兵多而分隸巴、劉二營，巴以都統主兵，劉諸事讓之。巴膽最怯，而人極糊塗，不識漢字，一切聽手下人主意，賞罰顛倒，士心不服。此二營皆不得力，每次進攻，只能小勝，不能破賊。一營向能爲南軍之助，不如緩三四日，待小泉病好，或其令弟到營，可以帶兵出隊，或陶昌培仁義勇到營，勇敢可用。又聞李孟羣以一千四百人來從軍，俟其來，從壬山出賊東面，我軍得勢，必可成功。烏遠芳聞此言，乃暫緩大舉。此二十九日事也。

初一日奉中堂札，大行賞罰，以二十六日之戰，湖南、雲南、廣西、潮勇甚出力，而四川兵不前，非兵之疲軟，乃將官之怯退，以銀二千五百兩賞出力兵，而摘四川帶兵參、遊以下六人之頂，且云奏參將從前議敘一併注銷。此令一下，兵心大服，不肖將官畏懼，咸思奮勇。又奉旨褫巴職，中堂令其往平樂防堵，以兵統歸劉，一營人心又大悅服。事權歸一，劉乃可以辦事，氣象一新，此軍中一大轉關也。弟喜極。乘此人心鼓舞，兵氣可用，又長小泉病已漸好，可以起坐，其弟長壽亦到，可以帶兵，逈非前日之比矣，卽可乘此用之大舉。隨卽飛信囑烏遠芳進兵，初二日親到古排諸營，面加訂約，衆皆踴躍從事。未刻，烏覆信來，定於初三日丑時出隊矣。前日之欲緩待者，以我兵不盡可用也。今既我兵可用，向必復待他人。

時異而勢不同，機可乘則乘之。時未至而妄動，與時已至而不動，皆非也。惟閣下知此意耳。

聞潮勇三四日可到，其陶昌培之仁義勇尚要鍋帳，已飛札支應局趕辦，不知能應手否。棉襖已有萬件，擬俟委員解到送烏營四千，北路六千，恐尚不敷。如能再辦二三千件亦可矣，望留意爲禱。四川劉營，省中未派糧臺委員，八月二十三日，有並無委札之南河候補通判孫佑培來見，稱係楊中眖面委代辦糧臺，而劉鎮有書來稱之，弟令其赴省見吾兄及仲銘，討一委札。九月十八日又來，言營中缺經費，所領之一萬五千金用完。問其曾得札否，答以並未上省，營中無人，不能走開。殊屬荒唐之至。卽飛移仲銘處，請其委員前來。仲銘回信，省城乏員，囑弟就近委員兼辦。經卽委鳳貴矣。而未委之前，孫佑培請餉經支應局給予一萬七千二百八十餘兩，而蕭煊又有信致支應局，以伊係奉委正員，孫係幫辦，請餉儘管交給云云。現飭孫佑培趕緊報銷，有無浮冒，再行辦理，並以附聞云云。

與朱伯韓書十一月初二日發

伯韓仁兄大人閣下：月餘未奉書問，知同翰臣盡心團練守護省垣內外，至爲煩冗。伏惟珍玉因時，定如私祝。昨得手書，具承注問殷拳，慚感良深。弟現受之事，卽前明之監軍道也，而揆帥同中丞見委之意甚重，非所敢當。竊思暮齒已增，不能荷戈疆埸，隨營殺賊，惟當熟籌事勢賊情，保我要衝，斷彼竄逸，一面調和諸將，激勵三軍計出萬全，期必破賊。而武夫少智，士氣不揚，將無楊羅，兵非賁育，練勇雖衆，驍鋭殊難。自出桂林，于今已三閱月，迄無成功。惟恃南路烏帥一軍，紀律嚴明，帥徒最整，爲賊所憚，而於北軍藐如也。惶愧憂深，上無以報聖明，下無以副朋友之期望，來椷三復，不知所對。今者揆帥再起舊軍門，舍其瑕而取其瑜，使之總統北軍，一新壁壘，舊軍亦頗振勵。復有新來鎮將簡練諸軍，嚴申號令，有望有功。但願膚功迅奏爲幸。此復。卽問仁安，翰臣、小谷二君望爲致意。

與嚴方伯書十一月初八日發

仙舫先生閣下，前肅一函佈賀大喜，想蒙鑒及。昨准大移轉准省局議詳，文職員人等既不隨征赴敵，不准支給長夫。內引前欽差李通飭之案。弟查前此通飭未見全文，不知如何。弟就省局所議，隨營文職無論本省外省以及官紳投効各員，除帶壯勇隨營追賊打仗者，准照章程所定夫數，各按品級給價。其僅止帶壯勇在于口內口外防堵，相離賊營尚遠以及在城帶壯勇巡防者，一概不准支給長夫。如遇移營調防並奉差他往或由隨營糧臺或歸各地方官照章備送人夫，亦不得折給夫價等語。業已照來文轉飭矣。惟細思其中實有窒礙者，如防堵人員除在城內可以不給長夫外，防堵之員或離數十里及在高山峻嶺險隘之處甚多，既係文員，不能責其徒步。初往之時，可以由州縣雇夫。及到防之後，設有更調須逾數十里外之州縣，索夫往返動百餘里，已多不便，且恐稽遲悮事。蓋防堵要隘，其附近十里、二十里地方，不定早晚晝夜，一有賊信，卽須時往稽察，若竟委之壯勇巡邏，何能得實？萬一賊由隘旁十里、八里之地越過，然後責以疎防，不惟冤抑無伸，抑亦悮事不淺。若由州縣給夫，則州縣安能應時卽付，必須添雇長夫，不肖之員藉此浮開，越人未必賢於吴人，况太平無事之時！在城丞尉及分防巡檢尚且例准支給輿夫馬夫工食，乃當賊匪多事，防堵之時，反裁去夫馬，責以徒步，非但苛刻瑣碎，實亦有傷國體。竊謂文員職官不准長夫，與壯勇無異，未免太無分別矣。省局並未函商，輒卽會銜通詳，若自行稟辦，則有失和衷之議，謹抒所疑，請問大教當如何辦理，俾得遵循。竊謂事當除其大甚，今去壯勇之長夫所省多矣，區區文員所省有限，而漫無區別，公事徒多窒礙。吾兄出省後，主議者不知何人。未到軍中，事體情形皆所不曉而任意爲之，可乎？弟意嗣後尋常事件可不函商，若有議詳之事，如不函商，請轉致省局，勿會弟銜可也。

與署右江道張觀察書十一月十二日發

德浦大兄大人閣下：前於公牘中悉十八日攻破山門坳之捷，欣喜無量。屢囑烏遠芳，約會閣下暨許觀察内外夾攻，乃聞連次進攻，未能得手，不勝懸念。麾下壯勇三千，許觀察壯勇六千似不爲少，何以數爲賊所卻退，是否壯勇不盡得力，未審曾加蒯選否？怯弱之人與衆同進，一見賊礟輒先退走，雖壯健者亦不得不從之而走，是必挑其健者居前，使弱者居後，且須分後隊策應以防賊之抄尾。弟奉中堂令委在此籌辦南北兩路諸軍進剿全域事宜，凡關軍務，自巴、烏二都統及各鎮鉅細皆以相聞，惟尊處及許觀察二營之事及所有壯勇若干皆茫然無所聞知，嗣後務祈時賜函，俾知底蘊，是所禱切。

覆嚴方伯書十一月十九日發

仙舫先生閣下：昨奉惠書，言川米萬石到粵，可給軍食，免各糧臺採買，此事最善。前奉中堂諭函，以北軍前移，兵夫缺米爲慮，葢向軍門之言也。弟亦得向來書，言李、黄二人之勇進駐壬山之二祿村，地僻村荒，壯勇夫役無處買米，弟當卽復以官爲辦運，照兵例日給八合三勺，合民間一斤，卽於口糧内扣銀折算，每斤折銀一分四厘，合市價錢二十三文。軍門甚喜，復以各兵長夫亦可照辦，已稟復中堂，並行荔浦支應局矣。惟此乃十五日前之事，聞有川米來省而至今未到荔浦，足見轉運之艱也。計此時亦當到荔浦矣。弟計北軍各營兵勇長夫不下萬數千人，人日給一斤，當用米一百餘石，月可用米四五千石，每石倉斗百三十斤可抵銀萬餘金也。其南軍及許、張二道兵勇長夫亦畧相等。此一萬石川米尚恐不敷耳。但北軍路遠易運，南軍稍遠，然自桂林登舟直下昭平不過七八日，由昭平轉濛江至藤縣約四五日，不及半月之期可交藤縣存貯，使南軍各糧臺利濛江取用，與到梧、潯一帶採買無異，而不用米價，所益實多，請閣下卽速行之。此間北軍頗振，城之憚北不下於南，我軍氣盛，可望成功矣。前日烏遠芳用計斃其大賊不知何人，胡以洸因此自盡，賊雖諱匿其事，而賊衆已有傳聞，薙頭逃走者甚衆矣，誠可喜也。弟思水竇既堅固難破，而外有許、張二道及劉繼祖水陸壯勇萬人，當不慮其南竄。不如舍南圖北，乘此時勢，北攻城外賊營，與北軍通力合攻，必易得手，水竇之賊有許、張二道牽綴，必畱賊守其營壘，來賊無多，可以伏兵於路，擊莫村賊之法，必大斬獲，此亦一策也。已信致遠芳商之，吾兄以爲何如？文員長夫一事已奉院批，分別去賊百里内外防堵及在城内城外辦理，如此可以行矣，想亦必閣下之言也。但未奉批以前，各處已領用者甚多，此時恐難追繳，似宜以奉批之日爲斷，更望裁之。吾兄委員許沆到此，適烏營遣夫之新潮勇（此事已備公牘分別詳諮劄行）一千二百人已到昭平，有應給口糧盤費五千零四十兩照東省原議之價每名四兩八錢須委員解去，而此間無委員，因煩許沆解此銀往昭平再回陽朔銷差。該員有稟一件存弟處，今以轉呈，伏乞察收爲禱。中堂令遊擊史榮椿同永安廩貢生韋鶴揚往僱猺勇四百名，其人愚而勇，專會鳥鎗。但每名月需口糧八兩一錢，已稟明許給矣。此間尚有可甄別裁汰者俟核定再以奉聞。

與嚴方伯書十一月二十四日發

仙舫先生閣下：十九日一函具覆川米之事，想已入覽。昨又備具公牘諮移總局矣。二十、二十一、二十二連日北軍移營已到龍眼潭口外平洋之地，距州城四里許矣。連日賊以數千人分三路來撲，又以一路撲壬山口李、黄之營，皆爲我兵勇擊敗，殺賊無數，斬取首級，奪獲旂械甚多。烏軍亦皆連日從南進攻，大獲勝仗，追賊直到文廟，近城不過三里。賊勢大衰，氣沮膽落。看此光景，成功甚速矣。昨接省局文抄，不知通省壯勇八萬數千人，細閱其中有原辦之數後經核減者。即如李孟羣、黄鶴飛之勇摺開皆二千人前日到地，據報各止一千七百餘名，則二起壯勇即少五六百人矣。平樂一縣一千九百餘名及永安東西壯勇四千六百名，數亦未確，現已飭令減撤一半。永福一縣防堵壯丁二千零四十八名，守城三百名，又團丁六百一十七名，現已稟請撫憲減撤一千數百名，只留丁壯共一千名矣。吾兄出省，局中事多不細心。即如近日札飭永安州，言其驛站二十七處，跑役數百人，以爲尚未克復，並無文報，令其裁減，只准八十人。查該州原報驛站並新添僅六十人，不知省局憑何縣之册，誤爲永安。該州雖未克復，而南北兩路大兵雲集，中堂近在陽朔，往來文報日夜不斷，爲通省所無，乃言其並無文報，不知省局何人下筆，閣下得毋一笑乎！張其翰往東省募勇未回，頃得其稟，言十二日甫回廣州，缺費，請領海關扣存之餉二萬，尚有躭擱，計其回西已在十二月初旬，賊事將定矣。要此勇何爲？將來遣回又要盤費，眞乃冤極。現已稟請中堂飛諮東省截止，望閣下更面言之。新潮勇不得力，甯丞帶往昭平一千二百人，中堂飭其回東，好極。弟已給予一月口糧作爲盤費矣。乃該丞稟稱，潮勇情願殺賊立功，復反前札而許之，何耶？

再啟。有鳳貴、恩寧因報銷過遲，王華封以辦理遲悮，均予特參。鳳令銷册早已造送，未知王、恩二人册亦已造送否？鳳令被參以來，頗爲勤奮，事亦核實，尚爲可取，似應即予開復。所有中堂原保之議敘，仍予賞還。祈閣下同仲銘商酌見復是荷。現在該員承辦兵勇較多，使之益知感奮也。又及。

覆嚴方伯書十一月二十九日戌刻發

仙舫先生閣下：本日奉二十六日函示，所論兵事賊情，瞭如指掌，欽佩之至。查二十四日之戰，李、黃之勇誠有爭割首級之事，但現令獻首級賞五十金，人人爭割，不但李、黃之勇也。是日打仗未能大勝，不過叙功者以此爲收兵藉口耳。其實不關此事也。軍中報事，豈盡實哉。卽如二十二日之戰，向提臺咨稟中堂云，親見各路兵皆如期而到，獨滇兵到遲，且不上前出力。此言誣也。其實各路兵與向連營一處，且距城只三四里，平地自然齊到，獨滇兵一路從二嶺村翻山數重，路甚險峻，只可一人行走，稍一蹉跌卽墮死深溝，大隊行走安能迅速齊到？滇兵本止數百名，各處烏合之勇皆懦怯未經戰陣者，謂其懦怯可也，然是勇非兵，何能與不訓練之兵同，以爲帶兵官之罪乎！而向與李有隙，前往桂平時曾口角相罵，又邵鎮前往雲南李鎮標下，亦有不洽。此次二人得志，共修前怨，先進言於揆帥，已不悅李，及此，遂借吹其疵，謂其阻誤新令，以致揆帥盛怒，革職挐問，鎮解行轅，豈不冤哉！此事各營皆知，人人不服，不能以其大帥一言，遂信爲實也。軍中陳事報功，大率類此。弟每次所陳稍近實耳，而探報尚不免時有小悮也。通省壯勇冊，弟處無有，昨見抄示全摺，乃知有八萬餘名之數，實爲大駭。南、太、梧、潯等處，弟不得知，惟所知之處細核之，頗有不符，有昔多而今少者，有昔少而今多者，有原報多而實到少者。如李孟羣原報勇二千，黃鶴飛原報勇三千，及其到營，乃皆止一千七百餘人。問其故，則以原欲多召，實在可充募者只有此數。他可知矣。陳瑞芝夏間原帶潮勇一千餘人，八月間尚九百餘人，今則只存八百餘人，以打仗死亡故也。局中但據初報之數，此豈足憑哉？卽如各省原調兵數，半年以來傷病死亡大半，何能謂此時尚如前日之數乎？以弟度之，此八萬數千人，實存不過七萬餘人耳。八九折算可也。此中有其人已死而猶以虛名冒領者，有其人已死，本已報過，而糧臺不知，仍照原數給發者，不可枚舉。弟所以每責令各行營糧臺查核死者名數扣除也。天下無無弊之事，在隨時稽查覆實耳。而可靠之人甚難，無如何也。永安荔浦修仁昭平平樂各處壯勇已派徐牧、姚令不時往查，昨又派往，尚未查完，俟其回時再開清摺寄閱也。距賊近處稍有減矣。張其翰往召香山勇事，揆帥已久截止，但昨得來稟，已於二十日到肇慶，想刻下已到梧州，截止亦來不及矣。潮勇去而復畱，來書云恐竺君有言。竺君何人耶？向提軍云，俟甯丞勇到，卽遣回東，將潮勇添入滇兵營內，蓋亦知滇兵寡弱矣。惟甯丞手領之銀數甚距，不能不令其在西省報銷。第擬俟其開具清摺，卽令回去，不必細加駁詰。吾兄以爲何如？許、張之勇，此二十四五日連打勝仗，由東面間道攻賊不意，燒其屯聚，尤爲可喜。烏遠芳來信，亦言是日有在東面攻賊，火煙大起之事，則其燒賊屯聚似不虛也。遠芳不敢舍南而移營北來，良有深意，閣下所料誠然哉。向、李之事，弟已密陳其由，但現在用向出力，不得不聽其所爲。昔先主入蜀，法正睚眦之怨必報，武侯不聞，蓋顧其大者。此時情事正同。但李永敗陣未失營，似無大罪，今已革職可矣。向始意挫之洩忿，及見挐問，則又使人挽畱，欲其哀求，爲之設法。李不顧，一奉文書卽日就道，向使人追之不返，亦一烈男子也。弟甚賞其有品能，決伊只求不加別罪，願革職回家，可取也。祈閣下畱意，以揆帥之仁明，必無過舉；萬一盛怒未解，閣下宜進一言，亦君子之道也。

與嚴方伯、上〔一〕觀察書 十二月初五日發

仙舫先生、文山三兄閣下：聞李參鎮供辭，不肯伏罪，恐中堂盛怒，未能猝解，此事想二位高明，自已悉其底蘊，必設法以解之也。昔李廣失期當斬，衛青使之對簿，而廣自剄；曲端跋扈，張浚惡而斬之。夫衛青、張浚皆大將軍，部將失期跋扈斬之，是也。然千載而下，皆悲廣、端而咎青、浚，何也？謂其不能曲全之也。李能臣雖非廣、端之比，而有救鬱林之功，又向提軍以私憾罪其違令，軍中人皆知其無罪，弟已言之中堂，覆諭有雷大雨小之言。現又用其子帶壯勇前往烏營，則憲意並非欲殺之也。武人不知文理，親供內總當認一不是方可轉灣，弟已致書與李勸之，希閣下曲爲設法，使異日人無遺

憾，則兩君之成全大矣。外與李子廉信一件，望閱後付之。

【校】

〔一〕疑印刷致模糊，據本書，當爲「士」之誤，士魁，字文山。

覆楊觀察書十二月二十六日發

中覙先生仁兄閣下：本月二十六日接准大移，以東省盜船八隻洄來西省梧州，湯守暨虎勇不能堵截，被搶大礮，駛至平南十里地方，將踞大黃汀，現經飛札湯守帶馮伯衡之東勇及虎船、撫船並平南縣團練堵擊，具徵籌畫精詳，不勝佩服。弟處昨得劉守來稟，請迅調大兵往剿，此時安得有大兵可調乎？且盜船不過八隻，四五百人耳，何致如此張皇？良由湯守爲人拘謹。前者馮伯衡投效之勇請奮擊此盜，湯守稟稱，以八百人交蒼梧張牧管帶從水路追剿，以一千二百人交營官帶領從陸路往剿。及後，又以盜船係夾雜馮勇投效之船而來，疑其相通而不敢用，僅以不中用之兵勇前往，恃有虎勇船在前堵截。及到榕潭，而虎勇堵截不住，該府營兵勇失利，遂不敢復前。是湯守過於拘謹多疑可知。恐非剿捕之才。稟請中堂撫憲札飭潯州府遊守辦理此事。然非吾兄督率調度不可，未審憲意何如？游守已到潯州任否？此間南北兩軍雖已困蹙逆賊，而其礮臺營壘堅固異常，須用大礮轟擊，或可得手。揆帥今日自荔浦啓節前往北營看視督催，回駐新墟、荔浦，尚未定也。

附金匱舉人華翼綸寄鄒中丞

接奉手書，謬承獎譽，不以鄙言爲迂緩，已令各州縣照辦，而數縣之中又必以藤縣爲急，急須連夜修築，使聞風不敢南竄。兵法云，虛者實之。此之謂也。至思旺、鵬化亦有險可守可築，但各縣須酌給經費，方不致以虛文相應，又須即以此爲升降，以鼓勵之。濛江必可守，水勇之悍異常，船上礮可以連環不絕，至間有伏兵奇兵制勝之法，誠如來諭，自古行軍無不如此。初十、十二兩仗斃其兩首，即是用伏所致。今所患者在各兵不能如湖南兵及潮勇之肯向前，是以孤軍不敢深入。各處會稟者言之非不動聽，而觀其打仗，實令人氣悶，若能一擁向前，必可立時滅賊。四川兵欽使以爲極佳，人亦不敢言其懦，實則見賊即逃，逃則必死。十六日及十二均未渡河，離城二里許，但遙爲聲勢，放礮報捷而已，非若湖南兵及潮勇眞能打仗也。廣西兵近來似稍稍學好，雲南兵本無所用，不論其短長。

統觀賊勢，似將殄滅。從前一見我兵即追出打仗，今只死守，乘我兵將退出擊。十六日併亦不敢出擊，楚兵潮勇直至牆邊叫駡，亦不出，迨我兵退，作欲進之勢，我兵四顧，不敢來追，幾番誘之不出，是以精鋭將盡也。從前向提軍惟知攻戰，不能用伏用謀，今我兵略一用伏，彼賊即已中計，連喪騎馬賊首，是其謀士將盡也。從前屢屢擡大礮至我軍營側，或樹林村落中，施放攻撲，每放必數百礮，礮子如雨。今非但不來，兼且我兵至其牆邊方肯放礮，礮放亦不過十餘。礮不肯連放，不敢多放，誘之亦不放，惜藥如金，是其火藥將盡也。從前賊執黃旗一面，三人執刀牌鳥鎗，即敢直前來撲我數百人，今數戰皆無此等賊，是其勇將盡也。從前總旗即各向前，今見騎馬賊往來督陣，用馬鞭擊打賊，亦有互相推諉之勢，是其號令亦將不行也。從前蕭潮潰等每親身迎鬭，往來如飛，今永不見面，且初十一仗，見有乘轎賊二人用繩飛挽而奔，是其頭目亦自餒。可見其中無可恃之處，衆畔親離在所不免也。

至於兵勇，亦較勝於前二者。楚南兵因向提軍風門坳兩日一夜之戰，捷書未會保舉一兵，是以羣相起誓，不打勝仗。始綸聞之猶不以爲意，及至思旺，果然不打勝仗。是以遲遲不戰者，非不能戰，實不敢出戰，何也？知其必敗也。今提軍去而人人思奮，一戰而奮，再戰而捷，三戰而摩壘而還。前廣西兵每去必至家而後已，今雖走，競猶能回頭一禦。是賊衆日怯而我兵日奮也。況一路登山陟水，皆經歷磨練，非筋骨柔弱者可比。從前各將皆聽命於提軍，提軍又生平不信用謀，今各將皆知用謀，步步嚴密預防，是我兵日有起色也。從前亦患賞罰不公，今使相公出省，耳目可周知，且石甫先生視師如青天白日，有不人人自奮者乎！

審之於強弱之閒，知彼知己，以人事論之，此賊不久應滅。所慮者，慮其南走則必追，追則又成不可知之勢。

然以勢度之，卽走亦必滅。從前羣起而從之者，妄男子思爲元勳耳。今賊之必不能成事，愚者亦知之，誰肯以身試法？不過二三業已受僞封者，不得已爲之出死力耳。況一經逃散之後，如人元氣已散，不能復振，其頭目必可得。豈不聞武王有亂臣十人，崔杼其有乎？由此言之，賊必滅，可借箸而定也。

惟各兵總怕死，不肯盡力向前，遷延時日，賊轉得養精蓄鋭，爲可慮耳。長鎮臺始患瘡疥，初十、十二兩仗復歷辛苦，兼以氣忿，如兵不能齊力向前，氣極而病。十六日擬欲直撲賊營，各兵又於二里許立住，惟楚南兵、潮勇在前，更加氣忿，回營卽病。夜間囈語，大罵喪盡天良。連日氣忿，服藥未痊，不能起坐。十九日出仗，負氣必欲親往，欽差勸之亦不聽，恐因勞致疾，因氣成鬱，便難治矣。前已致書石甫先生，囑其在欽使前懇請長三爺來營辦理，未知能否卽來。現所恃前敵者，楚南兵、潮勇耳。而無大員督率之可乎？十九日清早出仗，辰刻已聞開礮，礮聲不絕，今日本擬死戰攻上牆子，若能得手，則大妙矣。

附録

道光元年方東樹序

文章如面，萬有不同，而要有同乎古今者，所以爲文之心而已。不能同其心而強同其面，則入於僞。僞不可久居，雖有見於今，必不足傳於後。是故爲文者，必有仁義之質、道德之積，如不得已而後有言，然後其言有物，其言信乃久傳。而方其學之始，又必深求古人之心，研説之久，然後古人之精神面目與我相覿，而我之精神面目亦自以見於天下後世。樹少與石甫學文時持論如此。

石甫平居慕賈誼、王文成之爲人，故其學體用兼備，不爲空談。其文一自抒所得，不苟求形貌之似。其齒少於余，而其才識與學之勝余，相去之遠，中閒恒若可容數十百人者。既成進士，後嘗游粤數年，歸則出示以其所爲文數大束。余讀之駭服，既爲題論而去。嘉慶二十四年，余客粤。是時，石甫仕於閩之漳州，爲平和縣令。往來之人皆傳其政事之美異，而不及其文。久之，石甫自閩中以其集來寄，且命爲之序。急讀之，則視向所見益充實不可涯際。觀其義理之挪獲，如雲霾過而耀星辰也；其論議之豪宕，若快馬逸而脱銜羈也；其辨證之浩博，如眺溟海而覩濤瀾也。至其鋪陳治術，曉暢民俗，洞極人情白黑，如衡之陳、鑑之設，幽室昏夜而懸燭照也。而其明秀英偉之氣，又實能使其心胸面目、聲音笑貌、精神意氣、家世交游，與夫仁孝愷悌之效於施行者，畢見於簡端。使人讀其文，如立石甫於前而與之俯仰抵掌也。嗟夫，石甫之得於古以見於今者如是，其傳於後世宜何如也！

石甫固願學陽明，而其出宰之縣適卽爲陽明所開，其民俗根株，獷悍難治，又與陽明當日所征八排洞猺無異。石甫之治此地，禽獮獸薙，剔抉爬梳，化誘若雨露，震聾若風雷，申嚴之法，誥誡之文，朗暢愷切，恢闊明白，又若無一不與陽明氣象相似者。吾不知天特遣此盤根錯節以別利器乎，抑故遣石甫居此，行其學、顯其才以蹈陽明之跡，俾天下後世知其志願之不虛乎？

石甫曩爲書達諸公，論治劇之理，及石甫爲縣，一一行之如其言。嗟乎，石甫之學既見於治矣，石甫之治既見於文矣，石甫之治與文既見於當世而又將揭以示後世矣。然而，人之知其文者或寡，知其文之所以效於治，與夫其治與文之氣象之何似，益寡矣。知不知亦何足損益！余獨恥讀人之文而不能識其眞，使作者之心不著於天下，亦古今斯道文章之大憾也。故亟爲箸之，使讀石甫之文者，有以考其迹焉。道光元年秋八月，同邑方東樹。

後湘詩集自敘

天下之事有適然而合，不知其然者，其風之過簫乎！

世之爲簫也，六其竅。大地之簫也，萬之：若川，若縠，若深林，若阜草，若篠簜，若松柏，若毛羣、鱗羽類；高者若鸞噦，若鶴唳，下者若虎嘯，若龍吟，若蛙蚓之鳴。

簫之爲族不同，大地之風一也。風之爲物，若嗚嗚，若肅肅，時而泠然，時而颯然，至於鼓天地、晦日月，其爲情狀亦不同，所以感於物而後動，則又一也。

故人之吹簫者，不離乎宮、商、徵、羽，而聽之者或超然遺世，或泣下沾襟，惟吹之者之異其情也，故所感亦異。若吹者之感於物而異其情也，則亦有然矣。世有聞吹簫而不知感者，非宮、商之不調，徵、羽之不和也，無亦所感而吹者其情未至，有強作者乎？若風之過簫也，必無是矣。

夫詩者，亦人之簫也。是其作也，不可以無風。苟無風，雖天地不能發其聲音，而何強作之有哉？強而作者，雖引宮、商，刻徵、羽，吾弗之善也。知斯說者，可與言詩矣。嘉慶十九年冬月日

東溟奏稿自敘

臺灣鄭氏之平也，提督施琅自海道馳奏，七日達京師，聖祖嘉之，封靖海侯。總督姚啟聖得臺灣報乃奏，已遲旬日，故不得封。然啟聖經營臺灣二十年，黃梧、施琅，皆鄭氏故將，爲啟聖招降，卒遣平臺。琅功，實啟聖

功也。乃琅封而啟聖不封，當時大臣無有言者，啟聖以此大恚，疽發背，卒。後數十年，鄞人全祖望乃摭其事，作第二碑，紀實也。當日臺灣有事，巡臺御史徑奏，不由總督。蓋自有臺灣卽爲定制矣。乾隆中罷御史巡臺，乃令鎮道徑奏，而臺灣總兵初皆以提督之有功爵者爲之，道職較小，故列銜其後。嗣是，總兵非功爵之提督亦相沿而不改。迨林爽文亂，總兵柴大紀受誅，上怒臺道不先奏劾，敕臺道自盡。福文襄乃奏請臺道加按察使銜，得專摺自奏事，毋庸會總兵銜。蓋臺鎮兵額爲天下最，又專制海外，設有異謀，內地難制，故使臺道奏事，弭患之意甚深遠也。而總兵多武人，不能自爲奏，未幾，復由道主稿會奏，以示和衷，無復有知當時故事者矣。近廷寄至臺，竟使總兵傳諭臺道，而總兵每次稱加提督銜，臺道則屢去其加銜，蓋軍機亦不知臺道加銜之所由來矣。道光十九年，閩督某公怪臺灣奏事不由督撫，吳公榮光爲藩司，對曰：臺灣奏事乃國制也。某公曰：制雖如此，鎮道何得居之不疑。吳公貽書戒余，始知見忌。未幾，某公移督雲貴去，乃解。余既得吳公書，倍益謹慎。故每奏皆在臺言臺，無一語他涉。不甯惟是，總兵所與共事者也，而猜忌尤甚，一稿往復商改至於三四，恐臺道見長或掩之也。余悉如其意，其設施自道不能牽及總兵者，則不以聞，乃悅。最後奏訊夷囚疏及嘉慶中松相國語，總兵見之愕然，曰：如此，是有道無鎮矣。余曰：請易爲相國告君語何如？總兵思之累日，乃曰：我未識松公，倘異日召問，其何以對？無已，則從實耳。嗟乎，一奏疏也，總督忌之，總兵忌之，雖謹慎讓功而卒不得免；總督既以臺灣奏事爲不然，大臣復軒輊鎮道太甚，嚮非天子聖明，安知其事變之所極哉？而高廟君臣所以維持海外，弭患無形之意，不可以不白於天下也。在臺諸疏皆已發抄，無所諱隱，乃敘列其始末於此，俾世之言故事者有所考焉。

後湘續集張際亮序

百川之水皆東注海，海胥受之。若無百川焉，何水氣也？山澤氣通，川以成流，流凝氣止，與天而一，如是海見，故不見百川。今天下人才亦百川乎？其高下淺深、近遠清濁，亦江漢河淮，源異；　視乎四者，巨瀆其流，雄貫天下。才類四者難，何論海！　然則，人才將窮於海耶？　是不然。　夫三代人才疇測涯涘，且衡自漢高祖初基，人才勃溢，蕭曹韓彭率川瀆耳；　海，其張留侯乎！　流極季世，才駕中興，吳魏之士，智謀什百，率亦川瀆耳；　海，其諸葛忠武乎！　亂休治復，更唐宋明應運之才，載其一代雄者，川瀆；　最雄者，海。　代不乏人，然論者意不能一略別其最。　唐殆郭汾陽、李鄴侯、李衛公乎？　宋殆韓魏公、范文王、李忠定乎？　明殆劉誠意、於忠肅、王文成乎？　此其人皆進能安天下，退不失一身，勳名之際，蕭然若無與焉。　其閒稍次，衛公，奇冤，忠肅，是又颶颱剽發，天水逆行，元氣於以剝蝕，觀海者何咎哉？

烏虖！　余默求天下人才久矣，居恒感動慨惻，厭棄鄉里，走塵埃，混販賈，飢病窮山水險奧荒寂，冀有所遇。嘗太息曰：　余足跡將徧天下，遊處率當世豪士，然僅得近古豪傑一人，其惟桐城姚侯乎！　又嘗酒後大言曰：吾不能希蹤鄴侯，殆衛公執役乎？　若姚侯者，殆文正、文成流風乎？　聞者色變掩耳，或面排誚。

今夫海之濱，味苦鹹，色黝雜，潮汐所蕩，泥垢穢汙，斥鹵不可耕稼，碕綴蚌螺蠣蛤，形惡不供肴俎，誠川瀆不若也。　然一氣無垠，不可億道里，夕月朝日，涵澹在中。龍蜃之噓，變幻樓閣，大鰲長鯨，潛驪怪鱷，時時出沒。明珠美貝，碧難赤珊，返魂之草，不死之藥，斐錯洲島。飛仙神物，空戲飈馳，有神山三，終古莫能跡其千丈之檣，萬斛之粟。　帆往絕國，晝風夜歸，蠻女天豔，賈胡雲來，載石八市五都，無識者。　川瀆，斯何足論！　故英雄未遇，絀於人傭。　時會之來，若天獨眷。　自漢以下，宏濟艱難諸賢，執非可感動慨惻者哉！

姚侯少極貧，讀書有薺粥之風。　及報官，惠徧宗族戚友，推於里鄙，有義莊之澤。　卑令窮海，義抗貪譎大僚，黜不夷節。　其後十年，受特知，廉訪臺灣，時事多虞，鎮將驕闇，推誠導勇，執毅通權，五載化其一軍，有重鎮西夏與李文靖相驩之度。　是時，蓋道光庚子、辛丑、壬寅閒，西夷犯順，東南城堡所向破殘，將士子女玉帛殺掠無數，天子震怒，再命宗親賜將軍印討賊，皆無功。　臺灣不時受窺伺，初畏侯威，泛船游奕。嗣再突犯，經侯禽斬其酋及眾數百，破舟獲械。益恨，重賄匪民，納前鋭，布内應，增集大幫，期必雪恥。侯復早覺，捕戮無遺。夷全師遁去。累捷上聞，天子嘉悦，賜爵褒諭，寵踰親臣。東南士民聞之，氣始壯。然侯未嘗煩勞内地一兵卒也。豫事制機，臨事策力，撫亂民爲義旅，積人和，周地利，讓勳名以不居，故三戡強寇，功速而勢安，又有南贛破宸濠之略。烏虖，使文正、文成而在，侯其非二公所許乎？侯今者卽以前功獲罪，臺人如失父母，中外言者多咎大臣。余觀文正、文成生平遭搆陷，蕭然之意，遺外得失，非第薄視勳名也。古人含宏應運之雄，惟侯其知之矣。

侯少工詩，詩多未遇前作，服官以後，壹意政事，篇什蓋少。壬寅屬序，星紀已周。悵侍檻車，深觀譚論，益信與古爲徒之實。非惟才大、識精、學博，卽其詠歌偶寄，忠愛鬱然，興象奔流注川瀆，元氣渾淪際天海，非才雄一世，世曷有是人哉！然侯年益進，功名益高，而氣益斂，下接待人士，自視欿然，人莫能測其德量也。余困扼科目，頗類文饒，海氛跋扈，駭甚藩鎮，然會昌不遇，一品難名，營平泉而無功，避崖州而無罪，哀吟向侯，其不爲秋水河伯乎？道光癸卯九月建甯後學張際亮

（此亨甫從余寓京師宣武門外松筠菴病中作也。未再旬而卒。所論雖過，非所敢當，然以遺外得失、薄視勳名相勉，粹然良友之言也。而文特奇傑，似杜樊川。今以續集授梓人，而亨甫往矣，不忍棄之，故仍存此卷之首云爾。己酉十月展和記）

後湘詩集陳方海序

昔人論詩曰：不苟作。姚子論詩曰：不強作。不強卽不苟之旨，而申之彌顯，教人彌切。誤解不苟，跡或隣於自矜；釋以不強，恬如無事。故其取喻風籟流音，萬籟感物而動，與道大適。吾今請言姚子之詩。

姚子生於茂族，德業上肩十數世，曾祖薑塢先生卓爲通儒，從祖惜抱先生賅極文苑，根柢深厚，枝葉扶疏，爲其詩緒。少嘗空乏，黽勉荼蓼，光氣赫起，知交類應。睽離翕聚、晏安勞苦之端，歡忻思慕、參欷不平之會，爲其詩情。江介山川，上京文物，久已發皇耳目。攬嵩嶽、

岱宗之奇，泛洞庭、彭蠡之險，遐止嶺嶠，再浮閩海，海天沆瀣，萬怪荒忽，爲其詩境。家庭孝悌，率厥職耳，鄉鄰任恤，徇厥義耳，洎乎宦成，大見措施，始在龍溪、臺灣，暴悍之區，誅巨憝，革汙俗，耕鑿用，又讙謠以興，爲其詩事。城府不設，悃款如揭，嗜欲既寡，志乃專贏，凡己所長，不以病人，人各有能，不以異己而斥，以至抽揚小善，揜覆細過，爲其詩量。緒以基之，情以宣之，境以充之，事以實之，量以宏之，總乎眾理以達其材，涵乎天倪以峻其品。非有諷也，非有契也，未嘗命篇。爭名衒技之徒，烏能測其旨趣？

故姚子之詩，或終歲靳一詠，或旬月累一編。當其無言，翛然自默；當其欲言，則雲興於山，泉赴於淵，浩浩乎莫知所止也，汩汩乎莫知所自來也。嘻！異矣。論者多以貴仕望姚子，非徒功績，正欲其奏詩清廟，鏘洋韶鈞，焜燿天下。夫姚子之仕也，亦無容心，時可進則進，遇可通則通，不強而已。不強，斯不苟矣。吾以告世讀姚子詩者。鄱陽陳方海

嘉慶二十一年汪廷珍題辭

諦觀譔箸，區大道之畛塗，洞學士之瘕結，理究天人之奧，書成一家之言。而且學有經法，通識時事。激昂慷慨，賈太傅流涕之書；博辯宏通，蘇學士淋灕之手。心平論篤，兼漢宋之長而通其郵；氣盛言宜，得馬韓之神而無其跡。以視規規門戶之閒，逐逐聲華之路者，信乎『眾鳥啁啾中，獨見孤鳳皇』矣。更望涵養深沉，精研邃密，棄除瑣碎，獨命千秋，覃極賾微，坐酬萬變，從此行則施爲霖雨，藏可勒諸名山。白頭今望，當代乃有斯人；青眼高歌，不朽端歸吾子。山陽汪廷珍題。

（嘉慶二十一年汪文端督學浙江，余初之平和令，過錢塘謁公，索觀詩文諸稿，縱談三日，公各爲題辭卷首。閩中初刻載之。道光十二年，李申耆及毛生甫編刻東溟文集、後湘詩集，乃去公辭未載，嘗以爲憾。今茲續刻近箸，爰檢公舊題，仍冠東溟文集之首，識公之知我最先也。詩集亦有題辭，今亡之矣。道光二十九年十一月，瑩自記。）

道光十三年八月李兆洛跋

東溟文集六卷、外集四卷、後湘詩集九卷、二集五卷，桐城姚君石甫著。桐城氣節文學高於江左。薑塢、惜抱兩先生，經術文章，閎深簡要，爲世碩儒。石甫服習傳續，擴以通敏，性識渻完，內外不越。洎乎筮仕，益慎推行。燭姦止邪，肅若蓍蔡，興利除害，亟於嗜欲。度務寬猛，胥乎惠威。潁霸、渤遂，蹈道則未求藝賜達，從政何有？是以陳事由其幾深，尚論該乎通變。凡所指畫，考其成功，無有幽遐，若握符券，豈獨以是存其謨猷，示信後世而已。

夫古之學者，莫不有天下已任之量，所以副其量者，莫不有堯舜斯民之心。六藝之垂教，聖哲之著書，賢宰相百執事之抗奏持議，皆若是已。詩曰：『古訓是式，威儀是力。』易曰：『君子以言有物而行有恆。』石甫亮慤，獲我心矣。

至於詠歌性情之作，彫繪景物之篇，體兼質文，詞必廉傑，不佻詭以害才，不傀麗以蕩心，下視辟績，猶莛楹也。加以少釁隱憂，長厄羣忌，焦悴之音，託於環玦，悲憤之思，憯若風霜，誦者涕零，惻其幽眇，作者順息，歸諸和平，斯尤合志騷人、上溯小雅者也。

詩文初刻於閩中。去年來權敝邑，簡書有暇，乃裒前後所作，損益次序，復刊於江陰。兆洛獲與賓從校第篇目，輒爲條其指要云爾。道光十三年八月，武進李兆洛識。

中復堂全集胡抱真跋

先生自戊申歸里，諮後進，方植之先生以抱真名告。先生亟欲枉駕，先君子以其爲鄉賢，命抱真執弟子禮以見。先生曰：聞吾鄉子弟近多附理學後，夫古人明道潛修，人稱之爲理學，今士自以之豎眉宇間。女宜多讀古人書，以擴心胸，增知識，求實用。復賜以所著全集徧海內，固已仰其學行。今慕庭以尺牘與條程若干則見示，多緣奉命粵西勦寇而作，惜無信用其言者。慕庭不忍棄父書，欲剞劂以存。而讀是書者亦可以知當時事變，而深諒先生之心矣。門人胡抱真敬跋。

中復堂遺稿姚濬昌跋

右文七首、尺牘六十一首，先君刻中復堂全集後出也。嗚呼！庚戌、辛亥之歲，先君既赴李文恭之招，未幾，文恭引疾，遂爲陸立夫制軍所留。既而，更張鹽法，所言不用。辭歸，不許，强以九江驗鹽事。文中所爲有辭議敘書也。尋以大臣薦授湖北鹽道，未履任，有廣西之命。當粤寇初起，執常危蹙，苟善爲之，不致燎原。廼諸將驕蹇不和，良策不用，遂成潰決。先君以翼長請令赴援，凡一時地執兵形，精慮熟籌，言無不盡。又須調和諸將，撫勵士卒，卒之，事權不屬，竟成巨禍。而先君勞瘁憂憤竟不起矣。悲夫！原存狀、牘二百餘首，遭亂散佚僅有存者。先君嘗曰：吾集未可去取，當使後人通觀前後，知其生平也。小子不肖，守緒不淑，罪無可逭。顧卽此殘編，亦足見一時志事矣。用付剞劂，以貽後人。

同治乙丑季夏男濬昌謹識

清史稿卷385姚瑩

姚瑩，字石甫，安徽桐城人。嘉慶十三年進士，授福建平和知縣。調龍溪，俗健悍，械鬬仇殺無虛日。瑩擒巨惡立斃之，收豪猾爲用，予以自新。親巡問疾苦，使侵奪者各還舊業，誓解仇讐。擇强力者爲家長，約束族衆，籍壯丁爲鄉勇，逐捕盜賊，有犯，責家長縛送。械鬬平，盜賊亦戢，治行爲閩中第一。調臺灣，署海防同知、噶瑪蘭同知，坐事落職。尋以噶瑪蘭獲盜功，復官。父憂歸，服闋，改發江蘇，歷金壇、元和、武進。遷高郵知州，擢兩淮監掣同知，護鹽運使。先後疆吏趙慎畛、陶澍、林則徐皆薦其可大用。

道光十年，特擢臺灣道。及海疆戒嚴，瑩與總兵達洪阿預爲戰守計。達洪阿性剛，與同官鮮合，瑩推誠相接，一日謁謝曰：『武人不學，爲子所容久矣，自今聽子而行。』二十一年秋，英兵兩犯鷄籠海口，明年正月，又犯大安港。瑩設方略，與達洪阿督兵連卻之，大有斬獲，收前所失寧波、厦門礮械甚多。敵搆奸民煽亂，海寇亦竊發，皆即捕戮，一方屹然。詔嘉獎，加二品銜，予雲騎尉世職。

洎江寧議款求息事，遂有臺灣鎮道冒功之獄。故事，臺灣以懸隔海外，加兵備道按察使銜，得與鎮臣專奏事。鷄籠、大安之捷，飛章入告，總督怡良心不平。英兵留駐鼓浪嶼，前獲俘欲解內地，勢不能達，奏請便宜誅之，以絶內患，已報可，怡良仍令解省。瑩與達洪阿謀曰：『大府意欲市德，藉以退鼓浪嶼之兵。兵不可退，徒示弱，不如殺之！』怡良愈怒，諸帥并忌之。款議既成，交還敵俘，以妄殺被劾，逮問。瑩與達洪阿約，義不與俘虜質，即自引咎。宣宗心知臺灣功，入獄六日，特旨以同知直隸州知州發往四川効用。至則復爲總督寶興所忌。會西藏兩呼圖克圖相争，檄往平之。瑩謂：『夷人難以德化。失職下僚，孑身往，徒損國威。』不聽。及至乍雅，果不得要領而返。總督劾其畏難規避，責再往。事竣，補蓬州。在州二年，引疾歸。

文宗即位，黜大學士穆彰阿，詔宣示中外，并及瑩與達洪阿被陷狀，於是復起用，授湖北武昌鹽法道，未行，擢廣西按察使，命參大學士賽尚阿軍事。時廣西寇漸熾，諸將不合，師久無功。瑩至，任爲翼長。大軍圍賊紫金山，瑩言流賊如水，必環攻以斷其逸，不聽，賊遂竄永安。又上書請斬僨事將，復不聽。永安城小，都統烏蘭泰軍西南，提督向榮軍東北，合滇、黔、楚、蜀兵四萬餘人，賊數千壁險死鬬。水竇者，永安東北之隘也，緣山徑可達桂林。瑩與烏蘭泰皆主擊水竇，絶賊外援，向榮不從，自由龍寮嶺進而敗，乃議開水竇一路縱賊逸，尾追擊之。瑩力辯其失，賽尚阿仍用向榮策，賊果突圍出犯桂林，烏蘭泰戰死，賽尚阿逮問。賊勢益熾，連陷興安、全州，犯湖南，遂不可制。瑩隨軍至湖南，巡撫張亮基奏署按察使，憂憤致疾，卒於官。

瑩師事從祖鼐，不好經生章句，務通大意，見諸施行。文章善持論，指陳時事利害，慷慨深切。所著東溟文集、奏稿、後湘詩集、東槎紀略、康輶紀行及雜著諸書，爲中復堂全集，行於世。

子濬昌，能繼家學。曾國藩以名家子留佐幕，官江西安福、湖北竹山知縣。工詩，有五瑞堂集。

論曰：林培厚救荒治河有實績，而以察吏招忌。李宗傳便宜平夷，功在邊方。王鳳生、俞德淵佐陶澍治淮鹽，尤濟時之才。姚瑩保巖疆，挫强敵，反遭讒譖，然朝廷未嘗不諒其忠勤，海内引領望其再用，亦不可謂不遇矣。

清史列傳卷73姚瑩

姚瑩，字石甫，安徽桐城人。嘉慶十三年進士，選福建平和縣知縣。以才著，調臺灣縣，署噶瑪蘭通判，坐事落職。旋以獲盜有功，復官，揀發江蘇。爲兩江總督陶澍所薦，擢兩淮監掣同知，權運使事。未幾，特旨命爲臺灣道，加按察使銜。時英人來犯，瑩與臺灣鎮總兵達洪阿擊敗之，毀其船，獲其人。有詔嘉奬，予雲騎尉世職，進階二品。和議成，英人訴臺灣所獲船，皆遭風觸礁，文武冒功欺罔，逮問下刑部獄，旋出之，發往四川，以同知、知州用。兩使西藏，訊乍雅案。補蓬州二年，引疾歸。

文宗登極，以大臣薦，有湖北鹽法道之命。陞廣西按察使，參大學士賽尚阿軍事。粤寇漸熾，大帥懦不能兵，都統烏蘭泰、提督向榮皆驍將，不相能。紫荆山之圍，賊就擒矣，瑩以爲流賊如水，宜環攻以斷其逸，因條舉利害，累百餘言，不用。比竄永安，則又爲書白幕府，請明法飭將，并力合剿，戒前失，又不用。而軍興以來，將嚚士玩，賊善間，屢持金錢與我軍媾，永安城小而卑。方是時，烏蘭泰軍西南，向榮軍東北，合滇、黔、楚、蜀之軍總四萬餘人，賊數千，壁險死鬬。永安東北有隘，名水竇，徑阻薈，緣之可以達桂林。瑩與烏蘭泰皆主擊水竇，絶賊外援。向榮主開水竇，使逸而尾追。瑩力辯其失，又力疾馳叩軍門，數譬解之，皆不果用。瑩在軍中，與烏蘭泰書曰：『某就木之年，無以報國。惟念主憂臣辱之義，蔬食惡處，與士卒共苦辛數十年，貧賤憂患，本無定居，今日一如我素。夫功敗於垂成，病加於小愈，前者武宣之事，賊已將就擒，徒以狃於大捷之後，計慮稍疏，遂使脱網。今我師愈久愈疲，賊又日懷奔逸，萬一復蹈前轍，不但無以對君父，天下後世，其謂之何？』未幾，賊果突圍犯桂林，勢益熾，遂不可制。賽尚阿逮問，瑩辭營務，籌饟，湖南巡撫張亮基奏署湖南按察使，積勞，卒於官，年六十八。

瑩之學源於從祖鼐，於書無所不窺，顧不好經生章句，而慕賈誼、王守仁之爲人。文章善持論，指陳時事利害，慷慨深切，異乎世以茶弱枯澀爲學桐城者。著有東槎紀略五卷、康輶紀行十六卷、寸陰叢録四卷、識小録八卷、東溟文集二十六卷、詩集二十卷、奏稿四卷、遺稿五卷、遺稿續編三卷。

徐子苓誥授通議大夫廣西按察使司按察使姚公墓志銘

桐城姚先生，諱瑩，字石甫，一字明叔，天下知先生者，咸曰『石甫先生』云。姚族望桐城，前明至國朝代有巨人。曾祖範，翰林院編修，妣張。祖斟元，縣增生，妣張，繼徐。父騤，妣張。三代皆以先生贈通奉大夫，妣夫人。

先生年踰冠，中嘉慶戊辰科進士，試數縣皆最。旋由高郵州知州轉淮南監掣同知，權兩淮鹽運使，最如前。道光十八年，擢臺灣兵備道。是時，英夷犯順，粵東、閩、浙皆被兵，朝廷命上公佩大經略印，副以宗親貴臣，都逗留，一二宿將，戰不利。臺灣地孤形便，奸民相扇引，先生與僚吏設方略斬俘，奏可。方是時，臺灣軍聲壯天下。頃，大吏力主款，詔臺灣歸所俘。夷俘挾前憤訟。時相穆彰阿陰持之，趣對狀。先生以夷方就欵，大臣囚服對吏，重辱國，迺極引咎，赴刑部獄。時道光二十三年九月事也。

英夷既就款，上念功，左官蜀，兩使西藏，補蓬州知州。假歸。時鹽政久弛，兩江制軍議行淮綱，檄監九江鹽務。咸豐初元，以大臣薦，有武昌鹽法道之合〔命〕。未行，詔以廣西按察司使參大學士賽尚阿軍。其明年，賽尚阿無功逮。先生方籌餉湖南，撫軍張亮基奏留署按察使，以其年積勞卒官。

先生狀短悍，視炯炯，發聲如鐘。少學於其從祖姬傳先生，與其鄉方先生植之、劉太學孟塗友善，博聞多通，議論嶽嶽不少挫。自為縣官時，數不獲志於長官。臺灣之功既齕於吏議，其在廣西，大帥懦不能兵，部將都統烏蘭泰、提軍向榮皆驍將，不相能。紫荊山之圍，賊就擒矣，先生以為流賊如水，宜環攻以斷其逸，因條舉利害，累百餘言，不果用。比竄永安，則又為書白暮府，請明法飭將并力合勦，戒前失。永安東北有隘名水竇，徑阻薈，緣之可以達桂林。賊壁隘死鬬。而自軍興，將囂士玩，賊善閒，屢持金錢與我軍媾。永安城小而卑，方是時，烏都統軍西南，向提軍軍東北，合滇、黔、楚、蜀之軍，總四萬餘。水竇賊數千，屢敗衂。水竇者，向軍門分守處也。先生既白於幕府，則又力疾馳叩軍門，數譬解之，皆不果用。未幾，賊突圍，並水竇，犯桂林，摧鋒遂前，勢益振。

夫廣西之役，天下猶全盛也，向使先生之說行，夫安有今日事哉？士大夫居恒雍容方幅，而武夫悍將快私憤以縱巨寇，遂至一隅之毒痛於天下。彼英夷者廻翔審顧，操兩端以坐觀其弊。嗚呼！世事果孰為之而至是哉！上下才十餘年閒，亂日多，生人死亡日益衆，而予今者從烽火煨燼之餘，誦先生之功緒，以論述其事行，獨非幸歟！

往，余販鹽九江，先生約共為賈，因師事焉。既別去，而皖禍作。又數年，識其遺孤濬昌於安慶行營。昨歸葬，濬以狀請，補銘其墓。

按狀：先生生於乾隆乙巳十月，卒於咸豐壬子十二月十六日，年六十有八。配方，後四年卒。以同治壬戌之十二月合葬於龍眠山小河口之麓。一女，適里人按察使經歷張匯。其倅蕭有子二：孝，早世。季，濬昌，有學行，與余好，見官江西湖口縣知縣。

先生坦懷樂善，老而彌篤。其在九江，孟塗已前死。余識方先生於桐城，為坿書，先生讀書未竟，面赤，鬚怒張，曰：『咄！植之與我都老大，乃屢呵我如小兒！』徐謝曰：『頃失辭。植之直亮多聞，君子也。微植之，夫孰鐫吾過？』嘗被知於趙文恪公。文恪死，走武陵，拜其墓。其他振寒字孤，天下知先生者都能道之，故不具録。先生文之刊行者總四部，曰奏議，曰紀行，曰詩文集。建甯張際亮好大言，少許可，讀而序之，謂『簡明似王文成』。

銘曰：維昔乾嘉，人材輩進。武臣元老，天壽麗駿。先生數奇，載丁陽九。出門張弧，跋前疐後。潯陽之晏，矢言江水。旅櫬歸來，故鄉荊杞。荊杞蕭條，轉屍蔽野。握節簽樞，彼何人者。伐石刻銘，以寫我思。後有攬者，視吾銘詞。

吳嘉賓廣西按察使前福建臺灣道姚公傳

今上登極，未及改元，即黜大學士穆彰阿，起用總督林則徐。以撫夷之議，執政者主之，非上意也，故下詔宣示中外，並及達洪阿、姚瑩前在臺灣盡忠盡力，而穆彰阿等妒其成功，必欲陷之。二臣皆起用。當是時，中外臣工莫不額手稱慶，下及士庶，皆若有將出水火、登衽席者。天未厭禍，林公即世，而粵西之寇遂猖獗莫能制，二臣者亦皆不竟其用。悲夫！

先是，姚公以進士任福建縣令，即以才著聲海上，由臺灣令權海防同知、噶瑪蘭通判，亦以能為眾所忌，摭他事中之，遂褫職。以噶瑪蘭任內獲盜，引見復官，簡發江南。為陶文毅公所賞，洊擢至淮南同知，權運使事。未幾，奉特旨命為臺灣道，加按察使銜。

先是，御史黃爵滋請禁民吸食鴉片煙，罪至重辟，天子下其議。而林公為兩湖總督行之，法嚴而民不擾。天子賢之，畀以經理海疆大臣之任，使絕其源，責外夷無以酖毒入中國，陷民於死。林公遂以大臣專駐粵，威服各夷，絕其通市。各夷已願服矣，林公請分別逆順，兼示以恩。會中朝大臣欲沮林公事，堅請勿許，反謂公持兩端，令務得夷主名，乃許通市，故激而生變。已而夷船犯粵，林公又以計擊卻之，乃犯浙，陷定海，入至餘姚。又以兵船犯天津。天津距京師不三百里，朝議驟改，用琦善督粵，而林公得罪。

公以道光十七年九月奉命，十八年至臺灣，又一年而御史奏請禁銀出洋，不許民吸食鴉片。海疆事起，與島夷通市者皆閩粵人也，反為之耳目，詗中國故事，卒以無成。公素得臺灣民心，民畏威懷德，無敢以間諜至者。夷船數至，皆擊敗之。二十一年八月，夷船至鷄籠海口，副將邱鎮功擊折其桅，船毀於礁，獲其人。事聞，得旨嘉賞。九月，賊復至，又卻之，詔予雲騎尉世職。明年正月，夷船至大安港，公誘沈之，獲鐵礮、文書，皆夷陷甯波、鎮海所得者。詔進公秩二品。是年七月，夷船由鎮江至江甯，兩江總督牛鑑師失利，朝議罷兵，與夷和。夷目訴以臺灣所獲船皆遭風，各官俘難人冒功欺罔，天子難之，而執政大臣恐失夷人意，公遂逮問。公以為訴自夷人，無可質，且羣議定矣，即自置對引咎。赦不治，出獄，以同知知州發四川用。督臣又遣令出西藏治獄，往返六七千里，道經絕漠。事竣，責令再往，且劾以畏難規避，奪其官。其所以困苦公者如此。逾兩年，始補蓬州。在州三年，引疾歸。至上登極乃復用。

公在臺灣道時，海上多事，南北路土寇亦乘機竊發響應，皆公與達公勦平之。達公，武人，始與公齟齬，既而大服，謝過，約為兄弟。故卒能同濟艱難，以稱天子意，論者並稱焉。及公復起，任湖北鹽法道，未至，遂命馳驛往廣西贊理軍務，授按察使。大學士賽尚阿至軍，以公為翼長。當時，諸將以都統烏蘭泰、提督向榮為最，大帥待二將各有輕重，二將又以爭功相忌，公亦不能行其意。圍永安不克，烏蘭泰卒於軍，寇遂熾。向榮追寇至江甯，與相持五年，迄無功。始，寇以紫荊山為巢穴，公議八面攻之，未行。而賊潰圍，陷永安州。公馳駐新墟，防其北。寇之竄永安也，精鋭皆在水竇、莫家村二處。公議進勦必先拔城外兩壘。先拔水竇，必一由黃村入，一由佛子村出，成夾攻之勢，此上策也。否則，一由仙迴嶺攻莫村，一攻水竇，此中策也。烏蘭泰駐佛子村。向榮乃自由龍藔嶺進，遂敗，又議開水竇一路縱賊出，追擊之。公上書帥府，力陳其不可。與向榮書曰：『自古兩賢不可相阨，未有各自一見而能成功者。賊輜重盡在水竇，聞其備船為外逸計，故須公一軍守黃村山門隘口，由外攻入，烏兵由內攻出，此上策也。公不能迅速進兵，又依違於此大計，可乎？』卒不聽。

大帥方主向榮故，烏蘭泰卒受傷，憤激死。公又與向榮書曰：『我兵出隊，賊堅閉不出，聞其礮子已盡，必走。但賊情詭詐，不肯作一路，我軍必分路預備追勦堵截。』未幾，賊果竄攻桂林。適向榮先至，得無失。遂陷興安、全州，至湖南，據道州。公奉命隨辦糧臺，請速進兵，為書上之大帥，不能用。寇至湖南驟猖獗，圍長沙，有詔徵賽尚阿還京師。公留湖南，權按察使，以疾卒。

公在軍中，與烏蘭泰書曰：『某就木之年，無以報國，惟念主憂臣辱之義，疏食惡處，與士卒共苦辛，數十年，貧賤憂患，本無定居，今日一如我素。夫功敗於垂成，病加於小愈，前者武宣之事，賊已將就擒，徒以狃於大捷之後，計慮稍疏，遂使脫網。今我師愈久愈疲，賊又日懷奔逸，萬一復蹈前轍，不但無以對君父，天下後世，其謂之何？』蓋公之先見如此。使先皇帝卒用林公與公等，天下事何至有今日哉！余故因公子濬昌之請，次公生平大節為之傳。

舊史氏曰：余識公於京師，公方以縣令被議，始復官。蓋公官閩為能吏，有名久矣。而與閩詩人張亨甫為昆弟交，亨甫蓋弱冠一諸生耳，與余弟同年貢京師，余以是識公。然亨甫卒不遇。公下獄時，亨甫隨至都，欲與公同患難。公既出獄，亨甫樂甚，日從公飲，遂以醉死。公為治其喪，卹其後人。二人者，皆古之人也！公於一死友不欺其志如此，況忍欺君父乎？夷人誣公不足責，讀庚戌九月詔書，可為太息也。

徐宗亮誥授通議大夫署湖南按察使廣西按察使姚公墓表

道光三十年，今皇帝初御政，詔以湖北鹽法道起桐城姚公瑩於家，往參大學士賽尚阿軍，尋擢廣西按察使。蓋是時，廣西奸民洪秀泉、楊秀清以邪教惑眾作亂，上以公夙著志略風節，特以軍事屬之。公亦慨然以滅賊自任，拜命卽行，天下士大夫皆喜相告。已而，賊猖獗，浸尋入兩湖，蔓江淮，而公以調任湖南，卒長沙。於是士大夫嘖嘖爭歸咎公，而不知公在軍，始終三年，其言議施為多受制而不見用，至於憂勞憤鬱，繼之以死。其志事固可質於天地日月者也。

公初至軍，上滅賊方畧六事，而八面環攻之議尤得賊要領，相國不納。公見軍政廢弛，無以鼓士氣，請斬一債事將官示警，復不用。然相國夙重公，遇事必相咨，公極言，卒又不用。公憤懣無計，請自督戰。是時，諸將惟都統烏蘭泰公忠勇有謀，可倚以辦賊。向提督榮亦名將也，然與都統不相能。提督握重兵，相國意鄉之。公屈己相下，期和衷以濟，先後致書二人，引汾陽、臨淮事為喻。都統以為然，而提督意不可解。方圍永安，時公與都統皆主擊水竇，絕賊外援，而提督必欲開水竇使逸，從而尾追。公上書幕府，力辨其失，而相國卒聽向計。於是賊果逸出，圍桂林。都統以赴援戰死，賊勢益不可支。而公遂鬱鬱得疾，踰年而卒。

公少以文章名，年三十以進士外用，知福建平和縣，調龍溪、臺灣二縣，署海防同知、噶瑪蘭通判。尋丁艱罷歸。服闋，改江蘇金壇縣知縣，歷元和、武進，擢高郵州知州，尋轉兩淮鹽務監掣同知，遂護理鹽運使事。未幾，超擢福建臺灣道，加按察使銜。始，嘉慶、道光閒，直省大吏如武陵趙文恪公、安化陶文毅公、侯官林文忠公，皆天下名臣。公先後為屬吏，以循能見知，爭薦公，謂可大用。其擢臺灣道也，先皇帝蓋深倚之。會英夷入寇，東南內地諸郡縣望風潰。中外大臣因倡為和議以求息事。公孤懸海外，獨訓練士卒，陰為戰守計。英夷來犯，數力戰卻之，斬獲甚眾。奏入，特賜花翎，兼二品冠服，蔭一子雲騎尉，以旌其功。而公由是為中外大臣所嫉。尋用夷人言，誣以冒功，奪職下獄議罪。不數日，先皇帝特赦原之，以同知直隸州知州發往四川効用。大吏不說公，奏補蓬州。使乍雅，往返萬里，徧考西域風土形勢。越二年，乞病歸。今皇帝之再召也，首頒明諭，亟稱公與林公則徐攘夷之功，而罷黜當日嫉公之大臣。蓋猶推廣先皇帝矜憫保全之遺意以行之。此萬邦黎獻所共歎為大孝親賢。而公以垂暮之年，義不得不効死行閒，以冀報稱兩朝知遇於萬一者，世顧以不得其言不去責公，豈知公之深哉！

公自牧令至監司，所至有賢聲，其政蹟在民不可勝紀。而英夷之役，無賢不肖，皆知公之忠，其得罪，爭為頌冤。惟公暮年志事之光明顯大，至今為浮言所蔽晦，是宜特表焉，以示後之君子。公字石甫，號展和，卒於咸豐二年冬十月，年六十有八。其世系、葬地、子姓、戚屬、政蹟、著述，具公子濬昌之狀，將求有道能文者誌以納諸壙，茲姑弗詳列焉。